新日本古典文学大系
42

宇治拾遺物語
古本説話集

三木紀人
浅見和彦
中村義雄
小内一明
校注

岩波書店刊行

編集委員
佐竹昭広
大曾根章介
久保田淳
中野三敏

題字 今井凌雪

目次

付　録

解　説

宇治拾遺物語　説話目次

上

古本説話集　説話目次

上

凡例

一　底本には、『宇治拾遺物語』は、陽明文庫蔵本を用いた。『古本説話集』は、文化庁蔵本(梅沢記念館旧蔵)を用いた。

二　底本の本文を訂正する場合には、すべてその旨を脚注に明記して原態が分かるようにした。他本に拠る補入の場合には、〔　〕によってそれを示した場合もある。

三　翻刻に際しては、原則として現在通行の字体に拠り、常用漢字表にある漢字については、その字体を使用した。

四　通読の便を考慮して、底本の仮名書きに、適宜、漢字を宛て、また、難読の漢字には、適宜、読み仮名を施した。また新たに濁点を付し、句読点を加え、会話文は「　」を用いて分かりやすくした。

1　底本にある振り仮名には〈　〉を施した。

2　仮名に漢字を宛てる場合には、もとの仮名を読み仮名(振り仮名)にして残した。

3　校注者の付けた読み仮名には、(　)を施した。

4　底本の仮名遣いが歴史的仮名遣いに一致しない場合には、(　)でそれを傍記した。ただし、仮名に漢字を宛てた場合は、これを省略した。

5　底本にある当て字(漢字)は、原則としてそのままとし、(　)により読み仮名を施した。

6　反復記号「ゝ」「ゞ」「〳〵」については、原則として底本のままとし、これらを仮名または漢字に改めた場合は、もとの反復記号を傍記した。

7　適宜、段落を分かち、句読点を施し、改行や字下げを行なって、分かりやすくした。

五　本文の校異は、特に必要な場合に限り、注の中で言及した。

六　脚注は、見開き二頁の範囲内に納まるよう、簡潔を旨とした。

1　本文・脚注の照合のため、本文の見開きごとに通し番号を付した。

2　引用する文例は、読みやすさなどを考慮し、原典に整理を加え、時に漢文を読み下した場合もある。

3　参照すべき箇所については、→で示した。

4　『宇治拾遺物語』においては、▽印の下に、各説話についての解説を付した。限られた余白を用いたので、記述を切りつめ、問題点の一、二に触れるにとどめた場合が多い。『古本説話集』では、▽印で主に同話・類話等について触れた。

5　脚注における出典・類話への言及にあたっては、他書の巻、説話番号は省略し、巻末の宇治拾遺物語類話一覧にゆだねた。

七　『宇治拾遺物語』、『古本説話集』ともに各説話に、通し番号と標題を付した。標題には読み下しの振り仮名をつけた。

1　『宇治拾遺物語』には、標題の下に万治二年板本の巻数をつけた。

2　『宇治拾遺物語』では通し番号を各説話ごとに付したが、「御室戸僧正の事」、「一乗寺僧正の事」については、七八ノ一、七八ノ二とし、旧大系と同じ全百九十七話とした。

3　脚注内で、次のように書名を略称した。

日本古典文学大系→旧大系　　古本説話集全註解→全註解
新潮日本古典集成→古典集成　　宇治拾遺物語全註解→全註解
日本古典文学全集→全集本　　桜楓社刊『宇治拾遺物語』→桜楓社
古本説話集総索引→総索引　　完訳日本の古典→完訳
日本古典全書古本説話集→全書　　校注古典叢書→校注

八　本文の後に付録として、宇治拾遺物語類話一覧、固有名詞一覧を収めた。類話一覧については今村みゑ子、櫻井陽子、田渕句美子氏の、固有名詞一覧については久保山公恵氏の協力を得た。

九　1　『宇治拾遺物語』の注の分担は左記のごとくで、全体の調整は三木がこれにあたった。

1〜113話　三木担当（内、30 39 56 85 90 91 92 107話は浅見担当）
114〜197話　浅見担当（内、135 139 140 143 144 158 166 190 193話は三木担当）

2　『古本説話集』は本文校訂を主に中村が、注を中村、小内が協同でこれにあたった。

宇《う》治《じ》拾《しゅう》遺《い》物《もの》語《がたり》

三木紀人
浅見和彦
校注

一見したるかかわりのなさそうな二つの説話をつなげた時、それぞれに潜在していた喚起力がどのように現われ、説話の奥行を深くするか。宇治拾遺物語を編むに際して、作者はそんなことを思っていたかもしれない。

その背景には、当時の文学史の随処に見られるある種の動向が存在していよう。例えば、歌合や、二首一対の構造を持つかという百人一首に見られる「合せる」ことへの興味。古辞書、撰集そして連歌などに顕著な「並べ、つらねる」ことへの関心。平家物語における対照的人物の造型・配置もこれらと通底するものかと思われる。何らかの意図によって、二つ以上の事物に関係性が付与された時の表現効果に、なぜか、中世初期の人々はことに意識的だったようである。

宇治拾遺物語の作者は、そんな時代の申し子として、説話を自在に並べていく。一つの説話から次なるものが呼び出され、それが又、別の何かをというように、いわゆる「連想の糸」にたぐられて作品は展開する。個々の話は、別の本の中にある時と違う趣をたたえて浮び上り、互いに映発しあいつつ共存することになる。

冒頭第一話には、色好みの高僧と五条道祖神が登場する。言動そのものは直叙されないが、妖艶な歌を残した和泉式部も舞台に存在し、おそらくは打ち臥している。その才女とまじわった身で読経したために、そこに成立するはずの神聖な空間に綻びが生じ、平常ならば近付けぬ土俗神が聴聞にやってくる。作者はそのいきさつを対話形式でのべ、簡単な解説を加えるが、すぐに続けて、不浄説法を犯して茸に転生した法師たちの話に移る(前話との連想関係は明らかであろう)。それがたまたま山国(具体的には、丹波。ちなみに和泉式部が足跡を印したことのある国でもある)の話であるという縁で、山国での不思議な事件を伝える第三話のこぶ取り話に移る。このあたりで早くも予告されているのは、中世小説などの慣用句にいう老若男女貴賤都鄙が、さらには、聖と俗、自然と超自然が、この作品の中でこもごも存在することである。これをひもとく人はそれらの間を往き来して、運動感をともなった心地よい読書体験をするはずである。

歌人藤原定家は晩年に連歌の魅力にとりつかれて、それへの熱中を「老後の数奇」(明月記)と呼んでいるが、本書の作者も、説話をつなげる過程で、似たような感興を覚えたのではあるまいか。

（三木紀人）

（宇治拾遺物語　上　目録）

（宇治拾遺物語序）

世に、[一]宇治大納言物語といふ物あり。[二]此大納言は[三]隆国といふ人なり。[四]西宮《にしのみや》殿《どの》高明也 の孫、[五]俊賢大納言の第二の男なり。[六]年たかうなりては、暑《あつ》さをわびて、いとまを申て、五月より八月までは、[七]平等院一切経蔵《びやうどうゐんいつさいきやうざう》の南の山ぎはに、[八]南泉房《なんせんばう》と云《いふ》所に、こもりゐられけり。さて、宇治大納言とはきこえけり。[九]もとゞりを[一〇]結《ゆ》ひわげて、[一一]〔をかしげなる姿にて、〕莚《むしろ》を板《いた》にしきて、〔すゞみゐはべりて、〕大なる[一二]打輪《うちわ》を〔もて、[一三]あふがせなどして、往来《ゆきき》の者、〕[一四]上中下をいはず、〔よびあつめ、〕昔物語をせさせて、我は内にそひ臥して、語《かた》るにしたがひて、おほきなる双紙《さうし》に書《か》ゝれけり。

天竺《てんぢく》の事もあり。大唐《だいたう》の事もあり。日本の事もあり。それがうちに、たうと《ふ》き事もあり。お《を》かしき事もあり。おそろしき事もあり。あはれなる事もあり。きたなき事もあり。少々は[一五]空物語《そらものがたり》もあり。[一六]利口なる事もあり。さま〴〵様《やう》〴〵なり。

世の人、これを興《けう》じ見《み》る。[一七]十四帖なり。その[一八]正本は、伝《つた》はりて、[一九]侍従俊貞と

一 平安後期の散逸説話集。源隆国撰。
二 太政官の次官。大臣に次ぐ要職であった。
三 源隆国。俊賢の次男で、正二位権大納言。関白藤原頼通を補佐して力があった。承保四年(一〇七七)没、七十四歳。
四 源高明。醍醐天皇の十七男で醍醐源氏の祖。正二位左大臣。安和の変で左遷され、大宰権帥となる。天元五年(九八二)没、六十九歳。
五 高明の三男。正二位権大納言。いわゆる四納言の一人。万寿四年(一〇二七)没、六十八歳。
六 年をとってからは。隆国は康平四年(一〇六一)五十八歳で権中納言を辞任、六年後に権大納言となるまで籠居を続けた。その頃の事をさすか。
七 京都府宇治市、宇治川左岸にある寺。藤原頼通が、永承七年(一〇五二)に別荘を寺院としたもの。一切経蔵(一切経を納める蔵)は延久五年(一〇七三)以前の建立で、鳳凰堂の東、池の南にあったが、廃滅。建武三年(一三三六)の兵火にかかって焼失か。
八 平等院の南にあった子院。泉房とも。隆国の安養集に彼の通称として「南泉房大納言」とあるほか、この房の名は帥記、扶桑略記にも見える。
九 髪を頭の上部でたばねたもの。
一〇 結んでまげて。「わぐ」はたわめ曲げる。
一一 以下の〔 〕の中は、底本(他の諸本も同じ)の欠字部分を板本によって補入。
一二 団扇。形状・材質に各種ある。
一三 あおがせなどして。
一四 身分の差別なく。「いふ」は問題とする意。
一五 作り話。うその話。
一六 ユーモアやウイットに富む話。古今著聞集に「興言利口」の篇目がある。
一七 板本には「十五帖」とある。
一八 原本。転写・増補・抄出などされるもとの本。
一九 二説あり、未詳。解説参照。

いひし人のもとにぞありける。いかになりにけるにか、後に、一さかしき人ゝ、二書《か》き入たるあひだ、物語、多《おほ》くなれり。大納言より後の事、書《か》き入たる本もあ三るにこそ。

四さる程に、今《いま》の世に、五又、物語《がたり》書《か》き入《い》れたる、出来《いでき》たれり。六大納言の物語に、もれたるを拾《ひろ》ひあつめ、又、厥后《(そののち)》の事など、書《か》きあつめたるなるべし。名を宇治拾遺の物語と云《(いふ)》。宇治にのこれるを拾《ひろ》ふとつけたるにや。又、七侍従を拾遺といへば、侍従大納言侍《はべ》るをまなびて、八□といふ事、知《し》りがたし。□にやおぼつかなし。

一 かしこい人。有識者をさす。
二 書き足したので。「書き入る」は書き加える、また、書き記す。「あひだ」は原因・理由を示す。
三 あるのだろう。下に「あれ」を補って訳す。
四 そうするうちに。
五 またあらたに、物語を書き記した本が。
六 宇治大納言物語の略称のつもりであろう。
七 天皇に近侍し、奉仕する職。日常の用から助言などまで職務は広い。従五位下相当官で身分は大して高くないが、納言・参議の人が兼任することもあった。「遺を拾ひ、闕《(けつ)》を補ふ」(大宝令)ことに当ったので、唐名を「拾遺」という。
八 以下、板本に「宇治拾遺物がたりといへるにや。差別しりがたし。おぼつかなし」とある。底本のままとしておくが、文意は通りがたい。
▽説話集はしばしば序文を持ち、意図、内容、成立事情、想定される享受者、著者の現在および過去等々がそこに示されることが多いが、本書の序文は多分に趣を異にする。この文意をそのまま信ずれば、筆者は宇治拾遺物語の著者と別人で、おぼつかない知識をまじえながら本書とその題名の由来などについて多少の考証を試みて読者の便に供しているようであるが、著者自身が作品を謎めかしく仕立てるためにこのように書いたのかとも思われ、諸説分立して決着を見ない。文中の欠字の多さも、ことさら虫損などをよそおって古色を出そうとしているらしい。「宇治大納言物語」の実体と流伝のさま、侍従俊貞の正体と作品への関与など問題点として残ることが多く、解読の進展が待たれる。
九 説話・物語などの冒頭に用いられる形式的文句の一つ。本書にも多用され、その分布は成立事情をうかがわせるかともされる(解説参照)。「今は」は「今となっては」「時は」などと訳される

宇治拾遺物語　第一

抄出之次第不同也

（一　道命阿闍梨於二和泉式部之許一読経五条道祖神聴聞事《だうみやうあじやりいづみしきぶのもとにおいてどきやうしごでうのだうそじんちやうもんのこと》　巻一ノ一）

今[九]は昔《むかし》、道[一〇]命阿闍梨とて、傅殿《ふどの》[一一]の子に、色[一二]にふけりたる僧ありけり。和[一三]泉式部に通けり。経を目出《めでた》[一四]く読けり。それが和泉式部がり[一五]ゆきて、臥《ふ》[一六]したりけるに、目さめて、経を、心をすまして読《よ》みけるほどに、八巻《やまき》[一七]読《よ》みはてて、暁にまどろまんとする程に、人のけはひのしければ、「あ[一八]れは、たれぞ」と問ければ、「を《お》[一九]のれは、五[二〇]条西洞院《にしのとうゐん》の辺《ほとり》に候翁に候」とこたへければ、「こは何事ぞ」と道命いひければ、「この御経をこよひ承《うけたまはり》[二一]ぬる事の、世ゝ生ゝ《せぜしやうじやう》[二二]、忘《わすれ》がたく候」といひければ、道命「法花経を読《よ》みたてまつる事は、常の事也。など、こよひしも[二三]」といひければ、五条の斎《さい》[二四]いはく、「清[二五]くて、読みまいら《ゐ》せ給時は、梵天《ぼんでん》[二六]、帝尺《たいしやく》をはじめたてまつりて、聴聞《ちやうもん》せさせ給へば、翁などはちかづき参て、うけ給《たまは》るに及《をよ》び候はず。こよひは御[二七]行水も候はで、読《よ》みたてまつらせ給へ

が、文字どおり、語りの行われている今をさし、対者を心情的に昔に誘導させる機能を持つか。
一〇 藤原道綱の子で良源の弟子。延暦寺総持主阿闍梨、天王寺別当。寛仁四年(一〇二〇)没、四十七歳。後拾遺集初出の歌人。和泉式部との関係は明証がないが、梁塵秘抄一に「和歌にすぐれてめでたきは…道命、和泉式部」と並記される。
一一 藤原道綱。兼家の二男で、蜻蛉日記作者の子。大納言正二位に至り、寛仁四年(一〇二〇)没、六十六歳。「傅殿」は、東宮傅(皇太子の守り役)。
一二 好色な。女性に心を奪われた。
一三 平安中期の宮廷女房。生没年未詳だが、道命より数歳下か。大江雅致の子で一条天皇中宮に出仕。拾遺集初出の歌人で多数の作品が残る。
一四 見事に読んだ。道命の読経のすばらしさは、法華験記・下ノ八十六など諸書に特筆される。
一五 …のもとに。
一六 とまったところ。「臥す」は共寝する。
一七 法華経八巻二十八品をさす。この夜に一気に全八巻を読むのは不可能なので、その巻第八について言っているのであろう。
一八 お前はだれだ。「あれ」は対称代名詞。
一九 わたくしめ。卑下して用いる自称代名詞。
二〇 京都の五条大路と西洞院小路の交叉する地。
二一 拝聴した。「承る」は「聞く」の謙譲語。
二二 未来、いくたび生れ変っても。「生々世々」とも言い、他の諸本は多くその形を採る。
二三 今夜にかぎってなぜ、そう言われるのか。
二四 道祖神。五条西洞院の道祖神社(下京区藪下町に現存)に祭られる神(猿田彦と伝える)。
二五 清浄な身で。身をきよめたままで。
二六 それぞれ十二天の一。古代インドの神で、仏法を守護する。
二七 御行水もなさらずに。

ば、梵天、帝尺も御聴聞候はぬひまにて、翁《おきな》、まい《(ゐ)》りよりて、うけたまはりさぶらひぬる事の、忘がたく候也」とのたまひけり。

されば、はかなく、[一]さい読《よ》みたてまつるとも、清《きよ》くて読《よ》みたてまつるべき事なり。「[二]念仏、読経、四威儀《(しゐぎ)》をやぶる事なかれ」と[三]恵心《(ゑしん)》の御房もいましめ給にこそ。

(二　丹波国篠村平茸生事《たんばのくにしのむらにひらたけおふること》　巻一ノ二)

これも今《いま》は昔《むかし》、[四]丹波国篠村《(しのむら)》といふ所に、[五]年比《(としごろ)》、[六]平茸《(ひらたけ)》[七]やるかたもなく多《おほ》かりけり。里村の者、これをとりて、人にも[八]心ざし、又我も食《く》ひなどして、年来《(としごろ)》過《(すぐ)》る程に、その里にとりて、[九]むねとあるものの夢に、[一〇]頭《かしら》おつかみなる法師ども、二三十人斗《(ばかり)》いで来《き》て「申べき事候」といひければ、「いかなる人ぞ」と問ふに、「此[一一]法師原《(ばら)》は、この年比候て、[一二]宮づかひよくして候つるが、この里の縁尽《つ》きて、いまはよそへ[一三]まかりなんずる事の、[一四]かつはあはれにも候。又、[一五]事のよしを申さではと思て、此よしを申なり」といふと見《み》て、[一六]うちおどろきて、「こは何事ぞ」と妻《(つま)》や子やなどに語《かた》る程に、又、その里の人の夢にも、「[一七]この

一　書陵部本などに「さは」(そのように)とある。「さい読む」は他に用例未詳だが、「つい一寸読む、かりそめに読むの意か」(旧大系)という。
二　念仏・読経を行う場合、行住座臥の四つに関する戒律を破ってはならない。源信僧都四十一箇条起請に「念誦読経之間、不ㇾ可ㇾ闕二威儀一」とあるのによる。「威儀」は規律に叶ったふるまい。
三　源信。大和の人で俗姓卜部氏。良源に入門、道命の兄弟子。権少僧都に任ぜられたが、叡山横川の恵心院に隠棲。往生要集などにより天台浄土教を説く。寛仁元年(一〇一七)没、七十六歳。
▽本話については解説参照。
四　亀岡市篠町あたりの古称。保津川上流の山里。
五　久しく。長い間。
六　きのこの一種。初夏から初冬にかけて老樹の根元などに群生する。傘は半円形、肉は厚く美味で食用に供される。今昔二十八ノ十七―十九に平茸をめぐる説話が見える。
七　むやみに。どうしようもないほど。　八　贈り。
九　支配的立場にある者。「むねとの者」ともいう。
一〇　「小擱(かっ)み」と、「押(お)しつかみ」の音便「おっつかみ」の促音の脱落(または無表記)と、二様に解される。髪の毛がつかめるほどに伸びたさま。戒律を保たぬ法師のさまを示す。
一一　法師ども。「ばら」は同類の者を一括する接尾語で、軽視・卑下などの意をそえる。
一二　「宮仕へ」と同じ。奉仕することを広くさす。ここは、自分を食用に供していた事実をいう。
一三　退去いたそうとしていること。
一四　ほっとする反面、感慨深く思われます。
一五　いきさつを申し上げずに去るのは残念である。　一六　目がさめて。「うち」は語調を整える接頭語、「おどろく」ははっと目がさめる意。
一七　このとおりに。これと同じように。

定《ちやう》に見《み》えたり」とて、あまた同様に語《かた》れば、[一八]心も得《え》で、年も暮《く》れぬ。

さて、次の年《とし》の九、十月にも成ぬるに、[一九]さきざき出《い》で来《く》るほどなれば、山に入て、茸をもとむるに、すべて、[二〇]蔬《くさびら》、おほかた見《み》えず。「いかなる事にか」と、[二一]里国《さとくに》の者思ひてすぐる程に、[二二]故仲胤僧都とて、説法ならびなき人、いましけり。此事を聞《き》ゝて、「[二三]こはいかに。[二四]不浄説法する法師、平茸に生《む》まる、といふ事のある物を」との給《たまひ》てけり。

されば、[二五]いかにも〳〵、平茸は[二六]食《く》はざらんに、事かくまじき物なりとぞ。

（三　鬼《おに》ニ癭被レ取事《こぶとらるゝこと》　巻一ノ三）

これも今は昔《むかし》、右の顔に大《おほき》なるこぶある翁ありけり。[二七]大かうじの程なり。人[二八]にまじるに及ばねば、薪をとりて、[二九]世をすぐる程に、山へ行《ゆき》ぬ。雨風は[三〇]したなくて、帰《かへる》にを《お》よばで、山の中に、心にもあらずとまりぬ。又、木こりもなかりけり。おそろしさすべきかたなし。

木の[三一]うつほのありけるに、はい《ひ》入て、目も[三二]合《あ》はず、かゞまりて居たるほどに、はるかより、人の音おほくして、[三三]とゞめきくる音《をと》す。いかにも、山の中にたゞ

一八 何を意味するのか、わからないままに。
一九 以前に平茸が生えてきた時期になったので。
二〇 打消を強調する。上の「すべて」も同じで重複するが、語りの口調を生かしたものか。
二一 村里。前の「里村」と同義。
二二 延暦寺の僧。生没年未詳。権中納言藤原季仲の子。保元元年（一一五六）権少僧都に任ぜられたが、翌年に辞任。説法の名手として有名で逸話が多い。きわだった醜貌でも知られたらしい。
二三 これは一体どうしたことか。
二四 名利を求めて説法をする法師。景徳伝灯録二に「道眼」（道をきわめた者の見識）を持ちえぬ比丘が徒らに施しを受け、その報いで木菌（きくらげ）となったという類例があり、諸注これを引く。
二五 何としても。どうであっても。
二六 食わなくても、さしつかえはあるまい。
▽転生思想と山里の野趣とが交錯する奇談。感想をのべる仲胤を「故」とするのは、世代・交友圏などの点での作者とのちかしさを暗示するか。
二七 大型のこうじみかん。
二八 人とつきあうことができないので。こぶを持つ身なので里人から疎外されて生きていたのである。おきなのその立場が、同じく異形の存在である鬼との接触をより容易にした。
二九 生計をたてていたが。　三〇 はげしくて。
三一 穴。空洞となっているところ。近世まで「うつほ（お）」といい、後に「うつぼ」となった。空洞は、その特別な印象によって異界、また、異界との接点と想像される。本話でもおきなにとって身をひそめる場でありつつ、鬼とかかわるきっかけをも与えたのである。
三二 まんじりともせずに。
三三 やかましい音を立てて来る。「とど」は擬音語、「めく」はそのような音を立てる意。

ひとり居《ゐ》たるに、人のけはひのしければ、[一]少《(すこし)》いきいづる心地《ち》して、[二]見いだしければ、[三]大かた、[四]やう／＼さま／″＼なる物ども、[五]赤《あか》き色には青き物をき、黒き色には赤き物を[六]たう《(ふ)》さきにかき、大かた、[七]目一《(ひとつ)》ある物あり、口なき物など、大かた、[八]いかにもいふべきにあらぬ物ども、[九]百人斗《(ばかり)》、ひしめき集《あつ》まりて、火を[一〇]てんのめのごとくにともして、[一一]我《(わが)》居《ゐ》たるうつほ木の前《まへ》に[一二]居まはりぬ。大かた、[一三]いとゞ物おぼえず。[一四]むねとあると見《み》ゆる鬼、[一五]横座に居《ゐ》たり。[一六]うらうへに二ならびに居なみたる鬼、数をしらず。その姿《すがた》、おの／＼いひつくしがたし。

[一七]酒まい《(ゐ)》らせ、あそぶ有様《ありさま》、この世の人のする[一八]定《(ぢやう)》なり。たび／＼[一九]かはらけはじまりて、むねとの鬼、ことのほかに酔《ゑ》い《(ひ)》たるさまなり。末《すゑ》よりわかき鬼、一人立て、[二〇]折敷《(をしき)》をかざして、なにといふにか、[二一]くどき、くせゝる事をいひて、横座の鬼の前《まへ》に[二二]ねりいでて《ゝ》、くどくめり。横座の鬼、盃を左の手に持《も》ちて、[二三]え《(ゑ)》みこだれたるさま、たゞ、この世の人のごとし。舞て入《(いり)》ぬ。次第に[二四]下より舞《ま》ふ。[二五]悪《あ》しく、良《よ》く舞《ま》ふもあり。あさましと見《み》るほどに、この横座に居《ゐ》たる鬼のいふやう、「こよひの御あそびこそ、いつにもすぐれたれ。ただし、[二六]さもめづらしからんかなでを見《み》ばや」などいふに、この翁、[二七]ものの付《ゝ(つき)》たりけるにや、又、しかるべく神仏の思はせ給けるにや、「あはれ、走出《(はしりいで)》て舞《ま》はば《ゝ》や」と思《おも》ふを、一度《ど》

一 生きかえる。ひとごこちがつく。
二 穴の中から外を眺めたところ。
三 この辺に多用される語。ここは何とまあといういうほどの意で読者の驚嘆を誘うための言葉か。
四 多種多様の。
五 赤い色の身には青い物を着。
六 ふんどしとしてつけ。「かく」はかける。
七 目が一つしかない者。
八 何とも言いようのない奇怪な者ども。この場面の鬼たちは、画一化して行く後世の鬼の形姿と違って混沌とした多様さを見せている。
九 「百」の数字はいわゆる「百鬼夜行」を思わせる。十七話にも同様の部分がある(古典集成)。
一〇 太陽。「灯火《(ともしび)》日輪《(てんのめ)》の如し」(譬喩尽)。
一一 おきなが。この「わが」は反射指示で、その人自身の意。　一二 輪になってすわった。
一三 ますます気が遠くなるほどであった。
一四 首領であると思われる鬼。
一五 上座。敷物を横むきに敷くことにちなむ名。
一六 左右二列に。「うらうへ」は前後・上下についても言い、その双方をさす。
一七 酒をさしあげ、宴会をする。
一八 するとおりである。するのと同じである。
一九 杯のやりとりが始まって。
二〇 食器をのせるのに用いた角盆。杉などの薄いへぎ板を折りまわして作る。
二一 未詳。「くどく」はくどくどとのべることであろうが、「くせせる」は他に用例を見ない。早口に述べると解する説もある(古典集成)。
二二 ゆっくりと出て行って。
二三 笑いころげるさま。「こだ(垂)る」は緊張がゆるんで姿勢がだらしなくなる。
二四 順を追って下座から。
二五 下手に舞う者も、上手に舞う者もいる。「悪

は思かへしつ。[二八]それに、何となく、鬼どもが[二九]うちあげたる拍子のよげに聞《き》こえければ、「[三〇]さもあれ、たゞはしりいでて、舞てん。死なばさてありなん」と思とりて、木のうつほより、[三一]烏帽子《ゑぼし》は鼻《はな》にたれかけたる翁の、腰《こし》に[三二]よきといふ木きる物さして、横座《よこ》の鬼の居《ゐ》たる前にお《(を)》どり出《(いで)》たり。この鬼ども[三三]お《(を)》どりあがりて、「こはなにぞ」とさは《(わ)》ぎあへり。翁《おきな》、のびあがり、かゞまりて、舞べきかぎり、[三四]すぢりもぢり、[三五]えい声《ごゑ》を出《いだ》して、[三六]一庭《(ひとには)》を走まはり舞《ま》ふ。横座の鬼よりはじめて、集《あつ》まり居《ゐ》たる鬼ども[三七]あさみ興ず。

横座《よこ》の鬼のいはく、「多《おほ》くの年比、この[三八]遊《(あそび)》をしつれども、いまだかゝるものにこそあはざりつれ。今より此翁、かやうの御遊《あそび》にかならず参《まい》れ」といふ。翁申やう、「[三九]沙汰《さた》に及《をよ》び候はず。参《まい》り候べし。このたびは俄《にはか》にて、[四〇]お《(を)》さめの手も忘《わす》れ候にたり。かやうに[四一]御覧《らむ》にかなひ候はゞ、しづかにつかうまつり候はん」といふ。横座の鬼、「いみじく申たり。かならず参《まい》るべき也」と云。奥の座の三番に居たる鬼、「この翁はかくは申《(まうし)》候へども、参《まい》らぬ事も候はむずらんとおぼえ候に、[四二]質をや取《と》らるべく候らむ」と云。横座の鬼、「[四三]しかるべし。〳〵」といひて、「何をか取《と》るべき」と、を《(お)》の〳〵[四四]いひ沙汰《さた》するに、横座の鬼のいふやう、「かの翁の[四五]つらにあるこぶをや取《と》るべき。[四六]こぶは福《ふく》の物なれば、それを

しく」の下に「舞ふも」を補って解する。
二六 いかにも珍しく感ずるような舞。「かなで」は「かなづ」(腕《かい》を伸ばし、また振って舞う)の名詞化で舞。演奏にもいう。
二七 何かがとりついたのか。この時の翁の衝動の異常さを示す。「もの」は霊・妖怪などの類。
二八 しかしながら。それでも。
二九 手をたたいてはやす、その手拍子が。
三〇 どうなってもいいから、ともかくやってみようと思い立った気持を示す。
三一 烏帽子はたらりとして先が鼻にかかるほどになっている。烏帽子は成人男子のかぶりもの。形・作り方などは身分・階層によって異なる。翁のかぶり方は鬼に滑稽感を与えたものであろう。
三二 小型の斧。これを袴の腰ひもにさしかけた。
三三 とびあがって。鬼たちの驚き方を示す。
三四 身をさまざまにくねらせ。
三五 「えい」という声。力を入れたり、元気を付けたりしようとする時に発する声。
三六 宴会の場全体。「一」は下に付く語の表すもののすべてにわたることをさす。「庭」は何かの場にあてられた地域。ここは鬼たちが座っている内部。百人の座であるから相当の広さか。
三七 驚きあきれ、面白がった。 三八 遊宴。
三九 申すまでもありません。勿論でございます。
四〇 終りの舞い方。舞い納める時の型。
四一 見て気に入っていただけるのなら。
四二 質をお取りになるのがようございましょう。「質」は保証として預けておくもの。
四三 そのとおりであろう。もっともだ。
四四 相談したところ。
四五 頰。後に顔をさす卑語となったが、古くは頰・顎などにいう。
四六 古い俗信か。他に用例未詳。

ぞ惜《お》しみ思《おも》ふらむ」と云に、翁が云やう、「たゞ目鼻をば召《め》すとも、此こぶはゆるし給候《(たまひさぶら)》はむ。年比持て候物を、故《ゆへ》なく召《め》されむ、[一]ずちなき事に候なん」といへば、横座の鬼、「から惜《お》しみ申物也。たゞそれを取《と》るべし」といへば、鬼寄《よ》りて、「[二]さはとるぞ」とて、[三]ねぢて引《ひ》くに、大かた痛《いた》き事[四]なく、さて、「かならず此度の御遊に参《まい》るべし」とて、暁に鳥など鳴《な》きぬれば、[五]鬼ども帰《かへ》りぬ。

翁、顔《かほ》をさぐるに、年来《(としごろ)》ありしこぶ、跡かたなく、[六]かひ《(い)》のごひたるやうに、[七]つや〳〵なかりければ、木こらん事も忘《わす》れて、家に帰《かへ》りぬ。妻のうば、「こはいかなりつる事ぞ」と問《ゝ》へば、「[八]しか〳〵」と語《かた》る。「[九]あさましき事哉」と云。

[一〇]隣にある翁、左の顔に大なるこぶありけるが、此翁、こぶの失《う》せたるを見《み》て、「こはいかにして、こぶは失《う》せ[一一]させ給たるぞ。いづこなる医師《(くすし)》の取《と》り申たるぞ。我に伝給《(つたへ)》へ。この癭取《と》らん」といひければ、「是はくすしの取《と》りたるにもあらず。しか〳〵の事ありて、鬼の取《と》りたる也」といひければ、「我、[一二]その定《(ぢやう)》にして取《と》らん」とて、事の次第を細《(こまか)》に問ければ、をしへつ。

此翁、言《い》ふまゝにして、その木のうつほに入《(いり)》て、待ければ、まことに聞《き》くやうにして、鬼ども出《い》で来《き》たり。居まはりて、酒のみ遊《あそ》びて、「[一三]いづら、翁は参《まい》りたるか」といひければ、此翁、おそろしと思ながら、[一四]ゆるぎ出《(いで)》たれば、鬼ど

一 どうしようもない。途方にくれる。こぶを取られることについてこういったのは、もちろん翁のとっさの機転である。「ずちなし」は平安中期以後、主に男性中心に用いられた語で、「ずち」は「術」(方法・手段)の字音をうつしたもの。
二 それでは取るぞ。
三 ねじって引くと。物を抜くのにねじる術を用いているのは、鬼の知恵をさりげなく示すもの。「ねぢつればかならず、ぬくる心也」(名語記)。
四 諸本「なし」。　五 百鬼夜行というように、鬼の行動は夜のみのものと信じられていた。
六 ぬぐいとったように。　七 まったく。下の打消を強調する。　八 これこれこのようなわけだ。文意から省略可能な言に用いる。
九 びっくりしますね。あきれたことですね。
一〇 隣に住む翁。いわゆる隣の爺型の昔話のかたどおり、前の翁と対比的な描き方をされる(こぶの位置、性格、才能などの点)が、悪人として造型されていないことに注意。
一一 諸本「失せ給ひたるぞ」とあるが、底本には「させ」が用いられ、最高敬語になっている。隣の翁の卑下した感じがますます強調されている。
一二 そのとおりにして。同じやり方で。
一三 どこだ。
一四 身体をことさら動かして現われたので。「ゆるぐ」は虚勢をはるための(また、問いかけにこたえて目立つための)大げさな動作とも、恐怖心により身体がふるえているさまともとれる。前者であれば上の「ながら」は逆接(…ものの)、後者であれば並行を示すことになる。この翁の登場に対して鬼たちがあやしんだ気配がないことからすると、前者とする方が自然か。
一五 天性の才能。器用さ。
一六 下手に。「おろ(粗・疎)」を重ねた語。

も「こゝに翁参《まい》りて候」と申せば、横座の鬼、「こち参《まい》れ。とく舞《ま》へ」といへば、さきの翁よりは、[一五]天骨もなく、[一六]おろ〳〵かなでたりければ、横座の鬼、「このたびは、わろく舞たり。[一七]返〳〵《(かへすがへ(す)》わろし。そのとりたりし質《しち》のこぶ、[一八]返したべ」といひければ、末《すゑ》つ方《かた》より鬼いで来《き》て、「質《しち》のこぶ、返したぶぞ」とて、いまかた〴〵の顔《かほ》になげつけたりければ、[一九]うらうへにこぶつきたる翁にこそ、成たりけれ。

[二〇]物うらやみは、すまじき事なりとぞ。

(四　伴大納言事《ばんのだいなごんのこと》　巻一ノ四)

これも今は昔、[二一]伴大納言善男は佐渡国[二二]郡司が従者也。

彼国にて善男、夢に見《み》るやう、[二三]西大寺と[二四]東大寺とを[二五]またげて立たりと見《み》て、妻《(め)》の女にこのよしを語《かた》る。妻《め》のいはく、「[二六]そこのまたこそ、裂《さ》かれんずらめ」と[二七]合《あ》はするに、善男、おどろきて、「[二八]よしなき事を語てけるかな」とおそれ思て、主《しう》の郡司が家へ行向《むか》ふ所に、郡司、[二九]きはめたる相人《(さうにん)》也けるが、日来《(ひごろ)》はさもせぬに、事の外に[三〇]饗応して、[三一]わらうだとりいで、[三二]むかひて、召《め》しのぼせければ、

一七 何度考えてもの意から、程度・状態のはなはだしさをさす。ほんとうに。実に。
一八 返してつかわせ。翁が約束を果した(と鬼たちは思った)ための言であるが、翁との縁を早く絶ちきって座興の回復をはかるためもあるか。
一九 両方の頰に。「うらうへ」→一〇頁注一六。
二〇 他人のことをうらやんではならないとさ。第四十八話にもくりかえされる話末評語。
▽昔話として広く知られる内容。それを型どおりに語るようよそおいつつ、人生の断面をさりげなく映す。描かれる鬼の姿勢・生態も面白い。
二一 伴国道の五男。才覚に富み、正三位大納言にまで至ったが、貞観八年(八六六)、応天門事件(一一四話)の放火の罪を問われて伊豆に流され、翌々年流刑地で没す。五十八歳。
二二 律令制における地方官の一。主に在地の豪族が任ぜられ、中央から派遣される国司の下で郡内を治めた。なお、善男を佐渡の郡司の従者とするのは、父国道が一時期流人として佐渡にいたので、それによる伝承であろう。この伝承が佐渡でも行われていたことが江談抄に見える。
二三 奈良市西大寺町にある真言律宗の総本山。天平神護元年(七六五)創建。
二四 奈良市雑司町にある華厳宗の総本山。天平勝宝元年(七四九)創建。西大寺との距離は約五キロメートル。
二五 ふまえて。下二段動詞で、足をひろげ、二つのものをふまえる意。四段動詞(またぎ越す意)との差に注意。
二六 あなたの胯はいずれ裂かれるであろう。
二七 夢合せをしたので。夢合せは夢の意味するところについて、解釈・判断を加えること。
二八 つまらぬことを語ってしまったものだ。
二九 すぐれた人相見。「相人」は人相によってその者の運命などを推理・予知する者。

善男、あやしみをなして、「我を[一]すかしのぼせて、妻のいひつるやうに、またなど裂《さ》かんずるやらん」と恐思《(おそれおもふ)》程に、郡司がいはく、「汝、やむごとなき[二]高相の夢見《み》てけり。[三]それに、よしなき人に語《かた》りてけり。かならず、[四]大位にはいたるとも、[五]事いで来《き》て、罪をかぶらんぞ」といふ。

[六]然《(しかる)》あひだ、善男、[七]縁につきて、京上《(きやうのぼり)》して、大納言にいたる。されども、猶、罪をかぶる。郡司がことばにたがはず。

（五　随求《ずいぐ》ダラニ籠ㇾ額法師事《ひたひにこむるほふしのこと》　巻一ノ五）

これも今《いま》は昔《むかし》、人のもとに、ゆゝしくこと〳〵しく、[八]負斧《(おひをの)》、[九]ほら貝、腰につけ、[一〇]錫杖《(しやくぢやう)》つきなどしたる[一一]山臥《(やまぶし)》の、こと〳〵しげなる入来て、[一二]侍《(さぶらひ)》の[一三]立蔀《(たてじとみ)》の内の小庭に立けるを、侍、「[一四]あれはいかなる御房ぞ」と問ければ、「これは日比《(ひごろ)》、[一五]白山に侍つるが、[一六]みたけへ参《まい》りて、今二千日候はんと仕候つるが、[一七]時料《(じれう)》尽きて侍り。[一八]まかりあづからんと申あげ給へ」といひて立《た》てり。見《み》れば、額、眉《まゆ》の間の程に、[一九]髪際《(かうぎは)》によりて、二寸ばかり疵《(きず)》あり。いまだ[二〇]生癒《なまいゑ》にて、赤《あか》みたり。侍、問て云様《(いふやう)》、「その額の疵は、いかなる事ぞ」ととふ。山臥、いと[二一]たう《(ふ)》と〳〵し

二〇 もてなして。客として丁重に扱って。
二一 「わらふた」とも。藁・菅・蒲・藺などを用い、うずのように円く編んで作った座布団に似た物。
二二 向いあって、上座に招いたので。「召しのぼす」は下位の者を自分のところに呼びよせる。

一 だまして上座にすわらせて。
二 高貴な相の夢。高貴な者となることを示す夢。
三 それなのに。にもかかわらず。　四 高貴な位。
五 事件がおこって、罰せられるであろう。
六 その後。　七 縁によって、都にのぼって。
▽高相の夢を見たのによしなき者にそれを語り、幸運をつかみそこねた話。本書に多い夢説話の一。類話として大鏡の藤原師輔の伝が知られる。
八 斧の一種か。諸本表記同じ。「斧負ひ」と解する説が多いが、あるいは「斧」は「笈」の誤りか。
九 法螺貝の端に穴をあけ、口金をつけて吹き鳴らすようにしたもの。修験者が用いた。
一〇 僧・修験者の持つ杖。上部が錫で作られている。頭は塔婆の形に作られ、わくに六箇、また十二箇の環が掛けてあり、振ると鳴る。
一一 修験者。難行・苦行によって験力をつけ、野宿をいとわずに諸国をまわった。
一二 親王・上流貴族などの家務を執る者の詰所。
一三 細い木を縦横に組み、板を張ったもの。庭上に立てて内部をうかがいにくくした。
一四 あなたは、どのようなお坊さんですか。
一五 石川・岐阜両県にまたがる高山で霊地。
一六 奈良県吉野郡の金峯山(きんぶせん)をさす。右に同じく霊山で、金(かね)の御嶽とも称する。
一七 「斎(とき)料」とも。僧侶が食事に用いる金銭。
一八 ご寄進していただきたい。
一九 「かみぎは」の音便。
二〇 十分に治っていないさま。

く声《こゑ》をなして云やう、「これは[二二]随求陀羅尼《(ずいぐだらに)》をこめたるぞ」とこたふ。侍のものども、「ゆゝしき事にこそ侍れ。[二三]足手の指など切たるは、あまた見《み》ゆれ共、額破て、陀羅尼こめたるこそ、[二四]見《み》るともおぼえね」といひあひたる程に、十七八ばかりなる小侍の、ふと走《はし》り出《い》でて、うち見《み》て、「あな、[二五]かたはらいたの法師《(ほふ)し》や。[二六]なんでう《(ふ)》、随求陀羅尼をこめむずるぞ。あれは[二七]七条町に[二八]江冠者《(がうくわんじや)》が家の、[二九]おほ東《ひんがし》にある[三〇]鋳物師《いもじ》が妻を、[三一]みそか〳〵に入臥《(いり)ふ》し〳〵せし程に、去年の夏、入《い》り臥《ふ》したりけるに、男の鋳物師《いもじ》、帰りあひたりければ、とる物もとりあへず、逃て、西へ走しが、冠者が家の前程にて、追つめられて、[三二]さい《(ひ)》づへ《(ゑ)》して、額をうち割《わ》られたりしぞかし。[三三]冠者も見《み》しは」といふを、あさましと人ども聞《き》きて、山伏が顔を見《み》れば、[三四]さも、ことと思たる気色もせず、すこし、[三五]まのししたるやうにて、「その次《(ついで)》にこめたるぞ」と[三六]つれなういひたる時に、あつまれる人ども、一度に「は」と笑《わら》ひたるまぎれに、逃ていにけり。

（六　中納言師時《ちゆうなごんもろとき》、法師《ほふし》ノ玉茎検知事《たまくきけんちのこと》　巻一ノ六）

これも今《いま》は昔《むかし》、中納言[三七]師時といふ人、おはしけり。その御もとに、ことの

二一 とうとそうに声をつくって。「たふとたふとし」は「たふとし」を重ね、強調したもの。
二二 随求菩薩（観音菩薩の化身）の呪文。衆生の願いを叶えさせる力を持つとされる。修験者はこれら陀羅尼を誦して効験を印象付けた。この者は自分の身体を陀羅尼の容器としたと思わせ、人に威怖されようとしたのである。
二三 足や手の指を切る者について「あまた見ゆれ共」とあるが、実例未詳。法華経・薬王菩薩品に、「能く手の指、乃至、足の一指を燃（もと）して仏塔を供養せよ」とある。これにもとづく身灯（身体を用いて灯火をともす行）についての言か。
二四 見ようと思わなかった。
二五 見るにたえないでたらめな。
二六 なんで（…なものか）。「なにといふ」の変化した語で、どうして、なんでの意。
二七 七条大路と町尻小路の交叉するあたり。商業地として繁栄、鋳物師が多く居住していたことでも知られる。 二八 誰をさすか未詳。「江」は大江家、「冠者」は元服してまもない若者。
二九 ま東ともおよそ東ともいい、一般に前者とする説が多い。 三〇 鋳物を作る職人。
三一 ひそかに通って再三寝とっていたが。「入り臥す」は家の中に入って寝る。
三二 「鋳」と書く。鍬の一種で除草に用いる。
三三 冠者も見ていたよ。
三四 大してこたえた様子もなく。
三五 顔の皮を伸ばすように、まじめくさった顔付きをする。「眼伸（のま）し」で目をみはるの意かとする説もある。他例未詳。
三六 平然と言った時に。
三七 村上源氏。俊房の次男で権中納言正三位に至る。金葉集初出の歌人。日記に長秋記がある。保延二年（一一三六）没、六十歳。

ほかに色くろき墨染の衣の短《みじか》きに、[一]不動袈裟《(ふどうげさ)》といふ袈裟《けさ》かけて、[二]木練子《(もくれんじ)》の念珠の大なる、繰《く》りさげたる聖法師、入《(いり)》来《き》て立《た》てり。

中納言、「あれは何《なに》する僧ぞ」と尋らるゝに、ことのほかに、声《こゑ》をあはれげになして、「仮《かり》の世、はかなく候を、しのびがたくて、[三]無始《(むし)》よりこのかた、[四]生《(しやう)》死《じ》に流転するは、せんずる所、[五]煩悩に[六]ひかへられて、今にかくて、憂《う》き世を出《(いで)》やらぬにこそ。是《(これ)》を無益なりと思とりて、煩悩を切すてて、ひとへにこのたび、生死のさかひを出《(いで)》なんと思とりたる聖人に候」といふ。中納言、「さて、煩悩を切《き》りすつとは、いかに」と問給へば、「[七]くは、これを御覧《らん》ぜよ」といひて、衣の前《まへ》を[八]かきあげて見《み》すれば、[九]誠にまめやかのはなくて、ひげばかりあり。「こは不思議《ふしぎ》の事哉」と見《み》給程に、下《しも》にさがりたる[一〇]袋《ふくろ》の、[一一]事《(こと)》の外《(ほか)》におぼえて、「人やある」とよび給へば、侍二三人いで来《き》たり。中納言、「その法師、[一二]ひきはれ」との給《(たま)》へば、聖《ひじり》、[一三]まのしをして、阿《あ》弥《み》陀《だ》仏《(ぶつ)》申て、「[一四]とく〱、いかにもし給へ」といひて、[一五]あはれげなる顔《かほ》けしきをして、足をうちひろげて、[一六]を《(お)》ろねぶりたるを、中納言、「足《あし》を引ひろげよ」とのたまへば、二三人よりて、引ひろげ、さて[一七]小侍の十二三ばかりなるがあるを召《め》しいでて、「あの法師《し》のまたの上《うへ》を、手をひろげて、あげを《(お)》ろしさすれ」との給《(たま)》へば、[一八]そのまゝに、[一九]ふくらか

一　山伏の用いる軽便な袈裟。ひもで輪のように結い付けるので輪袈裟、結(ゆい)袈裟などという。「不動」と称するいわれは未詳。これを着して不動明王と一体化することによるなどとも言われる(資道什物記)。
二　「もくげんじ」の異称。ムクロジ科の落葉高木。これの種子(黒く堅い)を念珠(数珠)に用いる。
三　無限に遠い始源の時代。
四　生と死をくりかえし、六道(迷いの世界)に存在しつづける。
五　衆生を悩まし、わずらわせる各種精神作用。
六　とらわれて。「ひかふ」は「引き合ふ」の約で、引っぱって押えとめる。
七　ほら。さあ。「く」は「こ(此)」の転で、これの意。相手の注意をうながす時に用いる感動詞。
八　まくり上げて。「かきあけて」(手で開いて)と解する説もある。
九　本格的なもの。本物。玉茎を暗示する。後に「まめやか物」とあるのも同じ。　一〇　陰嚢をさす。　一一　意外に思われて。不思議で。
一二　ひっぱれ。不審をただすために身を拘束させたのである。　一三　→一五頁注三五。
一四　早く早く、どうとも。して下さい。
一五　いかにも殊勝な表情をして。
一六　軽く目をつぶったのを。「おろ」は少し、軽くの意をそえる接頭語。「ねぶる」は「ねむる」に同じで、目をつぶること。冥想的なよそおいで、悟りすました印象を与えようとしたのである。
一七　年少の侍者の十二、三ほどの者。ことさらにこのような者を召し出したのは、法師の快感を誘い出すのに効果的と思われたためである。
一八　言われたとおりに。
一九　ふっくらとした柔かな手で。
二〇　しばらくするうちに。

なる手して、あげおろしさする。

[二〇]とばかりある程に、この聖、まのしをして、「[二一]今《いま》はさておはせ」といひけるを、中納言、「[二二]よげになりにたり。たゞ、さすれ。[二三]それ〳〵」とありければ、聖、「[二四]さま悪《あ》しく候。今《いま》はさて」といふを、[二五]あやにくにさすり[二六]ふせける程に、毛の中より、[二七]松茸のおほきやかなる物の、ふら〳〵といで来《き》て、腹に[二八]すは〳〵とうちつけたり。中納言をはじめて、[二九]そこらつどひたる物ども、[三〇]もろ声《ごゑ》に笑《わら》ふ。[三一]聖も手をうちて、[三二]ふしまろび笑《わら》ひけり。

[三三]はやう、まめやか物を、下《した》のふくろへひねり入《い》れて、[三四]続飯《そくい》にて毛をとりつけて、[三五]さりげなくて、[三六]人をはかりて、物を乞《こ》はんとしたりけるなり。[三七]狂惑の法師にてありける。

（七　竜門聖《りようもんのひじり》、鹿《しし》ニ欲レ替事《かはらんとほつすること》　巻一ノ七）

大和国に[三八]竜門といふ所に聖有けり。住ける所を名にて、[三九]竜門の聖とぞいひける。

その聖《ひじり》の親《した》しく知《し》りたりける男の、明暮《(あけ)くれ》、鹿《しゝ》を殺《ころ》しけるに、[四〇]照射《ともし》といふ事

二一 もうこれくらいにして下さい。
二二 気持よさそうになった。
二三 さあさあ。注意をうながす語。
二四 見苦しうございます。
二五 いじわるく。人の(この場合は法師の)期待・願望などにそむくさま。
二六 さすって押さえているうちに。
二七 松茸のような形の大きな物。男根をさす。
二八 すぽんすぽんと。物が何かに軽やかに当るさまをいう擬態語。
二九 多数。おおぜい。　三〇 声をそろえて。
三一 両手を打ち合せて。感情の高ぶった時の動作。喜怒哀楽すべてにいう。
三二 ころげまわって。
三三 何とまあ、驚いたことに。
三四 飯つぶをねって作った糊。
三五 なにげなくよそおって。　三六 だまして。
三七 たわけた法師。とんでもない法師。類語「枉(誑)惑」と混用して使われ、「きやうわく」「わうわく」両様に読まれる。なお、雑談集巻九・誑惑(わうわく)の事に「日本の乞者法師は、誑惑をもて道として、渡世し侍る。しをほせては得分也。し損へば、我は乞食となのりぬれば、常の人にも似ず過(とが)なし。追ひ出だされ侍り。昔よりかかる習也。知らずして誑惑せらるるは、常の事、知りながら猶誑惑せらるる事、世に多く侍り」とあり、以下に三つの例話が語られている。
三八 奈良県吉野郡竜門村。竜門岳の山腹にかつて竜門寺(奈良時代創建。室町時代まであったか)があり、大伽藍を形成していた。
三九 古事談は「舜見上人」(伝未詳)と明記するが、竜門についてはふれていない。
四〇 昔の狩猟法。夏の夜、火串に火を点じ近寄る鹿を矢で射とめる。夏の景物で歌材にもなる。

をしける比、いみじう暗《くら》かりける夜、照射《(ともし)》に出《(いで)》にけり。鹿をもとめありく程に、[一]目を合《あ》はせたりければ、鹿《しゝ》ありけりとて、[二]を《(お)》しまはし〳〵するに、たしかに目を合《あ》はせたり。[三]矢比《(やごろ)》に[四]まはせよりて、[五]火串《ほぐし》に引かけて、[六]矢をはげて射《い》んとて、弓ふりたて見《み》るに、この鹿の目の間《あひ》の、例《れい》の鹿の目のあはひよりも近《ちか》くて、目の色もかはりたりければ、あやしと思て、弓を[七]引さして、よく見《み》けるに、猶、あやしかりければ、矢をはづして、火をとりて見《み》るに、鹿の目にはあらぬなりけりと見《み》て、[八]起《お》きば起《お》きよと思て、近《ちか》くまはしよせて見《み》れば、身は[九]一ぢやうの革にてあり。「なを《(ほ)》鹿なり」とて、又射《い》んとするに、猶、[一〇]目のあらざりければ、[一一]たゞうちにうちよせて見《み》るに、[一二]法師のかしらに見《み》なしつ。

「[一三]こはいかに」と見《み》て、[一四]おり走て、火うちふきて、[一五]しひをりとてみれば、この聖の、[一六]目うちたゝきて、鹿《しゝ》の皮を[一七]引かづきて、そひ臥《ふ》し給へり。「こはいかに、かくては、おはしますぞ」と言へば、ほろ〳〵と泣《な》きて、「[一八]わぬしが、制《せい》する事を聞《き》かず、いたくこの鹿を殺《ころ》す。我、鹿にかはりて、殺《ころ》されなば、さりとも、すこしはとゞまりなんと思へば、かくて射《い》られんとしてお《(を)》るなり。[一九]口惜う射《い》ざりつ」との給《(たま)》ふに、此男、[二〇]ふしまろび、泣《な》きて、「[二一]かくまでおぼしける事を、[二二]あながちにし侍ける事」とて、そこにて、刀をぬきて、弓うち切《きり》、[二三]やな

一 「目を合はす」は、照射の場合は、鹿の目が火に反射して輝くことをいう。
二 馬をあちこちに乗りまわしてみたところ。
三 矢が届くほどの距離。
四 諸本「まはしよりて」(松明を振りまわしつつ近寄っての意であろう)。「まはせ」では、馬をまわらせるの意となるか。
五 松明をはさみ、固定させる木。
六 弓につがえて。　七 引くのをやめて。
八 立ち上るものなら、立ち上ってみろ。人間が四足の姿をしていると見抜いての気持。
九 まぎれもない鹿の皮。「一ぢゃう(定)」はたしかなさまを示す語。　一〇 別のものの目であったので。「あらず」は違う、別のものである。
一一 どんどん近付いて見ると。「ただ…に…する」は、勢よくその動作をする意。
一二 法師の頭であることをたしかめた。
一三 これは一体どうしたことか。
一四 馬からおりて走って。旧大系は「おり」を「折り」として「敏速に忍びよる際の、体位の低い姿勢をいうか」とするが、通説に従っておく。
一五 「椎折り」「(松明をあかるくするために)芯折り」「癈ひ居り(動けなくなってうずくまっている)」などの字を当てる解があるが、「しひ」は「しゝ(鹿)」の誤写で、ここの文意は、鹿がいると思って見ると、というほどのことか。書陵部本の「しひ」に「しゝ」の傍記があるが、同様な判断によるものであろう。
一六 まばたきをして。火の光をまぶしがる表情。
一七 ひきかぶって。　一八 おまえさん。
一九 射てくれなかったのは残念である。
二〇 ころげまわって。
二一 それほどまで私を思って下さった事を。
二二 なおざりにしましたことよ。

ぐひ、みな折《お》りくだきて、本鳥《(もとどり)》二四切て、やがて聖に具《ぐ》して、法師に成て、聖のおはしけるかぎり、聖につかはれて、聖、失《う》せ給ければ、かはりて、又、そこに二五ぞおこなひてゐたりけるとなん。

（八　易《えき》ノ占《うらなひ》シテ金取出事《こがねとりいだすこと》　巻一ノ八）

二六旅人の宿《やど》もとめけるに、二七大きやかなる家の、二八あばれたるがありけるによりて、「二九こゝにやどし給てんや」といへば、女声《ごゑ》にて、「三〇よき事。やどり給へ」といへば、みなおり三一ゐにけり。屋《や》大《おほ》きなれども、人ありげもなし。たゞ、女一人ぞあるけはい(ひ)しける。

かくて、夜明《あ》けにければ、三二物食《く》ひしたゝめて、いでて行を、この家にある女、いで来《き》て、「三三えいでおはせじ。とゞまり給へ」といふ。「こはいかに」と問へば、「三四を(お)のれは金千両負《を》ひ給へり。そのわきまへしてこそ出給はめ」といへば、この旅人の従者《ずんざ》ども笑《わら》ひて、「三五あら、しや、讒《ざん》なんめり」といへば、此旅《たび》人、「しばし」といひて、又、おりゐて、皮子《(かはご)》三六、こひよせて、幕引めぐらして、しばしばかりありて、此女をよびければ、出来《き》にけり。旅人問《と》ふやうは、「この親は

二三 矢をいれて背負う容器。
二四 頭の上で髪の毛を束ねたもの。これを切るのは出家することをあらわす。
二五 修行しつづけたという。
▽大筋は古事談と同じだが、本書の方が具体的で、二書は直接の書承関係にないであろう。悪人発心談で、聖の献身的行為が印象深い。彼のまとった鹿皮は梁塵秘抄二の「聖の好む物」にも出、聖の風俗の一として知られた。
二六 「今は昔」「昔」などの形式を欠くことに注意。
二七 いかにも大きな。「やか」は形容詞語幹などに付き、断定をさけて印象を柔らげる。平安中期以後は主に「げ」が多用されてすたれたので、やや古風な表現に属するであろう。
二八 荒れはてた。
二九 泊めていただけるでしょうか。
三〇 いいです。文末の「事」は感嘆・疑問などをあらわす。主に女性が用い、ここもその一例。
三一 馬からおり、家の中で腰をおろした。
三二 食事をして。「食ふ」「したたむ」は同義語。
三三 お出かけになるわけにはまいりません。
三四 お前は金千両を借りておいでです。相手をいやしめる「おのれ」と敬語がそぐわない。古活字本の「おのれが」なら、「おのれ」は一人称となり文意が通ろう。下の「わきまへ」は返済。
三五 ああ、ちくしょう、言い掛かりを付けるようだ。「あら」「しや」はともに感動詞。「しや」はいまいましい時などに相手をののしって言う。諸注、「あらじや」(そんなことはありますまいよ)とするが、従わない。「讒」は無実のことを言って人をおとしいれること、また、その言。
三六 皮を張った大きな箱。後には紙張りのもの、竹で編んだものについてもいう。この場面のは、占いの道具などが入っていたのであろう。

もし、[一]易の占といふ事やせられし」と問へば、「[二]いさや侍けん。そのし給ふやうなる事はし給き」と言《い》へば、「[三]さるなり」といひて、「さても、何事にて千両金負《を》ひたる、そのわきまへせよとは言《い》ふぞ」と問へば、「を《(お)》のれが親《おや》の失侍《(うせはべり)》し折《おり》に、[四]世中にあるべき程の物など、得《え》させを《(お)》きて、申《まう》ししやう、「[五]今《いま》なん十年ありて、その月にこゝに旅人来てやどらんとす。その人は我金を千両負《を》ひたる人なり。それに、その金をこひて、[六]堪《た》へがたからん折《おり》は、売《う》りて過《す》ぎよ」と申しかば、今までは親の得《え》させて侍し物を、すこしづゝも売《う》りつかひて、今年《ことし》となりては、売《う》るべき物も侍らぬまゝに、いつしか我親のいひし月日の[七]とく来《こ》かしと、待侍《(まちはべり)》つるに、今日《けふ》にあたりて、おはしてやどり給へれば、金負《を》ひ給へる人なりと思て申也」といへば、「金の事はまことなり。[八]さる事あるらん」とて、女をかたすみに引てゆきて、人にも知《し》らせで、柱をたゝかすれば、[九]うつほなる声《こゑ》のする所を、「[一〇]くは、これが中に、[一一]のたまふ金はあるぞ。あけて、すこしづゝとりいでて、つかひ給へ」と教《をし》へて、出《(いで)》ていにけり。

此女の親《おや》の、易の占の上手にて、此女のありさまを勘《(かんが)》へけるに、いま十年ありて、まづしくならんとす。その月日、[一三]易《やく》の占する男来《き》て、宿《やど》らんずるとかんがへて、[一四]かゝる金あるとつげては、[一五]まだしきに取いでて、使《つか》ひうしなひては、

一　易経の説による占い。算木(さんぎ)・筮竹(ぜいちく)を用いて吉凶を予知。中国伝来で、次第に民間にも及ぶ。
二　さあ、どうだったでしょう。諸本、多く「いさ、さや侍りけん」につくる。
三　それがそうなのでしょう。「なり」は推定。
四　世の中で生きていけるだけの物。とりあえずの生活費に当てる物をさす。
五　今から十年たって。
六　生活が苦しくなったおりは。
七　早く。下の願望を表す語(ここは「来かし」)と呼応し、その時への待望の念を示す。
八　故人の言ったようなことがあるでしょう。
九　中が空洞になっているような音。反響音をさす。「うつほ」→九頁注三一。
一〇　さあ。相手の注意をうながす語。
一一　お父上がおっしゃった金はありますよ。
一二　解釈したのであるが。
一三　「やく」は「易」の呉音。本文の中で、漢音の「えき」と並用されているが、意味上の差はなかろう。用例的には「えき」の方がより一般的。
一四　(自分の生前に)こんな金があると告げたら。
一五　まだ早いうちに。
一六　売ってなくすこともしないで。
一七　そのいわれを知って。
一八　占によって取り出し。
一九　てのひらの中のことのように明白に示して。
▽時代・場所・人名などが具体的に示されず、冒頭の唐突さも含めて異色ある一編である。空洞に関して第三話と重なり(家の柱の穴の神秘性を扱った話に今昔二十七ノ三がある)、予知に関して第四話と重なる。中国種の話で、捜神記三の隗炤(かいしよう)の故事によるかという。

まづしくならん程に、つかう物《(ふ)》なくて、まどひなんと思て、しかいひ教《をし》へて
死《(しに)》ける後にも、この家をも売《う》り一六うしなはずして、今日《けふ》を待つけて、この人を
かく責《せ》めければ、これも易《ゑき》の占する物にて、心一七をみて、うらなひ一八いだして教《をし》へ、
いでていにけるなりけり。
易《ゑき》のトは行するゑを掌一九の中のやうにさして、知《し》る事にてありける也。

（九　宇治殿《うぢどの》倒《たふ》レサセ給《たまひ》テ、実相房僧正験者《じつさうばうそうじやうげんざ》ニ被《めさるる》レ召事《こと》　巻一ノ九）

これも今《いま》は昔《むかし》、高陽院《(かやのゐん)》二〇造らるゝ間、宇治殿二一、御騎馬《(おんのりうま)》にてわたらせ給あひだ、
倒《たう》二二れさせ給て、心地《ち》二三たがはせ給《たま》ふ。心誉僧正二四に祈られんとて、召《めし》につかはすほ
どに、いまだ参《まゐ》らざるさきに、女房の局二五なる小女に、物二六つきて申ていはく、
「別の事にあらず。きと二七目見いれたてまつるによりて、かくおはしますなり。
僧正、参《まゐ》られざる先に、護法二八さきだちて、参《まゐ》りて、追《を(ひ)》いはらひさぶらへば、逃
をはりぬ」とこそ申けれ。則《(すなはち)》二九、よくならせ給にけり。
心誉僧正、いみじかりける三〇とか。

二〇「賀陽院」とも。桓武天皇皇子賀陽親王の邸であったことによる名。中御門南・西洞院西・堀川東・大炊御門北にあり、東西二町を占める大邸宅であった。後に藤原摂関家のものとなり、頼通が改修・拡張を加え、後冷泉天皇以後、里内裏・院御所として用いられたが、貞応二年(一二二三)焼亡。
二一 藤原頼通。道長の長男で、従一位、摂政・関白・太政大臣に至る。宇治に山荘を持ち(「宇治殿」はそのことにちなむ称)、これを寺院(平等院)として、晩年は出家の身となり、ここに住んだ。承保元年(一〇七四)没、八十五歳。
二二 お倒れになって。落馬したことをいっているのであろう。「たふる」は中古から中世にかけて「たうる」と発音された(本文の仮名遣はそれによる)が、中世末には「たおる」になった。
二三 気分が悪くおなりになった。
二四 天台宗の僧で、実相房と号す。藤原重輔の子。有験の高僧として知られ、法成寺執務、園城寺長吏などをつとめた。長元元年(一〇二八)権僧正に至り、翌年入滅。享年五十九歳。
二五 (頼通に仕える)女房の部屋。
二六 (心誉の)霊。
二七 ちょっと悪霊が見つめ申し上げたことによって。「きと」は何げなく、ちらっと。「目見いる」は注目する。
二八 護法童子(天童)。護法神の使者として、仏法を護持する童形の者。
二九 そのまま、すぐに。
三〇 すぐれた方であったという。「けるとか」は古活字本に「ぬること」とある。その場合の文意は「すぐれた方であったことよ」となる。

（一〇　秦兼久《はだのかねひさ》、向ニ通俊卿許一悪口事《みちとしきやうのもとにむかひてあくこうのこと》　巻一ノ一〇）

これも今は昔、治部卿通俊卿[一]、後拾遺[二]をえらばれける時、秦兼久[三]、行向て、[四]を《(お)》のづから歌などや入《い》る、と思て、うかゞひけるに、治部卿い[五]であひて、物がたりして、「いかなる歌かよみたる」といはれければ、「はかぐ〵しき歌候はず。後三条院[六]、かくれさせ給てのち、円宗寺[七]に参《まい》りて候しに、花の匂い《(ひ)》、むかしにもかはらず侍しかば、つかうまつりて候しなり」とて、

「[八]こぞ見《み》しに色もかはらず咲《さ》きにけり花こそ物は思《おも》はざりけれ

とこそ仕《(つかうま)》[九]つりて候しか」といひければ、通俊卿、「[一〇]よろしくよみたり。たゞし、「けれ、けり、ける」などいふ事は、い[一一]としもなき言葉《こと》なり。それはさることにて、「花こそ[一二]」といふ文字こそ、女《め》の童《わらは》などの名にしつべけれ」とて、いともほめられざりければ、言葉《こと》すくなにて、立て、侍[一三]どもありける所によりて、「此殿は、大[一四]かた、歌のありさま知《し》り給はぬにこそ。かゝる人の撰集うけ給《(たまはり)》ておはするは、あさましき事かな。四条大納言[一五]の歌に、

春来《き》[一六]てぞ人も問《(とひ)》ける山里は花こそやどのあるじなりけれ

一 藤原経平の次男。白河院の近臣として重んじられ、従二位権中納言(治部卿兼任)に至った。二十九歳の若さで勅撰集撰者になり、十一年後に後拾遺集を撰進。康和元年(一〇九九)没、五十三(五十二、五十七とも)歳。
二 後拾遺和歌集。第四番の勅撰和歌集。白河院の命をうけ、通俊が応徳三年(一〇八六)撰進、奏覧に供したが、経信の難後拾遺などをうけて翌年再奏本が作られ、完成した。
三 随身として知られた人らしいが、詳伝未詳。なお、金葉集、袋草紙、今物語などによれば、本話の主人公は正しくは父兼方(左近将監)か。
四 あるいは、自分の歌が入ることもあろうか。
五 出て会って。面会して。
六 第七十一代天皇。白河院の父に当る。在位期間は治暦四年(一〇六八)から延久四年(一〇七二)まで。延久五年崩、四十歳。天皇親政を復活、才徳兼備の帝として人望を集めた。
七 後三条天皇の勅願寺。延久二年(一〇七〇)に創建。はじめ円明寺と称したが、同名の寺があるので改められた。都の西北郊外、仁和寺の南にあり、大伽監であったが後に廃滅、跡をとどめない。
八 昨年見たときと、色も変らず美しく咲いている。桜の花は物を思うなどということはしないものであるなあ。花の無情にことよせて、自分の哀傷の思いを詠嘆する歌。金葉集・雑上に右近将曹秦兼方の作として見える。
九 歌を制作いたしました。
一〇 まずまずの詠みぶりである。　一一 それほど必要な言葉でもない。歌の上下の句末に再出することへの批判をやんわりと言ったもの。
一二 「花こそ」という言葉は少女の名にふさわしそうだ。「こそ」は人名に付け愛称を作る接尾語。
一三 家に仕える男。

とよみ給へるは、めでたき歌とて、世の人口《ひとぐち》にのりて申めるは。その歌に、一七「人も問《と》ひける」とあり、又「やどのあるじなりけれ」とあめるは。「花こそ」といひたるは、一八それにはおなじさまなるに、いかなれば四条大納言のはめでたくて、一九兼久がはわろかるべきぞ。かゝる人の、撰集うけたまはりてえらび給、あさましき事也」といひて、出にけり。

侍《さぶらひ》、通俊のもとへ行て、「兼久こそ、かう〳〵申て、出《いで》ぬれ」と語《かた》りければ、治部卿、うちうなづきて、二〇「さりけり、〳〵。物ないひそ」とぞ、いはれける。

（一一　源大納言雅俊《げんだいなごんまさとし》、一生不犯金《いつしやうふぼんのかね》、打《うた》セタル事《こと》　巻一ノ一一）

これも今は昔、二一京極の源大納言雅俊といふ人おはしけり。仏事をせられけるに、仏前にて、僧に鐘を打せて、二二一生不犯なるをえらびて、二三講を行なはれけるに、ある僧の二四礼盤《らいばん》にのぼりて、すこし顔《かほ》けしき、二五たがひたるやうに成て、二六鐘木《しゆもく》をとりてふりまはして、二七打もやらで、しばしばかりありければ、大納言、いかにと思はれけるほどに、やゝ久しく物もいはでありければ、人ども二八覚《おぼ》つかなく思けるほどに、此僧、わなゝきたる声にて、二九「かはつるみはいかゞ候べき」

一四 まったく、歌のことをご存じない方なのだ。
一五 藤原公任。関白太政大臣頼忠の長男。正二位権大納言。邸が四条にあり四条大納言と呼ばれる。博学多才で、歌人としても重んじられた。拾遺集初出。長久二年(一〇四一)没、七十六歳。
一六 春が来て人も訪れるこの山里は、私でなく桜の花が宿の主のようなものだ。公任の代表作の一として諸書に出る。拾遺集・雑春に収録、詞書によると、公任の北白河の山荘に花見の客が訪れたときの作という。
一七 評判になってもてはやしているようだよ。
一八 その歌と同じ作り方であるのに。
一九 兼久の歌はよくないはずがあろうか。
二〇 ああ、そうだった、そうだった。それ以上、何も言ってくれるな。意地をはらぬ通俊の好人物ぶりを示すせりふか。
▽話の面白さは勅撰集撰者の無学という意外性にあり、権威を諷刺する。後拾遺集は充実した撰集で、通俊の非凡さが窺えるが、彼の役割が白河院近臣の立場によるもので、歌壇の序列と無関係であったためにとかくの風評が生れた。
二一 村上源氏。右大臣顕房の三男。権大納言、正二位。保安三年(一一二二)没、五十九歳。
二二 一生、女性と交わらないこと。
二三 経典の講義・論議などのための法会。
二四 仏を礼拝するために導師が上る座。
二五 (その座に着いた者として)そぐわない様子になって。場ちがいな感じになって。
二六 鐘・鉦(たたきがね)などを打ち鳴らす丁字形の棒。
二七 打ち鳴らすこともしないで。「やる」は動詞の連用形に付き、その動作を果たす、し終るなどの意を示す。多くは打消を伴って用いる。
二八 気がかりに。
二九 手淫。男色とする説もあるが採らない。

といひたるに、諸人、[一]を《お》とがひを放《はな》ちて、笑《わら》ひたるに、一人の侍ありて、「かはつるみは[二]いくつ斗《ばかり》にてさぶらひしぞ」と問たるに、此僧、くびをひねりて、「[三]きと、夜部《よべ》もしてさぶらひき」といふに、[四]大かた、どよみあへり。其紛《まぎれ》に、はやう逃《にげ》にけりとぞ。

(一二　児《ちご》ノカイ餅《もちひ》スルニ空寝《そらね》シタル事《こと》　巻一ノ一二)

是も今は昔《むかし》、[五]比叡《ひえ》の山に[六]児ありけり。僧たち、[七]宵《よひ》のつれ〴〵に、「いざ、[八]かひ《い》もちい《ひ》せん」といひけるを、この児、[九]心よせに聞《き》き《ゝ》けり。さりとて、[一〇]しいださんを待《ま》ちて、寝《ね》ざらんも、[一一]わろかりなんと思ひて、かた〳〵によりて、寝たるよしにて、出来《いでく》るを待けるに、すでに、し出《いだ》したるさまにて、[一二]ひしめきあひたり。

此児、[一三]定ておどろかさんずらんと待ゐたるに、僧の「[一四]物申《まうし》さぶらはむ。おどろかせ給へ」といふを、うれしとは思へども、たゞ一度《ど》に[一五]いらへんも、[一六]待けるかともぞ思《おも》ふとて、今一声《こゑ》よばれていらへんと、[一七]念じて寝《ね》たる程に、「や、[一八]なおこしたてまつりそ。幼《おさな》き人は寝入給にけり」といふ声《こゑ》のしければ、あなわ

一　下あごがはずれるほどに大口をあけて。
二　何歳でいたしたのですか。
三　ちょっと昨夜もいたしました。
四　一同は、爆笑した。「どよむ」(平安中期までは「とよむ」)は大声をあげる。
五　比叡山延暦寺。延暦七年(七八八)に最澄が開いた天台宗の総本山。京都府・滋賀県にまたがり、東塔・西塔・横川の三塔十六谷から成る。
六　寺院で給仕、雑役などをした少年。貴族の子弟などしかるべき出自の者もおり、僧侶たちから一目おかれることも多かった。美童の場合は男色の対象として特別視される習慣もある。
七　宵の所在なさに。日はすっかり暮れたが、寝るには早い時刻。僧としての義務からひとまず解放された時間帯に、ふと手持ぶさたを覚えたものか。
八　「かいもち」とも。「掻餅《かきもち》」の変化したものかという。おはぎ、ぼたもちの類。転じてそばがきをさす。ここがそのどちらかは不明。古今著聞集十六、徒然草二三六段に、「かいもちひ」を食うための誘いかけの場面が見えるが、その言はここと同じく「いざ」(さあ)の語で始っており、かなりきおって食うものであったらしく、それだけの魅力があったのであろう。
九　関心を持って。期待を寄せて。
一〇　作り上げるのを。用意ができあがるのを。
一一　みっともないことであろう。
一二　皆でさわがしい音をたてている。
一三　(自分を)起してくれるだろう。「おどろかす」は起こす、呼びさますの意で、「おどろく」(めざめる)の他動詞形。
一四　もしもし。呼びかけたり、案内を乞う時の丁寧な言葉遣い。
一五　返事するのも。「いらふ」は応答する。本格

びしと思《おも》ひて、今一度《ど》、おこせかしと思寝《ね》[一九]に聞《き》けば、「ひし〳〵」とたゞくひにくふ音のしければ、ずちなくて[二〇]、無期《むご》[二一]の後に、「えい」[二二]といらへたりければ、僧達、笑《わら》ふ事、かぎりなし。

(一三　田舎児《ゐなかのちご》、桜《さくら》ノ散《ちる》ヲ見泣事《みてなくこと》　巻一ノ一三)

是も今は昔《むかし》、ゐ中の児の、比叡《ひえ》の山へのぼりたりけるが、桜のめでたく咲《さ》きたりけるに、風のはげしく吹《(ふき)》けるを見《み》て、此児、さめ〳〵と泣《な》きけるを見《み》て、僧の、やわら[二三]よりて、「など、かうは泣《な》かせ給ふぞ。この花の散《ち》るを惜《お》しうおぼえさせ給か。桜ははかなき物にて、かく程なくうつろひ[二四]候なり。されども、[二五]さのみぞさぶらふ」となぐさめければ、「桜の散《ち》らんは、あながちに[二六]いかゞせん、苦《くる》し[二七]からず。我父《(わがてゝ)》の作たる麦[二八]の花散《ち》りて、実のいらざらん、思《おも》ふがわびしき」といひて、さくりあげて[二九]、「よゝ」と泣《な》きければ、うたてしや[三〇]な。

的な返答をいう「こたふ」に対して、呼びかけに応じただけの動作をさす。
一六 待っていたのか、と相手は思うだろう。
一七 がまんして。耐えしのんで。
一八 お起こししないように。
一九 何かを思いながら横になっていること。多く恋愛感情についていうが、これを使って児のひたむきさをユーモラスに表現したものである。
二〇 どうしようもなくて。
二一 かなりたって。「無期」(「ご」は「期」の呉音)は期限がわからないほどの長時間。実はさしたる時間ではないのであろうが、児の心理ではそのように思われたのである。
二二 はい。中世以後の文献に出る感動詞。
▽次話ともども寺院の日常的情景の中に可憐な児をほほえましく映す。会話文が効果的。
二三 しずかに。おもむろに。「柔(やは)ら」と同源かとされるが、「やをら」との関連もありげで、第二音節の仮名遣が「は」か「わ」か決め難い。
二四 散るのです。
二五 それだけのことです。自然な現象で、悲しむいわれはないことを言っている。「さぶらふ」の「ぶ」は底本に欠く。諸本によって補入。
二六 むりにどうしようとも思わない。
二七 つらくない。平気である。
二八 麦の花は穂に付き、粉状で不安定である。
二九 しゃくりあげて。
三〇 情けないことであるよ。情趣に欠ける児の返事を非難しつつ、ちぐはぐなやりとりをおかしがっているのであろう。

（一四　小《こ》藤太《とうだ》、聟《むこ》ニオドサレタル事《こと》　巻一ノ一四）

これも今は昔、[一]源大納言定房といひける人の許に、[二]小藤太と云侍ありけり。[三]やがて、女房にあひ具《ぐ》してぞありける。むすめも女房にてつかはれけり。この小藤太は、[四]殿の沙汰をしければ、[五]三通《とほ》り、四通《(とほり)》に居ひろげてぞありける。此女《(このむすめ)》の女房に[六]生良家子《なまりやうけし》の通《かよ》ひけるありけり。よひに忍びて、[七]局へ入にけり。暁より雨降《ふ》りて、え帰らで、局に忍て臥《ふ》したりけり。此女の女房は[八]うへへのぼりにけり。此聟の君、屏風を立《(たて)》まはして、寝《ね》たりける。春雨[九]いつとなく降《ふ》りて、帰《(かへる)》べきやうもなくて、臥《ふ》したりけるに、このしうとの小藤太、此聟の君、[一〇]つれ〴〵にておはすらんとて、肴《さかな》、[一一]折敷《(をしき)》にすへ《(ゑ)》て持て、いま片《かた》手に[一二]提《(ひさげ)》に酒を入て、縁《あん》より入《い》らんは、人、見《み》つべしと思て、奥《おく》の方より、[一三]さりげなくて、もて行に、此聟の君はきぬを引かづきて、[一四]のけざまに臥たりけり。此女房の[一五]とくおりよかしと、つれ〴〵に思《おも》ひてふしたりける程に、奥《おく》の方《かた》より、[一六]遣戸《(やりど)》をあけければ、疑《うたが》ひなく、此女房の、[一七]うへよりおるゝぞと思て、きぬをば顔にかづきながら、[一八]あの物をかきいだして、腹をそらして、[一九]けし〳〵とおこしければ、小藤太、お

一 村上源氏。中納言雅兼の子。右大臣雅定の猶子となり、正二位大納言に至る。歌人で千載集に二首入集。文治四年(一一八八)没、五十九歳。
二 藤原姓の某であろうが、未詳。
三 そのまま、女房と結婚していた。大納言家に侍(家務を執る者)として住みこみ、その立場で、同家に仕える女房と夫婦になったことをいう。
四 大納言の家務をとりしきっていたので。
五 すこぶる勢力をひろげていた。「三とほり四とほり」は一とおりや二とおりでなく、もっとの意か。「居ひろぐ」は実力を拡大する意。
六 若い良家の子。「生」は若い、未熟なとの意。
七 女房の個室。
八 主人のいる部屋。
九 いつまでも。いつやむともなく。
一〇 退屈していらっしゃるであろう。
一一 食器をのせるのに用いた角盆。杉などの薄いへギ板を折りまわして作る。
一二 鍋に似た小型の容器。鉉(つる)と注ぎ口を持つ。
一三 なにげなく。そのような様子も見せずに。
一四 あおのけざまに。
一五 早くさがってきてほしい。
一六 左右に開閉する戸。引き戸。
一七 主人の部屋からさがって来たのだ。
一八 男根をさす。
一九 むくむくと勃起させたので。
二〇 のけぞりかえったのでの意かとされる。
二一 大げさなひげをはねあげた顔をして。男の威厳とうらはらの醜態を印象付ける表現。
二二 目をまわして。目がくらんで。
▽処世的才覚ありげな男が聟に気を遣ったためにひどい目にあう話。性的な素材を軽快に扱う。底本目録は「オドサレタル」の「サ」を「セ」に誤る。標題では訂した。

びえて、[二〇]なけされ帰《かへ》りける程に、さかなも打ちらし、酒もさながら、うちこぼして、[二一]大ひげをさゝげて、のけざまにふして倒《たを》れたり。かしらをあらう打て、[二二]まくれ入て、臥《ふ》せりけりとか。

（一五　大童子《だいどうじ》、鮭《さけ》ヌスミタル事《こと》　巻一ノ一五）

これも今は昔、越後国より、鮭を馬に負《お》[二三]ほせて、[二四]廿駄斗《(ばかり)》、[二五]粟田口より京へを《(お)》ひ入けり。それに粟田口の[二六]鍛冶が居たる程に、頂禿《いたゞきは》げたる[二七]大童子の、[二八]まみしぐれて、[二九]物むつかしう、[三〇]うらゝかにも見《み》えぬが、此鮭の馬の中に走入にけり。道は狭《せば》[三一]くて、[三二]馬なにかとひしめきける間、此大童子、[三三]走そひて、鮭《さけ》を二《(ふたつ)》、引ぬきて、ふところへひきいれてけり。

さて、さりげなくて、走先立けるを、此鮭に具《ぐ》したる男、見《み》てけり。走先立て、童の[三四]たてくびを取て、引とゞめていふやう、「[三五]わ先生《せんじやう》は、いかで、此鮭をぬすむぞ」といひければ、大童子、「さる事なし。何《なに》を証拠《せうこ》にて、かうはの給《(たま)》ふぞ。わぬしが取て、此童に[三六]おほする也」といふ。[三七]かくひしめく程に、のぼり、くだるもの、[三八]市をなして、行《(ゆき)》もやらで見あひたり。

二二 背負わせて。「負ほす」は「負ふ」の使役形。
二四 「駄」は荷を背負った馬。また、その背負っている荷の重量。ここは馬をさす。
二五 京都市東山区。京都七口の一つで、東海道・東山道への出口。平治元年（一一五九）移住の国家以来刀鍛冶が住む地として知られる。
二六 「金《かな》打ち」の変化した語で、金属を打ちきたえて器具を作る職人。粟田口在住の刀工は、ここの通りにちなみ、三条小鍛冶と称された。
二七 童形の髪をした年配者。主に寺院で使役される者にいうが、この者はあるいは牛飼童などの類か。
二八 涙目で。眼病によるものか。「まみ」は目、目もと。「しぐる」は比喩的に涙ぐむことを言う。
二九 何となくむさくるしく。
三〇 すっきりしない感じの。「うららか」は晴れやか、また、鮮明。その打消だから、何かうしろぐらいところのありそうな、うさんくさい感じをいうのであろう。なお、古活字本は「おもらかにも見えぬ」。この形なら、軽薄な感じ。
三一 せまくて。「せばし」は「せまし」の古形。
三二 馬などと、人がもみあっていたので。「なにか」は物を例示する意で、「…なんか」の語源。
三三 一行にくっついて走って。
三四 首のうしろの方。えりくび。たちくび。
三五 おまえさん。「先生」は先に生れた人の意で、この場合は男の老齢にことよせたひやかしの言葉で、直訳すれば、じいさんということになろう。
三六 罪をきせているのだ。
三七 言い合っているうちに。
三八 大勢集まって。「市をなす」は人が多く集まることの慣用表現。

さる程に、この鮭の[一]綱丁《かうちやう》、「まさしく、わ先生《せんじやう》、取《と》りてふところへ引入つ」といふ。大童子は又、「わぬしこそ、ぬすみつれ」といふ時に、此鮭に付たる男、「[二]詮《せん》ずる所、[三]我も人もふところを見《み》ん」といふ。大童子、「[四]さまでやはあるべき」などいふ程に、此男、袴をぬぎて、ふところをひろげて、「[五]くわ《(は)》、見《み》給へ」といひて、[六]ひし〳〵とす。

さて此男、大童子に[七]つかみつきて、「わ先生《せんじやう》、はや、物ぬぎ給へ」といへば、童、「[八]さまあしとよ。[九]さまであるべき事か」といふを、この男、[一〇]たゞぬがせにぬがせて、前《まへ》を引あけたるに、腰に鮭《さけ》を二、[一一]腹にそへてさしたり。男、「[一二]くは〳〵」といひて、引出したりける時に、此童子、うち見《み》て、「あはれ、[一三]勿体なきぬしかな。[一四]こがやうに裸《はだか》になして、あさらんには、いかなる女御《(にようご)》、后なりとも、[一五]腰《こし》に、鮭の一二尺なきやうはありなんや」といひたりければ、[一六]そこら、立《(たち)》どまりて見《み》ける物ども、一度に「はつ」と笑《わら》ひけるとか。

（一六　尼《あま》、地蔵《ちざう》奉《みたてまつる》レ見事《こと》　巻一ノ一六）

今は昔、[一七]丹後国に老尼ありけり。[一八]地蔵菩薩は[一九]暁ごとにありき給といふ事を、

一「こうてい」とも。古代、調・庸・雑物などを諸国から京都に運ぶのに、その人夫の長をつとめた者。先の「此鮭に具したる男」とこれが同一人物かどうかは必ずしもはっきりしない。
二 結局のところ。「詮ずる」はくわしく考える。「詮ずる所」はよくよく考えた結果、結論的にはの意。中世以後の語。綱丁は水掛論をきらい、群衆の視線を意識しつつ、早く結着をつけようとしてしかつめらしくこの語を用いたのである。
三 わしもおまえも。「人」は対称の代名詞。
四 そこまではしなくてもよいのではないか。
五 これをごらんなさい。敬語で皮肉をきかせる。
六 激しくつめよる。容赦なく言う。この「ひしひし」は今の「びしびし」「ぴしぴし」とほぼ同じ。
七 つかみかかって。
八 みっともないよ。「とよ」はということだよ、と思うよなどの意で念を押して言う語であったが、この時代には単に詠嘆・強調を示す。
九 前の語のくりかえし。大童子の追いつめられた心情を伝える。　一〇 荒々しくぬがせて。
一一 腹にくっつけて。　一二 さあどうだ。
一三 何とふとどきなおかただろう。「勿体なし」は不適当だ、不都合だの意で中世以後の語。「ぬし」は敬称。相手が敬語を使ってねちねちとせまったのに対し、それを逆手にとって反撃しようとしたもの。　一四 このように。
一五 腰に鮭の一二尺がないはずはあろうか。尺は「鮭」に「裂(さ)け」(女陰)を掛けた冗談。尺は「隻」の呉音で魚・鳥・舟などを数える単位だが、裂目の長さを誇張した意(一二尺は曲尺で約三〇─六〇《センチメートル》)も含めるかとされる。
一六 多数。大勢。
▽都の出口で起った小事件をとりあげたもの。粟田口に鍛冶が住みはじめた中世初頭の世相の

二〇ほのかに聞《き》きて、暁ごとに、地蔵見奉《たてまつ》らんとて、二一ひと世界をまどひありくに、二二博打《ばくうち》のうち二三ほうけてゐたるが見《み》て、「尼公《あまぎみ》は寒《さむ》きに、何《なに》わざし給ぞ」といへば、「地蔵菩薩の暁にありき給なるに、あひ参《まい》らせんとて、かくありく也」といへば、「地蔵のありかせ給ふ道は、我こそ知《し》りたれ。いざ給へ。あはせ参《まい》らせん」といへば、「あはれ、うれしき事哉。地蔵のありかせ給はん所へ、我をい《ゐ》ておはせよ」といへば、「我に物をえさせ給へ。二四やがてい《ゐ》て奉《たてまつ》らん」といひければ、「此着《き》たる衣、奉《たてまつ》らん」といへば、二五「さは、いざ給へ」とて、隣なる所へい《ゐ》て行《い》く。

尼、悦て、いそぎ行に、そこの子に、地蔵といふ童有けるを、それが親《おや》を知《し》りたりけるによりて、「地蔵は」と問《と》ひければ、親《おや》、「遊《あそ》びにいぬ。今《いま》、来《き》なん」といへば、「くは、こゝなり。地蔵のおはします所は」といへば、尼、うれしくて、二六つむぎのきぬをぬぎて、取《と》らすれば、ばくちはいそぎて、取《と》りていぬ。

尼は、地蔵見参《みまい》らせんとてゐたれば、親《おや》どもは心得《え》ず、などこの童《わらは》を見《み》んと思らんと思程に、十ばかりなる童の来《き》たるを、「くは、地蔵よ」といへば、尼、見《み》るまゝに、二七是非も知《し》らず、二八ふしまろびて、拝《おが》み入て、土にうつぶしたり。童、

一端を伝える。都を目前にした興奮も手伝ってか、鮭を盗んだ大童子を追いつめる綱丁の仮借のなさ、みじめな姿をさらしつつ、きわどい冗談によって切りかえす大童子、哄笑する群衆。そのどれもが鮮かに現前するようである。

一七 京都府の北部。

一八 釈迦の没後、弥勒菩薩の出現まで、いわゆる無仏の時代に衆生の救済につとめる菩薩。

一九 毎日、暁になると、各地をおまわりになる。延命地蔵経に「毎日晨朝、諸定に入る。六道を遊化し、苦を抜き、楽を与ふ」とあるほか、諸書に説かれる信仰である。

二〇 かすかに。ちらっと。「ほのか」は、わずかに知覚・認識できるものをとおして、重大また切実な対象の一端にふれるさまを示す。

二一 あたり一帯を夢中になってまわっていると。「ひと」はその全体をさす。「世界」はここのようにその地域・地方の意にも用いる。

二二 ばくち打ち。双六などを用いて賭博を行う者は広く都鄙にわたって横行していた。

二三 勝負事にうつつをぬかしていた男。「ほうく」はぼんやりする、ぼけるの意。「うち」は接頭語とされることが多いが、「うちほうく」の例はほとんど博打の場合に限られる。複合動詞で、ばくちを打ちすぎて異常になる、また、打つことにうつつをぬかす意か。

二四 すぐにお連れしましょう。

二五 それでは、行きましょう。　二六 つむぎ糸で織った衣。丈夫で平常着に用いられた。

二七 夢中になって。興奮して我を忘れるさま。「是非」は正しいこととまちがっていること。また、それを判断・区別すること。

二八 ころげるようにしてひれ伏し、熱心に祈って。「拝み入る」は心をこめて祈る。

[一]すはへ《(ゑ)》を持て、遊《あそ》びけるまゝに来たりけるが、そのすはへ《(ゑ)》して、[二]手すさみの様に、額をかけば、額より顔《かほ》のうへまでさけぬ。さけたる中より、えもいはずめでたき地蔵の御顔、見《み》え給。尼、拝《おが》み入て、うち見上《みあ》げたれば、かくて立給へれば、涙を流《なが》して、拝《おが》み入参《まい》らせて、[三]やがて極楽へ参にけり。

されば、心にだにも深《(ふかく)》念じつれば、仏も見《み》え給なりけると信ずべし。

（一七　修行者《しゆぎやうしや》、逢百鬼夜行事《ひやくきやぎやうにあふこと》　巻一ノ一七）

今は昔、修行者の有けるが、[四]津国までいきたりけるに、日暮て、りうせん寺とて、大なる寺の古《ふ》りたるが、人もなき、有けり。これは人やどらぬ所といへども、其あたりに、又やどるべき所なかりければ、如何せんと思て、[五]負《(おひ)》、打おろして、内に入て[六]ゐたり。

[七]不動の呪をとなへゐたるに、夜中斗《(ばかり)》にや成ぬらんと思程に、人〳〵の声、あまたして来る音《をと》す也。見《み》れば手ごとに火をともして、人、[八]百人斗《(ばかり)》、此堂の内に来《き》つどひたり。近くて見《み》れば、目一つつきたりなど[九]様〳〵《(さまざま)》なり。人にもあらず、[一〇]あさましき物どもなりけり。或は角おひたり、頭もえもいはずおそろし

一　細くまっすぐ生えた若枝。近世以後「ずはゑ」ともいった。楉・楚などの字を当てる。これを持った童が、本話も含めて仏教説話の霊験譚によく出る(今昔十三ノ三十八、十四ノ三十五、二十ノ二など)。すはえ自体、また、これと童の組合せに神秘的意味が信じられたことの現れであろう。
二　手なぐさみのように。何げないしぐさを示す。
三　そのまま極楽に往生した。極楽は西方にあるとされた極楽浄土。阿弥陀如来を教主とする。
▽地蔵菩薩に寄せる信仰は、民間を中心として広がり、上流に及んだ。これにまつわる霊験譚は地蔵菩薩霊験記(平安中期成立か。実睿撰の三巻本＝下巻は散佚、これを増補した室町期の十四巻本もある)、今昔巻十七などに集成されている。それらには地蔵がしばしば童形の姿で登場し、本話もその流れをくむものであるが、この話型は経典に根拠らしきものがなく、中国の地蔵説話にも見られない。おそらく日本人固有の児童観にねざすものかと考えられる。
四　摂津国。大阪府と兵庫県にまたがる国。
五　笈。「負」は語源(負うもの)にもとづく表記。修行者が必要な仏具・日用品・食料などを入れて背負う容器。箱形で短い足が付いている。
六　座っていた。
七　不動明王を念ずるときの呪文。不動明王は五大明王、また八大明王の主尊。猛火を背負い、忿怒の相を示す。
八　百鬼夜行のさまを示す。このあたりの描写、第三話と似ており、型をふんだものと思われる。
九　「やうやう」とも読める。振仮名は仮名書諸本による。　一〇　気味の悪い。
一一　人が、他に適当な場所もなくて、座ることができなくて。「また」はそことは別の。

げなる物ども也。おそろしと思へども、すべき様もなくてゐたれば、を《(お)》の〳〵みな居《ゐ》ぬ。[一一]ひとりぞ、また所もなくて、え居《ゐ》ずして、火を打ふりて、我を[一二]つら〳〵と見《み》ていふやう、「我居《ゐ》るべき座に、あたらしき不動尊こそ居《ゐ》給たれ。今夜斗《(ばかり)》は[一三]外《(ほか)》におはせ」とて、片手して、我を引さげて、堂の軒の下にすへ《(ゑ)》つ。

さる程に、暁になりぬとて、此人〳〵、[一四]のゝしりて帰ぬ。「実《(まこと)》にあさましく、おそろしかりける所かな、とく夜の明よかし、往《い》なん」と思ふに、[一五]からうして夜明たり。うち見《み》まはしたれば、[一六]ありし寺もなし、はる〴〵とある野の来《(こ)》[一七]しかたも見《み》えず。人の踏《ふ》み分たる道も見《み》えず。行べきかたもなければ、あさましと思てゐたる程に、[一八]まれ〳〵馬に乗たる人どもの、人あまた具《ぐ》して出来《き》たり。いとうれしくて、「こゝは、いづくとか申」と問へば、「などかくは問給ぞ。[一九]肥前国ぞかし」といへば、あさましきわざ哉と思て、事のやう、くはしくいゐ《(へ)》ば、此馬なる人も、「いと希有《けう》の事かな。肥前国にとりても、是は[二〇]奥《おく》の郡なり。是は[二一]御館《みたち》へ参《まい》るなり」といへば、修行者、悦て、「道も知候はぬに、さらば、道迄も参《まい》らん」といひて行《い》きければ、是より京へ行べき道など教《をし》へければ、船たづねて、京へのぼりにけり。

さて、人どもに、「かゝるあさましき事こそありしか。津の国のりうせん寺

一二 修行者をつくづくと見て。「我」は修行者自身。このあたりは修行者の立場に即した記述なので、このように言う(次々行の「我を引さげて」も同じ)。「つらつら」はよくよく、こまかく念入りに。
一三 よそにおいで下さい。 一四 大声を立てて。
一五 ようやくのことで。やっと。
一六 さきほどの寺。 一七 自分の来た方向。
一八 たまたま。ちょうど。
一九 佐賀・長崎の二県にまたがる国。
二〇 中央から見て奥に当る郡。
二一 国司の館。肥前の国府は今の佐賀県佐賀郡大和町大字久池井にあったかとされる。この地は肥前の東部に当る。文中の一行は「奥の郡」から東方に向っていたことになる。

一 じゃまである。
二 雨のしたたり落ちる所。軒下。なお、底本はこの語の下の助詞「と」を見せ消ちにし、「に」を傍記する。本文はこの訂正による。
三 ちょこんと置く。「つきすゆ」の音便。「つき」は「突き」で下に置くことを示す。「すゆ」はワ行下二段から変化して生じたヤ行下二段動詞。
▽不動の呪に関する霊験譚。百鬼夜行に遭遇しながら、陀羅尼の力によって身を全うする話は例が多い。語られる多くは平安京の事件であるが、本話は摂津と肥前にまたがる異色の一篇である。鬼とかかわった時の距離と現実のそれとの差。その差によって辺境に至ってしまった修行者。彼を護りつつも移動には力を貸していない不動の立場がやや奇蹟としては中途半端でもあるが、それがかえって現実感を与える。体験者自身の談にもとづくという結末が、その感を深めよう。

といふ寺《てら》にやどりたりしを、鬼どもの来《き》て、「[一]所せばし」とて「あたらしき不動尊、しばし雨[二]だりにもおはしませ」といひて、かきいだきて、雨だりについ[三]すゆと思しに、肥前国奥の郡にこそゐたりしか。かゝる浅猿《あさまし》き事にこそあひたりしか」とぞ、京に来《き》て、語けるとぞ。

（一八　利仁《としひと》、暑預粥事《いもがゆのこと》　巻一ノ一八）

今は昔、[四]利仁の将軍の若《わか》かりける時、其時の一[五]の人の御本《もと》に、恪勤《かくご》[六]して候けるに、正月に[七]大饗《だいきやう》せられけるに、そのかみ[八]、大饗はてゝ、とりばみ[九]といふ物をばよびて、入《い》れずして、大饗のおろし米[一〇]とて、給仕したる恪勤のものどもの食ける也。

その所に、[一一]年比《としごろ》になりて、きう[一二]したる物の中には、所え[一三]たる五位ありけり。そのおろし米《ごめ》の座にて、芋粥[一四]すゝりて、舌うちをして、「あはれ[一五]、いかで芋《いも》粥に飽《あ》かん」といひければ、利仁《とし》、これを聞《き》きて、「大夫殿《たいふ》[一六]、いまだ芋粥《いもがゆ》に飽《あ》かせ給はずや」と問ふ。五位、「いまだ飽《あ》き侍らず」といへば、「飽《あ》かせ奉《たてまつ》りてんかし」といへば、「かしこく[一七]侍らん」とてやみぬ。

四 魚名流藤原氏。常陸介時長の子。従四位下、上野介・上総介・武蔵守を歴任、延喜十五年（九一五）鎮守府将軍となる。武功談が伝わり、新羅遠征の途次、調伏によって死んだという（今昔十四ノ四十五など）が、なかば以上伝説的人物で、武名は中世にも語りつがれた。生没年未詳。
五 摂政・関白。私註は「昭宣公なるべし」とする。昭宣公藤原基経（八三六—八九一）は貞観十八年（八七六）から元慶四年（八八〇）まで摂政、同八年から寛平二年（八九〇）まで関白。
六 「かくごん」とも。「恪（いっ）んで勤める」の意で、親王・摂関に仕えること。また、その者。
七 ここは大臣大饗。正月（また新任時に）、大臣が他の大臣以下を招いて催す大がかりな宴会。左大臣は四日、右大臣は五日に催すのが原則。基経が行ったものは、大鏡上・基経に「大饗の折、殿ばらの御車の立ちやうなどよ」とあり、よそめにもその盛会は印象的であったという。
八 その当時。諸本は「そのかみは」。
九 饗宴の残り物が庭に投げ出されたのを取って食う下人。枕草子に「取り喰みといふ者、男（をのこ）などのせむだにいとうたてあるを…」とある。
一〇 おさがりの米。　一一 長年にわたって。
一二 「給したる」で給仕をしているの意か。板本には「きうししたる」とある。話末の「きう者」と意味上の関係があろう。
一三 得意そうにふるまう。古参で若い（新参の）利仁と対照的な立場を示す。
一四 山芋を薄くそいで甘葛（あまずら）の汁で煮た粥。作り方は本文で語られる。大饗の芋粥は江家次第などによると、穏座（おんざ）（正式の勧杯（けんぱい）の後、席を改めて行われる宴会）の後に供された。
一五 ああ、何とかして芋粥を腹いっぱい食いたいものだ。　一六 五位の者の通称。

さて、四五日斗《(ばかり)》ありて、[一八]曹司《さうし》住《ず》みにてありける所へ、利仁来《き》て、いふ様、「[一九]いざ、させ給へ、湯浴《あ》みに。大夫殿」といへば、「いとかしこき事かな。こよひ、身のかゆく侍つるに。乗物こそは侍らね」といへば、「こゝに、[二〇]あやしの馬、具《ぐ》して侍り」といへば、「あな、うれし〳〵」といひて、[二一]うすわたのきぬ二斗《(ふたつばかり)》に、[二二]青鈍《あをにび》の[二三]指貫《さしぬき》の裾《すそ》破《や》れたるに、同《おな》じ色の[二四]狩衣《かり(ぎぬ)》の[二五]肩《かた》すこし落たるに、[二六]下《した》の袴も着《き》ず、[二七]鼻だかなるものの、さきは赤《あか》みて、穴のあたり、ぬればみたるは、すゝばなをのごはぬなめりと見《み》ゆ。狩衣のうしろは、[二八]帯にひきゆがめられたるまゝに、[二九]引《(ひき)》もつくろはぬは、いみじう見苦《みぐる》し。お《(を)》かしけれども、さきにたてて、我も人も馬に乗《の》りて、[三〇]河原ざまにうち出ぬ。五位のともには、[三一]あやしの童だになし。利仁がともには、[三二]調度がけ、[三三]舎人《とねり》、[三四]雑色《ざうしき》、ひとりぞ有ける。

河原、打過て、[三五]粟田口にかゝるに、「いづくへぞ」と問へば、たゞ「こゝぞ〳〵」とて、[三六]山科も過ぬ。「こはいかに。「こゝぞ〳〵」とて、[三七]山科も過《すぐ》しつるは」といへば、「[三八]あしこ〳〵」とて[三九]関山も過《す》ぎぬ。「こゝぞ〳〵」とて、[四〇]三井寺に知《し》りたる僧のもとへ行《い》きたれば、爰《ここ》に湯わかすかと思《おも》ふだにも、[四一]物ぐるお《(ほ)》しう、遠かりけりと思に、こゝにも湯ありげにもなし。「[四二]いづら、湯《ゆ》は」といへば、「まことは[四三]敦賀《つるが》へい《(ゐ)》て奉《たてまつ》るなり」といへば、「物ぐるお《(ほ)》しう、おはしける。

一七 (本当なら)かたじけないことでしょう。
一八 自分の部屋に下っていたところ。非番の日に当っていたのであろう。「曹司」は宮中・官庁など(ここは大臣家)に仕える上級者の個室。
一九 さあ、行きましょう、入浴に。今昔では、目的地は東山の寺の入浴施設らしくなっている。
二〇 粗末な馬。　二一 薄く綿を入れた衣服。
二二 「あをにぶ」とも。青みがかった灰色。喪服などに用いる。　二三 直衣・狩衣などに用いる袴。
二四 貴族の常用服。丸いえりで袖にくくりの緒がついている。
二五 肩の所が少し型くずれしているの意か。
二六 指貫の下にはく袴。これで指貫のふくらみを支え、はかないとだらしない感じになる。
二七 鼻が高い者で。鼻が高いのは醜いとされた。
二八 帯にひっぱられてゆがめられたままで。
二九 きちんと直していないのは。
三〇 鴨川の方に向って出発した。「河原」は都の東を流れる鴨川の通称。「ざま」は…の方向に。
三一 いやしい召使の少年さえいない。
三二 武具を持ってつき従う者。
三三 牛車の牛飼、馬の口取りなど。
三四 雑用をつとめる男。　三五 都から東国への出口(→二七頁注二五)。鴨川の東一キロメートル余に当る。
三六 京都市山科区。山科盆地の北部。粟田口の東南に位置する。
三七 山科も通りすぎてしまったよ。
三八 あそこです、あそこです。　三九 逢坂山。近江との境で、関があったので関山とも称した。
四〇 園城寺。大津市にある天台宗寺門派総本山。
四一 あきれるほどの遠方であったなあ。〔 〕内は古活字本、書陵部本により補入。
四二 どこですか、湯は。　四三 福井県敦賀市。三井寺から北約八五キロメートル余の道のりになる。

京にて、さとの給《(たま)》はましかば、下人《(げにん)》なども具《ぐ》すべかりけるを」といへば、利仁、[一]あざ笑《わら》ひて、「利仁《とし(ひと)》、[二]独《(ひとり)》侍らば、千人とおぼせ」と云。かくて、物など食て、急出《(いそぎいで)》ぬ。そこにてぞ、利仁、[三]やなぐひ取《と》りて負《を》ひける。

かくて行程に、[四]三《み》津《つ》の浜に、狐の一、走《はし》り出《(いで)》たるを見《み》て、「よき[五]たより出来《き》たり」とて、利仁、狐を[六]おしかくれば、狐、[七]身《み》をなげて逃《(にぐ)》れども、[八]を《(お)》ひせめられて、え逃《に》げず。[九]落かゝりて、狐の尻足を取て、引あげつ。乗たる馬は[一〇]いとかしこしとも見《み》えざりつれ共《(ども)》、いみじき[一一]逸物《(いちもつ)》にてありければ、[一二]いくばくものばさずして、とらへたる所に、此五位、はしらせて、行《い》きつきたれば、狐を引あげて云様は、「[一三]わ狐、こよひの内に[一四]利仁が家の敦賀《つるが》にまかりて、[一五]いはむやうは、「俄に客人《(まらうど)》を具《ぐ》し奉《たてまつ》りて下《くだ》る也。明日の[一六]巳の時に、[一七]高嶋辺に、をのこども、迎《むか》へに馬に鞍《(お)》をきて、二疋具《ぐ》して、まうで来《こ》」といへ。もし、[一八]いはぬ物ならば、わ狐、たゞ心みよ。狐は[一九]変化《(へんげ)》ある物なれば、今日《けふ》のうちに行《(ゆき)》つきて、いへ」とてはなてば、「[二〇]荒涼の使哉」といふ。「よし御覧《らん》ぜよ。まからでは、よにあらじ」といふに、[二一]はやく狐、見返《み(かへり)》〳〵して、前に走行。「よく、まかるめり」といふにあはせて、走先立てうせぬ。

かくて、其夜は道に留りて、つとめて、とく出《(いで)》て行程に、誠に巳時斗《(ばかり)》に、

一 大声で笑って。会心の高笑いを示す。
二 「一人当千」「一騎当千」(一人で千人相当の武力を持つこと)をふまえる言。
三 矢を容れる武具。これを背負ったのは武装が必要な地帯に入ったことを示す所作である。
四 大津市の北部、琵琶湖の湖岸。
五 使者。書陵部本などに「つかひ」とある。
六 おそいかかると。
七 身をひるがえして。
八 追いつめられて。
九 落ちかかるようにして。今昔は「馬の腹に落ちさがりて」とより具体的。この動作で狐の尻足(後足)を捕えるのは高度な騎馬術である。
一〇 大してすぐれているとも見えなかったが。
一一 すぐれた馬。読み方について色葉字類抄に「逸物イチブツ人也、イチモツ馬也」とある。
一二 あまり手間をかけずに。
一三 狐よ。「わ」は親愛・軽蔑などの意をそえる。
一四 利仁の家がある敦賀。今昔の説話冒頭に「越前の国に□の有仁と云ひける勢徳の者の聟にてなん有りければ、常に彼の国にぞ住みける」とある。また、尊卑分脈には「母越前国人秦豊国女」ともあり、越前との縁が深かったらしい。敦賀市には彼の館の趾と称する地が複数(疋田・御名など)あるが、詳しいことは未詳。
一五 言ってほしい、その言い方。言うべき言葉。
一六 午前十時前後。
一七 滋賀県高島郡高島町。琵琶湖の西岸で三津から約四〇キロメートル。
一八 そのように言わないなら。
一九 神通力を持つ物であるから。「変化」は神秘的な力。超能力。
二〇 あてにならない使者だなあ。「荒涼」は「広

卅騎斗《ばかり》[二二]こりて、来《く》る物あり。なにかあらんと見《み》るに、「をのこども、まう
で来《き》たり」といへば、「不定《ふぢやう》[二三]の事哉」と云程に、[二四]たゞ近《ちか》に近《ちか》く成て、[二五]はら〳〵
とおるゝ程に、「これ見《み》よ。誠におはしたるは」といへば、利仁、うちほを《ほ》え
みて、「何事ぞ」と問ふ。[二六]おとなしき郎等すゝみて、「希有《けう》の事の候つる也」と
いふ。まづ、「馬はありや」といへば、「二疋さぶらふ」と云。食物などして来
ければ、[二七]そのほどにおりゐて、食《く》ふつゐ《い》でに、おとなしき郎等のいふやう、
「夜部《よべ》、希有《けう》の事のさぶらひし也。戌時《いぬの》斗《ばかり》に、[二八]大ばん所の、[二九]胸《むね》をきりにきり
て、やませ給しかば、「如何成《いかなる》事にか」とて、俄に「僧召《め》さん」などさは《わ》がせ
給し程に、てづから仰さぶらふやう、「なにかさは《わ》がせ給。を《お》のれは狐也。別[三〇]
のことなし。此《この》五日[三一]三津《みつ》の浜にて、殿の下らせ給つるに逢奉《たてまつ》りたりつるに、
逃つれど、え逃《に》げで、とらへられ奉《たてまつ》りたりつるに、『今日《けふ》のうちに、我《わ》が家に
行《い》きつきて、客人《まらうど》、具《ぐ》し奉《たてまつ》りてなん下《くだ》る。明日《あす》、巳時に馬二に鞍を《お》きて、具《ぐ》し
て、をのこども高嶋の津《つ》に参《まい》りあへといへ。もし、今日《けふ》のうちに行《い》きつきてい
はずは、[三二]からき目《め》、見せんずるぞ』と仰られつるなり。をのこども、とく〳〵
出立《いでたち》て参《まい》れ。遅《おそく》参《まい》らば、我は[三三]勘当かうぶりなん」と、[三四]を《お》ぢさは《わ》がせ給つれば、
をのこどもに、[三五]めしおほせさぶらひつれば、[三六]例ざまにならせ給にき。其後、鳥[三七]

量」(今昔はこの表記)、「荒量」とも書き、語義は多岐にわたる。
二一 何と、(その言のとおりに)狐は(指示をたしかめるかのように)ふりかえり、ふりかえりして。この「はやく」は動作のすばやさを示すものでなく、何かに気付いた時に詠嘆の意を示す副詞。「はやう」「はや」とも。
二二 かたまって。古活字本「よりて」。異文多し。
二三 さあ、どうだろうかなあ。
二四 たちまち近付いてきて。
二五 勢よく下馬するさまを示す擬態語。
二六 年配の(指導的立場にあるらしい)郎党。
二七 そのあたりに下馬して腰をおろして。
二八 「台盤所」の当字。台盤(食物を盛る盤をのせる台)を扱う女房の詰所の意から、貴人の妻をさす敬称となる。ここは利仁の北の方をさす。
二九 胸がはげしく痛んで。
三〇 格別のことではない。
三一 底本、「此」の下約一字分余白があり「みつの浜にて」と続く。他本によって「五日」を補ったが、意味上は唐突で不審。大饗が正月の四日、または五日で、「さて、四五日斗ありて」とあることからすると、この日が「五日」では計算が合わず、底本書写者はその点をいぶかって欠字にしたか。今昔のこの箇所は「此の昼」。
三二 ひどい目にあわせるぞ。
三三 お叱りを受けるであろう。
三四 おびえ騒ぎなさったので。
三五 召集をおかけになると。召集の主体は有仁であろう。今昔には彼の「事にも候はぬ事なり」(何でもない)という言が上に挿入されている。
三六 (憑き物が落ちて)正気におもどりになった。
三七 鳥が鳴きだすとともに。暁の出立をさす。

とともに参さぶらひつる也」といへば、利仁、[一]うち笑《え》みて、五位に[二]見合《みあ》はすれば、五位、あさましと思たり。物などくひはてて、急立《(いそぎたち)》て、[三]くらぐに行つきぬ。「これ見《み》よ。まことなりけり」と[四]あさみあひたり。

五位は馬より下《お》りて、家のさまを見るに、[五]にぎわゝ《(は)》しく、めでたき事、物にも似《に》ず。もと着《き》たるきぬ二が上《うへ》に、利仁が[六]宿衣《(とのゐぎぬ)》を着《き》せたれども、[七]身の中しすきたるべければ、いみじう寒《さむ》げに思たるに、[八]ながすびつに火を多《おほ(う)》ふおこしたり。[九]たゝみ、あつらかに敷《し》きて、[一〇]くだ物、[一一]くひ物しまうけて、[一二]たのしくおぼゆるに、「道の程寒《さむ》くおはしつらん」とて、[一三]練《ねり》色のきぬの、綿《わた》あつらかなる、三つひき重《かさ》ねて、もてきて、[一四]うちおほひたるに、[一五]たのしとはおろかなり。物食《く》ひなどして、[一六]こと静《しづ》まりたるに、[一七]しうとの有仁、いで来《き》ていふやう、「[一八]こはいかで、かくはわたらせ給へるぞ。[一九]これにあはせて、御使のさま、物ぐるおし《(ほ)》うて、[二〇]うへ、にはかに病《や》ませ奉《たてまつ》り給ふ。希有《けう》の事也」といへば、利仁、うち笑て、「[二一]物の心見《み》んと思《おも》ひてしたりつる事を、誠にまうで来て、告《つ》げて侍にこそあんなれ」といへば、しうとも笑て、「希有の事也」といふ。「[二二]具《ぐ》し奉《たてまつ》らせ給つらん人は、此おはします殿の御事か」といへば、「さに侍り。『芋粥にいまだ飽《あ》かず』と仰るれば、飽《あ》かせ奉《たてまつ》らんとて、[二三]い《(ゐ)》て奉《たてまつ》りたる」といへば、「[二四]やすき物にも、え飽《あ》か

一 先に「うちほをえみて」とあったのと同じく、利仁の得意そうな笑顔を描く。
二 目くばせすると。予言が当った事の確認。
三 暗くなるころに。夕暮に。
四 驚きあきれあっている。
五 豊かで、立派なこと。　六 夜間に着用する衣服。もと、宿直するのに用いた装束。
七 上着の下がすかすかしているはずなので。下着がいいかげんで、身と衣服との間に隙間が明いていて寒いことをおしはかっているのである。
八 長方形のいろり。
九 敷物を厚ぼったく敷いて。
一〇 酒の肴の総称。もと「木(く)だ(連体助詞)物」で木からとれる物の意。草木の実、また、菓子。
一一 用意してあって。　一二 豊かに感じられたが。
一三 薄い黄色。　一四 着せかけたところ。
一五 満足感はなみなみでなかった。
一六 一段落したときに。
一七 利仁の妻の父。越前の豪族であろうが、未詳。利仁と「仁」の字を共有するが、利仁はこの有仁からその字をもらったものか。そうならば、彼にとってこの舅の重大さがおしはかられる。
一八 これは一体なぜ、このように(突然)お出でになったのですか。
一九 それとあわせて。来訪の意外さと対応して使者も風変りであることをいう。
二〇 奥方。貴人・上位者の妻。わが娘だが、利仁の妻となっているので敬称を用いたのである。
二一 狐の心をためしてみよう。
二二 おつれ申し上げたとかいう人。
二三 おつれ申し上げた。下の「と」は底本になし。諸本によって補う。
二四 何でもないこんな物について、十分召し上がったことがないとは、びっくりしました。

せ給はざりけるかな」とて[二五]たはぶるれば、五位、「[二六]東山に湯わかしたりとて、人をはかりいでて、かくの給《(たまふ)》なり」など[二七]いひたはぶれて、夜すこし更《(ふけ)》ぬれば、しうとも入ぬ。

寝《ね》所とおぼしき所に、五位入《(いり)》て、寝《ね》んとするに、綿、四五寸斗《(ばかり)》ある[二八]直垂《ひたゝれ》あり。我もとのうす綿《わた》は[二九]むつかしう、なにのあるにか、かゆき所もいでくるきぬなれば、ぬぎを《(お)》きて、練《ねり》色のきぬ三がうへに、この直垂《ひたゝれ》ひき着て臥《ふ》したる心、いまだならはぬに、[三〇]気もあげつべし。[三一]汗《あせ》水にて臥《ふ》したるに、又、かたはらに、人の[三二]はたらけば、「誰《た》そ」と問《と》へば、「「[三三]御足《あし》給へ」と候へば、参《まい》りつる也」と云。[三四]けはひ、にくからねば、[三五]かき臥《ふ》せて、[三六]風のすく所に臥《ふ》せたり。かゝる程に、物高《たか》くいふ声《こゑ》す。何事ぞと聞《き》けば、をのこのさけびて云やう、「この辺《へん》の下人、うけ給《(たま)》はれ。明日《あす》の[三七]卯時に、[三八]切口三寸、長《なが》さ五尺の[三九]芋、各《(おのおの)》一筋づゝもて参《まい》れ」といふなりけり。あさましう、[四〇]おほのかにもいふ物哉と聞《き》きて、寝《ね》入ぬ。

暁がたに聞《き》けば、庭に莚《(むしろ)》しく音《おと》のするを、何《なに》わざするにかあらんと聞《き》くに、[四一]小屋《こや》当番《たうばん》よりはじめて、起《お》き立てゐたるほどに、蔀あげたるに、見れば、ながむしろをぞ、四五枚敷《しき》たる。[四二]なにの料《れう》にかあらんと見《み》る程に、げす男の、木のやうなる物を肩《かた》にうちかけて来《き》て、一筋《すぢ》を《(お)》きていぬ。其後、うちつゞきもて来《き》

二五 からかうと。
二六 今昔には利仁が誘い出すときの言に見えるが、本話にはその部分が欠落している。
二七 冗談を言って。
二八 襟と袖がついて直垂のような形の夜具。ひたたれぶすま。古活字本は「宿衣《(とのゐもの)》」。底本、書陵部本などはこの語に「宿衣か(歟)」と傍記。
二九 むさ苦しく。 三〇 のぼせてしまいそうだ。
三一 汗びっしょりになって。
三二 動くので。「はたらく」は突然の動作について言う。「うごく」とともに語幹は擬態語で、「うごうご(もぞもぞ)」とした緩慢な所作をいう「うごく」に対し、「はたらく」は「はたはた(ぱたぱた)」と音を伴った急な動きをいう。この場面、静寂な寝室でのそのような動き、それによる五位の驚きが想像される。
三三 おみ足をおさすりせよ。夜伽の指示。
三四 様子がかわいいので。「にくからず」は魅力的である。この相手が若い女性らしいことは容易に読みとれるが、今昔はそれを明示して、この言葉について「女音《(をんなごゑ)》にて」とする。
三五 抱いて寝かせて。
三六 すきま風のとおる所。 三七 午前六時前後。
三八 切ってできる断面。ここは要するに太さ直径三寸(約九・一《センチメートル》)という意。この太さで長さ五尺(約一・五《メートル》)の芋とは、驚異的な大きさ。
三九 山芋。山の芋。
四〇 あきれるほど豪快に。「おほのか」は「おほどか」の転で、ゆったりとしたさま。
四一 諸本仮名書。旧大系は「或いは後夜当番か」とするが、「小屋当番」とする通説に従っておく。「小屋」は夜警の者の詰所(校注に詳述)。そこに当番として詰めている侍の意であろう。
四二 何をするためのものか。「料」は材料。

つゝを《(お)》くを見《み》れば、誠に口二三寸斗《(ばかり)》の芋《いも》の、五六尺ばかりなるを、一筋《すぢ》づゝもて来《き》て、[一]を《(お)》くとすれど、[二]巳時までを《(お)》きければ、[三]ゐたる屋《や》と等《ひと》しくを《(お)》きなしつ。夜部さけびしは、[四]はやう、その辺《へん》にある下人のかぎりに、物いひ聞《き》かすとて、[五]人よびの岡とてあるつかのうへにていふなりけり。たゞ、[六]その声《こゑ》の及《をよ》ぶかぎりの、めぐりの下人のかぎりの、もて来《く》るにだに、さばかりおほかり。まして、たちのきたる従者《ずさ》どものおほさを、思《おも》ひやるべし。

あさましと見《み》たる程に、[七]五石なはの釜《かま》を五六舁《(かき)》もてきて、庭にくゐ《(ひ)》ども打《う》ちて、すへ《(ゑ)》わたしたり。何の料《れう》ぞと見《み》る程に、[八]しほぎぬの[九]あをといふ物着《き》て、帯して、わかやかに[一〇]きたなげなき女どもの、白《しろ》くあたらしき桶に水を入て、此釜どもにさく／＼といる。何《なに》ぞ、湯わかすかと見《み》れば、此水と見《み》るは、[一一]みせんなりけり。若《わか》きお《(を)》のこどもの、袂より手出したる、うすらかなる刀の、ながやかなる持《も》たるが、十余人斗《(ばかり)》いで来《き》て、此いもをむきつゝ、[一二]すきゞりに切《き》れば、はやく芋粥煮《に》るなりけりと見《み》るに、食《く》ふべき心地《ち》もせず。[一三]かへりては、うとましく成にたり。[一四]さら／＼とかへらかして、「芋粥《いもがゆ》[一五]いでまうで来《き》にたり」といふ。「[一六]参《まい》らせよ」とて、先《(まづ)》大《(おほき)》なるかはらけ具《ぐ》して、かねの[一七]提《(ひさげ)》の一斗ばかり入ぬべきに、三四に入て「[一八]且《(かつ)》」とてもて来《き》たるに、[一九]飽《あ》きて、一もりをだにえ食《く》はず、

一 それぞれが置くのはわずか一本ずつだがの意。
二 午前十時頃。
三 (五位が)泊っている家と同じ高さに積み上げた。「おきなす」は、おいてそのようにする。底本「と」の下に「の」を見せ消ちにしている。
四 実は。事実をあらためて打明ける時の用法。
五 人呼びの岡としてそこにある岡。周辺住民への伝達のために用いられていた岡であろう。「呼び坂」「呼び崎」など類例が知られる(南方熊楠)。　六 遠く離れて住む。
七 五石入るほどの釜。五石は約九〇〇《リットル》。「なは」は、「納《(なふ)》」(今昔はこの表記)の変化したもので容量の限度を示す。…入《(い)》り。
八 未詳。今昔は「白き布の襖」。誤写による語形か。　九 襖。あわせ。綿入れのものもある。
一〇 こざっぱりした女ども。
一一 あまずらを煎じた汁。甘味料として用いる。
一二 そぐようにする切り方。今昔に「撫切《(なでぎり)》」、厨事類記に「うすくへぎ切りて」とある。
一三 それどころか、逆に。かえって。
一四 さっと沸騰させて。あっさりした煮方の描写。「(芋粥は)いたく煮るべからず」(厨事類記)。
一五 でき上がりました。　一六 差し上げよ。
一七 銀・錫などで作り、つると口の付いた容器。一斗(約一八《リットル》)入りのは相当に大型であろう。
一八 まずどうぞの意か。
一九 食欲を失って。うんざりして。
二〇 おかげで、芋粥にありついた。客人饗応の残りは、貴族社会の「おろし米」(冒頭参照)と同様に、一同にふるまわれるならわしだったのであろう。　二一 細長い形の建物。軒の長い家。
二二 お目どおりに参っているよ。「げざん」は「げんざん」の撥音の無表記(または省略)。
二三 平常着と晴着。「褻」は平常・日常。「納めの

「飽《あ》きにたり」といへば、いみじう笑《わら》ひて、集《あつ》まりてゐて、「客人殿《(まらうど)》の[二〇]御徳《とく》に、芋粥食《いもがゆく》ひつ」といひあへり。

かやうにする程に、向《(むかひ)》の[二一]ながや屋の軒に、狐のさしのぞきてゐたるを、利仁見つけて、「かれ御覧《らん》ぜよ。候し狐の[二二]見参《げざん》するを」とて、「かれに物食《く》はせよ」といひければ、食《く》はするに、うち食《く》ひてけり。

かくて、よろづの事、たのしといへばおろか也。一月ばかりありて、のぼりけるに、[二三]褻《け》、納《おさ》めの装束《さうぞく》ども、[二四]あまたくだり、又、たゞの[二五]八丈、綿《わた》、きぬなど、[二六]皮子どもに入て、とらせ、はじめの夜の直垂、[二七]はた、さらなり。馬に[二八]鞍を《(お)》きながらとらせてこそ、を《(お)》くりけれ。

[二九]きう者なれども、所につけて、年比になりて[三〇]ゆるされたる物は、[三一]さるものの、を《(お)》[三二]のづからある也けり。

（一九　清徳聖《せいとくひじり》、奇特事《きどくのこと》　巻二ノ一）

今は昔、[三三]清徳聖《せいとくひじり》といふ聖のありけるが、母の死《(しに)》たりければ、ひつぎにうち入て、たゞひとり、[三四]愛宕《あたご》の山に持て行て、大なる石を四のすみに置《を》きて、その上

装束」はあらたまった時の装束。
二四 揃ったものを多数。「くだり」は装束などの揃っているものを数える接尾語。揃い。
二五 八丈絹。長さが八丈であることによる称。
二六 皮籠。皮を張って作った籠。
二七 また、もちろんである。
二八 鞍を着けたまま。鞍ごと。馬を贈るのにこのようにするのは格別の厚意を示す。
二九 「窮者」（みじめな者）とする説もあるが、「給者」で、冒頭の「きうしたる物」と同じく給仕をする者をさすか。旧大系は利仁についての語とする考え方を示すが、この文と冒頭の「その所に、…ありけり」との呼応関係からして五位のことをいうと思われる。
三〇 一目おかれている者。この「ゆるされる」は別扱いされる、慣行・秩序などの外におかれる。
三一 このような者。五位のように幸運に会う者。
三二 たまにはいるのであるという。
▽芥川龍之介『芋粥』は今昔二十六ノ十七によりつつ饗応の座で食欲を失った五位に焦点を当て、人間の情熱の不思議さを描くが、説話の重点は主に、利仁らとその妻の実家の富、それとかかわって幸運を得る五位の数奇な体験などにある。貴族社会の古参者と地方に基盤を持つ若者との関係で後者がたえず優位にたちつつ進行する意外性が話を面白くしている。なお、利仁の母の家は渡来人系（秦）だが、三井寺・三津・高島など彼らゆかりの場所が点綴されるのが目につく。
三三 伝未詳。「聖」は民間で修行する遁世者。
三四 京都の西北、丹波との境をなす山（海抜九二四メートル）。霊地として信仰を集め、山頂に愛宕神社がある。ここに聖が住んでいたことは諸書に見える。「愛宕の聖だに、時にしたがひては、出でずやありける」（源氏物語・東屋）。

に、このひつぎをうち置《を》きて、[一]千手陀羅尼《(せんじゆだらに)》を片時《(へんし)》[二]休《やす》む時もなく、うち寝《ぬ》る事もせず、物も食《く》はず、湯水も飲《の》まで、声絶《こはだ》えもせず、誦《(ず)》したてまつりて、此ひつぎをめぐる事、三年に成ぬ。

その年の春、夢ともなく、うつゝともなく、ほのかに母の声にて、「此陀羅《(だら)》尼《(に)》を、かく夜昼《よるひる》誦《(ずし)》給へば、我は[三]はやく男子《(なんし)》となりて、[四]天に生《むま》れにしかども、おなじくは仏になりて、告申《(つげ)》さんとて、今までは告《つ》げ申さざりつるぞ。今は仏になりて、告申也《(つげまうす)》」といふときこゆるとき、[五]「さ思つる事なり。今ははやう成給ぬらん」とて、とりいでて、そこにてやきて、骨とりあつめて、うづみて、上に石の[六]率《そ》都婆《とば》などたてて、例[七]のやうにして、京へいづる道に、[八]西京《(にしのきやう)》に[九]なぎいとおほくおひたる所あり。

此聖、[一〇]困《(こう)》じて物いと欲《ほ》しかりければ、道すがら、折て食ほどに、ぬしの男、出《(いで)》きて見れば、いとたう《(ふ)》とげなる聖の、かく[一一]すゞろに折食《く》へば、あさましと思て、「いかに、かくは召《め》すぞ」といふ。聖、「困《こう》じて苦《くる》しきまゝに食《く》ふなり」といふ時に、「さらば、[一二]参《まい》りぬべくは、いますこしも召《め》さまほしからんほど召《め》せ」といへば、三十筋ばかり、[一三]むず〱と折食《く》ふ。このなぎは、[一四]三町斗《(ばかり)》ぞ植《う》へ《(ゑ)》たりけるに、かく食《く》へば、いとあさましく、食《く》はんやうも見《み》まほしくて、

一 千手観音の功徳を説く呪文。大悲(また大悲心)陀羅尼とも。密教などで重んじられる。
二 わずかの間。「へんし」は「かたとき」を音読してできた語であろうが、語尾は清音。
三 すでに男子となって。法華経・提婆達多品などに説く変成男子《(へんじようなんし)》のことをさす。女性には五障(梵天・帝釈・魔王・転輪聖王・仏の五つになれないこと)があり、成仏できず、この世または浄土で男となって、その上で成仏するという。清徳聖は母のためにその手助けをした。
四 天上界。六道の一つで、人間界の上にある。最高の世界であるが、なお無常に支配され、衰滅を免がれない相対的な所。この母は、これに住することに満足せず、成仏して浄土におもむこうとしたのである。
五 思っていたとおりだ。今はすでに成仏なさったのであろう。
六 梵語stūpaの音写。板製のものをさすことが多いが、ここは石を積んだ五輪塔かとされる。
七 型どおりの埋葬をすませて。
八 平安京の西半分。低湿地が多いなど居住性に乏しく、都らしい実質を備えなかった。
九 こなぎ、または、みずあおい。
一〇 疲れきって。「こうず」は「困」の字音を用いて、「こんず」→「こうず」となったとされるが、異説もある。
一一 むやみに。「すずろ」はとらえ所のないさま。
一二 召し上れるものならば。そんなものでよろしければ、の気持。「参る」は敬語で召し上る意。
一三 むしゃむしゃと。「むずむず」は激しく、無遠慮なさまなどに用いる擬態語。
一四 約三五六アール。広大な畑が思い描かれよう。なお、本話に「三年」「三十筋」そしてこの「三町」と、三の数がくりかえされることに注意。島内

「召《め》しつべくは、いくらも召《め》せ」といへば、「[一五]あな、たう《(ふ)》と」とて、[一六]うちゐざり〱《(うちゐざり)》、[一七]折《お》りつゝ、三町をさながら食《く》ひつ。主の男、[一八]「あさましう、物食《く》ひつべき聖かな」と思て、[一九]「しばしゐさせ給へ。[二〇]物して召《め》させん」とて、白米一石とりいでて、飯にして食《く》はせたれば、「年比、物も食《く》はで、困《こう》じたるに」とて、みな食て、いでていぬ。

此男、いと浅ましと思て、これを人に語《かた》りけるを聞《きゝ》つゝ、[二一]坊城の右の大《おほ》殿に、人の語《かた》り参らせければ、[二二]「いかでか、さはあらん、心えぬ事かな。よびて、物食《く》はせてみん」とおぼして、[二三]「結縁のために、物参《まい》らせてみん」とて、呼《よ》ばせ給ければ、いみじげなる聖、あゆみ参《まい》る。そのしりに、[二四]餓鬼、[二五]畜生、とら、おほかみ、犬、からす、万《(よろづ)》の鳥獣共、千万《(ちよろづ)》とあゆみつゞきてきけるを、こと人の目に[二六]大かたえ見《み》ず、たゞ聖ひとりとのみ見けるに、此おとゞ、見《み》つけ給て、[二七]「さればこそ、いみじき聖にこそありけれ。めでたし」とおぼして、白米十石を[二八]おものにして、あたらしき莚《(むしろ)》、薦《(こも)》に[二九]折《お》敷《しき》、桶《をけ》、櫃《ひつ》などに入て、[三〇]いく〱と置《を》きて、食《く》はせさせ給ければ、しりにたちたる物どもに食《く》はすれば、あつまりて、手をさゝげて、みな食《く》ひつ。聖はつゆ食《く》はで、悦ていでぬ。「さればこそ、たゞ人にはあらざりけり。仏などの[三一]変じてありき給にや」とおぼしけり。こと

景二によれば、三には「物語を動的に展開させる力」があるという。

一五 ああ、かたじけない。寄進をうけた出家者としての言とする説(旧大系)があるが、そのような立場にあれば謝辞はむしろ不要で、ここは、一見俗人のごとく喜んでこの言葉を発したもの。

一六 (立つ間も惜しむかのように)坐ったまま移動して行って。 一七 折っては食って。

一八 あきれるほどに、よく物を食いそうな。

一九 しばらくお寄り下さい。

二〇 食べ物を作ってさし上げましょう。

二一 坊城右大臣。藤原師輔。忠平の子で正二位右大臣に至る。摂関家の祖としてあおがれ、信仰心が篤かった。天徳四年(九六〇)没、五十三歳。なお、坊城は朱雀大路と平行に南北に走る小路。師輔の邸がそのあたりにあったか。

二二 どうして、そのようなことがあろうか。

二三 仏縁を結ぶため、食物をさし上げてみよう。

二四 餓鬼道に堕ちた亡者。貪欲・嫉妬などの報いで飢餓に苦しむが、その苦しみ方に各種ある(往生要集巻上・大文第一)。

二五 畜生道に堕ち、動物となった者。その苦痛のはなはだしさの内、食欲については、「もしは飲み、もしは食ひ、いまだ曾て暫くも安らかならず」(往生要集巻上・大文第一)と説かれる。

二六 まったく見えないで。

二七 やはり、非凡な聖であったのだなあ。「さればこそ」は下に「思ひつれ」の省かれた句で、予想・想像などが当った時に使う。

二八 貴人の召上るもの。特にごはん。

二九 薄く削ったへぎ板で作った角盆。

三〇 あちらにいくつ、こちらにいくつと。多くのものを分散してあるさま。

三一 姿を変えて歩きまわっていらっしゃるのか。

人の目には、唯聖ひとりして食《くふ》とのみ見《み》えければ、いと〳〵あさましき事に思けり。

さて、出て行程に、四条の北なる小路に、ゑど[一]をまる。此しりに具《ぐ》したるもの、しちらしたれば、たゞ墨のやうに、くろきゑどを、ひまもなく、はる〳〵[二]としちらしたれば、げすなども、きたながりて、その小路を糞の小路と付たりけるを、御門《みかど》[三]聞《き》かせ給て、「その四条の南をば、なにといふ」と問《とは》せ給ければ、「綾小路[四]となん申」と申ければ、「さらば、是をば錦小路[五]といへかし。あまり、きたなき名哉」と仰られけるよりしてぞ、錦小路とはいひける。

（二〇）静観僧正祈ㇾ雨法験之事《じやうくわんそうじやうあめをいのるほふげんのこと》　巻二ノ二

今は昔、延喜[六]の御時、旱魃《かんばつ》[七]したりけり。六十人の貴僧を召て、大般若経《だいはんにやきやう》[八]よましめ給けるに、僧ども黒烟《くろけぶり》[九]を立て、しるしあらはさんと祈《いのり》けれ共、いたくのみ晴まさりて、日つよく照《て》りければ、御門《みかど》[一〇]を初《はじめ》て、大臣、公卿、百姓人民《ひやくしやうにんみん》[一一]、この一事より外《ほか》の歎なかりけれ。蔵人頭[一二]を召よせて、静観僧正[一三]に仰下《おほせくだ》さるゝやう、「[一四]ことさら思食《おぼしめ》さるゝやうあり。如是《かくのごとく》、方〻に御祈ども、させるしるしなし。

一 糞を出した。「ゑど」は大便。「穢土」(汚れた世界。この世をいう仏語)を転用させたものか。
二 底本「なし」を諸本により訂。
三 村上天皇。即位は天慶九年(九四六)、その翌年に師輔は右大臣。
四 平安京の四条大路の南、これと平行に作られた東西に走る道。
五 四条大路の北、これと平行に走る道。掌中歴に「具足小路、天喜二年宣旨に依って錦小路と改名す」とある。天喜二年(一〇五四)は後冷泉朝で師輔と時代が合わない。なお、掌中歴の「京中指図」は具足小路を屎小路とする。
▽遁世者の母によせる孝心を語り、地名の起源譚へと展開していく。その途中に、史上有名な師輔の神秘的洞察力(大鏡など参照)、本書によく出る食欲、糞便などをまじえ、なかなか盛り沢山の構成であるが、主人公のすずやかな人柄によって、後味はよい。錦小路は食品ごとに魚を扱う所として知られるが、糞便にまみれた路のイメージとここの地域性との関連はまた別のおかしみを生むことにもなろう。
六 延喜年間(九〇一—九二三)を含む醍醐天皇の治世をいう。寛平九年(八九七)から延長八年(九三〇)まで。
七 日照りが続いた。延喜年間はほぼ毎年のように日照りがあり、いつのことか特定できない。
八 大般若波羅蜜多経。玄奘訳、六百巻。除災招福に効験があるとされ、加持祈禱に用いられた。
九 祈禱のための護摩をたく煙。
一〇 醍醐天皇。第六十代。延長八年(九三〇)崩、五十六歳。
一一 「百姓」は人々を包括して示す語で、「人民」と同義。二語をつなげて成句的に用いる。
一二 蔵人所の別当につぐ職。定員二人で、左右中弁および近衛府の中将から一人ずつ任命する。天皇の身辺にあって諸事をとりしきる。
一三 増命。右大史桑内安峰の子で京都の人。円

座をたちて、別に壁の本にたちて、祈《いの》れ。おぼしめすやうあれば、とりわき仰付るなり」と仰せ下ければ、静観僧正、其時は[一五]律師にて、上に僧都、僧正、[一六]上臈どもおはしけれども、面目かぎりなくて、[一七]南殿の[一八]御階《みはし》よりくだりて、[一九]屏《へい》の本に、北向に立て、[二〇]香炉[二一]とりくびりて、額に香炉をあてて、祈誓し給こと、見る人さへくるしく思けり。

[二二]熱日の、しばしもえさしいでぬに、涙をながし、黒煙をたてて、祈誓《きせい》し給ければ、香呂の烟、空へあがりて、[二三]扇ばかりの黒雲になる。[二四]上達部は南殿にならび居、[二五]殿上人は[二六]宜陽殿《ぎやうでん》に立て見《み》るに、上達部の[二七]御前は[二八]美福門よりのぞく。かくのごとく見る程に、其雲、むらなく大空に[二九]ひきふたぎて、竜神、震動し、電光、[三〇]大千界にみち、[三一]車軸のごとくなる雨ふりて、天下、忽《たちまち》にうるほひ、五穀豊饒にして、万木、果をむすぶ。見聞の人、[三二]帰服せずといふ事なし。

さて、御門、大臣、公卿等、[三三]随喜して[三四]僧都となし給へり。不思議の事なれば、末《すゑ》の世の物語、とかくしるせる也。

仁の弟子で第十代天台座主となり、僧正に至る。延長五年(九二七)没、八十五歳。

一四　特にご心配なさっていることがある。「思食さるゝ」は天皇の自敬表現。

一五　僧正・僧都につぐ僧官。ただし、増命は律師であったことがなく、彼の少僧都任官について僧綱補任は「律師を経ず」と特記している。

一六　年功を積んだ先輩の僧。「臈」(法臈)は僧となってからの年数。より多い者を上臈という。

一七　紫宸殿。大内裏の正殿。

一八　紫宸殿正面の十八階段か。天皇の昇降のためのもので、増命がこれを用いたとすれば異例。

一九　紫宸殿南廂の下部、壁塗りの施されている所か。前の「壁」もこれと同じであろう。

二〇　護摩をたくのに用いる器具。各種あるが、ここは手に持って用いる柄の付いたもの。

二一　にぎりしめて。　二二　熱い日で、外に出られないような状態で。　二三　扇のような形の。

二四　公卿。三位以上の人および参議の総称。

二五　四位・五位の者および六位の蔵人。

二六　紫宸殿の東の殿舎。書陵部本、古活字本などは「弓場《ゆば》殿」とする。弓場殿は紫宸殿西の校書殿、また、その東廂の北の二面の異称。

二七　御前駆の略。前駆の人々。

二八　大内裏の南面、朱雀門の東にあった門。遠く、内裏内部をのぞくのはむりで不審。打聞集には春花門(内裏の東南の門)とある。

二九　ひろくおおって。　三〇　仏語で三千大千世界の略。ここはこの世界すべての意。

三一　雨のはげしさをいう誇張表現。

三二　うやまい従わないものはなかった。

三三　ありがたく思って。

三四　増命の少僧都任官は延喜十五年(九一五)。天皇の疱瘡平癒を祈った功によるものらしい。

（二一　同僧正《おなじきそうじやう》、大嶽《おほたけ》ノ岩祈失事《いはいのりうしなふこと》　巻二ノ三）

今は昔、静観僧正は西塔《さいたふ》[一]の千手院といふ所に住給へり。その所は南むきにて、大嶽《おほたけ》[二]をまもる所にて有けり。大嶽《たけ》の乾《いぬゐ》[三]の方のそひに、大成《おほきなる》いはほあり。其岩のあり様、竜の口をあきたるに似たりけり。其岩のすぢ[四]に向て住ける僧ども、命もろくして、おほく死《しに》けり。しばらくは、「いかにして死ぬやらん」と、心も得ざりける程に、「此岩の有《ある》ゆへ《ゑ》ぞ」といひ立にけり。此岩を毒竜の巌とぞ名付たりける。是によりて、西塔の有様、たゞ荒《あ》れに荒《あ》れ而已《のみ》まさりけり。此千手院にも人おほく死ければ、住[五]わづらひけり。

此巌をみるに、誠に竜の大口をあきたるに似たり。「人のいふ事は、げに[六]もさありけり」と僧正思給て、此岩の方に向て、七日[七]七夜、加持[八]し給ければ、七日といふ夜半斗《よなかばかり》に、空くもり、震動する事をびた《お》[九]ゝし。大嶽に黒雲かゝりて、見《み》えず。しばらく有て、空晴ぬ。夜明て、大嶽《たけ》を見《み》れば、毒竜巌くだけて、散《ちり》[一〇]失《うせ》にけり。それより後、西塔に人住けれども、たゝりなかりけり。

西塔の僧どもは、件《くだん》[一一]の座主《ざす》をぞ、今到迄《いまにいたるまで》たう《ふ》とみ、おがみけるとぞ語伝た

一　比叡山三塔の一。東塔の西にある。千手院は千手堂とも。叡岳要記によると、西塔から移って園城寺にあったというが、今は廃滅。増命との関係については、僧官補任などに見える。
二　大比叡。比叡連峰の主峰で海抜八四八・三メートル。
三　西北の急斜面。
四　筋むかいに。道をはさんで斜め反対がわ。
五　住みにくく感じた。
六　いかにももっともであった。
七　日本往生極楽記には「三日祈念せり」とある。
八　真言密教で行なう祈禱。　九　すさまじい。
一〇　日本往生極楽記にはこの巌石について「その殞(ぶや)れたる片石は今に路の傍にあり」と記す。
一一　この座主。座主は大寺院の管主。ここは天台座主をさす。比叡山延暦寺の首座で一山を統轄する。本話・前話の中に増命は静観僧正として記されており、末尾の「座主」はやや唐突。

▽増命（静観僧正）の験力に関する話が二つ並ぶ。第一〇五話にふたたび登場することからすると、彼に対する著者のなみなみならぬ関心と敬意が感じられる。第二〇話は彼の晩年の僧都就任、その因となった天皇護持の加持、さらにそれに先立つ某年の祈禱などの事実が結び付いて形成されたものと思われる。第二一話は叡山に伝わる石関係の説話の一。山岳寺院に発生しやすい話であろう。増命の験力は諸書に語られ、二中歴には宿耀師（占星をよくする者）に「増命」、易筮（占い）に「貞観」、験者に「静観」とある。表記・呼び方の多様さは、各分野における異伝承の存在を示すか。増命が自分の異能に誇ることなく、隠遁的な気質ゆえか座主職を二度にわたって辞任したりしている（天台座主記によると初例という。なお翌年に再任したが、四年後にまた辞任）のも目を引く。

る。不思議の事也。

（二二　金峯山薄打事《きんぶせんのはくうちのこと》　巻二ノ四）

今は昔、[一二]七条に[一三]薄打《はくうち》あり。[一四]御嶽詣《みたけまうで》しけり。参《まい》りて、[一五]かなくず《づ》れを[一六]ゆいて見《み》れば、誠の金のやうにてありけり。うれしく思ひて、件《くだん》の金を取て、袖につゝみて、家に帰《かへり》ぬ。

おろして見れば、きら〳〵として、誠の金なりければ、「ふしぎの事也。此金とるは、[一七]神鳴《な》り、[一八]地振《ぢしん》、雨ふりなどして、すこしも、えとらざんなるに、これはさる事もなし。此後《のち》も、この金をとりて、[一九]世中をすぐべし」とうれしくて、はかりにかけてみれば、[二〇]十八両ぞありける。これを薄《はく》に打《う》つに、七八千枚に打《う》ちつ。「これを[二一]まろげて、みな買《か》はん人もがな」と思て、しばらく持たる程に、「[二二]検非違使《けびゐし》なる人の、[二三]東寺の仏、造らんとて、薄をおほく買《かは》んといふ」と告《つ》ぐる物ありけり。悦て、ふところにさし入て行ぬ。

「[二四]薄や召《め》す」といひければ、「いくら斗《ばかり》持たるぞ」と問ければ、「七八千枚ばかり候」といひければ、「持て参《まい》りたるか」といへば、「候」とて、懐より紙

一二 京都の七条大路のあたり。七条町として一五頁五行に既出。この大路と町尻小路の交叉する地域（今の東本願寺の東南部付近）には、金属を扱う職人が多く住んでいた。
一三 箔打。金・銀箔を打つ職人。
一四 吉野の金峯（きんぶ）山（奈良県吉野郡吉野町吉野山）に詣でること。金峯山（「御金（みかね）の嶽」とも）は吉野山から大峯山にかけての山々の総称。この一帯が金の産出に関わる地であったことによる名か。修験道の霊地で金峯山寺があるが、地主神の金峯神社（金精（こんしよう）明神）は金山毘古（かなやまひこ）神を祭る。なお、当時、都人が御嶽詣をするのはよほどの者に限られるはずで、この男の財力と信仰心が察せられる。
一五 金鉱の露頭した所。
一六 通って、ふと見ると。
一七 雷。それの語源にもとづく表記。
一八 地震の当て字。　一九 暮らしていこう。
二〇 両は令制で重さの単位。一斤の十六分の一で十匁、約三七・五グラム。十八両は約六七五グラム。
二一 ひとまとめにして、みな買ってくれる人がいればよい。「まろぐ」はまるめる、まとめる。
二二 都とその周辺の治安をつかさどる官。令外の官で弘仁年間（八一〇―八二三）に成立、後に訴訟・裁判も行なうようになり大きな力を持ったが、中世武家政権によって形骸化していった。職員編成は別当（長官）以下、佐・大少尉・大少志・府生・看督長・案主・放免など。ここに出るのは特定できないが、別当以外の上中級職の一人であろう。下の「なる」はにいる、に属する意。
二三 金光明四天王教王護国寺の通称。京都市下京区九条にある古義真言宗の大本山。この人は、東寺に寄進する仏を造ろうとしたのである。
二四 薄（箔）をお買い上げ下さいますか。

につゝみたるを取出したり。見《み》れば、破《(や)》れずひろく、色いみじかりければ、ひろげて数《かぞ(へ)》えんとて見《み》れば、ちい《(ひ)》さき文字にて、「金御嶽〳〵」とこと〴〵く書《か》かれたり。心もえで、「[一]此書付《かきつけ》は、[二]何《なに》の料《れう》の書付ぞ」と問へば、薄打、「書付も候はず。何の料《れう》の書付《かきつけ》かは候はん」といへば、「[三]げんにあり。これを見《み》よ」とて、見《み》するに、薄打見《み》れば、まことにあり。「あさましき事哉」と思て、[四]口もえあかず。検非違使、「これはたゞ事にあらず。やうあるべし」とて、[五]友をよび具《ぐ》して、金をば[六]看督長《かどのおさ》に持《も》たせて、薄打具《うちぐ》して、[七]大理のもとへ参《まい》りぬ。

件《(くだん)》の事どもを、語たてまつれば、別当、驚《おどろ》きて、「はやく[八]河原にい《(ゐ)》て行て、問《と》へ」といはれければ、検非違使ども河原に行て、[九]よせばし、掘《ほ》り立《た》てて、身[一〇]をはたらかさぬやうに、はりつけて、七十度の[一一]かうじをへければ、背中《せなか》は紅の[一二]練単衣《ねりひとへ》を水にぬらして、着《き》せたるやうに、[一三]みさ〳〵と成てありけるを、かさねて、獄に入《(いれ)》たりければ、僅に十日斗《(ばかり)》ありて死にけり。薄をば金峯山に返して、もとの所に置《を》きけるとかたりつたへたり。

それよりして、人をぢ《(お)》て、いよ〳〵件《(くだん)》の金とらんと思《おも》ふ人なし。あな、おそろし。

一　書き付けた字・言葉。
二　何のための書付か。
三　現実に。実際に。
四　口をきくこともできない。「口あく」は口をあけて物を言う。弁解・応答などをする。
五　同僚。仲間。
六　検非違使の下級職員。囚人の看視を主務とし、罪人の追捕なども行なった。
七　検非違使別当(長官)の唐名。主として中納言・参議を兼ねる。左右衛門督から選ぶが、左右兵衛督の場合もあった。
八　鴨川の河原。尋問・処刑にも用いられた。
九　馬などをつないでおく柱。
一〇　身動きできないように。
一一　諸本仮名。「勘事」(叱り、とがめること)、「拷じ」(拷問を加えること、「拷ず」の名詞化)、「拷事」「拷迅」(拷問を用いる迅問)などの字が当てられる。「かう」は「拷」かと思われるが、三者のどれかについては決めがたい。
一二　練絹のひとえ。うすくやわらかい。
一三　濡れたさまで、びしょびしょの意かという。
▽吉野の金をめぐる歴史は古く、これを実証的にたどるのは容易でないが、金は特別に神聖視され、みだりに採掘してはならないものとされた。その見方は古来の信仰に仏教思想が習合して形成されたようで、例えば三宝絵詞・下二十二・東大寺千花会によると、東大寺大仏造営のために聖武天皇が吉野の金の提供を蔵王権現に祈請したところ、権現は、「この山の金(こがね)は弥勒の世に用ゐるべし。われはただ守るなり。分ちがたし。…」と答えたと言い、同趣旨の記事は他書にも見える。本話はその禁忌を犯した都の薄打が罰を受けて死に至る話である。直接には登場しない蔵王権現の超越的意志にもとづ

（二三）　用経荒巻事《もちつねあらまきのこと》　巻二ノ五）

今は昔、[一四]左京の大夫《かみ》なりける、[一五]ふる上達部《(かんだちめ)》ありけり。年老て、いみじう[一六]ふるめかしかりけり。[一七]しもわたりなる家に、ありきもせで籠《こも》りゐたりけり。その司《つかさ》の[一八]属《さくわん》にて、[一九]紀用経といふ物有けり。[二〇]長岡になん住ける。司の目《(さくわん)》なれば、このかみのもとにもきてなん、[二一]お《(を)》こづりける。

此用経、[二二]大殿に参《まい》りて、[二三]贄《にゑ》殿にゐたるほどに、[二四]淡路守頼親《よりちか》が鯛の荒《あら》巻をおほく奉《たてまつ》りたりけるを、贄殿にもて参《まい》りたり。贄《にゑ》殿の[二五]預《あづかり》、義澄《よしずみ》に二巻《まき》、用経こひとりて、[二六]間《ま》木にさゝげて置《を》くとて、義澄《よしずみ》にいふやう、「これ、人してとりに奉《たてまつ》らん折《をり》に、を《(お)》こせ給へ」といひ置《を》く。心のうちに思けるやう、「これ、わが司のかみに奉《たてまつ》りて、お《(を)》こづり奉《たてまつ》らん」と思て、これを間木《まき》にさゝげて、左京の大夫《かみ》のもとにいきて見《み》れば、[二七]かんの君、[二八]出居《いでい》に客人《まら(うど)》二三人ばかりきて、[二九]あるじせんとて、[三〇]ちくわらに火おこしなどして、我もとにて、物くはんとするに、はかゞゝしき魚もなし。鯉、鳥など[三一]用《よう》ありげなり。

それに用経が申やう、「用経《もちつね》がもとにこそ、[三二]津の国なる下人の、鯛の荒巻《あらまき》三、もてまうで来《き》たりつるを、一巻《まき》たべ心み侍つるが、えもいはず、めでたくさぶ

く事件であるが、強烈な忿怒の相でかたどられるこの権現にふさわしく、薄打の死に方は無残をきわめる。

一四 左京大夫《(さきょうのだいぶ)》。左京職《(さきょうしき)》の長官。正五位相当。都の左京の諸事をとりしきったが、中古、検非違使の登場によって有名無実化した。

一五 上達部の家柄だが、ぱっとしない者。上達部は公卿で三位以上および参議。

一六 ふけこんでいた。

一七 下京をさす。京都の南部の地域。

一八 左京職の四等官。大少の二種がある。大属は正八位下、少属は従八位上相当。

一九 伝未詳。今昔には「紀茂経」となっている。

二〇 京都府長岡京市。都の西南郊外。

二一 ご機嫌をとる。古活字本は「をとづりける」。

二二 大臣(の邸)。今昔は「宇治殿」(藤原頼通)。

二三 魚鳥などを貯蔵してある所。

二四 清和源氏。多田満仲の次男。正五位下、大和・周防・淡路・信濃などの守を歴任。寛仁元年(一〇一七)に淡路守を解任されているが、頼通の時代はそれよりトり、今昔の記事は疑問が残る。

二五 管理人の義澄(伝未詳)。義澄の用字は今昔による。

二六 長押の上に付けた横木。棚として用いる。

二七 左京大夫をさす。「かん」は「かみ」の音便。

二八 寝殿造の母屋の南、廂《(ひさし)》の間にもうけた応接・接客用の部屋。

二九 饗応。ご馳走。

三〇 底本(書陵部本・伊達本なども同)仮名書の右に「地火炉」と傍記。「ら」は「ろ」の誤りであろう。地火炉は料理用のいろり。

三一 入り用のようである。必要そうである。

三二 摂津の国。大阪府および兵庫県の一部に相当。海に面し、鯛のとれる国であった。

らひつれば、今二巻《まき》はけがさで置《を》きてさぶらふ。いそぎて、まうでつるに、下人の候《(さぶら)》はで、もて参《まい》り候はざりつる也。たゞいま、取《と》りにつかはさんはいかに」と声《こゑ》たかく、したりがほに袖をつくろい《(ひ)》て、口《くち》わきかいのごひなどして、ゐあがり、のぞきて申せば、かみ、「さるべき物のなきに、いとよき事かな。とく、取《と》りにやれ」との給《(たま)》ふ。客人《まら(うど)》どもゝ、「くふべき物のさぶらはざめるに、九月斗《(ばかり)》の事なれば、此比、鳥のあぢはひいとわろし。鯉はまだいでこず。よき鯛は奇異《きい》の物也」などいひあへり。

用経、馬ひかへたる童をよびとりて、「馬をば御門の腋《(わき)》につなぎて、たゞいま走て、大殿に参りて、贄殿のあづかりのぬしに、「その置《を》きつる荒《あら》巻、たゞいまを《(お)》こせ給へ」とさゝめきて、時かはさず、もてこ。ほかによるな。とくはしれ」とてやりつ。さて、「まな板あらひて、もて参《まい》れ」と声《こゑ》たかくいひて、やがて「用経、けふの包丁は仕まつらん」と云て、真魚箸《まなばし》けづり、さやなる刀ぬいて、まうけつゝ、「あな久し。いづら、来《き》ぬや」など、心もとながりゐたり。「を《(お)》そし〳〵」といひゐたる程に、やりつる童、木の枝に荒巻《あらまき》二、ゆい《(ひ)》つけてもてきたり。「いとかしこく、あはれ、飛《と》ぶがごと走てまうで来《き》たる童かな」とほめて、取《と》りて、まな板の上にうち置《を》きて、こと〴〵しく大鯉つくらん

一 残りの二巻。今昔は「三巻」とする。
二 手をつけないで。「けがす」は、大切にすべき物をそこなう意から、口をつけることをいう。
三 (それを持たせる)下人もおりませんので。
四 取りに行かせたく存じますが、いかがですか。
五 直訳すれば、袖の乱れをとりつくろってとなるが、乱れ、着くずれの有無にかかわりなく、ことさらしく袖をいじっているのであろう。
六 口脇を手でぬぐったりなどして。今昔は「口脇を下げ」(口を「へ」の字にしての意)。
七 すわったまま、のび上って。尻を浮かして。「ゐる」はすわる。「上る」は姿勢を高くする。
八 適当な食べ物。
九 食うのに適当な物がござらぬようであるが。
一〇 鳥(特に雉をさす)の味はとてもまずい。脂肪がのって雉が美味になるのは冬。
一一 まだ、出まわっていない。「出で来」は(季節の食物が)出まわるの意であろう。鯉も冬の物。
一二 珍しい。珍重すべき。
一三 馬の口取りをしている。
一四 お渡し下さい。
一五 ささやいて。
一六 時を移さず。すぐに。
一七 調理をいたそう。「包丁」は料理用の刃物の総称。転じて、料理すること、または、その人。包丁には独特の作法・技術があり、そのたしなみがある人は尊重され、鑑賞の対象にもなった。
一八 魚を料理するのに用いる箸。魚は手で触れず、これで取り扱う作法であった。
一九 鞘に入っている包丁刀。
二〇 どこに行ったのか、帰って来たか。
二一 待ち遠しがっていた。
二二 実に機転がきき。中止法であろう。この「かしこし」は頭のはたらきがいい。
二三 帰って参った。
二四 大型の鯉。四条院庖丁書に「鯉の大中小之事、

やうに、左右の袖つくろひ、[二五]くゝりひきゆひ、かた膝《ひざ》たて、今かた膝ふせて、いみじく、[二六]つき〲しくゐなして、荒《あら》巻の縄《なは》を[二七]ふつ〱とを《（お）》しきりて、刀して、藁をしひらくに、[二八]ほろ〱と物どもこぼれて落《お》つる物は、[二九]ひら足駄、[三〇]古《ふる》ひきれ、[三一]古《ふる》わらうづ、[三二]古沓《くつ》、[三三]かやうの物のかぎりあるに、用経あきれて、刀も真魚《まな》箸《ばし》もうちすてて、[三四]沓もはきあへず、逃ていぬ。

左京の大夫《かみ》も客人も、あきれて、[三五]目も口もあきてゐたり。前なる侍どもも、あさましくて、目を見《み》かはして、[三六]ゐなみたる顔《かほ》どもいとあやしげなり。物くひ、酒のみつるあそびも、みな[三七]すさまじく成て、ひとり立《た》ち、ふたり立《た》ち、みな立ていぬ。左《さ》京の大夫《かみ》のいはく、「このをのこをば、かく、[三八]えもいはぬ物狂《ものくるひ》とはしりたりつれども、[三九]司のかみとて、[四〇]来《き》むつびつれば、[四一]よしとは思はねど、追《を》う《（ふ）》べき事もあらねば、[四二]さとみてあるに、かゝるわざをして、はからんをば、いかゞすべき。[四三]物あしき人は、はかなき事につけても、かゝる也。いかに世の人、聞《き》き伝《つた》へて、世《よ》のわらひくさにせんとすらん」と、空をあふぎてなげき給事かぎりなし。

用経は馬に乗て、[四四]馳《は》せちらして、殿に参て、贄《にゑ》殿の預《あづかり》、義澄《よしずみ》にあひて、「此荒巻《あらまき》をば惜《お》しとおぼさば、[四五]おいらかにとり給《（たまひ）》てはあらで、かゝる事をしいで給

大中小目より下を寸の定と云々」とあり、鯉はその寸法によって大中小に三分していたらしい。大鯉の場合は作法も物々しかったと思われる。

二五 袖のくくり紐をひきしめて。
二六 いかにも大鯉の料理らしく、かまえて。「つきづきし」はぴったりしている。それらしい。「ゐなす」は姿勢・恰好をつくる。
二七 ぷつっぷつっと。物を切るさまの擬態語。
二八 ぽろぽろと。物が乱れ落ちるさまの擬態語。
二九 高足駄の対で、歯の低い下駄。
三〇 古ぞうり。「ひきれ」は古活字本などに「しきれ」とあり(今昔は「尻切」)、この方が一般的であろう。「しりきれ」の変化した語。爪先が幅広く、かかとの当る所を狭く作ったぞうりの一種。
三一 「わらぐつ」の変化した語で、わらで作ったはき物。深ぐつなどうがってはく物にも言うが、古くは主にぞうり・わらじの類をさす。
三二 古い沓。沓は足をおおうようにするはき物。
三三 このような物ばかりが入っていたので。
三四 沓をはくのもそこそこに。
三五 まばたきもできず、口をしめることもできないでいる。驚きによって身体が硬直するさま。
三六 居並んでいる顔は実に珍妙である。
三七 興醒めがして。
三八 言いようのないばか者。
三九 私を、勤める役所の長官と思って。
四〇 来てなついていたので。
四一 立派な男と思ったわけではないが。
四二 黙認していたが。この「さと」は、やって来るのを、それはそれとしての意か。
四三 運の悪い人。自分自身のことをいう。
四四 全速力で走らせて。他の動詞に付く「ちらす」は荒々しくその動作をする意。
四五 おだやかにお取りにならずに。

へる」と、なきぬばかりに、うらみ、のゝしる事かぎりなし。義澄《よしずみ》がいはく、「こは、いかにの給《（たまふ）》事ぞ。荒巻《あらまき》は奉《たてまつ》りて後、あからさまに、[一]やどにまかりつ[一]とて、を《（お）》のがお《（を）》のこにいふやう、「[二]左京の守のぬしのもとから、荒巻とりにを《（お）》こせたらば、取て使にとらせよ」といひ置《を》きて、まかでて《ゝ》、たゞ今帰参《まい》りて見《み》るに、荒巻《あらまき》なければ、「[三]いづち去《い》ぬるぞ」と問《と》ふに、「しか〳〵の御使ありつれば、の給《（たま）》はせつるやうに、とりて奉《たてまつ》りつる」といひつれば、「[四]さにこそはあんなれ」と聞《き》き《ゝ》てなん侍る。事のやうを知《し》らず」といへば、「[五]さらば、かひなくとも、[六]いひあづけつらん主をよびて、問給へ」といへば、男をよびて、問《と》はんとするに、いでて《ゝ》いにけり。

[七]膳部《（かしはで）》なる男がいふやう、「を《（お）》のれらがへやに入ゐて聞《き》き《ゝ》つれば、[八]このわかぬしたちの、「間木《まき》にさゝげられたる荒巻《あらまき》こそあれ。こは誰《た》が置《を》きたるぞ。なんの料《れう》ぞ」と問ひ《ゝ》つれば、誰《たれ》にかありつらん、「左京の属《さくわん》の主の也」といひつれば、「さては、[九]ことにもあらず、すべきやうあり」とて、とりおろして、鯛を[一〇]ばみなきり、参《まい》りて、かはりに、古《ふる》しりきれ、ひらあしだなどをこそ入て、間《ま》木《き》に置《を》かると聞《き》き《ゝ》侍つれ」とかたれば、用経聞て、しかりのゝしる事限なし。この声を聞《き》き《ゝ》て、人〳〵、[一一]いとお《（ほ）》しとはいはで、[一二]笑のゝしる。用経[一三]しわびて、

一 ちょっと、自宅に帰ろうとして、その時に。「つ」は意志を示す助動詞ととったが、「まかりいづ」の「い」の脱落かとも思われる。今昔に「罷り出づとて…」とある。
二 今昔には「左京の属の主の許より」とあり、用経になっているが、用経は左京大夫の意を体して来るのであるから、実質的には差がない。
三 どこに持って行ったのか。
四 そういうことであるのか。「なれ」は伝聞。
五 いまさら仕方ないにしても。
六 あなたが指示してあずけたとかいう方。「ん」は婉曲。自分が直接関知していないことをさす。「主」は話中の人物に対する敬称。相手への敬意をこの者にも及ぼしたもの。
七 食膳のことをつかさどる人。語源は食器に柏の葉を用いたことによるとされる。「て(手)」は人の意。　八 若いお方たち。
九 どうということもない。かまわない。
一〇 切って、召し上って。「参る」は「食ふ」の敬語。　一一 気の毒だ。
一二 笑い騒ぐ。「ののしる」は大声をたてる。
一三 どうすることもできなくて。「わぶ」は…することができかねる、…するのに苦労する。
一四 外出をひかえよう。
▽紀用経は、古今集、伊勢物語などにかかわる古代名族紀氏の子孫であろうか。左京職の属というしがない地位にあって、それなりの才覚ありげな(少なくも、本人はそれを自覚しているらしい)人物だが、たまたま入手した鯛の荒巻でことさらな取り入り方をたくらみ、失敗する。本話は今昔ともどもその男の気質・行動のあさはかさを活写する。随処に鋭い人間批評の冴えを示し、後世の徒然草を連想させる。
一五 今昔、下毛野氏系図などによれば、名の表

「かく笑《わら》ひのゝしられんほどは、一四ありかじ」と思《おも》ひて、長岡の家にこもりゐたり。

其後、左京の大夫《かみ》の家にも、え行《い》かずなりにけるとかや。

(二一四　厚行《あつゆき》、死人《しにん》ヲ家《いへ》ヨリ出《いだ》ス事　巻二ノ六)

昔《むかし》、一五右近将監下野厚行《(しもつけのあつゆき)》といふ物ありけり。一六競馬《(けいば)》によく乗《の》りけり。帝王よりはじめ参《まい》らせて、おぼえことにすぐれたりけり。一七朱雀院の御時より、一八村上の御《(み)》門《(かど)》の御時なんどは、一九盛《(さかり)》にいみじき舎人《(とねり)》にて、人もゆるし思けり。年たかくなりて、二〇西京《(にしのきやう)》にすみけり。

隣なりける人、俄に死けるに、此厚行、とぶらひに行て、其子にあひて、二一別《(わかれ)》の間の事共とぶらひけるに、「此死たる親を出さんに、門二二あしき方にむかへり。さればとて、二三さてあるべきにあらず。門よりこそ出すべき事にてあれ」といふを聞《き》ゝて、厚行がいふやう、「あしき方より出《いだ》さん事、二四ことに然べからず。二五かつは、あまたの御子たちのため、ことに二六いまはしかるべし。厚行が二七へだての垣をやぶりて、それより出《(いだ)》し奉《たてまつ》らん。二八かつは生《い》き給たりし時、ことにふれ

記は「敦行」。王朝中期の随身。右近衛将監(右近衛府の三等官。従六位上相当)。馬術の名手として知られる。生没年未詳。
一六 くらべうま。こまくらべ。五月五日に宮中の武徳殿で行われた。一対の騎者が直線を走って速度をきそう。その役は近衛府の随身がつとめた。その後すたれたが、寛治七年(一〇九三)、堀河天皇の勅願によって賀茂別雷社(上賀茂社)の神事として、同日に行われるようになった。
一七 第六十一代天皇。醍醐天皇第十一皇子。在位は延長八年(九三〇)から天慶九年(九四六)まで。天暦六年(九五二)崩、三十歳。
一八 第六十二代天皇。醍醐天皇第十四皇子。在位は天慶九年から康保四年(九六七)まで。同年崩、四十二歳。
一九 活躍して、すぐれた舎人として、人も認めていた。「舎人」は近衛府の官人。左右近衛府の定数は延喜式によれば左右各六百人。
二〇 平安京の西半分。朱雀大路の西で右京ともいう。低湿地などが多いため、居住する者が少なく、都らしい形を整えるに至らなかった。
二一 死去の時のことなどについて挨拶したところ。「別」は死亡。「別の間の事共」は故人の死の前後の諸事の意か。
二二 不吉な方向。鬼門(東北)・裏鬼門(西南)の類。
二三 そのままにしておけない。死体を家の中においたままにできないこと。
二四 まことによくない。　二五 その上。
二六 不吉で、忌むべきである。「いまはし」は「忌まふ」の形容詞化。　二七 厚行の家の境の垣。
二八 一つには。自分がこういうわけの一つはの意。前行の「かつは」との対応関係があるのかどうか、はっきりしない。同語の反復は、自分の考えを力説する厚行の口ぶりを印象的に伝える。

て情のみありし人也。か丶る折《おり》だにも、その恩を報じ申さずは、[一]なにをもてか、むくひ申さん」といへば、子どものいふやう、「[二]無為《(ぶゐ)》なる人の家より出さん事、[三]あるべきにあらず。[四]忌の方成《(なり)》とも、我門よりこそ出《いだ》さめ」といへども、「[五]僻事《(ひがこと)》なし給そ。たゞ厚行が門より出し奉《(たてまつら)》ん」といひて、帰ぬ。

我子どもにいふやう、「隣のぬしの死たる、いとお《(ほ)》しければ、とぶらひに行たりつるに、あの子どものいふやう「忌の方なれども、門は一なれば、これよりこそ出さめ」と[六]わびつれば、いとお《(ほ)》しく思て、「中の垣を破て、我門より出し給へ」といひつる」といふに、妻子ども聞《き》きゝて、「[七]不思議の事し給《(たまふ)》親かな。[八]いみじき穀断《だ》ちの聖なりとも、か丶る事、する人やはあるべき。[九]身思はぬといひながら、我家の門より、隣の死人、出す人やある。[一〇]返《(かへすがへす)》ゝもあるまじき事也」とみないひあへり。厚行、「僻事ないひあひそ。厚行がせんやうに、まかせて見《み》給へ。[一一]物忌《い》し、くすしく忌《い》むやつは、命もみじかく、はか〴〵しき事なし。たゞ、物忌《い》まぬは、命もながく、子孫もさかゆ。いたく物忌《い》み、くすしきは人といはず。恩を思知《し》り、[一二]身を忘る丶をこそ、人とはいへ。[一三]天道《(てんたう)》もこれをぞ[一四]めぐみ給らん。よしなきこと、ないひあひそ」とて、下人どもよびて、中の[一五]檜垣を[一六]たゞこぼちにこぼちて、それよりぞ出させける。

一 どんな事をして、恩に報い申し上げようか。
二 何事もない人の家。誰かが死んだわけでもない厚行の家をさす。「無為」は平穏無事。
三 とんでもないことだ。
四 忌むべき方位であっても。
五 あやまちをなさってはなりません。
六 困っていたので。古活字本は「といひつれば」。これが本来の形で、「わ」は「い」の誤写か。
七 「不思議」に同じ。
八 立派な穀断ちの聖であっても。「穀断ちの聖」は修行のために穀物の類を食わず、木の実などで命をつなぐ遁世者。第一四五話に、それのいかさまな例が登場する。
九 自分の身を気にかけないといっても。
一〇 どう考えても絶対によくない。
一一 物忌みをし、迷信深く忌むやつは。「くすし」は禁忌にとらわれ、現実離れしているさま。「物忌くすしう」(枕草子・成信の中将は)。
一二 自分のことを忘れる。「戦場にして敵にたたかふ時、身をわする」(平家物語五・富士川)。
一三 天の神。天地を支配する超越的存在。
一四 いつくしみなさることであろう。
一五 檜の薄い板を、網代のように斜めに編んで張った垣。築地よりも簡便なもの。
一六 どんどんこわして。
一七 高貴な方。「殿」は宮殿・大邸宅などの意から、そこに住む高貴な人をさす。「ばら」は、旧大系今昔五の「補注(接辞)」に「寧ろ、境涯を指すものと考えられる」とする。それによると、ここは「殿と呼ばれる身分の方」ということになる。
一八 驚嘆してほめなさった。
一九 「厥」は「其」に、「后」は「後」に同じ。
二〇 「下毛野氏」とも書く。上代以来の豪族で、豊城命を祖とするという。摂関期から院政期に

さて、その事、世に聞《きこ》えて、殿原[一七]もあさみ[一八]ほめ給けり。さて、厥后《(そののち)》[一九]、九十斗《(ばかり)》までたもちてぞ死ける。それが子どもにいたるまで、みな命ながくて、下[二〇]野氏の子孫は、舎人の中にもお[二一]ぼえありとぞ。

（二五　鼻長僧事《はなながきそうのこと》　巻二ノ七）

昔、池[二二]の尾に禅[二三]珍内供《(ないぐ)》といふ僧住ける。真[二四]言なんどよく習て、年久く行て貴とかりければ、世の人〴〵、さま〴〵の祈をせさせければ、身の徳[二五]ゆたかにて、堂も僧坊もすこしも荒《あ》れたる所なし。仏供《(ぶく)》[二六]、御灯《(みあかし)》などもたえず、お《(を)》りふしの僧[二七]膳、寺の講演、しげく行はせければ、寺中の僧坊にひまなく僧もすみ、にぎはひけり。湯[二八]屋には湯《ゆ》わかさぬ日なく、浴《あ》みのゝしりけり。又、そのあたりに小《(こ)》家《い(へ)》ども、おほくいできて、里もにぎはひけり。

さて、この内供は鼻長かりけり。五六寸斗《(ばかり)》なりければ、お[二九]とがひより、さがりてぞ見《み》えける。色は赤紫にて、大[三〇]柑子《(おほかうじ)》のはだのやうに、つ[三一]ぶだちて、ふくれたり。かゆがる事かぎりなし。提[三二]《(ひさげ)》に湯をか[三三]へらかして、折[三四]敷《(をしき)》を鼻[三五]さし入ばかり、ゑりとほして、火[三六]のほのを《(ほ)》の顔《かほ》にあたらぬやうにして、その折敷の穴より、

かけて、敦行などを出し、秦氏・中原氏とともに随身の家柄として固定するようになった。
二一　名声が高いという。
▽下野厚(敦)行が禁忌を尊重しつつもとらわれず、恩を忘れなかった話。名随身の面目が、対話型式を多用する説話の中で鮮かに表現されている。
二二　京都府宇治市の地名。宇治川右岸の山間部。以下に描かれるような寺院が営まれたことを示す遺跡・文献は未詳。醍醐寺関係の寺か。
二三　伝未詳。旧大系今昔五は「楞厳院廿五三昧結縁過去帳」に出る「禅珍大徳」に注意するが、同帳広本記載の略伝の記事に本話主人公との関連を思わせるものはない。今昔は「禅智」とする本が多い。「内供」は「内供奉」の略で、「供奉」とも。宮中の内道場に奉仕し、御斎会の読師などをつとめる僧。学徳兼備の人が選任されるならわしで、十禅師の職を兼ねた。
二四　密教の呪・陀羅尼。仏菩薩の徳を示す秘密の言葉で、これを唱えて加持祈禱などを行なう。
二五　所得。収入。　二六　仏に供える物。
二七　僧に供する食膳。また、僧を饗応する会。
二八　寺院付属の入浴施設。僧のための浴室と、不特定の人にも開放される大湯屋など。
二九　下あごよりも下に、垂れさがって見えた。
三〇　大型のこうじ蜜柑。
三一　粒状のものが沢山あって。ぶつぶつで。
三二　注ぎ口とつるの付いた鍋のような器具。
三三　沸騰させて。
三四　薄い板で作った四角い盆。
三五　鼻をさし入れるだけの大きさにくりぬいて。「ゑる」は穴をあける。えぐる。
三六　湯をわかしている火の炎であろう。今昔には「火の気(け)」とあり、湯気とする説もある。

鼻をさしいでて、提の湯にさし入て、よく〳〵ゆでて、引あげたれば、色は濃《こ》き紫色也。それを[一]そばざまに臥《(ふし)》て、したに物をあてて、人に踏《ふ》ますれば、つぶだちたる穴ごとに、煙のやうなる物いづ。それをいたく踏《ふ》めば、[二]白き虫の、穴ごとにさし出るを、毛抜にてぬけば、四分斗《(ばかり)》なる白《しろ》き虫を、穴ごとにとりいだす。その跡は穴《あな》だにあきて見《み》ゆ。それを又おなじ湯に入て、[三]さらめかしわかすに、ゆづれば、鼻ちい《(ひ)》さく[四]しぼみあがりて、たゞの人の鼻のやうになりぬ。又、二三日になれば、さきのごとくにはれて大きに成ぬ。

かくのごとくしつゝ、腫《(はれ)》たる日数はおほくありければ、物食ける時は、弟子の法師に、平《(たひら)》なる板の一尺斗なるが、広さ一寸ばかりなるを、鼻のしたにさし入て、[五]むかひゐて、かみざまへもてあげさせて、物食《く》ひはつるまではありけり。[六]異人《こと》して、もてあげさする折《おり》は、[七]悪《あ》しくもてあげければ、腹をたてて、物も食《く》はず。されば、此法師一人をさだめて、物食《く》ふたびごとに、もてあげさす。

[八]それに、心ち悪《あ》しくて、この法師いでざりける折《おり》に、[九]朝粥《がゆ》食《く》はんとするに、鼻をもてあぐる人なかりければ、「いかにせん」なむどいふ程に、つかひける童の、「我はよくもてあげ参《まい》らせてん。[一〇]更にその御房にはよも劣《をと》らじ」といふを、弟子の法師聞《き》きて、「この童のかく申」といへば、[一一]中大童子にて、[一二]みめも

一 横向きに寝て。
二 諸注の指摘するように、実際には脂肪であろうが、細長いのでそれを虫と見ているのである。長さ四分(約一・二センチメートル)ほどと、具体的である。
三 さらさらとわかすと。「さらめかす」はさらさらと音を立てるようにする。三八頁にも「さら〳〵とかへらかして」とあった。
四 しぼみきって。すっかりしぼんで。「あがる」は完了・完成する。
五 向きあって坐って。
六 他の人。
七 持ち上げ方がへただと。「悪しく」は書陵部本、古活字本「あらく」。今昔は底本と同じ。
八 ところが。逆接の接続助詞。
九 朝起きて朝食に先立って食べる粥。固粥と汁粥とがあるが、ここは後者らしいことが、本文の後の方でわかる。
一〇 絶対に、そのお坊さんと比べて、まさか劣らないと思います。「更に」「よも」は打消に掛かる陳述の副詞。二語を併用して童の自信を示す。「御房」は出家者に対する敬称。今昔ではこの箇所「小院」(小僧、小坊主)となっており、敵対心(また、競争心)が露骨になっている。
一一 寺院で奉仕する有髪童形の者。年齢によって、大・中・小の別があった。「中大童子」は、そのうちの中童子および大童子の意の例として栄花物語・音楽の「中大童子、さまざまの装束どもして整へたり」がある。ここは中童子とも大童子とも呼べる中年の者をさすか。今昔は「中童子」。
一二 見た目もこぎれいであったので。
一三 鼻を持ち上げる木。「鼻もたげの木」も同じ。
一四 きちんと。折目正しく。
一五 低からず。「ひきし」は「高し」の対。中古の

きたなげなくありければ、うへに召《め》しあげてありけるに、この童、[一三]鼻もてあげの木を取て、[一四]うるはしくむかひゐて、よき程に、高からず[一五]ひきからずもたげて、粥をすゝらすれば、此内供、「いみじき上手にてありけり。[一六]例の法師にはまさりたり」とて、粥《かゆ》をすゝる程に、この童、[一七]はなをひんとて、そばざまに向て、はなをひる程に、手[一八]ふるひて、鼻もたげの木[一九]ゆるぎて、鼻はづれて、粥の中へ[二〇]鼻ふたりとうちいれつ。内供が顔にも、童の顔《かほ》にも、粥とばしりて、[二一]ひと物かゝりぬ。

内供、大《(おほき)》に腹立て、頭、顔《かほ》にかゝりたる粥を紙にてのごひつゝ、「を《(お)》のれは[二二]まが／＼しかりける心もちたる物哉。[二三]心なしのかたひ《(ゐ)》とは、を《(お)》のれがやうなる物をいふぞかし。[二四]我ならぬやごつなき人の御鼻にもこそ参《まい》れ、それにはかくやはせんずる。うたてなりける、心なしの痴《し》れ物かな。を《(お)》のれ、たて／＼」とて、追たてければ、たつまゝに、「世の人の、かゝる鼻もちたるがおはしまさば[二五]こそ、鼻《はな》もたげにも参《まい》らめ。[二六]お《(を)》この事の給《(たま)》へる御房かな」といひければ、弟子どもは[二七]ものゝうしろに逃《(にげ)》のきてぞ、わらひける。

確実な用例は未詳。中古は漢文訓読で「ひきなり」、和文で「みじかし」を用いた。本用例は古いものの一つであろう。室町時代に「ひくし」が出来、二語並立したが、後に「ひきし」がすたれ、「ひくし」が一般的となった。

一六 いつもの法師。

一七 くしゃみをしようとして。「はなひる」の活用は上代は上二段であったが、中古に上一段となった。「ひる」は放出・排泄する。

一八 ふるえて。

一九 ぐらついて。「ゆるぐ」と「ふるふ」はともに震動する意だが、前者は全体的、後者は部分的という差があるとされる。中大童子の「うるはし」い姿勢の中で顔と連動して手(とその周辺のみ)が動き、手で支えられていた木はその全体がはげしく動いて鼻からはずれたのである。

二〇 ぼたっと。今昔に「ふたと」とある。

二一 いっぱい。また、一面に。

二二 実はいまいましい心を持つ者であったのか。

二三 無分別のろくでなし。「かたゐ」(「かったゐ」とも)は乞食。人をののしる時に用いる。供奉に任ぜられるほどの高僧に不似合いの語で、この語を発した所に怒りの激しさ(第三者から見たおかしさ)が感じられよう。後の「心なしの痴れ物(馬鹿)」も同じ。

二四 私以外の高貴な人のお鼻のご用に参ることもあろうから。

二五 いらっしゃるなら、鼻を持ち上げにも参ろうが(そんな方は他にあるまい)。

二六 ばかな事。「我ならぬ…」についての批判。

二七 その場で笑うのは遠慮したのである。

▽芥川龍之介『鼻』の素材。身体的欠陥にねざす高僧の劣等感、それにねざすおこがましい言動を、周辺の人々とのかかわりに即して描く。

（一二六　晴明《せいめい》、封二蔵人少将一事《くらうどのせうしやうをふうずること》　巻一二ノ八）

むかし、[一]晴明、[二]陣に参《まい》りたりけるに、[三]前《さき》花やかに追《を》はせて、[四]殿上人の参《まい》りけるを見《み》れば、[五]蔵人の少将とて、まだわかく花やかなる人の、みめ、まことに[六]清《きよ》げにて、車よりおりて、内《(うち)》に参《まい》りたりける程に、この少将のうへに、烏の飛てとほりけるが、[七]ゑどをしかけけるを、晴明、きと見《み》て、「あはれ、世にもあひ、年などもわかくて、[八]みめもよき人にこそあんめれ、[九]式《しき》に[一〇]うてけるにか、この烏《からす》は、[一一]式神《しき(がみ)》にこそ有けれ」と思《おも》ふに、[一二]然《(しかる)》べくて、此少将の[一三]生《い》くべき報やありけん、[一四]いとおし《(ほ)》う、晴明が覚て、少将のそばへ歩《あゆ》みよりて、「御前へ参《まい》らせ給か。[一五]さかしく申やうなれども、[一六]なにか参《まい》らせたまふ。殿は、[一七]今夜えすぐさせ給はじと見奉《みたてまつ》るぞ。然べくて、を《(お)》のれには見《み》えさせ給へるなり。[一八]いざさせ給へ。物心みん」とて、ひとつ車に乗《の》りければ、少将わなゝきて、「あさましき事哉。さらば、たすけ給へ」とて、ひとつ車に乗て、少将の里へいでぬ。[一九]申の時斗《(ばかり)》の事にてありければ、かく、出《い》でなどしつる程に、日も暮ぬ。

晴明、少将を[二〇]つといだきて、[二一]身《み》かためをし、又、なに事か、[二二]つふ／＼と、夜

一　安倍(あべ)晴明。資材の子。従四位下左京権大夫。高名な陰陽家で神秘的な説話が多く伝わる。本書にも第一二六・一二七・一八四話に再出。寛弘二年(一〇〇五)没、八十五歳。土御門家の祖。
二　宮中で武官が出仕・整列する所。特に陣の座(近衛府の武士の詰所)をさす。左近の陣と右近の陣があり、ここで公卿の会議(陣の定め)も行なわれた。ただし、本文の陣は、その前を車が通ることからすると、これではありえず、内裏の外郭・内郭の諸門にあったどれかであろう。
三　先払いを威勢よく追わせて。「前を追う」は貴人が前駆の者に先払いをさせること。
四　清涼殿に昇ることを許された人。四位・五位の者の一部、および六位の蔵人をさす。
五　蔵人で近衛少将を兼ねた人。
六　美しくて。　七　糞。
八　容貌も美しい人のようであるが。
九　式神。「式」は「識」とも書く。
一〇　打たれたのだろうか。下二段の「打つ」は四段の「打つ」の受身形。ここの意味は、神仏その他の超越的な力によって、攻撃・処罰される。
一一　陰陽師が使役するという鬼神。情報の収集・確認や呪詛などを行なう。大鏡に「目には見えぬもの」とあるが、本話では烏の形をとっている。変幻自在な存在と考えられたのであろう。
一二　そうなるべき運命で。
一三　命を失わずにすむ前世の報いがあったものか。　一四　気の毒に。かわいそうに。
一五　こざかしく。利口ぶって。
一六　何で参内なさるのですか。
一七　今夜をお過ごしになれないだろう。今夜かぎりのお命であろう。
一八　さあ、おいで下さい。ためしてみましょう。
一九　午後四時前後。

一夜いも寝《ね》ず、声《こゑ》[二三]だえもせず、読きかせ、加持《かぢ》[二四]しけり。秋[二五]の夜の長《(ながき)》に、よく〳〵したりければ、暁がたに、戸をはた[二六]〳〵とたゝきけるに、「あれ、人出して、きかせ給へ」とて、聞《き》かせければ、この少将のあひ聟[二七]にて、蔵人[二八]の五位のありけるも、おなじ家に、あ[二九]なたこなたにす《(ゑ)》[三〇]へたりけるが、此少将をば、よき聟とて、かしづき、今ひとりをば、事[三一]の外に思おとしたりければ、ねたがりて、陰[三二]陽師をかたらひて、式《しき》をふせ[三三]たりける也。

さて、その少将は死なんとしけるを、晴明が見付て、夜一夜、祈たりければ、そのふせける陰陽師のもとより、人の来《き》て、た[三四]かやかに、「心のまどひけるまゝに、よしなく、ま[三五]もりつよかりける人の御ために、仰をそむかじとて、式《しき》ふせて、すでに、式神《しき》かへりて、を《(お)》のれ、たゞいま、式にうてゝ、死侍ぬ。すまじかりける事をして」といひけるを、晴明、「これ、聞《き》かせ給へ。夜部《(よべ)》[三六]、見付参《まい》らせざらましかば、かやうにこそ候はまし」といひて、その使に人をそへて、やりて聞《き》ゝければ、「陰陽師はや[三七]がて死けり」とぞいひける。式《しき》ふせさせける聟をば、しうと、やがて追《を》い《(ひ)》すてけるとぞ。晴明には泣《な》く〳〵悦《(よろこび)》て、お[三八]ほくの事どもしてもあかずぞよろこびける。た[三九]れとはおぼえず、大納言までなり給けるとぞ。

二〇 持続するさま(しっかりと)にも動作のすばやさ(さっと)にも解しうる。
二一 身体の護持のための術をさすか。
二二 ぶつぶつと。経文・呪文などをとなえるさま。
二三 「こわだえ」とも。声がとぎれること。
二四 真言密教の作法の一。手で印を結び、口で真言(陀羅尼)を唱え、心に仏菩薩を観ずる。ここはそれに類する陰陽家の秘法を行なったもの。
二五 秋の夜の長い時間にわたって。
二六 ぱたんぱたんと。手のひらで戸をたたく音。
二七 姉妹それぞれの夫である男同士。
二八 六位の蔵人のうち、六年の任期が満ちて五位に叙されながら、欠員(五位の蔵人の定員は三名)がないので蔵人を退き、殿上を下りた者。六位の蔵人が昇殿を許されたことによる現象で、その立場にあった者の失意の念は和歌の主題にもなっている(旧大系補注)。
二九 あちらとこちら。対比されやすい位置関係。
三〇 住まわせていたが。
三一 ひどく軽視していたので。
三二 連声で「おんみゃうじ」とも。陰陽五行説によって吉凶などを占ったり、呪術的作法を行なった者。民間にもいたが、正式の身分の者は、陰陽寮に属し、公的な奉仕を任とした。
三三 ひそませたのであった。
三四 底本「たかやう」。諸本により訂正。
三五 守りの強かった人。 三六 昨夜。
三七 そのまま。調伏に失敗してすぐに。
三八 多くの謝礼をしても飽きたりないほどに。
三九 この少将が誰かはわからないが。
▽安倍晴明が若い貴族の危難を予知して防ぐ話である。劣等的立場の相聟とこれに加担する陰陽師。彼らの殺意に勝つ晴明の異能。それらを淡々と語り、神秘の世界をふとかいまみさせる。

(一一七　季通《すゑみち》、欲レ逢レ事ゝ《ことにあはんとほつすること》　巻二ノ九)

昔《むかし》、駿河前司橘季通[一]といふ物ありき。それが若かりける時、さるべき所[二]なりける女房を忍て行かよひける程に、そこに有ける侍ども、「なま六位[三]の、家人《(けにん)》[四]にてあらぬが、よひ暁に、この殿へ出入《(いでいる)》事わびし。これ、たてこめて[五]勘《かう》ぜん」といふ事を、あつまりて、いひあはせけり。

かゝる事をもしらで、例の事[六]なれば、小舎人童[七]一人具《ぐ》して、局[八]に入ぬ。童を、「暁、迎《(むかへ)》に来《こ》よ」とて、返しやりつ。此うたんとするをのこども、うかゞ[九]ひまもりければ、「例のぬし[一〇]、来《き》て局に入ぬるは」と告まはして、かなたこな[一一]たの門どもをさし[一二]まはして、鍵《かぎ》とりを《(お)》きて、侍ども、ひき杖[一三]して、築地のくづ[一四]れなどのある所に、立[一五]ふたがりて、まもりけるを、その局の女《め》[一六]の童、け[一七]しきとりて、主の女房に「かゝる事のさぶらふは、いかなる事にか候らん」と告ければ、主の女房も聞《き》き驚《ゝ(おどろき)》[一八]、ふたり臥《ふ》したりけるが、おきて、季通も装束[一九]してゐたり。女房、うへ[二〇]にのぼりて尋ぬれば、侍どもの心合せてするとはいひながら、主の男も空[二一]知《し》らずしておはする事と聞《(きき)》えて、すべきやうなくて、局に帰りて、

一　則光の子。従五位上、蔵人・中宮少進・駿河守などを歴任。後拾遺集初出の歌人。康平三平(一〇六〇)没、享年未詳。
二　相当な身分の人の邸に仕えていた女房。今昔には「参り仕まつる所にも非ぬ、止事《(やむごと)》無き処に有りける女房」とある。
三　新参の六位。ここを地の文に含め、「家人…」からを会話とする説もあるが採らない。
四　この家に仕える者。
五　閉じこめて、こらしめてやろう。「勘(拷)ず」はなぐったり打ったりしてこらしめる意。
六　いつものことなので。
七　召使いの少年。
八　女房のいる部屋。
九　様子をうかがって見張っていたところ。
一〇　いつもの男が来て、女房の部屋に入ったぞ。
一一　あちらこちらの門。邸内の諸門をさす。
一二　錠をさしてまわって。
一三　杖をひきずって。長い警棒を杖のように持っているのである。物々しい警固のさまを示す。
一四　土塀のくずれ落ちている箇所。外部からひそかに通って来る者がこれを利用した例は伊勢物語の第五段が有名。
一五　立ちふさがって。
一六　召使いの少女。
一七　様子を察して。事態を理解して。
一八　二人で寝ていたが。
一九　身じたくをして座っていた。
二〇　主人の居室。
二一　知らないふりをしていらっしゃる。「空」は本心とうらはらの、うわべだけのことを示す。

泣《な》きゐたり。

季通、「いみじきわざかな。[二二]恥を見《み》てんず」と思へども、すべきやうなし。女《め》の童を出して、[二三]「出《(いで)》て去《い》ぬべき、すこしのひまやある」と見《み》せけれども、「さやうのひまある所には、四五人づゝ、[二四]くゝりをあげ、[二五]そばをはさみて、太刀をはき、[二六]杖をわきばさみつゝ、みな立《た》てりければ、出《(いづ)》べきやうもなし」といひけり。

此駿河前司は、[二七]いみじう、力ぞ強《つよ》かりける。「いかゞせん。明ぬとも、この局にこもりゐてこそは、[二八]引《ひ》き出《い》でに入来《こ》んものと、[二九]取合《あ》ひて、死《し》なめ。さりとも、夜明て後、[三〇]我ぞ人ぞと知《し》りなん後には、ともかくもえせじ。[三一]従者《ずんざ》ども呼《よ》びにやりてこそ、出《(いで)》てもゆかめ」と思ゐたりけり。「暁に、この童の来《き》て、[三二]心もえず、門たゝきなどして、わが小舎人童と心えられて、捕《とら(へ)》え、しばられやせんずらん」と、それぞ[三三]不便《(ふびん)》に覚ければ、女《め》の童を出して、[三四]もしや聞つくるとうかゞひけるをも、侍どもは[三五]はしたなく、いひければ、泣《な》きつゝ帰て、[三六]かゞまりゐたり。

かゝる程に、暁方になりぬらんとおもふほどに、此童、いかにしてか入けん、入《(いり)》来《く》る音《をと》するを、侍、「誰《た》そ、その童は」と[三七]けしきとりて問《と》へば、[三八]あしくいら

二二 はずかしめを受けることになりそうだ。「むず」は実現が時間の問題であるようなことについて、予想する意を示す。「て」は強調。
二三 出て行けそうな小さなすきまがないか。
二四 指貫(くくり袴)のくくり紐をしめ上げ。平生は足首の所でしめる紐を膝のあたりに移してしめ、行動しやすいようにしたのである。
二五 ももだちを取って。「そば」(ももだち)は袴の左右のわきのあいている部分を縫止めた所。「そばはさむ」はそれを引き上げて帯にはさむこと。これも行動の便をはかるためのもの。
二六 脇の下にはさんで。
二七 季通の父の則光も力が強く、第一三二話に「力などぞいみじう強かりける」とある。
二八 引っぱり出しに入って来る者。
二九 取っくみあって。組み打ちをして。
三〇 相手はこの私であるとの意で、「人」は対者をさすか。今昔は単に「我と知りなむ」とある。
三一 「ずさ」の変化したもの。
三二 わけもわからず。事情を知らずに。
三三 かわいそうに。
三四 あるいは小舎人童の足音を聞きつけるかと。
三五 きびしく声をかけたので。とがめるようなことを、言ったのであろう。
三六 うずくまっていた。立つ気力もなくなるほどに打ちひしがれたのである。
三七 気配を察して。音を聞きつけて。
三八 へたに答えることであろう。ありのままを言ってしまうだろうと案じているのである。古活字本は「あらく」。

へなんずと思ゐたるほどに、「御読《ど》経の僧の童子に侍」となのる。[一]さ名《な》のられて、「[二]とく過よ」といふ。「[三]かしこくいらへつる物かな。寄《よ》りきて、[四]例呼《れいよ》ぶ女《め》の童の名や、呼《よ》ばんずらん」と、又、それを思ゐたる程に、寄《よ》りも来《こ》で、過ていぬ。

「此童も[五]心えてけり。[六]うるせきやつぞかし。さ心えては、[七]さりとも、[八]たばかる事あらんずらん」と童の心を知《し》りたれば、たのもしく思たる程に、大路《(おほち)》に女声《こゑ》して、「[九]ひはぎありて、[一〇]人殺《ころ》すや」とをめく。それを聞《き》きて、この立《た》てる侍ども、「あれ、[一一]からめよや。[一二]けしうはあらじ」といひて、みな、走《はし》りかゝりて、門をも[一三]えあけあへず、くづれより走《はし》りいでつゝ、「いづかたへいぬるぞ」、「こなた」「かなた」と尋さは《(わ)》ぐ程に、此童の[一四]はかる事よと思ければ、走出《(はしりいで)》て見るに、門をばさしたれば、門をばうたがはず、くづれのもとに、[一五]かたへはとまりて、とかくいふ程に、門のもとに走寄《よ》りて、鏁《じやう》をねぢて引ぬきて、[一六]あくるまゝに、走のきて、築地走《はし》りすぐる程にぞ、此童は[一七]走あひたる。

具《ぐ》して、[一八]三町斗《(ばかり)》[一九]走のびて、[二〇]例《れい》のやうに、のどかにあゆみて、「いかにしたりつる事ぞ」といひければ、「門どもの[二一]例ならずさゝれたるにあはせて、くづれに侍共の立ふたがりて、きびしげに尋問《と》ひさぶらひつれば、そこにては、

一　そのように名のられて。　二　早く通れ。
三　巧みに答えたものだなあ。
四　いつも呼ぶ女の童の名を呼ぶことであろう。それでせっかくの機転がむなしくなってしまうだろうと案じている。
五　承知しているのだなあ。
六　気が利くやつであるよ。
七　そうであっても。何かをうけて、それと反対の方向のことを述べるつなぎに用いる。ここは、事態が困難であるが、それにしてもの意。
八　工夫する事。「たばかる」は思案をめぐらす。
九　「ひきはぎ」の略で追いはぎ。
一〇　人を殺すよ。　一一　つかまえろ。
一二　さしつかえあるまい。「けし(異・怪)」は異常で、宜しくないなどの意。多くこのように否定の形で使う。　一三　明けるいとまもなく。
一四　たくらんだ事だなあ。童の作戦を察した言。
一五　一部の者。
一六　明けるとすぐ走り去って。「のく」は離れる。
一七　走って落ちあった。
一八　一町は約一〇九メートルだから、三百数十メートル走ったことになる。二人の相当な走力がうかがえるが、今昔によれば、一、二町と短くなっている。
一九　走って逃げのびて。このあたりに「走り…」の形の複合動詞の多用がめだつ。ややくどいが、場面の躍動感を伝えていよう。
二〇　いつものように、ゆっくり歩いて。
二一　いつになく鏁(戸締りの金具)がさしてあるうえに。この「あはす」はつけ加える意。「…にあはせて」は、…だけでなくその上にの意。
二二　今昔の「入(れい)て候つれば」の方が明快である。
二三　あれこれ工夫してみようと存じましたが。
二四　底本「てて」と衍字。諸本により一字除く。
二五　「女の童」と同じ。「めわらは」の約。

「御読経の僧の童子」と名のり侍りつれば、出《い》[二二]で侍つるを、それよりまかり帰て、[二三]とかくやせましと思給《たまへ》つれども、参《まい》りたりと知《し》られ奉《たてまつ》らでは、あしかりぬべくおぼえ侍りつれば、声を聞《き》かれ奉《たてまつ》りて、[二四]帰出て、此隣なるめら[二五]はのく[二六]そまりゐて侍を、[二七]しや頭《がしら》をとりて、うちふせて、きぬをはぎ侍りつれば、(を)[二八]おめき候つる声《こゑ》につきて、人〱いでまうできつれば、今はさ[二九]りとも出させ給ぬらんと思て、こなたざまに参《まい》りあひつるなり」とぞいひける。

童部《わらはべ》なれども、かしこく、うるせきものは、かゝる事をぞしける。

(一一八　袴垂《はかまだれ》、合二保昌一事《やすまさにあふこと》　巻二ノ一〇)

昔、[三〇]袴垂《はかまだれ》とて、いみじき盗人の大[三一]将軍ありけり。十月斗《ばかり》に、衣《きぬ》[三二]の用なりければ、衣《きぬ》すこしまうけんとて、さるべき所〱、うかゞひあるきけるに、夜中ばかりに、人、みな静《しづ》まりはててのち、月の朧《おぼろ》なるに、衣《きぬ》、あまた着《き》たるなる[三三]ぬしの、[三四]指貫のそ[三五]ばはさみて、絹《きぬ》の[三六]狩衣めきたる着《き》て、たゞひとり、笛吹て、[三七]ゆきもやらず、ねり行《ゆけ》ば、「あはれ、これこそ、我に衣得《きぬえ》させんとて、出たる人なめり」と思て、走かゝりて、衣《きぬ》をはがんとおもふに、あやしく物のおそろ

二六 大便をしてうずくまっておりましたのを。板本は「くぼまりゐて(しゃがんで)侍るを」。今昔の諸本も「屎(くそ)まり」「屈(くぼま)り」の二形あり。
二七 「しや」は卑しめののしる気持をそえる接頭語。頭に付けると「どたま」と似た感じになるか。
二八 わめきましたその声。
二九 いくら何でも脱出なさったであろう。
▽今昔二十三ノ十六とほぼ同じ内容。今昔では強力譚の中に組込まれているが、季通の強力は直接描かれず、危機の中の沈着な自覚、脱出行に見せる脚力などが示されるに止まり、むしろ、中心は小舎人童の機転にある。季通をねらった者たちの動機(妬心)と組織的行動力、童に出しぬかれる単純さなど簡潔によく把えられている。
三〇 平安中期の盗賊。本話以外に今昔二十九ノ十九などが伝わるが、詳伝不明。後世、伝説化が進み、袴垂保輔の称が生じたが、本話に出る保昌の弟保輔(第一二五話参照)と混同(または合成)したものであろう。なお、今昔の同話は、袴垂の力量などをより具体的に紹介する。
三一 首領。第三十三話の大太郎についても同じ表現が見えるが、ともども「大将軍」(指揮官)と呼ばれる実力者のようには描かれていない。ことさら大げさに紹介し、彼らを引立て役とする主人公の威力を印象付けようとしたものか。
三二 着物(冬着)が入用になったので。
三三 お方(かた)。人を敬っていう称。
三四 袴の一種。ゆったり作って裾を紐でしぼってはく。
三五 ももだちを取って(→五九頁注二五)。歩きやすく、また、裾が夜露でぬれない工夫。
三六 平安貴族の常用服。えりが丸く、袖口にくくり紐がある。夜目ではっきりしないので「めく」(のようである)を用いた。
三七 急がずに、静かに行くので。

しくおぼえければ、そひて、[一]二三町ばかり行《い》けども、我に人こそ付《(つき)》たると思たるけしきもなし。いよ〳〵笛を吹て行《い》けば、心みんと思て、足を[二]たかくして、走よりたるに、笛を吹ながら見《み》かへりたるけしき、[三]とりかゝるべくもおぼえざりければ、走のきぬ。

かやうに、あまたたび、[四]とざまかうざまにするに、露《(つゆ)》ばかりもさは《(わ)》ぎたるけしきなし。[五]希有の人かなと思て、十余町ばかり具《ぐ》して行。[六]さりとてあらんやはと思て、刀をぬきて、走かゝりたる時に、そのたび、笛を吹やみて、立帰て、[七]「こは、何者《なにもの》ぞ」と問ふに、心もうせて、我にもあらで、ついゐられぬ。又、「いかなる者《もの》ぞ」と問へば、今は逃《に》ぐとも、よも逃《に》がさじと覚ければ、[八]「ひはぎにさぶらふ」といへば、「何者《もの》ぞ」と問へば、[九]「字《あざな》、袴垂《だれ》となん、いはれさぶらふ」と答《こた》ふれば、[一〇]「さいふ者有《もの(あり)》と聞《き》くぞ。[一一]あやう《(ふ)》げに、希有のやつかな」といひて、[一二]「ともに、まうでこ」とばかり、いひかけて、又、おなじやうに、笛吹て行。

此人のけしき、今は逃《に》ぐとも、よも逃《に》がさじと覚ければ、[一三]鬼に神《(しん)》とられたるやうにて、ともに行程に、家に行つきぬ。いづこぞと思へば、[一四]摂津前司保昌といふ人なりけり。[一五]家のうちによび入て、綿あつき衣、一を給はりて、「きぬの

一 約二、三百メートル余。
二 「足音を高くして」(今昔はこの形)に同じ。威嚇的な、あるいは、さぐりを入れるための動作。
三 打ってかかれそうにも思われなかったので。
四 あれやこれや。「とさまかくさま」の変化したもので、「さ」は清濁両様に用いる。濁点は私意。
五 不思議な人だなあ。
六 そうかといって、このままでよいものか。驚嘆ばかりしているわけにいかないということ。何かを打開するために行動に移る時の慣用句。
七 おまえは何者だ。
八 おいはぎでございます。反射的に卑屈に答えてしまったもの。「ひはぎ」は「ひきはぎ」の変化したもので、追いはぎ。盗賊の中でも卑小なもので、「盗人の大将軍」のふれこみにそぐわない。
九 通称、袴垂と言われております。「字」は本名以外に、主として第三者が呼ぶ名。通称。知られた通称を強調し(「なむ」のはたらきに注意)、相手が感ずるであろう恐怖心を期待している趣。
一〇 そういう者がいると聞いているぞ。名を知っていることで袴垂の自尊心をくすぐり、かたがた、その名に恐怖していないことを示す言。
一一 見るからに物騒で、とんでもないやつだなあ。「あやふげ」はいかにも危険そうな。
一二 一緒に付いて来い。
一三 鬼に魂を取られたように。茫然としたさま。この「神」は魂と解しうる(旧大系)が、今昔の「鬼神《(きじん)》に被取《(らと)》ると云ふらむ様にて」のような形が本来的なものであったか。
一四 藤原保昌。致忠の子で弟に盗賊となった保輔がいる。諸国の国司を歴任、摂津守もその一つ(「前司」は前任の国司)。道長に仕え、和泉式部と結婚。長元九年(一〇三六)没、七十九歳。後拾遺集初出の歌人。第一三五話に再出。

用あらん時は、参《まい》りて申せ。[一六]心もしらざらん人にとりかゝりて、汝、[一七]あやまちすな」とありしこそ、[一八]あさましく、むくつけく、おそろしかりしか。[一九]いみじかりし人の有様也と、捕《とら》へられてのち、かたりける。

（二九　明衡《あきひら》、欲レ逢レ殃事《わざはひにあはんとほつすること》　巻二ノ一二）

昔《むかし》、[二〇]博士《（はかせ）》にて、[二一]大学頭明衡といふ人ありき。若かりける時、[二二]さるべき所に宮仕ける女房を語《かた》[二三]らひて、その所に入臥《ふ》[二四]さん事、便《（びん）》なかりければ、そのかたはらにありける[二五]下種《（げす）》の家を借て、「女房語《かた》らひ出して、臥《ふ》さん」といひければ、男あるじはなくて、妻斗《（ばかり）》ありけるが、「いと、やすき事」とて、を《（お）》のれが臥《ふ》す所よりほかに、臥べき所のなかりければ、[二六]我臥《ふ》し所をさりて、女房の局の畳をとりよせて、寝《ね》にけり。家あるじの男、[二七]我妻のみそか男《おとこ》すると聞《き》ゝて、「そのみそか男、こよひなん[二八]逢んとかまふる」と告《つ》ぐる人ありければ、来《こ》んをかまへて殺さんと思て、妻には「遠く物へ行て、今、四五日、帰まじき」といひて、[二九]空《そら》行《い》きをして、うかゞふ。夜にてぞありける。

家あるじの男、夜ふけて、立聞《き》くに、男女の忍て、物いふけしきしけり。

一五 今昔には「（家の中に）入りて即ち返り出でて、袴垂を召して…」とあるなど、この前後の細部に異同がある。　一六 気心もわからない人。
一七 過失と怪我の二義があるが、ここは後者か。
一八 ただ驚くばかりで、気味悪く、恐しかった。
一九 なみなみでない、あの方の様子であった。
▽保昌は、実績不明ながら武勇の人として知られる。その彼の迫力によって高名な盗賊が圧倒されてしまう話である。みやびやかなさまで歩く保昌、それを付けつつさまざまに仕掛ける袴垂。その二者の姿が、主として袴垂の立場から語られる。今昔二十五ノ七と同話だが、今昔の方がくわしく、特に、保昌の力量・評判などについての一段落が末尾に付されている。王朝勇者の輪郭を伝える興味深い文章だが、盗賊の肩越しに保昌を不気味な人物としてあいまいに描く宇治拾遺の語り口も捨てがたいであろう。
二〇 官職名、また、学者の意に用いる。明衡は文章博士（大学寮に属し、詩文・史書などを講じた）だったので、両義に解しうる。
二一 藤原明衡。学者・漢詩人。敦信の子。式部少輔で文章博士を兼ね、東宮学士・大学頭（大学寮長官）などを歴任した。多くの詩文が残り、本朝文粋、明衡往来、新猿楽記などの編著書がある。治暦二年（一〇六六）没、七十八歳か。
二二 相当な所。身分のある人の御所・邸をさす。
二三 「…を語らふ」は、…と深い仲となるの意。
二四 入りこんで寝ることが不都合だったので。かけだしの若い身で貴所を用いるのがはばかられたもの。　二五 「下衆」とも。身分の低い者。
二六 自分の寝所を離れて。
二七 夫のある女が男と密通すること。まおとこ。
二八 通ってこようとしている。
二九 行ったふりをすること。

「[一]さればよ、かくし男、来《き》にけり」と思て、みそかに入て、うかゞひみるに、我寝所に男、女と臥たり。くらければ、たしかにけしき見《み》えず。男のいびきするかたへ、[二]やはらのぼりて、刀を逆手《さかて》に抜《ぬ》きもちて、腹の上とおぼしきほどをさぐりて、突《つ》かんと思て、かい《(ひ)》なを持あげて、つきたてんとする程に、[三]月影の板間より洩《も》りたりけるに、[四]指貫のくゝり、ながやかにて、ふと見《み》えければ、[五]それにきと思やう、「我妻のもとには、かやうに指貫きたる人はよも[六]来《こ》じ物を。もし人たがへしたらんは、[七]いとお《(ほ)》しく、不便《(ふびん)》なるべき事」と思て、手をひき返して、きたるきぬなどをさぐりける程に、女房、ふとおどろきて、「こゝに、人の音《をと》するは、たそ」と忍やかにいふけはひ、我妻にはあらざりければ、「さればよ」と思て、[八]居《ゐ》退《の》きける程に、この臥たる男もおどろきて、「たそ、〳〵」と問《と》ふ声《こゑ》を聞《き》きて、[九]我妻の、[一〇]下《しも》なる所に臥《ふ》して、「[一一]我男のけしきのあやしかりつるは。[一二]それがみそかに来《き》て、人違《たが》へなどするにや」とおぼえける程に、おどろきさは《(わ)》ぎて、「あれは、たそ。盗人か」など、[一三]のゝしる声の、我妻にてありければ、「[一四]こと人〳〵の臥《ふ》したるにこそ」と思て、走出て、妻がもとに行《い》きて、髪をとりて、[一五]引ふせて、「いかなる事ぞ」と問ひければ、妻、「さればよ」と思て、「[一六]かしこう、いみじきあやまちすらんに。かしこには、[一七]上臈の今夜斗《(ばかり)》とて、

一 やはりそうであったか。予想の当った時に発する語。
二 そっと。二五頁注二三参照。
三 月光が板の間からさしこんできたので。このような情景は、「荒れたる宿に月のもりて侍りけるをよめる　良暹法師　板間より月のもるをも見つるかな宿は荒らしてすむべかりけり」(詞花集・雑上)などと、歌に詠まれる。
四 指貫(→六一頁注三四)のくくりひも。庶民の袴とは違って、上等で装飾的なものを用いたのである。今昔に「物に懸かりたるに」とあるように、何かに掛けられた指貫のすそからひもが長く垂れさがっていたのである。
五 それで、はっと思ったことは。
六 まさか通ってこないだろうよ。
七 気の毒で心が痛むことだ。
八 その場所を離れたところ。
九 本人の妻。
一〇 勝手よりの部屋。「下」は、奥まった所(上)の反対で、入り口や台所に近い部屋・場所をさす。
一一 自分の夫の様子が変であったなあ。「は」は詠嘆の終助詞。
一二 その夫がこっそり帰って来て。
一三 大騒ぎする声。
一四 よその人々が寝ているのであろう。下に「あらめ」を補って解する。
一五 引き倒して。
一六 よくもまあ、無事だったこと。ひどい間違いをするところであったのに。「かしこう」は結果が幸運であったのを感嘆する時に発する語。「かしこし」の連用形を陳述副詞のように用いたもの。
一七 「中臈」「下臈」の対で、身分・地位のある人。

借《か》らせ給つれば、貸《か》し奉《たてまつ》りて、我はこゝにこそ、臥《ふ》したれ。[一八]希有のわざする男かな」とのゝしる時にぞ、明衡もおどろきて、「いかなる事ぞ」と問ければ、其時に、男出《(いで)》きていふやう、「を《(お)》のれは[一九]甲斐殿の[二〇]雑色、なにがしと申者にて候。[二一]一家《(いつけ)》の君、おはしけるを知《し》り奉《たてまつ》らで、[二二]ほと〳〵あやまちをなむ、つかまつるべく候つるに、[二三]希有《けう》に御指貫のくゝりを見付て、しか〳〵思給《(おもひたまへ)》てなん、かい《(ひ)》なを[二四]引しめて候つる」と云て、いみじう侘《(わび)》ける。

甲斐殿と云人は、この明衡の妹の男なりけり。思がけぬ指貫《さしぬき》のくゝりの[二五]徳に、希有《けう》の命をこそ生《い》きたりければ、かゝれば、人は[二六]忍《(しのぶ)》といひながら、あやしの所には立よるまじきなり。

(三〇　唐《もろこしに》卒《そ》都《と》婆《ば》ニ血《ち》付事《つくこと》　巻二ノ一二)

昔《むかし》、[二七]もろこしに、大なる山ありけり。その山のいただきに、大なる[二八]卒都婆《(そとば)》一、たてりけり。その山《やま》の麓の里に、年八十斗《(ばかり)》なる女住みけるが、日に一度、その山の峰《みね》にある卒都婆を、かならず見けり。高《たか》く大なる山なれば、麓より峰《みね》へのぼるほど、[二九]さがしく、[三〇]はげしく、道遠かりけるを、[三一]雨降《ふ》り、雪降《ふ》り、風吹《ふ》き、

一八 とんでもないことをする男だよ。
一九 甲斐守殿の意。今昔にはこの人物の名を藤原公業と明示する。公業は有国の子で正五位下、中宮大進。治安三年から万寿二年(一〇二三―一〇二五)に甲斐守であったことがたしかめられる(左経記、小右記)。万寿五年没、享年未詳。山城守敦信(明衡の父)の女との間に経衡(明衡と「衡」の字が共通することからすると、この親子と明衡の縁は深そうである)が生れているが、その女が明衡の姉か妹かは不明。
二〇 雑役に従事する者。下男。
二一 同じ家系の人。一門。「いっか」とも読むが、平家物語諸本その他の振仮名で多く「いっけ」とする。「一家 いつけは同じ家系をいふ」(増補俚言集覧)。
二二 すんでのところで。あやうく(…するところであった)。「ほとんど」の古形。
二三 幸運にも。　二四 引きちぢめた次第です。
二五 おかげ。　二六 忍び歩きをするとしても。
▽今昔二十六ノ四と同話。高名な知識人貴族の若き日を語る。「甲斐殿」にふれるあたりに史実との照応が見られ、事実譚らしき趣きがある。本人の回想に始まり、後年の明衡の活躍を知る人々の間で伝承された話であろう。
二七 今昔では「震旦の□代に□洲といふ所に大なる山」とするが、淮南子、述異記では「和洲歴陽」、捜神記では由挙県(長水県)のこととする。
二八 梵語 stūpa の音写。死者供養のため、墓の上に立てる石や塔。
二九 山や坂が険しい。
三〇 とても急で。
三一 今昔に「しかれども、雨降るとてもさはらず、風吹くとてもやまず、雷電すとてもおそれず」。

雷なり、しみ[一]氷《こほり》たるにも、又、あつく、苦《くる》しき夏も、一日もかゝさず[二]、かならずのぼりて、此卒都婆を見けり。

かくするを、[三]人え知《し》らざりけるに、若き男ども、童部《わらはべ》の、夏あつかりける比、峰にのぼりて、卒都婆のもとに居つゝ、すゞみけるに、此女、汗《あせ》をのごひて、[四]腰ふたへなる者の、杖にすがりて、卒都婆《そとば》のもとに来《き》て、卒都婆《そとば》をめぐりければ、拝《おが》み奉《たてまつ》るかと見《み》れば、[五]卒都婆《そとば》をうちめぐりては、則、帰《かへり》〳〵する事、一度にもあらず。あまたた《ゝ》び、此すゞむ男どもに[六]見《み》えにけり。「此女は、何の心ありて、かくは苦《くる》しきにするにか」とあやしがりて、「けふ見《み》えば、此事をとはん」と[七]いひ合ける程に、常の事なれば、此女、[八]はう《ふ》〳〵のぼりけり。男ども女にいふやう、「[九]わ女は何の心によりて、我らがすゞみに来《く》るだに、あつく、苦《くる》しく[一〇]大事なる道を、すゞまんと思《おも》ふによりて、[一一]のぼり来《く》るだにこそあれ、すゞむ事もなし。別《べち》にする事もなくて、卒都婆《そとば》を見《み》めぐるを事にて、日ゝにのぼりおるゝこそ、[一二]あやしき女のしわざなれ。此ゆへ《ゑ》知《し》らせ給へ」といひければ、此女、「[一三]若《わか》きぬしたちは、げにあやしと思給らん。かくまうで来《き》て、此卒都婆《そとば》見《み》る事は此比《このごろ》の事にしも侍らず。物の心知《し》りはじめてより後、此七十余年、日ごとにかくのぼりて、卒都婆《そとば》を見奉《たてまつ》る也」といへば、「[一四]その事のあやしく侍な

一 氷りついた。
二 書陵部本、古活字本「かかず」。
三 底本「人之知らざりけるに」とも読みうる。
四 腰が二つに折れ曲がっているくらいの者であったが。
五 棺や墓石の周囲を廻ることは、第十九話「清徳聖、奇特の事」にも見える。「声絶えもせず誦したてまりて、このひつぎをめぐること、三年になりぬ」。
六 顔を合わせた。原義は「見られた」の意。
七 書陵部本、古活字本「いひ合せける」。
八 這うようにして。やっとのことで。
九 「わ」は接頭語で、親愛、軽侮の気持をあらわす。
一〇 大変な。ひどく難儀する。
一一 登って来るのであれば、わかるのだが。
一二 奇妙な老女の行動だ。やや大袈裟な言い方。以下「あやし」が繰り返される。古活字本「あやしき女のわざ」。
一三 あなた。やや敬意をこめた二人称。
一四 その卒都婆を見る事が奇妙なことだというのです。
一五 古活字本「と候へば」。
一六 私の。
一七 そのまた父や祖父などは、古活字本「それにまた」。
一八 淮南子、捜神記、太平広記では城門(県門)に血がつくと、また述異記では県門の石亀の眼から血が流れ出ると、国(城)が湖と化すといわれる。また老嫗はその言い伝えを淮南子、述異記では通りすがりの書生(諸生)、太平広記では浮浪の少年、朝鮮の民話では貧しい老翁から聞

り。其ゆへ《(ゑ)》をのたまへ」と問へば[15]、「[16]を《(お)》のれが親は、百廿にてなん失《う》せ侍にし。祖父は百卅斗《(ばかり)》にてぞ失《う》せ給へりし。それ[17]が又、父、祖父などは二百余斗までぞ生《い》きて侍ける。その人ゝのいひを《(お)》かれたりけるとて、「此[18]卒都婆に血のつかん折《おり》になん、此山は崩《くづ》れて、深《ふか》き海となるべき」となん、父の申を《(お)》かれしかば、麓に侍る身なれば、山崩なば、うちおほはれて、死《(しに)》[19]もぞすると思へば、もし血つかば、逃てのかんとて、かく日毎に見[20]侍なり」といへば、此聞《き》く男ども、お《(を)》[21]こがり、あざけりて、「おそろしき事哉。[22]崩《(くづれ)》ん時は告給へ」など笑けるをも、我をあざけりていふとも心得《え》ずして、「[23]さら也。いかでかは我独《(ひとり)》逃んと思て、告申さゞるべき」といひて、帰くだりにけり。

此男ども「此女はけふはよも来《こ》じ。明日《あす》、又、来《き》て見《み》んに、おど[24]して、走《はし》らせて笑《わら》はん」といひ合[25]て、血をあや[26]して卒都婆《そとば》によくぬりつけて、此《(この)》男共帰おりて、里の物どもに、「此麓なる女の、日ごとに峰にのぼりて、卒都婆《そとば》見《み》るをあやしさに問《と》へば、「しか〳〵」なんいへば、明日《あす》、おどして、走《はし》らせんとて、卒都婆《そとば》に血を塗つる也。[27]さぞ崩《くづ》るらんものや」などいひ笑《(わらふ)》を、里の物ども聞《き》ゝ伝て、お《(を)》こなる事のためしに引《ひ》き、笑けり。

かくて、又の日、女のぼりて見《み》るに、卒都婆《そとば》に血のおほ[28]らかに付たりければ、

くこととなっている。
一九 死んでしまうに違いない。
二〇 古活字本「見るなり」。
二一 ばかげたことと思い。
二二 古活字本「崩ん時も」。
二三 もちろんです。いうまでもないことです。
二四 おどろかして。びっくりさせて。
二五 書陵部本、古活字本「いひ合はせて」。
二六 したたらせて。「あやしき女」「げにあやし」などの表現と同音。今昔「血を出して」。なお淮南子、太平広記では鶏の血、捜神記では犬の血を門に塗り、述異記では硃を亀の眼にさす。
二七 さぞ山は崩れることだろうよ。
二八 たっぷりと。べっとりと。

女うち見《み》るまゝに[一]色をたがへて、[二]たうれ《(ふ)》まろび、走《はし》り帰て、さけびいふやう、「此里の人〳〵、とく逃《に》げのきて、命生《い》きよ。此山は、たゞ今崩て深《ふか》き海となりなんとす」とあまねく告まはして、家に行て、子孫共《(ども)》に、[三]家の具足ども負《お》ほせ持《も》たせて、を《(お)》のれも持て、[四]手まどひして里うつりしぬ。是を見《み》て、血つけし男ども、手を打て笑などする程に、[五]その事ともなく、[六]ざゞめき、のゝしりあひたり。風の吹《ふ》きくるか、雷のなるかと思あやしむ程に、空も[七]つゝやみに成て、あさましく、おそろしげにて、此山[八]ゆるぎたちにけり。「こはいかに。〳〵」とのゝしりあひたる程に、たゞ崩《くづ》れに崩《(くづれ)》もてゆけば、「女は[九]まことしける物を」などいひて逃《に》げ、逃げえたる物もあれども、親のゆくゑ《(へ)》も知《し》らず、子をも失《うしな》ひ、家の物の具も知《し》らずなどして、[一〇]お《(を)》めきさけびあひたり。此女ひとりぞ、子、孫《まご》も引具《ぐ》して、家の物の具、一も失《うしな》はずして、[一一]かねて逃のきて、[一二]しづかにゐたりける。

かくて、この山、みな崩《くづ》れて、深《ふか》き海と成にければ、これをあざけり、笑し物どもは、皆死けり。[一三]あさましき事なりかし。

一 顔色を変えて。血相を変えて。
二 倒れころび。
三 家の中の道具。家具。
四 あわてふためいて。
五 何によってともわからないが。何がというわけではないが。
六 あたりがざわめきたち、大きな音があちらこちらからしてきた。主語を人々と解すると、ざわざわ音をたてて、騒ぎたてた、となる。古典集成は「さゝめき、のゝしりあひたり」ととるが、その場合は「ひそひそ話をし、また大声で騒ぎ合っていた」の意か。今昔「世界さらめき、ののしり合たり」。
七 まっくら闇。
八 震動し、大きくなりはじめた。落雷、震動、隆起、陥没は山の噴火等の際、しばしばおこる現象。
九 本当のことをいっていたのだった。
一〇 わめき。
一一 前もって。
一二 平穏に。
一三 ただただ、驚くべき事であった。
▽中国の淮南子、述異記、捜神記等に類話があり、本話の原拠はそのあたりか。長崎県の西方の高麗島などには類似の伝説がある。夏の暑い頃の若い男たちの狼藉は次話へと引きつがれる。
一四 真髪成村。円融朝頃の相撲人。今昔二十三ノ二十一に「陸奥の国真髪成村と云ふ者の(老練な)相撲人有りけり。真髪為村が父、此の有る経則が祖父なり」とあり、子孫も活躍したことが知られる。今昔二十三ノ二十五に海(あまの)常世との勝負および死のことなどが語られているが、それには常陸の人とある。「真髪」の名からすると、陸奥より常陸の方が正しいかとされる(古典集成本今昔)。
一五 相撲人。諸国から召集され、相撲節に参加した男たちの称。
一六 相撲節会。平安時代、七月末に宮中で行われた行事。相撲人の取組みを天皇が親しく観覧

（三一　ナリムラ、強力《がうりき》ノ学士《がくし》ニ逢事《あふこと》　巻二ノ一三）

昔、成村《なりむら》[一四]といふ相撲《（すまひ）》[一五]ありけり。時に国〱の相撲ども、上《（のぼり）》あつまりて、相撲《（すまひの》[一六]節《せち）》まちける程、朱雀門《（しゆじやくもん）》[一七]にあつまりて、すゞみけるが、其辺あそび行に、大学[一八]の東門を過て、南ざまにゆかんとしけるを、大学[一九]の衆どもゝ、あまた東門に出て、すゞみたてりけるに、此相撲どもの過るを、通《とを》さじとて、「鳴《な》[二〇]り制《せい》せん。鳴《な》り高《たか》し」といひて、たちふたがりて、通《とを》さざりけれ（ゝ）ば、さすがに、やごつなき所[二一]の衆どものする事なれば、破てもえ通《とを》らぬに、たけひきらかなる[二二]衆の、冠、うへ[二三]のきぬ、こと人よりは少《（すこし）》よろしきが、中にすぐれて[二四]出立て、いたく[二五]制するが有けるを、成村《なりむら》は見《み》つめてけり。「いざ〱、帰なん」とて、もとの朱雀門に帰ぬ。

そこにて云《（いふ）》、「此大学の衆、にくきやつどもかな。何[二六]の心に我らをば通《とを》さじとはするぞ。たゞ通《とを》らんと思つれども、さもあれ[二七]、けふは通らで、あす通《とほ》らんと思なり。たけひきやかにて、中に勝《（すぐれ）》て、「鳴《な》り制《せい》せん」といひて、通《とほ》さじと立《た》ちふたがる男、にくきやつ也。あす通《とほ》らんにも、かならず、けふのやうにせんずらん。なにぬし[二八]、その男が尻鼻[二九]、血[三〇]あゆばかり、かならず、蹴《け》たまへ」と

した。院政期に中絶、復活して保元三年（一一五八）、承安四年（一一七四）に行われたが、以後廃絶した。
一七　大内裏南面中央の正門。その南に朱雀大路が走る。「朱雀」の読みは「しゅしゃく」とも。後に「すざく」。
一八　大学寮。二条南、朱雀大路東、神泉苑の西、四町を占めた。中央官吏の養成機関。朱雀門とは至近の位置で、東門は壬生大路に面して南北に二つ設けられていた。なお、今昔には、相撲人の通った経路がより具体的に記されている。
一九　大学寮の学生たち。定員四三〇人、五位以上の者の子また孫を中心としたが、専攻によって身分的制限が異なる。入学年齢は学令によると十三歳以上、十六歳以下。ただし、時代によって変動がある。
二〇「静かにせよ」。騒がしい」の意。騒音を制止する時の慣用句で、神楽歌の歌詞にも用いられた。益田勝実によれば、学生たち自身大騒ぎをしてこれを斉唱することがあり、「当時の大学の衆の一つのモード」であったという。
二一　高貴な所。大学寮は形骸化しつつあったが、地方人にとっては恐れ多い所であった。
二二　背の低い。「ひき」は「高」の対で、「ひく」の古形。「らか」は形容詞語幹をうけ、そのような感じであることを示す。
二三　束帯の上着。袍。学生が夏の夜にこのような正装で涼を取っていた（服務規定による）ことに注意。
二四　きわだった態度で。主導者らしいさまを言う。　二五　はげしく。強く。
二六　何を考えて。どういうつもりで。
二七　それなら、それでよい。譲歩する気持。
二八　だれそれ。成村が呼んだはずの具体的人名を明示せず（不明なため）、それに換えた語。

いへば、さいはるゝ相撲、脇《わき》[一]をかきて、「を《(お)》[二]のれらが蹴てんには、いかにも生《い》かじ物を。嗷議《(がうぎ)》[三]にてこそいかめ」といひけり。此「尻蹴《け》よ」といはるゝ相撲は、[四]おぼえある力、こと人よりはすぐれ、走[五]とくなどありけるを見《み》て、成村《なりむら》もいふなりけり。さて、その日は各《(おのおの)》家ゝに帰ぬ。

又の日になりて、昨日、参《まい》らざりし相撲など、あまた召《め》し集《あつ》めて、人がち[六]に成て、通《とほ》らんとかまふるを、大学の衆も、さや[七]心えにけん、昨日よりは人おほくなりて、かしがましう、「鳴《な》り制《せい》せん」といひたてりけるに、此相撲ども、うちむれて歩《あゆ》みかゝりたり。昨日、すぐれて制せし大学の衆、例《れい》[八]の事なれば、すぐれて大路中に立て、過《す》ぐさじと思《おも》ふけしきしたり。成村《なりむら》、「尻蹴《しりけ》よ」といひつる相撲に、目[九]をくはせければ、此相撲、人よりたけ高《たか》く、大きに若《わか》く、いさみたるをのこにて、く[一〇]ゝり高《たか》やかにかきあげて、さしすゝみ歩み寄《よ》る。それにつゞきて、こと[一一]相撲《すまひ》も、たゞ通《とほ》りに通《とほ》らんとするを、かの衆どもゝ、通《とほ》さじとする程に、尻蹴《け》んとする相撲、かくいふ衆に走《はし》りかゝりて、蹴倒《けたを》さんと、足をいたくもたげたるを、此衆は目《め》[一二]をかけて、背《せ》[一三]をたは《(わ)》めて、ちがひければ、蹴はづして、足の高《たか》くあがりて、のけざまになるやうにしたる足を、大学の衆とりてけり。その相撲《すまひ》を、ほそき杖などを人の持たるやうに、ひきさげて、かた[一四]

二九 「尻端」で尻のはし。しりっぺた。
三〇 血が出るほど烈しく。「あゆ」は血・汗などがにじみ出、したたり落ちる意。

一 脇の下をかいて。腕組みして、左右の手で反対側の脇の下をかきなでるのであろう。得意な時のしぐさ。
二 「おのれ」に同じで自分を卑下して言う語。
三 力ずく。無理押し。「強義(儀)」とも書く。
四 評判の高い。世に聞えた。「おぼえ」は他人から思われること。評判・信望などの意。
五 走り方が早く。
六 人が大勢いること。「人少な」の対。「がち」は多いさまを示す接尾語。
七 そのように(相撲が強行突破を試みると)予想していたのか。
八 例のように。前夜同様に。
九 目くばせをすると。「くはす」は合わせる。
一〇 袴のくくりひもを高く引き上げて。行動に便なようにしたのである。
一一 他の相撲人たち。
一二 目をつけて。ねらって。
一三 背をかがめて、身をかわしたので。
一四 仲間の相撲人。
一五 ふり放して。ふりほどいて。今昔は「振りめきて」とある。「ふりぬく」「ふりめく」はともに先行例未詳。
一六 一段は六間(約十一メートル)なので、二三段は二、三十メートルと信じがたい距離になる。今昔は「二三丈」(一丈は三メートル余)で、より現実的である。
一七 無視して。かまわず。この「知る」は関心を持つ、問題にする意。
一八 いる方にむかって。
一九 遠慮せずに。ただし、今昔に「所も置かず」

への相撲《すまひ》に走かゝりければ、それを見《み》て、かたへの相撲《すまひ》逃《(にげ)》けるを、追かけて、その手にさげたる相撲をば投《な》げければ、[一五]ふりぬきて、[一六]二三段斗《(ばかり)》投《な》げられて、倒《たう》れふしにけり。身くだけて、おきあがるべくもなく成ぬ。

それをば[一七]知《し》らず、成村《なりむら》が[一八]あるかたざまへ、走かゝりければ、成村《なりむら》、目《め》をかけて逃けり。[一九]心もを《(お)》かず、追《を》い《(ひ)》ければ、朱雀門の方ざまに走て、脇の門より走《(はしり)》入《(いる)》を、[二〇]やがてつめて走かゝりければ、とらへられぬと思て、[二一]式部省の築地こえけるを、引とゞめんとて、手をさしやりたりけるに、はやく越ければ、[二二]こと所をば、えとらへず、[二三]片《かた》足すこしさがりたりけるきびすを、[二四]沓くはへながら、とらへたりければ、沓のきびすに足の皮を[二五]取《と》りくはへて、沓のきびすを、刀にて切たるやうに、引切て取《と》りてけり。成村《なりむら》、築地の内にこえたちて、足を見《み》ければ、血[二六]はしりて、とどまるべくもなし。沓の踵きれてうせにけり。我を追ける大学の衆、[二七]あさましく、力ある物にて有けるなめり。尻蹴《け》つる相撲をも[二八]人杖につかれて、なげくだくめり。世中ひろければ、かゝる物のあるこそ、おそろしき事なれ。投られたる相撲《すまひ》は[二九]死入《(しにいり)》たりければ、物にかき入て、になひて、もてゆきけり。

此成村《なりむら》、[三〇]方《かた》の将《すけ》に、「しか〳〵のことなん候つる。かの大学の衆はいみじき

(すぐ後ろから)とある。「ところ」が誤って「こころ」と転じたものかもしれない。
二〇 すぐに追いつめて。
二一 令制八省の一。文官の人事などをつかさどり、大学寮もこれの管轄。大内裏の南端ちかく、朱雀門の東北。すぐそばにあった。旧大系は、成村の行動について、「二条大路を横切って築地を越えたわけである」とするが、大内裏の外郭の築地を無視した書き方である。成村は本文にあるように朱雀門の脇の門から入り、その先の式部省の築地を越えようとしたのである。
二二 ほかの所をつかまえることができず。
二三 片足が少し下にあったそのかかと。今昔には「片足の少し遅く超えければ、踵《(きびす)》を…」とある。
二四 沓ごと。沓と一緒に。「加ふ」は何か(この場合はかかと)の上に別のもの(沓)をそえる意。今昔は「沓履《(は)》きながら」(沓をはいたままで)。沓ははき物の一種で、今の靴と同じく足先をおおうように作ったもの。皮革・木・麻・藁など材質に各種ある。
二五 つけたままで。一緒に。「取り」は接頭語。
二六 とび散って。吹き出して。
二七 あきれるほど、力のある者だったようだ。
二八 人を杖のように扱って。伊達本にも「つかれて」とあり、杖を突くように人を扱う意ともとれるが、他の諸本および今昔の「つかひて」の方が正しいか。
二九 気絶してしまったので。「死に入る」は、気を失って死んだようになる。
三〇 自分の属する方の審判。相撲人は左右の二方に分れ、それぞれ左右近衛府が扱った。「将」は近衛の中・少将がつとめ、出居《(いで)》と称して審判を担当した。

相撲にさぶらふめり。成村《なりむら》と申とも、[一]あふべき心ち、仕らず」とかたりければ、方《かた》の将《すけ》は[二]宣旨申くだして、「[三]式部の丞《ぞう》なりとも、その道に堪《た》へたらんはといふ事あれば、[四]まして大学の衆は[五]何条事かあらん」とて、いみじう尋求められけれども、[六]その人とも聞《きこ》えずして、やみにけり。

（三二一　柿木《かきのき》ニ仏現《ほとけげん》ズル事《こと》　巻二ノ一四）

昔、[七]延喜の御門《(みかど)》御時、[八]五条の天神のあたりに、大なる[九]柿の木の、実ならぬあり。その木のうへに、仏あらはれておはします。京中の人、こぞりて参《まい》りけり。[一〇]馬・車もたてあへず、人もせきあへず、拝《おが》みのゝしる。

かくする程に、五六日あるに、[一一]右大臣殿、心得《え》ずおぼし給けるあひだ、「[一二]まことの仏の、[一三]世の末に出給べきにあらず。我行て、心みん」とおぼして、[一三]日の装束うるはしくして、[一四]檳榔《びりやう》の車に乗て、[一五]御後前《しりさき》おほく具《ぐ》して、集《あつ》まりつどひたる物ども、のけさせて、車かけはづして、[一六]榻《(しぢ)》をたてて、木ずゑを目[一七]もたゝかず、あからめもせずして、まもりて、一時斗《(ばかり)》おはするに、此仏、しばしこそ、花も降《ふ》らせ、光をもはなち給けれ、あまりに〳〵まもられて、[一八]しわびて、大なる

一　立ち合えそうな気がいたしません。
二　天皇の命令を伝達する公文書。
三　たとえ式部の丞であっても、その道（相撲）に堪能ならば召し出すように。相撲節に式部丞が任命されたことがあり、そのおりの指令が伝承されたものか。式部丞は式部省の三等官。文官で、職掌は相撲と関係がないが、力技に秀でた者が特例として選ばれ、その意外性が人々の印象に強く残ったのであろう。
四　官吏となった式部丞でさえそうなのだから、修学途上の若い身なら、ましてという意。
五　何で問題があろうか。かまわない。
六　それが誰かともわからず、沙汰やみになった。
▽大内裏のあたりを、暑い夜、散歩する相撲人たち。田舎者に自分たちの聖域を犯されたといらだってか、彼らの行先に立ちふさがる学生たち。次の夜、二者の激突の中できわだって活躍した正体不明の学生。大学寮の歴史の知られざる事件を伝える説話である。徴発された相撲人と、形骸化した学制のしがらみに拘束される学生の鬱憤が背景となっているようでもある。
七　醍醐天皇。四二頁注一〇参照。
八　京都市下京区天神前町にある神社。大己貴命《(おおなむちのみこと)》と天照大神を祭る。かつては相当な規模であったが衰微した。今昔には「五条の道祖神《(さへのかみ)》の在《(まし)》ます所に」とある。五条の道祖神（→七頁注二四）は天神の東南近くに小社として残るが、二社の関係はもともと微妙で、同一視されることもあった（高安本小男の草子）。
九　柿の木で、実のつかないのがあった。柿の木は古来神聖なものとされ、実のつかない木一般も同様（万葉集二）であった。当然のこととして実のつかない柿の木は一段と特別視される。宇治の北にあったもの（今昔二十八ノ四十）、西坂

[一九]くそとびの羽折《お》れたる、土に落《お》ちて、まどひ[二〇]ふためくを、童どもよりて、打《う》ち殺《ころ》してけり。大臣《おとゞ》は、「さればこそ」とて、帰給ぬ。

さて、時の人、此大臣《をとゞ》をいみじく、かしこき人にておはしますとぞ、のゝしりける。

（二三　大太郎盗人事《だいたらうぬすびとのこと》　巻二ノ一）

昔、[二一]大太郎とて、いみじき盗人の大将軍ありけり。それが京へのぼりて、[二二]「物とりぬべき所あらば、入て、物とらん」と思て、うかゞひありきけるほどに、[二三]めぐりもあばれ、門なども、かた〳〵は倒《たう》れたる、横様《よこ》によせかけたる所の、[二四]あだげなるに、男といふものは一人も見《み》えずして、[二五]女のかぎりにて、張物《はり》多《(おほく)》とりちらしてあるにあはせて、[二六]八丈売《う》る物などあまた呼《よ》び入《(いれ)》て、絹《きぬ》おほくとりいでて、えりかへさせつつ、物どもを買《か》へば、「物おほかりける所かな」と思て、立《た》ちどまりて、見入《み》れば、折《おり》しも風の南の簾《すだれ》を吹あげたるに、簾のうちに、何《なに》の入たりとは見《み》えねども、[二七]皮子《(かはご)》のいと高《たか》く、うち積《つ》まれたるまへに、ふたあきて、絹なめりと見《み》ゆる物、とりちらしてあり。

本にあったもの(梁塵秘抄二)は特に有名。
二〇 馬・車も止めておけないほど、また人もせきとめきれないほど。群衆の密集したさまを示す。
二一 醍醐朝の右大臣は四人いるが、今昔によれば源光。光は仁明天皇第十一皇子。正二位、左大将、昌泰三年(延喜元年。九〇一)より右大臣であったが、延喜十三年、猟をしていて事故死した。享年六十八(九とも)。菅原道真の後任で、彼の左遷を企てた一人。西三条右大臣と号する。
二二 末世。ただし、今昔は「木の末」(梢)。
二三 宿直(とのい)装束の対で、昼間の正装。束帯を着けた姿で、朝廷の公事などの時に用いる。ここは、出現した(とされる)仏への敬意をひとまず示すべく着たのである。
二四 「びらう」とも。牛車の一で、檳榔(ヤシ科の大高木。ただし菅で代用することもある)の葉をさらし、細かくさいて屋根を葺いたり、左右の側に付けたりした。上皇・親王・公卿などの用。
二五 随従者と前駆。諸本は単に「御前」とある。
二六 牛車の轅(ながえ)をのせる台。乗降の踏台ともした。光が牛を離して駐車したのは、現場に長時間にわたっていようとする意志表示である。
二七 まばたきもせず、わき目もしないで、見つめて。光の視線の強さを示す。しかるべき人(また超越者)の目は邪悪・不正なものを圧する力があると考えられた。
二八 どうにもならなくなって。　一九 鷹の一種。
二〇 ばたばたするのを。「ふた」は擬音語。
▽聖代とされる醍醐朝に起った神秘的事件の顛末。今昔二十ノ三は、より具体的である。五条、実のつかぬ柿の木、くそとびなど、怪異・禁忌にかかわるものが続々と出る。かしこき大臣の威力が語られているが、この光が怪死し、それも五条ゆかりの道真の報復によるとも考えられ

これを見《み》て、「うれしきわざかな。[一]天道《たう》の我に物をたぶなりけり」と思て、走帰りて、八丈一疋、人に借《か》りて、もて来《き》て、売《う》るとて、近《ちか》くよりて見《み》れば、内にも[二]外《(ほか)》にも男といふものは一人もなし。たゞ女どものかぎりして、見《み》れば、皮子もおほかり。物は見《み》えねど、うづ高《たか》くふたおほはれ、絹《きぬ》なども、ことの外《ほか》にあり。布、[三]うち散《(ちら)》しなどして、いみじく物おほくありげなる所哉と見《み》ゆ。[四]高《たか》くいひて、八丈をば売《う》らで、持《も》ちて帰て、[五]ぬしにとらせて、[六]同類どもに、「かゝる所こそあれ」と[七]いひまはして、その夜来《き》て、門に入《い》らんとするに、[八]たぎり湯を面《おもて》にかくるやうにおぼえて、[九]ふつとえ入《い》らず。「こはいかなる事ぞ」とて、あつまりて入《い》らんとすれど、[一〇]せめて物のおそろしかりければ、「あるやうあらん。こよひは入《い》らじ」とて、帰にけり。

つとめて、「さても、いかなりつる事ぞ」とて、同類など具《ぐ》して、売《う》る物など持《も》たせて来《き》て見《み》るに、[一一]いかにも、[一二]わづらはしき事なし。物おほくあるを、女どものかぎりして、とりいでとりお《(を)》さめすれば、ことにもあらずと、[一三]返ゝ《(かへすがへす)》思見《み》ふせて、又、暮《く》るれば、よく〳〵[一四]したゝめて入《い》らんとするに、猶おそろしく覚て、え入《い》らず。「[一五]わぬし、まづ入《い》れ、〳〵」と[一六]いひたちて、今宵《こよひ》も猶いらずなりぬ。

たことを背景におくと、印象が一変しよう。
二二 伝未詳。下の「いみじき…」は第二十八話と共通。　二三 物を盗めそうな。
二三 家のまわりも荒れはてて。
二四 危なっかしい。いかにも心細そうな。
二五 女ばかりで。
二六 八丈絹。長さが八丈であることによる称。
二七 皮を張って作った容器。

一 天地を支配する神。天帝。
二 振仮名は古活字本などの仮名表記による。中古までは、「うち」の対義語は「と」であったが、中世になって「ほか」がこれに代った。近世以後「そと」が一般的となって今に至る。
三 あちこちに雑然と置いて。「うち」は接頭語。
四 (取引が成り立たぬよう)値をことさら高く言って。　五 持主に返し与えて。
六 仲間。日葡辞書はこれと似た「党類」(やはり、仲間の意)と区別して定義している。類語に「等類」もある。　七 ふれまわして。言い広めて。
八 煮えたぎった湯。
九 下の「ず」と呼応して、まったく、全然の意。
一〇 「迫(攻・責)めて」の意で、非常に、きわめて。
一一 まったく、全然。下の打消を強調する。どのように考えてものような意から転じたもの。
一二 めんどうなこと。前夜のような、いわれなき苦痛や恐怖感などを覚えることをさす。
一三 念入りに、いろいろと見きわめて。「思ひ見る」はあれこれ考える、思いめぐらす。「見ふす」は見きわめる。その二つの複合動詞がさらに複合したものか。「思ひ、見ふせて」とする注釈もある。　一四 準備をして。用意して。
一五 おまえ。相手を親しみ、また、見くだして呼ぶ語。　一六 立ったまま言って。その場を進

又、つとめても、おなじやうに見《み》ゆるに、なを《(ほ)》[一七]けしきけなる物も見えず。たゞ、われが臆《おく》病にておぼゆるなめりとて、又、其夜よくしたゝめて、行向てたてるに、日比《(ひごろ)》よりも、猶物おそろしかりければ、「こは、いかなる事ぞ」といひて、かへりていふやうは、「[一八]事をおこしたらん人こそは、[一九]先《(まづ)》入《い》らめ。先《(まづ)》大太郎が入べき」といひければ、「[二〇]さもいはれたり」とて、[二一]身をなきになして、入ぬ。それに[二二]とりつきて、かたへも入ぬ。入《い》りたれども、猶物のおそろしければ、[二三]やはらあゆみよりて見《み》れば、[二四]あばらなる屋のうちに、火ともしたり。[二五]母屋《(もや)》のきはにかけたる簾をばおろして、簾の外に火をばともしたり。まことに皮子おほかり。かの簾の中のおそろしく[二六]おぼゆるにあはせて、簾の内に、矢を[二七]爪《(つま)》よる音のするが、その矢の来《き》て、身にたつ心ちして、いふばかりなくおそろしくおぼえて、帰出《い》づるも、[二八]背《せ》をそらしたるやうにおぼえて、[二九]かまへて出《い》でえて、汗《あせ》をのごひて、「こはいかなる事ぞ。あさましく、おそろしかりつる、爪《つま》よりの音哉」といひあはせて、帰ぬ。

そのつとめて、その家のかたはらに、大太郎《たらう》が知《し》りたりけるものの有ける、家に行たれば、見《み》つけて、いみじく[三〇]饗応《きやうよう》して、「いつ、のぼり給へるぞ。おぼつかなく侍りつる」などいへば、「たゞ今、まうで来《き》つるまゝに、まうで来《き》た

まず、及び腰で物を言いあっているさま。
一七 異常な。「け」は怪・異などの字を当てる。
一八 今度のことを始めた人。「おこす」は何かを現実のものとする、始めてなす。「ん」は婉曲。ここを大太郎自身の言とする説(旧大系)と仲間の言とする説(他の諸注)とがある。後者とするのが穏当であろう。
一九 まず入ったらどうだろう。「め」は上の「こそ」をうけ、勧誘。命令したいことをやわらげて言ったもの。「まづ」が次の文にもくりかえされることに注意。次に自分たちが続くことを暗示しつつ、大太郎の行動を促している。
二〇 もっともだ。いかにもそのとおりだ。相手の言を強く肯定・諒承する語。
二一 決死の覚悟で。
二二 とりすがって。大太郎の身体また衣服のどこかにすがっているさま。仲間の不安げな行動の形容か。書陵部本は「とりつゞきて」(次々と続いて)だが、これも同じ趣きであろう。
二三 そっと。しずかに。 二四 荒れはてた建物。
二五 建物の中心部分。外側の庇に対して言う。簾によって仕切られた内部。この場面では、その外に火がともされて明るく、皮子が置かれている。母屋は闇にとざされており、不気味な気配を漂わせているのである。
二六 思われたその時に。
二七 爪先でひねる音。「爪よる」は指先を使って矢の点検をすること。左の指先にのせ、右の指で羽根・鏃《(やじり)》・矢柄の状態を調べる。
二八 背をそりかえらせたように。何かに引きもどされるように。恐怖感の形容。
二九 何とか脱出することができて。「かまへて」は身構えをしての意から、努力してやっとのことで。 三〇 「きやうおう」とも。もてなして。

る也」といへば、「一土器参《かはらけまゐ》らせん」とて、酒わかして、くろき土器《かはらけ》の大なるを盃にして、大太郎にさして、家あるじのみて、土器《かはらけ》わたしつ。大太郎《らう》とりて、酒を一《(ひと)》土器《かはらけ》うけて、持《も》ちながら、「この北には、誰《た》が居《ゐ》給へるぞ」といへば、おどろきたる気色にて、「まだ知《し》らぬか。二おほ矢のすけたけのぶの、此比のぼりて、居《ゐ》られたる也」といふに、「さは、三入たらましかば、みな数をつくして、射殺《ころ》されなまし」と思けるに、四物もおぼえず、憶して、そのうけたる酒を、家あるじに頭よりうちかけて、立走《(たち)はし》りける。物は五うつぶしに倒《たを》れにけり。家《いへ》あるじあさましと思て、「こは、いかに、〱」といひけれど、かへり見《み》だにもせずして、逃ていにけり。

大太郎が六とられて、七武者《むさ》の城のおそろしきよしを、かたりける也。

（三四　藤大納言忠家物言女《とうのだいなごんただいへのものいふをんな》、放屁事《はうひのひと》　巻三ノ二）

今《いま》は昔《むかし》、八藤大納言忠家といひける人、いまだ殿上人におはしける時、九びゞしき色好《ごの》みなりける女房と物いひて、夜ふくる程に、月は昼《ひる》よりも明《あか》ゝりけるに、一〇たへかねて、御簾《す》をうちかづきて、一一長押《なげし》のうへにのぼりて、一二肩をかきて、引よ

一 お酒をさし上げましょう。「土器」は素焼の盃。
二 伝未詳。「大矢のすけ」は弓の名人で、次官をつとめたことによる通称であろう。「大矢」は長い矢を用いる者。「大矢と申すぢやうの者の、十五束(そく)に劣つて引くは候はず」(平家五・富士川)。「すけ」は令制の二等官の称。字は介、佐、助など役所によって異なる。
三 中に入っていたならば、皆、ことごとく射殺されたことだろう。
四 正気を失うほどおびえて。　五 下向きに。
六 捕われて。盗賊自身の、逮捕後の回想談という点でも、冒頭同様に第二十八話と似る。
七 武士の館。
▽盗賊の回想談によって、武士の威力を語るものである。第二十八話と同様に、勇者の強さが派手な行動によって描かれるわけでなく、盗賊の恐れ方を通して描かれている。その盗賊たちを恐れた都人にとって、彼らの相手の印象はひとしお強烈だったはずである。
八 藤原長家の次男。正二位大納言。後拾遺集初出の歌人で俊成の祖父。寛治四年(一〇九〇)出家し、翌年没、五十九歳。彼が殿上人であった(昇殿を許されてから参議就任まで)のは、寛徳二年(一〇四五)四月から永承五年(一〇五〇)十月まで。彼の十四歳から十九歳までに当る。
九 美しい。はなやかな。
一〇 こらえきれなくなって。興奮に堪えかねて。
一一 寝殿造の母屋(もや)と廂(ひさし)の境に沿って横に渡した材木。上と下とにあるが、これは下長押。その「うへにのぼる」とは、母屋の内に入る意。
一二 肩に指をたてて。「かく」は指や爪を立ててつかまえる。古活字本は「肩」を「扇」とする。
一三 垂らしおおって。散り乱れた髪が顔をおおっているさまを示す。　一四 まあ、みっともな

せられける程に、髪をふりかけて[一三]、「あな[一四]、さまあし」といひて、[一五]くるめきける程に、[一六]いと高《たか》く鳴《な》らしてけり。

女房はいふ[一七]にもたへず、くた〱として、[一八]より臥《ふ》しにけり。此大納言、「心うき事にもあひぬる物かな。世にありても何にかはせん。出家せん」とて、御簾《す》のすそを少《すこ》しかきあげて、ぬきあしをして、[一九]疑《うたが》ひなく出家せんと思《おも》ひて、二[二〇]間《けん》ばかりは行程に、「抑《そもそも》、その女房、あやまちせんからに[二一]、出家すべきやうやはある」と思《おも》ふ心、又つきて、たゝ〱[二二]と走《はしり》て、出られにけり。女房はいかゞなりけん、知《し》らず[二三]とか。

（三五　小式部内侍《こしきぶのないし》、定頼卿《さだよりのきやう》ノ経《きやう》ニメデタル事《こと》　巻三ノ三）

今《いま》は昔、小式部内侍[二四]に、定頼[二五]中納言、物いひわたりけり。それに又、時[二六]の関白かよひ給けり。局に入て、臥《ふ》し給たりけるを知《し》らざりけるにや、中納言より来《き》て、たゝき[二七]けるを、局の人、「かく」とやいひたりけん、沓をはきて、行けるが、すこしあゆみのきて、経をはた[二八]とうちあげて、よみたりけり。二声ばかりまでは、小式部内侍、きと耳をたつるやうにしければ、此《この》入て臥《ふ》し給へる人、

い。古活字本は「あな、あさまし(大変だ)」。
一五 せわしなく動く。身もだえする。
一六 音をたてて、放屁してしまった。
一七 口もきけず、ぐったりとして。
一八 物に寄りかかって横になってしまった。
一九 きっと。たしかに。
二〇 柱と柱の間を一間と称する。その二倍、約六メートルほど。忠家の発心がすぐにさめたことを歩行距離で示す。 二一 したからといって。
二二 全力で走るさまを示す。
二三 わからないそうだ。不明と伝えている。
▽明月の夜、情事の場面での貴公子の興奮と幻滅、それに伴う厭世的感情と発心、そして、あっけない自省と遁走。王朝物語や仏教説話のパロディのような趣きをたたえつつ、快調な語り口がおかしみを誘う。この貴公子の子孫が中世歌壇を支配していく、その一端を知るはずの作者の皮肉な視線が感じられなくもない。底本目録は「屁」を「尾」に誤るが、標題では訂した。
二四 和泉式部の女で女房名もそれにちなむ。父は橘道貞。一条天皇中宮上東門院彰子に仕え、その魅力と才気で知られた。後拾遺集初出の歌人。万寿二年(一〇二五)、早世。享年未詳。
二五 藤原公任の長男。正二位権中納言。後拾遺集初出の歌人で、中古三十六歌仙の一人。能書家。寛徳二年(一〇四五)没、五十一歳。
二六 藤原教通。道長の三男で、従一位関白太政大臣。承保二年(一〇七五)没、八十歳。
二七 局の戸をたたいたところ。
二八 突然、声を高くして誦んだ。定頼は美声で知られるので、その声を想像しつつ読むべき所。

一 その場を立ち去らずに。
二 堪えきれずに洩らす声を示す。ここは泣き声。

あやしとおぼしける程に、すこし声遠《とを》うなるやうにて、四声五声《こゑ》ばかり、[一]ゆきもやらで、よみたりける時、[二]「う」といひて、[三]うしろ様にこそ、臥《ふ》しかへりたりけれ。

この入《(いり)》臥《ふ》し給へる人の、「さばかり、たへがたう、はづかしかりし事こそ、なかりしか」と、後に、の給《(たま)》ひけるとかや。

（三六　山伏《やまぶし》、舟祈《ふねいのり》返事《かへすこと》　巻三ノ四）

これも今は昔、越前国[四]かふらきの渡《わた》りといふ所に、渡《わた》りせむとて、物どもあつまりたるに、[五]山伏あり。[六]けいたう房といふ僧なりけり。[七]熊野・[八]御嶽《みたけ》は云に及ばず、[九]白山、伯耆の大山[一〇]、出雲の鰐淵《わにぶち》[一一]、[一二]大かた修行し残したる所なかりけり。

[一三]それに、このかふらきの渡に行て、渡《わた》らむとするに、渡《(わたり)》せんとする物、[一四]雲霞のごとし。を《(お)》の〳〵物をとりて、渡《わた》す。このけいたう房「渡《わた》せ」といふに、渡《わた》し守、聞《きゝ》きもいれで、こぎ出《(いづ)》。その時に、この山臥、「いかに、かくは[一五]無下《(むげ)》にはあるぞ」といへども、大かた耳にも聞《きゝ》きいれずして、こぎ出《(いだ)》す。其時に、けいたう房、歯を[一六]食《く》ひあはせて、[一七]念珠をもみちぎる。此渡《わたし》守《(もり)》、見《み》かへりて、[一八]を

古事談には「その声を聞きて感嘆に堪えず、右府に背きて啼泣す」とある。

三　後ろ向きに寝がえりをうった。

▽才女小式部と貴族たちの三角関係を扱う。古事談と対比すると、人名については付会の跡もあるようであるが、三人の人柄・立場がよく素描されており、事情に通じた人の微笑を誘おう。

四　福井県南条郡河野村の小港。「甲楽城」とも書き、現行の地名はこの表記を採る。呼び方も「かぶらき」から「こうらき」と変化した。

五　「山臥」とも。修験道の行者。一四頁に前出。

六　伝未詳。諸本仮名書で表記も不明。

七　紀伊(和歌山県)の熊野三山(本宮・新宮・那智)。修験道の根拠地の一つで、鎌倉末期にここを中心として本山派が形成された。

八　奈良県吉野の霊地。

九　加賀(石川県)、美濃(岐阜県)にまたがる霊地。

一〇　鳥取県の山。標高一七三一メートルで中腹に大山寺があり、鎌倉時代、修験の道場として栄えた。

一一　島根県平田市鰐淵町別所にある鰐淵寺(がくえんじ)。蔵王堂などを中心に修験道が行われ、古く梁塵秘抄二ノ二九七の「聖(修験者)の住所はどこどこぞ」の中に熊野の那智などとともに出る。

一二　打消を強調する語。およそ。まったく。

一三　前述のことに伴う事実を示す接続詞。ここは、「そういうわけで」。くわしく訳すなら、「そのような生活をしていたので、ある時」。

一四　大勢の人間が群がるさま。中世以後の語か。中古の漢文に見られる比喩「雲のごとし」(将門記など)をより強調したもので、山槐記・治承四年(一一八〇)五月十六日条に「武士雲の如く、霞の如く」と、「雲霞の如し」に近い形が見える。

一五　ひどいことをするのか。たちが悪いのか。

一六　くいしばって。力んでいるさまの形容。

この事と思たるけしきにて、三四町ばかりゆくを、けいたう房、見《み》やりて、足をすなどに、[一九]脛《はぎ》のなから斗《(ばかり)》踏《ふ》み入て、目も赤《あか》く、[二〇]にらみなして、数珠《ずゞ》を[二一]くだけぬともみちぎりて、「召《めし》返せ、〱」とさけぶ。猶《(なほ)》行過る時に、けいたう房、袈裟と念珠とを取《と》り合て、汀近《ちか》くあゆみよりて、[二二]「護法、召返せ、召返《めしかへ》さずは、ながく[二三]三宝に別《(わかれ)》奉《たてまつ》らん」とさけびて、この袈裟を海に投《な》げ入《(いれ)》んとす。それを見《み》て、此つどひゐたる物ども、[二四]色をうしなひて立《た》てり。

かくいふほどに、風も吹《ふ》かぬに、この行舟《(ゆくふね)》のこなたへ寄《よ》り来《く》。それを見《み》て、けいたう房、[二五]「寄《よ》るめるは、〱。はやう[二六]出《(いで)》おはせ、〱」と[二七]すはなちをして、見《み》る者、[二八]色をたがへたり。かくいふ程に、一町が内に寄《よ》りきたり。その時、けいたう房、「さて、[二九]今はうちかへせ、〱」とさけぶ。その時につどひて見《み》る物ども、一声《こゑ》に、[三〇]「無《む》慙《ざう》の申やうかな。ゆゝしき罪に候。[三一]さておはしませ、〱」といふ時、けいたう房、今すこし、けしきかはりて、「はや、打返し給へ」とさけぶ時に、此渡舟に廿余人の渡《わた》るもの、[三二]づぶりとなげ返しぬ。その時、けいたう房、汗《あせ》を押しのごひて、[三三]「あな、いたのやつ原《(ばら)》や、まだ知《し》らぬか」といひて、立帰にけり。

世の末《すゑ》なれども、三宝おはしましけりとなむ。

一七 数珠をちぎれるほど激しくもむ。祈禱しているのである。 一八 ばかばかしいこと。
一九 半分ほどまで、強く踏み込んで。 二〇 にらみつけて。 二一 くだけてしまうほど強く。
二二 護法善神の略。仏法を守護し、邪悪なものを退ける神で、各種ある。仏教説話などに出る童子の形をした護法童子(天童)かと解されているが、山伏が使役するという動物霊の類(飯綱《いづな》など)を想定しているかとも思われる。
二三 仏法僧の三つをさす。これと別れるとは、仏法との縁を絶つことを意味する。
二四 青ざめて立っていた。山伏のただならぬ言に圧倒されたさま。
二五 寄って来るようだよ。「は」は詠嘆の終助詞。古典集成は「よかめるは」(書陵部本は諸本「る」とする箇所、まぎらわしいが「か」と読める)とし、「よいようだ」と訳す。
二六 出現して下さい、と訳せるが、諸本の「ゐ(率)ておはせ」(連れてきて下さい)が本来の形か。「ゐて」が「いて」となっているのを書写の際に「出で」と解して字を当てたものであろう。
二七 呪術的な所作であろうが、未詳。諸説あるが旧大系補注の「「珠(ず)放ち」又は「素放ち」で念珠を片手に持って、空を切る仕草をいうのではないかと思う。後考を待つ」とする説が示唆的。
二八 顔色を変えた。先の「色をうしなひて」と同じで不安なさま。 二九 舟をひっくりかえせ。
三〇 「むざん」の音便。残酷。
三一 そのままにしておいて下さい。
三二 ざぶんと海にほうり投げた。
三三 ああ、何とあわれな奴らだろう、まだ仏法の威力を知らないのか。
▽山伏の験力を臨場感をたたえつつ語る説話。多用される会話文が迫力に富む。

（三七　鳥羽僧正《とばのそうじやう》、与㆓国俊㆒戯事《くにとしとたはぶれのこと》　巻三ノ五）

是も今は昔、法輪院[一]大僧正覚猷《かくゆう》といふ人おはしけり。その甥《をひ》に陸奥前司国俊[二]、僧正のもとへ行て、「参《まい》[三]りてこそ候へ」といはせければ、「唯今《ただ》、見参《げんざん》[四]すべし。そなたにしばしおはせ」とありければ、待居たるに、二時斗《ふたときばかり》[五]まで出あはねば、なま[六]腹だゝしうおぼえて、出なんと思て、共に具《ぐ》したる雑色《ざふしき》[七]をよびければ、出来《き》たるに、「沓《くつ》持《も》て来《こ》」といひければ、もて来《き》たるをはきて「出なん」といふを、此雑色がいふやう、「僧正の御房の「陸奥殿に申たれば、『疾《と》う乗《の》れ』とあるぞ。其車、率《い》[八]て来《こ》」とて、「小[九]御門より、出ん」と仰事候つれば、やうぞ候らんとて、牛飼[一〇]の者、たて[一一]まつりて候へば、「待《ま》たせ給へ」と申せ。時の[一二]ほどぞあらんずる。やが[一三]て帰来《こ》んずるぞ」とて、は[一四]やうたてまつりて、出させ給候つるにて候。か[一五]うて、一時には過候《すぎさぶらひ》ぬらん」といへば、「わ[一六]雑色は不覚のやつかな。「御車をかく召《め》しのさぶらふは」と、我[一七]にいひてこそ、貸《か》し申さめ。不覚《ふかく》也」といへば、「[一八]うちさしのきたる人にもおはしまさず。やがて、御尻切《おんしきれ》[一九]たてまつりて、「[二〇]きと〳〵、よく申たるぞ」と仰事候へば、力[二一]及《および》候はざりつる」

一 源隆国の子。覚円の弟子で、大僧正、第四十七代天台座主。鳥羽の証金剛院に住したことにちなみ、鳥羽僧正と、また、園城寺に法輪院を創建、ここにあったことにより、法輪院僧正と呼ばれる。画才で知られ、すぐれた仏画を残しているが、鳥獣戯画もその作と伝える。鳥羽絵の祖。保延六年（一一四〇）没、八十八歳。
二 隆国の子で覚猷の兄に当る。従五位上、陸奥守に至り、承徳三年（一〇九九）没、享年未詳。
三 参上いたしました。
四 お目に掛かりましょう。
五 今の約四時間に当たる。
六 何となく腹が立ってきて。本格的な立腹には至らないが、いらだったさま。「なま」は未完成・不十分などの意をそえる語。
七 雑役に従事する者。下男。
八 持って来なさい。こちらへまわせ。
九 小門（大門の脇などの小さな門）の敬称。
一〇 牛飼童。牛車の牛を扱う童、また童髪の者。
一一 ご提供申し上げて。諸本多く「乗せたてまつりて」とし、その方がわかりやすい。ここは謙譲語だが、次行の例は尊敬語で「お乗りになって」の意。
一二 一時（二時間）ほどかかるだろう。
一三 すぐに帰って来るつもりだ。
一四 （そう言って）すぐさま。
一五 こうして。それから。
一六 「わ」は親愛感や軽蔑の意（ここは後者）をこめて呼び掛ける時に用いる接頭語。
一七 私に言って、（了解をとってから）お貸しするものだ。「め」は適当の意。
一八 縁の薄い人ではいらっしゃらない。覚猷が国俊の近親者であることをさす。「うち」は接頭語。「さしの（退）く」は離れ去る意から、縁が薄

といひければ、陸奥の前司《ぜんじ》、帰[二二]のぼりて「いかにせん」と思まはすに、僧正は[二三]さだまりたる事にて、湯舟に藁をこま〲ときりて、[二四]一はた入て、それがうへに莚を敷《し》きて、[二五]ありきまはりては、[二六]左右《さう》なく湯殿へ行て、はだかに成て、[二七]「えさい、かさい、とりふすま」といひて、湯舟《ゆぶね》に[二八]さくとのけざまに臥《(ふす)》事をぞし給ける。

陸奥前司、よりて莚を引あげて見《み》れば、まことに藁《わら》をこま〲と切《き》り入《(いれ)》たり。それを湯殿の垂《たれ》布をときおろして、此藁《わら》をみなとり入て、よくつゝみてその湯舟に、湯桶を下《した》にとり入て、それが上に囲碁盤をうら返してを《(お)》きて、莚を引おほひて、さりげなくて、垂布《(たれぬの)》につゝみたる藁をば、[二九]大門の腋《(わき)》にかくし置て、待ゐたる程に、二時余ありて、僧正、小門《(こもん)》より帰《(かへる)》音《をと》しければ、[三〇]ちがひて、大門へ出て、帰たる車よびよせて、車の尻に、このつゝみたる藁を入て、家へ[三一]はやらかにやりて、おりて、「[三二]此藁《わら》を、牛のあちこち[三三]あるき困《こう》じたるに、食《く》はせよ」とて、牛飼童にとらせつ。

僧正は例の事なれば、衣ぬぐ程もなく、例の湯殿へ入て、「えさい、かさい、とりふすま」といひて、湯舟へお《(を)》どり入て、のけざまに[三四]ゆくりもなく臥《ふ》したるに、[三五]碁盤のあしのいかりさしあがりたるに、尻骨をあらうつきて、年たかうな

くなる、疎遠になることをいう。

一九 かかとの当る部分のない短かめの草履。軽快な動作に便なように作ったもの。これを着けたのは、覚猷の外出が火急であることを暗示する(と、雑色はとっさに判断したのであろう)。

二〇 たしかにたしかに、ちゃんと断り申したぞ。

二一 どうしようもありませんでした。

二二 待っていた部屋にもどって。

二三 習慣として。以下に語られる覚猷の行為は何らかの健康法ないし治療法であろう。明月記・元久元年(一二〇四)十一月二十九日条に、藤原定家が九条兼実から聞いたこととして、「又、骨を痛む事は、湯槽に馬の食する物を入れて、温湯を入れて、上に席《(むしろ)》を敷きてむす。第一たすかる事なり」とある。これと同一のものか。

二四 一杯。

二五 外出しては。あちこち出掛けて帰っては。

二六 ためらわずに。

二七 掛け声、また、呪文かとされるが未詳。「えさい、かさい」は「一切合切」「えっさこらさ」などと語形・音が似て、相互に関連ありげである。「とりふすま」は甍ぶき屋根の棟の先端に突き出る丸い瓦の称だが、この句での意味は不明。

二八 さっと(すばやく)あおむけに。

二九 小門(小御門)に対して、大型の正門。国俊は客人として、これを利用したのである。

三〇 入れちがいに。 三一 すみやかに。

三二 会話文の始まりを、上の「家へ」とする説(旧大系)もあるが、国俊が車を帰して現場に残っているわけでもなさそうなので、帰邸後の指示ととり、ここからとした。

三三 歩きまわって疲れたので。

三四 なにげなく。心用意もなく。

三五 角ばってつき出た所に。

りたる人の、死入て、[一]さしそりて臥たりけるが、其後、音《をと》なかりければ、ちかうつかふ僧、よりて見れば、[二]目をかみに見つけて、[三]死入て、寝《ね》たり。「こは、いかに」といへど、いらへもせず。よりて顔《かほ》に水ふきなどして、とばかりありてぞ、[四]息のしたに、おろ〳〵いはれける。

このたはぶれ、[五]いとはしたなかりけるにや。

（三八　絵仏師《えぶつし》良秀《りやうしう》、家《いへ》ノ焼《やくる》ヲ見《み》テ悦事《よろこぶこと》　巻三ノ六）

是も今は昔《むかし》、[六]絵仏師良秀と云ありける。家の隣より、火出きて、[七]風を《(お)》しおほひてせめければ、逃出《(にげいで)》て、[八]大路《(おほち)》へ出にけり。[九]人の書《か》か《ゝ》する仏もおはしけり。又、[一〇]衣着《き》ぬ妻子なども、[一一]さながら内に有けり。[一二]それも知《し》らず、たゞ逃出《い》でたるをことにして、[一三]むかひのつらに立《た》てり。

見《み》れば、すでに我家にうつりて、煙、ほのを《(ほ)》[一四]くゆりけるまで、[一五]大かた、むかひのつらに立て、ながめければ、[一六]「あさましきこと」とて、人ども、[一七]来《き》とぶらひけれど、さは《(わ)》がず。「[一八]いかに」と人いひければ、むかひに立《た》ちて、家の焼《や》くるを見《み》て、うちうなづきて、時々わらひけり。「[一九]あはれ、しつるせうとくかな。

一 そりかえって。
二 目を上に向けて。目をつり上げているのではなく、黒目を上に向けているさまであろう。
三 気を失って、横たわっていた。
四 苦しい息で、たどたどしく何か言われた。
五 ひどすぎたのではなかろうか。
▽いわくありげな覚猷の不意の非礼な外出。それに対する国俊の報復。覚猷の奇妙な慣習も含めて日常的な場面での、尋常でない二人の行為を語る。二人の父の隆国にも奇行が伝わる。彼ら家系をめぐる一連の珍談のひとつか。
六 伝未詳。絵仏師は仏画制作に従事する者。寺院に属し、十訓抄に「絵仏師良秀といふ僧」とあるように少なくも形式的には僧であったので、名は「よしひで」でなく、音読したものであろう。
七 風が吹きつけて。火災に伴う強風をのべている。「おしおほふ」はおおいかぶさる。
八 「ち」は清音。都の大路は火災のおりの避難所として、数十㍍の広さに作られた。
九 人が注文して描かせた仏画。
一〇 裸かの妻子。夏季のためというより、極貧による妻子のみじめな姿を示すものか。
一一 すべてそのまま。　一二 それもかまわず、ただ自分が逃げ出したのをよいことにして。
一三 大路のむこう側に立っていた。
一四 立ちのぼるまで。「くゆる」は煙がくすぶり発火に至らないさまに多く用いるが、ここは煙・炎の双方についていう。
一五 何とあきれたことにの意か。
一六 大変でしたね。とんだことです。
一七 来て見舞ったが。　一八 どうしたのですか。
一九 ああ、大変なもうけものをしたことよ。「しつる」は、思いがけないこと、重大なことができた時の感じを示す。「せうとく」は一般に「所

年比[二〇]はわろく書《か》きける物かな」と云時に、とぶらひに来《き》たる者共、「こはいかに、[二一]かくては立給へるぞ。あさましき事かな。物[二二]のつき給へるか」といひければ、「[二三]なんでう《(ふ)》、物のつくべきぞ。年比、不動尊の火焔をあしく書ける也。今見《み》れば、[二四]かうこそ燃《も》えけれと、心得《え》つるなり。これこそ、せうとくよ。[二五]この道をたてゝ、[二六]世にあらんには、仏だによく書たてまつらば、百千の家も、出来なん。[二七]わたうたちこそ、[二八]させる能《のう》もおはせねば、物をも惜《お》しみ給へ」と云て、あざ笑てこそ立《た》てりけれ。

其後にや、良秀が[二九]よぢり不動とて、今に人〳〵めであへり。

（三九　虎《とら》ノ鰐取《わにとり》タル事《こと》　巻三ノ七）

これも今は昔、[三〇]筑紫の人、あきなひしに新羅《(しらき)》[三一]に渡りけるが、あきなひはてゝ帰道《みち》に、[三二]山の根にそひて、舟に水汲《く》み入んとて、水の流出たる所に舟をとゞめて、水を汲《く》む。其程、舟に乗《の》りたる物、舟ばたにゐて、うつぶして海を見《み》れば、山の影《かげ》うつりたり。高《たか》き岸の[三三]三四十丈ばかりあまりたる上《うへ》に、虎、[三四]つゞまりゐて物をうかゞふ。その影、水にうつりたり。

得」、旧大系は「抄得」を当てるが、あるいは仏語「証得」(悟ること)の転用で、理解、合点の意かとも思われる。　二〇 下手に。不十分に。
二一 こうして立っておいでなのか。
二二 何かの霊が取り憑きなさったのか。
二三 何で、霊が憑くはずがあるものか。
二四 このように燃えるのであったのか。
二五 この道(絵)を専門として。「立つ」は、ある仕事・分野を専門・職業とすること。
二六 世の中で生きるなら。「ん」は仮定。
二七 お前さんたち。「和党」と書き、親愛・軽蔑の意をこめた対称の人代名詞。
二八 大した才能もおありでないので。「おはす」は敬語に皮肉の気持をこめている。
二九 背後の火炎をよじったように描いた不動の意であろう。火災現場の風圧による火焔の微妙な変化を見て、そのさまを映したものか。その実例は未詳だが、現存する仏画の不動の火焔に、ねじれの見えるものは少なくない。
▽自分の専門に執するのあまり、妻子の死もいとわず、その言動がひんしゅくを買った男の物語。その非人情・非常識にもかかわらず、作品は世に迎えられたという結末は印象的である。中世人好みの芸道説話で十訓抄六では賢人とうたわれた小野宮実資の逸話と並置、「をこがましく聞ゆれども、右府のふるまひに似たり」と評されている。芥川龍之介の『地獄変』の原作。
三〇 筑前、筑後の両国の称。転じて九州全体。
三一 朝鮮半島の東南部にあった国。七世紀に半島を統一するが、十世紀に高句麗に滅ぼされる。
三二 山の根元。山の麓。
三三 約九〇メートルか一二〇メートル。今昔二十九ノ三十一では「三四丈許り上りたる上に」。
三四 身を小さくして。小さく縮まって。

其時に人〲につげて、水汲《く》む物をいそぎ呼《よ》び乗《の》せて、手ごとに櫓《(ろ)》を押《ゝ》して、いそぎて舟をいだす。其時に、虎お《(を)》どりおりて舟にのるに、舟はとくいづ。虎《とら》は落《お》ちくる程のありければ、いま一丈ばかりを、[一]えお《(を)》どりつかで、海に落入ぬ。舟を漕て、いそぎて行まゝに、此虎に[二]目をかけて見《み》る。

しばし斗《(ばかり)》ありて、虎、海より出《い》で来《き》ぬ。泳《をよ》ぎて陸《くが》ざまにのぼりて、汀《(みぎは)》にひらなる石の上《うへ》にのぼるを見《み》れば、左の前足《まへあし》を膝《ひざ》よりかみ食切《き》られて、[三]血あゆ。[四]鰐《(わに)》に食《く》ひ切《き》られたる也けりと見《み》る程に、[五]その切《き》れたる所を水にひたして、[六]ひらがりお《(を)》るを、いかにするにかと見《み》る程に、沖の方より、鰐《わに》、虎の方《かた》をさしてくると見《み》る程に、虎、右の前《まへ》足をもて、[七]鰐《わに》の頭に爪をうちたてて《ゝ》、陸《(くが)》ざまに投《な》げあぐれば、一丈ばかり浜に投《な》げあげられぬ。のけざまになりて、[八]ふためく。[九]頤《おとがひ》の下《した》をお《(を)》どりかゝりて、食て、二たび三たびばかりうちふりて、な[一〇]へ《(え)》〲となして、肩《かた》にうちかけて、[一一]手を立《た》てたるやうなる岩の五六丈あるを、三の足をもちて、[一二]下《くだ》り坂を走《はし》るごとくのぼりて行《ゆ》けば、舟のうちなる物ども、これがしわざを見《み》るに、[一三]なからは死入《(しにいり)》ぬ。

「[一四]舟に飛かゝりたらましかば、いみじき釼《(つるぎ)》、刀を抜《ぬ》きてあ[一五]ふとも、かばかり力強《つよ》く、はやからんには、なにわざをすべきぞ」と思《おも》ふに、[一六]肝心《(きもごころ)》うせて舟こぐ

一 飛びつくことができず。
二 目を離さないで、注視する。
三 血が流れ出ている。血がしたたっている。
四 サメ類の古名。　五 血で「鰐」をおびきよせる。
六 体を平たくして。虎が獲物をねらうさま。第一五五話にも「虎、人の香を嗅ぎて、ついひらがりて、猫の鼠窺ふやうにて」とある。
七 以下、「鰐の頭の腭(あぎ)に手を指し入れて、…陸様(くがざま)に投げ上げたれば、鰐一丈許、陸に投げ上げられてふためくを」(今昔二十三ノ二十三)と類似する。　八 ばたばたする。
九 下顎(したあご)。　一〇 力がなくなり、ぐったりとしているさま。古活字本「なよ〲」。
一一 けわしいさま。「手を立たる如くに峻(さがし)くして」(今昔十四ノ四十三)。
一二 「此鬼、下坂を走るが如く、上様に飛ぶが如く走り登りて」(今昔十四ノ四十三)と表現類似。
一三 半分の人は気絶してしまった。
一四 このあたり、今昔では記述が詳しい。
一五 立ちむかう。わたりあう。
一六 気力、心。「肝」は肝臓、「心」は心臓の意。
一七 気分。心地。
一八 今昔では以下に長い評語を付す。
▽文中の山海の景観といい虎・鰐の動きといい、異国の様相を伝える、卓抜な描写である。
一九 山番。盗伐などを防止するためにいる山林の管理人。連珠合璧集に「山守とあらば、…とがむる」などとある。この話の木こりの斧を取ったのは、もちろん何らかの不当な行為をはたらいたためであろう。
二〇 小型の斧。手おの。後の歌で形容詞「よし」の連体形と掛けられているが、動詞「よ(避)く」の連用形とも掛けられる。「春山に木こる木こりの腰にさすよきつきれや花のあたりは」(曾

[一七]空もなくてなん、筑紫《つくし》には帰りけるとかや[一八]。

（四〇　樵夫歌事《きこりうたのこと》　巻三ノ八）

今は昔《むかし》、木こりの、[一九]山守に斧《よき》[二〇]をとられて、「わびし、心うし[二一]」と思て、[二二]つら杖《（つゑ）》うちつきてお《（を）》りける。山守見《もりみ》て、「[二三]さるべきことを申せ。とらせん」といひければ、

[二四]あしきだになきはわりなき世中によきをとられて我いかにせん

とよみたりければ、山守《もり》、返しせんと思て、「う[二五]ゝ、〱」とうめきけれど、えせざりけり。さて、斧返《よきかへ》しとらせてければ、うれしと思けりとぞ。

人はたゞ、歌をかま[二六]へてよむべしと見《み》えたり。

（四一　伯母事《はくのははのこと》　巻三ノ九）

今《いま》は昔、[二七]多気《たけ》の大夫《たゆふ》といふ者《もの》の、常陸よりのぼりて、[二八]うれへする比、[二九]むかひに、[三〇]越前守といふ人のもとに、[三一]ぎやくすしけり。

丹集）。　二一 つらい、情けない。
二二 ほおづゑ。室町時代から「つらづゑ」。途方にくれたり、思案するときの動作。古今集・雑体に「なげきこる山とし高くなりぬればつらづゑのみぞまづ突かれける」などとあり、木を「こる」ことにおいて本話との縁が感じられよう。
二三 しかるべきこと。滅罪に値するような、気の利いた冗談の類を言うか。
二四 「あしき」（粗末なもの）でさえ、ないのは困る世の中において、「よき」（上等なものに手斧の意を掛ける）を取られて、私はどうすればよいか、わからない。「よき」の掛詞としての使方、「き」音の脚韻効果、「わりなき」と「われ」の頭音の照応、『割り』を思わせることによる「わりなき」と「斧」の縁など、とっさの作として機転のよくきいた歌である。
二五 うめき声。応答しようとして思わず発したもの。「うら〱」とある本もあるが誤写であろう。
二六 心して詠まねばならない。
▽しがない木こりの意外な歌才。それを理解できるだけの教養があるらしい山守。ひなびた情景の中に風雅を点じた歌徳説話である。
二七 平維幹（これもと）。繁盛の三男。伯父友盛の養子となる。従五位下、常陸大掾。常陸の多気（茨城県筑波郡筑波町北条）にあったので多気大夫（大夫は五位の通称）と称する。生没年未詳。
二八 訴訟。　二九 通りの向う側。
三〇 高階成順。明順の子。正五位下、筑前守。彼が越前守であった明証はなく、本文の「越」は「筑」の誤りか。出家して乗蓮と号す。長久元年（一〇四〇）没。享年未詳。　三一 生前に死後の冥福を祈って行う仏事。古活字本などは「く」を「う」に作る。この形では「経誦しけり」となる。

此越前守は、[一]伯母とて、よにめでたき人、歌よみのおやなり。妻は[二]伊勢大輔《(いせのたいふ)》、姫君《ひめぎみ》たち[三]あまたあるべし。

多気《たけ》の大夫《たゆふ》、[四]つれ〴〵におぼゆれば、[五]聴聞《ちやうもん》に参《まい》りたりけるに、[六]御簾《みす》を風の吹あげたるに、[七]なべてならずうつくしき人の、[八]紅《くれなゐ》のひとへがさね着《き》たるを見《み》るより、この人を妻《め》にせばやと、[九]いりもみ思ければ、その家の[一〇]上童《うへわらは》をかたらひて、とひきければ、「[一一]大姫御《ひめご》前《ぜん》の[一二]紅はたてまつりたる」とかたりければ、[一三]それにかたらひつきて、「われに[一四]盗《ぬす》ませよ」といふに、「[一五]思ひかけず。えせじ」といひければ、「さらば、その乳母《めのと》をしらせよ」といひければ、「[一六]それはさも申てん」とて、しらせてけり。

さて、[一七]いみじくかたらひて、金《かね》、[一八]百両とらせなどして「此姫君《ひめぎみ》を盗《ぬす》ませよ」とせめいひければ、さるべき契《(ちぎり)》にやありけん、盗《ぬす》ませてけり。やがて、乳母《めのと》うち具《ぐ》して、常陸《ひたち》へいそぎくだりにけり。あとに泣《な》きかなしめど、かひもなし。ほどへて、乳母《めのと》、を《(お)》とづれたり。あさましく、心憂《う》しと思《おも》へども、いふかひなき事なれば、時〴〵、うちを《(お)》とづれてすぎけり。伯《はく》の母、常陸《ひたち》へかくいひやり給、

[一九]にほひきや宮この花はあづまぢにこちのかへしの風のつけしは

一 後拾遺集初出の歌人。家集が残る。名は神祇伯康資王の母であったことにちなむ。四条宮寛子に仕え、筑前と呼ばれた。
二 大中臣輔親の女。中古三十六歌仙の一人で、後拾遺集初出。家集が残る。「大輔」は底本「大夫」。諸本により一般的表記に改める。
三 多くいるはずである。伯母の下に、筑前乳母および源兼俊母という歌人がいる。
四 退屈だったので。訴訟は長期に及ぶことが多く、多気大夫は待機期間を持て余したのである。
五 説経・読経などを聴くこと。法華験記・下ノ九十五によると、成順(乗蓮)の邸で行われた講筵に多数の道俗男女が参集したという。
六 このあたり、かいま見の場面の型を踏む。
七 なみなみならず。
八 表着(うはぎ)の下に数枚重ねて着るひとえ。
九 はげしく気をもんで思ったので。「いり」は「煎り」で、煎るように熱烈にするさまを示す。
一〇 奥向きの仕事をする童女。
一一 長姉の姫への敬称。 一二 紅をお召しになっている。 一三 その子をてなずけて。
一四 ひそかに逢わせよ。「盗む」は人目をしのんで逢う。また、ひそかに連れ出して、わがものにする。ここは前者(上童はそう解したことであろう)だが、結果的には後者の意となった。
一五 とんでもない。無理でしょう。
一六 乳母の名は、お望み通り申し上げましょう。
一七 たくみに説得して。
一八 「両」は重さの単位。時代によって変動したので、具体的にその重さを特定できない。
一九 東風の返しの西風にことづけた都の花の香りはそちらにとどいたでしょうか。この贈答は後拾遺集・雑五に出るが、この歌が源兼俊母(伯母の妹)の作、答歌が伯母の作になっている。

かへし、姉《あね》、

二〇 吹かへすこちのかへしは身《み》にしみき都の花のしるべと思《おも》ふに

年月へだゝりて、伯《はく》の母《はゝ》、二一常陸《ひたち》の守《かみ》の妻《め》にて下りけるに、姉《あね》はうせにけり。娘《むすめ》、二人《ふたり》有けるが、二二かくと聞て、参《まい》りたりけり。田舎人とも見《み》えず、いみじく二三しめやかに、はづかしげに、よかりけり。常陸《ひたち》の守《かみ》のう二四へを、二五昔《むかし》の人に似《に》させ給たりけるとて、いみじく泣《な》きあひたりけり。二六四年が間、名聞《みやうもん》にも思《おも》ひたらず、二七用事《ようじ》などもいはざりけり。

任果《は》てて、上《のぼ》る折《おり》に、常陸《ひたち》の守《かみ》、「二八むげなりけるものどもかな。かくなん上《のぼ》ると、いひにやれ」と、男にはいはれて、伯の母《はゝ》、上《のぼ》る由《よし》、いひにやりたりければ、「承りぬ。参《まい》り候はん」とて、明後日《あさて》上《のぼ》らんとての日、参《まい》りたりけり。二九えもいはぬ馬、一をたからにするほどの馬、十疋づゝ、二人《ふたり》して、又、三〇皮子負《お》ほせたる馬ども百疋づゝ、二人《ふたり》してたてまつりたり。三一何《なに》とも思たらず、か斗《(ばかり)》のこと、したりとも思《おも》はず、うちたてまつりて、帰にけり。常陸《ひたち》の守《かみ》の、「三二ありける常陸四年が間の物は、何《なに》ならず。三三その皮子《かはご》の物どもしてこそ、よろづの功《く》徳《どく》も何《なに》もし給けれ。三四ゆゝしかりける、物どもの心のおほきさ、ひろさかな」と、かたられけるとぞ。

「都の花」は後拾遺時代から用いられ始めた語で、都のはなやぎを象徴する桜について言う。
二〇 東風の返しとして都から吹きかえす風は、身にしみて感じました。都の花のしるべと思うにつけて。
二一 常陸は親王任国で守は現地に行かないので、実質的な国司をつとめる介(次官)についても守と呼ぶ。ここはその用法。具体的には藤原基房(朝経の子。正四位常陸介)をさす(森本元子)。
二二 叔母が常陸に下向してきたと聞いて、国司の館に参上した。常陸国府は今の石岡市元真地の地にあった。多気城の西、約二十キロメートルに当る。
二三 しっとりとして、(都人がひけめを覚えるほどに)立派で、美しかった。 二四 奥方(伯母)。
二五 故人。今は亡き人。母をさす。
二六 四年間(国司の任期)、叔母が常陸守(介)の妻であることを、名誉とも思わず。
二七 頼みごと、陳情などをさすか。
二八 とんでもない失礼な者どもであるなあ。
二九 何ともいえぬ立派な馬。 三〇 皮籠とも。皮で張った籠。中に土産物が収められている。
三一 何とも思っておらず。あっさりしたさま。
三二 これまでの常陸在住の四年間で得たものは、問題にならない。
三三 その皮子に入っている品々で、すべての善行を何もかも、なさったことになるなあ。
三四 なみなみでない、あの人たちの心の大きさ、広さよ。前の「むげなりけるものどもかな」と対照的な評し方で、その露骨さに常陸守の物欲が示される。伯母の言が見えないことにも注意。
▽平安後期の歌壇を背景とする説話。都鄙にわたる舞台の中で、略奪結婚とその後日譚を語る。地方人の気質と実力を、都人の知識と想像力にもとづいて描くものである。

この伊勢《いせ》の大輔《たゆふ》の子孫は、めでたきさいはい《（ひ）》人、おほくいでき給たるに、大姫公《（ぎみ）》の、かくゐ中人になられたりける、あはれに、心憂《う》くこそ。

（四二　同人仏事事《どうにんぶつじのこと》　巻三ノ一〇）

今《いま》は昔《むかし》、伯の母《はゝ》、仏《（ほとけ）》[一]供養《くやう》しけり。永縁《やうえん》[二]僧正を請《しやう》じて、さま〴〵の物どもをたてまつる中に、紫《むらさき》の薄様《うすやう》[三]につゝみたる物あり。あけてみれば、

[四]朽《（くち）》にけるながらの橋のはし〴〵ら法《（のり）》のためにもわたしつるかな

長柄《ながら》の橋《はし》の切《きれ》なりけり。

又の日、まだつとめて、若狭阿闍梨《あざり》[五]こくゑんといふ人、歌よみなるが来《き》たり。「あはれ、このことを聞《き》き《ゝ》たるよ」と僧正おぼすに、ふところより名簿《みやうぶ》[六]をひきいでて《ゝ》、たてまつる。「この橋の切《きれ》、給はらん」と申。僧正、「[七]かばかりの希重《（きちよう）》の物はいかでか」とて、「[八]なにしにか、とらせ給はん。くちおし《（を）》」とて、帰にけり。

[九]すき〴〵しく、あはれなる事どもなり。

一 完成した仏像・仏画を安置し、魂を請じ入れる時の法要。灯明・香華・供物などをそなえる。
二 底本「やうえん」に「永縁也」と傍注。永縁（えいえん）とも）は藤原永相の子。権僧正、興福寺別当。金葉集初出の歌人で堀河百首の作者の一人。初音を詠んだ歌にちなみ、初音の僧正と呼ばれる。天治二年（一一三五）没、七十八歳。
三 鳥の子紙を薄くすいたもの。
四 朽ちてしまった長柄橋の橋柱を、仏法のためにお布施としてお渡しすることだ。「渡す」は「橋」の縁語で、仏語「済度」（衆生をすくいわたす）の意に掛けている。長柄橋は大阪市大淀区の新淀川に掛かるが、昔はやや東の位置にあったかという。日本後紀・弘仁三年（八一二）六月の条にこれの架橋が、文徳実録・仁寿三年（八五三）十月の条に損壊が記される。古きもの、朽ちはてたものの例、比喩として歌材となり、橋柱（の一部）は歌人たちが珍重した。
五 書陵部本「うくゑん」、古活字本「覚縁」など異同が目立つ。古本説話集本文はこの前後「わさのあさりうくゑん」とあり、傍注で「わかさのあさりりうくゑん」と訂正されている。覚縁は時代が合わないので、これによって「りうぐゑん（隆源）」の誤写かと考えられる。隆源は若狭守藤原通宗の次男。三井寺の僧で若狭阿闍梨と号する（尊卑分脈）。金葉集初出の歌人で堀河百首の作者。歌学書隆源口伝が残る。生没年未詳。
六 自分の姓名・身分・年月日を書いた札。入門、従属などのあかしとして差し出す。ここは、隆源が永縁を師とする礼をとったもの。　七 かくも貴重な物をどうしてお渡しできようか。「希重」は諸本「希有」。古本説話集には「きてう」とある。　八 どうして私にお渡し下さるはずがありましょう。（それにしても）残念です。

（四三　藤六事《とうろくのこと》　巻三ノ一二）

今は昔、一〇藤六《とうろく》といふ歌よみありけり。一一げすの家にいりて、人もなかりける折《おり》を見つけて、入にけり。鍋《なべ》に煮《に》ける物を、すくひ食《く》ひける程に、家あるじの女、水をくみて、大路《おほち》のかたより来《き》て見《み》れば、かくすくひ食《く》へば、「いかにかく、人もなき所に、いかで、一二かくはする物をばまい《(ゐ)》るぞ。一三あなうたてや。藤六にこそいましけれ。さらば、歌よみ給へ」といひければ、

一四むかしより阿弥陀仏のちかひにて煮《に》ゆる物をばすくふとぞしる

とこそよみたりけれ。

（四四　多田新発郎等事《ただのしんぼちらうどうのこと》　巻三ノ一三）

是も今は昔、一五多田満仲《(みつなか)》のもとに、一六たけく、あしき一七郎等有けり。物の命を殺《ころ》すをもて、業《(わざ)》とす。野に出、山に入て、鹿を狩《か》り、鳥をとりて、いさゝかの一八善根《(ぜんごん)》する事なし。ある時、出《い》でて、狩するあひだ、馬を馳《(はせ)》て、鹿を追ふ。一九矢をはげ、弓を引て、二〇鹿にしたがひて、はしらせてゆく道に寺ありけり。その前《まへ》をすぐる

九 いかにも風流で、感動させられることどもだ。「すきずきし」は、歌道、芸道などに身を入れているさま。

▽僧体歌人たちをめぐる和歌説話。話末に「すきずきし」とあるように、彼らは「数寄(すき)者」と評される人々で、和歌への情熱を特徴とする。和歌にゆかりの深い事物へのただならぬ執心を持ち、そのさまが話題となっている。

一〇 藤原輔相(すけみ)。弘経の子。無官で、藤六と号するが、「六」の意は不明。拾遺集初出の歌人で家集が残る。食物を中心とする物名歌が得意であったらしい。　一一 身分の低い者。庶民。

一二 こうして煮ている物を召し上がるのですか。

一三 ああいやだ。藤六でいらっしゃったのですね。藤六が世間で知られていたことを示す言葉。

一四 昔から、阿弥陀仏の誓願で、地獄の釜の中で煮える罪深い衆生を救うものだと承知しています。「誓ひ」に「匙(かひ)」を、「救ふ」に「掬ふ」を掛け、自分の行為を正当化して歌ったもの。

▽異色の歌人藤六の当意即妙の才を伝える逸話。後世、藤六の名は人を笑わせる者の謂として用いられた(大鳥建彦)。

一五 清和源氏。経基王の長子。鎮守府将軍、正四位下。常陸介、越前・摂津などの守を歴任、摂津の多田(兵庫県川西市)に住して摂津(多田)源氏の基盤を作った。寛和二年(九八六)出家し、多田院を創建、長徳三年(九九七)に八十五歳で没した。歌人で拾遺集に一首入る。

一六 あらあらしく凶悪な。

一七 家来。「家の子」と違って主人と血縁関係がなく、所領を持たない者を言うが、合戦においては騎馬で参加するほどの身分ではあった。郎従とも。なお、この人物、地蔵霊験記では「家子紀義冬とて武勇の士あり」と記されている。

程に、き[一]と見やりたれば、内に地蔵たち給へり。左の手をもちて弓をとり、右の手して笠をぬぎて、いさゝか帰[二]依の心をいたして、馳《は》せ過にけり。

そののち、い[三]くばくの年をへずして、病つきて、日比《(ひごろ)》[四]よくくるしみわづらひて、命たえぬ。冥[五]途に行むかひて、炎[六]魔の庁にめされぬ。見《み》れば、おほくの罪人、罪の軽重《(きやうぢゆう)》[七]にしたがひて、打[八]せため、罪せらるゝ事、いといみじ。我一生の罪業《(ざいごふ)》を思つゞくるに、涙落《お》[九]ちてせんかたなし。

かゝる程に、一[一〇]人の僧、出来《きた》りて、のたまはく、「汝をたすけんとおもふ也。はやく故郷《(ふるさと)》に帰て、罪を懺悔《(さんげ)》すべし」との給《(たま)》ふ。僧にとひたてまつりていはく、「これは、誰《たれ》[一一]の人の、かくは仰らるゝぞ」と。僧、こたへ給はく、「我は、汝、鹿を追て、寺の前を過しに、寺の中にありて、汝に見《み》[一二]えし地蔵菩薩也。汝《なんぢ》、罪業深重《(じんぢゆう)》[一三]なりといへども、いさゝか、我に帰依の心をおこしし業[一四]によりて、我、今、汝を助けんとする也」との給ふ、と思てよみがへりて後は、殺生をながく断《た》ちて、地蔵菩薩につかうまつりけり。

(四五　因幡国別当《いなばのくにべつとう》、地蔵作差事《ぢざうつくりさすこと》　巻三ノ一三)

一八 仏語。よい果報のもととなるよき行為・心情。
一九 つがえ。　二〇 鹿のあとを追って。

一 なにげなく眺めると。
二 神仏を信じ、そのはからいに身をゆだねる心。
三 何年もたたないうちに。
四 幾日もひどく病苦にせめられて。「よく」はひどく、はなはだしく。
五 死者の霊魂がおもむく世界。
六 閻魔。冥途をつかさどる王。庁において死者の生前の罪をさばく。古代インドの神であったが、地蔵信仰とともに中国・日本に伝わった。
七 「トガノ qiǒgiŭ ニシタガッテ　ツミニ　ヲコナウ」(日葡辞書)。
八 打ちさいなんで罰する。「せたむ」は責めとがめる。　九 絶望的心情の形容。
一〇 地蔵説話の型として、多く年少の僧。今昔では「小僧」と明記されている。
一一 どなたが、このようにおっしゃるのですか。
一二 見られた。この「見ゆ」は他から見られる意。
一三 深くはなはだしいさま。頭音は濁って読む。
一四 結果の因としての行為。古活字本には「功」(成果、てがら)とある。
▽悪人発心を主題とする地蔵霊験譚である。地蔵信仰はわが国に伝わって民間を中心にひろがり、徐々に上流に及んだ。その反映として本書には地蔵説話が多く見られる。この話は地蔵をめぐるもののうちもっとも類型的な冥途蘇生譚の一つ(次話も同様)。多田院を中心とする信仰圏で形成された話がもととなっていよう。
一五 鳥取県東部(因幡)の古郡名。気多郡と合併して気高郡となり、一部は鳥取市に編入。
一六 今昔、地蔵霊験記には「野坂」とある。
一七 寺院。

これも今は昔《むかし》、因幡国高草《たかくさ》[一五]の郡さか[一六]の里に伽藍[一七]あり。国隆寺《こくりう》[一八]と名《な》づく。此国の前《(さき)》の国司、ちかなが[一九]造れるなり。

そこに、年老たるもの、語《かた》り伝《つた》へていはく、此寺に別当[二〇]ありき。家に仏師[二一]をよびて、地蔵をつくらするほどに、別当が妻、異男《こと》[二二]にかたらはれて、跡をくら[二三]うして失《(うせ)》ぬ。別当、心をまどはして、仏の事をも、仏師をも知《し》[二四]らで、里村《(さとむら)》に手[二五]をわかちて、尋《(たづね)》もとむるあひだ、七八日をへぬ。仏師ども、檀那[二六]をうしなひて、空をあふぎて、手をいたづらにしてゐたり。その寺の専当法師[二七]、これを見《み》て、善心をおこして、食《く》い《(ひ)》物を求て、仏師に食《く》はせて、わづかに、地蔵の木作《(きづくり)》[二八]ばかりをし奉《たてまつ》りて、彩《さい》色、瓔珞《やうらく》[二九]をばえせず。

その後《ち》、此専当法師《し》、病付《(つき)》て、命終《(おはり)》ぬ。妻子、かなしみ泣て、棺に入[三〇]ながら、捨ずして置て、猶これを見《み》るに、死て六日[三一]といふ日の、ひつじ[三二]の時ばかりに、にはかに此棺はたらく[三三]。見《み》る人、おぢおそれて逃さりぬ。妻、泣かなしみて、あけて見《み》れば、法師よみがへりて、水を口に入《(いれ)》、やう〳〵[三四]ほどへて、冥途[三五]の物語《がたり》す。「大なる鬼二人来《きた》りて、我をとらへて、追たてて、ひろき野を行に、白《しろ》き衣着《きぬき》たる僧、いで来《き》て、「鬼ども[三六]、この法師、とくゆるせ。我は地蔵菩薩也。因幡国の国隆寺《こくりう》にてわれを造し僧なり。仏師等、食物《(じきもつ)》[三七]なくて日比へしに、

一八 廃寺。所在・寺誌などは未詳だが、旧大系補注に調査報告を載せる。それによると、因幡国分寺の支院かといい、因幡志が本話の地蔵として言及する小原村(現在鳥取市小原)辻堂の地蔵は現存することにもふれる。

一九 未詳。今昔は「前の介□千包」、霊験記は「因幡の前司介親」。旧大系今昔三は権記・寛弘四年十月二十九日条に出る「因幡介千兼」(民の愁訴によって、守の橘行平に殺された)にふれ、これを擬すべきかとする。

二〇 寺務をつかさどる者。

二一 仏像を彫刻する者。

二二 夫でない男に誘惑されて。

二三 行方をくらまして、いなくなった。

二四 かまわずに。ほったらかして。

二五 手分けをして。

二六 布施、寄進をする者。

二七 別当の対で、寺の雑役に従事する下級僧職。

二八 木を所定の形に彫刻すること。

二九 仏像の頭・首・胸などの飾り。

三〇 入れたまま、葬りもせずにおいて。「捨つ」は片付ける。死体を埋葬するの意にも用いる。なお、遺族が故人のなきがらを数日そのままにして様子を見るのは、特に異例なことでもない。もちろん、蘇生を期待してのことであるが、このように六日間というのは長い方であろう。

三一 六日めに当る日。地蔵霊験記は「十六日」。

三二 午後二時頃。 三三 ゆれ動く。

三四 徐々に時がたってから。

三五 死後の世界での体験談。

三六 今昔では地蔵のなのりによって鬼はすぐ許し、以下の談は法師に向って語りかけたことになっている。

三七 食う物もなくなって何日もたったところ。

此法師、[一]信心を致して、食物をもとめて、仏師等を[二]供養して、我《わ》が像をつくらしめたり。この恩忘《わす》れがたし。[三]必《(かならず)》ゆるすべき物なり」とのたまふ程に、鬼共ゆるしをはりぬ。ねんごろに道教《をし》へて、かへしつと見《み》て、いきかへりたる也」といふ。

其後、此地蔵菩薩を妻子ども彩色し、供養し奉《たてまつ》りて、ながく帰依し奉《たてまつ》りける。いま、この寺におはします。

（四六　伏見修理大夫俊綱事《ふしみのしゅりのだいぶとしつなのこと》　巻三ノ一四）

是も今は昔《むかし》、[四]伏見修理大夫は[五]宇治殿の御子におはす。あまり[六]公達おほくおはしければ、[七]やうをかへて、[八]橘俊遠といふ人の子になし申て、[九]蔵人になして、十五にて[一〇]尾張守になし給てけり。

[一一]それに、尾張にくだりて、[一二]国おこなひけるに、その比、[一三]熱田神、[一四]いちはやくおはしまして、[一五]を《(お)》のづから、笠をもぬがず、馬のはなをむけ、無礼をいたすものを、やがてたち所に罰せさせおはしましければ、[一六]大宮司の威勢、国司にもまさりて、国の者共、おぢおそれたりけり。

一 深い信仰心を持って。「いたす」は物事を極限までなす、力の限りする意。
二 ねんごろにもてなして。
三 ぜひとも許さねばならぬ。
▽ひなびた世界で語られたらしい霊験譚。上級僧が妻の不倫によって放置した地蔵像を、信心篤い下級僧が引き受け、その功によって地獄から救われる。今昔では地蔵が完成を求め、法師はそれにこたえるが、宇治拾遺では妻子が完成させ、法師自身の行為は明記されない。別の伝承を思わせる差異だが、どちらが本来的か未詳。
四 藤原俊綱。頼通の三男。母は源祇子。橘俊遠の養子となり、後に藤原氏に戻る。正四位上、修理大夫(修理職の長官)。諸国の守を歴任して、富裕で知られ、洛南伏見に営んだ豪邸は風流人の参会する所となった。後拾遺集初出の歌人。寛治八年(一〇九四)没、六十七歳。
五 藤原頼通。二一頁注二一参照。
六 貴族の子息。
七 様子を変えて。「様を変ふ」は世間一般の(また、通常の)あり方と違ったものにする。
八 大和守俊済の子。従四位下、讃岐守などを歴任。生没年未詳。　九 蔵人所の職員で令外の官。天皇の側近として宮中の諸事をつかさどる。名門の子弟、有能な人材がこれに任ぜられた。
一〇 尾張(愛知県西部)の長官。
一一 それによって。そういうわけで。
一二 国政をとったところ。
一三 名古屋市熱田区新宮坂町に鎮座する神。神体は草薙(くさなぎ)の剣(つるぎ)。伊勢の神につぐ由緒を持つものとして重んじられる。
一四 神威がきびしくていらっしゃって。
一五 たまたま。
一六 神職の最高責任者。熱田大宮司は代々尾張

それに、この国の司くだりて、国の沙汰《さた》どもあるに、大宮司、[一七]われはと思てゐたるを、国司とがめて、「いかに[一八]大宮司ならんからに、国に[一九]はらまれては、国見参にも参《まい》らぬぞ」といふに、「[二〇]さき〴〵さる事なし」とてゐたりければ、国司、[二一]むつかりて、「[二二]国司も国司にこそよれ。[二三]我にあひては、かうはいふぞ」と、[二四]いやみ思て、「[二五]しらん所ども点ぜよ」などいふ時に、人ありて、大宮司にいふ。「まことにも、国司と申《(まうす)》に、かゝる人おはす。見参に参《まい》らせ給へ」といひければ、「さらば」といひて、[二六]衣冠に[二七]きぬいだして、ともの物ども、卅人ばかり具《ぐ》して、国司のがり、むかひぬ。

国司、出あひ、対面して、人どもをよびて、「[二八]きやつ、たしかに召《め》し籠《こ》めて、[二九]勘当せよ。[三〇]神官《(じんぐわん)》といはんからに、国中にはらまれて、いかに奇怪をばいたす」とて、召《め》したてて、[三一]ゆふ程に、籠《こ》めて、勘当す。その時、大宮司、「心うき事に候。御神はおはしまさぬか。[三二]下臈の無礼《(むらい)》をいたすだに、立所《(たちどころ)》に罰せさせおはしますに、[三三]大宮司をかくせさせて、御覧《らん》ずるは」と、泣《な》く〳〵[三四]くどきてまどろみたる夢に、熱田《あつた》の仰らるゝやう、「[三五]此事にを《(お)》きては、我、力《ちから》及ばぬ也。その故は、僧ありき。法花経を千部よみて、我に[三六]法楽せんとせしに、百余部はよみ奉《たてまつ》りたりき。国のものども、たう《(ふ)》とがりて、この僧に帰依しあひたりしを、

家の者が継いだが、同氏を外戚とする藤原季範(一〇九〇―一一五五)以来、藤原氏(南家)に移った。
一七 思い上っているさま。
一八 大宮司であるからといって。
一九 生れたら、なぜ挨拶に参らぬか。「はらまる」は生れる。「さのみ王地にはらまれて、詔命をそむくべきにあらず」(平家物語二・西光被斬)。
二〇 これまで、そのような事はしなかった。
二一 腹を立てて。機嫌を損じて。
二二 国司といっても、どの国司かによるのだ。
二三 自分に向って、そんなことが言えるのか。
二四 不快に思って。
二五 領地を点検せよ。不正な土地の存在を知っており、その没収をほのめかす言。熱田社領は尾張の各地に多数分布、国衙から没収されたものが目立つ(国史大辞典「熱田神宮」項付表)。
二六 束帯につぐ略式礼装。冠・袍《(うえのきぬ)》・指貫をつけ、檜扇を持つ。
二七 出衣《(いだしぎぬ)》にして。衵《(あこめ)》の一部を袍の下からのぞかせる着方。しゃれた着方とされた。
二八 あいつを、厳重に監禁して。 二九 処罰。罪状を勘《(かんが)》え、法文に当てて罰する意。
三〇 神官だといっても、この国の中に生れて、なぜけしからぬことをいたすのか。
三一 しばるほどに(きびしく)。書陵部本に「ゆふね(湯槽か)に」とある。
三二 (修行歴の浅い僧の意から)身分の低い者。
三三 このようにさせて、ただ御覧になっているとは心外です。
三四 くどくど訴えてそのまま仮眠した夢に。
三五 この事に関しては。「…におきては」(音便化して「…においては」の方が多い)は主題を示す語。もと漢文訓読語。 三六 読経や舞・音楽などを神仏にたむけて供養すること。

汝、むつかしがりて、その僧を追はらひてき。それに、此僧、悪心をおこして、「我、この国の守となりて、この答《たふ》をせん」とて、生《むま》れきて、今、国司になりてければ、我力《わがちから》及《をよ》ばず。その先生《せんじやう》の僧を、俊綱《すんがう》といひしに、この国司も俊綱といふなり」と、夢におほせありけり。

人の悪心はよしなき事なりと。

（四七　長門前司女《ながとのぜんじのむすめ》、葬送時《さうそうのとき》、帰二本処一事《ほんしよにかへること》　巻三ノ一五）

今は昔、長門前司といひける人の、女《むすめ》二人ありけるが、姉は人の妻にてありける。妹はいとわかくて、宮仕ぞしけるが、後には家に居たりけり。わざとありつきたる男もなくて、たゞ時〻通《かよ》ふ人などぞありける。高辻室町わたりにぞ、家はありける。父母もなく成て、奥《おく》のかたには姉ぞ居《ゐ》たりける。南のおもての、西の方《かた》なる妻戸口にぞ、常に人にあひ、物などいふ所なりける。

廿七八ばかりなりける年、いみじくわづらひて、うせにけり。奥《おく》はところせしとて、その妻戸口にて、やがて、臥《ふ》したりける。さてあるべき事ならねば、姉など、したてゝ、鳥部野《とりべの》へいて《ゐ》いぬ。

一　立腹して。宝物集によると、僧が奉加を求めたところ、大宮司は酔いのまぎれに水を掛けて追い出したという。
二　人をにくみ呪う心。人に危害を加えようとする気持。　三　報復。しかえし。
四　「前生《ぜんじやう》」ともいう。第一・三音節は清濁両形あるようである。生れ変る前の世。前世。
五　読み方は古活字本などの仮名表記による。
六　ここの悪心は大宮司の心をさす。
七　つまらないことだという。
▽歌壇のパトロンとして知られる俊綱の本生譚。今鏡、宝物集、宇治拾遺はこの説話に関して相互に関係ないようで、多岐にわたる伝承経路が想像される。実力を持っていた熱田大宮司への中央貴族の批判的気分(それにてこずった国守らの情報にもとづくか)を伝える話であるが、文中に示される神の限界も印象的である。なお、完訳は大宮司を尾張員職かとするが、彼の就任は俊綱の十八歳時で、「十五にて…」とややずれるようである。
八　前の長門(山口県西北部)の国司。人名未詳。
九　特にきまった夫。「わざと」は格別に。「ありつく」は特定の場所・立場に存在する意で、ここは、この家に、妹の結婚相手として住むことをさす。「…男も」は古活字本「…男と」。
一〇　高辻小路(五条大路の北を平行に走る)と室町小路の交叉するあたり。都の中で四条以南はさびれていたが、その北辺に近い。
一一　寝殿の南面の廂の間の西の部分、妻戸から入った所の一画。北を奥とするならわしからすると、南面で西日のさす部屋を与えられたのは、妹が軽視されている現れである。「妻戸」は殿舎の東西両面の北と南の隅に設けられた開き戸。一枚また二枚で外側に開く。

さて、[一七]例の作法に、とかくせんとて、車よりとりおろすに、櫃《ひつ》[一八]かろ〴〵とし
て、ふた、いさゝかあきたり。あやしくて、あけて見《み》るに、[一九]いかにも〳〵露《(つゆ)》物
なかりけり。「道などにて落《(おち)》[二〇]などすべき事にもあらぬに、いかなる事にか」と、
心えず、あさまし。すべきかたもなくて、「[二一]さりとて、あらんやは」とて、人
〳〵走帰て、道にを《(お)》[二二]のづからやと見《み》れども、あるべきならねば、家へ帰ぬ。
「もしや」と見《み》れば、此妻戸口に、もとのやうにうち臥《ふ》したり。いとあさま
しくも、おそろしくて、親《した》しき人〳〵あつまりて、「いかゞすべき」と[二三]いひあ
はせさは《(わ)》ぐ程に、「夜もいたくふけぬれば、いかゞせん」とて、夜明て、又、
櫃《ひつ》に入て、このたびは、[二四]よく実《(まこと)》にしたゝめて、「[二五]夜《よ》さり、いかにも」など思て
ある程に、夕つかた、見《み》る程に、此櫃のふた、ほそめにあきたりけり。いみじ
くおそろしく、[二六]ずちなけれど、したしき人〳〵、「近《ちか》くてよく見《み》ん」とて、寄《よ》
りて見《み》れば、棺《ひつぎ》より出《い》でて、又、妻戸口に臥たり。「[二七]いとゞあさましきわざか
な」とて、又、[二八]かき入んとて、[二九]よろづにすれど、さらに〳〵ゆるがず。つちよ
り生《お》ひたる大木などを、ひきゆるがさんやうなれば、すべきかたなくて、
「[三〇]たゞ、こゝにあらんとてか」と思て、[三一]おとなしき人、寄《よ》りていふ、「たゞ、
こゝにあらんとおぼすか。さらば、[三二]やがて、こゝにも置《を》き奉《たてまつ》らん。かくては、

一二 気づまりである。狭いとする解もあるが、寝殿は相当な広さで、遺体を安置しても物理的には支障とならない。第一五一話の「かたじけなく、所せく候なり」と同様、圧迫感を示すものであろう。　一三 そのまま、横たわっていた。蘇生を期待して(→九一頁注三〇)死んだ時のままにしておいたのである。

一四 そうして放置しておくこともできないので。

一五 葬送の用意をして。

一六 鴨川の東、清水寺の南から阿弥陀が峰に至る一帯。平安京の火葬場・墓所などとされた土地で高辻室町からは約三キロメートル近くの距離に当る。

一七 葬儀の所定の作法にもとづき、あれこれの段どりを進めようとして。

一八 蓋の付いた大形の箱。ここは棺《(ひつ)》をさす。

一九 何ともはや、まったく何も入っていない。

二〇 落ちなどするはずもないのに。

二一 そうかといって、このままにしておけようか。　二二 もしかして。ひょっとすると。

二三 話しあって騒ぐうちに。

二四 念入りにしっかりと納めて。

二五 夜に何とかしたい。葬送は夜行われるのでこのように思ったもの。

二六 どうしようもないが。「ずちなし」は困惑の情を示す語。平安中期以後、若い男性が用いはじめたものかという。

二七 ますますもって、あきれたことだ。

二八 かついで入れよう。「かく」は肩にのせてはこぶ、かつぐ。

二九 さまざまに手段を尽してみたが。

三〇 ひたすら、ここにいようと思って動かないのか。「ただ」はどうしても、ただもう。

三一 年長の、分別ある人。

三二 このまま、ここに置いてさし上げましょう。

いと見苦《みぐる》しかりなん」とて、妻戸口の板敷を[一]こぼちて、そこにおろさんとしければ、いと軽《かろ》[二]らかにおろされたれば、[三]すべなくて、その妻戸口一間を板敷《いたじき》など[四]さりのけ、こぼちて、そこにうづみて、たか[五]〴〵と塚にてあり。家の人〳〵も[六]さてあひゐてあらん、[七]物むつかしくおぼえて、みな、ほかへわたりにけり。

さて、年月経《へ》にければ、[八]寝殿《しんでん》もみなこぼれうせにけり。いかなる事にか、此塚のかたはら近《ちか》くは、[九]げすなども、[一〇]えゐつかず。[一一]むつかしき事ありと、云つたへて、[一二]大かた人もえゐつかねば、そこはたゞその塚《つか》一ぞある。[一三]高辻よりは北、室町よりは西、高辻おもてに、六七間斗《ばかり》が程は小家もなくて、その塚一ぞ高〳〵としてありける。[一四]いかにしたる事にか、塚《つか》の上に、神のやしろをぞ[一五]一いはひすへ《ゑ》てあなる。[一六]此比《このごろ》も今にありとなん。

（四八　雀報恩事《すずめほうおんのこと》　巻三ノ一六）

今は昔《むかし》、春つかた、日うらゝかなりけるに、六十斗《ばかり》の女のありけるが、[一七]虫[一八]うちとりてゐたりけるに、庭に雀の[一九]しありきけるを、[二〇]童部《わらはべ》、石をとりて打《うち》[二一]たれば、あたりて、腰をうち折《お》られにけり。羽を[二二]ふためかしてまどふ程に、烏《からす》のか[二三]

一 こわして。板を取り除いて下の地面を露出させたもの　二 軽々とおろすことができたので。
三 他に手段がなくて。いたしかたなく。
四 取り除き、遠ざけて。諸本「とりのけ」。
五 土が高々と盛り上って、塚になった。死体への強い畏怖を示す部分。塚は土を盛った所。
六 そのようにして塚と向いあっているのも。
七 気味わるく思われて。　八 寝殿造りの正殿。
九 (貴族はおろか)身分のいやしい者も。
一〇 住みつくことができない。底本「つ」脱。諸本により補う。　一一 気味のわるいことがある。
一二 まったく人も住みつかない。
一三 高辻小路に面した六、七間(約十数メートル)ほどの広がり。　一四 どんないきさつがあったのか。
一五 一宇(社殿の数え方)祀り建ててあるそうだ。
一六 現在もいまなおあるという。この塚と小祠は下京区高辻通室町西入北側の繁昌町に残る。
▽都の一小社の縁起を怪異譚のような雰囲気をまじえつつ語る。主人公の薄幸の女性の、つつましくしたたかな無言の自己主張は、妻戸口への彼女のこだわりのいわれなど不分明な部分が多いためにかえって印象が深い。
一七 のみ、しらみなどであろう。
一八 取り除いていたところ。「うち」は接頭語。
一九 歩きまわっていたのを。
二〇 子供たち。　二一 投げつけると。
二二 ばたばたさせてもだえるうちに。「ふた」は擬音語。「めかす」はそのような音をたてる意。
二三 空を飛びまわっているので。
二四 ああ大変、烏がこの雀をつかまえてしまう。
二五 息を吹きかけなどして。鳥は体温が高く、これが低下すると衰弱する。老女はそれをおもんばかって、息を吹きかけて鳥を温めたもの。
二六 鳥を入れておく籠、また、それを容れる木

けりありきければ、「[二四]あな、心憂《う》。烏《からす》とりてん」とて、此女、いそぎとりて、[二五]息《いき》しかけなどして、物食《く》はす。[二六]小桶に入て、夜《よる》は[二七]お《(を)》さむ。明れば米食《こめく》はせ、[二八]銅、薬にこそげて食《く》はせなどすれば、子ども孫など、「[二九]あはれ、女《(をん)》なとじは、老て雀かはるゝ」とて、[三〇]にくみ笑《わら》ふ。

かくて、月比《(つきごろ)》、[三一]よくつくろへば、やう〳〵おどりありく。雀《すゞめ》の心《こゝろ》にも、[三二]かくやしなひいけたるを、いみじくうれし〳〵と思けり。あからさまに物へ行《い》くとても、人に「此雀見《すゞめみ》よ、物食《く》はせよ」などいひ置ければ、子、孫《まご》など、「あはれ、[三三]なむでう《(ふ)》、雀かはるゝ」とて、にくみ笑《わら》へども、「[三四]さはれ、いとお《(ほ)》しければ」とて、飼ほどに、飛ほどに成にけり。「今は、[三五]よも烏にとられじ」とて、外《(と)》にいでて《ゝ》、手にすへ《(ゑ)》て、「[三六]飛やする、見《み》ん」とて、[三七]さゝげたれば、ふら〳〵と、飛《と》びていぬ。女、おほくの月比日比、暮《く》るればお《(を)》さめ、明れば[三八]物食《く》はせならひて、「[三九]あはれや、飛ていぬるよ。また来やすると、見《み》ん」など、[四〇]つれ〴〵に思て、いひければ、人に笑《わら》はれけり。

さて、廿日ばかりありて、此女のゐたる方に、雀《すゞめ》の[四一]いたく鳴《な》く声しければ、「[四二]雀《すゞめ》こそいたく鳴《な》くなれ。[四三]ありし雀のくるにやあらん」と思《おも》ひて、出《い》でて《ゝ》見《み》れば、此雀也。「[四四]あはれに、忘《わす》れず、来たるこそあはれなれ」といふほどに、女

箱。「こをけ　籠桶の義。小鳥の籠にいへり」(和訓栞)。「小」は当字で「籠(こ)」の意か。
二七 その中にしまっておく。　二八 銅を薬として削って。銅の粉末は接骨の治療に用いられた(和漢三才図会・自然銅の項など)が、塗布したと思われ、食わせて効があったかどうか疑問。
二九 ああ、うちの女あるじは、いい年をして雀を飼っていらっしゃる。「とじ」は「戸主(しゅ)」の意から一家の主婦、また、女性。敬意をこめて用いる語だが、ここは皮肉の気持で使ったもの。
三〇 悪口を言って笑う。以下同様の嘲笑が反復。
三一 治療したので、次第に元気よく歩きまわる。
三二 養って生かしてくれたのを。
三三 何だって、雀をお飼いになるのか。
三四 ともあれ、かわいそうなので(飼うのです)。
三五 まさか、烏につかまるまい。
三六 飛んだりするだろうか、ためしてみよう。
三七 上へ高く上げたところ。「ささぐ」は「指(さ)し上ぐ」の約で手で上へ上げる、持ち上げる。
三八 餌を食わせるのがならわしとなっていたので。「ならふ」は動詞の連用形に付き、…するのに馴れる、…する習慣となる意をそえる。
三九 ああ、飛んで行ってしまったなあ。「や」「よ」と詠嘆の語の再出に、老女の喪失感による淋しさが感じられる。
四〇 所在なく思って。「つれづれ」は、退屈、淋しさなどを示す語。王朝文学で、待つ女の心境の描写などに用いられた。雀への老女の過剰な思い入れとはかない期待をこの語で示す。
四一 はげしく鳴く声がした。
四二 (ほかでもなく)雀がはげしく鳴くようだ。「なれ」は推定。　四三 例の。先日の。
四四 ああ何とまあ、私を忘れずにやって来たのは感心なことだ。文頭、文末に「あはれ」がくり

の顔を打見て、口より[一]露斗《(ばかり)》の物を[二]落《おと》し置《を》くやうにして、飛ていぬ。女、「なににかあらむ。雀の落《おと》していぬる物は」とて、寄《よ》りて見れば、[三]ひさこの種《たね》をたゞ一、落《おと》して置《を》きたり。「[四]もて来《き》たる、様《(やう)》こそあらめ」とて、とりて、持《も》ちたり。「[五]あな、いみじ。雀の物えて、宝にし給」とて、[六]子ども笑《わら》へば、「[七]さはれ、植て見ん」とて、植《う》へ《(ゑ)》たれば、秋になるまゝに、いみじく多《おほ》く、[八]生《お》い《(ひ)》ひろごりて、なべての杓《(ひさこ)》にも似《に》ず。大《(おほき)》に多《おほ》くなりたり。女、悦《(よろこび)》興《けう》じて、里隣の人〳〵も食《く》はせ、とれども〳〵つきもせず、多《おほ》かり。笑《わら》ひし子孫も、これをあけくれ食てあり。[九]一里《(ひとさと)》くばりなどして、はてには、まことにすぐれて大《(おほき)》なる七八《(ななつやつ)》は、[一〇]ひさこにせんと思て、内につりつけて置《を》きたり。さて、月比へて、今はよく成ぬらんとて見《み》れば、よくなりにけり。とりおろして、口あけんとするに、すこし重《をも》し。あやしけれども、きりあけて見《み》れば、物[一一]ひとはた入《(いり)》たり。なににかあるらんとて、うつして見《み》れば、白米の入たる也。[一二]思かけず、あさましと思《おも》ひて、大なる物にみなうつしたるに、おなじやうに入てあれば、「[一三]たゞことにはあらざりけり。雀のしたるにこそ」とあさましく、うれしければ、物に入て隠《かく》し置《を》きて、のこりの杓どもを見《み》れば、おなじやうに入てあり。これをうつし〳〵つかへば、[一四]せんかたなく多かり。さて、まことに[一五]たのしき人にぞなりにける。隣里

返される。老女の感動と興奮を伝える言葉遣い。

一 わずかばかりの。ささやかな。「露」はわずかなさまのたとえ。
二 (意図的に)落として置くようにして。拾い上げてほしいとほのめかすような動作であろう。
三 ひょうたん。ゆうがおなどの総称。「ひさご」に濁るようになったのは室町期という。
四 持って来たのは、何かわけがあろう。
五 ああ大変だ。雀の物を手に入れて、宝にしていらっしゃる。「いみじ」はよかれあしかれ特別であるさま。 六 「ども」は複数を示す接尾語。
七 とにかく、植えてみよう。
八 生えひろがって。 九 里の人全部に配ること。「ひと」は全体を示す造語要素。
一〇 ひょうたんの内部をくりぬいて作った容器。
一一 いっぱい入っている。旧大系は「入」を「いれ」とし、「雀がいっぱい入れておいてくれた」と解するが、すぐ後の箇所が古活字本で「入れてあれば」「入れてあり」などとあるので、それらと照応する形にしたものだが、底本のこの辺の「入」はすべて送り仮名を欠く。「いり」の方が自然と思われるので、ひとまずそのようにしておく。とすると、主語は「物」(まもなく白米とわかるが、ここではまだ不明)。
一二 思いがけずまた、あきれたことだ。
一三 やはり、ただごとではなかったのだなあ。「ただごと」の第三拍は室町期まで清音。
一四 どうしようもないほど多い。むやみに多い。
一五 富裕な。ゆたかな。古活字本は「たのもしき」とあるが、意味はほぼ同じ。
一六 あきれて見て。 一七 この家の隣に住んでいた女。前の女と同様に老女である。
一八 (老人であるのは)同じことであるが、あの

の人も見[一六]あさみ、いみじき事にうらやみけり。

此[一七]隣にありける女の子どものいふやう、「おなじ[一八]事なれど、人はかくこそあれ。はか〴〵しき事も、えしいで給はぬ」などいはれて、隣の女、此《(この)》女なのもとに来《きた》りて、「さても〳〵、こはいかなりし事ぞ。雀[一九]のなどは、ほのきけど、よくはえ知《し》らねば、もと[二〇]ありけんまゝに、の給へ」といへば、「ひさ[二一]この種《たね》を、一《(ひとつ)》落《おと》したりし、植たりしより、ある事也」とて、こまかにもいはぬを、「猶、ありのまゝに、こまかにのたまへ」と、せつ[二二]にとへば、「心[二三]せばく、隠《かく》すべき事かは」と思て、「かう[二四]〳〵、腰折《こしお》れたる雀のありしを、飼生《(かひいけ)》たりしを、「うれし」と思けるにや、杓の種を一もちて来りしを、植《う》へ《(ゑ)》たれば、かくなりたる也」といへば、「その種《たね》、たゞ[二五]一、賜《た》べ」といへば、「それに入たる米などは参《まい》[二六]らせん。種はある[二七]べきことにもあらず。さら[二八]に、えなん散《ち》らすまじ」とて、とらせねば、「我[二九]もいかで、腰折《こしお》れたらん雀見付て、飼《か》はん」と思《おも》ひて、目[三〇]をたてゝ見《み》れど、腰《こし》折たる雀、更に見えず。つと[三一]めてごとに、うかゞひ見《み》れば、背《せ》[三二]戸《ど》の方《かた》に米の散《ち》りたるを食《(くふ)》とて、雀のお《(を)》[三三]どりありくを、石をとりて、「もし[三四]や」とてうてば、あまたの中に度《(たび)》〳〵うてば、を《(お)》[三五]のづから、うちあてられて、え飛《と》ばぬあり。悦て寄《よ》りて、腰よく[三六]うち折《(をり)》て後に取て、物食《く》はせ、薬食《く》はせなどし

人はあのようなのに、こちらは、はかばかしい事もおできにならない。隣の女の登場が自分の意志からでないことに注意。
一九 雀のなどとは、ぼんやり聞いていますが。「雀の」の下には被修飾語が省略されている。
二〇 最初からあったとおりにお話し下さい。
二一 きわめてそっけない教え方をしている。始めの女の、隣の女に対する冷淡さを示す言葉。
二二 熱心に。しきりに。
二三 心狭く隠すべき事であろうか。
二四 こういうわけで、腰の折れた雀がいたのを、飼って生かしてやったのを。
二五 ただ一つでよいから、下さい。「たゞ一」と遠慮深げに見えながら、一箇が無限の価値を知った上での希望であるから、あつかましくもある。相手に拒否されるのも当然であろう。
二六 差し上げましょう。　二七 (分けるなど)とんでもない。「有べうもなし」(平家物語二・西光被斬)など慣用語化して用いられるものの本来的な形で、切口上な言葉遣か。
二八 決して、あちこちに分散するわけにいかない。　二九 自分も何とかして、腰の折れた雀を見付けて飼おう。明記されていないが、二人の会見は物わかれに終わり、隣の女は米ももらわなかったのであろう。
三〇 気を付けて見るが。
三一 早朝ごとに。毎朝はやく。
三二 家の裏口。　三三 はねまわるのを。
三四 もしかすると、当るだろうか。
三五 たまたま。まぐれで。
三六 念入りに折って。旧大系などはこの動作に隣の女の欲深さを見るが、むしろ、まじめさ、几帳面さの現れか。

て置たり。

「[一]一が徳をだにこそみれ。まして、あまたならば、いかにたのしからん[二]。あ[三]の隣の女にはまさりて、子どもにほめられん」と思て、此内[四]に米まきて、う[五]かゞひゐたれば、雀どもあつまりて、食《(くひ)》に来《き》たれば、又、うち〳〵[六]しければ、[七]三打折ぬ。「[八]いまはかばかりにてありなん」と思て、腰折たる雀、三斗《(ばかり)》、桶に取入て、銅こそげて、食《く》はせなどして、月比ふるほどに、みなよく成にたれば、悦て外《と》に取出たれば、ふら〳〵[九]と飛て、みないぬ。「[一〇]いみじきわざしつ」と思《おも》ふ。雀は腰うち折《お》られて、かく月比籠[一一]め置《を》きたるを、よにねたしと思《おも》ひけり。

さて、[一二]十日斗《(ばかり)》ありて、此雀ども来《き》たれば、悦て、まづ口に物やくはへたると見《み》るに、ひさごのたねを一づゝ、みな落《をと》していぬ。[一三]さればよとうれしくて、とりて、三ところに、いそぎ植てけり。[一四]れいよりもする〳〵と生たちて、いみじく、大になりたり。これは、いと多《おほ》くもならず。七八ぞなりたる。女、笑《え》み[一五]まげて見《み》て、子どもにいふやう、「「はか〲しき事、しいでず」といひしかど、我はこの隣の女にはまさりなん」といへば、「げに、[一六]さもあらなん」と思《おも》ひたり。

これは数《かず》のすくなければ、「米、多《おほ》くとらん」とて、人にも食《く》はせず、我も

一 一羽のおかげでさえ、あのような目に会えたのだ。
二 豊かになるだろう。
三 あの隣の女以上に、子供たちにほめられるだろう。この女の行為の動機を示す部分の一。
四 自分の家の中。ただし、他本多く「こ」は仮名。「籠」「戸」(入口)などの字を当てる説があるが、ひとまず「此」によっておく。
五 様子を見ていたところ。
六 くりかえし投石したので。
七 三は説話・物語などによく出る数字。これに注意する島内景二は「物語を動的に展開させる力が三にあるからだ」とする。
八 もうこの程度でよかろう。
九 不安定な飛び方が後の展開を予告している。
一〇 すばらしいことをした。
一一 閉じこめておいたのを、実にくやしいと。
一二 前の雀が二十日後であったのに対し、倍の早さで再来したことになる。ひさごの成長の早さとともに、雀の報復への意志の強さをさりげなく示す。
一三 思ったとおりだ。予想・期待などが当ったときに発する語。
一四 通常よりも早く。
一五 大笑いして。相好をくずして。「け」を清音として「笑み設け」とする注が多いが「笑み曲げ」であろう。眉や口を曲げて笑う意。「Yemimague, uru, eta　口を大きくあけて笑う」(日葡辞書)。なお、本人は笑わず、笑われてばかりいる前の女に対し、後の女は笑い、周囲の者はそれに同調しない。その対照性に注意。
一六 そうであってほしい。半信半疑の気分。
一七 食わせなさるべきである。
一八 それもそうだ。下に「あらむ」などが省略。

食《く》はず。子どもがいふやう、「隣の女なは、里どなりの人にも食《く》はせ、我も食《く》ひなどこそせしか。これはまして三が種なり。我も人にも[一七]食《く》はせらるべきなり」といへば、[一八]さもと思て、ちかき隣の人にも食《く》はせ、我も子どもにも、もろともに食《く》はせんとて、[一九]おほらかに煮《に》て食《く》ふに、にがき事、[二〇]物にも似《に》ず。[二一]きわ《(は)》だなどのやうにて、[二二]心地《ち》まどふ。[二三]食《く》ひと食《く》ひたる人〳〵も、子どもも我も物をつきてまどふ程に、隣の人ども、みな[二四]心地《ち》を損《そん》じて、来《き》あつまりて、「こはいかなる物を食《く》はせつるぞ。あな、おそろし。露斗《(ばかり)》、[二五]けぶんの口に寄《よ》りたるものも、物《もの》をつきまどひあひて、死《し》ぬべくこそあれ」と腹たちて、[二六]いひせためんと思《おも》ひて来《き》たれば、[二七]ぬしの女をはじめて、子どももみな物おぼえず、つきちらして臥《ふ》せりあひたり。[二八]いふかひなくて[二九]とも帰ぬ。二三日もすぎぬれば、誰《たれ》〳〵も心地《ち》なを《(ほ)》りにたり。女、おもふやう、「みな米にならんとしける物を、いそぎて食《く》ひたれば、[三〇]かくあやしかりけるなめり」と思て、のこりをば、みなつりつけて置《を》きたり。

さて、月比へて、今はよく成ぬらんとて、[三一]移《うつ》し入《い》れん料《れう》の桶ども具《ぐ》して、部《へ》屋《や》に入《(いる)》。うれしければ、歯《は》もなき口して、[三二]耳のもとまでひとり笑《え》みして、桶をよせて移《うつ》しければ、あぶ・はち・むかで・とかげ・[三三]くちなはなどいでて、[三四]目鼻《はな》

一九 たっぷりと。「おほ」は「多」、「らか」は接尾語。
二〇 たとえようがない。
二一 黄蘗。「はだ」は肌・皮の意。ミカン科の落葉高木。樹皮は黄色で、染料や胃腸薬に用いるがきわめて苦い。
二二 気分が悪くなった。
二三 食った人すべて、子供たちも本人も、吐いて苦しむうちに。
二四 気を悪くして。
二五 「けぶり(煙)」に同じで、調理するおりに出る湯気か。「ん」は「り」の音便で、「みどり(緑)」→「みどん」と同じ音変化。
二六 言って責めたてよう。
二七 当事者。本人。事態をもたらしたその中心人物。
二八 文句を言うわけにもいかず。
二九 一緒に帰った。古活字本には「ともに」とある。「とも帰る」という語は他に未見。
三〇 このように変なことになったのだろう。
三一 移し入れるための。「料の」は…するための意。
三二 耳のつけねまで大きくあけ、ひとり笑いして。 三三 蛇。
三四 目や鼻ばかりでなく、全身に。

一 雀の報復に最後まで気付かぬ女の無神経、楽天性を示す描写。 二 無数の。多くの。
三 あらゆる虫どもを仲間に入れていたのである。虫は鳥獣や魚貝など以外の小動物の総称でとかげ・蛇なども含まれる。
四 古活字本は「命とりぬべかりしを」。
五 第三話とほぼ同一の話末評語。
▽第三話とともにいわゆる隣の爺型に属する昔

ともいはず、ひと身にとりつきて刺《さ》せども、女[一]、痛《いた》さもおぼえず、たゞ、米《こめ》のこぼれかゝるぞと思て、「しばし待《ま》ち給へ。雀よ。すこしづゝとらん。〳〵」といふ。七八のひさこより、そこらの毒虫[二]ども出て、子どもをも刺《さ》し食《く》ひ、女をば刺《さ》し殺《ころ》してけり。

雀の、腰をうち折《お》られて、ねたしと思て、万[三]の虫《むし》どもをかたらひて入たりける也。隣の雀はもと腰折《お》れて、からすの食《(くひ)》[四]ぬべかりしを、やしなひ生《い》けたれば、うれしと思《おも》ひけるなり。

[五]されば、物うらやみは、すまじき事也。

（四九　小野篁広才事《をののたかむらくわうさいのこと》　巻三ノ一七）

今《いま》は昔《むかし》、小野篁《(をののたかむら)》[六]といふ人おはしけり。嵯峨[七]の御門《(みかど)》の御時《とき》に、内裏に札[八]をたてたりけるに、「無悪善」と書《か》きたりけり。御門、篁に「よめ」と仰《おほ》せられたりければ、「よ[九]みはよみさぶらひなん。されど、恐[一〇]にて候へば、え申さぶらはじ」と奏しければ、「たゞ申せ」とたび〳〵仰られければ、「さがな[一一]くて、よからん[一二]《(お)》をのれと申て候ぞ。されば君をのろひ参《まゐ》らせてなり」と申ければ、「これは、をのれ

話的説話。一対の主人公の幸不幸を語るが、二人の人柄には善悪といった対照性らしきものはなく、従って、昔話の舌切雀(または腰折雀)のような勧善懲悪譚的色彩は希薄である。むしろ、一見さりげなく素朴なよそおいの中、二人の老女の孤独と心情のゆれ、幸不幸というものの条理と不条理などを独特な人性批評にもとづいて描くものかと思われる。

六 岑守の長男。学才にすぐれ、遣唐副使に任ぜられたが乗船せず、嵯峨上皇の怒りを買って隠岐に流された。後に帰京、参議弾正大弼、従三位に至る。漢詩文・和歌などにすぐれ、作品が多く残るが、直情径行で性格にくせがあり、不遇な面もあった。説話によくとりあげられる。仁寿二年(八五二)没、五十一歳。

七 第五十二代天皇。在位は大同四年(八〇九)から弘仁十四年(八二三)まで。承和九年(八四二)崩、五十七歳。漢詩文を奨励、凌雲集、文華秀麗集を撰進させたが、自身も作者として有数の存在で詩賦が多く伝わる。能書で三筆の一人。

八 文板(ふみいた)の約で、各種があるが、ここは高札の意。何かを書き記して目立つ所などに高く立てる板。

九 読むことは読みましょう。

一〇 恐れ多いことでございますので。「に」は「なり」の連用形。

一一 この訓じ方、説話によって相違する。「さがなくはよかりなまし」(江談抄)、「さがなくてよし」(十訓抄)、「さがなくはよけん」(世継物語)など。「さが」は生れつきの性分をさし、善悪双方にいう。ここでは「悪無(さがな)し」と読み、「嵯峨無し」に通ずるとしたのである。

一二 お前を除いて。お前以外に。

一三 だからこそ、申し上げますまい。

一四 それでは、何でも書いてある物は、読めるのか。

はなちては、誰《たれ》か書ん」と仰《おほ》せられければ、「一三されば こそ、申さぶらはじとは申て候《さぶらひ》つれ」と申に、御門、「一四さて、なにも書《か》きたらん物は、よみてんや」と仰られければ、「なにてもよみさぶらひなん」と申ければ、一五片仮名のねもじを十二書《か》かせ給て、「よめ」と仰られければ、「ねこの子のこねこ、しゝの子の子《こ》しゝ」とよみたりければ、御門、ほゝえ《ゑ》ませ給て、一六事なくてやみにけり。

（五〇　平貞文《たひらのさだふん》、本院侍従等事《ほんゐんのじじゆうらのこと》　巻三ノ一八）

今は昔、一七兵衛佐平貞文をば平中《へいちう》といふ。色ごのみにて、一八宮づかへ人はさらなり、一九人のむすめなど、二〇しのびて見《み》ぬはなかりけり。思ひかけて、二一文やる程の人のなびかぬはなかりけるに、二二本院侍従と云は、二三村上の二四御母后の女房也。世の色ごのみにてありけるに、文やるに、二五にくからず返《かへり》ごとはしながら、あふ事はなかりけり。

「二六しばしこそあらめ、つゐ《ひ》には、さりとも」と思て、もののあはれなる夕ぐれの空、又、月のあかき夜など、二七艶《えん》に、人の目とゞめつべき程をはからひつゝ、を《お》とづれければ、女も見知《みし》りて、二八なさけはかはしながら、心をばゆるさず。つ

一五「子」という字をさす。この字の音はシ、訓はコ、ネなど。　一六 無事に終った。

▽個性的な知識人天皇との交流を語る話。言語遊戯の歴史上有名な謎で、他書には天皇が出した別のいくつかの謎もふれられているが本話では一つにしぼっている。前話との連想は雀→（そのすみかの）竹やぶ＝篁という関連であろう。

一七 平定文とも書く。桓武平氏。好風の子。左兵衛佐、従五位上。歌人で、作品は古今集以下に入る。中古三十六歌仙の一人。色好みとして知られ、通称の平中（また平仲）は在中（在原業平）と並べられる。その歌をめぐる話を集めた平中物語が伝わる。延長元年（九二三）没、享年未詳。なお、兵衛佐は兵衛府の次官。

一八 宮仕えをしている女性はもちろんのこと。

一九 家にいる、人の目にふれにくい女性をさす。

二〇 ひそかに彼が会ったことのない人はなかった。　二一 ことさらに恋文を送るほどの女性で、彼になびかぬ者。

二二 後撰集時代の歌人の本院侍従と混同されることが多いが、この人物は平中没後まもなく頃の生誕で時代が合わない。また、諸注の在原棟梁女（時平室）説も根拠薄弱で、未詳とすべきか。

二三 第六十二代天皇。醍醐天皇の十四皇子。康保四年（九六七）崩、四十二歳。

二四 藤原穏子。基経の子で醍醐天皇の皇后。朱雀・村上両帝の母。天暦八年（九五四）没、七十歳。

二五 愛情をこめて返事はするものの。「にくからず」は愛情があるさま、また、魅力的なさま。

二六 しばらくはそのようであろうが、結局は、それでも会えよう。　二七 優美で、人が目をとめそうな頃を見はからって、便りをしたので。

二八 お互いに好意を示しあうことはするが。

れなくて、[一]はしたなからぬほどにいらへつゝ、[二]人居《ゐ》まじり、くるしかるまじき所にては、[三]物いひなどはしながら、[四]めでたくのがれつゝ、[五]心もゆるさぬを、男はさも知《し》らで、[六]かくのみ過《す》ぐる、心もとなくて、常《つね》よりもしげく、を(お)とづれて、「参《まい》らん」といひを(お)こせたりけるに、例《れい》のはしたなからず、いらへたれば、[七]四月のつごもり比に、雨、おどろ〳〵しく降て、物おそろしげなるに、[八]「かゝる折《おり》にゆきたらばこそ、あはれとも思はめ」と思《おも》ひて、いでぬ。

道すがら、たへがたき雨を、[九]「これに行《い》きたらんに、あはで返す事、よも」とたのもしく思て、[一〇]局《つぼね》にゆきたれば、人いで来《き》て、[一一]「上《うへ》になれば、案内《あんない》申さん」とて、端《はし》の方《かた》に入《い》れて、いぬ。見《み》れば、物のうしろに、火、ほのかにともして、[一二]宿直物《とのゐもの》とおぼしき衣、[一三]伏籠《ふせご》にかけて、[一四]薫《た》き物しめたるにほひ、なべてならず。[一五]いとゞ心にくゝて、身にしみていみじと思《おも》ふに、人、帰て、「たゞいま、おりさせ給」といふ。うれしさ限《かぎ》りなし。[一六]すなはち、おりたり。[一七]「かゝる雨には、いかに」などいへば、[一八]「これにさはらんは、無下《むげ》にあさき事にこそ」などいひかはして、近《ちか》く寄《よ》りて、髪《かみ》をさぐれば、[一九]氷《こほり》をのしかけたらんやうに、ひやゝかにて、[二〇]あたりめでたきこと限《かぎ》りなし。[二一]なにやかやと、えもいはぬ事どもいひかはして、[二二]うたがひなく思《おも》ふに、[二三]「あはれ、遣戸《やり》をあけながら、忘《わす》れて来《き》にける。

一 無愛想にならぬ程度に返事をして。
二 他人が居あわせて、さしつかえなさそうな所。
三 言葉のやりとり。
四 上手にかわして。
五 心を許していないのを、男はそうとも知らず。
六 このようなままで月日がたつのを、じれったく思って。
七 四月下旬。今昔は「五月の二十日余の程」。
八 こんな時に行ったら、感動するであろう。
九 この中で行って、会わずに帰すことは、まさかあるまい。下に「あるまじ」を補って解する。
一〇 (侍従の)居室。殿舎の中に仕切りで画する。
一一 奥に上っているので、お取りつぎしましょう。「上」は貴人(ここは穏子)のいる所。
一二 宿直の時に用いるやや略式の衣服。
一三 火桶の上に伏せて用いる籠。上に衣服をかけ、ぬれたものを乾かしたり、香をたきしめるための装置。
一四 香をたきしめた匂い。
一五 いよいよ奥ゆかしくて。
一六 すぐに、さがって来た。
一七 こんな雨の中に、どうして。
一八 この雨に妨げられるようでは、まったく情愛が浅いことです。
一九 氷をのばし掛けたように。火ならぬ氷を用いて熨斗(のし)(炭火を入れた柄杓形の金属器具。布に押し当ててしわをのばす)を一面に当てたようにの意かとも思われる。
二〇 感触がすばらしいことこの上ない。
二一 色々とすてきな事を語りあって。愛の語らいをさす。
二二 疑いなく、身を許すだろうと思っていると。
二三 ああ、遣戸を明けたまま、閉めるのを忘れて来てしまった。遣戸は左右に開閉する戸。

[二四]つとめて、「誰《たれ》か、あけながらは、出にけるぞ」など、[二五]わづらはしき事になりなんず。[二六]たてて帰らん。ほどもあるまじ」といへば、「[二七]さること」と思て、かばかりうちとけにたれば、心安《やす》くて、衣《きぬ》[二八]をとゞめて参《まい》らせぬ。まことに、遣戸《やりど》たつるを《(お)》として、「こなたへ来《く》らん」と待ほどに、を《(お)》ともせで、奥《おく》ざまへ入ぬ。[二九]それに、心もとなく、あさましく、うつし心も失《う》せはてて、[三〇]はひも入《いり》ぬべけれど、すべき方もなくて、[三一]やりつるくやしさを思へど、かひなければ、泣《な》く〳〵[三二]あか月近《ちか》く出《い》でぬ。

家に行て、思《おも》ひあかして、[三三]すかしを《(お)》きつる心うさ、書《か》きつゞけてやりたれど、「[三四]何しにか、すかさん。帰らんとせしに、召《め》ししかば、後にも」などいひて、すごしつ。

「[三五]大方《かた》、まちかき事は、あるまじきなめり。[三六]今はさは、この人の、わろく、うとましからんことを見《み》て、思《おも》ひうとまばや。[三七]かくのみ心づくしに思はでありなん」と思て、随身《ずいじん》[三八]をよびて、「その人の[三九]ひすましの、皮籠《かはご》[四〇]持《も》て行《い》かん、ばい《(ひ)》[四一]とりて、我に見《み》せよ」といひければ、日ごろ、そひて、うかゞひて、[四二]からうして逃《に》げけるを、追《を》ひて、ばい《(ひ)》とりて、主《しう》にとらせつ。

平中《へいちう》悦て、[四三]かくれにもてゆきて見《み》れば、香《かう》[四四]なる薄《うす》物の、三重かさねなるに

二四 朝になって。
二五 わずらわしいことになりましょう。
二六 閉めて来よう。余り時間もかかりますまい。
二七 それももっともだ。
二八 衣を残して、平中にお渡しした。平中を安心させるための動作。今昔にはより具体的に「上に着たる衣をば脱ぎ置きて、単衣袴ばかりを着て行きぬ」とある。
二九 それで、なぜだか気にもなり、あきれもし。
三〇 女の行った方に、はってでも入りたいが。
三一 気を許して行かせたことへの後悔の念。
三二 暁。通って来た男が帰るべき時刻。
三三 だまして置きざりにしたいとわしさ。
三四 どうして、だましましょうか。帰ろうとしたところ、お召しがあったので、また後で…。
三五 およそ、あの女と深い仲になるのは、ありえないことのようだ。「まちかし」は「まとほし」の対で、へだたりが少ない意。「ま」は「間」と解されるが、もともとは「目」か。
三六 もはやそれでは、この人の醜くうとましいことを見て、嫌いになりたいものだ。
三七 このように片思いで心労ばかりせずにいよう。　三八 貴族の護衛をつとめる役人。
三九 「樋(ひ)」(便器)を洗い清める者の意で、便所、便器の清掃をする下級女官。
四〇 便器を収めた皮張りの(また紙や木を用いた)箱。
四一 奪い取って。「ばふ」は「うばふ」に同じ。
四二 (一旦は)やっとのことで逃げたのを。
四三 物陰。人目につかぬ所。
四四 香色(黄味を帯びた薄赤色)の薄い織物。

一 沈香と丁子香。ともにかぐわしい香料。
二 練って丸くして。　三 そういうわけなので。

つゝみたり。かうばしき事、たぐひなし。引《ひ》きときてあくるに、かうばしさ、たとへんかたなし。見《み》れば、沈《ぢん》[一]・丁子《（ちやうじ）》をこく煎《せん》じて入《い》れたり。又、薫物《たきもの》をおほ[二]くまろがしつゝ、あまた入《い》れたり。[三]さるまゝに、かうばしさ、推《を》しはかるべし。見《み》るに、いとあさまし。「[四]ゆゝしげにしを《（お）》きたらば、それに見飽《みあ》きて、心《こゝろ》もやなぐさむとこそ思《おも》ひつれ。こはいかなる事ぞ。[五]かく心ある人やはある。たゞ人ともおぼえぬありさまかな」と、いとゞ[六]死《し》ぬ斗《（ばかり）》思《おも》へど、かい《（ひ）》なし。「[七]我《わ》が見《み》んとしもやは思べきに」と、[八]かゝる心《こゝろ》ばせを見《み》てのちは、いよ〳〵[九]ほけ〳〵しく思《おも》ひけれど、つゐ《（ひ）》に逢《あ》はでやみにけり。

「我身ながらも、[一〇]かれに、よに恥《は》ぢがましく、ねたくおぼえし」と、平中《へいちう》、みそかに、[一一]人としのびて、語《かた》りけるとぞ。

（五一　一条摂政歌事《いちでうせつしやうのうたのこと》　巻三ノ一九）

今《いま》は昔《むかし》、[一二]一条摂政とは、[一三]東三条殿の兄におはします。御かたちよりはじめ、[一四]心もちひなど、めでたく、[一五]ざえ・ありさま、[一六]まことしくおはしまし、また[一七]色めかしく、[一八]女をもおほく御覧《ごらん》じ興《けう》ぜさせ給けるに、すこし[一九]軽《きやう》〳〵におぼえさせ給

四 気持わるいさまに排泄しておいたなら、それを見てうんざりして、心も落ち着くだろう。
五 これほど心用意ある人があるものか。
六 死ぬほど思いこがれたが。
七 自分が見ようとは思うはずがないのに。
八 このような心づかい。
九 心がぼけてしまうほどに。今昔は平中はついに死んでしまったとする(世継は発病のみ)。
一〇 あの人に対して。
一一 書陵部本、古活字本などは「人に」。
▽色好み平中は、やや三枚目的な印象を残す人物で、多彩な恋の遍歴の中で、未遂・失敗などが語られることが多い。本話もその一例。彼と本院侍従とは特異かつ個性的であるが、世の男女の構図一般にも通ずるものが認められよう。
一二 藤原伊尹。右大臣師輔の長男。摂政太政大臣正二位。後撰集初出の歌人で、後撰集撰進に当っては撰和歌所の別当をつとめた。家集一条摂政御集が残る。天禄三年(九七二)没、四十九歳。
一三 藤原兼家。師輔の三男。摂政関白太政大臣従一位。東三条殿はその居宅にちなむ名。永祚二年(九九〇)没、六十二歳。
一四 心づかいなどがすばらしく。
一五 学識。教養。　一六 本格的でいらっしゃって。
一七 色好みで。「色めかし」は「色めく」(色好みらしい振舞をする)の形容詞化。
一八 女とも多数逢われてお楽しみになっていたので。「御覧じ興ず」は「見興ず」の敬語。
一九 (身分に比べて)かるがるしいこととお思いになったので。
二〇 一条摂政御集の冒頭に「大蔵のしさうくらはしのとよかげ、くちをしきげすなれど…」とあり、大蔵史生倉橋豊陰なる人物の集という体裁になっている。「大蔵の丞」は大蔵省の役職の一

ければ、御名を隠《かく》させ給て、二〇大蔵の丞豊蔭《ぜうとよかげ》となのり、二一うへならぬ女のがりは、御文《ふみ》もつかはしける。二二懸想《けさう》せさせ給《(たまひ)》、あわ《(は)》せ給《(たまひ)》もしけるに、皆人、二三さ心えて、知《し》り参《まゐ》らせたり。

やむごとなく、よき人の姫《ひめ》君のもとへ、二四おはしましそめにけり。乳母《めのと》、母などを語《かた》らひて、父には知《し》らせさせ給はぬほどに、聞《き》ゝつけて、いみじく腹立《た》ちて、母を二五せため、爪弾《つまはじ》きをして、いたくのたまひければ、「さることなし」と二六あらがひて、「二七まだしきよしの文、書《か》きてたべ」と、母君《はゝぎみ》のわび申《(まうし)》たりければ、

二八人知《し》れず身はいそげども年をへてなど越《こ》えがたき逢坂の関

とてつかはしたりければ、父に見《み》すれば、「さては、そらごとなりけり」と思《おも》ひて、返し、父《ちゝ》のしける、

二九あづまぢにゆきかふ人にあらぬ身はいつかは越む逢坂の関

三〇豊蔭《とよかげみ》見て、三一ほゝえ《(ゑ)》まれけんかしと、御集《しふ》にあり。お《(を)》かしく。

(五二　狐《きつね》、家《いへ》ニ火付事《ひつくること》　巻三ノ二〇)

今は昔《むかし》、三二甲斐国に、三三館《たち》の侍なりけるものゝ、夕ぐれに館をいでゝ、三四家ざまに

で、卿・大輔・少輔につぎ、大丞一人、少丞二人から成る。御集にある「しさう」(史生)はその下、大録・少録につぎ、定員は六人で、丞よりなお卑官になる。仮托された姓名の由来は未詳だが、「倉橋(梯)」は人和の藤原氏の聖地多武峯(伊尹はその整備に力を尽した)の近辺の地名なので、それに関係あるか。

二一 上流でない女。身分の低い女。

二二 求愛もなさり、お逢いにもなったが。

二三 そのように心得て、摂政と存じ上げていた。

二四 お通いになり始めた。二五 責め、非難をして、ひどいことをおっしゃったので。「爪弾き」は中指また人さし指の爪先を親指の腹に当ててはじくこと。非難・不満・嫌悪の気持を示す。

二六 言い争って。言いかえして。

二七 まだ逢っていないことを示す手紙。

二八 ひそかに逢いたくてわが身は急いでいるのに、何年たっても、男女が逢うという逢坂の関はなぜ越えがたいのでしょうか。答歌ともども後撰集・恋三、一条摂政御集にも見える。逢坂の関は、東海道の山城と近江の境、逢坂山にあった。「逢ふ」に掛け、逢うむずかしさを「関」で示す歌枕として恋歌に多用された。底本「など」の右に「そイ」とある。「なぞ」も「など」と同じ。

二九 東国に行き来する人というわけでもない身のあなたが、いつ逢坂の関を越えることがありましょうか。逢うつもりのないことを、娘に代って詠んだもの。「身」を女のことに解する訳もあるが、贈歌との関連上、伊尹であろう。後撰集によると作者は小野好古女とある。好古は葛絃の子で、篁の孫。参議従三位で藤原純友の乱を平定。後撰集初出の歌人。安和元年(九六八)没、八十五歳。

三〇 豊蔭、実は伊尹。ただし、古活字本に「とよ

行けるに、[一]道に狐のあひたりけるを、追かけて、[二]引目《(ひきべ)》して射《い》ければ、狐の腰に射あてゝけり。狐、[三]射《い》まろばかされて、[四]鳴わびて、腰を引つゝ、草に入にけり。此男、引目《ひきべ》をとりて行程に、この狐、腰をひきて、さきにたちて行に、又、射《い》んとすれば、失にけり。

家、いま[五]四五町と見《み》えて行程に、此狐、二町斗《(ばかり)》先たちて、火をくはへて走ければ、「火をくはへて[六]走《はし》るは。いかなる事ぞ」とて、馬をも走《はし》らせけれども、家のもとに走よりて、人になりて、火を家につけてけり。「[七]人のつくるにこそありけれ」とて、矢をはげて、走らせけれども、つけはてゝければ、狐に成て、草の中に走《はし》り入て、失にけり。さて、家、焼にけり。

かゝるものも、たちまちに[八]仇《あた》をむくう《(ふ)》也。これを聞《き》ゝて、かやうのものをば、[九]かまへて、調《てう》ずまじきなり。

(五三　狐《きつね》、人《ひと》ニ付《つき》テシトギ食事《くらふこと》　巻四ノ一)

昔《むかし》、[一〇]物の怪《け》わづらひし所に、[一一]物の怪《け》わたし候程に、物《もの》ゝ怪《け》、[一二]物付につきていふやう、「を《(お)》のれは、たゝりの物《もの》ゝ怪《け》にても侍らず。[一三]うかれて、まかりとほり

みけるをみて」とある。二一 ほほえまれたことだろうと一条摂政御集にある。御集本文には「女、かたはらいたかりけんかし。人の親のあはれなることよ」とあり、本文と相違する。▽一条摂政伊尹の個性的な色好みぶりを伝える話。平中のぶざまさに対し、余裕ある人柄と機智が印象的である。娘を彼のものとされてしまったある上流貴族(好古)の好人物らしい風貌もおもしろく、そしてあわれである。

二二 現在の山梨県。二三 国守の官邸をさすか。甲斐の国府は今の東八代郡石和町の地にあった。

二四 家に向って。「ざま」は方向を示す語。

一 途中で出会った狐を。「の」は同格の助詞。

二 読み方は次々行の仮名書による。「蟇目《ひきめ》」とも。鏃《やじり》の一種。木製で長さ約一二センチメートル、中を空洞にし、数個の穴が明けてある。射ると音を発するが、相手をあまり傷付けない。犬追《いぬおう》物・笠懸など競技用、また、魔除《よ》け用。

三 射ころがされて。「まろばかす」は「まろばす」に同じで、ころがす、ころげさせる。

四 鳴いて苦痛を訴えて。

五 もう四五町先と思われて。一町は約一〇九メートル。

六 走るなあ。「は」は詠嘆の終助詞。

七 (狐でなく)人間が付けるのであったか。

八 仕返しをするものだ。「仇」は怨み。古くは「あた」。「あだ」となるのは近世中後期か。

九 決して、こらしめてはならないのである。「かまへて」は打消を強調する語。

▽ひなびた世界の奇談。男が狐に何げなくいたずらを仕掛け、たちまち報復を受ける。火が用いられている点は、狐火を連想させよう。

一〇 人にとりついて心身を悩ますもの。生霊・死霊・妖怪などの類。

つる狐なり。[一四]塚屋に子どもなど侍るが、物《もの》をほしがりつれば、かやうの所には、食《く》ひ物、[一五]ちろぼう《(ふ)》ものぞかしとて、まうで来《き》つる也。[一六]しとぎばし食《た》べて、まかりなん」といへば、しとぎをせさせて、[一七]一折《お》敷《しき》とらせたれば、すこし食《く》ひて、[一八]「あな、むまや、〳〵」といふ。「此女の、しとぎほしかりければ、[一九]そら物つきて、かくいふ」と[二〇]にくみあへり。

「紙給りて、これ、つゝみて、まかりて、[二一]たうめや子どもなどに食はせん」といへば、紙を二枚、[二二]ひきちがへて、つゝみたれば、大きやかなるを、腰《こし》につ[二三]いはさみたれば、胸《むね》にさしあがりてあり。かくて、[二四]「追《を》ひ給へ、まかりなん」と[二五]験者にいへば、「追《を》へ、〳〵」といへば、立あがりて、倒《たう》れふしぬ。しばし斗《(ばかり)》ありて、やがておきあがりたるに、ふところなる物、[二六]さらになし。失《う》せにけるこそ、不思議《ふしぎ》なれ。

（五四　佐渡国《さどのくに》ニ有レ金事《こがねあること》　巻四ノ二）

[二七]能登国には鉄《(くろがね)》といふものゝ、[二八]素鉄《すがね》といふ程なるを取て、[二九]守にとらするもの、[三〇]六十人ぞあんなる。

一二 物の怪を祈禱によってよりましに乗り移らせたところ。「候」は諸本多く「し」とする。
一三 よりまし。祈禱して物の怪を宿らせるもの。子供・処女が多く、人形を用いることもある。
一三 本来の居場所を離れて。さまよい歩いて。
一四 墓地にある小屋。
一五 散らばっているものだ。「ちろぼふ」は「ちりぼふ」に同じで、散らばる、散らかる。
一六 しとぎでも。「しとぎ」は米の粉で作ったお供えの餅。「げし」(「ばら」とある本もある)は強調。なお、今昔五ノ十三に「狐は墓屋(つかや)の辺(ほとり)に行きて、人の祭り置きたる粢(しとぎ)…等の取りて持て来りて、思ひに随ひて食(じき)せしむるに…」とあり、塚屋の狐としとぎの関係は、生態にねざすものらしいことがうかがえる。
一七 折敷(→一〇頁注二〇)に一杯。
一八 ああ、うまいなあ、うまいなあ。
一九 物の怪が憑いたふりをして。
二〇 悪口を言いあった。皆で非難した。
二一 「専女」と書く。老狐。また、老女の異称。
二二 ひきちがいにして。交叉させて。
二三 胸もとまでくるほどであった。
二四 追い払って下さい。立ち去りましょう。
二五 加持祈禱を行う者。
二六 まったくなくなっていた。
▽ふたたび狐に関する怪奇談。食物を求めて狐が人に取り憑き、望みをとげて立ち去る。よりましの言が嘘と思われるあたりに、狐の超能力に寄せる人々の信仰のほころびが見られよう。
二七 今の石川県の北部。　二八 精錬していない鉄鉱石。なまがね。あらがね。
二九 国守に納める者。特産物としての鉄を租税として国に納入していたことをいう。
三〇 今昔では「六人」となっている。

実《さね》房[一]といふ守の任に、鉄取《くろがねと》り六十人が長《(をさ)》なりけるものの、「佐渡国[二]にこそ、金《こがね》[三]の花咲《さ》きたる所はありしか」と人にいひけるを、守、伝《つた》へ聞《き》きて、その男を守よ[四]びとりて、物とらせなどして、すか[五]し問ければ、「佐渡《さど》の国には、まこと[六]の金の侍なり。候し所を見置《みを》きて侍なり」といへば、「さらば、行《い》きて取《と》りて来《き》なんや」といへば、「遣《つか》[七]はさば、まかり候はん」といふ。「さらば、舟を出《いだ》したてん」といふに、「人[八]をば給はり候はじ。たゞ小舟一と、食《く》ひ物すこしとを給《(たまはり)》候て、まかりいたりて、もしやと[九]、とりて[一〇]参《まい》らん」といへば、たゞ、これがいふにまかせて、人にも知《し》らせず、小舟一と、食《く》ふべき物すこしとをとらせたりければ、それを見《み》て、佐渡国へわたりにけり。

一月ばかりありて、うち忘《わす》れたるほどに、この男、ふと[一一]来《き》て、守に目[一二]を見《み》あはせたりければ、守、心えて、人づてにはとらで、みづから[一三]出合《(いであひ)》たりければ、袖[一四]うつしに、黒《くろ》ばみたるさい[一五]でにつゝみたる物をとらせたりければ、守、重《をも》げにひき下《さ》げて、ふところにひき入て、かへり入にけり。

そのち、そのかねとりの男は、いづちともなく、失《う》せにけり。よろづに尋けれども、行方も知《し》らず、やみにけり。いかに思て失たりといふ事を知《し》らず。「金のあり所を問《と》ひ尋《(たづね)》やすると思けるにや」とぞ、うたがひける。その金は、

一 藤原氏。河内守方正(?—一〇三二)の子。従五位上、蔵人頭・式部丞などを歴任。能登守任官は治安元年(一〇二一)頃かという。生没年未詳。能登守としての彼のことは今昔二十五ノ十二にも出る。　二 今の新潟県の一部、佐渡島。

三 黄金が沢山出る所があった。「しか」は実体験にねざす事実を示す「き」の已然形。その点、後の「見置きて侍なり」と照応する。「金の花咲く」は豊富に産出する黄金を花に見立てた形容で、万葉集二十の「天皇(すめろき)の御代栄えむと東なる陸奥山(みちのくやま)に金(くがね)花咲く」(大伴家持)によったかとされる。この歌は歌謡として行われていたものかとも思われるが、もともと、家持歌は弥勒信仰(弥勒がこの世に出現するとき、地中の金が湧出して花を咲かせるという)を背景としたものかともされる(古典集成今昔二一)。

四 呼びよせて。出頭させて。

五 誘導して問いただすと。「すかす」はすすめて何かをさせる、巧みに言いくるめる。

六 書陵部本、古活字本などは「まことに」。

七 その地に私を行かせて下さるなら。今昔ではこの後に、「何物か入るべき」という守の下問があり、男が交換条件を出す。

八 人手はいただきたくありません。

九 もしかすると取れるかもしれないと思って。

一〇 古活字本などは「もて」。

一一 突然やって来て。

一二 目くばせをしたので。目的がはたせたことの表現。他国での盗掘なので、事をおおっぴらにできなかったさまを示す。

一三 直接会ってみると。今昔にはこの上に「離れたる所に」の句があり、秘密裡の対面であることがより具体的になっている。

一四 袖から袖に移す渡し方で。贈賄や秘密の商

一六千両ばかりありけるとぞ語《かた》り伝《つた》へたる。

かゝれば、佐渡国には金ありけるよしと、能登国の者《もの》ども、語《かた》りけるとぞ。

（五五　薬師寺別当事《やくしじのべつたうのこと》　巻四ノ三）

今《いま》は昔《むかし》、一七薬師寺の一八別当僧都といふ人ありけり。別当はしけれども、ことに寺の物もつかはで、極楽に生れん事をなんねがひける。

年老《（としおい）》、やまひして、一九死ぬるきざみになりて、念仏して消《き》二〇えいらんとす。二一無下にかぎりと見《み》ゆるほどに、二二よろしうなりて、弟子をよびていふやう、「見《み》るやうに、二三念仏は他念なく申て死《し》ぬれば、極楽のむかへいますらんと待《ま》たるゝに、極楽のむかへは見《み》えずして、二四火の車を寄《よ》す。「こはなんぞ、かくは思《おも》はず。なにの罪によりて、地獄の迎は来《き》たるぞ」といひつれば、車につきたる鬼どものいふやう、「此寺の二五物を、二六一《（ひと）》とせ、二七五斗借《か》りて、いまだ返さねば、其罪によりて、このむかへは得《え》たる也」といひつれば、我いひつるは、「二八さばかりの罪にては地獄《ぢごく》に落べきやうなし。その物を返してん」といへば、火車《（ひのくるま）》を寄《よ》せて待《（まつ）》なり。されば、とく〳〵二九一石誦経《ずきやう》にせよ」といひければ、弟子ども手まど三〇ひをし

取引に用いられる方法。今昔では「離れたる所で人目がないので、「守の袖の上に打置きたれば、守、重気(おもげ)に提(ひさ)げて入りにけり」とあり、二書で微妙に異なる。　一五「さ(裂・割)き出で」の音便で、布を切りさいたもの。布切れ。一六 古活字本は助詞「は」がなく「八千両」。「は」を「八」に誤ったことによる本文であろう。「両」は重さの単位で、当時は四匁(約一五グラム)。八千両(約二二〇キログラム)ではこの場面にそぐわない。

▽佐渡は近世になって金銀を産出する国として知られたが、その鉱脈の存在は古くから一部の者の知る所であったらしい。そのような事情を伝える話。細部に現実感があり、金採りの男が行方知れずとなる結末もいわくありげである。

一七 奈良市西之京町にある法相宗大本山。文武二年(六九八)藤原京に完成、後に平城京に移建。

一八 僧都(僧位の第二)で別当(寺務を総括する長官)の任にあった者の通称。今昔には済源(薬師寺別当、権少僧都)の名が明記されている。

一九 死にぎわ。「きざみ」は際、機会。

二〇 息を引きとろうとした。

二一 絶対に臨終と見えたときに。　二二 回復して。

二三 一心不乱に。余念をまじえずに。

二四 仏語「火車」を訓じた語。悪事を行った者を死後に地獄に乗せて運ぶ、猛火の燃えさかる車。

二五 往生極楽記、今昔などによると、米をさす。

二六 先年。　二七 一斗は約一八リットル。なお、往生極楽記には五石と十倍の多さになっている。

二八 その程度の罪では、地獄に落ちねばならないいわれはない。

二九 一石を施物とし、誦経を行う意か。往生極楽記に「米五石を捨てて薬師寺に就(つ)けて、諷誦を修せしめ」、今昔には「米一石を以て寺に送り奉るべし」とある。五斗借用に対し一石を送

て、いふまゝに、誦経にしつ。その鐘の[一]こゑのする折《をり》、火車帰ぬ。[二]さて、とばかりありて、「火の車帰て、極楽のむかへ、今なんおはする」とて、[三]手をすりて悦つゝ、終《をは》りにけり。

[四]その坊は、薬師寺の大門の北の脇にある坊なり。いまだ、そのかた失《う》せずしてあり。さばかり程の物つかひたるにだに、火車むかへに来《き》たる。まして、寺の物を心のまゝにつかひたる諸寺の別当の、地獄《ぢごく》のむかへこそ思《おも》ひやらるれ。

（五六　妹背嶋事《いもせじまのこと》　巻四ノ四）

土左国幡多《はた》[五]の郡に住《す》む下種《(げす)》[六]ありけり。を《(お)》のが国にはあらで、異《こと》国に田を作けるが、を《(お)》のが住《す》む国に苗代をして、植《(うう)》べき程になりければ、その苗を舟に入て、植《う》へ《(ゑ)》ん人どもに食《く》はすべき物よりはじめて、鍋、釜、鋤《(すき)》、鍬《(くは)》、犂《からすき》[七]などいふ物にいたるまで、家の具を舟に取《と》り積《つ》みて、十一二[八]ばかりなる男子《おのこゞ》、女子《をんなご》、二人の子を舟のまもりめ[九]に乗《の》せを《(お)》きて、父母は「植《う》へ《(ゑ)》んといふ物、やとはん」とて、陸《(くが)》に[一〇]あからさまにのぼりにけり。

舟をばあからさまに思て、すこしひきすへ《(ゑ)》[一一]て、つながずしてを《(お)》きたりけるに、

るのは、利息のような意味合いで、謝罪の気持をこめたのであろう。　三〇「手まどはし」とも。何も手につかぬほど、あわてふためくこと。

一　誦経にともなってたたく鐘の音。
二　そして、しばらくたって。
三　合掌した手をこすりあわせて。「手をする」は感謝・畏敬などの動作。今昔には「掌《(たなごころ)》を合せて、額に宛てて、泣く泣く喜びて」とある。
四　住坊。その位置は、今昔に「薬師寺の東の門の北の脇に有る房」とあり、「大門（南側にある）の北の脇」とする本話と少し異なる。
▽寺物の私用を戒める話は、日本霊異記、今昔その他に見え、本書の一一三話もその例である。もちろん仏教思想にもとづくもので、例えば、成実論巻八に、負債をそのままにして死ぬと家畜に転生して償わねばならないなどと説かれ、霊異記・中ノ三十一、今昔二十ノ二十二に引用が見える。

五　高知県の西南部太平洋岸にあった郡。現在の中村、宿毛、土佐清水市あたり。
六　身分の低い者。
七　鋤《(すき)》の一種。牛、馬などに引かせて、田畑を耕す、幅の広い鋤。今昔に「食物より始めて、馬歯《(うまくは)》・辛鋤《(からすき)》・鎌・鍬・斧・鐇《(たつぎ)》など云物に至るまで」。
八　今昔「十四五歳許有る男子、其れが弟に十二三歳許有る女子と」。
九　目付け。見張り。
一〇　ついちょっと。
一一　浜辺に引き上げて、つながないでおいたところ。

此童部《わらはべ》ども舟底《(ふな)そこ》に寝入《ね》にけり。潮《しほ》の満《み》ちければ、舟は浮たりけるを、[一二]はなつきに、すこし吹いだされたりける程に、[一三]干塩《(ひしほ)》にひかれて、はるかに[一四]湊《(みなと)》へ出にけり。沖にては、いとゞ風吹まさりければ、帆をあげたる様にてゆく。其時に童部、起《お》きて見《み》るに、[一五]かゝりたる方もなき沖にいできければ、泣《な》きまどへども、すべき方もなし。いづかたとも知《し》らず、たゞ吹《ふ》かれて行にけり。

さる程に、父母は[一六]人どもやとひあつめて、舟に乗《の》らんとて来《き》て見《み》るに、舟なし。しばしは[一七]風《(かざ)》がくれに、[一八]さし隠《かく》したるかと見《み》る程に、よびさは《(わ)》げども、誰《たれ》かはいらへん。浦〳〵もとめけれども、なかりければ、[一九]いふかひなくてやみにけり。

かくて、この舟は、[二〇]はるかの沖に有ける嶋に吹付てけり。童部ども泣〻下《お》りて、舟つなぎて見《み》れば、[二一]いかにも人なし。帰《(かへる)》べきかたもおぼえねば、嶋に下《お》りて、[二二]いひけるやう、「今はすべきかたなし。さりとては、命を捨《す》つべきにあらず。此食《く》ひ物のあらんかぎりこそ、すこしづゝも食て生《い》きたらめ。これ尽《つ》きなば、いかにして命《いのち》はあるべきぞ。いざ、この苗の枯《か》れぬさきに植《(ゑ)》へん」といひければ、[二三]「げにも」とて、水の流《なが》れのありける所の、田に作《つく》りぬべきをもとめいだして、鋤[二四]、鍬はありければ、[二五]木《き》切りて庵などつくりけり。[二六]なり物の木の、

一二　突風の意か。今昔「放つ風に」。
一三　引き潮。
一四　沖合にの意か。今昔「遥かに南の澳(おき)に」。
一五　船を繋ぎとめる所もない沖。完訳は「目にふれるものもない広々とした沖合」と異解を示すが採らない。『かかる』は舟がかりする、停泊する意。日葡辞書「Funega cacaru」。
一六　古活字本「人〻も」とあって、「ひとびとも」と読むか、「ひとども」と読むか不明。今昔では「殖女(うゑめ)も雇ひ得ずして」とあり、これに合わせれば、「人人もやとひあつめで」となるところ。
一七　風の当らない所。
一八　おおいかくしたのか。
一九　どうしようもなくて、そのままあきらめた。
二〇　書陵部本、古活字本「はるかの南の沖に」。
二一　全く。どう見ても、いかようにしても、が原義。強い否定をあらわす。
二二　今昔は以下の言葉を「女子の云はく」とする。
二三　その通りだ。今昔では「男子、只、何(かい)にも汝が云はんに随はむ。現(げ)に然るべき事なりとて」とあって、沈着な妹の言葉に従って、兄が働くという運びになっている。
二四　今昔に「鋤、鍬など有りければ、苗の有りける限り、皆殖(う)ゑてけり。然て、斧、鐇(たつぎ)など有りければ、木伐(こ)りて庵など造りて居たりけるに」とあり、「苗の…有りければ」までの部分は宇治拾遺の目移りによる脱文か。
二五　「釣人共、其の岳に、木など切りて庵造りて」(今昔二十六ノ九)と類似する。
二六　果実のなるもの。くだもの。「島の体(てい)を見れば、水など流れ出でて、生物(なりもの)の木なども有り気(げ)に見えければ」(今昔二十六ノ九)。

折《おり》になりたる、おほかりければ、それを取食て、明《あか》し暮《くら》すほどに、秋にも成にけり。

一さるべきにやありけん、作たる田のよくて、二こなたに作たるにも、ことのほかまさりたりければ、おほく刈置《を》きなどして、三さりとてあるべきならねば、妻《め》男《おとこ》になりにけり。男子《おのこゞ》、女子、あまたうみつゞけて、又、それが妻男《(め)おとこ》になり〳〵しつゝ、大きなる嶋なりければ、田畠もおほく作て、此比《(このごろ)》は、その妹背《(いもせ)》がうみつゞけたりける人ども、嶋《しま》にあまるばかりになりてぞあんなる。

四妹背《いもせ》嶋《じま》とて土左国の南の沖にあるとぞ、人かたりし。

（五七　石橋下蛇事《いしはしのしたのくちなはのこと》　巻四ノ五）

五此ちかくの事なるべし。女ありけり。六雲林院の七菩提講《(ぼだいかう)》に、八大宮をのぼりに参《まい》りける程に、九西院《(さいゐん)》の辺《(へん)》ちかく成て、石橋ありける。水のほとりを、廿《(はたち)》あまり、卅ばかりの女房、一〇中結《ゆ》ひて歩《あゆ》みゆくが、石橋《はし》を一一踏《ふ》み返して過ぬるあとに、踏《ふ》み返《かへ》されたる橋のしたに、まだらなる一二小蛇《こくちなは》の、一三きり〳〵としてゐたれば、「石のしたに蛇《くちなは》の一四ありける」と一五見《み》るほどに、此踏《ふ》み返したる女のしりに立て、ゆら

一　そうなる前世からの因縁だったのだろうか。
二　こちら(本土)で作ったのに比べても。
三　そのままでいるわけにもいかないので、夫婦となった。
四　高知県宿毛市の沖の島のことか。その島内には、妹背山(四〇三・八メートル)がある。
▽太平洋沿岸の東南アジアにおこなわれる氏族起源伝説には近親相姦がまつわることが多い。洪水の難を船に乗って遁れた兄妹(場合によっては親子)が交接し、子孫を作り、氏族の始祖となったという型が多く、洪水神話ともいわれる。本話もその一種で、兄妹の乗った舟は洪水に浮かぶ舟と重なる。しかし、洪水神話では兄妹の婚姻、近親相姦について、妹側の拒否、逡巡、偶然の和合、からみ合う煙を見て神の啓示とする等の叙述があるが、本話には欠落する。
五　近頃のことであろう。
六　京都市北区紫野、大徳寺の東南の地にあった天台宗の大寺院。淳和天皇の離宮として創建、紫野院と称した。後に元慶寺の別院となって栄えたが、中世に衰微。今は地名「雲林院(うじい)」に跡をとどめ、観音堂一宇が残るのみ。
七　法華経を講じ、菩提を願う法会。寛和年間(九八五―八七)、雲林院に念仏寺が作られ、ここで毎年三月二十一日に行われた。そのさまは大鏡の語りの場に選ばれて盛況をしのべる。
八　大宮大路。大内裏に接して東・西二本の大宮大路が南北に走っていた。雲林院は東大宮の北に当るのでこれをさすかとも思われるが、女が西院のあたりを通過することからすると西大宮か。「のぼりに」は北に向っての意。
九　淳和院の通称。京都市右京区西院淳和院町のあたりにあった離宮。淳和天皇の後院であったが後に寺院となった。

〳〵とこの蛇《くちなは》のゆけば、しりなる女の見《み》るにあやしくて、「いかに思て行にかあらん。踏《ふ》[一六]み出《いだ》されたるを悪《あ》しと思て、[一七]それが報答せんと思ふにや。[一八]これがせんやう見《み》む」とて、しりにたちて行に、此女、時〳〵は見かへりなどすれども、我《(わが)》供《とも》に、蛇《くちなは》のあるとも知《し》らぬげなり。

又、おなじやうに行《(ゆく)》人あれども、蛇《くちなは》の、女に具《ぐ》して行を、見《み》つけいふ人もなし。たゞ最初見《み》つけつる女の目にのみ見《み》えければ、[一九]「これがしなさんやう見《み》ん」と思て、この女の尻をはなれず、歩《あゆ》み行程に、雲《う》林《りん》院に参《まい》りつきぬ。

寺の板《いた》敷にのぼりて、此女、[二〇]居ぬれば、此蛇《(くちなは)》ものぼりて、かたはらに[二一]わだかまり臥《ふ》したれど、これを見つけ、さは《(わ)》ぐ人なし。[二二]希《(け)》有《(う)》のわざかなと[二三]目をはなたず見《み》る程に、講《かう》はてぬれば、女、[二四]たち出《い》づるにしたがひて、蛇《くちなは》もつゞきて出ぬ。此女、これがしなさんやう見《み》んとて、尻にたちて[二五]京ざまに出《い》でぬ。下ざまに行とまりて家あり。その家にいれば、蛇《くちなは》も具《ぐ》して入ぬ。

これぞ、これが家なりけると思《おも》ふに、[二六]「昼《ひる》はするかたもなきなめり。夜《よる》こそ[二七]とかくする事もあらんずらめ。これが夜《よる》のありさまを見ばや」と思《おも》ふに、見《み》るべきやうもなければ、その家に歩《あゆ》みよりて、「ゐ中よりのぼる人の、行《ゆ》き泊《とま》るべき所も候はぬを、こよひ斗《(ばかり)》[二八]宿《やど》させ給なんや」といへば、この蛇《くちなは》のつきたる

一〇 中結いをして。中結いは衣を少し引き上げて帯を腰の中桂に結ぶこと。外出の時、歩行に便なようにする工夫で、袴は着けない。「女の中結ひて市女笠着たる」(今昔二十九ノ三十九)。
一一 踏んでひっくり返して通り過ぎた後に。
一二 小さな蛇。
一三 くるくるととぐろを巻いていたので。
一四 いたのだなあ。
一五 …と思っているうちに。古活字本などは「といふほどに」とあるが、意味はほぼ同じ。
一六 (石を)踏んで、下から出されたのを。
一七 その仕返しをしようと思っているのだろうか。「報答」は恩、また、恨みに対する返報。
一八 これが何をするかを見よう。
一九 これが何をしようとするのかを見よう。四行前の「これがせんやう見む」と似るが、「しなす」(下心を持ってする)を用いている点やや異なる。
二〇 腰をおろすと。
二一 とぐろを巻いていたが。「わだかまる」の「わだ」は曲りくねっていること、また、その所。
二二 珍しいことだ。
二三 目を離さず。「はなつ」は「はなす」と同じだが、後者は室町時代に現われ(上代東国方言にもあった)、その後この方が一般的となった。
二四 立って出て行く。
二五 都の方に向って。「ざま」は方向・方面の意を示す接尾語で、次の「下ざま」(「下」は下京)の例も同じ。
二六 何もしないようだ。蛇が何かをたくらんでいるにせよ、昼間は何もしないであろうという判断。古活字本は「するかた」が「すかた」となっている。この形ならば、正体を現わさないもののようだの意か。
二七 何かすることもあろう。
二八 泊めていただけるでしょうか。「給」を「給ひ」、「なん」を複合助動詞(可能推量)、「や」を

女を家あるじと思《おも》ふに、「こゝに宿《やど》り給人あり」といへば、老たる女、いできて、「[一]たれか、の給《たまふ》ぞ」といへば、「これぞ家あるじなりける」と思て、「こよひ斗《ばかり》、宿借《やどか》り申なり」といふ。「[二]よく侍なん。入ておはせ」といふ。うれしと思て、入て見《み》れば、板敷のあるにのぼりて、此女、ゐたり。蛇《くちなはゝ》は、板敷の[三]しもに、柱のもとにわだかまりてあり。目《め》をつけて見《み》れば、此女を[四]まもりあげて、此蛇《くちなはゝ》はゐたり。蛇つきたる女、「[五]殿にあるやうは」など物がたりしゐたり。宮仕する物也と見《み》る。

かゝるほどに、日[六]たゞ暮《く》れに暮《くれ》て、暗《くら》く成ぬれば、蛇《くちなは》のありさまを見《み》るべきやうもなくて、此家主とおぼゆる女にいふやう、「かく宿《やど》させ給へるかはりに、[七]緒《を》やある、[八]績《う》みてたてまつらん。火ともし給へ」といへば、「[九]うれしくの給《たまひ》たり」とて、火ともしつ。緒取出《おとりいだ》して、あづけたれば、それを績《う》みつゝ見《み》れば、此女[一〇]臥《ふ》しぬめり。[一一]いまや、寄《よ》らんずらんと見《み》れども、ちかくは寄《よ》らず。「この事、[一二]やがてもつげばや」と思へども、「つげたらば、[一三]我ためもあしくやあらん」と思て、物もいはで、しなさんやう見《み》んとて、夜中の過るまで、[一四]まもりゐたれ共、つゐ《ひ》に[一五]見《み》ゆるかたもなき程に、火消《きえ》ぬれば、此女も寝《ね》ぬ。

明て後、いかゞあらんと思て、[一六]まどひおきて見《み》れば、此女、[一七]よき程に寝起《ねお》き

疑問ととって訳したが、古活字本の「給はなんや」によれば「なん」は他に対する願望の助詞と解しなくてはならないので、泊めていただきたいものですの意となる。しかし、助詞「なん」は文末に来るのが普通で、「や」を伴う例が他に未見なので、ひとまず前記のように訳しておく。

一 誰が、そうおっしゃるのか。
二 よろしうございましょう。お入り下さい。
三 下に当る、柱の根本。「に」の下に「ある」の省略された語法。　四 目を離さず見上げて。「まもる」は「目守る」で見つめる。
五 御殿にお仕えする様子は。宮仕えのさまを聞かせる語り口。「殿」は貴人の邸宅。
六 どんどん暮れて行って。
七 緒がありますか。「緒」は麻・苧(からむし)の茎の皮の繊維。それを紡いで作った糸・ひもにもいう。
八 糸にしてさし上げましょう。「うむ」は繊維を細くさいて長くつなぎ、よりあわせて糸にする意。　九 うれしいことをおっしゃいますね。
一〇 寝てしまったようだ。
一一 今こそ、蛇が女のもとに寄りつくだろう。前に「夜こそとかくする事もあらんずらめ」とあった推量にもとづく判断である。
一二 すぐにも知らせたいものだ。
一三 本人のためにはもちろん、自分のためにもよくないことであろう。蛇の祟りを恐れての想像。　一四 見つめていたが。
一五 目立つこと。きわだった点。この「見ゆる」は連体詞的用法。「かた」は点、箇所。
一六 あわてて起きて見ると。
一七 適当な時刻に目覚めて起きて。「よき程」は早すぎも遅すぎもせず適当な時間・時刻。
一八 何事もなかったような気配で。自然な様子

て、一八ともかくもなげにて、家あるじとおぼゆる女にいふやう、「こよひ、夢をこそ見《み》つれ」といへば、「一九いかに見給へばぞ」と問へば、「この寝《ね》たる枕上に人のゐると思て見《み》れば、腰《こし》よりかみは人にて、しもは蛇《くちなは》なる女のきよげなるがゐて、いふやう、「を《(お)》のれは、人をうらめしと思ひし程に、二〇かく蛇《くちなは》の身をうけて、石橋の下におほくの年《とし》をすぐして、二一わびしと思《おも》ひゐたる程に、昨日、を《(お)》のれが二二を《(お)》もしの石を踏《ふ》み返し給しにたすけられて、石のその苦をまぬかれて、うれしと思ひ給《(たまへ)》しかば、この人の二三おはし着《つ》かん所を見《み》を《(お)》きたてまつりて、二四よろこびも申さむと思て、御供に参《まい》りしほどに、菩提講の庭に参《まい》り給ければ、その御供に参《まい》りたるによりて、二五あひがたき法をうけ給《(たまはり)》たるによりて、おほく罪をさへ滅《ほろ》ぼして、その力にて人に生《むま》れ侍べき功徳のちかくなり侍れば、いよ〳〵二六悦《(よろこび)》をいたゞきて、かくて参《まい》りたる也。このむくひには、二七物よくあらせたてまつりて、よきお《(を)》とこなどあはせたてまつるべきなり」といふとなん見《み》つる」と語《かた》るに、二八あさましくなりて、此やどりたる女のいふやう、「まことはを《(お)》のれはゐ中よりのぼりたるにも侍らず、二九そこ〳〵に侍るもの也。それが昨日、菩提講に参り侍し道に、その程に行あひ給たりしかば、しりに立て、歩《あゆ》み参《まい》りしに、大宮のそ三〇の程の川の石橋を踏《ふ》み返されたりし下より、まだらなりし小蛇《こくちなは》のいできて、御

をさす。「げ」は、そのような趣き・感じ。
一九 どんな夢をご覧になったのでそうおっしゃるのですか。「ば」は他本「る」。
二〇 このように蛇の身を受けて。仏教の輪廻転生思想による部分。怨み深き身が畜生道に堕ちて後世で蛇に生れ変るのは、仏教説話によく見られる話型。 二一 つらい。やりきれない。
二二 物を押さえつけるために置くもの。特に石。形容詞「重し」の名詞化とも、「重石(おもいし)」の約ともいう。後者の語源意識にたつなら、「を(お)もしの石」は意味上の重複があることになる。
二三 お着きになる所。 二四 お礼。
二五 出会うのがむずかしい仏法。法華経・随喜功徳品に「この経は深妙にして、千万劫にも遇ひ難し」とある。仏法とのかかわりをこのように説くのは諸経論に例が多いが、六道講式の「人身(にんじん)は受け難く、仏法は値ひ難し」をふまえたとおぼしきものが多く、平家物語一・祇王その他、中世文学によく出る。輪廻転生する身が人に生れるのはむずかしく、人に生れても仏法に会うのはさらにむずかしい。蛇身となった自分はその仏法に会えてうれしいというのである。
二六 感謝の気持をささげ持って。「いただく」が頂戴する意を持つようになるのは室町期かとされるが、本用例を授かる意の初出例とする説もある。また、古典全書はここを「いだきて」また「いたして」の誤写かと疑うなど説が分れるが、女に随従する蛇の姿態を想像しつつ表記のように解しておく。
二七 幸せにしてさし上げて、立派な夫などにめあわせてさし上げるつもりです。
二八 びっくりして。
二九 これこれという所に住む者です。
三〇 そのあたり。

供に参しを、かくとつげ申さむと思しかども、つげたてまつりては、我ためも悪事《(あしきこと)》にてもやあらむずらんとおそろしくて、え申さざりし也。[一]誠に講の庭にも、その蛇《くちなは》侍しかども、人もえ見《み》つけざりし也。はてて出給しお《(を)》り、又、具《ぐ》したてまつりたりしかば、[二]成はてんやうゆかしくて、思もかけず、こよひこゝにて夜を明し侍りつる也。この夜中過るまでは、此蛇、柱のもとに侍つるが、明て見《み》侍つれば、蛇《くちなは》も見《み》え侍らざりし也。それにあはせて、かゝる夢がたりをし給へば、[三]あさましく、おそろしくて、かくあらはし申なり。今よりは、[四]これをついでにて、なに事も申さん」など、いひかたらひて、後はつねに[五]行かよひつゝ、知《し》る人になん成にけり。

さて、この女、[六]よに物よく成て、この比は、[七]なにとは知《し》らず、[八]大殿《(おほいとの)》の[九]下家司《(しもけいし)》の[一〇]いみじく徳あるが妻に成て、よろづ事叶《(ことかなひ)》てぞ有ける。尋《(たづね)》ばかくれあらじかしとぞ。

（五八　東北院菩提講聖事《とうぼくゐんぼだいかうのひじりのこと》　巻四ノ六）

[一一]東北院の[一二]菩提講はじめける[一三]聖は、もとはいみじき悪人にて、[一四]人屋《(ひとや)》に七度ぞ入

一 本当に。夢に語られたとおりに。古活字本は「に」を欠く。この形なら、話す途中に、ふと思い出したことを述べる時の語になるが、本文の方が文脈的に自然であろう。
二 ことのなりゆきが気になって。
三 驚きもし、恐ろしくもあって、このように打ち明け申し上げる次第です。
四 これをご縁に、何事も率直に申し上げましょう。
五 行き来して。
六 とても幸せになって。
七 何という人かはわからないが。
八 大臣家。
九 家司は親王・摂関・大臣以下三位以上の家に置かれ、家政を執る職員。五位以上の者が任ぜられるのを上家司、六位以下の者が任ぜられるのを下家司と区別した。
一〇 非常に富裕な者の妻になって。
▽蛇身を受けた者に救済の機を与えた女が幸福となる話。女が与えた恩恵は偶然のものであるが、それでも利益がもたらされる所に、仏法の超越性が示されている。卑近な事件を語る冒頭と末尾の呼応、女がとついだ先が、富裕ではあってもたかだか下家司の男であるあたりに現実感がある。不吉げな事態からの意外な展開が面白く、読者をひきつけよう。
一一 一条南、京極東にあった寺院。名は法成寺の東北に位置したことにちなむ。上東門院彰子の創建で、長元三年(一〇三〇)に落慶供養が行われた。後世、衰微して他地に移転。なお、今昔の本説話では寺名が雲林院になっている。
一二 →一一四頁注七。
一三 未詳。今昔には「本(とも)、鎮西の人也」とある。
一四 牢獄。牢屋。

たりける。七度《たび》といひける度《たび》、検非違使[一五]どもあつまりて、「これはいみじき悪人也。一二度人屋にゐんだに[一六]、人としてはよかるべきことかは。まして、いく[一七]そばくの犯《おか》しをして、かく七度《たび》[一八]までは、あさましく、ゆゝしき事也。この度《たび》、これが足切[一九]てん」とさだめて、足切《き》りに出ゆきて、切《き》らんとするほどに、いみじき相人[二〇]ありけり。

それが物[二一]へいきけるが、此足切《あしき》らむとするものによりていふやう、「この人を《(お)》[二二]のれにゆるされよ。これはかならず往生[二三]すべき相ある人なり」といひければ、「よしなき事[二四]いふ、ものもおぼえぬ相する御房かな」といひて、たゞ[二五]切に切《き》らんとすれば、その切《き》らんとする足《あし》のうへにのぼりて、「この足《あし》のかはりに、わが足を切《き》れ。往生すべき相あるものの足切《あしき》[二六]らせては、いかで[二七]か見《み》んや。おう〳〵」とお《(を)》[二八]めきければ、切んとする物ども、しあつかひ[二九]て、検非違使に、「か[三〇]う〳〵の事侍」といひければ、やんごとなき相人のいふ事なれば、さすがに用《もち》[三一]ひずもなくて、別当[三二]に「かゝる事なんある」と申ければ、「さらば、ゆるして[三三]よ」とて、ゆるされにけり。

その時、この盗人、心おこして、法師に成て、いみじき聖に成て、此菩提講ははじめたる也。まこと[三四]にかなひて、いみじ[三五]く終《(をはり)》とりてこそ、うせにけれ。

一五 都の治安維持を担当した職。犯人の追捕を行ったが、後に職務が広がり、裁判・処断などにも当った。ここはその例。
一六 入るのさえ。「ん」は仮定。
一七 数々の。おびただしい。
一八 七度にまで及ぶのは。
一九 私註に「足の筋を切る也」とあるが、全註解は中国の五刑の一「刖」(膝関蓋骨を切り去る)とする。そのいずれか、決めがたい。
二〇 人相を見る能力がある人。また、その職業。
二一 外出したおりに。
二二 私に免じて許してほしい。
二三 往生できる相を持つ人。往生は死後に別の世界に生れ変ること。特に西方極楽浄土に行くことをさす。
二四 つまらないことを言う、わけのわからない判断をする坊さんであるなあ。
二五 むりやりに切ろうとしたところ。
二六 古活字本などは「切られては」。
二七 どうしてそれを見ていられようか。今昔は「…切らせて、我れ見ば、罪遁れ難かりなむ」。
二八 わめいたので。「をめく」の「を」はもと感動詞。
二九 持て余して。取り扱いに困って。
三〇 これこれの事がありました。
三一 尊重しないわけにもゆかず。「用ふ」はハ行上二段。「用ゐる」(ワ行上一段)、「用ゆ」(ヤ行上二段)などの形もある。
三二 検非違使庁の長官。　三三 釈放してしまえ。
三四 本当に、相人の言ったとおりで。「まことに相にかなひて」(板本など)、「相かなひて」(古活字本など)の異文がある。
三五 立派に臨終を迎えて。死の時に往生の証となる奇蹟があったことを示す。「終とる」は死ぬ。

かゝれば、一高名《かうみやう》せんずる人は、その相ありとも、二おぼろけの相人の見《み》る事にてもあらざりけり。始《はじ》めを《(お)》きたる講もけふまで絶《た》えぬは、まことにあはれなる事なりかし。

（五九　三川入道《みかはのにふだう》、遁世之間事《とんせいのあひだのこと》　巻四ノ七）

三参河入道、いまだ俗にてありけるおり《(を)》、四もとの妻をば去《さ》りつゝ、五若《わか》く、かたち良《よ》き女に思つきて、それを妻にて六三川へい《(ゐ)》て下《くだ》りけるほどに、その女、ひさしくわづらひて、良《よ》かりけるかたちもおとろへて失《う》せにけるを、かなしさのあまりに、七とかくもせで、夜《よる》も昼《ひる》も八かたらひふして、九口を吸《す》い《(ひ)》たりけるに、一〇あさましき香《(か)》の、口より出《(いで)》きたりけるにぞ、うとむ心いできて、泣《な》く〳〵葬《はふ》りてける。

それより、一一「世は憂《う》き物にこそありけれ」と思《おも》ひなりけるに、一二三川国に風祭といふ事をしけるに、一三いけにゑ《(へ)》といふ事に、一四猪《い》を生けながらおろしけるを見《み》て、「この国、一五のきなん」と思《おも》ふ心付てけり。雉を生《(いけ)》ながらとらへて、一六人のいできたりけるを、「いざ、この雉、生《い》けながらつくりて食《く》はん。一七今すこし、あぢは

一　名をあげるような人。
二　平凡な。いいかげんな。
▽菩提講の起源をめぐる悪人の発心往生譚。今昔の類話は雲林院のこととなっており、伝承の経路は別らしい。史実的にどちらが正しいかは不明。今昔諸注の引く中右記・承徳二年(一〇九八)五月一日条によると、雲林院菩提講は源信の創始で、後に「無縁聖人」が来て講の維持につとめ、末代にも繁昌したという。
三　寂照(昭)。俗名大江定基。斉光の子。従五位下、三河守。寛和二年(九八六)に出家し、寂心、源信に師事。長保五年(一〇〇三)に入宋、修行につとめて円通大師号を賜わる。長元七年(一〇三四)杭州で没した。享年未詳(七十七歳説などあり)。
四　本妻を離縁して。
五　源平盛衰記七・近江石塔寺事、三国伝記十一ノ二十四などは赤坂(愛知県宝飯郡音羽町赤坂)の遊女の力寿とし、都の女らしく描く本話(今昔その他も同様)と相違する。
六　三河。今の愛知県の東部。
七　あれこれのこともせず。葬送もしないで。「とかくす」ははばかりのある事を婉曲に示す語。第四十七話にも「例の作法にとかくせん」とある。
八　共寝をして。今昔「抱きて臥したりけるに」。
九　接吻は中世までは異例な行為であったらしく、これにふれる文献は少ない(古本説話集・下六十二話もその一)。本話はその珍しい例で、定基の女への思いの激しさをうかがわせる。
一〇　ひどい匂い。悪臭。人の死後、昏は早く腐敗する部分の一つという。
一一　この世は何といとわしいものであろうか。「世は」は古活字本に単に「世」とある。
一二　風を鎮め、豊作を祈る祭。万葉集に出る大和の竜田の風祭(四月および七月の四日)は特に

ひやよきと、心みん」といひければ、[一八]いかでか心にいらんと思たる郎等の、物もおぼえぬが、「いみじく侍なん。いかでか、あぢはひまさらぬやうはあらん」などは[一九]やしいひけり。すこし、ものの心知《し》りたるものは、「あさましき事をもいふ」など思けり。

かくて前にて、生《い》けながら毛をむしらせければ、しばしは[二〇]ふた〳〵とするを、押さへて、たゞむしりにむしりければ、鳥の、目より血の涙をたれて、目をしばたゝきて、[二一]これかれに見合《みあ》はせけるを見《み》て、え堪《た》へずして、立《たち》てのく物もありけり。「これがかく鳴《なく》こと」と興じわらひて、いとゞ情《なさけ》なげにむしるものもあり。むしりはてて、おろさせければ、刀[二二]にしたがひて、血のつぶ[二三]〳〵といできけるを、のごひ〳〵おろしければ、あさましく、たへがたげなる声《こゑ》をいだして、死《しに》はてければ、おろしはてて、[二四]「いりやきなどして、心みよ」とて、人に心みさせければ、[二五]「ことの外に侍けり。死たるをろ《お》して、いりやきしたるには、これはまさりたり」などいひけるを、つく〴〵と見聞《みき》きて、涙をながして、声をたてて、[二六]おめ《を》きけるに、[二七]「うまし」などいひけるものども、[二八]したくたがひにけり。さて、やがてその日、[二九]国府をいでて、京にのぼりて、法師になりにけり。道心のおこりければ、よく心をかためんとて、[三〇]かゝる希有の事をして見《み》ける也。

有名だが、各地で古来行われ、祭日は二百十日頃、または八朔とする所が多い。

一三 生きたまま神に供える物。また、祭りのおりに屠殺して供える物。ここは後者。

一四 生きたままで切り分けたのを。

一五 離れよう。立ち去ろう。

一六 底本「人の、て」を諸本によって訂正。

一七 普通の肉の食い方に比べて言う。

一八 何とかして気に入られようと思っている従者。　一九 景気付けに言った。

二〇 ばたばたとあばれたのを。

二一 あの人この人と目を合わせていた。救いを求める表情。　二二 庖丁が入るのに従って。

二三 粒のようになって多量にの意とされる。勢いのはげしさを示す擬態語かとも思われる。

二四 魚や鳥獣の肉を鍋などで熱し、たれをかけて焦がす料理。　二五 とても美味です。

二六 叫んだところ。「を」はもと感動詞。

二七 古活字本は「うましき」とシク活用になっている。シク活用の「うまし」はク活用のそれ(美味を示す)といささか異り、快感・好感を与えるさまの形容。口当りがよい意になるか。

二八 あてがはずれてしまった。「したく」は用意・心づもり。　二九 国司の役所。また、それのある土地。三河の国府は今の豊川市白鳥町・八幡町のあたりにあった。都までの行程は上り十一日、下り六日(和名抄)。

三〇 このような珍しいこと。続本朝往生伝によると定基は三河在任中狩猟をよくしていたという。その彼が人々の動物への残酷さにふれて道心を深めようとしたのは興味深い。発した悲痛な声は自己超越のおりの衝迫を伝えるものか。

一 仏教で説かれる十二頭陀行の一で、人家の門

[一]乞食《こつじき》といふ事しけるに、ある家に、食物えもいはずして、庭に畳をしきて、物を食《く》はせければ、此畳《たゝみ》にゐて、食《く》はんとしけるほどに、簾を巻上たりける内に、[二]よくしやうぞきたる女のゐたるを見《み》ければ、わがさりにし、古《ふる》き妻なりけり。「[三]あのかたい(ゐ)、[四]かくてあらんを見《み》んと思《おも》ひしぞ」といひて、見合たりけるを、はづかしとも、苦《くる》しとも思たるけしきもなくて、「[五]あな、たうと(ふ)」といひて、物よくうち食《く》ひて帰にけり。

[六]ありがたき心也(なり)かし。道心をかたくおこしてければ、さる事にあひたるも、苦《くる》しとも思《おも》はざりけるなり。

（六〇　進命婦《しんのみやうぶ》、清水詣事《きよみづまうでのこと》　巻四ノ八）

今《いま》は昔《むかし》、[七]進命婦、若かりける時、常に[八]清水へ参《まい》りける間、師の僧、[九]きよかりけり。八十のものなり。[一〇]法華経を[一一]八万四千余部、読たてまつりたる者也。此女房を見て、[一二]欲心をおこして、たちまち病となりて、[一三]すでに死なんとするあい(ひ)だ、弟子どもあやしみをなして、問ていはく、「この病のありさま、[一四]うちまかせたる事にあらず。おぼしめす事のあるか。[一五]仰られずは、よしなき事也」といふ。

口に立ち、食物を乞い求めること。托鉢。
二 立派に着飾った女。　三 こじき。ものもらい。賤称として定基を侮辱するのに用いている。
四 こうしてみじめになるのを見ようと思っていたぞ。　五 ああ、ありがたいことだ。
六 稀に見る立派な。
▽寂照(第一七二話に入宋後の奇蹟譚が語られている)の発心遁世前後を扱う。愛する女の死体の変化に無常を感じるあたりは、仏教の不浄観(特に九相観)をたまたま実践したいきさつにふれるもので、印象が強い。閑居友の上巻末尾に続く不浄観説話と併せ読むべき話であろう。
七 祇(祗とも)子。父は尊卑分脈に因幡守種成とあるが、藤原頼成(具平親王子、伊祐養子)かという。藤原頼通に愛されて師実その他の子女を生む。天喜元年(一〇五三)没、享年未詳。翌年従二位を追贈。　八 清水寺。京都市東山区にある法相宗の寺。延暦十七年(七九八)坂上田村麻呂の創建で本尊は十一面観音。
九 この「清し」は、一生不犯の戒律を守り、童貞のままであること。　一〇 →七頁注一七。
一一 古事談によると、法華経について八万四千余部転読(すべてを読む真読に対し、経題と本文の一部を読むこと)の者であったという。
一二 愛欲の心。欲情。　一三 もはや死のうとする時に。　一四 ありふれた事。尋常な事。
一五 おっしゃらなければ、不都合です。思いを明かさずに死ぬのは往生の妨げになるので、こう言った。　一六 馴れ親しんで、求愛したい。
一七 食欲不振の病。
一八 死後蛇身に生れ変った者がおもむき、各種の苦を受ける世界。何か(特に異性)に対して愛着・執心を持って死ぬと、ここに行くとされる。
一九 彼女というほどの意。

この時、かたりていはく、「まことは、「京より御堂へ参《まい》るゝ女房に、近《ちか》[一六]づきなれて、物を申さばや」と思しより、此三ケ年、不[一七]食の病になりて、いまはすでに蛇[一八]道に落なんずる。心うき事也」といふ。

こゝに弟子一人、進命婦のもとへ行て、この事をいふ時に、女[一九]《をん》な、程なく来《きた》れり。病者《びやうじや》、かしらもそらで年月を送たるあひだ、ひげ、かみ、銀《しろがね》の針をたてたるやうにて、鬼のごとく、されども、この女な、おそるゝけしきなくしていふやう、「[二〇]年ごろたのみたてまつる心ざし、浅《あさ》からず。なに事にさぶらふとも、[二一]いかでか仰られん事、そむきたてまつらん。御身、[二二]くづお《ほ》れさせ給はざりしさきに、などか仰《おほ》せられざりし」といふ時に、此僧、[二三]かき起《お》こされて、[二四]念珠をとりてをし《お》もみていふ様、「[二五]うれしく、来《きた》らせ給たり。八万余部、読《よ》みたてまつりたる、法花経の最[二六]第一の文《もん》をば、御前にたてまつる。[二七]俗を生《う》ませ給はゞ、[二八]関白、[二九]摂政を生《う》ませ給へ。女を生《う》ませ給はゞ、[三〇]女御《にようご》、后を生《うま》せ給へ。僧を生《う》ませたまはば、[三一]法務の大僧正を生せ給へ」といひお《を》はりて、すなはち死《しに》ぬ。

其後、この女房、[三二]宇治殿に思はれ参《まい》らせて、はたして[三三]京極大殿、[三四]四条宮、[三五]三井の覚円座主を生《う》みたてまつれりとぞ。

二〇 長年にわたってお頼り申し上げてきた私の気持は、浅くはございません。 二一 どうして、おっしゃる事に、おそむき申しましょうか。 二二 衰弱なさる前に。お元気な内に。「くづほる」は気力・体力が衰える。 二三 抱き起こされて。「かき起こす」は手で支えて起こす。 二四 数珠。

二五 お出でになって、うれしく思います。

二六 第一をさらに強調していう語。法華経・法師品に「我が説ける所の諸経あり。而も、この経の中に於て、法華は最第一なり」とある。この僧は、その最第一の法華経の中の、最第一の文を奉るというのである。具体的には普門品の「若し女人ありて、設(も)し男を求めんと欲して、観世音菩薩を礼拝し、供養せば、便(すなは)ち福徳・智慧の男を生まん。設し女を求めんと欲せば、便ち端正有相の女の、宿(しゆく)、徳本を殖ゑしをもて衆人に愛敬せらるるを生まん」をさすかという(全註解)。 二七 俗人。

二八 天皇を補佐し、政務を執る最高の職。

二九 天皇(幼帝・女帝など)に代って政務を執る職。

三〇 皇后・中宮につぐ天皇の配偶者。

三一 大寺院を統轄する最高の職。

三二 藤原頼通。一一一頁注二一参照。

三三 藤原師実。頼通の三男。摂関、太政大臣などを歴任、従一位。康和三年(一一〇一)没、六十歳。

三四 寛子。頼通の女で後冷泉天皇の后。大治二年(一一二七)没、九十二歳。

三五 頼通の六男。園城寺長吏、延暦寺座主。承徳二年(一〇九八)没、六十八歳。

▽ 摂関家の栄光にかかわる女性についての秘話。彼女の幸福は老僧の妄執へのやさしい応じ方に起因するとする。幸福な婚姻をもたらすという清水寺(妻観音という)が舞台となっている。

（六一　業遠《なりとほ》朝臣《あそん》、蘇生事《そせいのこと》　巻四ノ九）

これも今は昔《むかし》、[一]業遠朝臣、死《(しぬ)》る時、[二]御堂の入道殿、仰られけるは、「いひを《(お)》くべき事あらむかし。[三]不便《(ふびん)》の事なり」とて、[四]解脱寺の[五]観修僧正を召《め》して、業遠が家にむかひ給て、[六]加持する間、死人、忽《(たちまち)》に蘇生して、要事をいひて後、又、目を閉《(とぢ)》てけりとか。

（六二　篤昌《あつまさ》、忠恒等事《ただつねらのこと》　巻四ノ一〇）

これも今《いま》は昔《むかし》、[七]民部大夫篤昌といふもの有けるを、[八]法性寺《(ほふしやうじ)》殿御時、蔵人所の[九]所司に、[一〇]よしすけとかや云者ありけり。[一一]件《(くだん)》の篤昌を[一二]役に催しけるを、「我は、[一三]か様の役にすべきものにもあらず」とて、参《まい》らざりけるを、所司、[一四]小舎人をあまた付て、[一五]苛法に催しければ、参にけり。

さて、先《(まづ)》、「所司に物申さむ」とよびければ、出《(いで)》あひにけるに、[一六]この世ならず腹立《(たち)》て、「かやうの役に催《もよほ》し給ふは、いかなる事ぞ。先《(まづ)》、篤昌をば[一七]いかなる

一 高階氏。敏忠の子。美濃・丹波・越中などの守を歴任。東宮亮、正四位下。寛弘七年(一〇一〇)没、三十六歳。　二 藤原道長。兼家の子。摂政、太政大臣、従一位。万寿四年(一〇二七)没、六十二歳。
三 かわいそうなことだ。業遠が比較的若く、突然死ぬことになったのをあわれんでの言。
四 京都市左京区岩倉長谷町にあった寺。道長の姉の東三条院詮子の創建。開山は観修。
五 紀氏。園城寺長吏、大僧正。道長の帰依を受けた。寛弘五年(一〇〇八)没、六十四歳。
六 真言密教で、印を結び、陀羅尼を唱え、心を三昧に住して祈禱すること。
▽有験で知られる観修の逸話。業遠の思いには何かわけがあろうが、その内容不明のため、釈然としない。業遠より観修の方が先に死んでおり、何らかの誤伝または仮托があろう。
七 藤原氏。下総守範綱の子。伊予守、従五位下。民部大夫(輔)は民部省の次官。古今著聞集十六ノ五七五に出る「敦正」と同じか。
八 藤原忠通。忠実の子。摂政、関白、太政大臣、従一位。長寛二年(一一六四)没、六十八歳。法性寺は藤原氏の氏寺(京都市東山区本町の東福寺はその後身)。忠通は晩年出家してここに在住。
九 蔵人所の職員のうち、職事(頭、五位蔵人、六位蔵人の異称)の下位の者をさすかという。
一〇 伝未詳。「義助」とする注もあるが根拠不明。
一一 前述の。古活字本は「件者」。
一二 夫(ぶ)役。労役。　一三 このような役にあてるべき者。「役に」は他本多く「役は」とする。
一四 蔵人所の職員の一つ。定員は六人ないし十三人で、殿上の雑事を担当する。
一五 きびしく催促したので。「苛法に」は古活字本「かはうをして」。
一六 この世のものとも思われないほど、ひどく。

物と知《し》り給たるぞ。[一八]奉（うけたまは）らん」と、しきりに責けれど、しばしは物もいはでゐたりけるを、[一九]しかりて、「の給（たま）へ。先、[二〇]篤昌がありやうをうけ給（たま）はらん」といたう責《せ》めければ、「[二一]別の事候はず。民部大夫五位の、[二二]鼻《はな》あかきにこそ知《し》り申たれ」といひたりければ、「[二三]をう」といひて、逃にけり。

又、此所司がゐたりけるまへを、[二四]忠恒《たゞつね》といふ[二五]随身、[二六]ことやうにて、ねりとほりけるを見《み》て、「[二七]わりある随身のすがたかな」と忍やかにいひけるを、耳とく聞て、随身、所司が前《まへ》に立帰て、「わりあるとは、[二八]いかにのたまふ事ぞ」と、とがめければ、「我は人のわりのありなしも、え知《し》らぬに、たゞいま[二九]武正府生のとほられつるを、この人〳〵、「[三〇]わりなきもの〻様体《やうだい》かな」といひあはれつるに、すこしも似《に》給はねば、さてはもし、わりのおはするかと思《おも》ひて申たりつるなり」といひたりければ、忠恒《たゞつね》、「をう」といひて、にげにけり。

この所司をば「[三一]荒《あら》所司」とぞつけたりけるとか。

（六三　後朱雀院《ごしゆじやくゐん》、丈六仏《ちやうろくのほとけ》奉《つくりたてまつり》レ作給事《たまふこと》　巻四ノ一一）

これも今は昔、[三二]後朱雀院、[三三]例ならぬ御事、大事におはしましける時、[三四]後生（ごしやう）の

二七 どのような人物と、理解なさっているのか。
一八 人を参上させて伺いたい。古活字本などは「承らん」とあり、そのように校訂する注もあるが、このままでも不自然ではない。この「奉る」は使いを伺わせる意。　一九 声を荒げて。
二〇 篤昌の様子をうかがおう。篤昌の公的立場についての判断をただしたのであるが、相手は彼の肉体的特徴について応答する。
二一 格別のことはありません。他にこれといった特徴のないことを示す。
二二 鼻が赤いので、その人と存じ上げている。
二三 「あっ、そうなのか」という語気であろう。他人に映る自分の卑小さを知った衝撃の表現。この感動詞は「おう」「あふ」「わう」などとも書かれるが、底本の「をう」が古い仮名遣かとされる。
二四 伝未詳。兵範記・仁平二年十月五日条などに見える「随身忠常」と同一人物かという。
二五 貴人の外出などに随従した舎人。
二六 変った様子でゆったりと通りかかった。
二七 「わりなし」の反対語として「よしすけ」がとっさに造った言葉。皮肉な内容を含む。
二八 どんなつもりでおっしゃったことですか。
二九 下野（しもつけ）氏。武忠の子で忠実・忠通に仕えた有名な随身。右近衛将曹に至る。生没年未詳。第一〇〇、一八八話に出る。
三〇 すばらしい、あの方の姿よ。　三一 「荒」は、遠慮せずずけずけと物を言う人柄の形容か。
▽自分によって自尊心を傷つけられた相手に問いただされ、言いかえして遁走させる男の話。
三二 第六十九代天皇。一条天皇の皇子で母は上東門院藤原彰子。長元九年（一〇三六）から寛徳二年（一〇四五）まで在位し、同年崩、三十七歳。
三三 ご病気。貴人の場合に用いる。不例とも。
三四 死後にどんな世界に生れ変るのかという事。

事、恐《おそれ》おぼしめしけり。それ[一]に、御夢に御堂入道殿[二]、参《まい》りて申給ていはく、「丈六[三]の仏を作れる人、子孫において、さらに悪道[四]へおちず。それがし、おほくの丈六を作たてまつれり。御菩提[五]にを《お》いて、うたがひおぼしめすべからず」と。これによりて、明快座主[六]に仰合《おほせあはせ》られて、丈六の仏をつくらる。伴《くだん》の仏、山[七]の護仏院に安置したてまつらる。

（六四　式部大夫実重《しきぶのたいふさねしげ》、賀茂御正躰拝見事《かもごしやうたいはいけんのこと》　巻四ノ一二）

これも今は昔《むかし》、式部大夫[八]実重は賀茂[九]へ参《まい》る事ならびなき物なり。前生《ぜんしやう》[一〇]の運、おろそかにして、身に過たる利生《りしやう》[一一]にあづからず。人の夢に大明神[一二]、「又、実重来《き》たり、〳〵」とて、なげかせおはしますよし、見《み》けり。実重、御本地[一三]を見《み》たてまつるべきよし、祈申《いのりまうす》に、有夜《あるよ》、下《しも》の御社《みやしろ》に通夜したる夜、上《かみ》へ参《まい》るあひだ、なから木《ぎ》[一四]のほとりにて、行幸にあひたてまつる。百官供奉《ぐぶ》、つねのごとし。実重、片藪《かたやぶ》[一五]にかくれゐて見《み》れば、鳳輦[一六]の中に金泥《こんでい》[一七]の経、一巻たゝせおはしましたり。その外題[一八]に「一称南無仏、皆已成仏道《かいいじやうぶつだう》[一九]」と書《か》かれたり。夢、則《すなはち》さめぬとぞ。

一 ところが。　二 藤原道長(→一二四頁注二)。後朱雀院の外祖父に当たる。
三 高さ一丈六尺(約五㍍)の仏像。伝えられる釈迦の身長にちなむ作り方。大寺院の本尊は多くこの大きさに作られ、道長の建立した無量寿院(法成寺)にも九体の丈六の阿弥陀如来があった。
四 地獄・餓鬼・畜生の三悪道。
五 悟りをひらいた絶対的境地。　六 第三十二代天台座主(就任は後朱雀院没後)。藤原俊宗の子。権大僧都。延久二年(一〇七〇)没、八十六歳。
七 比叡山の子院であろうが、関係資料にこの名を見ない(古活字本の「くはんぶつ院」も同様)。あるいは「五仏院」のことか(古事談、古典文庫本注)。五仏院は比叡山東塔南谷にあった院。
▽後朱雀院の死の前後は人々の印象に残りやすい何かがあったためか説話によく出る。この話も死後への院の不安、外祖父道長のあの世からの助言など、人情に訴えるものがある。院の死後の運命にふれていないのも現実味がある。
八 平氏。昌隆の子。式部大夫、従五位上。久安六年(一一五〇)没、享年未詳。
九 賀茂神社。上下両社がある。
一〇 前生によって定められた運がつたなくて。
一一 利益に恵まれなかった。　一二 賀茂大明神。
一三 仮に神の姿で現れた仏菩薩の本来の姿。
一四 半木、流木などと書く。第二拍は清濁両様か。賀茂の上下二社の中間、今の左京区賀茂半木町にあった神社。
一五 道に添って片側にある藪。
一六 天皇が晴の儀式の行幸に乗る輿。屋形の上に鳳凰が付いている。
一七 金粉をにかわの液でといて書いた経巻。
一八 巻軸の表に記した題簽《だいせん》。
一九 法華経・方便品の偈句。「ひとたび南無仏と

（六五　智海法印《ちかいほふいん》、癩人法談事《らいじんほふだんのこと》　巻四ノ一三）

是も今《いま》は昔《むかし》、[二〇]智海法印、[二一]有職《うしき》の時、[二二]清水寺へ百日参《まい》りて、夜更て下向しけるに、橋の上に、「[二三]唯円教意《ゆいゑんけうい》、逆即是順《ぎやくそくぜじゆん》、自余《じよ》三教《さんげう》、逆順定故《ぎやくじゆんぢやうこ》」といふ文を誦する声《こゑ》あり。「たう《ふ》とき事かな。いかなる人の誦するならん」と思て、ちかうよりて見《み》れば、[二四]白癩人《びやくらいじん》なり。かたはらにゐて、法文の事をいふに、智海[二五]ほと〳〵云まはされけり。「[二六]南北二京にこれほどの[二七]学生《がくしやう》あらじ物を」と思《おも》ひて、「いづれの所にあるぞ」と問ければ、「この坂に候なり」といひけり。後にたび〳〵尋けれど、たづねあはずして、やみにけり。もし[二八]他人にやありけんと思《おも》ひけり。

（六六　白川院《しらかはのゐん》、御寝時《ぎよしんのとき》、物《もの》ニヲソワレサセ給事《たまふこと》　巻四ノ一四）

これも今は昔《むかし》、[二九]白河院、[三〇]御とのごもりてのち、物におそはれさせ給ける。「しかるべき武具を御枕のうへに置《を》くべし」と沙汰《さた》ありて、[三一]義家朝臣に召《め》され

称せば、皆已(す)に仏道を成ぜん」と訓ずる。
▽本地垂迹思想にねざす説話。神に対する人々のかかわり方を伝える。なお、古事談所収の本話の前に、賀茂明神が念仏を好んだこと、また、本地仏が聖観音であることを扱う話が並ぶ。
二〇　延暦寺の僧。詳伝未詳。僧綱補任残欠本に、寿永二年(一一八三)法眼、元暦二年(一一八五)少僧都などと見えるのはこの人か。
二一　僧の職名で已講・内供・阿闍梨の総称。僧綱につぐものとされる。「ゆうしょく」とも。
二二　→一二二頁注八。
二三　法華文句記・釈提婆達多品の句。天台四教の内、円教においては、逆縁(道理にもとる事による仏縁)と順縁(道理に即した仏縁)とは同一だが、他の三教(蔵教・通教・別教)では順逆両縁は本来別のものとして定まっているという趣旨。
二四　癩病患者で肌が白くなっている人。
二五　大体論破されてしまった。「ほとほと」は「ほとんど」の古形。「云まはす」は巧みに言う。
二六　奈良(南京)と京都(北京)。　二七　学匠。学者。
二八　他界(別の世界)の人の意か。ただし、古事談は「化人(けにん)」(神仏の化身)とする。
▽高僧が賤しい者と法問をかわし、啓発されるという話型に属するが、新しい話題なので、それなりの衝撃を与えたことであろう。清水坂は聖俗貴賤が交錯する境界領域として知られる。
二九　第七十二代天皇。延久四年(一〇七二)から応徳三年(一〇八六)まで在位。以後院政を敷き、大治四年(一一二九)崩、七十七歳。
三〇　御寝所にお入りになって後。
三一　清和源氏。頼義の長男。八幡太郎と号する。出羽・下野・陸奥などの守を歴任、鎮守府将軍として功績があり、武勇をうたわれた。嘉承元年(一一〇六)没、六十八歳。

ければ、[一]まゆみの黒塗《くろぬり》なるを、一張、参《まい》らせたりけるを、御枕にたてられてのち、おそはれさせおはしまさゞりければ、御感《ぎよかん》[二]ありて、「この弓は十二年[三]の合戦の時や持たりし」と御尋《おんたづね》ありければ、[四]おぼえざるよし申されけり。

上皇、しきりに御感ありけるとか。

（六七　永超僧都魚食事《やうてうそうづうをくふこと》　巻四ノ一五）

これも今は昔、南京の永超《やうてう》[五]僧都は、魚なきかぎりは、時《とき》[六]、非時《ひじ》もすべて食《く》はざりける人なり。公請《くじやう》[七]つとめて、在京のあひだ、ひさしくなりて、魚を食《く》はで、[八]くづお《ほ》れてくだるあい《ひ》だ、奈《な》島《しま》[九]の丈六堂[一〇]の辺にて、昼破子《ひるわりご》[一一]食《く》ふに、弟子一人、近辺の在家にて、魚をこひてすゝめたりけり。

件《くだん》の魚のぬし、後には夢に見《み》るやう、おそろしげなる物ども、その辺《へん》の在家をしるしけるに、我家をしるしのぞきければ、たづぬる処に、使のいはく、「永超僧都に魚たてまつる所也。さて、しるしのぞく」といふ。

その年《とし》、この村《むら》の在家、こと〴〵く、ゑ《え》[一二]やみをして、死ぬるものおほかり。此魚のぬしが家、たゞ一宇[一三]、その事をまぬかる。よりて僧都のもとへ参《まい》りむか

一　檀(まゆみ)の木で作った丸木の弓。
二　ご感心なさって。
三　前九年の役。永承六年(一〇五一)から康平五年(一〇六二)に及ぶ安倍氏の反乱。義家は父の頼義(陸奥守・鎮守府将軍)とともに陸奥に赴いて平定し、その功によって出羽守となった。
四　記憶していないむねを。
▽武勇で知られる義家の神秘的なほどの威力、それと誇示せぬつつましい人柄を伝える。白河院は源氏の勃興への警戒もあって、義家の武功をなかなか認めず、彼に院の昇殿を許したのは承徳二年(一〇九八)のことである。その背景を思いつつ読むと、この話の二者のやりとりにはある陰翳が感じられてこよう。
五　興福寺の僧。橘俊孝の子。権大僧都、法隆寺別当。法相宗を学び、広く諸宗に通じた人として知られる。東域伝灯目録の著者。嘉保二年(一〇九四)没、八十二歳。
六　午前中の食事。朝食の「粥(しゅく)」に対し、「斎(いさ)」という。これを「とき」と訓じ、「時」の字を当てるようにもなった。もと仏教ではとらなかった午後の食事を「非時」と称する。
七　朝廷から法会に招請され講師・読師などをつとめること。　八　衰弱して。体力を消耗して。
九　梨間・菜島・名島などとも書く。今の京都府城陽市奈島。奈良街道の要地で京都・奈良のほぼ中間に位置する。
一〇　奈島の南にあった堂。諸人が寄宿した所という(吉記・治承五年五月四日条)。その辺の地名「十六」は「丈六」の変化したものかとされる。
一一　昼食の弁当。「破子」は檜の白木で作った食物用の容器。仕切りを付け、蓋を用いる。
一二　疫病。流行病。
一三　一軒。「宇」は建物に用いる助数詞。

ひて、このよしを申《まうす》。僧都、此よしを聞て、[一四]かづけ物一重《ひとかさね》、たびてぞかへされける。

(六八　了延房《れうえんばう》ニ実因《じちいん》、自二湖水中《こすいのなかより》一法文《ほふもん》之事《のこと》　巻四ノ一六)

是も今は昔、[一五]了延房阿闍梨、[一六]日吉社《ひえのやしろ》へ参《まい》りて、帰《かへ》るに、[一七]辛崎の辺を過るに、「散心誦法花《さんしんじゆほふぐゑ》、[一八]有相安楽行《うさうあんらくぎやう》、此依観思《しいくわんし》」といふ文を誦したりければ、浪中に「不入禅三昧《ふにふぜんさんまい》」と末《すゑ》の句を誦する声あり。不思議の思をなして、「いかなる人のおはしますぞ」と問ければ、「[一九]具房僧都実因」と名のりければ、汀《みぎは》に居て、法文を談じけるに、少々[二〇]僻事《ひがこと》どもを答《こた》へければ、「これは僻事なり。いかに」と問ければ、「[二一]よく申とこそ思《おも》ひ候へども、生をへだてぬれば、力及ばぬ事なり。我なればこそ、これ程も申せ」といひけるとか。

(六九　慈恵僧正《じゑそうじやう》、戒壇《かいだん》築《つき》タル事《こと》　巻四ノ一七)

これも今は昔《むかし》、[二二]慈恵僧正は近江国[二三]浅井郡の人也。叡山の[二四]戒壇を、[二五]人夫かなは

一四 ほうびや祝儀として与える物。多くは衣類で、ここも「一重」とあるのでその一例である。
▽魚食は殺生戒を犯す行為であるが、それを行った高僧を肯定的に描く話が少なくない。その種の事例をいくつか語る十訓抄に「至れる聖は、かく魚鳥を嫌はぬ事あり。…さればとて、世の常の僧、この真似をすべからず」とある。
一五 伝未詳。　一六 大津市坂本の日吉山王社(日吉大社)。山王権現。大山咋神(おおやまくいのかみ)を祭るが、本地は仏で延暦寺を守護する。
一七 大津市の地名。「唐崎」とも。
一八 法華経安楽行義(慧思禅師撰)の句。
一九 橘敏貞の子。大僧都。延暦寺の具足坊に住し、後に小松寺に移ったので具(足)房僧都・小松僧都と号す。長保二年(一〇〇〇)没、五十六歳。
二〇 教理に反したこと。誤り。
二一 きちんと申したと自分では思いますが、冥界にある身なので、どうにもなりません。私だからこそ、この程度にも申せたのです。
▽実因は博学の高僧として、また、美声・怪力などでも知られ、説話によく出る。その彼が幽明さかいを隔てて了延とかわした法談。実因の捨てぜりふめいた言が彼の個性を伝える。
二二 良源。木津氏。理仙の弟子。第十八代天台座主、大僧正。延暦寺中興の祖として仰がれる。寛和元年(九八五)没、七十四歳。
二三 今の滋賀県東北部の古郡名。明治に東浅井・西浅井に分れ、後者は伊香郡と合併した。慈恵は東浅井郡の虎姫町に生れたという。
二四 戒の授受を行う壇。それを含む施設を戒壇院と称する。弘仁十三年(八二二)、延暦寺に設立の勅許が下り、天長四年(八二七)建立。その後、老朽化して良源の時代に改築がはかられたもの。
二五 人夫の動員ができなかったので。

ざりければ、え築《つ》かざりける比、浅井の郡司[一]は親《した》しきうへに、師壇[二]にて仏事を修する間、此僧正を請《しやう》じたてまつりて、僧膳[三]の料に、前にて大豆をいりて、酢をかけけるを、「なにしに[四]酢をばかくるぞ」ととはれければ、郡司いはく、「あたゝかなる時、酢をかけつれば、すむつかり[五]とて、にがみて[六]、よくはさまるゝなり。しからざれば、すべりて、はさまれぬなり」といふ。

僧正のいはく、「いかなりとも、なじかは[七]、はさまぬやうはあるべき。投《な》げやるとも、はさみ食《く》ひてん」とありければ、「いかでかさる事あるべき」と[八]、あらがひけり[九]。僧正、「勝申《(かちまうし)》なば、こと事[一〇]はあるべからず。戒壇を築《(つき)》てたまへ」とありければ、「やすき事」とて、いりまめを投《な》げやるに、一間ばかりのきて居給て、一度も落《おと》さずはさまれけり。見《み》るもの、あさまずといふ事なし。柚《(ゆ)》[一一]の核《さね》の、たゞいましぼりいだしたるをまぜて、投《な》げやりたりけるをぞ、は[一二]さみすべらかし給たりけれど、落《おと》しもたてず、やがて、又、はさみとゞめ給ける。

郡司、一家《(いつけ)》[一三]ひろきものなれば、人数をおこして[一四]、不日《(ふじつ)》[一五]に戒壇を築《(つき)》てけりとぞ。

一 国司の下にあって郡内の政務をつかさどる地方官。その土地の豪族が当たる。
二 師匠と檀越(檀家、施主)の間柄。
三 僧に供するご馳走として。
四 何のために。なぜ。
五 すむずかり、すみずかりなどとも。古く本文にあるような作り方をしたのであろうか。同種とおぼしきものが今も各地で各様に行われている。「むつかり」は「むつかる」(不機嫌になる)と関係があり、豆のしわを渋面に見立てたものか。
六 ちぢまって。しわが寄って。
七 どうして、はさめないはずがあろうか。投げてよこしても、はさんで食ってしまえよう。
八 底本「に」を諸本により訂。
九 言い争った。言いかえした。
一〇 他の事ではいけない。
一一 ゆずの種子。
一二 はさみそこなわれたが、落してしまわず。「たつ」は完全に…する意。
一三 一族が多い者。一門が広い範囲に及ぶ者。
一四 動員して。かり出して。
一五 まもなく。何日もたたずに。
▽第一三九話とともに、慈恵の超能力を伝える話。彼の力量と情熱、地元であり慈恵の出身地でもあった近江の人々の協力は叡山復興を可能ならしめたものであるが、そのことの一端をややユーモラスに伝える。

一六 今の京都市山科区の地。
一七 (東海道の)道筋。
一八 三条街道(東海道)が四宮川を渡るあたり。

（七〇　四宮河原地蔵事《しのみやかはらぢざうのこと》　巻五ノ一）

これも今《いま》は昔《むかし》、[一六]山科の[一七]道づらに、[一八]四《しの》宮河《か》原《はら》といふ所にて、[一九]袖くらべといふ、商人《(あきびと)》あつまる所あり。その辺に下種《(げ)す》のありける。[二〇]地蔵菩薩を一体つくりたてまつりたりけるを、[二一]開眼《(かいげん)》もせで、櫃《(ひつ)》にうち入て、奥《おく》の部屋など[二二]おぼしき所にお《(を)》さめ置《を》きて、[二三]世のいとなみにまぎれて、程へにければ、忘《(わすれ)》にけるほどに、三四年斗《(ばかり)》過にけり。

ある夜、夢に、大路《(おほち)》をすぐるものの、声高《こゑだか》に人よぶ声のしければ、「何《なに》事ぞ」ときけば、「[二四]地蔵こそ、〳〵」と高《たか》く、この家の前にて言《い》ふなれば、奥《おく》のかたより、「何事ぞ」といらふる声《こゑ》す也。「明日、[二五]天帝尺の[二六]地蔵会《(ぢざうゑ)》したまふには参《まい》らせ給はぬか」といへば、此小家《(こいへ)》の内より、「参《まい》らんと思へど、まだ目のあかねば、え参《まい》るまじきなり」といへば、「[二七]構て、参《まい》り給へ」といへば、「目も見《み》えねば、いかでか参《まい》らん」といふ声す也。

[二八]うちおどろきて、「なにのかくは夢に見《み》えつるにか」と思《おも》ひまはすに、あやしくて、夜明て、おくのかたをよく〳〵見《み》れば、此地蔵をお《(を)》さめて置《を》きたてまつりたりけるを思出《い》でて、見いだしたりけり。「これが見《み》え給にこそ」とおど

昔は河原があったというが、今はない。「四宮」は、仁明天皇第四皇子の人康親王がここに山荘を営んだことによるとも、西にある諸羽(もろは)神社を四宮と称するためともいう。
一九 商品の売買に関して値を決める独特な仕方。当事者同士が袖の中で指を握るなどして取り引きするという。ここはそれがよく行われる所なので地名化したものであろう。四宮河原は一名袖河原ともいう。
二〇 →一一八頁注一八。なお、四宮の街道にそって四宮地蔵と呼ばれる地蔵(平清盛の命により、西光が創建したと伝える)が残る。京都の六地蔵の一として古来信仰を集めており、本話の地蔵をこれとする説もあるが、その当否は不明。少なくも語り手にそのような理解があった形跡は文中に見えない。
二一 新しく制作した仏像・仏画に供養を行って魂を招じ入れること。
二二 それにふさわしい所。
二三 処世上の雑事。
二四 地蔵さん。「こそ」は接尾語で、親しみをこめて相手を呼ぶ時に用いる。
二五 帝釈天。梵天とともに仏教を守護する善神(七頁に既出)。十二天の一で、欲界第二天の忉利(とうり)天の主。
二六 地蔵菩薩を供養する法会。
二七 絶対に。どうしても。
二八 目を覚まして。
▽開眼の機会を与えられないので、外出もままならぬ地蔵。自分を放置した下種に何もせず、むなしく待ちつづけるつつましさ。民間よりおこった地蔵信仰のなつかしい素朴な特徴を伝える、好ましい掌編。地蔵を呼びに来たのが、いかなる神仏かわからず、それが又ほほえましい。

ろき思《おも》ひて、いそぎ開眼したてまつりけりとなん。

（七一　伏見修理大夫許《ふしみのしゆりのだいぶのもと》へ、殿上人共行向事《てんじやうびとどもゆきむかふこと》　巻五ノ二）

これも今《いま》は昔、[一]伏見修理大夫のもとへ、殿上人廿人ばかり押寄《をしよ》せたりけるに、[二]俄にさは《(わ)》ぎけり。[三]肴物とりあへず、[四]沈地《(ちんぢ)》の机に、[五]時の物ども色〳〵、[六]たゞを《(お)》しはかるべし。盃、たび〳〵になりて、を《(お)》の〳〵[七]たはぶれいでけるに、厩《(うまや)》に、黒馬の額すこし白きを、[八]二十疋たてたりけり。[九]移《(うつし)》の鞍廿具、[一〇][一一]鞍掛《くらかけ》にかけたりけり。殿上人、酔《(ゑひ)》みだれて、を《(お)》の〳〵此馬に移《うつし》の鞍置《を》きてのせて返しにけり。[一二]つとめて、「さても昨日、[一三]いみじくしたる物かな」といひて、「いざ、又、押《をし》寄《よ》せん」といひて、又、廿人、押寄《(おしよせ)》たりければ、このたびは、[一四]さる体《てい》にして、俄なるさまは昨日にかはりて、[一五]炭櫃《すびつ》をかざりたりけり。厩を見《み》れば[一六]黒栗毛なる馬をぞ、廿疋までたてたりける。これも額《ひたい》白かりけり。

[一七]大かた、かばかりの人はなかりけり。これは宇治殿の御子におはしけり。されども、公達《(きんだち)》おほくおはしましければ、[一八]橘の俊遠といひて、[一九]世中《(よのなか)》の徳人《(とくにん)》ありけり、其子になして、かゝるさまの人にぞ、なさせ給たりけるとか。

一　藤原俊綱。九二頁注四参照。
二　突如として大騒ぎになった。
三　酒の肴もまにあわず。「とりあふ」は用意しておく、また、とっさのことに対処できる。
四　沈香の木で作った高級な机。沈香はジンチョウゲ科の常緑高木。香木として用いられる。
五　季節の食料品類。
六　ただ想像してほしい。富裕な俊綱邸のことなので、とっさのことであってもいろどり豊かであったはずで、そのことへの想像をうながす言。
七　興に乗って部屋から出たところ。
八　二十疋の馬を、毛並みをそろえて所有しているのは他で見られない豪勢な情景であろう。
九　「うつしくら」、また単に「うつし」とも。予備の鞍、移し馬(乗り換えなどの為の馬)用の鞍など諸説あるが、装飾的な鞍の一種とするのが有力か。　一〇「具」は道具などに用いる助数詞。
一一　鞍を掛けておく四脚の台。　一二　その翌朝。
一三　すばらしくもてなしたものだ。
一四　客人を迎えるにふさわしい様子で、とっさの対応の仕方は。　一五　炉・いろりなど。
一六　黒みがかった栗毛の馬。　一七　およそ。
一八　俊済の子。讃岐守、従四位下。生没年未詳。今鏡・藤波の上によると、俊遠は俊綱の母(祇子)に通っており、頼通は俊綱の実父を彼と判断、俊綱を橘姓としたが、後に藤原にもどしたという。
一九　大変な富豪。「世中の」は「世の」「天下の」などと同じで程度のはなはだしさを示す語。
▽俊綱の伏見邸は「時の歌詠みども、日を経て和歌会絶ゆる夜なかりけり」(今鏡)などと言われ、客人の多い名邸として有名であった。本話は不意の客を多数迎えたおりのその邸のさまを語り、往年の王朝貴族の富裕を伝える。

（七二　以長物忌事《もちながものいみのこと》　巻五ノ三）

これも今は昔《むかし》、[二〇]大膳亮　大夫《(だいぜんのすけのたいふ)》橘以長といふ[二一]蔵人の五位ありけり。[二二]宇治左大臣殿より召ありけるに、「今明日は[二三]かたき物忌を仕　事《(つかまつること)》候」と申たりければ、「[二四]こはいかに。世にある物の、物忌といふことやはある。たしかに参《まい》れ」と召《め》しきびしかりければ、恐ながら参《まい》りにけり。

さる程に、十日斗《(ばかり)》ありて、左大臣殿に、[二五]世《よ》に知《し》らぬかたき御物忌いできにけり。[二六]御門《かど》のはざまに、[二七]かいだてなどして、[二八]仁王講《(にんわうかう)》おこなはるゝ僧も、[二九]高陽院《かやのゐん》のかたの土戸より、[三〇]童子などもいれずして、僧斗《(ばかり)》ぞ参《まい》りける。御物忌ありと、この以長聞《き》きて、いそぎ参《まい》りて、土戸より参《まい》らんとするに、[三一]舎人二人ゐて、「「人な入《い》れそ」と候」とて、立《(たち)》むかひたりければ、「[三二]やうれ、おれらよ。召《め》されて参《まい》るぞ」といひければ、これらもさすがに[三三]職事《(しきじ)》にて、つねに見《み》れば、力及ばで、入《い》れつ。

参《まい》りて、[三四]蔵人所に居て、[三五]なにともなく声だかに、物いひゐたりけるを、左府聞《き》かせ給て、「この物いふは、たれぞ」と問せ給ければ、[三六]盛兼、申やう、「以長

二〇 広房の子。蔵人、大膳亮、筑後守、従五位上。嘉応元年(一一六九)没、享年未詳。大膳亮は大膳職(しき)の次官。大夫は五位の者の通称。
二一 六位の蔵人を六年勤め、その功によって五位に叙せられながら、五位の蔵人に欠員がないため蔵人をやめ、殿上を退いた者。
二二 藤原頼長。忠実の次男。左大臣、従一位。博学多才できびしい性格で知られ、悪左府(左大臣)と呼ばれる。保元元年(一一五六)乱を起こして敗死、三十七歳。贈太政大臣、正一位。
二三 厳重な物忌。物忌は陰陽道にもとづく信仰で、厄難を避けるために行動をつつしむこと。
二四 これはどうしたことか。出仕して公務につく者が、物忌などということをしてよいものか。
二五 比べるもののない重大な御物忌がもちあがった。底本「御」の字の右に「御也」と傍注あり。
二六 邸のご門のすきま。
二七 楯を並べ立てて障壁としたもの。「垣楯」「掻楯」などと書く。「かい」は「かき(接頭語だが垣とも解されたか)」の音便。
二八 仁王会(え)。仁王般若経を講ずる法会。鎮護国家・除災招福の為に行われ、年中行事となったが、ここは物忌に対しての臨時のもの。
二九 →一二一頁注二〇。東三条の頼長邸から西北方に位置した。頼長は正門を閉じ、北また西の築地にある土戸(表面に土またはしっくいを塗った戸)を用いたのである。
三〇 まだ得度せず僧の奉仕などを勤める少年。
三一 天皇・皇族・摂関などに仕え、雑役に当る者。
三二 やい、おまえたちよ。
三三 蔵人頭および五位・六位の蔵人の総称。
三四 ここは左大臣家の蔵人所。　三五 むやみやたらに。　三六 伝未詳。唐突に出る名だが、頼長の部下として知られた人物と思われる。

に候」と申ければ、「いかに、か斗《(ばかり)》かたき物忌には、夜部《(よべ)》より参《まい》りこもりたるかと尋よ」と仰ければ、行て、仰《(おほせ)》の旨をいふに、蔵人所は御前より近かりけるに、[一]「くわ《(は)》、〳〵」と大声して、憚からず申やう、「過候ぬる比、[二]わたくしに物忌仕て候しに、召《め》され候き。物忌のよしを申候しを、物忌といふ事やはある。たしかに参《まい》るべき由、仰候しかば、参《まい》り候にき。されば物忌といふ事は候はぬと知《し》りて候也」と申ければ、聞《き》かせ給て、[三]うちうなづきて、物もおほせられで、やみにけりとぞ。

（七三　範久阿《はんきうあ》闍梨《じやり》、西方《さいはう》ヲ後《うしろ》ニセザル事《こと》　巻五ノ四）

是も今は昔《むかし》、[四]範久阿闍梨といふ僧ありけり。[五]山の[六]楞厳院《(りようごんゐん)》に住《す》みけり。ひとへに極楽をねがふ。[七]行住坐臥、西方をうしろにせず。[八]つはきをはき、大小便、西に[九]むかはず。入日をせなかに負《を》はず。[一〇]西坂より山へのぼる時は、[一一]身をそばたてゝあゆむ。つねにいはく、「[一二]植《うへ》木の倒《たを》るゝ事かならずかたぶく方にあり。心を西方にかけんに、なんぞ心ざしをとげざらん。[一三]臨終正念うたがはず」となむいひける。

一　これはこれは。「くは」（一六頁に既出）をくりかえす大仰な言葉遣い。　二　個人的立場で。

三　頼長の納得した態度を示す。「うち」は接頭語。

▽頼長は万事にきびしく、道理を尊重する人物であった。その彼のたてまえと実際の矛盾を部下につかれていさぎよくうなずいてしまったという逸話。彼が物忌にもかかわらず公事をはたそうとした例は台記・保延二年（一一三六）十月三十日条などに見える（桜楓社刊に掲出）。

四　伝未詳。阿闍梨は天台宗・真言宗の高僧に宣旨によって与えられる称号。また、学徳を備えた僧への敬称。ここは後者か。

五　比叡山の異称。　六　横川中堂。首楞厳院。円仁が嘉祥元年（八四八）に創建。

七　日常生活における動作・行為を四つに分けていう語。行くこと、とどまること、坐ること、寝ること。これに関する仏教の戒律を四威儀という。「行住坐臥、西方を背にせず、唾便利は西方に向はざれ」（往生要集巻中・大文第五）。

八　「つばき」の古形。「つわき」とも。

九　向ってしない。

一〇　雲母（きら）坂のこと。都の方から比叡山に登る坂で、その登り口を西坂本という。

一一　横向きにして。

一二　往生礼讃偈の句であるが、往生要集に、注七掲出の文の次に「面を西方に向くる者は最も勝れたり。樹の先の、傾き倒るるとき、必ず曲れるに随ふが如し。必ず事の碍（さはり）ありて西方に向くに及ばざる者は、ただ西に向く想（おもひ）を作（な）すもまた得たり」とある。

一三　死に臨んで心が乱れず、往生を念ずること。

一四　大江匡房の続本朝往生伝をさす。康和三年（一一〇一）頃の成立で、極楽往生をした人四十二人の列伝をのせるが、範久伝はその第二十番。

[一四]往生伝に入たりとか。

（七四　陪従家綱兄弟《べいじゆういへつなきやうだい》、互《たがひ》ニ謀《はかり》タル事《こと》　巻五ノ五）

是も今は昔《むかし》、[一五]陪従は[一六]さもこそはといひながら、これは世になきほどの[一七]猿楽《さるがく》なりけり。

[一八]堀川院の御時、[一九]内侍所の御神楽《かぐら》の夜、仰にて、「今夜、めづらしからん事、仕れ」と仰ありければ、[二〇]職事、[二一]家綱を召《め》して、此よし仰けり。承て、「何事をかせまし」と案《あん》じて、[二二]弟《おとゝ》行綱をかたすみにまねきよせて、「かゝる事、おほせ下されたれば、わが案《あん》じたる事のあるは、[二三]いかゞあるべき」といひければ、[二四]「いかやうなる事をせさせ給はんずるぞ」と云に、家綱がいふやう、「[二五]庭火、しろく焼たるに、袴をたかくひきあげて、細脛《ほそはぎ》をいだして、「[二六]よりに〳〵夜のふけ、さりに〳〵さむきに、ふりちうふぐりを、ありちうあぶらん」といひて、庭火を三めぐりばかり、走めぐらんと思《おも》ふ。いかゞあるべき」といふに、行綱がいはく、「[二七]さも侍なん。たゞし、[二八]大《おほ》やけの御前にて、細脛《ほそはぎ》かきいだして、ふぐりあぶらんなど候《さぶら》はむは、[二九]便《びん》なくや候べからん」といひければ、家綱、「ま

▽極楽往生を念じての西方志向は当時のいわば流行思想であったが、本話は、それに徹して身を律した人の略伝である。範久は他に事蹟が伝わらないが、それが却って隠徳をしのばせる。

一五 賀茂・石清水・春日などの祭や内侍所の神楽で、舞人に従って歌・管弦を演ずる地下の楽人。
一六 そんなものだ。以下に語られるように、滑稽な所作をして人を笑わせることをするの意。
一七 即興を中心とする滑稽な所作・曲芸。ここは、それを業とする者の意。「猿楽」の称は唐の散楽の転とされるが、語源、歴史について諸説あり。
一八 第七十二代天皇。応徳三年(一〇八六)即位、嘉承二年(一一〇七)崩、二十九歳。
一九 内侍所の庭前で、天皇臨席のもとに演じられる神楽。十二月吉日を常例とし、秋の末にも臨時に行われた。
二〇 蔵人頭、また、五位・六位の蔵人の総称。ここは蔵人頭か。　二一 藤原氏。実範の子。蔵人、兵庫頭、信濃守、正五位下。
二二 家綱の弟。若狭・加賀・下野守、主殿頭、従四位下。　二三 どうであろうか。
二四 どんな事をなさろうというのですか。最高敬語を用いていることに注意。天皇の意志についての質問でないとすれば、油断させるためにことさらうやうやしく言ったものか。
二五 庭のかがり火を明るくたいた所に。神楽は夜行われるので照明のために火をたいた。
二六 「よりに」「さりに」「ふりちう」「ありちう」は次の語を言い起すためのはやし言葉。語調に滑稽味をそえ、歌詞の卑猥さをやや緩和するものであろう。「ふぐり」は陰嚢。
二七 けっこうでしょう。
二八 天皇。堀河院をさす。
二九 ぐあいが悪いのではないでしょうか。

ことに、さ[一]いはれたり。さらば、異事《こと》をこそせめ。か[二]しこう申あはせてけり」といひける。

殿上人など、仰を奉《（うけたまは）》りたれば、こよひ、いかなる事をせんずらんと、目[三]をすまして待《ま》つに、人長《（にんぢやう）》[四]「家綱召《め》す」と召《め》せば、家綱出て、さ[五]せる事なきやうにて入ぬれば、上《（うへ）》[六]よりも、そのこととなきやうにおぼしめす程に、人長、又すゝみて、「行綱召《め》す」と召《め》す時、行綱、誠に寒《さむ》げなる気色《（けしき）》をして、ひざをもゝまでかきあげて、細脛《ほそはぎ》を出してわなゝき、寒《さむ》げなる声《こゑ》にて、「よりに〳〵夜のふけて、さりに〳〵寒《さむ》きに、ふりちうふぐりを、ありちうあぶらん」といひて、庭火を十まはりばかり、走廻りたりけるに、上[七]より下ざまにいたるまで、大かたどよみたりけり。

家綱、かたすみにかくれて、「き[八]やつに、かなしう、はかられぬるこそ」とて、中[九]たがひて、目も見合《あ》はせずして、すぐるほどに、家綱思けるは、「はかられたるはにくけれど、さ[一〇]てのみやむべきにあらず」と思て、行綱にいふやう、「この事、さのみぞある。さりとて、兄弟の中、たがひはつべきにあらず」といひければ、行綱、喜て、ゆ[一一]きむつびけり。

賀[一二]茂の臨時祭の帰《（か（へ）り）》[一三]立《たち》に、御神楽のあるに、行綱、家綱にいふやう、「人長

一 よくぞ言われた。そのとおりです。相手の言に感心した時に発する語。「さ」は「さも」とも。
二 相談してよかった。「かしこう(く)」は喜びや感謝の気持を示す。ありがたいことに。
三 目を見はって。注目して。
四 宮中の神楽を奏する人の長。近衛の舎人の役。
五 格別のこともない所作で引っこんだので。
六 帝も、家綱は大したこともないようにお思いになったところが。「上」は帝(堀河院)。「より」は動作の起点。主体が帝なので特に用いた。
七 貴い方からいやしい者に至るまで、皆、どっと声をあげた。「どよむ」は古く「とよむ」(音声一般に広く用いた)。中古末から頭音が濁音となり、多く人声について言うようになった。
八 あいつめに、残念にもだまされたことだ。
九 仲違いして。不和になって。
一〇 そのままにしておくわけにもいかない。
一一 訪ねて行って仲よくした。関係の回復はまもなくのようになっているが、十訓抄には「二三年は面もむかざりけり」とある。
一二 賀茂神社で十一月の下の酉の日に行われた祭。四月の中の酉の日の祭に準ずるもの。
一三 賀茂や石清水の祭の後、宮中に帰った舞人・楽人などが神楽を奏し、賜宴が行われること。「賀茂の臨時の祭は、還立の御神楽などにこそ、なぐさめらるれ」(枕草子・なほめでたき事)。
一四 清涼殿東庭の呉竹(くれたけ)・河竹(かはたけ)を植えてある台。
一五 ざわざわと音を立てたらその時に。「そそめく」の「そそ」は擬音語。
一六 はやしたてて下さい。
一七 豹の毛皮で斑点の大きなもの。高級視され、上流貴族が珍重して武具などの材料に用いた。
一八 おやすいことだ。簡単です。

召《め》したてん時、竹台《(ちくだい)》[一四]のもとによりて、そゝめかんずるに[一五]、「あれは、なんする物ぞ」と[一六]はやい給へ。その時、「竹豹《ちくへう》[一七]ぞ、〳〵」といひて、豹《へう》のまねをつくさん」といひければ、家綱、「ことにもあらず[一八]。てのきは[一九]はやさん」と事うけ[二〇]しつ。

さて、人長、たちすゝみて、「行綱、召《め》す」といふ時に、行綱、やをらたちて、竹の台のもとによりて、這《は(ひ)》いありきて、「あれはなにするぞや」といはば、それにつきて、「竹豹《ちくへう》ぞ」といはむと待《(まつ)》程に、家綱、「かれは、なんぞ[二一]の竹豹《ちくへう》ぞ」と問ければ、詮[二二]にいはんと思《おも》ふ竹豹《ちくへう》を、さきにいはれにければ、いふべき事なくて、ふと[二三]逃《に》げて、走入にけり。

此事、上まできこしめして、中〳〵[二四]ゆゝしき興にてぞ有けるとかや。さきに行綱にはかられたりける当《(あたり)》[二五]とぞいひける。

（七五　陪従清仲事《べいじゆうきよなかのこと》　巻五ノ六）

是も今は昔《むかし》、二条の大宮[二六]と申けるは、白川院[二七]の宮[二八]、鳥羽院[二九]の御母代《しろ》[三〇]におはしましける。二条の大宮とぞ申ける。二条より[三一]は北、堀川よりは東におはしまし

一九　全力ではやし立てよう。「てのきは」は「手の際」で手の及ぶ限り、全力の意。「手のきはたゝかひ打死するもの多かりけり」(平家六・飛脚到来)。書陵部本、古活字本「てのきい」。「きい」は「きり」(かぎりの意)の音便かという。十訓抄は「てのかぎり」。

二〇　承知した。

二一　いかなる竹豹であるか。

二二　最後に。「詮」は結果、結局。書陵部本は「詮と」(結局は)、古活字本などは「たれと」。

二三　とっさに。すばやく。

二四　行綱ははかられたが、それがかえって大変な座興であったとかいう。

二五　しかえし。十訓抄はこの辺について「先年の答、ことに興あり」と語る。

▽互いに好敵手でもあった陪従兄弟が、虚々実々のやりとりをまじえつつ、「猿楽」ぶりをきそう話。これに興じた堀河院はみずからも笛の名手で、芸能への志向が強かったが早世した。そのことを背景として読むと、卑俗にわたるこの滑稽譚の味わいもしみじみとして来よう。

二六　令子。白河院の三女。斎院、准三后、皇后、鳥羽院の准母。二条堀河に御所があり、二条大宮と称する。大養元年(一一四四)没、六十七歳。

二七　第七十二代天皇。一二七頁注二九参照。

二八　皇后・皇子・皇女などの尊称。ここは皇女。

二九　第七十四代天皇。堀河天皇の第一皇子。嘉承二年(一一〇七)即位、保安四年(一一二三)譲位。大治四年(一一二九)より院政を執る。保元元年(一一五六)崩、五十四歳。

三〇　実母に代り、母の立場で後見する女性。天皇の場合は准母という。堀河天皇の場合が初例。

三一　二条大路の北、堀河大路の東。

けり。その御所、破《やぶれ》にければ、[一]有賢大蔵卿、[二]備後国をしられける[三]重任《ちようにん》の功に修理しければ、宮もほかへおはしましにけり。

それに、[四]陪従清仲といふもの、常にさぶらひけるが、宮おはしまさねども、猶、[五]御車宿《くるまやどり》の[六]妻に居て、ふるき物はいはじ[七]、あたらしうしたる[八]束柱《つか》、[九]立蔀《たてじとみ》などをさへ、やぶり焼《たき》けり。此事を、有賢、鳥羽院にうたへ申ければ、清仲を召《め》して、「宮わたらせおはしまさぬに、猶とまりゐて、ふるき物、あたらしき物、[一〇]こぼち焚《た》くなるは、いかなる事ぞ。修理する物、うたへ申なり。まづ、宮もおはしまさぬに、猶こもりゐたるは、なに事によりてさぶらふぞ。子細を申せ」と仰られければ、清仲、申やう、「別の事に候はず。[一一]たき木につきて候也」と申ければ、[一二]大かた、これ程の事、とかく仰らるゝに及ばず、「すみやかに追《おひ》いだせ」とて、わらはせおはしましけるとかや。

此清仲は[一三]法性寺殿《ほふしやうじどの》の御時、[一四]春日の乗尻の立けるに、[一五]神馬《じんめ》づかひ、を《お》の〳〵さはりありて、事[一六]闕《かけ》たりけるに、清仲ばかり、[一七]かうつとめたりし物なれども、「事かけにたり。[一八]相構《あひかまへ》てつとめよ。せめて京[一九]斗《ばかり》をまれ、事なきさまにはからひつとめよ」と仰られけるに、「畏て奉《うけたまはり》ぬ」と申て、[二〇]やがて社頭に参《まい》りたりければ、返《かへすがへす》ゝ感じおぼしめす。「いみじうつとめてさぶらふ」とて、御馬を

一 宇多源氏。政長の子。宮内卿(大蔵卿については他に所見なし)、従三位。鞠・音楽などに堪能。保延五年(一一三九)没、七十歳。
二 今の広島県東部。ただし、有賢がここの守であったかどうか不明。
三 国司が任期終了後、内裏や寺社の建築の造営費などを負担し、その功によって留任を認められること。平安中期以後の慣行。
四 伝未詳。　五 牛車を入れておく建物。寝殿造の中門(東西一対)のそばに設けられた。
六 建物の側面。平《ひら》(正面)に対する。ただし、書陵部本、古活字本などは「妻戸」(開き戸)。
七 言うまでもなく。もちろん。
八 梁と棟の間や縁の下などに建てる短い柱。
九 細い木を格子に組み、裏に板を張ったもの。屋内では衝立《ついたて》に、また、土台を付けて屋外に置き、目隠しにした。
一〇 こわしてもやしているというのは。
一一 諸注「薪に尽きて」と解するが、「薪に付きて」で、建物の材を薪に見立て、宮は不在であるが、これについて伺候しているとおどけたものか。　一二 およそ、この程度の事については、院はとやかくおっしゃらず。
一三 藤原忠通(→一二四頁注八)の通称。
一四 春日大社の祭の騎手。春日神社は奈良にあり、藤原氏の氏神。その祭礼は陰暦二月、十一月の上の申の日と定められ、都から斎女・祭使などが参加した。その列の中にあった神馬が祭の場で牽き廻され、また、走馬が行われた。乗尻はその走馬の馬、また騎手をさし、行列後尾に騎馬で参加する者にも言った。
一五 神馬(神に奉納する馬)を扱う者。
一六 その役の者が欠けたところ。
一七 「かう」は「功」で、立派につとめたの意か。

たびたりければ、[二一]ふしまろび悦て、「[二二]この定《ちやう》に候はば、定使《(ちやうづかひ)》を仕候はばや」と申けるを、仰つぐものも、さぶらひあふ物どもも、え《(ゑ)》つぼに入て、[二三]笑のゝしりけるを、「何事ぞ」と御尋ありければ、「[二四]しか〳〵」と申けるに、「[二五]いみじう申たり」とぞ仰事ありける。

（七六　仮名暦《かなごよみ》誂《あつらへ》タル事《こと》　巻五ノ七）

これも今は昔、ある人のもとに、[二六]なま女房の有けるが、人に紙乞《こ》ひて、そこなりけるわかき僧に、「[二七]仮名暦、書てたべ」といひければ、僧、やすき事にいひて、書たりけり。はじめつかたは、[二八]うるはしく、「神仏によし」「[二九]坎《かん》日」「[三〇]凶《く》会《ゑ》日」など書たりけるが、[三一]やう〳〵末《すゑ》ざまになりて、あるひは、「物くはぬ日」などかき、又、「[三二]これぞあれば、よくくふ日」など書《か》きたり。

この女房、「[三三]やうがる暦《こよみ》かな」とは思へども、[三四]いとかうほどには思ひよらず、「[三五]さる事にこそ」と思て、そのまゝに違《たが》へず、又ある日は、「[三六]はこすべからず」と書たれば、「いかに」とは思へども、「さこそはあらめ」と思て、念《ねん》じてすぐす程に、[三七]長凶《ながく》会《ゑ》日のやうに、「はこすべからず、〳〵」とつゞけ書《か》きたれば、

副詞として、このようにと訳する説もあるが、何をさすのかはっきりしない。
一八 注意して。心して。「相」は接頭語。
一九 京都の町中を通る間だけでも。行列が特に人目に付く間についての注意。「まれ」は「もあれ」の転で…であっても、…でもの意。
二〇 そのまま無事に春日の社頭に。
二一 ころげまわって喜んで。
二二 このようにいつも馬がいただけますなら、(臨時でなく)常任の神馬使いをいたしたいものです。「定」をくりかえしておかしみを添えた。
二三 大笑いしてさわいでいたのを。
二四 このような次第です。近世以後「しかじか」。
二五 上手に応答したものだ。
▽ふたたび陪従の逸話。人もなげな、しかし、憎めぬ振舞を一つ描く。後者には、馬を御する技術の冴えが記され、主人公が単なる奇人でないことがうかがえる。
二六 新参の女房。「なま」は未熟、また新参の意。類例「なまりやうけし」が既出(二一六頁)。
二七 仮名を用いた平易な暦。もと女性用という。
二八 きちんと。　二九 陰陽道で不吉とされた日。正月は辰の日で、以下各月に十二支による定めがあり、外出などをつつしんだ。
三〇 陰陽道で不吉とされた日。正月は庚戌など、干支《(とえ)》の組合せにもとづく。万事に忌むべしとされた。　三一 次第に終りの方になって。
三二 こういうわけで、よく食う日。
三三 風変りな。
三四 まさかこれほどいいかげんとは。「いとかう(く)」は、まさかこのようにの意。
三五 しかるべきいわれがあるのだろう。
三六 大便を受ける箱。転じて大便(ここはこの意)。　三七 長く続く凶会日。

二三日までは念じゐたる程に、[一]大かた堪ゆべきやうもなければ、左右《さう》の手して、尻をかゝへて、「いかにせん、〱」と、[二]よぢりすぢりする程に、[三]物もおぼえずしてありけるとか。

（七七　実子《じつし》ニ非《あら》ザル人《ひと》、実子《じつし》ノ由《よし》シタル事《こと》　巻七ノ八）

これも今は昔、[四]その人の、一定《いちぢやう》、子とも聞《きこ》えぬ人有けり。世の人はそのよしを知《し》りて、[五]おこ《を》がましく思けり。[六]その父《てゝ》と聞《きこ》ゆる人失《うせ》にける後、その人のもとに、[七]年比《としごろ》ありける侍の、妻に具《ぐ》して田舎へいにけり。その妻失《めう》せにければ、すべきやうもなく成て、京へのぼりにけり。[八]よろづあるべきやうもなくて、たよりなかりけるに、「此子といふ人こそ、[九]一定のよしいひて、親の家に[一〇]ゐたなれ」と聞《きゝ》きて、この侍、参《まい》りたりけり。「故殿に年ごろさぶらひし、なにがしと申ものこそ参《まい》りて候へ。[一一]御見参に入たがり候」といへば、この子、「[一二]さる事ありとおぼゆ。[一三]しばしさぶらへ。御対面あらんずるぞ」といひ出《いだ》したりければ、侍、[一四]しおほせつと思て、[一五]眠《ねぶ》りゐたる程に、ちかう召《め》しつかふ侍、いできて、「[一六]御出《で》居《い》へ参《まい》らせ給へ」と云ければ、悦て、参《まい》りにけり。この召次しつる侍、「しば

一 まったく我慢できそうもなくて。「たゆ」は「たふ」に同じ。中世のものに例が散見する。「たゆべくもあらねば」（発心集三ノ十二）、「たゆべくもあらぬわざ」（徒然草九段）など。
二 身体をひねり、くねらせる。もだえるさま。一一頁の「すぢりもぢり」とほぼ同じ。
三 気が遠くなる思いをしていたという。「おぼえず」で切り、うっかり漏らしてしまったという、と訳する説もある。たしかに、切り方次第で両様に解せるが、後者の意であれば、「してけるとか」とあるのが自然か。
▽日の吉凶についての説のいいかげんさ、それにとらわれる人間の愚かさ。徒然草九十一段の「吉凶は人によりて、日によらず」を思い出させる諷刺的笑話であるが、話題が排泄物に及ぶあたりが本書らしい所である。
四 ある人の、絶対に、子とも思われない人。挿入された「一定」は確かにの意。
五 ばかばかしく。子でない者を子と信じこんでいる親馬鹿ぶりに対する感想か。「人の親の身としてか様の事を申せば、きはめておこがましけれ共、御辺は人の子共の中には勝れて見え給ふ也」（平家物語三・無文）。
六 その父ということになっている人。
七 長年仕えていた侍。 八 万事、どうしようもなくて、頼る相手もいなかったので。
九 絶対に実子だと言って。 一〇 住みついているそうだ。「ゐたるなれ」の音便の撥音無表記。
一一 お目に掛かりたがっております。「たがる」は「たし」の語幹に接尾語「がる」の付いたもの。中世以後の語で先行例未詳。
一二 そういう事もあると思う。もっともである。
一三 しばらく待っておれ、お会い下さろうぞ。
一四 うまくいった。思ったとおりにできた。

し候はせ給へ」といひて、あなたへゆきぬ。

見まはせば、御出居《でい》のさま、[一七]故《こ》殿《とのゝ》のおはしまし《ゝ》[一八]しつらひに、露かはらず、[一九]御《み》障子《さうじ》などはすこし古《ふ》りたる程にやと見《み》るほどに、中の障子《さうじ》を引《ひ》きあくれば、[二〇]きと見《み》あげたるに、この子と名乗《なの》る人、あゆみ出たり。これをうち見《み》るまゝに、此としごろの侍、[二一]さくりもよゝに泣《な》く。袖もしぼりあへぬほどなり。

このあるじ、「[二二]いかにかくは泣ならん」と思て、ついゐて、「[二三]とは、などかく泣《な》くぞ」と問ければ、「故殿のおはしまし し《ゝ》に、たがはせおはしまさぬが、あはれにおぼえて」といふ。「さればこそ。我も故殿にはたがはぬやうにおぼゆるを、此人〳〵の「[二四]あらぬ」などいふなる、あさましき事」と思て、此泣《な》く侍にいふやう、「おのれこそ、事のほかに老《(おい)》にけれ。世中はいかやうにてすぐるぞ。我はまだお《(を)》さなくて、母のもとにこそありしかば、故殿のありやう、よくも覚ぬなり。を《(お)》のれをこそ[二五]故殿と凴《(たのみ)》てあるべかりけれ。何事も申せ。又、ひとへにたのみてあらんずるぞ。まづ、[二六]当時、さむげなり。このきぬ着《き》よ」とて、綿ふくよかなるきぬ一《(ひとつ)》ぬぎてたびて、「[二七]今は左右《さう》なし。これへ参《まい》るべき也」といふ。この侍、[二八]しお《(ほ)》ふせてゐたり。

昨日、今日《けふ》のものの《ゝ》、[二九]かくいはんだにあり、いはんや故《こ》殿《とのゝ》の年比《ごろ》の物のかく

一五 目をつぶって座っているうちに。「眠る」のは落ち着き払った態度、余裕のある表情。「都の人のゆゝしげなるは、眠ていとも見ず」(徒然草一三七段)。
一六 中古には「いでゐ」とも。寝殿造の建物で、母屋の外、南側の廂(ひさし)の間の中(また、対屋(たいのや)の中門廊)に作った接客用の部屋。
一七 いまは亡き主君。前(きさき)の殿。
一八 室内の設備・装飾。「昔住みなれしことのみ思ひ出でられてかなしきに、御しつらひも世のけしきも、変りたることとなきに」(建礼門院右京大夫集)は、このあたりにやや似る。
一九 障子は間仕切りの総称。ここは襖(ふすま)障子。
二〇 はっと、反射的に。とっさの行為を示す。
二一 しゃくりあげて泣いた。「さくり」は息がつまるほど激しく泣くこと。「よよ」はもと泣く声を表す感動詞。「さくりもよよに」とつなげ、号泣するさまの形容に言う。
二二 なぜこのように泣くのであろうか。古活字本は「ならん」が「らん」になっている。
二三 それはどうしたことか、なぜこのように泣くのか。「とは」は諸注で「こは」の誤写とされるが、相手の言行をうけ、それへの疑問・不審の念を示す語か。「とはいかに」という語が本書二三六頁に見え、今昔二十八ノ十二にもある(ただし、「と」を「こ」に改める本が多い)。
二四 似ていないなど言うそうだが、心外な事だ。
二五 亡き殿と思って頼っていたいと思う。
二六 当面、おまえは寒そうだ。
二七 あれこれ言う必要がない。当家に出仕せよ。
二八 おもわくどおり、うまくふるまっていた。
二九 このように言ってさえ、うれしいのに。「だにあり」は…でさえ…であるの意。一二語の間に適当な形容詞などを補って解する。

いへば、家主笑《え》みて、「此お《(を)》のこの、[一]年来《(としごろ)》、ずちなくてありけん、不便《(ふびん)》の事なり」とて、[二]後見召《うしろみめ》しいでて、「これは故殿の[三]いとお《(ほ)》しくし給しものなり。まづ、かく京に旅だちたるにこそ。[四]思はからひて、沙汰《さた》しやれ」といへば、[五]ひげなる声《こゑ》にて「[六]む」といらへて立ぬ。この侍は、「そらごとせじ」といふ事をぞ[七]仏に申きりてける。

さて、このあるじ、我を[八]不定《(ふぢやう)》げにいふなる人〳〵よびて、此侍に事の次第いはせて、聞《き》かせんとて、後見召《うしろみめ》しいでて、「あさて、これへ人〳〵わたらんといはるゝに、[九]さるやうに引つくろひて、もてなしすさまじからぬやうにせよ」といひければ、「む」と申て、さま〴〵に沙汰《さた》しまうけたり。

[一〇]此得意《とくい》の人〳〵、四五人ばかり来《き》あつまりにけり。あるじ、つねよりも[一一]ひきつくろひて出合て、御酒たび〳〵[一二]参《まい》りて後、いふやう、「我《(わが)》おやのもとに、年比生《お(ひ)》いたちたる物候をや、御覧《らん》ずべからん」といへば、此あつまりたる人〳〵、心地《ち》よげに[一三]顔《かほ》さきあかめあひて、「[一四]もとも召《め》しいださるべく候。故殿に[一五]似けるも、[一六]かつはあはれに候」といへば、「人やある。なにがし参《まい》れ」といへば、ひとりたちて、召《め》すなり。見《み》れば、[一七]鬢《(びん)》はげたり。お《(を)》のこの六十余斗《(ばかり)》なるが、[一八]まみの程など、そらごとすべうもなきが、[一九]打《う》ちたるしろき狩衣《かりぎぬ》に、[二〇]練《ねり》色のきぬの

一 長年、暮しに困っていたであろうことが、かわいそうだ。「ずち(術)なし」はどうしようもない。困惑しているさま。
二 自分の後見人を召し出して。古活字本などに「後見に」とある。この形であれば、自分がこの男の後見をするためにの意となろう。
三 かわいがりなさった者である。
四 気を遣って、処置してやりなさい。
五 「卑下なる」声で、へりくだった声、うやうやしい声の意か。後見の慇懃無礼なさまを示すものであろう。「ひく(低)げ」ととる説もある。
六 うむ。言葉少なで低声の承諾の返事であろう。
七 仏に誓約を立てたのであった。家主の指示でしたことで、起請文を書き、しかるべき手続きをふんだのであろう。自分に対して言ったことを再言させようという家主の意志にもとづくことだが、結果的にはこれが家主の不利益につながることになる。
八 (実子かどうか)あてにならないように言ったという人々。
九 しかるべく準備して、接待がなおざりにならないようにせよ。「すさまじ」はひややかであるさま、しらけた感じ。
一〇 親しい人々。 一一 身なりをつくろって。
一二 召し上って後。酒宴が進行したさまをいう。「参る」は食ふ、飲むなどの敬語。
一三 顔のうち、鼻・頰など突き出た部分。
一四 当然召し出されるのがいいでしょう。「もとも」は「もっとも」の促音の無表記。
一五 書陵部本、古活字本などは「候ける」。この方が本来の形か。「似」では唐突なので誤写と思われる。 一六 (興味もあり)その一方では、感慨深くもあります。
一七 鬢(頭の両側面、耳のあたりの髪)がはげて

さるほどなる、着《き》たり。これは給はりたる衣とおぼゆ。召《め》しいだされて、事うるはしく扇を笏《（しゃく）》[二一]にとりて、うず《（づ）》くまりゐたり。

家主のいふやう、「やゝ、[二二]こゝ[二三]の父《てゝ》のそのかみより、おのれは老たちたる物ぞかし」などいへば、「む」といふ。「見《み》[二四]えにたるか。いかに」といへば、此侍いふやう、「[二五]その事に候。故殿には十三より参《まい》りて候。五十まで、夜昼《よるひる》はなれ参《まい》らせ候はず。故《こ》殿の「[二六]小冠者、〱」と召《め》し候き。[二七]無下に候し時も御[二八]あとにふせさせおはしまして、夜中、暁、[二九]大つぼ参《まい》らせなどし候し。その時は、わびしうたへがたくおぼえ候しが、を《（お）》[三〇]くれ参《まい》らせて後は、など、さおぼえ候けんと[三一]くやしうさぶらふなり」といふ。

あるじのいふやう、「抑《（そもそも）》、[三二]一日《ひとひ》、汝をよび入たりし折《おり》、我、障子を引あけて出たりし折《おり》、うち見《み》あげて、ほろ〱と泣しは、いかなりし事ぞ」といふ。その時、侍がいふやう、「それも別の事にさぶらはず。ゐ中にさぶらひて、故殿失《う》せ給にきとうけ給《（たまはり）》て、いま一度《ど》参《まい》りて、御ありさまをだにもお《（を）》がみ候はんと思て、恐〱《（おそれおそれ）》参《まい》り候し。左《さ》右《う》なく御出《で》居《い》へ召《め》し入させおはしまして候し。[三三]大方、かたじけなく候しに、御障子を引あけさせ給候しを、きと見あげ参《まい》らせて候しに、御烏《ゑ》帽子《ぼうし》の真《ま》黒《くろ》にて、まづ[三四]さしいでさせおはしまして候しが、故殿

いる。「り」は諸本多く「る」につくる。
一八 目付きなど、嘘をつきそうにもない男が。男の実直そうな印象の描写。
一九 砧で打ってつやを出した白い狩衣。狩衣は貴族の平常服。
二〇 薄黄色の衣の相当なもの。家主は男の身なりを整え、彼の言への信頼感を強くしようとはかった。
二一 笏のように手にして。笏は束帯姿の時に右手で持つ長方形の木片(時には象牙で作った)。もと心覚えを書き付けたが、単なる儀礼となった。男は扇をこれに擬し、礼儀正しくよそおったのである。
二二 おいおい。呼び掛けの語。
二三 自分の父の時代から、おまえは高齢に及んでいた者だな。古活字本は「老」が「生」となっている。これを採用すれば「生い育った者だな」となるが、底本のままとしておく。
二四 (故殿に)お目に掛かったか。どうだ。
二五 応答する時の語。相手の言を積極的に受けとめ、自分の言いたいことを述べるのに、まず発する言葉。そのことです。それなんですよ。
二六 年少の冠者。冠者は元服をすませて冠を着けるようになった若者。
二七 お悪くございました時。「無下」は病状が悪化したさまを婉曲に言ったもの。
二八 お足もとの方に私を寝させなさって。
二九 便器。もと木製であったが、後に陶製も作られたという。箋注倭名類聚抄は虎子を小便器、大壺を大便器と区別するが、その別については疑問視される。 三〇 お亡くなりになって後。
三一 後悔いたしました。 三二 先日。
三三 まったくもって、恐れ多くございましたが。
三四 私の前に現われなさいましたが。

のかくのごとく出させおはしましたりしも、御烏帽子は真黒《まくろ》に見《み》えさせおはしまし候が、思《(おもひ)》いでられおはしまして、おぼえず、涙のこぼれさぶらひしなり」といふに、此あつまりたる人〳〵も、[一]笑《え》みをふくみたり。又、此あるじも[二]気色《(けしき)》かはりて、「さて又、いづくか故殿には似たる」といひければ、此侍、「そのほかは、[三]大かた、似させおはしましたる所、おはしまさず」といひければ、人〳〵[四]ほを《(ほ)》え《(ゑ)》みて、ひとりふたりづゝこそ逃失《(にげうせ)》にけれ。

（七八ノ一　御室戸僧正事《みむろどのそうじやうのこと》　巻五ノ九）

これも今は昔《むかし》、[五]一乗寺僧正、[六]御室戸僧正とて、[七]三井の門流にやんごとなき人おはしけり。御室戸僧正は[八]隆家帥《(たかいへのそち)》の第四の子也。一乗寺僧正は[九]経輔大納言の第五の子也。御室戸をば隆明といふ。一乗寺をば増誉といふ。此二人、おの〳〵たう《(ふ)》とくて、[一〇]生仏《いき(ぼとけ)》なり。

御室戸はふとりて、[一一]修行するに及ばず。ひとへに本尊の御まへをばはなれずして、夜昼、おこなふ[一二]鈴《(れい)》の音、絶時《(たゆる)》なかりけり。[一三]を《(お)》のづから、人の行《(ゆき)》むかひたれば、門をば常にさしたる。門をたゝく時、たま〳〵人の出きて、「たれぞ」

一　家主のおもわくがはずれたことを感知し、皮肉な笑みをもらしたのである。
二　顔色が変って。
三　まったく。下の「おはしまさず」に掛かる。
四　にやにや笑って。
▽当時の貴族社会は男女の一対一による婚姻が確立しておらず、貞操観念もゆるやかであったため、父子の関係におぼつかなさがつきまとうことが多かった。院政期では鳥羽院、平清盛など出生の秘密が取り沙汰されて平家物語の記事となっている例もある。本話はそのような世相を背景とする笑話。故人の実子ではないらしい家主の内面・外面が、ひややかな周囲の人々、愚直な旧臣とのかかわりの中で活写されている。
五　増誉。園城寺別院の一乗寺に住して一乗寺僧正と号する。藤原経輔の五男。明尊の弟子。隆明とともに白河・堀河両帝の護持僧。大僧正、熊野三山検校、天王寺別当、園城寺長吏、天台座主などを歴任。永久四年(一一一六)没、八十五歳。
六　隆明。宇治の三(御)室戸に住した。藤原隆家の子。増誉の叔父に当る。大僧正、園城寺長吏。長治元年(一一〇四)没、八十四歳。
七　三井寺(園城寺)の智証(円珍)の系統。延暦寺系の山門派に対して寺門派という。
八　藤原道隆の四男。中納言、大宰権帥、正二位。長久五年(一〇四四)没、六十六歳。
九　隆家の次男。権大納言、大宰帥、正二位。永保元年(一〇八一)没、七十六歳。
一〇　現世に姿を現わした生身の仏のような高徳・有験の僧。　一一　行脚・巡礼などをさす。
一二　金属製の仏具で柄の付いた小形の鐘。内部に舌(ぜつ)が垂れており、振って鳴らす。
一三　たまたま、人が坊に出向いたところ、門を常にとざしてある。

ととふ。「しか〳〵の人の参《まい》らせ給たり」、もしは「[一四]院の御使《つかひ》にさぶらふ」などいへば、「申さぶらはむ」とて、奥《おく》へ入て、[一五]無期《むご》にあるほど、鈴の音《をと》、しきり也。

さて、とばかりありて、門の[一六]関木《(くわんのき)》をはづして、[一七]扉かたつかたを、人ひとり入程あけたり。見入《みい》るれば、庭には草しげくして、道《みち》ふみあけたる跡もなし。露を分て入て、のぼりたれば、[一八]広庇一間《(ひとま)》有《(あり)》。[一九]妻戸に[二〇]あかり障子たてたる、[二一]すゝけとほりたる事、いつの世に張《は》りたりとも見《み》えず。

[二二]しばし斗《(ばかり)》ありて、墨染着《き》たる僧、足音《をと》もせで出《(いで)》きて、「しばし、それにおはしませ。[二三]おこなひの程に候」といへば、待居たる程に、とばかりありて、内より、「それへ入《い》らせ給へ」とあれば、すゝけたる障子を引あけたるに、香の煙、[二四]くゆり出たり。[二五]なへ《(え)》とほりたる衣に、袈裟なども所〻やぶれたる、物もいはでゐられたれば、此人も、いかにと思て、むかひゐたるほどに、[二六]こまぬきて、すこし[二七]うつぶしたるやうにてゐられたり。しばしある程に、「[二八]おこなひの程、よくなり候ぬ。さらば、とく帰らせ給へ」とあれば、いふべき事もいはで、いでぬれば、又、門やがてさしつ。これはひとへに[二九]居おこなひの人なり。

一四 上皇・法皇。具体的には白河院。
一五 長時間、そこにいる間。
一六 かんぬき。門扉に付けた金具に通す横木。
一七 片方。　一八 寝殿造の母屋《(もや)》の外側、簀子縁に接する細長い部屋。広縁《(ひろえん)》ともいう。
一九 寝殿造の四隅にある両開きの戸。
二〇 採光のために薄紙を張った障子。今の障子と同じもの。　二一 すすけきっている。汚れきっている。「とほる」はすっかり…する意。
二二 しばらくたって。
二三 勤行の時間でございます。
二四 くすぶって出てきた。
二五 しわだらけでよれよれになった。使い古して糊が落ち、張りを失ったさま。
二六 手を組みあわせて。「こまぬく」(「こまねく」とも)は両手を腹の上で組みあわせる。
二七 うつむいたような姿勢で。
二八 勤行を十分しました。「勤行の時刻となりました」と解する説が多いが、旧大系は「祈禱をしたので、宜しくなりました」と訳す。使者がどんな祈禱を依頼に来たのかを、何も聞かずに察知してのこととる説である。しかし、ここと前の「おこなひの程」との文脈上の関連がはっきりしない。おそらく、僧正は使者に対して、勤行にたちあわせるつもりで、「墨染着たる僧」もそれを知ってこう言ったものであろう。使者は拍子ぬけして用件も言わずに退去する。
二九 外出・歩行などによらず、ひたすら座して修行する人。
▽同時代の一対の高僧の逸話が二つ並ぶ。目録では各独立の話として扱われるが、冒頭の語り方は、同じ文脈の中で二人を対置する形になっている。ひとまず切り離し、説話番号は旧大系との一致をはかって二話共通とした。

(七八ノ二　一乗寺僧正事《いちじようじそうじやうのこと》　巻五ノ九)

一乗寺僧正は、[一]大峯は二度とほられたり。[二]蛇を見《み》らる。又、[三]竜の駒などを見《み》などして、[四]あられぬありさまをして、おこなひたる人也。その坊は一二町ばかり、[五]よりひしめきて、[六]田楽、猿楽などひしめき、[七]随身、[八]衛府のお《(を)》のこどもなど、出入《(いでいり)》ひしめく。物売《う》り共入きて、鞍、太刀、さま〴〵の物を売《(うる)》を、かれがいふまゝにあたい《(ひ)》をたびければ、市をなしてぞつどひける。さて、此僧正のもとに、世の宝はつどひあつまりたりけり。

それに[九]呪師小院《(じゅしこゐん)》といふ童を愛せられけり。[一〇]鳥羽の田植に[一一]みつきしたりける。[一二]さき〴〵はくひに乗つゝ、みつきをしけるを、この田植《うへ》に僧正いひあはせて、この比するやうに[一三]肩にたち〳〵して、[一四]こはゝより出たりければ、大かた見《み》る物も驚《おどろ》き〳〵しあひたりけり。この童、あまりに寵愛《てうあひ》して、[一五]「よしなし。法師になりて、[一六]夜《(よ)》る昼《ひる》はなれず、つきてあれ」とありけるを、童、[一七]「いかゞ候べからん。いましばし、かくて候はばや」といひけるを、僧正、なを《(ほ)》いとお《(ほ)》しさに「たゞなれ」とありければ、童、しぶ〳〵に法師に成てけり。

一 吉野山から熊野に至る山地。修験道の霊地。増誉はここおよび葛城山で修行し、熊野詣は十三度に及んだ。
二 古活字本「蛇をみる法行はるゝ」。験力を証明するような事実であろうが、未詳。蛇体を祈禱して現出することを言うか。
三 竜馬、つまり竜のような超能力の馬か。
四 生存を期しがたい様子で。極度の苦行のさま。
五 寄り集まり、にぎわって。　六 田楽や猿楽を業とする者。田楽法師と猿楽法師。
七 貴族の外出に護衛に当った近衛府の舎人。
八 宮中の警護をつかさどる役所。左右の近衛府・兵衛府・衛門府の総称。
九 呪師は「しゅし」とも。陀羅尼を誦して加持祈禱を行う法師。法会の後に、幻術・雑芸などを演じ、田楽・猿楽に類する者もいる。「小院」は年少の法師。ただし、この童はまだ法師になっていないらしいので、一種の芸名であろう。
一〇 旧大系は「鳥羽」を「外端」かとするが不可。洛南の鳥羽をさす。鳥羽は鳥羽田ともいい、田の多い所で知られ、歌枕ともなった。
一一 語義・清濁など未詳。次文によってわずかに演技のさまが知られる。
一二 杁・杙で、地中に木を垂直に埋めこんだものか。古活字本は「さき〳〵いくひ」。「斎杭(杙)」で神聖な意味を担う杭かという。
一三 古活字本は「扇」。
一四 未詳。全書は「小幅」とし、幅幕の意かとするが疑問。底本「本て」と右に傍注あり。
一五 (今の暮しをしているのは)くだらない。
一六 夜も昼も離れず、私のそばにいよ。
一七 さあ、どうでしょうか。婉曲に不承知のむねを示す。
一八 降りかかって。「うち」は接頭語。「そそく」

さて、過るほどに、春雨うち[一八]そゝきて、つれ〴〵なりけるに、僧正、人を呼《よ》びて、「[一九]あの僧の装束《（さうぞく）》はあるか」と問《と》はれければ、「[二〇]納《おさめ》殿にいまだ候」と申ければ、「取て来《こ》」といはれけり。もて来《き》たりけるを、「これを着《き》よ」といはれければ、この呪師小院、「見苦《みぐる》しう候なん」といなみけるを、「たゞ着《き》よ」とせめの給《（たまひ）》ければ、かた[二一]〳〵へ行て、装束《さうぞ》きて、[二二]かぶとして出《い》できたりけり。つゆ昔《むかし》にかはらず。僧正、うち見《み》て、[二三]貝《かい》をつくられけり。小院、又、[二四]おもがはりしてたてりけるに、僧正、「いまだ[二五]走《はし》り手《て》はおぼゆや」とありければ、「おぼえ候《さぶら》はず。たゞし、[二六]かたさゝはの手《て》こそよく[二七]しつけて候し事なれば、すこしおぼえ候」といひて、[二八]せうのなかわりてとほるほどをはしりてとぶ。かぶともちて、[二九]一拍子にわたりたりけるに、僧正、声《こゑ》をはなちて泣《な》かれけり。さて、「[三〇]こち来《こ》よ」と呼《よ》びよせて、うちなでつゝ、「[三一]なにしに出家せさせけん」とて泣《な》かれければ、小院も「さればこそ、いましばしと申候し物を」といひて、装束ぬがせて、[三二]障子のうちへ具《ぐ》して入《い》られにけり。

[三三]そののちは、いかなる事かありけん、知《し》らず。

の語尾は古くは清音。近世より濁音となった。

一九 あの僧の(出家前の)装束はあるか。芸をする時の衣裳についての下問。

二〇 衣服・調度などの収納所。

二一 片隅に行って装束を身に着けて。

二二 鳥甲（とりかぶと）。舞楽で伶人がかぶるもの。鳳凰の頭にかたどり、頂が前方に尖って錏（しころ）が後方に出る。

二三 泣き顔をお作りになった。昔を思い出して感傷的になったのである。「貝をつくる」は、口をへの字に曲げてべそをかくこと。その時の口の形がはまぐりに似るのでこのように言う。

二四 平生と表情が変って。

二五 呪師走の手。呪師の芸は勇壮・活発を特徴として「走り」と呼ばれた。手は舞の型の意。

二六 未詳。古活字本「かたさらは」。

二七 よく演じなれましたので。

二八 未詳。「せう」について旧大系は「粧」、完訳は「簫」の字を当てる。後者の説は「簫の中を割って通るような狭い所を一気に走り通って跳んだ早業をいうか」とするもの。

二九 一拍子で飛びわたったのでの意か。演者の技術の冴えを示す記述であろうが、その具体的行為がはっきりしない。 三〇 こちらへ来い。

三一 なぜおまえを出家させたのか。

三二 ここは襖障子か。

三三 おぼめかしつつ、実質的には次々話の結末と同じようなことを暗示する。

▽高僧の同性愛的志向を語る話。高度な行をし、それにもとづく験力を持つ人が、その一方では小童の魅力と芸にひかれ、いかがわしい言行に及ぶ。短い会話文を多用し話のはこびは快調だが、芸能特有の語がめだち、難解な箇所が多い。底本目録「一乗子」に誤る。標題は諸本により訂。

(七九　或僧《あるそう》、人《ひと》ノ許《もと》ニテ氷魚《ひを》盗食《ぬすみくひ》タル事《こと》　巻五ノ一〇)

これも今は昔《むかし》、ある僧、人のもとへ行《い》きけり。酒などすゝめけるに、氷魚《(ひを)》[一]はじめて出《い》[二]できたりければ、あるじ、めづらしく思ひて、もてなしけり。あるじ、ようの事ありて、内へ入て、又、出《い》でたりけるに、この氷魚の、ことのほかにすくなく成たりければ、あるじ、いかにと思《おも》へども、いふべきやうもなかりければ、物がたりしゐたりける程に、この僧の鼻より氷魚の一《(ひとつ)》、[三]ふと出《い》でたりければ、あるじ、あやしうおぼえて、「その御鼻《はな》より氷魚《ひを》の出《(いで)》たるは、いかなる事にか」といひければ、[四]とりもあへず、「[五]この比の氷魚は目鼻より降《ふ》り候なるぞ」といひたりければ、人みな、「は」とわらひけり。

(八〇　仲胤僧都《ちゆういんそうづ》、地主権現説法事《ちしゆごんげんせつぽふのこと》　巻五ノ一一)

これも今は昔《むかし》、[六]仲胤僧都を[七]山の大衆《(だいしゆ)》、[八]日吉の二宮《(にのみや)》にて[九]法花経を供養しける導師に請じたりけり。説法えもいはずして、はてがたに、「[一〇]地主権現の申せとさ

一「ひうを」の略。鮎の稚魚。体長数センチメートル、氷のように無色半透明なのでこの名がある。琵琶湖および、これを水源とする宇治川(瀬田川)の名産で、晩秋から初冬にかけて食膳にのぼり、古来珍味とされた。歌材・季語として文学にもよく出る。
二「出で来」は現われる、目に付く所に出てくる意。ここは、手に入るというほどの意。
三 突然出てきたので。
四 すかさず。即座に。
五 この頃の氷魚は、天からでなく、目や鼻から降るものだそうだ。「氷魚(ひお)」に「雹(ひょう)」を掛けた洒落かと思われる(古典集成)。
▽僧の魚食という点で第六十七話と共通するが、これは盗み食い、および、とっさの言い逃れを扱っており、笑話である。人々の笑声をもって結末とする語り口は、第五、六話以来、本書の常套とするところである。
六 藤原季仲の八男。延暦寺の僧。説法の名手で第一八二話にも再出。
七 比叡山の僧徒たち。「大衆」は一般的僧侶の総称。
八 大津市坂本の日吉神社(比叡山の鎮守神)の二宮。小比叡と称する。大山咋(おおやまくい)神を祭り、大宮(大比叡)とともに重んじられる。
九 法華経を書写し供養する法会の導師(中心となってとりしきる僧)。
一〇 その土地を守護する神。ここは大山咋神。「権現」は本地垂迹説の語で、仏が神の姿を借りて仮に現われたもの。
一一 法華経四・見宝塔品の偈。「此の経は持(たも)つこと難(かた)し。若(も)し暫くも持つ者は、我、則

ぶらふは」とて、「此経難持《しきやうなんち》[一一]、若暫持者《にやくざんちしや》、我即観喜《がそくくわんぎ》、諸仏亦然《しよぶつやくねん》」といふ文を打[一二]上て誦《ず》して、諸仏といふ所を、「地主権現の申せと候は、我即観喜、諸神亦然」といひたりければ、そこら[一三]集《あつ》まりたる大衆、異口同音にあめき[一四]て、扇[一五]をひらきつかひたりけり。

これをある人、日吉社の御正躰[一六]をあらはしたてまつりて、各《おのおの》、御前にて千[一七]日の講をおこなひけるに、二宮[一八]の御料《れう》の折《おり》、ある僧、この句をすこしもたがへずしたりけるを、ある人、仲胤僧都に、「かゝる事こそありしか」と語《かたり》ければ、仲胤僧正[一九]、「きやう〳〵[二〇]」と笑て、これは、「かう〳〵の時、仲胤がしたりし句也。えい[二一]〳〵」とわらひて、「大かたは、この比《ごろ》の説経をば、犬のくそ説経といふぞ。犬[二二]は人の糞を食て、糞《くそ》をまる也。仲胤が説法をとりて、この比の説経師はすれば、犬の糞《くそ》説経といふ也」とぞいひける。

（八一　大二条殿《おほにでうどの》ニ小式部内侍《こしきぶのないし》、奉ニ歌読懸《うたよみかけたてまつること》一事　巻五ノ一二）

是も今は昔《むかし》、大二条殿[二三]、小式部内侍[二四]おぼしけるが、たえまがち[二五]になりける比、例[二六]ならぬ事おはしまして、久しう成て、よろしく[二七]なり給て、上東門院[二八]へ参《まい》らせ

一二 声をはり上げて。
一三 多数。
一四 あっと声をあげて。「あ」はもと擬声語で「めく」はそのような声を出す。
一五 扇を開いて、あおぐようなしぐさをする。賞讃の動作を示す。
一六 ご神体を現わし申し上げて。ご開帳を示す。
一七 千日間にわたって法華経を講説する法会。
一八 二宮のために行ったおり。
一九 「僧正」は底本のまま。他本は「僧都」、文中の他の呼称からしても誤写であろう。
二〇 笑い声で「きゃっきゃっ」に近く、快活な感じを示すか。
二一 力をこめた笑い声か。
二二 犬が人糞を食用にしていたことは今昔十九ノ三などにも見える。
▽本書の成立圏にかかわるかとも思われている仲胤の興言利口譚。場に応じて法華経を読みかえ、その機智で人を感じさせた話である。亜流を諷刺する彼の比喩が下品に流れ、当時の説法の俗臭をうかがわせる逸話である。
二三 藤原教通。道長の三男。関白太政大臣、従一位に至る。承保二年(一〇七五)没、八十歳。
二四 和泉式部の娘。父は橘道貞。上東門院に仕え、多彩な恋愛遍歴で知られる。教通との間に静円を生んだ。後拾遺集初出の歌人。万寿二年(一〇二五)没、享年未詳。
二五 逢うことがとだえがちになった頃。
二六 病気。不例。
二七 回復なさって。
二八 藤原彰子。道長の子で教通の姉。一条天皇の后で後一条・後朱雀両帝の生母。承保元年(一〇七四)没、八十七歳。

給たるに、小式部、[一]台盤所に居《ゐ》たりけるに、出《いで》させ給とて、「[二]死《し》なんとせしは。など問《と》はざりしぞ」と仰られて過給ける。[三]御直衣のすそを引《ひき》とゞめつゝ、申けり。

[四]死《し》ぬばかり歎《なげき》にこそ歎《なげ》きしかいきてとふべき身にしあらねば

堪《た》へずおぼしけるにや、かきいだきて、局へおはしまして、寝《ね》させ給にけり。

(八二　山横川賀能地蔵事《やまのよかはのかのうちざうのこと》　巻五ノ一三)

これも今は昔《むかし》、[五]山の横川に[六]賀能知院といふ僧、きはめて[七]破戒無慙《むざん》のものにて、昼夜に仏の物を取《と》り使《つか》ふ事をのみ[八]しけり。横川の[九]執行《しゆぎやう》にてありけり。[一〇]政所《まんどころ》へ行とて、[一一]塔のもとをつねに過ありきければ、塔のもとに、ふるき地蔵の物の中に捨置《お》きたるを、[一二]きと見奉《みたてまつ》りて、時〲、[一三]きぬかぶりしたるをうちぬぎ、頭をかたぶけて、[一四]すこし〲うやまひ拝《おが》みつゝ行時もありけり。

かゝる程に、かの賀能、[一五]はかなく失《うせ》ぬ。[一六]師の僧都、是を聞《き》ゝて、「彼僧《かのそう》は破戒無慙の物にて、後世《ごせ》、さだめて地獄に落《おち》ん事、うたがひなし」と心うがり、あはれみ給事、かぎりなし。

一 台盤(食物を盛った器をのせる長方形の台)を置き、食膳を調える部屋。女房の詰所。
二 死ぬところであったよ。なぜ、見舞に来てくれなかったのか。「は」は詠嘆。
三 貴族の平常服。
四 ご病気を案じ、私こそ、ひとりひそかに死ぬほどに歎いておりました。生きたままで、行ってお見舞できる身分ではありませんので。「いきて」は「生きて」に「行きて」を掛ける。後拾遺集・雑三に入集。第二句は底本字足らずで、句末の「は」が脱落している。
▽恋多き才女で知られる小式部内侍の逸話。彼女は藤原定頼の皮肉に応じて「大江山」の歌を詠み、その事で有名になった。本話も即興の歌才を取り上げ、相手の衣服の一部を把えることも含めて、「大江山」の話と同工異曲の話である。歌意のけなげさ、一方の教通の純情が印象に残る。
五 比叡山の横川。三塔の一。
六 伝未詳。元亨釈書には「役夫賀能」とある。
七 戒律を破って、恥を知らぬ者。
八 底本「ししけり」。上の「し」は強意の助詞ととれないこともないが、他本になく、衍字と判断、削除した。
九 寺務をつかさどる役職。
一〇 寺務を取り扱う所。横川中堂・根本如法塔の傍にあった。
一一 根本如法塔(首楞厳院)。円仁の創建。
一二 はっと拝見して。
一三 僧侶が外出などの時、衣を頭からかぶること。女性の「きぬかづ(被)き」に似る。
一四 「少し少し」でほんのわずかの意かと思われるが、「過し過し」で立ち止らずに通過しつつと

かゝる程に、「塔のもとの地蔵こそ、この程、見《み》え給はね。いかなる事にか」と[一七]院内の人〻、いひあひたり。「人の修理《しゆり》し奉《たてまつ》らんとて、とり奉たるにや」などいひける程に、此僧都の夢に見《み》給やう、「此地蔵の見《み》え給はぬは、いかなる事ぞ」と尋《たづね》給に、かたはらに僧有て、いはく、「此地蔵菩薩、[一八]はやう賀能知院が[一九]無間地獄《むげんぢごく》に落《おち》しその日、[二〇]やがて助《たすけ》んとて、あひ具《ぐ》して入《いり》給也」といふ。[二一]夢心地《ち》にいとあさましくて、「いかにして、さる罪人には具《ぐ》して入給たるぞ」と問給へば、「塔のもとを常に過るに、地蔵を見《み》やり申て、時〳〵拝《おが》み奉しゆへ《ゑ》なり」とこたふ。

夢覚て後、みづから塔のもとへおはして見《み》給に、地蔵、まことに見《み》え給はず。「さは、此僧にまことに具《ぐ》しておはしたるにや」とおぼす程に、其後、又、僧都の夢に見給やう、塔のもとにおはして見《み》給へば、此地蔵立給たり。「これは失《うせ》させ給し地蔵、いかにして出《い》でき給たるぞ」とのたまへば、[二三]又人のいふやう、「賀能[二二]具《ぐ》して地獄へ入て、たすけて帰給へるなり。されば[二四]御足《あし》の焼《や》け給へる也」といふ。御足を見《み》給へば、誠に御足、黒《くろ》う焼給ひたり。[二五]夢心地《ち》に誠にあさましき事、限なし。

さて夢さめて、泪《なみだ》とまらずして、いそぎおはして塔のもとを見《み》給へば、う

もとれる。いずれにせよこの語形での類例未詳。
一五 あっけなく。
一六 誰をさすか未詳。僧都は僧綱の一で僧正につぐ位。
一七 首楞厳院の中の人々。
一八 さきごろ。
一九 八大地獄の最下で阿鼻地獄に同じ。
二〇 ただちに。すぐに。
二一 夢の中の心持で。ひどくびっくりして。
二二 もう一人の人。別の人。
二三 「具す」は自動詞(つれだって行く、従う)と他動詞(従える)の二種があるが、ここは前者で主語は地蔵か。とすると「賀能に」とあるべき所。
二四 地蔵が無間地獄に行ったことの痕跡を示す。往生要集巻上・大文第一は無間(阿鼻)地獄を定義して、まず「大焦熱の下、欲界の最低の処にあり」とし、猛火のさまについて記す。
二五 五行目にあった句をほぼそのままに反復、僧都の驚きを強調する。

一 今もいらっしゃる。この像がその後どうなったかについては未詳。
二 取材源が口承によることを示す。この「人」と前文のそれとは同一と思われるが、過去の助動詞が「き」、「けり」と相違するのが不審。二語の別は、本書の場合、あいまいになっているものか。

▽わずかに帰依の心をおこして礼拝したために、悪人が地獄から救われる話。第四十四話と似る、というより、地蔵説話の型をふむものと言うべきであろう。地蔵の現存と像高を示す末尾の証言は、型どおりの話に現実感を与え、ささやかな地蔵の労苦を想像させよう。なお、元亨釈書が「役夫賀能」のこととして語る類話は、僧都が

つゝにも地蔵立給へり。御足を見《み》れば、誠に焼《や》け給へり。これを見《み》給に、あはれにかなしき事、かぎりなし。さて、泣《な》く〳〵此地蔵をいだき出《いだ》し奉《たてまつ》り給てけり。

「[一]いまにおはします。二尺五寸斗《ばかり》の程にこそ」と人は語《かた》りし。[二]これ、語《かた》りける人、拝《おが》みたてまつりけるとぞ。

（八三　広貴《ひろたか》、依二妻訴一《つまのうたへにより》、炎魔宮《えんまきゆう》へ被レ召事《めさるること》　巻六ノ一）

これも今は昔《むかし》、[三]藤原広貴と云物ありけり。死《しに》て、[四]閻魔の庁に召《め》されて、王の御前とおぼしき所に参たるに、王の給《たまふ》やう、「汝が子を孕《はらみ》て、[五]産をしそこなひたる女、死《しに》たり。地獄に落て、苦をうくるに、[六]うれへ申事のあるによりて、汝をば召《め》したる也。まづ、さる事あるか」と問《と》はるれば、広貴《ひろたか》、「さる事、候《さぶら》ひき」と申《まうす》。王の給《たま》はく、「妻の[七]訴《うた》へ申心は、「われ、[八]男に具《ぐ》して、ともに罪をつくりて、しかも、かれが子を産《うみ》そこなひて、死して地獄に落て、かゝるたへがたき苦をうけ候へども、いさゝかも[九]我後世《わが》をも弔《とぶら》ひ候《さぶら》はず。されば我一人、苦を[一〇]うけ候《さぶら》ふべきやうなし。広貴を諸共に召《め》して、[一一]おなじやうにこそ苦をうけ候《さぶら》

登場せず、賀能自身の体験談になっており、彼は蘇生後に横川の般若谷（中堂のあたり）に行って焼けただれた地蔵を見たとある。

三 同じ話を語る日本霊異記・下ノ九には「藤原朝臣広足」とある。一書間の人名の異同は「ひろたり」と「ひろたか」という音の類似による誤伝にもとづくものであろう。なお、同書によると、「広足」は称徳天皇の代の人で神護景雲二年（七六八）二月十七日に大和の宇陀郡真木原の山寺に止住したという。以下語られることの時代・場所を知る糸口になる記述である。

四 地獄の主神で、冥界をつかさどる。王と称し、冥界十王の第五とされる。死者をその死後に庁に呼んで裁くという（地蔵十王経）。

五 古典集成は『血盆経』の説をうけながら、産褥（さんじょく）で死んだ女は、血の地獄に堕ちるとも伝えられる」と注する。ちなみに、出産時における妊婦の死亡事故について、平家物語九・小宰相身投に「女はさやうの時、十に九つはかならず死ぬるなれば」と語っていて、危険のはなはだしさを想像させる。

六 訴え申す事。嘆き訴える事。

七 「うたふ」は「うったふ」の促音の無表記。

八 男と夫婦になって。「…に具す」は、…と一緒になる、…の配偶者となる。

九 私の死後を供養してくれません。

一〇 受けなければならないいわれはありません。

一一 霊異記、地蔵霊験記ではこのあたりはやや具体的で、女の受苦六年のうち、すでに三年が過ぎており、残り三年の苦をともにしようという訴えになっている。この方が女の立場と訴え方について同情を誘う語り口としてははるかに効果的であろう。

一二 まことにもっともです。

はめ」と申によりて召《め》したるなり」との給《(たま)》へば、広貴が申やう、「此うたへ申事、[一二]尤《(もっとも)》ことは《(わ)》りに候。[一三]大《(おほ)》やけわたくし、世をいとなみ候あひだ、思《(おもひ)》ながら、後世をば弔《とぶら》ひ候はで、月日はかなく過《(すぎ)》候《さぶら》ふ也。たゞし、[一四]今にを《(お)》き候ては、ともに召《め》されて、苦をうけ候とも、かれがために苦のたすかるべきに候はず。されば、このたびはいとまを給はりて、[一五]娑婆《(しやば)》に罷帰《(まかりかへり)》て、妻のために、よろづをすてゝ、[一六]仏経を[一七]書供養《(かきくやう)》して、弔《とぶら》ひ候はん」と申せば、王、「しばし候《さぶら》へ」との給《(たまひ)》て、かれが妻を召《め》し出て、[一八]汝《(なんぢ)》が夫、広貴《ひろたか》が申やうを問給へば、「[一九]実《(げに)》〻、[二〇]経《(きやう)》仏《(ほとけ)》をだに書供養せんと申候はゞ、とくゆるし給へ」と申時に、又、広貴を召《め》し出て、中まゝの事を仰《(おほせ)》聞《き》かせて、「さらば、このたびはまかり帰れ。たしかに、妻のために、仏経を書供養して、弔《とぶら》ふべき也」とて、かへしつかはす。

広貴、かゝれども、[二一]是《(これ)》はいづく、誰《たれ》がの給《(たまふ)》ぞとも知《し》らず。ゆるされて、[二二]庭を立《(たち)》て帰る道にて思《おも》ふやう、「此の[二三]玉の簾《(すだれ)》のうちに居《ゐ》させ給て、かやうに[二四]物の沙《さ》汰《た》して、我を帰《かへ》さるゝ人は誰《たれ》にかおはしますらん」と、いみじく[二五]おぼつかなくおぼえければ、又、参《まい》りて、庭に居《ゐ》たれば、簾の内より、「あの広貴は返しつかはしたるにはあらずや。いかにして、又参《まい》りたるぞ」と問《と》はるれば、広貴《ひろたか》、申やう、「はからざるに御恩をかうぶりて、帰《(かへり)》がたき[二六]本国へ帰《かへ》り候事を、いか

一三 公私にわたって。「大やけ」は「公」に同じ。
一四 今は。今になっては。「…にお(於)き(い)て」は、時・場合・場所・主題などに関する語をうけ、…に、…での意。「於」の漢文訓読語から一般化した語。
一五 梵語 sahā の音写で現世をさす。
一六 霊異記は法華経とする。
一七 経文を書写し、仏前に供えて故人を供養すること。
一八 「汝」は対称の人代名詞。従って、ここは直接話法のようでありながら、以下はそのように展開していかない。脱文を考える説もあるが、「汝」の誤用ないし、構文上の乱れであろう。
一九 本当に。下の「申候はば」と呼応し、男の言の真実性を仮に認め、その上で彼の申し分を受け入れようとする気持を示す。同語の反復でその気持が強調されている。この辺、霊異記には「実に白(まう)すが如くは」とある。
二〇 経文と仏像。前の(後にも再出)「仏経」(経文、また、仏像と経文)とやや意味・用法が異なる。
二一 これはどこで、誰がおっしゃっているのかもわからなかった。冒頭に「閻魔の庁に召されて」とあり、読者には了解ずみであるが、広貴自身には対者の正体が不明であったわけである。
二二 何かが行われる場・場所。霊異記によると、屋根がいくえにも重なった高い楼閣の中。古活字本は「座」とする。
二三 宝玉をつらぬいて作ったすだれ。本書ではここに初めて出るが、霊異記には、前に「四方に簾(たまのすだれ)を懸け、其の中に人あり」とある。
二四 判定。裁決。
二五 気持がおちつかなく思ったので。
二六 生れた国。ここは、生の世界。

におはします人の仰《おほせ》とも[一]え知《し》り候はで、まかり帰《かへり》候はん事の、きはめて[二]いぶせく、口惜《くちをしく》候へば、恐ながら、これをうけ給はりに、又参《まい》りて候なり」と申せば、「汝、[三]不覚《ふかく》なり。[四]閻浮提《えんぶだい》にしては、我を地蔵菩薩と称す」との給《たまふ》を聞《き》きて、「[五]さは、炎魔王と申は地蔵にこそおはしましけれ。此菩薩に仕らば地獄の苦をばまぬかるべきにこそあんめれ」と思ふ程に、三日といふに生帰《いきかへり》て、そののち、妻のために仏経書《かき》供養してけりとぞ。

[六]日本法花験記に見《み》えたるとなん。

（八四　世尊寺《せそんじ》ニ死人《しにん》ヲ堀出事《ほりいだすこと》　巻六ノ二）

今《いま》は昔《むかし》、[七]世尊寺といふ所は、[八]桃園大納言住給《すみたまひ》けるが、[九]大将《だいしやう》になる宣旨かぶり給にければ、[一〇]大饗あるじの料《れう》に修理し、まづは祝《いはひ》し給し程に、あさてとて、にはかにうせ給ぬ。使《つか》はれ人、皆出散《いでちり》て、北方《きたのかた》、若公《わかぎみ》ばかりなん、[一一]すごくて住給ける。その若公《わかぎみ》は[一二]主殿頭《とのもりのかみ》[一三]ちかみつといひしなり。

此家を[一四]一条摂政殿、[一五]取《と》り給て、[一六]太政大臣に成て、大饗行なはれけり。[一七]坤《ひつじさる》の角《すみ》に塚のありける。築地を[一八]つきいだして、そのすみは[一九]したうづがたにぞ有け

一　理解できずに。「で」は底本（伊達本も同じ）の「ん」を諸本によって校訂したもの。
二　気がかりで、不本意ですので。
三　わきまえがない。
四　梵語Jambu-davipaの音写。人間の住む世界。須弥山の南方にあり、四大州の一。インドを思わせる地だが、後に仏教の伝播に伴って中国・日本も含んでこの世界をさすようになった。下の「にしては」は、…にあっては、…ではの意。
五　それでは、炎（閻）魔王と申し上げる方は、地蔵でいらっしゃったのか。
六　大日本国法華経験記（本朝法華験記、また単に法華験記とも）をさすか。鎮源撰で長久年間（一〇四〇－四四）の成立。ただし、同書に本話は見えない。地蔵霊験記には「此事日本記（やまとぶみ）にも見え侍るなり」とある。ともども、霊異記のことを誤ってこのように伝えたものか。
▽習合思想にもとづく地蔵説話。なお、閻魔の本地を地蔵とする思想は古く、唐代の偽経の地蔵十王経などに見える。
七　一条北、大宮西（京都市上京区栄町のあたり）にあった寺。もと貞純親王（清和天皇皇子）の邸宅であったが、後に藤原師氏が住み、本話の語る経緯によって伊尹に移る。その孫の行成が長保三年（一〇〇一）に寺院化して世尊寺と称した。
八　藤原師氏。忠平の四男。東宮傅、大納言、正二位。桃園は地名にちなむ邸の通称。後撰集初出の歌人。天禄元年（九七〇）没、五十八歳。
九　近衛府の長官。左右各一人、三位相当で、大納言また大臣の兼任。
一〇　大饗（任官の祝賀の宴）の饗応のために。
一一　物淋しい様子で。
一二　主殿寮の長官。主殿寮は宮内省に属し、天皇の輿輦・湯沐、宮中の清掃などをつかさどる。

る。殿、「そこに堂をたてん。この塚をとり捨《(すて)》て、そのうへに堂をたてん」とさだめられぬれば、人〳〵も「塚《つか》のために、いみじう功徳になりぬべき事也」と申ければ、塚を掘《ほ》りくづすに、中に石の唐櫃《(からびつ)》[二〇]あり。あけて見《み》れば、尼[二一]の、年廿五六ばかりなる、色うつくしうて、口唇《びる》の色など、露かはらで、ゑ《(え)》もいはずうつくしげなる、寝《ね》入たるやうにて、臥《(ふし)》たり。いみじううつくしき衣の、色〳〵なるをなん着《き》たりける。若かりける物の、にはかに死たるにや。金の杯《つき》[二二]、うる[二三]はしくてすへ《(ゑ)》たりけり。入たる物、なにもかうばしき事、たぐひなし。

あさましがりて、人〳〵立《(たち)》こみて見《み》る程に、乾《(いぬゐ)》[二四]の方より風吹ければ、色〳〵なる塵になん成て失にけり。金《かね》の杯《つき》よりほかの物、つゆ[二五]とまらず。「いみじき[二六]昔《むかし》の人なりとも、骨、髪の散《ち》るべきにあらず。かく風の吹に、塵《ちり》になりて、吹散《ち》らされぬるは、希有《(けう)》の物なり」といひて、その比、人あさましがりける。

摂政殿、いくばくもなくて、失給にければ、この祟《たゝ》[二七]りにやと人疑《うたが》ひけり。

一三 「ちかのぶ(近信)」の誤りか。近信は師氏の次男で主殿頭、従四位上。

一四 藤原伊尹。一〇六頁注一二参照。

一五 取り上げなさって。

一六 太政官の長官。伊尹がこれに任ぜられたのは師氏の死の翌年、天禄二年(九七一)十一月二日。その一年後の十一月一日に彼が死んだので、桃園邸の主のあわただしい交替は印象が強かったと思われる。

一七 西南。陰陽道で裏鬼門と称し、不吉な方位。

一八 外に張り出して作って。塚のために、西南隅の築地の作り方が変則的であったことを示す。

一九 「したぐつ」の音便。束帯着用の時、沓の下に用いる布製のはきもの。

二〇 辛櫃・屍櫃と書く。死体をいれる棺。

二一 富家語には「たけ八尺なる尼公」とある。驚異的な身長で、異人種かと疑われるが、本話はそのことにふれない。

二二 飲食物をいれる容器。

二三 きちんとして。

二四 西北。その方角には都を鎮護する霊山の愛宕山がある。ここの風もそのことにちなむ霊力を帯びたものと想像されたか。

二五 まったく姿をとどめない。

二六 はなはだしい大昔。

二七 塚をあばいた祟り。

▽唐櫃の中から美しい尼の出てくるあたりは、スウェン・ヘディンの『さまよえる湖』の一節を思わせる情景。平安京以前にいわれがありそうな内容である。この種の説話を集めた今昔物語集巻二十七に同じ邸の寝殿母屋の柱に関する別の奇譚(第三話)が見える。桃園邸にはもともと何やら不気味な感じがあり、それが主人たちの不幸と結ばれて話題性が生れたものであろう。

（八五　留志長者事《るしちやうじやのこと》　巻六ノ三）

今《いま》は昔、天竺[一]に留志《(るし)》[二]長者とて、世に[三]たのしき長者ありけり。大方、蔵もいくらともなく持《も》ち、たのしきが、心[四]のくちお《(を)》しくて、妻子にも、まして従者にも、物食《く》はせ、着《き》する事なし。おのれ、物のほしければ、人にも見《み》せず、隠《かく》して食《く》ふ程に、物のあかず多《おほ》くほしかりければ、妻にいふやう、「飯《(いひ)》[五]、酒、くだ物どもなど、[六]おほらかにしてたべ。我につきて物惜《お》しまする慳貪《(けんどん)》[七]の神まつらん」といへば、「物惜《お》しむ心、うしなはんとする。よき事」と喜《(よろこび)》て、色〳〵に調《てう》[八]じて、おほらかに取《と》らせければ、うけとりて、「人も見ざらん所に行て、よく食《く》はん」と思て、外居《ほかい》[九]に入《い》れ、瓶子《(へいじ)》[一〇]に酒入《(いれ)》などして持《も》ちて出《(いで)》ぬ。

「此《(この)》木のもとには鳥《からす》あり」「かしこには雀あり」など選《え》りて、人離《はな》れたる山の中の木の陰に鳥獣もなき所にて、ひとり食ゐたる[一一]心のたのしさ、物に似《に》ずして、誦《ずん》ずるやう、「今曠野中《(こんくわうやちゆう)》[一二]、食飯飲酒大安楽《じきはんおんじゆだいあんらく》、猶過毘沙門天《ゆうくわびしやもんてん》[一三]、勝天帝尺《しようてんたいしやく》[一四]」。此心は「今日《けふ》、人なき所に一人ゐて、物を食《く》ひ、酒《さけ》を飲《の》む。安楽《あんらく》なる事、毘沙門、帝尺にもまさりたり」といひけるを、帝尺、きと[一五]御覧《らん》じてけり。

一　インドの古称。
二　盧至長者。インド舎衛城の長者。盧至長者因縁経に見える。
三　富裕な。古活字本「たのもしき」。
四　心のほどは大変にがっかりさせられるのであって。長者の性格が大変な悋嗇であることをいう。
五　古本説話集・下五十六話に「くだ物、をものさけ、あはせどもなど」。なお法苑珠林では長者は蔵より五銭を取出し、麨、酒を二銭ずつ、残る一銭で葱を買い、家より塩一把を持って出ることになっており、その中味は粗末、かつ少分である。
六　たくさん。たっぷりと。
七　けちで欲ばりなこと。六蔽(慳貪、破戒、瞋恚、懈怠、散乱、愚癡)の一つ。
八　食べ物をととのえて。
九　食物を入れて持ち運ぶ容器。
一〇　酒を入れて、盃などに注ぐ器。徳利のようなもの。板本「ひさご」。
一一　古活字本「ひとり食ゐたり」。
一二　法苑珠林「我今節慶会、縦㆑酒大安楽、逾㆓過毘沙門㆒、亦勝㆓天帝釈㆒」とあり、盧至長者因縁経、今昔もほぼ同文。
一三　古活字本「独過毘沙門天」。毘沙門天は、梵語 Vaiśravana。仏法擁護の一神で四天王、十二天の一。北方を守護し、福徳を施与する。多聞天、普聞天とも。
一四　帝釈天。仏法擁護の一神で、十二天の一。東方を守護する。忉利天喜見城に住む。
一五　すばやく、たしかに。

[一六]にくしとおぼしけるにや、留志長者が形に化《(け)》し給て、彼《(かの)》家におはしまして、「我、山にて、物惜《お》しむ神をまつりたるしるしにや。その神離《はな》れて、物の惜《お》しからねば、かくするぞ」とて、蔵どもをあけさせて、妻子を初《(はじめ)》て、従者ども、それならぬよその人共、修行者、乞食《(こつじき)》にいたるまで、[一七]宝物どもを取出して、配《くば》り取《と》らせければ、みな〳〵悦《(よろこび)》て、分《(わけ)》とりける程にぞ、まことの長者は帰たる。

倉共、みなあけて、かく宝どもみな人の取《と》りあひたる、あさましく、かなしさ、いはん方《かた》なし。「[一八]いかにかくはするぞ」とのゝしれども、我とたゞ同《おな》じ形《かたち》の人出来《(いでき)》てかくすれば、不思議《ふしぎ》なる事かぎりなし。「あれは[一九]変化《(へんげ)》の物ぞ。[二〇]我こそ、そよ」といへども、[二一]聞《き》き《ゝ》いるゝ人なし。御門《(みかど)》にうれへ申せば、「母に問《と》へ」と仰《おほ》せあれば、母に問《と》ふに、「人に物くるゝこそ我子にて候はめ」と申せば、する方なし。「腰の程に、[二二]は《(は)》わくひといふもの《ゝ》のあとぞ候《さぶら》ひし。それをしるしに御覧《らん》ぜよ」といふに、あけて見《み》れば、[二三]帝尺、それをまなばせ給はざらんやは、二人ながら、おなじやうに物のあとあれば、力なくて、仏の御もとに二人ながら参《まい》りたれば、その時、帝尺、もとの姿《すがた》に成て、御前におはしませば、「論じ申べき方《かた》なし」と思《おも》ふ程に、仏の御力にて、やがて[二四]須陀洹果《(しゆだをんくわ)》を[二五]証《せう》したれば、悪《あ》しき心離《はな》れたれば、物惜《お》しむ心も失《う》せぬ。

一六 今昔「忿《(いか)》りを成して盧至を罰せむがために」。
一七 底本「室物」。他本によって改む。伊達本は「室」として見せ消ちで「宝」に改む。
一八 どうしてそんなことをするのか。
一九 人間以外のものが、人間に姿をかえてあらわれること。化け物。
二〇 自分こそ本物だ。
二一 法苑珠林では戻ってきた本物の長者は「慳鬼」と見なされ、人々に足をとられ、引き倒され、棒で打たれ、門の外へ逃げ出る。
二二 「ははくそ」の誤か。「ははくそ」はほくろやあざの類。「母糞」という言葉を連想させるか。古本説話「はわくそ」。法苑珠林「児左脇下有二小瘡瘢一、猶小豆許」。
二三 帝釈がそれをそっくりまねなさらないはずがあろうか。帝釈の超能力を強調する挿入句。
二四 梵語Srota-āpanna。初めて悟りの流れの中に入る者の意。四段階の初級。最高位は「阿羅漢果」。
二五 得たので。仏教語「証果」よりできた言い回しか。

かやうに帝尺は人をみちびかせ給事、はかりなし。そゞろ[一]に長者が財を失《うしな》はんとは、なにしにおぼしめさん。慳貪の業《(ごふ)》[二]によりて、地獄に落《(おつ)》べきを、あはれませ給御心ざしによりて、かく構《かま》へさせ給けるこそ目出《(めでた)》けれ。

（八六　清水寺《きよみづでら》ニ二千度参詣者《にせんどさんけいするもの》、打二入双六一事《すぐろくにうちいるること》　巻六ノ四）

今は昔《むかし》、人のもとに宮づかへ[三]してある生《なま》[四]侍《(ざむらひ)》有けり。する事のなきまゝに、[五]清水へ、人まねして、千度詣[六]を二たびしたりけり。

其後、いくばくもなくして、主《しう》のもとに有ける同じ様なる侍と双六《(すぐろく)》[七]をうちけるが、おほく負《ま》けて、わたすべき物なかりけるに、いたく責《せ》めければ、思わびて、「我、持たる物なし。只今たくはへたる物とては、清水に二千度参《まい》りたる事のみなんある。それを渡《わた》さん」といひければ、かたはらにて聞《き》く人は、謀《はか》る也とお《(を)》[八]こに思て笑けるを、此勝《(このかち)》たる侍、「いとよき事也。渡《わた》さば、得《え》ん」といひて、「いな[九]、かくては請《う》けとらじ。三日して、此よし申て、おのれ[一〇]渡《わた》すよしの文、書《か》きて渡《わた》さばこそ、請《う》けとらめ」といひければ、「よき事なり」と契《(ちぎり)》て、其日より精進《(しやうじん)》[一一]して三日といひける日、「[一二]さは、いざ清水へ」といひければ、此《(この)》

一　むやみに。何の理由もなく。
二　結果を引き出すもとになる行為。善悪の行為の総称。
▽帝釈天が慳貪の業をあらためさせ、証果の身としたという内容で、構想上は仏教説話と全同。しかし本話は、長者にも何やら愛すべきところがあるし、帝釈天の行動もきびしいが、情味がある。堅苦しい仏教説話にしないところが本書の特徴である。
三　貴人などに仕えること。奉公。
四　官位が低く、若い侍。青侍。「生」は不十分、未熟なことを示す接頭語。
五　清水寺。京都市東山区にある法相宗の本山。
六　祈願のために社寺に千度参詣すること。
七　中国伝来の室内遊戯。盤上に黒白の駒石各十五を並べて二人が対座し、振り出した賽の目によって石を進め、早く敵陣に入るのを争う。賭博として行われ、しばしば禁止された。
八　ばかばかしく思って。
九　このままでは受け取るまい。「かくては」は底本「からては」とも読める。字形の類似による誤写の可能性もあるが、他本を参照して、「く」としておく。
一〇　以下の展開によると、仏前での誓文を求めたものらしい。
一一　肉食を断ち、身を浄めること。
一二　それでは、さあ清水へ行こう。
一三　このばか者と勝負したことよ。「此」にあたる部分、今昔、古本説話では「おこの」(ばかな)になっている。どちらが本来の形かは決めがたい。「あふ」はむかう、相手になる。
一四　本尊の観音の御前。
一五　師僧。尊師の僧。
一六　誰それに対して、双六の賭け物として手ば

負《まけ》侍、「此[一三]しれ物にあひたる」とお《(を)》かしく思て、悦てつれて参《まゐ》りにけり。いふまゝに文書《か》きて、御[一四]前にて師[一五]の僧よびて、事のよし申させて、「二千度参《まゐ》りつる事、それ[一六]がしに双六に打いれつ」と書《か》きてとらせければ、請《う》けとりつゝ悦て、ふし拝《おが》みてまかり出にけり。

そのゝち、いく程なくして、此負《まけ》侍、思かけぬ事にて捕《とら》へられて、獄《(ひとや)》[一七]に居にけり。とりたる侍は、思[一八]かけぬたよりある妻まうけて、いとよく徳[一九]つきて、つかさなど成て、楽《たの》[二〇]しくてぞありける。「目に見《み》えぬ物なれど、誠の心をいたして請《(うけ)》とりければ、仏[二一]、あはれとおぼしめしたりけるなんめり」とぞ人[二二]はいひける。

(八七　観音経《くわんおんきやう》、化《くちなはにけし》レ蛇《》輔《ひとをたすけ》レ人《》給事《たまふこと》　巻六ノ五)

今《いま》は昔《むかし》、鷹[二三]を役《やく》にて過る物有けり。鷹[二四]の放れたるをとらんとて、飛にしたがひて行ける程に、はるかなる山の奥の谷の片《かた》岸《(きし)》[二五]に、高き木のあるに、鷹の巣くひたるを見付て、いみ[二六]じき事見置《を》きたると、うれしく思て、帰てのち、いま[二七]はよき程に成ぬらんとおぼゆる程に、子をおろさんとて、又、行て見《み》るに、え[二八]

一七 牢獄。読みは古活字本の「人や」などによる。
一八 思いがけない立派な縁故を持つ妻。「たより」は処世上、頼りになる縁故・つて。
一九 豊かになって、官職などについて。「徳」は財産・富。
二〇 裕福に暮らした。古活字本には「たのもしくてぞありける」とあるが、今昔、古本説話は底本に同じ。
二一 今昔は「観音」とする。
二二 古本説話け「人いふなる」とし、さらに「このある人のこと也」の一文を添える。これを信ずるとすれば、現存の人のなまなましい体験談を語ったことになる。
▽清水寺は聖俗交錯する世界として知られる。それに関する話題にふさわしく、本話の主人公は賭博をこととする男で、霊験によって幸福となる。清水寺の霊験を語るとき、主人公の幸運な結婚を扱うことが多いが、これもその例。
二三 鷹関係のことを職業とする者。次の文から、鷹を捕えて飼う仕事らしいことがうかがえるが、男についての他書の紹介はより具体的になっている(古本説話は本話とほぼ同じ)。それらによると彼は陸奥の者。法華験記に「田猟《(かり)》し漁《(すなどり)》り捕へて、鷹を取るを業となせり。常に上鷹を取りて、活生の謀《(はかりこと)》となす」などとある。
二四 巣から離れた鷹。巣から飛び立った鷹。
二五 片側が崖になっている所。
二六 すばらしい事を見とどけたものだ。
二七 もう、よいころあいになったことであろう。鷹が卵を産み、それがかえってひなどりとなったことを想像している。
二八 何とも言えない。表現しようのない。

もいはぬ深山の深《ふか》き谷の、一そこゐ《(ひ)》も知《し》らぬうへに、いみじく高《たか》き二榎の木の、枝は谷にさしおほひたるが上《かみ》に、巣を食《(くひ)》て子をうみたり。鷹、巣のめぐりに三しありく。見《み》るに、えもいはずめでたき鷹にてあれば、子もよかるらんと思て、四よろづも知《し》らずのぼるに、五やう〳〵、いま巣のもとにのぼらんとする程に、踏《ふ》まへたる枝折《お》れて、谷に落《お》ち入ぬ。谷の片岸にさし出《い》でたる木の枝に落かゝりて、その木の枝をとらへてありければ、生《(いき)》たる心地《ち》もせず。すべき方なし。見おろせば、そこゐ《(ひ)》も知《し》らず、深き谷也。見《み》あぐれば、はるかに高き岸なり。六かきのぼるべき方もなし。

従者どもは、谷に落入ぬれば、うたがひなく死ぬらんと思《おも》ふ。七さるにても、いかゞあると見《み》んと思て、岸の端《はた》へ寄《よ》りて、八わりなく爪立《つまだ》てて《ゝ》、おそろしけれど、わづかに見おろせば、そこゐ《(ひ)》も知《し》らぬ谷の底に、九木の葉しげくへだてたる下なれば、さらに見《み》ゆべきやうもなし。一〇目くるめき、かなしければ、しばしもえ見《み》ず。すべき方なければ、一一さりとてあるべきならねば、みな家に帰りて、一二かう〳〵といへば、妻子ども泣まどへどもかひなし。一三あはぬまでも見にゆかまほしけれど、「さらに道もおぼえず。又、おはしたりとも、そこゐ《(ひ)》も知《し》らぬ谷の底にて、一四さばかりのぞき、よろづに見《み》しかども、見え給はざりき」といへば、

一 底もうかがい知らない所。「そこひ」の「ひ」は「へ(辺)」と関係あるかとされる。底本の仮名遣は「田居(田)」などからの類推で、「ゐ(居)」と解してのものであろう。
二 木を「榎」と特定しているのは本書と古本説話のみ。榎はニレ科の落葉高木で、高さ二十㍍、径一㍍に及ぶので、この場面にふさわしい樹木といえよう。なお、この木はしばしば指標とされ、また、神秘視されて怪異譚などにも出る。
三 飛びまわっている。この語、九六頁にも既出。
四 何もかも忘れて。夢中になったさまの形容。
五 ようやく、まさに巣の下に登りつこうとする時に。
六 よじのぼれる手だてもない。
七 それにしても、主人はどうなったかと。
八 どうにかこうにか。精一杯。「わりなし」の連用形を副詞的に用いたもの。限界ぎりぎりに、また、強引に行動するさまを示す。
九 木の葉が繁ってさえぎっている下。
一〇 目がまわって。目まいがして。
一一 だからといってそのままいるわけにもいかないので。
一二 かくかくしかじかの次第です。
一三 会うことはできないにしても、現場を見に行きたかったが。「までも」は仮定条件の逆接を示す。たとえ…にしても。
一四 あれほどのぞいて、色々努力して見ましたが。
一五 谷においては。以下鷹取りの男の行動を示す。
一六 食器をのせるのに用いた角盆。うすく削った片木(へぎ)を折りまわして作る。
一七 身動きできるすべもない。
一八 身体を動かすならば。

「まことにさぞあるらん」と人〻もいへば、行《い》かずなりぬ。

[一五]さて、谷には、すべき方《かた》なくて、石のそばの、折敷《をしき》[一六]のひろさにてさし出たるかたそばに尻をかけて、木の枝をとらへて、すこしも身《み》[一七]じろぐべきかたなし。いさゝかもはたらかば、[一八]谷に落入ぬべし。いかにも〱せん方なし。かく鷹飼を役《やく》にて世をすぐせど、お《を》さなくより観音経[一九]を読奉《たてまつ》り、[二〇]たもち奉りたりければ、「助給へ」と思入て、[二一]ひとへに憑《たのみ》奉《たてまつ》りて、此経を夜昼《よるひる》、[二二]いくらともなく読《よ》み奉《たてまつ》る。「弘誓深如海《ぐぜいしんにょかい》」[二三]とあるわたりを読《よ》む程に、谷の底の方《かた》より、物のそ[二四]よ〱と来《く》る心地《ち》のすれば、何にかあらんと思て、[二五]やをら見《み》れば、えもいはず大きなる蛇《くちなは》なりけり。長さ二丈斗《ばかり》もあるらんと見《み》ゆるが、[二六]さしにさしてはひ来《く》れば、「我は此蛇に食《く》はれなんずるなめり」と、[二七]「かなしきわざかな。観音助給へとこそ思《おも》ひつれ。こはいかにしつる事ぞ」と思て、念《ねん》[二八]じ入てある程に、たゞ来《き》に来《き》て我《わが》ひざのもとをすぐれど、我を呑《の》まんとさらにせず。たゞ谷より[二九]うへざまへのぼらんとする気色《けしき》なれば、「いかゞせん。たゞこれに取付たらば、のぼりなんかし」と思《おも》ふ心つきて、腰の刀[三〇]をやはらぬきて、此蛇のせなかにつきたてて、それにすがりて、蛇の行まゝにひかれてゆけば、谷より岸のうへざまに、こそ〱[三一]とのぼりぬ。

一九 法華経巻八・観世音菩薩普門品第二十五の通称。観世音菩薩の功徳・利益などを説くもので、もと独立した経典であったが、法華経の中に組みこまれた。
二〇 奉持していたので。「たもつ」は、自分の守るべきものとして大切にしつづける。特定の経典をそのように扱う者を持経者という。法華験記はこの男の日常を記して「頃年《としごろ》毎月《つきごと》の十八日(観音の縁日)に、持斎精進して、法華経第八巻を誦めり」とする。
二一 深く思って。 二二 何度となく。
二三 観音経の偈の中の句。「弘誓(一切の衆生を救おうという菩薩の誓い)の深きこと海の如く」の意で、「歴劫不思議」(劫を歴《よ》とも思議しえざらん)と続く。
二四 何かがふれあう時の音を表わす語。「さやさや」の母音交替形。
二五 そっと。さりげなく。
二六 こちらをひたすらめがけてはってくるので。「さす」は目標とするものに向かう。「…に…」の形で動詞を反復するのは強調表現。
二七 この「と」は衍字かとされる。旧大系は「或は感動詞か」とも考えているが、類例未詳。古本説話はこのあたり、ほぼ同文だが、「と」は見えない。
二八 ひたすら祈念していると。
二九 谷から上の方へ。
三〇 腰に差す小型の刀剣。腰につるす太刀《たち》に対して短く、二、三十センチメートルの長さのもの。
三一 物のすれあう音を示す。二行後の「こそろ」もこれとほぼ同じかと思われるが、語形からすると「こそこそ」の方が反復・持続の趣が強いか。二六二頁一四行にも「手をこそ〱とすりて」とある。

その折《をり》、此男離《はな》れてのくに、刀をとらんとすれど、強《つよ》く突《つ》きたてにければ、一え抜《ぬ》かぬ程に、二ひきはづして、背に刀さしながら、蛇はこそろとわたりて、むかひの谷にわたりぬ。此男、うれしと思ひて、家へいそぎて行《ゆ》かんとすれど、三此二三日、いさゝか身をもはたらかさず、物も食《く》はずすごしたれば、影《かげ》のやう四にやせさらぼひつゝ、五かつ〴〵と、六やう〳〵にして家に行つきぬ。

さて、家には、七「今《いま》はいかゞせん」とて、八跡とふべき経仏《(きやうほとけ)》のいとなみなどしけるに、かく思《おも》ひかけず、九よろぼひ来たれば、おどろき泣さは《(わ)》ぐ事かぎりなし。一〇かう〳〵のことも語《かた》りて、「観音の御たすけとて、かく生《い》きたるぞ」と一一あさましかりつる事ども、泣《(なく)》〳〵語《かた》りて、物など食ひて、その夜はやすみて、一二つとめて、とく起《お》きて、手洗《あら》ひて、いつも読《よ》み奉《たてまつ》る経を読《(よま)》んとて、引あけたれば、あの谷にて蛇の背につきたてし刀、此御経に「弘誓深如海」の所に立たる見《み》るに、一三いとあさましなどはおろかなり。「こは、此経の、蛇に変じて、我をたすけおはしましけり」と思《おも》ふに、あはれにたう《(ふ)》とく、一四かなし、いみじと思《おも》ふ事かぎりなし。そのあたりの人〻、これを聞《き》きて、見あさみけり。

今さら申べき事ならねど、観音をたのみ奉んに、そのしるしなしといふ事はあるまじき事也。

一 刀を抜くことができないでいる内に。
二 男が手から刀を放してとも、蛇が男の手を放してともとれるが、「背に刀さしながら」以下との続き方からすると、後の方がよいか。
三 ここまでの叙述に時間の経過が示されていないので、唐突な印象を与える。法華験記、今昔、観音利益集では七日たったことになっている。
四 やせ衰えて。「さらぼふ」は骨と皮のようになる。「さら」は「さる・さらす(曝)」と同根。「ぼふ」は「はふ(這)」の母音交替「ほふ」の連濁。
五 何とかかんとか。不十分だがともかくも。
六 やっとのことで。
七 今は他にどうしようもない。
八 亡き跡を弔うべき法事。「経仏」は経文と仏像。
九 よろめいてやって来たので。「よろぼふ」はよろよろ歩く。「よろ」は擬態語、「ぼふ」は「はふ(這)」の母音交替の連濁。
一〇「かくかくのこと」の音便。事のいきさつを示す。
一一 あきれるような不思議な事。
一二 翌朝。
一三 まったく、驚いたことだと言っても不十分なほどだ。
一四 感謝・感動などの念を示す用法で、ありがたい、おそれ多いに近い語感。
▽他書に陸奥とあり、辺地の話であるが、よほど有名な、また感動的な事件を語るものであったらしく、伝承関係がにぎやかである。法華験記、今昔所収話は、具体的な描写が多く、敵役としての仲間が出るなど異同が多い。後者は前者をうけつつ脚色の跡が目立つが、古本説話と宇治拾遺の間にはほとんど差がなく、その傾向は話末評語にまで及んでいる。
一五 延暦寺のこと。一一四頁注五参照。

（八八　自二賀茂社一《かものやしろより》御幣紙米等給事《ごへいがみこめなどたまふこと》　巻六ノ六）

今は昔《むかし》、[一五]比叡山に僧ありけり。いと貧《まづ》しかりけるが、[一六]鞍馬に七日参《まい》りけり。「[一七]夢などや見《み》ゆる」とて参《まい》りけれど、見えざりければ、今七日とて参《まい》れども、猶見《み》えねば、七日を延《の》[一八]べ〳〵して、百日参《まい》りけり。その百日といふ夜の夢に、「我はえ知《し》らず。[一九]清水へ参《まい》れ」と仰らるゝと見《み》ければ、[二〇]明日より、又、清水へ百日参《まい》るに、又、「我はえこそ知《し》らね。[二一]賀茂に参《まい》りて申せ」と夢に見《み》てければ、又、賀茂に参《まい》る。

七日と思へども、[二二]例の、夢見《み》ん〳〵[二三]と参《まい》るほどに、百日といふ夜の夢に、「[二四]わ僧がかく参《まい》る、いとおし《(ほ)》ければ、[二五]御幣紙《(ごへいがみ)》、[二六]打撒《うちまき》の米ほどの物、たしかにとらせん」と仰《(おほせ)》らるゝと見《み》て、[二七]うちおどろきたる心地《ち》、いと心うく、あはれにかなし。「[二八]所〳〵参《まい》りありきつるに、[二九]ありありて、[三〇]かく仰らるゝよ。[三一]打撒《うちまき》のかはり斗《(ばかり)》給はりて、なにに《ゝ》かはせん。[三二]我《(わが)》山へ帰《かへ》りのぼらむも、人目はづかし。[三三]賀茂川にや落《お》[三四]ち入なまし」など思へど、又、さすがに身をもえ投《な》げず。

「[三五]いかやうにはからはせ給べきにか」と、ゆかしきかたもあれば、もとの山

一六 京都市左京区鞍馬本町にある寺。もと天台宗で今は鞍馬弘教総本山。毘沙門天を本尊とし、福徳を授けるものとして尊崇される。
一七 夢のお告げ。夢想。
一八 つぎつぎと延長して。
一九 清水寺。一二二頁注八参照。
二〇 表記底本のまま。文意および、「る」と「日」の字形の相似からして「明る日」（他本はそのようになっている）の誤写であろう。なお、古本説話はこの部分「あくるより」（夜が明けるとすぐに）。
二一 賀茂神社。上下両社がある。
二二 例によって。前のように。
二三 ここは「見ん」のみでなく、「夢見ん」を反復するものであろう。夢への強い願望を示す。
二四 お前さんがこのように参るのが、気の毒なので。「わ僧」は僧侶に対する呼び掛けの語。
二五 御幣（神前に供える幣帛の一）を作るための用紙。白、また金・銀・五色。読み方は古本説話の仮名表記による。
二六 魔よけなどのために洗い米（ねよ）をまきちらすこと。また、その米。単に神前に供えるためのものについてもいう。
二七 目ざめた時の気持。
二八 色々な所にお参りしてまわったのに。
二九 あげくのはてに。結局のところ。
三〇 このようにおっしゃるとはなあ。
三一 打撒という代償ほどのものをいただいても、何になろう。
三二 比叡山の通称。
三三 京都の東部を南に向って流れる川。
三四 とびこんでしまおうか。
三五 どのようにおはからいになったのであろうかと、神意を知りたい気持もあったので。

の坊に帰てゐたる程に、知《し》りたる所より、「物中候はん」といふ人あり。「誰《た》そ」とて見《み》れば、一白き長櫃《(ながひつ)》をになひて、縁《えん》に置《を》きて帰ぬ。いとあやしく思て、使を尋れど、二大かたなし。これをあけて見《み》れば、白《しろ》き米と、よき紙とを、三一長櫃入たり。「これは見《み》し夢のまゝなりけり。四さりともとこそ思つれ、五こればかりを誠にたびたる」と、いと心うく思へど、六いかゞはせんとて、此米を七よろづに使《つか》ふに、八たゞおなじ多《おほ》さにて、尽《つ》くる事なし。紙も九おなじごとつかへど、失《う》する事なくて、一〇いと別《べち》にきら〳〵しからねど、一一いとたのしき法師になりてぞありける。

猶、心長《なが》く、物詣《まう》ではすべきなり。

（八九　信濃国筑摩湯ニ観音沐浴事《しなののくにつくまのゆくわんおんもくよくのこと》　巻六ノ七）

今は昔《むかし》、信濃国に一二筑摩《つくま》の湯といふ所に、よろづの人の浴《あ》みける一三薬湯《(くすりゆ)》あり。そのわたりなる人の夢に見《み》るやう、「あすの一四午《(うま)》の時に、観音、湯浴《あ》み給ふべし」といふ。「一五いかやうにてかおはしまさんずる」と問《と》ふに、いらふる様、「とし卅一六ばかりの男の、ひげ黒《くろ》きが、一七あやい《(ゐ)》笠きて、ふし黒《ぐろ》なる一八やなぐひ、一九皮まきたる

一 白木の長櫃(短い脚の付いた長方形の箱)。
二 まったく姿が見えない。　三 長櫃一杯に。
四 いくらあのようにおっしゃっても。何かを一応は認めつつ、なお希望をつなぐ時に用いる。
五 これだけを本当に下さったとは。
六 どうしようもない。
七 色々な用途に使ったが。米は金銭のように交換価値があったので利用範囲は広かった。
八 まったく量は変らなくて。　九 同じように。
一〇 それほど特別にきわだってはいないが。
一一 豊かな。
▽現世利益を期待する人々、これに対応する神仏。両者の関係についての素朴な信仰と理解を伝える説話である。鞍馬の毘沙門、清水の観音など、霊験あらたかなはずなのに力の限界を知って他に頼るあり方はいかにもほほえましく、期待された賀茂の神の下し賜うた無限の富、それへの僧の態度も面白い。
一二 日本書紀・天武紀に「束間温泉」と同じかとされ、松本市の東方郊外の湯の原の白糸温泉その他いくつかが想定されているが未詳。
一三 薬のような効能のある湯。温泉。
一四 正午。また、その前後。
一五 どのような姿でいらっしゃるのですか。
一六 今昔は四十とする。
一七 藺草(いぐさ)を編んで作った笠。裏に絹を張り、紐をつけてあごに結びつける。中央に髻(もとどり)を入れるための突起がある。
一八 矢の節の下を黒うるしで塗った矢を収めた胡籙(やなぐい)。胡籙は背負って用いる矢の容器。
一九 にぎり皮を巻いた弓。
二〇 狩衣に裏を付けたもの。狩襖(かりあお)。
二一 鳥獣、特に鹿の夏の毛。白斑が鮮かに出て珍重された。　二二 騎馬の具の一つで、腰に着

弓持て、紺《こん》の[二〇]襖《あを》きたるが、[二一]夏毛の[二二]むかばき[二三]はきて、[二四]葦毛《（あしげ）》の馬に乗てなん来《く》べき。それを観音と知《し》りたてまつるべし」といふと見《み》て、夢さめぬ。

[二五]おどろきて、夜明《あ》けて、人〳〵に告《つ》げまはしければ、人〳〵聞《き》ゝつぎて、その湯に集《あつ》まる事、かぎりなし。湯をかへ、めぐりを掃除《ち》し、[二六]しめを引《（ひき）》、花香を奉《たてまつ》りて、[二七]居集《ゐあつ》まりて、待奉《たてまつ》る。

やう〳〵午時《（うまのとき）》すぎ、[二八]未《（ひつじ）》になる程に、たゞ此夢に見《み》えつるに露違《たが》はず見《み》ゆる男の、顔《かほ》よりはじめ、着《き》たる物、馬、[二九]何彼《なにか》にいたるまで、夢に見《み》しに違《たが》はず。よろづの人、にはかに立て、[三〇]ぬかをつく。此男、大《（おほき）》に驚て、心もえざりければ、よろづの人に問《と》へども、たゞ拝《おが》みに拝《おが》みて、[三一]その事といふ人なし。[三二]僧の有けるが、[三三]手をすりて、額《ひたひ》にあてて拝《おが》み入たるがもとへ寄《よ》りて、「こは、いかなる事ぞ。おのれを見《み》て、かやうに拝《おが》み給ふは」と、[三四]こなまりたる声《こゑ》にて問《と》ふ。この僧、人の夢に見《み》えけるやうを語《かた》る時、此男いふやう、「をのれ《（お）》は、[三五]さいつころ、狩をして、馬より落て、右の腕《かいな》をうちおりたれ《（を）》ば、[三六]それをゆでんとて、まうできたる也」といひて、[三七]と行《ゆ》きかう行《（ゆき）》する程に、人〳〵、尻《しり》にたちて、[三八]拝《おが》みのゝしる。

男、[三九]しわびて、「我身は、[四〇]さは観音にこそありけれ。[四一]こゝは法師に成なん」

けて垂らし、脚の前の部分をおおう物。
二三 底本「むかはき」の語尾をうけ、「〳〵て」として「〳〵」の右に「はき」と傍記する。
二四 馬の毛色で、白地に青・黒などが混じたもの。
二五 目がさめて。
二六 注連（しめ）縄。神聖な区域のまわりに張りめぐらし、外部との境界とした。特に神前や神事の行われる場に用いた。神仏混交の時代なので、ここはそれを観音出現の聖域に転用したもの。
二七 並んで座って。
二八 午後二時。また、その前後。
二九 （その他の）あれこれ。何やかや。
三〇 額を地につけて礼拝する。「ぬか」はひたい。
三一 こういうわけだと説明する人もいない。
三二 そこにいる僧。古本説話に「まめなる（実直な）僧」とある。
三三 前の「ぬかをつく」同様、深い信仰・帰依の気持を示す動作。
三四 ちょっとなまりのある声。相手が上野の人なので信濃の言葉からするとこのように感じられたのである。「こ」は程度の小さいことを示す接頭語。ただし、今昔は「横なばれたる音」、古本説話は「横なまりたる声」（ともに、異様ななまりのある声。「横」は不正の意）。これが本来の形で、本書は「よ」が欠けたものかもしれない。
三五 「さきつころ」の音便で、先頃。先日。
三六 湯治しようとして、やって来たのです。「ゆづ」は温泉の湯、または湯気で治療する意。
三七 あちらこちらに行くうちに。
三八 大騒ぎして拝礼する。
三九 悩んで。自分自身が何者であるのかわからなくなったことを示す。
四〇 それでは、実は観音であったのかなあ。
四一 こうなったからには。「ここ」は状況・場合を

と思て、弓、やなぐひ、太刀、刀切《きり》すてて、法師に成ぬ。かくなるを見《み》て、よろづの人、泣《な》[一]きあはれがる。さて見知《みし》りたる人いできていふやう、「あはれ、かれは上野《かんづけ》[二]の国におはする、ばとうぬし[三]にこそいましけれ」といふを聞《き》きて、これが名をば馬頭観音[四]とぞいひける。

法師に成て後、横川《よかは》[五]にのぼりて、かてう[六]僧都の弟子に成て、横川に住《す》みけり。其後は土左国[七]にいにけりとなん。

（九〇　帽子叟与孔子問答事《ばうしのおきなこうしともんだふのこと》　巻六ノ八）

今《いま》は昔、もろこしに孔子[八]、林の中の岡[九]だちたるやう成《なる》所にて、逍遥《せうえう》[一〇]し給。我は琴をひき、弟子[一一]どもは文《ふみ》を読《よ》む。爰《ここ》に、舟に乗たる叟《おきな》[一二]の帽子したるが、舟を蘆につなぎて、陸《くが》にのぼり、杖をつきて、琴のしらべの終《をは》るを聞《き》く。人ゝあやしき物かなと思へり。

此おきな、孔子の弟子共をまねくに、独《ひとり》[一三]の弟子、まねかれて寄《よ》りぬ。叟云《いはく》、「此琴引給はたれぞ。もし国の王か」ととふ。「さもあらず」と云。「さは、国の大臣か」。「それにもあらず」。「さは国の司《つかさ》[一四]か」。「それにもあらず」。「さは、

示す語。ただし、今昔「同じくは」、古本説話「ことは」などと異同がある。

一 泣いて感動する。
二 今の群馬県。
三 「ぬし」は敬称の接尾語で「…殿」の意。今昔は「王藤大主《わうどうおほぬし》」、古本説話は「わとうぬし」。
四 男の名に対応して今昔は「王藤観音」、古本説話は「わとう観音」。本書は六観音（また八大明王）の一の馬頭観音（宝冠に馬の頭をいただき、赤色、忿怒の相をとる）と解している。
五 比叡山の三塔の一。延暦寺の北部、もっとも奥に位置する。
六 未詳。今昔は「覚朝」とするが、彼は横川と関係がなく、覚超の誤りかという。覚超は天台宗の僧。権少僧都。巨勢氏の出で、比叡山に登って良源、源信に師事。横川の兜率院、首楞厳院に住んだ。長元七年（一〇三四）没、七十五歳。
七 今の高知県。南方にあると信じられた観音の浄土（補陀落浄土）に近い位置を占め、観音の霊場が多い。主人公はそのことにひかれて土佐におもむいたのであろう。
▽東国武士が他人の得た夢想によって、聖視され、はからずも突然自覚して遁世するという話。ひなびた世界の直情径行の人々を語りつつ、個人の意志を超える信仰の世界の不思議さにふれる。

八 中国、春秋時代の思想家。名は丘。字は仲尼。魯国の政治改革に失敗、諸国をまわり、晩年、再び魯に帰る。道徳を基とした徳治主義を理念とする。儒教の始祖。
九 岡のようになっている所。
一〇 気ままにここかしこを歩き回ること。散策。

なにぞ」とと《ゝ》ふに、「たゞ国のかしこき人として、政《(まつりごと)》をし、悪《あ》しき事をなを《(ほ)》し給《(たまふ)》一五かしこき人なり」とこたふ。翁あざわらひて、「いみじき一六しれ物かな」といひて去《さ》りぬ。

御弟子、不思議《ふしぎ》に思て、聞《(きき)》しまゝに語《かた》る。孔子聞《き》き《ゝ》て、「かしこき人にこそあなれ。とくよび奉《たてまつ》れ」。御弟子走て、いま舟こぎ出《い》づるをよび返《かへ》す。よばれて、出《(いで)》きたり。孔子の給《(たま)》はく、「なにわざし給人ぞ」。叟のいはく、「一七させる物にも侍らず。たゞ舟に乗《の》りて、一八心をゆかさんが為に、まかりありく也。君は又なに人ぞ」。「一九世の政をなを《(ほ)》さんために、まかりありく人なり」。叟のいはく、「二〇きはまりて、はかなき人にこそ。世に二一影をいとふ物有《(あり)》。晴に出《い》で《ゝ》て、はなれんとはしる時、影はなるゝ事なし。陰にゐて、心のどかにお《(を)》らば、影はなれぬべきに、さはせずして、晴《は》れにいで《ゝ》て、はなれんとする時には、二二力こそ尽《つ》くれ、影ははなるゝ事なし。又、二三犬の死《(し)》かばねの水に流《なが》れてくだる。これを取《と》らんと走《はし》るものは、水におぼれて死ぬ。かくのごとくの二四無益《(むやく)》の事をせらるゝ也。たゞ、しかるべき居所《(ゐどころ)》をしめて、一生を送られん、これ今生《(こんじやう)》の望《(のぞみ)》なり。この事をせずして、心を世に染《そ》めて、さは《(わ)》がるゝ事は、きはめてはかなき事也二五」といひて、返答も聞《き》かで帰行《(かへりゆく)》。舟に乗て、こぎ出ぬ。

一二 今昔には「弟子十余人許を引将て廻に居しめて、文を読ましむ」。
一三 翁《(おきな)》。老人。今昔では「栄啓期《(やうけいご)》」、荘子では「漁父《(ぎよほ)》」。
一四 荘子では子貢、子路の二人が招かれる。
一五 役人。
一五 古活字本「かしこ人」。
一六 ばかもの。
一七 たいしたものではございません。どういうことのないものです。
一八 心をゆったりとさせようとして。
一九 今昔「おのれは世の庁を直し、悪き事を止め、善き事を行はむがために、罷り行く者也」。
二〇 極めてつまらない人。極めて無意味なことをする人。
二一 荘子「人有㆓畏ㇾ影悪ㇾ迹、而去ㇾ之走者㆒、挙ㇾ足愈数《(しばしば)》、而迹愈多、走愈疾、而影不ㇾ離ㇾ身、自以為㆓尚遅㆒、疾走不ㇾ休、絶ㇾ力而死、不ㇾ知㆘処ㇾ陰以休ㇾ影、処ㇾ静以息㆖ㇾ迹、愚亦甚矣」。
二二 古活字本「中こそつくれ」。
二三 犬のしかばねの話は荘子には見えない。
二四 役に立たないこと。何の益にもならないこと。
二五 今昔では以下に三つの楽を翁が述べる。三つの楽とは、人と生れたこと、男と生れたこと、九十五歳まで生きていること。
▽宇治拾遺には孔子は三回登場するが、いずれも、孔子の考え、意見、処世は相手によって否定されてしまう。その相手は老翁、子供、あるいは大盗賊であり、三者ともいわば社会の底辺、周縁に生きる存在である。ことさらにこのような説話を選んでいる所に作者の立場が示されているが、混沌とした時代相の反映ともいえようか。

孔子、そのうしろを見て、二たび拝《おが》みて、棹《さを》の音せぬまで拝《おが》み入てゐたまへり。音せずなりてなん、車に乗て帰給《たまひ》にけるよし、人の語《かた》りし也。

（九一　僧伽多《そうかた》、行二羅刹国一事《らせつのくにゆくこと》　巻六ノ九）

昔《むかし》、[一]天竺に[二]僧伽多といふ人あり。[三]五百人の商人《あきびと》を船にのせて、[四]かねのつへ行に、俄《にはか》にあしき風吹て、船を南のかたへ吹もてゆく事、矢を射《いる》がごとし。知《し》らぬ[五]世界に吹寄《よ》せられて、陸《くが》に寄《よ》りたるを、[六]かしこき事にして、[七]左《さ》右《う》なく、みな[八]まどひおりぬ。

しばしばかりありて、いみじくお《を》[九]かしげなる女房、十人斗《ばかり》出《いで》きて、歌をうたひて[一〇]わたる。知《し》らぬ世界に来《き》て、心細《ぼそ》くおぼえつるに、かゝる目出《めでた》き女どもを見付て、悦《よろこび》て呼《よ》び寄《よ》す。呼《よ》ばれて寄《よ》り来《き》ぬ。近《ちか》[一一]まさりして、[一二]らうたき事、物にも似《に》ず。五百人の商《あき》人、目をつけて、めでたがる事限《かぎり》なし。商人、女に問ていはく、「我等、宝を求《もとめ》ん為に出《いで》にしに、悪《あ》[一三]しき風にあひて、知《し》らぬ世界に来たり。たへがたく思《おも》ふあひだに、人[一四]／＼の御ありさまを見《み》るに、愁《うれひ》の心、みな失《う》せぬ。今はすみやかに具《ぐ》しておはして、我等をやしなひ給へ。舟はみな

一　インドの古称。
二　今昔「僧迦羅」。大唐西域記では「僧伽羅」とあって、贍部州《せんぶしゆう》の豪商僧伽の子という。「伽」は「きや」とも。本文中の仮名表記に従って「か」と読んでおく。
三　大唐西域記、今昔を始め、「五百人」とする例が多い。蓬来物語でも蓬来山に向かう一行は「男女、各々五百人」であったという。
四　「金の津」で、金銀財宝の豊かな港の意か。今昔「財を求むが為に南海に出でて」、大唐西域記「入レ海採レ宝」。蓬来物語でも人々の目指した蓬来山は「波打際の岸よりも、峰の岩間にいたるまで、水精輪の台の上に、瑪瑙、琥珀、金銀白玉、いろいろの玉の光、さながら光明かくやくたり」と描かれる。
五　国。土地。
六　運が良く、すばらしい事だと思って。
七　ためらわずに。
八　あわてて船から下りた。
九　美しい。艶麗な。
一〇　前を通る。
一一　近くで見るとさらに美しく見えること。反対語は「近劣り」。
一二　美しくて、愛らしいこと。
一三　伊達本「あらき風」。底本の表記も「し」「ら」判別しにくい。
一四　あなたがた。

損《そん》じたれば、帰べきやうなし」といへば、この女ども、「さらば、[一五]いざさ《ゝ》せ給へ」といひて、前にたちて道引《(みちびき)》てゆく。[一六]家に来着《きつ》きて見《み》れば、[一七]白《しろ》く高《たか》き築地を遠くつきまはして、[一八]門をいかめしくたてたり。そのうちに具《ぐ》して入ぬ。門の鏁《じやう》を[一九]やがてさしつ。内に入て見《み》れば、さま〴〵の屋《や》ども[二〇]へだて〳〵作たり。男一人もなし。さて商人ども、[二一]みなとり〴〵に妻にして住《す》む。[二二]かたみに思《おも》ひあふ事限なし。

[二三]片時《(へんし)》も離《はな》るべき心地《ち》せずして、住《(すむ)》あひだ、此女、日ごとに昼寝《ひるね》をする事、久し。顔《かほ》、お《(を)》かしげながら、寝入《ね(いる)》たびに、すこし[二四]けうとく見《み》ゆ。僧伽多、此けうときを見《み》て、心得《え》ず、あやしくおぼえければ、[二五]やはら起《お》きて、かた〴〵を見《み》れば、さま〴〵のへだて〳〵あり。こゝにひとつの[二六]へだてあり。築地を高《たか》くつきめぐらしたり。戸に鏁《じやう》を強《つよ》くさせり。[二七]そばよりのぼりて内を見《み》れば、人おほくあり。或は死に、或は[二八]によう声《(ふ)こゑ》す。又、[二九]白き屍《かばね》、赤《あか》き屍《(かばね)》おほくあり。僧伽多《そうかた》、[三〇]独《(ひとり)》の生《い》きたる人を招《まね》き寄《よ》せて、「これは、いかなる人の、かくてはあるぞ」と問《ゝ》ふに、答云《(こたへていはく)》、「我は[三一]南天竺の物なり。[三二]あきなひのために海をありきしに、悪《あ》しき風に[三三]はなれて、此嶋に来《き》たれば、[三四]よにめでたげなる女どもにたばかられて、帰らんことも忘て住《(すむ)》ほどに、[三五]産《う》みと産《う》む子はみな女なり。[三六]限《かぎり》なく思て住ほ

一五　おいで下さい。
一六　古活字本「家につきて見れば」。
一七　白い色の、高い土塀。今昔「広く高き築垣」。第一七〇話にも「築地高くつきめぐらして、一の門あり」「内へ入ぬれば、門を鎖しかためて」と類似表現があり、荒木浩は両話の連想関係を指摘する。
一八　大きくて、堅固なこと。
一九　すぐしめた。
二〇　わかれわかれに。離れ離れに。
二一　全員がめいめいに。それぞれに。古活字本「みな〳〵とり〴〵に」。
二二　互いに。
二三　ほんのわずかな時間。
二四　気味悪く。何となく怖しい感じで。
二五　そっと。今昔「和ら起て所々を見るに、様々に隔たる中に、日来見せぬ所无く皆見せつるに、一の隔有り。其れを未だ不見せず、築垣固く築(っ)き廻せり」。
二六　大唐西域記「鉄牢」。
二七　角、築地の曲り角の意か。大唐西域記「遂昇㆓高樹㆒」。
二八　うめく。うなる。「大に怪しくて、また異所を聞けば同くによう音す」(一七〇話)。
二九　白骨化した死体、血に染った死体。
三〇　このあたり第一七〇話「慈覚大師纐纈城に入り給ふ事」と場面が類似する。
三一　インド(天竺)は東、西、南、北、中の五天竺に分かれていた。
三二　古活字本「あき人のために」。
三三　書陵部本、古活字本「はなたれて」。
三四　大変に美しい。麗わしい。
三五　今昔は「見と見る人は皆女也」。
三六　この上なく愛して。

どに、又、[一]こと商人舟、寄《よ》り来《き》ぬれば、もとの男をばかくのごとくして、[二]日の食にあつるなり。御身どもも《ゝ》、[三]又、舟来《き》なば、かゝる目《め》をこそは見給はめ。いかにもして、とく〳〵逃給へ。この鬼は昼[四]三時斗《(ばかり)》は昼寝《ひるね》をする也。そのあひだに、よく逃《に》げば逃つべき也。[五]この籠《(こめ)》られたる四方は鉄《(くろがね)》にてかためたり。其うへ、[六]よを《(ほ)》ろすぢを断《たゝ》れたれば、逃《(にぐ)》べきやうなし」と泣《な》く〳〵いひければ、「あやしとは思つるに」とて帰て、のこりの商人《あき》どもに此よしを語《かた》るに、みな[七]あきれまどひて、女の寝《ね》たる隙《(ひま)》に、僧伽多《かた》をはじめとして、浜へみな行《(ゆき)》ぬ。はるかに[八]補陀落《(ふだらく)》世界のかたへむかひて、もろともに声《こゑ》をあげて、[九]観音を念《(ねん)》じけるに、沖の方より大《(おほき)》なる白[一〇]馬、浪の上《うへ》を游《(およぎ)》て、商人等が前に来て、うつぶしにふしぬ。これ念《ねん》じ参《まい》らするしるしなりと思て、あるかぎりみなとり付て乗ぬ。

さて、女どもは寝起《ねお》きて見《み》るに、男ども一人もなし。「逃《(にげ)》ぬるにこそ」とて、あるかぎり、浜へ出て見《み》れば、男、みな[一一]葦毛《あしげ》なる馬に乗《の》りて、海を渡《わた》りてゆく。女ども忽《(たちまち)》に長《(たけ)》[一二]一丈斗《(ばかり)》の鬼になりて、[一三]四五十丈、高《たか》くお《(を)》どりあがりて、さけびのゝしるに、この商人の中に、女の、[一四]世《よ》にありがたかりし事を思《おも》ひ出《い》づるものの一人ありけるが、とりはづして、海に落《お》ち入ぬ。[一五]羅刹《(らせつ)》、[一六]ばひしらがひて、これを破り食けり。

一 今昔「他の商船寄ぬれば、古き夫をば如此く籠め置て臑(よほろ)筋を断て日の食に充(あつ)る也」。
二 一日の食料。
三 旧大系「また舟」とし、他の舟の意に解する。
四 「二時」は約二時間。
五 古活字本「このつかれたる」。
六 膝の裏側のくぼみにある筋、筋肉。
七 とてもおどろいて。
八 インドの南海岸にあると信じられていた、観音の浄土。
九 大唐西域記では観音は登場しない。
一〇 観音の化身。大唐西域記では「天馬」、法苑珠林、経律異相等では「馬王」で、唯一の脱出方法として、天馬、馬王に祈請することを、囚われていた男から教えられている。
一一 馬の毛の色。白い毛に青、黒、濃褐色などの毛がまじるもの。
一二 一丈は約三メートル。
一三 古活字本「十四五丈」。今昔「四五丈」。
一四 この世に稀なほどすばらしかった事。
一五 悪鬼の総称。人をたぶらかし、人を食うといわれる。
一六 奪い争って。

さて、此馬は南天竺《なんてんぢく》の西の浜にいたりてふせりぬ。商人共、悦ておりぬ。その馬、[一七]かき消《け》つやうに失《う》せぬ。僧伽多《かた》、[一八]深《ふか》くおそろしと思て、この国に来《き》て後《のち》、此事を人に語《かた》らず。

二年を経《へ》て、この羅刹女の中に僧伽多が妻にてありしが、[一九]僧伽多《かた》が家に来りぬ。見《み》しよりも猶いみじく目出《めでたく》なりて、いはんかたなくうつくし。僧伽多《かた》にいふやう、「君をば、[二〇]さるべき昔の契《ちぎり》にや、ことに[二一]むつましく思ひしに、かく捨《す》てて逃給へるは、いかにおぼすにか。[二二]我国には、かゝる物の時ゝ出《い》できて、人を食《くふ》なり。されば鏁《じやう》をよくさし、築地を高くつきたるなり。それに、かく人のおほく浜に出《い》でてのゝしる声《こゑ》を聞《き》きて、かの鬼どもの来《き》て、いかれるさまを見《み》せて侍し也。[二三]あへて我らがしわざにあらず。帰給て後、あまりに恋しく[二四]かなしくおぼえて。殿はおなじ心にもおぼさぬにや」とて、さめ〴〵と泣《な》く。[二五]おぼろけの人の心には、さもやと思《おもひ》ぬべし。されども僧伽多、[二六]大《おほき》に嗔《いかり》て、太刀をぬきて殺さんとす。

かぎりなく恨て、僧伽多が家を出て、[二七]内裏に参て申やう、「僧伽多は我《わが》とし比《ごろ》の夫なり。[二八]それに、我を捨《すて》て[二九]住《す》まぬ事は、誰にかはうたへ申候はん。帝王、これを[三〇]ことは《わ》り給へ」と申に、公卿、殿上人、これを見《み》て、かぎりなく[三一]めでま

一七 突然姿が見えなくなることの慣用表現。特に説話で多用される。

一八 今昔では「偏に観音の御助也と思ひて、哭々(なく)く礼拝して皆本国に還りぬ」とあって観音の助けを強調する。

一九 大唐西域記では男の逃亡を知った羅刹女たちは子供を抱え、天空を飛んで追いかけ、恩愛を訴え、男達を蠱惑(こわく)し、引き戻すことに成功するが、僧伽羅の妻の羅刹女王のみは失敗する。女王は他の羅刹女からそれをなじられ、追い出されて僧伽羅の家にやって来るという筋である。

二〇 そうなるべき前の世からの約束だったのでしょうか。旧夫の僧伽多の堅い気持を何とか和ませようとする羅刹女の言葉。

二一 心からうちとけて慕わしく。

二二 今昔「彼の国には夜叉の一党有て時々出で来りて」。

二三 全く。少しも。

二四 書陵部本「かなし。心にもおぼさぬにや」。

二五 普通の。いいかげんな。今昔「本知らざらむ人は必ずうち解けぬべし」。

二六 大唐西域記「僧伽羅口誦二神呪一、手揮二利剣一」。

二七 大唐西域記では羅刹女は某国王女といつわり僧伽羅の父僧伽に訴えるが、納れられない。そののち、王宮に向う。

二八 それなのに。しかるに。

二九 夫婦として一緒に住んで生活しないのは。「…に住む」は、…のもとにしばらく通ってから、一緒に暮らす意。妻問婚から婿取婚への過渡的な様式を背景とする語。

三〇 是非を決めて下さい。

三一 美しさに惹かれ、心を奪われない人はいなかった。今昔「此を見て愛欲を起さざる者なし」。

どはぬ人なし。御門、きこしめして、のぞきて御覧《らん》ずるに、いはん方なくうつくし。そこばくの女御、后を御覧《らん》じくらぶるに、みな土くれのごとし。これは玉のごとし。「かゝる物に住《す》まぬ僧伽多が心、いかならん」とおぼしめしければ、僧伽多《かた》を召《め》して問《と》はせ給に、僧伽多《そうかた》申やう、「これは、さらに御内へ入《(いれ)》、見《み》るべき物にあらず。返〳〵《(かへすがへす)》おそろしき物なり。ゆゝしき僻事《(ひがこと)》いでき候はんずる」と申て出《(いで)》ぬ。

御門、このよしきこしめして、「此僧伽多は云甲斐《(いひかひ)》なき物かな。よし〳〵うしろのかたより入《(いれ)》よ」と、蔵人して仰られければ、夕暮がたに参《まい》らせつ。御門、近《ちか》く召《め》して御覧《らん》ずるに、けはひ、すがた、見《み》め、ありさま、かうばしく、なつかしき事かぎりなし。さて、二人《ふたり》、臥《ふ》させ給て後、二三日まで起《お》きあがり給はず。世のまつりごとをも知《し》らせ給はず。僧伽多参《まい》りて、「ゆゝしき事、出《い》で来《きた》りなんず。あさましきわざかな。これはすみやかに殺《ころ》され給ぬる」と申せども、耳に聞いるゝ人なし。

かくて、三日に成《(なり)》ぬる朝、御格子《かうし》もいまだあがらぬ程に、此女、夜《よる》の御殿《おとゞ》より出《い》でて、立《た》てるを見れば、まみもかはりて、よにおそろしげなり。口に血つきたり。しばし世の中《なか》を見回《みまは》して、軒《(のき)》より飛《(とぶ)》がごとくして、雲に入て失《う》せぬ。

一 沢山の。大勢の。
二 こんなに美しい女と一緒に住もうとしない僧伽多の心は一体何を思っているのだろうか。大唐西域記では「王欲レ罪二僧伽羅一」とあって僧伽多に対して強い姿勢が目立つ。
三 今昔「これは人を噉ぜる鬼也。更に王宮に入れらる可からず」。
四 愛し、慈しむ。「見る」は男女の関係を結ぶ意。
五 忌まわしい凶事。板本「ゆゝしきくせごと」。
六 話の分らない。つまらない。大唐西域記ではこの所「王不レ聴二僧伽羅之言一。遂納為レ妻」とし、その後、羅刹女は本国に飛び帰り、五百人の羅刹鬼女とともに王宮に戻ってきたという。
七 雰囲気。様子。
八 慕わしい。心がひかれる。
九 政務をお執りにならない。
一〇 このことで帝はすぐさま殺されてしまうに違いないの意か。今昔の「速に可被害」に従えば、このものはただちに殺されるべきものですの意となる。
一一 御格子もまだ上げない時間。まだ朝になっていない時刻を示す。格子は細長い木を縦横に組み、開口部にはめたもの。
一二 天皇の寝所。
一三 目つき。
一四 少しの間、周囲を見回して。鬼女の異様で、恐しげな雰囲気を伝えている。

人〳〵、このよし申さんとて、夜の御殿《おとゞ》に参《まい》りたれば、御帳《みちやう》の中より血流《なが》れたり。あやしみて御帳の内を見《み》れば、[一五]赤《あか》きかうべ一《ひとつ》残れり。そのほかは物なし。さて宮の内、のゝしる事、[一六]たとへんかたなし。臣下男女、泣かなしむ事かぎりなし。

[一七]御子の春宮《とうぐう》、やがて位につき給ぬ。僧伽多を召《め》して、事の次第を召《め》し問《と》はるゝに、僧伽《か》多《た》申様《まうすやう》、[一八]「さ候へばこそ、かゝる物にて候へば、速《すみやか》に[一九]追出さるべきよしを申候つる也。いまは[二〇]宣旨を蒙《かうぶり》て、これをうちて参《まい》らせん」と申に、「申さんまゝに仰たぶべし」とありければ、[二一]つるぎの太刀はきて候はん兵《つはもの》百人、弓矢帯したる百人、[二二]早船にのせて出《いだ》したてらるべし」と申ければ、そのまゝに出《いだ》したてられぬ。

僧伽多、この[二三]軍《いくさ》を具《ぐ》して、彼《かの》羅刹の嶋へ漕行《こぎゆき》つゝ、まづ商人のやうなる物を十人斗《ばかり》浜におろしたるに、例のごとく、[二四]玉の女ども歌をうたひて来《き》て、商人をいざなひて、女の城へ入ぬ。その尻に立て、二百人の兵、乱入《みだれいり》て、此女どもを打切《き》り、射《いる》に、しばしは恨《うらみ》たるさまにて、あはれげなるけしきを見《み》せけれども、僧伽多、大《おほき》なる声《こゑ》をはなちて、走廻《はしりまはり》て、[二五]を《お》きてければ、其時に鬼の姿《すがた》に成て、大口をあきてかゝりけれども、[二六]太刀にて頭をわり、[二七]足手を打《うち》切などしけ

一五 鬼によって惨殺された場合、頭や腕、指等の遺体の一部分が残されることが多い。
一六 古活字本「たとへん事なし」。
一七 大唐西域記、経律異相などでは僧伽羅（経律異相では師子）が群議の結果、帝位に就き、自ら兵を率い羅刹女国を討滅する。
一八 このようになりますからこそ。
一九 古活字本「追出さるべきやう」。
二〇 天皇の命令を戴いて。
二一 刀剣類の総称。多く両刃のものをいう。
二二 船足の速い船。軍船の一種。
二三 古活字本「軍兵」。
二四 玉のように美しい女。
二五 指図したので。命令を下したので。
二六 今昔「剣を以て頭を打ち落し、或は腰を打ち折り、惣て全き鬼一人無し」。
二七 古活字本「手あし」。

れば、空を飛て逃《に》ぐるをば、弓にて射落《おと》しつ。一人も残ものなし。家には火をかけて、焼払つ。[一]むなしき国となしはてつ。

さて帰て、大《おほ》やけ[二]にこのよしを申ければ、僧伽多に、やがてこの国をたびつ。[三]二百人の軍《いくさ》を具《ぐ》して、その国にぞ住ける。[四]いみじくたのしかりけり。[五]いまは僧伽多が子孫、彼国の主にてありとなん申つたへたる。

（九二　五色鹿事《ごしきのしかのこと》　巻七ノ二）

これも昔《むかし》、[六]天竺に、身の色は[七]五色にて、角の色は白き鹿一ありけり。深き山にのみ住て、人に知《し》られず。その山のほとりに[八]大なる川あり。その山に又烏あり。[九]此鹿《かせぎ》を友として過す。

ある時、この川に男一人流《なが》れて、[一〇]既《すでに》死なんとす。[一一]「我を、人助《たす》けよ」と叫《さけ》ぶに、此鹿《かせぎ》、この叫《さけ》ぶ声を聞《き》きて、かなしみにたへずして、川を泳《およ》ぎ寄《よ》りて、[一二]此男を助《たす》けてけり。男、[一三]命の生《い》きぬる事を悦て、手をすりて、鹿にむかひていはく、[一四]「何事をもちてか、この恩を報《むく》ひ奉《たてまつ》るべき」といふ。鹿《かせぎ》のいはく、「何事をもちてか恩をば報《むく》はん。たゞこの山に我ありといふ事を、ゆめ〳〵人に語《かた》るべ

一　ことごとく破壊し、廃墟のような国としてしまった。
二　天皇。朝廷。
三　今昔「其の国の王として二万の軍を引き具してぞ住ける」。
四　大変に富み栄えた。
五　今昔「其れより僧迦羅が孫、今に其の国に有り。羅刹は永く絶にき。然れば其の国をば僧迦羅国と云ふ也となむ語り伝へたるとや」。大唐西域記でも「因以㆓王名㆒而為㆓国号㆒」とし、僧伽羅を釈迦如来の本生とする。
▽第一七〇話との連関はすでにふれたが、羅刹女の居処は鉄門、鉄の御所、鉄の屋形の酒典童子の住処とも共通する。本話はこの酒典童子や桃太郎伝説などと同じく、異郷征服譚の一つで、僧伽羅にたばかられた鬼女達は族滅させられ、国は廃土と化し、かわって僧伽羅が支配することになった。
六　インドの古称。
七　今昔、原拠の仏説九色鹿経等はすべて「九色」とする。
八　仏説九色鹿経では「殑伽河《ごうが》」、ガンジス川のこととする。
九　鹿の古称。カセキとも。
一〇　今にも溺れ死にしそうであった。
一一　今昔「男、木の枝に取りつきて流れ下りて呼ばひて云はく、山神、樹神、諸天、竜神、何ぞ我を助けざるべき」。仏説九色鹿経「山神、諸天、竜神、何不愍傷於我」。
一二　今昔「汝、恐るる事なかれ、我が背に乗りて、二の角を捕へよ。我、汝を負ひて陸に付むとて、水を游ぎて、此の男を助けて岸に上せつ」。
一三　命が生きのびたこと。命が助かったこと。

からず。我身の色、五色なり。人知《し》りなば、一五皮を取《と》らんとて、必《(かならず)》殺されなん。この事をおそるゝによりて、かゝる深山にかくれて、一六あへて人に知《し》られず。然《(しかる)》を、汝が叫《さけ》ぶ声《こゑ》をかなしみて、一七身の行《(ゆくへ)》ゑを忘て、助《たす》けつるなり」といふ時に、男「これ、誠にことは《(わ)》り也。さらにもらす事あるまじ」と、返《(かへすがへす)》〳〵契て去《さ》りぬ。もとの里に帰《かへ》りて月日を送れども、一八更に人に語《かた》らず。

一九かゝる程に、国の后、夢に見《み》給やう、大なる鹿《かせぎ》あり。二〇身は五色にて角白し。夢覚て、大王に申給はく、「二一かゝる夢をなん見《み》つる。この鹿《かせぎ》、さだめて世にあるらん。大王、必《かなら》ず尋とりて、我に与《あた》へ給へ」と申給に、大王、宣旨を下して、「もし五色の鹿《かせぎ》、尋て奉《たてまつ》らん物には、金銀、珠玉等の宝、并《(ならび)》に一国等をたぶべし」と仰《(おほせ)》ふれらるゝに、此助《たす》けられたる男、二二内裏に参て申やう、「尋らるゝ色の鹿《かせぎ》は、その国の深山にさぶらふ。あり所を知《し》れり。狩人を給《(たまはり)》て、取て参《まゐ》らすべし」と申に、大王、大に悦《(よろこび)》給て、みづからおほくの狩人を具《ぐ》して、此男を二三しるべに召《め》し具《ぐ》して、行幸なりぬ。

その深山に入給。此鹿《かせぎ》、あへて知《し》らず。洞《(ほら)》の内にふせり。かの友とする鳥、二四これを見《み》て大におどろきて、声《こゑ》をあげてなき、耳をくひてひくに、鹿おどろきぬ。烏《からす》告て云、「国の大王、おほくの狩人を具《ぐ》して、此山をとりまきて、すで

一四 仏説九色鹿経「溺人下地繞鹿三匝、向鹿叩頭、乞為大家作奴、給其使令採取水草」。
一五 底本、伊達本「彼を」とも読めるが、諸本に従い、「皮を」と訂する。今昔「毛、角を用せむに依りて」。
一六 全く人に知られないでいるのだ。
一七 古活字本「身のゆくゑ」。
一八 ひとことも他人には語らなかった。
一九 仏説九色鹿経「時国王夫人、夜夢見九色鹿、即詐病不起、王問何以」。
二〇 古活字本「身の色は五色」。
二一 今昔「我、夢に然々(しかじか)の鹿を見つ。其の鹿、定めて世に有らむ。彼を得て、皮を剝ぎ、角を取らむと思ふ。大王、必ず彼を尋ね取りて、我に与へ給へと」。るし長者「ある夜、少しまどろみ給ひし御夢に、后のはらみ給ひし御子は、すなはち太子なり。この太子、位につき給はば、天下太平、国土安隠にて、御命、二百才を保ち給ふべし。さるほどに五色の鹿の皮をもつて、御身をなで給はば、御産は平らかなるべきよしを御覧じけり」。仏説九色鹿経「我思得其皮作坐褥、欲得其角作払柄、王当為我覓之、王若不得者、我便死矣」。
二二 仏説九色鹿経では、男は王に鹿の所在を密告した途端「溺人面上即生癩瘡」とある。
二三 道案内。
二四 今昔「この御行(みゆき)を見て、驚き騒ぎて、鹿の許に飛び行きて、音(こゑ)を高く鳴きて驚かす。然れども、鹿、あへて驚かず。烏、木より下りて寄りて、鹿の耳を湌(く)ひて引く時に、鹿驚きぬ」。

に殺さんとし給。いまは逃《(にぐ)》べき方なし。いかゞすべき」[一]と云て、泣《な》く〳〵去《さ》りぬ。[二]鹿《かせぎ》、おどろきて、大王の御輿《(みこし)》のもとに歩寄《よ》るに、狩人ども、矢をはげて射んとす。大王の給《(たまふ)》やう、「[三]鹿《かせぎ》、おそるゝ事なくして来《きた》れり。[四]さだめてやうあるらん。射事《(いること)》なかれ」と。その時、狩人ども矢をはづして見るに、御輿の前にひざまづきて申さく、「我毛の色をおそるゝによりて、此山に深《ふか》く隠すめり。しかるに大王、いかにして我住所《(すむところ)》をば知《し》り給へるぞや」と申に、大王の給《(たまふ)》、「此輿のそばにある、顔に[五]あざのある男、告申たるによりて来れる也」。鹿見《かせぎみ》るに、顔《かほ》にあざありて、御輿《(みこしの)》傍に居《ゐ》たり。我助《たす》けたりし男なり。

鹿《かせぎ》、かれに向ていふやう、「命を助たりし時、此恩、[六]何にても報じつくしがたきよしいひしかば、こゝに我あるよし、人に語《かた》るべからざるよし、返〳〵《(かへすがへす)》契りし処也。然に今、其恩を忘て、[七]殺させ奉らんとす。いかに汝、水におぼれて死なんとせし時、我《(わが)》命を顧ず、泳《をよ》ぎ寄《よ》りて助し時、汝かぎりなく悦し事はおぼえずや」と、深《ふか》く恨たる気色にて、泪《(なみだ)》をたれて泣《な》く。

其時に、大王同じく泪をながしてのたまはく、「汝は[八]畜生なれども、[九]慈悲をもて人を助《たす》く。彼男は欲にふけりて恩を忘たり。畜生といふべし。恩を知《し》るをもて[一〇]人倫とす」とて、此男をとらへて、[一一]鹿の見《み》る前にて、首《くび》を斬《き》らせらる。又、

一 底本、伊達本「とみて」とあるが、諸本により訂する。
二 今昔は「鹿驚きて見るに、実に大王、多くの軍を引き具して来り給へり。更に逃るべき方なし」と絶体絶命の窮地であることを確かめてから御輿の前に姿を現わす。仏説九色鹿経も「四向顧望無復走地、便往趣王車辺」とあって近い。
三 今昔「汝達、しばらくこの鹿を射る事なかれ。鹿の体を見るに、只の鹿に非ず。軍に恐れずして、我が輿の前に来れり。暫く任せて彼れが為む様を見るべしと」。仏説九色鹿経「王曰、莫射、此鹿非常、将是天神」。るし長者「狩人ども、これを見て、我先にこれを射とらんとするに、弓矢からみつけたるやうになりて、引けども引かれず、放たんとすれども放れず」。
四 きっとわけがあるに違いない。
五 仏説九色鹿経では密告時に顔面に癩瘡ができたとする。　六 何によっても恩を返しきれない。
七 大王様のために、狩人たちをして、私(鹿)を射殺させ申し上げようとしている。
八 梵語 tiryañc。あらゆる鳥獣虫魚をさす。
九 仏が衆生をいつくしみ、あわれむ心。智恵とならんで、仏教の重要な徳目。　一〇 人間。
一一 今昔や仏説九色鹿経では男の斬首のことは載せていない。るし長者では斬首のあと、「この時に及んで天より白雲まひ下がり、五色の鹿の乗せて虚空にあがりけり」とある。
一二 今昔「其の国に雨、時に随ひて降り、荒き風吹かず。国の内に病なく、五穀豊饒にして、貧しき人なかりけり」。
▽今昔では「九色の鹿は今の釈迦仏にまします。心を通ぜし鳥は阿難也。后といふは今の孫陀利(そんだり)、水に溺れたりし男は今の提婆達多也」と結んでおり、原拠の仏説九色鹿経でも鹿は釈迦、

のたまはく、「今より後、国の中に鹿《かせぎ》を狩事《(かること)》なかれ。もし此宣旨をそむきて、鹿の一頭《(ひとかしら)》にても殺す物あらば、速《(すみやか)》に死罪に行はるべし」とて帰 給《(かへりたまひ)》ぬ。

[一二]其後より、天下安全に、国土ゆたかなりけりとぞ。

(九三) 播磨守為家侍佐多事《はりまのかみためいへのさぶらひさたのこと》 巻七ノ二)

今は昔、[一三]播磨守為家といふ人あり。[一四]それが内、[一五]させる事もなき侍あり。[一六]字《あざな》さたとなんいひけるを、[一七]例の名をば呼《よ》ばずして、主も傍輩《(はうばい)》も、たゞ、「さた」とのみ呼《よ》びける。さしたる事はなけれども、[一八]まめにつかはれて、年比《(としごろ)》になりにければ、[一九]あやしの郡の[二〇]収納《すなう》などせさせければ、喜て、その郡に行て[二一]郡司のもとにやどりにけり。なすべき物の[二二]沙汰などいひ沙汰《さた》して、四五日ばかりありてのぼりぬ。

この郡司がもとに、[二三]京よりうかれて、人にすかされて来《き》たりける女房のありけるを、[二四]いとお《(ほ)》しがりて養《(やしなひ)》を《(お)》きて、物縫《ぬ》はせなどつかひければ、さやうの事なども心得《え》てしければ、あはれなるものに思《おも》ひて置《を》きたりけるを、此さたに従者がいふやう、「郡司が家に、京の[二五]女房といふ物の、かたちよく髪長《なが》きがさ

鳥を阿難、国王を悦頭壇王(浄飯王)、后を先陀利、男を調達として、本生譚の形をとる。宇治拾遺はそうした仏教的な色彩をうすめ、昔話「報恩動物・恩知らずの人」に近い。原拠にない、男の顔のあざに注目すると、留志長者(第八十五話)の「はわくひ」が連想されるところで、御伽草子「るし長者」で留志長者と本話が接合されているのも、そんな点の連想が働いたかとも想像される。標題の「鹿」は、目録「麀」に誤るを訂。

一三 高階成章の子。正四位下、諸国の守を歴任。法勝寺造営の功により、承暦元年(一〇七七)、播磨守に重任、永保元年(一〇八一)までその地位にあった。白河院の乳母子で寵臣として知られる。嘉承元年(一一〇六)没、六十九歳。なお、播磨は兵庫県西南部に当り、大国の一。

一四 その家に。 一五 たいしたこともない。

一六 通称。「さた」は目録に「佐多」、今昔に「佐太」とある。名字と名・官職などの略称を組み合せ、曾禰丹後掾(好忠)を曾丹(そたん・そた)とする類か。

一七 普通の名。本当の名。 一八 実直に。忠実に。

一九 辺地の郡の意か。 二〇 「す」は「しゅ」の直音化。収税。また、その役人。

二一 国司の下にあって郡を治める役人。

二二 処理などについて指図をして。

二三 京を離れて放浪して、人にだまされて来た女。今昔には「京より淫(うかれ)たる女の、人に勾引(かどは)されて来たりけるを」とある。この「淫たる女」を古典全集本は遊女と解するが、宇治拾遺の叙述にはそのような気配がないと思われる。「女房」は女性の意。 二四 気の毒に思って。

二五 古活字本は「めなといふもの」。旧大系は「めな」について「「女房」の草体の誤か」とする。「女房」は都の女を特別視してこう言ったもので、「といふ物」にその感じがある。

ぶらふを、隠《かく》し据《す（ゑ）》へて、殿にも知《し》らせ奉《たてまつ》らで、置《を》きてさぶらふぞ」と語《（かたり）》ければ、「[一]ねたき事かな。わ男[二]、かしこにありし時はいはで、こゝにてかくいふはにくき事也」といひければ、「其《（その）》おはしましゝかたはらに、[三]きりかけの侍しをへだてて、それがあなたにさぶらひしかば、知《し》らせ給たるらんとこそ思《おも》ひ給へしか」といへば、「このたびはしばし行《い》かじと思つるを、いとま申て、とく行て、その女房かなしう[四]せん」といひけり。

さて、二三日斗《（ばかり）》ありて、為家に、「沙汰《さた》すべき事どものさぶらひしを、[五]沙汰《さた》しさして参《まい》りて候し也。いとま給りてまからん」といひければ、「事を沙汰《さた》しさしては、[六]何《なに》せんに上《のぼ》りけるぞ。とく行《い》けかし」といひければ、喜て下《くだ》りけり。

行着《つ》きけるまゝに、[七]とかくの事もいはず、[八]もとより見馴《な》れなどしたらんにてだに、うとからん程は、さやはあるべき、従者などにせんやうに、[九]着たりける[一〇]水干のあやしげなりけるが、[一一]ほころびたえたるを、切かけの上《うへ》より投《な》げ越《こ》して、高《たか》やかに、「これがほころび、縫《ぬ》い《（ひ）》[一二]ておこせよ」といひければ、程もなく投《な》げ返したりければ、「物縫《ぬ》はせ事さすと聞《き》くが、[一三]げに、とく縫《ぬ》い《（ひ）》てを《（お）》こせたる女《（によ）》人《（にん）》かな」と、[一四]あらゝかなる声してほめて、取《と》りて見《み》るに、ほころびをば縫《ぬ》はで、[一五]陸奥国《みちのくに》紙の文を、そのほころびのもとに結《むす》びつけて、投《な》げ返したるなりけり。

一　いまいましいことだ。　二　おまえ。きさま。
三　目隠しに用いる板塀。
四　かわいがってやろう。今昔は「見む」。
五　処理し残して。　六　どうして帰京したのか。
七　あれこれといった事も言わず。挨拶ぬきに。
八　もとから馴れ親しんだ相手でさえ、疎遠にしている間は、そのようにしてよいはずはないのだが。さたの行動の非常識さにふれる草子地。挿入句と考え、文を切らずにおく。「見馴る」は、男女が関係を持ち、親密になる意。
九　今昔には、ここに当る部分の前にさたが女を口説き、拒絶されたことを「女の居たりける所に押入りて責めけれども、女、「隔つる事有り。後に聞えむ」など云ひて、強《（あなが）》ち《（ち）》に辞《（い）》な《（な）》びて、云ふ事にも随はざりければ、佐太嗔《（いか）》り《（り）》て其《（そ）》こ《（こ）》を出づるままに、着ける…」と語る。
一〇　狩衣を簡便にしたもの。材質、形状は時代によって異なる。はじめ庶民、少年、下級の役人、武士などが常用したが、中世に上流に及ぶ。
一一　縫目の切れたのを。　一二　縫ってよこせ。
一三　本当に、何と早く縫ってよこした女人だろう。「女人」は僧などが用いるあらたまった言い方（今昔は単に「女」）。この女の仕事のすばやさに敬意を感じて用いたものであろう。
一四　粗野な。
一五　もと陸奥の産なのでこの名がある。檀紙。檀《（まゆみ）》の皮から作る上質の和紙で、白く厚みがあり、しわがよっている。消息文などに用いた。
一六　私の身は竹の林でもないのに、さたが衣を脱いで掛けることです。相手のさたに天竺の薩陲太子の名を言い掛けて詠んだもの。釈迦の前身の薩陲太子は、餓えた虎の母子を救うために、竹林に衣を脱ぎ掛け、みずからを虎の餌としたという。金光明経・捨身品に出る「捨身飼虎」の

あやしと思て、ひろげて見れば、かく書《か》きたり。

一六 われが身は竹の林にあらねどもさたがころもをぬぎかくる哉

と書《か》きたるを見《み》て、あはれなりと思知《し》らん事こそなからめ、一七 見《み》るまゝに大に腹を立《た》てゝ、「目つぶれたる女人かな。ほころび縫《ぬ》い《(ひ)》にやりたれば、ほころびのたえたる所をば見《み》だに 一八 え見つけずして、「一九 さたの」とこそいふべきに、二〇 かけまくもかしこき守殿《(かうのとの)》だにも、二一 まだこそ、こゝらの年月比、まだ、しか召《め》さね。なぞ、わ女め、「さたが」といふべき事か。この女人に物ならはさん」といひて、二二 よにあさましき所をさへ、「二三 なにせん、かせん」とのりのろひければ、女房は物もおぼえずして泣《な》きけり。腹立《た》ちちらして、郡司をさへのりて、「いで、これ申て、二四 事にあはせん」といひければ、郡司も、「二五 よしなき人をあはれみて置《を》きて、その徳《とく》には、果《は》ては勘当かぶるにこそあなれ」といひければ、二六 かたぐ、女おそろしうわびしく思けり。

かく腹立《(はらたち)》しかりて、帰のぼりて、二七 侍《さぶらひ》にて「やすからぬ事こそあれ。二八 物もおぼえぬくさり女に、かなしういはれたる。かうの殿だに「さた」とこそ召《め》せ。此女め、「さたが」といふべきゆへ《(ゑ)》やは」と、たゞ腹立《た》ちに腹立《た》てば、聞《き》く人どもえ心得《え》ざりけり。「さても、いかなる事をせられて、かくはいふぞ」と問《と》へ

故事で、我が国にも古く伝わった。法隆寺の玉虫厨子の台座に描かれ、三宝絵詞などに見える。

一七 なかろうが、それぱかりか。逆接で下に掛かる。古活字本は「かなしからめ」(あっぱれであろうに)、今昔は「難《(かた)》からめ」(むずかしいにしても)。どれが本来の形かは決めがたい。

一八 見付けることさえできずに。

一九 「の」と「が」は連体格の助詞として機能が似るが、人をさす語に下接する時、「が」の方にはその人への親愛・軽視の感が示されることがある。ただし、「薩陲が衣」は成句的に用いられたもので、この「が」にはその感がない。それを知らぬさたが怒ったのであるが、自分を通称で呼んだことへの不満がその前提となっていよう。

二〇 口にするのも怖れ多い国司様さえも。「かけまくもかしこき」は、はばかり多いもの、例えば神や天皇などにふれる時の慣用語法。大げさな物の言い方で、相手を威嚇するためにこう言ったものである。

二一 まだ、長い年月にわたって、まだ、このように私をお呼びにならない。上の「まだ」を旧大系は「また」と読むが、興奮ないし強調のための同語反復ととっておく。「しか」は底本「しり」かと思われるが、諸本により訂。

二二 とても口にできないような所。陰部をさす。

二三 「ああしてやろう、こうしてやろう」とののしり、のろったので。 二四 この事を守に申し上げてひどい目にあわそう。

二五 つまらぬ人を同情して、いさせて、そのお陰で、結局、罰せられることになるようだ。

二六 (さたと郡司の)双方について。

二七 家務をつかさどる家人《(けにん)》などの詰所。

二八 分別もないつまらぬ女に、手ひどく言われた。

ば、「聞《きゝ》き給へよ。中さん。かやうの事は、誰も同《おな》じ心に守殿にも申給へ。さて、[一]君《きみ》たちの名だてにもあり」といひて、ありのまゝの事を語《かた》りければ、「さて〳〵」といひて、笑《わら》ふ物もあり、にくがる物もおほかり。女をばみないとお《(ほ)》しがり、[二]やさしがりけり。此を為家聞《きゝ》きて、前によびて問ければ、「[三]我《(わが)》うれへなりにたり」と悦て、こと〴〵しく[四]伸《の》びあがりていひければ、よく聞《きゝ》きて後、そのお《(を)》のこをば追出してけり。女をばいとお《(ほ)》しがりて、物とらせなどしけり。[五]心から身を失《うしな》ひけるお《(を)》のこなりとぞ。

（九四　三条中納言水飯事《さんでうちゆうなごんすいはんのこと》　巻七ノ三）

これも今は昔《むかし》、[六]三条中納言といふ人ありけり。[七]三条右大臣の御子なり。[八]才《(ざえ)》かしこくて、もろこしの事、この世の事、みな知《し》り給へり。心ばへかしこく、[九]肝《きも》ふとく、[一〇]を《(お)》しからだちてなんおはしける。[一一]笙の笛《ふえ》をなん[一二]きはめて吹給ける。長《(たけ)》高《たか》く、大《(おほき)》にふとりてなんおはしける。

ふとりのあまり、[一三]せめて苦《くる》しきまで肥《(こえ)》給ければ、[一四]薬師重秀《くすししげひで》を呼《よ》びて、「かく、いみじうふとるをばいかゞせんとする。[一五]立居《(たちゐ)》などするが、身の重《をも》く、いみじう

一　あなたがたの名折れでもある。
二　優美と感じた。
三　自分の訴えがかなった。
四　得意そうな態度で。
五　自分の心の持ち方によって、身を滅ぼした。
▽地方官の下僚が、その野卑・無智によって身分を失ういきさつを描く。いわくありげな女性の機智・教養との対比によって、男のあさましい風貌が鋭く映し取られている。「の」「が」の差異を示す掌編としても有名。
六　藤原朝成。定方の六男。従三位、皇太后宮大夫、中納言。天延二年(九七四)没、五十八歳。
七　藤原定方。高藤の次男。従二位、右大臣、左大将、東宮傅。承平二年(九三二)没、五十八歳。
八　学才にすぐれており。「才」は学問、特に漢学・漢詩文の知識、教養。
九　大胆で。
一〇　押しが強くていらっしゃった。「おしから」は積極的な人柄。「押柄」と書き、その音読「あふへい」から「横柄(わうへい)」の語が生れた。「だつ」は接尾語で、その属性、特徴がきわだつ意。
一一　雅楽に用いる管楽器の一。朝成がこれの名手であったことは諸書に見え、特に続教訓抄に「古昔吹笙名人」の三人の中に挙げられている。
一二　この上なく巧みに。
一三　極度に。はなはだしく。
一四　医師重秀。今昔のこの部分「医師和気の□」とある。欠字につき、実践女子大本などは「重秀」とある本の存在について傍書する。該本は宇治拾遺の記事によって補ったかと思われる。旧大系今昔の注は「重秀」について、「茨田滋秀を指すか」とする。滋秀は康保二年(九六五)に典薬頭となり、長徳四年(九九八)没、享年未詳。時代的に朝成の相手としてふさわしい。

苦《くる》しきなり」との給へば、重秀申やう、「冬は湯漬《づけ》[一六]、夏は水漬にて物を召《め》[一七]すべきなり」と申けり。そのまゝに召《め》しけれど、たゞ同《おな》じやうに肥《こへ》ふとり給ければ、せんかたなくて、又、重秀を召《め》して、「いひしまゝにすれど、そのしるしもなし。水飯《（すいはん）》[一八]食て見《み》せん」との給て、おのこ《（を）》ども召《め》すに、さぶらひ一人参《まい》りたれば、「例[一九]のやうに、水飯してもて来《こ》」といはれければ、しばし斗《（ばかり）》ありて、御台[二〇]もて参《まい》るを見《み》れば、御台片具《だいかたよろひ》[二一]もて来《き》て、御前に据《す（ゑ）》へつ。御台《だい》に箸の台《だい》ばかり据《す（ゑ）》へたり。つゞきて御盤さゝげて参《まい》る。御[二二]まかない《（ひ）》の、台に据《す（う）》ふるを見《み》れば、中の御盤に白《しろ》き干瓜《（ほしうり）》[二三]三寸ばかりに切て、十斗《（ばかり）》盛《も》りたり。又、すし[二四]あゆのおせく[二五]ゝにひろらか[二六]なるが、尻頭《しりかしら》[二七]ばかり押《を》[二八]して卅斗《（ばかり）》盛《も》りたり。大なる鋺《かなまり》[二九]を具《ぐ》したり。みな御台に据《す（ゑ）》へたり。いま一人の侍、大なる銀の提《（ひさげ）》[三〇]に銀のかい《（ひ）》を立《た》てゝ、重《をも》たげにもて参《まい》りたり。

鋺《（かなまり）》を給たれば、かい《（ひ）》に御ものをすくひつゝ、高やかに盛《も》り上《あ》げて、そばに水をすこし入て参《まい》らせたり。殿、台《だい》を引よせ給て、鋺《かなまり》をとらせ給へるに、さば[三一]かり大におはする殿の御手に、大なる鋺《かなまり》かなと見《み》ゆるは、けし[三二]うはあらぬほどなるべし。干瓜《ほしうり》を三きり[三三]斗《（ばかり）》食《く》ひ切《き》りて五六ばかり参《まい》りぬ。次に鮨を二きり斗に食切て五六斗《（いつつむつばかり）》[三四]やすらかに参《まい》りぬ。次に水飯を引寄《よ》せて、二たび斗箸《はし》をまは

一五 立ったり坐ったりなどするのが。
一六 強飯《（こわいい）》に湯をかけたもの。また、湯の中に強飯を入れたもの。夏は水を用い、水漬と称する。
一七 召し上るのがよい。
一八 水漬の飯。
一九 いつものように、水飯を持って来い。
二〇 台盤（食物を盛る盤をのせる台）の敬称。
二一 片方。「具」は台・屏風など揃った物を数える語。「寄《（よ）》る」と同源かという。このあたり、古活字本は「かた〳〵よそひもてきて」とある。
二二 食事の給仕の者。
二三 瓜を切って干したもの。それを「三寸（約九センチ）ばかり」に切るのは、相当大まかな食し方。
二四 すしにした鮎。塩漬にして酸味を出す。
二五 清濁は「おせぐく」かとも。語義もはっきりしない。一三三五頁に出る「おせくむ」と関係ある語で、背が丸まっているさまとも、押して平たくなったさまとも言われる。この部分、今昔には「大きに広らかなる」とある。
二六 「広やかなる」とも。広い。
二七 尾と頭だけを、尾頭つきのまま、の二つの解が考えられる。「ばかり」をすなおに受けとると前者となるが、胴の部分を除く食べ方は不審。
二八 押しずしにして、または、押し重ねて。
二九 金属製の椀。
三〇 銀・錫などで作った、つる付きの銚子。「かひ」は、匙《（し）》。もと、貝を用いたのでこういう。
三一 非常に。はなはだ。
三二 不つりあいではない程の大きさなのだろう。「けし」は「怪（異）し」で異様などの意。多くこのように否定の形で用いる。
三三 「きり」は「きれ」に同じ。
三四 むぞうさに召し上った。

し給ふと見《み》る程に、おものみな失《う》せぬ。「又」[一]とてさし給はす。さて、二三度に、ひさげの物皆《みな》[二]になれば、又、提に入てもて参《まい》る。重秀、これを見《み》て、「水飯[三]をやくと召《め》すとも、このぢやうに召《め》さば、さらに御ふとりなを《(ほ)》るべきにあらず」とて逃て去《い》にけり。

されば、いよ〳〵相撲《(すまひ)》[四]などのやうにてぞおはしける。

（九五　検非違使忠明事《けびゐしただあきらのこと》　巻七ノ四）

これも今は昔《むかし》、忠明《たゞあきら》[五]といふ検非違使[六]有けり。それが若かりける時、清水[七]の橋のもとにて、京童部《(きやうわらんべ)》[八]どもといさかひをしけり。京童部、手ごとに刀をぬきて、忠明《たゞあきら》をたちこめ[九]て、殺さんとしければ、忠明も太刀を抜て、御堂ざま[一〇]にのぼるに、御堂の東の妻[一一]にもあまた立て、むかひあひたれば、内へ逃て、蔀《しとみ》[一二]のもとを脇にはさみて、前の谷へお《(を)》どり落《お》つ。蔀《しとみ》、風にしぶかれ[一三]て、谷の底に鳥[一四]のゐるやうに、やをら落にければ、それより逃て去《い》にけり。

京童部ども谷を見おろして、あさましがり[一五]て、立並《な》みて見けれども、すべきやうもなくて、やみにけりとなん。

一「もっと」と言ってさし出し、お渡しになる。
二 皆なくなったので。 三 もっぱら召し上っても、この調子で。 四 相撲人。
▽主人公の朝成は醜貌、巨軀で知られるが、怨霊譚も伝わっている。任官をめぐる挫折のため、彼は怨み死にをしてその邸は不吉な所となったという。都の中の悪所の一、鬼殿の縁起であるが、付会らしくもある。本話はその暗さを排除した所に成立したもの。
五 伝未詳。権記の長徳三年(九九七)五月二十四日条に出る忠明がこれかとされる。彼は他の二人とともに強盗追捕のために近江に派遣された。
六 検非違使庁に所属し、都の治安に当った職。検察・訴訟・裁判などを扱い、強大な力を持つ。
七 清水寺(→一二二頁注八)の本堂の前面、断崖の上に建てられた、いわゆる清水の舞台で、本文に、その「もと」とあるから、束柱の下ということになるが、今昔、古本説話は「橋殿」とし、舞台の上らしくなっている。
八 京童(きようわらわ)とも。京都の若者たち。血気さかんで批判的精神に富み、無頼な傾向が目立った。
九 とりかこんで。「たちこむ」は「たてこむ」とも。
一〇 本堂の方向。「ざま」は方向を示す接尾語。
一一 東の端。
一二 建具の一つで、格子に組み、裏に板を張ったもの。上下二枚から成り、上を金物で釣り上げて開閉した。ここは「もと」とあるのでその下部をさす。旧大系は立蔀(台を付けた移動用の障屏具)とし、諸注これに従うが、採らない。
一三 おさえられて。風圧を受けたさま。
一四 鳥がとまるように、しずかに。
一五 驚きあきれて。ぼうぜんとして。
▽今昔および古本説話には、これの次に、清水の舞台から落下した幼児が助かる話が並ぶ。本

(九六　長谷寺参籠男《はせでらさんろうのをのこ》、預二利生一事《りしやうにあづかること》　巻七ノ五)

今《いま》は昔《むかし》、父母《(ぶも)》[一六]、主《しう》もなく、妻も子もなくて、只一人ある青侍[一七]ありけり。すべき方もなかりければ、「観音たすけ給へ」[一八]とて長谷《(はせ)》[一九]にまいり《(ゐ)》て、御前にうつぶし伏《(ふし)》て申けるやう、「此世にかくて[二〇]あるべくは、やがて[二一]、此御前にて干死《ひじに》に死なん。もし又、をのづから《(お)》[二二]なる便《(たより)》もあるべくは、そのよしの夢を見《み》ざらんかぎりは出《(いづ)》まじ」とて、うつぶし臥《ふ》したりけるを、寺の僧見《み》て、「こは、いかなる者《もの》の、かくては候ぞ。物食所《(くふ)》[二三]も見《み》えず。[二四]かくうつぶし臥《く》したれば、寺のため[二五]、けがらひいできて、大事に成なん。誰を師[二六]にはしたるぞ。いづくにてか物は食《く》ふ」など問《と》ひければ、「かく[二七]たよりなき物は、師もいかでか侍らん。物食《た》ぶる所もなく、あはれと申人もなければ、仏の給はん物を食《た》べて、仏を師とたのみ奉て候也」とこたへければ、寺の僧ども集《あつ》まりて、「此事、いとゞ不便《(ふびん)》[二八]の事也。寺のために悪《あ》しかりなん。観音[二九]をかこち申人にこそあんなれ。是《(これ)》集《あつ》まりて、養《やしな》ひてさぶらはせん」とて、かはる〳〵物を食《く》はせければ、もてくる物を食《く》ひつゝ、御前を立去《さ》らず候ける程に、三七日《(さんしちにち)》[三〇]に成にけり。

書は一対の観音霊験譚(今昔には忠明の祈願の事が語られ、その面を明記している)の片方を扱ったものであろう。次話との連想関係には表面的に見えない霊験譚的色彩が作用しているはずである。その一方で、風圧を利用した軟着陸には科学的根拠もありそうで、非合理と合理をこもごも感じさせる話として面白い。

一六 読み方は、下の「しう」との関連で音読しておく。古本説話は「父も母も」。

一七 身分の低い若侍。もと、六位の着用する袍が青色であったことにちなみ、六位の侍を言ったが、転じて、身分が低く若い者を広くさす。

一八 長谷寺の本尊の十一面観音をさす。

一九 奈良県桜井市初瀬町にある真言宗豊山派の総本山。奈良時代の創建で、代表的な観音霊場として知られる。西国三十三番札所の第八番。

二〇 このように生きていくさだめならば。

二一 このまま、この御前で餓死してしまおう。

二二 ひょっとして恵まれる幸運へのきっかけでもあるならば。「おのづから」はもしかすると。

二三 食事をとる所。後の「物食ぶる所」と同じで、参詣人が身を寄せる所、宿坊の類。

二四 仏前でうつぶしてばかりいると。

二五 寺にとって、穢れが発生して、大変なことになりそうだ。「けがらひ」は「けがる」に反復・継続の意の接尾語「ふ」が付いた「けがらふ」の連用形。ここは死による穢れをさす。

二六 導師。師僧。直接導いてくれる僧侶。

二七 身よりのない者。　二八 具合が悪いことだ。

二九 観音に言いがかりをつけ申す人のようだ。「神仏をもかこたん方なきは、これみなさるべきにこそはあらめ」(源氏物語・柏木)などとあり、神仏を責め、怨むことはできないとされた。ここは、青侍を、そのような常識を持ち合せぬ者

三七日はてて、明《あけ》んとする夜の夢に、御帳《みちやう》より人の出《い》でて、「此お《を》のこ、前世の罪のむくひをば知《し》らで、観音をかこち申て、かくて候事、いとあやしき事也。さはあれども、申事の[一]いとお《ほ》しければ、いさゝかの事、はからひ給りぬ。先《まづ》、すみやかにまかり出《い》でよ。[二]まかり出《いで》んに、[三]なににてもあれ、手にあたらん物を取て、捨ずして[四]持《も》ちたれ。とく〳〵まかり出《いで》よ」と追《を》はるゝと見て、はい《ひ》起《お》きて、[五]約束《やくそく》の僧のがりゆきて、物うち食てまかり出ける程に、[六]大門《だいもん》にてけつまづきて、うつぶしに倒《たを》れにけり。

起《お》きあがりたるに、[七]あるにもあらず、手に[八]にぎられたる物を見《み》れば、[九]藁《わら》すべといふ物をたゞ一筋にぎられたり。「仏の賜《た》ぶ物にて有《ある》にやあらん」と、いと[一〇]はかなく思へども、仏の[一一]はからはせ給やうあらんと思て、これを[一二]手まさぐりにしつゝ行程に、蝱一《あぶひとつ》[一三]ぶめきて、かほの[一四]めぐりに有を、うるさければ、木の枝を折《お》りて払《はらひ》捨《す》つれども、猶たゞ同《おな》じやうに、うるさくぶめきければ、とらへて腰をこの藁《わら》すぢにてひきくゝりて、杖のさきにつけて持《も》[一五]たりければ、腰をくゝられて、ほかへはえ行《い》かで、ぶめき飛まはりけるを、長谷にまい《ゐ》りける女[一六]車の、前の簾を[一七]うちかづきてゐたる児《ちご》[一八]の、いとうつくしげなるが、「あの男の持《も》ちたる物はなにぞ。[一九]かれ乞《こ》ひて、我に賜《た》べ」と、馬に乗てともにある侍《さぶらひ》にい

と見なしての言である。「をかこつ」は、…に対して不満を言う、責めたてるなどの意。

三〇 二十一日。願を掛け、参籠した期間。

一 気の毒なので。 二 退出したら。「ん」は仮定。

三 それが何であっても。すべてを認め、受け入れることを示す。古活字本は「なにもあれ」。

四 「持ちてあれ」の約。持っていなさい。

五 約束しておいた僧のもとに行って。今昔は「哀びける僧の房に寄て」、古本説話は「あれ(ここにいなさい)といひける僧のもとに寄りて」。

六 寺の周囲に設けられた門の主要なもの。特に南方中央の門(南大門)をさす。ここもその例。

七 無我夢中で。無意識のうちに。

八 何となくにぎった物。「れ」は自発。

九 稲の穂の芯。「わらしべ」「わらみご」などとも。今昔、古本説話は「藁の筋」。本書でも後文には「わらすぢ」とある。後の雑談集は「はらすべ」。

一〇 頼りなく。あてがはずれた感じを言う。

一一 はからいなさるわけがあろう。

一二 手でもてあそぶこと。

一三 羽音を立てて。「ぶ」は擬音語、ぶんぶんなど、うるさい羽音を示す。「めく」はそのような音を立てる意。 一四 まわり。周辺。

一五 底本「わたりければ」。諸本により「わ」を「も」に訂正。字形の類似による誤写であろう。

一六 女性が外出に用いる牛車。簾の下から下簾の裾を垂らす。 一七 かぶるようにあげていた。進行方向を見るための、子供らしいしぐさ。

一八 幼児。 一九 あれを求めて。

二〇 「若君」に同じで、貴人の幼い子女への敬称。男子、女子いずれにも言うが、特に男子に用い、若君・姫君などと並称する。ここも男の子であろう。 二一 感心な。殊勝な。

ひければ、その侍、「その持たる物、二〇若公《(わかぎみ)》の召《め》すに参《まい》らせよ」といひければ、「仏の賜《た》びたる物に候へど、かく仰事候へば、参《まい》らせて候はん」とて、とらせたりければ、「此男、いと二一あはれなる男也。若公の召《め》す物を、二二やすく参《まい》らせたる事」といひて、二三大柑子を、「これ、二四喉《のど》かは《(わ)》くらん、食《た》べよ」とて、三《(みつ)》、いと二五からばしき二六陸奥国《みちのくに》紙《(がみ)》に包《(つつみ)》てとらせたりければ、侍、とりつたへてとらす。

「藁一筋が、大柑子三《(みつ)》になりぬる事」と思て、木の枝にゆい《(ひ)》付て、肩《かた》に二七うちてかけて行ほどに、二八「ゆへ《(ゑ)》ある人の忍てまい《(ゐ)》るよ」と見《み》えて、侍などあまた具《ぐ》して、二九かちよりまい《(ゐ)》る女房の、三〇歩《あゆ》み困《こう》じて、たゞたりにたりゐたるが、「喉の三一かは《(わ)》けば、水飲《の》ませよ」とて、三二消《き》え入やうにすれば、ともの人、三三手まどひをして、「近《ちか》く水やある」と走さは《(わ)》ぎもとむれど、水もなし。「こはいかゞせんずる。三四御旅籠《はたご》馬にや、もしある」と問《と》へど、はるかにを《(お)》くれたりとて見《み》えず。三五ほと〳〵しきさまに見《み》ゆれば、まことにさは《(わ)》ぎまどひて、三六しあつかふを見《み》て、「喉かは《(わ)》きてさは《(わ)》ぐ人よ」と見《み》ければ、やはら歩《あゆ》み寄《よ》りたるに、「こゝなる男こそ、水のあり所は知《し》りたるらめ。此辺《(あたり)》近《ちか》く、水の清《きよ》き所やある」と問ければ、「此四五町がうちには清《きよ》き水候はじ。いかなる事の候にか」と問《と》ひければ、「歩《あゆ》み困《こう》ぜさせ給て、御喉のかは《(わ)》かせ給て、水ほしがらせ給に、水のなきが大

二二 何とすなおに差し上げたことよ。
二三 大きな柑子蜜柑。 二四 のどがかわいていることだろうから、食べなさい。
二五 旧大系は「上等な」と注するが、香りがよいの意。紙に香をたきしめ、意匠をこらすのは王朝の習俗。源氏物語・玉鬘に「唐の色紙、かうばしき香に入れしめつつ」とあり、「いとかうばしき陸奥紙」も見える。この二例を含む玉鬘の巻の舞台に長谷寺が出るのは、偶然かもしれないが、本話との関連を思わせ、「女車」への空想を誘う。
二六 →一七八頁注一五。大柑子をこれで包んだことで、乗っている児の母が並々でない人であると知られる。
二七 「うちかけて」をあらたまった言い方にしたものか。ただし、諸本多く「て」を欠く(今昔、古本説話も同じ)。なお、大柑子を付けた枝を肩に掛けたのは、貴人から頂戴した、いわゆる被け物の扱いによるものであろう。
二八 由緒ある人が、ひそかに参詣するのだなあ。
二九 徒歩で。信仰のあかしをたてるため、ことさらに徒歩で参詣するならわしがあった。
三〇 歩きつかれて、ひどくぐったりとし腰をおろしている人が。古活字本「たてりゐたるが」など異文もある。四段の「垂る」は下二段のそれの古形で、疲労などで力を失い、ぐったりする意。
三一 「は」の字、底本虫損により欠く。諸本により補入。 三二 息も絶えそうなので。
三三 物が手に付かぬほどあわて騒ぐこと。
三四 旅籠(旅行用の物品・食料などを収納する行李)をはこぶ馬。
三五 今にも死にそうな。「ほとほと」は「ほとんど」の古形。「ほとほとし」はその形容詞化。
三六 始末に困っている。もてあます。

事なれば、たづぬるぞ」といひければ、「不便《ふびん》に候《さぶらふ》御事かな。水の所は遠《とほく》て、汲《くみ》て参《まゐ》らば、程へ候なん。これはいかゞ」とて、つゝみたる柑子を、三ながらとらせたりければ、悦さは《わ》ぎて食《く》はせたれば、それを食て、[一]やう〳〵目を見あけて、「こは、いかなりつる事ぞ」といふ。「御喉かは《わ》かせ給て、「水飲《の》ませよ」とおほせられつるまゝに、[二]御《おほ》殿籠《とのごも》り入《い》らせ給つれば、水もとめ候つれども、清き水も候はざりつるに、こゝに候《さぶらふ》男の、思かけぬに、その心を[三]得《え》て、この柑子を三《みつ》、奉《たてまつ》りたりつれば、参《まゐ》らせたるなり」といふに、此女房、「我はさは、喉《のど》かは《わ》きて、絶入たりけるにこそ有けれ。「水飲《の》ませよ」といひつる斗《ばかり》はおぼゆれど、其後の事は露おぼえず。此柑子えざらましかば、此野中にて[四]消《き》え入なまし。うれしかりける男かな。此男《おとこ》、いまだあるか」と問《と》へば、「かしこに候」と申。「その男、しばしあれといへ。[五]いみじからん事ありとも、絶《た》え入はてなば、[六]かひなくてこそやみなまし。男の[七]うれしと思《おも》ふばかりの事は、かゝる旅にては、いかゞせんずるぞ。食《く》ひ物は持《も》ちて来《き》たるか。食《く》はせてやれ」といへば、「[八]あの男、しばし候へ。御旅籠《はたご》馬など参《まゐ》りたらんに、物など食てまかれ」といへば、「うけ給《たまはり》ぬ」とて、ゐたるほどに、旅籠《はたご》馬、[九]皮籠《かはご》馬など来《き》着《つ》きたり。

一 ようやくのことで。

二 おやすみになってしまわれたので。気絶したことを婉曲に言ったもの。「おんとのごもる」の語の存否は未詳なので、「御」の訓は旧大系の説に従っておく。「おほとのごもる」は寝る、眠るの尊敬語。「入る」はすっかり…する。

三 底本の字、「え」か「み」かまぎらわしい。諸本および古本説話は前者、書陵部本は後者につくる。「得」「見」どちらにせよ、ここは、その事情を察してというほどの意であろう。

四 息が絶えたことでしょう。

五 仮に、すばらしいことがあっても。

六 何のかいもないままになってしまうでしょう。

七 うれしいと思うほどの事は、こんな旅の途中で、どうしたらよかろう。「ばかり」は上接の動詞が終止形なら程度・範囲、連体形なら限定。「思ふ」は四段動詞なので、その区別がむずかしいが、文意から前者であろう。おおよそ…ほどの意。

八 あの男よ、しばらくそこにいなさい。女性の指示を受けた供の者の言葉。近くにいる相手なのに「あの男」と遠称を用いているのは、身分差によるもの。一行の主人が相当の身分であることがうかがえる。

九 皮籠(皮張りの行李)をはこぶ馬。

一〇 先行するのがよいのだ。先行してはじめて役に立つことを言う。

一一 緊急の事。「とみ」は「頓」の字音の変化のしたもの。さしせまった事・状況。

一二 幔幕。屋外で臨時に用いる障屛具。

一三 むしろ、ござなどの類。

一四 水場が遠いそうであるが。食事をとるのに不適当な場所であることを示す。

一五 お食事。

「など、かくはるかにを《(お)》くれては参《まい》るぞ。御旅籠《はたご》馬などは、つねに[一〇]さきだつこそよけれ。[一一]とみの事などもあるに、かくを《(お)》くるゝはよき事かは」などいひて、やがて[一二]幔引《まんひ》き、[一三]畳《たゝみ》など敷《し》きて、「[一四]水遠かんなれど、困《こう》ぜさせ給たれば、[一五]召《め》し物は、こゝにて参《まい》らすべき也」とて、[一六]夫《(ぶ)》どもやりなどして、水汲《く》ませ、食物しいだしたれば、此男に、[一七]清《きよ》げにして、食《く》はせたり。物を[一八]食《く》ふ〳〵、「[一九]ありつる柑子、なにに《ゝ》かならんずらん。観音はからはせ給事なれば、[二〇]よもむなしくてはやまじ」と思ゐたる程に、白《しろ》くよき布を[二一]三匹取《むらと》り出《い》でて《ゝ》、「これ、あの男にとらせよ。此柑子の[二二]喜《(よろこび)》は、いひつくすべき方もなけれども、かゝる旅の道にては、うれしと思《おも》ふ斗《(ばかり)》の事はいかゞせん。これはたゞ、[二三]心ざしのはじめを見《み》する也。京の[二四]おはしまし所は、そこ〳〵になん。必《かなら》ず参《まい》れ。此柑子の喜をばせんずるぞ」といひて、布三匹取《むらと》らせたれば、悦て布を取《と》りて、「[二五]藁筋《わらすぢ》一筋が、布三匹《むら》になりぬる事」と思て、[二六]腋《(わき)》にはさみてまかる程に其日は暮にけり。

[二七]道づらなる人の家にとゞまりて、明ぬれば[二八]鳥とともに起《お》きて行程に、日さしあがりて[二九]辰の時ばかりに、えもいはず良《よ》き馬に乗《の》りたる人、此馬を[三〇]愛しつゝ、[三一]道も行《ゆ》きやらず、ふるまはするほどに、「まことにえもいはぬ馬かな。これをぞ[三二]千貫がけなどはいふにやあらん」と見《み》るほどに、此馬にはかにたう《(ふ)》れて、

一六 人夫たちを(適当な所に)行かせるなどして。
一七 見るからに立派な様子で。男への接待が貴族社会の作法に即していることを言う。「所々の饗など、…きよらを尽して仕うまつれり」(源氏物語・桐壺)は、類語の用例であるが、参考になる。
一八 食べながら。
一九 さきほどの柑子は、何になるのだろう。礼の品物への期待を示す。
二〇 まさか、何もなくては終るまい。
二一 「むら」は巻いた布を数える語。「疋」「端」「段」とも書く。今昔は「三段」と記すが、これが「むら」か「たん」(布帛の大きさの単位)か不明。
二二 感謝の挨拶。お礼。
二三 自分の感謝の気持を示す手始め。
二四 おすまいは、どこそこである。敬語の「おはしまし所」は、主人の言をとりつぐ者の用語か女性の自敬表現か、はっきりしない。後者とすれば、かなり高貴な人ということになる。
二五 この男の心内語に一と三の対比が効果的に用いられている。島内景二によると、三には「物語を動的に展開させる力」があるという。ここでも、幸運のさらなる拡大が「三」にさりげなく示されているか。
二六 三匹の量・重さからすると、抱きかかえるようにして運んだと思われる。
二七 道ばたにある、人の家。
二八 鳥が鳴きはじめるのと同時に。暁の起床・出発を示す。「とも」は底本の「友」を訂正。
二九 今の午前八時前後。
三〇 いたわって。「愛す」は気を使って扱う。
三一 道を急がず、思いのまま歩かせているので。
三二 千貫かけるだけの価値がある名馬。一貫は一千文。古本説話は「千段(布千段)がけ」。

[一]たゞ死《し》にに《ゝ》死《し》ぬれば、主、我[二]にもあらぬけしきにて、下《お》りて立ゐたり。手《て》まどひして、従者どもも《ゝ》、鞍下《お》ろしなどして、「いかゞせんずる」といへども、かひなく死《し》にはてぬれば、手[三]を打《う》ち、あさましがり、泣《(なき)》ぬばかりに思ひたれど、すべき方なくて、あやしの馬のあるに乗ぬ。

「かくてこゝにありとも、すべきやうもなし。我等は去《い》なん。これ、[四]ともかくもして、引《ひ》き隠《かく》せ」とて、[五]下《(げ)》種《す》男《おとこ》を一人とゞめて、去《い》ぬれば、此男見《み》て、[六]「此馬、わが馬にならんとて死ぬるにこそあんめれ。藁一筋《すぢ》が柑子三になりぬ。柑子三が布三匹《むら》になりたり。此布《ぬの》の《ゝ》、馬に[七]なるべきなめり」と思て、歩《あゆ》み寄《よ》りて、此下種《す》男にいふやう、「こは、いかなりつる馬ぞ」と問《と》ひければ、「[八]陸奥国《みちのくに》よりえさせ給へる馬なり。よろづの人のほしがりて、[九]あたい《(ひ)》も限《かぎ》らず買《(かは)》んと申つるをも惜《お》しみて、[一〇]放《はな》ち給はずして、今日《けふ》かく死《し》ぬれば、そのあたい《(ひ)》、[一一]少分をもとらせ給はずなりぬ。おのれも、皮をだにはがばやと思へど、旅にてはい[一二]かゞすべきと思て、[一三]まもり立《(たち)》て侍なり」といひければ、「[一四]その事也。いみじき御馬かなと見侍りつるに、はかなくかく死《し》ぬる事、命ある物は[一五]あさましき事也。まことに、旅にては、[一六]皮はぎ給たりとも、え干《ほ》し給はじ。おのれは此辺《(このあたり)》に侍れば、皮はぎてつかひ侍らん。[一七]得《え》させておはしね」とて、此布を一匹《むら》とらせたれ

一 たちまち死んでしまったので。
二 われを忘れた様子で。茫然自失のさまで。
三 てのひらを打ち合せ、驚きあきれ。「手を打つ」は激しい喜怒哀楽のおりのしぐさ。これも源氏物語・玉鬘(→一八五頁注二五)に「この女の、手を打ちて、…いとおどろおどろしく泣く」と例があるが、うれしさの描写という点でやや異なる。
四 何とかして。
五 身分の低い男。下男。
六 対象との関係を、自分の立場にひきつけての判断。第二十八話の「あはれ、これこそ、われに衣得させんとて出たる人なめり」に似る。
七 なるというてはずのようだ。
八 今の青森、岩手、宮城、福島の四県にわたる。福島県に当る地域は名馬の産地として有名。
九 値段も無制限で。いくらに値を付けてでも。
一〇 手放さずにいて。
一一 わずかをも。一部分も。今昔「一疋だに」、古本説話「一疋をだに」。
一二 どうしようもない。
一三 死体を見つめて。
一四 応答する時の慣用句。話題がこちらの志向に一致した時、核心に入ったと思う時などに使う。
一五 いたましいことだ。
一六 皮をおはぎになっても、それを乾かすことはおできになりますまい。今昔は「皮剝ても、忽ちに干し得難かりなむ」、古本説話は「かはらにても、たちまちに、え干しえ給はじ」。後者の「かはらにて」は「かははきて」の誤写かとされるが、皮はぎの場として河原が用いられていたことによるか。
一七 私に与えてご出発なさいませ。この「おは

ば、男、思[一八]はずなる所得したりと思て、思《おも》[一九]ひもぞかへすとや思《おも》ふらん、布をとるまゝに、見[二〇]だにもかへらず走《はし》り去《い》ぬ。

男、よ[二一]くやりはてて後、手[二二]かきあらひて、長谷《はせ》の御方にむかひて、「此馬、生《い》[二三]けて給はらん」と念じゐたる程に、この馬、目を見あくるまゝに、頭をもたげて、起《お》きんとしければ、やはら手をかけて起《お》こしぬ。うれしき事限なし。「を《（お）》[二四]くれて来《く》る人もぞある。又、あ[二五]りつる男もぞ来《く》る」など、あやう《（ふ）》くおぼえければ、やう[二六]〳〵かくれの方《かた》に引入て、時移《うつ》るまでやすめて、もとのやうに心地《ち》もなりにければ、人のもとに引もて行て、その布一匹《むら》して、轡《（くつわ）》や[二七]あやしの鞍にかへて馬に乗ぬ。

京[二八]ざまに上《のぼ》る程に、宇[二九]治わたりにて日暮《く》れにければ、その夜は人のもとにとまりて、今一匹《むら》の布して、馬の草、わが食物《（くひもの）》などにかへて、その夜はとまりて、つ[三〇]とめていととく、京ざまにのぼりければ、九[三一]条わたりなる人の家に、物[三二]へ行《い》かんずるやうにて、立さは《（わ）》ぐ所あり。「此馬、京に率《い》て行たらんに、見知《し》[三三]りたる人ありて、盗《ぬす》みたるかなどいはれんもよしなし。や[三四]はら、これを売てばや」と思て、「か[三五]やうの所に、馬など用[三六]なる物ぞかし」とて下《お》り立て、寄《よ》りて、「もし馬などや買せ給ふ」と問《と》ひければ、「馬[三七]がな」と思けるほどにて、此馬を見《み》

す」は「行く」の尊敬語。
一八 思いがけないもうけもの。「所得」は得をすること。
一九 気が変ったら大変だと思ってか。「もぞ」はよくないことを予想し、不安を持つ時に用いる。
二〇 ふり返りさえもせずに。一目散に。
二一 十分に遠くに行かせてから後。
二二 手を洗って。「かき」は接頭語。
二三 生き返らせていただきたい。下二段の「生く」は、生きかえらす、生かす。
二四 前の段落の旅籠馬のことなどを思い浮べての言。
二五 さきほどの男が来るかもしれない。
二六 ようやく、物陰に馬を引き入れて。
二七 粗末な鞍。
二八 京の方に向って行く途中で。
二九 京都府宇治市。長谷からは約五〇キロメートル、京都からは約一五キロメートルの距離。
三〇 翌朝たいそう早く。
三一 九条大路の走るあたり。都の南端に当たる。
三二 どこかに出掛けるような様子で。
三三 この馬を見知っている人。名馬に人の耳目が集まっていたさまは、平家物語四・競などに見える。
三四 そっと、これを売ってしまいたいものだ。「やはら」は、静かに、目立たないように。古本説話に「やをら」とあるのも同じ。
三五 このような所。今昔は「出立する所」と具体的である。
三六 入用であるものだ。
三七 馬が欲しい。「がな」は願望。

て、「いかゞせん」とさは《(わ)》ぎて、「只今、[一]かはり絹《ぎぬ》などはなきを、この[二]鳥羽《(とば)》の田や米などにはかへてんや」といひければ、「[三]中/\、絹《きぬ》よりは第一《(だいいち)》の事也」と思て、「絹《きぬ》や銭などこそ用には侍れ。おのれは旅なれば、田ならば[四]何にかはせんずると思給ふれど、馬の[五]御用あるべくは、たゞ仰《(おほせ)》にこそしたがはめ」といへば、此馬に[六]乗《の》り心み、馳《は》せなどして、「[七]たゞ、思つるさま也」といひて、此鳥羽の近《ちか》き田三町、稲すこし、米などとらせて、[八]やがて此家をあづけて、「おのれ、もし命ありて帰のぼりたらば、その時、[九]返し得《え》させ給へ。のぼらざらんかぎりは、かくて居《ゐ》給へれ。もし又、命たえて、なくもなりなば、やがてわが家にして居給へ。子も侍らねば、とかく申《(まうす)》人もよも侍らじ」といひて、あづけて、やがて下《くだ》りにければ、その家に入居《(いりゐ)》て、[一〇]みたりける。米、稲など取を《(お)》きて、たゞひとりなりけれど、食物ありければ、かたはら、そのへんなりける下《(げ)》種《す》などいできて、つかはれなどして、[一一]たゞありつきに、居つきにけり。

[一二]二月斗《(ばかり)》の事なりければ、その得《え》たりける田を、半《なか》らは人に作らせ、今半《なか》らは[一三]我料《れう》に作《つく》らせたりけるが、[一四]人の方《かた》のもよけれども、それは世《よ》の常《つね》にて、おのれが分《ぶん》とて作たるは、ことのほか多《おほ》くいできたりければ、稲おほく刈を《(お)》きて、それよりうちはじめ、[一五]風の吹つくるやうに徳つきて、[一六]いみじき徳《とく》人にてぞあり

一 物を入手する時、それと交換する絹。物々交換には絹が多用された。
二 洛南、今の京都市南区上鳥羽、伏見区下鳥羽のあたり。都の郊外の穀倉地帯の代表で、ここの田を鳥羽田と呼び、歌枕にもなる。
三 かえって、絹よりも一番である。「第一」の読み方は古本説話の仮名表記による。「だいいち」の、同じ母音が連なる部分が一音化したもの。
四 何にしようか、使い道がない。このあたりの言は、駆け引きのために本心を隠して言ったもの。
五 どうしても必要なら。
六 試し乗りをして、走らせなどして。
七 まったく、思ったとおりだ。
八 そのまま。
九 返して下さい。
一〇 管理したのであった。古本説話に「やがて往にければ、その家は得たりける。米、稲など…」とあるのを参照して「ける」で文を切った。「み」は伊達本に「え歟」と傍注がある。諸本も多く「え」につくる(古本説話も同じ)。
一一 とても落ち着いた気分で、居ついてしまった。
一二 陰暦二月は田打、種まきなどを行ない、稲作の作業の開始時期に当たる。
一三 自分のための分。
一四 人のための分のもよくとれたが、それは世間並みで。
一五 風が物を吹きよせるように富が集まって。
一六 大層な金持。
一七 音沙汰がなくなってしまったので。
▽この話は「わらしべ長者」の名で呼ばれる昔話としても有名である。内容、語り口など、人気を呼ぶに足る仕上りである。生活苦にねざす男

ける。その家あるじも、[一七]音《をと》せずなりにければ、其家も我物にして、子孫などいできて、ことのほかに栄《さか(え)》へたりけるとか。

(九七　小野宮大饗事《をののみやだいきやうのこと》　付《つけたり》西宮殿富小路大臣等大饗事《にしのみやどのとみのこうぢのおとどらだいきやうのこと》　巻七ノ六)

今《いま》は昔《むかし》、[一八]小野宮殿の[一九]大饗に、[二〇]九条殿の御贈物にし給たりける女の装束にそへられたりける紅の[二一]打たる[二二]ほそながを、心なかりける[二三]御前《(みさき)》の取はづして、[二四]遣水《(やりみづ)》に落し入たりけるを、[二五]則《(すなはち)》取あげて、うちふるひければ、水は[二六]はしりて、かは《(わ)》きにけり。そのぬれたりけるかたの袖の、つゆ水にぬれたるとも見《み》えで、同《おな》じやうに[二七]打目《うちめ》などもありける。むかしは打たる物はかやうになんありける。

又、[二八]西宮殿の大饗に、「小野宮殿を[二九]尊者におはせよ」とありければ、「年老《(としおい)》、腰いたくて、[三〇]庭の拝《(はい)》[三一]えすまじければ、えまうづまじきを、雨降《ふ》らば、庭の拝もあるまじければ、参《まい》りなん。降《ふ》らずは、えなん参《まい》るまじき」と御返事のありければ、雨降《ふ》るべきよし、いみじく祈給けり。そのしるしにやありけん、その日になりて、[三二]わざとはなくて、空くもりわたりて、雨[三三]そゝきければ、小野宮殿は、[三四]脇よりのぼりておはしけり。

のしたたかなせまり方、これをうけ入れてさりげなく霊験を与える観音の慈悲と霊力、それが漸層的に示される展開の妙、遠い時代の日常と非日常、細部にうかがえる王朝物語の影などが印象的である。

一八 藤原実頼。忠平の長男。右大臣、左大臣、太政大臣、関白、摂政などを歴任、従一位。博識で知られる。天禄元年(九七〇)没、七十一歳。
一九 大臣家の饗宴。大臣に任ぜられたおり、また、正月(左大臣家は四日、右大臣家は五日)の行事。
二〇 藤原師輔。忠平の次男。右大臣、正二位。天徳四年(九六〇)没、五十三歳。今昔によると、この大饗の尊者(主賓)であった。
二一 砧《(きぬた)》で打ってつやを出した。
二二 女子が小袿《(こうちぎ)》の上に着るもの。
二三 前駆をつとめる従者。
二四 庭に川の水を入れた流れ水。
二五 すぐに。ただちに。
二六 はじけ散って。
二七 絹を砧で打った跡にできる模様。
二八 源高明。五良注四参照。康保三年(九六六)右大臣に、翌年左大臣に任ぜられた。
二九 大饗の主賓。高位で年長の者がこれにあてられる。なお、高明が右大臣となった時、実頼は六十七歳で、左大臣。
三〇 尊者が庭内に入り、主人とかわす迎接の礼。これを行ってから主客は並んで殿舎に上り、座に着く。退出に際しても行う。
三一 とてもできないので、参上致しかねますが。
三二 おのずと。
三三 降りそそいだので。「そそく」の語尾は清音。
三四 (庭上を経ずに)脇の階段から昇殿して。

[一]中嶋に大《(おほき)》に木高《たか》き松一本立《た》てりけり。その松を見《み》と見《み》る人、「[二]藤のかゝりたらましかば」とのみ見《み》つゝ、いひければ、この大饗の日は[三]睦《む》月の事なれども、藤の花いみじくお《(を)》かしくつくりて、松の木末《ずゑ》より[四]ひまなうかけられたるが、時ならぬ物は[五]すさまじきに、これは空のくもりて雨の[六]そほ降《ふ》るに、いみじくめでたう、お《(を)》かしう見《み》ゆ。池の面《おもて》に影の映《うつ》りて、風の吹《ふ》けば、[七]水の上《うへ》もひとつになびきたる、まことに[八]藤浪といふ事は、これをいふにやあらんとぞ見《み》えける。

又、[九]後の日、[一〇]富小路のおとゞの大饗に、御家の[一一]あやしくて、所〳〵の[一二]しちらひも[一三]わりなくかまへてありければ、人〳〵も、「見苦《みぐる》しき大饗かな」と思たりけるに、日暮て、事やう〳〵[一四]はてがたになるに、[一五]引出物《(ひきいでもの)》の時になりて、東の廊の前《まへ》に曳たる幕のうちに、引出物の馬を[一六]引立《(ひきたて)》てありけるが、[一七]幕のうちながらいなゝきたりける声《こゑ》、空をひゞかしけるを、人ゝ「[一八]いみじき馬の声かな」と聞《き》ゝける程に、幕柱を蹴折て、[一九]口取《とり》を[二〇]引《ひ》き下《さ》げていでくるを見《み》れば、[二一]黒栗毛なる馬の、[二二]たけ八寸《(や)き》あまりばかりなる、[二三]ひらに見《み》ゆるまで身ふとく肥たる、[二四]かいこみ髪《かみ》なれば、[二五]額の望月《もち》のやうにて白《しろ》く見えければ、見てほめのゝしりける声《こゑ》、かしがましきまでなん聞《き》こえける。馬のふるまゐ《(ひ)》、おもだち、[二六]尾ざし、足つきなどの、[二七]こゝはと見《み》ゆる所なく、[二八]つき〳〵しかりければ、家のしちらひの見苦《みぐる》し

一 寝殿の前の池の中に作られた島。
二 藤原氏が栄華をきわめた王朝期、松に懸かる藤は大和絵、和歌などに好んで取り上げられた。
三 陰暦正月。藤の開花は晩春(三月)。
四 すきまもないほどに。
五 興ざめなものであるが。
六 しとしとそぼ降るにつけ。「そほ降る」は春雨がしめやかに降るさまなどに言う。「そを降る」とも。後に「そぼ降る」となる(易林本節用集など)。 七 水の上も同時にゆれ動いている。
八 藤の花房が風になびいてゆれ動くことを波に見立てた語。ここは、水面に波立つ藤について、文字どおりの藤波であると言ったのである。
九 その後の某日。ただし、旧大系の指摘するように、源高明の任大臣以前に富小路殿顕忠は没しており、史実と矛盾する。
一〇 藤原顕忠。時平の男。右大臣、従二位。康保二年(九六五)没、六十八歳。富小路右大臣。
一一 みすぼらしくて。 一二「しつらひ」に同じで、設備、装飾。 一三 ひどい様子に設けてあったので。 一四 終り頃。終了まぢか。
一五「ひきでもの」とも。祝宴・饗応などの後で主人が客に贈る物。もと、馬が用いられ、それを引き出して供したことからこの名がある。
一六 引いて立ち並ばせてあったが。
一七 幕の中に立ったままで。
一八 すばらしい馬の声であることよ。
一九 馬のくつわを取って引く者。
二〇 引きずって。
二一 馬の毛色の一つ。黒味がかった栗色で、尾毛に暗赤色が混る。平家物語の名馬の生唼(いけづき)はこの色で、しかも本話の馬と同じく八寸(やき)。
二二 馬のたけは前脚から肩の高さまでで数える。四尺(約一・二一メートル)を基準とし、それ以上を寸(き)

かりつるも消《き》えて、めでたうなんありける。さて世の末《すゑ》までも語《かた》り伝《つた》ふる也けり。

（九八　式成《のりなり》・満《みつる》・則員等《のりかずら》三人《さんにん》、被レ召二滝口弓芸一事《たきぐちゆげいにめさるること》　巻七ノ七）

これも今は昔《むかし》、二九鳥羽院、位の御時、三〇白河院の三一武者所の中に、三二宮道《(みやぢの)》式成、源三三満《(みつる)》、三四則員《(のりかず)》、ことに三五的弓《(まとゆみ)》の上手なりと、その時《とき》、三六聞《き》こえありて、鳥羽院、位の御時の三七滝口に、三人ながら召《め》されぬ。試《こころ》みあるに、大方《かた》一度もはづさず、これ三八をもてなし興ぜさせ給。

或時、三尺五寸の的をたびて、「これが三九第二の黒《くろ》み、射落《おと》して持て参《まい》れ」と仰あり。四〇巳時《(みのとき)》に給はりて、未時《(ひつじのとき)》に射落《おと》して参《まい》れり。四一いたつき、三人の中に四二三手なり。「矢取《と》りて、四三矢取の帰らんを待《ま》たば、程へぬべし」とて、残《(のこり)》の輩《(ともがら)》、四四我と矢を、走立《た》ちて、取《と》り〳〵して、立かはり〳〵射《い》る程に、未の時《とき》のなからばかりに、第二の黒《くろ》みを四五射落《いおと》して持て参《まい》れりけり。「これ、すでに四六養由《やうゆう》がごとし」と、時の人、ほめのゝしりけるとかや。

(約三メートル)ではかる。
二三 ひらたく見えるほどに。
二四 前髪を刈りこんで短くしたさま。古事談には「毛つるめなる馬」とある。
二五 額が満月のように白く見えたので。「望月」は形状でなく色の形容であろう。古事談は単に「皆額白云々」とある。
二六 尻尾の様子。書陵部本、古活字本「尻ざし」。
二七 ここは欠点だ。
二八 引出物としてぴったりだ。
▽大饗をめぐる三つの話題を並べる。王朝期へのなつかしみにもとづくものらしく、当代批判をまじえて語る。
二九 第七十四代天皇。在位は嘉承二年(一一〇七)から保安四年(一一二三)まで。　三〇 白河上皇の御所。白河北殿。　三一 北面の武士の詰所。
三二 左馬少允であったらしい(中右記)。伝未詳。
三三 伝《(うつた)》の次男で右馬允。伝未詳。
三四 橘氏かという(完訳)が、ここの列挙の仕方からすると、源氏らしくもある。伝未詳。
三五 的を射る弓の技術。　三六 評判。名声。
三七 蔵人所に属する警護の武士。定員二十名。
三八 格別なこととして、興じなさった。
三九 的に描かれた三重の輪のうち最も内部のもの。中心点から数えて「第二の黒み(黒い所)」と言った。　四〇 午前十時。「未」は午後二時。
四一 稽古用の矢。鏃《(やじり)》は尖らせず丸く作る。
四二 三対、六本。　四三 矢を取って来る者。
四四 自分で矢を、走って行って取って来ては、入れ代り立ち代り射るうちに。
四五 射ぬいて。
四六 中国春秋時代、楚の国の弓の名人。
▽弓の名手たちの逸話。独特の専門用語が多出する異色の一編。弓芸の珍重された時代を映す。

（九九　大膳大夫以長《だいぜんのだいぶもちなが》、前駈之間事《ぜんくのかんのこと》　巻八ノ二）

これも今《いま》は昔《むかし》、[一]橘大膳亮大夫以長といふ蔵人の五位有けり。[二]法勝寺[三]千僧供養に鳥羽院御幸有けるに、[四]宇治左大臣参《まい》り給けり。さきに、[五]公卿の車行けり。しりより、左府参《まい》り給ければ、車を押さへ[六]て有ければ、[七]御前《ごぜん》の[八]随身、下《お》りて通《とほ》りけり。[九]それに、この以長一人下《お》りざりけり。いかなる事にかと見《み》る程に、通《とほ》らせ給ぬ。

さて帰らせ給て、「いかなる事ぞ。[一〇]公卿あひて、[一一]礼節して車を押さへたれば、御前の随身みな下《お》りたるに、[一二]未練の物こそあらめ、以長、下《お》りざりつるは」と仰らる。以長申やう、「[一三]こはいかなる仰にか候らん。礼節と申候は、前にまかる人、[一四]しりより御出なり候はば、車を[一五]遣返《(やりかへ)》して、御車にむかへて、牛をかきはづして、[一六]榻《(しぢ)》に[一七]くび木を置きて、ゐ通《とほ》し参《まい》らするをこそ礼節とは申候に、さきに行人、車を押さへて候とも、しりをむけ参《まい》らせて通《とほ》し参《まい》らするは、礼節にては候はで、無礼《(むらい)》をいたすに候とこそ見《み》えつれば、[一八]さらん人には、なんでう下《お》り候はむずるぞと思て、下《お》り候はざりつるに候。[一九]あやまりてさも候はば、[二〇]打寄《よ》せて、

一　→一三三頁注二〇。
二　京都市左京区岡崎にあった大寺。
三　千人の僧を招いて行う供養。
四　藤原頼長。一三三頁注二二参照。
五　公（太政大臣および左右大臣）と卿（大中納言、参議および三位以上の者）。太政官の最高幹部の総称。
六　とどめていたので。停車したので。
七　前駆の者の敬称。
八　貴人の外出に騎馬で従って警護をつとめた内舎人《(うどねり)》や衛府の舎人。人数に決まりがある。
九　ところが。
一〇　公卿が私と出会って。
一一　貴人に対して礼を行うこと。
一二　未熟な者ならともかく、以長が下馬しなかったとは。「こそあらめ」は「こそ」の下の語を省略した語法。ここは、「こそさあらめ」の約で、…ならそのようにしようがの意。
一三　これは何と意外な仰せでございましょう。
一四　車の後部。下車に用いる。
一五　車の向きを逆にして、大臣の車に対して、牛を車からはずして。
一六　車の轅《(ながえ)》（梶棒）をおろして軛《(くびき)》を置く台。四本足で長方形。
一七　軛。轅の先端の横木。牛の首を掛ける。
一八　そういう人には、何で下馬するものか。
一九　感ちがいしてそのようにしたのでしたら。
二〇　そばに寄って。
二一　申すことになるのかなあ。「る」は自発かと思われるが、諸本「申さばや」。
二二　がまんをいたした次第でございます。
二三　さあ、この事を、どうしたらよかろうか。
二四　例のおかた。底本（書陵部本も）に「富家殿歟」と傍注がある。富家殿は頼長の父の忠実。

一言葉《こと》中[二一]さるやと思候つれども、以長、年老候《(おいさぶらひ)》にたれば、押《(を)》[二二]さへて候つるに候」と申ければ、左大臣殿、「いさ[二三]、この事、いかゞあるべからん」とて、あ[二四]の御方に、「かゝる事こそ候へ。いかに候はんずる事ぞ」と申させ給ければ、「以長、古侍《ふるさぶらひ》[二五]に候けり」とぞ仰事ありける。昔《むかし》は、かきはづして、榻をば、轅《(ながえ)》の中に下《お》[二六]りんずるやうにを《(お)》きけり。これぞ、礼節にてはあんなるとぞ。

(一〇〇 下野武正《しもつけのたけまさ》、大風雨日《おほかぜあめのひ》、参二法性寺殿一事《ほふしやうじどのにまゐること》 巻八ノ二)

これも今は昔《むかし》、下野武正[二七]といふ舎人《(とねり)》[二八]は、法性寺殿[二九]に候けり。あるお《(を)》り、大風、大雨降《ふ》りて、京中の家、みな壊《こぼ》れ破《やぶ》れけるに、殿下《(てんが)》[三〇]、近衛殿[三一]におはしましけるに、南面《(みなみおもて)》[三二]のかたに、のゝしる[三三]物の声《こゑ》しけり。誰ならんとおぼしめして、見《み》せ給に、武正、赤香《あかかう》[三四]のかみしも[三五]に蓑笠を着《き》て、蓑《みのゝ》の上《うへ》に縄を帯にして、檜笠《ひかさ》[三六]の上《うへ》を、又おとがひ[三七]に、縄《なわ》にてからげつけ[三八]て、鹿杖《かせ(づゑ)》[三九]をつきて、走回《まは》りておこなふ也けり。大かた、その姿、おびたゝしく[四〇]、似《に》るべき物なし。殿、南面《おもて》へ出《い》でて御簾より御覧ずるに、あさましく[四一]おぼしめして、御馬をなん賜《た》びけり。

摂政・関白、従一位。有職故実に通じた人として知られる。応保二年(一一六二)没、八十五歳。

二五 老練な近侍者です。以長の言の正しさを暗示する返事。

二六 下車しようとするかのように。

▽第七十二話に続き、随身以長の老練さを伝える。礼儀作法が忘れられつつあった頃の、心ある伝統派の危機感にねざす話。徒然草第九十四段、勅書を帯する身で大臣と出会って下馬してしまった武士の話と一脈通ずるものであろう。

二七 →一二五頁注二九。

二八 天皇、皇族、また摂関以下の貴人に近侍し、雑役をする者。ここは近衛府の舎人をさす。

二九 藤原忠通。一二四頁注八参照。

三〇 皇族にも言ったが、平安中期以後、摂政・関白の敬称となる。ここは忠通。

三一 忠通の邸。近衛大路の北、室町小路の東にあった。近衛天皇の里内裏として用いられた。

三二 寝殿の南に面した所。

三三 大声を上げる。騒ぎたてる。

三四 香色は赤みがかった黄色。その赤が濃いのを赤香という。

三五 上衣と袴とが同じ色の狩衣・直垂。

三六 檜の薄板で作った網代笠。

三七 下あご。 三八 巻き付けて。

三九 末端が鹿の角のように二股になっている杖。

四〇 大げさで。

四一 すばらしいこととお感じになって。

▽第六十二話にも言及された名随身武正の逸話。忠通の邸で彼が突然奇妙な振舞に及んだというもので、その衣裳・笠・杖など、いかにもいわくありげである。もとより単なる烏滸の行為ではなく、災厄を払うための呪性をはらんだ所作か。忠通はそれと直感して馬を与えたのであろう。

（一〇一　信濃国聖事《しなののくにのひじりのこと》　巻八ノ三）

今は昔《むかし》、信濃国に[一]法師有けり。さる田舎にて法師になりにければ、まだ[二]受戒もせで、いかで京にのぼりて、[三]東大寺といふ所にて受戒せんと思て、とかくしてのぼりて、受戒してけり。さて、もとの国へ帰らんと思けれども、「よしなし。さる[四]無仏世界のやうなる所に帰らじ。こゝにゐなん」と思《おも》ふ心付て、東大寺の[五]仏の御前に候て、いづくにか行《(おこなひ)》して、[六]のどやかに住ぬべき所あると、よろづの所を見回《まは》しけるに、[七]坤《(ひつじさる)》のかたにあたりて、山かすかに見《み》ゆ。[八]そこらに行《おこな》ひて、住《す》まんと思て行て、山の中に[九]えもいはず行《(おこなひ)》て過す程に、[一〇]すゞろに、ちい《(ひ)》さやかなる[一一]厨子仏《(づしぼとけ)》を、[一二]行《おこな》ひ出《いだ》したり。[一三]毘沙門《(びしやもん)》にてぞおはしましける。

そこにちい《(ひ)》さき堂をたてゝ、据《す》へ《(ゑ)》奉《たてまつ》りて、えもいはず行ひて、年月を経《ふ》る程に、[一四]此山のふもとに、いみじき[一五]下《(げ)》種《す》徳人《(とくにん)》ありけり。そこに、聖の[一六]鉢《(はち)》はつねに[一七]飛行《(とびゆき)》つゝ、物は入《(いれ)》て来《き》けり。大なる[一八]校《あぜ》倉のあるをあけて、物取《と》りいだす程に、此鉢飛て、例の物こひに来《き》たりけるを、「例の鉢、来《き》にたり。[一九]ゆゝしく、ふくつけき鉢よ」とて、取て、倉のすみに投《な》げ置《を》きて、[二〇]とみに物もいれざりければ、

一　今昔には「明練」という常陸の人、信貴山縁起絵巻（以下、縁起とする）には「命れむ」とある。
二　僧尼が出家後に戒行をして、戒壇において師から戒を受けること、またその儀式。
三　→一三頁注二四。ここに戒壇がある。
四　仏の力が及ばない土地。もと、釈迦が入滅してから弥勒菩薩が出現するまで、五十六億七千万年に及ぶ時代をさす語。ここは、遠く未開な信濃をこう呼んだもの。
五　東大寺本尊の毘盧舎那仏（大仏）。
六　静かに住める所。
七　西南。
八　そのあたり。「ら」は接尾語で、「そこ」より広く、漠然とした示し方になる。書陵部本、古活字本などは「そこ」。
九　言葉で言いつくせぬほど立派に。
一〇　はからずも。思いがけなく。「行ひ出したり」に掛かる。
一一　厨子に安置するにふさわしい小さな仏像。厨子は仏像・仏画・舎利・経巻などを安置する仏具。堂のような形に作られ、観音開きの扉を正面、また三方・四方に設けて開閉、礼拝する。
一二　修行によって現出した。感得した。
一三　毘沙門天。多聞天ともいう。四天王の一で北方を守護する。わが国では中古に広く信仰され、これの霊験にもとづく致富譚が多く伝わる。
一四　古本説話は「山里」とするが、諸寺略記の記述などにより「山崎」（山城国、淀川に沿った地）の誤りかとされる。
一五　素姓のいやしい金持。
一六　食器。僧尼に私有を認められた物品の一。これを持って食物を乞い歩くが、特に験力のある者は鉢を飛ばし、自在に食を得ると信じられた。その飛鉢のことは第一七二、三両話に出る。

鉢は待ゐたりける程に、物どもした[二一]ゝめはてて《ゝ》、此鉢を忘《わす》れて物も入《い》れず、取《と》りも出《いだ》さで、倉の戸を鎖《さ》して立帰ぬる程に、とばかりありて、この蔵、すゞろ[二二]にゆさ〳〵とゆるぐ。「いかに〳〵」と見さは《(わ)》ぐ程に、ゆるぎ〳〵て、土より一尺斗《(ばかり)》ゆるぎ上《あ》がる時に、「こはいかなる事ぞ」とあやしがりてさは《(わ)》ぐ。「まことに〳〵、[二三]ありつる鉢を忘《わす》れて、取《と》り出《い》でずなりぬる。それがしわざにや」などいふ程に、此鉢、蔵よりもり出《い》でて《ゝ》、此鉢に蔵のりて、[二四]たゞのぼりに、空ざまに一二丈ばかりのぼる。さて飛行《(とびゆく)》程に、人〳〵見《み》[二五]のゝしり、あさみさは《(わ)》ぎあひたり。蔵のぬしも、[二六]さらにすべきやうもなければ、「此倉の行《い》かん所を見《み》ん」とて、尻にたちてゆく。そのわたりの人〳〵もみな走《はし》りけり。さて見《み》れば、[二七]やう〳〵飛て、[二八]河内国に、此聖のおこ[二九]の《(な)》ふ山の中に飛行《(とびゆき)》て、聖の[三〇]坊のかたはらに、[三一]どうと落《お》ちぬ。

いとゞあさましく思て、[三二]さりとてあるべきならねば、この蔵ぬし、聖のもとに寄《よ》りて申やう、「かゝるあさましき事なんさぶらふ。此鉢のつねにまうで来《く》れば、物[三三]入《(いれ)》つゝ参《まい》らするを、[三四]まぎらはしく候つる程に、倉にうち置《を》きて忘て、取《と》りも出《いだ》さで、鏁《じやう》を鎖《さ》して候ければ、この蔵、たゞゆるぎにゆるぎて、こゝになん飛てまうで来《き》て、落《お》ちて候。此倉《くら》返し給《(たまひ)》候はん」と申時に、「まことにあ

一七 飛んで行っては、物を入れて来るのだった。
一八 断面を三角形に削った材木を井げた状に組み重ね、それを側壁とした倉。床を高く作る。防湿・通風にすぐれ、上代から中古にかけて倉庫として多く作られた。正倉院などがその例。
一九 何と気味が悪く、欲深な鉢であることか。
二〇 すぐに物を入れなかったので。
二一 片付けおわって。
二二 わけもなくぐらぐらと動いた。「ゆさゆさ」は震動するさま。
二三 さきほどの。
二四 どんどん上って、空の方に一、二丈(一丈は約三《メートル》)ほど上昇した。
二五 見て大声を上げ、あきれて騒ぎあっている。
二六 まったくどうしようもないので。
二七 どんどん飛んで行って。
二八 大阪府の一部。この話の舞台の信貴山は大和と河内にまたがる。今昔、縁起は「大和国」、本書と古本説話は「河内」と記述が分れるのは、そのためである。なお、次頁注一四参照。
二九 「おこなふ」を表音的に記した仮名遣。
三〇 住む所。草庵のようなものであろう。
三一 どんと。物が激しい音を立てて落ちるさまなどに用いる。平家物語に多出、「どうど」と語尾は濁音であるのが普通である。ここは清濁不明だが、ひとまず、擬音語に「と」の付く他の語と同じように扱っておく。
三二 そうかといってそのままにもしておけず。先行する事を放置できない気持を示す。「さりとてあらんやは」(六二頁)。
三三 食物を入れては差し上げていたのに。
三四 雑事にとりまぎれておりましたので。書陵部本、古活字本など(古本説話も)は上に「けふ」の語があり、わかりやすい。

やしき事なれど、飛て来《き》にければ、蔵はえ[一]返し取《と》らせじ。こゝにか様《(やう)》の物もなきに、[二]おのづから物をも置《を》かんによし。[三]中ならん物は、さながら取《と》れ」との給へば、ぬしのいふやう、「いかにしてか、たちまちに運《はこ》び取《と》り返さん。[四]千石積《つ》みて候也」といへば、「それはいとやすき事也。たしかに我運《はこ》びて取《と》らせん」とて、此鉢に一俵を入て飛《(とば)》すれば、鴈《(かり)》などのつゞきたるやうに、残《のこ》りの俵どもつゞきたる。[五]むら雀《すゞめ》などのやうに飛つゞきたるを見《み》るに、いとゞあさましく、たう《(ふ)》とければ、ぬしのいふやう、「[六]しばし、[七]みな〳〵つかはしそ。米[八]二三百はとゞめてつかはせ給へ」といへば、聖、「あるまじき事也。それこゝに置《を》きては、なにゝかはせん」といへば、「さらば、たゞつかはせ給斗《(たまふばかり)》十廿をも奉《たてまつ》らん」といへば、「[九]さまでも、入べき事のあらばこそ」とて、主《(ぬし)》の家に、[一〇]たしかにみな落《お》ちゐにけり。

かやうにたう《(ふ)》とく行《(おこなひ)》て過《すぐ》す程に、其比、[一一]延喜御門《(えんぎのみかど)》、重《をも》くわづらはせ給て、さま〳〵の御祈ども、[一二]御修法《(みしほふ)》、御読経《(みどきやう)》など、よろづにせらるれど、更に[一三]えおこたらせ給はず。ある人の申やう、「河内の[一四]信貴と申所に、此年来《(としごろ)》行《(おこなひ)》て里へ出る事もせぬ聖候《(さぶらふ)》也。それこそ、いみじくたう《(ふ)》とく、[一五]しるしありて、鉢を飛し、[一六]さてゐながら、よろづありがたき事をもし候なれ。それを召て、祈《(いのり)》せさせ給は

一 返し与えるわけにはいかない。飛来したのはそれなりのいわれがあるという判断による返事。
二 たまたま、物を入れておくのに都合がよい。
三 中に入っている物は、すべて取れ。
四 容積の単位。一石は十斗(約一八〇トリットル)。
五 群をなした雀。雁のように列をなして飛び立った米俵が、空中で群雀のようにおびただしく、無秩序に飛行していくのである。
六 ちょっとお待ち下さい。制止する語で、下に「待ち給へ」などが略されたもの。
七 全部を運び出さないで下さい。
八 二、三百石。
九 それほどまでも、必要あるはずがない。
一〇 正確にすべての米が落ち着いてしまった。
一一 第六十代天皇。寛平九年(八九七)即位、延長八年(九三〇)退位、同年崩、四十六歳。聖帝として知られるが、多病であった。ここの発病について藤田経世・秋山光和『信貴山縁起絵巻』は、延喜十五年(九一五)に天皇が疱瘡をわずらった時のことかとする。
一二 密教で行う加持祈禱の敬称。「みずほふ」「みしほ」などとも。
一三 ご回復できずにいらっしゃる。
一四 縁起は「しぎ」、古本説話は「しんぎ」と仮名書。前者の方が一般的か。奈良県生駒郡平群町にある信貴山寺(歓喜院朝護孫子寺)。聖徳太子の創建と伝える。生駒山地の南端、河内との国境に位置し、本書のように河内と誤られることがある。
一五 験力。効験。　一六 そこにいて坐したままに、さまざまの不思議なことをなさるそうです。
一七 それならば。それでは。
一八 蔵人所の職員。天皇の側近で諸事に当たる。
一九 天皇の命令をしたためた文書。詔勅よりも

ば、おこたらせ給なんかし」と申せば、「[一七]さらば」とて、[一八]蔵人を御使にて、召《め》しにつかはす。

行《い》きて見《み》るに、聖のさま、ことに貴くめでたし。かう／＼[一九]宣旨にて召《め》す也。とく／＼参《まい》るべきよしいへば、聖、「[二〇]なにしに召《め》すぞ」とて更に[二一]動《うご》きげもなければ、「かう／＼、[二二]御悩《ごなう》大事におはします。祈《いのり》参《まい》らせ給へ」といへば、「[二三]それは、参《まい》らずとも、[二四]こゝながら祈参《まい》らせ候はん」といふ。「[二五]さては、もしおこたらせおはしましたりとも、いかでか、聖のしるしとは知《し》るべき」といへば、「[二六]それは、誰《た》がしるしといふ事知《し》らせ給はずとも、たゞ御心地《ち》だにおこたらせ給なば、よく候なん」といへば、蔵人、「さるにても、[二七]いかでか、あまたの御祈の中にも、そのしるしと見《み》えんこそよからめ」といふに、「さらば、祈《いの》り参《まい》らせんに、[二八]剣《けん》の護法を参《まい》らせん。[二九]おのづから、御夢にも、まぼろしにも御覧《らん》ぜば、[三〇]さとは知《し》らせ給へ。[三一]剣《つるぎ》を編《あ》みつゝ、衣《きぬ》に着《き》たる護法也。我は、[三二]更に京へは出《い》でじ」といへば、勅使、帰参《まい》りて「かう／＼」と申程に、三日といふ昼《ひる》つかた、[三三]ちとまどろませ給ふともなきに、[三四]きら／＼とある物の見《み》えければ、いかなる物にかとて御覧ずれば、あの聖のいひけん剣の護法なりとおぼしめすより、御心地《ち》[三五]さは／＼となりて、いさゝか心苦《くる》しき御事もなく、[三六]例ざまにならせ給ぬ。

手続が簡単である。

二〇 何のために召すのであるか。

二一 身体を動かす気配。「げ」は、そのように見えることを示す接尾語。

二二 ご病気が重くていらっしゃる。お祈り申し上げ下さい。 二三 それについては。このあたり、指示語を多用した会話がめだつ。

二四 ここにいたままで。

二五 それでは。それならば。

二六 古活字本「それが」。

二七 何とかして、多くのご祈禱の中で、これの効験とはっきりする方がよいでしょう。

二八 後の記述にあるように、おびただしい剣を編んだものを身にまとった護法。護法は護法天童(また童子)とも称する。各種の超能力を持ち、仏法を守護する童形の善神。ここに言うのは、毘沙門天に奉仕するものであろう。仁和寺蔵「毘沙門天二十八使者図像」の第五の「説法使者」がこれに当たるかとされる。ただし、これは鎧の上に多くの剣を付けているが、童形ではない。

二九 もしかして。下の「ば」と呼応して仮定条件を示す。

三〇 そうと(私がさしむけたと)ご理解下さい。

三一 読みは古活字本の仮名表記による。縁起は「けむ」、古本説話は「けん」。

三二 絶対に京に出るつもりはない。亀田孜「信貴山縁起虚実雑考」は扶桑略記によって延長八年(九三〇)八月十九日に命蓮が上京して帝の御前で加持したことを指摘、ここの記述を虚構とする。しかし、注一一に引いた説をとれば、先立つ別のおりのことで、一概に虚構とは言い切れない。

三三 ちょっとまどろみなさるというわけでもない時に。めざめており、意識がはっきりしている時のことを示す。

人〳〵悦て聖をたう《(ふ)》とがり、めであひたり。御門も限《かぎ》りなくたう《(ふ)》とくおぼしめして、人をつかはして、「[一]僧正・僧都にやなるべき。又、その寺に[二]庄などや寄《よ》すべき」と仰つかはす。聖、うけ給はりて、「僧都・僧正、[三]更に候まじき事也。又、かゝる所に庄など[四]寄《よ》りぬれば、[五]別当なにくれなど出《い》で来《き》て、[六]中〳〵むつかしく、罪得がましく候。たゞかくて候はん」とてやみにけり。

かゝる程に、この聖の姉ぞ一人ありける。「此聖、受戒せんとてのぼりしまゝ、見えぬ。かうまで年比見《み》えぬは、いかになりぬるやらん、[七]おぼつかなきに、尋て見《み》ん」とてのぼりて、東大寺、[八]山階寺《やましなでら》のわたりを「[九]まうれん小院《こいん》といふ人やある」と尋ぬれど、「知《し》らず」とのみいひて、知《し》りたるといふ人なし。尋《たづね》わびて、「いかにせん。これが行ゑ《(へ)》聞《き》き《ゝ》てこそ帰らめ」と思て、その夜、東大寺の大仏の御前にて、「此まうれんが所、教《をし》へさせ給へ」と[一〇]夜一夜申て、うちまどろみたる夢に、この仏仰らるゝやう、「たづぬる僧のあり所は、これより[一一]坤《ひつじさる》のかたに山あり。其山に[一二]雲たなびきたる所を行て尋よ」と仰らるゝと見《み》てさめたれば、暁方に成にけり。「[一三]いつしか、とく夜の明よかし」と思て見ゐたれば、ほの〴〵と明方《がた》になりぬ。坤《ひつじさる》の方《かた》を見《み》やりたれば、山かすかに見《み》ゆるに、紫の雲たなびきたり。

二四 きらきらと光る。多数の剣の乱反射のさま。
二五 さわやかになって。さっぱりして。
二六 平常のようにおなりになった。

一 僧官の最高。僧都はこれにつぐ。
二 寺領の荘園。
三 まったくとんでもないことでございます。
四 寄進されると。
五 別当や、その他の何やかや。別当は荘園の事務をつかさどる者。
六 かえってわずらわしく、罪を犯すことになりかねないと存じます。「がまし」は形容詞を作る接尾語。…のきらいがあるなどの意。
七 気がかりなので。底本「おぼつかなきにに」。諸本によって「に」を衍字として削除した。
八 興福寺。東大寺に近い、法相宗の大本山。
九 今昔「明練」、諸寺略記「明蓮」、信貴山寺資財宝物帳「命蓮」、縁起「命れむ」など多様に表記される。「小院」は年少の僧侶の意から、僧名に付け、親しみをこめて呼ぶときに用いる。
一〇 一晩中。
一一 西南。
一二 縁起には「しうむ(紫雲)」と特定されている。紫雲は聖なるものとされ、仏はこの雲に乗って来迎、これがたなびくのは往生のしるしと信じられた。
一三 いつだろうか、早く夜が明けてほしい。
一四 思いがけないことです。
一五 縁起には単に「たい」とある。和名抄、類聚名義抄などに見える「衲《(だい)》」(僧服)かという。「だい」は「衲」の漢音「だふ」の変化したものか。「ふく」は「服」「腹」「福」などが当てられるが、他に用例がなく、未詳。第三拍の「た」の清濁も不

うれしくて、そなたをさして行たれば、まことに堂などあり。人ありと見《み》ゆる所へ寄《よ》りて、「まうれん小《こ》院《いん》やいますする」といへば、「誰《た》そ」とて出て見《み》れば、信濃なりしわが姉也。「こは、いかにして尋《(たづね)》いましたるぞ。[一四]思かけず」といへば、ありつる有様《さま》を語る。「さて、いかに寒《さむ》くておはしつらん。これを着《き》せ奉《たてまつ》らんとて持《も》たりつる物也」とて引出たるを見《み》れば、[一五]ふくだいといふ物を、なべてにも似ず、太《ふと》き糸《いと》して、[一六]あつ〳〵とこまかに強《つよ》げにしたるを持《も》て来《き》たり。悦て、取《と》りて着《き》たり。もとは、[一七]紙衣《ぎぬ》一重をぞ着《き》たりける。さて、いと寒《さむ》かりけるに、これを下《した》に着《き》たりければ、あたゝかにてよかりけり。さて多《おほ》くの年比、おこなひけり。さて、この[一八]姉の尼君《ぎみ》ももとの国へ帰《(かへら)》ず、とまりゐて、そこにおこなひてぞありける。

さて多《おほ》くの年比、此ふくだいをのみ着《き》て行ひければ、はてには、[一九]破《や》れ〳〵と着《き》なしてありけり。鉢にのりて来《きた》りし蔵をば、[二〇]飛蔵《くら》とぞいひける。その蔵にぞ、ふくだいの破《や》れなどはお《(を)》さめて、まだ[二一]あんなり。その破《や》れの端《はし》を、露《つゆ》斗《(ばかり)》など、[二二]を《(お)》のづから縁にふれて得《え》たる人は、まもりにしけり。その蔵も朽やぶれて、いまだあんなり。その木の端《はし》を露斗《(つゆばかり)》得《え》たる人は、まもりにし、毘沙門を作奉《たてまつ》りて持たる人は、かならず[二三]徳つかぬはなかりけり。されば、聞《き》く人、縁を尋て

明だが、ひとまず「衲」ととって濁音にとっておく。縁起の絵には厚手の刺し子のようなものが描かれており、本文の描写と対応している。
一六 厚手に仕立てて、きめこまかく丈夫そうに作ったのを。
一七 紙子。楮で作った厚手の紙を用いた衣類。紙をはりあわせたものに渋を塗り、干してもみ柔げて作る。渋の臭みを除くために夜露に当てる。やすく軽いわりに保温力があるが、おのずと限界があり、山中での衣としてはたよりなく、これを着ても相当に寒かったのであろう。
一八 縁起はここを「いもうとのあまぎみ」とする。「いもうと」は男子から見て姉妹双方をさす。
一九 着古してひどく破れたようになっていた。
二〇 「飛蔵」については未詳。信貴山寺資財宝物帳に「倉一宇」とあるが、これとの関係も不明。
二一 あるそうだ。
二二 たまたま何かの縁で入手した人。
二三 裕福にならない者はいなかった。
▽もっとも有名な縁起譚。絵巻(国宝)としても伝わり、その絵を参照しつつ読めば、感興はなお一段と深くなろう。主人公が信貴山に定住、毘沙門を祈り出すこと、飛鉢の法によって長者の倉を山上に移すこと、聖が剣の護法をやって重病の帝を平癒させること、姉との再会、以上の四つの出来事が語られるが、ことさらな文飾・誇張もなく、淡々とした筆致で味わい深い素朴さを特徴とする。「まうれん」の素姓と履歴、出身地たる信濃の地方色、東大寺と信貴山との関連、背景としての毘沙門信仰の形成、飛鉢・護法など秘儀に見る「まうれん」の宗教史的位置、山崎の長者の寓意性、姉との交渉に見える「高僧と女人」という話型、今昔十一ノ三十六など異伝との関係など、考察すべき問題点は多い。

其倉の木の端《はし》をば買取《と》りける。

さて信貴とて、えもいはず験《(げん)》ある所にて、今に人〳〵明暮《あけくれ》参《(まゐる)》。此毘沙門は、まうれん聖のおこなひ出《いだ》し奉《たてまつ》りけるとか。

(一〇二)　敏行朝臣事《としゆきあそんのこと》　巻八ノ四)

これも今は昔《むかし》、[一]敏行といふ歌よみは、[二]手をよく書ければ、[三]これかれがいふにしたがひて、[四]法花経を[五]二百部斗《(ばかり)》書奉《たてまつ》りたりけり。かゝる程に、俄《(にはか)》に死《(しに)》けり。我は死《し》ぬるぞとも思はぬに、俄に[六]からめて引はりて、[七]出行《(いでゆけ)》ば、「我斗《(ばかり)》の人を、[八]大やけと申とも、かくせさせ給べきか。心えぬわざかな」と思て、からめて行《(ゆく)》人に、「これはいかなる事ぞ。何事のあやまちにより、[九]かくばかりの目《め》をば見《み》るぞ」と問《ゝ》へば、「[一〇]いさ、我は知《し》らず。「慥《(たしか)》に召《め》して来《こ》」と仰《(おほせ)》を承て、率《い》て参《まい》るなり。そこは、法華経や書《か》き奉《たてまつ》りたる」と問《ゝ》へば、「[一一]しか〳〵書奉《たてまつ》りたり」といへば、「[一二]我ためにはいくらか書たる」と問《と》へば、「我ためとも侍らず。たゞ、[一三]人の書《か》か《ゝ》すれば、二百部斗《(ばかり)》書《か》きたるらんとおぼゆる」といへば、「その事の[一四]うれへ出《い》で来《き》て、沙汰《さた》のあらんずるにこそあめれ」と斗《(ばかり)》いひて、又異《こと》事

一 藤原氏。富士麿の長男。右兵衛督、従四位上。三十六歌仙の一人で、古今集以下に入集。家集が伝わる。能書家としても有名。延喜元年(九〇一)没、享年未詳。なお、今昔十四ノ二十九の類話は「右近少将橘敏行」のこととして語られているが、橘敏行には歌人・能書家としての実績がなく、誤りであろう。

二 字を上手に書いたので。能書家であったので。

三 誰かれが注文するのに応じて。

四 妙法蓮華経。大乗経典の一で、平安時代にすこぶる重んじられた。

五 今昔は「六十部許《(ばかり)》」とする。「部」は著述の数え方。法花経全八巻を一部に数える。

六 捕えて引っぱって。

七 邸から出て行くので。「いで」は底本および古活字本の漢字表記「出」によって訳したが、他本の仮名表記は「率て」(つれて、連行して)の意かとも思われる(今昔は「将行ば」)。

八 天皇。

九 私は、これほどのひどい目にあうのか。

一〇 さあ。相手の言を否定的にうけとめた時に使う語。下に打消の語を伴うことが多い。

一一 これこれのように。具体的な記述を省略して言う。

一二 自分自身のためには。

一三 人が書かせるので。

一四 訴訟がおこって、裁決が下ろうとしているのであろう。

一五 気味悪く、人が正視できそうにもなく。

一六 恐ろしいなどということばでは言いあらわせない物の。「…といへばおろかなる」は、…と言っても言いたりない意。「おろか」は不十分、

もいはで行程に、[一五]あさましく、人のむかふべくもなく、[一六]おそろしといへばおろかなる物の、眼を見《み》れば、稲《いな》光のやうに[一七]ひらめき、口は[一八]ほむらなどのやうに、おそろしき気色したる[一九]軍《(いくさ)》の、鎧冑《(よろひかぶと)》きて、[二〇]えもいはぬ馬に乗つゝ来《き》て、二百人斗《(ばかり)》逢たり。見《み》るに、[二一]肝まどひ、倒《たう》れふしぬべき心地《ち》すれども、我にもあらず引立《(ひきたて)》られて行。

さて、此軍は先立て去《い》ぬ。我《(われ)》からめて行人《(ゆく)》に、「あれはいかなる軍ぞ」と問《と》へば、「え[二二]知《し》らぬか、これこそ、汝に経あつらへて書《か》かゝせたる物共の、その経の功徳によりて、[二三]天にも生《むま》れ、極楽にも参《まい》り、又[二四]人に生《むま》れ帰るとも、よき身とも生《むま》るべかりしが、汝が、その経書《(かき)》奉《たてまつ》るとて、魚をも食《く》ひ、女にもふれて、[二五]清《きよ》まはる事もなくて、心をば女のもとに置て、書奉《たてまつ》りたれば、其功徳のかなはずして、かく[二六]いから武き身に生《むま》れて、汝を[二七]ねたがりて、「[二八]呼《よ》びて給はらん。その[二九]あた報ぜん」とうれへ申せば、此度《(このたび)》は、[三〇]道理にて召《め》さるべき度《たび》にあらねども、この愁《(うれへ)》によりて召《め》さるゝ也」といふに、[三一]身もきるやうに[三二]心もしみこほりて、これを聞《き》くに、死《し》ぬべき心地《ち》す。「さて、我をばいかにせんとて、かくは申ぞ」と問《と》へば、「おろかにも問《と》ふ哉。その持たりつる[三三]太刀、刀にて、[三四]汝が身をば先《(まづ)》二百にきりさきて、各一きれづゝ取《と》りてんとす。其二百のきれに、汝が心も分《わ》

おろそか。

一七 ぴかぴか光り。

一八 「火群(ほむら)」の意で、炎をさす。

一九 兵。軍人。

二〇 何とも言いようのない異様な馬。今昔は「鬼の如くなる馬」。

二一 心が迷い。

二二 わからないのか。

二三 六道の一。人間界の上にある、清浄な世界。

二四 人間として、この世に帰ってきて生れるにしても。

二五 神聖な行為に先立って、物忌みをし、心身を浄化させる事。魚食・淫行はそれぞれ戒律にもとり、それをなすことによって汚れを受けたことになる。写経に際して、その不浄を除かなければ、いくら書いても功徳とはならないと信じられた。

二六 はげしくたけだけしい身。「いかし」は他を威圧するようなさま、鋭く攻撃的な感じ。「いかめし」「いかる」などと同源。このように「たけし」と並記されることが少なくない。「たけく、いかしきひたぶる心」(源氏物語・葵)。

二七 恨めしく思って。

二八 呼んでいただきたい。

二九 恨みをむくいたい。復讐しよう。「あた」は近世以後「あだ」となる。中古・中世の「あだ」は「まめ」の対で、実がないこと。

三〇 死ぬべき道理・さだめ。

三一 身をも斬るように。「きる」は書陵部本、古活字本などに「きるる」。「きる」は四段の他動詞、「きるる」は下二段の自動詞。

三二 心も凍りつく思いで。

三三 大刀と片刃の小刀。

三四 古活字本は「汝が身は」。

かれて、きれごとに心のありて、[一]せためられんにしたがひて、かなしくわびしき目《め》を見《み》んずるぞかし。たへがたき事、[二]たとへんかたあらんやは」と云。「さて、其事をば、いかにしてか助《たす》かるべき」といへば、「[三]更ゝ、我も心も及ばず。まして、[四]助《たす》かるべき身はあるべきにあらず」といふに、[五]歩《あゆ》むそらなし。

又行ば、大《(おほき)》なる川あり。その水を見《み》れば、濃《こ》くすりたる墨の色にて流《(ながれ)》たり。「あやしき水の色哉」と見《み》て、「これはいかなる水なれば、墨の色なるぞ」と問《と》へば、「知《し》らずや。これこそ、汝が書奉《(かきたてまつり)》たる法花経の墨の、かく流るゝよ」といふ。「それは、[六]いかなれば、かく川にては流《なが》るゝぞ」と問《と》ふに、「心のよく誠をいたして、[七]清く書奉《たてまつ》りたる経は、[八]さながら王宮に納《(をさめ)》られぬ。汝が書奉たるやうに、心きたなく、身けがらはしうて書奉たる経は、[九]広《ひろ》き野に捨《す》て置たれば、その墨の、雨に濡《ぬ》れて、かく川にて流る也。此川は、汝が書奉りたる経の、墨の川なり」といふに、いとゞ[一〇]おそろしともおろか也。「さても、この事は、いかにしてか助かる事ある。教《をし》へて助給《(たすけ)》へ」と泣ゝいへば、「いとお《(ほ)》しけれども、[一一]よろしき罪ならばこそは、[一二]助《たす》かるべきかたをもかまへめ。これは、[一三]心も及《をよ》び、口にても、のぶべきやうもなき罪なれば、いかゞせん」といふに、ともかくもいふべき方なうて行《い》く程も、おそろしげなる物、走《はし》りあひて、「遅《をそ》く率《い》て

一 責めさいなまれるのにつれて。
二 たとえようがあろうか。今昔には「敏行此れを聞くに、難堪(たへがた)き心、譬へむ方有らむや」となっており、この表現は敏行の気持の叙述に用いられている。
三 まったく、自分にも考えが及ばない。「更々」は「さらに」(書陵部本、古活字本などはこの形をとる)と同じ。下の打消を強める語。
四 (こんな立場で)助かることができる身はあるはずがない。「身」は書陵部本に「こと」、古活字本は「力」(今昔も同)など、異同が多い。
五 うわのそらになって歩く。「そら」は心、気持、自覚などの意。下に打消を伴って、不安・衝撃などによって心がうつろになるさまを言う。
六 どのようなわけで。
七 清浄な身で書き奉った経。
八 そのまま王宮に納められてしまうものだ。「王宮」は王のいる宮殿。ここは閻魔王のいる所をさす。ただし、今昔は「竜宮」とする。
九 この世と冥土の間にある広大な原。蘇生譚によく出てくる(第四十五話にも既出)。
一〇 →二〇三頁注一六。
一一 普通の。並み一通りの。
一二 助かる方法を工夫できよう。
一三 下の「口にても、のぶ」と並列の関係で「べきやうもなき」に掛かる。
一四 注意を与えて言うので。
一五 しっかりと吊り下げて。今昔に「前に立てゝ」とあるので、「先立てて」とする説(全書他)と旧大系の「首根っ子など吊し下げる意か」という説に分れる。平家物語二・西光被斬の西光が厳しく連行される場面の「宙(うち)に括(くく)つて西八条へさげて参る」などを参照すると、後者が正しいか。ただし、「首根っ子」と限定する

参《まい》る」と戒《いまし》[一四]めいへば、それを聞《き》きて、さげたてて[一五]、率《い》て参《まゐ》りぬ。

大《(おほき)》なる門に、我《(わが)》やうに引張《は》られ、又くびかし[一六]などいふ物をはけ[一七]られて、ゆひ[一八]からめられて、堪《た》[一九]へがたげなる目《め》ども見《み》たる者《もの》どもの、数も知《し》らず、十方より出来《き》たり。集《あつ》まりて門に所なく入満《(いり)み》ちたり。見入れば、あひたりつる[二〇]軍共《(いくさども)》、目をいからかし[二一]、したなめづりをして、我を見《み》つけて、「とく率《い》て来《こ》かし」と思たる気色にて、立《(たち)》[二二]さまよふを見《み》るに、いとゞ土[二三]も踏《ふ》まれず。「さても〳〵、いかにし侍らんとする」といへば、其ひかへたる[二四]物、「四巻経[二五]、書奉らんといふ願をおこせ」とみそかにいへば、いま門入《(いる)》程に、「此咎《(このとが)》は、四巻経書《かき》[二六]供養してあがはん[二七]」といふ願を発《(おこ)》しつ。

さて入て、庁[二八]の前に引すへ《(ゑ)》つ。事沙汰《(ことさた)》[二九]する人、「かれは敏行か」と問へば、「さに侍り」と、此つきたる物こたふ。「愁《(うれへ)》[三〇]ども頻《(しきり)》なる物を、など遅《(おそく)》は参《まい》りつるぞ」といへば、「召捕《(めしとり)》たるまゝ、とゞこほりなく[三一]率《い》て参《まい》りて候」といふ。「娑[三二]婆世界にて何《なに》事かせし」と問《と》はるれば、「仕《(つかまつり)》たる事もなし。人のあつらへにしたがひて、法花経を二百部書奉て侍つる」とこたふ。それを聞《き》きて、「汝は、もとうけたる所の命[三三]は、いましばらくあるべけれども、その経書《(かき)》奉《たてまつ》りし事のけがらはしく、清[三四]からで書たり。うれへの出来《(いでき)》て、からめられぬる也。すみ

のは不適当であろう。「たつ」はしっかり…する意の補助動詞。
一六 刑具の一で木また鉄で作る。囚人などの首にはめて身動きできないようにするもの。後に「くびかせ」とも言い、その方が一般的になる。
一七 はめられて。「はく」は下二段活用で、四段動詞「はく」の他動詞形。身に付けさせる意。
一八 縛って動けなくされて。書陵部本は「ゆひかゞめられて」(縛って体を曲げられて)。
一九 堪えられそうもない目に会っている者ども。
二〇 さきほど出会った軍兵ども。
二一 大きく見開いて。 二二 うろついている。
二三 足が地に付かない。落着きを失ったさま。
二四 (敏行を)引き押えている者。
二五 金光明経。曇無讖による旧訳の四巻(十八品)本による異称。義浄訳の十巻本もある。護国思想を説くもので、上代以来わが国でも重視された。この場面で特に言及されるのは、閻魔王にとって同経が特別視すべきものであると考えられたためであろう。王のあり方を説く「王法正論品」などの存在によるか。
二六 経文を書写して仏に供えること。
二七 つぐないをしよう。 二八 閻魔王の庁。
二九 裁きをする人。閻魔王をさす。「事沙汰」が一語か二語か、他に所見なく未詳。今昔は「政人」。 三〇 訴えがしきりにあるのに。
三一 ただちに。
三二 梵語 sahā の音写。人間界。この世をさす。「今この娑婆世界は、これ悪業の所感、衆苦の本源なり」(往生要集巻中・大文第六)。
三三 本来授けられた寿命。
三四 心身が清らかでなくて書いた。「たり」は書陵部本、古活字本など「たる」。諸校訂本は文をここで切らず、「うれへ」に接続して扱っている。

やかにうれへ申ものどもに[一]出《いだ》したびて、かれらが思のまゝにせさすべきなり」とある時に、[二]ありつる軍ども、悦べる気色《けしき》にて、うけとらんとする時、わなゝく〱、「四巻経書《かき》供養せんと申《まうす》願の候《さぶら》ふを、その事をなん、いまだ遂《と》げ候はぬに、召《め》され候《さぶら》ひぬれば、[三]此罪重《をも》く、[四]いとゞあらがふかた候はぬなり」と申せば、この沙汰《さた》する人、聞《き》きおどろきて、「[五]さる事やはある。まことならば、[六]不便《ふびん》なりける事哉。[七]丁《ちやう》を[八]引て見《み》よ」といへば、又人、大《おほき》なる[九]文《ふみ》を取出て、引《ひ》く〱見《み》るに、我せし事共を、一事も落《おと》さず注《しる》しつけたり。中に罪の事のみありて、功徳の事、一《ひとつ》もなし。この門入つる程におこしつる願なれば、奥《おく》の果《は》てに注されにけり。文、引《ひき》果《は》てて、[一〇]いまはとする程に、「さる事侍り。此奥《おく》にこそ注《しる》されて侍れ」と申上ければ、「[一一]さては、いと不便の事也。[一二]このたびのいとまをばゆるしたびて、その願、遂《とげ》させて、[一三]ともかくもあるべき事也」と定《さだめ》られければ、この目をいからかして、我をとく得《え》んと、[一四]手をねぶりつる軍共失《うせ》にけり。「たしかに娑婆世界に帰て、その願かならず[一五]遂させよ」とてゆるさるゝと思《おも》ふ程に、生《い》きかへりにけり。

妻子泣《な》きあひて有ける[一六]二日といふに、夢のさめたる心地《ち》して、目を見あけたりければ、「生《い》き帰《かへり》たり」とて、悦《よろこび》て、[一七]湯飲《の》ませなどするにぞ、「[一八]さは、我は

一 (身柄を)渡してやって。
二 さきほどの軍兵ども。
三 願が実現できなかったことの罪をさす。
四 (ただでさえ罪があるのに)ますます抗弁しようがなくなることでございます。
五 そんな事があるのか。「やは」は多く反語に用いるが、ここは疑問。ただし、なかば以上、信じがたい気持で発した語であろう。
六 気の毒なことだ。
七 帳(古活字本はこの表記をとる)。亡者の生前の行為を記載した帳簿。いわゆる閻魔帳。なお、書陵部本に「十」とあるのは「丁」の誤りか。
八 さがし求めよ。「引く」は書物の中からさがす、調べる。もと、巻物をくりひろげる意。徒然草二三八段に「論語の四五六の巻を繰り拡げ給ひて、…御覧じ出さぬは、「猶よく引き見よ」」とある。
九 書物。
一〇 もうこれで終りという時に。
一一 そうであるか、それなら。事情を知って考えを改める時などに用いる。
一二 今回必要なひまを許し与えて。
一三 (それから)どうとも処分を決めればよいことである。
一四 手をなめて待ちかまえていた軍兵ども。「手をねぶる」は、つばきなどで手をしめらせる。準備体勢をととのえるさまに言う。
一五 今昔は「遂げよ」。「遂げさせよ」では、敏行を連行して来た者への指示のように読める。
一六 二日目に。
一七 蘇生した者に活気を与えるために湯を飲ませたものか。死に水と関係ありげだが、未詳。
一八 それでは、自分は死んでしまっていたのだなあ。「けれ」は詠嘆。

死《しに》たりけるにこそありけれ」と心得《え》て、勘《かんが》[一九]へられつる事ども、ありつる[二〇]有様、願をおこして、その力にてゆるされつる事など、あきらかなる[二一]鏡に向《むかひ》たらんやうにおぼえければ、いつしか[二二]我力《わがちから》付て、清《きよ》まはりて、心清《きよ》く四巻経書供養し奉んと思けり。

[二三]やう〳〵日比《ひごろ》へ、比過《ころすぎ》[二四]て、例[二五]の様に心地《ち》も成にければ、いつしか、四巻経書《かき》奉《たてまつ》るべき紙、経師《きやうじ》[二六]に打継《つ》[二七]がせ、罫《け》[二八]かけさせて書奉《かきたてまつら》んと思けるが、猶もと[二九]の心の色めかしう、経仏の方に心の[三〇]いたらざりければ、此女のもとに行《ゆき》、あの[三一]女けしやうし、いかでよき歌よまんなど思ける程に、いともなくて、はかな[三二]く年月過て、経をも書奉《たてまつ》らで、この[三三]うけたりける齢の限《かぎ》りにや成にけん、つゐ《ひ》に失《うせ》にけり。

其後、一二年斗《ばかり》へだてゝ、紀友則[三四]といふ歌読の夢に見《み》えけるやう、此敏行とおぼしき物にあひたれば、敏行とは思へども、さまかたちたとふべき方もなく、あさましく[三五]、おそろしう、ゆゝしげにて、うつゝにも語《かた》りし事をいひて、「四巻経書奉らんと云《いふ》願によりて、暫《しばらく》の命を助《たす》けて返されたりしかども、猶、[三六]心のおろかに怠《おこた》りて、その経を書《か》ゝずして、つゐ《ひ》に失《うせ》にし罪によりて、たとふべきかたもなき苦を受《う》けてなんあるを、もしあはれと思給はゞ、その[三七]料《れう》の紙は

一九 問いただされたこと。
二〇 さきほどの様子。
二一 くもりのない鏡。
二二 いつか早く、自分の体力が付いて、潔斎して。 二三 次第に何日かたって。
二四 時節が過ぎて。
二五 平生のように気分が回復したので。
二六 経文を書写することを職とする者。転じて、経巻の表装をする職人。ここは後者。なお、七十一番歌合の絵に、僧形で描かれている。
二七 継ぎあわせさせて。
二八 罫(けい)。行間の界線。墨や角(つの)べらで引き、一行をまっすぐに書くようにはかった。
二九 生れつきの心が色好みで。「色めかし」は色情に動かされやすい。好色である。
三〇 向わなかったので。
三一 あの女を愛し。「けしやう」は古活字本に「けさうし」とある。「けさう」は思いをかける意の和製漢語「懸想」の「ん」の無表記(また省略)。この語の当字「気装」(色葉字類抄に出る)の「装」の呉音によって「けしやう」ともいうようになったか。「化粧」との混同も手伝っているかとも思われる。
三二 あっけなく。
三三 与えられていた寿命が終りになったのか。
三四 有朋の子で貫之の従兄弟に当たる。大内記。古今集の撰者の一人であるが、完成以前に没した。生没年未詳。三十六歌仙の一人。敏行との交友は、敏行死去のおりの哀傷歌「寝ても見ゆ寝でも見えけり大方はうつせみの世ぞ夢にはありける」(古今集・哀傷)などによって知られる。
三五 いたましく、恐ろしく、いまわしい様子で。
三六 心がいたらず怠って。
三七 そのための紙。その料紙(用紙)。

いまだあるらん。その紙尋《(たづね)》とりて、[一]三井寺にそれがしといふ僧にあつらへて書供養をさせてたべ」といひて、大《(おほき)》なる声をあげて、泣《な》きさけぶと見《み》て、[二]汗水になりておどろきて、[三]明《あ》くるや遅《をそ》きと、その料紙尋《(たづね)》とりて、[四]やがて三井寺に行て、夢に見《み》つる僧のもとへ行たれば、僧見付て、「うれしき事かな。たゞいま、[五]人を参《まい》らせん、自《みづか》らにても参《まい》りて申さんと思《おも》ふ事のありつるに、かくおはしましたる事のうれしさ」といへば、まづ我見《み》つる夢をば語《かた》らで、「何事ぞ」と問へば、「今宵の夢に、故敏行朝臣の見《み》え給つる也。四巻経書奉《たてまつ》るべかりしを、心のおこたりに、え書《かき》供養し奉《たてまつ》らずなりにし、その罪によりて、[六]きはまりなき苦を受《う》くるを、その料紙は、[七]御前のもとになんあらん。その紙尋《たづ》ね取て、四巻経書供養し奉《たてまつ》れ。[八]事のやうは、御前に問奉《たてまつ》れとありつる。大《(おほき)》なる声《こゑ》を放《はな》ちて、さけび泣《な》き給と見《み》つる」と語《かた》るに、あはれなる事、[九]おろかならず。さしむかひてさめ〴〵と二人泣《ふたりな》きて、「我も[一〇]しか〳〵夢を見《み》て、その紙を尋とりて、こゝに持《も》ちて侍り」といひて取《と》らするに、いみじうあはれがりて、この僧、[一一]まことをいたして、[一二]手づから自《みづか》ら書供養し奉《たてまつ》りて後、又、二人《ふたり》が夢に、この功徳によりて、たへがたき苦、すこし免《まぬか》れたるよし、心地《ち》よげにて、形もはじめ見《み》しには替《(かはり)》て、よかりけりとなん見《み》けり。

一 園城寺。滋賀県大津市にある天台宗寺門派の総本山。対立した延暦寺とともに、貴族社会との縁が深かった。
二 汗びっしょりになって目がさめて。
三 夜が明けるのを待ちかねて。
四 すぐにそのまま。
五 人を参らせよう、自分自身も参上して申し上げよう。ここの「にても」は単に「も」というのと同じだが、ややあらたまった言い方。訓読から来た語法で、学僧らしい言葉遣いである。
六 限りない。極端な。
七 あなた。対称の人代名詞。普通は女性に対して用いるが、ここはその転用か。
八 事情。くわしいこと。
九 一通りでない。
一〇 これこれのように。
一一 真心をつくして。
一二 自分自身の手で。他人をわずらわせず。「手づから」「みづから」と類義語を重ねて強調する言い方。中世の文章によく見られる。「手づから自から書写したてまつる金泥の提婆品一巻」(平家物語五・富士川)など。

▽尊卑分脈は敏行について「能書・歌人」と記し、その傍に「堕地獄人」と付記している。彼の不名誉は有名であったらしい。彼の真蹟が伝わらないのも、そのことと関係があろう。浄不浄の問題は第一話にも扱われていたが、この話の方がはるかに深刻で、劇的な展開もある。安易な写経に対する警告をはらむもので、これに衝撃を受けるむきは、さぞかし多かったと思われる。

（一〇三　東大寺花厳会事《とうだいじけごんゑのこと》　巻八ノ五）

これも今は昔《むかし》、[一三]東大寺に恒例の[一四]大法会あり。花厳会とぞいふ。[一五]大仏殿のうちに[一六]高座をたてて、[一七]講師《かうじ》のぼりて、[一八]堂のうしろより、[一九]かい消《け》つやうにして逃ていづるなり。

古老伝《つた》へていはく、「御寺建立のはじめ、鯖を売《うる》翁来《きた》る。爰《ここ》に[二〇]本願の[二一]上皇、めしとゞめて、大会《だいゑ》の講師とす。売《う》る所の鯖を[二二]経机《きやうづくゑ》に置《を》く。変じて[二三]八十華厳経となる。則《すなはち》、講説の間《あひだ》、[二四]梵語を[二五]さへづる。法会の中間《ちゆうげん》に、高座にして、忽《たちまち》に失《うせ》をはりぬ」。又云《いはく》、「[二六]鯖を売《う》る翁、杖を持《もち》て、鯖をになふ。その鯖の数八十、則《すなはち》、変じて八十花厳経となる。件《くだん》の杖の木、大仏殿の内、[二七]東回廊の前につきたつ。忽に枝葉をなす。これ[二八]白榛《びやくしん》の木也。今、伽藍のさかへ《え》、衰《おとろ》へんとするにしたがひて、この木さかへ《え》、枯《かる》といふ。かの会の講師、この比までも、中間に高座よりおりて、後戸《うしろど》よりかい消《け》つやうにして出《いづる》事、これをまなぶなり」。

かの鯖の杖の木、[二九]三四十年がさきまでは、葉は青くてさかへ《え》たり。厥后《そののち》、な

一三　奈良市雑司町にある華厳宗の総本山。
一四　「法会」は仏事・法要を広くいうが、特に経典を講説・読誦する会をいう。「花(華)厳会」は華厳経によって国家鎮護を祈る大規模なもの。旧暦三月十四日に行われた。起源については諸説がある。
一五　東大寺金堂の通称。毘盧舎那《びるしやな》仏を安置する仏殿。天平勝宝三年(七五一)完成、治承四年(一一八〇)に炎上。その後再建された。
一六　説法・論義などをする僧がすわる高い座席。
一七　経典の講釈をする僧侶。
一八　堂の背面、特に須弥壇の後ろにある戸。後戸。しばしば聖域とされ、芸能神(摩多羅神)が祀られた(服部幸雄)。
一九　かき消すようにして逃げ去るものである。退席のさまが、唐突であることの形容。古事談は「逐電」と記す。
二〇　寺院の創建、造仏・法会の発起などをした人。
二一　聖武上皇をさす。東大寺の大仏の本願。
二二　経文をのせる机。「机」の仮名遣いは後世「つくゑ」とも。
二三　華厳経の漢訳、大方広仏華厳経のうち八十巻本。唐の実叉難陀訳。
二四　古代インドの文章語。サンスクリット語。原始経典はこの語で記された。
二五　方言・外国語など耳なれない言葉でしゃべることをいう。
二六　持参したのが鯖であることからして、海神の系譜に連なる翁であったかという(浅見和彦)。
二七　古活字本「東門廊」、古事談「東面廊前」など微妙な異同あり。今昔「御堂の東の方の庭」。
二八　松杉科の常緑喬木。多様に表記される。
二九　古活字本は「三十四年」。

を《(ほ)》枯木にて立《た》てりしが、此たび平[一]家の炎上《(えんしやう)》に焼《や》けをはりぬ。世の末のしき[二]、口惜かりけり。

一 治承四年(一一八〇)十二月二十八日、平重衡の南都攻撃のおりの東大寺焼討をさす。
二 「式」の字を当て、事情・あり方の意。徒然草一六九段の「何事のしき」といふこと」はこれであろう。古典集成は「仕儀」(なりゆき)とするが、採らない。
▽最後の段落は、本書の成立時を考える糸口として注目されたが、建久御巡礼記に依拠することが明らかになって、以後あまり重んじられない。しかし、大法会のおりのふしぎな慣習、それにかかわる鯖売りの翁の伝承は興味深い。

（宇治拾遺物語　下　目録）

(宇治拾遺物語　下)

(一〇四　猟師《れふし》、仏《ほとけ》ヲ射事《いること》　巻八ノ六)

昔、愛宕《あたご》[一]の山に久しく行《おこな》ふ聖ありけり。年比《(としごろ)》行《(おこなひ)》て坊を出《い》づる事なし。西の方《かた》に猟師あり。此聖をたう《(ふ)》とみて、常にはまうでゝ、物奉《たてまつ》りなどしけり。久《ひさ》しく参《まい》らざりければ、餌袋《(ゑぶくろ)》[二]に干飯《(ほしいひ)》[三]など入てまうでたり。聖悦て、日比《(ひごろ)》[四]のおぼつかなさなどの給ふ。その中に居寄《ゐよ》[五]りての給やうは、「この程、いみじくたうと《(ふ)》き事あり。此年来《(としごろ)》、[六]他念なく経を[七]たもち奉《たてまつ》りてあるしるしやらん、[八]この夜比《(よ)(ごろ)》、[九]普賢菩薩、象に乗《の》りて見え給。こよひとゞまりて拝《(をがみ)》給へ」といひければ、とゞまりぬ。この猟師、「よにたう《(ふ)》とき事にこそ候なれ。さらばとまりて拝《おが》み奉《たてまつ》らん」とてとゞまりぬ。さて聖のつかふ童のあるに問ふ、「聖のたまふやう、いかなる事ぞや。[一〇]をのれ《(お)》もこの仏をば拝《おが》み参《まい》らせたりや」と問《と》へば、「童は五六度ぞ見奉《たてまつ》りて候」といふに、猟師、「[一一]我も見奉《たてまつ》る事もやある」とて、聖のうしろに

一　山城と丹波の国境の山。海抜九二四メートル。比叡山とともに王城鎮護の聖地とされ、愛宕権現(神仏分離後、愛宕神社となる)を勧請した。修験者の道場として知られ、ここに住する行者を愛宕聖と称する。本話主人公もその一人であろう。なお、同類の聖は第十九話に既出。源氏物語・東屋に「愛宕の聖だに、時に従ひては、出でずやはありける」などとあり、ここの聖は道心堅固で、住坊を出ないものと考えられていたらしい。なお、この主人公について今昔は「智恵無くして、法文を学ばざりけり」と記し、後の展開の伏線を示している。

二　鷹狩に携行、鷹の餌や獲物を入れた竹籠。転用して食料などを入れる旅行用の道具とした。

三　飯を干して長期保存に堪えるようにしたもの。旅行などに用い、水にひたして食った。

四　久しく逢わないでいた間の気がかりな気持。「おぼつかなさ」ははっきりしない対象への不安、また、心がひかれるさま。

五　すぐそばに坐って。

六　一心不乱に。

七　今昔によると法華経。「経をたもつ」は、特に法華経を持ち、これの読誦を中心として修行する者(持経者)について言う。

八　このところ、毎夜。

九　文殊菩薩とともに釈迦如来の脇侍。六牙の白象に乗る。法華経の普賢菩薩勧発品によると、持経者を守護するために、その傍らに出現するという。

一〇　お前もこの仏を拝み申し上げたのか。

一一　自分も仏を拝見することがあろうか。「もや」は不確定の意を示す「も」と疑問の「や」が複合したもの。多くここのように問いかけに用いる。

寝《い》ねもせずして起《お》きゐたり。

[一]九月廿日の事なれば夜も長《なが》し。いまや〳〵と待《(まつ)》に、夜半過ぬらんと思《おも》ふ程に、東の山の嶺より月の出《(いづ)》るやうに見《み》えて、嶺の嵐もすさまじきに、この坊の内、光さし入たるやうにて明《あか》く成ぬ。見《み》れば、普賢菩薩、白象《(びやくざう)》に乗て、やう〳〵[二]おはして、坊の前に立給へり。聖泣《な》く〳〵拝《おが》みて、「[三]いかに、[四]ぬし殿は拝《おが》み奉《たてまつ》るや」といひければ、「[五]いかゞは。この童も拝《おが》み奉《たてまつ》る。[六]をい〳〵。いみじうたう《(ふ)》とし」とて、猟師思やう、「聖は年比、経をもたもち読給へばこそ、[七]その目ばかりに見え給はめ。此童、我身などは、経の[八]むきたるかたもしらぬに、見《み》え給へるは心得《え》られぬ事也」と心のうちに思て、「此事、[九]心みてん。[一〇]これ、罪得《う》べき事にあらず」と思《おも》ひて、[一一]とがり矢を弓につがい《(ひ)》て、聖の[一二]拝《おが》み入たるうへより、さし越《こ》して、弓を強《つよ》く引て、[一三]ひやうど射たりければ、御胸の程にあたるやうにて、火をうち消《け》つごとくにて光も失《う》せぬ。谷へ[一四]とゞろめきて逃行《(にげゆく)》音《(をと)》す。聖、「これは、いかにし給へるぞ」といひて、泣《な》きまどふ事限《かぎ》りなし。男申けるは、「聖の目にこそ見《み》え給はめ。わが罪深《ふか》きものの目に見《み》え給へば、心み奉《たてまつ》らんと思《おも》ひて射つる也。まことの仏ならば、よも矢は立《(たち)》給はじ。[一五]されば、あやしき物なり」といひけり。

一 晩秋、夜長と有明月の時期で和歌、日記、物語などによく出る。風情のある季節とされたが、本話はそれを転じて不気味な場面に用いている。なお、今昔は「九月二十日余り」とする。
二 しずしずと。おもむろに。
三 もしもし。なんと。呼びかけの感動詞。
四 おまえさん。「ぬし」は同格以下の相手に用いる。ここは「殿」を付けてより丁重にしている。聖の温和な人柄をしのばせる用語である。
五 どうして拝み奉らないはずがありましょうか。言いさしの形で強い語気を示す。下に「拝み奉らざるべき」などを補って解する。
六 はいはい。了承・同意などを示す感動詞。古活字本は「をひ〳〵」。
七 その目だけにお見えになることもあろう。逆接的ニュアンスを持って次文に続く。
八 向いている方も知らない。経巻の上下がどちらか、字が読めないので解らないのである。古活字本沙石集八ノ二に「愚僧ありて、経をさかさまに持ちたるを」と類例が見える。
九 真実をさぐってみよう。たしかめてみよう。
一〇 ばちが当たるべきことではない。よこしまな動機によるものではなく、真実を探求するためだからという気持。今昔にはその辺のことを「信を発(おこ)さんが為なれば」と説明している。
一一 鋭いやじりの付いた矢。
一二 ひれ伏している上を越して。「拝み入る」は心をこめて拝む。「さし越す」は越えて前に出る。「さし」は接頭語。
一三 ひゅっと。矢の飛ぶ音を示す。語尾は平家物語などでもっぱら濁音。それに従った。
一四 大きな音をたてて。「とどろ」は擬音語。
一五 矢が立ったのだから。
一六 血痕をつけて行ってみたところ。

夜明て、血[一六]をとめて行て見《み》ければ、一町ばかり行て、谷の底に大なる狸[一七]の、胸よりとがり矢を射とをされて、死てふせりけり。

聖なれど無智なれば、かやうにばかされける也。猟師なれども慮《おもんばかり》ありければ、狸を射害《いころし》、その化《ば》[一八]けをあらはしける也。

（一〇五　千手院僧正《せんじゆゐんのそうじやう》、仙人《せんにん》ニ逢事《あふこと》　巻八ノ七）

昔、山[一九]の西塔[二〇]、千手院に住給ける静観[二一]僧正と申ける座主、夜更て、尊勝陀羅[二二]尼を夜もすがら見《み》[二三]てあかして、年比《としごろ》になり給ぬ。聞《き》く人もいみじくたう《ふ》とみけり。陽勝[二四]仙人と申《まうす》仙人、空を飛《と》びてこの坊の上《うへ》を過けるが、この陀羅尼の声《こゑ》を聞《き》ゝて、おりて、高欄[二五]のほこ木[二六]の上に居給ぬ。僧正、あやしと思《おも》ひて問《と》ひ給《たま》ひければ、蚊の声のやうなる声《こゑ》して、「陽勝《やうせう》仙人にて候なり。空を過候つるが、尊勝陀羅尼の声をうけたまはりて参《まい》り侍《はべる》なり」との給《たまひ》ければ、戸を開《あ》けて請ぜられければ、飛入て前に居給ぬ。

年比の物語して、「今《いま》はまかりなん」とて立けるが、人気《げ》[二七]にを《お》されてえ立《た》ゝざりければ、「香炉[二八]の煙を近《ちか》く寄《よ》せ給へ」との給ければ、僧正、香呂を近《ちか》くさ

一七 今昔は「野猪」とするが、これが何かは未詳。
一八 化けたこと。
▽信あって智恵の伴わない者を諷刺する話。彼の至らなさをあらわにするのが、それほど非凡な人でなく、猟師で、健全な常識を持っていただけの者という所に諷刺は一段と鋭いというべきであろう。愛宕の事件となっているが実は外国種の話らしく、これの類話がミヒャエル・エンデの『満月の夜の伝説』として見える。インドの民話にもとづく物語という。本話はこれと同源でもともとは仏典にもとづくものか。
一九 比叡山延暦寺をさす。　二〇 →四四頁注一。
二一 →四二頁注一三。静観は第十代天台座主。
二二 仏頂尊勝陀羅尼。仏の頭頂から現出した仏頂尊勝の功徳などを説く呪文。八十七句から成り、滅罪・延命・攘災などに霊験があるとされる。第十三代天台座主尊意がこれによって祈雨などに効験を現わし、特に重んじられるようになった。　二三 読み明して。ここの「見る」は、陀羅尼を目読しつつ心に真理を観ずる修行を示す。
二四 法華験記などに伝えられる有名な仙人。能登の人で紀氏。十一歳で比叡山に登り、後に吉野に移る。修行を続けて通力を得、延喜元年（九〇一）に仙人に化したという。
二五 勾欄。廊・階段などの両側に付けられた欄干。
二六 頭部が矛に似た形の欄干の柱。
二七 人間的な気分・雰囲気に圧迫されて。静観と対話して人間であった時の気持がよみがえり、飛行がむずかしくなったのである。
二八 香をたく容器。用途・形態によって据（す）え香炉・擎（り）と香炉・釣香炉に三分される。後に二度出る「香呂」も同じ。陽勝は親の家におもむくのに香の煙を立てさせ、これをめあてに飛行して来たという（本朝法華験記など）。

し寄《よ》せ給ける。その煙に乗《の》りて空へ上《のぼり》にけり。

此僧正は、年を経《へ》て、香呂をさしあげて、煙《けぶり》を立《た》てゝぞおはしける。此仙人は、[一]もとつかひ給ける僧の、おこなひして失《うせ》にけるを、年比あやしとおぼしけるに、かくして参《まい》りたりければ、あはれ〳〵とおぼしてぞ、つねに泣《な》き給ける。

（一〇六　滝口道則《たきぐちみちのり》、習レ術事《じゆつをならふこと》　巻九ノ二）

昔《むかし》、[二]陽成院位にておはしましける時、[三]滝口道則、[四]宣旨を承て[五]陸奥《みちのく》へ下《くだ》る間《あひだ》、信濃国[六]ヒクニといふ所に宿《やど》りぬ。[七]郡の司に宿《やど》をとれり。[八]まうけしてもてなして後、あるじの郡司は[九]郎等《らうどう》引具《ぐ》して出ぬ。

[一〇]いも寝《ね》られざりければ、[一一]やはら起《お》きて[一二]たゝずみ歩《あり》くに、[一三]見《み》れば、屏風を立《た》てまはして、畳など清《きよ》げに敷《し》き、火ともして、よろづ[一四]目安《めやす》きやうにしつらひたり。[一五]空《そら》だき物するやらんと、かうばしき香しけり。いよ〳〵[一六]心にくゝおぼえて、よくのぞきて見《み》れば、年[一七]廿七八ばかりなる女一人ありけり。[一八]見《み》めことがら、姿《すがた》有様《さま》、ことにいみじかりけるが、たゞ一人臥《ひとりふ》したり。見《み》るまゝに、[一九]たゞあるべき心地《ち》せず。あたりに人もなし。火は[二〇]几帳の外にともしてあれば、明《あか》くあり。さ

一　もとは、僧正が召し使っていた僧で、修行して行方知れずになったのを。静観が叡山時代の陽勝を召し使ったことは、他に所見がない。▽座主と仙人を人間的関係に即して語る説話。旧師へのなつかしさの余りに通力を失いかける仙人、彼をあわれみ、泣きつづける座主。今昔の語る陽勝伝の末尾と同源らしい。

二　第五十七代天皇。清和天皇第一皇子。元慶元年(八七七)即位、同八年退位。天暦三年(九四九)崩、八十二歳。

三　伝未詳。表記は今昔には「道範」とある。滝口は禁中警護の武士。清涼殿の東北、御溝水(みかわみず)が滝となっている落口の近くに詰所があるのでこのように称する。

四　天皇の命令を伝える公文書。詔勅に比べて内輪のもので、手続きが簡単である。

五　東北地方の内、青森・岩手・宮城・福島の四県に当る地域を広くさす称。道則(範)がここに赴いた用件について今昔は「金(こがね)の使」とする。

六　未詳。古活字本は「ひくう」、今昔は欠字。

七　郡司。国司を助け、地方行政に当る終身官。地元の豪族の中から選び、任命する。

八　食事の接待。　九　従者。家来。

一〇　寝つかれなかったので。「いも寝(ぬ)」の「い」は睡眠、「寝(ぬ)」は横になる意という。

一一　そっと。静かに。

一二　狭い範囲をぶらぶら歩きまわっていると。

一三　今昔「妻(め)の有る方を臨(のぞ)けば」。

一四　見た目が感じよく設備をほどこしてある。

一五　ほのかに薫ってくるように、香をたきしめているのだろうという感じで。

一六　心ひかれる思いがして。

一七　今昔は「年二十余許(はたちあまりばかり)の女」。

一八　容貌と様子。

て、この道則思ふやう、「よに〳〵ねんごろにもてなして、[二一]心ざし有つる郡司の妻を、[二二]うしろめたなき心つかはん事、[二三]いと(ほ)をしけれど、この人の有様《ありさま》を見《み》るにたゞあらむことかなはじ」と思ひて、寄《よ》りてかたはらに臥《(ふす)》に、女、[二四]けにくゝも驚《おどろ》かず、[二五]口おほひをして、笑《わら》ひ臥《ふ》したり。いはんかたなくうれしく覚ければ、[二六]長月十日比なれば衣もあまた着《き》ず、[二七]一かさねばかり男も女も着《き》たり。かうばしき事限《かぎり》なし。我きぬをばぬぎて女の懐《ふところ》へ入に、しばしは[二八]引ふたぐやうにしけれども、[二九]あながちにけにくからず、懐《ふところ》に[三〇]入ぬ。男の[三一]前《まへ》のかゆきやうなりければ、さぐりてみるに物なし。おどろきあやしみてよく〳〵さぐれども、[三二]頤《おとがひ》のひげをさぐるやうにて、[三三]すべてあとかたなし。大きに驚《おどろ》きて、此女の[三四]めでたげなるも忘《わす》られぬ。この男の、さぐりてあやしみ[三五]くるめくに、女すこしほゝ笑《え》みて有ければ、いよ〳〵心得《え》ずおぼえて、やはら起《お》きて、わが寝《ね》所《(どころ)》へ帰てさぐるに、さらになし。あさましく成て、近《ちか》くつかふ郎等をよびて、[三六]かゝるとはいはで、「こゝにめでたき女あり。我も行《(いき)》たりつる也」といへば、悦て、此男いぬれば、[三七]しばしありて、よに〳〵あさましげにて此男出《い》で来《き》たれば、[三八]是もさるなめりと思て、又異《こと》男をすゝめてやりつ。是も又しばしありて出来《き》ぬ。空をあふぎて、[三九]よに心得《え》ぬけしきにて帰てけり。かくのごとく七八人まで郎等をやるに、同《おな》じ

一九 そのまま何もせずにいられそうにない。
二〇 室内の障屏具の一つ。
二一 厚意を見せてくれた。よくしてくれた。
二二 気がとがめるような思いを抱く事。「うしろめたなし」は「うしろめたし」に同じ。「なし」ははなはだしい意。
二三 気の毒であるが。
二四 感じ悪く驚き騒ぐようなこともなく。「けにくくも」を旧大系などはにくらしいの意ととって女の落ち着きはらったさまについての感想とするが、後の「いはんかたなくうれしく覚ければ」などとの関連からすると、不適当か。
二五 手を当てて口をおおい隠すこと。恥じらいのさまで、次の笑い声ともども媚態を示す。
二六 陰暦九月十日。
二七 上下ひとそろいの衣服。「かさね」は衣服・紙など重なったものに用いる助数詞。
二八 衣裳を引き合わせて、おおうようにしたが。抵抗・拒絶の意志表示をしたもの。
二九 どうしてもそっけなくするというのでもなく。
三〇 古活字本は『いりぬ』だが、底本(その他諸本も)は「入ぬ」。「いれぬ」の方が前の「あながちにけにくからず」との関連も自然であろう。
三一 陰部。
三二 あごのひげをなでるような感じで。
三三 まったく何の痕跡もない。
三四 いかにも魅力的な様子も。
三五 あわてさわぐと。「くるめく」(「くるべく」とも)はくるくるまわる意から、あわてる意。
三六 このような日にあった。
三七 しばらくたってから。
三八 自分と同じ目にあったのだろう。
三九 実に納得できない様子で。

気色《(けしき)》に見《み》ゆ。

かくするほどに、夜も明ぬれば、道則思ふやう、「宵《よひ》にあるじのいみじうもてなしつるを、うれしと思つれども、かく心得《え》ず[一]浅ましき事のあれば、とく出《い》でん」と思て、いまだ明果《(あけ)は》てざるに急《(いそぎ)》て出《(いづ)》れば、[二]七八町行程に、うしろより[三]呼《よ》ばひて馬を馳て来《く》る物《(もの)》あり。はしりつきて、白《しろ》き紙に包《つゝ》みたる物をさしあげて持《も》て来《く》。馬を[四]引《(ひか)》へて待《ま》てば、[五]ありつる宿《やど》に[六]かよひしつる郎等也。「これは何ぞ」と問《と》へば、「此郡司の[七]参《まい》らせよと候物にて候。かゝる物をば、いかで捨《す》てゝはおはし候ぞ。[八]かたのごとく御まうけして候へども、[九]御いそぎに、[一〇]これをさへ落《おと》させ給てけり。されば、拾《ひろ(ひ)》い集《あつ》めて参《まい》らせ候」といへば、「[一一]いで、何《なに》ぞ」とて取て見《み》れば、[一二]松茸を包《つゝ》み集《あつ》めたるやうにてある物九《(ここのつ)》あり。あさましくおぼえて、八人の郎等共もあやしみをなして見《み》るに、まことに九の物あり。一度にさつと失《う》せぬ。さて、使はやがて馬を馳て帰《(かへり)》ぬ。そのおり《(を)》、我身よりはじめて郎等共、皆「[一三]あり〱」といひけり。

さて奥州にて[一四]金うけ取て帰《(かへる)》時、又、信濃の[一五]有し郡司のもとへ行《ゆ》きて宿《やど》りぬ。さて郡司に[一六]金、馬、鷲羽《(わしのは)》などおほくとらす。郡司、[一七]世《よ》に〱悦て、「これは、いかにおぼして、かくはし給ぞ」といひければ、近《ちか》く寄《よ》りていふ様《(やう)》、「[一八]かたは

一　あきれた事があったので。
二　一町は約一〇九メートル。
三　大声で呼びつづけて。「呼ばふ」は「呼ぶ」に反復・継続を示す「ふ」の付いたもの。日葡辞書によると大声で呼ぶ意という。
四　進ませないで待っていると。「引かふ」は引きとどめる、引きおさえる。
五　例の宿。昨夜とまった宿。
六　食事の給仕。
七　差し上げよ。お渡しせよ。
八　作法どおり、(朝食の)ご用意をいたしましたのに。　九　あわただしいご出発で。
一〇　(朝食をおとりにならなかったばかりか)これまでもお落しになって。「さへ」は添加。
一一　いや、それは何だ。「いで」は感動詞。多様な用い方があるが、ここは、相手の言にけげんな思いをかきたてられて反撥・制止する感じか。えっ、ちょっと待て、というほどの意。
一二　今昔はより即物的に「松茸を裹(つつ)み集めたる如くにして、男の閛(まら)九つ有り」とする。
一三　あるある。一旦失った物が無事に付いていることを確認しての言。今昔はこの所、「「我も然る事有りつ」と云ひ出だして、皆捜(さぐ)るに、閛(まら)本の如く有りて」と分りやすくなっている。
一四　今昔では冒頭に示されていた「金」のことがここで初めて出る。やや唐突な感があるが、陸奥への旅の実務的目的は金か馬であると考えられていたことによるものであろう。
一五　例の郡司。
一六　それぞれ、陸奥の特産物。今昔には「馬、絹など様々に多く取らすれば」とある。「鷲羽」は矢にはぐ材料。「鷲羽」の読み方は他本による。
一七　「世に」を強めた語。非常に。きわめて。
一八　気恥ずかしい事を申しますが。「かたはらい

らいたき中事なれ共《ども》、はじめこれに参《まい》りて候し時、あやしき事の候しはいかなることにか」といふに、郡司、物をおほく得《え》てありければ、[一九]さりがたく思て、有《あ》りのまゝにいふ。「それは、若《わか》く候し時、この国の奥《おく》の郡に候し郡司の、年寄《よ》りて候しが、妻の若《わか》く候しに、忍《しの》びて罷《まかり》寄《よ》りて候しかば、[二〇]かくのごとく失《うせ》てありしに、あやしく思て、その郡司にねん比《ごろ》に[二一]心ざしをつくして習て候也。もし習《なら》はんとおぼしめさば、此度《たび》は大《おほ》やけの御使なり。速《すみやか》にのぼり給て、又、[二二]わざと下《くだり》給て習《なら》ひ給へ」といひければ、その契をなして、のぼりて金など参《まい》らせて、又暇《いとま》を申て下《くだ》りぬ。

郡司に、さるべき物など持《も》ちて下て、とらすれば、郡司、大に悦て、「[二三]心の及ばん限《かぎり》は教《をし》へん」と思て、「これは、[二四]おぼろけの心にて習《なら》ふ事にては候はず。七日、水を浴《あ》み、精進をして習《ならふ》事也」といふ。そのまゝに、[二五]清まはりて、その日になりて、たゞ二人《ふたり》つれて、深《ふか》き山に入ぬ。大なる川の流《なが》るゝほとりに行て、[二六]様〱の事共を、えもいはず罪深《ふか》き誓言どもたてさせけり。さて、かの郡司は水上《みなかみ》へ入ぬ。「その川上より流《なが》れ来《こ》ん物を、[二七]いかにも〱、鬼にてもあれ、何にてもあれ、抱《いだ》け」といひて行ぬ。

しばしばかり有て、水上の方より、雨降《ふ》り風吹て、暗《くら》くなり、水まさる。し

たし」は人が自分をどのように見るか意識し、気にするさま。
一九 隠すこともできないと思って。「さ(避)りがたし」は避けられない、免れられない。
二〇 今昔には「閇を失ひて侍りしに」と直叙されている。
二一 誠意をつくして。「こころざし」には、謝意を示すために贈る金品の意がある。ここはその意味あいも含んでいよう。
二二 あらためて。
二三 私の理解の及ぶ範囲のことはすべて。
二四 いいかげんな。ありきたりの。
二五 身を清めて。「清まはる」は神聖なことなどに先立ち、斎戒して心身を清くする意。「清まる」と同義で、これの他動詞形は「清む」。
二六 様々の事にわたって、大変罪深い誓いの言葉を立てさせた。いわゆる外道の術を行なうので、一般常識からするとすこぶる背徳的な誓言であったもの。今昔には「「永く三宝を信ぜじ」と云ふ願発(おこ)して、様々の事共をして、艶(えもいは)ず罪深き誓言をなむ立てり」とある。「誓言」は訓読して「ちかごと」とも。
二七 何としても。かならず。この「いかにも」は願望・指示・命令などを強調する語。それを反復させているのでこの郡司の語気はかなり激しい。

一 両手を広げてやっと抱けるほどの大きさ、また、太さ。ひとかかえ。
二 金属で作った椀。大きく恐ろしげな目の比喩に用いられる。「をのこの目の細きは、女びたり。また、かなまりのやうならむも恐ろし」(枕草子・大きにてよきもの)。
三 やや紫を帯びた鮮かな青色の顔料。美しい色だが、紺青鬼などという不気味なものもある。

ばしありて、川より[一]頭《かしら》いだきばかりなる大蛇の、目は[二]かなまりを入たるやうにて、背中《せなか》は青く、[三]紺青《(こんじやう)》をぬりたるやうに、首《くび》の下《した》は紅のやうにて見《み》ゆるに、「先来《(まづこ)》ん物を抱《いだ》け」といひつれども、[四]せんかたなくおそろしくて、草の中に臥《ふ》しぬ。しばし有て、郡司来《きた》りて、「[五]いかに。取給つや」といひければ、「[六]かう／＼おぼえつれば、取《と》らぬ也」といひければ、「[七]よく口惜事哉。[八]さては、此事はえ習給はじ」といひて、「今一度心みん」といひて、又入ぬ。

しばし斗《(ばかり)》有て、[九]やをばかりなる猪のしゝの出《い》で来《き》て、[一〇]石をはら／＼とくだけば、[一一]火きら／＼と出づ。毛を[一二]いらゝかして走てかゝる。せんかたなくおそろしけれども、「[一三]是をさへ」と思きりて走《はし》り寄《よ》りて抱《いだ》きて見《み》れば、朽木の[一四]三尺ばかりあるを抱《いだ》きたり。[一五]ねたく、くやしき事限《かぎり》なし。「はじめのも、[一六]かゝる物にてこそありけれ。などか抱《いだ》かざりけん」と思《おも》ふ程に、郡司来りぬ。「いかに」と問《と》へば、「かう／＼」といひければ、「[一七]前《まへ》の物うしなひ給事は、え習《なら》ひ給はずなりぬ。さて、[一八]異事《こと》の、はかなき物をものになす事は、習《なら》はれぬめり。されば、それを教《をし》へん」とて教《をし》へられて帰上りぬ。口惜《くちをしき》事限なし。

[一九]大内に参りて、滝口どものはきたる沓どもを、[二〇]あらがひをして皆[二一]犬子《(ゑのこ)》になして走《はし》らせ、古き[二二]藁沓を三尺斗《(ばかり)》なる鯉になして、[二三]台盤の上《うへ》にお《(を)》どらする事など

四 どうしようもないほどに。　五 いかがですか。
六 前の「せんかたなくおそろしくて」をうけ、これこれのように思いましたので。
七 はなはだ。古活字本には「かく」。今昔は「極(いみ)じく」。旧大系は下に欠字があるかとしている。　八 それでは。それならば。
九 未詳。今昔に「四尺許有る」とあり、「八尺」の誤写かとされる。鳥獣を数える「尾」として八頭あわせたほどの大きさとする説(完訳)もある。
一〇 今昔の「石をはら／＼と食へば」を参照すると、嚙みくだいたのであろう。
一一 今昔は「ひら／＼と」。火花の出るさま。
一二 さかだてて走ってきて、襲う。「いららかす」は「いら」(とげ、また、それに類するもの)を語源とする。後に「いららがす」とも。
一三 前の大蛇のことをうけて、これも抱けないと大変だの意。「さへ」は添加。
一四 径三尺(約九〇センチメートル)ほど。
一五 しゃくで、残念なことこの上ない。「ねたし」は失敗したおりの、相手へのしてやられた感じ。「くやし」は後悔・反省の念を示す。
一六 このような、何でもない物であったのか。
一七 今昔には「前の閇失ふ事は」。
一八 それ以外の事で、何でもない物を何かに変える事は、習得されそうです。「ぬめり」はすっかり…したようだの意だが、ここは「ぬべし」(…できそうだ)と同じ意味あいで用いたものか。
一九 宮中。内裏。
二〇 出来るか出来ないか言い争って賭けること。
二一 「ゑぬ」とも。犬の子。
二二 藁で作った履物。
二三 食物を盛る盤をのせる四脚の台。
二四 黒戸の御所。清涼殿の北廊の細長い部屋。滝口の陣の西、すぐ近くに当る。

をしけり。

御門、此由を聞《き》こしめして、黒戸[二四]のかたに召《め》して、習《なら》はせ給けり。御几帳[二五]の上《うへ》より、賀茂祭[二六]など渡《わた》し給けり。

(一〇七　宝志和尚影事《ほうしくわしやうのえいのこと》　巻九ノ二)

昔、唐《もろこし》に宝志和尚《(ほうしくわしやう)》[二七]と云聖あり。いみじくたう《(ふ)》とくおはしければ、御門《(みかど)》[二八]、かの聖の姿を影《(えい)》[二九]に書《(かき)》[三〇]とゞめんとて、絵師三人をつかはして、もし一人しては、書たがゆる[三一]事もありとて、三人して、面〳〵[三二]にうつすべき由《よし》、仰ふくめられて、つかはさせ給に、三人の絵師、聖のもとへ参《まい》りて、かく宣旨[三三]を蒙《(かうぶり)》て、まうでたる由《よし》申ければ、「しばし」といひて、法服[三四]の装束《(さうぞく)》して出合《(いであひ)》給へるを、三人の絵師、各書《か》くべき絹[三五]をひろげて、三人ならびて、筆を下《くだ》さんとするに、聖、「しばらく。我《(わが)》まことの形[三六]あり。それを見《み》て書うつすべし」と有ければ、絵師、左《(さ)》[三七]右《う》なく書《かゝ》ずして、聖の御顔を見《み》れば、大指《(おほゆび)》[三八]の爪にて、額《ひたい》[三九]の皮をさし切《き》りて、皮を左右へ引のけてあるより、金色《(こんじき)》の菩薩《(ぼさつ)》[四〇]の顔《かほ》をさし出《(いで)》たり。一人の絵師は十[四一]一面観音と見《み》る。一人の絵師は聖観音[四二]と拝奉《たてまつ》る。各《(おのおの)》見《み》るまゝにうつし奉《たてまつ》り

二五 室内の仕切りの具。

二六 賀茂神社の祭。葵祭。陰暦四月中の酉の日に行われた(今は五月十五日)。ここはその祭の行列。今昔「賀茂の祭の共奉(ぐぶ)(供の行列)」。

▽地方に伝わる外道の術が帝にとどくまでを語る。今昔は、その陽成天皇は術を伝受したことによって世の批難を受けたとする。本話はその部分を欠くが、陽成天皇の狂疾による退位事件を知る者にとって、うなずける感を抱かせる結末である。

二七 梁(りょう)代の禅僧。宝誌、保誌とも。幼くして出家、建康の道林寺で修行。奇行多く、衆を惑わすとして投獄。神変をあらわすことも多く、武帝に崇敬される。天監三年(五〇四)没、九十七歳。 二八 梁の武帝のことか。武帝は梁の初代皇帝。貴族文化興隆期にあたり、仏教を篤く尊奉した。武定七年(五四九)没、九十六歳。

二九 絵姿。肖像画。 三〇 古活字本「書きとらん」。

三一 通常は「たがふる」だが、ここはヤ行下二段の例。 三二 めいめいに。

三三 帝の命令を伝える文書。

三四 僧侶の正式な服装。

三五 絹布。画布として用いられた。

三六 古活字本は「影」、次行の「御顔」も「御影」。

三七 すぐには。直ちには。

三八 「おほおよび」の転。親指。

三九 このあたり三〇頁二行の場面に似る。

四〇 梵語 bodhisattva の音写。悟りを求める人、または悟りをそなえた人の意。

四一 頭上に十面の小面と本面の十一の面を持つ観音。それぞれの顔は慈悲、忿怒(ふんぬ)などの表情をあらわす。打聞集では「千手観音」。

四二 正観音とも。十一面や、千手などの多面、多臂(たひ)をもたない、通常の姿の観音をいう。

て、持て参たりければ、御門、おどろき給て、別の使を遣《や》[一]らせ給て、問《と》はせ給ふに、[二]かい消《け》つやうにして失給《（うせたまひ）》ぬ。

それよりぞ、「たゞ人にてはおはせざりけり」と申合《あ》へりける。

（一〇八）越前敦賀女観音助給事《ゑちぜんつるがのむすめくわんおんたすけたまふこと》　巻九ノ三

越前国に敦賀《つるが》[三]といふ所に住ける人ありけり。[四]とかくして、身一つばかり、わびしからで過《すぐ》しけり。女《（むすめ）》ひとりより外に、又、子もなかりければ、この女《むすめ》をぞ、[五]又なき物にかなしくしける。此女《（むすめ）》を、[六]わがあらん折《をり》、たのもしく見置《みを》かむとて、[七]男合《おとこあ》はせけれど、[八]男もたまらざりければ、[九]これや〳〵と、四五人までは合《あ》はせけれども、猶たまらざりければ、[一〇]思わびて、後には合《あ》はせざりけり。居たる家の後《うしろ》に堂をたてて、「此女《（むすめ）》、助《たす》け給へ」とて、[一一]観音をすへ《（ゑ）》奉《たてまつ》りける。[一二]供養し奉りなどしていくばくも経《へ》ぬ程に、父失《う》せにけり。それだに思ひ歎《（なげく）》に、引つゞくやうに、母も失にければ、泣《な》きかなしめども、いふかひもなし。

[一三]しる所などもなくて、[一四]かまへて世を過しければ、やもめなる女一人《ひとり》あらんには、いかにしてか、はか〴〵しき事あらん。親《おや》の物の少《（すこし）》ありける程は、使《つか》は

一　古活字本「給て」。
二　「かき消つ」の音便。パッと消える。神仏等の化現したものが消える時に多く使われる表現。▽奇行、神変で知られた宝志を絵に書きとどめさせようとした帝の行為は、前話で帝が奇術、妖術を習おうとした姿と相通ずる。
三　今の福井県敦賀市。要港として盛えた。宝物集には「越前国金崎」（敦賀市の東北部の地）とより具体的に示されているが、古本説話集では「津の国輪田」（今の神戸）となっており、異なる。
四　あれこれ努力して、自分の身だけは貧しくなく過ごしていた。
五　またとない大切な者として、愛していた。「またなし」は唯一無二のさま。はなはだしいとの形容に用いる。「かなしくす」は可愛がる。
六　自分が生きている間に、不安のない身の上になるのを見とどけよう。「たのもし」は生活に心配がない、落ち着いた境遇である意。
七　（しかるべき）男を引き合わせたが。
八　住み続けなかったので。しばらくは通って来たが、長続きしなかったことをいう。
九　この男はどうか、この男はどうか。
一〇　古活字本は「しゐて」（無理に）。
一一　観世音菩薩。近江から越前・若狭にかけては観音信仰が栄えたらしく、多くの像が残る。
一二　開眼供養をさす。新造の仏像・仏画の仏の眼を開き、魂を請じ入れる儀式。
一三　私有地。所領。
一四　努力してやっとのことで。「かまふ」（事をなすのに、しかるべく身がまえる）の連用形に「て」が付いて副詞化したもの。三五二頁の「かまへて踏直りて立れば」はこれの類例か。
一五　食うのにもこと欠くようになるなどして。
一六　たまに。

る〻物四五人ありけれども、物失《う》せはてゝければ、使《つか》はる〻物、独《(ひとり)》もなかりけり。[一五]物食《く》ふ事かたくなりなどして、[一六]を《(お)》のづからもとめいでたる折《おり》は、[一七]手づからといふばかりにして、食ひては、「我親《おや》の思[一八]しかひありて、助《たす》け給へ」と、観音に向奉《(むかひ)》て、泣《な》く〳〵申ゐたる程に、夢に見《み》るやう、この後《うしろ》の堂より老《(おい)》たる僧の来て、「[一九]いみじういとを《(ほ)》しければ、男合《あ》はせんと思ひて、よびにやりたれば、明日《あす》ぞこゝに来《き》つかんずる。[二〇]それがいはんに従《したが》ひてあるべき也」との給と見《み》てさめぬ。「此仏の助給べきなめり」と思ひて、[二一]水うち浴《あ》みて参て、泣《な》く〳〵申て、[二二]夢を頼《(たのみ)》てその人を待とて、[二三]うちはきなどしてゐたり。家は大《(おほき)》に作たりければ、親失《う》せて後は、[二四]すみつきあるべかしき事なけれど、[二五]屋《や》ばかりは大きなりければ、かたすみにてゐたりける。敷《し》くべき莚だになかりけり。

かゝるほどに、その日の夕方《がた》になりて、馬の足音《をとゝ》どもしてあまた入くるに、[二六]人、そとのぞきなどするを見《み》れば、旅人の宿借《やどか》るなりけり。「[二七]速《すみや》かに居よ」といへば、みな入来《(いり)き》て、「[二八]こゝよかりけり。家広し。「[二九]いかにぞや」など、物いふべきあるじもなくて、[三〇]我まゝにもやどりゐるかな」などいひあひたり。のぞきて見《み》れば、あるじは卅ばかりなる男《おとこ》の、[三一]いと清《きよ》げなる也。[三二]郎等二三十人ばかりあり。下《(げ)》すなどとり具《ぐ》して、七八十人斗《(ばかり)》あらむとぞ見《み》ゆる。[三三]たゞゐにゐる

一七 手料理でするというほどの状態で。古活字本は「と」を欠く。「いふ」を旧大系は「食ふ」と解する。名義抄の「啖瞰」の訓の一つに「イフ」とあることによる解だが、本文のように「といふ」とある時にはこの説は無理であろう。
一八 私を思ってくれた甲斐があるように、お助け下さい。 一九 大変かわいそうなので。
二〇 その男が言うのに従いなさい。
二一 水をあびて身を清めて観音の前に参って。
二二 夢のお告げを頼みに、その人を待とうとして。 二三 掃除などをしていた。
二四 住みぐあいは適当でなかったが。女の一人住まいに家がふさわしくなかったことを示す。「住み着き」は住み着くこと、定住。「あるべかし」は「あるべし」を形容詞化したもの。そのようにあるべきさまの意で、型どおりである、ぴったりである。「女の家の有様を見るに、可有(あるべ)かしく吉(よ)く造りたる家に住み付きて」(今昔二十九ノ四)。
二五 建物だけは大きかったので。
二六 人が、そっとのぞきなどするのを見ると。「そと」はしずかに、また、ちょっと。旅人たちの遠慮がちなさまを描くものであろうが、古活字本はこの辺「人どものぞきなどするをみれば」とあり、「そと」を欠く。今昔は「…人来る。臨(のぞき)て見れば」と、のぞく主体を女とする。
二七 すぐに下馬せよ。主人の言であろうが、今昔では女の言らしくなっている。
二八 ああ、絶好な宿だなあ。
二九 どうかと思いますよ。婉曲に非難する言葉。
三〇 自分勝手に泊りこんでいることよ。
三一 実に美しい人物である。「清げ」はもと「清ら」に比べてやや劣る美しさを言ったが、「清ら」がすたれ、相当な美貌の形容となった。源

に、莚、畳をとらせばやと思へども、[一]恥《は》づかしと思てゐたるに、[二]皮子《(かはご)》莚をこひて、皮に重《かさ》ねて敷《し》きて、幕引まはしてゐぬ。[三]そゝめく程に日も暮《く》れぬれども、物食《く》ふとも見《み》えぬは、物のなきにやあらんとぞ見《み》ゆる。「物あらば、[四]とらせてましと思ひゐたる程に、夜うち更《ふ》けて、この旅人のけはひにて「此おはします人、寄《よ》らせ給へ。物申さん」といへば、「何事にか侍らん」とて[五]いざりよりたるを、[六]何《なに》の障《さは》りもなければ、[七]ふと入《い》り来《き》てひかへつ。[八]「こはいかに」といへど、[九]いはすべくもなきに合《あ》はせて、[一〇]夢に見《み》し事もありしかば、とかく思《おも》ひいふべきにもあらず。

此男は、[一一]美濃国に[一二]猛将ありけり、それが独子《(ひとりご)》にて、その親失《う》せにければ、よろづの物うけ伝《つた》へて、親《おや》にもおとらぬ物《(もの)》にて有けるが、[一三]思ける妻にを《(お)》くれてやもめにてありけるを、[一四]これかれ、聟にとらん、妻にならんといふもの、あまたありけれども、[一五]ありし妻に似たらむ人をと思て、やもめにて過しけるが、若狭に[一六]沙汰すべき事ありて行《(ゆく)》なりけり。昼《ひる》やどりゐる程に、かたすみにゐたる所も、何《なに》の隠《かく》れもなかりければ、いかなるもののゐたるぞと、のぞきて見《み》るに、たゞありし妻のありけるとおぼえければ、[一七]目もくれ、心も騒《さは》ぎて、[一八]「いつしかとく暮よかし。[一九]近からんけしきも心みん」とて入来《き》たる也けり。

氏物語の薫はこの語で評されている。
三二 家来。従者。
三三 旧大系は「直居」とし、「直接板の上に座っていること」と解し、諸注これに従うが、他に類例を見ない(一般に、むなしい暮しの意に用いる)。むしろ、同じ動詞を二度くりかえし、「ただ…に…する」ととる方が穏当か。そうするとここは、大勢がどんどん入りこんでいるのでの意となる。この箇所、今昔は「皆入りて居ぬ。畳無ければ敷かず」とある。

一 気が引ける。莚、畳の用意がないことを恥じる女の心情。
二 皮子(皮を張って作った箱)を包む莚の意か。今昔は「皮子裹(つつ)みたる莚を敷皮に重ねて敷きて居ぬ」。
三 ざわめいている内に。「そそめく」はざわざわ音を立てる意。「ぞぞめく」とも。ここは清濁について微妙だが、濁音化は時代が下ると思われるので、ひとまず清音としておく。
四 さし上げたいのに。
五 坐ったまま近寄ったところ。
六 何の妨げになるものもないので。屋内ががらんどうであることをいう。
七 すっと男が入って来て、女をとらえた。
八 これは一体、何をなさるのですか。
九 それ以上、何も言わせてくれそうもない上に。男の強引な態度を示す。
一〇 (このような事の予告を)夢で見たこともあったので、とやかく思ったり言ったりする必要もない。
一一 今の岐阜県の南部。越前の隣国に当る。
一二 勇猛な武将。
一三 愛していた妻に先立たれて。

物うちいひたるよりはじめ、露《(つゆ)》たがふ所なかりければ、「[二〇]あさましく、かゝりける事もありけり」とて、「若狭[二一]へと思《おも》ひ立《た》たざらましかば、この人[二二]を見《み》ましやは」と、うれしき旅にぞありける。若狭にも十日斗《(ばかり)》あるべかりけれども、この人のうしろめたさ[二三]に、「明《あ》けば行て、又の日、帰べきぞ」と[二四]返々契置《(かへすがへすちぎりおき)》て、[二五]寒《さむ》げなりければ衣も着《き》せを《(お)》き、郎等四五人ばかり、それが従者などとり具《ぐ》して廿人斗《(ばかり)》の人のあるに、物食《く》はすべきやうもなく、馬に草食《く》はすべきやうもなかりければ、いかにせましと思なげきける程に、親《おや》の御厨子所《みづし》[二六]に使《つか》ひける女の、むすめのありとばかりは聞《き》ゝけれども、来《き》[二七]かよふ事もなくて、よき男《おとこ》[二八]してことかなひてありと斗《(ばかり)》は聞《き》ゝわたりけるが、思《おも》ひもかけぬに来《き》たりけるが、誰にかあらんと思て、「いかなる人の来《き》たるぞ」と問《と》ひければ、「あな心憂《う》や。御覧[二九]じ知《し》られぬは、我身のとがにこそさぶらへ。を《(お)》のれは、故上《うへ》[三〇]のおはしましゝ折《おり》、御厨子所《みづし》つかまつり候しもののむすめに候。年比《(としごろ)》、いかで[三一]参《まい》らんなど思て過候を、けふはよろづ[三二]を捨《す》てゝ参候つる也。かくたよりなくおはしますとならば、[三三]あやしくとも、居て候所にもおはしましかよひて、四五日づゝもおはしませかし。心ざし[三四]は思奉《たてまつ》れども、よそながらは、明暮《くれ》[三五]とぶらひ奉《たてまつ》らん事も、おろかなるやうにおもはれ奉りぬべければ」など、こまぐ〵と語《かた》らひて、「このさぶ

一四 この人もあの人もというように。
一五 前の妻。
一六 処理しなければならない事。
一七 目もくらみ。
一八 何とかして、早く暮れてほしいものだ。
一九 近くに行って様子を見とどけよう。
二〇 思いがけないことで、こんな事もあったのか。
二一 今の福井県西部。
二二 見たろうか、そんなはずはあるまい。
二三 気がかりなので。
二四 ねんごろに約束をしておいて。
二五 寒そうであったので。
二六 台所。本来は、宮中の内膳所に属し、天皇の御膳などを調える所の称だが、ここはその転用。女の家にこう呼ばれる台所があったことからすると、かつての富裕なさまがしのばれる。
二七 通って来る事もなくて。
二八 立派な夫を持って幸福な身であるとだけ、噂を聞いていたか。「聞きわたる」は前々から聞いている。
二九 ご覧になっておわかりいただけないのは。「御覧じ知る」は「見知る」の敬語。「れ」は受身。
三〇 亡き北の方。「上」は貴人の妻。
三一 何とかして参上したいと思って過ごしていましたが。
三二 万事をさしおいて。
三三 粗末であっても、私が暮らしております所にも、時々お出でになって。
三四 奉仕いたしたい心はお持ち申し上げておりますが。
三五 お見舞申し上げる事も、不十分なように存じられますので。このあたりの、もと召使の言葉遣いは、敬語を多用して丁重をきわめる。

らふ人〳〵はいかなる人ぞ」と問《と》へば、「こゝにやどりたる人の、若狭へとて往《い》ぬるが、明日《あす》、こゝへ帰《(かへり)》つかんずれば、その[一]程とて、此ある物《(もの)》どもをとゞめ置て往《い》ぬるに、[二]これにも食《く》う《(ふ)》べき物は具《ぐ》せざりけり。[三]こゝにも食《く》はすべき物もなきに、[四]日は高《たか》くなれば、[五]いとを《(ほ)》しと思へども、すべきやうもなくてゐたるなり」といへば、「[六]知《し》り扱《あつか》ひ奉《たてまつ》るべき人にやおはしますらん」といへば、「[七]わざとさは思はねど、こゝに宿《やど》りたらん人の、物食《く》はでゐたらんを、[八]見過《すぐ》さんもうたてあるべう、又、[九]思《おも》ひ放《はな》つべきやうもなき人にてあるなり」といへば、「[一〇]さては、いと安《やす》き事なり。[一一]今日《けふ》しも、かしこく参《まい》り候にけり。さらば、まかりて、[一二]さるべきさまにて参《まい》らむ」とて、立《た》ちて往《い》ぬ。

「[一三]いとを《(ほ)》しかりつる事を、思《おも》ひかけぬ人の来《き》て、たのもしげにいひて往《い》ぬるは、[一四]とかく、たゞ観音の導《みちび》かせ給なめり」と思て、いとゞ手をすりて念じ奉《たてまつ》る程に、則《(すなはち)》、物ども持《も》たせて来《き》たりければ、食《く》ひ物どもなど多かり。馬の草までこしらへ持て来《き》たり。いふかぎりなく嬉《うれ》しとおぼゆ。この人〳〵も[一五]饗応《きやうよう》し、物食《く》はせ、酒飲《の》ませはてて入来《(いり)き》たれば、「こはいかに。我親《おや》の生《い》き返《(かへり)》おはしたるなめり。[一六]とにかくにあさましくて、すべき方《かた》なく、いとお《(ほ)》しかりつる恥を隠《かく》し給ふること」といひて悦《(よろこび)》泣《な》きければ、女もうち泣《な》きていふやう、「年比《(としごろ)》も、

一　それまでの間。
二　この人たちの方でも、食べるべき物は持っていませんでした。
三　私の方にも、食べさせるべき物もないのに。
四　日が高く上ったので。朝食をとる時刻が過ぎたことを示す。なお、もと召使がやって来たのは今昔に「其朝」とあるが、本書には記されていず、ここで始めてわかるようになっている。
五　気の毒と思いますが。
六　世話をして差し上げるべき人なのでしょうか。「知る」「扱ふ」はともに世話をする意。
七　特にそれほどには思いませんが。
八　いたたまれない気がしそうですし。「べう」は「べく」の音便で連用中止法。
九　ほっておくわけにもいかない人です。「思ひ放つ」は関係のない者として放置する。
一〇　それならとても簡単なことです。
一一　ちょうど今日、何と都合よく私が参ったものですね。
一二　しかるべき用意をして参りましょう。
一三　みじめであったのを。「いとほし」は、みじめなさま、それにともなう心情の形容で、自他双方について使うが、ここは自分の逆境を言う。
一四　いずれにせよ。ただし、古活字本は「いとかく」(まったくもって)。
一五　もてなし。「もて」は接頭語で、対象を大事にすることを示す。
一六　とにかく驚きあきれて。
一七　存じながら。ここの「給ふ」は謙譲。
一八　世の中を過ごしている人は、思うようにできず生きているものですが。自分個人のことでなく、この世に生きる人一般についての言である。

いかでかおはしますらんと[一七]思給へながら、[一八]世中過《すぐ》しさぶらふ人は、心と違《たが》ふやうにて過《す》ぎ候つるを、今日《けふ》、かゝる折《おり》に参《まい》り合《あ》ひて、[一九]いかでかおろかには思ひ参《まい》らせん。若狭へ越《こ》え給《(たまひ)》にけん人は、いつか帰りつき給はんぞ。御共人《(ともびと)》はいくらばかりか候」と問へば、「[二〇]いさ、まことにやあらん、明日《あす》の夕さり、こゝに来《く》べかんなる。ともには、[二一]このある物《(もの)》ども具《ぐ》して、七八十人ばかりぞありし」といへば、「さては、[二二]その御まうけこそつかまつるべかんなれ」といへば、「[二三]これだに、思《おも》ひかけずうれしきに、さまでは、いかゞあらん」といふ。「いかなる事なりとも、今よりは、いかでかつかまつらであらんずる」とて、たのもしくいひ置《を》きていぬ。この人〳〵の、夕さり、[二四]つとめての食物《くひ》まで沙汰《さた》し置たり。[二五]おぼえなくあさましきまゝには、たゞ観音を念じ奉る程に、その日も暮《く》れぬ。

又の日になりて、このある者《もの》ども、「今日《けふ》は、殿おはしまさんずらんかし」と待《ま》ちたるに、[二六]申《さる》の時ばかりにぞ着《つ》きたる。[二七]着きたるや遅《をそ》きと、この女、物ども多《おほ》く持《も》たせて来《き》て、[二八]申《(まうし)》のゝしれば、[二九]物たのもし。此男、いつしか入来《き》て、[三〇]おぼつかなかりつる事などいひ臥《ふ》したり。[三一]暁は、やがて具《ぐ》して行べき由《よし》などいふ。[三二]いかなるべき事にかなど思《おも》へども、仏の「[三三]たゞまかせられてあれ」と夢に見《み》えさせ給しをたのみて、ともかくも、いふに従《したが》ひてあり。この女、暁立《た》たんずる

一九 どうして、それをおろそかに存じてよいものでしょう。並大抵のことではないと思います。
二〇 さあ、本当のことでしょうかわかりませんが、明日の夕方に、ここに来ることになっているようです。「べかんなり」は「べかる」(「べし」の補助活用)に伝聞推定の「なり」の付いたもの。
二一 ここにいる者どもを合わせて。
二二 ご用意をいたさねばならないでしょう。
二三 これだけでさえ、思いがけない事で、うれしいのに、それまでして頂いてよいものでしょうか。
二四 翌朝。
二五 思いがけず、びっくりするままに。
二六 午後四時前後。
二七 着いたのを待ちきれぬかと思うほどすぐに。
二八 盛大にそのよしを申し入れるので。用意した品々をにぎにぎしく披露し、雰囲気をもり上げているのであろう。「ののしる」は声高に物を言う、にぎやかに物事をする。
二九 頼もしく感じられる。「物」は接頭語で、何かにつけて…である の意。
三〇 逢いたかったことなどを言って共寝をした。「おぼつかなし」は物語などに恋愛感情を示す語として多用される。相手との再会を待ち遠しく思う気持。「すべて、おぼつかなく、又、こころもとなくなどいふ言は、待遠《(まちどほ)》なる意に多くいへり」(源氏物語玉の小櫛)。
三一 暁には、このまま国に連れて行こうということなどを言う。結婚の申し入れを示す。
三二 どうなることだろうか。
三三 相手のするままになさるがよい。前の「それがいはんに従ひてあるべき也」とあったのをさす。「られ」は旧大系に受身とあるが、尊敬か。

まうけなどもしにやりて、[一]いそぐくるめくがいとを《(ほ)》しければ「[二]何《なに》がな取《と》らせん」と思へども、取《と》らすべき物なし。[三]を《(お)》のづから入《(いる)》事もやあるとて、紅なる生《すゞ》[四]絹《し》の袴《はかま》ぞ一あるを、これを取《と》らせてんと思て、我は男のぬぎたる生絹《すゞし》の袴《はかま》を着《き》て、此女を呼《よ》び寄《よ》せて、「年比《とし》は、さる人あらんとだに知《し》らざりつるに、思もかけぬ折《おり》しも来合《きあ》ひて、[五]恥がましかりぬべかりつる事を、かくしつる事の、[六]この世ならずうれしきも、[七]何《なに》に《ゝ》つけてか知《し》らせんと思へば、心ざしばかりに、これを」とて取《と》らすれば、「あな心憂《う》や。[八]あやまりて人の見奉《たてまつ》らせ給に、[九]御さまなども心憂《う》く侍れば、奉《たてまつ》らんとこそ思《おも》ひ給う《(ふ)》るに、[一〇]こは何《なに》しにか給はらん」とて取《と》らぬを、「この年比《とし》も、[一一]さそふ水あらばと思《おも》ひわたりつるに、思《(おもひ)》もかけず「[一二]具《ぐ》して往《い》なん」と、この人のいへば、[一三]明日《あす》は知《し》らねども、したがひなんずれば、かたみともし給へ」とて、猶とらすれば、「御心ざしの程は、返〳〵《(かへすがへす)》もおろかには思給まじけれども、かたみなど仰らるゝが、[一四]かたじけなければ」とて、取《と》りなんとするをも、[一五]程なき所なれば、この男、聞《き》き《ゝ》臥《ふ》したり。

[一六]鳥鳴《な》きぬれば、いそぎ立て、この女のし置《を》きたる物食《く》ひなどして、馬に鞍置《くらを》き、引出《いだ》して、乗《の》せんとするほどに、「[一七]人の命知《し》らねば、又拝《おが》み奉《たてまつ》らぬやうもぞある」とて、旅装束しながら手洗《あら》ひて、うしろの堂《だう》に参《まい》りて、観音を拝《おが》み

一 支度でせわしなく振舞うのが気の毒なので。
二 何かしかるべき物をお礼に与えたい。「がな」は願望の終助詞から転じた副助詞。疑問を表わす語に付き、選択に先立ってあれこれと思い描くことなどに用いる。「何をがな形見に嫗に取らせむ」(今昔十六ノ九)などのように「を」をはさむ形もある。
三 もしかすると必要なこともあろうか。
四 練っていない生糸を用いた織物。軽く薄いので暑期の単衣に使われた。中古は「すすし」であったらしい(類聚名義抄、色葉字類抄)。
五 恥を感じなければならなかった事。
六 この世のこととも思われないほど大変に。
七 何によって示したらよかろうか。
八 何かのまぎれに、人があなた様を拝見なさるおりに。「あやまりて」は、あるはずがない(また、あってはならない)ことを想定して言う語。ここは貧しくみじめな姿を誰かに見られることについての不安を背景に持つ。「人」は夫となるかもしれない誰かを示す。
九 ご様子なども気の毒ですので。
一〇 このような物をどうして頂けましょうか。
一一 誘ってくれる人があれば、どこにでも行こう。小野小町が文屋康秀に誘われたおりの作という「わびぬれば身をうき草の根を絶えて誘ふ水あらば去なむとぞ思ふ」(古今集・雑下)による。
一二 連れて行こう。
一三 明日どうなるかもわからない身だが。「明日(も)知らず」ははかない身の形容。「明日知らぬわが身と思へど暮れぬまの今日は人こそかなしかりけれ」(古今集・哀傷・紀貫之)など。
一四 もったいないので遠慮いたしましたが。
一五 遠くもない所なので、この男は寝ながら聞いてしまった。

奉《たてまつ》らんとて見《み》奉《たてまつ》るに、観音の御[一八]肩《かた》に、赤《あか》き物かゝりたり。あやしと思て見《み》れば、この女に取《と》らせし袴也けり。「こはいかに、この女と思つるは、さは、この観音のせさせ給なりけり」と思《おも》ふに、[一九]泪《(なみだ)》の雨しづくと降《ふ》りて、しのぶとすれど、[二〇]ふしまろび泣《な》くけしきを、男聞《き》き《ゝ》付て、あやしと思《おも》ひて走来《き》て、「何《なに》事ぞ」と問《と》ふに、泣《な》くさま[二一]おぼろけならず。「いかなる事のあるぞ」とて見回《みまは》すに、観音の御肩に赤袴かゝりたり。これを見《み》るに、「いかなる事にかあらん」とて、ありさまを問《と》へば、此女の、思もかけず来《き》てしつるありさまを、細《こま》かに語《かた》りて、「[二二]それに取《と》らすと思つる袴《はかま》の、この観音の御肩《かた》にかゝりたるぞ」と[二三]いひもやらず、声を立て《ゝ》て泣《な》けば、男《をのこ》も空寝《ね》して聞《き》き《ゝ》しに、女に取《と》らせつる袴にこそあんなれと思《おも》ふが[二四]かなしくて、同《おな》じやうに泣《な》く。郎等共も、物の心知《し》りたるは、[二五]手をすり、泣《な》きけり。かくて、[二六]たてお《(を)》さめ奉て、美濃へ趣《(おもむき)》にけり。

其後、[二七]思《おも》ひかはして、又横目《よこめ》する事なくて住《す》みければ、子供《ども》産《う》み続《つゞ》けなどして、この敦賀《つるが》にも常《つね》に来通《きかよ》ひて、観音に[二八]返〳〵《(かへすがへす)》つかまつりけり。ありし女は、「[二九]さる物《(もの)》やある」とて、近《ちか》く遠《とを》く尋させけれども、さらに、さる女なかりけり。それより後《のち》、又、を《(お)》とづるゝ事もなかりければ、[三〇]ひとへに、この観音のせさせ給へるなりけり。

一六　暁となったことの表現。
一七　人の命は定めがないので、二度と拝み奉ることはないかもしれない。
一八　貴人から衣服を賜わった者は、それを肩に掛けて退くならわしであった。ここはそれにもとづく描写だが、古本説話では、袴は仏の膝の上に少し掛っていたとある。
一九　号泣するさま。
二〇　身もだえをし、ころげまわって泣く様子。
二一　ただごとではない。並一通りでない。
二二　その女に与えたつもりであった袴。
二三　言い終りもしない内に。
二四　どうしようもないほど感動的で。
二五　両手をすり合せて。「手をする」は相手への深い思いを示すしぐさ。懇願・謝礼・謝罪などさまざまの場合に用いる。ここは観音の霊験への感動。
二六　堂の戸を閉めて、観音を納め奉って。
二七　愛し合って、ふたたびほかの人に心を移す事もなくて暮したので。「横目」はわき見の意から、他の男女に関心を向けること。「住む」は男と女が一緒に暮す。
二八　ねんごろに奉仕した。
二九　そういう者がいるか。
三〇　まったくもって。

一　一方の死によって始めて別れとなること。愛し合った者同士の持続的な共生関係を示す。
▽観音霊験譚には、信仰によって幸福な結婚をする貧女がよく描かれる。本話もその型に添ったもので、類話はおびただしい数に及ぶ(類話一覧を参照)。特に今昔十六ノ七とは同文的要素が多く、源泉の近さを感じさせる。古本説話集・下五十四話は、偶然と思われぬ共通性と相

この男女、たがひに七八十に成まで栄《さか(え)》へて、男子《をのこゞ》、女子《ご》、産《う》みなどして、死[一]の別にぞ別《わか》れにける。

（一〇九　クウスケガ仏供養事《ほとけくやうのこと》　巻九ノ四）

[二]くうすけといひて兵《(つはもの)》[三]だつる法師ありき。[四]親《した》しかりし僧のもとにぞありし。その法師の、「仏を作《つく》り、供養し奉《たてまつ》らばや」[五]といひわたりければ、うち聞《き》く人、[六]仏師に物取《と》らせて作奉《たてまつ》らんずるにこそと思て、仏師を家に呼《よ》びたれば、「三尺の仏、造奉《たてまつ》らんとする也。奉《たてまつ》らんずる物どもはこれなり」とて、取《と》り出《い》でゝ見《み》せければ、仏師、良《よ》き事《ことゝ》と思て、取て去《い》なんとするに、いふやう、「仏師に[七]物奉《たてまつ》りて、遅《をそ》く造奉《たてまつ》れば、[八]我身も腹立《だゝ》たしく思《おも》ふ事も出《い》で来《く》。[九]責《せ》めいはれ給《(たまふ)》仏師もむつかしうなれば、[一〇]功徳つくるもかひなくおぼゆるに、[一一]此物どもはいとよき物どもなり。[一二]封《ふう》付てこゝに置《を》き給て、やがて、仏をもこゝにてつくり給へ。仏作《(つくり)》出《いだ》し奉り給[一三]へらん日、皆ながら取《と》りておはすべきなり」といひければ、仏師、[一四]「うるさき事かな」とは思けれど、物多《おほ》く取《と》らせたりければ、いふまゝに仏つくり奉《たてまつ》る程に、「仏師のもとにて作奉《たてまつ》らましかば、[一五]そこにてこそ

異点がこもごもあり、関係は複雑かと思われる。本話は類話よりくわしく、物語的展開もなかなか劇的になっている。細部にわたってよく仕上っており、仏教説話というより、短篇物語といった方が適当かと思われるほどである。最後の一文は他書にないが、一対の男女の長い幸福を伝えて印象深いところである。なお、この話はもと越前敦賀某所(宝物集によれば金崎)の観音の縁起として語られたものであろうが、その観音(ないし寺・堂)は不明。早く廃滅し、説話のみが遊離して都に至り、もてはやされたものであろうか。

二 伝未詳。私註は「空輔」の字をあてる。

三 武士のように振舞う法師。「…だつ」は…風である、…めく。

四 親しくしていた僧。「親し」の主体は編者、また法師のいずれかであるが、法師についての紹介の文が、直接体験を示す「き」で叙述してあるので、前者の方が穏当か。本書の中に編者自身にふれる部分はきわめて少ないが、ここはその一つと思われる。

五 いいふらしたところ。「わたる」はその行為が広い範囲に及ぶ意。

六 仏像を彫刻する工人。そのあり方は時代・地域などによって多種多様である。特定寺院に所属する者、みずから仏所を営んで広く需要にこたえる者などがある。

七 仏師にお礼の物を差し上げてから、作り奉るまでに時間がかかると。

八 依頼した本人も。

九 催促されなさる仏師も、不快になるので。

一〇 せっかく(造仏という)功徳を作っても無意味と思われますので。文脈上、後の「封付て」以下にかかっていく。

は物は参《まい》らましか。こゝにいまして、[一六]物食《く》はんとやはの給はまし」とて、物も食《く》はせざりければ、[一七]「さる事也」とて、我家にて物うち食《く》ひては、[一八]つとめて来《き》て、一日作奉《たてまつ》りて、[一九]夜さりは帰つゝ、日比《(ひごろ)》経《へ》て、造奉《たてまつ》りて、「此得《え》んずる物を[二〇]つのりて、人に物を借て、漆塗《うるしぬ》らせ奉《たてまつ》り、[二一]薄《(はく)》買《か》い《(ひ)》などして、えもいはず作奉《たてまつ》らんとす。かく人に物を借《(かる)》よりは、[二二]漆のあたひの程は先《(まづ)》得《え》て、薄もきせ、漆塗《うるしぬ》りにも取《と》らせん」といひけれども、「などかくの給ぞ。[二三]はじめ、みな申《(まうし)》したゝめたる事にはあらずや。[二四]物はむれらかに得《え》たるこそ良《よ》けれ。[二五]細ゝ《(こまごま)》に得《え》んとの給《(たまふ)》、わろき事也」といひて取《と》らせねば、人に物をば借たりけり。

かくて造はて奉《たてまつ》りて、[二六]仏の御眼など入奉《たてまつ》りて[二七]「物得《え》て帰らん」といひければ、[二八]「いかにせまし」と思まはして、小女子《(こをんなご)》どもの二人有けるをば、[二九]「けふだに、この仏師に物して参《まい》らせん。何《なに》も取《と》りて来《こ》」とて、出《いだ》しやりつ。我も又、物取《と》りて来《こ》んずるやうにて、[三〇]太刀ひきはきて、出にけり。たゞ妻一人《ひとり》、仏師にむかはせて置《を》きたりけり。

仏師、仏の御眼入はてて、[三一]お《(を)》とこの僧、帰来《き》たらば、物よく食て、封付て置たりし物ども得《え》て、[三二]家にもて行て、その物はかの事に使《つか》はん、かの物はその事に使《つか》はむと、[三三]支《し》度《たく》し思ける程に、法師、[三四]こそ〳〵として入《(いり)》来《く》るまゝに、目を

一六 ここに用意した品物。造仏への報酬の物をさす。
一七 封印をつけてここに置きなさって、すぐに仏をここでお作り下さい。
一八 仏像を完成し奉ったなら、その日に、全部持っていかれるがよい。「ん」は仮定。
一九 面倒な事だ。「うるさし」は人の干渉・介入などへの抵抗感を示す。
二〇 仏師の家でお作り申し上げるのなら、そこで食事はなさることでしょう。「ましかば…まし」は反実仮想だが、ここは単なる仮定。
二一 食事しようなどとおっしゃらないでしょうね。　二二 それももっともだ。
二三 早朝。　二四 夜になる時分。また、夜。
二五 代償にして。抵当にして。　二六 金箔。
二七 漆の値の分は先にいただいて。
二八 はじめに、みな取りきめておいた事ではありませんか。「したたむ」はしっかりと準備する。
二九 まとまった形で手に入れるのがよい。「むれらか」は群れになっているさま。
三〇 こまかく分けて手に入れようとおっしゃるのは、よくない事です。
三一 仏像に目を入れるのは、完成したことになる。その上で開眼供養の儀式をして魂を導き入れ、信仰の対象とする。
三二 報酬の物をいただいて帰ろう。
三三 「さあ、どうしよう」と思いをめぐらして。
三四 せめて今日だけでも、この仏師に何かご馳走しよう。
三五 太刀を帯びて。「兵だつる」振舞の一つで、外出をよそおったもの。　三六 夫の僧。
三七 古活字本など「みて」、書陵部本「はて」。
三八 心積り。準備。「仕度」とも書く。
三九 こっそりと。しのびやかに。

いからかして「[一]人の妻まく物《(もの)》ありや〳〵《(ありや)》。をう〳〵」といひて、太刀を抜《ぬ》きて、仏師を斬《き》らんとて、走かゝりければ、仏師、頭《かしら》うちわられぬと思て立走《はし》り逃《(にげ)》けるを、追付て、[二]斬《き》りはづし〳〵《(きりはづし)》つゝ、追逃《にが》していふやうは、「[三]ねたきやつを逃《にが》しつる。[四]しや頭《(かしら)》うちわらんと思つる物《(もの)》を。仏師は、[五]かならず人の妻やまきける。[六]を《(お)》れ、[七]後《のち》に逢《あ》はざらんやは」と[八]ねめかけて帰にければ、仏師逃のきて、[九]いきづき立《た》ちて思《おも》ふやう、「[一〇]かしこく頭をうちわられずなりぬる。「後に逢《(あは)》ざらんやは」と[一一]ねめずはこそ、腹の立《た》つ程、かくしつるかとも思はめ。[一二]見《み》え合《あ》はゞ、又、「頭わらん」ともこそいへ、[一三]千万の物、命にます物なし」と思て、[一四]物の具をだに取《と》らず、深《ふか》くかくれにけり。[一五]薄、漆の料《れう》に物借《か》りたりし人、使《つかひ》を付て責ければ、仏師、[一六]とかくして返しけり。

かくてくうすけ、「かしこき仏を造奉《たてまつ》りたる。[一七]いかで供養し奉らん」などいひければ、この事を聞《き》きたる人〳〵、笑《(わらふ)》もあり、にくむもありけるに、「良《よ》き日取《と》りて、仏供養し奉《たてまつ》らん」とて、主にもこひ、知《し》りたる人にも物こひ取《と》りて、[一八]講師《(かうじ)》の前《まへ》、人にあつらへさせなどして、その日に成て、講師よびければ来にけり。

[一九]おもて入に、この法師出《い》[二〇]でむかひて、土をはきてゐたり。「こはいかにし給

一 他人の妻を寝取る者がいるぞ、いるぞ。おうおう、何ということだ。「まく」は相手の体に腕を掛けて抱く意から、情交する、共寝する。「ありや」はいてよいものかの意かとも思われるが、「ありや〳〵」と「をう〳〵」はともに単なるわめき声、はやし声かもしれない。古活字本には「人の妻まくものあり。やう〳〵、をうをう」。
二 単なる威嚇としてわざと斬りはずしたもの。
三 にくい奴を逃がしてしまったものだ。
四 「しや」は接頭語。身体の一部や身に付けている物をさす語に付け、相手を罵る時に用いる。
五 「仏師はたしかに人の妻をねとったのだ」(旧大系)のように訳されるが、「仏師とは、かならず人妻を寝取るものであるのか」ととっておく。山伏・説経師など宗教人が間男をする説話は多い。彼らをいかがわしいものとする見方があったことの表れであろうが、ここは、仏師もそれらの同類であるかという意ではなかろうか。
六 おのれ。ののしって言う対称代名詞。古活字本などの「を(お)の」も同じ。
七 後で逢わずにおくものか。逢ったらただでは済まさないという語気。 八 にらみつけて。
九 一息ついて立ったまま思うことに。「いきづく」は、あえぐ、また、一息いれる。ここは後者。「づく」は吐く意の「つく」の連濁。
一〇 幸いにも頭を打ちわられずにすんだことだ。
一一 (彼があのように)にらみつけたのではなかったなら、一時の腹立ちまぎれにこんなことをしたのかとも思えよう。しかし、あの表情では、本気で殺そうとしたのだ。
一二 もし、顔を合わせれば。 一三 あらゆる物の中で。 一四 道具。彫刻に用いたものをさす。
一五 金箔や漆をほどこすために。
一六 何とかして返してやった。あれこれ工面し

事ぞ」といへば、「[二一]いかでかく仕らではさぶらはむ」とて[二二]名簿《みやうぶ》を書て取《と》らせたりければ、講師は「思かけぬ事なり」といへば、「今日《けふ》より後は仕《つかう》まつらんずれば、参《まい》らせ候なり」とて、良《よ》き馬を引出して、「こと物は候はねば、この馬を、[二三]御布施には奉《たてまつ》り候はんずる也」といふ。又、[二四]鈍《にぶ》色成《なる》絹のいとよきをつゝみて、取出《いだ》して、「これは[二五]女《め》の奉《たてまつ》る御布施なり」とて見《み》すれば、講師、[二六]笑《え》みまげて、よしと思たり。前《まへ》の物まうけてすへ《ゑ》たり。講師、食《く》はんとするに、いふやうは、「先《まづ》、仏を供養して、物を召《め》すべきなり」といひければ、「[二七]さる事也」とて[二八]高座に上りぬ。

布施よき物どもなりとて、講師[二九]心に入てしければ、聞人《きくひと》もたう《ふ》とがり、この法師もはら〳〵と泣《な》きけり。講はてゝ、[三〇]金《かね》打て、高座より下《お》りて、物食《く》はんとするに、法師寄《よ》りきていふやう、手をすりて、「[三一]いみじく候つる物かな。今日《けふ》よりは、ながく頼《たの》み参《まい》らせんずる也。[三二]つかまつり人となりたれば、[三三]御まかりに候へば、[三四]御まかりたべ候なん」とて、箸《はし》をだに立《た》てさせずして、取《と》りてもちていぬ。これをだにあやしと思《おも》ふ程に、馬を引出《いだ》して、「この馬、[三五]はし乗《の》りに給はり候はん」とて、引返していぬ。絹を取《と》りて来《く》れば、「[三六]さりとも、これは得《え》させんずらん」と思《おも》ふ程に、「[三七]冬そぶつに給はり候はん」とて取《と》りて、「さらば、

て自分がひきかぶって返済したことをいう。
一七 何とかして供養してさし上げよう。
一八 講師(経典を講ずる僧)に供する食膳。
一九 正面。ただし、底本、伊達本以外の諸本は「おりて」。講師が車から降りての意。
二〇 古活字本は「出(で)ゐ(居)」(客間)とする。
二一 どうして、このようにお仕えせずにいられましょうか。
二二 「名」の下一字分空白(書陵部本、伊達本なども同じ)。古活字本により「簿」を補入。名簿(みやうぶ)は、弟子になる時、自分の名、官位などを書いて師に渡す名札。 二三 仏や僧に施す金品。
二四 「にびいろ」とも。濃い鼠色。喪服・僧衣などに用いる。 二五 妻。
二六 笑いこぼれて。「笑みまぐ」は快心の笑いをもらす。 二七 もっともである。それもそうだ。
二八 講師がのぼる高い座席。
二九 心をこめて。一心に。
三〇 「鉦」と書く。仏事に用いる打楽器の一。伏せて用い、撞木(しゅもく)でたたいて鳴らす。
三一 まことに結構なことでございました。
三二 お仕えする人となったからには。
三三 お供物のおさがり。また、それを扱う人。ここは後者、次のは前者。畳みかけるように同じ語をくりかえし、相手を煙に巻こうとしたもの。「候へば」は古活字本などに「候人は」とある。
三四 いただきましょう。 三五 他に用例が知られず未詳。ちょっと乗ることとも、前駆とも解されている。 三六 それにしても。いくら何でも。
三七 冬のそぶつ。「そぶつ」は「衣物(そぶつ)」で、盆・暮などに際して士人から奉公人に与えられる季節用の衣類。「総(そう)物」とも言い、日葡辞書に「Sôbut(ソウブツ) 通常、習慣となっている一定の時期に人に与えられる衣類」とある。

帰らせ給へ」といひければ、夢にとびしたる覧《(らん)》心地《ち》して、出ていにけり。異所《こと》に呼《よ》ぶありけれど、これは良《よ》き馬など布施《ふせ》に取《と》らせんとすと、かねて聞ければ、人の呼《よ》ぶ所にはいかずして、こゝに来けるとぞ聞き《きゝ》し。かゝりともすこしの功徳は得《え》てんや。いかゞあるべからん。

(一一〇　ツネマサガ郎等仏供養事《らうどうほとけくやうのこと》　巻九ノ五)

昔、ひやうどうだいぶつねまさといふ物《(もの)》ありき。それは筑前国山鹿《やまが》の庄といひし所に住《す》みし。又、そこにあからさまにゐたる人ありけり。つねまさが郎等に、まさゆきとてありし男《をのこ》の、仏つくり奉《たてまつ》りて供養し奉んとすと聞き《きゝ》わたりて、つねまさがゐたる方《かた》に、物食《く》ひ、酒飲《さけの》み、のゝしるを、「こは何事するぞ」といはすれば、「まさゆきといふものの《ゝ》、仏供養し奉《たてまつ》らんとて、主《しう》のもとに、かうつかまつりたるを、かたへの郎等どもの、食《た》べのゝしる也。今日《けふ》、饗百膳斗《(ばかり)》ぞつかまつる。明日《あす》、そこの御前《まへ》の御料《れう》には、つねまさやがて具《ぐ》して参《まい》るべくさぶらふなる」といへば、「仏供養し奉《たてまつ》る人は、必《かなら》ずかくやはする」。「ゐ中のものは、仏供養《やう》し奉《たてまつ》らんとて、かねて四五日より、かゝる事どもをし奉《たてまつ》る

一「とび」は「とみ(富)」の変化したもの。「夢にとびす」は夢の中で金持になる。源氏物語・行幸に「夢にとみしたる心ちし侍りてなむ」とある。

二 他の所で呼んでくれるものがあったが。

三「くらすけ」の所をさす。
▽作者の身近な世界の人らしい法師のしたたかさを描く。彼は仏像を造り、供養を営むが、それに利用した仏師と講師をだましたりおどしたりして代償を払わない。依頼された者の物欲なども描きつつ、なかなか筆は冴えている。
四 伝未詳。私註に「兵藤大夫恒政」の字をあてる。古活字本は「恒正」とする。旧大系補注は平家物語八・太宰府落に出る「山賀兵藤次秀遠」に注目、本話との関連について考察している。
五 今の福岡県の北部。「山鹿」は遠賀郡芦屋町山鹿。遠賀川下流、玄海灘に面し、交通の要衝。九条家の荘園があった。
六 ほんのしばらく滞在していた人。旧大系は「編者か編者に近い人と考えられる」とする。
七 伝未詳。　八 聞き伝えて。聞いてすごしていて。主語は「あからさまにゐたる人」。
九 大騒ぎしているのを。
一〇 このように、もてなしをいたしたので。
一一 仲間。同輩。　一二 饗応の食膳百人前。
一三 お前のご主人。「そこ」は対称の人代名詞。「御前」は貴人(ここは「あからさまにゐたる人」)。
一四 すぐに持って参るはずと聞いています。
一五 このようにするものであるのか。
一六 四、五日前から。
一七 自分の個人的範囲で。内々に。
一八 近所の者や身内の者。
一九 風変りなことであるなあ。
二〇 明日を待つべきということなのだろう。前の「明日、そこの…」をうけたもの。

也。昨日《（きのふ）》、一昨日《（をとゝひ）》は[一七]を《（お）》のがわたくしに、[一八]里隣、私のものどもよび集《あつ》めてさぶらひつる」といへば、「[一九]お《（を）》かしかりけることかな」といひて、「[二〇]明日《あす》を待べきなめり」といひてやみぬ。

明《あ》けぬれば、[二一]いつしかと待ゐたるほどに、つねまさ出《い》で来《き》にたり。[二二]さなめりと思ふほどに、「[二三]いづら、これ参《まい》らせよ」といふ。[二四]さればよと思ふに、[二五]させる事はなけれど、高《たか》く大きに盛《も》りたる物ども、[二六]持《も》て来《き》つゝ据《す》ゆめり。侍《さぶらひ》の料《れう》とて、[二七]あしくもあらぬ饗一二膳《ぜん》ばかり据《す》へ《（ゑ）》つ。[二八]雑色《（ざふしき）》、女どもの料《れう》にいたるまで、数多《かずおほ》く持《も》て来《き》たり。講師の[二九]御試《（おんこころみ）》とて、[三〇]こだいなる物据《す》へ《（ゑ）》たり。講師には、この[三一]旅《たび》なる人の具《ぐ》したる僧をせんとしける也けり。

かくて物食《く》ひ、酒飲《の》みなどするほどに、この[三二]講師に請《（しやう）》ぜられんずる僧のいふやうは、「明日《あす》の講師とはうけ給れども、[三三]その仏を供養せんずるぞとこそ、[三四]えうけたまはらね。何《なに》仏を供養《くやう》し奉《たてまつ》るにかあらん。仏はあまたおはします也。うけ給《（たまはり）》て、説経をもせばや」といへば、つねまさ聞《き》ゝて、「[三五]さる事なり」とて、「[三六]まさゆきや候」といへば、此仏供養し奉《たてまつ》らんとする男《おのこ》なるべし、たけ高《たか》く、[三七]をせくみたるもの、赤髭《あかひげ》にて年《とし》五十ばかりなる、太刀はき、[三八]股貫《もゝぬき》はきて出《い》で来《き》たり。「こなたへ参《まい》れ」といへば、庭中に参《まい》りてゐたるに、つねまさ、「[三九]かのま

二一 いまかいまかと待ちつづけるうちに。
二二 これがそうらしい。 二三 さあさあ、これを召し上れ。「いづら」は誘い、促す感動詞。
二四 やはりそうだ。期待・予想などが当った意。
二五 大した事はないが。古活字本は「さる事はなけれど」。
二六 持って来ては置くようだ。「据ゆ」はワ行下二段の「据う」がヤ行に転じたもの。室町期のものに用例が見られるが、先行例未詳。
二七 悪くもない。まあまあ結構な。
二八 下男。下ばたらきの者。
二九 お食事。試食に供する物の意で接待者が謙遜して用いる語か。
三〇 古風な物。古色蒼然とした食器・食膳をいうか。「こだい」は「古代」または「古体」で古めかしいこと。旧大系は「巨大」ととって「高盛にした特に大量のもの」と解するが、類例未詳。
三一 「あからさまにゐたる人」に同じ。
三二 講師として招かれようとしている僧。
三三 これこれの仏。特定の仏の名をさす。
三四 うかがえずにいます。
三五 もっともな事である。
三六 まさゆきはおるのか。
三七 少し背のまがった。猫背の。「を」は接頭語で、少し、いささかの意をそえる。「せくむ」(「せぐむ」かともされる)は「せぐまる」「せくぐむ」(ともに背を丸くするの意)の類語か。
三八 底本を「もしぬき」と読む説(古典集成)もあるが採らない。書陵部本「もえぬき」、伊達本「もし(えィ)ぬき」など異同があるが、諸本多く「もゝぬき」。股貫は股貫沓の略で、ももの所まではく深沓。皮製で乗馬などに用いる。
三九 そこにいるお前。「まうと」は「まひと(真人)」の音便で、目下の者を呼ぶ語。「かの」は遠

うとは、何《なに》仏を供養し奉《たてまつ》らんずるぞ」といへば、「いかでか知《し》り奉《たてまつ》らんずる」といふ。「[一]とはいかに、[二]たが知《し》るべきぞ。もし、異《こと》人の供養《くやう》し奉《たてまつ》るを、[三]たゞ供養の事のかぎりをするか」と問《ゝ》へば、「[四]さも候はず。[五]まさゆきまろが供養《くやう》し奉るなり」といふ。「さては、いかでか、何《なに》仏とは知《し》り奉《たてまつ》らぬぞ」といへば、「仏師こそは知《し》りて候らめ」といふ。あやしけれど、「げにさもあるらん。此男、仏の御名を忘《わす》れたるならん」と思《おも》ひて、「その仏師はいづくにかある」と問《と》へば、「[六]ゑいめい地にさぶらふ」といへば、「さては近かんなり。呼《よ》べ」といへば、この男、帰いりて呼《よ》びて来《き》たり。

[七]ひらづらなる法師の太《ふと》りたるが、六十ばかりなるにてあり。[八]物に心得《え》たる覧《(らん)》かしと見《み》えず、出《い》で来《き》て、まさゆきにならびてゐたるに、「此僧は仏師か」と問《と》へば、「さに候」と云。「まさゆきが仏や作たる」と問《ゝ》へば、「作奉《たてまつ》りたり」といふ。「[九]幾頭《いくかしら》造奉《たてまつ》りたるぞ」と問《ゝ》へば、「五頭《(いつかしら)》作奉《たてまつ》れり」といふ。「さて、それは何《なに》仏を作奉りたるぞ」と問《と》へば、「え知《し》り候はず」とこたふ。「とはいかに。まさゆき知《し》らずと云。[一〇]仏師知《し》らずは、たが知《し》らんぞ」といへば、「[一一]さは、仏師はいかでか知《し》り候はん。[一二]仏師の知《し》るやうは候はず」といへば、「[一三]講師の御房こそ知《し》らせ給はめ」といふ。「こはい

称なのでそれとなじまない感もあるが、ここはことさら距離を置いて相手をおとしめた言い方か。傍らの僧への気配りによるものであろう。

一 というのはどうしたことか。相手の言をうけ、切迫した言い方で応じたもの。
二 (お前が知らなくて)誰が知っているのか。
三 供養の事だけをするのか。
四 そうでもございません。
五 このまさゆきめが。「まろ」は卑称の接尾語。多く「丸」の字があてられる。
六 山鹿の地名であろうが、未詳。板本は「叡明寺」とするが、根拠不明。
七 平たい顔。
八 物事を心得ているようにも思われない様子で。
九 何体。「頭」は頭部による数え方。人・動物・鳥帽子などに用いるが、仏像については先行例が知られない。「体」で数えるのを知らない不作法な者の言葉遣いであろう。
一〇 仏師が知らなければ、誰が知っているのか。
一一 仏師が知るはずはありません。
一二 それでは。それならば。
一三 講師であるお坊様。「御房」は僧の敬称、また、親しんでいう語。
一四 笑い騒ぐと。 一五 状態・事情などをさす。
一六 実は。文末の「けり」と呼応し、「何とまあ、驚くべきことに」という意味ともされる。
一七 丸い頭。
一八 「さい」は「さへ」の転。峠・坂や分岐点・境界などに祭られた神。道行く人を守り、外よりの災を防ぐと信じられた。中国の道祖神と習合、この信仰は諸国で行われた。像は頭部にかぶり物を着けて作られる。
一九 彫り上げて。

かに」とて、あつまりて[一四]笑《わら》ひのゝしれば、仏師は腹《はら》立て、「物の[一五]様体《やうだい》も知《し》らせ給はざりけり」とて立《た》ちぬ。
「こはいかなる事ぞ」とてたづぬれば、[一六]はやう、たゞ「仏つくり奉《たてまつ》れ」といへば、たゞ[一七]まろがしらにて[一八]斎の神の冠《(かぶり)》もなきやうなる物を、五《(いつ)》頭《かしら》[一九]きざみたて《ゝ》て、供養し奉《たてまつ》らん[二〇]講師して、その仏、かの仏と名を付奉《たてまつ》る也けり。[二一]それを問《と》ひ聞《き》き《ゝ》ておかし(を)かりし中にも、[二二]同《おな》じ功徳にもなればと聞《き》き《ゝ》し。[二三]あやしのものどもは、かく[二四]希有の事どもをし侍りけるなり。

（一一一　歌読《うたよみ》テ被レ免レ罪《つみをゆるさるる》事《こと》　巻九ノ六）

今《いま》は昔、[二五]大隅守なる人、国の政《(まつりごと)》を[二六]したゝめおこなひ給《(たまふ)》あい《(ひ)》だ、[二七]郡司の[二八]しどけなかりければ、「[二九]召にやりていましめん」といひて、[三〇]先ゝの様に、しどけなき事ありけるには、[三一]罪にまかせて、重く、軽くいましむる事ありければ、一度にあらず度ゝしどけなき事あれば、重《をも》くいましめんとて、召《め》すなりけり。
「こゝに召《め》して[三二]いて(ゐ)参たり」と人の申ければ、先《さき》〲するやうにし[三三]臥《ふ》せて、尻頭《しりかしら》にのぼりゐたる人、[三四]しもとをまうけて、打べき人まうけて、さきに人二人《ふたり》

二〇　講師によって。「して」は動作・行為の主体を示す。
二一　問いたずねて。主体は、下の「聞きし」とともに作者自身か。
二二　普通の仏を作るのと同じ功徳になるので、それはそれで結構であると思った。
二三　いやしい者ども。
二四　珍しい。珍妙な。
▽前話同様、造仏をめぐる珍談。ひなびた世界の無智な、しかし、愛すべき人々の信仰生活の一端をほほえましく伝える。作者自身の関与もうかがえる一編としても注目に値しよう。
二五　大隅(鹿児島県の一部)の国守。拾遺集によると桜島忠信。応和二年(九六二)に播磨少掾であったが、政治批判などをしたため落書(本朝文粋十二所収)を評価されて大隅守に任ぜられたという。生没年未詳。
二六　とりおこなう。執行する。「したたむ」はとりしまる。
二七　国守の下にあって郡を治める終身官であった。その地の豪族から選任される地方官僚。
二八　だらしなかったので。
二九　人をやって召し出して罰しよう。
三〇　今昔は「前々此様に…」、古本説話は「さきざき、かく…」。これらによって「の」を「か」に改める注もあるが、底本および諸本の形に従っておく。この形でも文意は通るが、「先ゝ」が、この時以前か、「大隅守なる人」の着任以前か必ずしもはっきりしない。
三一　罪状によって、重く、また軽く。
三二　つれて参りました。「ゐ(率)る」は引きつれて行く。
三三　うつ伏せにして、尻や頭に乗っておさえる人。　三四　笞を用意して。

[一]ひきはりて出来《き》たるを見《み》れば、頭は黒髪もまじらず、いと白く、年老《とし》たり。見《み》るに、打《(ちやう)》ぜん事いとお《(ほ)》しくおぼえければ、[二]何事につけてかこれを許《ゆる》さんと思ふに、[三]事つくべき事なし。あやまちどもをかたはしより問《と》ふに、たゞ[四]老をかうけにていらへお《(を)》る。[五]いかにしてこれを許《ゆる》さんと思て、「[六]を《(お)》のれはいみじき盗人かな。[七]歌は読《よ》みてんや」といへば、「[八]はか〴〵しからず候《(さぶらへ)》ども、読み候なん」と申ければ、「さらばつかまつれ」といはれて、程もなく、[九]わなゝき声《こゑ》にてうち出《いだ》す。

[一〇]年《とし》を経《へ》て頭《かしら》の雪は積《つも》れどもしもと見《み》るにぞ身はひえにけり

といひければ、いみじうあはれがりて、感じて、許《ゆる》しけり。

人は、[一一]いかにも情《なさけ》はあるべし。

（一一二　大安寺別当女《だいあんじのべつたうのむすめ》ニ嫁《か》スル男夢見事《をとこゆめみること》　巻九ノ七）

今は昔《むかし》、奈良の[一二]大安寺の[一三]別当なりける僧の女《(むすめ)》のもとに、[一四]蔵人なりける人忍《しの》びて通《かよ》ふほどに、[一五]せめて思はしかりければ、時〳〵は昼もとまりけり。ある時、昼寝《ひるね》したりける夢に、俄に此家の内に、上下の人[一六]とよみて泣《な》きけるを、いかな

一　ひっぱって現われたのを。
二　何にかこつけてこれを許そうか。
三　口実にできる事。
四　年老いている点を（弁解の）よりどころにして答えている。「かうけ」は「高家」「豪家」（「豪」の音は「かう」）と書く。高貴な家、権勢のある家。転じて、権威、また、よりどころ。「…をかうけにて」で、…をかさに着て、…を口実にしてなどの意を表す。
五　下に意志・願望を示す語（ここは「ん」）を伴って用いる。何とかして。どうにかして。
六　お前はまったくとんでもないやつだな。「盗人」は人をののしっていう語。
七　和歌は詠めるのか。「てん」は可能推量。
八　上手ではございませんが、詠めると思います。
九　ふるえた声。
一〇　年老いて頭の雪（白髪）は積っていますが、しもと（「霜と」に「笞」を掛ける）を見ると、身は冷えることです。笞への恐怖を歌ったもの。拾遺集・雑下に上句「老いはてて雪の山をばいただけど」の形で見える。古本説話は第二、三句「頭に雪は積もれども」。
一一　ぜひとも風流の心を持つべきである。この「情」は物事に感じ、それを表現できる心。
▽諸書に見える歌徳説話。辺地の無名人の当意即妙の歌才。彼が罪人で、舞台が訊問の場であったことで意外性は一段と深い。今昔は話末で、いやしい田舎人にもこのような者がいることに注意をうながしている。
一二　奈良市大安寺町にある高野山真言宗の寺。南都七大寺の一つとして上代は栄えたが、中古以後に衰微した。
一三　寺務を総轄する長官。
一四　宮中の諸寮司で蔵の管理をする者。

る事やらんとあやしければ、立出《(たちいで)》て見《み》れば、しうとの僧、妻の尼公《(あまぎみ)》より始《(はじめ)》て、ありとある人、みな大きなる[17]土器《(かはらけ)》をさゝげて泣《な》きけり。いかなれば此土器《かはらけ》をさゝげて泣《な》くやらんと思《おも》ひて、よく〳〵見《み》れば、銅《(あかがね)》の湯を土器《(かはらけ)》ごとにもれり。[18]打はりて、鬼の飲《(のま)》せんにだにも、飲《の》むべくもなき湯を、[19]心と泣《な》く〳〵飲《の》むなりけり。[20]からくして飲《の》みはてつれば、又、[21]乞《こ》ひそへて飲《の》むものもあり。[22]下らうにいたるまでも飲《の》まぬものなし。我《(わが)》かたはらに臥《ふ》したる[23]君を、[24]女房来《き》てよぶ。起《お》きて去《い》ぬるを、[25]おぼつかなさに、又見《み》れば、この女も、大なる銀の土器《(かはらけ)》に、銅の湯を一土器《(ひとかはらけ)》入て、女房とらすれば、この女とりて、[26]細《ほそ》くらうたげなる声をさしあげて、泣《な》く〳〵飲《の》む。目鼻より、煙《(けぶり)》[27]くゆり出《い》づ。[28]あさましと見《み》て立《た》てる程に、又、「客人《まら(うど)》に[29]参《まい》らせよ」といひて、土器《(かはらけ)》を台《だい》にすへ《(ゑ)》て、女房持《も》て来《き》たり。我もかゝる物を飲《の》まんずるかと思《おも》ふに、あさましくて、[30]まどふと思《おも》ふ程に、夢さめぬ。

[31]おどろきて見《み》れば、女房、食物《くい》を持《も》て来《き》たり。しうとの方《かた》にも、物食《く》ふ音《をと》し[32]てのゝしる。「[33]寺の物を食《く》ふにこそあるらめ。それがかくは見《み》ゆるなり」と[34]ゆゝしく心憂《う》くおぼえて、女《むすめ》の[35]思はしさも失《う》せぬ。さて、[36]心地《ち》の悪《あ》しき由《よし》をいひて、物《もの》も食《く》はずして出ぬ。

一五 非常にいとしく思ったので。「せめて」は程度の甚だしいさま。「思はし」は「思ふ」の形容詞化で、好ましい、いとしいと感じる意。
一六 大騒ぎをして。「と」は濁音にも用いる。
一七 うわぐすりをかけない素焼の器。
一八 打ちたたいて、仮に鬼が飲ませようとしても。　一九 自分から。
二〇 やっとのことで飲み終ると。
二一 頼んでついでもらって。
二二 いやしい身分の者。下人。
二三 恋人、つまり、別当の娘をさす。「君」は愛を交わしている相手。今昔にはこの箇所「娘」となっている。　二四 その家に仕える女性。侍女。
二五 気がかりで。不安な気持で。
二六 細く可憐な声をはりあげて。
二七 くすぶって出る。
二八 あきれたことだと見て立っていると。
二九 差し上げよ。
三〇 心が乱れたと思っている内に。
三一 目がさめて。
三二 にぎやかである。大声を立てている。
三三 寺の物を食っているのだろう。いわゆる寺物自用《(じもつじゆう)》(寺の物を自分個人のために用いること)の罪を言っている。
三四 うとましく、いとわしく。　三五 いとしさ。
三六 気分が悪くなったということを言って。
▽寺物自用を戒める仏教説話。今昔の巻十九には本話と同源らしい第二十話を含め、その前後に四話が並んでおり、古くは日本霊異記にも見られる。本話の内容は大安寺での事なので時代は上代であろう。従って蔵人はいわゆる令外の官のそれでなく(男が京から通ってくるのはむずかしい)、上代の蔵人(→注一四)とするのが穏当か。

其後は、つゐ《(ひ)》にかしこへ行《ゆ》かずなりにけり。

（一一三）　博打子聟入事《ばくちのこむこいりのこと》　巻九ノ八）

昔、[一]博打《ばくち》の子の年若《わか》きが、[二]目鼻一所に取《と》り寄《よ》せたるやうにて、世の人にも似ぬありけり。二人《ふたり》の親《おや》、これは、いかにして[三]世にあらせんずると思てありける処に、長者の家に[四]かしづく女《(むすめ)》のありけるが、[五]顔《かほ》よからん聟取《と》らむと、母のもとめけるを伝《つた》へ聞《き》ゝて、「[六]天《あめ》の下の顔《かほ》よしといふ人、聟にならんとの給」といひければ、長者悦て、聟に取《と》らんとて、[七]日をとりて契てけり。[八]その夜になりて、装束など人に借《か》りて、月は明《あかゝ》りけれど、顔見《かほみ》えぬやうに[九]もてなして、博打《ばくち》ども集《あつ》まりてありければ、[一〇]人《(ひとひと)》〳〵しくおぼえて[一一]心にくゝ思《おも》ふ。

さて、夜《よる》〳〵行《い》くに、[一二]昼《ひる》ゐるべきほどになりぬ。いかゞせんと思めぐらして、博打《ばくち》一人、長者の家の天井に上りて、二人寝《ふたりね》たる上《うへ》の天井を、[一三]ひし〳〵と踏《ふ》みならして、いかめしく恐《おそろ》しげなる声《こゑ》にて、「天《あめ》の下《した》の顔《かほ》よし」とよぶ。家のうちのものども、いかなる事ぞと聞《き》ゝまどふ。聟、[一四]いみじくおぢて、「を《(お)》のれをこそ、世の人、天の下《した》の顔《かほ》よしといふと聞《き》け。いかなる事ならん」といふに、

一 博打(ばくち)うち。賭博をして世を渡る者。
二 目と鼻とがひと所に集まったような顔で。醜い、いわゆる「ちんくしゃ」(狆がくしゃみをする時の顔にたとえたものという)な容貌をさす。
三 人並みな人生を送らせようか。
四 親が大切にしている娘。
五 顔が美しい男を聟に取りたい。「ん」は婉曲。
六 天下の美男子。またといないほどの美形。
七 吉日を選んで。
八 聟として初めて通って行く夜。
九 とりつくろって。こしらえて。
一〇 いかにもひとかどの人間らしく感じて。従者が多数いるので立派な身分の者と思ったもの。
一一 (長者一家の者は)奥ゆかしく思った。
一二 昼も住まねばならない時期になった。通っていた男は正式の聟となれば、女の家に同居することになる。喜ばしいが、男の醜貌があらわになる危機もはらんでいるので、「いかゞせんと思めぐら」す必要が生ずるのである。なお、古活字本など「ゐる」が「ねる」になっている本文もある。誤写かと思われるが、前話の「昼もとまりけり」との関連からすると、「ねる」の方が本来の形である可能性もなくはないか。
一三 強く押された時に鳴る音。みしみし。
一四 ひどくおびえて(そのようなふりをして)。
一五 「三日夜の餅」「三々九度」など、婚姻の習俗には三という数字にかかわるものが多い。ここおよび後の「三年」もその縁か。
一六 おまえは、なぜ返事したのか。鬼(実は仲間)の質問。
一七 思わず答えてしまいました。
一八 おれが自分の物にして。
一九 どういうつもりで。
二〇 一言申して。善事・悪事を一言で言いはなっ

[一五]三度までよべばいらへつ。「[一六]これは、いかにいらへつるぞ」といへば、「[一七]心にもあらでいらへつるなり」といふ。鬼のいふやう、「此家の女《むすめ》は、[一八]わが領じて三年になりぬるを、汝、[一九]いかに思《おも》ひてかくは通《かよ》ふぞ」といふ。「さる御事とも知《し》らで、通《かよ》ひ候つるなり。たゞ御助《たす》け候へ」といへば、鬼、「いと〳〵にくき事なり。[二〇]一言《こと》して帰らん。汝、命とかたちといづれか惜《お》しき」といふ。聟、「[二一]いかゞいらう《(ふ)》べき」といふに、しうと、しうとめ、「[二二]何《なに》ぞの御かたちぞ。命だにおはせば、「たゞかたちを」との給へ」といへば、教《をし》へのごとくいふに、鬼、「[二三]さらば、吸《す》ふ〳〵」といふ時に、聟、顔をかゝへて、「[二四]あら〳〵」といひてふしまろぶ。鬼はあ[二五]よび帰ぬ。

さて、「顔《かほ》はいかゞ成たる。見《み》ん」とて、指燭《(しそく)》[二六]をさして、人〳〵見《み》れば、目鼻一《はなひと》つ所にとりすへ《(ゑ)》たるやうなり。聟は泣《な》きて、「[二七]たゞ命とこそ申べかりけれ。かゝるかたちにて、世中《(よのなか)》にありては、なにかせん。[二八]かゝらざりつるさきに、顔を一度見《み》え奉《たてまつ》らで、大かたは、かくおそろしき物に領《りやう》ぜられたりける所に参ける、過《あやま》ちなり」とか[二九]こちければ、しうと[三〇]いとお《(ほ)》しと思て、「此かはりには、我持たる宝を奉《たてまつ》らん」といひて、[三一]めでたくかしづきければ、[三二]うれしくてぞありける。[三三]所の悪《あ》しきかとて、別《べち》によき家をつくりて住《す》ませければ、[三四]いみじくてぞある。

二一 どう答えたらよいか。次の言を引き出し、自分の醜貌を正当化するための意図的な質問。

たという一言主神（ひとことぬしのかみ）を気どっての言か。

二二 何のためのご容貌でしょう。命さえ無事なら、「ただ顔をお召し下さい」とおっしゃいませ。

二三 それならば、吸うぞ吸うぞ。鬼は一口で人を食うものだが、その代りに美貌を吸引するという意志表示である。

二四 驚きを示す感動詞。ああああ。あっあっ。

二五 歩いて帰って行った。ふたたび天井を踏み鳴らしたのである。

二六 紙燭をともして。紙燭は室内用の照明具。松の木を細く削って尖端を焦がし、油をにじませたもの。手元を紙で巻いてそこを持つ。

二七 「ただ命をお召し下さい」と申すべきだった。

二八 このようになる前に、顔を一度もお見せせずに、大体、こんな恐しい鬼のものになっていた所に参ったのは、失敗であった。

二九 嘆いたので。

三〇 気の毒に思って。

三一 申し分なく大切にしたので。

三二 満ち足りてすごした。

三三 場所が悪いのか。悪霊の祟りなどがある家を悪所と言った。その信仰にもとづく言である。

三四 すばらしい暮しをした。

▽博打といううさんくさい稼業の者が、悪智恵によって幸福を手に入れる。健全な社会道徳になじまぬ話題のようでありつつ、実は広く迎えられた話。「博徒聟入」ないし「鳩提灯」（関敬吾『日本昔話大成』）と名付けられる昔話と似ており、民間の昔話的世界を背景に持つものらしい。会話中心の小気味よい仕立て方は、笑劇との関係もうかがわせ、博打対長者という構図には中世の京都という固有の環境が感じられる。

りける。

（一一四　伴大納言焼㆓応天門㆒事《ばんのだいなごんおうてんもんをやくこと》　巻一〇ノ一）

今は昔《むかし》、[一]水尾《みのを》の御門《みかど》の御時に、[二]応天門焼《や》けぬ。人の付《つ》けたるになんありける。それを、[三]伴善男といふ大納言、「[四]これは、[五]信《まこと》の大臣《おとど》のしわざなり」と大《おほ》やけに申ければ、その大臣《おとゞ》を罪《つみ》せんとせさせ給けるに、[六]忠仁公、世の政《まつりごと》は御おとうとの[七]西三条の右大臣にゆづりて、[八]白川にこもりゐ給へる時にて、[九]この事を聞《き》ゝおどろき給て、[一〇]御烏帽子《えぼし》、[一一]直衣《なほし》ながら[一二]移《うつし》の馬に乗給て、乗《の》りながら[一三]北の陣までおはして、御前に参《まい》り給て、この事申《まうす》。「[一四]人の讒言《ざんげん》にも侍らん。大事になさせ給事、いと異様《ことやう》の事也。かゝる事は返《かへすがへす》ゝよくたゞして、[一五]まこと、そらごとあらはして、[一六]おこなはせ給べきなり」と奏《そう》し給ければ、まことにもとおぼしめして、たゞさせ給に、[一七]一定《いちぢやう》もなき事なれば、「許《ゆる》し給《たまふ》よし、仰せよ」とある宣旨、うけ給《たまはり》てぞ、大臣《おとゞ》は帰給ける。

[一八]左の大臣《おとゞ》は、[一九]すぐしたる事もなきに、かゝる[二〇]よこざまの罪にあたるを、おぼし歎《なげ》きて、[二一]日の装束して、庭にあらごもを敷《し》きて出《い》でゝ、[二二]天道《てんたう》に訴《うた》へ申給ける

一　清和天皇。第五十六代天皇。惟仁。文徳天皇の第四皇子。母は藤原良房の女、明子。元慶四年(八八〇)崩、三十一歳。底本「清和」と傍注。
二　平安京大内裏にある門。朝堂院の南面の正門。炎上事件は貞観八年(八六六)閏三月十日のこと。
三　伴国道の子。貞観六年(八六四)、正三位大納言に至るが、貞観八年応天門放火の罪を問われ、伊豆に配流、同年同地で没したと伝えられる。六十歳(一説)。
四　大鏡裏書「良相大臣急召㆑之(基経)、仰云応天門失火左大臣所為也、急就㆑第召㆑之」。
五　源信。嵯峨天皇皇子。初めて臣籍に降下。源姓を賜る。正二位、左大臣。貞観十年(八六八)没、五十九歳。笛、絵、書にすぐれたという。底本「まこと」に「信」と傍注。
六　藤原良房。冬嗣の子。従一位、太政大臣。清和天皇の外祖父で、摂政。忠仁公は謚号。貞観十四年(八七二)没、六十九歳。
七　藤原良相。冬嗣の子、良房の弟。天安元年(八五七)右大臣、正二位。西三条大臣と号す。貞観九年(八六七)没、五十七歳。底本傍注「良相公」。
八　京都の東北部。鴨川より東、東山より西の地。
九　三代実録「于㆑時、太政大臣(良房)不㆑知㆑有㆓此事㆒、及㆑至㆓発聞㆒、愕然失㆑色」(貞観十年閏十二月二十八日)。
一〇　元服した男子の略装に用いる冠りもの。
一一　貴族の平常服。良房が緊急に参内したことを示す。古活字本「ひた垂(れ)」とするが、これも貴族の常服の一。ただし、伴大納言絵巻では良房の姿は烏帽子、直衣姿で描かれている。
一二　乗りかえ用の馬。　一三　内裏の北にあった朔平門(さくへいもん)の異称。兵衛府の詰所(陣)があった。
一四　三代実録「即便奏聞、探㆓認事由㆒、帝曰、朕曾所㆑不㆑聞也」(同前)。

に、許《ゆる》し給ふ御使に、[二三]頭中将、馬に乗《の》りながら、馳《は》せまうでければ、いそぎ罪せらるゝ使ぞと心得《え》て、ひと家泣《な》きのゝしるに、許《ゆる》し給よし、おほせかけて帰ぬれば、又、悦《(よろこび)》泣《な》きおびたゝしかりけり。許《ゆる》され給にけれど、「大やけにつかうまつりては、よこざまの罪いできぬべかりける」といひて、ことに、[二四]もとのやうに宮仕《づか》へもし給はざりけり。

此事は、[二五]過にし秋の比《(ころ)》、[二六]右兵衛の舎人なるもの、東の七条に住けるが、[二七]つかさに参《まい》りて、夜更て家に帰《(かへる)》とて、応天門の前を通《とほ》りけるに、人のけはひして[二八]さゝめく。[二九]廊の腋《(わき)》に隠《かく》れ立《た》ちて見《み》れば、柱より[三〇]かゝぐり下《お》るゝ者《もの》あり。あやしくて見《み》れば、伴大納言なり。次に[三一]子なる人下《お》る。又次に[三二]雑色《(ざふしき)》とよ清といふ者下《お》る。「なにわざして下《お》るゝにかあらん」と、[三三]つゆ心も得《え》で見るに、この三人下《お》りはつるまゝに、走《はし》る事かぎりなし。南の[三四]朱雀門ざまに走ていぬれば、この舎人も家ざまに行程に、[三五]二条堀川のほど行に、「[三六]大内の方《かた》に火あり」とて大路《(おほち)》のゝしる。見《み》かへりて見《み》れば、内裏の方と見《み》ゆ。走かへりたれば、応天門の上のなからばかり燃《も》えたるなりけり。「このありつる人どもは、この火つくるとて、のぼりたりけるなり」と心得《え》てあれども、[三七]人のきはめたる大事なれば、あへて口より外《(ほか)》に出《いだ》さず。その後《のち》、左の大臣《おとゞ》のし給へる事とて、「罪かうぶり給

一五 源信(まこと)の「まこと」に掛けるか。 一六 御処断なさるべきです。 一七 確かなこと。
一八 左大臣源信。貞観八年(八六六)当時の公卿は、太政大臣藤原良房、左大臣源信、右大臣藤原良相、大納言平高棟、伴善男。
一九 過失を犯したこともないのに。伴大納言絵詞「つゆをかしたることなきに」。
二〇 不当な罪。無実の罪。 二一 束帯姿。正装。「日の装束うるはしくして」(七二頁)。
二二 天の神。天帝。太陽をさすことが多い。
二三 蔵人頭で近衛中将を兼ねている人。藤原良世か。三代実録では右大弁大江音人、左中弁藤原家宗等が向かっている。 二四 三代実録「大臣(信)自後杜ㇾ門、不㆓肯輙出㆒」(同前)。
二五 事件は貞観八年(八六六)閏三月十日のことで、春。伴大納言絵詞「あきになりて」。
二六 右兵衛府の下僚。三代実録・貞観八年八月三日条では「左京人、備中権史生大初位下、大宅首鷹取」の名が見える。
二七 役所。即ち、右兵衛府。 二八 ひそひそ話す。
二九 廊の脇に隠れて様子をうかがう話は秘曲伝授の話と相似る。類例、古事談六ノ四〇五など。
三〇 そっと下りてくる。 三一 伴中庸(なかつね)。善男の子。右衛門佐。隠岐国に配流。
三二 雑役に従事する男。伴大納言絵詞「ときよ」。三代実録には共犯者として紀豊城の名があり、この訛伝か。 三三 全く何のことかわからずに。
三四 大内裏の南にある正門。応天門からは約一五〇メートル。
三五 二条大路と堀川大路が交叉するあたり。朱雀門からは真東へ七、八百メートルほどはなれる。
三六 宮城。皇居。
三七 人の身の上にかかわる、重大な事柄なので。

べし」といひのゝしる。「あはれ、したる人のある物《(もの)》を、いみじき事かな」と思《おも》へど、いひ出《いだ》すべき事ならねば、いとお《(ほ)》しと思ひありくに、大臣《おとゞ》許《ゆる》されぬと聞《き》けば、罪なき事はつゐ《(ひ)》にのがるゝ物なりけりとなん思ける。かくて、九月斗《(ばかり)》になりぬ。

かゝる程に、伴大納言の出納《(しゆつなふ)》[一]の家の幼《おさな》き子と、舎人が小童といさかひ[二]をして、[三]出納のゝしれば、出《い》でゝ[四]、とりさへんとするに、この出納、同《おな》じく出《い》でゝ、見《み》るに、寄《よ》りてひきはなちて、我子をば家に入《(いれ)》て、この舎人が子の髪を取て、うちふせて、死《し》[五]ぬばかり踏《ふ》む。舎人思《おも》ふやう、「我子も人の子も、ともに童部《(わらはべ)》いさかひなり。[六]たゞ、さてはあらで、我子をしもかく情《なさけ》なく踏《ふ》むは、いと悪《あ》[七]しき事なり」と腹立《だ》ゝしうて、「[八]まうとは、[九]いかで情《なさけ》なく、幼《おさな》きものをかくはするぞ」といへば、出納いふやう「[一〇]おれは何事いふぞ。舎人《とねり》[一一]だつるおればかりのおほやけ人を、わがうちたらんに、何事のあるべきぞ。[一二]わが君、大納言殿のおはしませば、いみじきあやまちをしたりとも、何《なに》事の出《い》で来《く》べきぞ。[一三]しれ事いふかたい《(ゐ)》かな」といふに、舎人、大《おほ》きに腹立て、「おれは何事《なにごと》いふぞ。わが主《しう》の大納言を[一四]かうけに思《おも》ふか。[一五]おのが主《しう》は我口によりて人にてもおはするは、知《し》らぬか。[一六]我《わ》が口あけては、をの《(お)》が主《しう》は人にてはありなんや」といひければ、出納

一 蔵人所で雑物の出し入れ等の雑務を担当する職。ここでは伴大納言家で、そのような役目をするもの。 二 喧嘩《(けんか)》。
三 出納の子が激しく騒ぎ立てるので。
四 舎人は外に出て、争いをおさめようと。
五 三代実録によれば、舎人(史実では大宅鷹取)の女子は殴殺されてしまったらしい。貞観八年(八六六)八月二十九日、鷹取の女子殺害の嫌疑で生江恒山が、翌三十日には同犯の伴清縄が拷訊される。両名とも伴大納言善男の僕従であった。同年十月二十五日の条には伴中庸の命で、生江恒山と占部田主が大宅鷹取を負傷させ、その女子を殴殺したことが記されている。
六 そのまま、子供の喧嘩というふうにはしておかず。旧大系は「たださではあらで」と解する。その場合は、どちらが正しいか問いただしもしないでの意。 七 書陵部本「あらきことなり」。絵詞「あやしきことなり」。
八 「まひと(真人)」の音便。あなた。お前。
九 絵詞「いかで障(さ)えには障えで」。
一〇 お前は。きさまは。相手を卑しめていう言葉。出納の舎人に対する傲岸な態度のあらわれ。
一一 舎人ぐらいの、お前程度の役人を。
一二 わが御主人の、伴大納言さまがいらっしゃるからには、どんなあやまちをしても、何事があろうか。
一三 ばかな事をいう乞食め。「かたゐ」は乞食の意で、人を卑しめていう言葉。
一四 権勢のある家。転じて、その権威を頼みどころとすること。二三八頁注四参照。
一五 お前の主人はな、おれの口がだまっているお蔭で、一人前でいらっしゃれるのだ、知らないのか。
一六 おれが口をあけてしゃべってしまえば。三

は腹立《た》ちさして、家にはい入《(ひ)》にけり。

　このいさかひを見《み》るとて、里隣《(さととなり)》の人、市をなして聞《きゝ》ければ、「[一七]いかにいふ事にかあらん」と思て、あるは妻子《(めこ)》に語《かた》り、あるはつぎ〳〵語《かた》りちらして、いひ騒《さは》ぎければ、世にひろごりて、大《(おほ)》やけまできこしめして、舎人を召《め》して問《と》はれければ、はじめは[一八]あらがひけれども、[一九]我《われ》も罪かうぶりぬべく[二〇]問《と》はれければ、[二一]ありのくだりのことを申てけり。その後《ゝち》、[二二]大納言も問《と》はれなどして、事あらはれての後なん[二三]流されける。

　応天門を焼て、信《まこと》の大臣に[二四]おほせて、かの大臣《おとゞ》を罪《つみ》せさせて、[二五]一の大納言なれば、大臣にならんとかまへける事の、[二六]かへりてわが身罪せられけん、いかにくやしかりけむ。

（一一五　放鷹楽《はうようらく》、明暹《みやうせん》ニ是季《これすゑ》ガ習事《ならふこと》　巻一〇ノ二）

　これも今は昔《むかし》、[二七]放鷹楽《(はうようらく)》と云《(いふ)》楽をば、[二八]明暹已講《(みやうせんいこう)》、たゞ一人習伝《つた》へたりけり。[二九]白河院、[三〇]野《(の)》行幸あさてといひけるに、[三一]山階寺《(やましなでら)》の[三二]三面の僧坊にありけるが、「こよひは、門なさしそ、尋ぬる人あらんものか」といひて待けるが、案のごとく入

代実録・貞観八年(八六六)八月三日条に「左京人備中権史生大初位下、大宅首鷹取告下大納言伴宿禰善男、右衛門佐伴宿禰中庸等、同レ謀行レ火焼中応天門上」とある。
一七　どういうことをいっているのだろうか。
一八　何も知らないと言い張っていたけれど。
一九　自分も罪をこうむりそうにまできびしく。
二〇　問い詰められたので。古活字本「といひければ」。　二一　事件の一部始終。絵詞「あのくだり」。
二二　三代実録によれば貞観八年八月七日のこと。
二三　三代実録(貞観八年九月二十二日)によれば伴善男は伊豆国、伴中庸は隠岐国、紀豊城は安房国へ配流されている。
二四　負わせて。
二五　伴善男は次席の大納言であった。　二六　逆に。
▽舎人、出納はもとより、伴大納言、帝、藤原良房、良相、源信など各人物の造型が卓抜。伴大納言絵詞として絵画化されている。
二七　鷹狩の体を模した舞。野行幸の際演じられていたが、承和(八三四―八四八)のころには断絶、延喜二十一年(九二一)、醍醐天皇の命によって上演された(古今著聞集六)。
二八　藤原明衡の男。興福寺の僧。笛の名手。保安四年(一一二三)没、六十五歳。已講は僧職の名。最勝会、維摩会、御斎会の講師を勤めた者のこと。「三会已講師」の略。
二九　第七十二代天皇。一一七頁注二九参照。
三〇　鷹狩を見物するために天皇が紫野、嵯峨野、大原野などへ行幸すること。「行幸大井河、鷹逍遥也」(扶桑略記・承保三年十月二十四日)の時のことか。「熊野行幸」とするのは不可。
三一　興福寺。奈良市登大路町にある法相宗の本山。
三二　興福寺の講堂の東西北の三方に建つ僧坊。

来《き》たる人あり。これをとふに、「[一]是季なり」といふ。「放鷹楽習《なら》ひにか」といひければ、「しかなり」とこたふ。すなはち坊中に入て、件《くだん》の楽を伝《つた》へけり。

（一一六　堀川院《ほりかはゐん》、明暹《みやうせん》ニ笛吹《ふえふか》サセ給事《たまふこと》　巻一〇ノ三）

これも今は昔、[二]堀川院の御時、奈良の僧どもを召《め》して、[三]大般若の御読経おこなはれけるに、[四]明暹この中に参《まゐ》る。其時に、主上《しゆしやう》、御笛をあそばしけるが、[五]やう〳〵に調子をかへて吹《ふ》かせ給ひけるに、明暹、調子ごとに[六]声《こゑ》たがへず上《あ》げければ、主上あやしみ給て、この僧を召《め》しければ、明暹ひざまづきて庭に候。仰によりて、のぼりて[七]簀子に候に、「笛や吹《ふ》く」と問《と》はせおはしましければ、「[八]かたのごとくつかまつり候」と申ければ、「[九]さればこそ」とて、御笛たびて吹《ふ》かせられけるに、[一〇]万歳楽《まんざいらく》を[一一]えもいはず吹たりければ、御感《ぎよかん》ありて、頓而《やがて》その笛をたびてけり。

[一二]件の笛伝《つた》はりて、いま[一三]八幡別当幸清がもとにありとか。[一四]件笛幸清進上当今建保三年也

一 大神惟季。是季とも。晴遠の子で笛師。養子に基政がいる。寛治八年(一〇九四)没、六十九歳。懐竹抄の編者。類話を載せる教訓抄四では惟季は円憲(明暹の師)を夜半にたずね、「放鷹楽」を習い伝え、行幸に間に合わせたという。
▽前話は柱の陰から目撃した夜の事件、静かながら緊迫した雰囲気は本話の秘曲伝授の場面へとうけつがれる。

二 第七十三代天皇。白河天皇の皇子。応徳三年(一〇八六)から嘉承二年(一一〇七)まで在位、同年崩、二十九歳。笛の名手として知られる。

三 大般若波羅蜜多経六百巻の転読。

四 →二四五頁注二八。　五 さまざまに。

六 読経の声の調子をまちがえず、正しくあげたので。　七 寝殿造で廂の外側にある板縁の部分。

八 かたちだけは。古事談「おろおろ吹候」。

九 やはり思った通りだ。

一〇 舞楽の一曲。皇帝の万歳を賀する曲でこの場面に相応しい曲。

一一 いいようもないくらいにすばらしく。明暹について懐竹抄では「小笛にてうつくしく吹れけり。惣じて物の上手也。僧身たりといへども、時の伶人こぞり集て物を習ふ。仍て朝家に奉公したる仁也」と伝える。

一二 古事談所収の類話の末尾には「件笛般若丸と付て、秘蔵して持たりけり。伝々して今在二八幡別当幸清之許一云々」とある。

一三 第三十三代石清水八幡宮別当。紀氏。成清の三男。小侍従の甥、古事談編者源顕兼とは従兄弟。文暦二年(一二三五)没、五十九歳。新古今集以下の作者。経済力も相当あったらしい。

一四 古活字本には以下の注なし。本書成立年代を推定する重要な手掛り。「当今」は順徳天皇、「建保三年」は一二一五年。

（一一七　浄蔵《じやうざう》ガ八坂坊《やさかのばう》ニ強盗入事《がうだういること》　巻一〇ノ四）

これも今《いま》は昔《むかし》、[一五]天暦のころをひ《（ほ）》、[一六]浄蔵が[一七]八坂の坊に、強盗その数[一八]入《（いり）》乱《みだ》れたり。しかるに、火をともし、太刀を抜《ぬ》き、目を見張《みは》りて、をの《（お）》／＼立《た》ちすくみて、さらにする事なし。かくて数[一九]刻を経《ふ》。夜、やう／＼明《あ》けんとする時、こゝに浄蔵、本尊に[二〇]啓白《（けいびやく）》して、「はやく、許《ゆる》しつかはすべし」と申けり。その時に盗人共、[二一]いたづらにて逃帰けるとか。

（一一八　播磨守子《はりまのかみのこ》サダユフガ事　巻一〇ノ五）

今は昔《むかし》、播磨守[二二]公行《きんゆき》が子に、[二三]さだゆふとて、[二四]五条わたりにありしものは、この比ある、[二五]あきむねと云《（いふ）》ものの父なり。そのさだゆふは[二六]阿波守さとなりがともに[二七]阿波へ下《くだ》りけるに、道にて死けり。そのさだゆふは、[二八]河内前司といひし人の類《るい》にてぞありける。

その河内前司がもとに、[二九]あめまだらなる牛ありけり。その牛を人の借て、車かけて[三〇]淀へやりけるに、[三一]樋爪《ひづめ》の橋にて、牛飼悪《あ》しくやりて、片輪を橋より落《おと》し

▽堀河院は音楽を愛する帝王として、また優しさを伝える話は数多い。本話もその一つ。決して過度でなく、押しつけがましくない、院の人柄を伝える佳話である。

一五 村上天皇治政の年号（九四七―九五七）。

一六 三善清行の子。将門調伏など験者として著名。笛の名手としても知られ、江談抄によれば朱雀門の鬼は浄蔵の笛を讃め、「葉二（はふたつ）」という笛を与えたといわれる。康保元年（九六四）没、七十四歳。

一七 京都市東山区にある八坂寺。法観寺とも。かつては京中の大寺で、傾いた塔を浄蔵が祈り直したと伝えられる（拾遺往生伝・中他）。

一八 大勢。古事談「強盗数輩乱入」。

一九 「刻」は時間の単位。今の二時間とも、また三十分とも。ここは後者か。

二〇 神仏に物を中し上げること。

二一 何もしないで。何もとることができないで。古事談「致レ礼出去了」。

▽笛の名手としても知られる浄蔵は、加持の験者としても名高い。乱入した強盗を一瞬のうちに塑像のように凝固させてしまった。不動明王のごときその立ち姿はなかなかユーモラス。第一一三話より続いた夜の話はひとまずここで終る。

二二 佐伯公行。遠江守、播磨介、伊予守。播磨国出生とも（古事談一）。枕草子・衛門尉なりける者の段によれば、伊予からの帰途、「えせなる男親」を海に突き落としたといわれる（萩谷朴説）。古本説話集・上十五にも類話あり。長元六年（一〇三三）没か。

二三 未詳。今昔は「佐大夫」。

二四 今昔「四条と高倉とに有りし者は」。

二五 未詳。今昔「顕宗」。

二六 未詳。今昔「阿波守藤原定成朝臣」。「定成」

たりけるに、引《ひ》かれて、車の橋より下《した》に落けるを、車の落《お》つると心得《え》て、牛の踏《ふ》[一]みひろごりて立《た》てりければ、むながひ[二]切《き》れて、車は落てくだけにけり。牛は[三]一《(ひとり)》、橋の上《うへ》にとゞまりてぞありける。人も乗《の》らぬ車なりければ、[四]そこなはるゝ人もなかりけり。「[五]ゑ《(え)》せ牛ならましかば、引《ひ》かれて落《お》ちて、牛もそこなはれまし。いみじき牛の力かな」とて、その辺《へん》の人いひほめける。

かくて、この牛を[六]いたはり飼《か》ふほどに、此牛、いかにして失《う》せたるといふ事なくて失《う》せにけり。「こはいかなる事ぞ」ともとめさは《(わ)》げど、なし。「[七]はなれて出《い》でたるか」とて、近《ちか》くより遠くまで、尋もとめさすれども、なければ、「[八]いみじかりつる牛を失《うしな》ひつる」と歎《なげ》く程に、河内前司が夢に見《み》るやう、このさだゆふが来《き》たりければ、「これは海に落入て死《(しに)》けると聞《き》く人は、いかに来《き》たるにか」と、[九]思《おも》ひ〳〵出《い》であひたりければ、さだゆふがいふやう、「我はこの[一〇]良《うしとら》のすみにあり。それより日に一度、[一一]樋爪《ひづめ》の橋のもとにまかりて、苦を受《う》け侍るなり。それに、おのれが罪の深《ふか》くて、身のきはめて重《をも》く侍れば、[一二]乗物のたへずして、[一三]かちよりまかるが苦《くる》しきに、このあめまだらの御車牛の力の強《つよ》くて乗《の》[一四]りて侍に、いみじくもとめさせ給へば、いま五日ありて、六日と申さん[一五]巳《(み)》の時、斗《(ばかり)》には、返し奉《たてまつ》らん。いたくなもとめ給《たま》ひそ」と見《み》て、さめにけり。「かゝる夢

ならば藤原季通(随)の子が該当するか。能登守、河内守、越前守、薩摩守などを歴任。
二七 今昔「阿波に下りける程に、其の船にて守と共に海に入りて死にけり」。
二八 未詳。今昔「河内禅師」。
二九 牛の毛色。暗黄色の毛に黒い斑点がある。
三〇 京都市伏見区。桂川、宇治川、木津川が合流するあたり。当時は巨椋池から淀川へ流れ出る地点で、水上交通の要所。 三一 京都市伏見区淀樋爪町。淀の北方、桂川の西岸。

一 足を踏み広げて。
二 馬、牛の胸から鞍、背にかけ渡す丈夫な革緒。
三 諸本「一」と表記。「ひとり」「ひとつ」と訓むか。
四 死傷する。
五 つまらない牛であったならば。今昔「弊《(つたな)》き牛」。
六 大切に飼う。
七 綱から離れて。
八 すばらしい牛を。
九 不思議に思いながら。
一〇 北東の方角。古来、鬼門とされていた。「牛取る」という言葉をひびかすか。
一一 水辺、浜辺、橋本等には聖霊が集まると考えられていた。
一二 体重の重さに乗物がささえきれないで。
一三 徒歩で。歩いて。
一四 今昔「乗り侍るに堪へたれば、暫く借り申して乗りて罷り行くを」。
一五 午前十時ごろ。
一六 どこからともなく。今昔「俄かに何こより来たりともなく」。
一七 とても大変な仕事をしてきたという様子で。
一八 今昔「牛は留まりけむを、彼の佐大夫が霊の、

をこそ見《み》つれ」といひて過ぬ。

その夢見《み》つるより六日と云巳《いふ》の時斗《ばかり》に、[一六]そゞろに此牛あゆみ入たりけるが、[一七]いみじく大事したりげにて、苦《くる》しげに舌たれ、汗《あせ》水にてぞ入来りける。「此樋《ひ》爪《づめ》の橋にて車落《お》ち入《いり》、[一八]牛はとまりたりける折《おり》なんどに行あひて、力強《つよ》き牛かなと見《み》て、[一九]借て乗てありけるにやありけんと思けるも、おそろしかりける」と河内前司語《かた》りしなり。

(一一九　吾嬬人《あづまびと》止二生贄一事《いけにへをとどむること》　巻一〇ノ六)

今は昔、[二〇]山陽道《さんやうだう》[二一]美作国《みまさかのくに》に[二二]中山《ちゆうさん》、[二三]高野《かうや》と申神《まうす》おはします。[二四]高野《かうや》はくちなわ《は》、中山は猿《さむ》丸にてなんおはする。その神、年ごとの祭に、かならず生贄《いけにゑ》を奉《たてまつ》る。[二五]人の女《むすめ》のかたちよく、髪長《かみなが》く、色白《しろ》く、身なりおかしげ《を》に、姿《すがた》らうたげなるをぞ、えらびもとめて奉《たてまつ》りける。昔より今にいたるまで、[二六]その祭おこたり侍らず。それに、ある人の女、生贄《いけにゑ》にさしあてられにけり。[二七]親《おや》ども泣《な》きかなしむ事限《かぎり》なし。人の親《おや》子となる事は、[二八]前《さき》の世の契なりければ、[二九]あやしきをだにも、おろかにやは思ふ。まして、よろづにめでたければ、[三〇]身にもまさりておろ

その時に行ざ会ひて」。
一九 他本「ありきける」。
▽枕草子等にいう「衛門尉」が佐伯公行であるとすると、親を海に突き落したという話と、本話、公引の子「さだゆふ」の死と霊の話は何やら因縁めいてくる。枕草子等では「衛門尉」が行う盆供養を皮肉る道命の和歌がそえられるが、この借りられた牛も精霊のための乗物で、盆に野菜で作った乗物を供える風習と関係があるか。

二〇 七道の一つ。中国山脈の南側の海道、またその地域の国々。「せんやうだう」とも。
二一 今の岡山県北部。
二二 岡山県津山市にある美作一宮、中山(なかやま・ちゆうさん)神社。
二三 岡山県津山市にある美作二宮、高野神社。
二四 高野神社の祭神は蛇、中山神社の祭神は猿。「丸」は人や動物の名につける愛称の接尾語。
二五 今昔「其の生贄には国人の娘の未だ嫁がぬをぞ立てける」。
二六 その祭をとりやめたことはない。
二七 今昔では以下に「此れは今年の祭の日差されぬれば、其の日より一年の間に養ひ肥(やこ)してぞ、次の年の祭には立てける」とある。
二八 生まれる前の前世からの因縁(約束ごと)であるので。
二九 醜くかったり、あるいは出来などが悪かったりする子であっても、おろそかに思うであろうか。
三〇 我が身以上に大切に思っていたけれど。

かならず思へども、さりとて、のがるべからねば、歎《なげ》きながら月日を過す程に、[一]やう〳〵命つゞまるを、[二]親《おや》子と逢見《み》ん事、いまいくばくならずと思ふにつけて、日をかぞへて、明暮はたゞ[三]ねをのみ泣《な》く。

かゝる程に、[四]あづまの人の、狩といふことをのみ[五]役《やく》として、猪《（ゐ）》のしゝといふ物の、[六]腹立《（はらだち）》しかりたるは、いとおそろしき物なり、それをだに何とも思たらず、[七]心にまかせて、殺《ころ》し取《と》り食《く》ふ事を役とするものゝ、いみじう身の力強《つよ》く、心猛《たけ》う、[八]むくつけき荒《あら》武者の、[九]を《（お）》のづから出《い》で来《き》て、[一〇]そのわたりにたちめぐる程に、この女の父母のもとに来《き》にけり。

物語《がた》りするつゐ《（い）》でに、女の父のいふやう、「[一一]を《（お）》のれが女《むすめ》のたゞ独《（ひとり）》侍をなん、かう〳〵の生贄《いけにゑ》にさしあてられ侍れば、思《（おもひ）》くらし歎《なげ》きあかしてなん、月日を過《すぐ》し侍る。世にはかゝる事も侍けり。[一二]前《さき》の世にいかなる罪をつくりて、この国に生《む》まれて、かゝる目を見《み》侍るらん。かの女《（をんな）》ども「[一三]心にもあらず、あさましき死をし侍りなんずるかな」と申、いとあはれにかなしう侍る也。[一四]さるは、[一五]を《（お）》のれが女《（むすめ）》とも申さじ、いみじう美《うつく》しげに侍なり」といへば、あづまの人、「さてその人は、[一六]今は死《（しに）》給ひなんずる人にこそはおはすなれ。[一七]人は命にまさる事なし。[一八]身のためにこそ、神もおそろしけれ。このたびの生贄《いけにゑ》を出さずして、その女君

一　だんだん寿命が残り少なく、ちぢまってくるので。
二　親子として顔を合わせて一緒に暮すことも、もうどれほどでもない。今昔「祖子（おやこ）の相見む事の残り少なく成り行けば」。
三　声をあげて泣いていた。
四　東国の称。広くは東海・東山道より陸奥までを含む。当時の感覚からすれば異郷に近い。今昔では以下「東の方より事の縁有りて、其の国に来たれる人有りけり。この人、犬山と云ふ事をして、数たの犬を飼ひて、山に入りて、猪、鹿を犬に噉（く）ひ殺さしめて取る事を業としける人なり」。
五　仕事。役目。
六　腹を立て、怒っているのは。「しかる」は怒る意。
七　思いのままに。
八　気味の悪いような。
九　たまたまやって来て。
一〇　今昔では「其の人、其の国に暫く有りける間、自然ら此の事を聞きてけり。而るに、云ふべき事有りて、此の生贄の祖の家に行きて云ひ入る程に」と生贄の噂を最初に聞いている。
一一　私の。古活字本「をのれ、女の」。
一二　前世でどんな罪を作って。前世の行いが現世に報いとなってあらわれるという考え方。
一三　自分の望みでは全くない。
一四　このようにいうのも。「さる」は以下頻用される。「猿」をひびかす話法か。
一五　自分の娘であるなどとは申しますまい。自分の娘だからほめるというわけではないの意。
一六　まもなくなくなられる運命の人でいらっしゃる。
一七　今昔「世に有る人、命にまさる物なし。亦人

を、[一九]みづからにあづけたぶべし。死給はんも同《おな》じ事《こと》にこそおはすれ。いかでか、たゞひとり持《も》ち奉《たてまつ》り給へらん御女を、目の前《まへ》に生《い》きながら[二〇]なますにつくり、切ひろげさせては見給はん。[二一]ゆゝしかるべき事也。さる目見《めみ》給《たま》はんも同《おな》じ事也。たゞ、その君を我にあづけ給へ」とねん比《（ごろ）》にいひければ、「げに、[二二]まへにゆゝしきさまにて死《し》なんを見《み》んよりは」とて[二三]取《と》らせせつ。

[二四]かくて、あづま人、この女のもとに行て見《み》れば、かたち、姿《すがた》お《（を）》かしげなり。[二五]愛敬《あひぎやう》めでたし。物思たる姿にて寄《よ》り臥《ふ》して手習をするに、涙の袖の上《うへ》にかゝりて濡《ぬ》れたり。かゝる程に人のけはひのすれば、髪を顔《かほ》にふりかくるを見《み》れば、髪も濡《ぬ》れ、顔《かほ》も涙にあらはれて、[二六]思入《い》りたるさまなるに、人の来《き》たれば、いとゞつ[二七]ゝましげに思たるけはひして、すこし[二八]そばむきたる姿、まことに[二九]らうたげなり。[三〇]凡《（およそ）》、気《け》高《たか》く品《しな》〴〵しうお《（を）》かしげなる事、ゐ中人の子といふべからず。あづま人、これを見《み》るに、[三一]かなしき事、いはんかたなし。

されば、「いかにも〳〵、[三二]我身なくはならばなれ。[三三]たゞこれにかはりなん」と思て、此女の父母にいふやう、「思かまふる事こそ侍れ。もし此君の御事によりて、[三四]ほろびなどし給はば、苦《くる》しとやおぼさるべき」と問へば、「このために、みづからはいたづらにもならばなれ、更に苦《くる》しからず。生《い》きても、何《なにゝ》か

一八 の財にする物、子に増る物なし」。
一八 我が身の命を思うからこそ、神もおそろしいのだ。二五三頁に類似表現が再出。今昔「只死に給ひね。敵ある者に行き烈(っ)れて、徒死（いたづらじに）する者はなくやは侍る。仏神も命の為にこそ怖しけれ。子のためにこそ身も惜しけれ」。
一九 私に。自分に。
二〇 魚や貝などを細かくきざんだ料理。
二一 おそろしいことです。今昔「いと心うし」。
二二 目の前で、残酷な姿で。古活字本「まの前に」。今昔「娘だに死なずは、我は亡びむに苦しからずといひて」。
二三 今昔「この東人に忍びて娘を合はせ、東の人、これを妻として過ぐるほどに」。
二四 今昔では親を最初にたずねた時に男は女の姿をのぞき見ている。
二五 魅力にあふれ、とてもすばらしい。
二六 深く思いに沈みこんでいる様子で。
二七 大変に恥ずかしそうに。
二八 脇の方を向いている姿。古来、女性の美しく見える姿とされた。
二九 愛らしい。
三〇 おおよそあてやかで、上品で。今昔では、この女性は「いと清げにて、色も白く形も愛敬づきて、髪長くて、田舎人の娘とも見えず、品々しくて寄りて臥したり」と称讃される。
三一 いとおしく思うこと。
三二 我が身がなくなるなら、なくなってしまえ。死んでしまうなら死んでしまえ。古活字本「我身なくならばなれ」。
三三 ただただ、この娘の身代りになって死のう。
三四 あなた方や、この家が滅亡なさることなどございましたら。

はし侍らんずる。たゞおぼされんまゝに、いかにも〳〵し給へ」といらふれば、「さらば此御祭の御[一]きよめするなり」とて四目《(しめ)》[二]引めぐらして、「[三]いかにも〳〵、人な寄《よ》せ給《(たまひ)》そ。またこれにみづから侍ると、な人にゆめ〳〵知《し》らせ給《(たまひ)》そ」といふ。さて日比《(ひごろ)》こもりゐて、此女房とおもひ住《す》む事、いみじ。

　かゝる程に、年《とし》ごろ山につかひならはしたる犬の、[四]いみじき中《なか》にかしこきをふたつえりて、[五]それに生《い》きたる猿丸をとらへて、明暮《くれ》は、[六]やく〳〵と食殺《(くひ)ころ》させてならはす。さらぬだに猿と犬とはかたき[七]なるに、いとかうのみならはせば、猿を見《み》てはお《(を)》どりかゝりて、食《く》ひ殺《ころ》す事限《かぎり》なし。さて明暮は、[八]いらなき太刀をみがき、刀をとぎ、[九]剣《(つるぎ)》をまうけつゝ、たゞこの女《め》の君とこと[一〇]ぐさにするやう、「あはれ、先の世にいかなる契をして、御命にかはりて、[一一]いたづらになり侍りなんとすらん。されど、御かはりと思へば、命は更に惜《お》しからず。たゞ[一二]別聞《(わかれ)きこ》えなんずと思《おも》ひ給ふるが、いと心細《ぼそ》く、あはれなる」などいへば、女も「まことに、いかなる人のかくおはして、[一三]思《(おもひ)》ものし給にか」といひつゞけられて、かなしうあはれなる事いみじ。

　さて過行《(すぎゆく)》程に、その祭の日になりて、[一四]宮司《づかさ》よりはじめ、よろづの人〳〵こぞり集《あつ》まりて、迎にのゝしり来《き》て、あたらしき[一五]長櫃《(ながひつ)》を、この女のゐたる所にさし

一　穢れをおとし、清めること。
二　注連縄(しめなわ)。立ち入りを禁ずる聖域であることを示す。
三　決して決して、他人をここへお近づけ下さいますな。
四　すぐれた犬の中で、さらにかしこいのを。
五　今昔では以下に「汝よ、我に代れと云ひ聞かせて」とある。
六　もっぱら。
七　憎み、たたかいあう相手。白猿伝には、犬は猿を食うとしている。
八　鋭い。ものすごい。今昔「我は刀を微妙(みい)じく磨ぎて」。
九　両刃(もろは)の刀剣。
一〇　いつも話す事柄。きまった話題。
一一　むなしくなること。死ぬこと。
一二　お別れ申し上げることになるだろうと思っておりますことが。「給ふる」は謙譲の意をあらわす補助動詞(下二段活用)。
一三　私に思いをかけ、身代りになろうとなされるのでしょうかの意か。
一四　神官。
一五　形の長い櫃。衣類・道具などを入れるための大型の収納箱。

入ていふやう、「例のやうに、これに入て、その生贄《(いけにへ)》出《いだ》されよ」といへば、このあづま人、「たゞ此たびの事は、みづからの申さんまゝにし給へ」とて、此櫃にみそかに[一六]入《(いり)》臥《ふ》して、左右のそばに、この犬どもを取《と》り入《い》れていふやう、「[一七]を《(お)》のれら、この日比[一八]いたはり飼《か》ひつるかひありて、此たびの我《わ》が命にかはれ。を《(お)》のれらよ」といひてかきなづれば、[一九]うちうめきて、脇にかひそひて、みな臥《ふ》しぬ。又、日比とぎみがきつる太刀、刀、みな取《と》り入《い》れつ。さて櫃のふたをおほひて、[二〇]布してゆひて、[二一]封つけて、我《わ》が女《むすめ》を入たるやうに思はせて、さし出したれば、[二二]桙《(ほこ)》、榊《(さかき)》、鈴、鏡を[二三]振《ふ》りあはせて、[二四]さきを《(お)》ひのゝしりてもて参《まい》るさま、[二五]いといみじ。さて女、是を聞《き》くに、「我にかはりて、この男の隠《かく》していぬることそ、いとあはれなれと思《おも》ふに、又、[二六]無《(ぶ)》為《ゐ》にこと出《い》で来《こ》ば、わが親《おや》たちいかにおはせん」と、[二七]かた〴〵に歎《なげ》きゐたり。されども、父母のいふやうは、「[二八]身のためにこそ、神も仏も恐《おそ》ろしけれ。[二九]死《し》ぬる君の事なれば、今は恐《おそ》ろしき事もなし。[三〇]同《おな》じ事《こと》を、[三一]かくてをなくなりなん。今はほろびんも苦《くる》しからず」といひゐたり。

かくて、生贄《いけにゑ》を御社にもて参《まい》り、神主、[三二]祝詞《のと》いみじく申て、神の御前《まへ》の戸を開《あ》けて、この長櫃をさし入て、戸をもとのやうに鎖《さ》して、それより外の方《かた》に[三三]宮司《づかさ》をはじめて、次〳〵の司《(つかさ)》ども、次第にみな並《なら》びゐたり。さる程に、この櫃を、

一六 ひそかに。今昔「男、狩衣、袴ばかりを着て、刀を身に引さ副へて、長櫃に入りぬ」。
一七 今昔では犬への呼びかけの言葉はない。
一八 大事に手間をかけて飼ってきた。「この牛をいたはり飼ふほどに」(二四八頁)。
一九 犬はうなって、男の脇に寄りそって。今昔「狗入り来て、男をうちみてむめきたてれば」。
二〇 布でもってしばって。
二一 封印をして。
二二 「桙」は両刃の剣に柄をつけた武器。ここでは以下の「榊、鈴、鏡」などとともに祭具の一つ。
二三 「ふりあはす」は神を降下させ、鎮座させるために、祭具を振りならす意。
二四 先払いをして。
二五 大変に物々しい。
二六 自然と。たまたまのこととして。今昔「何(かい)なる事か出で来たらむずらんと怖しきに、男の我に替りぬるを哀れに思ふ」。
二七 あれこれと。
二八 「身のためにこそ、神もおそろしけれ」(二五〇頁)と前にも類似の表現がある。
二九 死んでしまうかも知れないあなたの事だと思うと、今は恐ろしいことなどはないの意か。古活字本「しぬる事なれば」。
三〇 どうせ同じことなのだから。
三一 こうしてなくなってしまおう。「を」は感動、強意を表わす助詞。今昔「同じ無く成らんを、かくて止みなん」。
三二 神に言上する神聖な言葉。「のりと」の音便形「のっと」の促音の無表記。
三三 古活字本「宮司をはじめ、かくしだひ〳〵の司ども」。

刀の先《さき》してみ[一]そかに穴をあけて、あづま人見《み》ければ、まことにえ[二]もいはず大きなる猿の、丈《たけ》七八尺ばかりなる、顔《かほ》と尻《しり》とは赤《あか》くして、む[三]しり綿を着《き》たるやうに、い[四]らなく白《しろ》きが、毛は生《お》ひあがりたるさまにて、横《よこ》[五]座に寄《よ》り居たり。次《つぎ》〳〵の猿ども、左右に二百斗《(ばかり)》なみゐて、さ[六]ま〴〵に顔《かほ》を赤《あか》くなし、眉を上《あ》げ、声《こゑ》〴〵になきさけびのゝしる。いと大なるまな板《いた》に、ながやかなる包丁《(はうちやう)》[七]刀《がたな》を具《ぐ》して置たり。めぐりには酢《す》、酒、塩《しほ》入たる瓶《(かめ)》どもなめりと見《み》ゆる、あまた置たり[八]。

さてしばしばかりあるほどに、この横座に居たるをけ[九]猿、寄《よ》り来《き》て、長櫃の結《ゆ》ひ緒《を》を解《と》きて、ふたを開《あ》けんとすれば、次〳〵の猿《さる》ども、みな寄《よ》らんとする程に、此[一〇]男、「犬ども食《く》らへ。を《(お)》[一一]のれ」といへば、二の犬、おど《(を)》り出《い》でゝ、中《なか》に大なる猿を食《く》ひて、う[一二]ち臥《ふ》せてひきはりて、食《(くひ)》殺《ころ》さんとする程に、此男、髪を乱《みだ》りて、櫃よりおど《(を)》り出でゝ、氷のやうなる刀を抜《ぬ》きて、その猿《さる》をまな板の上にひき伏《ふ》せて、首《くび》に刀《かたな》をあてゝい[一三]ふやう、「[一四]わおのれが人の命を断《た》ち、そのし[一五]ゝむらを食《(くひ)》などする物は、かくぞある。を《(お)》[一六]のれら、うけ給はれ。たしかに[一七]しや首《くび》切て、犬に飼《か》[一八]ひてん」といへば、顔《かほ》を赤《あか》くなして、目[一九]をしばたゝきて、歯を真《ま》白《しろ》に食《く》ひ出して、目より血の泪《(なみだ)》を流《なが》して、まことにあさましき顔《かほ》つきし

一 ひそかに。気づかれないようにそっと。
二 いいようもないほど。とてつもなく。
三 むしった綿。
四 きわだって。毛の白さが目につきささるほど、まぶしく白いこと。白猿伝の白猿も白い毛の大猿である。
五 上座。一〇頁注一五参照。
六 以下、祝祭、祝宴を前にして、集まり騒ぐ猿の様子をたくみにとらえている。
七 料理用の刀。正しくは「庖丁刀」。
八 今昔では以下に「人の鹿などを下して食はんずる様なり」とある。
九 大猿。
一〇 今昔「男、俄かに出でて、犬に、噉(く)へ、おれおれといへば」。
一一 相手をいやしめ、ののしっていう言葉。こんちくしょう。このやろう。
一二 うち倒して、引っぱって。白猿伝によれば、白猿は手足を寝台に縛りつけられたまま殺されるが、その種の連想があるか。
一三 書陵部本、古活字本「いふやうはおのれか」とあり、「いふやうは、おのれが」となるか。
一四 お前らが。「わ」は親しみ、または卑しめの気持をあらわす接頭語。
一五 肉のかたまり。肉。
一六 古活字本「をのづから」。
一七 名詞の上につけて、罵り卑しめる接頭語。
一八 えさとして与えてしまうぞ。
一九 「鳥の、目より血の涙をたれて、目をしばたゝきて」(一二一頁)という描写と似る。
二〇 少しも許さないで。全く許さずに。
二一 何年もの長い間。「そこばく」は数量を明示せずに、量の多さを示す。
二二 書陵部本、伊達本など「しや頸」。

て、手をすりかなしめども、[二〇]さらに許《ゆる》さずして、「を《(お)》のれが、[二一]そこばくのおほくの年比、人の子どもを食《く》ひ、人のたねを断《た》つかはりに、[二二]しや頭切《き》りて捨《す》てん事、[二三]たゞ今にこそあめれ。[二四]を《(お)》のれが身、さらば、我を殺《ころ》せ。更に苦《くる》しからず」といひながら、[二五]さすがに首《くび》をばとみに切《き》りやらず。

さる程に、[二六]この二の犬どもに追《を》はれて、おほくの猿ども、みな木の上《うへ》に逃のぼり、まどひさは《(わ)》ぎ、さけびのゝしるに、山も響《ひゞ》きて地[二七]もかへりぬべし。かゝる程に、一人の神主に神[二八]つきていふやう、「今日《けふ》より後、さらに〳〵この生贄をせじ。ながくとゞめてん。人を殺《ころ》す事、[二九]懲《こ》りとも懲《こ》りぬ。命を断《た》つこと、今よりながくし侍らじ。又、[三〇]我をかくしつとて、この男とかくし、又、今日《けふ》の生贄にあたりつる人のゆか[三一]りを、[三二]れうじわづらはすべからず。[三三]あやまりて、その人の子孫の末《すゑ》〴〵にいたるまで、我、まもりとならん。たゞとく〳〵、此たびの我《わ》が命を乞《こ》[三四]ひ受《う》けよ。いとかなし。我を助《たす》けよ」とのたまへば、宮司、神主より初て、多《おほ》くの人ども驚《おどろ》きをなして、みな社の内に入たちて、さはぎ《(わ)》あは《(わ)》てて手をすりて、「[三五]ことは《(わ)》りおのづからさぞ侍る。たゞ[三六]御神に許《ゆる》し給へ。御神もよくぞ仰らるゝ」と[三七]いへるも、このあづま人、「[三八]さなすかされそ。人の命を断《た》ち殺《ころ》す物なれば、[三九]きやつにもの[四〇]のわびしさ知《し》らせんと思《おも》ふなり。[四一]我身こそあな

二三 まさに今こそ、その時が来たのだ。
二四 おまえ自身、できるというなら、おれを殺して見ろ。「さらば」は「ならば」の誤写と考え、「をのれ、かみ(神)ならば、我を殺せ」とも解しうる。今昔「神ならば我れを殺せ」。
二五 というものの、首をすぐには切ってしまわない。
二六 今昔「この二つの犬、多くの猿を噉(く)ひ殺しつ。適(たま)まに生きぬるは、木に登り、山に隠れて、多くの猿を呼び集めて、山響く許、呼ばひ叫び合へれども、更に益(かひ)なし」。
二七 大地もひっくりかえりそうである。
二八 神がのり移って。神がかりになって。
二九 全く懲り懲りである。
三〇 我をこういう目に合わせたからといって、この男をとやかくしたり。
三一 親族。一族縁者。
三二 危害を加えたり、苦しめたりは一切しない。
三三 悔い改めての意か。 三四 願い許してもらえ。
三五 道理はまことにその通りでございます。「おのづから」は自然に、当然にの意。
三六 神様に免じてお許し下さい。
三七 書陵部本「といへども」。
三八 そのようにだまされるな。書陵部本「さなするされそ」、古活字本「さなゆるされそ」。
三九 あいつ。第三者を罵り、卑しめていう言葉。
四〇 物事の悲しさ、辛さといったもの。
四一 我が身は無事のようだが、このまま殺されてもかまわない。「あなれ」は「あるなれ」の音便の撥音の無表記。「なれ」は推定。逆接で下に掛かる。旧大系はここで切って「自分の身はどうなってもよい」と訳し、諸注これに従うが採らない。完訳では「あ」を「吾」と解する可能性にもふれるが、無理であろう。

れ、たゞ殺《ころ》されん、苦《くる》しからず」といひて更に許《ゆる》さず。

かゝる程に、此猿の首《くび》は切《き》一りはなたれぬと見ゆれば、宮司《づかさ》も手二まどひして、まことにすべきかたなければ、いみじき誓言《ちかごと》三どもをたてて、祈申て、「今より後はかゝる事、更に〳〵すべからず」など神もいへば、「さらば、よし〳〵、今より後はかゝる事なせそ」といひふくめて許《ゆる》しつ。さて、それより後《のち》は、すべて人を生贄《いけにゑ》にせずなりにけり。

さて、その男、家に帰て、いみじう男女あひ思て、四年比の妻夫《(めをと)》に成て過《すぐ》しけり。男はもとよりゆへ《(ゑ)》五ありける人の末《すゑ》なりければ、六くちおし《(を)》からぬさまにて侍りけり。その後は、かの国に、猪、鹿をなん生贄にし侍りけるとぞ。

(一二〇　豊前王事《とよさきのわうのこと》　巻一〇ノ七)

今は昔《むかし》、柏原《(かしはばら)》七の御門《(みかど)》の御子の五の御子にて、豊前《とよさき》八の大君《きみ》といふ人ありけり。四位にて、司は刑部卿九、大和守にてなん有ける。世一〇の事をよく知《し》り、心ばへすなを《(ほ)》にて、大やけの御政《(まつりごと)》をも、よきあしき、よく知《し》りて、除目《(ぢもく)》一一のあらんとても、先《(まづ)》、国一二のあまたあきたる、望《のぞ》む人あるをも、国一三のほどにあてつゝ、「そ

一 いまにも切り離されそうに見えたので。
二 手もつかないほど、あわてふためいて。
三 誓いの言葉。神仏への約束の言葉。
四 長い年月の夫婦となって。
五 由緒ある人の子孫。
六 おろそかな扱い方ではなかった。大切な扱われ方をした。また、残念だと思うようなことがない、大変に立派な、の意か。
▽昔話猿神退治の他、中国の白猿伝を介して酒典(呑)童子伝説とも関連を持つ。中山神社資料との連関については池上洵一に説がある。
七 第五十代、桓武天皇。光仁天皇の子。延暦二十五年(八〇六)崩、七十歳。山城国柏原陵に葬ったゆえ、柏原天皇といわれる。
八 天武天皇の第五皇子舎人親王の後裔。栄井王の子。従四位上、伊予守、大和守。貞観七年(八六五)没、六十一歳。三代実録によれば「為レ性簡傲、言語夸浪、接レ物之道、為二人所一レ避、尋常直二於侍従局一、品二藻人物一、以為二己任一、談咲消レ日、放縦不レ拘」(貞観七年二月二日)とある。なお、桓武天皇の第五皇子は万多親王である。今昔には「柏原天皇の五郎の御子の御孫にて」。
九 刑部省の長官。正四位下相当。刑部省は刑罰、訴訟をとり扱う役所。
一〇 三代実録「伊予守豊前王、才学早彰、資歴淹久、無二他異跡一、足レ謂二老成一」(同前)。
一一 大臣以外の諸官の任命の儀式。主として地方官を任命する春の県召《(あがためし)》、中央官を任命する秋の司召《(つかさめし)》に分かれる。
一二 国司が多く欠員になり。
一三 国の等級にあてはめながら。国は大、上、中、下の四段階に分れる。
一四 理由を申し立てて望んでも。古活字本「道理たて、さりとも」。
一五 今昔「人皆聞きて、所望叶ひたりける人は、

の人はその国の守にぞなさるらむ」、「その人は[一四]道理たてて望《(のぞむ)》とも、えならじ」など、国毎《(ごと)》にいひゐたりける事を、[一五]人聞《き》きて、除目の朝に、この大君のを《(お)》しはかり事にいふ事は、露《(つゆ)》たがはねば、「この大君の[一六]を《(お)》しはかり除目、[一七]かしこし」といひて、除目《ぢもく》のさきには、此大君《おほきみ》の家に行《い》きつどひてなん、「なりぬべし」といふ人は、[一八]手をすりて喜《よろこ》び、「えならじ」と云《(いふ)》を聞《き》きつる人ゝは、「何《なに》事いひお《(を)》る、[一九]古《ふる》大君ぞ。[二〇]さえ《(へ)》の神まつりて狂《くる》ふにこそあめれ」など[二一]つぶやきてなん帰りける。「かくなるべし」といふ人のならで、[二二]不慮に異《こと》人なりたるをば、「悪《あ》しくなされたり」となん、世にはそしりける。されば、[二三]大やけも、「豊前《とよさき》の大君は、いかが除目をば[二四]いひける」となん、親《した》しく候人には、「行て問《と》へ」となん仰られける。

これは[二五]田村《むら》、[二六]水《(み)》の尾《お》などの御時になんありけるにや。

（一二一　蔵人頓死事《くらうどとんしのこと》　巻一〇ノ八）

今は昔《むかし》、[二七]円融院の御時、[二八]内裏焼《(やけ)》にければ、[二九]後院《(ごいん)》になんおはしましける。[三〇]殿上の[三一]台盤に人〳〵あまた着《(つき)》て、物食《く》ひけるに、蔵人[三二]貞孝《さだたか》、[三三]ちばんに額をあてて、

除目の後朝には此の大君の許に行きてなむ讃めける」。　一六 推量による除目。
一七 不思議な力を持っている。
一八 「あさましき顔つきして、手をすりかなしめども」「さはぎあはてて手をすりて」(一一九話)。前話よりの連想を思わせるところ。
一九 老いぼれ宮め。
二〇 道祖神。下級の神で、性神、芸能神として傀儡子(くぐつ)らが祭っていた。第一話参照。
二一 今昔「腹立ててなむ返りける」。
二二 おもいがけず。意外に。　二三 朝廷。天皇。
二四 古活字本以下に「そしりける。さればおほやけもとよさきの大君はいかゞぢもくをば」の衍文がある。
二五 第五十五代、文徳天皇。天安二年(八五八)崩、三十二歳。　二六 第五十六代、清和天皇。天慶四年(八八〇)崩、三十一歳。
▽白毛でおおわれた大猿から、一転して老大君の話。任官できないといわれた人の悪口、除目の予想もはずれることもあったらしい。いたずらに神格化されず、ほほえましさもただよう話。
二七 第六十四代天皇。村上天皇の第五皇子、母は藤原安子。安和二年(九六九)即位、永観二年(九八四)、花山天皇に譲位。正暦二年(九九一)崩、三十三歳。
二八 天元三年(九八〇)十一月二十二日の焼亡のこと。愚管抄二によれば菅原道真の祟りという。
二九 天皇の在位中に退位後の御所と定めた建物。ここは四条坊門大宮にあった太政大臣藤原頼忠の邸。古活字本「後になん」。
三〇 殿上人の間。　三一 食物を載せる台。
三二 藤原貞孝(貞高)。実光の子。蔵人、式部丞。伊達本「さだちか」。　三三 不明。今昔に「大盤」とあり、「大」の草体を「ち」と誤ったか。

ねぶり入て、いびきをするなめりと思ふに、やゝしばしになれば、あやしと思ふ程に、台盤に額《ひたい》をあてて、のどをくつ〳〵と、[一]くつめくやうに鳴《な》らせば、[二]小野宮大臣殿、いまだ[三]頭中将にておはしけるが、[四]主殿司《（とのもりづかさ）》に、「その[五]式部丞《（しきぶのじよう）》の寝《ね》ざまこそ心得《え》ね。それ、起《お》こせ」との給ひければ、主殿司《とのもりづかさ》、寄《よ》りて起《お》こすに、[六]すくみたるやうにて、動《うご》かず。あやしさに、[七]かいさぐりて、「はや死給《（しにたまひ）》にたり。[八]いみじきわざかな」といふを聞《き》きて、ありとある殿上人、蔵人、ものもおぼえず、物おそろしかりければ、[九]やがて向《む》きたるかたざまに、みな走散《ち》る。

頭中将、「さりとてあるべき事ならず。これ、[一〇]諸司の下部《（しもべ）》召《め》して、かき出《い》でよ」と[一一]おこなひ給。「いづかたの[一二]陣よりか出《いだ》すべき」と申せば、「[一三]東の陣より出すべきなり」との給を聞《き》きて、[一四]内の人、あるかぎり、東の陣にかく出《い》でゆくを見《み》んとて、つどひ集《あつ》まりたる[一五]程に、たがへて[一六]西の陣より、殿上の[一七]畳《たゝみ》ながら、かき出《い》でて出ぬれば、人〳〵も見《み》ずなりぬ。陣の口かき出《い》づる程に、[一八]父の三位、来《き》て迎《むか》へとりて去《さ》りぬ。「かしこく、人〳〵に[一九]見合《みあ》はずなりぬる物かな」となん、人〳〵いひける。

さて、廿日ばかりありて、頭中将の夢に、ありしやうにて、いみじう泣て、寄《よ》りて物をいふ。聞《き》けば、「いとうれしく、をのれ《（お）》が死の恥を隠《かく》させ給たる事

一 くつくつと音を出す。
二 藤原実資。斉敏の子。祖父実頼の猶子となる。蔵人頭、大納言を経て、右大臣、従一位に至る。太政大臣頼忠の甥。永承元年(一〇四六)没、九十歳。賢人右府といわれ、日記に小右記がある。
三 蔵人頭で近衛中将を兼ねるものの呼び方。実資は天元四年(九八一)二月十四日に蔵人頭を拝任。当時二十五歳。ただし、左中将任官は永観元年(九八三)十二月十三日のことで、当時は頭中将ではなかった。
四 宮内省に属し、禁中の清掃、燭火、薪炭などを管理する役所、およびその職員。後宮内の主殿司(とのもりづかさ)とは別官で、正しくは区別して主殿寮と書く。 五 式部省の三等官。式部省は朝廷の儀式等を取り扱う。
六 硬くなって、動かなくなる。 七「かきさぐり」の音便。指で触れて、様子を見ること。
八 大変なことです。 九 そのまま。ただちに。
一〇 あちこちの役所の下働き人。
一一 指示をする。指図する。
一二 宮中などで警備のものが詰めている場所。
一三 内裏東側にある宣陽門の陣。
一四 後院にいた人々。
一五 底本「様に」。伊達本「様に」とし、傍に「ほど」と異本注記。諸本によって改む。
一六 内裏西側にある陰明門の陣。
一七 古くは筵のような薄縁(うすべり)をいうが、ここは厚畳のこととも考えられる。
一八 藤原実光。尊卑分脈によれば従五位下で、三位ではない。
一九 目を合わせないで。顔を合わせないで。
二〇 はかりごとをめぐらして。「はかりこと」を活用させた語。近世前期までは清音。
二一 死に顔を見られて。

は、世ゝに忘申まじ。[二〇]はかりこちて、西より出《いだ》させ給はざらましかば、おほくの人に[二一]面《おもて》をこそは見《み》えて、死の恥にて候はましか」とて、泣《な》く〳〵手をすりて悦《よろこぶ》となん、夢に見《み》えたりける。

（一一二　小槻当平事《をづきのまさひらのこと》　巻一〇ノ九）

今は昔、主計頭《かずへのかみ》[二二]小槻当平[二三]と云人ありけり。その子に算博士[二四]なるものあり。名は茂助[二五]となんいひける。主計頭[二六]忠臣が父、淡路守大夫史《たいふのし》[二七]奉親《ともちか》[二八]が祖父なり。生《い》きたらば、[二九]やんごとなくなりぬべきものなれば、[三〇]「いかでなくも成なん。これが出《いで》たちなば、主計頭、主税頭《ちからのかみ》[三一]、助《すけ》[三二]、大夫史には、異《こと》人は[三三]きしろう《ふ》べきやうもなかんめり。[三四]なりつたはりたる職なるうへに、才《ざえ》かしこく、[三五]心ばへもうるせかりければ、六位ながら、世おぼえ、やう〳〵きこえ高《たか》くなりもてゆけば、なくてもありなん」と思《おも》ふ人〳〵もあるに、此人の家に[三六]さとしをしたりければ、その時の[三七]陰陽師《おんやうじ》に物を問《と》ふに、いみじく重《をも》くつゝしむべき日どもを書《か》きいでて取《と》らせたりければ、そのまゝに、門を強《つよ》く鎖《さ》して、物忌して居たるに、敵《かたき》の人、隠《かく》れて、陰陽師に死ぬべきわざどもをせさせければ、その[三八]まじわざする陰陽師

▽日本紀略・天元四年(九八一)九月四日条に「蔵人式部丞藤原貞孝候二殿上一間、為二鬼物一被レ殺、後院」と記され、小右記・寛仁二年五月十二日、中右記・永久二年二月十五日によると、宮中での頓死の措置として、この時のことが参考にされている。実資の機転で死に恥を避けえた貞高は夢の中で手をすって悦んだという。手をする風景は三話続く。宇治拾遺の説話の連関はさりげないものが多い。

二二 主計寮の長官。主計寮は民部省に属し、諸国から納めた調庸を計量する役所。

二三 小槻今雄の子。左大史、従五位下。延長七年(九二九)九月没。享年不詳。

二四 式部省大学寮の職名。算道の極官で、定員二名。三善、小槻両氏の世職。

二五 小槻当平の子。算博士、正六位上。天徳二年(九五八)七月没、享年未詳。今昔では弟の「小槻糸平」とする。

二六 小槻茂助の子。算博士、従四位下。寛弘六年(一〇〇六)没、七十七歳。

二七 「大夫」は五位の通称、「史」は太政官の四等官。「大夫史」はその筆頭で、太政官符や官宣旨を草する。小槻氏が世襲。

二八 小槻忠臣の子。左大史、正五位下。寛仁四年(一〇二〇)没、五十八歳。 二九 必ず高い地位にのぼっていくものであるに違いないから。

三〇 何としても、なき者になってほしい。

三一 主税寮の長官。主税寮は民部省に属し、諸国の田租、正税を扱う役所。

三二 次官。二等官。 三三 競い合う。

三四 代々、うけ継いできた職であるうえに。主計頭、算博士は小槻氏の世襲。古活字本「なりいたはりたる盛なるうへに」。今昔に「成り伝へ来たる孫(そん)なるに合はせて」。

のいはく、「物忌してゐたるは、つゝしむべき日にこそあらめ。その日、[一]呪《のろ(ひ)》いあはせばぞ、しるしあるべき。されば、を《(お)》のれを具《ぐ》して、その家におはして、よびいで給へ。門は物忌ならば、よも開《あ》けじ。たゞ声《こゑ》をだに聞《き》ゝてば、かならず呪《のろ》ふしるしありなん」といひければ、陰陽師を具《ぐ》して、それが家に行《い》きて、門をおびたゝしくたゝきければ、[二]下衆《す》出《い》で来《き》て、「誰《た》そ。この門たゝくは」といひければ、「[三]それがしが、とみの事にて参《まい》れるなり。いみじきかたき物忌なりとも、ほそめに開《あ》けて入《い》れ給へ。大切の事なり」といはすれば、この下衆《す》男、帰入て、「かくなん」といへば、「[四]いとわりなき事也。世にある人の[五]事思はぬやはある。え入《い》れ奉《たてまつ》らじ。[六]更に不用《ふよう》なり。とく帰給《(かへりたまひ)》ね」といはすれば、又、いふやう、「さらば、門をば開《あ》け給はずとも、その[七]遣戸《(やりど)》から顔をさしいで給へ。みづから聞《きこ》えん」といへば、死《し》ぬべき[八]宿世《(すくせ)》にやありけん、「[九]何事ぞ」とて、遣《やり》戸から顔《かほ》をさしいでたりければ、[一〇]陰陽師、その声《こゑ》を聞《き》ゝ、顔《かほ》を見《み》て、[一一]すべきかぎり呪《のろ》ひつ。このあはんと云《(いふ)》人は、[一二]いみじき大事いはんといひつれども、いふべき事もおぼえねば、「たゞ今、ゐ中へまかれば、その由《よし》申さんと思て、まうで来《き》つるなり。はや、入給ね」といへば、「大事にもあらざりける事により、かく人をよびいでゝ、[一三]物もおぼえぬ主かな」といひて入ぬ。それよりやがて頭《かしら》

三五 気だて、性質も申し分なかったので。
三六 神託。お告げ。前兆。二中歴の「怪異」には「狐鳴、犬長嗥(ながぼえ)、釜鳴、鳥鳴、心動(ときめき)」などをあげる。
三七 陰陽寮に属し、天地の運行をはかり、日時、方角、地相などの吉凶を占う者。
三八 人を呪うまじない。

一 呪い合わせれば。
二 身分の低いもの。使用人。しもべ。
三 わたくし。
四 とても無理な事だ。ひどく迷惑な話だ。物忌中は閉門して謹慎し、接客等はおこなわないのが普通。
五 古活字本「身思はぬ」。今昔「身思はぬやはある」。
六 とても聞き入れられない。絶対に受け入れられない。
七 左右に引く戸。引き戸。
八 前世からの因縁。
九 古活字本「何ごとども」。
一〇 古活字本「陰陽師は声を聞き」。
一一 なすべきかぎりの呪いをすべてかけてしまった。今昔「死ぬべき態を為べき限り咀ひつ」。
一二 とても大切な用件。
一三 物の道理を知らない奴だな。あきれた奴だ。
一四 三日という日のうちに。
一五 今昔「物忌には音(おと)を高くして人に聞かしむべからず」。
一六 それにつけこんで。
一七 今昔では呪いをかけた人物の死は描かれていない。「宿報とは云ひながら、よく慎むべしとなむ語り伝へたるとや」と結ぶ。
一八 凶事。災禍。

痛《いた》くなりて、三日[一四]と云に死《(しに)》にけり。

されば、物忌[一五]には声高《こゑたか》く、よその人にはあふまじきなり。かやうにまじわざする人のためには、それに[一六]つけて、かゝるわざをすれば、いとおそろしき事也。[一七]さて、その呪《のろ》ひ事せさせし人も、いく程なくて、殃《(わざはひ)》[一八]にあひて死けりとぞ。「身[一九]に負《を》ひけるにや、あさましき事なり」となん、人の語《かた》りし。

（一二三）　海賊発心出家事《かいぞくほつしんしゆつけのこと》　巻一〇ノ一〇

今は昔《むかし》、摂津国[二〇]に、いみじく老たる入道の、おこなひうち[二一]してありけるが、人の、「海賊にあひたり」といふ物語するついでにいふやう、「我は若かりし折《おり》は、まことにたのしくて[二二]ありし身也。着《き》る物、食物にあきみちて、明暮《(あけ)くれ》[二三]、海に浮《う》かびて世をば過《(すぐし)》しなり。淡路の六郎追捕使《ついふくし》[二四]となんいひし。

[二五]それに、安芸の嶋[二六]にて、こと船もことになかりしに、舟一艘、近《ちか》くこぎよす。見《み》れば、廿五六斗《(ばかり)》の男の清《きよ》[二七]げなるぞ、主《しう》とおぼしくてある。さては[二八]、若《わか》き男二三《(ふたりみたり)》[二九]ばかりにて、わづかに見《み》ゆ。さては、女どものよきなどあるべし。を《(お)》[三〇]のづから簾のひまより見れば、皮子[三一]などあまた見《み》ゆ。物はよく積《つ》みたるに、はか[三二]

一九　自分の身に呪いの罪をかぶってしまったのだろうか。

▽陰陽師の呪いによる殺人の話。宇治拾遺には陰陽師にまつわる話が少なくない。時代の変動期、転換期にはこうした超人間的な力への信仰は高まるといわれている。呪い殺しを依頼した人物もかなり執拗なもので、我が身破滅の因か。

二〇　今の大阪府の一部と兵庫県の一部にまたがる国。

二一　仏道修行にはげんでいたが。

二二　裕福で豊かな。古活字本「たのもしくて」。

二三　毎日、海の上に浮んで。海賊であったことをいう諧謔的表現。後半の「僧」が海に浮んで沈まなかったことと呼応するか。

二四　「淡路」は今の兵庫県淡路島。「追捕使」は賊徒を制圧するために任命された官吏。「ついふし」「ついほし」とも。ここは海賊を取り締まる職業の名を海賊が逆に僭称したもの。

二五　それで。それについてであるが。

二六　「安芸」は今の広島県の一部。「安芸の嶋」は瀬戸内海の一つの島であろうが、特定できない。

二七　美しくて、きれいな。

二八　そうして、ほかには。

二九　古活字本「一二三人ばかりにて」。

三〇　偶然に。「簾」の隙間から女性の姿、室内をのぞき見ることは多い。

三一　皮をまわりに張った籠。紙張りや竹で編んだものもいう。「折しも風の南の簾を吹あげたるに、簾のうちに何の人たりとは見えねども、皮子のいと高く、うち積まれたるまへに」（七三頁）。

三二　頼りがいのありそうな人。しっかりした人。

〴〵しき人もなくて、たゞこの我舟《(わがふね)》につきてありく。[一]屋形の上《うへ》に若き僧一人ゐて、経読《よ》みてあり。くだれば、同《おな》じやうにくだり、嶋へ寄《よ》れば、同《おな》じやうに寄《よ》る。[二]とまればまたとまりなどすれば、[三]此舟をえ見も知《し》らぬなりけり。

あやしと思て、問《と》ひてんと思《おも》ひて、「こは、いかなる人の、かくこの舟にのみ[四]具《ぐ》してはおはするぞ。いづくにおはする人にか」と問《と》へば、「[五]周防国より、いそぐ事ありてまかるが、[六]さるべきたのもしき人も具《ぐ》せねば、おそろしくて、此御舟をたのみて、かくつき申たるなり」といへば、「[七]いとをこがまし」と思て、「これは京にまかるにもあらず。[八]こゝに人待なり。待つけて、周《す》防《はう》の方《かた》へ[九]下《くだ》らんずるは。いかで具《ぐ》してとはあるぞ。京に上《のぼ》らん舟に具《ぐ》してこそおはせめ」といへば、「さらば明日《あす》こそは、[一〇]さもいかにもせめ。こよひは、猶も舟に具《ぐ》してあらん」とて、[一一]嶋《しま》がくれなる所に、具《ぐ》してとまりぬ。

[一二]人ども「たゞ今《いま》こそよき時なめれ。いざ、[一三]この舟移《うつ》してん」とて、この舟にみな乗《の》る時に、[一四]物もおぼえず、[一五]あきれまどひたり。物のある限《かぎ》り、我舟にとり入つ。人どもは、みな男女、海にとり入《い》るゝに、主人、手を[一六]こそ〳〵とすりて、[一七]水精《(すいしやう)》のずゞの緒、きれたらんやうなる涙を、はら〳〵とこぼしていはく、「よろづの物は、みな取給へ。たゞ我命の限《かぎり》は助《たす》け給へ。京に老たる親の、[一八]限《かぎり》

一 船の上につけた屋根。
二 こちらの船が停泊すると、また向うの船も同じように停泊したりするところを見ると。
三 この船が海賊船であるとは全く気がついていないのであった。
四 ついて。連れだって。
五 今の山口県の東部。
六 しかるべき、頼りにできる人も連れていないので。
七 とても愚かで、滑稽だ。
八 人を襲う海賊の行為を婉曲にいったもの。
九 下っていくつもりだ。
一〇 そのようになんとかしましょう。
一一 島のかげの隠れているところ。
一二 古活字本「人々も」。
一三 この船の物をすっかりいただいてしまおう。
一四 古活字本「おぼえず」。
一五 茫然として、どうしてよいかわからないさまだった。
一六 懸命に手をすり合わせるさまをいうか。
一七 水晶の珠を連ねた数珠。手を激しく摺る、数珠を摺る、緒が切れるという連想。
一八 今にも死にそうな、重い病にかかって。
一九 もう一度、お前の顔を見たい。

にわづらひて、今[一九]一度見《み》んと申たれば、夜《よる》[二〇]を昼《ひる》にて、告《つ》[二一]げに遣《つか》はしたれば、いそぎ罷《(まかり)》上《のぼ》る也」ともえいひやらで、我[二二]に目を見合《あ》はせて、手をするさまいみじ。「これ、かく[二三]ないはせそ。例《れい》のごとく、とく」といふに、目を見合て泣《な》きまどふさま、いと/\いみじ。あはれに無慙《むざう》[二四]におぼえしかども、さ言《い》[二五]ひて、いかゞせんと思なして、海に入つ。

屋形の上に、廿斗《(はたちばかり)》にてひ[二六]わ《(は)》づなる僧の、経袋[二七]くびにかけて、夜昼《よるひる》経読《よ》みつるを取《と》りて、海にうち入つ。時に手まどひして、経袋を取《と》りて、水の上《うへ》に浮《う》かびながら、手をさゝげて、此経をさゝげて、浮《う》き出《(いで)》/\する時に、「希有《けう》[二八]の法師の今《いまゝ》まで死なぬ」とて、舟の櫂《かい》して頭をは[二九]たとうち、背中《せなか》を突《つ》き入《い》れなどすれど、浮《う》き出/\しつゝ此経をさゝぐ。あやしと思てよく見《み》れば、此僧の水に浮《う》かびたる跡枕《(あとまくら)》[三〇]に、う[三一]つくしげなる童の、び[三二]づらゆひたるが、白《しろ》きす[三三]はへ《(ゑ)》を持たる、二三人ばかり見《み》ゆ。僧の頭《(かしら)》に手をかけ、一人は経をさゝげたる腕《かひな》をとらへたりと見《み》ゆ。かたへの者どもに、「あれ見《み》よ。この僧につきたる童部《(わらはべ)》は何《なに》ぞ」といへば、「い[三四]づら、/\。更に人なし」といふ。我目にはたしかに見《み》ゆ。此童部そひて、あ[三五]へて海に沈《しづ》む事なし。浮《う》かびてあり。あやしければ、見《み》んと思て、「これにとりつきて来《こ》」とて、棹をさしやりたれば、とりつきたるを引寄《よ》

二〇 夜を昼と同じになして。夜を日についで。
二一 知らせに使をよこしたので。
二二 自分と目を合わせて。救いを乞うあわれなしぐさ。「目をしばたゝきて、これかれに見合はせけるを」(一一二頁)。
二三 こんなふうにしゃべらせるな。だまらせろ。
二四 いたましく。かわいそうに。
二五 そういっても、どうしようもないとあえて思って。

二六 弱々しそうな。ひよわな感じの。
二七 経巻を入れる袋。
二八 不思議な。変な。
二九 パンと。物を打つ時の音。
三〇 足もとと枕もと。転じて、あとさきに。
三一 美しくて、綺麗な。「容貌美麗なる総角の幼童、左右に各一人、僧正の足をささげたり」(古今著聞集二ノ五十二)。「時に天童十許人、河の中より出でて、船を捧げて渡る」(拾遺往生伝・上ノ六)。
三二 髪形の一。頭の中央で髪を分け、耳のあたりで束ね輪形にととのえたもの。少年の髪形。みづら。「びんづら結ひたる童子の、すはえ持たるが、中門の方より入来て」(三八三頁)。
三三 木の枝、幹の真直ぐ伸びたもの。
三四 どこだどこだ。
三五 全く。いっこうに。

せたれば、人〳〵、「など、かくはするぞ。[一]よしなしわざする」といへど、「[二]さはれ、此僧一人《ひとり》は[三]生《い》けん」とて、舟に乗《の》せつ。

近《ちか》くなれば、此童部《わらはべ》は見《み》えず。此僧に問《と》ふ、「[四]我《(われ)》は京の人か。いづこへおはするぞ」と問《と》へば、「[五]ゐ中の人に候。法師になりて、久しく[六]受戒をえ仕らねば、『いかで京に上《のぼ》りて受戒せん』と申《(まうし)》しかば、『いざ、我に具《ぐ》して、[七]山に知《し》りたる人のあるに申つけて、せさせん』と候しかば、まかりのぼりつる也」といふ。

「[八]わ僧の頭や腕《かひな》に取付たりつる児共《(ちごども)》は、誰《た》ぞ。何《なに》ぞ」と問《と》へば、「[九]いつか、さるもの候つる。更におぼえず」といへば、「さて、経さゝげたりつる腕《かひな》にも、[一〇]童そひたりつるは。[一一]抑《(そもそも)》、何《なに》と思て、只今死《し》なんとするに、此経袋をばさゝげつるぞ」と問《と》へば、「死なんずるは、思まうけたれば、命は惜くもあらず。我は死《し》ぬとも、経を、しばしが程も濡《ぬ》らし奉《たてまつ》らじと思て、さゝげ奉しに、腕《かひな》[一二]たゆくもあらず、[一三]あやまりて軽《かろ》くて、腕《かひな》も長《なが》くなるやうにて、高《たか》くさゝげられ候《さぶら》ひつれば、御経のしるしとこそ、死《し》ぬべき心地《ち》にもおぼえ候つれ。命生《い》けさせ給はんは、うれしき事」とて泣《な》くに、此[一四]婆羅門《(ばらもん)》のやうなる心にも、あはれに尊《たうと》くおぼえて、「これより国へ帰らんとや思《おも》ふ。又、京に上《(のぼり)》て、[一五]受戒とげんの心あらば、送《をく》らん」といへば、「更に、受戒の心も今は候はず。たゞ帰りさぶらひ

一 つまらないこと。無意味なこと。書陵部本「よしわざする」。
二 ともかく。そうではあるが。
三 生かしておこう。「生け」は下二段活用で生かすの意。
四 二人称をあらわす。そなた。おまえ。
五 書陵部本「ゐ中のに候」。
六 出家したものが師より戒律を受けること。
七 比叡山延暦寺。
八 「わ」は親しみ、あるいは軽んずる気持をそえる接頭語。
九 いつ、そんなものがおりましたか。
一〇 童達はそばにくっついていたぞ。
一一 海賊の僧への問いかけはいかにも急である。次々に浮かぶ疑問を矢つぎ早に口に出すところに、海賊の単純で直情的な性格を見ることができる。悪人往生説話に類例がある。
一二 だるく。
一三 いつもと違っての意か。国史大系所引一本「あまつさへ」。
一四 インドの四姓の中での最高の階級。婆羅門族を中心に婆羅門教が行われ、仏教からは異教とされた。ここでは仏教を信じない外道の意。
一五 古活字本「受戒とげんとの心」。
一六 ここから故郷へ送り返してやろう。
一七 ぽろぽろと涙を流して泣けてくるのであった。古活字本「ほろ〳〵泣かる」。
一八 何か恐ろしいような時にもの意か。
一九 十羅刹女の略。精気を奪い、血肉を食するといわれる十人の鬼女。のち、仏に帰依し、法華経をたもつものを守護した。
二〇 伊達本は「さは」の「は」を見せ消ちにして「へ」とする。これに従えば「此婆羅門のやうなるものの心にさへ」となる。

なん」といへば、「一六これより返しやりてんとす。さても、うつくしかりつる童部は、何にか、かく見《み》えつる」と語《かた》れば、この僧、あはれに尊《たうと》くおぼえて、一七ほろ〳〵と泣《な》かる。「七《(ななつ)》より法花経を読《よ》み奉て、日比《(ひごろ)》も異事《ことごと》なく、一八物のおそろしきまゝにも読《よ》み奉りたれば、一九十羅刹《(じふらせつ)》のおはしましけるにこそ」といふに、此婆羅門のやうなるものの心に、「二〇さは、仏経は、目出《(めでた)》く尊《たうと》くおはします物なりけり」と思て、此僧に具《ぐ》して、山寺などへ往《い》なんと思《おも》ふ心つきぬ。

さて、此僧と二人具《ぐ》して、二一かてすこしを具《ぐ》して、のこりの物どもは知《し》らず、みなこの人〳〵にあづけてゆけば、人〳〵「物にくるふか。こはいかに。二二俄の道心、二三よにあらじ。もののつきたるか」とて制《せい》しとゞむれども、聞《き》かで、弓、二四やなぐひ、太刀、刀もみな捨て、此僧に具《ぐ》して、これが師の山寺なる所に行《い》きて、法師に成て、そこにて二五経一部読《よ》み参《まゐ》らせて、二六おこなひありくなり。かゝる罪をのみ作《つく》りしが、無慙《むざう》におぼえて、此男の手をすりて、はら〳〵と泣まどひしを海に入《(いれ)》しより、すこし道心おこりにき。二七それに、いとゞ此僧に十羅刹のそひておはしましけると思《おも》ふに、法花経のめでたく、二八読奉《たてまつ》らまほしくおぼえて、俄にかく成てあるなり」と語《かた》り侍けり。

二一 食糧を少しばかりたずさえて。讃岐源大夫の悪人往生談でも「干飯をいささか引きつつみて」(発心集三ノ四)とされる。
二二 にわかに思いたった道心。
二三 世の中にあるはずがない。あってはならないの意か。あるいは信じられないの意か。旧大系「本ものではありますまいの意」とする。
二四 矢を背負う道具。古活字本「ゑびら」。
二五 法華経八巻。「一部」は一揃の意。
二六 修行してあちこちを歩くのであった。
二七 それに加えて。さらに。
二八 尊く、すばらしく。
▽悪人発心譚の一つ。ただし今昔十九ノ十四などに見られる讃岐源大夫説話が激しく、すぐれて動的であるのに対し、本話にはそうした趣は比較的薄い。その代り、宇治拾遺特有の温和な語り口にのって、海賊の心情が穏やかに描出されている。

(一二四)　青常事《あをつねのこと》　巻一一ノ二

今は昔、村[一]上の御時、古《ふる》[二]き宮の御子にて、左[三]京大夫なる人おはしけり。長[四]すこし細高《ほそだか》にて、いみじうあて[五]やかなる姿はしたれども、様体《やうだい》[六]などもおこ《(を)》[七]なりけり。かた[八]くなはしき様《さま》ぞしたりける。頭の、あぶ[九]みがしらなりければ、纓《えい》[一〇]は背《せ》中《なか》にもつかず、離《はな》れてぞふられける。色[一一]は花をぬりたるやうに、青白《しろ》にて、ま[一二]かぶらくぼ[一三]く、鼻あ[一四]ざやかに高《たか》く赤し。唇《くちびる》うすくて色もなく、笑《え》めば歯[一五]がちなる物の、歯肉《(はじし)》[一六]赤《あか》くて、髭《ひげ》も赤《あか》くて長かりけり。声《こゑ》は鼻《はな》声にて高《たか》くて、物いへば、一《(ひと)》[一七]うちひゞきてぞ聞《きこ》えける。歩《あゆ》めば、身をふり、尻[一八]をふりてぞありきける。色[一九]のせめて青かりければ、「青常《あをつね》[二〇]の君」とぞ、殿上の公達はつけて笑《わら》ひける。若き人達《たち》の、立居《ゐ》につけて、やす[二一]からず笑《わら》ひのゝしりければ、御門聞《き》[二二]こしめしあまりて、「此《(を)》おのこどもの、これをかく笑《わら》ふ、便《びん》[二三]なき事也。父[二四]の御子、聞《き》[二五]きて制せずとて、我を恨《(うらみ)》ざらんや」など仰られて、まめ[二六]やかにさいなみ給へば、殿上の人〳〵舌泣《したな》[二七]きをして、みな笑《わら》ふまじきよし、いひあへりけり。

さて、いひあへるやう、「かくさいなめば、今《いま》よりながく起請《(きしやう)》[二八]す。もし、か

一 平安時代中ごろの天皇。第六十二代。醍醐帝の十四男。在位、天慶九年(九四六)から康保四年(九六七)。同年崩、四十二歳。
二 重明親王。醍醐帝の四男。村上帝の兄。二品式部卿。箏、和琴に秀で、また学才をもって知られる。日記「吏部王記《(りほうおうき)》」は後代、珍重される。天暦八年(九五四)没、四十九歳。
三 源邦正。重明親王の子。従四位下。「青侍従」「青常」と呼ばれる(本朝皇胤紹運録、尊卑分脈)。「左京大夫」は左京職の長官。
四 体つき。背かっこう。古活字本に「ひととなり」とある。このように読むか。「長 ヒトトナリ、タケ」(類聚名義抄)。
五 上品な。みやびやかな。　六 顔つきや容姿、所作、振舞など目に見えるもの。
七 おかしかった。　八 みっともない。不体裁な。
九 後頭部の突き出た頭。さいづち頭。
一〇 冠の付属具。冠の巾子《(こじ)》の後にはさんで、下にたらす羅《(うすぎぬ)》のたれ。
一一 色は露草の花の青色を塗ったようで。「花」は露草の花をさし、青色の染料をとった。今昔に「色は露草の草を塗りたる様に」。
一二 目の周囲。目のあたり。
一三 くぼんでいて。へこんでいて。
一四 きわだって。めだって。
一五 歯が多く見えること。　一六 歯ぐき。
一七 家中。家の内いっぱい。
一八 古活字本「肩をふりて」。
一九 ひどく。　二〇 今昔「青経の君」。
二一 はなはだしく。普通でないくらい。
二二 すこしいきすぎだとお聞きになって。
二三 不都合なことだ。よくないことだ。
二四 父の重明親王。
二五 聞いても止めなかったと、私を恨まないで

く起請して後《のち》、青常《あをつね》の君と呼《よ》びたらんものをば、酒、果物《くだ》など取《と》りいださせて、[二九]あがひせん」といひかためて、起請して後、いくばくもなくて、[三〇]堀川殿の殿上[三一]人にておはしけるが、[三二]あふ《(う)》なく立《た》ちて行《(ゆく)》[三三]うしろでを見《み》て、忘て「あの青常《つね》丸《(まろ)》[三四]はいづち行ぞ」との給てけり。殿上人ども、「かく起請を破《やぶ》りつるは、いと便《びん》なき事也」とて、「いひ定《さだ》めたるやうに、すみやかに酒、果物《くだ》取《と》りにやりて、此事あがへ」と、集《あつ》まりて責《せ》めの[三五]ゝしりければ、[三六]あらがひて、「せじ」と[三七]すまひ給けれど、まめやかに〳〵責《せ》めければ、「さらば、あさてばかり青常《あをつね》の君のあがひせん。殿上人、蔵人、その日、集《あつ》まり給へ」といひて出給ぬ。

その日になりて、「[三八]堀川中将の、青常《つね》の君のあがひすべし」とて、参《まゐ》らぬ人なし。殿上人居《ゐ》並《なら》びて待ほどに、堀川中将、[三九]直衣姿《すがた》にて、かたちは光《(ひかる)》やうなる人の、香はえもいはずかうばしくて、[四〇]愛敬《あいぎやう》こぼれにこぼれて参り給へり。直衣のながやかにめでたき裾《すそ》より、青き[四一]打たる[四二]出《いだし》袙《(あこめ)》して、[四三]指貫《(さしぬき)》も青色の指貫《さしぬき》を着《き》たり。[四四]随身三人に青き[四五]狩衣、袴着《はかまき》せて、一人《ひとり》には青《あを》く色どりたる[四六]折敷《おしき》に、[四七]青磁《あをじ》の皿《さら》に[四八]こくわを盛《も》りてさゝげたり。今一人は、[四九]竹の枝に山鳩を四五斗《(ばかり)》つけて持《も》たせたり。また一人《ひとり》には、青磁《あをじ》の瓶《かめ》に酒を入て、青き[五〇]薄様《うすやう》にて、口を包《つゝ》みたり。[五一]殿上の前に、持《(もち)》続《つゞ》きて出たれば、殿上人ども見《み》て、もろ声《ごゑ》に笑《わら》ひとよむ

あろうか。さっと恨むに違いない。
二六 本気で咎めだてをなさるので。 二七 舌打ち。
二八 神仏に誓いをたてて、約束すること。
二九 つぐないをしよう。
三〇 藤原兼通。従一位、関白太政大臣。師輔の二男。貞元二年(九七七)没、五十三歳。
三一 昇殿を許されたもの。四位、五位、及び六位蔵人をさすことが多い。今昔「中将にて御しましけるが」。
三二 「あふなし」は「奥(あう)なし」で、深い考えのないこと。うっかりと。 三三 うしろ姿。
三四 「丸」は男子の名の下につける語であったが、やがて幼児や動物の名の下に付ける愛称の接尾語としてつかわれた。「青常ちゃん」ほどの意か。
三五 せめたてて騒いだので。 三六 言い争って。
三七 いやがる。ことわる。板本「すまひけれど」。
三八 兼通の中将歴任の事実は知られていない。
三九 貴族の平常服。 四〇 魅力はあふれにあふれて。 四一 砧で打って、艶を出した。
四二 袙の裾が少し見えるように出して着ること。「袙」は男子が束帯、直衣などの時、下襲(したがさね)の下、単衣(ひとえ)の上に着用するもの。
四三 袴の一種。裾のまわりに通した紐で、下をくくるようにしたもの。
四四 貴人の外出の際、随従する近衛府の舎人。
四五 貴族の略装。
四六 片木(へぎ)を折って四方にまわした角盆。
四七 せいじ。磁器の一つで、青緑色、淡黄色の釉(うわぐすり)をかけたもの。
四八 「さるもも」「さるなし」「しらくち」などともいわれる。実は緑黄色で食用。
四九 古活字本「竹の杖」。今昔「青き竹の枝に青き小鳥五つ六つ許を付けて」。 五〇 薄手の紙。
五一 清涼殿の南廂にある殿上の間。

事、を《(お)》びた〻し。

御門聞《き》かせ給て、「何事ぞ。殿上におびた〻しく聞《き》こゆるは」と問《と》はせ給へば、女房、「兼通が、青常《つねよ》呼びてさぶらへば、その事によりて、をのこどもに責《せ》められて、その罪あがひ候を、笑候なり」と申ければ、「いかやうにあがふぞ」とて、昼《ひー》の御座《おまし》に出させ給て、[二]小部《こじとみ》よりのぞかせ給ければ、我よりはじめて、[三]ひた青《あを》なる装束にて、青《あを》き食《くひ》物どもを持《も》たせて、あがひければ、これを[四]笑《わら》ふなりと御覧じて、え腹立《たゝ》せ給はで、いみじう笑《わら》はせ給けり。その後《のち》は、まめやかにさいなむ人もなかりければ、いよ〳〵なん笑あざけりける。

（一二五　保輔盗人《やすすけぬすびと》タル事《こと》　巻一一ノ二）

今は昔、[五]摂津守[六]保昌が弟に、[七]兵衛尉《(ひやうゑのじよう)》にて[八]冠《(かうぶり)》たまはりて、[九]保輔といふもの有けり。盗人の長《(をさ)》にてぞありける。家は[一〇]姉小路の南、高倉の東に居たりけり。家の奥に蔵を作て、下を深《ふか》う井のやうに堀て、太刀、鞍、鎧、兜《かぶと》、絹、布など、万《(よろづ)》の売《う》る物を呼《よ》び入て、[一一]いふまゝに買て、[一二]「値《あたい》を取《と》らせよ」といひて、「奥《おく》の蔵の方《かた》へ具《ぐ》して行《ゆ》け」といひければ、「値《あたい》給はらん」とて行たるを、蔵の内へ

一 清涼殿内にある天皇の御座。
二 清涼殿の昼の御座と殿上の間との間にある小窓。天皇が殿上の間をのぞく時に使う。「主上自二小部一御覧じて」(古事談二)。
三 すべて、青一色の。
四 諸本「笑ふなりけり」。
▽青常の父重明親王は英邁をもって知られ、かつ古事談六によれば皇位継承の幸運をつかむ可能性もあったが、かなわず、村上天皇並びに藤原師輔一派にすべてがにぎられてしまった。本話の理解にそうした背景を重ね合せてもよいかも知れない。
五 古活字本「丹後守」。「摂津」は、今の大阪府の一部と兵庫県の一部にあたる。
六 藤原保昌。元方の孫。致忠男。母は元明親王女。肥後、丹後、摂津、大和守を歴任。藤原道長、頼通家に家司として仕えた。和泉式部の夫。和歌にもすぐれ、後拾遺集に入集。和泉式部の夫。武勇にすぐれた人といい(二十八話)、御伽草子・酒呑童子では源頼光の麾下、鬼退治に参加する勇士の一人。長元九年(一〇三六)没、七十九歳。
七 兵衛府の三等官。兵衛府は内裏警備にあたるが、衛府の中でもっとも格が低い。
八 五位に叙せられて。
九 藤原保輔。致忠の子、保昌の弟(一説、兄)。「右馬助正五下、右京亮、右兵衛、強盗張本、本朝第一武略、蒙追討宣旨事十五度、後禁獄自害」(尊卑分脈)。永延二年(九八八)六月十七日没か(日本紀略)。のち伝説化され、盗賊袴垂と混同され、袴垂保輔という呼び方もされる。
一〇 京都市中京区大阪材木町を中心とした地域で、左京三条四坊五町にあたる。
一一 売り主の言う通りの値で買って。
一二 代金を与えよ。

呼《よ》び入《(いれ)》つゝ、堀たる穴へつき入《い》れ〳〵して、もて来《き》たる物をば取けり。この保[一三]輔がり物もて入《(いり)》たるものゝ帰《(かへり)》ゆくなし。この事を物売《う》りあやしう思へども、埋《うづ》み殺《ころ》しぬれば、此事を云ものなかりけり。

[一四]これならず、京中[一五]押《を》しありきて、盗《ぬす》みをして過《す》ぎけり。この事、[一六]おろ〳〵聞《き》こえたりけれども、いかなりけるにか、とらへからめらるゝ事もなくて過にける。

（一二六　晴明《せいめい》ヲ心見僧事《こころみるそうのこと》　巻一一ノ三）

昔、[一七]晴明が[一八]土御門の家に、[一九]老しらみたる老僧来《きた》りぬ。十歳斗《(ばかり)》なる童部二人具《ぐ》したり。晴明、「なにぞの人にておはするぞ」と問《と》へば、「[二〇]播磨国の者にて候。[二一]陰陽師《(おんやうじ)》を習はん心ざしにて候。此道に、ことにすぐれておはします由《よし》を承て、せう〳〵習《なら》ひ参《まい》らせんとて、参《まい》りたるなり」といへば、晴明が思《(おもふ)》やう、「此法師は、かしこき者にこそあるめれ。我を心みんとて来《き》たるものなり。それに[二二]悪《わろ》く見《み》えては悪《わろ》かるべし。この法師、すこし[二三]ひきまさぐらんと思て、供《とも》なる童は、[二四]式神《(しきがみ)》をつかひて[二五]来《き》たるなめり。もし式神《しき》ならば召《め》し隠《かく》せ」と心の中に念じて、

一三 保輔のところへ。「がり」は名詞、代名詞のあとについて、場所を示す言葉。
一四 こればかりでなく。
一五 のし歩いて。「押し」は接頭語。強引に…する意。
一六 うすうすは噂になったけれども。
▽保輔の祖父元方の娘は村上帝後宮に入って第一皇子広平親王を産むが、その直後、師輔の娘安子も憲平親王(のちの冷泉天皇)を生んだため、師輔側に圧倒され、元方は死後怨霊となったという。その孫保昌は師輔の孫の道長に家司となって仕え、道長に目をかけられたが、兄弟の保輔は盗賊と化し、反社会的行動に走った。
一七 安倍晴明。益材の子。平安時代中期の陰陽家。天文博士。寛弘二年(一〇〇五)没、八十五歳。
一八 今昔には「土御門よりは北、西洞院よりは東なり」とあり。現在の京都市上京区三丁町付近か。なお、大鏡によれば晴明の家は「土御門町口」とあり、土御門大路と町尻小路の交叉する辺りにあったことになる。
一九 老い衰えた。
二〇 今の兵庫県の西部。播磨国出身の陰陽師の話は多い。また安倍晴明をはじめとし、陰陽道関係者が播磨国の地方官を兼ねることも多かった。第一四〇話には播磨国にいった慶滋保胤が法師陰陽師に暴行に及んだ話をのせる。
二一 陰陽寮などに属し、吉凶、禍福などを占う人物。
二二 そういう者に、たいしたことがないように見られてはよくないだろう。
二三 もてあそんでやろう。からかってやろう。
二四 陰陽師の使う神。変幻自在で、陰陽師の命にしたがうといわれる。
二五 古活字本「来たるなめりかし。式神ならば」。

袖の内にて印[一]を結て、ひそかに呪《(しゆ)》[二]を唱ふ。さて法師にいふやう、「とく帰給《(かへりたまひ)》ね。後《のち》に良《よ》き日して、習はんとの給はん事どもは、教《をし》へ奉《たてまつ》らん」といへば、法師、「[三]あらたう《(ふ)》と」といひて、手をすりて額にあてて、立走《はし》りぬ。

[四]今は去《い》ぬらんと思《おも》ふに、法師とまりて、さるべき所〳〵、車宿《(くるまやどり)》[五]などのぞきありきて、又前に寄《よ》り来《き》ていふやう、「この供《とも》に候つる童の、二人ながら失《(うしなひ)》[六]て候。それ給はりて帰らん」といへば、晴明、「御房《(ごばう)》[七]は、希《(け)》有《(う)》[八]の事いふ御房かな。晴明は、なにの故に、人の供《とも》ならんものをば、取《と》らんずるぞ」[九]といへば、法師のいふやう、「[一〇]さらに、[一一]あが君、[一二]おほきなることは《(わ)》り候。さりながら、たゞ許《ゆる》し給はらん」とわびければ、「よし〳〵、御房の、人の心みんとて、式神つかひて来《く》るが、[一三]うらやましきを、[一四]事におぼえつるが、異《こと》[一五]人をこそ、[一六]さやうには心得《え》給はめ、晴明をば、いかでさる事し給べき」といひて、物読《よ》むやうにして、しばしばかりありければ、外の方より童二人ながら走入て、法師の前《まへ》に出来ければ、その折《おり》、[一七]法師の申やう、「実《(まこと)》に心み申つる也。仕事《(つかふこと)》[一八]はやすく候。人の仕《つか》ひたるを隠《かく》すことは、[一九]更にかなふべからず候。今よりは、ひとへに御弟子となりて候はん」といひて、ふところより名簿《(みやうぶ)》[二〇]ひきいでて、取《と》らせけり。

一 仏、菩薩などの悟り、誓願などを示す、手指の形。真言宗の僧などが呪を唱える時にも行う。
二 呪文。まじないの言葉。 三 ああ、ありがたいことです。もったいないことです。
四 もういってしまっただろう。今昔「今は一二町は行ぬらんと思ふ程に」。
五 牛車を収納しておく建物。貴族の邸内では中門の外に設けられていた。
六 「うしなひて」「うせて」、両用に訓ずること可能。古活字本「うしなひて」とあるに一応従う。
七 僧の敬称。親しみをこめていう場合にも使う。
八 不思議なこと。珍らしいこと。
九 古活字本「といへり」。
一〇 決しての意か。晴明の言葉を否定する言葉と一応解しておく。
一一 相手を親しみ、敬っていう言葉。
一二 たいそうごもっともなことです。全く、おっしゃられる通りです。
一三 ねたましくての意か。今昔「安からず思つる也」。 一四 けしからんと思ったが、の意か。書陵部本「事におぼえつる」。
一五 ほかの人をこそ。晴明以外の人物に対しての意。
一六 そのような相手とお考えなさることもできようが。書陵部本、古活字本「心み給はめ」。
一七 今昔二十四ノ十九には播磨国の陰陽師智徳という者が「晴明に会てぞ識神を被ㇾ隠たりける」とあり、同一の人物と推定される。
一八 式神を使う事は。
一九 まったくもって不可能なことです。
二〇 官位、姓名を記した名札。弟子や家人などになる際、さし出した。
▽前話は商人達を穴につき落して殺してしまう話。平安京の暗黒ぶりを伝える話であったのに

（一二七　晴明殺ㇾ蛙事《せいめいかへるをころすこと》　巻一一ノ三付）

此晴明、ある時、[二一]広沢僧正の御坊に参《まゐ》りて、物申うけ給はりける間《あいだ》、若《(わかき)》僧どもの晴明《はれあきら》にいふやう、「[二二]式神を仕《つか》ひ給《(たまふ)》なるは、たちまちに人をば殺《ころ》し給や」といひければ、「[二三]やすくはえ殺《ころ》さじ。[二四]力を入て殺《ころ》してん」といふ。「さて虫なんどをば、すこしの事せんに、かならず殺《ころ》しつべし。[二五]さて生《い》くるやうを知《し》らねば、罪を得《え》つべければ、さやうの事、[二六]よしなし」といふ程に、庭に蛙のいできて、五六ばかりお《(を)》どりて、池のかたざまへ行けるを、「あれひとつ、さらば殺《ころ》し給へ。心みん」と僧のいひければ、「罪をつくり給《(たまふ)》御房かな。[二七]されども、心み給へば、殺して見《み》せ奉ん」とて、草の葉をつみ切《き》りて、物を読《よ》むやうにして、蛙《かへる》の方《かた》へ投《な》げやりければ、その草の葉の、蛙の上《うへ》にかゝりければ、蛙《かへる》[二八]まひらに[二九]ひしげて死《(しに)》たりけり。これを見《み》て、僧どもの色[三〇]かはりて、おそろしと思けり。

家の中に人なき折《おり》は、この式《しき》神を仕《つか》ひけるにや。人もなきに、[三一]蔀を上《(あげ)》おろし、門を[三二]さしなどしけり。

対し、同じ人を隠すことをテーマとしながら、本話は明るい。式神を取り隠してしまうわけだが、前話の「とらへからめ」ることのできなかった保輔と対比させているのかもしれない。宇治拾遺の説話配列はなかなか巧みである。

二一　寛朝。平安中期の真言僧。宇多上皇の孫。敦実親王の男。母は時平女。洛北嵯峨、広沢池付近の遍照寺に居住。仁和寺東寺法務、東大寺別当などを歴任。声明、音曲に通じる。今昔二十三ノ二十、宇治拾遺一七六話では大変な力持ちであったと伝えられる。寛和二年(九八六)、大僧正昇任。広沢大僧正といわれる。長徳四年(九九八)没、八十四歳。

二二　式神をあなたはお使いになるということですが。

二三　たやすくは殺せない。簡単には殺せない。なお今昔には、この前に「道の大事をかくあはにも問ひ給ふかな」とある。

二四　力を入れてやれば、殺せるだろう。板本「刀を入て殺してん」。今昔「少し力だに入れて候へば必ず殺してむ」。

二五　ところが、生かす方法を知らないから。

二六　まったく無意味なことだ。やるべきことでない。

二七　しかし、私をお試しになっているのだから。

二八　まったいらに。ぺしゃんこに。

二九　つぶれる。　三〇　顔色が変って。

三一　格子の裏に板を張って、日光、風雨を防ぐようにしたもの。

三二　閉める。

▽晴明の陰陽道に関する話は本話を含めて四話と多い。彼の持つ呪術が一見穏健に見えるものの、その本質には危険で悽惨なものがあることをのぞかせる。

（一二八　河内守頼信《かうちのかみよりのぶ》、平忠恒《たひらのただつね》ヲ責事《せむること》　巻一一ノ四）

昔、河内守[一]頼信[二]、上野守《(かうづけのかみ)》[三]にてありし時、坂東に平忠恒[四]といふ兵《(つはもの)》ありき。仰[五]らるゝ事なきがごとくにする、討《う》たんとて、おほく[六]の軍を《(お)》こして、かれが住《す》みかの方へ行向《むか》ふに、岩海[七]のはるかにさし入たるむかひに、家を作てゐたり。この岩海をまはる物ならば、七八日にめぐるべし。すぐに[八]渡《わた》らば、その日の中に責《(せめ)》つべければ、忠恒、わたりの舟どもをみな取《と》り隠《かく》してけり。されば、渡《わた》るべきやうもなし。

浜ばたに打立て、「この浜のまゝに廻《めぐ》るべきにこそあれ」と、兵[九]ども思たるに、上野守のいふやう、「この海のまゝに廻[一〇]て寄《よ》せば、日比経《(ひごろ)へ》なん。その間に逃もし、又、寄《(よせ)》[一一]られぬ構《かま》へもせられなん。けふのうちに寄《よ》せて責《(せめ)》んこそ、あのやつは存外[一二]にして、あは《(わ)》てまどはんずれ。しかるに、舟どもはみな取隠したり。いかゞはすべき」と軍《(いくさ)》どもに問れけるに、軍[一三]ども、「さらに[一四]渡し給べきやうなし。廻[一五]てこそ、寄《よ》せさせ給べく候へ」と申ければ、「此軍どもの中に、さりとも、この道知《し》りたるものはあるらん。頼信は、坂東[一六]方は此たびこそはじめて見《み》

一 河内は今の大阪府の東部。
二 源頼信。平安中期の武将。多田満仲の男。母は藤原元方(一説、致忠)の女。兄の頼光、頼親たちと同じく、藤原道長に臣従する。常陸介、上野、伊勢、甲斐、美濃、河内の国守を歴任。鎮守府将軍、従四位上。武勇をもってしられ長元年間の平忠常の乱を鎮定する。河内源氏の祖。康平三年(一〇六〇)没、八十一歳。一説永承三年(一〇四八)没、八十一歳。
三 本話の事件を長元年間のこととすると、頼信の甲斐守時代となる。「上野」は今の群馬県。
四 平忠常。平良文の孫。忠頼の子。上総介、武蔵国押領使。長元元年(一〇二八)六月、中央政府に叛くが、同四年、追討使源頼信に降伏、京都へ護送される途中、美濃国で病死。忠常の反乱は平将門の乱と並ぶ、東国における大反乱の一つ。
五 守のおっしゃられることを、すべてないがしろにするので。今昔「私の勢力極て大きにして、上総下総を皆我まゝに進退して、公事をも事にも不レ為りけり。亦常陸介の仰する事をも事に触れて忽諸(いるかせ)にしけり」。
六 平忠常への追討の命は長元元年(一〇二八)六月に平直方、中原成道に下るが、功はなく、同三年九月、「甲斐守源頼信并坂東諸国司等」(日本紀略)に下される。
七 今昔「彼忠恒が栖(すみか)は内海に遥に入たる向ひに有る也」。板本「入海」。なお忠常の居宅は香取郡椿湖(現存せず)の湖畔にあったとされる。
八 まっすぐに海を渡れば。
九 古活字本「云ども」。
一〇 古活字本「思て」。
一一 攻め寄せられないようなそなえ。
一二 思いかけない。古活字本「ぞむじのほかにして」。

れ。されども、我家の伝《つた》へにて、聞置《きゝを》きたる事あり。この海の中には、堤のやうにて、広さ一[17]丈ばかりして、[18]すぐに渡《わた》りたる道あるなり。深さは馬の太腹《ふと》[19]に立《た》つと聞く。[20]この程にこそ、その道はあたりたるらめ。さりとも、このおほくの軍どもの中に、知《し》りたるもあるらん。さらば、先に立《た》ちて渡《わた》せ。頼信、続《つゞ》きて渡《わた》さん」とて、馬を[21]かき早《はや》めて寄《よ》りければ、知《し》[22]りたる者にやありけん、四五騎斗《ばかり》、馬を海に打おろして、たゞ渡に渡りければ、それにつきて、五六百騎斗の軍ども渡《わた》しけり。誠《まこと》に馬の太腹に立ちて渡《わた》る。

おほくの兵の中に、たゞ三人ばかりぞ、この道は知《し》りたりける。のこりは露《つゆ》も知《し》らざりけり。「聞《き》[23]く事だにもなかりけり。しかるに、この守殿《かうどの》[24]、この国をば、これこそははじめておはするに、我[25]等は、[26]これの重代の者どもにてあるに、聞《きき》だにもせず、知《し》らぬに、かく知《し》り給へるは、げに、人に[27]すぐれ給たる兵の道かな」とみなさゝやき、おぢて、[28]渡り行程に、忠恒は「海をまはりてぞ、寄《よ》せ給はんずらん。舟はみな取《と》り隠《かく》したれば、浅《あさ》道をば、我斗《ばかり》こそ知《し》りたれ。すぐにはえ渡《わた》り給はじ。浜を廻給はん間には、とかくもし、逃もしてん。左右《さう》[29]なくは、え責《せ》め給《たま》はじ」と思て、心静《しづ》かに軍そろへゐたるに、家のめぐりなる郎等、あは《わ》て走来ていはく、「上野殿は、この海の中に浅《あさ》き道の候けるより、

一三 古活字本「軍」。
一四 まったく軍勢をお渡しなさる方法はありません。
一五 陸地をまわってこそ、攻め寄せられるのがよろしいでございましょう。
一六 関東方面。ここは足柄、碓氷《うすい》以東の地域をさす。
一七 長さの単位。一丈は約三メートル。
一八 まっすぐに通じている道があるということだ。
一九 馬の腹までの高さ。約一メートル。
二〇 このあたりこそが、その浅い道のある場所に違いない。
二一 馬をはやめて。
二二 今昔「真髪《まかみ》の高文《たかぶみ》と云ふ者有て、己れ度々罷り行く渡り也。前馬仕らむと云て、葦を一束従者に持せて、打下して尻に突差々々渡りければ、此れを見て、他の軍共も悉く渡りけるに、游ぐ所二所ぞ有ける。軍共五六百人許渡りにければ、其の次になむ守は渡ける」。
二三 旧大系は「露も知らざりけり」より兵達の言葉とする。古典集成、完訳などは「この守殿」からを会話とする。
二四 国司をいう敬称。頼信をさす。
二五 古活字本「我には」。
二六 この土地の代々の住人。
二七 古活字本「すぐれたる兵の」。
二八 古活字本「わたり給ほどに」。
二九 たやすくは。簡単には。

一 ふるえる声で。今昔「横なばりたる音以て」。
二 用意。計画。準備。
三 「仕立て奉らん」か。使者を用意してさし上げる、あるいは「名簿」を書いてさし上げるの意か。

おほくの軍を引具《ぐ》して、すでにこゝへ来給ぬ。いかゞせさせ給はん」とわなゝ[一]き声《ごゑ》に、あは《(わ)》てて《ゝ》いひければ、忠恒、かねての支度[二]に違《たが》ひて、「我すでに責《(せめ)》られなんず。かやうにしたて[三]奉ん」といひて、たちまちに名簿《みやうぶ》[四]を書て、文《(ふみ)》[五]ばさみにはさみてさしあげて、小舟に郎等一人乗《の》せて持《も》たせて、迎《むか》へて参《まい》らせたりければ、守殿見《み》て、かの名簿《みやうぶ》を受《う》けとらせていはく、「かやうに、名簿《みやうぶ》におこ[六]たり文を添《そ》へて出《いだ》すは、すでにき[七]たれる也。されば、あながちに責べきにあらず」とて、この文を取《と》りて、馬を引返しければ、軍どもみな帰りけり。

その後《のち》より、いとゞ守殿をば、「ことにすぐれて、いみじき人におはします」と弥《(いよいよ)》[八]いはれけり。

（一二九　白川法皇北面《しらかはほふわうきたおもて》受領《ずりやう》ノ下《くだ》リノマネノ事《こと》　巻一一ノ五）

これも今は昔、白川法皇[九]、鳥羽殿[一〇]におはしましける時《とき》、北《(きた)》面《おもて》[一一]の者どもに、受領《(ずりやう)》[一二]の国へ下《くだ》るまねせさせて、御覧あるべしとて、玄蕃頭《(げんばのかみ)》[一三]久孝[一四]といふものをなして[一五]、衣冠《(いくわん)》[一六]に衣《きぬ》[一七]いだして、そのほかの五位どもをば前駆[一八]せさせ、衛府[一九]共をば胡簶《やなぐひ》負《を》[二〇]ひにして、御覧あるべしとて、をの《(お)》〳〵、錦[二一]、唐綾[二二]を着《き》て、劣《おと》らじとし

四 官位、姓名などを記した名札。弟子、家人等になる際、また帰降の時にも提出した。

五 貴人に文書をさしだす時の一メートル半ほどの杖。先端の鳥の嘴の形の金具に文書をはさむ。

六 謝罪状。怠状（たいじよう）とも。左経記によれば「自二甲斐守一送二忠常帰降之由申文一、而依レ不レ副二忠常降順状一、早可レ上之由示送了」（長元四年六月七日）と記されている。

七 降服してきているのだ。

八 諸本「いはれ給けり」。

▽平忠恒の乱をめぐる秘話。源頼信が現地人も知らぬ東国の地理情報を知っていたことにより、乱を平定する。中世に政権をとる清和源氏のしたたかさを語る。

九 第七十二代天皇。延久四年（一〇六九）即位、応徳三年（一〇八六）退位、永長元年（一〇九六）四十四歳の時出家して、法皇となる。

一〇 京都の南、今の京都市伏見区鳥羽にあった離宮。白河院が造営したもので、百余町の壮大な広さで風流をきわめたといわれる。応徳四年（一〇八七）竣工。のち鳥羽院も居住した。鳥羽離宮、城南離宮とも。現在の安楽寿院はその一院。

一一 院の御所を警護する武士。御所の北面に侍所があった。「ほくめん」とも。

一二 国司。遥任、兼任のごとく、任国におもむかない国司に対して、実際に任国に下向して、政務を執った国司をいう。

一三 治部省玄蕃寮の長官。玄蕃寮は仏寺、僧尼の名籍、外国使節の接待をつかさどる。

一四 伝不詳。十訓抄は「玄蕃頭ひさのり」。

一五 国司にさせて。国司の役にあてて。

一六 公卿の略式の公服。束帯につぐ。

一七 直衣狩衣の下、指貫の上に衣の裾を少し出して着る着方。出し衣（ぬぎ）。

けるに、[二三]左衛門尉源行遠、心ことに出立《(いでたち)》[二四]て、「[二五]人にかねて見《み》えなば、目なれぬべし」とて、御所近かりける人の家に入居《ゐ》て、従者《(ずさ)》をよびて、「[二六]やうれ、[二七]御所の辺にて、見て来《こ》」といひて参《まい》らせてけり。
[二八]無期《むご》に見えざりければ、「[二九]いかにかうは遅《をそ》きにか」と、「[三〇]辰の時とこそ催しはありしか、[三一]さがるといふ定《(ぢやう)》、[三二]午未《(うまひつじ)》の時には渡《わた》らんずらん物を」と思て待居たるに、門の方に声して、「[三三]あはれ、ゆゝしかりつる物かな、〳〵」といへども、たゞ参《まい》[三四]る者をいふらんと思程に、「玄蕃殿の国司姿こそ、お《(を)》かしかりつれ」といふ。「[三五]藤左衛門殿は錦を着《き》給《(たまひ)》つ」「[三六]源兵衛殿は[三七]縫物をして、金の文《(もん)》[三八]をつけて」など語《かた》る。
あやしうおぼえて、「やうれ」と呼《よ》べば、此「見《み》て来《こ》」とて遣《や》りつる男、笑《え》みて出きて、「[三九]大方《かた》かばかりの見物候はず。[四〇]賀茂祭も物にても候はず。[四一]院の桟敷の方《かた》へ、渡《わた》し合《あ》ひ給たりつるさまは、[四二]目も及《(および)》候《さぶら》はず」といふ。「[四三]さていかに」といへば、「[四四]はやう、果《は》て候ぬ」といふ。「こはいかに、来《き》ては告ぬぞ」といへば、「[四五]こはいかなる事にか候《さぶら》ふらん。「参《まい》りて見《み》て来《こ》」と仰候へば、[四六]目もたゝかず、よく見《み》て候《さぶら》ふぞかし」といふ。[四七]大方《かた》、とかくいふばかりなし。

さるほどに、「行遠は[四八]進奉不参《(しんぶふさん)》、[四九]返《(かへすがへす)》ゝ奇怪なり。[五〇]たしかに召《め》し籠《こ》めよ」と

一八 馬に乗って先導すること、また、その人。
一九 左右の近衛、兵衛、衛門府の官人。
二〇 矢を入れて、背に負う用具。
二一 絹織物の一種。金、銀、各種の色糸を使う。
二二 浮織に織った綾。今の綸子《(りんず)》の類。
二三 河内源氏。源師行の男。行遠は前話登場の頼信五代の裔にあたる。生没年未詳。左衛門尉は左衛門府の三等官。 二四 身支度をして。
二五 人に前もって見られてしまったならば、見馴れて、珍しくもなくなってしまうであろう。
二六 「や」と「おれ」の複合語。やい、お前。
二七 古活字本「御前」。 二八 いつまでも。
二九 どうして、こんなに遅いのか。
三〇 午前八時ごろ。
三一 遅れるとはいいながら。十訓抄「さらむ定」。
三二 「午」は正午ごろ、「未」は午後二時ごろ。
三三 ああ、すばらしかった。
三四 御所に参上する者。 三五 未詳。 三六 未詳。
三七 縫取り。刺繡。 三八 模様。 三九 全く。
四〇 京都の上賀茂、下鴨神社の祭。旧暦四月の中の酉の日に行われた。葵祭とも。
四一 書陵部本、古活字本「院の御桟敷」。「桟敷」は見物のために一段高く構えた席。
四二 見たこともないようなすばらしさでした。
四三 さて、肝腎の行列はどうした。
四四 とっくに終りました。
四五 これはどういうことでございましょうか。
四六 まばたきもせずに。
四七 全く、何ともいうこともできなかった。
四八 「進奉」は供奉の意か。供奉に参仕しなかったのはの意か。 四九 けしからん。不都合である。ふとどきである。
五〇 かたく監禁に処せ。官人たちが微罪を犯した場合、陣等に閉じ籠め、監禁した。

仰下されて、廿日あまり候ける程に、此次第を聞《き》こしめして、笑《わら》はせおはしましてぞ、召《め》し籠《こ》めは[一]ゆりてけるとか。

（一三〇　蔵人得業《くらうどとくごふ》、猿沢池竜事《さるさはのいけのりようのこと》　巻一一ノ六）

これも今は昔《むかし》、奈良に[二]蔵人得業《(とくごふ)》恵印《(ゑいん)》[三]と云僧有けり。鼻大きにて、赤かりければ、「大鼻の蔵人得業」といひけるを、後《(のち)》ざまには、[四]事ながしとて、「鼻蔵人」とぞいひける。猶のち〳〵には、「鼻くら〳〵」とのみいひけり。

それが若かりける時に、[五]猿沢の池の端《はた》に、「その月のその日、此《(この)》池より[六]竜ののぼらんずるなり」といふ簡《(ふだ)》を立《た》てたりけるを、[七]行来《ゆきゝ》の物、若き老たる、さるべき人〳〵、「[八]ゆかしき事かな」と[九]さゝめきあひたり。此鼻蔵人、「お《(を)》かしき事かな。我したる事を、人〳〵さは《(わ)》ぎあひたり。お《(を)》この事哉」と心中にお《(を)》かしく思へども、[一〇]すかしふせんとて、[一一]そら知《し》らずして過行程に、その月になりぬ。大方《かた》、[一二]大和、河内、和泉、摂津国の物まで聞き《きゝ》伝《つた》へて、つどひあひたり。恵印、「いかにかくは集《あつ》まる。[一三]何か、あらんやうのあるにこそ。あやしき事かな」と思へども、[一四]さりげなくて過行ほどに、すでにその日になりぬれば、[一五]道もさりあ

一 許された。

▽白河院は豪奢な趣味で知られる帝王であった。広大な鳥羽離宮の中で、華やかな国司下向の行列をこれまた贅を尽してまねようとしたのであったろう。前話で海を果敢に渡った源頼信は勇将、智将と賞嘆されたが、その裔にあたる行遠は模擬行列を渡ることができず、失態を演じることになった。行遠と侍の問答は後の狂言のやりとりとも通い合う。

二 「蔵人」は蔵人所の職員。在俗時代の官職か。「得業」は奈良の三会（興福寺の維摩会、法華会、薬師寺の最勝会）の竪義《(りゅうぎ)》を勤めた僧の称号。竪義は論場で問者の出した論題について、義を立て、批判すること。

三 詳伝不詳。三会定一記に久安元年（一一四五）竪者、保元元年（一一五六）講師、兵範記の保元二年（一一五七）十一月十七日、嘉応元年（一一六九）六月二十日にそれぞれ「已講恵印」「権律師恵印」の名が見える。

四 言葉が長たらしい。

五 奈良市の興福寺の南門の前にある池。

六 想像上の動物。水中に棲み、時に昇天するといわれ、水神として崇められる。

七 本書序文「往来の者、上中下をいはず」と通じる表現。宇治拾遺物語が成立の基盤背景としているものと、きわめて似通った環境。

八 ぜひ見たいものだ。

九 がやがや騒ぎ合っていた。「ささめく」は、ささやく、また、騒ぎたてる。後者を「ざざめく」として別語に扱う説もあるが、ひとまず濁点をふらずにおく。

一〇 だまし隠そうの意か。「ふす」は隠す、秘密にするの意か。古活字本「すかしせん」。

一一 知らず顔をして。

一二 「大和」は奈良県、「河内」は大阪府東部、「和

へず、ひしめき集《あつ》まる。

その時になりて、此恵印、思《おも》ふやう、「たゞ事にもあらじ。我したる事なれども、やうのあるにこそ」と思ければ、「一六此事さもあらんずらん。行て見《み》ん」と思て、一七頭《（かしら）》つゝみて行《ゆ》く。大方《かた》、近《ちか》う寄《よ》りつくべきにもあらず。一八興福寺の南大門の壇の上にのぼりたちて、「今や竜の一九登る〳〵」と待《ま》ちたれども、何《なに》ののぼらんぞ。日も入ぬ。

暗《くら》〴〵になりて、二〇さりとては、かくてあるべきならねば、帰ける道に、二一ひとつ橋に目くらが渡《わた》りあひたりけるを、此恵印、「あな、あぶなの二二目くらや」といひたりけるを、目《め》くら、とりもあへず、「二三あらじ、鼻くらなゝり」といひたりける。この恵印を、「鼻《はな》くら」と云共《（いふとも）》知らざりけれども、目くらといふにつきて、「あらじ、鼻《はな》くらなゝり」といひたるが、鼻くらに二四いひあはせたるが、お《（を）》かしき事の一なりとか。

（一三一　清水寺《きよみづでら》御帳《みちやう》給《たまは》ル女事《をんなのこと》　巻一一ノ七）

今は昔、二五たよりなかりける女の、二六清水に二七あながちに参《まい》るありけり。年月つも

泉」は大阪府南部、「摂津」は大阪府北西部と兵庫県の南東部。
一三 何かわけがあるのだろう。
一四 何気なく。何も気にとめないふうで。事態の意外な展開に疑いつつも、ほんの少しずつだが恵印は動揺しはじめている。
一五 人も避けきれないほど。通れないくらいに。
一六 このことは本当にあるのかも知れない。
一七 僧侶が袈裟などで頭を包む装い。裏頭(かとう)。
一八 奈良市登大路町にある法相宗の大本山。南都七大寺の一つ。藤原氏の氏寺。
一九 古活字本「登るか〳〵」。
二〇 かといって、このまいるわけにもいかず。
二一 一本橋。
二二 盲人の意と、目の前が暗いことをかける。
二三 いやちがう、鼻さきが暗いのだ。「なゝり」は「なるなり」の縮約表記。 二四 恵印の「鼻くら」という通称とたまたま同じだったのが。
▽他人をだまそうと自ら仕組んだものの、逆に自分自身その中に巻き込まれ、竜の昇る瞬間を見んがため長時間待ちつづけてしまった。帰り道で出会った盲人が橋を渡ろうとするのを見て「あぶなの目くらや」と何気なく、いやむしろ気づかいさえこめて言ったにもかかわらず、「めくら」という言葉の不適切さを盲人からあざやかに切り返されてしまう。目先が暗いのではない、鼻さきが暗いのだ。「鼻くら」なのだといわれた時、自らの通称を口にされたショックははかばかしい昇竜騒ぎの後だったがゆえに恵印にはこたえたかも知れない。
二五 生活の手づるがなかった。貧乏だった。
二六 清水寺。京都市東山区にある法相宗の寺。十一面観音を本尊とする。
二七 一途に。ひたむきに。

りけれども、露《(つゆ)》ばかり、そのしるしとおぼえたる事なく、[一]いとゞたよりなく成まさりて、はては、年比《とし》ありける所をも、[二]その事となくあくがれて、寄《よ》りつく所もなかりけるまゝに、泣《な》く〳〵観音を恨《(うらみ)》申て、[三]「いかなる先世《(せんぜ)》の報《むく(い)》ひなりとも、たゞすこしの[四]たより給《(たまはり)》候はん」と[五]いりもみ申て、御前にうつぶし臥したりける夜の夢に、[六]御前よりとて、「かくあながちに申せば、いとおしく《(ほ)》おぼしめせど、[七]すこしにても、あるべきたよりのなければ、その事をおぼしめしなげく也。これを給《(たまは)》れ」とて、[八]御帳の[九]帷《かたびら》をいとよくたゝみて、前にうち置《を》かると見《み》て、夢さめて、[一〇]御あかしの光に見《み》れば、[一一]夢のごとく、御帳の帷《かたびら》、たゝまれて前《まへ》にあるを見《み》るに、[一二]「さは、これより他《ほか》に、賜《た》ぶべき物のなきにこそあんなれ」と思《おも》ふに、[一三]身の程の思知《し》られて、悲《かな》しくて申やう、「これ、[一四]さらに給はらじ。[一五]すこしのたよりも候はゞ、錦《にしき》をも、御帳《ちやう》には縫《ぬ(ひ)》いて参《まい》らせんとこそ思候に、[一六]此御帳、斗《(ばかり)》を給はりて、まかり出《(いづ)》べきやう候はず。返し参《まい》らせさぶらひなん」と申て、[一七]犬ふせぎの内に、さし入て置《を》きぬ。

又、まどろみ入たる夢に、[一八]「など、さかしくはあるぞ。たゞ[一九]賜《た》ばん物をば給はらで、かく返し参《まい》らする、[二〇]あやしき事也」とて、又、給はると見《み》る。さてさめたるに、又同《おな》じやうに前にあれば、泣《な》く〳〵返し参《まい》らせつ。

一 ますます貧乏の上に貧乏になっていき。
二 これといったあてもないまま、さまよい出て。
三 どのような前世の因果の応報であっても。今昔「譬ひ前世の宿報拙しと云ふとも」。
四 生活のたずきとなるもの。生活の手づるとなるもの。
五 強くお願い申して。執拗なまでにお願いして。
六 観音さまからといって。今昔「御前より人来て」。
七 ほんの少しだけでも、おまえに与えるべきものは全くないので。「たより」という語が繰り返し使われている。
八 とばりの敬称。
九 裏のない一枚だけの布。几帳、帳などに使う絹布。以下、「御帳」「帷」という語の繰り返し使用が目につく。
一〇 御灯明。
一一 古本説話「夢に給はると見つる御帳の帷、たゞ見つるさまに畳まれてあるを見るに」。今昔もほぼ同文。
一二 さては。それでは。
一三 わが身の不幸な運命。今昔「身の宿世思ひ知られて」。
一四 決していただきません。
一五 少しでも生活のたずきとなるものがございましたら。
一六 この御帳ばかりをいただいて、帰りますことなどはとてもできません。
一七 低い格子の衝立(ついたて)。仏堂内の内陣と外陣をしきる。
一八 どうして、そんなこざかしいことをするのか。
一九 与えようとする物をいただきもしないで。「賜ぶ」「給はる」の反復が多い。

か様にしつゝ、[二一]三たび返し奉るに、猶また返したびて、はてのたびは、此たび返し[二二]奉《たてまつ》らば、[二三]無礼《むらい》なるべき由《よし》を、いましめられければ、かゝるとも知《し》らざらん寺僧は、[二四]御帳の帷《かたびら》を盗《ぬす》みたるとや疑《うたが》はんずらんと、思《おも》ふも苦《くる》しければ、まだ夜深《ふか》くふところに入《(いれ)》て、まかり出《い》でにけり。

これをいかにとすべきならんと思て、ひきひろげて見《み》て、着《き》るべき衣《(きぬ)》もなきに、さは、これを衣《きぬ》にして着《き》んと思《おも》ふ心つきぬ。これを衣にして着《き》て後《のち》、見《み》と見《み》る、男にもあれ、女にもあれ、あはれにいとお《(ほ)》しき物に思わ《(は)》れて、[二五]そゞろなる人の手より、物をおほく得《え》てけり。大事なる人の[二六]うれへをも、その衣《きぬ》を着《き》て、知《し》らぬやんごとなき所にも参《まい》りて申させければ、必《かなら》ず[二七]なりけり。かやうにしつゝ、人の手より物を得《え》、よき男にも思はれて、[二八]たのしくてぞありける。

されば、その衣をば[二九]お《(を)》さめて、必《かなら》ず[三〇]先途《せんど》と《ゝ》思《おも》ふ事の折《おり》にぞ、取《と》り出《い》でて《ゝ》着《き》ける、必《かなら》ずかなひけり。

(一三二　則光盗人《のりみつぬすびと》ヲ切事《きること》　巻一一ノ八)

今は昔、[三一]駿河前司橘[三二]季通《(すゑみち)》が父に、[三三]陸奥前司[三四]則光《のりみつ》と云人ありけり。兵《(つはもの)》の家に

二〇 礼儀にはずれる事だ。けしからぬ事だ。
二一 古活字本「したび」。以下「三たび」「返したびて」「はてのたび」「此たび」「かたびら」など、「たび」という音の繰り返しが多い。
二二 古活字本「奉らんは」。
二三 無礼(ぶれい)である。失礼である。
二四 今昔「御帳を放ち取たり」、古本説話「御帳の帷を放ちたる」。
二五 何のゆかりもない人。関係のない人。
二六 訴訟。訴えごと。
二七 叶った。成就した。
二八 豊かな生活を送った。
二九 しまっておいて。
三〇 事の成否がかかる、大事な局面。
▽貧男、貧女が神仏へのひたむきな祈願によって幸運をかちえる話。第九十六話とも同工で、神仏からの賜り物をも押し返すほどの強い個性、自己主張を主人公が持っている点も類似する。「たより」「たぶ」「たまはる」「たび」といった言葉が、女、観音の言葉として相互に繰り返され、帷のやりとりとも響き合う。

三一 前の駿河守。「駿河」は今の静岡県の中央部。
三二 橘則光の子。駿河守、従五位上。康平三年(一〇六〇)没、享年不詳。第二十七話参照。
三三 前の陸奥守。陸奥は、今の福島、宮城、岩手、青森の諸県全域。
三四 橘敏政の子。検非違使、左衛門尉、土佐守、陸奥守、従四位上。歌人。金葉集に入集。豪勇、勇力をもって知られ、一時、清少納言の夫であったともいわれる。

はあらねども、人に[一]所置《を》かれ、[二]力などぞいみじう強《つよ》かりける。[三]世おぼえなどありけり。

若《わか》くて[四]衛府の蔵人にぞありける時、[五]殿居所《(とのゐどころ)》より女のもとへ行とて、太刀ばかりをはきて、[六]小舎人童《(ことねりわらは)》をたゞ一人具《ぐ》して、[七]大宮を下《くだ》りに行《い》きければ、[八]大垣の内に人の立《た》てる気色《けしき》のしければ、おそろしと思て過けるほどに、八九日の夜更《ふ》けて、月は西山に近《ちか》くなりたれば、[九]西の大垣の内は影にて、[一〇]人の立《た》てらんも見《み》えぬに、大垣の方より声《こゑ》斗《(ばかり)》して、「[一一]あの過《す》ぐる人、[一二]まかりとまれ。[一三]公達のおはしますぞ。[一四]え過《す》ぎじ」といひければ、「[一五]さればこそ」と思て、[一六]すゝどく歩《あゆ》みて過るを、「[一七]おれは、[一八]さてはまかりなんや」とて走かゝりて、物の来《き》ければ、うつぶきて見《み》るに、弓のかげは見《み》えず。太刀のきら〳〵として見《み》えければ、「[一九]木にはあらざりけり」と思《おも》ひて、[二〇]かい伏《ふ》して逃《(にぐ)》るを、追付てくれば、「頭うち割《わ》られぬ」とおぼゆれば、俄にかたはらざまに、ふと寄《よ》りたれば、追《を》ふ物の[二一]走《(はしり)》はやまりて、えとゞまりあへず、さきに出たれば、[二二]過《す》ごしたてて、太刀を抜《ぬ》きて打ければ、頭を、中よりうち破《(わり)》たりければ、うつぶしに走《はし》りまろびぬ。

「[二三]ようしん」と思《おも》ふ程に、「[二四]あれは、いかにしつるぞ」といひて、又、物の走かゝりてくれば、太刀をもえ[二五]さしあへず、脇にはさみて逃《に》ぐるを、「[二六]けやけ

一　一目おかれ。
二　江談抄「又被レ命云、橘則光、於二斉信大納言宅一、自搦レ盗、勇力軼レ人云々」。今昔「心極て太くて、思量《(おもばかり)》賢く、身の力などぞ極て強かりけり。見目なども吉く」。
三　世間の声望。人望。
四　「衛府」は宮中を警備する近衛府、兵衛府、衛門府の総称。則光が衛府の役人(左衛門尉)と蔵人を兼ねていたのは長徳三年(九九七)から四年ごろのことか。
五　大臣、納言、蔵人頭、近衛大将などが宮中で宿直する所。
六　貴族が召しつれて雑用に使う少年。召使いの少年。
七　東大宮大路を南に下って。東大宮大路はほぼ今の大宮通りにあたる。
八　外がこいの垣。ここは大内裏の東側の垣。
九　南にむかっている則光からすると、大内裏の東側の垣は西側にあたる。
一〇　人が立っているのも。
一一　その、そこを歩いていく人。
一二　とどまりおれ。この「まかり」は語調を重々しくする接頭語。
一三　身分の高い貴族の子弟。
一四　前を通り過ぎることはできないぞ。
一五　思った通りだ。
一六　すばやく。
一七　きさまは。お前は。
一八　そうやって御前をお通りしようとするのか。
一九　木刀なんかではないわい。平家物語一・殿上闇討では、平忠盛の昇殿を快く思わない貴族達が忠盛の闇討をはかったため、忠盛は木刀に銀箔をはって真剣のごとく見せかけ、威圧したと伝える。今昔「弓には非ざりけりと心安く思ひ

きやつかな」といひて走かゝりてくるもの、はじめのよりは走《(はしり)》のとくおぼえければ、「これは、よもあり[二七]つるやうには、はかられじ」と思て、俄[二八]にゐたりければ、走はやまりたるものにて、我にけつまづきて、うつぶしに倒《たう》れたりけるを、ち[二九]がひて立《た》ちかゝりて、お[三〇]こしたてず、頭を又打破てけり。

「今《いま》はかく」と思《おも》ふ程に、三人ありければ、今独《いま(ひとり)》が「さ[三一]ては、えやらじ。け[三二]やけくしていく奴かな」とて、しうねく走かゝりて来《き》ければ、「このたびは、我はあ[三三]やまたれなんず。神仏助《たす》け給へ」と念《(ねんじ)》て、太刀を桙《(ほこ)》[三四]のやうに取《と》りなして、走はやまりたるものに、俄に、ふと立むかひければ、は[三五]る〳〵と合《あ》はせて、走あたりにけり。やつも切《(きり)》けれども、あまりに近《ちか》く走あたりてければ、衣《きぬ》だに切《き》れざりけり。桙のやうに持たりける太刀なりければ、受《う》[三六]けられて、中[三七]より通《とほ》りたりけるを、太刀の束を返[三八]しければ、のけざまに倒《たう》れたりけるを切てければ、太刀持《も》ちたるかい《(ひ)》なを、肩より打落《おと》してけり。

さて走のきて、又人やあると聞《き》ゝけれども、人の音《をと》もせざりければ、走[三九]まひて、中[四〇]御門の門より入て、柱にか《(い)》[四一]ひそひて立《た》ちて、「小舎人童はいかゞしつらん」と待ければ、童は大[四二]宮をのぼりに、泣《な》く〳〵行《い》きけるを、よびければ、悦て走来《き》にけり。殿居所にやりて、着替《きがへ》取り寄《よ》せて着替《きか》へて、もと着《き》たりける上《うへ》[四三]

て」。
二〇 背をかがめて。
二一 走る勢いにあまって。
二二 やりすごしてから。
二三 「ようしつ」「ようしぬ」の誤か。今昔「吉く打つと思ふ程に」。
二四 あれは、どうしたんだ。
二五 腰にさすひまもなくて。
二六 目ざわりな奴め。「けやけし」は目立つ、際だつの意。
二七 さっきのようには、ひっかかるまい。
二八 急にしゃがみこんだところ。
二九 入れ違いに。
三〇 起きあがらせないまま。
三一 そうは逃がさないぞ。
三二 生意気なまねをしていく奴だ。
三三 殺されてしまうだろう。
三四 長い柄の先についた両刃の剣。槍のように突きさして、相手を殺傷する。刀を腹の前で突き出すようにして持ったことをいう。
三五 意味不明。腹と腹を合わせるような形での意か。今昔「腹を合せて」。
三六 相手の体を自然と受けとめる形になって。「られ」は自発の意。
三七 体の真中をつらぬき通ってしまったのを。
三八 手もとの方に引きぬいたところ。
三九 今昔「走廻て」。
四〇 中御門大路に面した大内裏の東側の門。待賢門。
四一 ぴったりと寄り添って。「かきそひて」の音便。
四二 東大宮大路を北にむかって。
四三 束帯、布袴《(ほうこ)》、衣冠などの時、上に着用する表衣《(うわぎ)》。「袍《(ほう)》」とも。

の衣《きぬ》、[一]指貫には血の付たりければ、童して深《ふか》く隠《かく》させて、童の口[二]よくかためて、太刀に血の付《つ》きたる、洗《あら》ひなどしたゝめて、殿居《ゐ》所に[三]さりげなくて入ふしにけり。

夜もすがら、我したるなど聞《き》[四]こえやあらんずらんと、胸《むね》うち騒《さは》ぎて思《おも》ふ程に、夜明て後《のち》、物どもいひ騒《さは》ぐ。「[五]大宮大炊御門《おほひみかど》辺に、大なる男三人、いく程もへだてず切ふせたる。[六]あさましくつかひたる太刀かな。[七]かたみに切合て死たるかと見《み》れば、同《おな》じ太刀のつかひざま也。敵のしたりけるにや。されど[八]盗人とおぼしきさまぞしたる」などいひのゝしるを、[九]殿上人ども「いざ、行て見《み》て来《こ》ん」とてさそひて行《ゆ》けば、「行《ゆ》[一〇]かじはや」と思へども、行《い》かざらんも、又、心得《え》[一一]られぬさまなれば、しぶ〳〵にいぬ。

車に乗《の》[一二]りこぼれて、[一三]やりよせて見《み》れば、いまだ、[一四]ともかくもしなさで置《を》きたりけるに、[一五]年四十余斗なる男の、[一六]かづらひげなるが、[一七]無文《むもん》の袴に、紺のあらひさらしの[一八]襖《あを》着《き》、[一九]山吹のきぬの[二〇]衫《かざみ》、よくさらされたる着《き》たるが、[二一]猪のさやつかの[二二]尻鞘《しりざや》したる太刀はきて、[二三]牛の皮たびに、[二四]沓《くつ》きりはきなして、[二五]脇《わき》をかき、指《および》をさして、とむきかうむき、物いふ男立《た》てり。

何《なに》男にかと見《み》るほどに、[二六]雑色《ざふしき》の走寄《よ》り来《き》て、「あの男の、盗人かたきにあひ

一 袴の一種。裾に紐を通し、しばるようにしたもの。　二 よく口止めをして。
三 古活字本「さりげなく入てふしにけり」。
四 評判が立つのではないだろうか。
五 東大宮大路と大炊御門の交わるあたり。郁芳門のある付近で、二条城の北側の京都市上京区藁屋町あたり。
六 驚くほど見事に。　七 互いに。仲間うちで。
八 盗人とおもわれる姿をしている。今昔「盗人と思様（おぼしきやう）にしたるなり」。
九 枕草子に見える則光周辺の藤原斉信、源宣方らが想像されるところ。
一〇 行きたくないなあ。「はや」は感動、悲嘆などの気持をあらわす助詞。
一一 納得してもらえないことなので。かえって疑いを招きそうなのでの意。
一二 こぼれおちるくらいに、いっぱいに乗って。殿上人たちの無邪気な好奇心がうかがえる。
一三 車を走らせて近づいて見ると。
一四 取りかたづけなどもしていないで。
一五 今昔「歳三十許の」。
一六 蔓草をつけたような、モジャモジャの鬚。
一七 無地の。
一八 裏つきの狩衣。狩襖とも。底本表記「青」。
一九 黄色。　二〇 汗取りの単衣の服。
二一 意味不明。今昔「逆頬（さかづら）の」に従えば、毛の向きを逆立てた毛皮のこと。
二二 雨露から太刀の鞘をまもるための毛皮の袋。
二三 古活字本「猿の皮たび」。
二四 沓をきっちりとはいての意か。
二五 得意なさまをあらわす。腋の下を両手でかく。七〇頁一行に既出。
二六 走りづかいをする下男。
二七 詳しい事情。ことの詳しいいきさつ。

て、つかうまつりたると申」といひければ、うれしくもいふなる男かなと思《おも》ふ程に、車の前に乗たる殿上人の、「かの男、召《め》し寄《よ》せよ。子細[二七]問《と》はん」といへば、雑色走寄《よ》りて、召《め》しもて来《き》たり。見《み》れば、[二八]たかづらひげにて、[二九]を《(お)》とがひそり、鼻下《さ》がりたり。赤ひげなる男の、[三〇]血目《(ちめ)》に見《み》なして、片膝つきて、太刀の束に手をかけてゐたり。

「いかなりつる事ぞ」と問《と》へば、「此夜中ばかりに、物へまかるとて、こゝをまかり過つる程に、物の三人「[三一]おれは、まさにまかり過なんや」と申て、走続《つゞ》きてまうで来《き》つるを、盗人なめりと思給[三二]へて、[三三]あへくらべふせて候也。今朝見《み》れば、[三四]なにがしを、見なしと思給《たま》ふべきやつ原にてさぶらひければ、[三五]敵《(かたき)》にて仕りたりけるなめりと思給《(たまふ)》れば、[三六]しや頭どもをまつて、かくさぶらふなり」と[三七]立《た》ちぬ居《ゐ》ぬ、指《をよび》をさしなど語《かた》[三八]りお《(を)》れば、人〳〵、「[三九]さて〳〵」といひて、問《と》ひ聞《き》けば、いとゞ狂《くる》ふやうにして語《かた》りお《(を)》る。その時にぞ人にゆづり得《え》て、面《(おもて)》ももたげられて見《み》ける。

[四〇]気色《けしき》やしるからんと、人知《し》れず思たりけれど、我と名《な》のるものゝ出《い》で来《き》たりければ、それにゆづりてやみにしと、[四一]老て後に子どもにぞ語《かた》りける。

二八 頬のあたりが盛り上がった鬚の意か。「かづらひげ」の誤か。今昔「頬がちにて」。
二九 あごが反っていて。 三〇 血走った目で。
三一 おまえは、どうしてここを通られようか。古活字本「おれは、まさに過なんや」。
三二 思いまして。「給へ」は下二段活用で謙譲の意をあらわす。
三三 立ち合って、切り伏せたのでございます。今昔「相構て打ち伏せて候ひつるが」。
三四 それがしを標的とねらっていたと思われる奴らで。「見なし」を「便(び)なし」ととり、不都合の意とする旧大系などの説もあるが、ここでは敵と見なすの意と一応解しておく。「思給ふべき」は「思給ふるべき」とあるべきところか。今昔「己を年来便あらばと思ふ者共にて」。
三五 敵として斬りかかってきたのだろうと思いますので。
三六 今昔「しや頸取らむと思給て候ふ也」とあるに従えば、「まつて」は「きつて」の誤か。
三七 立ちあがったり、すわったり。
三八 古活字本「かたかたりをれば」。
三九 それで、それで。
四〇 自分がしたことだという様子が。
四一 古活字本「思ひて後に」。
▽権記・長徳四年(九九八)十一月八日に「惟風朝臣来云、藤中納言法師〈狂悪者也〉与二宰相中将一(=藤原斉信)宅牧童 相闘。童被レ疵北走、法師追レ之、入二中将宅一、童北而去。法師走二上廊一、更追二中将一。于レ時中将在二廊間一也。則光朝臣慮外来会、捕二法師一、即令三忠親朝臣送二別当一云々」と記されており、橘則光の武勇は事実譚としても有名であったようだ。一方、則光は一時、清少納言の夫であったらしく、枕草子によれば、「妹兄」と人々からも呼ばれていた。しかし、枕

（一三三　空入水《そらじゆすい》シタル僧事《そうのこと》　巻一一ノ九）

これも今は昔、[一]桂川に身投《な》げんずる聖とて、まづ[二]祇陀林寺《(ぎだりんじ)》にして、[三]百日懺《(せん》法《ぼふ)》行《おこな》ひければ、[四]近《ちか》き遠きものども、道も[五]さりあへず、拝《おが》みにゆきちがふ[六]女房車などひまなし。

見れば、卅余斗なる僧の、細《ほそ》やかなる目をも、人に見合《みあ》はせず、[七]ねぶり目《め》にて、時〳〵阿弥陀仏を申。その[八]はざまは脣《(くちびる)》ばかり[九]はたらくは、念仏なんめりと見《み》ゆ。又、時〳〵、[一〇]そゝと息《いき》をはなつやうにして、集《つど》ひたる者どもの顔《かほ》を見《み》渡《わた》せば、[一一]その目に見合《あ》はせんと集《つど》ひたる者《もの》ども、こち押《を》し、あち押《を》し、ひしめきあひたり。

さて、すでにその日の[一二]つとめては堂へ入て、さきにさし入たる僧ども、おほく歩《あゆ》み続《つゞ》きたり。尻《しり》に[一三]雑役車《(ざふやくぐるま)》に、この僧は[一四]紙の衣、袈裟など着《き》て、乗《の》りたり。何《なに》といふにか、脣はたらく。人に目も見合《あ》はせずして、時〳〵大息《いき》をぞはなつ。行道《(ゆくみち)》に立なみたる見物のものども、[一五]うちまきを霰《(あられ)》の降《ふ》るやうに[一六]なか道す。聖、[一七]「いかに、かく目鼻に入《い》る。堪《た》へがたし。心ざしあらば、紙袋などに入て、[一八]我

草子中に描かれる則光は、愚鈍で無教養の男のようになっている。だが、そうした清少納言の辛辣な言動を逆につつみこむようなやさしさを持っていた人物かもしれない。本話の中にそんな姿をのぞくこともできる。なお、自分の手柄といって得意満面に事件を語る赤ひげの男の振舞は、きわめて演技的である。狂言「空腕(そらうで)」の太郎冠者と相通ずるところ。

一　京都市西部を流れる川。上流は大堰(おおい)川、下流は淀川へとつらなる。桂川は古来、入水したり罪人を水中に沈めて処刑したりする場所として選ばれることが多かった。

二　京都市上京区中御門京極にあった寺。源融の子、仁康が長保二年(一〇〇〇)、河原院の丈六の釈迦像を移して堂供養。釈迦・地蔵信仰を中心にして栄えた。

三　百日間、経を読誦して、罪障を懺悔すること。

四　近くの者や遠くの者。

五　避けられないほどに一杯で。

六　女性の使用する牛車。女車。

七　目を閉じた瞑想的表情。

八　間。

九　動くのは。

一〇　静かにふっと。古活字本「そこに息を」。

一一　聖の視線と合わせることで、群集は聖と結縁しようとしたもの。

一二　早朝。

一三　雑用に使う車。雑車(ぞうぐるま)とも。

一四　白い厚紙に柿渋をぬり、日に干し、夜露にあて、もんでやわらかくして作った衣。

一五　降魔のためにまく米。ここでは供え米の意。

一六　意味不明。道をへだてる意とも。また「まき散らす」の誤とも。

居《ゐ》たりつる所へ送《をく》れ」と時〳〵いふ。これを無[一九]下の者は、手をすりて拝《おが》む。すこし[二〇]物の心ある者は、「などかうは、此聖はいふぞ。たゞ今、水に入《（いり）》なんずるに、「[二一]きんだりへやれ。目鼻に入、堪《た》へがたし」などいふこそあやしけれ」など[二二]さゝめく物もあり。

さて、やりもてゆきて、[二三]七条の末にやり出《いだ》したれば、京よりはまさりて、入水の聖拝《おが》まんとて、河原の石よりもおほく、人集《つど》ひたり。河ばたへ車やり寄《よ》せて[二四]立《た》てれば、聖、「たゞ今《いま》は何時《なん》ぞ」といふ。供《とも》なる僧ども、「[二五]申《（さる）》のくだりになり候にたり」といふ。「[二六]往生の刻限には、[二七]まだしかんなるは。[二八]今すこし暮《く》らせ」といふ。待かねて、遠くより来《き》たるものは帰《（かへり）》などして、河原、人ずくなに成ぬ。これを見果《みは》てんと思たる者はなを《（ほ）》立《た》てり。それが中に僧のあるが、「往生には剋限《（こくげん）》やは定《さだ》むべき。心得《え》ぬ事かな」といふ。

とかくいふほどに、此聖、[二九]たう《（ふ）》さきにて、[三〇]西に向ひて、川に[三一]ざぶりと入程に、舟ばたなる縄に足をかけて、づぶりとも入《い》らで、[三二]ひしめく程に、弟子の聖はづしたれば、さかさまに入て、[三三]ごぶ〳〵とするを、男の、川へ下《お》りくだりて、「よく見《み》ん」とて立《た》てるが、此聖の手をとりて、引上《あげ》たれば、左右の手して顔《かほ》はらひて、[三四]くゝみたる水をはき捨《す》てて、この引上たる男に向《むか》ひて、手をすりて、

一七 なんと。
一八 古活字本「我ゐたりいる所」、板本「我ゐたる所」。
一九 下賤な者。愚かな者。
二〇 物事のわかる者。分別がある者。古活字本「心ある者」。
二一 祇陀林寺の通称か。
二二 ひそひそささやく。
二三 七条大路の西のはて。西京極大路と交わるあたり。現在の京都市右京区西京極付近。桂川の河岸までは数百㍍の距離。
二四 車を停めたところ。
二五 午後四時すぎ。
二六 往生する時刻には。「往生」は穢れた現世を去り、浄土に生れること。
二七 まだ早いようだな。「まだしかるなるは」の縮約した形。
二八 もう少し暮れるまで待て。
二九 今のふんどしのようなもの。したの袴。
三〇 極楽浄土は西の方向にあると考えられていた。
三一 ざぶんと。以下「づぶり」「ごぶごぶ」など擬音語が巧みに使われる。
三二 あわて、さわいでいると。
三三 ごぼごぼと音を立てる。水に沈む時のさま。
三四 口に含んでいた。

「[一]広大の御恩蒙《かうぶり》さぶらひぬ。この御恩は極楽にて申[二]さぶらはむ」といひて、陸《くが》へ走のぼるを、[三]そこら集《あつ》まりたる者ども、童部、河原の石を取て、[四]まきかくるやうに打《うつ》。裸《はだか》なる法師の、河原くだりに走《はしる》を、集《つど》ひたる者ども、[五]うけとり〳〵打ければ、[六]頭うち割《わ》られにけり。

此法師にやありけん、[七]大和より[八]瓜を人のもとへやりける文の上書《うはがき》に、「前《さき》の入水の上人」と書《か》きたりけるとか。

（一二三四　日蔵上人《にちざうしやうにん》、吉野山《よしのやま》ニテ逢レ鬼事《おにあふこと》　巻一一ノ一〇）

昔、[九]吉野山の日[一〇]蔵のきみ、芳野の奥におこなひありき給けるに、丈《たけ》[一一]七尺ばかりの鬼、身の色は紺青《こんじやう》[一二]の色にて、髪は火のごとくに赤く、首細《くびほそ》く、胸《むな》骨はことにさし出て、[一三]いらめき、腹ふくれて、脛は細《ほそ》くありけるが、このおこなひ人[一四]にあひて、手[一五]をつかねて泣《な》く事かぎりなし。

「これは何事する鬼ぞ」と問《と》へば、此鬼、泪《なみだ》にむせびながら申やう、「我はこの四五百年を過ての昔人《むかしびと》にて候しが、人のために恨をのこして、今はかゝる鬼の身となりて候。さてその敵《かたき》をば、思のごとくにとり殺《ころ》してき。それが子《こ》、

一 大変な大きな。
二 お返し申し上げましょう。いかさまな入水騒ぎの中、いかさまに徹した法師の言葉。
三 たくさん。大勢。
四 撒(ま)きかけるように。入水前は打ち撒きの米、入水後は石ころとかわった。
五 次から次へと引き継いで。
六 前話の頭を打ち割られた三人の盗賊との連想。
七 今の奈良県の中部。
八 瓜は大和の名産。瓜は水に冷して食べるわけで、自分の入水を連想させるユーモアか。
▽桂川は入水が多いところで、日本紀略によれば安元二年(一一七六)八月十五日、「蓮華浄上人」ら十一人の上人が入水したと伝える。同記事は発心集三ノ八にも載り、「蓮華浄」は入水を敢行したものの、直前に死への恐怖、水への恐怖に襲われ、極楽往生できなかったと伝える。さらに「ある聖」の話として、水の怖さ、苦しさと入水の失敗談が語られる。それでも発心集の入水の聖達は純粋な宗教者の行為であったが、本話の聖は、始めから入水往生する気などさらさらなく、入水をふれまわり、人を集め、ひとかせぎさえしようと思っていた「誑惑」の聖、発心集等の聖たちとは根本から違っている。なお小峯和明は「ひしめく」群衆の世界に宇治拾遺の特質を見ようとしている。
九 奈良県中央の山間部。大峰山脈の北辺に位置し、古来から修験道の道場の地として有名。
一〇 三善清行の弟、一説「民部卿忠善宰相の弟氏吉」(十訓抄傍注)とも。はじめ道賢上人、のち日蔵と改名。延喜十六年(九一六)、十二歳で金峰山に入り、修行。天慶四年(九四一)八月一日、断食念仏中に頓死、同十三日に蘇生したという。扶桑略記二五等所引の道賢上人冥途記によれば、

孫《まご》、[一六]彦《ひこ》、[一七]やしは子にいたるまで、のこりなくとり殺《ころ》し果《は》てゝ、今は殺《ころ》すべき物なくなりぬ。されば、なを《ほ》、かれらが[一八]生《む》まれかはりまかる後までも知《し》りて、とり殺《ころ》さんと思候に、つぎ〳〵の生《む》まれ所、露《つゆ》も知《し》らねば、とり殺《ころ》すべきやうなし。[一九]瞋恚《しんい》のほのを《ほ》は同《おな》じやうに燃《も》ゆれども、敵の子孫は絶《た》えはてたり。たゞ我独《ひとり》、つきせぬ瞋恚のほのを《ほ》に燃《も》へ《え》こがれて、[二〇]せんかたなき苦をのみ受侍り。かゝる心を[二一]おこさざらましかば、極楽[二二]天上にも[二三]生れなまし。ことに恨《うら》みをとゞめて、かゝる身となりて、[二四]無量億劫《むりやうおくごふ》の苦を受《う》けんとする事の、せんかたなくかなしく候。人の為に恨を[二五]のこすは、[二六]しかしながら我身のためにてこそありけれ。敵の子孫はつきはてぬ。我命は[二七]きはまりもなし。かねて此やうを知《し》らましかば、かゝる恨をば、残《のこ》さざらまし」といひつゞけて、泪を流《なが》して、泣《な》く事限なし。さて山の奥《おく》ざまへ歩《あゆ》み入けり。

そのあい《ひ》だに、[二八]かうべよりほのを《ほ》[二九]やう〳〵燃《も》え出けり。

さて日蔵のきみ、あはれと思て、それがために、さま〴〵の罪《つみ》ほろぶべき事どもをし給けるとか。

菅原道真、醍醐帝の霊にあったと伝えられる。
一一 一尺は約三〇・三センチメートル。
一二 鮮かな青色。この色の鬼を紺青鬼という。
一三 とがって見えて。ごつごつと角立って見えて。あばら骨が見え、腹がふくれ、細い脛という姿は餓鬼草紙の餓鬼の姿と相似る。
一四 修行者。日蔵のこと。 一五 手を合わせての意か。「つかねる」は物を一つにまとめる意。
一六 孫の子。 一七 曾孫の子。
一八 生まれかわっていく先々までも。
一九 仏教でいう三毒(貪欲、瞋恚、愚痴)の一つ。怒り、恨み、憎むことなどの意。
二〇 どうしようもない。のがれようもない。
二一 おこさなかったならば。
二二 地上より上方にあるとされる清浄な世界。欲界六天、色界十八天、無色界四天がある。
二三 生れていただろうに。
二四 「無量」ははかりしれないこと。「億劫」はきわめて長い時間。 二五 書陵部本「のこせば」。
二六 そのまま報いは我身に返ってくるものであったのだ。 二七 尽きることもない。
二八 古活字本「うへより」。 二九 しだいしだいに。
▽扶桑略記二十五所引の道賢上人冥途記によれば、息絶えた日蔵はやがて蘇生するが、その間に菅原道真、醍醐天皇に会い、その受苦のさまを目撃、見聞したという。日本太政威徳天とよばれる道真は「昔日怨心」をいだき「自㆔我不㆓成仏㆒之外、忘㆔此旧悪之心㆒也」と、その苦しみを日蔵に述べ、鉄窟地獄では一茅屋の中で苦しむ醍醐天皇とその旧臣達四人と出会った。三人は「裸袒」の姿で、醍醐帝のみわずかな衣をつけているものの、赤灰の上での受苦に悲泣していたという。本話の鬼の姿に、そうした道真や醍醐帝の姿を重ね合わせてもおもしろい。

（一三五　丹後守保昌《たんごのかみやすまさ》、下向《げかう》ノ時《とき》、致経《むねつね》ガ父逢事《ちちにあふこと》　巻一一ノ一一）

是も今は昔、[一]丹後守保昌、国へ下ける時、[二]与佐の山に白髪の武士一騎[三]あひたり。路のかたはらなる木の下に[四]うち入《いり》て、立たりけるを、国司の郎等ども、「此翁、など馬より下《お》りざるぞ。[五]奇怪也。[六]とがめ下《おろ》すべし」といふ。こゝに国司のいはく、「[七]一人当千《いちにんたうぜん》の馬の[八]たてやう也。[九]たゞにはあらぬ人ぞ。とがむべからず」と制《せい》して、うち過る程に、三町ばかり行て、[一〇]大矢の左衛門尉致経、数多《あまた》の兵を具《ぐ》してあへり。国司、[一一]会尺《ゑしやく》する間、致経が云、「こゝに[一二]老者《らうしや》や一人、逢奉《たてまつ》りて候つらん。致経が父、[一三]平五大夫に候。[一四]堅固の田舎人にて、[一五]子細《し》を知らず、[一六]無礼《むらい》を現じ候つらん」と云。致経過て後、「[一七]さればこそ」とぞいひけるとか。

（一三六　出家功徳事《しゆつけのくどくのこと》　巻一一ノ一二）

これも今は昔《むかし》、[一八]筑紫に、[一九]たうさかのさへと申[二〇]斎《さへ》の神まします。その[二一]ほこらに、

一 →六二頁注一四。保昌の丹後守任官は寛仁四年（一〇二〇）ごろか。
二 京都府与謝郡の普甲山。丹波から丹後に越える道中にあり、よさむの山とも。
三 来あわせた。「逢ふ」はやって来て出会う意で、相手（ここは「白髪の武士」）を主語として用いる。
四 騎馬のまま勢よく入って。「うち」は馬を打つ意。　五 けしからん。とんでもないことだ。
六 責めただして馬からおろさねばならぬ。
七 一人で千人の敵に当るような。勇ましさ、強さ（また、その人）の形容。「一騎当千」とも。第十八話に「利仁、独侍らば、千人とおぼせ」とあった。
八 馬のとめ方。この「立つ」は乗物をある場所にとめることをいう。馬を停止させるさまには技術が反映する。保昌はそのことに注意したのである。
九 非凡な人であるぞ。「ただ」は普通、平凡。
一〇 平致頼の子。左衛門大尉。二中歴の「武者」の項に見え、勇士として知られたらしい。詞花集に一首入集。「大矢（箭とも）」は弓の名人の称。生没年未詳だが、治安・長元頃（一〇二一–三三）にその事蹟が知られる。
一一 「会釈」の当字。あいさつ。
一二 老人。としより。
一三 致頼。公雅の子。備中掾、従五位下。平維衡との私闘によって隠岐に配流されたが、後に赦免。寛弘八年（一〇一一）没、享年未詳。「平五」は平氏の五男、「大夫」は五位の称。
一四 まったくの。
一五 （相手が国司だという）事情もわきまえず。
一六 失礼な言動をしたことでしょう。
一七 やはりそうか。思ったとおりだ。
▽保昌と致頼は平安中期の勇士として知られ、

修行しける僧の宿《やど》りて、寝《ね》たりける夜、夜中《ゝ》斗《(ばかり)》にはなりぬらんと思《おも》ふ程に、馬の足音《あしをと》あまたして、人の過ると聞《き》く程に、「斎はましますか」と問《と》ふ声《こゑ》す。この宿《やど》りたる僧、あやしと聞《き》くほどに、此ほこらの内より、「侍り」とこたふなり。又、[二二]あさましと聞《き》けば、「明日、[二三]武蔵寺にや参《まい》り給ふ」と問《と》ふなれば、[二四]「さも侍らず。何事の侍るぞ」とこたふ。「あす武蔵寺に、新仏《(にひぼとけ)》いで給べしとて、[二五]梵天、[二六]帝尺、[二七]諸天、[二八]竜神あつまり給ふとは知《し》り給はぬか」といふなれば、「さる事も、え承《うけたまは》らざりけり。うれしく告《つ》げ給へるかな。[二九]いかでか参《まい》らでは侍《(は)》べらん。かならず参《まい》らんずる」といへば、「さらば、あすの[三〇]巳《(み)》時ばかりの事なり。かならず参《まい》りたまへ。待《ま》ち申さん」とて過ぬ。

この僧、これを聞《き》き《ゝ》て、[三一]「希有の事をも聞《き》き《ゝ》つるかな。あすは物へ行《ゆ》かん」と思つれども、「この事見《み》てこそ、[三二]いづちも行《ゆ》かめ」と思て、明《あ》くるや遅《をそ》きと、武蔵《むさし》寺に参《まい》りて見《み》れども、[三三]さるけしきもなし。[三四]例よりは中〳〵静《しづ》かに、人も見《み》えず。あるやうあらんと思て、仏の御前に候て、巳時を待《ま》ちゐたる程に、今しばしあらば、[三五]午《(うま)》時になりなんず。いかなる事にかと思ゐたる程に、年七十余斗なる翁の、髪もはげて、白きとても[三六]おろ〳〵ある頭に、[三七]袋《ふくろ》の烏帽子《(ゑぼし)》を[三八]引《ひ》き入て、[三九]もともちい《(ひ)》さきが、いとゞ腰《こし》かゞまりたるが、杖にすがりて歩《あゆ》む。尻《しり》に尼たて

源頼信・平維衡とともに並称して四天王などという。本話は、余人のあずかりえぬ勇士同士の世界を、保昌の直観力を中心として描いたもの。
一八 筑前、筑後の総称。転じて九州全体もさす。
一九 未詳。一説、「たかさか」の誤として豊後国大分郡高坂をあてる。今昔「□国に□坂」。
二〇 道祖神。坂、峠、村境などに祭られて、外敵や邪霊の侵入を防ぐ神として信仰される。
二一 神を祭る小さな社。山中の祠《(ほこら)》や木の洞にとどまり神々や鬼神の話を聞く話は多い。
二二 信じられないことだ。
二三 福岡県筑紫野市の武蔵寺。上代以来の古刹で、「むさうじ」または「ぶざうじ」と呼ばれるが、底本は後に「むさし寺」と記す。
二四 そうはいたしません。参りません。
二五 帝釈天とともに仏法の代表的な守護神。
二六 梵天とともに仏法の代表的な守護神。須弥山《(しゅみせん)》上の忉利《(とうり)》天の喜見城に住む。
二七 多くの天上界の神々。今昔「四大天王、竜神八部」。
二八 仏法を守る八つの鬼神の一つ。竜を神格化したもので、雲を起し、雨を降らせると信じられていた。
二九 どうして参上しないでおられましょうか。
三〇 午前十時ごろ。
三一 珍らしい。奇妙な。今昔「此は早う鬼神の云ふ事なりけりと心得て、物恐しく思へども、念じて居たる程に夜明けぬ」。
三二 どこへでも行こう。
三三 そのような様子は全くない。前夜の話の新仏が現われるというような気配が全くないこと。
三四 いつもよりはかえって。新仏の出現どころか普段よりはかえって閑散としているさま。
三五 正午にもなってしまいそうである。

り。ちい《(ひ)》さく黒き桶に、何《なに》にかあるらん、物入て引下《さ》げたり。御堂に参《まい》りて、男は仏の御前にて、[一]額《ぬか》二三度斗つきて、[二]木欒子《もくれんず》の念珠の大きに長《なが》き、を《(お)》しもみて候へば、尼、その持《も》たる小桶を翁のかたはらに置《を》きて、「[三]御房呼《よ》び奉《たてまつ》らん」とていぬ。

しばしばかりあれば、六十斗なる僧参《まい》りて、仏拝《(をがみ)》奉て、「[四]何《なに》せむに呼《よ》び給ぞ」と問《と》へば、「今日明日《けふあす》とも知《し》らぬ身に罷成《(まかりなり)》にたれば、この白髪《しらが》のすこし残《のこ》りたるを剃《(そり)》て、[五]御弟子にならんと思ふ也」といへば、僧、目押《を》しすりて、「いとたう《(ふ)》とき事かな。さらば、とく〳〵」とて、小桶なりつるは湯なりけり、その湯にて頭洗《あら》ひて、剃て、[六]戒授《さづ》けつれば、また仏拝《をが》み奉て、まかり出《い》でぬ。其後、又異事《こと》なし。

さは、この翁の法師になるを[七]随喜して、[八]天衆も集《あつ》まり給て、新仏の[九]いでさせ給《たま》ふとはあるにこそありけれ。[一〇]出家随分の功徳とは、今にはじめたる事にはあらねども、まして若《わか》く盛《さか》りならん人の、よく[一一]道心おこして、[一二]随分にせんものの功徳、これにていよ〳〵を《(お)》しはかられたり。

二六 ほんのわずかばかり。
二七 袋のような形の烏帽子のことか。今昔「袋の様なる烏帽子」。　二八 深くかぶって。
二九 もともと小柄だったのが、ひどく腰が曲がって、いよいよ小さい背丈で。

一 二三度ほど額(ひたい)を床につけて拝んで。
二 ムクロジ。落葉の喬木。種子は球形で、数珠玉に用いる。
三 御坊様。
四 何をしようとして、お呼びなさるのか。何の御用でしょうか。
五 仏様の御弟子に。
六 仏門に入ったものが守るべき戒律。
七 仏教語。人の善い行いに心から喜ぶこと。
八 天界に住む神々。梵天、帝釈天、四天王など。
九 あらわれなされるということだったのか。
一〇 出家には身分に応じた果報があるということ。
一一 仏道を信奉する心。
一二 身のほどに応じて、行い修めるものの。
▽山中の祠や、木の洞穴にとどまり、その夜中に神々や鬼神の話を聞くという話は第三話のほか、昔話の産神問答などと共通し、本話もその傾向をもつ。「梵天、帝尺、諸天、竜神あつまり給ふ」という表現は、第一話にも類似表現が見られるが、斎の神の登場や小さな老人の出現など両話間には対比されるものがある。内容的にも第一話が男女のやや乱れた愛の姿を描くのに対し、本話は仲の良い老夫婦、そしてその、さわやかな出家劇という内容で、あらためて、第一話の乱りがわしさが浮彫りにされる。

（一三七　達磨見《だるまてんぢくのそうのおこなひをみること》₂天竺僧行₁事　巻一二ノ二）

昔、天竺[一三]に一寺あり。住僧、尤《もつとも》多《おほ》し。達磨[一四]和尚、此寺に入て、僧どもの行をうかゞひ見給に、或房には念仏し、経を読《よ》み、様〳〵におこなふ。或房を見《み》給に、八九十斗《ばかり》なる老僧の、只二人ゐて囲碁を打《うつ》。仏もなく、経も見《み》えず。たゞ囲碁を打ほかは他事なし。達磨、件《くだんの》房を出て、他の僧に問《とふ》に、答云《こたへていはく》、「此老僧二人、若《わかき》より囲碁のほかはする事なし。すべて仏法の名をだに聞《き》かず。仍《よつて》、寺僧、にくみいやしみて交会《けうくわい》[一五]する事なし。むなしく[一六]僧供《そうぐ》を受、外道《げだう》[一七]のごとく思へり」と云〻。

和尚、これを聞て、定て[一八]様あるらんと思て、此僧[一九]が傍にゐて、囲碁打《うつ》有《あり》様を見《み》れば、一人は立《たて》り、一人は居《を》りと見《みる》に、忽然として失ぬ。あやしく思程に、立る僧は帰居たりと見《み》る程に、又居たる僧失《う》せぬ。見《み》れば、又出《いで》きぬ。されば[二〇]こそと思て、「囲碁の外、他事なしとうけ給《たまは》るに、証果《しようくわ》[二一]の上人にこそおはしけれ。そのゆへ《ゑ》を奉《うけたまはら》[二二]ん」との給に、老僧、答云、「年来《としごろ》、此事より外は他事なし。但、黒勝時《かつとき》[二三]は我《わが》[二四]煩悩勝《かち》ぬとかなしみ、白勝時《かつとき》は菩提[二五]勝ぬと悦ぶ。打に随て、煩悩の黒を失ひ、菩提の白の勝《かた》ん事を思ふ。此功徳[二六]によりて、忽に証果の

一三 インドの古称。
一四 Bodhi-dharma、菩提達磨ともいう。中国禅宗の祖。南インド香至国の第三王子。般若多羅に教えを受り、のち中国に渡り、少林寺に入り、九年間、面壁したといわれる。五世紀末から六世紀末ごろの人とされる。
一五 「かうくわい」とも。交際すること。つき合うこと。「交」を「けう」とよむのは呉音。古活字本「けうくはい」。
一六 むだに供養の食事を食べてばかりいる。「僧供」は僧に供養される食事や金銭。
一七 仏教の立場から、仏教以外の教え。またそれを信ずる人。
一八 きっとわけがあるのであろう。
一九 書陵部本、古活字本「この老僧」。伊達本は「この僧」として「老」を補入。
二〇 やはりそうだったのか。
二一 修行によって悟りの果報を得ること。
二二 お聞きしたい。古活字本「問ひ奉らん」。今昔「承はらむ」。
二三 善念を白の石、悪念を黒の石にたとえる話は賢愚経十三、法苑珠林三十四に見える。
二四 人間の心身を悩ます、すべての欲望。
二五 煩悩を断ちきり、真理を悟った境地。
二六 現世、来世でよい果報をうけられるような善行。

一今昔には「涙、雨の如く落て、悲しき事限なし。和尚の云はく、かく徳行を年来隠して、露、人に不知せで、寺の中の人にも不用、無暫の者に思はせ給ひける心の貴き事を云ひて」とある。
▽囲碁は六世紀ごろに中国より伝来したといわれ、平安時代には貴族の間で、鎌倉時代には主に僧侶の間で流行していたらしい。過度にかか

身と成侍なり」と云々。

[一]和尚、房を出て、他僧に語給ひければ、年来、にくみいやしみつる人々、後悔して、みな貴《たふと》みけりとなん。

（一三八　提婆菩薩参二竜樹菩薩許一事《だいばぼさつりゆうじゆぼさつのもとにまゐること》　巻一二ノ二）

昔、[二]西天竺に[三]竜樹菩薩と申《まうす》上人まします。智恵甚深《じんしん》也。又、[四]中天竺に[五]提婆菩薩と申上人、竜樹の智恵深きよしを聞給て、西天竺に行向て、門外に立て、案内を申さんとし給処に、御弟子、外より来給て、「いかなる人にてましますぞ」ととふ。提婆菩薩答給《こたへたまふ》やう、「[六]大師の智恵深《ふか》くましますよしうけ給《たまはり》て、[七]冷難をしのぎて、中天竺よりはる〴〵参《まい》りたり。このよし申べき」よしの給。御弟子、竜樹に申ければ、[八]小箱に水を入て出さる。提婆、心得《え》給て、衣の襟より針を一《ひとつ》取出《いだ》して、此水に入て返し奉る。これを見《み》て、竜樹、大に驚て、「早《はや》く入《い》れ奉れ」とて、房中を掃《はき》清めて入奉給《いれたてまつりたまふ》。

御弟子、あやしと思やう、「水を与《あた》へ給事は、遠国よりはる〴〵と来給へば、疲給《つかれたまふ》らん、喉潤《うるほ》さんためと心得《え》たれば、此人、針を入て返し給に、大師、

わる事は常に戒められていた。僧門にあっては修行の妨げともなったもので、囲碁打ちを日常とする二人の老僧を寺僧達が「外道のごとく思」ったのもやむをえないところであろう。そうした禁遏《きんあつ》の対象だった囲碁を愛好していた老僧が、実は「証果の上人」であったわけだし、高僧増賀が臨終に際して宿念の囲碁を打ち（発心集一ノ六）、囲碁に熱中の余り、勅旨の趣を無視してしまったが、かえって、その数奇ぶりをほめられた二人の音楽家の話（発心集六ノ八）も同じ位相でとらえることが可能である。

二 「天竺」はインドの古称。東西南北中の五天竺に分かれ、「西天竺」はインドの西部。

三 Nāgārjuna（ナーガールジュナ）。一五〇年頃から二五〇年頃の人。大乗仏教を教学的に確立させ八宗の祖といわれる。大智度論、十住毘婆沙論（じゆうじゆうびばしゃろん）などの著者と考えられている。大唐西域記「竜猛菩薩」。

四 五天竺の一。インドの中部。

五 Devadatta（デーヴァダッタ）。三世紀ごろの人。竜樹の弟子で百論、広百論などを著す。聖提婆とも。

六 仏、菩薩、高僧などの尊称。

七 古活字本「嶮難」。伊達本「冷難」とあって「嶮難」と傍記。今昔はその道中のきびしさについて具体的に記す。

八 大唐西域記「盛二満鉢水一、命二弟子一曰、汝持二是水一示二彼提婆一、提婆見レ水黙而投レ針、弟子持レ鉢懐レ疑而返」。

九 大唐西域記「夫水也者、随レ器方円逐レ物清濁、弥漫無レ間澄湛莫レ測。満而示レ之比二我学之智周一也。彼乃投レ針遂窮二其極一」。

一〇 暗に。

一一 諸本「知て」とある。「しりて」とよむべきか。

一二 あなたの大海の底のような、広大、深遠な

驚給て、うやまひ給事、心得《え》ざる事かな」と思て、後に大師に問申ければ、答給やう、「[九]水を与《あた》へつるは、我智恵は小箱の内の水のごとし。しかるに、汝、万里をしのぎて来る。智恵を浮《う》かべよとて、水を与《あた》へつる也。上人、[一〇]空に御心を[一一]智て、針を水に入て返す事は、我《わが》針斗《ばかり》の智恵を以て、[一二]汝が大海の底を極《きはめ》んと也。汝等、年来、[一三]随逐《ずいちく》すれども、此心を知《し》らずしてこれを問《と》ふ。上人は始て来れども、我心を知《し》る。これ、智恵のあると無《なき》と也」云〻。[一四]則、瓶水《びやうすい》を写《うつす》ごとく、法文をならひ伝給て、中天竺に帰給けりとなん。

(一三九　慈《じ》恵僧正《ゑそうじやう》、延引受戒之日事《じゆかいのひをえんいんのこと》　巻一二ノ三)

[一五]慈恵僧正良源　永観三年正月三日入滅、七十三歳、近江国人也[一六]座主の時、[一七]受戒行《おこなふ》べき[一八]定日《ぢやうにち》、[一九]例のごとく催儲《もよほしまうけ》て、座主の出仕を相待《あひまつ》之所に、途中より俄に帰給へば、共《とも》の者共、こはいかにと心得《え》がたく思けり。[二〇]衆徒《しゆと》、[二一]諸職人《しよしきじん》も、「これ程の大事、日の定《さだまり》たる事を、今と成て、さしたる障《さはり》もなきに、[二二]延引せしめ給事、然べからず」と[二三]謗《はう》ずる事限なし。諸国の[二四]沙弥等まで悉参集《ことごとくまゐりあつまり》て、[二五]受戒すべきよし思ゐたる所に、[二六]横川小綱《よかはせうかう》を使にて、「今日の受戒は延引也。[二七]重たる催に

智恵を学びつくしたいという意味である。

一三 つき従って、修行しているが。

一四 かめの中の水をすべて他の器に移すように、師からすべての奥義を習い伝えること。

▽水の入った小箱、一本の針の謎解きが面白い。前話の囲碁といい、次話の突然の延期、いずれも謎解き話として読める。

一五 →一二九頁注二一。なお、下の細字「永観…近江国人也」は、これを欠く本も多い。その内容のうち、「七十三歳」は七十四歳の誤り。

一六 寺の僧職の最上位。ここは天台座主。比叡山延暦寺をつかさどる職で、良源は康保三年(九六六)八月、これに任ぜられ、以後十八年余、死ぬまでこの地位にあった。

一七 →一九六頁注二。延暦寺で受けるのは大乗戒。　一八 前もって定めておいた日。「ぢやうじつ」とも。

一九 常になすように用意をととのえて。

二〇 大寺院に所属する多くの僧。延暦寺の場合、座主・三綱(上座・寺主・都維那《つゐな》)の下にある多数の学生・堂衆をこの語で総称。大衆《だいしゆ》とも。

二一 法会などの時、諸役を分担してつとめる僧。職衆《しきしゆ》。

二二 延期なさる事は、不適当だ。　二三 そしる。非難する。「謗」の頭音は清んで読む。

二四 もと、若年・初心の見習僧をさしたが、後に正式の手続きを経ない出家者をひろく言うようになった。ここは後者の用法。

二五 受戒したいと思って居並んでいた所に。

二六 誰をさすか未詳。横川(比叡山を構成する三塔の一。山内の北部にある)在住の小綱であろう。小綱は三綱の第三、都維那(寺の雑事をつかさどる)をさすか(全註解)。

二七 再度の準備。

随て行はるべき也」と仰下しければ、「何事によりて留給ぞ」と問《と》ふ。使、「全《また》く其故を知《し》らず。たゞはやく走向て、此由を申せと斗《(ばかり)》の給《(たまひ)》つるぞ」と云。集れる人〳〵、をの《(お)》〳〵心得《え》ず思て、みな退散しぬ。

かゝる程に、[一]未《(ひつじ)》の時斗に大風吹て、[二]南門俄に倒れぬ。其時、人〳〵、「此事あるべしと兼《(かね)》てさとりで、延引せられける」と思あはせけり。「受戒行わ《(は)》れましかば、[三]そこばくの人〳〵みな打殺されなまし」と[四]感じのゝしりけり。

（一四〇　内記上人《ないきしやうにん》、破二法師陰陽師紙冠一事《ほふしおんやうじのしくわんをやぶること》　巻一二ノ四）

[五]内記上人寂心といふ人ありけり。道心堅固の人也。堂を造り、塔を建《た》つる、最上の[六]善根《(ぜんごん)》也とて、[七]勧進せられけり。材木をば[八]播磨国に行て取《と》られけり。こゝに[九]法師陰陽師、[一〇]紙冠《(かみかうぶり)》をきて[一一]祓《(はらひ)》するを見《み》つけて、あは《(わ)》てて馬より下《お》りて走寄《よ》りて、「[一二]なにわざし給御房ぞ」と問《と》へば、「祓し候也」といふ。「[一三]なにしに紙冠をばしたるぞ」と問《と》へば、「[一四]祓戸《(はらひど)》の神達は、法師をば忌給へば、祓する程、しばらくして侍也」といふに、上人、声をあげて大に泣て、陰陽師に[一五]取懸《(とりかか)》れば、陰陽師心得《え》ず仰天して、祓をし[一六]さして、「是《(これ)》はいかに」と云。祓せさする人もあ

一　午後二時ごろ。
二　打聞集に「戒壇門」とある。受戒の行われる戒壇院の門(現存せず)であろう。
三　多数の人々。
四　感心して評判した。
▽第六十九話とともども良源の異能を語りつつ、一方で、誤解・非難を受けやすかった彼の立場も伝える。良源はもちまえの才覚によって叡山の復興・整備に力を尽したが、強引さもあって、人からとやかく言われることが多かった。しかし弁解などあまりせず、結果によって自己の正当性を示そうとしたようである。本話の語る所もその一例と思われる。
五　俗名慶滋保胤。賀茂忠行の次男。大内記、従五位下。菅原文時の弟子で漢詩人として知られ池亭記などの作がある。字は茂能。寛和二年(九八六)出家、源信らとの交流によって道心を深める。日本往生極楽記を選述。長保二年(一〇〇二)没、享年七十余歳か。
六　よい果報のもととなる心構え・行為。
七　社寺堂塔の造営・改修などに必要な金品をつのり、そのことによって人々に善根を積むよう勧める行為。
八　今の兵庫県の大半を占める地。
九　僧形の陰陽師。陰陽師は吉凶を占い、呪術的行為などを業とする者。中国の陰陽五行説にもとづくが、各種の信仰が習合、多様である。播磨は民間陰陽師が盛行した地域として知られる(一二六話参照)。保胤の出自の賀茂家は安倍家とともに都の陰陽道を代表、統轄する名門であった。なお、枕草子に「見苦しきもの。…法師陰陽師の、紙冠して祓したる」とあり、諸注に引かれる。
一〇　額に付ける三角形の紙。祓に用いる具の一

きれて居たり。上人、冠を取て、引破て泣事限なし。「[一七]いかに知《し》りて、御房は仏弟子と成て、祓戸の神達、にくみ給といひて、[一八]如来の忌給事を破て、しばしも[一九]無間《むげん》地獄の業をばつくり給ぞ。誠《まこと》にかなしき事也。たゞ寂心を殺せ」といひて、取付て泣事おびたゝし[二〇]。

陰陽師のいはく、「仰らるゝ事、尤《もつとも》道理也。[二一]世の過がたければ、さりとてはとて、かくのごとく仕《つかまつる》也。[二二]しからずは、何わざをしてかは妻子をば養《やしな》ひ、我命をも続《つぎ》侍らん。道心なければ上人にもならず。法師のかたちに侍れど、俗人のごとくなれば、[二三]後世《ごせ》の事いかゞと、かなしく侍れど、世のならひにて侍れば、かやうに侍なり」といふ。上人の云やう、「[二四]それはさもあれ、いかゞ[二五]三世《さんぜ》如来の御首に冠をば着給。不幸にたへずしてか様の事し給はゞ、堂作らん料に勧進しあつめたる物共を汝に与ん。[二六]一人菩提に勧《すすむ》れば、堂寺造《つくる》に勝《すぐ》れたる功徳也」といひて、弟子共をつかはして、材木とらんとて勧進しあつめたる物を、みな運《はこ》び寄《よ》せて、此陰陽師にとらせつ。

さて、我身は京に上《のぼり》給にけり。

つ。
一一 「はらへ」とも。罪障・汚れなどを除き、浄化すること。各種の方法・儀礼が行われた。
一二 何ということをなさるお坊さんであるか。
一三 なぜ、紙冠をしているのか。
一四 祓い戸(祓いをする場所)を守る神々。瀬織津比咩《せおりつひめ》、速開都比売《はやあきつひめ》、気吹戸主《いぶきぬし》、速佐須良比咩《はやさすらひめ》の四神から成る。
一五 つかみかかったので。 一六 中止して。
一七 どのように思って。どんなつもりで。
一八 諸仏の尊称。釈迦・阿弥陀・薬師・大日など。
一九 阿鼻地獄とも。八大地獄の最下位。五逆・謗法(仏法を非難する)などの罪により堕ちる。
二〇 三行前の「限なし」と同じく、甚だしいさま。
二一 生活が苦しいので、このままでいるよりはと思って。 二二 こうでもしなければ。
二三 死後のことはどうであろうか。
二四 それはそうとしても。そうであっても。
二五 今昔に「三世の諸仏」とあるのと同じで、過去・現在・未来にわたる仏(であるあなた)。僧侶を普遍的・絶対的なものとして、仏との一体感を信じての把え方から来る語。
二六 一人を悟りの境地にすすめると。
▽続本朝往生伝 二十一によれば、寂心は「諸国を経歴《きやうりやく》して、広く仏事を作《な》」していたという。本話はその一端を伝えるもので、場所は陰陽師の根拠地として知られる播磨(今昔には、同国のある河原という)、主人公の寂心自身が陰陽家の出であったことなどの諸条件が、語り伝えるに足る何かを人々に感じさせたのであろう。寂心は激しやすい人柄であったと理解されていたらしく、彼のふるまいは、説話ではおおむね落涙・号泣に及ぶ。これもその一例である。

（一四一　持経者叡実効験事《ぢきやうじやえいじつかうげんのこと》　巻一二ノ五）

昔《むかし》、[一]閑院大臣殿冬嗣、[二]三位中将におはしける時、[三]童《わらは》病《(やみ)》を重くわづらひ給けるが、「[四]神名《(じんみやう)》と云所に、[五]叡実と云[六]持経者《(ぢきやうじや)》なん、童病《(わらは)》はよく祈落《(いのりおと)》し給」と申人ありければ、「此持経者に祈《(いのら)》せん」とて行給に、[七]荒見川の程にて、はやうおこり給ぬ。寺は近《ちか》く成ければ、此より帰べきやうなしとて、[八]念《ねむ》じて神名におはして、房の簷《(のき)》に車を寄《よ》せて、案内をいひ入《(いれ)》給に、「近比、[九]蒜《(ひる)》を食侍り」と申。しかれども、「唯、上人を見奉《(みたてまつら)》ん。只今まかり帰《(かへる)》事、かなひ侍らじ」と有ければ、「さらば、はや入《(いり)》給へ」とて、房の蔀《(しとみ)》下立《(おろしたて)》たるを取て、あたらしき莚《(むしろ)》敷て、「入給へ」と申ければ、入給ぬ。

持経者、[一〇]沐浴して、とばかり有て出合ぬ。長《(たけ)》高き僧の、[一一]痩さらぼひて、見《(みる)》に貴げなり。僧申やう、「風重《をも》く侍に、医師《(くすし)》の申にしたがひて、蒜《(ひる)》を食て候也。[一二]それにかやうに御坐《(おはしまし)》候へば、[一三]いかでかはとて参て候也。法花経は浄不浄をきらはぬ経にてましませば、読奉《たてまつ》らん、[一四]何条《(なんでふ)》事か候はん」とて、念珠を押摺て、そばへ寄《よ》り来《き》たる程、尤《(もつとも)》たのもし。[一五]御頸に手を入て、我膝を枕にせさせ申て、

一 藤原冬嗣。内麿の男。良房らの父。平安初期の廷臣。正二位、左大臣。天長三年(八二六)没、五十二歳。閑院大臣と号する。ただし、古活字本や紫明抄所載の類話には「冬嗣」の細注はない。今昔の「公季」が正しいか。藤原公季は平安中期の廷臣。師輔の男。従一位太政大臣。長元二年(一〇二九)没、七十三歳。閑院と号する。三位中将は天元四年(九八一)以後。
二 近衛中将で、三位に叙せられている人。
三 間歇(かんけつ)熱の一種。今のマラリアもこの一種。
四 今昔「京の西に神明といふ山寺有り。其に睿実といふ僧住けり」。京都北西部にあったか。京都市上京区に神明町が二つあるが、北野天満宮の北、荒見町近くの神明町付近か。異本紫明抄「東山に永□と云ふ持経者あり」。
五 平安中期の僧、法華経持経者。詳伝未詳。
六 経(おもに法華経)をつねに読誦する修行者のこと。　七 紙屋川。京都北西の鷹が峰に発し、天神川となり、桂川に入る。
八 がまんして。こらえて。　九 ノビル、ニラ、ニンニクなどの総称。「風病」に効くとされる。
一〇 髪を洗い、身を洗うこと。入浴。
一一 痩せて、骨ばかりが目立つこと。
一二 そういう状態の時ではありますが、このようにお見えになったわけでございますから。
一三 どうしてお会いしないですませようか。
一四 どうしてさしつかえる事がありましょうか。
一五 板本「御頭」。　一六 法華経の如来寿量品。息災延命のために読まれることが多い。
一七 これほどまで貴い事もあったのだなあ。
一八 「すこし、しはがれて」の誤か。異本紫明抄「しはがれごゑのくうつきて」。
一九 効験のある。効験あらたかな。
▽今昔十二ノ三十五によると、叡実は我が身の

[一六]寿量品をうち出して読《よ》む声《こゑ》、いと尊《たうと》し。[一七]さばかり貴き事もありけりとおぼゆ。[一八]すこしはかれて、高声に誦声《(よむ)こゑ》、実に哀也。持経者、目より大《(おほき)》なる泪《(なみだ)》をはら〳〵と落して、泣事限なし。其時さめて、御心地《ち》いとさは《(わ)》やかに、残なくよくなり給ぬ。返〳〵《(かへすがへす)》後世まで契て、帰り給ぬ。

それよりぞ[一九]有験《(うげん)》の名は高く、広まりけるとか。

（一四二　空也上人臂《くうやしやうにんのひぢ》、観音院僧正祈直事《くわんおんゐんのそうじやういのりなほすこと》　巻一二ノ六）

昔《むかし》、[二〇]空也上人、申べき事ありて、[二一]一条大臣殿に参て、[二二]蔵人所《(くらうどどころ)》に上《(のぼり)》て居たり。[二三]余慶僧正、又、参会し給。物語などし給程に、僧正のの給《(たまふ)》、「其臂《(ひぢ)》はいかにして折給へるぞ」と。上人の云、「[二四]我母、物妬《(ものねたみ)》して、幼少の時、片手を取て、投て侍し程に、折て侍るとぞ聞侍し。幼稚の時の事なれば覚侍らず。[二五]かしこく左にて侍る。右手折侍《(をりはべら)》ましかば」と云。僧正の給、「[二六]そこは貴き上人にておはす。[二七]天皇の御子とこそ人は申せ。いとかたじけなし。御臂[二八]試《(こころみ)》に祈直し申さんは如何」。上人云、「尤悦《(もつともよろこび)》侍べし。実に貴《(たふとく)》侍なん、これ[二九]加持し給へ」とて、近く寄れば、殿中の人〳〵湊《〈アツマリ〉》て、これを見《み》る。その時、僧正、頂《(いただき)》より黒煙を

ことを省みず、他者へのほどこしへ走ってしまう人と伝える。その点は前話の慶滋保胤の行動を思いおこさせる。また祈禱への招請を決める時にも、貴族達は「見苦しき事」をするのではないかと懸念したという。思い合わせられるのは次々話の増賀上人のふるまいで、叡実もこの増賀や保胤の系譜の人物で、奇行僧として評判が高かったのであろう。仏家の忌むべき「蒜」を食していたというのも破戒であり、法華経は「浄不浄をきらはず」といって読経したのも、浄不浄かまわず法華経を読みとげた第一話の道命とも対比される。

二〇 平安中期の念仏聖。光勝とも。醍醐天皇の第五皇子ともいわれる。阿弥陀仏を唱えながら、諸国を巡遊、市聖、阿弥陀聖ともいわれる。天禄三年(九七二)没、七十歳といわれる。「こうや」とも。打聞集「公野聖」。

二一 源雅信。平安中期の廷臣。宇多天皇の孫、敦実親王の男。従一位左大臣。和歌、音楽、蹴鞠などの名手。正暦四年(九九三)没、七十四歳。

二二 蔵人の詰所。ここは雅信邸の蔵人所。

二三 平安中期の天台宗の僧。園城寺長吏。永祚元年(九八九)、延暦寺座主。正暦二年(九九一)没、七十三歳。諡智弁。

二四 撰集抄「これはをさなくて、縁より落ちて、うち折りて侍り」。

二五 ありがたいことに。運よく。

二六 そちらは。君は。親しい間柄で使う対称。

二七 空也誄、日本往生極楽記では皇胤、諸門跡譜では仁明天皇皇子常康親王の子、帝王編年記、閑居友、撰集抄では醍醐天皇皇子と伝える。

二八 古活字本「まことに」。打聞集「み臂、心見に加持せむ」。

二九 祈禱。行者が印を結び、陀羅尼を唱えて、仏の加護を祈り、病気・災厄を除くこと。

出して、加持し給に、暫《(しばらく)》ありて、曲れる臂、はたとなりて延《の》びぬ。則、右の臂のごとくに延たり。上人、泪《(なみだ)》を落して、三度礼拝す。見人《(みる)》、みなの[一]ゝめき感じ、或は泣《(なき)》けり。

其日、上人、共に若き聖三人具《(ぐし)》たり。一人は縄をとりあつむる聖也。道に落たる古《ふる》き縄を拾《ひろ(ひ)》いて、壁土に加へて、古堂の破たる壁を塗事をす。一人は瓜の皮を取集て、水に洗て、獄衆[二]に与けり。一人は反古[三]《(ほぐ)》の落散《(おちちり)》たるを拾集て、紙に漉《(すき)》て、経を書写し奉る。其反古の聖を、臂直《なを》りたる布施[四]に、僧正に奉りければ、悦て弟子になして、義観[五]と名づけ給。ありがたかりける事なり。

（一四三　僧賀上人《そうがしやうにん》、参㆓三条宮㆒振舞事《さんでうのみやにまゐりふるまひのこと》　巻一二ノ七）

昔《むかし》、多武峯《(たむのみね)》[六]に僧賀[七]上人とて貴き聖おはしけり。きはめて心武《(たけ)》[八]うきびしくおはしけり。ひとへに名利をいとひて、頗《(すこぶる)》物狂《くる》はしくなん、わざと[九]振舞《(ふるまひ)》給けり。

[一〇]三条大后《きさい》の宮、尼にならせ給はんとて、戒師[一一]のために召《め》しに遣《つか》はされければ、「尤《(もつとも)》貴《たうと》き事也。僧賀こそは誠になし奉《たてまつ》らめ」とて参けり。弟子共、「此御使[一二]を嗔《(いかり)》て打給《たま》ひなんどやせんずらん」と思《おも》ふに、思《(おもひ)》の外に心安く参給へば、あり[一三]

一 声高にさわぐ。　二 獄に入れられている囚人。
三 書き損じなどで不要になった紙。「ほうぐ」「ほうご」とも。振仮名は打聞集の同話の仮名表記による。　四 僧侶に与えられる金品。
五 伝未詳。小右記・万寿三年七月二十三日条に「義観阿闍梨者空也入室弟子」と見え、義観に故空也聖の金鼓、錫杖が与えられたことが見える。打聞集「其ほぐの聖、名は起経となむいひし」。
▽有名な高僧二人のかかわりを語る。空也の不幸な幼児体験、随行の聖たちのゆかしい行動。空也の臂を直す余慶の験力、それぞれが鮮明な印象を残す。余慶は山門との抗争、醜聞の噂(古事談六ノ二五〇)などで複雑なイメージもあるが、本話の彼にはそのような陰がない。
六 奈良県桜井市にある山。藤原鎌足の子の定恵が父の遺体を改葬して以来、藤原氏ゆかりの聖地として特別視された。山中に天台宗の妙楽寺が営まれたが、維新後に談山神社となる。
七 増賀。読みは「そうが」で、多く「僧賀」と表記。橘恒平の子と伝えるが誤り。父は藤原伊衡かとも思われる。延暦寺の良源の弟子であったが多武峯に移り、同地の復興に力を尽す。長保五年(一〇〇三)没、八十七歳。摩訶止観に詳しい学僧だが、奇行が多く伝わり、その面で知られる。
八 気性が激しく、厳格でいらっしゃった。今昔十九ノ十に、増賀を評して「此の聖人は、極めて立ち腹(怒りっぽいこと)にぞ有りける。立腹なる替りには、疾くぞ腹止みける。極(いみじ)く蜜(きびし)く際武(きはたけ)く坐(いま)すかりける」とある。
九 (本心から狂っているのではなく)意識的にふるまっていた。増賀は摩訶止観の教えにもとづき、世俗から超越するための実践的方法として奇行に走ったと理解されている。
一〇 三条に御所のあった大后(天皇の母、祖母)。

がたき事に思あへり。

かくて、宮に参たるよし申ければ、悦て召《め》し入給て、尼になり給に、上達部[一四]、僧共おほく参《まい》り集り、内裏より御使など参《まい》りたるに、此上人は、目はおそろしげなるが、躰も貴げながら、わづらはしげ[一五]になんおはしける。

さて、御前に召入《い》れて、御几帳のもとに参て、出家の作法して、めでたく長き御髪をかき出して、此上人にはさませ[一六]らる。御簾中に、女房達見て泣事限なし。

はさみ果《は》てゝ、出なんとする時、上人高声《(かうしやう)》にいふやう、「僧賀をしも、あながち[一七]に召《め》すは何事ぞ。心得《え》られ候はず。もしき[一八]たなき物を大《(おほき)》なりと聞《き》こしめしたるか。人のよりは大に候へども、今は練絹《ぎぬ》のやうに、くた〳〵と成たる物を」と云に、御簾の内近く候女房たち、外には公卿、殿上人、僧たち、これを聞にあさましく、目口[一九]はだかりておぼゆ。宮の御心地《ち》もさらなり。貴さもみな失《う》せて、を《(お)》の〳〵、身より汗[二〇]あへ《(え)》て、我にもあらぬ心地《ち》す。

さて上人、まかり出なんとて、袖[二一]かき合《あ》はせて、「年[二二]罷《(まかり)》よりて、風重《をも》く成て、今はたゞ痢[二三]病のみ仕れば、参《まい》るまじく候つるを、わざと召《め》し候つれば、相構[二四]《(あひかまへ)》て候つる。堪がたくなりて候へば、いそぎまかり出《い》で候なり」とて、出《(いで)》ざまに、

藤原詮子(東三条院。道長の姉、一条天皇の母)が該当するが、今昔などは藤原遵子(頼忠の子。円融天皇后)とする。史実的には村上天皇第九皇女の資子内親王(三条宮所住。ただし未婚)かと推定するが、確証はない。なお、同内親王の出家は寛和二年(九八六)一月十三日。

一一 出家に立ちあい、授戒をする人。

一二 弟子たちの判断は、増賀が反俗的で、その思いが余って体罰に及ぶことがよくあったためである(発心集二ノ一など参照)。

一三 珍しい事。めったにない事。

一四 公卿。大臣・大中納言・参議および三位以上。

一五 めんどうな人柄のようでいらっしゃった。「わづらはし」は、それに接する人が困惑・不快・煩雑などの感を受けるさま、また、本人の体調がよくないさま。後者の用例は中世以降に限られる。ここは今昔ともども前者の意で、狂気を宿す増賀の不気味な印象を示すか。

一六 鋏でお切らせになる。当時の女性の出家は、長い髪を肩のあたりで切りそろえるならわしで、戒師がその任に当ったのである。

一七 やみくもに。はばからずに。「あながち」は内的衝迫が強く、何もかえりみずに事を行うさま。 一八 もしかすると、私の男根を大きいと聞き及ばれたのですか。自分に対する性的関心によって招請したのかという質問。

一九 目や口が大きくあいてふさがらぬ思いである。はなはだしい驚きの形容。

二〇 汗が流れ出て。今昔には「歯より汗出て」とあり、人々の衝撃を強烈に伝える。

二一 ことさらしく恐縮の体をよそおったさま。

二二 年をとりまして。「まかり」は謙譲。

二三 下痢の病ばかりいたしておりますので。

二四 心用意をしておりました。

[一]西台《にのたい》の簀子についゐて、尻をからげて、[二]棖《はんざふ》の口より水をいだすやうに、ひり散《ち》らす音高く、臰《くさき》事限なし。御前まで聞《き》こゆ。若《わか》き殿上人、笑のゝしる事おびたゝし。僧たちは、「かゝる物狂《ものぐるひ》を召《め》したる事」と誘《そしり》申けり。かか様に、事にふれて、物狂に態《わざ》とふるまひけれど、それにつけても貴き覚《おぼえ》は弥《いよいよ》まさりけり。

（一四四　聖宝僧正《しやうほうそうじやう》、渡㆓一条大路㆒事《いちでうおほちをわたること》　巻一二ノ八）

昔《むかし》、[三]東大寺に、[四]上座法師のいみじく[五]たのしきありけり。露斗《つゆばかり》も人に物あたふる事をせず。[六]慳貪《けんどん》に罪深く見《み》えければ、其時、[七]聖宝僧正の、若《わか》き僧にておはしけるが、此上座の、[八]惜《お》しむ罪のあさましきにとて、わざと[九]あらがひをせられけり。「[一〇]御房、何事したらんに、大衆《だいしゆ》に僧供ひかん」といひければ、上座思様《おもふやう》、「物あらがひして、もし負たらんに僧供ひかんも由なし。さりながら、[一一]衆中にてかくいふ事を、何とも答《こたへ》ざらんも口惜」と思て、かれがえすまじき事を思《おもひ》廻《めぐら》していふやう、「[一二]賀茂祭の日、真裸《まはだか》にて、[一三]たうさき《ふ》斗をして、[一四]干鮭《からざけ》太刀にはきて、やせたる女牛に乗て、[一五]一条大路を大宮より河原まで、「我は東大寺の

一「台」は「対」の当字で寝殿造の西の対をさすか。今昔はここの場所を「西の対の南の放出《はなちいで》の簀子」とする。増賀は儀式の行われた寝殿から退出、渡殿を通って西の対の屋の簀子（外に出た板敷の縁）に至り、衆人の見る中で「ついゐて（腰を下して）」排泄に及んだのである。
二 湯や水を入れ、何かに注ぐ器。
▽増賀の奇行譚の中で最も有名なものの一つ。貴人の招きに珍しく応じ、いかがわしい言行に及ぶ。偽善を衝く事件として喧伝されたものである。彼によって侮辱された女性を誰と解するかで味わいと批評性が少なからず変ってくる。
三 奈良市雑司町にある華厳宗の総本山。
四 大寺院で別当につぐ僧官。三綱（上座・寺主・都維那）の最上位。寺務をとりしきる。
五 豊かな。　六 欲が深く、けちなこと。
七 理源大師。王氏で幼名恒蔭王。大和（讃岐とも）の人。醍醐寺の開基で真言宗小野流、修験道当山派の祖。延喜九年（九〇九）没、七十八歳。
八 物惜しみをする罪があまりにひどいので（何とかしよう）と。　九 言い争うこと。転じて賭。ここは、二二〇頁一五行の例と同様、後者の意。
一〇 お坊さん、私が何をしたなら、大衆に僧供を施してくれますか。「大衆」は大勢の僧の意から、寺院に所属する僧たちの総称。「僧供」は僧に供養する金品。「引く」は配る、また、贈る。
一一 大勢の人がいる中。
一二 賀茂神社の祭礼。陰暦四月中の酉の日（今は五月十五日）に行われた。内裏から派遣される奉幣使の行列がみもので、これが通る一条大路は人々が密集、桟敷が設けられた。
一三 ふんどし。　一四 鮭の内臓を抜き、しらぼししたもの。これを太刀に見立てて帯び、女牛に乗る異装は、今昔二十八ノ三十五や、発心集一

聖宝也」と高《たか》く名のりて渡《わた》[一六]り給へ。しからば、此御寺の大衆より下部《しもべ》にいたるまで、[一七]大僧供《だいそうぐ》ひかん」といふ。心中に「さりとも、よもせじ」と思ければ、か[一八]たくあらがふ。聖宝、大衆みな[一九]催《もよほし》あつめて、大仏の御前にて、[二〇]金《かね》打て、仏に申て去《さ》りぬ。

その期近《ごちか》くなりて、[二一]一条富少路に桟敷うちて、「聖宝が渡らん、見《み》ん」とて大衆みなあつまりぬ。上座もありけり。しばらくありて、大路の見物のものども[二二]おびたゝしくのゝしる。「何事かあらん」と思て、頸さし出して西の方を見やれば、牝牛《めうし》に乗たる法師の裸なるが、干鮭を太刀にはきて、牛の尻をはた〳〵と打て、尻に[二三]百千の童部《わらはべ》つきて、「東大寺の聖宝こそ、上座とあらがひして渡れ」と、高《たか》くいひけり。其年の祭には、これを[二四]詮にてぞありける。

さて大衆、を《お》の〳〵寺に帰て、上座に大僧供ひかせたりけり。此事、[二五]御門聞《き》こしめして、「聖宝は、我身を捨《す》て、人を導《みちびく》ものにこそ有けれ。今の世に、いかでかゝる貴《たふとき》人ありけん」とて召出して、[二六]僧正までなしあげさせ給けり。[二七]上《かみ》の醍醐はこの僧正の建立なり。

ノ五などの増賀説話にも見える。本話が史実を伝えるとすれば、時代的に初例となる。

一五 平安京の北端を東西に走る大路。大宮(大路)は大内裏にそって南北に走る大路。大宮から一条を東に向い、河原(賀茂川)を渡ると下鴨社に至る。行列はそこから川ぞいに上賀茂社に向う。

一六 お通り下さい。「渡る」は直線的に通行する。

一七 大規模な僧供。

一八 厳重に賭をした。

一九 召集して。

二〇 鉦を打ち鳴らして。仏前で誓いを立てたのである。金打(かねうち・きんちょう)という。

二一 一条大路と富小路とが交叉する地点。富小路は東京極大路に平行に都の東端近くを走る路。「少」は底本のまま。

二二 ひどく大騒ぎしている。

二三 多数の。「百千の家」(八三頁)。

二四 究極の意で、ここは一番のみもの。

二五 旧大系は「何帝か不明」とする。この説話が史実をそのまま伝えるわけではなく、聖宝の閲歴を脚色・単純化したものなので特定は無理。ちなみに聖宝にもっとも帰依したのは宇多法皇。

二六 最高の僧官。聖宝の権僧正任官は延喜二年(九〇二)七十一歳、僧正任官は同六年で、ともに醍醐朝。

二七 醍醐寺(京都市伏見区醍醐。真言宗醍醐派総本山)のうち、笠取山頂にある寺域をいう。貞観十八年(八七六)、聖宝の創建。

▽古事談三ノ二八四によると、賀茂祭に聖が渡るのは聖宝が初例、増賀がこれをついだという。この伝承に上醍醐の草創をからませて語る。前話との連想はあまりにも明らかであろう。聖宝は初期の伝記がほとんど不明だが、「百千の童部」をつき従える姿など、文中の彼はなかなか鮮やかで、彼の像を形成・支持した世界の広さがうかがえる。

（一四五　穀断聖《こくだちのひじり》、不実露顕事《ふじつろけんのこと》　巻一二ノ九）

昔《むかし》、久く行《おこな》ふ[一]上人ありけり。[二]五穀を断《(たち)》て年来《(としごろ)》になりぬ。御門《(みかど)》聞《き》こしめして、[三]神泉にあがめすへ《(ゑ)》て、ことに貴み給。[四]木の葉をのみ食ける。[五]物笑《(ものわらひ)》する若公達《(わかきんだち)》集《あつま》りて、此聖の心みんとて、行向ひて見《み》るに、いとたう《(ふ)》とげに見《み》ゆれば、「穀断、幾年斗《(いくとせばかり)》に成給」と問《(とは)》れければ、「[六]若《(わかき)》より断侍れば、五十余年に罷成ぬ」というを聞て、一人の殿上人のいはく、「穀断の屎《(くそ)》はいか様にか有らん。[七]例の人にはかはりたるらん。いで行て見《み》ん」といへば、二三人つれて行て見《み》れば、[八]穀屎を多く[九]痢《(ひり)》を《(お)》きたり。あやしう思て、上人の出たる隙《(ひま)》に、「居たる下を見《み》ん」といひて、畳の下を引開《あ》けて見《み》れば、土を少《すこ》し掘て、布袋に米を入て置たり。公達見て手をたゝきて、「[一〇]穀糞《(こくくそ)》の聖、〳〵」と呼《(よば)》はりて、のゝしり笑ければ、逃去にけり。

其後は行方も知《し》らず、ながく失《(うせ)》にけりとなん。

一 今昔「文徳天皇の御代に波太岐(はたき)の山といふ所に上人有けり」。文徳実録「備前国貢二一伊蒲塞(いはさく)一、断レ穀不レ食、有レ勅、安二置神泉苑一」。

二 五種類の主要な穀類。一般には、米、麦、粟、豆、黍(きび)または稗(ひえ)をいう。諸説あって不明。

三 神泉苑。平安京の禁苑、大内裏の南側に位置し、八町の広大な広さをもっていた。天皇遊覧の地で、善女竜王がすむと信じられ、請雨の祈禱がおこなわれた。現在は京都市中京区御池通神泉苑町にわずかに遺構をとどめる。

四 五穀を断った修行者は木の実などのみを食し、木食(もくじき)上人といわれた。

五 何かにつけて、面白がって笑うこと。いたずらずき、笑いずきのこと。

六 今昔「年既に七十に罷りなりたるに、若くより穀を断ちたれば、五十余年には罷りなりぬ」。

七 普通の人。

八 文徳実録「伊蒲塞、夜人定後、以レ水飲二送数升米一。天暁如レ廁。有レ人窺レ之。米糞如レ積」。

九 体の外に放出する。排泄する。第一四三話に「尻をからげて、棙(はんざふ)の口より水をいだすやうに、ひり散らす音」。

一〇 今昔「米屎(よねくそ)の聖」。文徳実録「米糞聖人」。

▽第六話に既出の誑惑の聖。それをまた「物笑ひ」する聴衆(若公達)。笑いの空間ともいうべきもので、宇治拾遺の特質を象徴している。なお神泉苑では承元元年(一二〇七)伊予国からやってきた「天竺の冠者」を後鳥羽院が徹底的に凌轢した事件があった。

一一 大和物語、新古今集の「季縄(すゑなは・すゑただ)」が正しいか。藤原季縄は千乗(ちしげ)の男。従五位上、右近少将。「片野羽林」と号する。散佚物語「交野の少将物語」のモデルとも。延喜十九年(九一九)没、享年不詳。　一二 病気がよくなる。小康を得る。

（一四六　季直少将歌事《すゑなほせうしやうのうたのこと》　巻一二ノ一〇）

今は昔《むかし》、季直[一一]少将といふ人有けり。病つきて後、すこしをこたり《(お)》[一二]て、内に参《まい》りたりけり。公忠[一三]弁[一四]の、掃部助《(かもんのすけ)》[一五]にて蔵人なりける比の事也。「乱《みだ》[一六]り心地《ち》、まだよくもをこたり《(お)》侍らねども、心元《(もと)》[一七]なくて参り侍つる。後は知《し》らねども、かくまで侍れば、あさて斗《(ばかり)》に、又参侍らん。よきに[一八]申させ給へ」とてまかり出ぬ。

三日ばかりありて、少将のもとより、

　くやしくぞ[一九]後にあはんと契ける今日《けふ》を限《かぎ》りといはまし物を

さて、その日失《うせ》にけり。あはれなる事のさまなり。

（一四七　樵夫小童《せうふのこわらは》、隠題歌読事《かくしだいのうたよむこと》　巻一二ノ一一）

今は昔《むかし》、隠《かくし》[二〇]題をいみじく興ぜさせ給ける御門[二一]の、ひちりき[二二]を読《よ》ませられけるに、人〴〵わろく読《よ》みたりけるに、木こる童の、暁、山へ行《(ゆく)》とていひける、「この比、篳篥《(ひちりき)》をよ[二三]ませさせ給《(たまふ)》なるを、人のえ読《よ》み給はざんなる。童こそ読《よ》みたれ」といひければ、具《ぐ》[二四]して行《(ゆく)》童部、「あな、[二五]おほけな。かゝる事ないひそ。

一三 源公忠。光孝天皇の孫。源国紀の男。右大弁、蔵人、従四位下。中古三十六歌仙の一人。醍醐帝の寵臣で、説話が多く伝わる。天暦二年(九四八)没、六一歳。一説天慶九年(九四六)没。
一四 弁官の略称。公忠は延長七年(九二九)、右少弁に任官。滋野井弁といわれた。
一五 掃部寮の次官。掃部寮は宮中の清掃、管理にあたった。公忠が掃部助に任じられたのは延喜十三年(九一三)四月、蔵人に任じられたのは同十八年。　一六 病気による気分や体調の悪さ。
一七 仕事のことが気がかりで。　一八 よろしく申し上げなさって下さい。奏上の相手は醍醐天皇。
一九 思い返せばくやまれることです。また後日お会いしましょうなどと約束してしまいました。あの時、今日を限りにお別れしますと申し上げればよかったのにとおもいます。新古今集・哀傷にも載る。
▽大和物語一〇一段に類話。大和物語ではその前話にも季縄が登場し、季縄が大井川近くに住んでいたころ、山吹の花のころに訪れるという帝(醍醐)の約束が忘れられてしまっているので、季縄が歌をいい送ると、帝は「いたうあはれがりたまうて、急ぎおはしまし」たという。一〇一段でも季縄の死を聞いて帝は「かぎりなくあはれがり給ひける」と帝の悲しみの姿を伝える。
二〇 物名(もののな・ぶつめい)と同じ。事物の名前を歌の中に隠して詠みこむこと。万葉集にその例があり、古今、拾遺、千載集等では部立の一つとなる。
二一 誰であるか不明。宇多院物名歌合などもある。　二二 雅楽で使う管楽器の一つ。竹で作り、音は哀調を帯びる。
二三 およませになっているということだが。
二四 一緒に連れだっていく。
二五 ああ、なんと、身の程知らずのことか。

[一]さまにも似《に》ず。いま〳〵し[二]」といひければ、「などか、かならずさまに似《に》る事か」とて、

[三]めぐりくる春〳〵ごとにさくら花いくたびちりき人に問《と》はゞや

といひたりける。さまにも似《に》ず、思《おも》ひかけずぞ。

（一四八　高忠侍《たかただのさぶらひ》、歌読事《うたよむこと》　巻一二ノ一二）

今は昔《むかし》、[四]高忠《たかただ》といひける、越前守[五]の時に、いみじく[六]不幸なりける侍の、夜昼[七]まめなるが、冬なれど[八]帷《(かたびら)》をなん着《き》たりける。雪のいみじく降《ふ》る日、この侍、[九]きよめすとて、[一〇]物のつきたるやうにふるう《(ふ)》を見《み》て、守、「歌読《よ》め。お《(を)》かしう降《ふ》る雪かな」といへば、此侍、「何《なに》を題にて仕《(つかまつる)》べきぞ」と申せば、「裸《はだか》なる由《よし》を読《よ》め」といふに、程もなくふるう《(ふ)》声をさゝ[一一]げて読《よ》みあぐ。

[一二]はだかなる我身にかゝる白雪はうちふる[一三]へども消《き》えせざりけり

と読《よ》みければ、守《かみ》いみじくほめて、着《き》たりける衣《きぬ》を脱《ぬ》ぎてとらす。北方《(きたのかた)》もあはれがりて、[一四]薄《うす》色の衣のいみじう[一五]香《かう》ばしきをとらせたりければ、二《(ふたつ)》ながらとりて、[一六]かいわぐみて、脇にはさみて立《た》ち去《さ》りぬ。[一七]侍《(さぶらひ)》に行たれば、居並《ゐな》みたる侍ども

一　柄にも合わない。
二　よくないことだ。やめた方がよい。
三　毎年毎年めぐりくる春ごとに、桜の花はいったい今まで何回散ったのか、人にたずねてみたいものだ。類歌「めぐりくる春々ごとに咲く花はいくたび散りき吹く風や知る」（藤六集）。
▽第一四五以下の三話の登場人物は誑惑の聖、廷臣、樵童とさほど関連をもってはいない。しかし、三話とも帝が脇役として登場してくる点は見落せない。帝王をめぐる三通りの側面の説話が配列されたと考えることも可能である。三話の向こうには多趣味多芸で知られた後鳥羽院あたりを見てもよいのかも知れない。
四　今昔「越前の守藤原の孝忠」。藤原斯生の男か。因幡守、従五位上。長保二年（一〇〇〇）六月二十日没（権記）。また藤原永頼の男とも。蔵人、従四位下、伊勢守。天延二年（九七四）没という。両者とも越前守歴任の記録はない。
五　越前国（現在の福井県東部）の国司。
六　ふしあわせ。貧窮の状態をいう。
七　一生懸命で、まじめであった者が。
八　裏のない、ひとえの衣服。　九　古活字本「きよめす…守」まで欠文。「きよめ」は掃除のこと。
一〇　何か物の怪のようなものがとりついているかのように。今昔「護法の付たる者の様に」。
一一　はり上げて。旧大系はととのえてと解する。「ささぐ」は下から上にさしあげる意であるゆえ、主人である越前守にむかって、和歌を読みあげ、納めることをいうか。
一二　裸でいる自分の身に降りかかってくる白雪は、寒さでふるえる体を、いくらふるってみても、どうにも消えないことです。「白雪」に白雪と白髪をかけるか。　一三　板本「はらへども」。
一四　薄紫色、または薄二藍《ふたあい》色。二藍は藍色

見《み》て、おどろきあやしがりて問けるに、かくと聞《き》きて、[一八]あさましがりけり。

さて、此侍、[一九]其後見《み》えざりければ、あやしがりて、[二〇]守《かみ》尋させければ、北山に尊《たうと》き聖ありけり。そこへ行て、此得《え》たる衣を二ながらとらせて、いひけるやう、「[二二]年罷老《(まかりおい)》ぬ。身の不幸、年《とし》を追《ゝ(ひ)》いてまさる。この生《(しやう)》の事は、[二一]益《やく》もなき身に候めり。[二三]後生をだにいかでとおぼえて、法師に罷《(まかり)》ならんと思侍れど、[二四]戒の師に奉るべき物の候はねば、[二五]今《いま》に過《すご》し候つるに、かく思かけぬ物を給《(たまはり)》たれば、限《かぎ》りなくうれしく思給へて、これを[二六]布施に参《まい》らする也」とて、「法師になさせ給へ」と泪《(なみだ)》にむせかへりて、泣《な》く〳〵いひければ、聖、いみじう[二七]尊《たうと》がりて、法師になしてけり。

さて、そこよりゆくかたもなくて失《うせ》にけり。あり所も知《し》らずなりにけるとか。

（一四九　貫之歌事《つらゆきうたのこと》　巻一二ノ一三）

今は昔、[二八]貫之が[二九]土左守になりて下《くだ》りて有ける程に、[三〇]任果《は》ての年《とし》、七八ばかりの子の、[三一]えもいはずお《(を)》かしげなるを、限《かぎ》りなく[三二]かなしうしけるが、とかくわづらひて、[三三]失《(うせ)》にければ、泣まどひて、病《やまひ》つく斗《(ばかり)》思《おも》ひこがるゝ程に、[三四]月比《(つきごろ)》になり

に赤味がさしている色。　一五 香ぐわしい。香りが良い。　一六 くるくると丸めたたんで。
一七 侍所。侍の詰所。　一八 あきれ、感心した。
一九 今昔「二三日」。古本説話「三日」。
二〇 今昔「守聞て恠びて尋させけるに、更に尋得る事なかりければ、この衣を得て迯にけるなめりと疑けるに」。
二一 何も良いことは期待できない。　二二 年をとってしまいました。
二三 後世だけでも何とかしたいと思われて。今昔「後生をだに助らむと思ひたまへて」。
二四 戒を授ける師僧。　二五 今昔「今まで罷りならずして」。古本説話「今にえまかりならぬに」。
二六 仏や僧に施す金品。　二七 古活字本「貴て」。
▽話の前半では「ふる」「ふるう(ふ)」という言葉が繰り返される。そして、歌では「うちふるへども」が一番の秀句で、侍は褒美を手に入れたのだった。その秀句を引き立てるべく、宇治拾遺の編者は「ふる」を頻用したのであろう。編者自ら言葉使いの名手であった。
二八 紀貫之。望行の男。御書所預、少内記、大内記、延長八年(九三〇)六十歳前後の時、土佐守に任じられる。最終官位は従五位上、木工権頭。古今集撰者、土左日記の著者。天慶八年(九四五)没、一説天慶九年、七十歳、七十四歳とも。
二九 土左国(今の高知県)の国司。
三〇 国司の任期が終った年。承平四年(九三四)。貫之一行は、その年の十二月、帰京の途につく。
三一 とてもかわいらしかった女の子を。
三二 大切にかわいがり、育てていたが。
三三 「京にて生まれたりし女子、国にてにはかに失せにしかば、このごろの出で立ちいそぎを見れど、何言もいはず。京へ帰るに、女子のなきのみぞ悲しび恋ふる」(土左日記)。
三四 何か月か経ってしまったので。

ぬれば、「かくてのみあるべき事かは。上《のぼ》りなん」と思《おも》ふに、「児《ちご》のこゝにてな[一]にとありしはや」など思出《い》でられて、いみじうかなしかりければ、柱に書付ける。

[二]宮《(みや)》こへと思《おも》ふにつけてかなしきは帰《かへ》らぬ人のあればなりけり

[三]と書《か》きつけたりける歌なん、今《いまゝ》まであり ける。

（一五〇　東人歌事《あづまうどうたのこと》　巻一二ノ一四）

今《いま》は昔《むかし》、東人《あづまうど》[四]の、歌いみじう好みよみけるが、蛍を見《み》て、

[五]あなてりや虫のしや尻に火のつきて小人玉《こ》[六]とも見《み》え渡るかな

東人《あづま(びと)》のやうに読《よ》まんとて、実《(まこと)》は貫之が読《よ》みたりけるとぞ。

（一五一　河原院《かはらのゐん》ニ融公霊住事《とほるこうのりやうすむこと》　巻一二ノ一五）

今は昔《むかし》、河原[七]の院は融[八]の左大臣の家也。陸奥《みちのく》の塩釜《しほがま》[九]の形《かた》をつくりて、潮《うしほ》[一〇]を汲《く》み寄《よ》せて、塩《しほ》を焼《や》かせなど、様〳〵のお《(を)》かしき事をつくして住給ける。大臣《おとゞ》失

一 どうこうしていたんだった。「はや」は係助詞「は」と間投助詞「や」が結合したもので、深い感動をあらわす。今昔「とかく遊びし事など」。

二 都へ帰ろうと思うにつけても悲しくなってくるのは一緒に帰らない人があるからだったのです。

三 古活字本、「と」以下なし。

▽前話に続き、地方国司にまつわる話。かつ前話の貧しい老侍のイメージは貫之に引き継がれているか。土左で亡くなった貫之の娘は七、八歳。逆算すると貫之五十すぎの時の子となり、そのかわいさもひとしおであったか。

四 底本、書陵部本、伊達本「あづまこと」。古活字本等によって改めた。

五 ああ光っているよ。虫の尻っぺたに火がついて、小さな人魂のようにずっと飛んでいくよ。死者の体から魂はぬけでて、人魂となると考えられていた。　六 小さな人魂。

▽飛ぶ蛍を見て、故人を思いだす話は伊勢物語四十五など多い。「小人玉」は前話の貫之の娘の魂を連想させる。

七 源融が鴨川のほとりに建てた邸宅。東は京極大路、西は万里小路(までのこうじ)。北は六条坊門小路。南は六条大路の方四町。最盛期には七条坊門小路までの方八町という広大さであった。

八 嵯峨天皇皇子。臣籍に下り、源姓を名乗る。従一位、左大臣。河原左大臣ともいわれる。光孝帝(宇多帝の父)受禅にあたって、帝位を望んだともいわれる(大鏡など)。寛平七年(八九五)没、七十四歳。

九 海水を煮て塩をつくるかまど。「この河原院に、昔、陸奥の国に塩釜の浦、浮島、まがきの島、うつし作られたりければ」(安法法師集)。

一〇 毎月、難波の海から海水を運ばせ、塩を焼

せて後《のち》、宇多院[一一]には奉《たてまつ》り[一二]たる也。延喜[一三]の御門、たび〳〵行幸ありけり。

まだ院の住《す》ませ給ける折《おり》に、夜中斗《(ばかり)》に西対《(にしのたい)》の塗籠《(ぬりごめ)》[一四]を開《あ》けて、そよめき[一五]て人の参《まい》るやうにおぼされければ、見《み》させ給へば、日《ひ》[一六]の装束うるはしく[一七]したる人の、太刀はき、笏《(しやく)》とりて、二間[一八]斗のきてかしこまりて居たり。「あれは誰《た》そ」[一九]と問はせ給へば、「しかに候」と申す。「さは何《なん》ぞ」と仰[二一]らるれば、「こゝの主《ぬし》に候翁也」と申。「融[二〇]の大臣《おとゞ》か」と問《と》はせ給へば、「家なれば住《す》み候に、おはしますがかたじけなく、所[二二]せく候なり。いかゞ仕《(つかまつる)》べからん」と申せば、「それは、いと〳〵異様《ことやう》の事也。故大臣《おとゞ》の子孫の我《わ》にとらせたれば、住にこそあれ。我が押《を》しとりてゐたらばこそあらめ、礼も知《し》らず、いかにかくは恨《うら》むるぞ」と高《たか》やかに仰られければ、かい消《け》つやうに失ぬ。

その折《おり》の人〳〵、「なを《(ほ)》、御門《(み)かど》はかた[二三]ことにおはします物なり。たゞの人は、その大臣《おとゞ》に逢て、左様《(さやう)》にすく[二四]よかにはいひてんや」とぞいひける。

（一五二　八歳童《はっさいのわらは》、孔子問答事《こうしもんだふのこと》　巻一二ノ一六）

今は昔《むかし》、唐《もろこし》に、孔子[二五]、道を行給に、八《(やつ)》ばかりなる童あひぬ。孔子に問申やう、

き、魚貝を棲まわせたという。

一一 第五十九代天皇。光孝天皇皇子。はじめ源姓を名乗るが、父天皇の死にあい、即位。承平元年(九三一)崩、六十五歳。

一二 融の男、源昇(のぼる)が宇多帝に譲ったか。ちなみに昇の女、源貞子(小八条御息所)は宇多帝の後宮に入っている。

一三 醍醐天皇。第六十代天皇。宇多天皇皇子。延長八年(九三〇)崩、四十六歳。

一四 寝殿造りの一室。四方を壁で囲み、妻戸から出入りする。寝室、または収蔵庫として使用。

一五 物がかすかにふれて音をたてるさま。さやさや。そよそよ。

一六 正装。束帯を付けた姿で、官職あるものが宮中に参内する時の正式な礼装。「日の装束うるはしくして」(七二頁)。

一七 礼儀正しくした。きちんとした。

一八 「間」は柱と柱との間をいう。通常六尺、または六尺五寸。 一九 お前は。そなたは。

二〇 本朝文粋十四の「宇多院、河原ノ左相府ノタメニ、没後ニ修スル諷誦文」によれば、河原院に融の霊が出現、宇多院が追善したという。

二一 底本「仰られば」。書陵部本、古活字本等で補う。

二二 意味未詳。 二三 窮屈である。気づまりである。今昔「猶只人には似させたまはざりけり」。

二四 しっかりと。はっきりと。

▽宏壮な名邸として知られる河原院は、源氏物語の六条院のモデルともいわれ、紀貫之、凡河内躬恒、能因といった風雅を愛する歌人、好士達の参集する場であった。しかし、度重なる鴨川の洪水によって、荒廃も早く、霊鬼の棲み家と思われていた(今昔二十七ノ十七)。宇多院には源貞子(融の孫女)ほか、妾が多かったが、藤

「日の入所《いる》と洛陽[一]と、いづれか遠《とを》き」と。孔子いらへ給やう、「日の入所は遠し。洛陽は近《ちか》し」。童の中やう、「日の出入所《いでいる》は見《み》ゆ。洛陽《らくやう》はまだ見《み》ず。されば、日の出《い》づる所は近《ちか》し。洛陽は遠しと思《おも》ふ」と申ければ、孔子かしこき童なりと感じ給ける。

「孔子には、かく物問《と》ひかくる人もなきに、かく問《と》ひけるは、たゞ物にはあらぬなりけり」とぞ人いひける。

(一五三　鄭太尉事《ていたいゐのこと》　巻一二ノ一七)

今は昔《むかし》、親《おや》に孝《けう》[二]ずる物ありけり。朝夕に木をこりて[三]、親を養《やしな》ふ。孝養の心、[四]空に知《し》られぬ。梶もなき舟に乗て、向ひの嶋に行に、朝には南の風吹《ふ》きて、北の嶋に吹つけつ。夕には、又、舟に木をこり入てゐたれば、北の風吹て、家に吹《ふ》きつけつ。

かくのごとくする程に、年比《としごろ》[五]になりて、大《おほ》[六]やけに聞《き》こしめして、大臣になして召《め》しつかはる。その名を鄭大尉《ていたいゐ》[七]とぞいひける。

原褒子(時平の女)を寵愛していた。二人で河原院に止宿中、融の霊が出現、院(一説、褒子)の腰に抱きつき、褒子は気絶したという(江談抄)。

三 中国、春秋時代の思想家。名は丘、字は仲尼。周敬王四一年(紀元前四七九)没、七十四歳。

一 中国の古都。長安とならんで、中国史上、著名な都。今の河南省洛陽市。

▽原話は列子・湯問篇等に見られる。列子によると二人の童の相論で、日の出と中天の太陽の遠近を論じている。一人の童は日の出の時の太陽は「車蓋」(車輪)のごときの大きさ、中天にある時は「盤盂(うん)」(盆と鉢)のごときの小ささゆえ、中天の時は遠いという。もう一人の童は日の出は「滄々涼々」、中天の時は湯を探るごとく熱いゆえ、中天の時は近いと反論、孔子に判をもとめるが、決着させることができず、二人の童に笑われたとある。宇治拾遺に登場する孔子はいずれも賢人ぶり、論客ぶりを封じられてしまう。

二 孝行する。漢音は「かう」だが、中古・中世、もっぱら「けうず」の形で用いられる。

三 切って。

四 天に通じた。

五 長い年月になったので。

六 天皇におかれてもお聞きになられて。

七 中国の政治家。鄭弘。字は巨君。後漢の顕宗に仕え、元和元年(八四)、大尉に至る。大尉は中央政府の武官の長の称。

▽後漢書の原話では会稽記というものを引いて、鄭公が仙人の矢を拾い、仙人に返却する時、願いごとをたずねられ、薪の運搬の苦労を訴えると、朝に南風、夕に北風を吹かせるようにしてくれたという。今でも、その風を鄭公風と呼ん

(一五四　貧俗《まづしきぞく》、観ニ仏性一富事《ぶつしやうをくわんじてとめること》　巻一二ノ一八)

今は昔、唐《もろこし》の辺州《へんしう》[八]に一人の男あり。家貧しくして宝[九]なし。妻子を養《やしな》ふに力なし。もとむれども得《う》る事なし。かくて年月を経《ふ》。思わびて[一〇]、ある僧にあひて、宝を得《う》べき事を問《と》ふ。智恵ある僧にて、こたふるやう、「汝、宝《たから》を得《え》んと思はば、たゞ実《まこと》の心をおこすべし。さらば宝も豊《ゆたか》に、後世《(ごせ)》[一一]は良《よ》き所に生れなん」といふ。この人、「実《(まこと)》の心とはいかゞ」と問へば、僧の云、「実の心をおこすといふは、他《た》の事にあらず、仏法を信ずる也」といふに、又問《と》ひて云、「それはいかに、たしかにうけ給りて、心を得《え》て、たのみ思て、二[一二]なく信をなし、たのみ申さん。うけたまはるべし」といへば、僧のいはく、「我心[一三]はこれ仏也。我心を離《はな》れては仏なしと。しかれば、我心のゆへ《(ゑ)》に仏はいますなり」といへば、手[一四]をすりて、泣〳〵拝《おが》みて、それより此事を心にかけて、夜昼《よるひる》思ければ、梵[一五]、尺、諸天来《きた》りてまもり給ければ、はからざるに宝出きて、家の内豊《ゆたか》になりぬ。命終《をは》るに、いよ〳〵心、仏を念じ入て、浄土[一六]にすみやかに参《まい》りてけり。

この事を聞き《きゝ》見《み》る人、たう《(ふ)》とみあはれみけるとなん。

でいるという。

八 辺土。いなか。

九 財産がない。財宝がない。

一〇 思いなやんで。思い悩み、つかれて。

一一 死んでから生まれかわるところ。後生。

一二 他と較べものがないくらい。ただひたすらに。

一三 観無量寿経に「諸仏如来、是法界身、入ニ一切衆生心想中一。是故汝等心想レ仏時、是心即是三十二相八十随形好。是心作仏、是心是仏」(第八観)とあり、僧の言葉はこの趣旨に添う。また「華厳経曰、三界唯一心、心外無ニ別法一、心仏及衆生、是三無ニ差別一」(観心略要集)ともとかれ、唯識教学では根本的な思想となっていた。

一四 両手をすり合せて。感激・畏敬などを示す動作。

一五 梵天、帝釈天など、諸々の神。梵天は初禅天の主で、帝釈天とともに代表的な護法神。帝釈天は忉利天の主。第一話、一三六話に既出。

一六 極楽浄土。仏や菩薩の居所。

▽本話は仏教説話と同じ骨格を持ちながらも、「宝出きて、家の内豊に」とある通り、世俗生活での富裕、幸福も否定していない。仏教説話のある種の堅苦しさをのがれているといえる。一五二話から本話まで中国説話が連続するが、孔子と問答した童の質問には単純さ、素朴さがあったし、鄭大尉の孝心には素直な純朴さがあった。本話には至醇な信仰がうかがえ、三人の人物の心のありようは通底しているといえよう。

（一五五　宗行郎等射レ虎事《むねゆきがらうどうとらをいること》　巻一二ノ一九）

今《いま》は昔《むかし》、[一]壱岐守[二]宗行が郎等を、[三]はかなき事によりて、[四]主の殺さんとしければ、小舟に乗て逃て、[五]新羅国《(しらきのくに)》へ渡りて、隠てゐたりける程に、新羅の[六]金海《きんかい》といふ所の、いみじうのゝしりさはぐ《(わ)》。「何事《なに》ぞ」と問《と》へば、「虎の[七]国府《こう》に入て、人を食《く》らふ也」といふ。此男問《と》ふ、「虎《とら》はいくつばかりあるぞ」と。「たゞ一あるが、俄《(にはか)》にいできて、人を食《く》らひて、[八]逃ていき〳〵するなり」と云を聞《き》ゝて、此男のいふ様《(やう)》、「あの虎に[九]合て、一矢を射て死《し》なばや。[一〇]虎かしこくは、共にこそ死《し》なめ。[一一]たゞむなしうは、いかでか食《く》らはれん。此国の人は、[一二]兵《(つはもの)》の道わろきにこそはあめれ」といひけるを、人聞《き》ゝて、国守に、「かう〳〵の事をこそ、此日本人申せ」といひければ、「[一三]かしこき事かな。呼《よ》べ」といへば、人来《き》て、「召《め》しあり」といへば、参《まい》りぬ。

「まことにや、この虎の人食《く》ふを、やすく射んとは申なる」と問《と》はれければ、「[一四]しか申候《(さぶらひ)》ぬ」とこたふ。守、「いかで、かゝる事をば申ぞ」と問《と》へば、此男の申やう、「この国の人は、[一五]我身をばまたくして、敵をば[一六]害せんと思たれば、

一　壱岐国の国司。壱岐は長崎県の壱岐島で、古く朝鮮半島との交易の要所。
二　伝不詳。
三　ささいな事。つまらない事。
四　宗行のこと。
五　朝鮮半島の東南部の旧国名。紀元前五七年に興国、七世紀に朝鮮半島を統一するが、九三五年、高麗（こうらい）に亡ぼされる。「しらき」と清音でよむ。
六　韓国の慶尚南道金海郡の古都。四世紀から六世紀にかけて、任那（みま な）日本府が置かれていた。
七　国司の役所の所在地。
八　「逃ていき逃ていき」とよむべきか。
九　立ち合って。立ちむかって。
一〇　強くすぐれているならば。
一一　ただむざむざとは、どうして食われようか。
一二　武芸の道は劣っているようだ。
一三　立派な事だ。大変に有難いことだ。
一四　そのように申しました。
一五　自分の身を安全の中に置いていて。
一六　殺そう。
一七　いい加減であって。中途半端であって。
一八　傷つけられてしまう。やられてしまう。

[一七]おぼろけにて、かやうの猛《たけ》き獣《(けだもの)》などには、我身《み》の[一八]損ぜられぬべければ、まか[一九]りあはぬにこそ候めれ。日本の人は、いかにも我身をばなきになして、まかりあへば、[二〇]よき事も候めり。弓矢にたづさはらん物、[二一]なにしかは、我身《み》を思はん事は候はん」と申ければ、[二二]守、「さて、虎をば必《かなら》ず[二三]射殺《ころ》してんや」といひければ、「我身の[二四]生《い》き生《い》かずは知《し》らず、必《(かならず)》かれをば射とり侍なん」と申せば、「いといみじう[二五]かしこき事かな。さらば、[二六]必かまへて射よ。いみじき[二七]悦《(よろこび)》せん」といへば、男《おのこ》申やう、「さてもいづくに候ぞ。人をば、いかやうにて食《く》ひ侍ぞ」と申せば、守のいはく、「いかなる折《おり》にかあるらん。国府《こう》の中に入来《き》て、人ひとりを、頭を食て、[二八]肩にうちかけて去なり」と。この男申やう、「さても、いかにしてか食《く》ひ候」と問へば、人のいふやう、「虎は、先《(まづ)》人を食《く》はんとては、猫の鼠をうかゞふやうにひれ伏《ふ》して、しばし斗《(ばかり)》ありて、大口を開《あ》きて飛《と》びかゝりて、頭を食《く》ひて、肩にうちかけて走《はし》り去《さ》る」といふ。「とてもかくても、さ[二九]はれ、一矢射てこそは、食《く》らはれ侍らめ。その虎のあり所教《をし》へよ」といへば、「これより西に[三〇]廿余町の[三一]きて、麻《を》[三二]の畠あり。それになん臥《ふ》す也。人怖《お》ぢて、あへてその辺《わたり》に行《ゆ》かず」といふ。「おのれ、たゞ知《し》り侍らずとも、そなたをさしてまからん」といひて、[三三]調度《(てうど)を》負《(ひ)》いていぬ。新羅の人〴〵、「日本の人は[三四]はかな

一九 立ち向かうことができない。
二〇 うまくゆく事だってあるようです。
二一 どうして自分の身の事を考えることがありますでしょうか。
二二 底本「ば」なし。諸本によって補う。
二三 射殺してしまえるか。
二四 生きる死ぬは分らないが。「生く」は平安時代まで四段活用。
二五 すばらしいことだ。
二六 心して。
二七 褒美。謝礼。
二八 「おどりかゝりて、食て、二たび三たびばかりうちふりて、なへ〳〵となして、肩にうちかけて」(八四頁)と表現が類似する。
二九 どうともなれ。ままよ。「さばれ」とも。「さはあれ」の縮約した形。
三〇 一町は約一〇九メートル。「廿余町」は二キロメートル余り。古活字本「廿四町」。
三一 離れて。
三二 麻(あさ)の異称。
三三 道具。ここは弓具一式。
三四 考えが足りない。おろかである。

し。虎に食《く》らはれなん」と、集りて、そしりけり[一]。

かくて、此男は、虎のあり所、問《と》ひ聞《き》き《ゝ》て、行て見《み》れば、まことに麻《を》[二]の畠《はたけ》、はるぐ〜と生《お》ひわたりたり。麻《を》の丈《たけ》、四五尺[三]斗なり。その中を分《わ》け行て見《み》れば、まことに虎臥《(ふし)》たり。尖《とが》[四]り矢をはげて[五]、片《かた》膝を立《た》て《ゝ》てゐたり。虎、人の香をかぎて、つい[六]ひらがりて、猫の鼠《ねずみ》うかゞふやうにてあるを、男《おのこ》、矢をはげて、音《をと》もせでゐたれば、虎、大口を開《あ》きて、お《(を)》どりて男《おのこ》の上《うへ》にかゝるを、男《おのこ》、弓を強《つよ》く引《ひ》きて、上《うへ》にかゝる折《おり》に、やがて[七]矢を放《はな》ちたれば、おとがひ[八]の下《した》より、うなじ[九]に七八寸[一〇]ばかり、尖《とが》り矢を射出《(いいだ)》しつ。虎、さかさま[一一]臥て、倒《たを》れてあがくを、かりまた[一二]をつがひて二度《たび》腹を射《い》る。二度《たび》ながら土に射つけて、つゐ《(ひ)》に殺して、矢も抜《ぬ》かで、国府に帰て、守[一三]にかうぐ〜射殺《ころ》しつる由《よし》をいふに、守感じ[一四]のゝしりて、多《おほ》くの人を具《ぐ》して、虎のもとへ行て見《み》れば、まことに箭《(や)》三[一五]ながら射通《とほ》されたり。見《み》るに[一六]、いといみじ。

誠に、百千の虎、おこりてかゝるとも、日本の人、十人ばかり、馬にてを《(お)》しむかひて射《(い)》ば、虎なに[一七]わざをかせん。此国の人は、一尺ばかりの矢に、錐《きり》のやうなる矢尻《じり》をすげて、それに毒を塗《ぬ》りて射《い》れば、つゐ《(ひ)》にはその毒のゆへ《(ゑ)》に死《し》ぬれども、たちまちにその庭[一八]に、射ふする事はえせず。日本人[一九]は、我命死なんを

一 非難した。
二 古活字本「麻の」なし。
三 古活字本「四尺ばかり」。一尺は約三〇《センチメートル》。
四 先が鋭く尖った鏃《(やじり)》のついた矢。
五 弓に矢をつがえて。
六 平たく伏すようにして。攻撃にそなえた姿勢。
七 その瞬間。
八 下顎《(したあご)》。
九 頸の後側。
一〇 一寸は一尺の十分の一で、約三・〇三《センチメートル》。
一一 諸本「さかさまに」。
一二 先が二つに分かれている鏃。
一三 「かう」と訓ませ、「国府《(こふ)》」「守《(かう)》」「かうぐ〜」「守」と同音反復をねらったか。
一四 感心し、大騒ぎをして。
一五 三本すべて。
一六 見るだけでも、怒ろしい虎であった。また、見ると、矢で射倒した技は、あざやかであったの意とも解しうる。
一七 虎はいったい何ができるだろうか。
一八 その場所で。
一九 日本の武芸を賞揚する考え方は次話にも見え、時代思潮の一つ。次話参照。
二〇 古活字本「心なを兵の道」。
二一 立ち向かえそうもない。かないそうもない。

も露《(つゆ)》惜《お》しまず、大なる矢にて射《い》れば、其庭に射殺《いころ》しつ。二〇なを《(ほ)》兵の道は、日本の人には二一あたるべくもあらず。されば、いよ〳〵いみじうおそろしくおぼゆる国也とて、おぢけり。

さて、此男《おのこ》をば、猶惜《お》しみとゞめて、二二いたはりけれど、妻子を恋て、筑紫《し》に帰て、宗行がもとに行て、その由《よし》を語《かた》りければ、日本の面《おもて》二三おこしたる物なりとて、二四勘当《(かんだう)》もゆるしてけり。多《おほ》くの物ども、二五禄に得《え》たりける、宗行にもとらす。多《おほ》くの商人ども、新羅の人のいふを聞《き》ゝつぎて語《かた》りければ、筑紫《し》にも、此国の人の兵はいみじき物にぞしけるとか。

（一五六　遣唐使子《けんたうしのこ》、被レ食レ虎事《とらにくはるること》　巻一二ノ二〇）

今は昔《むかし》、二六遣唐使にて唐《もろこし》に渡《わた》りける人の、十ばかりなる子を、二七え見《み》であるまじかりければ、具《ぐ》して渡《わた》りぬ。さて過《す》ぐしける程に、雪の高《たか》く降《ふ》りたりける日、二八ありきもせでゐたりけるに、この児の遊《あそ》びに出《い》でていぬるが、二九遅《をそ》く帰ければ、あやしと思て、出《い》でて見《み》れば、三〇足《あし》かた、うしろのかたから踏《ふ》みて行たるにそひて、大成《(なる)》犬の足かたありて、それより此児の足かた見《み》えず。山ざまに行たるを

二二 丁重にもてなしたが。
二三 面目。名誉。
二四 親、主君の怒りにふれ、処罰されること。
二五 褒美。
▽中国、朝鮮は当時、文化の先進地域で、前話などもどちらかといえば、中国の人心への好意的視線が感じられる。そうした視線にそって、本話は日本との対比へと移っていく。朝鮮半島との交渉は平安初期にはかなり活発で、太宰府、対馬、壱岐付近には新羅の賊船もあらわれていた。平安後期においても、「高麗国金海府」が対馬島民を禁錮した事件が報じられている（百錬抄・永暦元年四月二十八日）。半島との交渉は密であったと考えてよい。

二六 日本から中国の唐朝に遣わされた使節。舒明天皇二年（六三〇）に始まり、寛平六年（八九四）に廃止されるまで、十三回派遣されている。
二七 顔を見ないではいられそうになかったから。
二八 外出もしないで。
二九 帰りがとても遅いので。国史大系所引一本では「かへりのおそかりければ」とある。
三〇 足跡。

[一]見《み》れば、これは虎の[二]食《く》ひていきけるなめりと思に、せんかたなくかなしくて、太刀を抜《ぬ》きて、足かたを尋て、山のかたに行て見《み》れば、岩屋の口《くち》に、此児を食《(くひ)》殺《ころ》して、腹を[三]ねぶりてふせり。太刀を持て走寄《よ》れば、[四]え逃《に》げてもいかで、[五]かひ《(い)》かゞまりてゐたるを、太刀にて頭をうてば、鯉のかしら割《わ》るやうに割《わ》れぬ。つぎに、又、[六]そばざまに、食《く》はんとて走寄《よ》る背中《せなか》をうてば、背骨《せぼね》をうち切《き》りて、[七]くた〳〵となしつ。

さて、子をば、[八]死《(しに)》たれども、脇にかひ《(い)》はさみて、家に帰たれば、その国の人〳〵見《み》て、[九]をぢ《(お)》あさむ事限《かぎり》なし。

唐《もろこし》の人は、虎にあひては、逃る事だにかたきに、かく、虎をばうち殺《ころ》して、子を取《と》り返して来《き》たれば、唐《もろこし》の人はいみじき事にいひて、「猶、[一〇]日本の国には、兵《(つはもの)》のかたはならびなき国なり」とめでけれど、子死ければ、[一一]何《なにゝ》にかはせむ。

（一五七　或上達部《あるかんだちめ》、中将之時逢二召人一事《ちゆうじやうのときめしうどにあふこと》　巻一二ノ二一）

今《いま》は昔《むかし》、[一二]上達部のまだ[一三]中将と申ける、[一四]内へ参《まゐ》り給道に、法師をとらへて[一五]いて《(ゐ)》いきけるを、「こは、なに法師《し》ぞ」と問《と》はせければ、「年比《(としごろ)》仕はれて候《(さぶらふ)》主を殺《ころ》

一　書陵部本、古活字本「見て」。
二　くわえて。
三　なめる。しゃぶる。
四　逃げてもいけないで。古活字本「え逃げていかで」。
五　うずくまって。
六　横から。わきの方へまわって。
七　ぐにゃぐにゃとさせてしまった。「女房はいふにもたへず、くた〳〵として」(七七頁)。
八　古活字本「死なせたれども」。
九　おそれ、あきれること。
一〇　日本の国においては、武芸の面はならぶものがないくらいの国である。前話の「なを兵の道は、日本の人にはあたるべくもあらず」という言葉と同じ趣旨の言葉。松浦宮物語にも「和国は兵の国として、小さけれども神の守り強く、人の心、かしこかんなり」という言葉があり、中世の日本人の、国威意識のあらわれとして注目される。
一一　何になろうか。
▽日本書紀・欽明天皇六年に所載の、百済に派遣された膳臣《(かしはでのおみ)》巴提便《(はすひ)》が愛子を虎に食われ、王威をかかげて、虎を退治した話と相似る。発心集八には「小国辺卑のさかひなれば」、閑居友・下ノ七には「唐土はかやうの事はいみじくなさけありて」のごとく、日本と中国を比較する記述があり、中世初頭の国際意識の成長を見ることができる。
一二　大臣、大中納言、参議、および三位以上(参議は四位以上)。公卿と同義。
一三　近衛府の次官、近衛中将。従四位下にあたる。将来有望な人物が任じられることが多かっ

して候物なり」といひければ、「誠に罪[一六]重《をも》きわざしたるものにこそ。[一七]心憂《う》きわざしける物かな」と、なにとなくうちいひて[一八]過給けるに、此法師、赤《あか》き眼《(まなこ)》なる目の[一九]ゆゝしくあしげなるして、にらみあげたりければ、よしなき事をもいひてけるかなと、[二〇]けうとくおぼして過給けるに、又、男をからめていきけるを、「こは何《なに》事したる物ぞ」と[二一]こりずまに問ければ、「人の家に追入られて候つる男は、逃てまかりぬれば、これをとらへてまかるなり」といひければ、「[二二]別の事もなきものにこそ」とて、そのとらへたる人を見知《みし》りたれば、[二三]乞《こ》ひ許《ゆる》してやり給。

大かた、此心ざまして、人のかなしき目《め》を見《み》るにしたがひて、助《たす》け給ける人にて、はじめの法師も、[二四]事よろしくは、乞《こ》ひ許《ゆる》さんとて、問給けるに、罪の、ことの外に重《をも》ければ、さの給《(たまひ)》けるを、法師は[二五]やすからず思ける。さて、程なく[二六]大赦《(だいしゃ)》のありければ、法師《し》も[二七]ゆりにけり。

[二八]さて、月明《あかゝ》りける夜、みな人は[二九]まかで、あるは寝入《ねい》りなどしけるを、此中将、月に愛《め》でて、たゝずみ給ける程に、[三〇]ものゝ[三一]築地をこえておりけると見《み》給ほどに、後《うしろ》より[三二]かきすくひて、飛やうにして出ぬ。[三三]あきれまどひて、[三四]いかにもおぼしわかぬ程に、おそろしげなる物来《き》つどひて、はるかなる山の、険《けは》しくおそ

た。
一四 宮中。内裏。
一五 つれて行くのを。連行していくのを。
一六 師を殺す罪は、律令で定められた八虐の一つの不義にあたる。八虐は謀反、不孝、不義などの八つの大罪。
一七 とてもいやな。好ましからぬ。
一八 伊達本「過行けるに」。底本の「給」は「行」と読めなくもない。
一九 ひどく気味の悪い目で。
二〇 いとわしく。いやな気持で。板本「けうとく思召て」。
二一 性懲(しょう)りもなく。懲りもせずに。この「中将」の良すぎる育ち、世間への甘さなどが見えるところ。
二二 別段の悪いこともない。
二三 頼んで許してもらうようになさった。
二四 事情が大したことでなければ。
二五 穏やかならず。
二六 特別な恩赦で、八虐などの重罪を赦免する。中世には「だいしや」と濁って読む。
二七 許された。
二八 以下の情景の描写は王朝物語の夜の風景を思わせるところ。
二九 退出し。
三〇 何者かが。
三一 土塀。
三二 軽くだきすくって。
三三 驚きあきれて。
三四 どうにもわけがわからないうちに。何が何だかわからないうちに。

ろしき所へい《(ゐ)》ていきて、柴《(シバ)》の編《あ》みたるやうなる物を、高《たか》くつくりたるにさし置《を》きて、「[一]さかしらする人をばかくぞする。[二]やすき事は、ひとへに罪重《をも》くいひなして、かなしきめ見《み》せしかば、その[三]答《たう》にあぶり殺《ころ》さんずるぞ」とて、火を山のごとく[四]焼ければ、夢などを見《み》る心地《ち》して、若《わか》く[五]きびはなる程にてはあり、物おぼえ給はず、熱《あつ》さはたゞ熱《あつ》に成《(なり)》て、たゞ[六]片《かた》時に死《し》ぬべくおぼえ給けるに、山の上《うへ》より、[七]ゆゝしき[八]鏑《かぶら》矢を射おこせければ、[九]あるものども、「こはいかに」とさは《(わ)》ぎけるほどに、雨の降《ふ》るやうに射ければ、これら、しばしは此方よりも射けれど、あなたには人の数多《おほ》く、え射《い》合《あ》ふべくもなかりけるにや、[一〇]火のゆくゑ《(へ)》も知《し》らず、射《い》散《ちら》されて逃ていにけり。

その折《おり》、男ひとり出《い》で来《き》て、「いかにおそろしく思《おぼ》し召《め》しつらん。を《(お)》のれは、その月のその日、からめられてまかりしを、[一一]御徳《とく》にゆるされて、よにうれしく、この御恩むくひ参《まい》らせばやと思候つるに、法師の事は悪《あ》しく仰せられたりとて、[一二]日比《(ひごろ)》うかゞひ参《まい》らせ候つるを見《み》て候程に、告《つ》げ参《まい》らせばやと思ながら、[一三]我身かくて候へばと思候つる程に、[一四]あからさまに、[一五]きと立離《はな》れ参《まい》らせ候つる程に、かく候つれば、築地をこえて出候つるに、あひ参《まい》らせ候つれども、そこにて[一六]取《と》りかへし参《まい》らせ候はば、殿も御疵《(きず)》などもや[一七]候はんずらんと思て、こゝにてかく射はらひ

一 さしでがましいこと。なまいきなこと。こざかしいこと。　二 大した事でもないことを。
三 返報に。仕返しに。
四 古活字本「たきければ」。
五 年若く、かよわいこと。
六 ほんのわずかな時間で。　七 ものすごい。
八 木、角などで蕪(かぶ)の形をつくり、中空にして、まわりに数個の穴をあけ、飛ぶ時、音の出るようにしたものを矢の先端につけたもの。さらにその先に雁股を付ける場合が多い。
九 こちらにいる者どもは。
一〇 火がどうなるかもかまわず。
一一 あなたさまの御蔭で。
一二 常日頃、つけねらい申し上げておりましたのを。このあたりの男の言葉には「候」が頻用され、言い回しの面白さを感じる。
一三 私がこうやっておつきしているから。
一四 ちょっとの間。かりそめに。
一五 ふと。さっと。ちょっと。
一六 取り返し申し上げましたなら。身柄を奪い返すこと。　一七 おうけになるかもしれない。
一八 お送り申し上げたのだった。「てんげり」は「てけり」の語勢を強めた形。
一九 年が長じられてから。
二〇 藤原公任のこととされるが不明。公任は、頼忠の男。権大納言、正二位。故実、和歌等に通じる。長久二年(一〇四一)没、七十六歳。また平安後期の藤原隆房も四条大納言とよばれる。隆房は隆季の男。権大納言、正二位。承元三年(一二〇九)没、六十二歳。
▽「中将」をすばやくさらっていく法師一味の動き、それに機敏に対応する「男」達の動き。「中将」を奪回する場面、「男」の口上の場面などは軍記物語にも似通う。前話において他国よりす

て、取参《まい》らせ候つるなり」とて、それより馬にかき乗《の》せ申て、たしかにもとの所へ[一八]送《をく》り申てんげり。ほの〴〵と明る程にぞ帰給ける。

[一九]年おとなになり給て、「かゝる事にこそあひたりしか」と、人に語《かた》り給けるなり。[二〇]四条大納言の事と申は、まことやらん。

(一五八　陽成院妖物事《やうぜいゐんのばけもののこと》　巻一二ノ二二)

今は昔《むかし》、[二一]陽成院おり居させ給ての[二二]御所は、[二三]宮よりは北、[二四]西洞院よりは西《にし》、油小路よりは東にてなんありける。そこは、[二五]物すむ所にてなんありける。大なる池のありける[二六]釣殿に、番のもの寝《ね》たりければ、夜中斗《（ばかり）》にほそ〴〵とある手にて、此男が顔《かほ》を、[二七]そと〳〵なでけり。[二八]けむつかしと思て、太刀を抜《ぬ》きて、片手《かたて》にてつかみたりければ、[二九]浅黄の上下着《き》たる[三〇]叟《（おきな）》の、事のほかに物わびしげなるがいふ様、「我はこれ、昔住し主《ぬし》なり。[三一]浦嶋の子がおとゝ也。いにしへより此所に住《す》みて、千二百余年になる也。願《ねが》はくは許《ゆる》し給へ。こゝに社を造て[三二]いはひ給へ。さらばいかにもまもり奉《たてまつ》らん」といひけるを、「我心ひとつにてはかなはじ。この由《よし》を院へ申てこそは」といひければ、「にくき男のいひ事かな」とて

ぐれるとされた優秀な武芸の、生々とした具体例はこんなところにもあった。

二一 第五十代天皇。清和天皇第一皇子。元慶元年(八七七)十歳で即位、同八年に退位、天暦三年(九四九)崩、八十二歳。廃帝としての期間は六十五年余に及んだ。

二二 陽成院および二条院(この二つを同一視する説もある)。南北二町を占めるが、下の「宮」を二条院とすればここは冷泉院をさすことになる。その範囲は本文中にあるとおりのようだが、北辺は大炊御門大路(拾芥抄、今昔など)。今の二条城あたり。

二三 皇居。二条院をさすか。陽成院はここに遷幸中に退位に追いこまれた。

二四 都を南北に走る路。大路としては東の京極から三番目。その西に平行に走るのが油小路。

二五 もののけ。霊。

二六 寝殿の南、廊の端の池に臨んだ所に作られた建物。納涼・遊宴などに用いられる。

二七 そっと、そっと。静かに動作を反復するさま。　二八 気色が悪い。うす気味悪い。

二九 薄い青色(水色)の衣服の上下。「上下」は狩衣・直垂などで上着と袴とが同じ地質・染色のもの。ここと同じ衣裳の不思議な(また怪しげな)老人は今昔二十六ノ八、二十七ノ五および三十一などにも出る。神秘性・異界性を感じさせる姿であったと思われる。

三〇 特定の場所に古くから住み、霊力を持つ者。

三一 上代以来の伝説的人物で、後に浦島太郎と呼ばれる者。その弟については未詳。

三二 祭って下さい。

一 張りと堅さを失ってぐったりとしたさま。

二 いわゆる「鬼一口」の話型をふんだ表現。

三たび上《(かみ)》ざまへ蹴上《けあげ》〳〵して、なへ《(え)》[一]〳〵くた〳〵となして、落《お》つる所を、口を開《あ》きて食《く》ひたりけり。なべての人程なる男と見《み》る程に、おびたゝしく大《(おほき)》に成て、この男をたゞ一口[二]に食てけり。

（一五九　水無瀬殿鼯事《みなせどののむささびのこと》　巻一二ノ二三）

後鳥羽院[三]の御時、水無瀬殿[四]に、夜《(よ)》る〳〵山より、から笠[五]程なる物の光て、御堂へ飛入《(とびいる)》事侍けり。西面《おもて》[六]、北面《おもて》[七]の物共、面《めん》〳〵に、「これを見あらはして高名《(かうみやう)》[八]せん」と、心にかけて用心[九]し侍けれども、むなしくてのみ過けるに、ある夜、景《(かげ)》賢《かた》[一〇]たゞひとり、中嶋に寝《ね》て待ける[一一]に、例の光《ひか》り物、山より池の上《うへ》を飛行けるに、起《お》きんも心もと[一二]なくて、あふのき[一三]に寝《ね》ながら、よく引て射たりければ、手ごたへして池へ落入物ありけり。其後、人〳〵に告《つ》げて、火ともして、面《めん》〳〵見《み》ければ、ゆゝしく[一四]大なるむさゝびの、年古《としふ》[一五]り、毛なども禿《は》げ、しぶと[一六]げなるにてぞ侍ける。

▽今昔二十七に並ぶのと同類の、場所をめぐる怪異譚。廃帝陽成院の御所を舞台とし、型どおりの変化の者が出て、型どおりの凶行に及ぶ。場所が釣殿であるのは、異界への回路たる水の縁であるが、陽成院の女御の綏子内親王が釣殿宮と呼ばれたこととも関係ありげである。この名は綏子の居所(六条北、東洞院東)によるが、その邸内に特徴的な釣殿があり、それがそもそも院の志向にねざすものであれば、話の中の釣殿もそれなりの重さを持ち、「番のもの」の一存ではどうにもならなかったはずである。

三 第八十二代天皇。高倉天皇の皇子。在位、寿永二年(一一八三)から建久九年(一一九八)。退位後も上皇として執政。鎌倉幕府を倒すべく承久の乱を起こすが失敗、隠岐島に流された。延応元年(一二三九)崩、六十歳。なお、「後鳥羽院」の諡号は仁治三年(一二四二)に贈られており、本書成立の年時の手がかりとなる話ともされる。

四 摂津国(大阪府)三島郡にあった後鳥羽院の離宮。現在の水無瀬神宮一帯がその所在地。

五 柄のある、さし傘。

六 西面の武士。院の御所の西面で警護にあたる。後鳥羽院の時に設置。

七 北面の武士。院の御所の北面で警護にあたる。白河院の時に設置。　八 大きな手柄にしよう。

九 充分注意をはらって、警戒すること。

一〇 明月記に「右兵衛尉大神景賢」(正治二年十一月一日条)と見える。大神景賢は楽人として著名で、宗賢の男。元仁元年(一二二四)、所従により殺害される。五十七歳。底本、書陵部本、伊達本「景かたゝひとり」。古活字本により訂。

一一 古活字本「侍けるに」。

一二 もどかしくて。　一三 あおむきに。

一四 とてつもなく。気味が悪いほど。

（一六〇　一条《いちでうさ》桟敷屋《じきや》、鬼事《おにのこと》　巻一二ノ二四）

今は昔《むかし》、[一七]一条の桟敷屋《(さじきや)》に、或男とまりて、[一八]傾城《(けいせい)》と臥《ふ》したりけるに、夜中斗《(ばかり)》に風吹、雨降て、すさまじかりけるに、大路《(おほち)》に、「[一九]諸行無常」と詠じて過《(すぐ)》る物あり。なに物ならんと思《おも》ひて、[二〇]蔀《(しとみ)》を少《すこ》し押《を》[二一]しあけて見《み》ければ、長《(たけ)》は軒とひとしくて、馬の頭なる鬼なりけり。おそろしさに[二二]蔀《しとみ》をかけて、奥《おく》の方《かた》へ入《い》りたれば、此鬼、格子押《を》[二三]しあけて、顔をさし入て、「[二四]よく御覧じつるな。〳〵」と申ければ、太刀を抜て、入《い》らば切《(きら)》んとかまへて、女をばそばに置《を》きて待けるに、「[二五]よく〳〵御覧ぜよ」といひていにけり。[二六]百鬼夜行《(ひやくきやぎやう)》にてあるやらんと、おそろしかりけり。

それより一条の桟敷屋《さじき》には、[二七]又もとまらざりけるとなん。

（一六一　上緒主《あげをのぬし》、得レ金事《こがねをうること》　巻一三ノ一）

今は昔《むかし》、[二八]兵衛佐《(ひやうゑのすけ)》なる人ありけり。[二九]冠の上緒《あげお》の長かりければ、世の人、「上緒《あげを》の主《ぬし》」となんつけたりける。

一五 リス科の夜行性の小動物で、木から木へ滑空する。　一六 いかにも強そうで、したたかな。
▽前話の陽成院と並んで、後鳥羽院は特異な帝王として名高い。院は武芸にも秀で、水無瀬で自ら強盗犯逮捕に臨んだこともあったほど、型破りな帝王であった。水無瀬離宮へのいれこみも殊のほか強く、隠岐遷幸後も離宮のことを忘れなかったらしい。「景かた」が大神景賢であるとすればその殺害事件は記憶にあたらしく、生前の武勇をかたるものとして、興味深い。
一七 一条大路にあった常設の建物で、賀茂祭や行幸などの行列見物をおこなった。　一八 遊女。
一九 万物はつねに流転し、永遠にとどまるものはないということ。涅槃経に見える「諸行無常、是生滅法、生滅滅已、寂滅為楽」の偈(げ)が有名。
二〇 建具の一つ。格子の裏に板を張った戸。
二一 「押し上げ」とも解しうる。
二二 蔀戸をしっかりしめて。
二三 「押し上げ」とも解しうる。
二四 よく御覧になりましたな。
二五 たっぷりと御覧下さい。
二六 夜中にさまざまな妖鬼、化物が列をなして通行すること。　二七 二度と泊らなかった。
▽一条大路には怪異が多く伝えられる。一条戻り橋には鬼と出会う伝承が多いし、一条大路で狐の行列にだまされる話（今昔二十七ノ四十一）もある。徒然草五十段の伊勢国の鬼女の騒ぎも一条大路周辺である。一条大路は平安京北辺の通りで、いわば境界に位置する場所であった。平安京の怪異話は次話に続く。
二八 兵衛府の次官。正六位下相当。旧大系では平貞文（平中）のこととする。
二九 冠を髻(もとどり)の根もとで結ぶためのひも。その両端は顎のところで結んだ。

[一]西の八条と京極との畠の中に、[二]あやしの小家一あり。その前を行程に、夕立のしければ、この家に馬より下《お》りて入ぬ。見《み》れば、[三]女ひとりあり。馬を引入て、夕立をすぐすとて、平《ひら》なる[四]小辛櫃《(こからひつ)》のやうなる石のあるに、尻をうちかけて居《ゐ》たり。小石をもちて、この石を[五]手まさぐりにたゝきゐたれば、うたれてくぼみたる所を見《み》れば、[六]金色になりぬ。[七]希有《(けう)》の事かなと思て、はげたる所に土を塗《ぬ》りかくして、女に問《と》ふやう、「此石は、なぞの石ぞ」。女のいふやう、「なにの石にか侍らん。昔《むかし》よりかくて侍也。昔、[八]長者の家なん侍ける。この屋は蔵どもの跡にて候也」と。まことに、見《み》れば、大なる石ずゑの石どもあり。さて、「その尻かけさせ給へる石は、其蔵の跡《あと》を畠につくるとて、畝掘《うねほ》るあひだに、土の下より堀出《いだ》されて侍也。それが、かく屋の内に侍れば、かきのけんと思侍れど、女は力弱《よは》し。かきのくべきやうもなければ、[九]憎《にく》む〳〵かくて置《を》きて侍也」といひければ、「我、この石取《と》りてん。後《のち》に[一〇]目くせある物もぞ見《み》つくる」と思て、女にいふやう、「此石、我取《と》りてんよ」といひければ、「良《よ》き事に侍り」といひければ、その辺に知《し》りたる[一一]下人のむな車を、借《か》りにやりて、積《つ》みて出《い》でんとする程に、[一二]綿衣《わたぎぬ》を脱《ぬ》ぎて、[一三]たゞに取《と》らんが[一四]罪得《え》がましければ、此女に取《と》らせつ。[一五]心も得《え》で、さはぎ《(わ)》まどふ。「此石は、女共こそ[一六]よしなし物と思たれども、我家

一 八条大路と西京極大路が交わるあたり。平安京の西南のはずれで、現在の京都市右京区の南端あたり。
二 粗末な。きたならしい。
三 今昔では「嫗一人」。
四 唐櫃。前後に各二脚、左右に各一脚のついた、蓋付きの容器。室内用の物入れ、及び物品の運般に使った。死骸をおさめる屍櫃(からひつ)と混用されることが多い。「塚を掘り崩すに、中に石の唐櫃あり」(一五五頁)。今昔「平なる石の碁枰(ばん)のやうなるあり」。
五 手なぐさみに。手遊びに。
六 今昔「銀にこそありけれ」。
七 不思議なこと。
八 金持。
九 憎たらしい、憎たらしいと思いながら。じゃまだ、じゃまだと思いながら。
一〇 目が早い。今昔「目ある者ぞ見つくる」。
一一 下人の使う、屋根のない荷車。書陵部本「下人のをんな車」。古活字本「下人をむな車」。
一二 綿入れの着物。
一三 ただで手に入れてしまうのが。
一四 罪深いような気がしたので。うしろめたい気持がしたので。
一五 何が何だかわからず。
一六 つまらない。くだらない。
一七 用途。古活字本「やう」とあり、この仮名遣いに従えば「様」となる。今昔は「要の有なり」。
一八 おお、こわい。
一九 衣類を掛ける竿。衣桁(いこう)。
二〇 書陵部本「ささて」。
二一 諸本「米、銭、絹、綾」。
二二 綾織物。斜めに織り筋を出して文様をあら

にもていきて、つかふべき用《よう》[一七]のあるなり。されば、たゞに取《と》らんが、罪得《つみえ》がましければ、かく衣を取《と》らする也」といへば、「思かけぬ事也。不用《ふよう》の石のかはりに、いみじき宝《たから》の御衣《ぞ》の綿《わた》のいみじき、給《(たま)》はらん物とは。あなおそろし」[一八]といひて、竿《さほ》[一九]のあるにかけて拝《おが》む。

[二〇]さて車にかきのせて、家に帰て、うちかき〳〵売て、物どもを買に、米[二一]、銭、綾[二二]などあまたに売《う》[二三]り得《え》て、を《(お)》[二四]びたゝしき徳人《(とくにん)》に成ぬれば、西の四条[二五]よりは北、皇嘉門よりは西、人も住《す》まぬうき[二六]のゆふ〳〵[二七]としたる、一町[二八]ばかりなるうきあり。そこは買《(かふ)》とも、値《あたい》[二九]もせじと思て、たゞ少《すこ》しに買つ。主《ぬし》[三〇]は、不用《ふよう》のうきなれば、畠にもつくらるまじ、家もえたつまじ、益《やく》なき所と思《おも》ふに、値少《あたいすこ》しにても買《か》はんといふ人を、いみじきすき物[三一]と思て売《う》りつ。

上緒《あげを》の主《ぬし》、此うきを買《か》い《(ひ)》取《と》りて、津の国[三二]に行ぬ。舟四五艘斗《(ばかり)》具《ぐ》して、難波[三三]わたりにいぬ。酒[三四]、粥など多《おほ》くまうけて、鎌、又多《おほ》うまうけたり。行かふ人を招《まね》き集《あつ》めて、「此酒、粥《かゆ》、参《まい》[三五]れ」といひて、「そのかはりに、此蘆[三六]刈て、少《すこ》しづゝ得《え》させよ」といひければ、悦て集《あつ》まりつゝ、四五束《そく》[三七]、十束《そく》、二三十束など刈て取《と》らす。かくのごとく三四日刈《か》らすれば、山のごとく刈つ。舟十艘斗に積て、京へ上《のぼ》る。酒多《おほ》くまうけたれば、上《のぼ》るまゝに、この下人どもに、「たゞに

わした絹織物。
二三 金を売って、様々な品物を得て。
二四 大変な金持。
二五 西の京の四条大路より北側、皇嘉門院大路よりは西の一帯。右京四条一坊十一町あたりか。今の京都市中京区壬生森町付近か。
二六 沼地。水分を多く含んだ泥の深い土地。西の京は早くから荒廃し「元来卑湿之地、聴レ殖二水葱芹蓮之類一」(続日本後紀・承和五年)といわれ、湿潤の地で、水葱などが植えられていたらしい。「西京に、なぎいとおほく生ひたる所あり」(四〇頁)。
二七 ぶよぶよの意か。「ゆぶゆぶ」か。
二八 一町は四十丈(約一二一メートル)四方の区画。
二九 たいした値段はしないだろう。
三〇 所有主。
三一 色恋にひかれる人、また和歌、音楽など風流なものに身を没入させる人を特別視してこの語で呼んだが、ここは単に物ずき、変り者の意。
三二 摂津国。今の大阪府の西南部と兵庫県の東南部。
三三 今の大阪市、およびその付近。
三四 五十六話に「その苗を舟に入れて、植ゑ人どもに食はすべき物よりはじめて、鍋、釜、鋤、鍬、犂《(からすき)》などいふ物にいたるまで」と類似の表現がある。
三五 召し上がれ。
三六 イネ科の多年草。水辺に生え、難波はその産地として有名。大和物語一四八段、今昔三十ノ五などには男女の哀しい再会譚、芦刈伝説が載るが、宇治拾遺の話は舞台を同じにおきながら、そうした男女の悲話との関連を全く見せようとしていない。
三七 たばねたものを数える助数詞。たば。

いかんよりはこの[一]縄手《(なはて)》引《ひ》け」といひければ、此酒を飲みつゝ綱手を引て、いとく[二]賀茂川尻に引つけつ。それより[三]車借《(くるまがし)》に物を取《と》らせつゝ、その蘆にて此うきに敷《し》きて、下人《しも(うど)》どもをやとひて、その上《うへ》に土はねかけて、家を思ふまゝに作てけり。

[四]南の町は大納言[五]源の貞《さだ》といひける人の家、北の町は此上緒《あげを》の主《ぬし》の、うめて作れる家なり。それを、此貞《さだ》の大納言の買取《と》りて、二町にはなしたる也けり。それ、いはゆるこの比の西[六]の宮なり。かくいふ女の家なりける金の石を取《と》りて、それを[七]本体《たい》として、作《つく》りたりける家なり。

（一六二　元輔落馬事《もとすけらくばのこと》　巻一三ノ二）

今《いま》は昔《むかし》、歌よみの元輔[八]、[九]内蔵助《くらのすけ》になりて、[一〇]賀茂祭の使しけるに、[一一]一条大路わたりける程に、[一二]殿上人の車、多《おほ》くならべ立《た》てて、物見ける前《まへ》わたる程に、[一三]おいらかにてはわたらで、人見給《(みたまふ)》にと思て、馬をいたく[一四]あをり《(ふ)》ければ、[一五]馬狂《くる》ひて落ぬ。年老たるものの、頭を逆《さか》さまに落ぬ。[一六]君達《(きんだち)》、[一七]あないみじと見る程に、[一八]いと[一九]とく起《お》きぬれば、冠脱《ぬ》げにけり。本鳥《(もとどり)》つゆなし。たゞ[二〇]ほときをかづきたるやう

一　縄。船を牽引する縄。古活字本「綱手(つなで)」に従うべきか。
二　賀茂川の下流、下鳥羽にあった船着場。
三　牛車で運搬を請け負った業者。「淀河尻の刀弥、大津、坂本の馬借、鳥羽、白河の車借」(庭訓往来)とあり、街道、船着場には多数あった。
四　右京四条一坊十二町か(角川日本地名大辞典)。現在の京都市中京区壬生森町付近。
五　嵯峨天皇の皇子。大納言、正三位。兄弟に信、融らがいる。貞観五年(八六三)没、四十九歳。
六　醍醐天皇皇女雅子内親王、源高明らが伝領した邸宅。二中歴によれば「四条北、大宮東、高明公家、一本云、錦小路南、朱雀西」とある。安和二年(九六九)、源高明左遷直後、炎焼し、荒廃したらしい。　七　もとで。

▽平安京の怪異を語る前話に続き、こんどは平安京の不思議。西宮は発展が遅れた右京の中にあって、目立った邸宅であったが、主人源高明の失脚とともに廃墟と化した。風変りな造成法は邸宅の数奇な運命と因縁があったのだろうか。

八　清原元輔。清少納言の父。周防守、肥後守。従三位。歌人。三十六歌仙の一人。後撰集の撰者、梨壺の五人の一人。正暦元年(九九〇)没、八十三歳。
九　中務省内蔵寮(くらつかさ)の次官。内蔵寮は宮中の金銀、財宝類の管理、饗饌などを掌る役所。
一〇　賀茂祭の勅使。賀茂祭は京都上賀茂神社と下鴨神社の例祭。祭当日、宮中から上、下社へ勅使が参向、見物人が集まった。
一一　平安京北辺の大路。　一二　昇殿を許された者。
一三　おだやかに。おとなしく。
一四　「あふり」は鐙で馬の腹を蹴り、馬をいそがせること。今昔では馬をあおったとはしていない。　一五　激しく暴れて。

になん有ける。[二一]馬副《(うまぞひ)》、手まどひをして、冠をとりて着《き》せさすれど、[二二]うしろざまにかきて、「[二三]あなさは《(わ)》がし。しばし待《ま》て。君達に聞《き》こゆべき事あり」とて、殿上人どもの車の前に歩《(あゆみ)》寄《よ》る。日のさしたるに、頭きら〳〵として、いみじう見苦《みぐる》し。大路のもの、[二四]市をなして、笑《わら》ひのゝしる事限なし。

車、[二五]桟敷《(さじき)》の物ども笑《わら》ひのゝしるに、一《(ひとつ)》の車のかたざまに歩《(あゆみ)》寄《よ》りていふやう、「君達、この馬より落《お》ちて冠落《おと》したるをば、[二六]お《(を)》こなりとや思給。しか思《おも》ひ給まじ。其故は、[二七]心ばせある人だにも、物につまづき倒《たを》るゝ事は、常の事也。まして馬は、心ある物にもあらず。此大路は、いみじう[二八]石高《たか》し。[二九]馬は口を張《は》りたれば、歩《あゆ》まんと思《(おもふ)》だに歩《あゆ》まれず。[三〇]と引《ひ》きから引《(ひき)》、くるめかせば、倒《たを》れなんとす。馬を悪《あ》しと思べきにあらず。[三一]唐鞍《から(くら)》は[三二]さらなる、[三三]鐙の、かくうべくもあらず。それに、馬はいたくつまづけば落ぬ。それ、わろからず。又、冠の落《お》つるは、[三四]物してゆふ物にあらず。[三五]髪をよくかき入たるに、[三六]とらへらるゝ物なり。それに、鬢《びん》は失《う》せにたれば、ひたぶるになし。されば、落《お》ちん冠、うらむべきやうなし。又、例なきにあらず。なにの大臣《おとゞ》は[三七]大嘗会《(だいじやうゑ)》の[三八]御禊《(ごけい)》に落《お》つ。なにの中納言は[三九]その時の行幸に落《お》つ。かくのごとくの例も、[四〇]かんがへやるべからず。しかれば、[四一]案内も知《し》り給はぬ此比の若《わか》き公達、笑《わら》ひ給べきにあらず。笑給はゞ、かへりてお《(を)》

一六「公達」に同じ。貴族の子弟たち。元輔より家柄はかなり上である。 一七 ああ、大変だ。
一八 すばやく。老人としては意外な敏捷ぶり。
一九 髪を頂きで束ねたもの。「もとどり」がないとは頭がすっかり禿げていたことをいう。
二〇 湯水を入れる瓦器。
二一 馬につきそう従者。馬の口取りをする。
二二 うしろへ押しやって。
二三 ああうるさい。がたがたするな。
二四 大勢あつまって。
二五 見物のために設けられた床の高い建物。
二六 愚か。男子が何もかぶらず、露頭であることは、中世以前では大きな恥とされていた。
二七 よく気のつく人であっても。 二八 石がごつごつでている。すばやい機転のきく人でさえ。
二九 馬は口を手綱で引っぱられているのだから。
三〇 あちらに引き、こちらに引きして、ぐるぐる引き回すようにするゆえ。
三一 飾り馬に置いた装飾の多い鞍。
三二 もちろん。いうまでもなく。古典全書は「唐鞍は平盤な鐙で」と解す。
三三 鐙に足をかけることさえできにくいの意か。唐鞍の鐙は輪鐙で安定性に欠ける。「かくうべくも」は古活字本「かくうへへも」。今昔「唐鞍はいとさらなり。物拘(かか)ふべくもあらず」。
三四 ひもなどでもって結びつけるものでもない。
三五 髪をしっかりと冠の中にかきいれて。冠は髻(もとどり)を巾子(こじ)にいれて、根元に簪(かんざし)をさして固定する。巾子は冠の頂上後部に高くつき出ている部分。 三六 とめられているのである。
三七 天皇即位後、初めて新穀を神に献ずる儀式。
三八 大嘗会の前月に賀茂川や荒見川で行うみそぎ。 三九 今昔「その年の野の行幸に」。
四〇 考えていたらきりがない。 四一 事情。

こなるべし」とて、車ごとに[一]手を折《お》りつゝかぞへて、いひ聞《き》かす。

かくのごとくいひはてて、「冠持《も》て来《こ》」といひてなん、取てさし入ける。その時に、[二]どよみて笑《わら》ひのゝしる事限なし。冠せさすとて、寄《よ》りて、馬副《ぞひ》のいはく、「落《お》ち給[三]則《(すなはち)》、[四]冠奉《たてまつ》らで、などかく[五]よしなし事は仰らるゝぞ」と問《と》ひければ、「[六]痴《し》れ事ないひそ。かく道理をいひ聞《き》かせたらばこそ、此君達《だち》は、のち〳〵にも笑《わら》はざらめ。[七]さらずは、[八]口さがなき君達は、[九]ながく笑《(わらひ)》なん物をや」とぞいひける。

人笑《わら》はする事、[一〇]役にする也けり。

(一六二　俊宣合二迷神一事《としのぶまよひがみにあふこと》　巻一二ノ三)

今は昔《むかし》、[一一]三条院の[一二]八幡の[一三]行幸に、[一四]左京属《(さきやうのさくわん)》にて、[一五]くにの俊宣《としのぶ》といふ物の供奉《(ぐぶ)》したりけるに、[一六]長岡[一七]に[一八]寺戸と云所の程いきけるに、人どもの、「この辺《へん》には[一九]迷《まよひ》神あんなる辺《へん》ぞかし」といひつゝわたる程に、「俊宣《としのぶ》も、さ聞《き》くは」といひて行程に、過もやらで、日もやう〳〵さがれば、今《いま》は、[二〇]山崎のわたりには行つきぬべきに、あやしう、おなじ長岡の辺《へん》を過《す》ぎて、[二一]乙訓《おとくに》川の[二二]つらを行と思へば、

一 笑い騒ぐ若公達に対して、指をおりながら一つ一つの事柄を説明しているさま。
二 どっと笑って。 三 その時に。直後に。
四 冠をおかぶりにならないで。
五 つまらないこと。 六 ばかなこと。
七 そうでなければ。 八 口につつしみのない。
九 いつまでも笑い物にしつづけるであろうよ。
一〇 役目。もっぱらの仕事。

▽一条大路には事が多い。賀茂祭はじめ、各種の儀礼の行列はここを通り、見物にも最高の場所であった。多数の群集が集まれば、思いがけない事件も多い。賀茂祭の日、真裸の僧が牛にまたがって通ったのもこの一条大路であるし(一四四話)、元輔が恥をかいたのも同じ一条大路の群集の前であった。この路は宇治拾遺の編者好みの場所であったのであろう。

一一 第六十七代天皇。冷泉天皇第二皇子。寛弘八年(一〇一一)、一条天皇譲位をうけ、即位するが、道長側の圧迫は強く、わずか六年で退位。眼病を患い、目がほとんど見えなかった。寛仁元年(一〇一七)崩、四十二歳。
一二 京都府八幡市男山にある石清水八幡宮。
一三 三条天皇の石清水行幸は長和二年(一〇一三)十一月二十八日のものが知られている(日本紀略、西宮記)。
一四 左京職の四等官。左京職は左京の戸籍、租税、訴訟などを扱った役所。
一五 今昔には「邦の利延」。「左京少属従七位上国宿禰利述」(除目大成抄七)、「左史生国利□」(平安遺文二・三六八)。
一六 以下、今昔には「九条にて留まるべかりけるを」とある。
一七 京都市の西南の向日《(むこう)》市、長岡京市付近。
一八 京都府向日市寺戸町。 一九 人を迷わせる神。

又、寺戸の岸をのぼる。寺戸過て、又ゆきもてゆきて、乙訓《おとくに》川のつらに来《き》て、わたるぞと思へば、又、すこし[二三]桂[二四]川をわたる。

やう〳〵日も暮がたになりぬ。後先見《しりさきみ》[二五]れども、人ひとりも見《み》えずなりぬ。後《しり》先《さき》にはるかにうち続《つゞ》きたりつる人も見《み》えず。夜の深《ふけ》ぬれば、寺戸の西のかたなる[二六]板《いた》屋の軒に[二七]おりて、夜を明《あ》かして、つとめて思へば、「我は左京の官人なり。同《おな》じ所を、夜一夜めぐりありきけるは、九条の程より、[二八]かうまで来《き》つらん、[二九]きはまりてよしなし。それに、九条にてとまるべきに、[三〇]迷《まよ》はかし神のつきて、い[三一]て来《く》るをし[三二]て、[三三]かうしてけるなめり」と思《おも》ひて、明てなん西[三四]京の家には帰来《き》たりける。

俊宣《としのぶ》がまさしう語《かた》りし事也。

（一六四　亀《かめ》ヲ買《かひ》テ放事《はなつこと》　巻一三ノ四）

昔、天[三五]竺の人、宝を買んために、銭五[三六]十貫を子に持《も》たせてやる。大[三七]きなる川の端《はた》を行に、舟に乗《の》りたる人あり。舟の方《かた》を見やれば、舟より亀[三八]、くびをさし出したり。銭持たる人、立どまりて、その亀をば「な[三九]にの料《れう》ぞ」と問《と》へば、

二〇 京都府八幡(やわた)市及び乙訓(おとくに)郡大山崎町付近。長岡と山崎との間は約四―五キロメートル。
二一 京都府向日市、長岡京市を流れ、山崎付近で桂川と合流する。通称、小畑川。
二二 あたり。ほとり。　二三 今昔「過にし」。
二四 京都府右・京区を流れ、山崎付近で宇治川、木津川と合流し、淀川となる。平安京から石清水八幡宮への道筋は、桂川を渡り、長岡の寺戸を過ぎ、乙訓川を渡り、山崎に至る。本書の記述に従えば、「俊宣」は山崎に向っているものの、京都の方に連れ戻されていく形になっている。
二五 古活字本「見れば」。　二六 板屋根の建物。
二七 腰を下ろしての意か。
二八 ここまで来てしまったのは。
二九 まったく必要のないことだ。「左京の官人」ゆえ左京の外の勤務は不必要というのは、かなり奇妙な論理。その奇妙さは前話の元輔の言葉にも通じる。同じ「よしなし事」(前話)である。
三〇 「迷ひ神」と同じ。
三一 「率(ゐ)て来る」か。連れて来るの意。また「出(い)で来る」とも解しうる。
三二 古活字本「しらで」。
三三 このようにしてしまったのであろう。
三四 平安京の右京。さびれていた。
▽平安京、及びその周辺の怪異、奇異、事件が続く。左京属は卑官で、第二十三話に登場する紀用経(きのもちつね)も同じ官職で、その住まいも京からはずれた長岡であった。用経は上司の前でとんでもない失錯をおかすが、両話はともに、自分以外の周囲の力によってもてあそばれる、しがない下級官人の生活を描き出す。
三五 インドの古称。本話の原拠の冥報記では「楊州厳恭」。「楊(揚)州」は中国の東南部の地名。
三六 「貫」は銭を数える単位。一千文。

「殺して物[一]にせんずる」と云。「その亀、買《か》はん」といへば、この舟の人いはく、「[二]いみじき大切の事ありて、まうけたる亀なれば、[三]いみじき値《あたひ》なりとも、売《う》るまじき」よしをいへば、なを《(ほ)》[四]あながちに、手をすりて、此五十貫の銭にて亀を買取て、放《はな》ちつ。

心に思《おも》ふやう、親の、宝買《(かひ)》に隣の国へやりつる銭を、[五]亀にかへてやみぬれば、親《おや》、いかに腹立給はんずらむ。さりとて又、親のもとへ行《い》[六]かであるべきにあらねば、親のもとへ帰行に、道に人あひていふやう、「[七]こゝに亀売つる人は、この下の渡にて、[八]舟うち返して死ぬ」となん語《かた》るを聞《き》ゝて、親の家に帰行て、銭は亀にかへつるよし語《かた》らんと思ふ程に、親《おや》のいふやう、「なにとて、この銭を[九]ば返しをこ《(お)》せたるぞ」と問《と》へば、子のいふ、「[一〇]さる事なし。その銭にては、しか〳〵亀にかへて、[一一]ゆるしつれば、そのよしを申さんとて参《まい》りつるなり」といへば、親のいふやう、「[一二]黒《くろ》き衣着《き》たる人、おなじやうなるが五人、おの〳〵十貫づゝ持て来《き》たりつる。[一三]これ、そなり」とて見《み》せければ、この銭、いまだ濡《ぬ》れながらあり。

[一四]はや、買て放しつる亀の、その銭、川に落入を見《み》て、取《と》りもちて親のもとに子の帰らぬさきにやりける也。

三七 冥報記では「恭乗船載銭、而下去楊州、数十里、江中逢一船載亀」とあり、厳恭も船に乗っている。 三八 今昔、打聞集は「亀五」。冥報記などでは五十匹。 三九 何のためのものか。

一 使おうと思っているのだ。
二 非常に大事な事。今昔「限りなき要有て、構て釣り得たる」。
三 どんなにすごい。たいそうな。今昔「微妙の直なりとも」。
四 無理やりに。懸命に。冥報記「亀主喜取銭、付亀而去」。
五 亀を買いとることで使いきってしまったので。
六 帰らないでいるわけにもいかないので。
七 こちらに。あなたに。
八 古活字本「うち返してと語る」。「うち返す」はひっくりかえす。「はや、打返し給へ」(七九頁)。
九 返してよこしたのか。
一〇 そんなことは全くありません。
一一 放してやったので。
一二 冥報記「烏衣客五十人、詣門寄宿、并送銭五万」。
一三 これが、その銭だ。
一四 実は。
▽前話は乙訓川、桂川と川べりを巡回する話であった。本話も循環する話で、循環するのは「銭」である。しかし、前話から引き継いでいるイメージとして、水辺があることを見落してはならないであろう。亀報恩譚の一つであるが、原拠の冥報記等では、この奇瑞に感動、法華経書写、造寺をおこない、富貴の身となったとする。

（一六五　夢買人事《ゆめかふひとのこと》　巻一三ノ五）

昔《むかし》、[一五]備中国に[一六]郡司ありけり。それが子に、[一七]ひきのまき人といふありけり。若《わか》き男にてありける時、夢を見《み》たりければ、[一八]合《あは》せさせんとて、[一九]夢解《ゆめとき》の女のもとに行て、夢合てのち、物語してゐたる程に、人〳〵あまた声《こゑ》して来《く》なり。[二〇]国守の御子の[二一]太郎君のおはするなりけり。年は十七八斗の男にておはしけり。[二二]心ばへは知《し》らず、[二三]かたちはきよげなり。[二四]人、四五人ばかり具《ぐ》したり。「これや夢解《とき》の女のもと」と問《と》へば、御共《(とも)》の侍、「これにて候」といひて来《く》れば、まき人は上の方の内に入て、部屋のあるに入て、穴よりのぞきて見《み》れば、この君入給て、「夢をしか〳〵見《み》つる、いかなるぞ」とて語《かた》り聞《き》かす。女聞て、「[二五]よにいみじき御夢なり。かならず、大臣までなりあがり給べき也。返〳〵《(かへすがへす)》目出《(めでた)》く御覧じて候。[二六]あなかしこ〳〵、人に語《かた》り給な」と申ければ、此君、うれしげにて、衣《(きぬ)》をぬぎて、女に取《と》らせて帰ぬ。

その折《をり》、まき人、部屋より出て、女にいふやう、「[二七]夢はとるといふ事のあるなり。此君の御夢、[二八]我にとらせ給へ。国守は四年過ぬれば、帰上《のぼ》りぬ。我は[二九]国《(くに)》

一五 岡山県の西部。古代の吉備《(きび)》国の一部。
一六 国司の下にあって、郡内の政務にたずさわる。地方豪族から選ばれて、終身官であった。
一七 吉備真備《(きびのまきび)》のことか。吉備真備は下道国勝の男。霊亀二年(七一六)、阿倍仲麻呂、大和長岡らとともに留学生として入唐。天平七年(七三五)帰朝。聖武天皇の殊遇をうける。天平勝宝三年(七五一)、遣唐副使として渡唐、翌々年帰朝。大宰大弐、造東大寺長官、従二位、右大臣。真備の中国での話は江談抄、吉備大臣入唐絵巻などで語られる。宝亀六年(七七五)没、八十一歳。一説八十三歳。
一八 夢合せをさせよう。見た夢の意味、吉凶などを占うこと。古くから習俗として広く行われていた。
一九 人の見た夢を聞き、夢の意味等を判断する人。
二〇 国司。
二一 長男。
二二 性質。気だて。
二三 顔立ちは美しげである。気性の点で心もとないことを暗に示す。
二四 御供をひきつれた国司の長男の来訪はことごとく、威圧的なものと郡司の子には映ったか。
二五 本当にすばらしい幸運の夢です。
二六 決して決して。絶対。
二七 夢はとるということがあるという。「あるなり」の「なり」は伝聞の助動詞。夢は売買もできるといわれ、曾我物語二の北条政子が妹から夢を買い取った話は有名。
二八 古活字本「我らに」。意味は同じ。
二九 その国に住む人。土着の人。

人《ひと》なれば、[一]いつもながらへてあらんずるうへに、[二]郡司の子にてあれば、我をこそ大事に思はめ」といへば、女、「のたまはんまゝに侍べし。さらば、[三]おはしつる君のごとくにして入給て、その語《かた》られつる夢を、つゆもたがはず語《かた》り給へ」といへば、まき人悦て、かの君のありつるやうに入来《き》て、夢語《がた》りをしたれば、女、同《おな》じやうにいふ。まき人、いとうれしく思て、衣をぬぎて取《と》らせて去《さ》りぬ。

その後《のち》、[四]文を習《なら》ひ読《よ》みたれば、たゞ[五]通《とほ》りに通《とほ》りて、[六]才《(ざえ)》ある人になりぬ。[七]大やけ聞《き》こしめして、心みらるゝに、まことに才深《ふか》くありければ、[八]唐《もろこし》へ、「物よく〳〵習《なら》へ」とてつかはして、[九]久しく唐《もろこし》にありて、[一〇]さま〴〵の事ども習《なら》ひ伝《つた》へて帰たりければ、御門、[一一]かしこき物におぼしめして、次第になし[一二]上《あ》げ給て、[一三]大臣までになされにけり。

されば、夢とる事は実に[一四]かしこき事也。かの夢とられたりし備中守の子は、[一五]司《(つかさ)》もなき物にてやみにけり。夢をとられざらましかば、大臣までも成《(なり)》なまし。されば、[一六]夢を人に聞《き》かすまじき也といひ伝《つた》へたり。

一 いつまでも長く、ここに住み続けようし。
二 郡司の子であるのだから、私の方をこそ大事にするべきだ。郡司は土着の有力者なので地元民にとっては国司より関係が深かった。
三 さっきいらっしゃったお方のようにして。
四 漢学、漢詩文を中心とした必須の学問。
五 めざましく上達して。
六 学問、学識のある人。
七 天皇。真備は中国で皇帝の前で難読の文章を見事に読みといて見せたと伝える(江談抄三)。
八 元正天皇の霊亀二年(七一六)八月、入唐留学生に任じられる。実際の渡唐は翌三年か。
九 真備の帰朝は聖武天皇の天平七年(七三五)。
一〇 真備は漢学の他、音楽、暦法天文等も習得、唐礼、太衍暦経、楽書要録、及び楽器、角弓箭等を持ち帰ったといわれる。
一一 真備を登用したのは聖武、孝謙天皇ら。
一二 官職を昇進させなさって。
一三 右大臣任官は天平神護二年(七六六)。
一四 そらおそろしいことだ。
一五 官職。
一六 文徳実録・仁寿三年九月一日条には弟子の吉夢について師の僧が他言を禁ずる記事あり。昔話の夢見小僧は初夢を人に教えなかったゆえ成功した話で、初夢は実現するまで人に語ってはいけないと信じられていた。
▽第四話と対照的な説話。主人公はともに地方出の人物だが、善男が妻に夢を語り、失敗したのに対し、「まき人」は人の語る夢を聞いて出世した。失敗と成功、人間の運命の大きな別れ道を描く。
一七 今の山梨県。
一八 相撲人。六九頁注一五参照。
一九 一条朝の有名な相撲。続本朝往生伝一に列

（一六六　大井光遠妹《おほゐのみつとほのいもうと》、強力事《がうりきのこと》　巻一三ノ六）

昔《むかし》、[一七]甲斐国の相撲《(すまひ)》[一八]、[一九]大井光遠は、[二〇]ひきふとに[二一]いかめしく、力強《つよ》く、足早《はや》く、[二二]みめ、ことがらよりはじめて、いみじかりし相撲なり。それが妹に、年[二三]廿六七ばかりなる女の、みめ、ことがら、[二四]けはひもよく、姿も細《ほそ》やかなるありけり。[二五]それはのきたる家に住けるに、それが門に、人に追《を》はれたる男の、刀を抜《ぬ》きて走入て、此女を[二六]質《しち》にとりて、腹に刀をさしあてて居ぬ。

人走《はし》り行て、[二七]せうとの光遠に、「姫君は質にとられ給ぬ」と告ければ、光遠がいふやう、「[二八]そのおもとは、[二九]薩摩の氏長ばかりこそは、質《しち》にとらめ」といひて、[三〇]なにとなくてゐたれば、告《(つげ)》つる男《おのこ》、あやしと思て、立帰て、物よりのぞけば、九月斗《(ばかり)》の事なれば、[三一]薄色の衣一重に[三二]紅の袴を着《き》て、[三三]口おほひしてゐたり。男は、大《(おほき)》なる男《おのこ》の、おそろしげなるが、大《(だい)》の刀を逆手《さかて》にとりて、腹にさしあてて、[三四]足をもて、後《うしろ》より抱《いだ》きてゐたり。

この姫君、[三五]左の手しては、顔《かほ》を[三六]ふたぎて泣《な》く。右の手しては、前に[三七]矢篦《の》の[三八]あらづくりたるが、二三十ばかりあるをとりて、[三九]手すさみに、節のもとを、指にて、[四〇]板敷に押《を》しあてて[四一]にじれば、朽木のやはらかなるを押《を》しくだくやうにくだ

挙される九人の「異能」(相撲)の中に見える。権記によると、長保二年(一〇〇〇)などに出場。
二〇 背が低く太っており。
二一 迫力があって。強そうで。
二二 風貌と様子。　二三 今昔は「年廿七八」。
二四 立居振舞の感じなど。　二五 離れた家。
二六 人質にとって。　二七 兄。
二八 身近な女性を親しみの情をこめてさす語。
二九 薩摩(今の鹿児島県西部)の氏長でもなければ、人質にはできまい。氏長は平安前期、仁明・光孝天皇時代の人で、天下無双の相撲。
三〇 何もせずに座っていたので。
三一 薄紫色。今昔には「薄綿の衣」とある。「九月斗の事なれば」との対応からすると、晩秋の着物の描写として今昔の方がふさわしいか。
三二 古活字本には「紅葉の袴」とある。
三三 袖などで口をおおうこと。羞恥心、恐怖心などを示す動作。
三四 足で。今昔は「足を以て後よりあぐまへて(足を組んで)抱き居たり」と、より具体的である。
三五 今昔には「右の手して、男の刀抜きて差宛(さしあて)たる手を和(やは)ら捕へたる様にして、左の手にて顔の塞(ふさ)ぎたるを、泣く泣く其の手を以て、前に箭篠(やしの)の荒造りたるが二三十許(ばかり)打散らされたるを、手まさぐりに節の程を以て押蹉(おしにじ)りければ、…」とある。
三六 おおって。「ふたぐ」は「ふさぐ」に同じで主に前者は女流文学、後者は漢文訓読文に出る。
三七 矢の幹。矢柄。
三八 下ごしらえをしただけのもの。
三九 手で何げなくするしぐさ。手すさび。
四〇 板を敷きつめた所。床、縁など。
四一 こすりつけると。

くるを、此盗《ぬす》人、目を付て見《み》るに、[一]あさましくなりぬ。「いみじからんせうとのぬし、金《かな》槌をもちて打砕《くだ》くとも、かくはあらじ。[二]ゆゝしかりける力かな。このやうにては、たゞ今の間《ま》に、我は[三]とり砕《くだ》かれぬべし。無益《むやく》なり。逃なん」と思て、[四]人目《め》をはかりて、飛《と》び出《(いで)》て逃《に》げ走《はし》る時に、[五]末《すゑ》に人ども走合《あ》ひて、捕《とら》へつ。しばりて、光遠がもとへ具《ぐ》して行ぬ。

光遠、「いかに思《おも》ひて逃つるぞ」と問《と》へば、申やう、「大なる矢篦《(やの)》の節《ふし》を、朽木なんどのやうに押《を》し砕《くだ》き給つるを、あさましと思て、おそろしさに逃候つるなり」と申せば、光遠、うち笑て、「いかなりとも、その御もとはよも突《つ》かれじ。突《つ》かんとせん手をとりて、[六]かひ《(い)》ねぢて上様《かみざま》へつかば、肩の骨は上様《かみざま》へいでて、ねぢられなまし。[七]かしこく、を《(お)》のれがかひな抜《ぬ》かれまし。[八]宿世《(すくせ)》ありて、御もとはねぢざりけるなり。光遠だにも、[九]おれをば、[一〇]て殺《ごろ》しに殺《ころ》してん。かひなをばねぢて、腹、胸《むね》を踏《ふ》まんに、を《(お)》のれは、生《い》きてんや。[一一]それに、かの御もとの力は、光遠二人ばかり合《あ》はせたる力にておはする物を。さこそ細《ほそ》やかに、[一二]女めかしくおはすれども、光遠が[一三]手たはぶれするに、捕《とら》へたる腕《うで》を捕《とら》へられぬれば、[一四]手ひろごりてゆるしつべき物を。[一五]あはれ、男子《おのこ》にてあらましかば、あふ敵《かたき》もなくてぞあらまし。口惜く女にてある」といふを聞《き》くに、この盗人、死ぬべ

一 あきれてしまった。
二 ものすごい力であったことよ。「ける」に、知らなかったことへの驚異の念が示される。
三 ひねりつぶされそうだ。
四 すきをうかがって。「人目をはかる」は人(相手)の目につかないよう気を付けて、ことを行う。
五 逃げて行った先に人々が走って行き、落ち合って。
六 ねじって、上へ突いたら。「かひ(い)」は「かき」の音便で接頭語。
七 見事に、お前の腕が抜かれたことだろうよ。今昔は「賢く己が肱《かひ》の不抜けざしき(抜けまじきの誤りかとされる)宿世の有りて…」。この場合の「賢く」は幸いにもの意となる。
八 前世からの因縁。宿命。
九 お前。下位の者に対する人代名詞。
一〇 道具を使わず素手で殺すこと。
一一 しかるに。それなのに。
一二 女らしくていらっしゃるが。敬語が用いられていることに注意(今昔には見えず)。盗人の立場からの待遇表現のようであるが、光遠の妹への敬意にもとづく(なかば無意識的な)言葉遣いかとも思われる。
一三 手でするいたずら、たわむれごと。
一四 握っている手が広がって、放してしまうのに。
一五 ああ、彼女が男子であったなら、向う相手もいなかったろうに。残念にも女であることよ。紫式部日記の「口惜う、男子にて持たらぬこそ幸ひなかりけれ」を思わせる句。
一六 そのような事の運び。
一七 おまえを殺すべきところだが。
一八 妹が死にそうになれば殺しもしよう。

き心地《ち》す。女と思て、いみじき質を取たると思てあれども、一六その儀はなし。「一七おれをば殺《ころ》すべけれども、一八御もとの死《し》ぬべくはこそ殺さめ。おれ死《し》ぬべかりけるに、一九かしこう、とく逃てのきたるよ。大なる鹿の角をば膝にあてて、小《ちい》さき枯《から》木の、細木《ほそき》なんどを折やうに折《お》る物を」とて、追放《（おひはなち）》てやりけり。

（一六七　或唐人《あるもろこしびと》、女《むすめ》ノ羊《ひつじ》ニ生《うまれ》タル不レ知《しらず》シテ殺事《ころすこと》　巻一三ノ七）

今《いま》は昔、二〇唐に、なにとかやいふ司《（つかさ）》になりて、下らんとする物侍き。名をばけいそくといふ。それがむすめ一人ありけり。二一ならびなくお《（を）》かしげなりし。十余歳にして失にけり。父母、泣かなしむ事限《かぎ》りなし。

さて二年斗《（ばかり）》ありて、二二ゐ中に下《くだ》りて、親《した》しき一家の一類、二三はらから集《あつ》めて、国へ下《くだ》るべき由《よし》をいひ侍らんとするに、市より羊を買取《と》りて、この人〳〵に食《く》はせんとするに、その母が夢に見《み》る様、失《う》せにしむすめ、二四青き衣を着《き》て、白《しろ》き二五さいでして、頭《かしら》をつゝみて、髪に、玉のかんざし二六一よそひをさして来《き》たり。生《い》きたりし折《おり》にかはらず。母にいふやう、「我《わ》が生《い》きて侍し時に、父母、我《われ》を二七かなしうし給て、万《よろづ》二八をまかせ給へりしかば、親《おや》に申さで、物をとりつかひ、又、

一九 幸いにも、はやく逃げ去ったことよ。
▽相撲の妹が、清楚な美女であるにもかかわらず、怪力の持主であったという奇談。別の力女譚に「大井子」なる主人公がおり、それと「大井」の姓で縁のある本話とがどのような背景を共有するか、考察に値しよう（古典集成今昔一補注）。なお、話の美女が、美しいのに婚期に遅れている事、みずからの怪力に無自覚らしき気配、彼女について語る光遠の饒舌と興奮など、いわくありげな点の多い説話である。

二〇 今昔「震旦」の貞観の中に、魏王府の長史として京兆の人、韋の慶植といふ人有けり」。冥報記「貞観中魏王府長史京兆韋慶植」。貞観は唐の年号で六二七―六四九年。
二一 今昔「その形、美麗也、而るに幼くして死ぬ」。
二二 今昔に「慶植、遠き所へ行かんとするに」とある。「ゐ中に下らんとて」とあるべきか。
二三 同母の兄弟姉妹。
二四 冥報記「着青裙白衫、頭髪上、有双玉釵」。今昔では「青き衣を着て、白き衣を以て頭を裹みて、髪の上に玉の釵一双を差て来たり」とあり、次話にも「青き裳、白き衫を着たり」と類似表現が見られる。
二五 布の切れはし。小切れ。
二六 ひとそろい。「よそひ」はひとそろいの衣服、服飾品を数える接尾語。
二七 かわいがってくださり。
二八 何でも、すべてのことを自由気ままにさせて下さっていたので。

人にも取《と》一らせ侍き。盗《ぬす》みにはあらねど、申二さでせし罪により、いま羊の身をうけたり。来《きた》りて、三その報《ほう》をつくし侍らんとす。明日《あす》、まさに首白《くびしろ》き羊になりて、殺されんとす。願《ねが》はくは、我命を許《ゆる》し給へ」四といふと見《み》つ。

五おどろきて、つとめて、六食物《(くひもの)》する所を見《み》れば、誠に青き羊の、首《くび》白きあり。脛《はぎ》、背《せ》中白《なかしろ》くて、頭にふたつのまだらあり。常《つね》の人の、かんざしさす所なり。母、これを見《み》て、「しばし、この羊な殺《ころ》しそ。殿、帰おはして後《のち》に、七案内《あんない》申て許《ゆる》さんずるぞ」といふに、八守殿《(かうのとの)》、九物より帰て、「など人〳〵一〇参《まい》り物は遅《をそ》き」と一一てむつかる。「されば、此羊を一二調《てう》じ侍て、一三よそはんとするに、一四うへの御前、「しばし、な殺《ころ》しそ、殿に申て許《ゆる》さん」とて、とゞめ給へば」などいへば、腹立て、一五「ひが事なせさせそ」とて、殺《ころ》さんとて、つりつけたるに、この客人《まら(うど)》ども来《き》て見《み》れば、いとお《(を)》かしげにて顔《かほ》よき女子《(によし)》の十余歳《よさい》ばかりなるを、髪《かみ》に縄《なは》つけて、つりつけたり。この女子のいふやう、「わらはは、この守の女《(むすめ)》にて侍しが、羊になりて侍也。けふの命を、御前《まへ》たち、助《たす》け給へ」といふに、この人〳〵、一六「あなかしこ〳〵、ゆめ〳〵殺《ころ》すな。申て来《こ》ん」とてゆく程に、この食《く》ひ物する人は例一七の羊と見《み》ゆ。「さだめて遅《をそ》一八しと腹立なん」とて、うち殺《ころ》しつ。その羊《ひつじ》の鳴《な》く声《こゑ》、この殺《ころ》すものの耳《みゝ》には、たゞつねの羊の鳴《な》く声《こゑ》也一九。

一 与えたことがありました。
二 親に申し上げないでしてしまった罪で。今昔「盗犯にはあらずと思ひて、祖に告げ申さざりし罪によりて」。
三 その罪の報いをうけようとしています。
四 伊達本「と見つ」。
五 はっと目がさめて。
六 今昔「飲食を調ふる所を見れば」。
七 事情を申し上げて。事柄の中味をお話しして。冥報記「待慶植至、将放之」。今昔「家の主、出でぬれば、還り来りて後に告げて免《(ゆる)》さむとするなり」。
八 国守のこと。ここは「けいそく」をさす。
九 外出から帰って。
一〇 差し上げる食事。召し上がり物。
一一 不愉快になって、文句をいう。
一二 調理いたしまして。
一三 食べ物をととのえて、器にもる。
一四 奥様。「けいそく」の妻のこと。
一五 つまらない事をさせるな。古活字本「なせそ」。伊達本「なせそ」とし、「せ」を見せ消ちにして「させ」とする。今昔「家の主、専に飲食を速やかに勧めむが為に、女主に告げずして、羊を殺さむとするに」。
一六 必ず。決して。「あなかしこ」は下文の禁止、命令の意を強める働きをもつ。
一七 普通の。　一八 古活字本「ほそし」。
一九 今昔では以下に「諸《(かた)》の人の耳には幼女の泣く音にてあり」と続ける。
二〇 第五十九話に「いりやきなどして心みよ」という類似表現あり。今昔「蒸物に備へ、焼物に備へたり」。
▽前話、光遠の妹は囚われた女とはいえ、彼女の身には危険は全くなかった。同じ囚われた女

さて羊を殺して、[二〇]いり、やき、さま〲にしたりけれど、この客人《まら(うど)》どもは、物も食《く》はで帰にければ、あやしがりて、人〲に問《と》へば、「しか〲なり」とはじめより語《かた》りければ、かなしみて、まどひける程に、病に成て死にければ、ゐ中にも下《くだ》り侍らずなりにけりとぞ。

（一六八　上出雲寺《かみついづもじの》別当《べつたう》、父《ちち》ノ鯰《なまづ》ニ成《なり》タルヲ知《しり》ナガラ殺《ころし》テ食《くふ》事《こと》　巻一三ノ八）

今は昔《むかし》、[二一]王城の北、[二二]上出雲寺《かみついづも》といふ寺、建《た》ててより後、年《とし》久くなりて、御堂も傾《かたぶ》きて、[二三]はか〲しう修理する人もなし。この近《ちか》う、[二四]別当侍き。その名をば[二五]上覚《かく》となんいひける。[二六]これぞ前《さき》の別当の子に侍ける。あひつぎつゝ、妻子持《も》たる法師ぞ[二七]しり侍ける。いよ〲寺は[二八]こぼれて、荒《あ》れ侍ける。

さるは、[二九]伝教大師の、唐《もろこし》にて、[三〇]天台宗たてん所をえらび給けるには、此寺の所をば、絵に書てつかはしける。「[三一]高雄、[三二]比叡山、[三三]上《かむ》つ寺と、三の中にいづれかよかるべき」とあれば、「此寺の地《ち》は、[三四]人にすぐれてめでたけれど、僧なん[三五]らうがはしかるべき」とありければ、それによりて、とゞめたる所也。いとやんごとなき所なれど、いかなるにか、[三六]さなりはてて、わろく侍なり。

を本話は扱うが、その結末は悲惨である。父親の客人の手前を気にしすぎる性格がよんだ悲劇ともいえ、その性急な行為は娘の命を断ってしまった。話の焦点は父の愛情へと移り、次話の鯰と化した父へと引きつがれる。
二一　都、または皇居。
二二　廃寺。この地にあった出雲氏の氏寺と思われるが、延暦年間(七八二―八〇五)に最澄創建とも伝えられる。鎮守神を祭る上御霊社(京都市上京区上御霊竪町)がその跡地に残る。
二三　しっかりと。
二四　社寺の事務を統括する責任者。
二五　伝未詳。小右記・治安三年閏九月二十八日条に「東寺僧上覚」とあるが、別人か。一方、上覚という鎌倉初期の歌人がおり、作者に連想あるか。今昔は「浄覚」。
二六　書陵部本「これぞ」以下「侍ける」までなし。
二七　寺務を管理していた。　二八　壊れる。
二九　最澄。三津首百枝。延暦二十三年(八〇四)入唐留学僧として中国に渡り、翌年帰国。天台宗を開く。弘仁十三年(八二二)没、五十六歳。
三〇　仏教の八宗の一。法華経を根本教典とし、最澄が唐より伝来させる。開祖智顗(ぎ)が中国浙江省(せっこう しょう)天台山に根拠地をおいたことにより、この名がある。今昔「達磨宗」。
三一　今の京都市右京区梅ヶ畑高雄町。文覚の再興した高雄山神護寺がある。
三二　京都と滋賀の境にある山。標高八四八メートル。山上に延暦寺がある。
三三　「上つ出雲寺」のこと。「かむ」は「かみ」の音転。このあたり、今昔に「高尾、比良、上津出雲寺の地」とある。
三四　よそより格段に。　三五　乱りがわしい。
三六　このように荒廃しきって。

それに、上覚《かく》が夢に見《み》るやう、わが父の前《(さきの)》別当、いみじう老て、杖つきて、出《い》で来《き》ていふやう、「明後日《あさて》 未《(ひつじの)》[一]時に大風吹て、この寺、倒《たを》れなんとす。然に、我、此寺の瓦の下に、三尺斗《(ばかり)》の鯰[二]にてなん、行かたなく、水も少《すく》なく、せばく、暗《くら》き所にありて、あさましう苦《くる》しき目をなん見《み》る。寺倒《たう》れば、こぼれ[三]て庭にはい《(ひ)》ありかば、童部《(わらはべ)》、打殺してんとす。その時、汝が前《まへ》にゆかんとす。童部に打《う》たせずして、賀茂川[四]に放《はな》ちてよ。さらば、ひろき目《め》も見《み》ん。大水に行て、[五]たのしくなんあるべき」と云。夢さめて、「かゝる夢をこそ見《み》つれ」と語れば、「いかなる事にか」といひて、日暮《く》れぬ。

その日になりて、午《(うまの)》[六]時の末《すゑ》より、にはかに空かき曇《くも》りて、木を折《お》り、家を[七]破《やぶ》る風出《い》で来《き》ぬ。人〴〵あはてゝ、家どもつくろひさは《(わ)》げども、風いよ〳〵吹まさりて、村里の家どもみな吹倒《たを》し、野山の竹、木、倒《たを》れ折《お》れぬ。この寺、まことに未時斗に、吹倒《たう》されぬ。柱折《お》れ、棟くづれて、ずちなし[八]。

さる程に、裏板《うらいた》[九]の中に、年比《とし》の雨《あま》水たまりけるに、大なる魚ども多《おほ》かり。そのわたりの物ども、桶をさげて、みなかき入さは《(わ)》ぐ程に、三尺斗なる鯰《なまづ》[一〇]、ふた〳〵として庭にはい《(ひ)》出たり。夢のごとく、上覚《かく》[一一]が前に来《き》ぬるを、上覚思もあへず、魚の大《(おほき)》[一二]にたのしげなるにふけりて[一三]、鉄杖《かな》[一四]の大なるを持て、頭につきたてゝ、

一 午後二時ごろ。未時ごろの大風としては方丈記他に描かれる治承四年(一一八〇)四月二十九日の辻風が有名。第一三九話にも「未の時斗に大風吹て、南門俄に倒れぬ」と未時の大風が既出。
二 瓦の下に鯰が棲むということは、やや理解しにくいことだが、桂離宮では昭和五十一年からの大修理に際し、屋根裏から鯰の頭骨が二つ発見されており、何か関係あるか。
三 外に落ちて。
四 京都市左京区雲ヶ畑に発し、出雲寺付近をぬけ、平安京の東端にそって南流する川。今昔「桂河」。 五 古活字本「たのもしく」。
六 「午時の末」は午後二時近く。
七 こわす。吹きこわす。「三四町を吹きまくる間に、…一つとして破れざるはなし」(方丈記)。
八 何ともしようがない。手の打ちようがない。
九 屋根裏に張る板。 一〇 ばたばた。
一一 夢のことなど全く思いも及ばず。
一二 立派で、いかにもうまそうなのに。
一三 夢中になって。心を奪われて。
一四 金属製の杖。錫杖のたぐいか。
一五 長男の少年。
一六 草刈り用の鎌。古活字本「草刈鎗」。
一七 魚のえらの部分。
一八 今昔「蔦(やどり)に貫ぬきて」。「蔦」はやどり木の古名。あるいは「穂矢」の意か。
一九 取り片づけて。
二〇 頭にのせさせて。物を運ぶ方法の一つ。
二一 ほかの子供が殺しただろうから、同じ事だ。
二二 かまうものか。
二三 よその人をまじえないで。
二四 次男の少年。
二五 肉親ばかり、とりわけ孫たちに食べられるのだから、おじいさんも喜ぶはずだという考え。

我《(わが)》[一五]太郎童をよびて、「これ」といひければ、魚、大にてうちとられねば、草[一六]刈鎌といふ物を持て、[一七]あぎとをかき切て、[一八]物につゝませて、家にもて入《い》りぬ。

さて、こと魚などし[一九]たゝめて、桶に入て、女どもに[二〇]いたゞかせて、我坊に帰たれば、妻《(め)》の女、「この鯰は、夢に見えける魚にこそあめれ。なにしに殺し給へるぞ」と心憂《う》がれど、「[二一]こと童部の殺《ころ》さましも同《おな》じ事。[二二]あへなん。我は」などいひて、「[二三]人まぜず、太郎、[二四]次郎童など食たらんをぞ、[二五]故御房はうれしとおぼさん」とて、[二六]づぶ〳〵と切《き》り入て、煮て食て、「あやしう、いかなるにか。こと鯰よりも味《あぢ》わ《(は)》ひの良《よ》きは、故御房の[二七]しゝむらなれば、良《よ》きなめり。これが汁、すゝれ」など、[二八]あひして食ける程に、大なる骨、喉にたてて、「[二九]ゑう〳〵」といひける程に、[三〇]とみに出《い》でざりければ、苦痛《くつう》して、終《(つひ)》に死侍けり。

妻は[三一]ゆゝしがりて、鯰をば食《く》はずなりにけりとなん。

（一六九　念仏僧《ねんぶつそう》、魔往生事《まわうじやうのこと》　巻一三ノ九）

昔《むかし》、[三二]美濃国[三三]伊吹山に、久く行ひける[三四]聖有けり。阿弥陀仏よりほかの事知《し》らず、[三五]他事なく念仏申てぞ年経《へ》にける。夜深く仏の御前に念仏申てゐたるに、空に声

二六 勢よく切って、鍋に入れるさま。旧大系他「つぶつぶと」とする。この場合はぶつぶつ切っての意となる。　二七 肉。
二八 一緒に。今昔に「愛し食ける」とあり、「愛して」ととれば、おいしがっての意となる。
二九 物が喉に詰って、苦しむ声。
三〇 すぐには出てこなかったので。
三一 気味悪がって。
▽大風による建造物倒壊事件は第一三九話にも載り、高僧良源の予知によって多くの人命が救われたが、本話の上覚は無名に近く、かつ、人の死で話は終った。両話は対照をなす。本書成立の時代、歌僧として知られる上覚がいる。上覚は湯浅宗重の男、明恵の叔父。和歌色葉の著者で玄玉集の撰者ともいわれる。文覚の弟子でもあるが、本話の上覚の言動は文覚の荒々しさと何となく通じ合うところがある。
三二 岐阜県の南部。
三三 岐阜県と滋賀県にまたがる山。標高一三七七メートル。倭建命絶命の地であり、また御伽草子・伊吹童子などでは伊吹弥三郎の棲息の地として知られる。
三四 今昔および真言伝によれば「三修禅師」。三修は菅野氏。法相宗、東大寺の僧。三代実録によれば仁寿年間(八五一―四)に伊吹山に入山止住、元慶二年(八七八)二月十三日、三修の奏請により伊吹山護国寺が定額寺に列せられている。昌泰三年(九〇〇)没、七十二歳。また三国伝記六ノ六には体の重さが三朱(約五グラム)ゆえ伊吹山の「三朱沙門」とよばれる沙門が登場し、空を飛び、飛行上人ともよばれ、伊吹弥三郎伝説と並べて語られている。
三五 ひたすら念仏ばかりを唱えて。真言伝では「歳十三にして出家、山に入て千手陀羅尼を持

ありて告て云《(いはく)》、「汝、[一]念比《(ねんごろ)》に我をたのめり。今は念仏の数多《かずおほ》くつもりたれば、明日《あす》の[二]未《(ひつじ)》の時に、かならず〳〵来《きた》りて迎《(むかふ)》べし。ゆめ〳〵念仏おこたるべからず」といふ。その声を聞《きゝ》きて、限《かぎり》なく念《ねん》比に念仏申て、水を浴《あ》み、香をたき、[三]花を散《ち》らして、弟子どもに念仏もろともに申させて、西に向《むか》ひてゐたり。[四]やう〳〵ひらめくやうにする物あり。手をすり、念仏を申て見《み》れば、仏の御身より[五]金色の光を放て、さし入たり。秋の月の、雲間よりあらはれ出たるがごとし。さま〴〵の花を降《ふ》らし、[六]白毫《(びやくがう)》の光、聖の身を照《て》らす。此時、聖、[七]尻を逆《さか》さまになして拝入《(をがみいる)》。数珠《ずゞ》の緒《を》も切《き》れぬべし。[八]観音、[九]蓮台をさしあげて、聖の前に寄《よ》り給に、[一〇]紫雲あつく棚引《(たなびき)》、聖はひ寄《よ》りて、蓮台に乗《の》りぬ。さて西の方《かた》へ去給《(さりたまひ)》ぬ。さて坊に残《のこ》れる弟子共、泣《な》く〳〵たう《(ふ)》とがりて、聖の後世をとぶらひけり。

かくて、七日八日過て後、坊の[一一]下種《(げ)す》法師原《(ばら)》、念仏の僧に、湯わかして浴《あむ》[一二]せ奉《たてまつ》らんとて、木こりに奥山に入たりけるに、[一三]はるかなる[一四]滝にさしおほひたる椙《(すぎ)》の木あり。その木の梢に[一五]叫《さけ》ぶ声しけり。あやしくて見上《みあ》げたれば、法師を裸になして、杪《(こずゑ)》にしばりつけたり。[一六]木のぼりよくする法師、のぼりて見《み》れば、極楽へ迎《(むかへ)》られ給《(たまひ)》し我師の聖を、[一七]かづらにてしばり付て置たり。此法師、「いかに我師は、かゝる目をば御らんずるぞ」とて、寄《よ》りて縄を解《と》きければ、「いま

する事、三十余年、山を出でず苦修練行の間」と紹介される。十訓抄もほぼ同じ。

一 一所懸命、心をこめて。以下「念比」「念仏」の「念」の繰り返しが多い。

二 午後二時頃。前話の事件も「未時」。なお真言伝では、この「来迎」を貞観十八年(八七六)のこととする。 三 花をまいて。散華をすること。

四 だんだんきらめくものが見えてくる。

五 身金色相(体の色が黄金)、常光一丈相(身体から一丈四方に光を放つ)、眉間白毫相(眉間に白毫があって光を放つ)など、仏の体にそなわっている三十二相の一。 六 仏の眉間にある白い旋毛のかたまり。三十二相の一。

七 熱心に礼拝する様子。いささか過度で滑稽ともいえる光景。 八 観世音菩薩の略。

九 極楽浄土に往生したものが座る蓮の台座。極楽往生の際、蓮台をもって迎えられると考えられていた。「はちすのうてな」とも。

一〇 紫色の雲。祥瑞の一つで、阿弥陀仏は紫雲にのって来迎すると信じられていた。

一一 身分の低い僧たち。

一二 浴びさせる。入浴させる。

一三 底本「はかなる」。伊達本「はかなる」で見せ消ちにして「はるか」と傍記。諸本により改める。

一四 今昔「遥に谷に」。

一五 十訓抄「遥に高き木の上に、蚊の鳴やうにて人のうめく声きこへけるを」。

一六 十訓抄「鷹の巣おろすものをやとひて」

一七 蔓草。 一八 お出かけになられたのに。

一九 讃岐源大夫が阿弥陀仏の姿を慕い叫びもとめた言葉「阿弥陀仏よや、をいをい」(今昔十九ノ十四)と似る。 二〇 正気の心。

二一 空を自由にとび回り。仏道修行を妨げると

迎《むか》へんずるぞ。その程、しばしかくてゐたれとて、仏の[一八]おはしまし〻をば、何《なに》しにかく解《と》きゆるすぞ」といひけれども、寄《よ》りて解《と》きければ、「[一九]阿弥陀仏、我を殺《ころ》す人あり。をう〳〵」とぞ叫《さけ》びける。されども法師原、あまたのぼりて解《と》き下《おろ》して、坊へ具《ぐ》して行たれば、弟子ども、心憂《う》き事なりと、歎《なげき》まどひけり。聖は[二〇]人心《ひとごころ》もなくて、二三日斗ありて死けり。

智恵なき聖は、かく[二一]天狗にあざむかれけるなり。

（一七〇　慈覚大師《じかくだいし》、入㆓纐纈城《かうけつじやうに》㆒給事《いりたまふこと》　巻一三ノ一〇）

昔《むかし》、[二二]慈覚大師、仏法をならひ伝へんとて、[二三]唐《もろこし》へ渡給ておはしける程に、[二四]会《くわい》昌《しやう》年中に、[二五]唐武宗《たうのぶそう》、仏法を滅《ほろ》ぼして、[二六]堂塔をこぼち、僧尼を捕《とら》へて失《うしな》ひ、或は[二七]還俗《げんぞく》せしめ給乱《たまふみだれ》に会《あひ》給へり。大師をも捕《とら》へんとしける程に、逃てある堂の中へ入給ぬ。其使、堂へ入てさがしける間、大師、すべきかたなくて、仏の中に逃入て、[二八]不動を念《ねんじ》給ける程に、使求けるに、新《あた》らしき不動尊、仏の御中におはしけり。それをあやしがりて、いだきおろして見《み》るに、大師、もとの姿《すがた》に成給ぬ。使、驚《おどろ》きて[二九]御門《みかど》にこの由《よし》を奏す。御門仰られけるは、「他国の聖也。

されていた、想像上の怪物。

▽類話の十訓抄七ノ二では僧と対面した三善清行は「此人はかく行徳あるやうなれども、無智の間、終には魔界のためにたぶらかさるべし」と述べる。真言伝七ノ二十四では貞観六年(八六四)、美濃介だった三善清行の兄が元興寺の智徳賢応と一緒に三修禅師と会い、賢応は清行の兄に「此師、修行をつとむといへども智量なし。必邪魔の為にあざむかれん」と語ったという。宇治拾遺編者は冷淡である。

二二 円仁。壬生氏の出身。下野国都賀郡の人。最澄に師事、承和五年(八三八)に遣唐使に従って入唐。同十四年に帰国。仁寿四年(八五四)、延暦寺座主に就任、天台山門派開祖といわれる。貞観六年(八六四)没、七十一歳。

二三 慈覚大師の在唐中の事蹟は入唐求法《につとうぐほう》巡礼行記に詳しい。

二四 中国、唐時代の年号(八四一―八四六)。

二五 唐の第十五代皇帝李炎。穆宗《ぼくそう》の子。兄の文宗のあとをついで即位、道教を尊奉し、仏教に大弾圧を加えた。八四六年没、三十三歳。

二六 会昌五年(八四五)に仏寺四万を破壊(会昌の廃寺)し、僧尼二十六万余を還俗させたといわれる。「こぼち」は破壊すること。「会昌の天子の仏法を破滅するに逢ひぬ」(本朝神仙伝十七)。

二七 出家した僧尼が俗人にもどること。「三四年已来、天下州県、准㆑勅条㆓疏僧尼㆒、還俗已尽、又天下毀㆓折仏堂蘭若寺舎㆒已尽」(入唐求法巡礼行記・会昌五年十一月三日)。

二八 不動明王の略。五大明王の一。忿怒の相で右に剣、左に縄をもち、火炎を背負い、一切の魔性を撃退し、煩悩をうちやぶるという。

二九 武宗。

すみやかに追放《はな》つべし」と仰ければ、放《はな》ちつ。

大師、喜て他国へ逃給に、遥なる山をへだてて人の家あり。[一]築地《(ついぢ)》高くつきめぐらして、一の門あり。そこに人立《た》てり。悦《(よろこび)》をなして問《と》ひ給に、「これは一人《ひとり》の長者の家なり。[二]わ僧は何人ぞ」と問ふ。答て云、「日本国より、仏法ならひ伝《つた》へんとて渡《わた》れる僧なり。しかるに、[三]かくあさましき乱《みだれ》にあひて、しばし隠《かく》れてあらんと思なり」といふに、「これは、[四]おぼろけに人の来《きた》らぬ所也。しばらくこゝにおはして、世しづまりて後、出て、仏法もならひ給へ」といへば、大師、喜《(よろこび)》をなして内へ入ぬれば、[五]門を鎖《さ》しかためて、奥《おく》の方《かた》に入に、[六]尻に立《(たち)》て行て見《み》れば、様〳〵の屋《や》ども作つゞけて、人多《おほ》く、騒《さは》がし。[七]傍《かたはら》なる所に据《す》へ《(ゑ)》つ。

さて、[八]仏法ならひつべき所やあると見ありき給に、[九]仏法、僧侶等、すべて見えず。後《うしろ》のかた山によりて一宅あり。寄《よ》りて聞《き》けば、人のうめく声《こゑ》あまたす。あやしくて、垣《かき》の[一〇]ひまより見《み》給へば、人を[一一]しばりて、上よりつり下《さ》げて、下に壺どもを据《す》へ《(ゑ)》て、血をたらし入《い》る。[一二]あさましくて、ゆへ《(ゑ)》を問《と》へども、いらへもせず。大にあやしくて、又、異所《こと》を聞《き》けば、同くに[一三]よう《(ふ)》音《をと》す。のぞきて見《み》れば、[一四]色あさましう青びれたる物どもの、[一五]痩《や》せ損《そん》じたる、あまた臥《ふ》せり。[一六]一人を招《まね》き寄《よ》せて、「これはいかなる事ぞ。かやうにたへがたげには、いかであるぞ」と

一 泥土で固めつくった塀。土塀。「築泥(ついひぢ)」の転。今昔「城固く築(つ)き籠めて、廻り強(あながち)に固めたり」。
二 「わ」は名詞の上につけて、親しみ、または軽侮の気持をそえる。
三 この驚くばかりにひどい。今昔「仏法を亡ぼす世に会ひて」。
四 「おぼろけにても人のまうで来ることも侍らぬを」(発心集四ノ二)のごとく、異郷を暗示する表現。「おぼろけに」は、普通には、なみたいていのことでは、の意。
五 門をしっかりとかたく閉ざして。
六 後について。
七 一角にある家に落ち着かせた。今昔「空き屋のあるに大師を居しめつ」。
八 仏道を習い、修められそうな所。
九 書陵部本、古活字本「仏経」。
一〇 すき間。
一一 前話の「あやしくて見上げたれば、法師を裸になして、杪にしばりつけたり」と共通する場面。「髪に縄つけて、つりつけたり」(一六七話)とも類似する。
一二 驚きあきれて。
一三 うめく。うなる。古典全書など古くは語尾を濁音にとったが、中世までの諸資料によると清音。
一四 色がひどく青色に変った。
一五 やせおとろえた。今昔「痩せ枯れたる」。
一六 今昔「一人を招けば這ひ寄り来たれり」。
一七 纐纈染をする城。纐纈は古代の染色の一つ。

問《と》へば、木のきれを持て、細《ほそ》き腕《かひな》をさし出《い》でて、土に書《(かく)》を見《み》れば、「これは[一七]纈《かう》纈城《けつじやう》也。これへ来たる人には、まづ、物いはぬ薬を食《く》はせて、次に肥《こ》ゆる薬を食《く》はす。さて其後、高《たか》き所に釣下《さ》げて、所〳〵をさし切て、血を[一八]あやして、その血にて纈纈《かうけつ》を染て、売侍《(うりはべる)》なり。これを知《し》らずして、かゝる目を見《み》る也。食物の中に、胡麻《(ごま)》のやうにて黒《くろ》ばみたる物あり。それは、物いはぬ薬なり。[一九]さる物参《まい》らせたらば、食《(くふ)》まねをして捨《す》て給へ。さて人の物申さば、うめきにのみうめき給へ。さて後に、いかにもして逃べきしたくをして、逃給へ。門はかたく鎖《さ》して、[二〇]おぼろけにて逃べきやうなし」と詳《くは》しく教《をし》へければ、[二一]ありつる居所に帰居給ぬ。

さる程に、人、食物《くひもの》持《も》ちて来《き》たり。教《をし》へつるやうに、[二二]此色のある物、中にあり。食《く》ふやうにして、ふところに入て、後《のち》に捨《す》てつ。人来《きた》りて物を問《と》へば、うめきて物もの給《(たま)》はず。今《いま》は[二三]しおほせたりと思て、肥《(こゆ)》べき薬をさま〴〵にして食《く》はすれば、同《おな》じく食《く》ふまねして食《く》はず。人の立《た》ち去《さ》りたるひまに、[二四]艮《(うしとらの)》方に向《むか》ひて、「[二五]我山の[二六]三宝、助け給へ」と手をすりて祈請し給に、[二七]大なる犬一疋出《い》で来《き》て、大師の御袖を食《く》ひて引《ひ》く。[二八]やうありとおぼえて、引かたに出《い》で給に、思かけぬ水門のあるより引出しつ。外に出ぬれば、犬は失《(うせ)》ぬ。

一七 布を結んで、しみ染にして、模様を出した。城は城壁などで囲んで排他的なしつらえをした場所。
一八 たらして。したたらせて。
一九 そのような物を持ってきましたら。
二〇 並たいていの方法では。
二一 さきほどいわれた場所。
二二 この黒い色のついたもの。あるいは、「色」を様子、おもむきの意ととり、このいわれた通りの様子をしたものの意か。書陵部本、古活字本「気色のあるもの」。今昔「胡麻のやうなる物盛て居(す)へたり」。
二三 うまくやった。
二四 東北の方角。古くから鬼門とされるが、ここは京都から比叡山が東方の方角にあったことからか。
二五 比叡山延暦寺をさす。真言伝三に「会昌年中に武宗仏法を破滅す。大師身をかえりみて悲歎するに、夜の夢に先師のたまはく、我常に守護す。汝愁ふる事なかれとのたまふ」とある。
二六 仏教でいう三つの宝。仏宝(釈迦)、法宝(説法)、僧宝(修法者)。転じて、仏をさす場合も多い。今昔「本山の三宝薬師仏、我を助けて、古郷に返る事をえしめ給へ」。
二七 私聚百因縁集では白犬。
二八 何かわけがあるのだろう。

一 今こそ逃げられるのだと思われて。
二 ああ、驚くべきことだ。
三 ここの「おぼろけ」は「おぼろけならず」の意。並々でない仏の御助けでなければ。「おぼろけ」は本話で三回ほど繰り返される。
四 諸本「逃げのきて」。 五 唐の都、長安。
六 八四六年。大中元年はその翌年。

[一]今はかうとおぼして、足の向《む》きたる方《かた》へ走《はし》り給ふ。はるかに山を越て人里あり。人あひて、「これは、いづかたよりおはする人の、かくは走給ぞ」と問《と》ひければ、「かゝる所へ行たりつるが、逃てまかるなり」との給《(たまふ)》に、「[二]あはれ、あさましかりける事かな。それは纐纈城なり。かしこへ行《(ゆき)》ぬる人の帰事なし。[三]おぼろけの仏の御助ならでは、出《(いづ)》べきやうなし。あはれ、貴くおはしける人かな」とて、拝《おが》みて去《さ》りぬ。

それよりいよ〳〵[四]逃きて、又[五]都へ入て、忍ておはするに、[六]会昌六年に武宗崩じ給ぬ。翌年、大中元年、[七]宣宗《(せんそう)》位につき給て、仏法滅《ほろ》ぼす事やみぬれば、思のごとく仏法ならひ給て、[八]十年といふに、日本へ帰給て、[九]真言等をひろめ給けりとなん。

(一七一　渡天僧《とてんのそう》、入レ穴事《あなにいること》　巻一三ノ一一)

今《いま》は昔《むかし》、唐《(もろこし)》にありける僧[一〇]の、[一一]天竺に渡《わた》りて、[一二]他事にあらず、たゞ物[一三]のゆかしければ、物見にしありきければ、所〳〵見行《みゆ》きけり。あるかた[一四]山に、大なる穴あり。牛のありけるが、此穴に入けるを見《み》て、ゆかしくおぼえければ、牛の

七 唐十六代皇帝。憲宗の子で、穆宗(ぼくそう)の弟。武宗の死とともに即位、廃仏政策を停止し、廃寺復興等をおこなった。八五九年没、五十歳。
八 慈覚大師の入唐は承和五年(八三八)、帰国は同十四年。　九 真言宗。今昔は「顕蜜の法」。
▽平家打聞二等によれば、円仁は武宗の排仏に会い、「纐纈島」に逃げ隠れ、かつ渡唐の際、悪風に遭い、鬼界に吹き寄せられたとも語る。しかし、円仁は観世音を念じ、危機を脱したという。その内容は第九十一話「僧伽多、羅刹国の話」と類似し、纐纈城、羅刹国の両話は唐土、南海の奇事として合わせて語られていたか。なお両話の連関については荒木浩の指摘がある。
一〇 今昔、及びその原拠の大唐大慈恩寺三蔵法師伝では、数百頭の牛を飼う牛飼の話となっている。　一一 インドの古称。
一二 とくにこれといった目あてもなく。
一三 いろいろ見て回りたかったので。
一四 一つだけぽつんとある山。あるいは山の片側の意か。諸注釈書は後者をとる。前話の「後のかた山」の連想か。法苑珠林「西国志云、中印度、在二瞻波(せんば)国一、西南山石澗(せきかん)中、有二修羅窟一」。
一五 明るくひらけた所。三蔵法師伝「行二四五里一、豁然(かつぜん)大明、林野光華、多二異花果一」。
一六 全くの別の世界。
一七 今昔には「此の菓樹を見るに、赤く黄にして金のごとし。菓一果を取て貪り愛づといへども、恐れて食せず」とあり、三蔵法師伝もほぼ同じ。法苑珠林には「遂施二一桃一与食訖」、打聞集には「この花を一枝取て、一花食す」とあって、本書に近い。
一八 「天」は切利天(とうりてん)。「甘露」は想像上の甘味の霊薬。それをのめば、苦しみを除き、飢えを

行《ゆく》につきて、僧も入けり。はるかに行て、一五明《あか》き所へ出ぬ。見回《まは》せば、一六あらぬ世界とおぼえて、見も知《し》らぬ花の色いみじきが、咲《さ》き乱《みだ》れたり。牛、此花を食けり。試に一七此花を一房とりて、食たりければ、うまき事、一八天の甘露もかくやあらんとおぼえて、一九目出《めでた》かりけるまゝに、二〇多《おほ》く食たりければ、たゞ肥《こえ》に肥《こ》へ《（え）》太《ふと》りけり。

心得《え》ず、おそろしく思て、ありつる穴のかたへ帰行《かへりゆく》に、はじめは易《やす》く通《とほ》りつる穴、身の太《ふと》くなりて、狭《せば》くおぼえて、やう〳〵として、穴の口までは出たれども、二一え《い》出でずして、たへがたき事限なし。二二前《まへ》を通《とほ》る人に、「これ助《たす》けよ」とよばはりけれど、耳に聞入るゝ人もなし。二三助《たす》くる人もなかりけり。人の目にもなにと見《み》えけるやらん。不思議《ふしぎ》也。日比《ひごろ》重《かさ》なりて死ぬ。後は石になりて、穴の口に頭をさし出《いだ》したるやうにてなんありける。

二四玄奘三蔵《げんじやうさんざう》、天竺に渡《わた》り給たりける日記に、二五此由《よし》しるされたり。

（一七二　寂昭上人《じやくせうしやうにん》、飛鉢事《ひはつのこと》　巻一三ノ一二）

今《いま》は昔《むかし》、二六三川入道寂昭といふ人、唐《もろこし》に渡りて後、二七唐の王、やんごとなき聖

いやし、長寿を保ち、死者をよみがえらせると信じられていた。
一九 すばらしい味であったので。
二〇 打聞集「三房許食(くひ)食ふままに只肥に肥」。今昔では、「菓」を食べずに持って来たところ、穴の所で、「悪しき鬼、出で来たりて、その持ちたる菓を奪(ばう)ふ。此の人、この菓を口に含みつ。鬼、亦、その喉を捜る。その時にこれを飲み入れつ。菓、すでに腹に入りぬれば、その身、すなはち大きに肥えぬ」とある。
二一 打聞集「内ほらなるに帰るも帰らず、出でも出でで、穴より頭許をさし出でてやみぬ」。
二二 打聞集「渡りと渡る人に助くべきよしをいへども、聞き入るる人なし」。
二三 今昔では、異常に気付いた通行人が家族に通報、人々は引き出そう、掘り出そうとしたが、かなわなかったとする。
二四 中国、唐時代の学僧。姓は陳氏。十三歳で出家、貞観三年(六三九)、仏典を携えて同十九年帰国。大唐西域記はその時の紀行記録。六六四年没、六十三歳。
二五 大唐西域記のことか。ただし、同書にはこの記事は見えない。
▽地底にひらけた異境は御伽草子・諏訪の本地などにも見られる。前話の纐纈城は山奥の異境ということで、共通するが、前話が太る薬を食せず、隘路より脱出したのに対して、本話は無警戒にも花を食し、肥満し、穴から脱出できなくなり、命を落としてしまう点、対照的。
二六 大江定基。斉光の男。母は桜島忠信女。三河守、正五位下。寛和二年(九八六)出家。法名寂照。長保五年(一〇〇三)入宋、長元七年(一〇三四)、杭州で没。七十三歳。円通大師と号する。
二七 寂照の入宋時期は北宋の真宗、仁宗の時代。

ども を召《め》し集《あつ》めて、堂を飾《かざ》り[一]て、僧膳[二]をまうけて、経を講じ給けるに、王、の給《(たま)》はく、「今日の斎莚《(さいえん)》[三]は、手長《なが》[四]の役あるべからず。をの《(お)》〳〵我鉢を飛《(とば)》せやりて、物は受《う》くべし」との給《(たま)》ふ。其心は、日本僧を試んがためなり。

さて、諸僧、一座[五]より次第に鉢を飛せて、物を受《う》く。三川入道[六]、末座に着《(つき)》たり。その番にあたりて、鉢を持て立《た》たんとす。「いかで[七]。鉢をやりて[八]こそ受《う》けめ」とて、人〳〵制《せい》しとゞめけり。寂昭申けるは、「鉢を飛《(とば)》する事は、別の法[九]を行《おこな》ひてするわざなり。しかるに、寂昭、いまだ此法を伝《(つたへ)》行はず。日本国においても、此法行ふ人ありけれど、末世には行《おこな》ふ人なし。いかでか[一〇]飛《(とば)》さん」といひてゐたるに、「日本の聖、鉢遅《をそ》し〳〵」とせめければ、日本の方に向て、祈念して云、「我国の三宝[一一]、神祇《(じんぎ)》[一二]助給へ。恥見《み》[一三]せ給《(たまふ)》な」と念じ入てゐたる程に、鉢、こまつぶり[一四]のやうにくるめき[一五]て、唐の僧の鉢よりも早《はや》く飛て、物を受《う》けて帰ぬ。

その時、王よりはじめて、「止事《(やむごと)》[一六]なき人也」とて、拝《おが》みけるとぞ申伝たる。

（一七三　清滝川聖事《きよたきがはのひじりのこと》　巻一三ノ一三）

一 荘厳に飾って。
二 僧をもてなし、供養するための膳部。
三 僧を供養する座。今昔「斎会」。
四 饗宴の際に、膳部を取りつぐ人。給仕人。
五 第一の上席。
六 今昔「寂照は戒臈(かいらふ)の浅ければ、最下(げさい)に着きたるに」。
七 どうして、そうするのか。今昔「何でかさて有らむ」。
八 鉢を飛ばしやってこそ、膳部は受け取るべきだ。　九 別の修法。
一〇 どうして鉢を飛ばすことができようか。
一一 仏教でいう三つの宝。仏宝、法宝、僧宝。転じて、仏のこと。「我山の三宝、助け給へ」(一七〇話)と似る。
一二 天神と地祇。天の神と地の神。
一三 今昔「我、もし鉢をとばしめずは、本国のために極めて恥なり」。
一四 独楽(こま)。　一五 くるくる回って。
一六 尊いお方である。古活字本「心ことなき人なり」。「止」と「心」の類似からの誤写か。
▽唐土における話で、連続する三話の最後にあたる。中国への関心が高まるなか、日本僧の唐土においての活躍は人々によって好み、語り継がれていたのであろう。
一七 京都市北部の桟敷ヶ岳に発し、高雄山の麓を流れ、桂川に合流する川。
一八 水を入れるための容器。一般に細長いとっくり型をしていることが多い。
一九 修行者。　二〇 おごり、たかぶる心。
二一 上流の方から。
二二 いまいましく思われたので。しゃくにさわったので。
二三 水瓶をあやつっているのが誰なのか、はっ

今は昔《むかし》、[一七]清滝川の奥《おく》に、柴の庵つくりて行《おこな》ふ僧ありけり。水ほしき時は、[一八]水《(すい)》瓶《(びやう)》を飛《(とば)》して、汲《(くみ)》にやりて飲《の》みけり。年経にければ、かばかりの[一九]行者はあらじと、時〻[二〇]慢心おこりけり。

かゝりける程に、我居《ゐ》たる[二一]上ざまより、水瓶来て、水を汲《く》む。いかなる物の、又かくはするやらんと、[二二]そねましくおぼえければ、[二三]見あらはさんと思《おも》ふ程に、例の水瓶飛来て、水を汲て行。その時、水瓶につきて行て見《み》るに、水上に[二四]五六十町のぼりて、庵見《み》ゆ。行て見《み》れば、[二五]三間斗《(さんげんばかり)》なる庵あり。[二六]持仏堂《(ぢぶつだう)》、別にいみじく造たり。実にいみじう貴《(たふ)》とし。[二七]物きよく住《すま(ひ)》ゐたり。[二八]庵に橘の木あり。木の下に[二九]行道《(ぎやうだう)》したる跡《あと》あり。[三〇]閼伽棚《(あかだな)》の下に、[三一]花がら多《おほ》く積れり。[三二]砌《(みぎり)》に苔むしたり。神《かみ》さびたる事限なし。[三三]窓のひまよりのぞけば、机に経多《おゝ》く、[三四]巻さしたるなどあり。[三五]不断香《(ふだんかう)》の煙満《み》ちたり。よく見《み》れば、歳七八十斗なる僧の貴げなる、[三六]五古《(ごこ)》をにぎり、[三七]脇足《(けふそく)》にを《(お)》しかゝりて、眠《(ねぶり)》居たり。

此聖を心みんと思て、[三八]やはら寄《よ》りて、[三九]火界咒《(くわかいじゆ)》をもちて[四〇]加持《(かぢ)》す。火焔にはかにおこりて庵に付《つ》く。聖、眠ながら[四一]散杖《(さんぢやう)》をとりて、[四二]香水《(かうずい)》にさしひたして、四方にそゝく。其時、庵の火は消て、我衣に火付《(つき)》て、たゞ焼《(やき)》に焼《や》く。下《しも》の聖、大声を放《はな》ちてまどふ時に、上《(かみ)》の聖、目を見《み》あげて、散杖を持て、下の聖の頭にそゝく。

きり見とどけようと。正体をあばこうと。
二四 一町は約一〇九メートル。
二五 間口三間の庵。一間は柱と柱の間をいい、約一・八メートル。修行者の住居として三間ほどのものが多かったか(今昔十二ノ三十四)。
二六 持仏を安置する堂、または部屋のこと。
二七 すべての感じがさっぱりと清らかに。
二八 書陵部本、古活字本「庭に」。伊達本は「庵」とし「庭ィ」と傍記する。住房に橘の木を植える例は多い(今昔十三ノ四十二、発心集八ノ八など)。 二九 一定の場所を歩きめぐりながら修行すること。
三〇 仏に捧げる水(閼伽)や花などを置く棚。「閼伽棚に菊、紅葉など折り散らしたるは」(徒然草十一段)。
三一 仏に供えた花で、萎れたもの。
三二 建物と庭の境となっている場所。多く建物の土台や軒下の石などをいう。
三三 すきま。
三四 巻きかけてある。経巻が開かれ、読みかけてある状態をいう。
三五 昼も夜も絶えずたく香。
三六 正しくは「五鈷(こ)」。密教で使う法器の一つで、両端が五つに分かれる。もと古代インドで、修法の際は煩悩を打ち砕くとされた。
三七 座の側に置いて、肘でよりかかって、からだを休めるもの。 三八 そっと静かに。
三九 不動明王の陀羅尼(だらに)。大火焔を現出させることを観想しながら、唱えること。
四〇 真言密教で行う祈禱法。手に印を結び、陀羅尼を唱え、心を三昧(さんまい)にして願い祈ること。
四一 修法の際、水を壇や供物にそそぐ棒。三〇センチメートル余から五〇センチメートルぐらいの長さがある。
四二 修法の時に使う香を溶かした清浄な水。

其時、火消ぬ。

上聖《かみのひじり》のいはく、「何料《れう》[一]にかゝる目をば見《みる》ぞ」と問《と》ふ。こたへて云、「[二]これは年ごろ、[三]河のつらに庵を結て、行《おこなひさぶらふ》候修行者にて候。此程、水瓶の来《き》て、水を汲候つる時に、いかなる人のおはしますぞと思候て、見あらはし奉らんとて参たり。ちと心み奉《たてまつ》らんとて、加持しつるなり。御ゆるし候へ。[四]けふよりは御弟子に成て仕《つか》へ侍らん」といふに、聖、[五]人は何事いふぞとも思はぬげにて有けりとぞ。

下の聖、我斗《われればかり》たう《ふ》ときものはあらじと、[六]驕慢《けうまん》の心ありければ、仏の憎《にく》みて、まさる聖を[七]まうけて、[八]あはせられけるなり、とぞ語伝《かたりつたへ》たる。

（一七四　優婆崛多弟子事《うばくつたのでしのこと》　巻一三ノ一四）

今《いま》は昔《むかし》、[九]天竺に仏の御弟子、[一〇]優婆崛多《うばくつた》と云聖おはしき。[一一]如来滅後、百年ばかりありて、其聖に[一二]弟子ありき。いかなる心ばへをか見給たりけん、「女人に近づく事なかれ。女人に近《ちか》づけば、[一三]生死《しやうじ》にめぐる事、車輪のごとし」と、常《つね》にいさめ給ければ、弟子の申さく、「いかなる事を御覧じて、たび／＼、かやうに

一 何のために。何ゆえに。
二 私は長い間。
三 今昔「吉野河の辺に庵室を造りて」。
四 「今よりは、ひとへに御弟子となりて候はん」（一一六話）と類似表現。
五 この人は何事をいっているのかとさえも、全く思わないようすで。験徳や技倆で劣れば、弟子となる場合が多い。下の聖は自然なふるまいといえるが、それだけ発想や生き方が通俗的、凡俗であったともいえる。上の聖のこの表情は、上の聖がすばらしく超俗的であったことを示している。
六 おごりたかぶる心。　七 こしらえて。
八 引き合わせられたのだった。
▽飛鉢の験くらべを扱う前話をうけ、二人の僧の法験の争いを語る。静寂な庵の描写、仏具を中心として仏教語の多用等で、超俗的な宗教的雰囲気が目立つが、験徳くらべの発端は、あまりにも俗っぽい、下の聖の妬心、慢心であった。超俗と凡俗の取り合わせ、同居の光景は徒然草十一段あたりの源泉をなすか。
九 インドの古称。
一〇 梵語 Upagupta。紀元前三世紀ごろの人。仏滅後、約百年後、中インドの摩突羅(まとうら)国の毱多(きくた)長者の子として生まれる。羅漢果を得て、阿育王を教化し、八万四千塔造立の意をおこさせたといわれている。
一一 釈迦の入滅は紀元前五四四、四八六、三八三年などの諸説がある。
一二 阿育王経等の原典では摩偸羅国の「善男子」とする。宝物集では「かさん比丘」とする。
一三 六道を輪廻すること。地獄、餓鬼、畜生、修羅、人間、天上の六道をめぐって、さとりの境地にいたらない状態。

うけ給るぞ。我も[一四]証果《しようくわ》の身にて侍れば、ゆめ〱女に近《ちか》づく事あるべからず」と申。

余の弟子共も、「[一五]此中にはことに貴き人を、いかなれば、かくは給《たまふ》らん」とあやしく思ける程に、此弟子の僧、[一六]物へ行とて川を渡《わた》りける時、[一七]女人出来《いでき》て、同《おな》じく渡りけるが、[一八]たゞ流に流《なが》れて、「あらかなし。我を助《たす》け給へ。あの御房」といひければ、「師のの給《たまひ》し事あり。耳に聞《き》ゝ入《いれ》じ」と思けるが、たゞ流《なが》れに浮《う》き沈《しづ》み流ければ、[一九]いとおし《ほ》くて、寄《よ》りて手をとりて、引渡しつ。手のいと白くふくやかにて、いとよかりければ、[二〇]此手をはなしえず。女、「いまは手をはづし給へかし」、物おそろしき物かなと思たる気色《けしき》にていひければ、僧のいはく、「[二一]先世《せんぜ》の契深《ふか》き事やらむ、きはめて[二二]心ざし深《ふか》く思《おも》ひ聞《き》こゆ。わが申さん事、[二三]聞《き》ゝ給てんや」といひければ、女こたふ、「只今死《し》ぬべかりつる命を助《たす》け給たれば、いかなる事なりとも、[二四]何《なに》しにかは、いなみ申さむ」といひければ、うれしと思て、[二五]萩、薄《すゝき》の生《お》ひしげりたる所へ、手をとりて、「[二六]いざ給へ」とて引入《い》れつ。

[二七]を《お》しふせて、たゞ犯《おかし》に犯《おか》さんとて、股《また》にはさまりてある折《おり》、この女を見《み》れば、我師の[二八]尊者なり。[二九]あさましく思て、引《ひ》きのかんとすれば、優婆崛多、股《また》に

一四 修行によって得られる結果の意。真理をあきらかにし、悟りの境地に達していること。今昔には「我はすでに羅漢果を証せる身なり」。
一五 この中ではとくに貴く立派な人であるのに。
一六 阿育王経には「時優波笈多方便教化言、善男子、汝可往中天竺国、比丘便往」とあり、弟子は優婆崛多の命によって出かけたことになっている。 一七 今昔「若き女有て」。
一八 第九十二話にも「この川に男一人流れて、すでに死なんとす。我を、人助けよ、と叫ぶに」と類似表現がある。今昔「河の深き所に至て、殆流れて顚《ふた》れぬべし」。
一九 かわいそうで。気の毒で。阿育王経では「世尊已聴、若見女人、水中欲死、牽出無罪」と考えて女を助ける。 二〇 今昔「陸に曳き上げて後も、猶捲《にぎ》りて免さず」。
二一 前世からきまっていた約束、因縁。阿育王経では「我於今者、欲捨一切戒、与此女人為居」と破戒を自ら決意する。
二二 あなたへの気持は大変に深く、恋いこがれております。 二三 聞き入れて下さいますか。
二四 どうして、おことわりすることがありましょうか。
二五 「萩、薄の生ひしげりたる所」という文章は隠者の草庵の風景を描出する常套的な表現を思わせる。 二六 さあ、いらっしゃい。
二七 押したおして。今昔「人も見難く繁りたる所に曳き居(す)ゑて、女の前を掻き上げて、女の胯に交(さは)まりて、若し人や自然(おのづか)ら見らむと不審(いぶか)しければ、後を見還りて、人も無かりけりと心安くて、前の方に見還りて見れば、我が師の優婆崛多を仰け臥したり」。
二八 尊敬されるべき人を敬った言い方。
二九 びっくりして。あきれて。

強《つよ》くはさみて、「[一]なんの料《れう》に、此老法師をば、かくはせ[二]たむるぞや。これや汝、[三]女犯《にょぼん》の心なき証果の聖者なる」との給《たまひ》ければ、物も覚《おぼえ》ず、恥《はづか》しく成て、はさまれたるをのがれんとすれども、すべて強《つよ》くはさみて、はづさず。さて、[四]かくのゝしり給ければ、道行人《みちゆく》集《あつ》まりて見《み》る。[五]あさましく、恥《はづか》しき事限なし。

かやうに諸人に見《み》せて後、起《お》き給て、弟子を捕《とら》へて、寺へおはして、鐘をつき、[六]衆会《しゆゑ》をなして、[七]大衆《だいしゆ》に此よし語《かた》り給。人〱笑《わら》ふ事限なし。弟子の僧、生《い》きたるにもあらず、死《しに》たるにもあらず覚けり。

かくのごとく、罪を[八]懺悔《さんげ》してければ、[九]阿那含果《あなごんくわ》を得《え》つ。尊者、方便をめぐらして、弟子をたばかりて、仏道に入《いら》しめ給けり。

（一七五　海雲比丘弟子童事《かいうんびくのでしのわらはのこと》　巻一四ノ二）

今《いま》は昔《むかし》、[一〇]海雲比丘、道を行給《ゆきたまふ》に、[一一]十余歳斗なる童子、道に逢《あひ》ぬ。比丘、童に問て云《いふ》、「[一二]何の料《れう》の童ぞ」との給《たまふ》。童答云《こたへていはく》、「たゞ道まかる物にて候」と云《いふ》。比丘云、「汝は法花経は読《よ》みたりや」と問《と》へば、童云、「法花経と申候はん物こそ、いまだ名をだにも聞候《ききさぶら》はね」と申《まうす》。比丘又云、「さらば、[一三]我房《わが》に具《ぐ》して行

一 何のために。今昔「面を見れば、にここに咲(ゑ)むで宣はく、八十余に成りにたる老法師をば、何なる事に依りて、愛欲を起して、かくはするぞ」。
二 さいなむ。責めさいなむ。
三 女犯の心を持たない、悟りをえた聖者だというのか。
四 このように大きな声で騒がれたので。今昔「汝、愛欲を起して、かくの如くせり。速かに我を婜(つと)ぐべし。もし然らずは免すべからず。いかで我をば計るぞ、といひて、音(こゑ)を高くして喤(ののし)り給ふ」。
五 大変に見苦しく。
六 衆徒の集会。　七 多くの僧。
八 罪を告白し、悔いること。
九 梵語 anāgāmin。欲界の煩悩を断ちつくしたため、欲界に戻ることのない聖者の果位。
▽原拠の阿育王経等では優婆崛多は様々な化術をとりおこなう。女を出現させることは本話と同じだが、事件発端となる大河も、優婆崛多の化作したものとなっている。前話で仏が山中に聖を化生させたのをうけて、本話ではより大がかりで見事な化生、化作へと話はひきつがれている。しかし、編者は化生、化作にこだわらず、話題を推移させようとする。弟子を股にはさんで免さなかったという、老僧の意外な大力。次々話の寛朝の勇力譚への転換はすでに、ここで準備されている。
一〇 唐の五台山の僧。普賢菩薩の応身、善財童子の拝礼した善知識ともいわれる。
一一 原拠の古清涼伝では、十六、七歳で、名を高守節とする。宋高僧伝二十七によれば守節は高力士の息男。
一二 何をする童か。何のための童か。

て、法花経教《をし》へん」との給《たま》へば、童、「仰にしたがふべし」と申て、比丘の御《おん》共《とも》に行《ゆく》。[一四]五台山の房に行付て、法花経を教へ給《たまふ》。

経をならふ程に、[一五]小僧、常に来て物語を申。誰人と知《し》らず。比丘のゝ給《たまふ》、「常《つね》に来《き》たる[一六]小大徳《こだいとく》をば、童は知りたりや」と。童、「知《し》らず」と申。比丘の云、「是こそ此山に住給《すみたまふ》[一七]文殊よ。我に物語しに来給也」と。かやうに教へ給へども、童は、文殊といふ事も知《し》らず候也《さぶらふなり》。されば、何とも思奉《たてまつ》らず。

比丘、童にの給《たまふ》、「汝、ゆめ／＼女人に近付《ちかづく》事なかれ。[一八]あたりを払《はら》ひて、[一九]馴《な》るゝ事なかれ」と。童、物へ行《ゆく》程に、[二〇]葦毛《あし》なる馬に乗たる女人の、[二一]いみじく化《け》粧《しやう》して、うつくしきが道にあひぬ。此女の云、「我[二二]、この馬の口引[二三]てたべ。[二四]道のゆゝしく悪《あ》しくて、[二五]落《おち》ぬべくおぼゆるに」といひけれども、童、耳にも聞入ずして行《ゆく》に、[二六]此馬あらだちて、[二七]女さかさまに落《お》ちぬ。恨《うら》みて云、「我を助《たすけ》よ。すでに死ぬべくおぼゆるなり」といひけれども、猶、耳に聞入ず。我師《わがし》の、「女人のかたはらへよる事なかれ」との給《たまひ》しにと思て、五台山へ帰て、女の[二八]ありつるやうを、比丘に語申《かたりまうし》て、「されども、耳にも聞入ずして帰候《かへりさぶらひ》ぬ」と申ければ、「[二九]いみじくしたり。其女は、[三〇]文殊の化《け》して、[三一]汝が心を見《み》給《たまふ》にこそあるなれ」とて、ほめ給けり。

一三 自分の坊。「房」は僧坊。古清涼伝「至一住処、見三草屋、纔可容身、乃於中止」。
一四 中国の山西省東北部にある連山。五つの峰があって、この名がある。文殊菩薩が住む清涼山になぞらえられ、清涼寺、娑婆寺などがあった。
一五 古清涼伝「節、屢見胡僧来至、与師言笑」。
一六 「大徳」は高徳の僧。「だいとこ」とも。「小」は年若いの意。
一七 文殊菩薩。普賢菩薩とならんで釈迦如来の脇侍となること多く、智恵をつかさどる。
一八 周囲をはらいのけて。
一九 なれ親しむこと。古清涼伝では「夫女人者、衆悪之本、壊菩提道、破涅槃城、汝向人間、宜其深慎」と具体的に女人が悪障であることを説明する。
二〇 馬の毛色の一。白い毛に黒、茶、赤などの毛がまじったもの。
二一 古清涼伝「年十四五、衣服鮮華、姿容雅麗、乗一白馬」。
二二 そなた。おまえ。 二三 引いて下さいよ。
二四 古清涼伝では「身有急患、要須下乗、馬好跳躍、制不自由、希君扶接、済此微命」と女は急病と悍馬《かんば》であることを理由としている。
二五 今にも馬から落ちそうな気がする。
二六 急にあばれ出して。
二七 古清涼伝では女は落馬せず、「女亦追尋数里、苦切其辞、節執志如初、俄而致失」と執拗に高節をおいかけ、助けの言葉をかけるが、一向に応じない高節の前、忽然と消えたとある。
二八 ありさま。さきほどの様子。
二九 よくやった。 三〇 文殊菩薩が姿を変えて。
三一 おまえの心のほどを御覧になろうと。おまえの心をためされようと。

さる程に、童は[一]法花経一部、読《よ》み終《をはり》にけり。其時、比丘の給《たま》はく、「汝、法華経をば読《よ》み果《は》てぬ。今は法師に成て、[二]受戒すべし」とて、法師になされぬ。「受戒をば、我は授《さづ》くべからず。[三]東京《とうけい》の[四]禅定寺《ぜんぢやうじ》にいまする[五]倫法師と申《まうす》人、この比《ごろ》、おほやけの宣旨を蒙て、受戒行《おこなふ》人なり。其人のもとへ行て、受べき也。[六]但今は汝を見《み》るまじき事のあるなり」とて泣給事《なきたまふこと》限《かぎり》なし。童の中、「受戒仕《つかまつり》ては、[七]則《すなはち》帰《かへり》参《まい》り候べし。[八]いかにおぼしめして、かくは仰候《おほせさぶらふ》ぞ」と。又、「いかなれば、かく泣《な》かせ給ぞ」と申せば、「たゞかなしき事のあるなり」とて泣《な》き給。さて童に、「[九]戒師のもとに行たらんに、「いづかたより来《き》たる人ぞ」と問《と》はば、「[一〇]清冷山《せいりやうざん》の海雲比丘のもとより」と申べき也」と教《をし》へ給て、泣《な》く〳〵見送《をく》り給《たまひ》ぬ。

童、仰にしたがひて、倫法師のもとに行て、受戒すべき由《よし》、申ければ、案《あん》のごとく、「いづかたより来《き》たる人ぞ」と問給ければ、教《をし》へ給つるやう申ければ、倫法師、驚て、「たう《ふ》とき事なり」とて、[一一]礼拝《らいはい》して云、「五台山には、[一二]文殊の限《かぎり》住給《すみたまふ》所なり。汝《なんぢ》[一三]沙弥は、海雲比丘の[一四]善知識にあひて、文殊をよく拝《おが》み奉《たてまつ》りけるにこそ有けれ」とて、[一五]たう《ふ》とぶ事限なし。

さて、受戒して、五台山へ帰て、日来《ひごろ》ゐたりつる房の有所《ありどころ》を見《み》れば、すべて

一 法華経の全巻。法華経は八巻二十八品。
二 仏門に入る人が、仏の戒律を受けること。
三 唐の西都長安に対して、洛陽をさす。
四 隋の煬帝《ようだい》の建立した寺。
五 伝不詳。古清涼伝「臥倫禅師」。
六 「ただし、今は」、また「ただ今は」のどちらとも読みうる。古活字本「たゞいまは」。
七 すぐに。ただちに。
八 どのようにお考えになって。
九 仏の戒律を授ける師の僧。
一〇 清涼山。「しやうりやうざん」とも。五台山のこと。
一一 合掌し、低頭して、敬うこと。
一二 文殊菩薩だけが。
一三 梵語 srāmanera の音写。見習いの僧、初心の仏道者のこと。七歳以上、二十歳未満の出家者で、修行して正式の僧をめざす者。転じて、正規の手続を経ないで出家したものをさすことも多い。ここは前者の意。
一四 人を導いて、仏道に入らせる僧。古清涼伝「海運比丘、即是華厳経中、善財童子祈礼、第三大善知識」。
一五 宋高僧伝では臥倫禅師は「汝師海運入滅已」と海運の入滅を予告している。
一六 前話をさす。国史大系所引一本「かれは」。
一七 →三四四頁注一〇。
一八 年が小さく、幼い。
一九 それゆえに。漢文訓読語。
二〇 人々を教え導いて、仏門にむかわせること。
▽話末の評語にいう通り、前話と好対照をなす物語。有職の優婆崛多の弟子が、ほんの少しではあるが慢心と自惚れがあったため、取り返しのつかない失態を演じたのに対し、本話の少童は仏教知識などの全くない少年である。しかし

人の住たるけしきなし。泣〱ひと山を尋《(たづね)》ありけども、つゐ《(ひ)》に在所なし。

[一六]これは、[一七]優婆崛多の弟子の僧、かしこけれども、心弱《よは》く女に近《ちか》づきけり。これは、[一八]いとけなけれども、心強《つよ》くて、女人に近《ちか》づかず。[一九]かるがゆへ《(ゑ)》に、文殊、これをかしこき物なれば、[二〇]教化《(けうけ)》して、仏道に入《(いら)》しめ給也。されば世の人、戒をば破《(やぶる)》べからず。

（一七六　寛朝僧正《くわんてうそうじやう》、勇力事《ゆうりきのこと》　巻一四ノ二）

今は昔《むかし》、[二一]遍照寺僧正[二二]寛朝と云人、[二三]仁和寺《(にんわじ)》をも[二四]しりければ、仁和寺の破《(やぶれ)》たる所、修理《(すり)》せさすとて、[二五]番匠《(ばんじやう)》どももあまたつどひて作けり。日暮て、番匠ども、各出《い》でゝ後《のち》に、今日《けふ》の[二六]造作《(ざうさく)》はいか程したるぞと[二七]見《み》んと思て、僧正、[二八]中結《(なか)ゆひ》うちして、[二九]高足太《(たかあしだ)》はきて、杖つきて、たゞ独《(ひとり)》歩《(あゆみ)》きて、[三〇]あがるくい《(ひ)》ども結《ゆ》ひたるもとに立まはりて、[三一]なま夕暮に見《み》られける程に、黒《くろ》き装束したる男の、[三二]烏帽子《(えぼし)》引たれて、顔《かほ》たしかにも見《み》えずして、僧正の前に出《い》で来《き》て、[三三]ついゐて刀を[三四]逆様《さかさま》に抜《ぬ》きて、ひきかくしたるやうに、もてなして居たりければ、僧正、[三五]「かれは何《なに》物ぞ」と問けり。男、片膝をつきて、[三六]「わび人に侍り。寒《さむ》さの堪《た》へがたく侍に、その

その無知ゆえの従順さで、素直な性格と行動が、仏道修行への秀れた機根ともなった。宇治拾遺は少年の描き方がなかなか巧みである。

二一 京都市右京区嵯峨広沢西裏町にある古義真言宗の寺。永祚元年(九八九)、花山天皇の勅願によって、寛朝が創建。もとは広沢池の北西にあって、東密事相の広沢流の拠点として栄えたが、のち衰運し、近世に現在の地に移った。

二二 平安中期の真言僧。宇多天皇皇孫。敦実親王の第二皇子。大僧正。東寺長者、仁和寺別当。遍照寺に住し、広沢流を伝える。広沢僧正といわれた。長徳四年(九九八)没、六十三歳。

二三 京都市右京区御室大内にある真言宗御室派の大本山。宇多天皇が仁和四年(八八八)創建。

二四 治めていた。寛朝が仁和寺別当になったのは康保四年(九六七)。

二五 大工(だいく)。

二六 家や物などを造り、修理すること。

二七 古活字本「とはむ」。 二八 衣を引き上げて、腰の中ほどの帯で結ぶこと。

二九 歯の高い下駄。たかげた。「才棒(さいぼう)の八角に角を立て、手元を一尺ばかり丸くしたるを引杖にして、高足駄はいて」(義経記三)とある弁慶のいでたちと似る。

三〇「上る杭」で、足場のことか。古活字本「あるさぶらひくい」。今昔に「麻柱(あななひ)」とあって、これも足場の意。

三一 夕暮になりかけたころ。薄暮。

三二 元服した成人のかぶり物。「引たれて」は烏帽子を深くひきかぶっての意。

三三 膝をついて、すわって。

三四 刀を逆手でもって。今昔「刀を抜て逆様に持て」。 三五 お前は何者だ。

三六 貧しく哀れな者。貧窮人。

[一]奉《たてまつ》りたる御衣《(おん)ぞ》、[二]一二《(ひとつふたつ)》おろし申さんと[三]思給《(おもひたまふる)》なり」といふまゝに、飛かゝらんと思たる気色《けしき》也ければ、「[四]事にもあらぬ事にこそあんなれ。かくおそろしげにおどさずとも、[五]ただ乞《こ》はで、[六]けしからぬ主《ぬし》の心ぎはかな」といふまゝに、[七]ちうと立めぐりて、尻を[八]ふたと蹴《け》たりければ、蹴《け》らるゝまゝに、男かき消《け》ちて見《み》えずなりにければ、[九]やはら歩帰て、[一〇]坊のもと近《ちか》く行て、「人やある」と高《たか》やかに呼《よ》びければ、坊より小法師、走来《き》にけり。

僧正、「行て、火ともして来《こ》よ。こゝに我衣《(わが)きぬ》はがんとしつる男の、俄に失《(うせ)》ぬるが、あやしければ見《み》んと思ふぞ。[一一]法師原《(ばら)》、呼《よ》び具《ぐ》して来《こ》」とのたまひければ、小法師、走帰て、「御房、[一二]ひはぎにあはせ給たり。[一三]御房たち、参《まい》り給へ」と呼《よ》ばはりければ、坊ゝにありとある僧ども、火ともし、太刀さげて、七八人、十人と出《い》で来《き》にけり。

「いづくに盗人はさぶらふぞ」と問《と》ひければ、「こゝにゐたりつる盗人の、我衣《(わが)きぬ》をはがんとしつれば、はがれては[一四]寒《さむ》かりぬべくおぼえて、尻を[一五]ほうと蹴《け》たれば、失ぬる也。火を高《たか》くともして、[一六]隠《かく》れたるかと見よ」との給《(たま)》ひければ、法師原、「[一七]お《(を)》かしくも仰らるゝかな」とて、火をうちふりつゝ、上《かみ》ざまを見《み》る程に、あがるくい《(ひ)》の中に落《おち》つまりて、[一八]えはたらかぬ男あり。「かしこにこそ人

一 お召しになっている。
二 「おろす」は貴人のお古(ふる)をいただく意。ただしここは、肉を切りそぐ意もかけるか。「刀にしたがひて、血のつぶ〳〵とおろしけれ」(一二一頁)。
三 思ひ申し上げております。「給」は下二段活用で、謙譲をあらわす。
四 大したことでもないことだ。着物一、二枚ならいつでも与えられるのにという気持。今昔「事にもあらず。いと安き事にこそありけれ」。
五 普通にほしがりもしないで。今昔「ただ乞へかし」。
六 とんでもない男の心根だ。ふとどきな奴の性根だ。　七 つっと後に立ちまわって。
八 ぼんと。真言伝「へたと」。
九 ゆっくりと。　一〇 僧房。
一一 法師たち。「ばら」は仲間・階層を示す接尾語。
一二 追剝(は)ぎ。「ひきはぎ」の促音便「ひッはぎ」の促音を表記しない形。　一三 お坊様たち。
一四 寒いだろうと思われて。　一五 ぽんと。
一六 書陵部本、古活字本「かくれをる」。伊達本「かくれたる」とし「た」を見せ消ちで「を」とする。
一七 おもしろいことをおっしゃるわ。
一八 動くことができないでいる。
一九 今昔「つめられて」。
二〇 こまりきった顔。元気のない、さえない顔付。「倦んじ」は「倦みし」の撥音便。今昔「疎(う)き貌(ほか)」。
二一 「刀も取り」の誤か。古活字本「刀ももとどりもかいなとを」。今昔「刀をば取て男をば引上げて」。
二二 髪を頭の上で集めたばねたもの。たぶさ。
二三 みくびるな。ばかにするな。
二四 よくないことだ。大変に困ることだ。旧大

は見《み》え侍りけれ。番匠にやあらんと思へども、黒《くろ》き装束したり」といひて、のぼりて見《み》れば、あがるくい《(ひ)》の中に落[一九]はさまりて、みじろぐべきやうもなくて、[二〇]倦《う》んじ顔《がほ》つくりてあり。逆手《さかて》に抜《ぬ》きたりける刀は、いまだ持たり。それを見《み》つけて、法師原、寄《よ》りて、刀[二一]も、本鳥《(もとどり)》[二二]、かいなとを取《と》りて、引あげておろして、率《ゐ》て参《まい》りたり。

具《ぐ》して坊に帰て、「今より後《のち》、老法師とて、[二三]なあなづりそ。[二四]いとびんなき事なり」といひて、着《き》たりける衣《きぬ》の中に、綿[二五]のあつかりけるをぬぎてとらせて、追《お》ひ出してやりてけり。

（一七七　経頼《つねより》蛇《くちなは》ニ逢事《あふこと》　巻一四ノ三）

昔《むかし》、経頼[二六]といひける相撲《(すまひ)》[二七]の家のかたはらに、ふる川のありけるが、深《ふか》き淵なる所ありけるに、夏、その川近《ちか》く、木陰のありければ、かたびら[二八]ばかり着《き》て、[二九]中結《ゆ》ひて、足太《(あしだ)》はきて、またぶり[三〇]杖と云物つきて、小童一人供《ひとりとも》に具《ぐ》して、とかくありきけるが、涼まんとて、その淵のかたはらの木陰《かげ》に居[三一]にけり。淵青く、おそろしげにて、底も見《み》えず、蘆《(あし)》[三二]、薦《(こも)》[三三]などいふ物、生《お》い《(ひ)》しげりたりけるを見《み》て、

系「かわいそうなことだ」と解し、諸注釈もこれに従うものが多いが、存疑。今昔「かやうにしてあしかりなんぞ。また今より後、かかることはとどむべし」。

二五 第二十八話でも盗人に「綿厚き衣一つ」を与え、放免する場面がある。

▽寛朝は宇多天皇の孫、父は琵琶の名手といわれた敦実親王、母は時平女、いわば名門の子弟であった。寛朝は重要な僧職をこなし、名僧としての評高く、かつ父譲りの音楽の才にめぐまれていたという。名流の風流人としての風貌を持っていた寛朝は、本話によれば意外にも大変な強力の主。悪僧弁慶をおもわせる、その出で立ちもさることながら、物言いのおかしい人物でもあったようだ。編者が好んで注目するタイプの一人であったといえよう。

二六 伝未詳。類話の今昔二十三ノ二十二には「丹後の国に海《(あま)》の恒世《(つね)》といふ右の相撲人有けり」とあって、海恒世の誤りか。海恒世は今昔二十三ノ二十五によれば、永観二年(九八四)の相撲節で真髪成村《(まかみのなりむら)》と勝負、胸の骨を折り、それが原因で死亡している。

二七 相撲人。相撲取り。海恒世は右の最手《(ほて)》であった(今昔二十三ノ二十五)。

二八 裏のない衣服。

二九 動きやすくするために、衣の裾をかかげて、帯にはさむこと。前話の「中結ひうちして、高足駄はきて、杖つきて」という強力の寛朝僧正の出で立ちと同じ。

三〇 先が二股になっている木の杖。

三一 腰をおろした。

三二 イネ科の多年草。水辺に群生する。

三三 イネ科の多年草。浅い水中に群生する。まこもとも。

汀近《ちか》く立《た》てりけるに、あなたの[一]岸は六七[二]段《(たん)》斗《(ばかり)》は[三]のきたるらんと見《み》ゆるに、水のみなぎりて、こなたざまに来《き》ければ、何《なに》のするにかあらんと思《おも》ふ程に、此方の汀近《ちか》く成て、蛇の頭をさし出《い》でたりければ、「此蛇《くちなは》大きならんかし。[四]とざまにのぼらんとするにや」と見立《た》てりける程に、蛇、頭《かしら》をもたげて、[五]つく〴〵とまもりけり。いかに思ふにかあらんと思て、汀[六]一尺ばかりのきて、[七]はた近《ちか》く立《(たち)》て見《み》ければ、しばしばかり、まもり〳〵て、[八]頭を引入てけり。

さて、あなたの岸ざまに、水みなぎると見《み》ける程に、又こなたざまに水浪立《た》ちて後《のち》、蛇《くちなは》の、尾を汀よりさし上《あ》げて、我《わ》が立《た》てる方ざまにさし寄《よ》せければ、此蛇、[九]思《おも》ふやうのあるにこそとて、[一〇]まかせて見立《みた》てりければ、猶、さし寄《よ》せて、経頼が足を[一一]三返四返ばかり[一二]まとひけり。いかにせんずるにかあらんと思て立《た》てる程に、[一三]まとひえて、[一四]きし〳〵と引ければ、川に引入《(ひきいれ)》んとするにこそありけれと、その折《おり》に知《し》りて、[一五]踏《ふ》みつよりて立《(たて)》りければ、いみじう強《つよ》く引と思《おも》ふ程に、はきたる[一六]足太の歯《は》を踏《ふ》み折《お》りつ。引倒《たを》されぬべきを、[一七]かまへて[一八]踏直《なを》りて立《(たて)》れば、[一九]強《つよ》く引ともおろかなり。[二〇]引《ひ》き取《と》られぬべくおぼゆるを、足を強《つよ》く踏《ふ》み立《た》てければ、[二一]かたつらに[二二]五六寸斗《(ばかり)》、足を踏《ふ》み入て立りけり。よく引なりと思程に、縄などの切《き》るゝやうに、[二三]切《き》るゝまゝに、水中に血のさとわきいづるやうに見《み》えけ

一 古活字本「峯」。「岸」の草体との類似からの誤か。
二 距離の単位。一段は六間で約一〇・八メートル。今昔「二三丈許」。
三 離れている。隔っている。
四 水の外に。今昔「此方ざまに上らむずるにや」。
五 蛇の眼に凝視されると、魅入られて、動けなくなると考えられていた。「大きなる蛇の、頭を少し引き入れて、この女を守りてありければ」(今昔二十九ノ三十九)。
六 一尺は約三〇・三センチメートル。今昔「四五尺ばかりをのきて」。
七 川岸近くに立って。今昔「はたらかで立ちて見ければ」。
八 蛇に凝視されれば、見すくめられるところだが、経頼はそれに堪え、うち勝ったといえる。
九 何か考えがあるのだろう。
一〇 蛇のするままにまかせて。
一一 今昔「二返ばかり」。
一二 巻きつけた。からみついた。
一三 充分に巻きつけて。
一四 きしる音。ぎゅっぎゅっと。
一五 強く踏んばって立っていたので。
一六 鼻緒、歯のあるはき物。
一七 心して。充分気構えて。
一八 踏んばりなおして。
一九 強く引くと、いくらいっても、とても言いあらわせないほどだ。
二〇 引きずり込まれそうに。
二一 土の表面の意か。諸注釈書、今昔に「固き土に」とあることから、「ら」は「ち」の誤かとする。
二二 一寸は約三・〇三センチメートル。
二三 今昔「ふつと切るゝままに」。
二四 引くのをやめて。今昔「蛇の引かされて」。

れば、切《き》れぬるなりけりとて、足を引ければ、蛇《くちなは》引[二四]さして、のぼりけり。

その時、足にまとひたる尾をひきほどきて、足を水に洗《あら》ひけれども、蛇の跡失《う》せざりければ、「[二五]酒にてぞ洗《あら》ふ」と人のいひければ、酒とりにやりて、洗《あら》ひなどして後に、従者《（ずさ）》どもよびて、尾のかたを引上《あ》げさせたりければ、大きなりなどもおろかなり。切口の大《（おほき）》さ、[二六]わたり一尺ばかりあるらんとぞ見《み》えける。頭[二七]の方の切《き》れを見《み》せにやりたりければ、あなたの岸に大なる木の根のありけるに、頭の方《かた》を、[二八]あまた返《かへ》りまとひて、尾をさしおこして、足をまとひて引なりけり。[二九]力の劣《をと》りて、中より切《き》れにけるなめり。我身の切《き》るゝをも知《し》らず引けん、[三〇]あさましき事なりかし。

其後、蛇《くちなは》の力のほど、いくたりばかりの力にかありしと、こゝろみんとて、[三一]大なる縄を蛇の巻たる所に付て、人十人斗《（ばかり）》して引《ひ》かせけれども、「[三二]猶足《た》らず、〳〵」といひて、六十人斗かゝりて引ける時にぞ、「[三三]かばかりぞおぼえし」といひける。それを思《おも》ふに、経頼が力は、さは百人斗が力を持《も》たるにやとおぼゆるなり。

二五　外傷の治療、消毒には酒類が用いられていた。
二六　直径。
二七　今昔「頭の方の切口、見せに河の彼方に遣たりければ」。
二八　何回も巻きつけて。
二九　今昔「蛇の力の恒世に劣て」。
三〇　ただただ驚くばかりの事である。
三一　今昔「大きなる縄を以て、蛇の巻きたりける様に恒世が足に付て」。
三二　まだ足りない。今昔「なほ彼ばかりはなしとて、三人寄せ、五人寄せなど付けつつ引かせたれども、尚足らずといひて」。
三三　このくらいの力だったと思われた。
▽川面をわたってくる蛇の動き、大蛇と渾身の力で引き合う経頼の姿、そして衝撃的な結末。蛇は二つにちぎれ、その瞬間、水面が血で染まる。臨場感あふれる動的な描写で、語り口のうまさを遺憾なく感じさせる。水中に人間を引き込もうとする話は「かしこ淵」伝説といわれるが、河底も見えない、恐ろしげな「ふる川」という設定には、その名残りが見られる。

（一七八　魚養事《うをかひのこと》　巻一四ノ四）

今《いま》は昔《むかし》、[一]遣唐使《(けんたうし)》の、唐《もろこし》にある間《あひだ》に妻をまうけて、子を生《(うま)》せつ。その子、いま[二]だいとけなき程に、日本に帰る。妻に契ていはく、「[三]異《こと》遣唐使行《い》かんにつけて、[四]消息《(せうそこ)》やるべし。又、此子、乳母《(めのと)》はなれん程には、むかへとるべし」と契て帰朝しぬ。母、遣唐使の来《く》るごとに、「消息やある」と尋ぬれど、[五]あへて音《おと》もなし。母、おほきに恨て、この児をいだきて、日本へむきて、児の首《くび》に、「遣唐使[六]それがしが子」といふ簡《(ふだ)》を書て、ゆひつけて、「[七]宿《すく》世《(せ)》あらば、[八]親子の中は行逢《(ゆきあひ)》なん」といひて、海に投げ入て帰《(かへり)》ぬ。

父、ある時《とき》、[九]難波の浦の辺《へん》を行《(ゆく)》に、沖の方《かた》に鳥の浮《うか》びたるやうにて、白き物見《み》ゆ。近《ちか》くなるまゝに見《み》れば、童に見《み》なしつ。あやしければ、馬を[一〇]ひかへて見《み》れば、いと近《ちか》く寄《よ》り来《く》るに、四ばかりなる児の、[一一]白《しろ》くお《(を)》かしげなる、[一二]浪につきて寄《よ》り来《き》たり。馬をうち寄《よ》せて見《み》れば、大なる魚の背中《せなか》に乗《の》れり。従者《(ずさ)》をもちて、いだきとらせて見《み》ければ、首《くび》に簡《ふだ》あり。「遣唐使それがしが子」と書《か》けり。「[一三]さは、我子にこそありけれ。唐《もろこし》にて[一四]いひ契し児を[一五]問《と》はずとて、母が腹立《た》ちて、

一　舒明天皇二年（六三〇）から十八回（実際の渡唐は十五回）にわたり、日本から中国に送られた使節。政治、文化等の面で多大の摂取がおこなわれたが、寛平六年（八九四）菅原道真の建議で廃止。
二　幼い。年が小さい。
三　ほかの遣唐使。古活字本「事遣唐使」。
四　便り。連絡。「せうそく」とも。
五　全く音沙汰もない。　六　だれそれの子。
七　前世からの因縁があるならば。前世からそうなるという縁がもしあるならば。
八　親子の間であるから行き合うこともあろう。
九　大阪市、およびその周辺の古称。
一〇　ひきとどめて。立ちどまらせて。
一一　色が白くて、かわいらしい。色の白さは高貴な血筋の特徴。
一二　波が寄せるのにしたがって。
一三　それでは。　一四　迎えとると約束した。
一五　何ともいってこない。
一六　やって来たのであろう。
一七　とても大事にいとおしく、養い育てる。
一八　死んでしまったものと。
一九　本当にめずらしいことだ。
二〇　字を大変上手に書いた。能書家となったことをいう。
二一　朝野宿禰魚養。葛城襲津彦の六男。播磨大掾。八世紀末から九世紀初に活躍。能書家として知られる。なお、本朝能書伝によれば父は吉備真備とする一説を載せる。奈良の十輪院は魚養が開いたとされ、境内に魚養塚が現存する。
二二　南都七大寺。東大寺、興福寺、元興寺、大安寺、薬師寺、西大寺、法隆寺の七つ。入木抄には「魚養（なかひ）、薬師寺の額を書」と記す。
▽海を渡って日本に漂着した魚養の姿には、水辺にまつわる小童神、小さ子の面影がかよう。

海に投《な》げ入てけるが、しかるべき縁ありて、かく魚に乗《の》りて来《き》[一六]たるなめり」とあはれにおぼえて、いみじう[一七]かなしくてやしなふ。遣唐使の行《い》きけるに付《(つけ)》て、此由《よし》を書《か》きやりたりければ、母も、今ははか[一八]なき物に思けるに、かくと聞《き》ゝてなん、「希有《(けう)》[一九]の事なり」と悦《(よろこび)》ける。

さて、この子、おとなに成《(なる)》まゝに、手[二〇]をめでたく書《(かき)》けり。魚に助《たす》けられたりければ、名をば魚養《(うをかひ)》[二一]とぞ付たりける。七[二二]大寺の額共は、これが書たる也けり。

(一七九　新羅国后《しらきのくにのきさき》、金榻事《こがねのしぢのこと》　巻一四ノ五)

これも今は昔《むかし》、新[二三]羅国に后[二四]おはしけり。その后、忍て密男《みそかおとこ》[二五]をまうけてけり。御門、この由《よし》を聞《き》ゝ給て、后をとらへて、髪[二六]に縄を付《つ》けて、上へつりつけて、足《あし》を二[二七]三尺引上《あ》げて置《を》きたりければ、す[二八]べきやうもなくて、心[二九]のうちに思給けるやう、「かゝるかなしき目を見《み》れども、助《たす》くる人もなし。伝《つた》へて聞《き》けば、この国より東に、日本と云国あなり。その国に長[三〇]谷観音と申《(まうす)》仏、現じ給也。菩[三一]薩の御慈悲、此国まで聞《きこ》えて、はかりなし。頼《たの》みをかけ奉《たてまつ》らば、などてかは助給はざらん」とて、目を[三二]ひさぎて、念じ入給程に、金の榻《(しぢ)》[三三]、足《あし》の下に出《い》で来《き》ぬ。

「白く、おかしげなる」その姿は神々の相貌に通じるものがあり、後年発揮する能書の能力も、小さ子が後になって顕現させる異能の変型といいうる。

二三 朝鮮半島にあった古代の国名。長谷寺霊験記では「村上大皇御宇に新羅国に武王有り。照明王と名づく」とある。

二四 長谷寺霊験記によれば、照明王には百人の后がおり、その第一の后は大樋皇后といって、美しく、心も優しく、最高の寵愛をうけていたという。

二五 間男。こっそりと人妻のもとに通う男。長谷寺霊験記では王の近臣の義顕とする。

二六 第一六七話「髪に縄つけて、つりつけたり」と類似する。今昔「髪に縄を付て、間木に鈎(つ)り係(かけ)て」。長谷寺霊験記「后の髻(みづら)を括て、木の枝に懸け」。

二七 今昔、長谷寺霊験記とも「四五尺」。

二八 長谷寺霊験記では「輒(たやす)く人の通はぬ所なれば、助け奉る人もなし」とする。

二九 長谷寺霊験記では、帰依する僧に相談、そのすすめによって、長谷観音を祈念したとする。

三〇 奈良県桜井市にある長谷寺の観音。

三一 今昔「菩薩の慈悲は深き事、大海よりも深く、広き事、世界よりも広し」。長谷寺霊験記「彼の観音は閻浮の本尊として、漢家、本朝に聞へたる霊像にて在せば、我国、他国となく仰ぐ者は速疾に益に預る」。

三二 強くつぶって。

三三 牛車の牛をはずした時、轅(ながえ)の軛(くびき)をささえる台。牛車乗降の際の踏み台として使用した。長谷寺霊験記では十四、五歳ばかりの童子があらわれ、金の榻を持ってき、食物を運び、昼夜さまざまになぐさめたとする。

それを踏《ふ》まへて立《た》てるに、すべて苦《くる》しみなし。人の見《み》るには此榻見《み》えず。日比[一]ありて、ゆるされ給ぬ。

後に后、持給《たま》へる宝どもを、多《おほ》[二]く使をさして[三]、長谷寺に奉《たてまつ》り給。その中に大なる鈴《すゞ》、鏡《かゞみ》、かねの簾、今にありとぞ。かの観音、念じ奉《たてまつ》れば、他国の人もし[四]るし蒙らずといふ事なしとなん。

（一八〇　珠《たま》ノ価《あたひ》、無レ量事《はかりなきこと》　巻一四ノ六）

是も今は昔《むかし》、筑紫[五]に大夫[六]さだしげ[七]と申物ありけり。この比ある、箱崎[八]の大夫のりしげ[九]が祖父なり。そのさだしげ、京上《きやうのぼり》[一〇]しけるに、故宇治殿[一一]に参《まい》[一二]らせ、又、わたくしの知たる人〳〵にも心ざゝん[一三]とて、唐人《たうじん》に、物を六七千疋《ひき》[一四]が程借《かる》とて、太刀を十腰[一五]ぞ質に置ける。

さて、京にのぼりて、宇治殿に参《まい》らせ、思《おもひ》のまゝに、わたくしの人〳〵にやりなどして、帰《かへ》り下《くだ》りけるに、淀[一六]にて舟に乗《の》りける程に、人まうけ[一七]したりければ、これら食《く》[一八]ひなどしてゐたりける程に、端《はし》[一九]舟にてあきなひする物ども寄《よ》り来《き》て、「その[二〇]物や買《か》ふ、かの物や買《か》ふ」など尋問《と》ひける中に、「玉や買《か》ふ」といひ

一 何日もたって。長谷寺霊験記「二十一日を経ぬ」。
二 長谷寺霊験記では「義平生等七人を使者として」。
三 さし向けて。
四 霊験。利益(りやく)。
▽長谷寺霊験記では記述は詳しく、観音の霊験も強調されている。同書によれば、天暦六年(九五三)三月、大鈴、大鏡、金簾など三十三の宝物が長谷寺に奉納されたと伝える。
五 筑前、筑後両国の古称。転じて九州地方全体をいう。
六 五位の通称。
七 伝未詳。今昔によれば「鎮西の筑前の国□の貞重といふ勢徳の者有りけり。字をば京大夫とぞいひける。近来(ちかごろ)ある筥崎の大夫則重が祖父なり」。
八 福岡市東区箱崎。大陸との交易港があった。
九 秦則重。大宰大監。十一世紀ごろの人。詳伝不詳。
一〇 今昔「その貞重が□の輔の任畢(は)てて上りけるに」。
一一 藤原頼通。平安後期の廷臣。従一位、摂政、関白、太政大臣。承保元年(一〇七四)没、八十三歳。
一二 贈り物をさし上げ。
一三 贈ろう。
一四 銭の単位。一疋は十文。百疋で一貫文。
一五 袴や太刀など、腰につけるものを数える語。

けるを、聞《き》きいるゝ人もなかりけるに、さだしげが舎人《(とねり)》[二一]に仕《(つかひ)》ける男《おのこ》、舟の舳《へ》[二二]に立《た》てりけるが、「こゝへもておはせ、見《み》ん」といひければ、袴の腰《こし》より、あこ[二三]やの玉の、大《(おほき)》なる豆斗《(ばかり)》ありけるを取出して、取《と》らせたりければ、着《き》たりける水干《(すいかん)》[二四]をぬぎて、「これ[二五]にかへてんや」といひければ、玉のぬしの男、せうとく[二六]したりと思けるに、まどひ[二七]とりて、舟[二八]をさしはなちていにければ、舎人も高《たか》く買《か》ひたるにやと思けれども、まどひ[二九]いにければ、悔《くや》しと思《おも》ふ[三〇]〳〵、袴の腰《こし》につゝみて、こと[三一]水干着《き》替《か》へてぞありける。

かゝる程に、日数つもりて、博多[三二]といふ所に行着にけり。さだしげ、舟より下《お》るゝまゝに、物貸《か》したりし唐人のもとに、「質は少《すく》なかりしに、物は多《おほ》くありし」などいはんとて、行たりければ、唐人も待悦て、酒飲《の》ませなどして、物語《がた》りしける程に、この玉持《も》ちの男《おのこ》、下《(げ)》[三三]す唐人にあひて、「玉や買《か》ふ」といひて、袴《はかま》の腰より玉を取出て、取《と》らせければ、唐人、玉を受《う》け取《と》りて、手の上に置《を》きて、うちふり[三四]て見《み》るまゝに、あさまし[三五]と思たる顔気《かほけ》色《しき》にて、「これはいくらほど」と問《ゝ》ければ、欲《ほ》しと思たる顔気《かほけ》色《しき》を見《み》て、「十貫[三六]」といひければ、まどひて、「十貫に買《か》はん」といひけり。「まことは廿貫」といひければ、それをもまどひ、「買《か》はん」といひけり。「さては値高《あたいたか》きものにやあらん」と思て、「たべ[三七]。

一六 京都市伏見区の地名。宇治、桂、木津川などが合流する付近で、船着場があった。
一七 人が饗応してくれたので。
一八 伊達本、古活字本「これうくひなと」とあって、底本と同じ。「御料」で食物の意か。あるいは書陵部本「これぞ」に従うべきか。今昔「それ食ひなどしける程に」。
一九 小舟。
二〇 あれはいりませんか、これはいりませんか。
二一 天皇、貴族に近侍して、雑役にあたる男。
二二 船首。へさき。
二三 あこや貝から取れる玉。真珠。
二四 狩衣の略装。平安末期ごろまでは庶民の平常服。
二五 これと替えてくれないか。
二六 「所得」で、得をすること、もうけものの意。今昔「所得しつ（と思ひけるにや」。「これこそせうとくよ」(八三頁)。
二七 あわてて取って。以下「まどひ」の用例多い。
二八 舟をほうり出すように、つき放して。
二九 あわてるようにして行ってしまったので。
三〇 くりかえし思ったけれども。
三一 別の水干。
三二 福岡市の東部。古くから貿易港として栄えた。
三三 身分の低い唐人。
三四 今昔でも「打振りて見るままに」とあって、玉を振ってしらべる仕草は、古典集成今昔二の注では昔話の「魚石のようなものに発想されている」かと推定する。
三五 大変な逸品の玉だと驚いた。
三六 「貫」は銭の単位。一貫は百疋。一文銭、千枚。今昔「十疋にといへば」。
三七 返してくれ、ひとまず。

まづ」と乞《こ》ひけるを、[一]惜《お》しみけれども、いたく乞《こ》ひければ、[二]我にもあらで取《と》らせたりければ、「[三]いまよくさだめて売《う》らん」とて、袴の腰《こし》につゝみて、のきにければ、唐人、すべきやうもなくて、さだしげとむかひたる船頭がもとに来《き》て、その事ともなく[四]さへづりければ、此船頭、うちうなづきて、さだしげにいふやう、「[五]御従者《ずんざ》の中に、玉持《も》ちたるものあり。その玉取《と》りて給はらん」といひければ、さだしげ、人をよびて、「此供《とも》なる物の中に、玉持《も》ちたる物やある。それ尋てよべ」といひければ、このさへづる唐人走出て、[六]やがて、その男《おのこ》の袖を[七]ひかへて、「[八]くは、これぞ〳〵」とて、引出《い》でたりければ、さだしげ、「まことに玉や持たる」と問ければ、しぶ〳〵に、さぶらふよしをいひければ、「[九]いで、くれよ」と乞《こ》はれて、袴の腰《こし》より取出《い》でたりけるを、さだしげ、[一〇]郎等《らうどう》して[一一]取《と》らせけり。

それを取《と》りて、むかひゐたる唐人、手にいれ、受《う》け取《と》りて、うちふりて見《み》て、立《た》ち走《はし》り、内に入《いり》ぬ。何《なに》事にかあらんと見《み》る程に、[一二]さだしげが七十貫が質に置《を》きし太刀共を、[一三]十ながら取《と》らせたりければ、さだしげは、あきれたるやうにてぞありける。古水干一《ふるすいかんひとつ》にかへたる物を、そこばくの物にかへてやみにけん、[一四]げにあきれぬべき事ぞかし。

一 唐人はとても残念に思ったけれども。
二 不本意ではあったが。
三 もう一度よく考えて、値を決めてから売ろう。
四 意味がわからない言葉でしゃべる。
五 奉公人。使用人。
六 すぐに。
七 ひっぱって。
八 ほら。「くは、これを御覧ぜよ」(一六頁)。
九 さあ、それをこっちへくれ。
一〇 家来。従者。
一一 古活字本「うらせけり」。
一二 今昔「かの質に置きたりし大刀を播抱きて出で来たりて、十腰(とをこし)ながら、貞重に返し取らせて、玉の直、高し、ひきなりといふ事も云はず、何にもいふ事なくして止みにけり」。
一三 たくさんの。
一四 全く、あきれてしまうほどの事であるよ。今昔では「げにあさましき事なりかし。これを思ふに、それにも過ぎたりける直にてありけるにこそ。もとより何(いか)にして出できたりと知らず。これも貞重が福報のいたす所なめりとなん、語り伝へたるとや」と評する。

一五玉の値《あたい》は限《かぎり》なき物といふ事は、今はじめたる事にはあらず。筑紫に一六たうせうずといふ物あり。それが語《かた》りけるは、物へ行ける道に、男《おのこ》の、「玉や買《か》ふ」といひて、一七反古《(ほぐ)》の端《はし》につゝみたる玉を、懐《(ふところ)》より引《ひ》き出《い》でて取《と》らせたりけるを、見《み》れば、一八木蓮子《もくれんじ》よりも小《ち》さき玉にてぞ有ける。「これはいくら」と問ければ、「一九絹廿疋」といひければ、二〇あさましと思て、二一物へ行《い》きけるをとゞめて、玉持《も》ちの男具《おのこぐ》して家に帰て、絹《きぬ》のありけるまゝに、六十疋ぞ取《と》らせたりける。二二「これは廿疋のみはすまじき物を。少《すく》なくいふが二三いとお《(ほ)》しさに、六十疋を取《と》らするなり」といひければ、男《おのこ》悦ていにけり。

その玉を持て、唐に渡てけるに、道の程、おそろしかりけれども、身をもはなたず、まもりなどのやうに、首《くび》にかけてぞありける。二四悪《あ》しき風の吹ければ、唐人は、悪《あ》しき浪風に逢ぬれば、船のうちに、二五一の宝と思ふ物を海に二六入《(いる)》なるに、「此せうずが玉を海に入《(いれ)》ん」といひければ、せうずがいひけるやうは、「此玉を海に入《(いれ)》ては、生《い》きてもかひあるまじ。たゞ二七我身ながら入《い》れば入よ」とて、二八かゝへてゐたりければ、さすがに、人を入《(いる)》べきやうもなかりければ、とかくいひける程に、二九玉失《うしな》ふまじき報《ほう》やありけん、風なを《(ほ)》りにければ、悦て入《(いれ)》ずなりにけり。

一五 以下、今昔には見えない。
一六 未詳。旧大系では「導師少僧都」の訛りかとする。
一七 文字などを書いて、不用になった紙。古くは「ほく」。「ほうご」「ほうぐ」とも。
一八 ムクロジ科の落葉喬木。実は球状で数珠玉に使う。
一九 「疋」は布を数える単位。二反で一疋とする。
二〇 あまりにも安すぎる値段だとびっくりして。
二一 どこかへ行くのをやめて。
二二 この玉は絹二十疋ばかりではとてもすまないものを。
二三 気の毒なので。
二四 暴風。
二五 第一番の宝。海の荒れるのは海神の怒りゆえと考えられ、貢物として宝を海に入れ、怒りを鎮めようとする信仰。弟橘比売命《(おとたちばなひめのみこと)》の入水(古事記・中)、水竜という笛を海に沈めた話(古事談六)など類想の話は多い。
二六 海に沈めるということなので。「なる」は伝聞の助動詞。
二七 私の体ごと海に入れるならば、入れてくれ。
二八 古活字本「かゝへてゐたり」。
二九 玉を失わないという因縁があったのだろうか。

その船の一の船頭《せんどう》といふ物も、大なる玉持《も》ちたりけれども、それは少《すこ》し平《ひら》にて、此玉には劣《おと》りてぞありける。

かくて、唐に行つきて、「玉買《か》はん」といひける人のもとに、船頭が玉を、[一]このせうずに持《も》たせてやりける程に、道に落《おと》してけり。あきれさは《（わ）》ぎて、帰求《もと》めけれども、[二]いづくにかあらんずる。思わびて、我玉を具《ぐ》して、「[三]そこの玉落《おと》しつれば、[四]今《いま》はすべきかたなし。それがかはりに、[五]これを見《み》よ」とて取《と》らせたれば、「我玉は、これには劣《おと》りたりつるなり。その玉のかはりに、[六]此玉を得《え》たらば、[七]罪深《ふかゝ》かりなん」とて返しけるぞ、さすがに[八]こゝの人には違《たが》ひたりける。此国の人ならば、[九]取《と》らざらんやは。

かくて、此失《うしな》ひつる玉の事を歎《なげ》く程に、[一〇]遊《あそび》のもとにいにけり。二人《ふたり》物語《がた》りしけるつゐ《（い）》でに、[一一]胸《むね》をさぐりて、「[一二]など胸はさは《（わ）》ぐぞ」と問《と》ひければ、「[一三]しか〳〵の人の玉を落《おと》して、それが大事なる事を思へば、胸《むね》さは《（わ）》ぐぞ」といひければ、「[一四]ことは《（わ）》り也」とぞいひける。

さて帰て後《のち》、二日斗《（ばかり）》ありて、此遊《（あそび）》のもとより、「[一五]さしたる事なんいはんと思《おも》ふ。[一六]今の程に、[一七]時かはさず来《こ》」といひければ、何事かあらんとて、いそぎ行たりけるを、例の入《（いる）》方よりは入ずして、[一八]かくれの方《かた》よりよび入ければ、いかな

一 古活字本「このせうずが」。
二 いったいどこにあるだろうか。書陵部本「いづくにかあらんずる」。古活字本「いづくにかあらんずると」。
三 君の。そなたの。親しい間柄で使う二人称。
四 古活字本「すべきかたなし」。
五 この私の玉をあなたの玉として下さい。「見る」は自分の物として、支配、管理する意。
六 この玉をいただいたならば。
七 罰があたります。申しわけない。
八 日本。
九 受けとらないはずがあろうか。
一〇 遊女。
一一 遊女がせうずの胸をまさぐって。
一二 どうして、こんなに胸がどきどきしているの。
一三 これこれ。しかじか。江戸時代までは清音。
一四 もっともなことです。
一五 特別の。重要な。
一六 今のうちに。
一七 時を移さず、すぐに来て下さい。
一八 裏口の方から。
一九 思いながら。
二〇 あなたが。「に」は格助詞で、敬意をこめて

る事にかあらんと、[一九]思ふ〳〵入《い》りたりければ、「これは、もし、[二〇]それに落《おと》したりけん玉か」とて取出《い》でたるを見《み》れば、[二一]違《たが》はず、其玉なり。「こはいかに」とあさましくて問《と》へば、「[二二]こゝに玉売《う》らんとて過つるを、[二三]さる事いひしぞかしと思て、よび入て見《み》るに、[二四]玉の大なりつれば、もしさもやと思て、いひとゞめて、よびにやりつる也」といふに、「[二五]事もおろか也。いづくぞ、その玉持《も》ちたりつらん物は」といへば、「かしこにゐたり」といふをよびとりて、[二六]やがて[二七]玉のぬしのもとに率《い》て行て、「これはしか〳〵して、その程に落《おと》したりし玉也」といへば、[二八]えあらがはで、「その程に見《み》つけたる玉なりけり」とぞいひける。[二九]いさゝかなる物とらせてぞやりける。

さて、その玉を返して後《のち》、[三〇]唐綾《(からあや)》一をば、唐には、[三一]美濃五疋が[三二]程にぞ用《もち》ひるなる。せうずが玉をば、唐綾[三三]五千段《(たん)》にぞかへたりける。その値《あたい》の程を思《おも》ふに、[三四]こゝにては、絹六十疋にかへたる玉を、五万貫に売《う》りたるにこそあんなれ。

それを思へば、さだしげが七十貫が質を返したりけんも、おどろくべくもなき事にてありけりと、人の語《かた》りしなり。

主格をあらわす。
二一 間違いなく。まさに。
二二 この所を玉を売ろうといって、玉売りが過ぎていったのを。
二三 あなたが玉を落したと言っていた。
二四 玉が大きなものだったので、ひょっとして、落した玉ではないかと思って。
二五 言うまでもない。いろいろと考えたりすることは無意味で、愚かであるの意。
二六 すぐ、そのまま。諸本「やりて」。底本も判読しにくい。
二七 玉の持主である、唐人の船頭のところにつれていって。
二八 言い争うこともできず。
二九 少しばかりのものをやって、帰らせた。
三〇 中国から渡来した綾織物。模様を浮織にしてある。
三一 美濃国産の絹。美濃絹。
三二 値段で取扱っているということだ。「用ひる」はもとは「用ゐる」。
三三 「段」は布の大きさの単位。一段は一着分の衣料。普通、鯨尺で長さ二丈八尺(一〇・六メートル)、幅九寸(三四センチメートル)といわれる。
三四 日本では。
▽古代末期の日本に於て、中国はやはり異国であった。言葉、服装、食べ物はもちろん違い、物の価値、考え方も異っていた。本話は玉の価値が全く彼土と違うことを見事に浮き彫りにしている。と同時に、日本人と唐人との気質の差も見落さず、注目したい。唐人すべてが本話のごとく誠実、正直であったとはいいがたいだろうが、編者からすると中国は物も人も秀れた国であったのだろう。編者の国際意識が少しばかりのぞけるところである。

（一八一　北面女雑使六事《ほくめんのをんなざふしろくのこと》　巻一四ノ七）

これも今は昔《むかし》、白川院[一]の御時、北面[二]のざうし[三]に、うるせき[四]女ありけり。名をば六[五]とぞいひける。殿上人[六]ども、もてなし[七]興《けう》じけるに、雨うちそほ降《ふ》りて[八]、つれ〴〵[九]なりける日、ある人、「六よびて、つれ〴〵なぐさめん」とて、使をやりて、「六よびて来《こ》」といひけるに、程もなく、「六召《め》して参《まい》りて候[一〇]」といひければ、「あなたより、内の出居《でい》[一一]の方《かた》へ具《ぐ》して来《こ》」といひければ、侍出《さぶらひい》で来《き》て、「召《め》し候へば、「こなたへ参《まい》り給《たま》へ」といへば、「便《びん》なく候[一二]」などいへば、侍帰来《き》て、「召《め》し候へば、便《びん》なく候《さぶら》ふと申て、恐申候なり《（おそれまうしさぶらふ）》」といへば、つきみて[一三]いふにこそと思《おも》ひて、「などかくはいふぞ。たゞ来《こ》[一四]といへ」といへども、「僻事《ひが（こと）》[一五]にてこそ候らめ。さき〴〵も内御出居《（うちの）でい》などへ、参《まい》る事も候はぬに」といひければ、この多《おほ》くゐたる人〳〵、「たゞ参《まい》り給へ。やうぞあるらん[一六]」とせめ[一七]ければ、「ずちなき[一八]恐《（おそれ）》に候へども、召《め》しにて候へば」とて参《まい》る。

このあるじ、見《み》やりたれば、刑部禄《（ぎやうぶのろく）》[一九]といふ庁官[二〇]、びん、ひげに白髪まじりたるが、木賊《とくさ》[二一]の狩衣《かりぎぬ》[二二]に、襖袴《あを》[二三]着《き》たるが、いとことうるはしく[二四]、さや〳〵[二五]となりて、

一 第七十二代天皇。大治四年（一一二九）崩、七十七歳。
二 北側の意であるが、ここは白河院の創設した院警護の北面の武士、またその詰所をいうか。
三 曹司で、部屋の意とも、雑仕で、雑仕女の略、雑役に従事する女の意とも。後者が有力か。
四 気の利いた。話や態度が利発で、巧みな。
五 伝未詳。なお、「六」という名は話芸に通ずる人の名につけられることが多い。第四十三話の「藤六」もその例。
六 殿上に昇ることが許されたもの。四位、五位、六位の蔵人など。
七 もてはやし、面白がっていたが。
八 雨がしとしと降って。「そほ」は後世「そぼ」。
九 何もすることがなく、ひまな時。
一〇 呼んで参りました。
一一 母屋に近い出居のこと。「出居」は「いでゐ」ともいい、廂の間に設けられた、接客の部屋。
一二 具合がよくない。具合が悪くて困る。
一三 辞退して。遠慮して。
一四 すぐ来い。古活字本「ただこといへども」。
一五 間違い。
一六 何かわけがあるに違いない。
一七 せきたてたので。
一八 何ともしようがないほど大変な。
一九 刑部録。刑部省の四等官。大録は正七位上、少録は正八位上の相当官。
二〇 院の庁の官人。
二一 とくさ色。黒みをおびた萌黄《（もえぎ）》色。
二二 貴族の略服。公家、武家の平服。
二三 指貫《（さしぬき）》のこと。
二四 几帳面な姿で。大変な折目正しい態度で。
二五 絹ずれの音。
二六 笏のように持って。笏は貴族の文官が正式の束帯姿の時、儀礼的に手にもつもの。ここは笏がなかったので、扇でそれを代用した。
二七 全く何もいえなかった。思いがけない老人の登場に言うべき言葉を失ってしまった。

扇を[二六]笏《（しやく）》にとりて、すこしうつぶして、うず《（づ）》くまり居《ゐ》たり。[二七]大かた、いかにいふべしともおぼえず。物もいはれねば、この庁官、いよ〳〵恐《（おそれ）》かしこまりてうつぶしたり。あるじ、[二八]さてあるべきならねば、「やゝ、庁には又、[二九]何《なに》物か侯」といへば、「[三〇]それがし、かれがし」といふ。[三一]いとげに〳〵しくもおぼえずして、[三二]庁官うしろざまへすべり行。このあるじ、「から宮仕をするこそ[三三]神妙《（しんべう）》なれ。[三四]見参《（げんざん）》には必《（かならず）》入《い》れんずるぞ。[三五]とうまかりね」とてこそ[三六]やりてけれ。

この六、後《のち》に聞《き》き《ゝ》て、笑《わら》ひけりとか。

（一八二　仲胤僧都《ちゆういんそうづ》、連歌事《れんがのこと》　巻一四ノ八）

是も今は昔《むかし》、[三七]青蓮院の座主のもとへ、[三八]七宮わたらせ給たりければ、御[三九]つれ〴〵なぐさめ参《まい》らせんとて、若《わか》き[四〇]僧綱《（そうがう）》、[四一]有職《（うしき）》など、[四二]庚申《（かうしん）》して遊けるに、[四三]上《うへ》童《（わらは）》のいとにくさげなるが、[四四]瓶子《（へいじ）》とりなどしありきけるを、ある僧、忍《しの》びやかに、

上童《うへわらは》[四五]大童子《（だいどうじ）》にも劣《おと》りたり

と連歌にしたりけるを、人〳〵しばし案ずる程に、[四六]仲胤僧都、その座にありけるが、「やゝ、胤、はやう[四七]付《（つき）》たり」といひければ、若《わか》き僧たち、「いかに」と顔《かほ》

二八 そのままでいるわけにはいかないので。

二九 どんな者が伺候しているのか。

三〇 だれそれ、かれそれ。 三一 大変にもっともらしいとは思われず。問い掛けがいかにも苦しまぎれの、意味のない言葉であったので。

三二 そのままの姿勢で、後へずり下がっていく。

三三 殊勝である。感心である。 三四 伺候者の氏名を記したものを院にお見せすること。

三五 早く下がれ。 三六 帰した。

▽「六」という女は恐らく芸達者であったのであろう。殿上人達が呼び出して、「六」と遊興しようとしたことは、前話、玉を落した男が遊女のもとに遊びに行く場面につながる。

三七 行玄。俗名藤原良実。師実の子。寛慶の弟子。天台座主、大僧正。青蓮院初祖。久寿二年(一一五五)没、五一九歳。青蓮院は京都市東山区三条坊町にある天台宗山門の門跡寺。久安六年(一一五〇)、行玄が二条白川に開創、二世の覚快法親王から門跡寺といわれ、粟田口御所、東山御所ともいわれた。

三八 覚快法親王。鳥羽天皇第七皇子。行玄に師事、天台座主。養和元年(一一八一)没、四十八歳。

三九 退屈。所在ないこと。

四〇 僧尼を統括する高位の僧。 四一 僧の職名。已講(いこう)、内供(ないぐ)、阿闍梨(あじやり)の総称。

四二 庚申の夜、寝ずにすごすこと。この夜に寝ると、人の体内にいる三尸虫(さんしちゆう)が天帝に、その人の悪事を告げるという道教の考えによる。

四三 貴人のそばに仕える子供。

四四 お酌して回ること。「瓶子」は酒を入れる器。

四五 寺院に召しつかわれる年かさの寺童子。句は上童は年とった大童子にも見劣りがするの意。

四六 →九頁注二二。 四七 古活字本「つきたり」とあるに従う。板本「つけたり」。

をまもりあひ侍けるに、仲胤、

[一]祇園の御会《ごゑ》を待斗《まつばかり》なり

と付たりけり。

これをおの〳〵「此連歌は、いかに付たるぞ」と、忍《しの》びやかにいひあひけるを、仲胤聞て、「やゝ、[二]わたう、[三]連歌だに付《つ》かぬと、付たるぞかし」といひたりければ、これを聞《き》ゝ伝へたるものども、一度に、「はつ」ととよみ笑《わら》ひけりとか。

（一八三　大将慎事《だいしやうつつしみのこと》　巻一四ノ九）

是も今は昔《むかし》、「[四]月の、大将星を犯《おかす》」といふ[五]勘文《かんもん》を奉《たてまつ》れり。よりて、[六]近衛大将《このゑのだいしやう》、[七]重《をも》く慎《つつし》み給べしとて、[八]小野宮《をののみや》右大将は、さま〴〵の御祈どもありて、[九]春日社、[一〇]山階寺《やましなでら》などにも、御祈あまたせらる。

其時の[一一]左大将は、[一二]枇杷《びは》左大将仲平と中人にてぞおはしける。[一三]東大寺の[一四]法蔵僧都は、此左大将の御祈の師也。さだめて御祈の事ありなんと待《まつ》に、[一五]音《をと》もし給はねば、[一六]覚束《おぼつか》なさに京に上りて、[一七]枇杷殿《びはどの》に参《まい》りぬ。殿、あひ給て、「何事にて上《のぼ》

一 京都八坂神社の祭礼。疫病退散を願った祇園御霊会（ぎおんごりようえ）に始まる。陰暦の六月七日から十四日に行われた。句意は御会に五位を掛け、大童子なら僧綱まで上りうるが、憎さげな上童ではせいぜい五位に叙せられるのが精一杯だ（旧大系）、祇園会に登場する疫病神として出るしかない（完訳日本の古典）などの仮説もあるが、不明。 二 おまえたち。 三 上童の憎たらしさには連歌さえも付けられない。

▽本書における仲胤関係説話が他書に類話関係があまりないことから、仲胤自身が本書成立圏に近い存在であったとする説も見られる。七宮（覚快法親王）の母は紀光清女、従って、古事談編者源顕兼と覚快は従兄弟となり、石清水神社圏とのかかわりも見落せない。

四 月が大将の星を侵犯する。「大将星」は星（座）の名と思われるが、未詳。今昔では「朱雀院御代に、天慶の比、天文博士、月大将の星を犯すといふ勘文奉れば」とある。

五 儒者、陰陽師が吉凶、諸例等を勘案した文書。

六 左右の近衛府の長官。近衛府は紫宸殿、清涼殿など、皇居の中心部を護衛する役所。

七 厳重に物忌をなさるべきである。

八 藤原実頼。忠平の子。従一位、関白太政大臣。実頼の右大将の在任期間は天慶元年（九三八）六月より同八年十一月まで。天禄元年（九七〇）没、七十一歳。 九 春日大社。奈良市春日野町にある、藤原氏の氏社。

一〇 興福寺。奈良市登大路町にある、法相宗の大本山。藤原氏の氏寺。 一一 左近衛大将。

一二 藤原仲平。基経の子、実頼の伯父。正二位、左大臣。左大将在任は承平二年（九三二）八月から天慶八年（九四五）九月の没時まで。享年七十一歳。

一三 奈良市雑司町にある、華厳宗の総本山。

られたるぞ」との給へば、僧都申けるやう、「奈良にてうけ給《たまは》れば、左右大将慎《つつし》み給べしと、[一八]天文博士[一九]勘申《かんがへまうし》たりとて、右大将殿は春日社、山階寺などに、御祈さま〴〵に候へば、殿よりもさだめて候《さぶらひ》なんと[二〇]思給《たまへ》て、[二一]案内つかうまつるに、さる事もうけ給はらずと、[二二]みな申候へば、おぼつかなく思給て参《まいり》候つる也。猶、御祈候はんこそ、よく候はめ」と申ければ、左大将の給《たまふ》やう、「尤《もつとも》しかるべき事なり。されど、おのが思ふは、大将の慎《つつし》むべしと申《まうす》なるに、おのれも慎《つつし》まば、右大将のために悪《あ》しうもこそあれ。かの大将は[二三]才《ざえ》もかしこくいますかり。[二四]年も若《わか》し。[二五]大《おほ》やけにつかうまつるべき人なり。おのれにを《お》きては、させる事もなし。年も老たり。いかにもなれ、[二六]何条《なんでふ》事かあらんと思へば、祈《いの》らぬ也」との給《たまひ》ければ、僧都、ほろ〴〵とうち泣《な》きて、「百千の御祈にまさるらん。[二七]此御心の定《ちやう》にては、事のおそり更に候はじ」といひてまかでぬ。

されば、実にことなくて、大臣に成て、七十余までなんおはしける。

（一八四　御堂関白御犬《みだうくわんぱくのおんいぬ》、晴明等《せいめいら》、奇特事《きどくのこと》　巻一四ノ一〇）

[二八]これも今は昔《むかし》、[二九]御堂関白殿、[三〇]法成寺《ほふじやうじ》を建立し給て後《のち》は、日ごとに御堂へまい《ゐ》

一四 寛教の弟子。東大寺別当。権少僧都。安和二年(九六九)没、六十五歳。一説六十二歳。
一五 何の御連絡さえおありにならなかったので。
一六 心配なあまりに。
一七 仲平の邸。一条天皇の里内裏。近衛大路北、東洞院大路西にあったか。なお仲平は富裕の人として知られ、枇杷殿には多くの舎庫があって、多数の珍宝が所蔵されていたという(江談抄)。
一八 陰陽寮に属し、天体の運行により吉凶を判断、奏聞する役職。　一九 判断する。
二〇 存じまして。「給へ」は下二段活用で、謙譲。
二一 問合せをいたしましたところ。
二二 古活字本「みな人はおぼつかなく」。
二三 学問の道も大変にすぐれている。
二四 実頼は仲平より、二十五歳年下。
二五 古活字本「ながくおほやけに」。
二六 どうして不都合なことがあろうか。
二七 このような御心の御様子であれば。「定」は程度、様態をあらわす。今昔「この御心、仏の教へなり。我が身を棄てて人を哀ぶは、限無き善根なり。三宝必ず加護し給ひなむ。されば御祈りなしといへども、恐れあるべからず」。
▽仲平は温厚篤実な人物であったらしい。一方、実頼も相人から「貴臣」と予言されるほどの人物であった。しかし、権勢の面では、縁遠いものがあり、村上帝後宮に入った二人の娘からは皇子誕生せず、しかも後嗣たる敦敏、斉敏の息男にも先立たれるという薄運であった。廟堂内の権力は弟の師輔に集中していく。次話登場の道長はその師輔の孫にあたる。
二八 古活字本「今は昔」。
二九 藤原道長。→二二四頁注二一。　三〇 藤原道長創建になる天台宗の寺。土御門殿の東に営まれ、広大なものであったが、文保元年(一三一七)廃絶。

らせ給けるに、[一]白き犬を愛してなん飼せ給ければ、いつも御身をはなれず、御供《とも》しけり。

或日、例のごとく御供しけるが、門を入らんとし給へば、此犬、御先《さき》にふたがるやうに吠《ほえ》まはりて、内へ入《いれ》奉《たてまつ》らじとしければ、[二]「何条」とて、車より下《お》りて、入んとし給へば、御衣の裾《すそ》をくひて、引とゞめ申さんとしければ、[三]「いかさま、やうある事ならん」とて、[四]榻《しぢ》を召《め》し寄《よ》せて、御尻をかけて、[五]晴明に[六]「きと参《まい》れ」と、召《め》しにつかはしたりければ、晴明、則《すなはち》参《まい》りたり。

「かゝる事のあるはいかゞ」と尋給ければ、晴明、しばし占《うら》なひて申けるは、「これは君を[七]呪咀《しゆそ》し奉て候《さぶらふ》物を、道にうづみて候。[八]御越《こえ》あらましかば、[九]悪《あ》しく候べきに、犬は[一〇]通力の物にて、告《つ》げ申て候也」と申せば、「さて、それはいづくにかうづみたる。あらはせ」との給《たま》へば、「やすく候」と申て、しばし占《うら》なひて、「こゝにて候」と申《まうす》所を、掘《ほら》せて見《み》給に、土五尺斗掘たりければ、案のごとく物ありけり。[一一]土器《かはらけ》を二うち合《あ》はせて、黄なる[一二]紙捻《かみより》にて十文字にからげたり。開て見《み》れば、中には物もなし。[一三]朱砂《しゆしや》にて、[一四]一文字を土器《かわらけ》の底に書《か》きたる斗也。「[一五]晴明がほかには、知たる者候はず。もし、[一六]道摩《だうま》法師や仕たるらん。[一七]糺《ただ》して見候はん」とて、[一八]懐《ふところ》より紙を取出し、鳥の姿《すがた》に引結《むす》びて、呪を誦《ずん》じかけ

一 右記では「香斑小犬」。
二 「何条ことかあらん」の略。前話の仲平も同じ言葉を発している。仲平が甥の身を案じて、我身の運命を甘受しようとしたのに対し、道長のこの言葉には吠声をあげる犬を押し切って入ろうとする強引さがこめられており、この一語で二人の人物を見事に形象しているといえる。
三 きっと、わけがある事なのだろう。
四 牛車から牛をはずした時、轅（ながえ）の軛（くびき）を支える台。乗降の際の踏み台、腰掛にも用いた。
五 →五六頁注一。 六 すぐに。
七 のろい申しあげます物を。右記「有二咒咀之巫蠱一、其支度埋レ此也」。
八 お越えになったならば。
九 以下、古事談には「今君之御運依レ無レ止御座一」とある。
一〇 不思議な力。神通力。 一一 素焼の土器。
一二 こより。右記「以二五色糸一十文字結レ之」。
一三 朱紅色の鉱物。水銀と硫黄の化合物で、赤色の絵の具の原料。辰砂（しんしゃ）、丹砂とも。
一四 右記「只一文字書二土器底一」。古事談にはこの記述なし。
一五 右記「此術輒非レ所二人之知一、未レ堕レ地術也。昔、吉備大臣入唐之時、習二鶏林之術師一、伝二馬台之博士一云々、此術播磨国住、道満法師相伝者也、其外相承輩、当世不レ可レ有」。
一六 芦屋道満。陰陽道の大家。「清明、道満は一条院御宇一双の陰陽の逸物也」（峯相記）。
一七 古活字本「報じて」。 一八 右記「乞二硯与レ紙、絵二画鷺一、以二左手一、吹二放之一」。
一九 六条坊門小路と万里小路が交叉するあたり。河原院に近く、古事談、十訓抄では「川原院」と明示する。右記「三条大宮」。
二〇 左右に開く戸。

て、空へ投《な》げ上《あ》げたれば、忽に白鷺に成て、南をさして飛行けり。

「此鳥のおちつかん所を見《み》て参《まい》れ」とて、下部《しもべ》を走《はし》らするに、[一九]六条坊門、万《ま》里《での》小路辺に、古《ふり》たる家の[二〇]諸折《もろおり》戸の中へ落入にけり。則《すなはち》、[二一]家主、老法師にてありける、搦捕《からめとり》て参《まい》りたり。呪咀のゆへ《ゑ》を問《とは》るゝに、「[二二]堀川左大臣顕光公の[二三]語《かたり》をえて仕《つかまつり》たり」とぞ申ける。「このうへは、流罪すべけれども、道摩が咎《とが》にはあらず」とて、「[二四]向後《きやうこう》、かゝる態《わざ》すべからず」とて、本国[二五]播磨へ追下されにけり。

此顕光公は、死後に怨霊と成て、[二六]御堂殿辺へはたゝりをなされけり。悪霊左府となづく云々。犬はいよ〳〵[二七]不便《ふびん》にせさせ給けるとなん。

（一八五　高階俊平《たかしなとしひら》ガ弟《おとうと》入道《にふだう》、算術事《さんじゆつのこと》　巻一四ノ一一）

これも今は昔《むかし》、[二八]丹後前司[二九]高階俊平といふものありけり。後には法師になりて、[三〇]丹後入道とてぞありける。それが弟《おとゝ》[三一]にて、[三二]司もなくてあるものありけり。それが[三三]主の供《とも》に下《くだ》りて、[三四]筑紫にありける程に、あたらしく渡たりける唐人の、[三五]算いみじく置《を》くありけり。それにあひて、「算置《を》く事ならはん」と[三六]いひけれども、

二一 家主は老法師であったが、それを。
二二 藤原顕光。従一位、左大臣。堀河左大臣と号す。兼通の子。道長とは従兄弟関係にあたる。娘の元子を一条天皇、延子を皇太子敦明親王に嫁がせるが、元子は皇子を生まず、敦明親王(小一条院)は道長側の圧迫により、皇太子を辞退、以後も非運続きで、死後、悪霊と化し、道長周辺にたたったという。治安元年(一〇二一)没、七十八歳。
二三 話のもちかけ。なお峯相記では「道満、伊周公の語に依て」。　二四 これからのち。今後。
二五 兵庫県西南部。播磨国と陰陽師の関係は深い(一四〇話参照)。　二六 顕光らの霊が道長周辺にたたったことは諸書に多く見える。
二七 大切にかわいがりなさった。
▽堀河左大臣の道長への怨恨にはすさまじいものがあったが、彼が命とひきかえたほどの呪詛は不発に終り、敗退した。殊勲の犬はますます道長に可愛がられたという。前話、篤実な仲平は七十余までつつがなく生きのびたが、同じ七十余歳ながら顕光は悲運、老羸《ろうるい》の七十余年であった。
二八 前の丹後の国司。丹後は現在の京都府北部。
二九 高階助信の子。丹後守、従四位下。法名信寂。藤原道隆室の高内侍、高階貴子の甥にあたり、定子、伊周、隆家らは従兄弟になる。尊卑分脈、高階氏系図は「信平」と表記。生没年未詳。
三〇 和歌色葉には「丹後入道信寂」とある。
三一 未詳。諸系図には見えない。　三二 官職。
三三 今昔には「閑院の実成の帥」とある。実成は藤原公季の男で、長元六年(一〇三三)十二月、大宰権帥になり、長暦元年(一〇三七)解任されている。
三四 筑前、筑後の古称。転じて九州全体もいう。
三五 算木《さんぎ》を用いて、易占、呪術、計算など

初《(はじめ)》は[一]心にも入れで、教《をし》へざりけるを、すこし置《を》かせてみて、「[二]いみじく算置《を》きつべかりけり。日本にありては[三]なにゝかせん。日本に[四]算置《を》く道、[五]いとしもかしこからぬ所なり。我に具《ぐ》して[六]唐に渡らんといはゞ、教《をし》へん」といひければ、「[七]よくだに教《をし》へて、[八]その道にかしこくだにもなりなば、いはんにこそしたがはめ。唐に渡《わた》りても、[九]用《(もちゐ)》られてだにありぬべくは、いはんにしたがひて、唐にも具《ぐ》せられて行《い》かん」なんど、[一〇]ことよくいひければ、それになんひかれて、心に入《(いれ)》て教へける。

教《をし》ふるにしたがひて、[一一]一事を聞《き》ゝては、十事を知《し》るやうに成ければ、唐人もいみじくめでゝ、「我国に算置《を》くものは多《おほ》かれど、汝ばかり此道に心得《え》たる物はなき也。[一二]かならず我に具《ぐ》して唐へ渡《わた》れ」といひければ、「[一三]さらなり。いはんにしたがはん」といひけり。「此算の道には、病する人を[一四]置やむる術もあり。又、病せねども、にくし、[一五]ねたしと思《おも》ふ物を、たち所に置《を》き殺《ころ》す術などあるも、[一六]さらに惜《お》しみ隠《かく》さじ。[一七]君に伝《つた》へんとす。たしかに我に具《ぐ》せんといふ[一八]誓言《ちかごと》立《た》てよ」といひければ、[一九]まほには立《た》てず、少《すこ》しは立《た》てなどしければ、「なを《(ほ)》人殺《ころ》す術をば、唐へ渡《わた》らん船の中にて伝《(つたへ)》ん」とて、異事《ことく》どもをば、よく教《をし》へたりけれども、その一事をばひかへて、教《をし》へざりけり。

をすること。算木は長さ三寸ほどの木片。
三六 古活字本「いひければ」。

一 気にもとめないで。「心にも入れて教へざりける」とも読みうる。今昔「心にも不レ入で、更に不レ教りけるを」。
二 大変、たくみに算木を置きそうな男だ。
三 何をしようというのか。
四 古活字本、以下「算」を「かん」とする。
五 たいして、すぐれているところではない。それほどよい所でもない。
六 今昔「宋」。以下同じ。
七 十分よく教えてさえくれて。
八 その算道において、上達さえするならば。
九 かの地で、自分が必ず用いられてさえあるならば。
一〇 言葉たくみに。
一一 「回也、聞レ一以知レ十」(論語・公冶長)。
一二 古活字本「かはらず」。
一三 もちろんです。
一四 算木を置いて治す。
一五 いまいましい。
一六 決して。
一七 古活字本「ねんごろにつたへむとす」。
一八 誓いの詞。神仏にむかって約束する言葉。
一九 完全には立てないで。本気には立てないで。

かゝる程に、よく習《なら》ひつたへてけり。[二〇]それに、俄《(にはか)》[二一]に主の、事ありて、上《のぼ》りければ、その供《とも》に上《のぼ》りけるを、唐人聞《き》きてとゞめけれども、「いかでか、[二二]年《とし》[二三]ごろの君の、かゝる事ありて、俄に上《のぼ》り給はん、送《をく》[二四]りせではあらん。思《おも》[二五]ひ知《し》り給へ。約束《やくそく》をばたがふまじきぞ」などすかしければ、[二六]「げに」と唐人思て、「さは、かならず帰て来《と》よ。今日明日《けふあす》にても、唐へ帰らんと思《おも》ふに、君の来《き》たらんを待《(まち)》[二七]つけて、渡《わた》らん」といひければ、その契を深《ふか》くして、京に上《のぼ》りにけり。

[二八]世中のすさまじきまゝには、[二九]やをら唐にや渡《わた》りなましと思《おも》ひけれども、京に上《のぼ》りにければ、親《した》しき人〳〵にいひとゞめられて、俊平入道など聞《き》きて、制《せい》しとゞめければ、筑紫《つくし》へだにえ[三〇]行《い》かず成《(なり)》にけり。この唐人は、しばしは待けるに、[三一]音《をと》もせざりければ、[三二]わざと使おこせて、文を書て、恨おこせけれども、「年老たる親のあるが、[三三]今日明日《けふあす》とも知《し》らねば、それがならんやう見はてゝ、行《い》かんと思ふなり」といひやりて、行《い》かずなりにければ、しばしこそ待けれども、[三四]はかりけるなりけりと思《おも》へば、唐人は唐に帰渡て、[三五]よくのろひて行にけり。はじめは、いみじくかしこかりけるものゝ、唐人にのろはれて後《のち》には、いみじく[三六]ほうけて、物《もの》も覚《おぼ》えぬやうにてありければ、[三七]しわびて、法師になりてけり。入道の君とて、[三八]ほうけ〳〵として、[三九]させる事なき物にて、俊平《としひら》入道がもとゝ、山寺

二〇 そうであったところに。ところが。
二一 突然、主人の、ちょっとした出来事があって。今昔「しかる間、帥、安楽寺の愁に依て、俄に事有て、京に上けるに」。
二二 どうして。
二三 長年仕えている主君が。
二四 送らないでいられようか。
二五 おわかり下さい。今昔「そこの事を受けて、違はじと思ふも、主のかく騒ぎて上り給ふ送せむといふにこそ、我が事、え違ふまじきなりけりとは思ひ知らめ」。
二六 巧みにいいなだめたので。
二七 待ってから。
二八 世の中がひどくつめたくいやに思われたので。
二九 そっと唐に渡ってしまおうか。
三〇 行くことができなくなってしまった。
三一 何の音沙汰もなかったので。
三二 わざわざ使を京までよこして。
三三 今日明日の命ともわからないので。
三四 だましたのだった。
三五 たっぷりとのろいをかけて。今昔「よくのろひてなむ宋に返り渡りける」。
三六 ぼけてしまって。
三七 どうすることもできず。やむをえず。
三八 ひどくぼけてしまった状態をいう。
三九 とくにどうということもない者として。何のとりえもない者として。

などに通《かよ》ひてぞありける。

ある時、若《わか》き女房ども集《あつ》まりて、[一]庚申《(かうしん)》しける夜、此入道の君、かたすみにほうけたる体《てい》にてゐたりけるを、夜更《ふ》けけるまゝに、ねぶたがりて、中に若《わか》く[二]ほこりたる女房のいひけるやう、「入道の君こそ[三]。かゝる人はお《(を)》かしき物語《がたり》などもするぞかし。人〳〵[四]笑《わら》ひぬべからん物語《がたり》し給へ。笑《わら》ひて目さまさん」といひければ、入道、「おのれは[五]口てづゝにて、人の[六]笑給斗《(わらひたまふばかり)》の物語《がたり》は[七]えし侍らじ。[八]さはあれども、[九]笑《わら》はんとだにあらば、[一〇]笑《わら(は)》わかし奉《たてまつ》りてんかし」といひければ、「物語《がたり》はせじ。たゞ笑《わら》はかさんとあるは、[一一]猿楽《(さるがく)》をし給ふか。それは物語《ものがたり》よりはまさる事にてこそあらめ」と[一二]まだしきに笑《わら》ひければ、「さも侍らず。たゞ笑《わら》はかし奉《たてまつ》らんと思なり」といひければ、「こは何事ぞ。とく笑《わら》はかし給へ。[一三]いづら、〳〵」とせめられて、何《なにゝ》にかあらん、物持《も》ちて、火の[一四]明《あか》き所へ出《い》で来《き》たりて、「何事《なに》せんずるぞ」と見《み》れば、[一五]算の袋をひきときて、算をさら〳〵と出しければ、これを見《み》て、女房ども、「是が、お《(を)》かしき事にてある[一六]か〳〵《(あるか)》」と。「いざ〳〵笑《わら》はん」などあざける[一七]を、いらへもせで、算をさら〳〵と置《を》きゐたりけり。

置《を》き果《は》てゝ、広《ひろ》さ[一八]七八分ばかりの算のありけるを、一とりいでゝ、手にさゝ

一 庚申待ち。庚申の夜に寝ると体内にいる三尸《(さんし)》虫が天帝にその人の悪事を伝えるという道教の説があって、貴族たちはこの夜、眠らないで、談話、遊宴などをしてすごした。
二 いい気にふるまっている。
三 人名の下に続けて、呼びかける言葉。
四 きっと笑い出してしまうような物語。以下「笑ふ」が効果的に繰り返し使われる。
五 口べた。「てづつ」は不器用の意。
六 古活字本「笑給中の」。
七 古活字本「えしり侍らじ」。今昔「知り侍らじ」。
八 書陵部本、伊達本など「さはありとも」。
九 ただ笑いたいというだけでのことであるならば。
一〇 笑わせてさしあげますよ。
一一 即興でおこなう、滑稽な仕草や物真似。「さるがう」とも。
一二 まだ何もしないのに。少しのことでも笑いころげがちな、若い女房たちの常々の傾向。
一三 どうしたの、さあ、さあ。
一四 明るい。
一五 算木を入れた袋。
一六 古活字本「あるか、あるか、いざ〳〵わらはん」。
一七 勝手なことをいっているのを。ばかにしていっているのを。
一八 一分は一寸の十分の一。約〇・三センチメートル。

げて、「[一九]御前《ぜん》たち、さは、いたく笑《わら》ひ給て、[二〇]わび給なよ。いざ、笑《わら》はかし奉《たてまつ》らん」といひければ、「その算、さゝげ給へるこそ、[二一]お《(を)》こがましくてお《(を)》かしけれ。何《なに》事にて、わぶ斗は笑《わら》はんぞ」などいひあひたりけるに、其八分《ぶん》斗の算を置《(おき)》加《くは》ふると見《み》[二二]たれば、ある人みなながら、[二三]すゞろに[二四]え《(ゑ)》つぼに入にけり。いたく笑て、とゞまらんとすれどもかなはず。[二五]腹のわた、切《き》るゝ心地《ち》して、死《し》ぬべくおぼえければ、涙をこぼし、すべき方なくて、え《(ゑ)》つぼに入《(いり)》[二六]たるものども、物をだにえいはで、入道にむかひて手をすりければ、「[二七]さればこそ申つれ。笑《わら》ひあき給《(たまひ)》ぬや」といひければ、うなづきさは《(わ)》ぎて、[二八]ふしかへり、笑《わら》ふ〳〵手をすりければ、[二九]よくわびしめて後《のち》に、置たる算を、さら〳〵とを《(お)》[三〇]しこぼちたりければ、[三一]笑《わら》ひさめにけり。「いましばしあらましかば、死なまし。またか斗《(ばかり)》たへがたき事こそなかりつれ」とぞいひあひける。[三二]笑《わら》ひごうじて、集《あつ》まりふして、病《や》むやうにぞしける。

かゝれば、「人を置《を》き殺《ころ》し、置《を》き生《い》くる術ありといひけるをも、伝《つた》へたらましかば、[三三]いみじからまし」とぞ人もいひける。算の道《みち》はおそろしき事にてぞありけるとなむ。

一九 貴人の敬称。みなさま方。お前さま方。
二〇 お苦しみなさるなよ。
二一 間が抜けて。ばかみたいで。若い女房たちが、入道を頭からばか扱いしている場面。
二二 古活字本「見れば」。
二三 何ということもなしに。
二四 笑いの極に達すること。
二五 内臓。はらわた。
二六 古活字本「いれたる」。
二七 だからこそ申し上げたのですよ。
二八 ひっくり返り。ころげまわり。
二九 十分に辛いおもいをさせてから。書陵部本「わらひしめて」。
三〇 手でおしこわしたところ。
三一 笑いが止まったのだった。
三二 極度に笑いつかれて。「ごうず」は「困(こう)ず」でなく、「極(ごう)ず」の意か。
三三 大変なことであったろう。
▽道長と権力抗争したのは前話の顕光だけではない。道長の甥、伊周もその一人で、弟隆家とともども左遷され、政界から葬られた経過と悲劇は大鏡に詳述されるところである。この伊周、隆家、そして定子の父は道隆、その母は高内侍、高階貴子である。本話登場の俊平とその弟の入道はこの貴子の甥、伊周らとは従兄弟にあたる。道長と関わる政争として、伊周兄弟、その母方の高階氏の名は浮んできたのであろうか。「ほうけた」入道の君の姿は老法師道満の連想があるし、奇術、秘術の第一〇六話とも共通する。両話とも奥儀伝授がなかったこと、場所は信濃国と筑紫で、両者には対照の面白さがある。

（一八六　清見原天皇《きよみはらのてんわう》、与㆓大友皇子㆒合戦事《おほとものわうじとかっせんのこと》　巻一五ノ一）

今《いま》は昔、[一]天智天皇の御子に、[二]大友皇子といふ人ありけり。[三]太政大臣に成て、世の政《(まつりごと)》を行てなんありける。心の中に、「御門《(みかど)》失《(うせ)》給なば、次の御門には、我ならん」と思給けり。[四]清見原《(きよみはら)》天皇、その時は[五]春宮《(とうぐう)》にておはしましけるが、此気《(け)》色《(しき)》を知《し》らせ給ければ、「大友皇子は、時の政をし、[六]世のおぼえも威勢も[七]猛《まう》也。我は春宮にてあれば、勢も及べからず。[八]あやまたれなん」と、おそりおぼして、[九]御門、病つき給、則《(すなはち)》、「[一〇]吉野山の奥に入て、法師になりぬ」といひて、籠《こも》り給《(たまひ)》ぬ。

其時、大友皇子に人申けるは、「春宮を吉野山にこめつるは、[一一]虎に羽をつけて、野に放《(はなつ)》ものなり。同《(おなじ)》宮に[一二]据《す(ゑ)》へてこそ、心のまゝにせめ」と申ければ、げにもとおぼして、軍《(いくさ)》をとゝのへて、迎奉《たてまつ》るやうにして、殺し奉んとはかり給ふ。

此大友皇子の妻にては、[一三]春宮の御女まし〳〵ければ、父の殺され給はん事をかなしみ給て、「いかで、此事告《(つげ)》申さん」とおぼしけれど、すべきやうなかりけるに、思わび給て、[一四]鮒《(ふな)》のつゝみ焼《やき》の有ける腹に、小《ちい》さく文《ふみ》を書《か》きて、をし《(お)》入

一 第三十八代天皇。舒明天皇皇子。母は皇極（斉明）天皇。大化の改新を断行、律令体制の基礎を築く。近江国大津京に遷都した。天智十年（六七一）崩、四十六歳か。
二 天智天皇の皇子。妻室は天武天皇皇女、十市皇女。太政大臣。天智没後、壬申の乱で天武天皇側に敗れ、山前（やまさき）で自殺。明治三年（一八七〇）、第三十九代天皇として弘文天皇を追謚。天武元年（六七二）崩、二十五歳。
三 太政官の長官で、律令制における最高官。六七一年大友皇子が任命されたのが最初で、大宝令以前は皇子に限られていた。
四 第四十代天武天皇。舒明天皇皇子。母は皇極（斉明）天皇。天智天皇の同母弟。大海人（おおあま）皇子。六六八年、皇太子。天智帝病気の際、後事を託されるが、固辞して出家、吉野に入る。六七二年、壬申の乱で美濃に進み、大和豪族層の活躍で、大友皇子側に勝利。飛鳥浄御原（きよみはら）に遷都。強力な律令体制支配を確立した。朱鳥元年（六八六）崩、六十五歳か。
五 皇太子の異称。　六 世の中の評判。
七 古活字本「まうせい」。　八 殺されてしまうだろう。　九 病気になられた時すぐに。
一〇 奈良県吉野郡にある山。日本書紀二十七「東宮、天皇に見えて、吉野に立（ま）か）りて、修行仏道（おこなひ）せむと請（ま）うし給ふ」。
一一 威勢の強い者に、さらに威勢をつけさせ、ほしいままにふるまわせる、危険な状態をいう。日本書紀二十八「或曰はく、虎に翼を着けて放てりといふ」。
一二 住まわせてこそ、自由にすることができる。
一三 十市皇女（とおちのひめみこ）。大友皇子妃。天武天皇皇女、母は額田王。天武七年（六七八）没、享年未詳。扶桑略記によれば「世伝云、大友皇子之妃、是

て奉り給へり。

春宮、これを御覧じて、[一五]さらでだにおそれおぼしける事なれば、「[一六]さればこそ」とて、いそぎ[一七]下種《(げす)》の[一八]狩衣《(かりぎぬ)》、袴を着給て、[一九]藁沓《(わらぐつ)》をはきて、宮の人にも知《し》られず、只一人、山を越て、北ざまにおはしける程に、[二〇]山城国田原《たはら》といふ所へ、道も知《し》り給はねば、五六日にぞ、たどる〳〵おはしつきにける。その里人、あやしく、けはひのけだかくおぼえければ、[二一]高杯《つき》に栗を焼、又ゆでなどして参《まい》らせたり。その二色の栗を、「[二二]思《おも》ふ事かなふべくは、生《お》ひ出でて、木になれ」とて、片山の[二三]そへにうづみ給ぬ。里人、これを見《み》て、あやしがりて、しるしをさして置《を》きつ。

そこを出《い》で給て、[二四]志摩国ざまへ、山に添て出《い》で給ぬ。その国の人、あやしがりて問奉《たてまつ》れば、「道に迷たる人なり。喉かはき《(わ)》たり。水飲《の》ませよ」と仰られければ、大なる[二五]つるべに、水を汲て参らせたりければ、喜て仰られけるは、「汝が[二六]族《ぞう》に此国の守《かみ》とはなさん」とて、[二七]美濃国へおはしぬ。

この国の[二八]洲股《すのまた》の渡《わた》りに、舟もなくて立給たりけるに、女の、大なる[二九]舟《ふね》に布入て洗けるに、「此渡り、[三〇]なにともして渡してんや」との給《(たまひ)》ければ、女申けるは、「一昨日《(をとつひ)》、大友の大臣の御使といふもの来《きた》りて、渡《(わたり)》の舟ども、みなとり隠《かく》させ

天皇女也、窃以謀ㇾ事、隠通ニ消息一」とある。また、扶桑蒙求私注の佚文では「爰に妃御心賢くして、女の童のあまめの頸に文をかきて、綴こめて着しめて、吉野の宮へ遣す」(上宮太子拾遺記七所収)とあるが、書紀には見えない。

一四 鮒の腹の中に昆布、串柿、胡桃、蒸栗などを入れて、酒塩で調味して焼いたもの。四条流庖丁書にも「天武天皇と大友王子と御代を争給ふ時の事にや。天武天皇へ御敵なすべき事さま〴〵書て、鮒の腹に入て参らせらるる間、御覧有て、即御謀共有ければ、御敵を亡しゐて、御心の如く成りし事也。然間目出度御肴成べし」とある。

一五 やはり、そうであったか。 一六 そうでなくてさえ。

一七 下人。身分の低い者。

一八 公卿の日常の略服。古くは「布衣(ほい)」という。貴人が姿をやつして流浪する点、貴種流離譚の面影がある。 一九 わらで作った履物。

二〇 京都府綴喜郡宇治田原町。宇治市、大津市に接し、古来、大和と北陸、東山道を結ぶ経路。

二一 食物を盛る器で、高い足のついたもの。なお、宇治田原町にある御栗栖(みくるす)神社は天武天皇行宮跡といわれる。「煮栗焼栗の林」ともいわれ、栗の産出地として有名。朝廷の供御所となっていた。

二二 謡曲・国栖でも、天武帝に供えた国栖魚(くずうお)を吉野川に放って、吉凶を占う場面がある。

二三 かたわら。ほとり。

二四 現在の三重県の一部。

二五 井戸から水を汲み上げる容器。

二六 一族。「ぞく」のウ音便。

二七 現在の岐阜県の南部。 二八 岐阜県安八郡墨俣町。長良川沿いの交通の要衝。

二九 槽(おけ)。 三〇 何とかして渡してくれないか。

ていにしかば、これを渡《わた》し奉《たてまつ》りたりとも、多《おほ》くの渡り、え[一]過《すぎ》させ給まじ。[二]かくはかりぬる事なれば、[三]いま軍《いくさ》、責来《せめきた》らんずらん。いかゞしてのがれ給べき」といふ。「さては、いかゞすべき」との給《たま》ひければ、女申けるは、「[四]見《み》奉《たてまつ》るやうあり。[五]たゞにはいませぬ人にこそ。さらば隠《かく》し奉らん」といひて、湯舟を[六]うつぶしになして、その下にふせ奉《たてまつ》りて、上に布を多《おほ》く置《を》きて、水汲かけて洗ゐたり。

しばし斗《ばかり》ありて、兵《つはもの》四五百人斗来《き》たり。女に問て云、「[七]これより人や渡《わた》りつる」といへば、女のいふやう、「[八]やごとなき人の、軍千人ばかり具《ぐ》しておはしつる。今は[九]信濃国には入給ぬらん。いみじき[一〇]竜のやうなる馬に乗て、飛がごとくしておはしき。此少勢にては、追付給たりとも、みな殺され給なん。これより帰て、[一一]軍を多《おほ》くとゝのへてこそ追給はめ」といひければ、まことにと思て、大友皇子の兵、みな引返しにけり。

其後、女に仰られけるは、「此辺に、[一二]軍催さんに、出来《いでき》なんや」と問給ければ、女、[一三]はしりまひて、その国の[一四]むねとある者どもを、催しかたらふに、則、二三千人の兵《つはもの》出《い》で来《き》にけり。それを引具《ぐ》して、大友皇子を追給に、[一五]近江《あふみの》国《くに》[一六]大津といふ所に追付て、たゝかふに、皇子の軍やぶれて、散《ち》り〴〵に逃《にげ》

一 通りぬけることはおできになりますまい。
二 このように企てている事ですから。
三 今にも軍勢が攻め寄せてくるでしょう。
四 お見うけすると何かわけがありそうです。古活字本「見奉るやう」。
五 普通の方ではいらっしゃらない。
六 ひっくり返して。謡曲・国栖においても天武天皇は舟の下に隠れて難をのがれる。逆さの舟の中にひそむことは説経節・山椒大夫などにも見られ、死を意味し、舟からの脱出は復活を意味する。　七 この渡りから誰かが渡ったか。
八 とても高貴なお方が。　九 現在の長野県。
一〇 足が速い、きわめてすぐれた馬をいう。
一一 軍兵を多勢、あつめととのえてから。
一二 軍兵を募ったら。　一三 あちこち走り回って。
一四 主だった者たち。中心になっている者たち。
一五 現在の滋賀県。　一六 滋賀県大津市。天智天皇の皇居、大津宮は南滋賀町付近にあったか。
一七 近江国滋賀郡の長等山(大津市三井寺)、河内国茨田郡三矢村山崎(大阪府枚方市)、河内国交野郡郡門(とう)(ずう)(大阪府北河内郡)、山城国山崎(京都府乙訓郡大山崎)など各説あり。日本書紀では「是に大友皇子、走(に)げて入らむ所なし。乃ち還りて山前(やまさき)に隠れて、自ら縊れぬ」。
一八 日本書紀「大友皇子の頭を捧げて、営(いほり)の前に献(たてまつ)りぬ」。　一九 大海人皇子が大和国に入ったのは六七二年九月十二日、飛鳥浄御原宮で即位したのは六七三年二月二十七日。
二〇 山槐記に「田原供御所持甘栗三十籠」(応保元年十一月二十一日)と見える。
二一 天武天皇の皇子、高市皇子の五代の孫にあたる峯雄が高階姓を賜わる。高橋氏の志摩国守は散見されるが、高階氏の例は未詳。
二二 天武天皇勅願によって六八〇年建立される

る程に、大友皇子、つゐ《(ひ)》に山崎[一七]にて討れ給て、頭[一八]とられぬ。それより春宮、大[一九]和国に帰《(かへり)》おはしてなん、位につき給けり。

田原にうづみ給し焼栗、ゆで栗《ぐり》は、形もかはらず生出けり。今に、田原[二〇]の御栗とて奉るなり。志摩《しま》の国にて水めさせたる者は、高階氏[二一]のものなり。されば、それが子孫、国守にてはある也。その水めしたりしつるべは、今に薬師寺[二二]にあり。洲股《すのまた》の女は、不破の明神[二三]にてまし／＼けりとなん。

（一八七　頼時《よりとき》ガ胡《こ》人見《ひとみ》タル事《こと》　巻一五ノ二）

[二四]これも今は昔《むかし》、胡[二五]国といふは、唐よりもはるかに北と聞《き》くを、奥州[二六]の地にさしつゞきたるにやあらんとて、宗任[二七]法師とて、筑紫[二八]にありしが語《かた》り侍ける也。

此宗任《むねたう》が父は、頼時[二九]とて、陸奥《みちのくに》の夷《ゑびす》[三〇]にて、大《(おほ)》[三一]やけにしたがひ奉《たてまつ》らずとて、せめんとてせられける程に、「いにしへより今にいたるまで、おほやけに勝奉《たてまつ》るものなし。我はすぐさず[三二]と思へども、責《(せめ)》をのみかうぶれば、晴《は》[三三]るくべき方なきを、奥《おく》の地より北に見渡《みわた》さるゝ地[三四]あんなり。そこに渡《わた》りて、ありさまを見《み》て、[三五]さてもありぬべき所ならば、我にしたがふ人[三六]の限《かぎり》を、みな率《い》[三七]て渡《わた》して住《す》まん」

が、平城遷都にともなって、養老二年（七一八）、藤原京から移転。現在、奈良市西の京町にある。
二三 岐阜県不破郡垂井町にある仲山金山彦（なかやまのかなやまひこ）神社。美濃国一の宮。南宮とも。
▽前々話の朝廷内の権力抗争の話から壬申の乱へととぶ。道長、伊周の抗争に於ては隠れた勢力として高階氏があった。その高階氏の話は算置き老人の話で終るかと見せかけておいて、実は本話に於て、再び顔を出す。しかも話の結末近くまでは全く高階氏とは無関係の形で語られ、最後になって、その名が登場。読者は初めて話の脈絡に気付かされるのである。
二四 古活字本「今は昔」。
二五 中国の北方にある蛮国。北狄（ほくてき）と呼ばれた。　二六 古活字本「陸奥の地に」。
二七 安倍宗任。頼時の子。鳥海三郎と称する。父頼時、兄貞任らとともに前九年の役で源頼義、義家と戦う。康平五年（一〇六二）頼義に帰降。同七年伊予に配流、治暦三年（一〇六七）には太宰府に移送された。古今著聞集九によれば、義家に近侍したとも。生没年未詳。
二八 筑前、筑後の古称。九州全体をさすことも。ここは配流先の太宰府のことか。
二九 安倍頼時。初め頼吉。忠良の子。奥六郡の総帥となり、朝廷側と対立。追討軍の源頼義らに帰服するが、再び離反、子の宗任、貞任らとともに前九年の役を戦う。天喜五年（一〇五七）敗死、行年不明。
三〇 「えみし」の転。東北地方に居住した住民のことで、未開の、野蛮な民族と思われていた。今昔では頼時と夷を同一視してはいない。
三一 朝廷。
三二 過失はおかしていない。「過（あやま）ず」を「すぐさず」と訓んだか。今昔「更に錯（あやま）つ事なく」。

といひて、まづ舟一《ひとつ》をとゝのへて、それに乗《の》りて行《ゆき》たりける人〱、頼時、[一]厨川《くりやがは》の次郎、[二]鳥海《とりのみ》の三郎、さては又、[三]むつまじき郎等ども廿人斗、[四]食物、酒など多《おほ》くいれて、舟をいだしてければ、いくばくもはしらぬ程に、[五]見渡《みわた》しなりければ、渡着《つ》きにけり。

[六]左右ははるかなる[七]葦原ぞありける。大なる川の[八]湊《みなと》を見《み》つけて、その湊にさし入にけり。人や見《み》ゆると見けれども、人気《ひとけ》もなし。[九]陸にのぼりぬべき所やあると見《み》けれども、葦《あし》原にて、道踏《ふ》みたる方もなかりければ、[一〇]「もし人気《ひとけ》する所やある」と、川をのぼりざまに、七日までのぼりにけり。それが、たゞ同《おな》じやうなりければ、[一一]あさましきわざかなとて、猶、廿日ばかりのぼりけれども、人のけはひもせざりけり。

卅日斗《ばかり》のぼりたりけるに、[一二]地の響《ひゞ》くやうにしければ、いかなる事のあるにかとおそろしくて、葦《あし》原にさしかくれて、響《ひゞ》くやうにするかたをのぞきて見《み》ければ、[一三]胡人とて絵にかきたる姿したるものゝ、赤《あか》き物にて頭結《ゆ》ひたるが、馬に[一四]乗つれて打出たり。「これはいかなる物ぞ」とて見《み》る程に、うちつゞき数知《し》らず出来《き》にけり。

河原の[一五]はたに集《あつ》まり立て、聞《きゝ》きも知《し》らぬことを[一六]さえ(へ)づりあひて、川に[一七]はら

二三 無実の罪であることを明らかにする方法もないので。書陵部本「はるゝべき」。
二四 あるということだ。「なり」は伝聞。
二五 そこでも生きていけそうな場所であるならば。 二六 今昔「ここにて徒らに命を亡ぼさむよりは、我を去り難く思はむ人の限を相具して」。
二七 みな引き連れ、渡して。

一 安倍貞任。頼時の子、宗任の兄。前九年の役で源頼義、義家らと戦い、頑強に抵抗するが、康平五年(一〇六二)戦死。四十四歳。 二 安倍宗任。
三 親しい。今昔「親しく仕ける郎等廿人許なり。その従者ども、また食物などする者、取合せて五十人許」。 四 今昔「暫く食ふべき白米、酒、菓子、魚、鳥などみな多く入れ拈(したゝ)めて」。
五 見渡されるほどの近さだったので。
六 今昔ではこの前に「しかれども、遥かに高き巌の岸にて、上は滋き山にて有りければ、登るべきやうもなかりければ、遥かに山の根につきて、差し廻りて見けるに」とある。
七 葦はイネ科の多年草。水辺に自生、高さは二メートルに達する。
八 河口。 九 陸に上がれそうな所。
一〇 今昔ではこの後に「河は底も知らず、深き沼のやうなる河にてなむありける」。
一一 あきれたことだ。今昔「さりとも、いかで河のはてなくてはあらむぞ」。
一二 大地が響くような音がしたので。
一三 胡国の人。 一四 乗り続いて。 一五 はじ。
一六 異言語をしゃべり合っていることをいう。
一七 騎馬の者が次々と河の中に走り入るさま。
一八 馬に乗らず、歩いているもの。
一九 河を歩いて渡る場所。 二〇 あそここそ歩いて渡れる浅瀬なのだ。 二一 底。

〱と打入て渡《わたり》ける程に、千騎斗やあらんとぞ見《み》えわたる。これが足音《をと》の響《ひび》きにて、はるかに聞《き》こえけるなりけり。[一八]徒《かち》の物をば、馬に乗たる物《もの》のそばに、引付〱して渡りけるをば、たゞ[一九]徒渡《かちわた》りする所なめりと見《み》けり。卅日斗のぼりつるに、一所も瀬もなかりしに、川なれば、[二〇]かれこそ渡《わた》る瀬なりけれと見《み》て、人過て後《のち》に、さしよせて見《み》れば、おなじやうに、[二一]そこひも知《し》らぬ淵にてなんありける。[二二]馬筏《うまいかだ》をつくりて泳《をよ》がせけるに、徒人《かち》はそれに取《と》りつきて渡《わた》りけるなるべし。猶のぼるとも、[二三]はかりもなくおぼえければ、[二四]おそろしくて、それより帰にけり。

さて、いくばくもなくてぞ、頼時は失にける。されば、胡国と日本の[二五]むかしの奥《おく》の地とは、[二六]さしあひてぞあんなると申ける。

（一八八　賀茂祭帰《かもまつりのかへ》サ武正《たけまさ》・兼行御覧事《かねゆきごらんずること》　巻一五ノ三）

これも今は昔《むかし》、[二七]賀茂祭の供《とも》に、[二八]下野武正《しもつけのたけまさ》、[二九]秦兼行《はだのかねゆき》つかはしたりけり。その[三〇]帰《かへ》さ、[三一]法性寺殿、[三二]紫野《むらさきの》にて御覧じけるに、武正、兼行、[三三]殿下《てんが》御覧ずと知《し》りて、ことに[三四]引つくろひて渡りけり。武正、ことに[三五]気色《きしょく》して渡《わた》る。次に、兼行又渡《わた》る。

二二 馬をいかだのように並べて、川などを渡る方法。「宇治のいくさかとよ、馬筏とかやにて渡りたりけりと聞こえし」（聞書集二二五）。
二三 先がどうなっているとも、全く見当もつかなかったので。　二四 今昔「また、しからむ程におのづから事にあひなば、極めて益なし。然れば食物の尽きぬ前に、いざ返りなむ」。
二五 「ひむかし」の「ひ」の脱か。古活字本「東」。
二六 向かいあっているようだ。
▽前九年の役にかかわる話。安倍頼時父子は京都朝廷側からすれば、叛乱人であったわけだが、本話の記述は必ずしもそうした視点からではなく、若干、頼時側に肩寄せしている点がある。宗任は俘虜となり、筑紫に流される。望郷の思いも強かったようである。宗任法師の語り口に故国への思いを読みとっても良いであろう。日本最北端の地の話を筑紫で宗任が語るという不思議さ。その不思議さの中に故国から引き離され、異境にあらねばならなかった宗任の心情が宿っていよう。
二七 京都、賀茂別雷神社（上賀茂神社）、賀茂御祖神社（下鴨神社）の祭り。陰暦四月中の酉の日に行われた。現在は五月十五日。葵祭とも。
二八 →一二五頁注二九。　二九 伝未詳。右府生。藤原忠通の随身。長承記などにその名が見える。
三〇 「祭の帰さ」のことか。賀茂祭の翌日、斎王が上賀茂神社から紫野の斎院御所に帰ること。また、その行列。　三一 藤原忠通。一二四頁注八参照。　三二 京都市北部の船岡山近辺の地名。紫野の斎院があった。
三三 摂政関白の敬称。ここは藤原忠通のこと。
三四 衣裳をきちんとととのえて。
三五 気どった表情を顔に出して。古事談「各けたみて通けるを」。

おの〳〵とりぐ〳〵に[一]いひ知《し》らず。

殿、御覧じて、「今一度、北へ渡《わた》れ」と仰ありければ、又、北へ渡《わた》りぬ。[二]さてあるべきならねば、又、南へ帰渡《わた》るに、此たびは、兼行さきに[三]南へ渡《わた》りぬ。次に武正渡《わた》らんずらんと、人〳〵待《ま》つ程に、武正やゝ久しく見《み》えず。こはいかにと思《おも》ふ程に、[四]むかひに引たる[五]幔より東を渡《わた》るなりけり。いかに〳〵と待けるに、幔の上より[六]冠の巾子《こじ》斗《(ばかり)》見《み》えて、南へ渡《わた》りたりけるを、人〳〵、「[七]猶ずちなきものの[八]心際《ぎは》なり」となんほめけりとか。

（一八九　門部府生《かどべのふしやう》、海賊《かいぞく》射《い》返《かへ》ス事《こと》　巻一五ノ四）

是も今は昔《むかし》、[九]門部《かどべ》の[一〇]府生《(ふしやう)》といふ[一一]舎人《(とねり)》ありけり。若《わか》く、身は貧《まづ》しくてぞありけるに、[一二]まゝきを好《この》みて射けり。夜《よる》も射《い》ければ、僅なる家の[一三]葺板をぬきて、ともして射《い》けり。妻もこの事を[一四]うけず。近辺の人も、「あはれ、よしなき事し給《(たまふ)》物かな」といへども、「我家もなくて、[一五]まどはんは、[一六]誰《たれ》もなにか苦《くる》しかるべき」とて、なを葺《(ほ)ふき》板をともして射《い》る。これをそしらぬもの、一人《ひとり》もなし。かくする程に、葺板みな失《う》せぬ。はてには、[一七]垂《たる》木、[一八]木舞《こまゐ》を割《わ》りたきつ。又、

一　いいようもないほど立派で、美しかった。
二　そのまま、そこにいるわけにもいかないので。
三　古事談「三ケ度御覧畢」。
四　古事談「早幔の外より南へ通候ぬと」。
五　幔幕。　六　冠の後部に高く突き出た部分。
七　なかなか手に負えない。心にくいばかりの。「すぢなき」とする説（完訳）もあるが、武正の心にくい振舞への賞讃と解したい。古事談「无レ術者也」。　八　心根。心だて。
▽北に渡り、東を渡って、南に渡る。前話の大規模な北転とは違うが、武正の芸はなかなか細かい。二度、行列を見せれば、その印象は減ずる。武正の一策は見物人に期待をいだかせておいて、巾子ばかりを見せて通過してしまうというやり方だった。悔しがる忠通他の見物客。武正は編者の好みのタイプであったらしく、本書には三度も主役として登場する。なお、本話等に見られる言葉遊びについては森正人の指摘がある。
九　衛門府に属し、皇居の門を警護した者。旧大系は姓かとする。
一〇　六衛府、検非違使の下役。　一一　天皇、皇族、摂政、関白等に近侍し、雑事にあたる。
一二　木と竹をはり合せて作った弓。的弓に使う。
一三　屋根を葺く板。
一四　承知しない。納得していない。
一五　さまようのは。底本、伊達本「まといん」とも読みうる。古活字本「まといむ」に従えば、的を射るの意となる。
一六　誰においても一体、何が困ることがあろうか。「まゝき」にかける男の意欲が、いささか常識を逸していることを示す。
一七　屋根板などをささえるため、棟から軒にわたされた木。

後には、棟[一九]、[二〇]梁《うつはり》[二一]焼《(たき)》つ。後には、[二二]桁《けた》、柱、みな割《わ》りたきつ。「これ、[二三]浅ましき物のさまかな」といひあひたる程に、板敷、[二四]下桁《したげた》まで、みな割《わ》りたきて、隣の人の家にやどりたりけるを、家主、此人の[二五]やうだい見《み》るに、此家もこぼち[二六]焼《た》きなんずと思て、いとへども、「[二七]さのみこそあれ、待給へ」などいひて過《す》ぐる程に、よく射《(いる)》よし聞《き》こえありて、召《め》し出《いだ》されて、[二八]賭弓《(のりゆみ)》つかふ《(う)》まつるに、めでたく射《い》ければ、[二九]叡感ありて、はてには[三〇]相撲《(すまひ)》の使に下《くだ》りぬ。

よき相撲どもおほく催し出《(いで)》ぬ。又、数《かず》知《し》らず物まうけてのぼりけるに、[三一]かばね嶋といふ所は、海賊の集《あつ》まる所なり。過行程《(すぎゆくほど)》に、具《ぐ》したるもののいふやう、「あれ、御覧候へ。あの舟共は、海賊の舟どもにこそ候めれ。こはいかゞせさせ給べき」といへば、此門部《かどべ》の府生いふやう、「[三二]お《(を)》のこ、な騒《さは》ぎそ。千万人の海賊ありとも、今見《み》よ」といひて、[三三]皮子《(かはご)》より、賭弓の時、着《き》たりける装束取《と》りいでて、[三四]うるはしく装束《しやうぞ》きて、冠、[三五]老懸《(おいかけ)》など、[三六]あるべき定《(ちやう)》にしければ、従者ども、「こは物に狂《くる》はせ給か。叶はぬまでも、[三七]楯《たて》つきなどし給へかし」と[三八]いりめきあひたり。

うるはしく取《と》りつけて、[三九]肩《かた》ぬぎて、[四〇]馬手《めて》、うしろ見《み》まはして、屋形の上《うへ》に立て、「今《いま》は[四一]四十六歩《ぶ》に寄《よ》り来《き》にたるか」といへば、従者共、「[四二]大かたとかく申に

一八 「こまひ」で、軒の垂木にわたす細長い木。
一九 屋根の最も高い部分にわたす木。
二〇 柱の上にわたして、棟をうける木。棟木と直角方向のものをいう。
二一 古活字本「けた焼つ」。
二二 柱の上にあってほかの材をうける木。棟木の方向と平行のものをいう。
二三 信じられない。
二四 床下にわたした細長い木。根太《(だ)》など。
二五 様子。 二六 燃やしてしまうだろう。
二七 今こそこんな状態でいるけれども。
二八 正月十八日、朝廷で近衛府、兵衛府の舎人が弓射を競う儀式。天覧があって、勝ち方には賭物が下された。 二九 天皇が感服すること。
三〇 朝廷で七月に行われる相撲の節会《(せち)》のため、全国から相撲人を召し出す使。二、三月ごろ諸国に派遣された。なお平安後期ごろから賭弓の矢数が一番多いものを相撲の使に任命した。
三一 備前国(岡山県)の瀬戸内海の島の一つと思われるが、所在不詳。霊異記・上七にも見える。
三二 お前たち。男どもよ。 三三 まわりに皮を張った籠。紙張りや、竹製のものもいう。
三四 きちんと身なりをととのえて。
三五 武官の冠の両側につける飾り。馬の毛で扇形につくる。
三六 きめられた作法通りにしたので。
三七 手向い。抵抗すること。
三八 上を下への大騒ぎをしあっていた。
三九 上衣を半分脱いで、下衣の肩を現わすこと。
四〇 右手。
四一 「歩」は長さの単位。「ほ」とあるべきか。一歩の長さとも八尺(約一・八㍍)とも。私註には「賭弓の矢ごろ也、約十五間ほどなり」とある。
四二 まったく、あれこれ申し上げるには及ばぬ。

及ばず」とて、[一]黄水《(わうずい)》をつきあひたり。「いかに、かく寄《よ》り来《き》にたるか」といへば、「四十六歩《ぶ》に近《ちか》づきさぶらひぬらん」と云時に、上屋形《うはやかた》へ出《い》でて、[二]あるべきやうに[三]弓立《ゆだち》して、弓をさしかざして、しばしありて[四]うちあげたれば、海賊が[五]宗《(むね)》との物、[六]黒《くろ》ばみたる物着《き》て、赤《あか》き扇を開《ひら》き使《つか》ひて、「とく〳〵こぎ寄《よ》せて、乗移《うつ》りて、移《うつ》し取《と》れ」といへども、この府生騒《さは》がずして、[七]引かためて、[八]とろ〳〵と放《はな》ちて、[九]弓倒《たを》して見《み》やれば、この矢、目にも見《み》えずして、宗《(むね)》との海賊がゐたる所へ入《(いり)》ぬ。[一〇]はやく左の目に、[一一]此いたつきたちにけり。海賊《ぞく》、「や」といひて、扇を投《な》げすてて、のけざまに倒《たを》れぬ。矢を抜《ぬ》きて見《み》るに、[一二]うるはしく戦などする時のやうにもあらず、[一三]ちり斗《(ばかり)》の物なり。これを此海賊ども見《み》て、「やゝ、これは、[一四]うちある矢にもあらざりけり。神箭なりけり」といひて、「とく〳〵、を《(お)》の〳〵漕《こ》ぎもどりね」とて逃にけり。

その時、門部府生、うす笑《わら》ひて、[一五]「なにがしらが前《まへ》には、[一六]あぶなくたつ奴原《やつ(ばら)》かな」といひて、[一七]袖うちおろして、小唾《こつはき》はきてゐたりけり。海賊騒《さは》ぎ逃ける程に、袋一など少ゝ物共落《おと》したりける、海に浮《うか》びたりければ、此府生取《と》りて、笑てゐたりけるとか。

一 胃から黄色い水を吐くこと。極度の恐怖や緊張状態を示す。 二 作法通りに。
三 弓射の時、射手が的に向い、弓を立てて構えること。射終って、弓を横におくことを「弓倒し」という。以下の記述、弓射の作法、儀礼にのっとったものか。
四 矢をつがえて、弓を上方に構えること。
五 首領。中心。 六 黒っぽい。
七 弓をよく引いて、腕や肩をしっかりと固定させること。 八 するするとの意か。旧大系では熟練した滑らかな動作をいうかとする。
九 矢を射終って弓を横に置く作法。 一〇 何と。
一一 先のとがっていない矢じり。練習や競技用。
一二 本式に戦いなどする時のようなものではない。賭弓の儀礼に「うるはしく」のっとって射た矢が、本式の戦いには全く「うるはしく」なかったという面白味。 一三 ほんとうに小さな矢。
一四 普通によくある矢。 一五 私ども。てまえども。男がいささか謙譲の意をこめていう言葉。
一六 あぶなっかしく立ちはだかる奴らだ。屋形の上に立つ、弓立、矢が立つと「立つ」が繰り返される。 一七 たくし上げていた袖をおろして。
▽儀礼にまつわる話として前話とつながり、弓に専念する数奇者を描いて次話とつながる。この男と、家にこだわった鴨長明とも対比するのも面白いか。
一八 醍醐源氏。清雅の子。生れは保安四年(一一三三)だが、没年未詳。従五位下、蔵人。千載集に一首載る歌人。判官代は院・女院の庁に置かれた職。別当・執事・年預につぐ。国司の庁にもあり、通清を土佐のそれかともいうが、出自などからありえまい。彼と土佐の関係は不明。
一九 源氏物語と狭衣物語。物語の代表とされた。
二〇 暗記して。十訓抄には「たてぬきに(縦横に)

（一九〇　土佐判官代通清《とさのはうぐわんだいみちきよ》、人違《ひとたがへ》シテ関白殿《くわんぱくどの》ニ奉レ合事《あひたてまつること》　巻一五ノ五）

これも今は昔《むかし》、[一八]土左判官代通清といふもの有けり。歌をよみ、[一九]源氏、狭衣などをうかべ、[二〇]花の下、月の前とすき[二一]ありきけり。かゝるすき物なれば、後徳大[二二]寺左大臣、「[二三]大内の花見《み》んずるに、かならず」といざなはれければ、通清、目[二四]出《めで》《た》き事にあひたりと思て、やがて破車《やれぐるま》[二五]に乗《の》りて行程に、あとより車二三《ふたつみつ》ばかりして人の来《く》れば、疑《うたが》[二六]ひなき此左大臣のおはすると思て、尻の簾《すだれ》をかきあげて、「[二七]あなうたて、〳〵。とく〳〵おはせ」と扉を開《ひらき》て招《まね》きけり。[二八]はやう、関白殿[二九]の物へおはしますなりけり。招《まね》くを見《み》て、御供《とも》の随身[三〇]、馬を走《はし》らせて、かけ寄《よ》せて、車の尻の簾をかり[三一]おとしてけり。其時、通清、あはて《わ》騒《さは》ぎて、前[三二]よりまろび落《お》ちける程に、烏帽子落にけり。いと〳〵不便《ふびん》[三三]なりけりとか。

[三四]すきぬる物は、すこしおこ《を》にもありけるにや。

（一九一　極楽寺僧《ごくらくじのそう》、施二仁王経験一事《にんわうぎやうのげんをほどこすこと》　巻一五ノ六）

これも今は昔《むかし》、[三五]堀川太政大臣と申人、世心地《よごこち》[三六]大事にわづらひ給ふ。御祈ども

おぼえて、歌よみ連歌このみて」とある。

二一 風流心で歩きまわった。「すく」は風流を志す、風流に振舞う。そのような人が「すき者」。

二二 藤原実定。右大臣公能の長男。左大臣、従三位。千載集初出の歌人で家集に林下集がある。建久二年(一一九一)没、五十三歳。

二三 諸注は仁和寺とするが、内裏が正しいか。この時代の人内(大内裏の中)の花見は源家長日記、明月記などに記されている。

二四 すばらしいことにめぐりあったものだ。

二五 破損した牛車。通清の境遇をしのばせる部分。　二六 まぎれもない。

二七 ああとんでもないことだ。批判、不快感などを軽く詠嘆的に表す語。ここは、誘ってくれた相手が自分より遅いのを難じたもの。

二八 後の「けり」と呼応し、実は…であったの意。

二九 藤原基通かその前任者だが、特定できない。

三〇 貴人に随従する内舎人や衛府の舎人。

三一 切り落してしまった。

三二 車の前部からころげ落ちた時に。なお、車には後ろから乗り、おりる時は前を用いた。

三三 気の毒なことであったという。

三四 風流を好む者は、少し愚かでもあったのか。「をこ」は愚か、無分別。十訓抄「いたうすきぬるものは、かやうにをこのけの進むにや」。

▽興奮と自己陶酔によるすき者の失敗談。評語の諷刺は著者の立場をさりげなく伝えるものか。

三五 底本、伊達本「兼通公」と傍注あり、また古活字本「堀川兼道公太政大臣」とするが、ここでは藤原基経が正しい。今昔「その大臣の御名をば基経と申す」。基経は長良の子、良房の養子。摂政、関白、太政大臣、従一位。堀河太政大臣と号する。寛平三年(八九一)没、五十六歳。

三六 世の中にはやる病気。流行病。

さま〴〵にせらる。世にある僧どもの、参《まい》らぬはなし。参集《つど》ひて、御祈どもをす。殿中、騒《さは》ぐ事限《かぎ》りなし。

爰《(ここ)》に、[一]極楽寺は、[二]殿の造給へる寺也。[三]其寺に住ける僧ども、「御祈せよ」といふ仰もなかりければ、人も召《め》さず。此時に、[四]或僧の思けるは、「御寺に[五]やすく住《(すむ)》事は、殿の[六]御徳《とく》にてこそあれ。殿、失《う》せ給なば、世にあるべきやうなし。召《め》さずとも参《まい》らん」とて、[七]仁王経《(にんわうぎやう)》を持《も》ち奉《たてまつ》りて、殿に参《まい》りて、物騒《さは》がしかりければ、[八]中門《(ちゆうもん)》の[九]北の廊のすみにかゞまりゐて、つゆ目《め》も見《み》かくる人もなきに、仁王経を他念なく読《よ》み奉《たてまつ》る。

[一〇]二時斗《(ふたときばかり)》ありて、殿、仰らるゝやう、「極楽寺の僧、なにがしの[一一]大徳《(だいとこ)》やこれにある」と尋給《(たづねたまふ)》に、或人、「中門の脇の廊に候」と申ければ、「それ、此方《(こなた)》へ呼《よ》べ」と仰らるゝに、人〳〵あやしと思。[一二]そこばくのやんごとなき僧をば召《め》さずして、[一三]かく参《まい》りたるをだに、由《よし》なしと見ゐたるをしも、召《め》しあれば、心も得《え》ず思へども、行て、召《め》す由《よし》をいへば、参《まい》る。高僧どものつきならびたる後《うしろ》の縁《えん》に、[一四]かゞまりゐたり。

さて、「参《まい》りたるか」と問《と》はせ給へば、南の[一五]簀子に候由《よし》申せば、「内へ呼《よ》び入よ」とて、臥給へる所へ召《め》し入《(いれ)》らる。[一六]むげに物も仰られず、重《をも》くおはしつるに、

一 京都市伏見区深草にあった寺。平安初期に藤原基経・時平が創建。現在の宝塔寺の寺域も含む、広大なものであったが、室町時代に廃絶。
二 宝物集によれば、仁明天皇、芹河の行幸に琴爪を落とし、基経に捜すことを指示。基経は発見場所に寺を建てると願立てしたところ、見つかったので、寺を建立、極楽寺としたという。
三 今昔「この極楽寺の僧は、世に貴き思えもなければ、かくばかりの御祈どもに召しもなし」。
四 真言伝「その寺にすみける僧の、きよしと云」。
五 安穏に。 六 おかげ。
七 仁王護国般若波羅蜜経の略称。仁王般若経とも。護国経として重視された。今昔「年来持奉ける所の仁王経の一部を具して」。
八 寝殿造りにおいて、総門と寝殿の間の門。
九 中門から対の屋に至る廊下。
一〇 「二時」は約二時間。
一一 高徳の僧。僧一般に対する敬称。だいとく。
一二 たくさんの。多数の。
一三 このように勝手に参上していることでさえ、不都合だと人々が見ていた僧をよりによって。
一四 からだが小さく曲がっているさま。僧が恐縮していることをあらわす。
一五 寝殿造で、廂の間の外周の板敷部分。
一六 全く。 一七 それぞれ、さまざまに。
一八 踏みつけ、暴行を加えること。「れう」は、「凌(りよう)」か。今昔「とりどりに我が身を捩躒(りようりやく)しつる程に」。
一九 「角髪(みづら)」の転。髪を頭上で二つに分け、両耳の辺で束ねて、わがねた髪形。少年の髪形。
二〇 細い木の枝。
二一 どういう童子がこんなことをしてくれるのか。
二二 だれがし。

この僧召《め》すほどの御気色《きしよく》の、こよなくよろしく見《み》えければ、人〳〵あやしく思ける[一七]に、の給《たまふ》やう、「寝《ね》たりつる夢に、おそろしげなる鬼どもの、我身をとり〳〵に[一八]打《うち》れうじつるに、[一九]びんづら結《ゆ》ひたる童子の、[二〇]すはえ《ゑ》持たるが、中門の方《かた》より入来《き》て、すはえ《ゑ》して、此鬼どもを打はらへば、鬼どもみな逃散《ち》りぬ。[二一]「何ぞの童のかくはするぞ」と問《と》ひしかば、「極楽寺の[二二]それがしが、かくわづらはせ給事、いみじう歎申て、年来読《よ》み奉《たてまつ》る仁王経を、今朝《けさ》より中門のわきにさぶらひて、[二三]他念なく読《よ》み奉て祈申侍る。その経の護法《ごほふ》[二四]の、かく病《や》ませ奉《たてまつ》る悪鬼どもを追払侍る也」と申と見《み》て、夢さめてより、心地《ち》のかい[二五]のごふやうによければ、その悦いはんとて、呼《よ》びつる也」とて、手をすりて拝《おが》ませ給て、棹《さを》[二六]にかゝりたる御衣を召《め》して、[二七]かづけ給。「寺に帰て、猶々御祈よく申せ」と仰られければ、悦て罷《まか》り出《い》づる程、[二八]僧俗の見思へるけしき、やんごとなし。中門の腋《わき》に[二九]ひめもすにかゞみゐたりつる、おぼえなかりしに、ことの外、美々《びゞ》[三〇]しくてぞ罷出にける。

[三一]されば、人の祈は僧の[三二]浄不浄にはよらぬ事也。只、心に入《いり》たるが験あるもの也。「[三三]母の尼して、祈をばすべし」と、昔《むかし》よりいひ伝《つた》へたるも、この心なり。

二三 今昔「一文一句、他念なくして、心をいたして誦する験の顕はれて」。古本説話「一文字も異事を思はず、偏に念じ読み奉る験の現れて」。
二四 仏法を守護するための神。その使いは病鬼を退散させると考えられており、第九話、一〇一話にも見られる。古本説話「その護法のつけんに候はん悪しき物ども払はんと、般若の仰給つれば」。真言伝も同趣。
二五 「かきのごふ」の転。きれいにぬぐいさったかのように。
二六 衣装、帯を掛ける棒。
二七 御礼や褒美として、衣服を与えること。
二八 僧、俗人達の見ている様子、思っている様子はとてもすばらしいものだった。真言伝「僧俗の見るけしき、いつしかいみじくやむごとなし」。
二九 一日中。「ひねもす」に同じ。今昔「終日居たりつる思のなかりつるに、思ひくらぶるに、極めて哀れに貴し。寺にかへりたるにも、寺の僧どもの思ひたる気色、事のほかに止事なし」。古本説話、真言伝とも、ほぼ同じ。
三〇 立派に。
三一 以下、真言伝になし。
三二 「法華経は浄不浄をきらはぬ経にてましませば」(一四一話)と似る。今昔「清し、濁《きたなき》にもよらず」。古本説話「貴きもきたなきも」。
三三 母親の尼に祈ってもらうのが一番良いという意。当時の諺か。母親の子を思うような誠心が祈りには一番大切ということ。
▽前話の主人公は、簾を落とされ、自らも車から落ちこぼれ、挙句に烏帽子も落としてしまった。本話は同じく落とすといっても、病を祈り落とす。病鬼を駆逐する護法童子の姿は、通清の無礼をとがめた随身の姿と似通うか。

（一九二　伊良縁野世恒《いらえのよつね》、給二毘沙門御下文一事《びしゃもんのおんくだしぶみをたまはること》　巻一五ノ七）

今《いま》は昔《むかし》、[一]越前《(ゑちぜん)》国に[二]伊良縁《(いらえ)》の世恒《(よつね)》といふ物有けり。[三]とりわきてつかふ《(う)》まつる[四]毘《(び)》沙門《しゃもん》に、物も食《く》はで、物のほしかりければ、「助給へ」と申ける程に、「門《かど》に[五]いとお《(を)》かしげなる女の、家主《あるじ》に『[六]物いはん』との給《(たま)》ふ」といひければ、「誰にかあらん」とて、出会《(いで)あ》ひたれば、[七]土器《かはらけ》に物をひともり、「これ食《く》ひ給へ。物ほしとありつるに」とて、取《と》らせたれば、悦て、[八]取《と》りて入て、たゞすこし食たれば、[九]やがて飽満《(あき)み》ちたる心地《ち》して、二三日は物もほしからねば、これを置きて、物のほしき折《おり》ごとに、すこしづゝ食《く》ひてありける程に、[一〇]月比過て、此物も失《う》せにけり。

「[一一]いかゞせんずる」とて、又[一二]念じ奉《たてまつ》りければ、又、[一三]ありしやうに人の告《つ》げゝれば、始にならひて、[一四]まどひ出《(いで)ゝ》て見《み》れば、ありし女房、の給《(たまふ)》やう、「これ[一五]下《くだ》し文奉《ふみたてまつ》らん。[一六]これより北の谷、[一七]峰百町を越て、中に高き峰あり。それに立て、『[一八]なりた』とよばゞ、もの出《い》で来《き》なん。それにこの文《ふみ》を見《み》せて、奉《たてまつ》らん物を受《う》けよ」といひていぬ。この下《くだ》し文を見《み》れば、「米[一九]二斗わたすべし」とあり。や

一　現在の福井県北東部。
二　詳伝未詳。今昔では「生江（いくえ）の世経」とし、「加賀の掾にてぞありける」と記す。古本説話には「伊曾へ野よつね」、ただし目録では「大江諸世」。元亨釈書二十九では「伊良縁野世恒」。なお観智院本三宝絵所載の妙達蘇生注記には「越前国に有しいくえのよつねと云し者」と見え、「いくえ」が正しいか。東大寺古文書には越前国足羽郡の豪族として「生江」の名が見える。
三　格別に御信心申し上げている。今昔ではこの前に「初は家貧くして、物食ふ事極めて難かりけるに」。古本説話でも「もとはいと不合にて、あやしきものにてぞありける」。
四　梵語 Vaiśravaṇ。毘沙門天。多聞天とも。四天王の一つで、北方を守護し、福財をもたらす神。今昔、元亨釈書では吉祥天。なお吉祥天女を毘沙門天の妻、または妹とする説は平安期から行われていたらしい。　五　大変に美しい。
六　もしもし。原義は、お話をしたいの意。
七　素焼の土器の食器。
八　「とりていりて」と読むべきか。
九　すぐに腹一杯になった気持になって。
一〇　何か月か経って。今昔「日来を経て」。
一一　どうしようかと思って。
一二　祈念申し上げたところ。
一三　この間あったと同じように。　一四　あわてて。
一五　命令書。通達文。今昔「汝をいとほしと思ふといへども、いかがはすべき。然れば、今度は下文を与ふ」。古本説話「いかにかは、しあえんとするとて、下し文を取らす」。
一六　今昔ではこの前に「文を給ひたれば、世経披きて見れば、米三斗といふ下文なり。これを給りて、世経申て云く、これは何（いづ）こに行てうくべきぞと」。古本説話でも「見れば、米二斗が

がて、そのまゝ行て見ければ、実に高き峰あり。それにて、「なりた」とよべば、おそろしげなる声《こゑ》にて二〇いらへて、出来《き》たる物あり。見《み》れば、額に角《(つの)》生《お》ひて、目一ある物、赤《あか》き二一たう《(ふ)》さきしたる物出来て、ひざまづきてゐたり。「これ御下文なり。二二此米得《え》させよ」といへば、二三「さる事候」とて、下文を見《み》て、「是は二斗と候へども、一斗を奉《たてまつ》れとなん候つる也」とて、一斗をぞ取《と》らせたりける。そのまゝに請取て、帰て、その入たる袋の米をつかふに、二四一斗尽《つ》きせざりけり。二五千万石取《と》れども、只《(ただ)》同やうにて、一斗は失《う》せざりけり。

　これを国守聞《き》きて、此世恒《よつね》を召《め》して、二六「其袋、我に得《え》させよ」といひければ、二七国のうちにある身なれば、二八えいなびずして、二九「米百石の分《ぶん》、奉《たてまつ》る」といひて取《と》らせたり。一斗取《と》れば、又出《い》で来《き》〳〵しければ、三〇いみじき物まうけたりと思て、持《も》たりける程に、百石取《と》りはてたれば、米失《う》せにけり。袋、斗《(ばかり)》に成ぬれば、三一本《ほ》意《い》なくて返し取《と》らせたり。世恒がもとにては、又米一斗出来《き》にけり。

　かくて、三二えもいはぬ長者にてぞありける。三三

下し文也。これは、いづくにまかりて受け取らんずるぞと申せば」という世恒の言葉が入る。
一七「町」は距離の単位。一町は約一〇九メートル。
一八 意味不明。今昔では「修陀々々」。
一九 今昔「米三斗」。一斗は十升、約一八リットル。
二〇 返事をして。　二一 ふんどし。
二二 この米をもらいたい。
二三 そのことは存じております。
二四 今昔「その後、この米を取て仕ふに、また袋に米、おのづから満て、取れども取れどもさらにつきざりけり」。米の尽きない袋は無尽蔵の呪宝である。
二五「石」は量の単位。一石は十斗。約一八〇リットル。
二六 今昔「それ、速かに我に売るべし」。
二七 越前の国の内に住んでいる身であるので。
二八 断わることができず。
二九 今昔「守、袋を得て、喜て、その直にとて、米百石をぞ世経に与えたりける」。
三〇 すばらしい物を手に入れることができた。
三一 いたし方なく。
三二 言葉ではいいあらわせないほどの。
三三 今昔では以下に国守への批判の文が続く。
▽観智院本三宝絵所載の妙達蘇生注記は、天暦五年(九五一)九月十五日、妙達和尚が蘇生しての物語りであるが、そのなかで「越前国に有しいくえのよつねと云し者」は散財、喜捨の人物として紹介される。無尽蔵の米袋の力によっての致富譚の本話とも深い関わりが感じられる。この米袋は宝瓢や打ち出の小槌などと同じく、呪宝であり、如意宝の一つで、善人が持てば役立ち、悪人(本話の場合、国守)が持てば、無益となるという型もそなえている。第四十八話「雀報恩の事」と並んで如意宝譚の一つで、編者のその方面への関心を示す。

（一九三　相応和尚上二都卒天一事《さうおうくわしやうとそつてんにのぼること》　付染殿后奉レ祈事《つけたりそめどののきさきいのりたてまつること》　巻一五ノ八）

今は昔《むかし》、[一]叡山無動寺に、[二]相応和尚と云《(いふ)》人おはしけり。[三]比良山の西に、[四]葛川《(かつらがは)》の[五]三滝《(さんたき)》といふ所にも通《(かよひ)》て、行《(おこなひ)》給けり。其《(その)》滝にて、[六]不動尊に申給はく、「我を負《(おひ)》て、[七]都卒《(とそつ)》の内院、[八]弥勒菩薩《(みろくぼさつ)》の御許に率《い》て行給へ」と、[九]あながちに申ければ、「極《(きはめ)》てかたき事なれど、しゐ《(ひ)》て申事なれば、率《い》てゆくべし。[一〇]其尻を洗へ」と仰ければ、滝の尻にて、水浴《あ》み、尻よく洗て、明王の頸に乗て、都卒天に上《のぼ》り給ふ。

爰《(ここ)》に、内院の門の額に「[一一]妙法蓮花」と書れたり。明王の給《(たま)》はく、「これへ参入の者は、[一二]此経を誦《(ず)》して入《(いる)》。誦せざれば入《い》らず」とのたまへば、はるかに見上《(あげ)》て、相応の給《(たま)》はく、「我、此経読《(よみ)》は読《よ》み奉る。誦する事、いまだ[一三]叶はず」と。明王、「さては口惜事也。[一四]其議ならば、参入叶べからず。帰て法花経を誦してのち参給へ」とて、[一五]掻負《(かきおひ)》給て、葛川へ帰給ければ、泣悲しみ給事限なし。さて本尊の御前にて経を誦し給てのち、本意を遂給けりとなん。其不動尊は、いまに無動寺におはします[一六]等身《(とうじん)》の像にてぞまし〳〵ける。

一 比叡山の東塔にある寺。比叡山の南限に位置するので南山、また、叡南（えなみ）と称する。貞観七年（八六五）に相応が創建。明王堂のほか大乗院、弁財天社などがある。回峰行者の本拠。
二 俗姓櫟井氏。近江の浅井郡に生まれる。円仁の弟子で無動寺の開基。各地で修行し、回峰行の祖となる。延喜十八年（九一八）没、八十八歳。「和尚」は仏法の師の意で高僧の尊称に用いる。読み方は宗派によって異なり、天台宗では「くわしやう」。
三 比叡山の北に連なる近江の山。標高一一七四メートル。歌枕ともされる。
四 滋賀県滋賀郡堅田町に属する。比良山の西麓。相応が開いた息障明王院葛川寺がある。
五 明王院から葛川を約二キロメートルさかのぼった所にある滝。回峰行者の修行の場で、お滝参りが行われる。
六 不動明王。
七 都（兜）率天。欲界の第四天。菩薩が仏として出現する前に住む所とされる。弥勒がここにあるという信仰によって重んじられた。内院は弥勒がいて法を説く所。
八 釈迦に続いて五十六億七千万年後に出現するという将来仏。
九 いちずに。熱心に。
一〇 本書独自の部分として注目される。
一一 仏法の徳を大白蓮華にたとえた語。法華経の名はこれに由来する。蓮の花はインドで特に重視され、価値ある物の比喩・象徴に多用。
一二 この経（法華経）を暗誦して入る。「入」は旧大系「いれ」、古典集成「いり」など、さまざまに読まれるが、終止形にとっておく。
一三 できません。
一四 そういうことなら、参入できない。

其和尚、かやうに[一七]奇特《きどく》の効験《かうげん》おはしければ、[一八]染殿の后、物気《もののけ》に悩《なや》み給けるを、或人申けるは、「[一九]慈覚大師の御弟子に、無動寺の相応和尚と申こそ、いみじき行者にて侍れ」と申ければ、召《め》しにつかはす。則《すなはち》、御使につれて参りて、[二〇]中門に立《た》てり。人〳〵見《み》れば、長《たけ》高き僧の、鬼のごとくなるが、[二一]信濃布を衣に着《き》、椙《すぎ》の[二二]平足駄《ひらあしだ》をはきて、[二三]大木槵子《だいもくれんじ》の念珠《ねんじゆ》を持《もて》り。「[二四]其体《そのてい》、御前に召上《あ》ぐべき物にあらず。無下《むげ》の[二五]下種法師《げすほふし》にこそ」とて、「たゞ[二六]簀子《すのこ》の辺に、立ながら[二七]加持申べし」と、おの〳〵申て、「[二八]御階《みはし》の高欄のもとにて、立ながら候へ」と仰下《おほせくだ》しければ、御階の東の[二九]腋《わき》の高欄に立ながら、[三〇]押かゝりて祈奉《たてまつ》る。

[三一]宮は寝殿の母屋《もや》に伏給《ふしたまふ》。いと苦《くる》しげなる御声《こゑ》、時〻御簾《みす》の外に聞《き》こゆ。和尚、[三二]纔《わづか》に其御声を聞《き》ゝて、高声《かうじやう》に加持し奉《たてまつ》る。其声《こゑ》、明王も現じ給ぬと、御前に候人〳〵、[三三]身の毛よだちておぼゆ。

しばしあれば、宮、紅《くれなゐ》の御衣二斗《おんぞふたつばかり》にを《お》しつゝまれて、鞠《まり》のごとく簾中よりころび出《いで》させ給て、和尚の前の簀子に[三四]投置《なげをき》 奉《たてまつ》る。人〳〵騒《さは》ぎて、「いと見苦《ぐる》し。内へ入奉《たてまつ》りて、和尚も御前に候へ」といへども、和尚、「かゝる[三五]かたい《ゐ》の身にて候へば、いかでか、まかりのぼるべき」とて、[三六]更《さらに》のぼらず。はじめ召あげられざりしを、[三七]やすからず、いきどを《ほ》り思て、たゞ簀子にて、宮を四五尺上《あ》

一五　背負いなさって。ここも他書に見えない。
一六　人間、特に発願者と同じ身長の像。諸伝によると相応は貞観五年(八六三)に等身の像を刻んだという。
一七　非常にすぐれた力。
一八　藤原明子。良房の女。文徳天皇の妃で清和天皇の母。染殿は住した邸にちなむ名。昌泰三年(九〇〇)没、七十二歳。
一九　円仁。三三七頁注二二参照。
二〇　寝殿造で、東と西の対の南、廊の中間の門。
二一　信濃に産する布。科木《しなのき》の樹皮の繊維で織った布。目があらく、色は赤く黒みを帯びる。
二二　高足駄に対していう。今の下駄に似る。
二三　木槵子(ムクロジ科の落葉高木)の種子をつらねて作った大型の数珠。
二四　その姿。その風体。
二五　いやしい法師なのだろう。
二六　寝殿造の外部の板敷の縁。
二七　手で印を結び、陀羅尼を唱えて祈禱すること。
二八　寝殿造の階段の両側に設けた欄干。
二九　古活字本は「腋(脇)の」を欠く。
三〇　よりかかって。
三一　染殿の后をさす。
三二　后との距離の遠さ、験力を及ぼすことのむずかしさを示す一節。
三三　鳥肌が立つ思いがした。威怖の感の形容。
三四　身を投げおき申し上げた。「奉る」は后の相応に対する謙譲とも、また、相応の后に対する謙譲ともとりうる。
三五　乞食の身。人々の差別感に対しいなおってみずからを卑めたもの。
三六　一向に寝殿の中に入ろうとしない。
三七　心がおさまらず、憤慨して。

げて、打《うち》奉る。人〳〵しわびて[一]、御几帳《みきちやう》[二]どもをさし出して、立《た》て隠《かく》し、中門を[三]さして、人をはらへども、きはめて顕露《けんろ》[四]なり。四五度斗打奉て、投入ゝゝ祈ければ、もとのごとく内へ投入つ。

其後、和尚まかり出《い》で、「[五]しばし候へ」と留《とどむ》れども、「久く立て、腰痛《いた》く候」とて、耳にも聞《き》き入ずして出ぬ。宮は投入られて後、御物気さめて、御心地《ち》さは《わ》やかになり給ぬ。「験徳《げんとく》[六]あらたなり」とて、僧都[七]に任《にんず》べき由《よし》、宣下《せんげ》[八]せらるれども、「かやうのかたい《ゐ》は、何条[九]、僧綱に成べき」とて返し奉る。其後も召《めさ》れけれど、「[一〇]京は人を賤うする所なり」とて、更に参《まい》らざりけるとぞ。

（一九四　仁戒上人往生事《にんかいしやうにんわうじやうのこと》　巻一五ノ九）

これも今は昔《むかし》[一一]、南京[一二]に仁戒上人といふ人ありけり。山階寺[一三]の僧なり。才学[一四]、寺中にならぶ輩なし。然に、俄に道心をおこして、寺を出《いで》んとしけるに、その時の別当[一五]興正[一六]僧都、いみじう惜みて、制しとゞめて、出し給はず。しわびて[一七]、西の里なる人の女《むすめ》を、妻[一八]にして通《かよひ》ければ、人〳〵やう〳〵さゝ[一九]やきたちけり。

一 困りきって。苦慮して。
二 室内で用いる障屏具。仕切り、目隠しのためで、特に女性は人と対するのに必備であった。
三 とざして、人を入れさせないようにしたが。
四 あらわであった。
五 しばらくお待ち下さい。
六 加持の功徳による霊験があらたかである。
七 僧正につぐ僧官。正権、大少などに分れる。
八 宣旨(天皇の命令を伝える文書)が下ること。
九 何で僧綱になれようか。僧綱は僧尼を統轄する最高級の僧官僧位。僧正・僧都・律師の三官。また、後に法印・法眼・法橋の三位にもいう。
一〇 「京は人を卑しめる所だ」(古典全集)のような訳もあるが採らない。文字通り、京は人を賤しくする所だの意で、人を堕落させる環境として否定したものであろう。第一〇一話の、地方を「さる無仏世界のやうなる所」とする把え方と対立する、注目すべき発言である。
▽中世初頭、天台座主慈円の尽力によって、無動寺の整備が進み、葛川明王院の四至(範囲)が制定され、相応の偶像化が進んだ。その頃のものとして本話の彼はその人間味豊かな風貌に異色がある。他書との対比については久保山公恵に論がある。
一一 奈良。
一二 続本朝往生伝、古事談では「仁賀」とあり、これに従うべきか。高僧ながら奇行譚も伝えられる仁海との混同もあったか。仁賀は「大和国の人なり、多武峯に住して、増賀をもて師となせり」(続本朝往生伝)とある。十世紀後半の人物か。
一三 興福寺。奈良市登大路町にある、法相宗の総本山。
一四 続本朝往生伝「本、是れ興福寺の英才」。

人に[二〇]あまねく知《し》らせんとて、家の門に、此女の[二一]頸にいだきつきて、うしろに立そひたり。行とを《ほ》る人見《み》て、[二二]あさましがり、心憂《う》がる事限なし。[二三]いたづら物に成《なり》ぬと人に知《し》らせんためなり。

さりながら、此妻と[二四]相具《あひぐ》しながら、[二五]更に近づく事なし。堂に入て、夜もすがら眠《ねむら》ずして、涙を落《おと》して行ひけり。此事を別当僧都聞て、弥《いよいよ》たう《ふ》とみて喚《よび》寄《よ》せければ、[二六]しわびて逃て、[二七]葛下郷《かづらきしものさと》の郡司が聟に成にけり。[二八]念珠《ねんじゅ》などをもわざと持《もた》ずして、只、心中の道心は弥《いよいよ》堅固に行《おこなひ》けり。

爰《ここ》に[二九]添下郡《そふのしものこほり》の郡司、此上人に目をとゞめて、深《ふか》くたう《ふ》とみ思ければ、跡も定めずありきける[三〇]尻に立て、衣食、[三一]沐浴《もくよく》等を[三二]いとなみけり。上人思やう、「いかに思て、この郡司夫妻は[三三]念《ねん》比《ごろ》に我を[三四]訪《とぶらふ》らん」とて、その心を尋ければ、郡司答《こたふ》るやう、「何事か侍らん。たゞ貴く思侍れば、かやうに仕《つかまつる》也。但、一事申さんと思事あり」といふ。「何事ぞ」と問《とへ》ば、「御臨終の時、[三五]いかにしてか値《あひ》申べき」といひければ、上人、[三六]心にまかせたる事のやうに、「いとやすき事に有なん」と答れば、郡司、手をすりて悦けり。

さて、[三七]年比過て、或冬、雪降《ふ》りける日、暮がたに、上人、郡司が家に来《き》ぬ。郡司、喜て、例の事なれば、食物、下人どもにも[三八]いとなませず、夫婦[三九]手づから

一五 興福寺別当。別当は社寺の事務を統括する人。
一六 「興正」は「空晴」の誤か。空晴(八七六—九五七)ならば、少僧都は天暦二年(九四八)から天徳元年(九五七)までの間。天暦三年に興福寺別当。「山階寺の別当公晴」(撰集抄六ノ三)ともある。
一七 どうしようもなく、困ってしまって。
一八 続本朝往生伝「或は寡婦に嫁すと称ひ、或は狂病ありと称ひて、寺役に随はず」。
一九 ひそひそ噂をしはじめた。
二〇 あます所なく。すべてに。
二一 古活字本「頭に」。前話、相応が不動明王の頸に乗って都卒天に上った情景との連想あるか。
二二 あきれかえり。
二三 全く役に立たない者。どうしようもない者。
二四 ともに連れ添っていながら。
二五 全く、女に近づくことはなかった。
二六 どうしようもなくて、困って逃げ出して。
二七 奈良県北葛城郡。書陵部本「郷の」に傍注「都歟」とあるが「郡」の誤とも考えられる。
二八 数珠。
二九 奈良県生駒郡。伊達本「湊下郡」。なお以下の話は続本朝往生伝、古事談には見えない。
三〇 後について。前話の「其尻を洗へ」「滝の尻」「尻よく洗て」に連なる言葉か。
三一 湯、水で体を洗うこと。
三二 準備し、用意した。
三三 こまやかに。心をこめて。
三四 自分の様子を見舞ってくれるのだろうか。「とふらん」とも読みうる。
三五 どうしたら、お会いできるのでしょうか。
三六 心のままにできることのように。
三七 幾年かたって。　三八 したくさせず。
三九 自分自身の手で。

みづからして召《め》させけり。湯など浴《あ》みて、伏《ふし》ぬ。暁は又、郡司夫妻とく起《お》きて、食物、種〻にいとなむに、上人の臥給へる方、かうばしき事限なし。匂《にほひ》一家に[一]宛まり、「是は[二]名香《みやうがう》など焼《たき》給なめり」と思《おも》ふ。「暁はとく出《いで》ん」との給《たまひ》つれども、夜明《あく》るまで起《お》き給はず。郡司、「御粥いできたり。此由申せ」と御弟子にいへば、「[三]腹悪《あ》しくおはする上人なり。[四]悪《あ》しく申て打《うた》れ申さん。[五]今起《お》き給《たまひ》なん」といひてゐたり。

さる程に、日も出ぬれば、「例は、かやうに久しくは寝《ね》給はぬに、あやし」と思て、[六]寄《よ》りてをとなひけれど、音《をと》なし。引《ひ》きあけて見《み》ければ、西に向《むかひ》、[七]端座《たんざ》合掌して、はや死給《しに》へり。[八]浅増《あさまし》き事限なし。郡司夫婦、御弟子共など、[九]悲泣《かなしみなき》み、かつはたう《ふ》とみ拝《おが》みけり。「暁からばしかりつるは、[一〇]極楽の迎なりけり」と思合《あ》はす。「おは《を》りにあひ申《まうし》さんと申しかば、こゝに来給《きたまひ》てけるにこそ」と、郡司泣〻葬送の事もとりさたしけるとなん。

（一九五　秦始皇《しんのしくわう》、自二天竺一来僧禁獄事《てんぢくよりきたるそうきんごくのこと》　巻一五ノ一〇）

今《いま》は昔、もろこしの[一二]秦始皇の代に、[一三]天竺より[一四]僧渡れり。御門あやしみ給て、

一　書陵部本、伊達本なども同じ。「わだかまり」と読ませるつもりかとも思われるが、古活字本「充満(みちて)り」とあるのに従うべきか。「充満り」という表記の「充」を「宛」と書き、「満」を草仮名の「ま」と読んでしまったために、底本のごとき表記になったか。
二　仏に奉る香。　三　怒りっぽい。
四　下手に申し上げて、打たれもいたすでしょう。第一四二話の増賀についても「この御使ひを嗔りて、打ち給ひなんどやせんずらん」とある。
五　今に起きていらっしゃることでしょう。
六　部屋の入口に近寄って、声をかけて見たが。
七　威儀を正して、行儀よくすわること。
八　ただただ驚くこと、限りなかった。
九　悲しみもし、また泣きもし。
一〇　極楽浄土からの阿弥陀如来の来迎。来迎時には天空から花が降り、異香満ち、音楽がかなでられるといわれた。
▽いわゆる偽悪僧の一例。自らの宗教の純粋性をたもつため、悪を擬装して、妻帯、肉食等の破戒、佯狂を行う。大寺院を忌避し、出奔するほどの人物であるから、概ね、個性的で強烈であり、脱出し、流浪する。偽悪者達の話が地方を舞台とし、郡司がかかわってくることが多いのはそのためである。本話にも誠真、純朴な郡司夫婦が登場する。多くの偽悪者たちの説話においては、その強烈な偽悪ぶりに話題性があつまるのにくらべて、本話にその気配は薄い。むしろ、郡司夫婦の篤実で、真心こもる接待ぶりが印象に残る。前話の宮廷人たちの相応和尚への処遇と較べれば、なおさらといえよう。
一二　中国の古代の王朝。戦国七雄（韓、魏、趙、燕、斉、楚、秦）の一つ。前二二一年に始皇帝が全国統一をはたす。

「これはいかなるものぞ。何事によりて来れるぞ」。僧申て云、「[一五]尺迦牟尼仏《さかむにぶつ》の御弟子也。仏法を伝《つた》へんために、はるかに[一六]西天より来《きた》り渡れるなり」と申ければ、御門、腹立《はらた》ち給て、「その姿、きはめてあやし。頭《かしら》の髪《かみ》、[一七]かぶろなり。衣の体《てい》、人にたがへり。仏の御弟子と名《な》のる。仏とは何《なに》ものぞ。これはあやしきものなり。たゞに返すべからず。[一八]人屋《ひとや》にこめよ。今よりのち、かくのごとくあやしき事いはん物をば、[一九]殺《ころ》さしむべき物也」といひて、人屋に[二〇]据《す》へ《ゑ》られぬ。「深《ふか》く閉《と》ぢこめて、[二一]重《をも》くいましめてをけ《お》」と、[二二]宣旨下《くだ》されぬ。

人屋の司《つかさ》の者、宣旨のまゝに、重《をも》く罪ある物置《を》く所にこめて置《を》きて、戸にあまた[二三]鑠《じやう》さしつ。此僧、「[二四]悪王に逢て、かくかなしき目を見《み》る。わが本師尺迦如来、[二五]滅後なりとも、[二六]あらたに見《み》給《たまふ》らん。我を助給へ」と[二七]念じ入たるに、尺迦仏、[二八]丈六《ぢやうろく》の御姿にて、[二九]紫磨黄金《しまわうごん》の光を放《はな》ちて、空より飛来《きた》り給て、この獄門を踏破《やぶ》りて、此僧を取《と》りて去《さ》り給《たまひ》ぬ。そのつゐ《い》でに、多《おほ》くの盗人ども、みな逃去《さ》りぬ。獄の司、空に物の鳴《な》りければ、出《い》でて見《み》るに、金の色したる僧の、光を放《はな》ちたるが、大さ《おほき》丈六なる、空より飛来りて、獄の門を踏《ふ》み破て、こめられたる天竺の僧を、取て行《ゆく》音《をと》なりければ、この由《よし》を申に、御門、いみじくおぢおそり給けりとなん。

一二 始皇帝。秦の初代皇帝。名は政。徹底した中央集権政治を行なう。万里の長城を築き、咸陽(かんやう)宮、阿房(あばう)宮などを建設。焚書坑儒(ふんしよこうじゆ)など、苛酷な政治が続き、没後まもなく、前二〇六年に秦は亡ぶ。前二一〇年没、五十歳。
一三 インドの古称。
一四 今昔では「釈利房」、法苑珠林「釈利防」、仏祖統記三十四「室利房」。なお今昔では釈利房は「十八人の賢者を具せり。亦、法文、聖教を持て来れり」とある。法苑珠林も類同。
一五 釈尊のこと。釈迦は部族の名、牟尼は聖者の意。仏教の開祖。紀元前四、五世紀の人。
一六 西の方の空。ここでは西方にある天竺の意で、インドの古称。 一七 頭に髪のないさま。
一八 牢獄。人をとじこめておく建物。
一九 殺させるべきものである。今昔「此の如き佐(あや)しき事云はむ輩に見懲(みこら)しむべき故也」。
二〇 つながれた。 二一 厳重にしばりあげておけ。
二二 勅命、または勅命を記した文書。
二三 かけがねをかけた。
二四 今昔「我、仏の教法を伝へむがために、はるかにこの土(ところ)に来れり。しかるに悪王有りて、仏法を未だ知らざるが故に」。
二五 釈迦の入滅後。釈迦入滅は紀元前三八三年ごろ、四八六年ごろ、五四四年ごろなど各説あり。今昔「涅槃に入給て後、久く成りぬといへども」。
二六 霊験の力をもってはっきりと。「あらた」は神仏の験力がはっきりと現われるさま。今昔「神通の力を以て新たに見給ふらん」。
二七 心の中で懸命にいのると。
二八 一丈六尺。約五メートル弱の高さにあたる。
二九 紫色をおびて、光り輝く、最上の金。仏身が金色の光を放つのは三十二相の一。

其時に渡《わた》らんとしける仏法、世下《くだ》りての漢[一]には渡《わた》りけるなり。

（一九六　後之千金事《のちのせんきんのこと》　巻一五ノ一一）

今《いま》は昔《むかし》、もろこしに荘子《(さうじ)》[二]といふ人ありけり。家いみじう貧《まづ》しくて、今日《けふ》の食物絶《た》えぬ。隣に[三]かんあとうといふ人ありけり。それがもとへ、今日《けふ》[四]食《(くふ)》べき料《(れう)》の粟をこふ。

あとうがいはく、「今五日ありておはせよ。[五]千両の金を得《え》んとす。それを奉《たてまつ》らん。いかでか、[六]やんごとなき人に、今日《けふ》[七]参《まい》るばかりの粟をば奉《たてまつ》らん。返〳〵《(かへすがへす)》[八]おのが恥《はぢ》なるべし」といへば、荘子のいはく、「昨日、道をまかりしに、あと[九]に呼《よ》ばふ声《こゑ》あり。返《かへ》り見《み》れば、人なし。たゞ車の輪跡《あと》のくぼみたる所にたまりたる少水《(せうすい)》[一〇]に、鮒一[一一]ふためく。[一二]なにぞの鮒《ふな》にかあらんと思て、寄《よ》りて見《み》れば、少《すこ》し斗《(ばかり)》の水に、いみじう大なる鮒あり。「なにぞの鮒ぞ」と問へば、鮒《ふな》のいはく、「我は河伯神《(かはくしん)》[一三]の使に、江湖《(がうこ)》[一四]へ行也。それが飛《(とび)》そこなひて、此溝に落入たるなり。喉《(のど)》かは《(わ)》き、死《し》なんとす。我を助《たす》けよと思て、呼《よ》びつるなり」といふ。答ていはく、「我、今二三日ありて、[一五]江湖もとといふ所に、遊《あそ》びしに行《い》かんとす。そ

一 中国の古代王朝の一つ。劉邦(りゅうほう)が秦を亡ぼし、紀元前二〇六年に建国。一時、王莽(おうもう)の新に国を奪われるが、光武帝が再興、二二〇年、魏(ぎ)に亡ぼされるまで続く。新をはさんで、前漢と後漢に分ける。なお、中国への仏教伝来は後漢の明帝の永平八年(六五)とされる。
▽今昔では巻六ノ一、すなわち震旦、仏法部の第一話に置かれている。いわば中国仏教史の第一として位置を与えられているが、宇治拾遺に於ては、そのような位置づけはない。話の主眼は僧の処遇の問題で、前話の地方の一郡司と大国中国の皇帝の全く好対照なもてなし方にある。金色の丈六の仏自らの獄破りも面白く、その実力行使は、火雷天神のそれとよく似る。
二 中国、戦国時代の思想家、名は周。儒教的な礼儀を排し、無為自然な態度を主張した。紀元前二九〇年ごろ没か、四十余歳。
三 伝未詳。原拠の荘子では「監河侯(かんかこう)」、説苑十一では「魏文侯」。
四 今日、食べるための粟。
五 荘子「我将レ得二邑金(いふきん)一、将レ貸二子三百両金一、可乎」。
六 尊い賢人。　七 召し上がるばかりの。「参る」は食う、飲むなどの尊敬表現。
八 何度考えても。どうみても。
九 後の方に。　一〇 わずかな水。「少水の魚のたとへにかなへり」(方丈記)。
一一 ぱたぱたと苦しそうにあばれる。
一二 何をしている鮒なのか。
一三 河の神。今昔「我はこれ、河伯神の使として、高麗に行く也。我れは東の海の波の神也」。荘子では「我東海之波臣(波にうかぶ臣下)也」。
一四 大きな川や湖。　一五 「もと」は衍字か。今昔は欠字。荘子では「我且下南遊二呉越之王一、激二西

こにもて行て放《はな》さん」といふに、魚のいはく、「[一六]さらにそれまで、え待《(まつ)》まじ。たゞ今日《けふ》一[一七]提《(ひとひさげ)》ばかりの水をもて、喉をうるへよ」といひしかば、[一八]さてなん助《たす》けし。鮒のいひしこと、我身に知《し》りぬ。さらに今日《けふ》の命、物食《く》はずは、生《い》くべからず。後の千の金《こがね》、さらに[一九]益《(やく)》なし」とぞいひける。

其より、[二〇]後の千金と云事、[二一]名誉せり。

（一九七　盗跖与㆓孔子㆒問答事《たうせきこうしともんだふのこと》　巻一五ノ一二）

これも今は昔《むかし》、もろこしに[二二]柳下恵《りうかくゑい》といふ人ありき。世のかしこき物にして、人に重《をも》くせらる。そのおとゝに[二三]盗跖《(たうせき)》と云者あり。一の山ふところに住て、もろ〱の悪《あ》しき物を招《まね》き集て、をの《(お)》が[二四]伴侶《(はんりよ)》として、人の物をば我物とす。ありく時は、この悪《あ》しき物どもを具《ぐ》する事、[二五]二三千人也。道にあふ人を[二六]ほろぼし、恥を見《み》せ、よからぬ事の限《かぎり》を好みて過すに、柳下恵《りうかくゑい》、道を行時《(ゆくとき)》に、[二七]孔子に逢《(あひ)》ぬ。

「いづくへおはするぞ。みづから対面して聞《きこ》えんと思《おも》ふ事のあるに、[二八]かしこく逢給《(あひたま)》へり」といふ。柳下恵《りうかくゑい》、「いかなる事ぞ」と問ふ。「教訓し聞《きこ》えんと思《(おもふ)》事は、[二九]そこの[三〇]舎弟、もろ〱の悪《あ》しき事の限《かぎり》を好みて、多《おほ》くの人をなげかする。

江之水㆒而迎㆑子、可乎」。
一六 とてもそれまでは待っていることはできない。とてもそれまで命はもたないということ。
一七 提一杯の水。「提」は鉉《つる》のついた容器で、主に酒や水を注ぐのに使う。
一八 そういわれたので、いう通りに助けた。
一九 役に立たない。
二〇 後になってからの千金の援助は何も役立たないということのたとえ。
二一 有名になった。
▽轍鮒《てっぷ》の急という諺の話の概要。前話に引き続き、中国史上の重要人物の登場であるが、そのいずれも公式的な紹介はしない。話の興味は飛びそこなった鮒の姿にもある。鮒の飛びあがり方にはほほえましささえある。鮒の物謂いには口を動かしての苦しい息遣いのさまも連想される。宇治拾遺はこうした小動物の動きにもさえた感性と描写力をもっている。
二二 春秋時代の魯の大夫。前六世紀ごろの人。姓は展、名は獲、字は禽、諡は恵。賢人として世に知られ、柳下という地を治めたので柳下恵といわれたという。一説、柳の下に住んだゆえとも。原拠の荘子では「柳下季」。
二三 中国古代の伝説上の大盗賊。黄帝時代の人とも、春秋時代の人とも。柳下恵の弟という根拠は知られていない。
二四 仲間。つれ。　二五 荘子「柳下季之弟、名曰㆓盗跖㆒、従卒九千人、横㆓行天下㆒」。
二六 殺す。なきものにする。
二七 春秋時代末期の思想家。名は丘、字は仲尼。儒教の祖。紀元前四七九年没、七十三歳。
二八 ありがたいことに。本当に折よく。
二九 そなた。親しい間柄で使う二人称。
三〇 弟。

など[1]制し給はぬぞ」。柳下恵《りうかくゐい》答云、「おのれが申さん事を、あへて[2]用べきにあらず。されば、なげきながら年月を経《ふ》るなり」といふ。孔子の云、「そこ、教《をし》へ給はずは、我行て教《をし》へん。いかゞあるべき」。柳下恵《りうかくゐい》云、「さらに[3]おはすべからず。いみじき言葉《こと》をつくして教《をし》へ給とも、なびく[4]べき物にあらず。かへりて悪《あ》しき事出《い》で来《き》なん。あるべき[5]事にあらず」。孔子云、「悪《あ》しけれど、人の身を得《え》たる物は、おのづから[6]よき事をいふに、つく[7]事もあるなり。それに[8]、「悪《あ》しかりなん、よも聞《き》かじ」といふ事は僻事《ひが》也。よし見《み》給へ。教《をし》へて見《み》せ申さん」と言葉《こと》を放《はな》ちて、盗跖[9]がもとへおはしぬ。

馬より下《お》り、門に立て見《み》れば、ありとある[10]物、しゝ[11]、鳥[12]を殺《ころ》し、もろ／＼の悪《あ》しき事をつどへたり。人を招《まね》きて、「魯の孔子といふものなん参《まゐ》りたる」といひ入《い》るゝに、すなはち[13]使かへりていはく、「音《をと》[14]に聞《き》く人也。何事によりて来《きた》れるぞ。人を教《をし》ふる人と聞《き》く。我を教《をし》へに来《きた》れるか。我心にかなはゞ、用ん。叶はずは、肝[15]なますに作らん」といふ。その時に、孔子すゝみ出《(いで)》て、庭に立て、先《(まづ)》盗跖を拝て、のぼりて座につく。盗跖を見《み》れば、頭[16]の髪《かみ》は上[17]ざまにして、乱《みだ》れたる事、蓬《(よもぎ)》のごとし。目大にして、見《み》[18]くるべかす。鼻を[19]ふきいからかし、牙《(きば)》をかみ、ひげをそらして[20]ゐたり。

一 どうして、やめさせなさらないのか。
二 全く耳をかすべきことと思っていない。
三 決していらっしゃってはいけません。
四 言葉に従うような者では決してない。
五 とんでもないことだ。
六 たまたまには。　七 言葉につき従う。
八 今昔「それをかねて承(う)け引かじと云ひて、君、兄として教へずして、知らぬ顔を作りて任せて見給ふは、極めて悪しき事也」。
九 荘子「孔子不レ聴、顔回為レ馭、子貢為レ右、往見二盗跖一」。
一〇 今昔「ある者みな、或は甲冑を着て、弓箭(ゆきうせん)を帯せり。或は刀釼を横たへ、兵杖を取れり。或は鹿、鳥等の諸の獣を殺す物の具共を、ひまなく置き散らせり」。荘子「盗跖、乃方休二卒徒太山之陽一、膾二人肝一而餔レ之」。
一一 鹿や猪などの獣。食用となる獣。
一二 底本「鳥／＼をころし」か。虫損にて不明。
一三 すぐに。　一四 噂で有名な人だ。評判の高い人だ。　一五 肝をなますにしてやろう。「なます」は肉を細かく切った食品。
一六 以下の描写は鬼や獰猛な人物の形容に使われることが多い。荘子「目如明星、髪上指冠」。
一七 逆立って。　一八 目玉をぎょろつかせる。
一九 大きくふくらませて。　二〇 そり返らせて。
二一 荘子「両展二其足一、案レ剣瞋レ目、声如二乳虎一」。
二二 肝もつぶれて、がたがたふるえるが。
二三 じっと心の中でがまんして。
二四 人の世であるべき姿は。荘子では、孔子は盗跖に、その徳をたたえ、侯として立身できるよう、諸国に申し入れてよいとすすめる。
二五 心構え、こころざし。
二六 守り。守護するもの。　二七 朝廷。天皇。
二八 現在は。　二九 古活字本「声をして」。

盗跖がいはく、「汝来《きた》れる故《ゆへ》はいかにぞ。たしかに申せ」と、[二一]いかれる声の、高《たか》く、おそろしげなるをもちていふ。孔子思給《（おもひたまふ）》、かねても聞《きゝ》し事なれど、かくばかりおそろしきものとは思はざりき。かたち、ありさま、声《こゑ》まで、人とは覚《（おぼえ）》ず。[二二]肝心《きも》もくだけて、ふるはるれど、[二三]思《おも》ひ念じていはく、「[二四]人の世にあるやうは、道理をもちて、身のかざりとし、[二五]心のを《（お）》きてとする物也。天をいたゞき、地を踏《ふ》みて、[二六]四方をかためとし、[二七]大やけにうやまひ奉《たてまつ》り、下をあはれみ、人に情《なさけ》をいたすを事とする物なり。然に、うけ給《（たま）》はれば、心の欲《ほ》しきまゝに、悪《あ》しき事をのみ事とするは、[二八]当時は心にかなふやうなれども、終《（をはり）》悪《あ》しき物也。されば猶、人はよきにしたがふをよしとす。然《（しかれ）》ば、申にしたがひて、いますかるべき也。その事申さんと思て、参《まい》りつる也」といふ。

時に盗跖、いかづちのやうなる[二九]声をあげて、笑《わら》ひていはく、「汝がいふ事ども一もあたらず。その故《ゆへ》は、昔《むかし》、[三〇]尭《（げう）》、[三一]舜《（しゆん）》と申《（まうす）》二人の御門《（みかど）》、世にたう《（ふ）》とまれ給き。しかれども、その子孫、世に[三二]針さす斗《（ばかり）》の所を[三三]しらず。又、世にかしこき人は[三四]伯夷《（はくい）》、叔斉《（しゆくせい）》なり。[三五]首陽山に臥《ふ》せりて飢死《（うゑしに）》き。又、そこの弟子に[三六]顔回《（がんくわい）》といふ者ありき。[三七]かしこく[三八]教《をし》へたてたりしかども、不幸にして命短《みじか》し。又、同《おな》じき弟子にて[三九]しみといふものありき。[四〇]れいの門にして殺されき。しかあれば、[四一]かしこき

三〇 中国古代の伝説的な聖王。五帝の一。儒家は理想的な聖王とあがめる。
三一 中国古代の伝説的な聖王。五帝の一。尭のあと帝位をつぐ。儒家では尭・舜を聖代とする。
三二 針をさすほどの狭い土地。荘子「尭舜有二天下一、子孫無二置レ錐之地一」。
三三 領有していない。
三四 殷末、周初のころの二人の兄弟。伯夷が兄、叔斉が弟。孤竹国（河北省）国主の子。父王没後、互に位を譲り合い、二人して出国。周の武王をたよるが、武王が殷の紂《（ちゆう）》王を討つのを諫めるがいれられず、周の統一後、周の粟を食することを拒み、首陽山に隠れ、二人とも餓死した。
三五 中国、山西省永済県の南にある山。
三六 春秋時代の魯の賢人。字は子淵。孔子の高弟で、学才、徳行ともに高く、嘱望されていたが、紀元前四八三年、三十二歳で夭折。
三七 すばらしく教え育て上げたけれども。
三八 古活字本「教へたまひしかども」。板本「教へ奉りしかども」。
三九 「子路（ろし）」の誤りか。子路は春秋時代の学者。姓は仲、名は由。孔子の弟子、十哲の一人。卞（べん）の人。性質粗野ながら正直、勇力を好んだ。衛の南子の乱で殺された。紀元前四八〇年没、六十四歳。板本「しろ」。
四〇 「衛（ゑい）」の誤り。衛は周代の国の一。今の河南省、河北省にまたがる地にあった。今昔「衛□の門」。荘子「子路欲レ殺二衛君一、而事不レ成、身菹二於衛東門之上一」。なお荘子では黄帝にはじまる賢王、介子推（かいしすい）・子胥（しし よ）・比干（ひかん）などの忠臣たちがむなしく亡びていったことを羅列する。
四一 「猛き者も遂にはほろびぬ」（平家一・祇園精舎）などと対立する考え方。

輩は、つゐ《(ひ)》にかしこき事もなし。我、又悪《あ》しき事をこのめど、災《(わざはひ)》、身に来《きた》らず。ほめらるゝもの、四五日に過《(すぎ)》ず。そしらるゝもの、又、四五日に過ず。悪《あ》しき事もよき事《こと》も、ながくほめられ、ながくそしられず。しかれば、我《(わが)》このみにしたがひてふるまふべきなり。汝、又、[一]木を折て冠にし、皮を持て衣とし、[二]世をおそり、[三]大やけにおぢ奉《たてまつ》るも、[四]二たび魯にうつされ、跡《あと》を衛《ゑい》にけづらる。[五]など、かしこからぬ。汝がいふ所、誠におろかなり。すみやかに、はしり帰りね。一も用《(もちゐ)》るべからず」といふ時に、孔子、又いふべき事おぼえずして、座を立て、いそぎ出て、馬に乗給に、[六]よく臆《おく》しけるにや、[七]轡《(くつわ)》を二たび取《と》りはづし、鐙《(あぶみ)》をしきりに踏はづす。

世の人、「[八]孔子倒《(くじたう)》れす」といふなり。

一　今昔「木を刻て冠とし」。荘子では「冠㆓枝木之冠㆒、帯㆓死牛之脅《(あばら)》㆒」とあって、木の枝で飾り立てたような冠をかぶり、死んだ牛の脇腹の衣を身にまとっているの意で、孔子の偽善者ぶりを評する言葉となっている。
二　恐れ。
三　朝廷に対して、おどおど申し上げる。
四　再び魯の国によってすべて追い出され、お前の足跡は衛の国によってすべて削り取られた。荘子「再逐㆓於魯㆒、削㆓迹於衛㆒、窮㆓於斉㆒、囲㆓於陳蔡㆒、不㆑容㆓身於天下㆒」。
五　なぜ、賢くないのか。何という愚かさか。
六　よくよくおびえきってしまったのか。
七　荘子「上㆑車執㆑轡三失、目芒然無㆑見、色若㆓死灰㆒、拠㆑軾低㆑頭、不㆑能㆑出㆑気」。
八　孔子も地に倒れることがある。孔子ほどの聖人も時には失敗することがあるの意。「孔子《(じく)》の倒れ」とも。「恋の山には孔子の倒れ」(源氏・胡蝶)、「くじの山たふれしぬべき岩根かな」(菟玖波集十九)のごとく、早くから諺としてあった。

▽第一九五、一九六話、そしてこの一九七話は、それぞれ仏教、道教、儒教の話がつながって記述され、現存本の形態が本書のもともとの形であるとすれば、この三話は本書の結び、巻尾を飾る話として載せられたと考えうる。中味においても儒教の祖として崇められる孔子が、巨悪の魁、盗跖に完膚なきまでに言いのめされるわけで、既成道徳や倫理、権威といったものへの皮肉がこめられていよう。盗跖が世の重臣柳下恵の弟という設定も見逃せない。大悪人盗跖が全く悪人らしく描かれておらず、いうところの論理には力強ささえある。対する孔子の立言には空疎な響きがあるようだ。

古《こ》本《ほん》説《せつ》話《わ》集《しゅう》

中村義雄
小内一明
校注

聖武天皇妃光明皇后にゆかり深い寺との伝説を持つ和泉国国分寺には美しい吉祥天女像があった。光明子は十一面観音の生身のお姿を写す女人とも伝えられているが、吉祥天女像は、或いは光明子を偲ばせるような気品に満ちた豊麗な像であったろうか。この国分寺に一人の鐘撞き法師がいた。日夜鐘を撞きまわるうちに、いつしか吉祥天女像を恋い奉り、淫らな心を起こす。搔き抱き奉り、引き抓み奉り、口吸う真似などして、月頃を過ごすようになる。説話集の表現はおおらかで直截である。吉祥天女は人々の欲願を満たし、福徳を授ける仏天といわれる。依拠の経典には、夢の中に現れて、現実に人々の願望を充足させ給うと説かれている。はたして吉祥天女は鐘撞き法師の願いをいれて、妻となって播磨の印南野に共に棲み給うたという。しかし…

興味深い説話を列ねて色彩り豊かに王朝絵巻を繰り広げる古本説話集は、昭和になって発見された貴重な説話集である。鎌倉中期の書写という写本一帖だけが伝存し、書名もなく、国の重要美術品に指定されたときの仮称がそのまま作品名として用いられている。書写の様態から通常は前半後半を上巻下巻として扱っている。上巻は四十六話。平安中期を中心に、王朝歌壇の著名歌人たちの逸話をはじめ、曲殿の姫君の哀話などの歌説話を集める。下巻は二十四話。観音霊験譚を中心にした仏教説話集で、興福寺再建時の奇瑞、藁しべ長者の原話、信貴山縁起絵巻の原拠説話、関寺の牛仏譚等々をこなれた和文で語る。

それらの中には平中墨ぬり譚のごとく散佚宇治大納言物語に深く関わるものが存在する。古本説話集は宇治拾遺物語と二十三話、小世継物語と十五話の同文説話を共有している。宇治拾遺物語と小世継物語の共通話は二話にすぎず、いわば古本説話集は両者をつなぐ橋がかりの役をしており、古本説話集を中にはさんで三者は一つの説話集群を形成しているといえる。更にその外縁には約四十話の同文的説話を持つ今昔物語集があり、また打聞集が存在して、散佚宇治大納言物語の影を色濃く映しながら同心円を描くように一つの集団をなしている。

古本説話集の成立は白河院崩御以降、無名草子の成立以前であろうが、平安末から鎌倉期にかけて、宇治大納言物語を起点として書承的に説話を共有しあう数多くの説話集が成立していたと推測されており、古本説話集もそれらの一つとして成立したものであろう。(小内一明)

（古本説話集上）

河原院事
曲殿姫君事
伊勢御息所事
高光少将事
公任大納言
道信中将遭父
貧女盂蘭盆歌事
或女房売鏡事
元良御子事
小大君事
大斎院見荼毘煙給事
樵夫詠隠題事
道信中将献花山院女御歌事
高忠侍事
貫之赴土左任事
大斎院以女院御出家時被進和歌事
入道殿御仏事時大斎院被進和歌事
大隅守事
安倍中麿事
小野宮殿事

（一　大斎院事《おほさいゐんのこと》）

今《いま》は昔《むかし》、[一]大斎院《(おほさいゐん)》と申《(まうす)》は、村上の十の宮におはします。御門《みかど》のたび〳〵あまた替《かは》らせ給へど、この斎院は、動《うご》きなくておはしましけり。[二]斎宮《さい》・斎院は、[三]仏経[四]忌《い》ませ給《たま》ふに、この斎院は、仏経をさへ[五]崇《あが》め申させ給《たま》ひて、朝《あさ》ごとの御念誦欠《か》かせ給《たま》はず。三尺の阿弥陀仏《ほとけ》に向《むか》ひまい《(ゐ)》らせさせ給《たま》ひて、法華経を明《あ》け暮《く》れ読《よ》ませ給《(たまひ)》けりと、人申《(まうし)》伝《つた》へたり。

[六]賀茂祭の日、「[七]一条の大路《おほち》にそこら集《あつ》まりたる人、さながらともに[八]仏《ほとけ》に成《な》らん」と誓《ちか》はせ給《(たまひ)》けるこそ、なを《(ほ)》[九]あさましく。[一〇]さて、この世の御栄華《ゑいぐわ》をとゝのへさせ給《たま》はぬかは。[一一]御禊《ごけい》よりはじめ、[一二]三日《(さんがにち)》の作法、[一三]出車《いだしぐるま》などのめでたさは、御心様《さま》・御有様《さま》、大方《おほ》優《いふ》に[一四]らう〳〵じくをは《(お)》しましたるぞかし。[一五]宇治殿の、[一六]兵衛《(ひやうゑの》佐《すけ)》にて、[一七]御禊の御前《ぜむ》せさせ給《たま》ひたりけるに、いと幼《おさな》くおはしませば、例《れい》は[一八]本院に帰《かへ》らせ給《(たまひ)》て、人《ひと》〳〵に禄など賜《たま》はするを、[一九]これは河原《かはら》より出《い》でさせ給《たま》ひしかば、思《おも》ひかけぬ事にて、さる御心設《まう》けもなかりければ、御前に召《め》し有《(あり)》て、御対《たい》面《めむ》せさせ給《たま》ひて、[二〇]たてまつりたりける[二一]御小袿《こうちき》をぞ、被《かづ》けたてまつらせ給《(たまひ)》ける。

一 選子。円融天皇の天延三年(九七五)十二歳でト定、以来後一条に至る五代五十六年四か月にわたり斎院として在任、大斎院と敬称された。
二 斎宮は伊勢神宮に、斎院は賀茂神社に奉仕した未婚の内親王・女王。天皇の即位ごとに選定。
三 仏法と経典とも解されるが、ここは経典か。三宝絵詞・中「仏経ヲヤキツクシツ」。
四 斎宮・斎院ともに忌詞(いみことば)を用い仏事・不浄を厳しく避けて神事に奉仕した。忌詞は皇太神宮儀式帳や延喜式に載る。
五 選子の家集、発心和歌集の序に「妾久係二念於仏陀一常寄二情於法宝一為二菩提一也」と記す。
六 四月の中酉の日(二酉の月は下酉)に行われた上・下賀茂社の祭。葵祭。
七 平安京の最北端にあり東西に通ずる大路。祭の使は内裏を出て一条大路を東進して下鴨社に向かう。年中行事絵巻に祭の使の行列を描く。
八 法華経・化城喩品に「願以二此功徳一普及二於一切一我等与衆生皆共成二仏道一」と。普廻向の詞。
九 驚くべきことだ。神事の日に参集の人々を含めて成仏云々と誓ったことに対しての感動。
一〇 ところで、来世を願う心も深かったが、現世の御栄華を疎かにすることもなかった。
一一 斎院のみそぎ。賀茂川で行われる。
一二 大鏡に「三箇日」。中午日の斎院御禊、中申日の山城国祭(御阿礼日(みあれび))、天皇行幸、摂関賀茂詣)、中酉日の葵祭。「作法」は儀礼の方式。
一三 女車の簾の下から女房装束の袖や裾を外にこぼれ出したように取り付けて飾りとしたもの。出し方は満佐須計装束抄に詳しい。「めでたさは」の「は」、大鏡にない。
一四 教養によって磨かれた心深さの美をいう。
一五 藤原頼通。晩年宇治の別業平等院に隠棲。
一六 兵衛府の次官。頼通の任官のこと不明。

[一]入道殿聞《き》かせ給《(たまひ)》て、「いとをかしくもし給へるかな。禄なからんも便《びむ》なく、取《と》りにやりたらむもほど経《へ》ぬべければ、とりわき給へるさまを見《み》せ給《たま》へる也《(なり)》。えせ物は、え思ひよらじかし」とぞ、殿《との》は申させ給《たま》ひける。

[二]後一条院・後朱雀院、まだ宮《みや》たちにて、幼《をさな》くおはしましけるとき、祭見《まつりみ》せたてまつらせ給《(たまひ)》けるに、[三]御桟敷《さじき》の前過《す》ぎさせ給《(たまふ)》ほど、[四]殿《とのゝ》の御膝《ひざ》に、二所《ふたところ》ながら据《す》ゑたてまつらせ給《(たまひ)》て、「この宮たち見たてまつらせ給へ」と申させ給《たま》へば、御輿《こし》の帷《かたびら》より、[五]赤《あか》色の御扇《あふぎ》のつまをこそ差《さ》し出《い》ださせ給《(たまひ)》たりけれ。殿《との》をはじめまい《(ゐ)》らせて、「なを《(ほ)》心ばせめでたくおはする院なりや。かゝるしるしを見《み》せさせ給《たま》はずは、いかでか見《み》たてまつらせ給《たま》ふとも知《し》らまし」とぞ、感《かむ》じたてまつらせ給《(たまひ)》ける。院より大殿《おほとの》に聞《き》こえさせ給《(たまひ)》ける。

1 [六]ひかり出《い》づるあふひのかげを見《み》てしかば年経《としへ》にけるもうれしかりけり

御返《(かへし)》、

2 [七]もろかづら二葉《ふた》ながらも君《きみ》にかくあふ日や神のしるしなるらん

[八]めでたく、心にくゝ、をかしくおはしませば、上達部《(かんだちめ)》・殿上人《(てんじやうびと)》、絶《た》えずまい《(ゐ)》り給《たま》へば、[九]たゆみなく、うち解《と》けずのみありければ、「[一〇]斎《さい》院ばかりの所《ところ》はなし」と、[一一]世《よ》にはづかしく心にくき事に申《(まうし)》つゝ、まい《(ゐ)》りあひたりけるに、世《よ》もむ

一七 御禊の前駈(ぜん く)をおつとめになられた折に。
一八 斎院の御所。有栖川の側で紫野院と称した。この日、本院では禄褒を用意し饗を設けた。
一九 頼通は河原からそのまま退出したので。
二〇 「着る」の尊敬語。お召しになる。
二一 高貴な女性が常用した上衣(うわぎ)。女房装束の略装として唐衣・裳を省いた重ね袿の褻(け)の装束の上に重ねた、華麗な織物の袿で丈を短く仕立てたもの。

一 藤原道長。この話の時点では出家前。
二 後一条院は一条天皇第二皇子敦成(あつひら)親王。後朱雀院は同第三皇子敦良(あつなが)親王。生母は共に彰子。栄花・初花はこの賀茂祭を寛弘七年(一〇一〇)四月二十五日と伝えるが、御堂関白記では、両親王そろっての見物は翌八年四月十八日のこと。敦成四歳。敦良三歳。
三 儀式・行列・催し物などを見物するために築地を崩したりして特設した仮屋。玉蘂・嘉禎三年四月十六日賀茂祭条「一条以北町以東、壊二御所南築垣一、造二檜皮葺七間一面御桟敷一〈東西北三面有二簀子一〉」。年中行事絵巻・賀茂祭には九間、七間の桟敷を描く。
四 道長公のお膝にお二方ともお乗せなさって。
五 赤色の檜扇の端。兵範記・仁安四年二月十三日皇太后宮日吉行啓の条に「次勅使持二参御扇一〈赤色細面、以二同糸一貫レ之、無レ絵、柳筥持二置之一〉」「皇后御装束…赤色御扇」など。
六 将来即位され光り輝かれる二葉葵のようなお二方を拝したので、わが身の年とったことさえ嬉しく感じられました。大鏡では院(斎院)から大宮(彰子)への歌とする。
七 諸葛をかざす賀茂祭の日に幼少のお二方がそろって斎院であるあなたにお会いできたのは、

げに末《すゑ》になり、院の御年《とし》もいたく老《(おい)》させ給《たま》ひにたれば、今《いま》はことにまい《(ゐ)》る人《ひと》もなし。人もまい《(ゐ)》らねば、院の御有様《さま》も[一二]うち解《と》けにたらん、若《わか》く盛《さか》りなりし人〳〵もみな老《(おい)》失《う》せもていぬらん、心にくから[一三]でまい《(ゐ)》る人《ひと》もなきに、後一条院御時《とき》に、[一四]雲林院《(うりんゐん)》[一五]不断の念仏は、[一六]九月十日のほどなれば、殿上人四五人ばかり、果《は》ての夜、月のえもいはず明《あか》きに、「念仏に会《あ》ひに」とて、雲林院に行《ゆ》きて、丑《うし》の時許《ときばかり》に帰《かへ》るに、斎院の東《ひむがし》の御門《みかど》の細目《ほそめ》に開《あ》きたれば、そのころの殿上人・蔵人《(くらうど)》は、斎院の中《(うち)》もはか〴〵しく見《み》ず、知《し》らねば、「かゝるついでに院の中《うち》[一七]みそかに見《み》む」と言《い》ひて入《い》りぬ。

夜の更《ふ》けにたれば、人影《ひとかげ》もせず。東《ひむがし》の塀《へい》[一八]の戸《と》より入《い》りて、東《ひむがし》の対《たい》[一九]の北面《きたをもて》の軒《ゝき》にみそかに居《ゐ》て見《み》れば、御前の前栽《せむざい》、心にまかせて高《たか》く生《お》い《(ひ)》茂《しげ》りたり。「つくろふ人もなきにや」と、あはれに見《み》ゆ。露は月の光に照《て》らされてきらめきわたり、虫《むし》の声《こゑ》〳〵さま〴〵に聞《き》こゆ。遣水《やりみづ》の音《をと》、のどやかに流《なが》れたり。そのほど、露音《をと》する人《ひと》なし。[二〇]船岡《ふなをか》の颪《おろし》の風《かぜ》、冷《ひやゝ》やかに吹《ふ》きたれば、御前の御簾《みす》の少《すこ》しうち揺《ゆ》るくにつけて、薫《たき》物《ゝ》の香《か》のえもいはず香《かう》ばしく、冷《ひやゝ》やかに匂《ゝほ》ひいでたる香《か》をかぐに、御格子《みかうし》は下《おろ》されたらんに、薫《たき》物《ゝ》の匂《にほ》ひのはなやかなれば、「いかなるにかあらむ」と思《おも》ひて、見《み》やれば、風《かぜ》に吹《ふ》かれて、御《(み)》几帳《きちやう》少《すこ》し見ゆ。御格子《みかうし》も

賀茂明神の冥護によるものでしょう。諸葛は二葉葵を柱の折り枝に付けたもの。賀茂祭の簾や柱や牛車に付け、また挿頭(かざし)にした。「葵(あふひ)」に「逢ふ日」を懸ける。歌のあと大鏡には道長に心づかいする斎院を隆家(道隆男)は「追従深き老狐かな、あな愛敬な」と評したとある。
八 斎院の御所はすばらしく、奥ゆかしく、情趣深いご生活ぶりなので。
九 斎院の人たちは落ち度がないようにいつも気を張りつめて振舞っているので。
一〇 斎院ほどすばらしいところはない。
一一 たいそうすぐれて奥ゆかしいこと。
一二 すっかり気がゆるんでしまったのであろう。
一三 (そうなると)強く心を引かれる情も薄れて、参上する人もなくなっていたが。
一四 京都市北区紫野雲林院(うじい)町にあった寺。浄土信仰の道場で、源信により始められたという菩提講の賑いは、念仏の声が堂内に遍満し雷の如くであったという(中右記・承徳二年五月)。
一五 特定の日時を決めて昼夜絶え間なく念仏すること。常念仏とも。下七十話では「ねふつ」と表記。源氏・薄雲「例の不断の御念仏」。
一六 今昔は「九月ノ中ノ十日ノ程ノ事ナレバ」。
一七 こっそり。人に隠れて。平安時代和文に多用、漢文訓読では「ひそかに」が多用。
一八 今昔「屏ノ戸」。築地の潜り門(切り戸)から入ることであろう。
一九 「対の屋」の略。寝殿造りの母屋(もや)の寝殿(主屋、正殿)の東・西などに相対して造った副屋。寝殿とは渡廊と二棟廊で結ぶ。「北面」は北の方角・場所あるいは北正面の部屋などをいう。
二〇 京都市北区紫野の大徳寺の西南の丘陵。平安貴族遊楽の地。枕草子「岡は船岡」。

いまだ下《おろ》されぬなりけり。「月御覧《(ご)らむ》ずとて、おはしましけるまゝにや」と思《おも》ふほどに、奥深《おくふか》き箏《さう》[一]の琴《こと》の、平調《ひやうでう》[二]に調《しら》められたる音《こゑ》の、ほのかに聞《き》こゆるに、「さは、かゝる事も世《よ》にはあるなりけり」と、あさましく[三]おぼゆ。よきほどに調《しら》められて、音《をと》もせずなりぬれば、「今《いま》は内裏《うち》へ帰《かへ》りまい《(ゐ)》りなん」と思ふほどに、人〳〵のいふ様《(やう)》、「かくお《(を)》かしく、めでたき御有様《さま》を、「人聞《ひとき》きけり」と思《おぼ》し召《め》されん料《れう》に、知《し》られればや」など言《い》へば、「げにさもある事也《(なり)》」とて、寝殿《しむ》の丑寅《うしとら》の隅《すみ》の妻戸《つまど》[四]には、人のまい《(ゐ)》りて、女房に会《あ》ひて、もの言《い》ふ所也《(なり)》、住吉《すみよし》[五]の姫君《ひめ》の物語《ものがたり》の障子《さうじ》、そこには立《た》てられたる、そなたに人二人《ふたり》ばかり歩《あゆ》み寄《よ》りて、気色《けしき》[六]ばめば、かねてより女房二人《ふたり》許《(ばかり)》、物語《ものがたり》して居《ゐ》たりけり。殿上人、女房起《お》きたらむとも知《し》らぬに、かく居《ゐ》たれば、思《おも》ひかけずおぼゆ。女房は夜《よる》より物語《ものがたり》して、月の明《あかゝ》かりければ、「居明《ゐあか》さむ」と思《おも》ひて居《ゐ》たるに、かく思《おも》ひかけぬ人のまい《(ゐ)》りたれば、いみじくあはれに思ひたる。[七]気色《けしき》ばかり奥《おく》の方《(かた)》に、碁石笥《ごいしけ》に碁石《ごいし》を入《い》るゝ音《おと》す。[八]御前にも、昔思《むかしおぼ》し召《め》し出《い》でてあはれに思《おぼ》しけむかし。

昔《むかし》の殿上人は、常《つね》にまい《(ゐ)》りつゝ、をかしき遊《あそ》[九]びなど、琴《こと》・琵琶《びは》も常《つね》に弾《ひ》きけるを、[一〇]今《いま》はさやうの事する人もなければ、まい《(ゐ)》る人もなし。たま〳〵まい《(ゐ)》れど、さやうの事する人《ひと》もなきを、口惜《くちを》しく思《おぼ》し召《め》されけるに、今宵《こよひ》の月の明《あか》ければ、

一 十三絃の琴(こと)。「さう」はシャウの直音化。琴は絃楽器の汎称。
二 十二律の一つ。現代日本音階のホ、邦楽五音階では商に相当。口遊・音楽に「春双調(そうじょう)、東木音、夏黄鐘(おうしき)調、南火音、秋平調、西金音、冬盤渉(ばんしき)調、北水音、中央一越(いちこつ)調、土音」とあり、九月のことなので平調に調律。
三 風雅な様に驚嘆する気持。紫式部日記に斎院について「院はいと御心のゆゑおはして、所のさまはいと世はなれかんさびたり」と記す。
四 端(つま)戸の意。寝殿造りで建物の四隅に設けられた両開きの板扉。今昔は「戸ノ間」。なお、「人のまいりて…所也」は終止する形の文を、説明としてはさみこんだもの。
五 障子は衝立(ついたて)障子か。住吉物語の絵画化は源氏・蛍に「住吉の姫君の、さしあたりけむ折はさるもの」とあり、住吉物語絵巻(残欠)が現存。
六 案内を請うために咳払いなどをしてそれとなく知らせること。
七 底本のままでは連体形終止となり不審。今昔は「極ジク哀レニ思ヒタル気色有リ」。「はかり」は「あり」の字形類似による誤写で、「思ひたる気色あり」とつづくとみるべきであろう。
八 大斎院。
九 平安時代、広義では楽と舞の両方を意味し、狭義では楽のみ、即ち管絃を指す。ここは後者。
一〇 前出「今はことにまいる人もなし」とともにこの段は斎院盛時への懐古の情が漂う。
一一 殿上の間。清涼殿の南廂にあり、昼(ひ)の御座(おまし)に隣接する部屋。
一二 斎院の退下・出家については小右記、左経記に詳しい。年来の本意による隠遁は長元四年(一〇三一)九月二十五日の予定だったが、急遽二十二日に繰り上げられ、六日後に室町院で出家した。

昔思《むかしおぼ》し出《い》でられて、ものあはれに、よろづながめさせ給《(たまひ)》て、御物語《ものがたり》などして御殿籠《とのごも》らざりけるに、夜いたう更《ふ》けにたれば、物語《ものがたり》しつる人〳〵も、御前にやがてうたゝねに寝《ね》にけり。わが御目《め》は覚《さ》めさせ給《(たまひ)》たりければ、御琴《こと》を手《て》すさみに調《しら》め給《(たまひ)》たりけるほどに、かく人〳〵まい《(ゐ)》りたれば、昔《むかし》おぼえてなむ、あはれに思《おぼ》し召《め》しける。「この人〳〵は、かやうのわざすこしす」と聞《き》こし召《め》したるにやあらん、御琴《こと》・琵琶《びは》など出《い》ださせ給へれば、わざとにはなくて調《しら》め合《あ》はせつゝ、もの一二《(ひとつ)ふた》つばかりづゝ弾《ひ》きて、夜明《よあ》け方《(がた)》になりぬれば、内裏《うち》へ帰《(かへり)》まい《(ゐ)》りぬ。[一一]殿上《(てんじやう)》にて、あはれに優《やさ》しく面白《おもしろ》かりつるよしを語《かた》れば、まい《(ゐ)》らぬ人はいみじく口惜《くちを》しがりけり。

さて、[一二]その年《とし》の冬降《ふゆを》りさせ給《(たまひ)》て、室町《むろまち》なる所におはしまして、[一三]三井寺にて尼《あま》にならせ給《(たまひ)》にける後《のち》は、ひとへに御行《をこな》ひをせさせ給《(たまひ)》つゝ、[一四]終《おは》りいみじくめでたく貴《たうと》くてなむ、失《う》せさせ給《(たまひ)》にける。「[一五]この世は、めでたく心にくゝ、優《いふ》にて過《す》ぎさせ給へるに、後《のち》の世《よ》いかゞ」と思ひまい《(ゐ)》らせしに、[一六]ひたぶるに御行《をこな》ひたゆみなくせさせ給《たま》ひて、御有様《さま》あらはに、極楽疑《うたが》ひなく、めでたくて失《う》せさせ給《たま》ひしかば、「一定《(いちぢやう)》極楽へまい《(ゐ)》らせ給《(たまひ)》ぬらん」となむ、[一七]入道の中将よろこび給《(たまひ)》し」と、語り給《(たまひ)》し。

左経記・二十一日条「其使帰云、亥剋以二大僧正(深覚)御車一、秘蔵可下令レ渡二室町一給上云々」、二十八日条「伝聞、今夜斎院御出家、大僧正奉レ授レ戒云々」、閏十月二日条「入レ夜参二前斎院一、覚超僧都参入、奉レ授二十戒一、及二深夜一退出」。

一三 滋賀県大津市別所にあり、天台宗寺門派総本山園(薗)城寺の別称。今昔は「三井寺ノ慶祚《きやうそ》阿闍梨ノ房ニ御《おはし》マシテ、御髪ヲ下《おろ》シテ、尼ト成セ給ニケリ」とあるが、慶祚は斎院の出家に先立つ寛仁三年(一〇一九)十二月二十二日に没している。三井寺出家のことは史実と相違するが、斎院の晩年をみとった甥の成信(入道中将)は慶祚を慕って出家、三井寺に住している。成信に関係する異伝か。

一四 ご臨終はすばらしく見事で尊い往生を遂げられた。左経記・長元八年(一〇三五)六月二十二日条「先斎院申剋卒去給云云」。葬送は二十五日。同日条「及レ暁帰京、御骨光清朝臣持之、入道中将相共持向、三井寺」。時に七十二歳。

一五 今昔は「現世ニ微妙《めでた》ク可咲《をか》シクシテ過サセ給ヒニシカバ、後生ハ罪深クヤ御シマサムズラムト人皆思ヒケルニ」とより強い表現。

一六 ただひたすらお勤めを怠ることなくなさったので。

一七 源成信。出家後の通称。選子の甥として日常親近し、臨終に立会い葬送の諸事を執り行う。左経記・長元八年六月二十四日条「早旦参二先斎院一、謁二入道中将一」。文末「よろこび給し」は典拠の本文をそのまま伝える趣がある。

▽大斎院の風雅を盛時の賀茂祭と晩年の斎院の有様で伝える。前半は大鏡・師輔伝、後半は今昔十九ノ十七とほとんど同文。前半の歌の贈答は後拾遺集・雑五、栄花・初花に、後半は無名草子にもみえる。

（二一　公任大納言屛風歌遅進事《きんたふのだいなごんびやうぶのうたをおそくたてまつらるること》）

今《いま》は昔《むかし》、女院[一]内裏《うち》へはじめて入《い》らせおはしましけるに、御[二]屛《びやう》風どもをせさせ給《（たまひ）》て、歌読《うたよみ》どもに詠《よ》ませさせ給《（たまひ）》けるに、四月、藤《ふぢ》の花《はな》おもしろく咲《さ》きたりける[三]枚《ひら》を、[四]四条大納言あたりて詠《よ》み給《（たまひ）》けるに、その日になりて、人〱歌《うた》ども持《も》てまい《（ゐ）》りたりけるに、大納言、遅《をそ》くまい《（ゐ）》りければ、御使して、遅《をそ》きよしをたび〱仰《おほ》せられつかはす。[五]権大納言行成《（ごんだいなごんゆきなり）》、御屛《びやう》風たまはりて、書《か》くべきよしな[六]し給《（たまひ）》ければ、いよ〱[七]立《た》ち居待《ゐま》たせ給《たま》ふほどに、まい《（ゐ）》り給《たま》へれば、「歌読《（うたよみ）》ども、[八]はか〲しき歌どももえ詠《よ》み出《い》でぬに、さりとも」と、誰《たれ》も心にくがりけるに、御前にまい《（ゐ）》り給《たま》ふや遅《をそ》きと、殿の、「いかにぞ、あの歌《うた》は。遅《をそ》し」と仰《おほ》せられければ、「さらにはか〲しく仕《つかまつ》らず。悪《わろ》くて奉《たてまつ》りたらんは、まい《（ゐ）》らせぬには劣《おと》りたる事なり。歌詠《うたよ》むともがらの、すぐれたらん中《なか》に、はか〲しからぬ歌《うた》書《か》かれたらむ、[九]長《なが》き名《な》に候《さぶら》ふべし」とやうに、いみじく逃《のが》れ申《（まうし）》給へど、殿、「あるべき事にもあらず。異《こと》人の歌なくても有《（あり）》なむ。御歌《うた》なくは、おほ方《（かた）》[一〇]色《しき》紙《し》形《がた》を書《か》くまじき事なり」など、まめやかに責《せ》め申させ給《たま》へば、大納言、「い

一 上東門院。道長女、彰子。
二 入内(じゅだい)の折は屛風を調進する例。御堂関白記・長保元年(九九九)十月二十一日条「四尺屛風和歌令㆓人々読㆒」。小右記・十月二十八日条「彼此云、昨於㆓左府㆒撰㆓定和歌㆒、是入内女御料屛風歌、華山法皇・右衛門督公任・左兵衛督高遠・宰相中将斉信・源宰相俊賢皆有㆓和歌㆒、上達部依㆓左府命㆒献㆓和歌㆒、往古不㆑聞事也、何況於㆓法皇御製㆒哉、又有㆓主人和歌㆒云々」。
三 紙などの名数単位。ここは屛風の色紙形。色葉字類抄「枚 ヒラ 紙等数」。
四 藤原公任。小野宮実頼の孫、頼忠の子。長久二年(一〇四一)薨、歳七十六。四納言の一人。詩歌・管弦にすぐれ、当代随一の歌人と称された。
五 権記・長保元年十月三十日条「自㆑内参㆓西京㆒、書㆓倭絵四尺屛風色帋形㆒、〈故常則絵、歌者当時左丞相以下読㆑之〉」。
六 「なし」は「まし」(申し)の誤写であろう。今昔「可書キ由申シ給ケレバ」。
七 立ったり座ったり落ち着かず、じれる様子。
八 底本「はか〱しきとも」。「歌」脱と見て補う。今昔「歌読共ノ墓々シク歌モ不読出(よみいでぬ)ニ」。 九 永くのちのちの世までの汚名を残すことになりましょう。
一〇 屛風や障子に色紙の形に切った紙を張ったり輪廓を描いたりして、絵に応じた詩歌などを書き込む。才葉抄、夜鶴庭訓抄に色紙形の書き方を記す。
一一 「え…えず」の形の否定表現。
一二 「公任」は不審。底本「本」と傍書。今昔は「永任」とするが、永任なる人物は不明。全集本今昔は「長能」か「高遠」かと。しかし高遠のこの時の柳の歌は「打なびき春立ちにけり青柳の…」(高遠集)で別。この時歌題を得た者は、「上達

みじく候《さぶら》ふわざかな。此《こ》度《たみ》は誰《たれ》もえ[一一]読《よ》みえぬ度《たび》に侍《(はべる)》めり。中にも[一二]公任《(きんたふ)》をこそ、さりともと[一三]思ひ給《たま》ひつるに、「[一四]岸の柳《やなぎ》」といふ事を詠《よ》みたれば、いと異様《ことやう》なる事なりかし。これらだにかく詠《よ》みそこなへば、公任はえ詠《よ》み侍らぬもことはり《(わ)》なれば、許《ゆる》し賜《た》ぶべきなり」と、さま〴〵に逃《のが》れ申《(まうし)》給へど、殿あやにくに責《せ》めさせ給へば、大納言、いみじく思ひわづらひて、懐《ふところ》より[一五]陸奥紙《みちのくにがみ》に書《か》きて奉《たてまつ》り給《たま》へば、ひろげて前《まへ》に置《お》かせ給《たま》ふに、[一六]帥殿《そちどの》よりはじめて、そこらの上達部・殿上人、心にくゝ思ひければ、「さりとも、この大納言故《ゆゑ》なくは詠《よ》み給はじ」と思ひつゝ、いつしか、[一七]帥殿読《よ》み上《あ》げ給へば、

3 [一八]紫《むらさき》の雲《くも》とぞ見《み》ゆる藤《ふぢ》の花《はな》いかなる宿《やど》のしるしなるらん

と読《よ》み上《あ》げ給《(たまふ)》を聞《き》き《ゝ》てなむ、褒《ほ》めのゝしりける。大納言も、殿をはじめ、みな人、いみじと思《おも》ふ気色《けしき》を見《み》給《(たまひ)》て、「[一九]今《いま》なむ、胸《ゝね》すこし落《お》ちゐ侍《(はべり)》ぬ」など申《(まうし)》給《たま》ひける。

[二〇]白河《しらかは》の家におはしけるころ、[二一]さるべき人〴〵四五人許《(ばかり)》まうでて《ゝ》、「花《はな》のおもしろき、見《み》にまいり《(ゐ)》つる也《(なり)》」と言《い》ひければ、大御酒《をゝみき》などまいり《(ゐ)》て詠《よ》み給《たま》ひける、

4 [二二]春来《はるき》てぞ人も訪《と》ひける山里《やまざと》は花《はな》こそ宿《やど》の主《あるじ》なりけれ

人《ひと》〴〵賞《め》でて《ゝ》詠《よ》みあひけれど、[二三]なずらひなるなかりけり。

部」「非参議能歌者」(小右記)であり、長能は「上達部・非参議」ではなく、詠進の事実も判然としない。
一三 「給ひ」は「給へ」の誤りか。総索引は、下二段「給ふ」の四段化したものとみる。
一四 今昔は「此クキシノメヤナヘト読テ候ヘバ」とあり、全集本今昔は「岸の芽柳」かと。
一五 陸奥《(みちのく)》で生産された紙。檀《(まゆみ)》の皮から作るので檀紙とも。奉書に似かよった肌の柔かいやや厚手の真白な上質紙だったらしい。
一六 関白道隆男伊周《(これちか)》。道長の甥。
一七 今昔は「殿音《(あこ)》ヲ高クシテ読上給ヲ聞ケバ」と道長とする。
一八 紫の雲かと見まがうほど美しく咲いている藤の花は、どのような家の瑞兆なのであろうか。「紫の雲」は瑞雲で、皇后の異称でもある。「藤の花」に藤原氏を象徴し、一門繁栄を予祝。
一九 今やっとほっとして、うわずっていた気持が少し落ち着きました(期待された重責を果した安堵感)。「ぬ」は「ぬる」の誤脱であろう。
二〇 白河は鴨川の東。公任の山荘があった。
二一 りっぱな、れっきとしたの意で、身分のある人をいう。公任集「春、しら川に殿上の人〳〵いきたりけるに」。
二二 春がきてようやく人も訪れるようになった。そうしてみると、この山里は花こそ家の本当の主人だったのだ。六百番陳状・春中・春曙「彼大納言の一の秀歌とこそ申し侍るに」。
二三 肩を比べ得る歌はなかった。
▽上東門院入内の折の屏風歌詠進に際しての公任の逸話と、白河の山荘での詠歌の話。共に今昔二十四ノ三十三・三十四と同文的同話。歌は拾遺集、公任集等諸書に載る。この時の公任の入内屏風歌は家集に六首みえる。

（二三　或人歴覧所々間入尼家詠和歌事《あるひとところどころをれきらんするあひだにあまがいへにいりてわかをよむこと》）

今《いま》は昔《むかし》、貴《あて》なる男の、いみじう好《す》き一〴〵しかりけるが、よろづの所の、心細《ぼそ》げにあはれなるを、見歩《みあり》きけるなかに、小《ち》さき家のあやしげなるが、さすがに内《うち》などした二ゝかに造《つく》りてゐたる人有《（あり）》けり。三煙《けぶり》も立《た》ゝず、さびしげなる事限《かぎ》りなし。「いかなる人ぞ」と、辺《あた》りの人に問《と》ひければ、「さる尼《あま》の候《さぶら》ふが、四物食《ものく》ふ事も知《し》らず、心細《ぼそ》げにて、この年来候《としごろさぶら》ふ也《（なり）》」と言《い》ふを聞《き》ゝて、

5 五朝夕《あさゆふ》に煙《けぶり》も立《た》ゝぬ壺屋《つぼや》には露の命《いのち》もなにゝかくらん

と言《い》ふを聞《き》ゝて、この尼《あま》、

6 六玉光《たまひか》る女籠《むすめこ》めたる壺屋《つぼや》には露《つゆ》の命《いのち》も消《き》えぬなりけり

といふ。

あやしくて、よく問《と》ひ聞《き》ゝければ、めでたく、光《ひか》りかゝやく女《むすめ》を隠《かく》し据《す》ゑたるなりけり。尋《たづ》ね出《い》だして、七ひとめにして、めでたくてあらせけるとかや。

一 風雅を好む人が。本説話集の用例は、共に歌道に執着する風流事を意味している。

二 いかめしくりっぱに。

三 炊事の煙も立たず。貧しさをいう。

四 暮らしのたずきもわからず。

五 朝夕に炊事の煙も立たない粗末な小屋では、露のようにはかない命を、なにをよりどころにつなぎとめているのであろうか。壺屋は、物置や納戸風の場所。「壺屋一壺」（今昔十七ノ四十四）、「其ノ門ノ内ニ荒タル壺屋立タル所」（同十九ノ四十三）。

六 この狭い小家の中には、玉のように光り輝く美女をこもらせて大切に育てているのですから、露のようにはかない命といってもそうたやすく消えるようなことはないのですよ。

七 全書は「人目にする」で「人並みに待遇する。一人前に世間に出す意」とする。

▽源氏・帚木に「さて世にありと人に知られず、さびしくあばれたらむ葎の門に、思ひの外にらうたげならむ人の閉ぢられたらむこそ限りなくめづらしくはおぼえめ」とあり、伊勢物語・初段、源氏・若紫をはじめ、古物語のパターンを構成している。本話は漠然とした話で他に同話、類話は見当たらない。

八 式部省の次官。正五位上相当。儒家で、侍読（じとう）を経た者が任ぜられた。

九 式部省の大学寮、地方の国学、氏の学院（大学別曹）に在籍し、官吏となるための学問をする人。

一〇 はなはだすぐれている。

一一 源隆国。晩年宇治に隠棲したところからの称。隆国（一〇〇七—一〇七七）と匡衡（九五二—一〇一二）とは年

（四　匡衡和歌事《まさひらがわかのこと》）

今《いま》は昔《むかし》、[八]式部大輔《(しきぶのたいふ)》匡衡《まさひら》、[九]学生《(がくしやう)》にて、[一〇]いみじき物也《(なり)》。[一一]宇治大納言の許《もと》に有《(あり)》けり。才《ざえ》は極《きは》めてめでたけれど、[一二]みめはいとしもなし。丈高《たけたか》く、[一三]指肩《さしかた》にて、見苦《みぐる》しかりければ、女房ども、[一四]「言《い》ひまさぐりて、笑はむ」とて、[一五]和琴《わごむ》をさし出《い》だして、「よろづの事知《し》[一六]り給《(たまひ)》たなるを、これ弾《ひ》き給へ。聞《き》かむ」と言《い》ひければ、詠《よ》みて、

7 [一七]逢坂《あふさか》の関《せき》のあなたもまだ見《み》ねば東《あづま》の事《(こと)》も知《し》られざりけり

と言《い》ひたりければ、女房どもえ笑《わら》はで、[一八]やはらづゝひき入《い》りにけり。

おなじ匡衡《まさひら》、[一九]官《つかさ》 申《(まうし)》けるに、えならで歎《なげ》きけるころ、[二〇]殿上人、大井に行《ゆ》きて、[二一]戸無瀬《となせ》にさし上《のぼ》り歩《あり》きて遊《あそ》ぶまゝに、人〳〵歌詠《うたよ》みけるに、匡衡《まさひら》、かくなん詠《よ》みたりける、

8 [二二]河舟《かはふね》に乗《の》りて心《こゝろ》の行《(ゆく)》ときは沈《しづ》める身ともおぼえざりけり

赤染《あかぞめ》の衛門《ゑもむ》が男《おとこ》なり。

代的に無理ではあるが、本話に隆国の名が登場するのは注目される。
一二 容貌はたいしたこともない。
一三 高く張った肩。怒り肩。日葡辞書「サシカタ（差肩）不格好に高く張った肩」。
一四 あれこれ言って、からかう。
一五 わが国固有の絃楽器。六絃で琴柱で調律。大和(倭)琴。東《(あずま)》琴。
一六 ご存じだということなので。「なる」は伝聞。
一七 逢坂の関の向こうもまだ見たことがないので、東の事は私にはわからないのですよ(東琴は弾くことができません)。東国の事と東琴を懸ける。古今著聞集、十訓抄は匡房のこととする。
一八 少しずつそっと。そろそろと。少しずつ動く様をいう。源氏・薄雲「やをらづつひき入り給ひぬる気色」(異文に「やはらづつ」)。
一九 任官を願い出ていたのに、望みがかなわず。
二〇 御堂関白記・寛弘六年(一〇〇九)九月二十三日条に「至二大井一乗レ舟、有二和歌一者」、江吏部集・中・人倫部「暮秋泛二大井河一、各言二所懐一和歌序」以下に記す。この時匡衡五十八歳。三年後の寛弘九年七月十六日(日本紀略)または十七日(小右記)没、六十一歳。六十歳(中古歌仙伝)とも。
二一 京都市西京区嵐山付近の大井川の別名かという。ここは嵐山にかかる戸無瀬の滝であろう。八雲御抄「となせ　大井也」。
二二 川舟に乗って舟遊びをして気分が晴れ晴れとする時は、これが任官にもれて愁いに沈んでいるわが身かとはとても思われないことだ。
▽匡衡の即詠的な歌才を伝える説話で、今昔二十四ノ五十二と同話。歌は後拾遺集、匡衡集等に載る。前半は古今著聞集、十訓抄三にも見える。

（五　赤染衛門事《あかぞめのゑもんがこと》）

今《いま》は昔《むかし》、[一]赤染衛門といふ歌《うた》よみは、時望《もち》といひけるが女《むすめ》、[二]入道殿に候《(さぶらひ)》けるが、[三]心ならず匡衡《まさひら》を男《おとこ》にして、いと若《わか》き[四]博士《はかせ》にてありけるを、事《こと》に触《ふ》れて、[五]のがひ厭《いと》ひ、[六]あらじとしけれど、男《おとこ》は[七]あやにくに心ざし深《ふか》く成《(なり)》ゆく。[八]殿の御供《とも》に、[九]住吉へまい《(ゐ)》りて、詠《よ》みてを《(お)》こせたる、

9 [一〇]恋《こひ》しきに難波の事もおぼゝえずたれ住吉《すみよし》のまつといひけん

返《(かへり)》事、

10 [一一]名《な》を聞《き》くに長居《ながゐ》しぬべき住吉《すみよし》のまつとはまさる人やいひけむ

逢《あ》ふ事の有《(あり)》がたかりければ、思ひわびて、[一二]稲荷《いなり》の神主の許《もと》へ通《かよ》ひなどしけれど、心にも入《い》らざりけり。「杉叢《すぎむら》ならば」など詠《よ》みたるは、その折《をり》の事なるべし。匡衡《まさひら》、[一三]尾張《をはり》の守《かみ》などになりにければ、[一四]猛《まう》になりて、え厭《いと》ひも果《は》てず、挙周《たかちか》など生《う》みてければ、幸《さいわい》人《(びと)》といはれけり。尾張《おはり》へ具《ぐ》して下《くだ》る道《みち》にて、守《かみ》ひとりごつ、

11 [一五]十日《とうか》の国《くに》にいたりてしがな

一 赤染時用女。袋草紙は「実ハ兼盛女」と。生没年未詳。長く道長室倫子に仕える。
二 藤原道長。
三 不本意ながら匡衡を夫として。
四 文章博士。大学の文章道の教官。匡衡は永祚元年(九八九)文章博士。時に三十八歳。
五 嫌って他へ押しやる。遠ざける。(総索引注参照。)
六 「あらじ」は「あ(逢)はじ」の誤りであろう。
七 望んでもいないのに。赤染衛門が嫌って逢うまいとすればするほど、匡衡の愛情が深まる。
八 入道殿。道長。
九 住吉神社。「すみのえ」は入江の意、「すみよし」は郡名・神名の意、と明瞭に使い分けられていたとする(奥村恒哉)。
一〇 あなたが恋しいあまりに、何のことも思われません。いったい誰が「住吉」(住み良し)などといったのでしょう。「住吉の松」は歌枕。
一一 「まさる」不審。家集は「とまる」。名を聞くだけでも長居するにちがいないと思われる「住吉」(住み良し)などとは、そこに長く留まって京に帰ろうとしない人(匡衡)がいったのでしょう。「松」を「待つ」の懸詞とする解もある。
一二 今昔に「亦、此ノ赤染、夫ノ匡衡ガ稲荷ノ禰宜ガ娘ヲ語ヒテ愛シ思ヒケル間、赤染ガ許ニ久ク不来リケレバ、赤染此ナム読テ、稲荷ノ禰宜ガ家ニ匡衡ガ有ケル時ニ遣ケル、ワガヤドノ松ハシルシモナカリケリスギムラナラバタヅネキナマシ、ト。匡衡此レヲ見テ、…稲荷ノ禰宜ガ許ニハ不通ハ成ニケリ」。
一三 長保三年尾張権守。寛弘六年再任。
一四 盛んな、勢いのよい様子。富裕な勢力家になったこと。
一五 十日には早くかの地尾張の国に到着したいものだなあ。

赤染《あかぞめ》、

[一六]宮こ出《い》でて今日《けふ》九日《こゝぬか》になりにけり

挙周《たかちか》、望《のぞ》む事有《(あり)》けるに、中文《(まうしぶみ)》の奥《おく》に書《か》きて、[一七]鷹司殿《たかつかさどの》へ参《まい》らせたる、

12 [一八]思《おも》へ君頭《きみかしら》の雪《ゆき》を払《はら》ひつゝ消《き》えぬ先《さき》にといそぐ心を

入道殿《どの》御覧《(ご)らむ》じて、いみじくあはれがらせ給《(たまひ)》て、[一九]和泉《いづみ》には急《いそ》ぎなさせ給《(たまひ)》たりけるとぞ。[二〇]和泉《いづみ》へ下《くだ》る道《みち》にて、挙周《たかちか》、例《れい》ならず大事にて、限《かぎ》りになりたりければ、

13 [二一]代《か》はらむと思《おも》ふ命《いのち》は惜《を》しからでさても別《わか》れむほどぞ悲《かな》しき

14 [二二]頼《たの》みては久《ひさ》しく成《(なり)》ぬ住吉《すみよし》のまつこのたびのしるし見《み》せなむ

と書《か》きて、住吉《すみよし》に参《まい》らせたりけるまゝに、挙周《たかちか》、心地《ち》さは〳〵と止《や》みにけり。

その後《のち》、めでたき事に、世に言《い》ひのゝしりけり。

（六　帥宮通二和泉式部一給事《そちのみやのいづみしきぶにかよひたまふこと》）

今《いま》は昔《むかし》、[二三]和泉式部がもとに、[二四]帥《(そちのみや)》宮通《かよ》はせ給《(たまひ)》けるころ、久《ひさ》しく音《をと》せさせ給はざりけるに、その宮に候《さぶら》ふ童《わらは》の来《き》たりけるに、御文もなし。帰《かへ》りまいる《(ゐ)》に、

15 [二五]待《ま》たましもかばかりこそはあらましか思ひもかけぬ今日の夕暮《ぐれ》

一六 京を出てから今日でもう九日になってしまいました。赤染衛門集、俊頼髄脳ともに上の句が先で作者も逆。ちなみに延喜式に「尾張国行程上七日。下四日」。

一七 道長室倫子。

一八 わが君よお察し下さい。雪のような白髪を掻き撫でつつ、わが命の消えぬうちに子が官途に就けるようにと焦る親心を。初・二句、赤染衛門集は「おもへたゞかたのゝ雪を」、雪の日に参上して上東門院に啓したとする。

一九 ただちに和泉守に任ぜられたということ。任命は寛仁三年(小右記・同年二月六日七日)。

二〇 赤染衛門集では「挙周が和泉果てて上るままに」と全く逆になっている。

二一 わが子に代わろうと思う私の命は少しも惜しくはありませんが、そうはいってもこの子とながの別れになるのが悲しいことです。

二二 長い歳月信仰して来た住吉の神よ、まず何を置いても今回は病平癒の霊験を示して下さい。

▽住吉の歌の贈答、尾張下向時の連歌、子挙周の任官と病平癒の歌の三段からなるが、全段を通じての同話はない。歌はすべて赤染衛門集に載るが、小異があり、また第三段は今昔二十四ノ五十一に類話。病平癒のことは後拾遺集・雑四、袋草紙、著聞集、沙石集等にも見える。

二三 越前守大江雅致女、上東門院彰子女房。

二四 冷泉天皇第四皇子敦道親王。

二五 たとえおいでをお待ちしたとしても、この程度の心乱れでしょうか。思いもかけずつらい気持を覚えている今日の夕暮れです。日記では、宮の最初の来訪の翌夕のこと。二日続けての来訪はなかったとする。返歌「ひたぶるに待つとも言はば休らはで行くべきものを君が家路に」。

持《も》てまい《(ゐ)》りて、まい《(ゐ)》らせたりければ、「まことに久《ひさ》しく成《(なり)》にけり」と心苦《ぐる》しくて、やがておはしましけり。女も、月をながめて端《はし》に居《ゐ》たりけり。前栽の露《つゆ》きら〳〵と置《を》きたるに、「[一]人は草《くさ》葉の露なれや」とのたまはするさま、優《いふ》にめでたし。[二]御扇に御文を入《い》れて、「御使の取《と》らでまい《(ゐ)》りにければ」とて、たまはす。扇《あふぎ》をさし出《い》だして取《と》りつ。「今宵《こよひ》は帰《かへ》りなん。明日《あす》、[三]物忌《ものいみ》といふなりつれば、なからむもあやしかるべければ」とのたまはすれば、

16 [四]心みに雨《あめ》も降《ふ》らなん宿過《やどす》ぎて空《そら》行《(ゆく)》月の影《かげ》やとまると

聞《き》[五]こえたれば、「[六]あがこひや」とて、しばし上《のぼ》りて、こまやかに語《かた》らひをき《(お)》て、出《い》でさせ給《(たまふ)》とて、

17 [七]あぢきなく雲居《ゐ》の月にさそはれて影《かげ》こそ出《い》づれ心やは行《(ゆく)》

有《(あり)》つる御文を見《み》れば、

18 [八]われゆえ《(ゑ)》に月をながむと告《つ》げつればまことかと見《み》に出《い》でて来《き》にけり

何《なに》事につけても、をかしうおはしますに、[九]あは〳〵しき物《(もの)》に思《おも》はれまい《(ゐ)》らせたる、心憂《こゝろう》くおぼゆと、日記に書《か》きたり。

はじめつ方は、かやうに心ざしもなき様《(やう)》に見《み》えたれど、後《のち》には、[一〇]上《うへ》を去《さ》りたてまつらせ給《(たまひ)》て、ひたぶるにこの式部を妻《め》にせさせ給《(たまひ)》たりと見《み》えたり。

一 拾遺集・恋二・よみ人しらず「わが思ふ人は草葉のつゆなれやかくれば袖のまづそほつらむ」。
二 和泉式部日記「御扇に文を置きて」。文使いは帥宮方の小舎人童であり、「御使」の「御」は不要か。日記では文使いは式部方の樋洗童。典拠の本文をそのまま受け継ぎつつ、掛け離れた二つの場面を結合させたための不合理な記述。
三 陰陽道で、日や方角が悪いとされたり、身が汚れたりしている時、一定期間外出を避け、家にこもって身を慎むこと。
四 ためしに雨でも降ってくれないものか。私の家を通り過ぎて空をゆく月の光が、ここに止まってくれるかもしれないから。「空行く月」に宮をたとえる。
五 「と聞こえたれば」の「と」脱か。前行末の「と」との重音脱落であろう。
六 親愛の情をこめた呼びかけの言葉であろう。和泉式部日記は「あが君や」。
七 つまらなくも空の月にさそわれて、この身は出て行くが、私の心はあなたのところから出ては行かない。
八 私ゆえに月をながめて物思いにふけっているとのことなので、本当かどうか、見に出て来たのだ。日記では「月を見て荒れたる宿にながむとは見に来ぬまでも誰に告げよと」の歌に対する返歌。「待たましも」の返歌としては贈歌の詞をふまえていず不自然。
九 宮は立派なお方なのに、式部ゆえに世間から軽薄な人と思われたのはつらいことだと。日記は、他に男を通わせるうわさを聞き、帥宮が式部をあわあわしと思うで逆。
一〇 北の方。藤原済時二女が正妃。
一一 藤原致忠男。香の分野においても父とともに名をとどめている(薫集類抄)。丹後守として鹿狩を好めること今昔十九ノ七に見える。

[一一]保昌《やすまさ》に具《ぐ》して、丹後《(たんご)》へ下《くだ》りたるに、「明日《あす》狩《かり》せむ」とて、者《もの》ども集《つど》ひたる夜《(よ)》[一二]さり、鹿《しか》のいたく鳴《な》きたれば、「いで、あはれや。明日《あす》死《し》なむずれば、いたく鳴《な》くにこそ」と心憂《う》がりければ、「さ思《おぼ》さば、狩《かり》とゞめむ。よからむ歌《うた》を詠《よ》み給へ」と言《い》はれて、

19 [一三]ことはり《(わ)》やいかでか鹿《しか》の鳴《な》かざらん今宵《こよひ》ばかりの命《いのち》と思《おも》へば

さて、その日《ひ》の狩《かり》はとゞめてけり。

保昌《やすまさ》に忘《わす》られて侍《(はべり)》けるころ、[一四]貴船《きふね》に参《まい》りて、御手洗河《みたらし》に蛍《ほたる》の飛《と》びけるを見《み》て、

20 [一五]物思《ものおも》へば沢《さは》の蛍《ほたる》もわが身よりあくがれ出《い》づる魂《たま》かとぞ見《み》る

21 [一六]奥山《おくやま》にたぎりて落《お》つる滝《たき》つ瀬《せ》に玉散《たまち》るばかり物《もの》な思《おも》ひそ

この歌、貴船《きふね》の明神の御返し也《(なり)》。男声《おとこごゑ》にて、耳《みゝ》に聞《き》こえけるとかや。

(七　和泉式部歌事《いづみしきぶがうたのこと》)

今《いま》は昔《むかし》、和泉式部《いづみしきぶ》が女《むすめ》、[一七]小式部の内侍失《う》せにければ、[一八]その子《こ》どもを見《み》て、式部、

22 [一九]とゞめ置《を》きて誰《たれ》をあはれと思《おも》ふらん子《こ》はまさりけり子《こ》はまさるらん

一二 夜になった時分。
一三 鹿があのようにはげしく鳴くのは当然のことだ。たった今夜限りの命だと思えばどうして鳴かずにいられよう。
一四 貴船神社。京都市左京区鞍馬貴船町。水をつかさどる川上の荒神で、祭神は高龗《(たかおかみ)》神、また闇龗《(くらおかみ)》神、罔象《(みつはのめ)》神とも伝う。
一五 物思いに心乱れているので、沢の上を飛ぶ蛍も、わが身からさまよい出た魂かと思われる。
一六 奥山でわき返るように落ちる滝に、水の玉が乱れ散るように、魂が乱れ散るほど一途に物思いなさるな。上句は「玉散る」の序詞。
▽前半は和泉式部日記の四月末の歌一首と、六月頃の歌三首の二つの場面を組み合せて、物語風に月下の男女を描出したもの。はじめの歌を千載集・恋四が「待つとても…秋の夕暮」として収載するのも注目される。後半は二段からなるが、ともに後拾遺集・雑三、雑六の詞書・歌の内容と一致。小世継二話は、前半後半同文の同話で、当六話から十五話まで小世継と同文の説話が続き、説話配列も、小世継の配列から抜き出して一連とした如くに近似する。貴船明神との贈答歌は、俊頼髄脳、袋草紙、無名草子、古今著聞集、十訓抄、沙石集等にも見える。
一七 上東門院女房。
一八 寛仁二年(一〇一八)道長五男教通との間に僧静円、万寿二年(一〇二五)の冬、藤原公成との間に僧頼仁などの子をもうけて死ぬ。小式部内侍挽歌の連作はこの折の詠。
一九 娘は私と子を残して死んだが、誰を一層あわれと思っているだろう。親の私にとっては子を思う心がまさっている。娘も同じで親より子を思う情がまさっているだろう。四・五句、後拾遺・哀傷は「子はまさるらん子はまさりけり」。

また、[一]書写の聖《ひじり》の許《もと》へ、

23 [二]暗《くら》きより暗《くら》き道《みち》にぞ入《い》りぬべきはるかに照《て》らせ山の端《は》の月

と詠《よ》みてたてまつりたりければ、御返事に、袈裟《けさ》をぞつかはしたりける。病《やまひ》づきて失《う》せむとしける日《ひ》、その袈裟《けさ》をぞ着《き》たりける。歌《うた》の徳《とく》に後《のち》の世も助《たす》かりけむ、いとめでたき事。

（八　御荒宣旨歌事《みあれのせんじがうたのこと》）

今《いま》は昔《むかし》、御荒《みあれ》[三]の宣旨といふ人は、優《いふ》にやさしく、容貌《かたち》もめでたかりけり。皇[四]太后宮の女房也《なり》。[五]中納言定頼、文《ふみ(お)》をこせ給《(たまふ)》。

24 [六]昼《ひる》は蟬《せみ》夜《よる》は蛍《ほたる》に身をなして鳴《な》き暮《く》らしては燃《も》えや明《あ》かさん

さやうにて通《かよ》ひ給《たま》ふほどに、心少《すこ》し変《かは》り、絶《た》え間《ま》がちなり。

25 [七]はる〴〵と野中に見《み》ゆる忘《わす》れ水《みづ》絶《た》え間《ま》〳〵を歎《なげ》くころかな

中納言、みめよりはじめ、何《なに》事にもすぐれてめでたくおはするを、心ある人は見知《みし》りて、[八]なげかし秋《あき》の夕暮《ぐれ》、きり〴〵すいたく鳴《な》きけるを、「[九]長《なが》き思ひは」など、[一〇]ながめ給《(たまひ)》けるを、忘《わす》れがたき事に言《い》ひためり。

一 播磨国書写山の性空上人。

二 煩悩の闇から抜け出せないままに、さらに冥界の暗い道に入ってしまいそうです。なにとぞあの山の端にかかる月のように、真如の光で私をお導きください。性空上人を「月」にたとえる。法華経・化城喩品「衆生常苦悩、盲冥無二導師一…従レ冥入二於冥一、永不レ聞二仏名一」。若年（十六、七歳頃とも）の詠作と考えられている。

▽歌徳説話として構成。小世継三話と同文説話。歌は家集をはじめ諸書にみえるが、後拾遺集、拾遺集に各一首、無名草子に二首共に載る。

三 中納言平惟仲の女、大和守藤原義忠の妻、三条天皇中宮姸子の女房。大和宣旨・宮の宣旨とも。なお枕草子、大弐高遠集などに見え、御形《(みあれの)》宣旨集を残す人は別人。

四 藤原道長女姸子。三条天皇中宮。枇杷殿の宮。

五 四条大納言公任の長男。

六 恋しさにたえず、昼は蟬となって声の限り泣き続け、夜は蛍となって恋い焦がれて夜を明かすのだろうか。定頼集に「女院の中納言のきみ、つれなくのみありければ」として載る。本来は別人の上東門院の女房に宛てた歌。五句「もえあかすかな」。

七 （宣旨の歌）遠い野中にわき出る清水がとぎれとぎれに流れるように、あなたのお出でが絶え間がちなのを嘆いて暮らす今日このごろです。「忘れ水」は野中の茂みや岩蔭などに隠れて人目につかない流れ。上句は「絶え間〳〵」の序詞。

八 改行の際に「き」を誤脱したものであろう。小世継「なげかしき秋の夕暮」。

九 古今集・秋上・藤原忠房「蟋蟀いたくななきそ秋の夜の長き思ひは我ぞまされる」。

一〇 中納言が口ずさみながら物思いに沈んでいた風情を忘れがたいことに言っている。

[一一]絶《た》え給《(たまひ)》て後《のち》、賀茂に参《まい》り給《(たまふ)》と聞《き》きて、「今《いま》一度《(ひとたび)》も見《み》む」と思《おも》ひて、心にもあらぬ賀茂《かも》参《まい》りして、

26 [一二]よそにても見《み》るに心《こゝろ》はなぐさまで立《た》ちこそまされ賀茂《かも》の川波《かはなみ》

とても、涙《なみだ》のみいとゞこぼれまさりて、大方《おほ》現《うつ》し心もなくぞおぼえける。蟬《せみ》の鳴《な》くを聞《き》きて、

27 [一三]恋《こひ》しさを忍《しの》びもあえ《(へ)》ぬうつせみの現《うつ》し心もなく成《(なり)》にけり

「をの《(お)》づから歎《なげ》きや晴《は》るゝ」とて、中納言にはおとれども、[一四]無下《むげ》ならぬ人に、親《した》しき人、心合《あ》はせて、盗《ぬす》ませてけり。それをまた、いたう歎《なげ》きて、

28 [一五]身を捨《す》てゝ心《こゝろ》はなきになりにしをいかでとまれる思ひなるらん

29 [一六]世《よ》をかへてこゝろみれども山の端《は》に尽《つ》きせぬものは恋《こひ》にぞ有《(あり)》ける

たゞ中納言をのみ恋《こ》ひ歎《なげ》きて、「いかに[一七]罪《つみ》深かりけむ」と思《おも》ふに、貴《たうと》くめでたき[一八]法師子を持《も》ちて、[一九]山に置《お》かれたりけるぞ、「[二〇]罪少《つみすこ》し軽《かる》みにけむかし」とはおぼゆれ。

[二一]御堂《(みだう)》の中姫君《なかひめ》、三条院の御時《とき》の后《きさき》、皇太后宮と申《(まうし)》たるが女房也。[二二]山とのの宣旨とも申《(まうし)》けり。世《よ》にいみじき色好《ごの》みは、[二三]本院の侍従、御荒《みあれ》の宣旨と申《(まうし)》たる。侍従は、はるかの昔《むかし》の平仲が世の人。この御荒《あれ》の宣旨は中比《なかごろ》

一一 中納言が宣旨のもとへ通うのが。
一二 せめてよそながらでも姿を見れば気も晴れるかと思ってやって来たのに、心は満たされることなく、賀茂川の流れがいっそう波立つように、ますます恋しさはつのるばかりです。
一三 恋しさを堪え忍ぼうとしても、声高く鳴く蟬のように忍びきれず、私はもう正気もなくなってしまった。
一四 それほど身分が賤しくない人。
一五 身を捨ててすべてをあきらめたので心はすっかりなくなってしまったはずなのに、どうして残っている恋の思いなのだろう。
一六 別な人を持てば忘れられるかと思ってためしてみたが、やはり忘れることができず、人を恋う心は尽きないことだ。「世」は、男女の仲。「世の中」とも。「山の端に」は「つき」の序詞。
一七 不貪欲戒をおかすことになる。「貪欲之罪、亦令㆔衆生、堕㆓三悪道㆒」(八十華厳経巻二十五)。
一八 伊周の男道雅との間に少僧都観尊を儲けている。 一九 比叡山延暦寺。ただし、観尊は明尊僧都の弟子で園城寺に属す。
二〇 「一子出家スレバ七世ノ父母皆成仏道」(屋代本平家・巻十他平家諸本)。俗伝と思われる。
二一 道長二女妍子。
二二 はじめ道雅との間に一男一女をもうけたが、逃れて妍子(枇杷殿、万寿四年崩)の女房となる(大鏡・道隆伝)。道雅との離別は寛仁元年頃か(萩谷朴・井上宗雄)。定頼との関係は女房時代のことであろう。後、義忠(歌人)と結ばれ、夫の官にちなんで大和宣旨と呼ばれるが、長元九年十月補任以後の呼称。
二三 平中好色滑稽譚の女主人公。在原棟梁女ともいわれる。説話的人物。
▽末尾の宣旨についての注記をふくめて小世継

の人。されば、昔今《むかしいま》の人を、一手《ひとて》に具《ぐ》して申《(まうし)》たる也。

（九　伊勢大輔歌事《いせのたいふのうたのこと》）

今《いま》は昔《むかし》、紫式部、[一]上東門院に歌《うた》読《(よみ)》[二]優《いう》の者《もの》にてさぶらふに、大斎院《(おほさいゐん)》より春つ方、「つれ〴〵に候《さぶら》ふに、さりぬべき物語《ものがたり》や候《(さぶらふ)》」とたづね申させ給《(たまひ)》ければ、御草子《さうし》ども取《と》り出《い》ださせ給《(たまひ)》て、「いづれをか参《まい》らすべき」など、選《え》り出《い》ださせ給《(たまふ)》に、紫《むらさき》式部、「みな目馴《めな》れて候《さぶら》ふに、新《あたら》しくつくりて参《まい》らせさせ給へかし」と申《(まうし)》ければ、「さらばつくれかし」と仰《おほ》せられければ、[三]源氏はつくりて参《まい》らせたりけるとぞ。

いよ〳〵心ばせすぐれて、めでたきものにてさぶらふほどに、[四]伊勢大輔まい《(ゐ)》りぬ。それも歌読《うたよ》みの筋《すぢ》なれば、[五]殿《との》いみじうもてなさせ給《(たまふ)》。[六]奈良《なら》より、年《とし》に一度、八《や》重桜《へざくら》を折《ゝ》りて持《も》て参《まい》るを、紫《むらさき》式部取《と》り次《つ》ぎて参《まい》らせなど、歌読《うたよ》みけるに、式部、「今年《ことし》は大輔に譲《ゆづ》り候《(さぶら)》はむ」とて、譲《ゆづ》りければ、取《と》り次《つ》ぎて参《まい》らするに、殿《との》、「遅《をそ》し〳〵」と仰《おほ》せらるゝ御声《こゑ》につきて、

30 [七]いにしへの奈良《なら》の宮《みや》この八《や》重桜《へざくら》今日《けふ》九重《こゝのへ》に匂《にほ》ひぬるかな

と同文説話。歌24は定頼集に、25 26 27は無名草子、25 27は後拾遺集にも載る。

一 一条天皇の中宮彰子。
二 優れている。すばらしい。
三 源氏物語執筆の動機については、無名草子、小世継、河海抄、花鳥余情等に見える。ちなみに光源氏物語本事(松平文庫蔵)に「大斎院(選子内親王)へまいらせらるゝ本〈二半紙〉梅の唐紙うす紅梅のへうし也と」と選子本の存在を記す。
四 祭主大中臣輔親女。重代の歌人の家の出自。「頼基、能宣、輔親、伊勢大輔、伯母、安芸君六代相伝之歌人」(袋草紙遺篇・撰者故実)。
五 藤原道長。
六 彰考館本伊勢大輔集に「女院の中宮と申ける時、…ならから僧都(書陵部一本ふこうそうづ)のやへざくらをまいらせたるに、こ年のとりいれ人はいまゝいりそとて、紫式部のゆづりしに、入道殿きかせたまひて、たゞにはとりいれぬものを、とおほせられしかば」と原話。扶公僧都は、藤原重輔子。治安元年(一〇二一)大僧都。興福寺管主たること二十年。長元元年(一〇三八)入寂。
七 昔の奈良の都の八重桜が、今日は九重の宮中で、さらにひときわ色美しく咲き匂っている。伊勢大輔集に「こゝのへににほふをみれば桜がりかさねてきたるはるかとぞ思ふ」と女院の返歌。「其堂(興福寺東円堂)南門之西脇有二桜樹一、所謂奈良都之八重桜是也、古伝云、此桜一切桜花散之後、始以開敷、是為二奇特一云々」(七大寺巡礼私記)。
八 「ほど」一つは衍字ともみうるが、小世継に「取つぎつる程、殿の仰られつる程もなかりつるに」とあり、「ほと」の目移りによる誤脱か。
九 官職をやめること。高階成忠のことか。公卿

「取《と》り次《つ》ぎつるほど〳〵[八]もなかりつるに、いつの間《ま》に思《おも》ひつゞけけ《ゝ》む」と、人も思《おも》ふ、殿《との》もおぼしめしたり。

めでたくてさぶらふほどに、致仕《ちじ》[九]の中納言の子《こ》の、越前《あちぜむ》[一〇]の守《かみ》とて、いみじうやさしかりける人の妻《め》に成《(なり)》にけり。逢《あ》ひはじめたりけるころ、石山[一一]に籠《こも》りて、音《をと》せざりければ、つかはしける、

31 [一二]みるめこそあふみの海《うみ》にかたからめ吹《ふ》きだに通《かよ》へ志賀《しが》の浦風《うらかぜ》

と詠《よ》みてやりたりけるより、いとゞ歌《うた》おぼえまさりにけり。

まことに子孫栄《さか(え)》へて、六条の大弐[一三]、堀河《ほりかは》の大弐など申《(まうし)》ける人〳〵、この伊勢大輔の孫《まご》なりけり。白河院は曾孫《ひいこ》[一四]おはしましけり。一の宮と申《(まうし)》ける折、参《まい》りて見まいらせ《(ゐ)》けるに、「鏡《かゞみ》を見《み》よ」とて賜《た》びたりけるに、たまはりて、

32 君[一五]見《み》ればちりも曇《くも》らで万代《よろづ》の齢《よはひ》をのみもます鏡《かゞみ》かな

御返《(かへし)》、大夫殿[一六]、宮の御をぢ[一七]におはします、

33 曇《くも》[一八]りなき鏡《かゞみ》の光《ひかり》ます〳〵も照《て》らさむ影《かげ》に隠《かく》れざらめや

補任に名は載るが、中納言にはなっていない。

一〇 成順《(なりのぶ)》。尊卑分脈に筑前守正五位下。万寿二年七月筑前守赴任(小右記)。古本説話、小世継、宇治拾遺は伊勢大輔説話、伯母説話で共に成順を越前守とするが、「越前」は「筑前」の誤りか。その人柄について今昔十五ノ三十五は「事ニ触レテ慈悲有テ人ヲ哀ブ事限リ無シ」と。

一一 石山寺。観音霊場。紫式部参籠説話の舞台。

一二 石山にお籠りではお目にかかるのはむずかしいでしょうか、せめてお手紙だけでも下さい。「海松布」に「見る目」、「近江」に「逢ふ身」、「潟」に「難」を懸ける。志賀は琵琶湖西南岸の地名。

一三 成順との間に康資王母、筑前乳母、源兼俊母等があり、六条の大弐、堀河の大弐などはいずれかの子であろうが未詳。あるいは若狭守通宗や権中納言通俊の周辺の人物か。通宗、通俊の実母は成順女という。通宗女に家集、大弐集を残す斎院の大弐がいる。

一四 ひひこ。孫の子。ひまご。色葉字類抄・人倫「曾孫 ソウソン・ヒ、コ〈孫之子為―〉」。小世継「ひこに」。「に」脱か。なお伊勢大輔と白河院や母后茂子(公成女、能信卿為ㇾ子)との関係不明。伊勢大輔集には「ゆかりありて東宮(後三条)の若宮(白河)をみまいらせしに」と。

一五 若宮をお見あげすると、澄んではっきり映る鏡のように、少しの曇りもなく清純ですので、万代までもご長命であられることでしょう。

一六 東宮(春宮)大夫。春宮坊の長官。

一七 ここは「おほぢ(祖父)」が正しい。おほちち(大父)の約。小世継「おほぢ」。道長三男、能信。

一八 曇りのない鏡の光がますます明るく照らすように、若宮のご威光がいよいよかがやきわたり、その恩恵に浴さないでいられましょうか。

▽小世継五話と同文。歌30は袋草紙にも載る。

（一〇　堤中納言事《つつみのちゆうなごんのこと》）

今《いま》は昔《むかし》、[一]堤中納言《(つつみのちゆうなごん)》、[二]御使にて、[三]大内山《おほうち》に[四]御門《みかど》おはしましけるに、[五]いとあはれなり。高《たか》き所なれば、雲《くも》は下《しも》より立《た》ちのぼるやうに見《み》えければ、

34 [六]白雲《しらくも》の九重《こゝのへ》に立《た》つ峰《みね》なれば大内山《おほうち》といふにぞ有《(あり)》ける

（一一　季縄少将事《すゑなをのせうしやうのこと》）

今《いま》は昔《むかし》、[七]季縄《すゑなを》の少将といふ人《ひと》ありけり。[八]大井《おほ》に住《す》みけるころ、[九]御門《みかど》の仰《おほ》せられける、「花《はな》おもしろくなりなば、かならず[一〇]御覧《らむ》ぜん」と仰《おほ》せられけれど、思《おぼ》し忘《わす》れて、おはしまさゞりければ、少将、

35 [一一]散《ち》りぬればくやしきものを大井《おほ》川岸《がはきし》の山吹いまさかりなり

この季縄《すゑなを》、病づきて、少《すこ》し[一二]怠《をこた》りて、内裏《うち》に参《まい》りたりけり。[一三]公忠《(きんただ)》の弁《(べん)》、[一四]掃部《かもむ》の助《すけ》にて、[一五]蔵人なりけるころの事也。「[一六]乱《みだ》り心地、[一七]いまだよくも怠《をこた》り侍らねども、心もとなくて、参《まい》り侍《(はべり)》つる。[一八]後《のち》は知《し》らねど、かくまで侍《(はべる)》事。明後日《あさて》ばかり又

一　藤原兼輔。賀茂川堤に邸があり、堤中納言と称された。冬嗣の曾孫、紫式部の曾祖父。
二　勅使。大和物語に「内の御使」。
三　仁和寺の裏にある御室《おむろ》山。「大内」は皇居の意。宇多上皇が出家して仁和寺に入られたところからの名。
四　宇多法皇。大和物語に「院の帝」。
五　「おはしましけるに」と「いとあはれなり」の間に大和物語、小世継共に「まいり給へる。物心ぼそげにておはします」の一文あり。目移りによる脱文。
六　ここは白雲が九重に立ちのぼる峰ですから、その名も大内山というのだとわかりました。
▽大和物語三十五段、小世継九話と同文説話。小世継は「堤中納言」を「土御門中納言」に誤る。
七　左中弁藤原千乗《ちじ》《げ》の二男。交野の少将といわれ、鷹狩の名人。延喜十九年（九一九）三月卒。
八　京都市嵐山の麓を流れる大井川付近の地。
九　醍醐天皇。
一〇　自尊敬語。話手の敬意とも。見に行こう。
一一　御覧にならないうちにこのまま散ってしまえば残念なことですのに。大井川の岸の山吹の花は今が真っ盛りです。大和物語は、歌に続けて、帝はいそぎおわしましたと記す。
一二　病勢がゆるむ。小康を得る。
一三　源公忠。大蔵卿国紀男。右大弁を勤めた。延喜十三年（九一三）四月二十五歳で掃部助に任ぜられ、同十八年三月蔵人に補されている。
一四　掃部寮の次官。掃部寮は中古、皇居の営繕・清掃などを担当した役所。かにもりのつかさ。
一五　蔵人所の役人。天皇に近侍する令外の官。
一六　気分が悪いこと。病気。
一七　まだ快方に向かってはおりませんが、宮中での職務のことが気がかりで。

参《まい》り侍らん。よき様に申させ給へ」とてまかり出《い》でぬ。三日ばかりありて、少将が許《もと》より、

36 一九くやしくぞ後《のち》に逢《あ》はむと契《ちぎ》りける今日《けふ》を限《かぎ》りといはましものを

さて、その日失《う》せにけりとぞ。あはれなる事のさまなり。

（一一二　清少納言事《せいせうなごんがこと》）

今《いま》は昔《むかし》、二月つごもり、風《かぜ》うち吹《ふ》き、雪《ゆき》うち散るほど、公任の宰二〇相の中将と聞《き》こえけるとき、二一清少納言が許《もと》へ懐《ふところ》紙に書《か》きて、

37 二二少《すこ》し春《はる》ある心地《ち》こそすれ

と有《あり》けり。「げに二三今日《けふ》のけしきにいとよくあひたるを、いかゞ付《つ》くべからむ」と思ひわづらふ。

二四空冴《そらさ》えて花にまがひて散《ち》る雪《ゆき》に

と、めでたく書《か》きたり。二五いみじく褒《ほ》め給ひけり。二六俊賢《としかた》の宰相、「二七内侍《ないし》になさばや」とのたまひけるとぞ。

一八 あとあとのことはわかりませんが、このような状態ですから。
一九 残念なことに後日また会いましょうと約束したことだ。私はもう生きられそうもない。あの折に、会うのも今日限りと言えばよかったのに。大和物語はこのあと公忠・帝の嘆きを詳述。
▽大和物語百段、百一段とほぼ同文。小世継二十話は前半、後半共に、宇治拾遺・下一四六話は後半のみの同文説話。
二〇 枕草子三巻本は「公任の宰相殿の」、能因本、前田本は「公任の君宰相中将殿の」で、能因本に近い。ただし、公任は正暦三年（九九二）八月二十八日任参議、停中将で、宰相中将といわれる期間はない。
二一 清原元輔女、一条天皇の皇后定子の女房。
二二 白氏文集・巻十四「南秦雪」の「往歳曾為二西邑吏一、慣下従二駱口一到中南秦上。三時雲冷多飛レ雪、二月山寒少レ有レ春…」による。
二三 小世継は「古歌のけしき」とする。
二四 空が寒々と冷えているので、花に見まがうばかりに散る雪に。白氏文集の詩句を踏まえたことを看破して見事に連歌の上の句を付けた。
二五 公任のよこした下の句に対し同じ詩によって上の句を詠んだ清少納言の学識と機智に感嘆。なお、公任集には別な上の句「吹きそむる風もぬるまぬ山里は」が見える。公任は複数の人に連歌を読みかけていたことが知られる。
二六 源高明三男。
二七 内侍司の女官。ここでは掌侍（ないしのじょう）。掌侍は女官として名誉な地位と考えられていた。枕草子「女は内侍のすけ、内侍」。
▽枕草子・二月つごもりにの段の本文を簡略にした形の説話。史実は長保元年（九九九）二月のことか。小世継二十四話と同文説話。

（一三　公任大納言事《きんたふのだいなごんのこと》）

今《いま》は昔《むかし》、四条大納言、前栽《(せんざい)》つくろはせさせ給《(たまひ)》けるに、心もなき者《もの》、撫子《なでしこ》を引《ひ》き捨《す》てたるを見《み》給《(たまひ)》て、

38 好《す》き者《もの》を花《はな》のあたりに寄《よ》せざらばこの常夏《とこなつ》に根絶《ねた》えましやは

（一四　清少納言清水和歌事《せいせうなごんがきよみづのわかのこと》）

今《いま》は昔《むかし》、清少納言、清《きよ》[二]水に籠《こも》りたりけるに、宮[三]より御使《つかひ》さして賜《たま》はせたる歌《うた》に、

39 [四]山深《ふか》き入相《いりあひ》の鐘《かね》の声《こゑ》ごとに今日《けふ》ぞ日ごろの数《かず》は知《し》るらん

また九月九日、月少《つきすこ》し山ぎは近《ちか》くなるほどに、[五]つねまさの少将、高《たか》やかに呼《よ》びたてて、「これ[六]右大臣殿《(みぎのおほい)どの》の御文」とてさし入《い》れたり。[七]香染《かうぞめ》の紙《かみ》にて、

40「みな[八]人の心《こゝろ》うつろふながつきのきくに我さえ《(へ)》すきぬべきかな

遅《をそ》し〳〵」と責《せ》めにつかはす。書《か》きつゞくべき方こそなかりしかとぞ。右大臣

一 鋤(すき)というものを花の辺りに近寄せなければ、この撫子の根が引き切られることはなかったであろうに(好色者を恋人のそばに近寄せなければ、私たち二人の共寝の床が絶えることはなかったであろうに)。「鋤」と「好き」、「常夏」に「床」、「根」に「寝」を懸ける。

▽公任邸の撫子が鋤き捨てられたのを見て仲文が詠んだ歌で、公任の詠歌ではない。公任集、仲文集に載る。小世継二十五話と同文説話。仲文集の詞書とほぼ同文。小世継二十五話と同文説話。仲文集(六十四首本)の詞書によれば公任の中将時代(永観元―正暦三)のことで場所は三条殿(三条北、西洞院東。大鏡)か、四条宮(四条南、西洞院東。拾芥抄)か。

二 京都市東山区の法相宗音羽山清水寺。

三 一条天皇皇后定子。「さ(差)す」は派遣する意。

四 山深い寺の夕暮に撞く鐘の音ごとに、寺に籠って今日で何日経ったかということがわかるでしょう(あなたの帰りを待ちかねて日を数えている、それなのにずいぶん長逗留だこと)。四句以下枕草子に「恋ふる心の数は知らむものを、こよなの長居やとぞ書かせ給へる…」。小世継四句「恋ぞひごろの」。

五 「経房の少将」のことであろう。枕草子・御仏名のまたの日の段で、「つねふさ」を能因本は「つねまさ」とする。経房は左大臣源高明四男。正暦四年正月左近中将。能因本の如き転化本文を典拠として受けつぐものであろう。

六 藤原道兼。兼家三男。正暦五年(九九四)八月から六年四月まで右大臣。同五年九月九日のこととなる。　七 丁字(ちょうじ)を濃く煎じた汁で染めた紙。薄紅に黄色を帯びた色。

八 だれもが心変りをする九月に、菊の花のように魅力にあふれたあなたのことを聞くと、この私までが好きになってしまいそうですよ。「菊」

殿は、粟[九]田口殿の《どのゝ》事也《(なり)》。

（一五　道命阿闍《だうみやうあざ》梨事《りのこと》）

今《いま》は昔《むかし》、右衛門尉《(うゑもんのじよう)》[一〇]なりける者の、え[一一]せなる親《をや》を持《も》ちて、人見《み》[一二]る、面伏《をもてぶ》[一三]せなりとて、伊[一四]与《い》の国《くに》より上《のぼ》りけるが、海《うみ》に親《をや》を落《をと》し入《い》れてけるを、人、心憂《こゝろう》がり、あさましがりけるに、七月十五日に盆《ぼむ》[一五]を奉《たてまつ》るとて、いそ[一六]ぐを見《み》給《(たまひ)》て、道命阿《(だうみやうあ》[一七]闍梨《ざり)》、

41　わたつ[一八]海《うみ》に親落《をやおと》し入《い》れてこの主《ぬし》の盆《ぼむ》する見《み》るぞあはれなりける

（一六　継子小鍋歌事《ままこのこなべのうたのこと》）

今《いま》は昔《むかし》、人の女《むすめ》の幼《をさな》かりける、継母《まゝはゝ》にあひて、憎《にく》まれて、わびしげにて有《(あり)》けり。継母《まゝはゝ》、我方《(わがかた)》に人のもとより、讃岐《さぬき》[一九]の小鍋《こなべ》を多《おほ》く得《え》て、前にとり並《なら》べて、見《み》[二〇]沙汰《さた》しけるを、この子に一《(ひとつ)》もとらせざりけり。「心憂《う》し」と思《おも》ひて、南面《みなみをもて》[二一]の人《ひと》もなき方に出《い》でて、うち泣《な》きてながめゐたれば、鶯《うぐひす》、同《をな》じ心にいみじく鳴《な》きけ

に「聞く」を懸ける。「うつろふ菊、菊の盛りなるをいへり」(細流抄)。

九 粟田郷に山荘を営んだことから粟田殿という。

▽説話題目は単に冒頭の語句をつらねたもので、説話内容に一致しない。前半は枕草子・清水にこもりたるにの段にあるが、後半は現存枕草子に見えない。あるいは枕草子の原型本などに存在し、いまは佚した断簡か(全書)とも。小世継二十七話と同文説話。

一〇 衛門府は宮城諸門の警衛、開閉、通行の検察などに当った役所。尉は第三等官。だれを指すか不明。伊予守の閲歴があり、自身も下層貴族の出身である佐伯公行(皇后定子の叔母・乳母だった高階光子の夫)か(萩谷朴)。

一一 つまらない親。一二 三巻本枕草子「男親」。自分の右衛門尉という身分にふさわしくない無教養な父親の意とみられる。

一二 小世継「人のみる」。

一三 不名誉。恥となること。一四 愛媛県。

一五 盂蘭盆。梵語、倒懸の苦を救う意。仏弟子目連の故事により七月十五日、いろいろの食物を祖先の霊に供え餓鬼に施し、供養する法会。

一六 支度する。準備する。

一七 右大将道綱の男。天台座主慈恵の弟子。

一八 海の中に親を落し入れておきながら、この本人(子)が盆の供養をするのを見るのは、なんともあわれに思われることだ。倒懸の苦にかけた機知的な詠。この歌、道命阿闍梨集にはない。

▽小世継三十四話と同文説話。枕草子・衛門尉なりける者の段もほぼ同文。船上死者の水葬(萩谷朴)といった事実が説話の背後にあるか。類話に、僧が鼠を海に投げ込む話(霊異記・下四縁)がある。

一九 讃岐国(香川県)で産出した小型の鍋。俊頼

れば、

42 鶯《うぐひす》[一]よなどさは鳴《な》くぞ乳《ち》やほしき小《こ》鍋《なべ》やほしき母《はゝ》や恋《こひ》しき

とぞ詠《よ》みたりける。容貌《かたち》、心ばへもうつくしかりけれども、継母《まゝはゝ》になりぬれば、かく憎《にく》みける也《(なり)》。

（一七　賀朝事《がてうがこと》）

今《いま》は昔《むかし》、人の妻《め》に忍《しの》びて通《かよ》ふ僧ありけり。元《もと》[二]の男《をとこ》に見《み》つけられて、詠《よ》みかける、

43 身《み》[三]投《な》ぐとも人《ひと》に知《し》られじ世の中に知《し》られぬ山に見《み》るよしも哉《(がな)》

といへば、元《もと》の男《をとこ》、

44 世[四]の中に知《し》られぬ山に身投《な》ぐとも谷《たに》の心《こゝろ》やいはで思《をも》はん

この密男《みそかをとこ》は賀朝《がてう》[五]といひたる学生《(がくしやう)》[六]説経師《(せつきやうし)》[七]也。

（一八　樵夫事《きこりのこと》）[八]

髄脳、袋草紙ともに土鍋とする。
二〇 見て選び分ける、見て取り扱いを決める。
二一 南正面の部屋。南北棟の対の屋か。

一 鶯よ、なぜそんなに鳴くのか、乳がほしいのか、小鍋がほしいのか。それとも母さまが恋しいのか。西公談抄に「児のたど〳〵あゆみしたる体の歌」として掲げ、「此歌は貫之が女の九にてよめるなり。俊頼朝臣は此歌詠じて落涙しけり」と記す。
▽小鍋の歌をもとに、少し内容を異にした同類説話が俊頼髄脳にややくわしく、袋草紙、西公談抄と宝物集一巻本に載る。
二 本来の夫、配偶者。
三 面目ないので、何処かに身投げしたいが、密通露顕で身投げしたとは人に知られたくない。誰にも知られない隠れた山を見付ける術がほしいものだ。「山に見る」は後撰集「山をしる」で「しる」の反復による表現の面白さがより明確。俊頼髄脳「山をみる」。
四 世の中に知られない山で身投げしても、谷底の岩は知り、口には出さないが心で思うだろう。「言はで」に「岩」を懸ける。「山」「谷」の縁語。四句、後撰集「谷の心の」。
五 伝不詳、比叡山の僧という(八代集抄)。二中歴の一能歴・教化の項に賀朝の名が見える。
六 諸大寺で仏教学を修めた僧。学侶。
七 「せつきやうじ」とも。仏教の教えや経文の意味を易しく説き聞かせ民衆を教化する僧。女性に接する機会も多く、弁舌もさわやか。
▽深刻な密通露顕を和歌でやり合うおおらかさ。後撰集・雑二、俊頼髄脳に載る。

八 山の番人。

今《いま》は昔《むかし》、木こり、八山守《もり》に斧《よき》をとられて、「わびし、心憂《う》し」と思ゐ《(ひ)》て、頬杖《つらつゑ》うちつきてをり。山守《もりみ》見て、「さるべき事を申せ。とらせむ」といひければ、
45 九あしきだになきはわりなき世の中によきをとられて我いかにせん
と詠《よ》みたりければ、山守《もり》、「返《かへ》しせむ」と思ひて、「うゝ、〱」とうめきけれ一〇ど、えせざりけり。さて、斧返《よきかへ》しとらせてければ、うれしと思《おも》ひけりとぞ。

一一人はたゞ歌《うた》をかまへて詠《よ》むべし、と見えたり。

(一九　平中事《へいちゆうがこと》)

今《いま》は昔《むかし》、平中といふ色好《ごの》みの、一二いみじく思《おも》ふ女の、若《わか》くうつくしかりけるを、妻《め》の許《もと》に率《い》て来《き》て置《を》きたり。妻《め》、にくげなる事どもを言《い》一三ひつゞくるに、追《お》ひ出《い》だしけり。一四この妻《め》に従《したが》ひて、「いみじうらうたし」とは思《(おもひ)》ながら、え止《とゞ》めず。一五いちはやく言《い》ひければ、近《ちか》くだにもえ寄《よ》らで、一六四尺の屏《びやう》風に押《を》しかゝりて立《た》てり。「一七世の中の思《(おもひ)》のほかにてある事。いかにしてものし給《たま》ふとも、忘《わす》れで消息《(せうそこ)》もし給《たま》へ。をの《(お)》れもさなむ思《おも》ふに」など言《い》ひけり。この女は包《つゝ》みなどに物入《ものい》れしたゝめて、一八車《くるま》とりにやりて、待《ま》つほど也《(なり)》。「いとあはれ」と思《(おもひ)》けり。さて出《い》

九 悪い物でも物がないのは困る世の中なのに、ましてや良い物―斧を取り上げられては、私はどうしたらよいのだろうか。「斧」に「善き」を懸け、「木」の音をも響かせながら「悪しき」に対比。「わりなき」に「斧」の縁語で「割り」を懸ける。同一音の反復による音の響き合いの効果をねらう、いかにも理詰めに計算したような歌。
一〇 山守はただうめくだけで手のこんだこの技巧的な歌に対抗するだけの返歌が出来なかった。
一一 人はいつでも歌が詠めるように心がけていなくてはならないと思われる。
▽宇治拾遺・上四十話と同文説話。
一二 大和物語「にくからず思ふ若き女を」。召人(平中の寝所に侍することのある女房)といった身分で邸内に住まわせたのであろう。
一三 言い続けるうちに。
一四 平中は妻に頭があがらず、言いなりになっていたので、かわいいとは思いながらも、ひき止めることができない。
一五 恐ろしくきびしくののしったので。妻のものすごい剣幕にたじたじとなって近寄れない。
一六 高さ四尺の屏風。六曲が多い。絵は大和絵、黒漆骨に紺地に丹で窠(か)の遠文(とおもん)、花勝見の遠文の小縁をめぐらし、裏側は雲立涌(くもたてわく)文様など。この場面は女房の局のことであろう。へだての屏風の蔭から伺い言うことの滑稽。
一七 あなたとの仲が、このように思いがけないことになるとは。これからどのようにお暮らしになろうとも、忘れないでお便りを下さい。私もそうしようと思いますので。「世の中」は男女の仲。
一八 恐妻家としては妻に追い出された女を自分の家の牛車で送ることもならず、女が自分でどこからか借りたのであろう。

でにけり。とばかりありてを《(お)》こせたる、

46 [一]忘《わす》らるな忘《わす》れやしぬる春霞《はるがすみ》けさ立《た》ちながら契《(ちぎり)》つる事《(こと)》

この平中、さしも心《こゝろ》に入《い》らぬ女の許《もと》にても、泣《な》かれぬ音《ね》を、空泣《そらな》きをし、涙《なみだ》に濡《ぬ》らさむ料《れう》に、[二]硯瓶《すゞりがめ》に水を入《い》れて、緒《を》を《ゝ》つけて、肘《ひぢ》に懸《か》けてし歩《あり》[三]きつ、顔《かを》袖を濡《ぬ》らしけり。[四]出居《でゐ》の方《(かた)》を妻《め》、のぞきて見《み》れば、[五]間木《まぎ》に物《もの》をさし置《を》きけるを、出《い》でて《ゝ》のち、取《と》り下《をろ》して見《み》れば硯瓶《すゞりがめ》也《(なり)》。また、畳紙《たゝうがみ》に[六]丁子《ちやうじ》入《い》りたり。瓶《かめ》の水を[七]いうてて《ゝ》、墨《すみ》を濃《こ》くすりて入《い》れつ。[八]鼠《ねずみ》の物をとり集《あつ》めて、丁子《ちやうじ》に入《い》れ替《か》へつ。さてもとの様に置《を》きつ。例《れい》の事なれば、夕さりは出《い》でぬ。暁《あかつき》に帰《かへ》りて、心地悪《あ》しげにて、唾《つはき》を吐《は》き、臥《ふ》したり。「畳紙《たゝうがみ》の物の故《け》[九]なめり」と妻《め》は聞《き》き《ゝ》臥《ふ》したり。夜明《あ》けて見《み》れば、袖に墨《すみ》[一〇]ゆゝしげにつきたり。鏡《かゞみ》を見《み》れば、顔《かほ》も真黒《まくろ》に、目《め》の[一一]きらめきて、我ながらいと恐《をそ》ろしげなり。硯瓶《すゞりがめ》を見《み》れば、墨《すみ》をすりて入《い》れたり。畳紙《たゝう》に鼠《ねずみ》の物入《い》りたり。いと〳〵あさましく心憂《う》くて、そのの《ゝ》ち空泣《そらな》きの涙、丁子含《ちやうじくゝ》む事、止《とゞ》めてけるとぞ。

（二一〇　伯母事《はくのははのこと》）

一 私のことを忘れないで下さい。私はけっして忘れません。今朝私が出て来るときに、あなたが立ったままで約束なさったことを。「る」は尊敬の助動詞。「春霞」は「立つ」にかかる枕詞。「立つ」は「出で立つ」と屏風に押しかかりて「立つ」とを懸ける。

二 硯に注ぐ水を入れる器。水入れ。

三 「つ」は完了の助動詞が接続助詞化したもの。平安末以降にみられる。

四 母屋の南の廂の間などに設けられた室で、客との応接に対面する座。客間。「いでゐ」とも。

五 上長押《(かみなげし)》の上に設けた棚のようなもの。台記・康治元年五月十六日条、鳥羽法皇誕生の奇跡の記事「可ㇾ取下在二間木一之物上、夢驚探二間木一得二銀竜一〈作物也〉」。物を置いたりした。

六 丁字とも。フトモモ科の常緑喬木。釘状の形から同音の丁の字を当てる。古代から代表的な媚薬の一つとされた。中国では古く鶏舌香と呼ばれ、宮中で皇帝と話すときに口臭消しとしてこれを口に含んだとある。

七 注ぎ棄てる。「沃《(い)》る」と「棄《(う)》つ」の複合語(全書、総索引)。

八 「物」は婉曲表現。鼠の糞。色、形状が似る。

九 「け」は理由を示す。ため、せい、ゆえ。「気」または「験」から変化したものという。

一〇 人から思いを懸けられると、その人の袖に墨がつくという俗信(奥義抄・中ほか、古歌にみゆ)をふまえた表現であろう。

一一 底本「きろめき」の「ろ」の右に「ら」と傍書しているので「きらめき」を採るが、「きろめき」は捨てがたい。堤中納言物語・はいずみ「目のきろきろとしてまたたきゐたり」、日葡辞書「キロメキ、ク、イタ、キロキロトスル」。

▽前半は大和物語六十四段とほとんど同文。後

今《いま》は昔《むかし》、多気《たけ》[一二]の大夫《たいふ》といふ者《もの》の、常陸《ひたち》より上《のぼ》りて愁《うれ》[一三]へする頃《ころ》、向《む》かひに越前《ゑちぜむ》[一四]の守《かみ》といふ人の許《もと》に、逆修《ぎやくす》[一五]しけり。この越前の守は、伯《はく》[一六]の母《はゝ》とて、世《よ》にめでたき人、歌読《うたよ》みの親也《おや(なり)》。妻《め》は伊勢大輔[一七]、姫《ひめ》君たちあまたあるべし。多気《たけ》の大夫《たいふ》、つれ〴〵におぼゆれば、聴聞《ちやうもむ》[一八]に参《まい》りたりけるに、御簾《みす》を風《かぜ》の吹《ふ》き上《あ》げたるに、なべてならずうつくしき人の、紅《くれなゐ》の単襲《ひとへがさ》[一九]ね着《き》たるを見《み》るより、「この人を妻《め》にせばや」と、[二〇]いりもみ思《(おもひ)》ければ、その家《いゑ》の上童《うへわらは》[二一]を語《かた》らひて問《と》ひ聞《き》けば、「大姫《おほひめ》[二二]御前の、紅《くれなゐ》は奉《たてまつ》りたる」と語《かた》りければ、それに語《かた》らひつきて、「我に盗《ぬす》ませよ」と言《い》ふに、「思ひかけず。えせじ」と言《い》ひければ、「さは、その乳母《めのと》を知《し》らせよ」と言《い》ひければ、「それはさも申《(まうし)》てむ」とて知《し》らせてけり。さて、いみじく語《かた》らひて、金《かね》百両取《と》らせなどして、「この姫《ひめ》君を盗《ぬす》ませよ」と責《せ》め言《い》ひければ、さるべき契にや有《(あり)》けむ、盗《ぬす》ませてけり。

やがて、乳母《めのと》うち具《ぐ》して、常陸《ひたち》へ急《いそ》ぎ下《くだ》りにけり。後《あと》に泣《な》き悲《かな》しめど、かひもなし。程経《ほどへ》て、乳母《めのと(お)》をとづれたり。あさましく、心憂《う》しと思《おも》へども、言《い》ふかひなき事なれば、時《とき》〴〵うちおとづれて過《す》ぎけり。伯《はく》の母《はゝ》、常陸《ひたち》へかく言《い》ひやり給《たま》ふ。

47 匂《にほ》[二三]ひきや宮この花《はな》は東路《あづまぢ》に東風《こち》の返《かへ》しの風《かぜ》につけしは

半は源氏釈、異本紫明抄、河海抄等の注釈書に梗概をのせる。定家自筆本奥入・末摘花に「平中が妻歌云ゝ　我にこそつらさは君がみすれども人にすみつくかほのけしきよ」とあり、この歌は異本紫明抄、河海抄などに「宇治大納言物語云」として梗概と共に引かれ、本説話末尾に記載されて当然なものと思われるが、脱落か、異伝か、収載されていないのは注目される。

一二 平維幹（これもと）。常陸大掾。常陸平氏の本流で、国香の孫、繁盛の子（分脈脱漏に「貞盛為レ子」）。水守・多気に住し、平大夫・水漏大夫とも称す。

一三 訴訟。所領のことなどで中央に愁訴することがあったか。

一四 高階成順、法名乗蓮。→四一七頁注一〇。

一五 生前にあらかじめ死後の冥福を祈って行う仏事。「普広菩薩復白レ仏言、…未レ終之時逆修三七、然灯続明懸ニ絵旛蓋一、請ニ召衆僧一転ニ読尊経一、修ニ諸福業一得レ福多不、仏言普広其福無量不レ可ニ度量一、随ニ心所願一獲ニ其果実一」（灌頂経巻十一）。本朝文粋十三にみえる奝然上人の天元五年の逆修では、十斎日の為の仏・菩薩の図像や、法花経、仁王経を書写し、五日間十講の法筵を設けている。また、道長の法成寺での逆修は七十七日に及び（小右記・治安三年五月二十八日）、後白河院の出家に続く逆修も五十日に及ぶ（兵範記・嘉応元年六月十七日）。

一六 神祇伯康資王の母。

一七 大中臣輔親女。→四一六頁注四。

一八 出家の後、成順は住居を仏堂に改め、法花経と阿弥陀信仰の長日（三十日、百日）の講席を設けている。またこの法席には京中の道俗が聴聞に参集したという（今昔十五ノ三十五）。

一九 表着の下に着る単衣を数枚重ねること。

二〇 身もだえして思いこがれること。

返《かへ》し、姉《あね》、

48 吹《ふ》[一]き返《かへ》す東風《こち》の返《かへ》しは身にしみき宮《(みや)》この花《はな》のしるべと思《おも》ふに

年月《とし》隔《へだ》たりて、伯《はく》の母、常陸《ひたち》[二]の守《かみ》の妻《め》にて下《くだ》りけるに、姉《あね》は失《う》せにけり。女《むすめ》二人《ふたり》ありけるが、[三]かくと聞《き》きて参《まい》りたりけり。ゐ中人とも見《み》えず、いみじくしめやかに、はづかしげによかりけり。常陸《ひたち》の守《かみ》の上《うへ》を、「昔《むかし》の人に似させ給《(たまひ)》たりける」とて、いみじく泣きあひたりけり。[四]四年が間《あひだ》、[五]名聞《みやうもむ》にも思ひたらず、[六]用事《えうじ》なども言《い》はざりけり。

任果《にむは》てて上《のぼ》らるゝ折《をり》に、常陸《ひたち》の守《かみ》、「[七]無下《むげ》なりける者《もの》どもかな。かくなむ上《のぼ》ると言《い》ひにやれ」と男《をとこ》に言《い》はれて、伯《はく》の母《はゝ》、上《のぼ》るよし言《い》ひにやりたりければ、「うけ給はりぬ。参《まい》り候はむ」とて、明後日《あさて》上《のぼ》らむとての日、参《まい》りたりけり。えもいはぬ馬《むま》の、一《(ひとつ)》を宝《たから》にするほどの馬《むま》十疋づゝ、二人《ふたり》して、また、皮籠《かはご》負《お》ほせたる馬《むま》も百疋づゝ、二人《ふたり》して奉《たてまつ》りたり。何《なに》とも思ひたらず、かばかりの事したりとも思《おも》はず、うち奉《たてまつ》りて帰《(かへり)》にけり。常陸《ひたち》の守《かみ》の、ありける常陸《ひたち》四年が間《あひだ》の物は何《なに》ならず、その皮籠《かはご》の物どもしてこそ、[八]万《よろづ》の功徳《くどく》も何事《なに》もし給《たま》ひけれ。「ゆゝしかりける者《もの》どもの心の大《おほ》きさ、広《ひろ》さかな」と語《かた》られけるとぞ。

この[九]伊勢大輔、子孫《しそん》は、めでたき幸《さいは》ひ人多《おほ》く出《い》で来《き》給《(たまひ)》たるに、大姫君《おほひめ》の、

二一 貴人の側近に仕え奥向きの雑用をする童女。
二二 姉の姫君。伯の母の姉の存在は不明。家集に「ゆゑありし人」で東国に止まっていた人への帰京に際しての歌を載せる。何らかの事情で東国に住む縁者が存したらしい。
二三 都の花は東路にもう匂いましたか。私が東風の返しの西風に付けて送ったのは。「こちといへる風あり。東《(ひんがし)》の風なり」(俊頼髄脳)。後拾遺集は三句「あづまぢの」。

一 都の方から吹き返す西風は身にしみました。都の花の道案内と思うと。
二 藤原基房かと推定されている(森本元子)。基房は中納言朝経男、四位常陸介。
三 叔母が常陸に下向して来たと聞いて。
四 国守の任期の四年間。
五 名声、評判。国守の縁者であることを名誉とする様子もなく。　六 国守の力を借りようと物事を頼みに来ることもなかった。
七 頼りにして訪ねて来ることのない女二人の態度をあきれた者たちだという。
八 常陸守は功徳あることをはじめ万事をなさった。通説は、「ありける…」以下を常陸守の言葉とし、「し給けれ」を娘二人の行為と解する。
九 底本「伊勢大輔の御しそん」。「の」の斜線は終筆のはね上がりとみられなくもないが、抹消と認める。「の」の下の「御」は摩消したようにみえるので、「の」「御」共に除く。
▽次の二十一話と共に宇治拾遺・上四十一話と同文説話。歌は後拾遺集・雑五に載る。後拾遺では兼俊母と常陸在国中の伯の母との贈答歌とする。作者を入れ替えて、常陸下向前の伯の母と常陸在国の姉との贈答として説話化。
一〇 仏像のでき上がったときの法要。開眼供養。

かくゐ中人になられたりける、あはれに心憂《う》くこそ。

(一一一　伯母仏事《はくのははのぶつじのこと》)

今《いま》は昔《むかし》、伯《はく》の母、[一〇]仏供養《ほとけくやう》しけり。[一一]永縁《(やうえん)》僧正を請《(しやう)》じて、さま〴〵物《もの》どもを奉《たてまつ》る中《なか》に、紫《むらさき》の[一二]薄様《うすやう》に包《つゝ》みたる物あり。あけて見《み》れば、

49 [一三]朽《く》ちにける長柄《ながら》の橋《はし》の橋柱《はしぐら》法《のり》のためにも渡《わた》しつる哉《(かな)》

[一四]長柄《ながら》の橋《はし》の切《き》れなりけり。[一五]またの日、又つとめて、[一六]若狭阿闍梨隆源《わかさのあざりりうぐゑむ》といふ人、歌読《うたよ》みなり、来《き》たり。「[一七]あはれ、この事聞《き》きたるよ」と僧正おぼすに、懐《ふところ》より[一八]名簿《みやうぶ》を引《ひ》き出《い》でゝ奉《たてまつ》る。「[一九]この橋《はし》の切《き》れ、給はらむ」と申《(まうす)》。「[二〇]かばかりの貴重《きてう》の物はいかでか」とて、「[二一]なにしか取《と》らせ給はん。口惜《くちを》し」とて帰《かへ》りにけり。[二二]好《す》き〴〵しく、あはれなることゞも也《(なり)》。

(一一二　貫之事《つらゆきがこと》)

今《いま》は昔《むかし》、東人《あづまうど》の、歌いみじう好《この》み詠《よ》みけるが、蛍《ほたる》を見《み》て、

一一 藤原永相の男。興福寺別当。天治元年(一一二四)権僧正。金葉集以下歌人。「初音の僧正」の逸話(袋草紙、無名抄、平家物語等)を持つ。
一二 雁皮の樹皮の繊維を原料として薄く漉いた上質の紙。今日のがんぴ紙にあたる。
一三 朽ちてしまった長柄の橋の橋柱の木片を、仏の法のためにお布施としてお渡しします。「渡す」は「橋」の縁語。仏法済度の意にも懸ける。
一四 大阪市東淀川区柴島(くにじま)と大淀区天神橋との間に架かる橋。古くは淀川の支流長柄川に架かっていた。古今集をはじめ、古来歌枕として親しまれ、能因法師は長柄橋を造った時のかんなくずを大切に保存していたという(袋草紙)。
一五 翌日の早朝。宇治拾遺「又の日またつとめて」。「まだつとめて」であろう。下五十二話「又くひのこして」の「又」も「まだ」と解すべきもの。
一六 若狭守藤原通宗の二男。出家して比叡山にのぼり、若狭阿闍梨と称す。父通宗、叔父通俊(後拾遺集撰者)の実母は高階成順の女(筑前乳母か)で伯の母の姉妹になる。隆源は伯の母の姉妹の孫。伝聞の速さを想像させる。
一七 ははあ、さてはこの事を聞いたな。
一八 門弟や家人となって主従関係を結ぶときに証しとして提出する名札。姓名・官位・年月日などを記す。名符とも書く。
一九 この橋の切れ端を頂戴いたしたい。
二〇 (永縁)これほど大切な物はどうして進呈できましょうか。宇治拾遺「希重の物」。
二一 (隆源)どうして私に下さいましょうか。下さるはずもないでしょうが残念です。
二二 いくら歌枕の長柄の橋とはいえ、腐った切れ端まで珍重し秘蔵し、欲しがるという、歌道への執心ぶりに感動させられるというのである。
▽前話と共に宇治拾遺・上四十一話と同文説話。

50 [一]あな照《て》りや虫《むし》のしや尻《しり》に火《ひ》のつきて小人魂《こひとだま》とも見《み》えわたるかな

東人《あづま(うど)》の様《(やう)》に詠《よ》まむとて、まことには貫之[二]が詠《よ》みたりけるとぞ。

（一二三　躬恒事《みつねがこと》）

今《いま》は昔《むかし》、躬恒《みつね》[三]がもとへ、人《ひと》の「来《こ》む」と言《い》ひて来《こ》ざりければ、[四]またの夜、月の明《あかゝ》かりけるにつかはしける、

51 [五]てふらなる月もながめじもさなきにようべ来《こ》ぬこそしこらつらけれ

これも東人《あづまうど》のまねにや。

（一二四　蟬丸事《せびまろがこと》）

今《いま》は昔《むかし》、[六]逢坂《あふさか》の関《せき》に、往《ゆ》き来《ゝ》の人に物を乞《こ》ひて、世《よ》を過《す》ぐす物ありけり。[七]よろしき物にてありけるにや、さすがに琴《こと》なども弾《ひ》き、人にあはれがるゝ物にてなむありける。あやしの草の庵《いほり》をつくりて、藁《わら》といふ物かけて、しつらひたりけるを、人《ひと》の見《み》て、「あはれの住《す》みかのさまや。藁《わら》してしつらひたる」など

一 ああ、光る、光る、虫の尻っぺたに火がついて、まるで小さな人魂のように、次つぎに飛んで行くのが見えるなあ。「しや尻」の「しや」は接頭語。相手の身体の部分や持ち物などに付けて、軽んじ、ののしる意を表す。今昔二十七ノ三十八「シヤ吭(のむど)」、平家二・西光被斬「しやッつら」。人魂は、夜間、空中を青白い尾を引いて飛ぶ燐火。死んだ人の魂がからだから遊離して出たものと信じられていた。万葉集十六「人魂のさ青(を)なる君がただひとり…」。

二 紀貫之。古今集の代表歌人、撰者の一人。

▽宇治拾遺・下一五〇話と同文説話。

三 凡河内躬恒。古今集の代表歌人、撰者の一人。

四 翌日の夜。

五 清く澄みきった今夜の月などながめないようにしましょう。不都合にも、あなたは昨夜来ると言っておきながら、おいでにならぬとはあまりにも薄情ではありませんか。「てふら」は「けうら」で、清らかに美しい、「もさなきに」は「まさなきに」、「ようべ」は「昨夜」、「しこら」は「そこら」の訛った歌とみる全書に従う。「てふら」について総索引は伝寂蓮筆田歌切・尾張田歌「この殿の犬吠えさすな、ここの殿守、や、てらやけうらや、このとのもりや、なやさや」の例を指摘。田植草紙・晩歌一番にも「双六」を「しごろく」、「釆」を「さや」と訛る。

▽出典・類話未詳。末尾の文「これも東人の…」は、説話配列上、前の二十二話と一連の関係を思わせる。

六 近江国と山城国の国境をなす。歌枕。

七 乞食はしていても、もともとは悪くない身分の者だったのであろうか。

八 この世の中はどうあろうとこうあろうと、暮らしてゆけるものなのだ。たとえはなやかな宮

笑《わら》ひけるを聞《き》きて、詠《よ》める、

52 八 世中《よのなか》はとてもかくてもありぬべし宮《みや》も藁屋《わらや》もはてしなければ

九 蝉丸《せびまろ》となんいひける。

（一二五　藤六事《とうろくがこと》）

今《いま》は昔《むかし》、一〇 藤六《とうろく》といふ歌読《よ》み、一一 下衆《げす》の家に入《い》りて、人《ひと》もなかりける折《をり》を見つけて入《い》りにけり。鍋《なべ》に煮《に》ける物を、すくひ食《く》ひける程《ほど》に、家主《いゑあるじ》の女、水を汲《く》みて、一二 大路《おほち》の方《かた》より来《き》て見《み》れば、かくすくひ食《く》へば、「いかに、かく人《ひと》もなき所に入《い》りて、一三 かくはする物をばまいる(ゐ)ぞ、あなうたてや、藤六《とうろく》にこそいましけれ。さらば歌詠《よ》み給へ」と言《い》ひければ、

53 一四 むかしより阿弥陀仏《あみだほとけ》の誓《ちか》ひにて煮《に》ゆる物《もの》をばすくふとぞ知《し》る

とこそ詠《よ》みたりけれ。

殿であろうと、みすぼらしいわら葺きの小屋であろうと、どのみち執着すれば欲望には限度がないのだから。無常のこの世に富貴貧賤にとらわれるのはむなしい、貪着の心を捨てればどのような境界にも安住出来るものだ、たとえ埴生の藁小屋でも宮殿の内よりも安らかに過すことが出来るのだの意。末句を「上は上、下は下で際限がない」、あるいは「住みはてることがない」の意にとる解もある。類歌に高光集の「世中はかくこそ見ゆれつくづくとおもへばかりのやどりなりけり」がある。

九 宇多天皇の第八皇子敦実親王の雑色とも、醍醐天皇の第四皇子とも伝えられる。盲目で和歌・琵琶の名手。博雅三位に琵琶の秘曲を伝授したという(江談抄、今昔など)。

▽俊頼髄脳とほとんど同文の説話。江談抄三、今昔二十四ノ二十三、和歌童蒙抄には博雅三位の秘曲伝授説話の一節として歌を載せる。

一〇 藤原輔相(すけ)。弘経の男。「藤六」は藤原氏の六男の意。　説に藤原氏の六位の意とする。物名・俳諧の歌人。

一一 身分の低い者の家。

一二 大路井から水を汲んで来たのであろう。

一三 こうして煮ている物を召し上がるのですか。

一四 昔から阿弥陀仏は一切の衆生を救済するという誓いによって、地獄の釜で煮られる罪人を救い取ると承知している。そうなれば、煮られる物はなんでもすくわなければならないというわけだ。「誓」と「匙(かひ)」、「救ふ」と「掬ふ」、「煮ゆる物」に地獄の釜で煮られる亡者と鍋の中で煮る食物の意を懸ける。

▽宇治拾遺・上四十三話と同文説話。藤六は無官の六位で諧謔の歌を好んで読んでいる。後世「藤六」はおどけ者の通り名(大島建彦)となる。

(二一六　長能《ながたふ》・道済事《みちなりがこと》)

今《いま》は昔《むかし》、長能《ながたう》[一]、道済《みちなり》[二]といふ歌読《よ》みども、いみじう挑《いど》[三]み交《か》はして詠《よ》みけり。長《なが》能《たう》は、蜻蛉《かげろう》[四]の日記したる人《ひと》の兄人《せうと》、伝《つた》[五]はりたる歌読《よ》み、道済《みちなり》、信明《さねあきら》[六]といひし歌読《よ》みの孫《まご》にて、いみじく挑《いど》み交《か》はしたるに、鷹狩《たかゞり》の歌を、二人《ふたり》詠《よ》みけるに、長《なが》能《たう》、

54　あられ[七]降《ふ》る交野《かたの》の御野《みの》の狩衣《かりごろも》ぬれぬ宿《やど》かす人しなければ

道済《みちなり》、

55　ぬれ[八]/\もなを《(ほ)》狩《か》りゆかむはしたかの上毛《うはげ》の雪《ゆき》をうち払《はら》ひつゝ

と詠《よ》みて、をの《(お)》/\「我がまさりたり」と論《ろむ》じつゝ、四条大納言[九]の許《もと》へ二人参《ふたりまい》りて、判《はむ》せさせたてまつるに、大納言のたまう《(ふ)》、「ともによきにとりて、あら[一〇]れは、宿借《やどか》[一一]るばかりは、いかで濡《ぬ》れむぞ。こゝもとぞ劣《おと》りたる。歌柄《がら》[一二]はよし。道済《みちなり》[一三]がは、さ言《い》はれたり。末《すゑ》の世《よ》にも、集などにも入《い》りなむ」とありければ、道済《みちなり》、舞《ま》ひ奏《かな》でて出《い》でぬ。長能《ながたう》、物思ひ姿《すがた》にて、出《い》でにけり。さき/\何《なに》事も、長能《ながたふ》は上手《うはて》を打《う》ちけるに、この度《たび》は本意《ほい》なかりけりとぞ。

一 藤原氏。生没年未詳。正四位下倫寧二男。中古三十六歌仙の一人。能因の師といわれ、歌道上の師弟関係の先蹤とされる。
二 源氏。寛仁三年(一〇一九)没。光孝天皇の子孫。従五位下能登守方国男(一説に伊豆守有国男)。中古三十六歌仙の一人。
三 競い合う。長能・道済ともに花山院歌壇の重鎮で、拾遺集の撰進にも関係したと考えられている。
四 蜻蛉日記の作者藤原道綱の母は同母姉。
五 重代の歌の家柄の歌人。
六 道済は信明という歌人の孫の意。信明は光孝源氏。従四位下右大弁公忠男。三十六歌仙の一人。
七 霰が降る交野の狩り場では蓑を借りることもできず、狩り衣がすっかり濡れてしまった。濡れないように雨宿りの場所を貸す人もいなかったので。「御野」と「蓑」、「狩り衣」と「借り衣」を懸け、「狩り衣ぬれ」と「ぬれぬ宿」とを懸ける。三句、古来風躰抄「摺衣」。長能集に「中宮御屏風に、かりする所にあきあられふる」とあり屏風歌。あるいは彰子入内の長保頃の作か。
八 小やみなく降る雪に濡れながらも、さらに鷹狩を続けて行こう。鷂のうわ毛に降りかかる雪を払いのけ払いのけしながら。「はしたか」は、「はいたか」とも。鷹の一種。腹部に黄黒、または赤白のまだらがある。小形で、小鳥類を捕らせた。和名抄「鷂 波之太賀〈似鷹而小者也〉」。
九 藤原公任。→四〇六頁注四。
一〇 両首ともにいい歌だが、の意。
一一 (霰では)宿まで借りるほどには、どうして濡れようか。こちらが劣っている。しかし。
一二 歌の品格、風格。歌合では優劣判定の一要件として重視された。判詞によれば声調につい

春《はる》を惜しみて、三月小なりけるに、長能《ながたふ》、

56 [一四]心憂《こゝろう》き年《とし》にもあるかな廿日《はつか》あまり九日《こゝぬか》といふに春《はる》の暮《く》れぬる

と詠《よ》み上《あ》げけるを、例《れい》の大納言、「春《はる》は廿九日のみあるか」とのたまひけるを聞《き》きて、ゆゝしき過《あやま》ちと思《おも》ひて、物も申さず、音《をと》もせで出《い》でにけり。さて、そのころより、例《れい》ならで重《おも》きよし聞給《(ききたまひ)》て、大納言、とぶらひにつかはしたりける返《かへ》り事に、「「春は廿九日あるか」と候《(さぶらひ)》しを、あさましき僻《ひが》事をもして候《(さぶらひ)》けるかなと、心憂《う》く歎《なげ》かしく候《(さぶらひ)》しより、かゝる病《やまひ》になりて候《(さぶらふ)》也」と申《(まうし)》て、程《ほど》なく失《う》せにけり。「[一五]さばかり心《こゝろ》に入《い》りたりしことを、よしなく言《い》ひて」と、後《のち》まで大納言はいみじく歎《なげ》き給《たま》ひけり。[一六]あはれにすき〳〵しかりける事どもかな。

（二一七　河原院事《かはらゐんのこと》）

今《いま》は昔《むかし》、[一七]河原《かはら》院は[一八]融《とほる》の左大臣の造《つく》りたりける家也《(なり)》。陸奥《みちのく》の[一九]塩竈《しほがま》のかたをつくりて、[二〇]潮《うしほ》の水を汲《く》みて湛《たゝ(へ)》えたり。さま〳〵をかしきことを尽《つ》くして住《す》み給《(たまひ)》ける。大臣《おとゞ》失せて後、[二一]宇多《うだ》の院には奉《たてまつ》りたる也《(なり)》。[二二]醍醐《だいご(の)》御門《かど》は御子《(み)こ》におはしましければ、たび〳〵行幸ありけり。

て用いられる例が多い。本話では長能の歌の評と解されるが、俊頼髄脳では道済の歌のことになっている。

一三 道済の歌は道理にあった言い方をしている。

一四 今年はつらい年だなあ。まだ二十九日だというのに、もう春が終わってしまうとは。長能が歌を詠んだのは、長能集によれば花山院でのこと。俊頼髄脳等は公任邸でのこととする。

一五 それほどまでに心を打ち込んでいた歌のことを、思慮のないことを言ってしまって。

一六 いかにも風流韻事に深く愛着した、心にしみる話である。長能は歌を難ぜられて死んだとするが、詠作は花山院でのこと。長能は花山の死後の歌を残しているから、この説話の事実性は低いといえる。

▽前半は俊頼髄脳にくわしく、袋草紙にも類話がある。歌54は詞花集に、55は金葉集に入る。後半も俊頼髄脳、袋草紙に見え、さらに古今著聞集、十訓抄、兼載雑談等にも載る。

一七 拾芥抄・中「河原ノ院　六条ノ坊門南万里小路《(までのこうじ)》東八町云云、融大臣家、後寛平法皇御所、〈号二六条院一〉本四町京極西、号二東六条院一」。

一八 嵯峨天皇の第十二皇子。

一九 宮城県塩釜市。松島湾内にある浦で風光明媚なため、古くから陸奥の歌枕として有名。

二〇 顕昭の古今和歌集鈔に「毎月難波ノ潮二十斛ヲ汲マシメテ、日ニ塩ヲ煮テ以テ陸奥ノ塩釜浦ノ勝槩《(しようがい)》ヲ模ス」。

二一 第五十九代。光孝天皇第七皇子。譲位後出家して仁和寺に住む。亭子院、寛平法皇と号す。

二二 第六十代。宇多天皇第一皇子。世に聖主として「延喜の治」と称された。今昔「宇陀ノ院、其ノ川原ノ院ニ住セ給ケル時ニ、醍醐ノ天皇ハ御子ニ御セバ度々行幸有テ微妙カリケリ」。

まだ院の住《す》ませ給《(たまひ)》けるをりに、夜《よ》中《なか》ばかりに、[一]西の対《たい》の[二]塗籠《ぬりごめ》を開《あ》けて、[三]そよめきて人の参《まい》るやうにおぼされければ、見《み》させ給へば、[四]昼《ひ》の装束《しやうぞく》[五]うるはしくしたる人《ひと》の、太刀《たち》佩《は》き[六]笏《しやく》取《と》りて、[七]二間《けむ》ばかり退《の》きて、かしこまりてゐたり。「あれは誰《た》そ」と問《と》はせ給へば、「こゝの主《ぬし》に候《(さぶらふ)》翁《おきな》なり」と申《(まうす)》。「融《とほる》の大臣《おとゞ》か」と問はせ給へば、「しかに候《(さぶらふ)》」と申す。「そはなむぞ」と仰《おほ》せらるれば、「家なれば住《す》み候《(さぶらふ)》に、おはしますがかたじけなく、[八]所狭《ところせ》く候《(さぶらふ)》なり。いかゞ仕《つかまつ》るべからん」と申せば、「それはいと異様《ことやう》の事なり。故《こ》大臣《おとゞ》の子孫《そむ》の、我に取《と》らせたれば住《す》むにこそあれ。我押《を》し取《と》りてゐたらばこそあらめ、礼《れい》も知《し》らず、いかにかくは恨《うら》むるぞ」と高《たか》やかに仰《おほ》せられければ、かい消《け》つやうに失《う》せぬ、そのをりの人、「なを《(ほ)》、[九]御門《みかど》は[一〇]かたことにおはします物《(もの)》也。たゞ人《びと》はその大臣《おとゞ》に逢《あ》ひて、さやうにすく[一一]よかに言《い》ひてむや」とぞ言《い》ひける。

かくて、院失《う》せさせ給《(たまひ)》て後《のち》、住《す》む人もなくて、荒《あ》れゆきけるを、[一二]貫之《つらゆき》、土左《とさ》より上《のぼ》りて、まいり《(ゐ)》て見《み》けるに、あはれにおぼえければ、ひとりごちける、

57 [一三]君なくて煙《けぶり》絶《た》えにし塩竈《しほがま》の浦さびしくも見《み》えわたるかな

その後《のち》、この院を寺になして、[一四]安《あ》法君《ほうぎみ》といふ人ぞ住《す》みける。冬の夜、月明《つきあか》かりけるに、ながめて詠《よ》める、

一 寝殿造りで寝殿の西方に設けた対の屋。 二 寝殿造りの屋内の小室。周囲を厚い壁で塗りこめ、明り窓と妻戸を設ける。納戸として、また寝室にも用いた。伝世の重宝を収めるとともに、祖霊の宿る神聖な空間ともいう。 三 そよそよと音がする。ここは衣ずれの音。 四 束帯。公事に用いられた儀服。衣冠を宿(とのい)装束と称するのに対する呼称。 五 身を整える、礼儀正しい、の意をこめた端正美をいう。 六 文武官が束帯着用の時、威儀の具として右手に持つ長方形の手板。音コツが「骨」と同音なのを忌み、笏の長さの「尺」によりシャクという。 七 一間は柱と柱の間をいう。 八 気詰まりだ。窮屈だ。勝手に振る舞えない。 九 「院の御門」即ち上皇をも「御門」と呼ぶ。 一〇 未詳。宇治拾遺も同文。「形異」で、格式・風格が違うということか。 一一 心がしっかりとしていること。気丈で物おじしないこと。 一二 紀貫之の帰京は承平五年。宇多院は元年崩。 一三 河原院の主人(あるじ)が亡くなって、塩焼く煙も跡(と)絶えてしまったこの塩釜の浦を見ると、言いようもなく心寂しく思われることだ。初句は古今集、貫之集等に「君まさで」。「浦」に心の意の「うら」を懸ける。詞書によれば「君」は本来源融をさすが、説話では宇多院のことになる。 一四 俗名源趁(したごう)。左大臣融の曾孫。安法法師集は河原院在住時の生活記録ともいうべきもの。 一五 今夜は広々とした大空までも冷たく冴え渡っているのであろうか。冬の夜の月がまるで氷のように見えることだ。拾遺集、恵慶法師集等によれば恵慶の詠歌。説話は安法君の詠とする。 一六 能因法師。俗名橘永愷(ながやす)。 一七 長い年月がたったので河原院の松も老木となった——荒れて棟瓦に松が生えた、子の日の

58 [一五]天《あま》の原空《はらそら》さへ冴《さ》えやわたるらん氷《こほり》と見《み》ゆる冬《ふゆ》の夜《よ》の月

昔《むかし》の松《まつ》の木《き》の、対の西面《にしおもて》に生《お》ひたるを、そのころ、歌読《よ》みども集《あつ》まりて、安《あ》法君《ほうぎみ》の房《ばう》にて詠《よ》みける。[一六]古《こ》曾部《べ》の入道、

59 [一七]年経《としふ》れば河原《かはら》に松《まつ》は老《お》ひ《(い)》にけり子《ね》の日しつべき寝屋《ねや》の上《うへ》かな

60 [一八]里人《さとびと》の汲《く》むだに今《いま》はなかるべし板《いた》井の清《し》水《みづ》水《み》草《くさ》ゐにけり

[一九]道済《みちなり》が歌、

61 [二〇]行《ゆ》く末《すゑ》のしるしばかりに残《のこ》るべき松《まつ》さへいたく老《お》ひ《(い)》にけるかな

なむどなむいひける。その後《ゝち》、いよ／＼荒《あ》れまさりて、松の木も一年《ひとゝせ》の風に倒《たふ》れにしかば、あはれにこそ。

（二一八　曲殿姫君事《まがりどののひめぎみのこと》）

今《いま》は昔《むかし》、[二一]五条わたりに、[二二]古《ふる》宮原《ばら》の御子《こ》、[二三]兵部《ひやうぶ》の大輔《たいふ》なる人おはしけり。[二四]心ばえ《(へ)》貴《あて》に古《ふる》めかしければ、世《よ》にさし出《い》でもせず、父《てゝ》宮の御家の、木《こ》高《たか(う)》ふ大《おほ》きなるに、荒《あば》れ残《のこ》りたる東《ひんがし》の対《たい》にぞ住《す》み給《(たまひ)》ける。年《とし》は五十余《よ》になりぬるに、女《むすめ》の十余《よ》ばかりなるが、えもいはずをかしげなる、髪《かみ》よりはじめ、姿《すがた》・様体《やうだい》、[二五]こゝはと

小松引きが出来そうな寝所の屋根の様子だ。「河原(院)」と「瓦」、「老い」と「生ひ」を懸ける。能因集に「白河殿に道済朝臣とふたりゆきて…」と詞書。二・三句「まつおひにけりはるたちて」。「牆有レ衣兮　瓦有レ松」(白氏文集)をふまえる。説話は河原院での詠に変える。

一八 里人が汲むことさえ今ではもうないのであろう。板囲いの井戸の清水には水草が生えてしまっている。原文は二句「(空白)てむたに」と書き、「て」の右上に「本」、さらにその上に「くむたにいまは」と後から傍書。四句「いは井」の「は」の左に「た」、五句「くさおひ」の左に「みくさゐ」と傍書する。本書では補筆の方を採る。後拾遺集・雑四や家集によれば大江嘉言(よしとき)の詠歌。四句「いはゐ(ひ)のしみづ」。原文は作者名を誤脱か。今昔は「□ノ善時」につくる。嘉言は弓削氏。後に大江氏に改姓。寛弘六年(一〇〇九)対馬守。同七年任地で没したらしい。

一九 →四三〇頁注二一。

二〇 むかしここに河原院があったという、将来の証拠くらいには残るはずの松までも、ひどく年老いてしまったことだ。拾遺集・雑八に載る。

▽本朝文粋十四、扶桑略記二十四によれば、延長四年(九二六)六月二十五日、河原院に融の亡霊が現れ、地獄からの救済を託奏した。宇多法皇は七月四日、誦経修善を行ったという。河原院にはながく融の霊が住んでいると考えられていた。本話前半は宇治拾遺・下一五一話と同文。今昔二十七ノ二もほぼ同文。江談抄三、古事談一には、宇多法皇と京極御息所が河原院に泊った際の異伝を載せる。法皇は還御の後、浄蔵に加持させたとする。源氏物語・夕顔の「なにがしの院」は河原院がモデルと考えられており、今昔二十七ノ十七には東国の男が河原院で妻を鬼

見《み》ゆる所《ところ》なく、心《こゝろ》ばへ、けはひ、らうたげにうつくし。人様《ひとさま》のかくめでたければ、さるべき公達《ゝみだち》などに婚《あ》はせ給へらむに、を《(お)》ろかにつゆ思ふべきにもあらず。世《よ》に人《ひと》、かくめでたしとも、え知《し》らざりければ、ことに言《い》ふ人《ひと》[一]のなきまゝに、「これには、[二]いかでか進《すゝ》みては言《い》はむ。今言《いまい》ふ人あらば」など、古《ふる》めかしうおぼしつゝみておはするに、気《け》[三]高《たか》き交《まじ》らひもせさせまほしうおぼせど、かくうち[四]合《あ》はぬ身《み》の有様《ありさま》なれば、思ひもかけず。心にかゝりて、父《てゝ》も母《はゝ》も、たゞ二人《ふたり》の中《なか》に臥《ふ》せて、教《をし》[五]ふることをのみなむ、し給《(たまひ)》ける。乳母《めのと》の心《こゝろ》ばへの、ふさはしからずのみありければ、「我らが年《とし》は老《を》ひ《(い)》にたり。頼《たの》むべき乳母《めのと》の心ばへ、うち[六]解《と》くべくもあらず、頼《たの》[七]むべき兄人《せうと》だにあらば、うしろめたなくおぼゆまじきを」、たゞ二所《ふたところ》して歎《なげ》き給《たま》ふ事よりほかになし。

かゝる程《ほど》に、父母《てゝはゝ》うち続《つゞ》き失《う》せ給《(たまひ)》ぬれば、姫《ひめ》君の御心たゞ推《を》し量《はか》るべし。あ[八]はれに悲《かな》しく、置《お》き所《どころ》なくおぼさるゝ事、たとへむ方《かた》なし。はかなくて、服《ぶく》など脱《ぬ》ぎつ。明《あ》[九]け暮《く》れ、親達《おやたち》のうしろめたなき物にのたまひしかば、この乳母《めのと》、うちも解《と》けられず、なにとなくて年来経《としごろふ》る程《ほど》に、さるべき調度《てうど》[一〇]ども《ゝ》も、数多《あまた》ありしかど、この乳母《めのと》、人《ひと》に言《い》[一一]ひほらされて、はかもなく、やう〳〵しうしな[一二]い《(ひ)》つ。世《よ》の中《なか》にあるべくもあらず、心細《ぼそ》くおぼゆる事限《かぎ》りなし。

に吸い殺された怪異譚を伝える。本説話後半も今昔二十四ノ四十六とほぼ同文説話。

二一 五条西洞院にまつられている五条天神のあたりには京の北端の一条戻橋に対応する南端としての境界的イメージがある。「五条わたり」は説話的には鬼神、狐妖の変の現れる荒蕪な場末、都はずれの地であり、また世に入れられぬ貴族や薄幸な女性の住む所と想像されていた(源氏・夕顔、大和一三七、今昔二十七ノ三十一、古本説話・上三十四、宇治拾遺・上三十二等)。

二二 没落して世間から忘れられた老親王の御子。この語り出しは、「今は昔…今に語り伝ふ」という枠組みとともに、親(祖先)のことから語りはじめて男女の愛を語るという物語の基本的な形式をふまえている。

二三 軍事一般をつかさどる役所の兵部省の次官。

二四 性質がおっとりして気品があり、古風だったので、世間に出て交際することもせず。

二五 ここは見苦しい、劣っていると思われる所もなく。王朝女性美の一つである調和美をいう。

一 特に妻に欲しいと言う人。求婚する人。

二 こちらからは、進んで娘をもらってくれなどとはどうして言えようか。今に申し込んで来てくれる人でもあれば。

三 後宮に交わらせる。入内して高貴な人に仕えることなどをいう。「近江守无レ限リ傅テ…女御ニ奉ラムト思ケレドモ」(今昔三十ノ三)。

四 「不合」な身。手元不如意の貧しい暮らし向き。

五 いろいろと言い聞かせてだけいた。

六 安心してまかせられそうもない。乳母は心利いた人ではないこと。

七 せめて頼りになる兄だけでもいたならば、気がかりに思わずにいられるのにと。「おぼゆま

かくてある程《ほど》に、乳母《めのと》言《い》ふやう、「を《(お)》のが兄人《せうと》なる法師《ほうし》[一三]に付《つ》けて、言《い》はせ給也《(たまふなり)》。某《なにがし》の前司《ぜむじ》[一四]の御子《こ》の、年《とし》十余《よ》歳許《さいばか》りなるが、容貌《かたち》もよく心《こゝろ》ばへもよき、おはす也《(なり)》[一五]。父殿《ちゝとの》は受領《ずりやう》[一六]におはすれど、近《ちか》[一七]き上達部《かむだちめ》の子にて、貴《あて》なる人也。通《かよ》ひ給《たま》はむに、賤《いや》しかるべき人《ひと》にもあらず。かくて、心《こゝろ》[一八]すごくておはしますよりは」など言《い》ふ。姫《ひめ》君は、髪《かみ》を振《ふ》りかけて、泣《な》き給《(たまふ)》よりほかの事なし。乳母《めのと》、かくて文《ふみ》たび〳〵取《と》り伝《つた》ふれど、姫君《ひめぎみ》見も入《い》れ給はず、ことは《(わ)》り也。女房などに、姫君《ひめぎみ》の御文《ふみ》とおぼしく、返《かへ》り事はしつゝやる。文たび〳〵になりぬれば、その日と定《さだ》めて来《こ》させせつ。来初《きそ》めぬれば、言《い》[一九]ふかひなくて通《かよ》ひ歩《あり》かす。女の御有様《ありさま》は、かくめでたうおはすれば、男《おとこ》[二〇]の心《こゝろ》ざし、思ひ聞《き》こえさする事、ことは《(わ)》り也。また男君《をとこぎみ》も、さすがに貴《あて》人の子なれば、けはひも貴《あて》やかに、有様《ありさま》ことに細《ほそ》やかにて、貴《あて》になむありける。

頼《たの》もしき人もなきまゝに、頼《たの》みてある程《ほど》に、男《をとこ》君の父殿《ちゝとの》、陸奥国《みちのくに》[二一]の守《かみ》になりぬ。春《はる》、急《いそ》ぎて下《くだ》るに、男君《おとこぎみ》、留《と》まるべきことならねば、親《おや》の供《とも》に下《くだ》るに、この女君《ぎみ》を置《を》きて行《い》かむ事、わりなくおぼゆれど、親《をや》[二二]に知《し》られてうち解《と》けたる仲らゐ《(ひ)》にもあらねば、具《ぐ》せむことはづかしくて、え言《い》はず。その日になりて、いみじきことゞも契《ちぎ》りおきて、泣《な》く〳〵別《わか》れて、陸奥国《みちのくに》へ往《い》ぬ。国《くに》へ下《くだ》り着《つ》きて、

じきを」の後、引用を示す格助詞の「と」を省略するか(全書注参照)。百座法談聞書抄・三月八日の条に「コレヲタテマツラム申ケレバ」、三月二十四日に「印申事ハ」といった用例がある。

八 これといったためどもつかないままに(服喪期間が終って)喪服などもぬいだ。

九 いつも両親たちが、安心してまかせられない者だと口にしておられたので、乳母にも心を寄せることができず。

一〇 日常生活に使う身の回りの諸道具。唐匣《(くしげ)》《(から)》、鏡、鏡筥《(こばこ)》などの類。色葉字類抄・雑物には「デウド」、畳字では「テウド」。

一一 言い惚らされて。甘いことを言って騙されて。 一二 原文「しうないつ」。改行の際の脱字。今昔「仕《(つか)》ヒ失《(うしなひ)》テケリ」。

一三 法師に言付けて、託して。

一四 前任の国司。「前」は漢音セン、呉音ゼン。平安時代ではセンジが普通だったらしい。平曲ではセンジが標準だったらしいが、天草本平家物語には「ゼンジ」(Jenji)とある。

一五 終止形接続の「なり」。伝聞。

一六 国の守。受領は任国で前任者から政務文書類、官物、事務を引継ぐ意。行為から転じて人を指す。十世紀以後遥任《(ようにん)》国司が多くなったのに対して用いられるようになった。「じゆりやう」「ずらう」とも。

一七 親の代までは上達部の家柄の人で。

一八 もの寂しい有様で。今昔は「此ク心細クテ御(はお)スヨリモ吉キ事」。

一九 姫君は仕方なくて男を通って来させた。

二〇 男が心から思いを寄せ愛する事は。

二一 「道の奥」の約。陸前・陸中・陸奥の三国の称。県召の除目は正月に行われた。

二二 親にゆるされて契りを結んだ間がら。

[一]いつしかと文上《ふみあ》げむと思ふに、たしかなる便《たよ》りもなし。かく過《す》ぐる間《あひだ》に、年《とし》月も過《す》ぎにけり。

任果《にむは》てての年《とし》、いつしか上《のぼ》らむとするに、[二]常陸《ひたち》の守《かみ》なる人《ひと》の、[三]はなやかなるあり。それが「婿《むこ》にせむ」とて、人〳〵を《(お)》こせて迎《むか》へければ、親《をや》、[四]「いとかしこきことなり」と喜《よろこ》びて、遣《や》りつ。陸奥国《みちのくに》に五年ゐて、また常陸《ひたち》に行《ゆ》きて、三四年とゐたる間《あひだ》、[五]七八年ははかなくてなりぬ。この常陸《ひたち》の女は、にくからず[六]愛敬《あいぎやう》などはしたれど、京の人《ひと》には似《に》るべくもあらねば、心《こゝろ》を京《きやう》にやりつゝ恋《こ》ひ迷《まよ》へども、かひなし。たび〳〵[七]出《だ》したてて消息《せうそこ》をやれど、「え尋《たづ》ねず」とて消息《せうそこ》を持《も》て帰《かへ》り、又京《きやう》にやがて使《つかひ》は留《と》まりて、返《かへ》り事も持《も》て来《こ》ずなどしてある程《ほど》に、任《む》も果《は》てて上《のぼ》る程《ほど》に、道《みち》すがら、いつしかと思《(おもふ)》。

[八]粟津《あはづ》に来《き》て、[九]日次《つい》で悪《あ》しとて、二三日ゐたるに、おぼつかなき事限《かぎ》りなし。からうして、よろしかりける日、京に入《い》る。[一〇]昼《ひる》は見苦《みぐる》しとて、日暮《ひく》らしてなむ入《い》りけるに、入《い》るや遅《をそ》きと、妻《め》をば常陸《ひたち》の家に送《おく》り置《を》きて、さりげなきやうにて、旅装束《たびしやうぞく》しながら、五条に急《いそ》ぎ行《ゆ》きて見《み》れば、築地《ついぢ》毀《こぼ》れ〳〵もありしに、[一一]多《おほ》うは小家居《こいゑゐ》にけり。[一二]四足《よつあし》の門《かど》のありしも、跡形《あとかた》もなし。寝殿《しむでん》、対《たい》などの有《(あり)》しも、一《ひと》つ見《み》えず。[一三]政所屋《まむどころや》のありし板屋《いたや》なん、ゆがむ〳〵残《のこ》りたる。池《いけ》は水《みづ》もなくて、

一「いつしか」は「はやく」の意。早く早くと気のせく気持。「文上ぐ」の「上ぐ」は都へ行かせる、上らせる。京へ手紙を出す。
二 現在の茨城県の大部分。
三 勢いが盛んな。 四 たいへん結構なことだ。
五 いつのまにか七、八年は空しく過ぎた。
六 顔かたち、人柄、態度、声などに愛らしさ、優美さ、華やかさがあり、魅力的な有様をいう。「つく」は具わる。仏語に由来する。法華経・普門品「便生下端正有相之女、宿植二徳本一、衆人愛敬上」。古写本では「あい行」の表記が多い。
七「出だしたてゝ」の転。総索引では語頭濁音和語の例として「抱けば」(上二十八話)、「出たるに」(下四十九話)を挙げる。あるいは、「い」脱とみるべきか。
八 滋賀県大津市の東南、膳所から瀬田に至る湖岸。更級日記「粟津にとどまりて、師走の二日、京に入る。暗くいき着くべくと、申の時ばかりに立ちて行けば…」。
九 暦の上の日の吉凶、日柄。入京には吉日を選ぶ。
一〇 路に貴人に逢って下馬の礼をとる煩わしさを避けることもあり、旅のやつれ姿を人に見られぬように暗くなってから入京するのが当時の習わし。
一一 築地の跡に狭小な間口の庶民の小屋が路に面して建ち、巷所化していく風景。
一二 丸い二本の主柱の前後に、二本ずつの袖柱がある門。平安時代、大臣以上の貴人の家に設けた格式の高い門。姫君が高貴の出であることがわかる。
一三 中古以降、皇族・貴族・寺社などに置かれ、荘園の事務や家政を担当した事務所。
一四 水葵《(みずあおい)》の古名。ミズアオイ科の一年草。

一四葱《なぎ》といふ物を作《つく》りて、水《みづ》もなし。多《おほ》かりし木《き》も、所《ところ》〴〵伐《き》り失《うしな》ひたり。「一五この辺《(へむ)》に知《し》りたる物やある」と尋《たづ》ねさすれど、さらになし。政所屋《まむどころや》の毀《こぼ》れ残《のこ》りたる所に、人《ひと》の住《す》むやうに見《み》ゆ。人を呼《よ》べば、女法師《ほうし》一人《ひとり》出《い》で来《き》たり。月《つき》の明《あか》きに見《み》れば、一六樋洗《ひすまし》にてありし物の母《はゝ》にて、一七国名《くにな》付《つ》きてありし物也《(なり)》けり。寝殿《しむでん》の柱《はしら》の、倒《たう》れて残《のこ》りたるがあるに、尻《しり》うち掛《か》けて、この尼《あま》を呼《よ》び寄《よ》せて、「こゝに住《す》み給《(たまひ)》し人」と問《ゝ》へば、尼《あま》、はか〴〵しくも言《い》はず。「言《い》ふまじきなむめり」と思ひて、一八そのころ、十月中《なか》の十日ごろなれば、女もいと寒《さむ》げなり、着《き》たる衣《きぬ》を一《ひと》つ脱《ぬ》ぎて取《と》らすれば、女手惑《てまど》ひをして、「こはいかなる人の、一九かうはしめ給《(たまふ)》にかあらむ」と言《い》へば、「我はしか〴〵の人にあらずや。二〇女は見忘《みわす》れにたるか。を《(お)》のれをば二一若狭《わかさ》とこそ言《い》ひしか。いつ法師《ほうし》にはなりしぞ。二二したみつとてありしを《(お)》のが娘《むすめ》は、いづちか往《い》にし。我をば忘《わす》れたるか。我はさらに忘《わす》れず」と言《い》へば、女、むせかへり、泣《な》く事限《かぎ》りなし。女、「知《し》らぬ人《ひと》かとてこそ隠《かく》し申《(まうし)》つれ。ありのまゝに申《(まうし)》候はむ。尋《たづ》ねもし奉《たてまつ》らせ給へかし。国に《くにゝ》下《くだ》らせ給《(たまひ)》し一年許《ひとゝせばか》りは、候《(さぶらひ)》し人〳〵も「二三御消息《せうそく》やある」と待《ま》ち聞《き》こえさせしに、さることもかき絶《た》えて候はざりしかば、「忘《わす》れ果《は》てさせ給《(たまひ)》たるなめり」と、候《さぶら》ひし人〳〵も思ひて候《(さぶらひ)》しかども、二四を《(お)》のづから候《(さぶらひ)》し程《ほど》に、御乳母《めのと》二五おとゝも二年《ふたとせ》

水田や沼沢などの浅い水の中に自生する。食用に供される。和名抄「水葱 水菜可食也〈奈木〉」、黒川本色葉字類抄・植物「水葱 ソウ・ナキ」。「といふ」の表現は、なじみのうすいものなどについて用いることが多い。

一五 後出の「にしのきやうのへむ」に拠り、ここも「へむ」と読んで置く。

一六 樋箱(ひばこ＝便器)を使用後、水で洗う意で、この役などに当たった身分の低い女。

一七 中級以下の女官や僧侶の呼称に用いた。女官は父兄の任国、僧侶は生国にちなんで付けることが多い。後出する「若狭」がそれ。

一八 「そのころ…寒げなり」は説明の挿入文。

一九 底本「かうはしめ給にかあらむ」とあるが、「め」は衍字。ミセケチにするのを忘れたか。

二〇 「女」はナムヂと読むか。今昔は「汝ハ忘ニケルカ」。或は後の会話中の「女はしたみつが」の「女」と同様に、嫗の意の「おむな」の借字か。枕草子・淑景舎春宮にの段に「おきな(翁)・をんな(嫗)に御をろしをだに給へ」の「をんな」に能因本は「女」を当てる、下六十話「門守りの女」を奥義抄は「門まもりの嫗」とするなどの事例あり。

二一 旧国名。福井県西部にあたる。「国名つきてありし物」を受ける。

二二 「したみつ」というのは若狭の娘の呼び名。「雪の下水うちとけて」(千載集)といった歌語にちなむ名か。あとに「したみつが男して」と出る。この辺り短句を連ねて矢継ぎ早に問いただす(興奮した語調)。

二三 底本「御せうそこく」と書き「こ」をミセケチにするも、他の三例はすべて「せうそこ」。

二四 何ということもなくお仕えしているうちに。今昔「自然ラ過シ候ヒシ程ニ」。

二五 「おとゝ」は「お(を)とこ」の誤写。乳母の夫。

許《ばか》りありて失《う》せ給《(たまひ)》にしかば、知《し》り奉《たてまつ》る人《ひと》つゆ候はで、皆散《みなち》り〴〵にまかり失《う》せ候《(さぶらひ)》て、寝殿《しむでん》は、殿の《とのゝ》内《うち》の下人の焚《た》き物にて毀《こぼ》ち候《(さぶらひ)》しかば、倒《たふ》れ候《(さぶらひ)》にき。おはしましし対《たい》も、道行《みちゆき》人の毀《こぼ》ち物にて、それも一年《ひとゝせ》の大風《おほ》に倒《たふ》れ候《(さぶらひ)》にき。御前《まへ》は、[一]侍《さぶらひ》の廊《らう》になむ、二間《ふたま》三間《みま》許《ばか》りしつらひて、[二]おはしますにもあらでおはしますに、[三]女は、したみつが男《をとこ》して、「京にては誰《たれ》かは養《やしな》はむ。いざ」とて、まかりしかば、[四]但馬《たちま》にまかりて、去年《こぞ》なむ、まかり上《のぼ》りて候《(さぶらひ)》しに、跡形《あとかた》もなう殿《との》もなり、を《(お)》はしましにけむ方《かた》も知《し》り奉《たてまつ》らで、人《ひと》〴〵にも言《い》ひつけ、自《みづか》らも尋《たづ》ね奉《たてまつ》れど、を《(お)》はします方《かた》も知《し》り奉《たてまつ》らず」と言《い》ひて、泣《な》く事限《ことかぎ》りなし。男君《をとこ》も、かく聞《(きく)》まゝに、いみじく泣《な》きて帰《かへ》りぬ。

家《いゑ》に来《き》て、[五]この人あらであるべくもおぼえねば、物詣《まう》でのやうに、藁沓《わらうづ》を履《は》き、笠《かさ》を着《き》て、所《ところ》〴〵尋《たづ》ね歩《あり》けど、何《なに》しかはあらむかし。「[六]西《にし》の京《きやう》の辺《へむ》にやあらむ」と思ひて、二条より西《にし》ざまに、[七]大垣《おほがき》に沿《そ》ひて行《い》く程《ほど》に、[八]時雨《(しぐれ)》のいたうすれば、「[九]西の曲殿《まがりどの》に立《た》ち隠《かく》れん」とて寄《よ》りたれば、[一〇]連子《れむじ》の内《うち》に人《ひと》のけはひのするを、やをら寄《よ》りて覗《のぞ》けば、[一一]筵《むしろ》、薦《こも》の汚《きたな》げなるをひき廻《めぐ》らして、女法師《ほうし》一人《ひとり》、若《わか》き人の痩《や》せさらぼい《(ひ)》たる、色青《いろあを》みて、[一二]影《かげ》のやうにて、賤《あや》しのやうなる筵《むしろ》の破《や》れに、[一三]牛《うし》の衣《きぬ》のやうなる布の《ぬのゝ》衣《きぬ》を着《き》たり。破《や》れたる筵《むしろ》を腰《こし》にひき掛《か》けて、手枕《たまくら》

一 院、親王、摂関大臣家などで、その家の事務をつかさどった者。その詰所。
二 お住まいになっているのかいないのかもわからないほど細々とお暮らしになっておられたが。
三 「女」は嫗の意の「おむな」に当てたか。ここは「嫗の子どもの有様は」(梁塵秘抄)と同様の自称の語とみる。今昔は「尼ハ」。「男して」は夫を持っての意。
四 現在の兵庫県北部に当たる。
五 この人なしに生きていられそうもなく思われるので。
六 西の京は人家のまばらな淋しい郊外の地と化していた。「西京人家漸稀、殆幾ニ幽墟一矣」(池亭記)。
七 外囲いの大きな垣。築地などをいう。ここは宮城の外側の築垣。
八 「時雨の…すれば」は、今昔「申酉ノ時許ニ掻暗ガリテ、霙《(しぐれ)》痛ク降レバ」。
九 底本「かりとの」、「ま」脱とみて補う。今昔は「朱雀門ノ前ノ西ノ曲殿」。「曲殿」は直角に折れ曲った建物。朱雀門の前の隍にそって建てられた東西の曲舎のこと。大内裏図考証は、朱雀門に付属する施設として東曲舎、西曲舎をあげ、「東曲舎一曰曲仗舎、一曰曲殿、又曰厩亭、又曰守屋、一曰仗舎」と記す。伴大納言絵詞の朱雀門前の石壇上の三本の朱柱は曲殿の側面を描くものであろう。
一〇 窓や欄間に設けた格子。また、その窓。
一一 室内の障壁の代りにきたない筵や薦を回りにめぐらして。
一二 やせ衰えたさまの形容。やつれた姿。
一三 まるで牛に着せる麻糸で織った粗末な衣のような生地の衣。
一四 今昔「此ク賤《(あや)》シ乍ラ」。

をして臥《ふ》したり。「さすがに、一四いみじげながら、貴《あて》なる物よ」と見立《みた》てり。なを《(ほ)》あやしく見《み》ゆれば、寄《よ》りて近《ちか》き壁《かべ》の穴《あな》より覗《のぞ》けば、あやしく、この失《うしな》ひたる人に見《み》なしつ。

目《め》も暗《く》れて、あさましくおぼゆれば、やをら居《ゐ》て、目守《まも》りゐたり。女の、いみじく貴《あて》に、らうたき声《こゑ》してかく言《い》ふ、

62 一五手枕《たまくら》のすきまの風も寒《さむ》かりき身はならはしの物《(もの)》にぞありける

かく言《い》ふを聞《き》きて、筵《むしろ》を戸《と》にしたるをかゝげて、「かくてはいかでおはしけるぞ」と言《い》ひて、寄《よ》りて抱《だ》けば、顔《かほ》を見合《みあ》はせて、「遠《とを》う往《い》にし人なりけり」と思ふに、えや堪《た》え《(へ)》ざりけむ、やがて絶《た》え入《い》りて、一六冷《ひ》えすくみにけり。男《をとこ》、一七はかなく見《み》なしつれば、一八愛宕《あたご》に行《ゆ》きて、一九髻《もとゞりき》切りて法師《ほうし》になりにけり。

二〇この事《こと》は、くはしからねど、古今に書《か》かれたり。

(二一九　伊勢御息所事《いせのみやすどころのこと》)

今《いま》は昔《むかし》、二一伊勢の御息《みやす》所《(どころ)》、二二七条の后《(きさいのみや)》宮に候《(さぶらひたまひ)》給けるころ、二三枇杷《びは》の大納言のしのびて通《かよ》ひ給《(たまひ)》けるに、女、いみじうしのぶとすれど、みな人知《し》りぬ。さるほ

一五 昔は共寝の折の手枕の隙間風さえも寒く厭われたのに、今ではこの様な吹き曝しの中の貧しい生活になじんでいる。思えば人は習慣次第でどうにもなるものなのだ。本来は「離別の後の一人寝に耐えられている、身はならわし次第のものなのだ」という恋の歌。

一六 「すくむ」は筋肉が硬直する。こわばりひきつる。固くちぢこまる。

一七 死んだと見定めたので。

一八 愛宕山。愛宕大権現(現愛宕神社、京都市右京区嵯峨愛宕町)鎮座地の、白雲寺のあった朝日峰を中心に、大鷲峰月輪寺、高雄山神願(護)寺、竜上山日輪寺、賀魔蔵山伝法寺の五山五寺の総称。古くからの山岳仏教の道場で、山中の修行者は愛宕聖、清滝川聖などと呼ばれた。

一九 「本取り」の意。髪を頭の上に集めて束ねたもの。成年男子の結髪。

二〇 「古今」は「拾遺」の誤りか。歌は拾遺集にみえるが、古今集にはない。今昔は「古今」を「万葉集」とする。万葉集巻十六には夫を恋して死んだ女の古伝承を載せるが、説話としては無関係。

▽今昔十九ノ五(六の宮の姫君)とほぼ同文の説話。他に類話はないとされるが、宝物集・病苦の法橋行円(但馬守国挙男国輔)の説話は、長い伝承をうかがわせるもので注目される。歌は拾遺集・恋四に題読人知らずとして載る。

二一 大和守藤原継蔭の女。父が伊勢守だったところから伊勢の御、伊勢の御息所と称された。

二二 仲平の姉、宇多天皇中宮、七条の后温子。七条院に住んだところからの名。

二三 藤原仲平。

どに、忘《わす》れ給《(たまひ)》ぬれば、

63 [一]人知《ひとし》れずやみなましかばわびつゝもなき名ぞとだに言《い》はまし物《(もの)》を

と詠《よ》みてやりたりければ、「あはれ」とやおぼしけむ、かへりていみじうおぼして、住《す》み給《(たまひ)》けり。「[二]ほに出《い》でて《ゝ》人に」と詠《よ》みたるも、この大臣《おとゞ》におはす。

(三〇　高光少将事《たかみつのせうしやうのこと》)

今《いま》は昔《(むかし)》、[三]高光《たかみつ》の少将と申《(まうし)》たる人《ひと》、出家《すけ》し給《(たまひ)》たりければ、あはれにもやさしくも、さま〴〵なることども《ゝ》侍《(はべり)》けり。中《なか》にも、御門の御消息《せうそこ》つかはしたりけむこそ、かたじけなく、「[四]おぼろけならずは、御心も乱《みだ》れけんかし」と、人申《(まうし)》ける。

64 [五]都《みやこ》より雲《くも》の上《うへ》まで山《やま》の井の横川《よかは》の水《みづ》はすみよかるらむ

御返《かへ》り、

65 [六]九重《こゝのへ》の内《うち》のみつねに恋《こひ》しくて雲の八重立《やえた》つ山はすみ憂《う》し

[七]多武《たうみね》の峯《みね》に後《のち》には住《す》み給《(たまひ)》し也。九条殿《どのゝ》の御子。

一 私たちの仲が誰にも知られずに絶えたのであったなら、悲しみ嘆きながらも、あなたとのことは、身に覚えのない噂なのですよとせめて、言うつもりでしたのに(人に知られてしまった今では、もうそうは言えなくなりました)。
二 仲平が伊勢にかねがね深く思いを寄せていたのに、兄の時平に契りを結ばれてしまったのを怨んだ歌。伊勢集「…女の里にて前栽のおかしかりければ、てすさびにお花を結びたりけるを、はじめの人きてみて　花薄われこそ下にたのみしかほに出て人にむすばれにけり」。
▽小世継五十四話と同文、今昔二十四ノ四十七とほぼ同文の説話。歌は古今集・恋五、伊勢集、古今六帖等に載る。
三 藤原師輔(九条殿)の八男。天徳四年(九六〇)父と死別、翌応和元年十二月五日妻子を捨てて突然出家。時に右少将・従五位上、二十二、三歳か。
四 出家の決心が格別に堅くなければお心も乱れただろうよ。「おぼろけ」は「格別だ」の意。
五 雲の上までそびえる山の岩井からわき出る横川の水は澄み、心も澄んで、都よりもさぞや住みよいであろう。「澄み」に「住み」を懸ける。村上御集、二・三句「雲のやへたつおくやまの」。
六 みかどのおいでになる宮中ばかりがいつも恋しく思われて、雲が幾重にも立ちこめるこの山は住みにくくあります。「九重」と「八重」を対応。
七 多武峯寺。妙楽寺、聖霊院、談山権現の総称。桜井市の現談山神社。藤原氏の始祖鎌足を祀る。
▽本説話は大鏡・師輔伝とほぼ同文であり、大鏡に上一話前半に続いて記載。歌64は村上御集、新古今集・雑下に、65も新古今集・雑下に載る。
八 藤原公任。→四〇六頁注四。
九 藤原頼忠。廉義公。永祚元年薨。公任の父。
一〇 死なれる。先立たれる。　一 月の中の十日

（三一　公任大納言事《きんたふのだいなごんのこと》）

今《いま》は昔《むかし》、四条大納言[八]、三条の大殿《(おほ)ゐどの》[九]に後《をく》[一〇]れ給《(たまひ)》て、九月中《なか》[一一]の十日の月のいみじく明《あかゝ》かりける夜、更《ふ》けゆく空《そら》をながめて、

66 いにしへを[一二]恋《こ》ふる涙《なみだ》にくらされておぼろに見《み》ゆる秋の夜《よ》の月

（三二　道信中将遭ニ父喪一事《みちのぶのちゆうじやうのちちのもにあふこと》）

今《いま》は昔《むかし》、道信《みちのぶ》[一三]の中将、親《をや》[一四]にを《(お)》くれて、またの年《とし》、あはれは尽《つ》きせねど、限《かぎ》りあれば、服脱《ぶくぬ》[一五]ぐとて、

67 限《かぎ》[一六]りあれば今日《けふ》脱《ぬ》ぎ捨《す》てつ藤袴《ふぢばかまは》果てなき物《(もの)》は涙《なみだ》なりけり

（三三　貧女盂蘭盆歌事《まづしきをんなのうらぼんのうたのこと》）

今《いま》は昔《むかし》、七月十五日、いみじう貧《まづ》しかりける女の、親《をや》[一七]のためのことをえせで、薄色《うすいろ》[一八]の衣《きぬ》の表《おもて》を解《と》きて、瓫《ほとき》[一九]に入《い》れて、蓮《はす》の葉《は》を上《うへ》に覆《をゝ(ひ)》いて、愛宕《おたぎ》[二〇]に持《も》て行《ゆ》きて、

間。中旬。別に中旬の十日の日の意で二十日をもいう。ここは前者。公任集は「九月十五日」。

一二 父君がご存命だった過ぎし日を慕いなつかしむ涙に曇らされて、皎々と照る秋の夜の月もぼんやりかすんで見えることだ。

▽今昔二十四ノ三十四と同話で、歌は詞花集、公任集等に載る。底本目録に「事」脱。補う。

一三 法住寺太政大臣藤原為光の三男。「容貌、人品、心情にすぐれ、和歌の上手」(今昔)とある。

一四 藤原為光。正暦三年(九九二)六月薨、五十一歳。

一五 喪服を着る意から、喪に服すること、またその期間。大宝令では、天皇、父母、夫は一年。

一六 服喪には限りがあることなので、今日喪服を脱ぎ捨てたが、悲嘆の涙はとめどもなく流れることだ。三句、拾遺集、道信集、小大君集、今昔など「藤衣」。「藤衣」は植物の皮の繊維で織った粗末な布の衣。喪服。「藤袴」は伝承の過程で誤ったものであろう。↓四八六頁注一九。父大臣没後の正暦四年(九九三)道信二十二歳ごろの詠。道信も翌五年七月十一日に世を去る。

▽今昔二十四ノ三十八と同話。歌は拾遺集、道信集、小大君集等に載る。底本目録に「喪事」脱。

一七 親のための供養をすることが出来ないので。

一八 薄紫、また二藍(ふたあい)の薄い色。

一九 湯や水を入れる素焼きの土器。また平たい皿状の土器。和名抄「盆俗云保止岐〈瓦器也、盆謂之缶〉」。

二〇 六道珍皇寺(京都市東山区小松町)。「珍皇寺オタキテラ　愛宕寺オタキテラ　一之書様」(伊呂波字類抄)。葬送の地鳥部野の入口に位置し、門前を六道の辻と呼びならわして、冥界との境に比せられる境界の地。盂蘭盆会には精霊迎えに賑う。寺領は愛宕郡鳥部・八坂・錦部の三郷に及び、築垣内外に貴賤の別なく多くの仏堂(三昧堂)を営ませていたらしい(東寺百合文書)。

拝《おが》みて去《さ》りにけるを、人《ひと》の寄《よ》りて見《み》ければ、蓮《はす》の葉《は》に書《か》きつけける、

68 たてまつる[一]蓮《はちす》の上《うへ》の露ばかりこゝろざしをもみよの仏《ほとけ》に

(三四　或女房売ㇾ鏡事《あるにようばうのかがみをうること》)

今《いま》は昔《むかし》、世《よ》[二]のいたく悪《わろ》かりける年《とし》、五月長雨《ながあめ》のころ、鏡《かゞみ》の筥《はこ》を、女持《も》て歩《あり》きて売《う》りけるを、[三]参《み》河《かは》の入道のもとに持《も》て来《き》たりければ、[四]沃《い》懸地《かけぢ》に蒔《ま》きたる筥《はこ》也。内《うち》に[五]薄様《うすやう》を引《ひ》き破《や》りて、をかしげなる手《て》にて書《か》きたり。

69 [六]今日《けふ》までと見《み》るに涙《なみだ》のます鏡《かゞみ》馴《な》れにし影《かげ》を人に語《かた》るな

とあるを見《み》て、[七]道心発《をこ》りけるころなりければ、いみじくあはれにおぼえて、うち泣《な》きて、[八]物十石車《こくくるま》に入《い》れて、鏡《かゞみ》は返しとらせてやりてけり。[九]雑色男《ざうしきおとこ》帰《かへ》りて、「[一〇]五条町《まち》の辺《へむ》に、[一一]荒《あば》れたりける所《ところ》に、やがて下《を》ろしつ」となむ語《かた》りける。誰《たれ》といふとも知《し》らず。

(三五　元良御子事《もとよしのみこのこと》)

一 貧しい私には、蓮の葉の上に置くひとしずくの露ほどのものしかお供えすることはできません。三世の仏様、なにとぞ私のほんの少しの気持だけでも御照覧下さい。「露」と「つゆ」(わずかなもの)、「三世」と「見よ」を懸ける。
▽今昔二十四ノ四十九と同話。
二 今昔「世中辛クシテ、露食物(じきもつ)無カリケル比(ころほひ)」。凶作で大飢饉のため。
三 三河守大江定基。寂照。寛和二年六月出家。
四 工芸の技法。「沃懸」とはそそぎかける意。文様以外の部分に金や銀の鑪粉(やすりふん)を一面あるいは一部分に蒔きつめたもの。
五 鳥の子紙の古名で薄く漉いたもの。薄紙とも。
六 手慣れたこの鏡も、今日を限りに手放すのかと思うと、涙がこみ上げてくる。鏡よ、映し慣れた姿を人には語らないでおくれ。「ます」は、涙の増すと真澄の鏡とを懸ける。拾遺集・雑上は定基の兄為基のもとに売りに来たとする。
七 三河守の時、任国で若き妻の死に遭い、その腐敗する相(九想観の一)を観じて道心をおこすなど一連の三河入道遁世譚をふまえるか。
八 「物」は食物、米。今昔に「米(ねよ)十石」。
九 走り使いなどの雑役をつとめる下男。
一〇 五条大路と町小路の交わる辺りに。今昔は「五条油ノ小路辺ニ」。町小路は修理職町が近衛・中御門の通りの間にあったことによる名。北を町口、南を町尻と呼ぶ。五条は町はずれの境界的イメージのある地。↓四三三頁注二一。
一一 今昔「荒(あばれ)タル檜皮屋ノ内ニ」。
▽今昔二十四ノ四十八と同話。今昔の記述はややくわしい。古今著聞集、十訓抄、沙石集にも同話がみえる。歌は拾遺集等に載る。
一二 陽成天皇第一皇子。風流好色の貴公子として有名。大和物語に多くの逸話がみえる。

今《いま》は昔《むかし》、元良《もとよし》一二の御子《(みこ)》とて、いみじうをかしき人おはしけり。通《かよ》ひ給《(たまふ)》ところ〴〵に、

70 来《く》一三や〳〵と待《ま》つ夕暮《ゆふぐれ》と今《いま》はとて帰《かへ》る朝《あした》といづれまされり

同《おな》じやうに書《か》ゝせ給《(たまひ)》て、あまた所へ遣《つか》はしたりける。本院一四の侍従の君のぞ、あるが中《なか》にをかしうおぼされける。

71 夕暮《ゆふぐれ》一五は頼《たの》む心《こゝろ》になぐさめつ帰《かへ》る朝《あした》は消《け》ぬべき物《(もの)》を

一六また人、

72 夕暮《ゆふぐれ》一七はまつにもかゝる白露《しらつゆ》のをく《(お)》る朝《あした》や消《き》えは果《は》つらむ

一八この左大臣殿の御弟《をとゝい》、六条の左大臣重信《しげのぶ》と申《(まうし)》たるもよき人にておはしけり。又源大納言と一九申《(まうし)》たるも。おほかた敦実《あつみ》二〇の親王《しむわう》の御公達《きむだち》、みなめでたくおはしましけり。広沢《ひろさは》二一の僧正も。

(三六　小大君事《こおほきみがこと》)

今《いま》は昔《むかし》、世《よ》の中《なか》のあはれにはかなきことを、津《つ》二二の守為頼《かみためより》といひける人、

73 世中《(よのなか)》二三にあらましかばと思ふ人《ひと》なきは多《おほ》くもなりにけるかな

一三 今か今かと訪れを心待ちにしている夕暮れと、後朝の別れの時とでは、つらさはどちらがまさっているであろうか。

一四 伝未詳。後撰集時代の人。兼通との交渉を語る本院侍従集を残す。上八話の本院侍従とは別。　一五 夕暮れは訪れを待つ心頼みにつらさもなぐさめられるが、きぬぎぬの別れの朝は命も消えてしまうほどつらく思われますよ。

一六 「まつにも」の歌の作者は、後撰集・恋一には「藤原かつみ」(「かつみの命婦」とも)とある。

一七 夕暮れは訪れを心頼みに待っていてなぐさめられるが、起きて別れる朝は(松に置く露の消えるごとく)命も消えはててしまうだろう。「松」と「待つ」、「置く」と「起く」は掛詞、「かかる」は「付く」と「頼む」の両意。

一八 「この左大臣殿…」以下は不審。文脈上は元良をさすことになろうが、元良は左大臣にはならず、敦実親王とも無関係。敦実親王の子で重信の兄にあたるのは一条左大臣雅信。大鏡「このおほい殿(雅信・重信)たちの御おとゝの大納言…」以下の如きを誤ったものかという。

一九 雅信の子の「時中の源大納言」。尊卑分脈に「管絃歌舞達者、竜笛・和琴・郢曲・舞曲・蹴鞠」。

二〇 宇多天皇の皇子。一品式部卿。号仁和寺宮。

二一 寛朝。敦実親王男。

▽前二首の贈答の事情は栄花物語・ひかげのかづらと元良親王集に、また第三首は第一首との贈答歌として後撰集・恋一に載る。なお、元良親王集には他に二首の答歌を載せる。「この左大臣」以下は大鏡・昔物語の文に近似する。

二二 堤中納言兼輔孫。雅正男。紫式部の伯父。

二三 世の中にもっと生きていてくれたらと思う人が次つぎに亡くなってゆき、その人数が多くなってしまったことです。

これを聞《き》ゝて、小大君《こ（おほきみ）》[一]、

74 [二]あるはなくなきは数《かず》そふ世中《（よのなか）》にあはれいつまで経《ふ》べき我身ぞ

（三七　大斎院見二茶毘煙一給事《おほさいゐんだびのけぶりをみたまふこと》）

今《いま》は昔《むかし》、失《う》せたる人[三]とかくする煙《けぶり》を御覧《らむ》じて、大斎《さい》院、

75 [四]立《た》ちのぼる煙《けぶり》につけて思ふかないつまた我を人のかく見《み》む

（三八　樵夫詠二隠題一事《きこりのかくしだいをよむこと》）

今《いま》は昔《むかし》、[五]隠題《かくし（だい）》をいみじく興《けふ》ぜさせ給《（たまひ）》ける御門《（み）かど》の、「[六]篳篥《ひちりき》」を人《ひと》わろく詠《よ》みたりけるに、木樵《きこ》る童《わらは》の、暁《あかつき》に山へ行《ゆ》くとて言《い》ひける。「この頃《ごろ》、篳篥《ひちりき》を[七]詠《よ》ませさせ給《（たまふ）》なるを、人の[八]え詠《よ》みえ給はざむなる、童《わらは》こそ詠《よ》みたれ」と言《い》ひければ、具《ぐ》して行《ゆ》く童部《わらはべ》、「[九]あなおほけな。かゝる事な言《い》ひそ。[一〇]さまにも合《あ》はず、忌《いま》〳〵し」と言《い》ひければ、「などか、かならずさまによるか」とて、

76 [一一]めぐりくる春《はる》〳〵ごとに桜花《さくらばな》いくたび散《ち》りき人《ひと》に問《と》はゞや

一 東宮（三条院）女蔵人右近。宣長は「こだいの君」（玉かつま）と読む。「こおほいぎみ」とも。
二 生きている人は亡くなり、亡くなった人は数が加わってゆく世の中にあって、私はこれから先いつまで生きてゆけるのでしょうか。小世継は四・五句「哀いつれの日まで歎かん」。新古今集、小町集は小野小町の詠歌に誤る。
▽栄花・みはてぬ夢、小世継十六話とほぼ同文の説話。歌は二首とも為頼集に、また前歌は拾遺集、公任集等に、後歌は小大君集等に載る。
三 死者を葬る。
四 立ちのぼる火葬の煙を見るにつけても、しみじみ思われることだ。いつまた私を、他の人がこのようにながめることであろうかと。
▽小世継二十二話と同文の説話。歌は和泉式部の作。後拾遺集・哀傷、和泉式部集、同続集に載る。
五 歌題の物の名をそれと分らないように歌の中に詠みこむこと。物名に同じ。
六 雅楽の管楽器。竹製の縦笛。「篳篥を」の後、宇治拾遺には「よませられけるに人」の九字がある。古本説話の誤脱か。
七 詠ませなさっているそうですが。「なり」は伝聞。
八 「え…えず」の形の否定表現。「なり」は伝聞。
九 ああ、身の程知らずな。
一〇 柄にもあわず、憎たらしい。
一一 巡って来る春ごとに、桜の花はいったい幾度咲いては散っていったことであろうか、知る人に聞いてみたいものだ。
▽宇治拾遺・下一四七話と同文説話。歌は物名歌の名手藤原輔相の詠。藤六集に「ひちりきめぐりくるはる〳〵ごとにさく花はいくたびちりきふく風やしる」として載る。

と言《い》ひたりける。さまに似《ゝ》ず、思《(おもひ)》かけずぞ。

(三九　道信中将献ニ花山院女御歌一事《みちのぶのちゆうじやうのくわざんゐんのにようごにうたをたてまつらるること》)

今《いま》は昔《むかし》、[一二]式部卿宮の姫《ひめ》[一三]宮、[一四]花山院の女御にてを《(お)》はしける。院出家《すけ》せさせ給《(たまひ)》て後、[一五]小野宮の実資殿《さねすけどのゝ》の北方にならせ給《(たまひ)》たりし、いと[一六]あやしかりしことぞかし。[一七]道信《みちのぶ》の中将もけ[一八]まうしたてまつり給《(たまひ)》けるに、それ[一九]はさもなくて、小《を》野《のゝ》宮殿まい《(ゐ)》り給《(たまひ)》にければ、中将の申給《(まうしたまひ)》しぞかし。

77　[二〇]うれしきはいかばかりかは思《おも》ふらん憂《う》きは身にしむ心地《ち》こそすれ

[二一]人の口《くち》にのれる歌にて侍るは。為平《ためひら》の式部卿宮とて、村上《むらかみ》の御門《(み)かど》の[二二]いみじきおぼえにて、[二三]もてかしづかれ給《(たまひ)》し宮の御女《むすめ》の、[二四]かゝる色好《いろごの》みにならせ給へる御振《ふる》舞《まひ》、いと〳〵口惜《くちを》しく。

(四〇　高忠侍事《たかただがさぶらひのこと》)

今《いま》は昔《むかし》、[二五]高忠《たかたゞ》といひける越前《ゑちぜむ》[二六]の守《かみ》の時《とき》に、いみじく不合《ふがう》[二七]なりける侍《さぶらひ》の、夜昼《よるひる》

一二　村上天皇第四皇子為平親王。母は師輔女安子。
一三　為平親王女婉子。母は高明女。寛和元年(九八五)十二月五日入内(日本紀略)、時に十四歳。花山院十八歳。美人の誉れが高かった。
一四　冷泉天皇第一皇子。
一五　参議斉敏《(ただとし)》の子。祖父実頼に愛されて養子となり、従一位、右大臣に至る。
一六　わけのわからない。理解しがたい。
一七　→四四一頁注一三。
一八　字形の類似により「けさう(懸想)」を誤ったものであろう。栄花、大鏡・実頼に「懸想」。「希望《(けまう)》」とする解もある。
一九　中将は女御にうけいれられず、実頼が女御のもとにお通いになったので。
二〇　恋がかなえられたうれしさは、どれほどに感じていらっしゃることでしょう。それにひきかえ、恋を失った私のつらさは、じわじわと身にしみる思いがすることです。五句、詞花集・恋上、道信集に「ものにぞありける」。
二一　大鏡に「「憂きは身にしむ心地こそすれ」とは、今に人の口にのりたる秀歌にて侍めり」。
二二　たいへんな可愛がりようで。
二三　「もて傅く」は大事に世話する。「宮」に係る。
二四　花山院退位(寛和二年六月)の後、婉子は道信とかかわり、更に実資と結ばれたことをいう。
▽本話は栄花・みはてぬゆめに上三十六話の為頼・小大君譚に続いて見え、また、大鏡・実頼、同・師輔にみえるが、本文は師輔伝が近似する。歌は詞花集、道信集等に載る。
二五　今昔に「孝忠」。藤原斯生の子(長保二年六月卒)と藤原永頼の子(天延二年正月薨)の二人が時代的に該当するが、ともに越前守在任は不明。
二六　現在の福井県の北東部の大部分。

[一]まめなるが、冬《ふゆ》なれど、[二]帷《かたびら》一《(ひとつ)》をなむ着《き》たりける。雪《ゆき》のいみじく降《ふ》る日、この侍《さぶらひ》の[三]清《きよ》めすとて、[四]物《もの》の《ゝ》憑《つ》きたるやうに震《ふる(ふ)》うを見《み》て、守《かみ》、「歌詠《よ》め。をかしう降《ふ》る雪《ゆき》かな」といへば、この侍《さぶらひ》、「何《なに》を題にて仕《つかま》るべきぞ」と申せば、「裸《はだか》なるよしを言《い》ひて詠《よ》め」といふに、程《ほど》もなく、[五]震《ふる(ふ)》う声《こゑ》さゝげて詠《よ》み上《あ》ぐ。

78 [六]はだかなるわが身にかゝる白雪《しらゆき》はうちふるへども消《き》えせざりけり

と詠《よ》みければ、守《かみ》、いみじく褒《ほ》めて、着《き》たりける衣《きぬ》を脱《ぬ》ぎて取《と》らす。北方もあはれがりて、[七]薄色《うすいろ》の衣《きぬ》の、いみじう[八]香《かう》ばしきを取《と》らせたりければ、二《(ふたつ)》ながら取《と》りて、[九]かいわぐみて、脇《わき》に挟《はさ》みて立《た》ち去《さ》りぬ。[一〇]侍《さぶらひ》に行《ゆ》きたれば、居並《ゐな》みたる侍《さぶらひ》ども見《み》て、驚《をどろ》き怪《あや》しがりて[一一]尋《たづ》ねけるに、かくと聞《き》き《ゝ》て、[一二]あさましがりけり。

さて、[一三]この侍《さぶらひ》に三日見《み》えざりければ、あやしがり、守《かみ》、尋《たづ》ねさせければ、[一四]その北山《きたやま》に貴《たうと》き山寺《でら》に、いみじき聖《ひじり》ありけり。それがもとに行《ゆ》きて、この得《え》たる衣《きぬ》を二《ふた》つながら取《と》らせて、言《い》ひける様《(やう)》、「年《とし》まかり老《お(い)》ひぬ。[一五]身の不合《ふがう》、年《とし》を追《ゝ》い《(ひ)》てまさる。この生《(しやう)》の事は益《やく》もなき身に候《(さぶらふ)》めり。[一六]後生《(ごしやう)》だにいかでとおぼえて、法師にまかりならむと思ひ侍《(はべれ)》ども、[一七]戒《かひ》の師《し》に奉《たてまつ》るべき物の《ゝ》候はねば、今《いま》にえまかりならぬに、かく思《(おもひ)》かけぬ物を給《(たまひ)》たれば、限《かぎ》りなく[一八]うれしう思《おも(う)》ふ給《たま》へて、これを布施《ふせ》に参《まい》らする也。疾《と》く法師になさせ給へ」と、涙《なみだ》にむせかへりて、泣《な》く

二七 経済的に豊かでないこと。貧乏。不如意。高山寺本古往来では「不合」をカナハズと訓読し、思いのままにならない意に用いている。黒川本色葉字類抄「不堪 下賤部貧賤分 不合 同」。

一 よく働く様子。勤勉である。実直である。

二 裏を付けない単《(ひとえ)》の衣。冬物を持っていない。

三 掃除。庭掃除、雪かき。枕草子・雪山の段「主殿の官人の御きよめにまいりたるなども」。

四 今昔「護法ノ付タル者ノ様ニ振ケルヲ」。

五 ふるえる声を高く大きくして。

六 裸でいるわが身に降りかかる白雪は、いくら振り払っても消えないことだ。「白雪」には白髪の意をこめ、「うちふるへども」は振り払うことと震えることとを懸ける。

七 薄紫、また二藍の薄い色。

八 香でたきしめてある衣。結構な衣。

九 掻い綰ぐむ。たわめ曲げる。まるめる。

一〇 侍所。侍の詰め所。

一一 「尋ねけるに」は宇治拾遺「問けるに」、今昔「問ケレバ」。質問する意の「尋ぬ」の用例は古本説話ではこの一例のみ。

一二 驚きあきれて感心した。

一三 「この侍に三日」の「に」は「二」の誤写であろう。今昔「此ノ侍ヒ二三日」。

一四 今昔「館ノ北山ニ」。宇治拾遺は単に「北山に」。武生の国府の西北に「北山」の地名を残し、接して養老二年泰澄開山と伝える横根寺(横根の観音堂)が山上に現存する。古くからの信仰の地。

一五 わが身の貧窮は年とともにひどくなります。

一六 せめて来世だけは何とかして助かりたい。

一七 出家する人に戒を授ける僧。

く〳〵言《い》ひければ、法師《ほうし》[一九]、いみじう貴《たうと》がりて、法師になしてけり。
さて後《のち》、行《ゆ》く方《かた》もなくて失《う》せにけれど、[二〇]有所《(あり)どころ》も知《し》らずなりにけり。

（四一　貫之赴〻土左任〻事《つらゆきがとさのにむにおもむくこと》）

今《いま》は昔《むかし》、貫之《つらゆき》[二一]が土左《とさ》の守《かみ》になりて、下《くだ》りてありける程に、任果《にむは》[二二]ての年《とし》、七八《(ななつやつ)》ばかりの子《こ》[二三]の、えもいはずをかしげなるを、限《かぎ》りなく愛《かな》しうしけるが、とかく煩《わづら》ひて失《う》せにければ、泣《な》き惑《まど》ひて、病《やまひ》づくばかり思ひこがるゝ程《ほど》に、月ごろになりぬれば、「[二四]かくてのみあるべきことかは。上《のぼ》りなむ」と思《おも》ふに、「児《ちご》の、こゝにてなに[二五]とありしはや」など思ひ出《い》でられて、いみじう悲《かな》しかりければ、柱《はしら》に書《か》きつけける、

79 都《みやこ》[二六]へと思《おも》ふにつけて悲《かな》しきは帰《かへ》らぬ人《ひと》のあればなりけり

と書《か》きつけたりける歌なむ、今《いまゝ》までありける。

一八「給へ」は謙譲。うれしく存じまして。
一九「法師」は「聖」とありたいところ。前の「法師」の語にひかれたか。宇治拾遺「聖」、今昔「聖人」。
二〇 総索引は、「ど」の逆接表現不審、今昔のごとき長文を無理に簡略化したための現象かと。宇治拾遺は「ど」なし。
▽宇治拾遺・下一四八話と同文の同話、今昔十九ノ十三と同話。

二一 紀貫之。延長八年(九三〇)正月土佐守。
二二 国守の任期は四年。任期満了は承平四年(九三四)。
二三 土佐日記には「女子(をむなご)」。
二四 こうしてばかりもいられまい、都に上ろう。
二五 このようにしていたっけなあ。今昔には「此彼遊ビシ事ナド」とある。
二六 都へ帰るのだと思えばうれしいはずなのに、このようにむやみに悲しいのは、いっしょに帰れない亡き子があるからなのだ。「帰らぬ人」は「共に都へ帰れない人」(結果的表現)と「不帰の客、死んだ人」の二つの意をふくむ表現。二句、土佐日記「おもふをものの」。
▽本話は土佐日記・承平四年(九三四)十二月二十七日の条の説話化であろう。説話題目は冒頭の語句によるもので、内容を示してはいない。宇治拾遺・下一四九話とは、宇治拾遺が漢字表記を二十箇所ほど多く使用している程度の差異で全く同文。今昔二十四ノ四十二はほぼ同文の説話。

（四二　大斎院以二女院御出家時一被レ進二和歌一事《おほさいゐんにょゐんのごしゆつけのときをもってわかをたてまつらるること》）

今《いま》は昔《むかし》、一女院尼《あま》にならせ給《(たまひ)》ける日、二大《(おほ)》斎《さい》院から御文《ふみ》あり。ひろげて御覧《らむ》ずれば、かくあり。

80 三みな人は真《まこと》の道《みち》に入《い》りぬなりひとりや長《なが》き闇《やみ》にまどはむ

となむありける。

（四三　入道殿御仏事時大斎院被レ進二和歌一事《にふだうどののおんぶつじのときおほさいゐんわかをたてまつらるること》）

今《いま》は昔《むかし》、四入道殿、五京極殿の東《ひむがし》に阿弥陀堂を建《た》てて、その内《うち》に丈六阿弥陀《あみだ》仏《(ほとけ)》を造《つく》り据《す》ゑたてまつりて、六三月の一日《つひたち》に供養し給《(たまふ)》。七斎《さい》院より御文あり。殿《との》いそぎて見《み》給へば、かく書かれたり。

81 八名《な》をだにも忌《い》むとて言《い》はぬ事なればそなたに向《む》きて音《ね》をのみぞ泣《な》く

となむありければ、入道殿泣《な》かせ給《(たまひ)》て、御返《(かへし)》ありけり。

一 皇后・皇太后・太皇太后・女御・内親王などに授けられる尊号。またこの尊号を受けた女性。太皇太后宮彰子。万寿三年(一〇二六)正月十九日落飾入道、三十九歳。法名清浄覚(日本紀略、栄花、今鏡、左経記)。左経記によれば、当日、中納言君・弁内侍・大輔命婦・大弁・土左(又は土御門)・筑前命婦の六人の女房、栄花によれば、少将の内侍・弁の君・弁の内侍・染殿の中将・筑前の命婦の五人も出家した。万寿二年三月二十五日皇后娍子没、七月九日小一条院女御寛子没、七月赤疱瘡《(あかもがさ)》大流行、八月五日尚侍嬉子没、中宮威子・後一条帝赤疱瘡罹病、八月二十九日長家北の方(斎信女)没と相次ぐ不幸が彰子の身辺に継起し、道長の栄華もかげりはじめる。四年九月十四日皇太后妍子没、十二月四日道長没、同日行成没。

二 →四〇一頁注一。この年大斎院は六十三歳。

三 あなたをはじめ、人々はみんな、仏の道にお入りになってしまったと聞きました。経や仏を忌まねばならない私一人だけが後に残されて、煩悩のために無明の闇路を迷うのでしょうか。第一句、後拾遺集・雑三、栄花・衣の珠は「君すらも」。「みな人」は、多くは、そこにいる人はすべての意。

▽後拾遺集・雑三、栄花・衣の珠、今鏡・第一に載る。

四 藤原道長。

五 二中歴に「京極殿、土御門南、京極西、大入道殿道長公家、其後南町被レ加入一」(拾芥抄も同内容)。道長・頼通の頃は土御門殿・上東門第と呼ぶことが多く、後に京極殿が通称となる。

六 日本紀略・寛仁四年(一〇二〇)三月二十二日条「入道前太政大臣供二養新造無量寿院一、太皇大后・皇大后・中宮行啓、准二御斎会一」。小右記・万寿二

（四四　大隅守事《おほすみのかみのこと》）

今《いま》は昔《むかし》、[九]大隅《すみ》の守《かみ》の、国《くに》の政《まつりごと》[一〇]したゝめ行《をこな》ふあひだに、[一一]郡《こほり》の司《つかさ》の[一二]しどけなきことどもありければ、「召《め》しにやりて戒《いまし》めむ」と言《い》ひて、人遣《や》りつ。さきぐ\かくしどけなき事ある折《をり》は、罪《つみ》にまかせて重《おも》く軽《かろ》く戒《いまし》むることあり。それ一度《ひとたび》にあらず、たびく\重《かさ》なりたることなれば、これも戒《いまし》めむとて召《め》すなりけり。

さて、「こゝに召《め》して候」と申《（まうし）》ければ、さきぐ\するやうに、[一三]そへ伏《ふ》せて、[一四]尻頭《しりかしら》にのぼるべき人、[一五]笞《しもと》を切《き》り設《まう》けて、打《う》つべき人など設《まう》けてあるに、人二人《ふたり》して引《ひ》き張《は》りて、[一六]率《い》て来《き》たるを見《み》れば、頭《かしら》は黒《くろ》き髪《かみ》もまじらず、[一七]いみじう白《しろ》う、見《み》るに打《う》たせむ事のいとを《（ほ）》しうおぼえければ、「何事《なにごと》に[一八]事をつけて、これを許《ゆる》さむ」と思《おも》ふに、事《こと》つくべき事もなし。過《あやま》ちどもを片端《かたはし》より問《と》ふに、たゞ老《おい》をのみ[一九]豪家《かうけ》にて答《いら》へをり。「いかにしてこれ許《ゆる》してむ」と思ひて、「[二〇]を《（お）》れはいみじき盗人《ぬすびと》かな。さはありとも、歌は詠《よ》みてむや」と言《い》ふに、「[二一]はかぐ\しうはあらずとも、仕《つかまつ》りてむ」と答《いら》ふ。「いで、さは詠《よ》め」と言《い》へば、程《ほど》もなく、[二二]わなゝかしてうち出《い》だす。

年（一〇二五）十月二十四日条「宰相云、明旦法成寺阿弥陀堂九躰阿弥陀仏奉㆑移㆓新造西堂㆒」。日本紀略・万寿三年三月二十日条「今日、供㆓養法成寺阿弥陀堂㆒、重而被㆓供養㆒也」。道長の法成寺造営のことは栄花物語にくわしい。

七 大斎院選子内親王。

八 み仏の名でさえも忌むべきことと口に出すのをはばかる斎院の身ですから、めでたい法会の席にもうかがえず、ただそちらの方を向いて声を出して泣くばかりです。この歌、大斎院前の御集、大斎院御集、発心和歌集にはない。

▽歌は詞花集、雑談集等に、心に西方を念じて詠める歌として載る。選子詠歌を道長の法成寺阿弥陀堂（無量寿院）造営に結びつけて説話化したものであろう。

九 大隅は、現鹿児島県東部の大隅半島と南部の諸島。拾遺集・雑下によれば「大隅守桜島忠信」。応和二年（九六二）落書によって大隅守（本朝文粋）。

一〇 底本「したゝをこなふ」。「したゝめ」の「め」を誤脱。「認（したた）む」は物事をきちんと処理する。

一一 郡司（ぐんじ）。国司の下にあって郡内の政務に当たる。地方の豪族の中から選ばれる終身官。

一二 だらしない。租税貢納等の怠慢のこと。

一三 地面、筵の上などにうつ臥させる意であろう。総索引は「（毛虫を）手のうちにそへふせて」（堤中納言・虫めづる）の用例を示す。全書今昔「人が手を添えて押し伏せての意」、全書は「そへ」は「うつ」の字形類似による誤りかとする。

一四 罪人の頭や尻の方に乗っておさえつける役。

一五 刑罰の具のむち。細枝で作る。背・臀を打つ。

一六 底本「いてきたる」。今昔「将（ゐ）て来タリ」により「率（ゐ）る」を宛てる。宇治拾遺は「出きたる」。

一七 総索引「ウ音便で中止法となるのが気がかり」と。あるいは「白う」の後、「年老いたり」な

82 年《とし》を経《へ》て頭《かしら》に雪《ゆき》は積《つ》もれどもしもと見《み》るにぞ身は冷《ひ》えにける

と詠《よ》みたりければ、守《かみ》、いみじう感《かむ》じ、あはれがりて、許《ゆる》してやりてけり。

（四五　安倍中麿事《あべのなかまろがこと》）

今《いま》は昔《むかし》、安倍中麿《あべのなかまろ》が、唐土《もろこし》に使《つかひ》にて渡《わた》りけるに、この国《くに》の、はかなきことにつけて思《（おもひ）》出《い》でられて、恋《こひ》しく悲《かな》しくおぼゆるに、月のえもいはず明《あか》きに、この国の方《かた》をながめて、思ひすまして詠《よ》める、

83 天《あま》の原《はら》ふりさけ見《み》れば春日《かすが》なる三笠《みかさ》の山にいでし月かも

となむ、詠《よ》みて泣《な》きける。

（四六　小野宮殿事《をののみやどののこと》）

今《いま》は昔《むかし》、小野宮殿の御子に、少将なる人おはしけり。佐理《すけまさ》の大弐《（だいに）》の親《をや》なり。はかなく煩《わづら》ひて失《う》せにければ、小野宮殿、泣《な》きこがれ給《（たまふ）》事限《かぎ》りなし。さて、忌《い》み果《は》て方《がた》になる程《ほど》に、この少将の御乳母《めのと》の、陸奥国《みちのくに》の守《かみ》の妻《め》になりて行《ゆ》きた

どの誤脱あるか。宇治拾遺「いと白く年老いたり。見るに打せんこと、いとほしく覚えければ」。

一八 何かにかこつけて、これを許してやろうと思うのだが、口実にするようなこともない。

一九 頼りとする権威あるもの。ここは老齢を口実にして。色葉字類抄「高家 尊者部 カウケ」。

二〇 宇治拾遺「おのれは」。お前は全くとんでもない不届き者だな。

二一 ちゃんとした歌はよめませんがやってみましょう。　二二 声を震わせて詠みあげた。

一 私は年をとって、頭に雪が積もって（白髪になって）はいますが、それでもやはり霜だと見る（笞で打たれるかと思う）と寒さ（恐ろしさ）に身が冷えすくみます。「雪」の縁語で「積もる」・「霜」、「霜と」に「笞」を懸ける。俊頼髄脳「また、同じ事にて、背中打たれむとしける折に、詠める歌、老いはてて雪の山をばいただけどしもとみるにぞ身はひえにける。この歌の徳に、ゆるされにけりとぞ聞ゆる」。

▽宇治拾遺・下一一一話、今昔二十四ノ五十五ともにほぼ同文であるが、今昔はやや叙述がくわしく、古本説話は宇治拾遺の本文により近い。歌は詞書や簡略な叙述をともなって拾遺集、俊頼髄脳、奥義抄、十訓抄等に載る。

二 船守の子。仲麻呂。霊亀二年遣唐留学生に選ばれ、翌養老元年入唐。宝亀元年唐土に客死。

三 大空をはるかに仰ぎ見ると、折しも月が皎々と照りかがやいている。ああ、あの月はむかしわがふるさと、春日の三笠の山に出たのと同じ月なのだなあ。続日本紀・養老元年条に「二月壬申朔。遣唐使祠二神祇於蓋山《（みかさやま）》之南一」とあり、出発に先立ち海路の平安を祈願する習わしがあ

りけるが、「若君《わかぎみ》かく失《う》せ給《たま》へり」とも知《し》らで、恋《こひ》しくわびしきよしを書《か》きて、馬《むま》たてまつりたりけるに添《そ》へて、御文まい《(ゐ)》らせたりける。返《かへ》り事、小野《をのゝ》宮殿ぞ書《か》きてつかはしける。「その人は、この程《ほど》に、はかなく煩《わづら》ひて失《う》せにしかば、こゝには今《いまゝ》まで生《い》きたることをなん、心憂《う》くおぼゆる」とばかり書《か》きて、歌をなん詠《よ》みてつかはしける。

84 [八]まだ知《し》らぬ人《ひと》もありけり東路《あづまぢ》に我も行《ゆ》きてぞ過《す》ぐべかりける

と書《か》きてつかはしけるを見《み》て、乳母《めのと》、いかなる心地《ち》しけむ。

り、この歌もこれに関係があるらしい。
▽古今集・羇旅左注、今昔二十四ノ四十四、小世継四十六話、土佐日記に共通話。古今集は帰国の際の明州での詠とする。江談抄三・雑事では仲麻呂は渡唐の後帰朝せず、唐土の楼上で餓死、鬼形となって現じ吉備真備に唐土の事を教えた等、怪異説話として語られ、この歌も禁忌、不快、不吉の対象になるかと疑っている。
四 敦敏。実頼男、母は時平女。
五 敦敏一男。母は元名女。祖父実頼の猶子。
六 人の死後、近親者が一定期間喪に服し、家に慎みこもること。嫡子は三か月。「果て方」はその終わりごろ。
七 本説話集および岩瀬文庫本大鏡の分注(栄花物語全注釈)以外は、「あづま(の方)より」馬を奉ったとあるのみで、乳母云々の記述は見られない。
八 東国ではまだわが子の死を知らない人もいるのであった。この私も東国に行って過ごせばよかった。そうすれば私もわが子の死を知らずにいられたであろうに。清慎公集「敦敏亡逝之後、不レ知二其由一従二関東一有二送レ馬之者一、不レ堪二悲涙一聊述二所懐一」。
▽栄花・月の宴、大鏡・実頼に同話。歌は敦敏の死を知らず東国より馬を送る意の簡略な詞書をともなない後撰集、清慎公集等にも載る。全註解は、実頼女の朱雀院女御の説話(今昔二十四ノ四十二)との類似を指摘。

(古本説話集　下)

興福寺建立事

貧女蒙観音加護事

依清水利生落入谷底少児令生事

依関寺牛事　和泉式部詠和歌事

西三条殿若君遇百鬼夜行事

極楽寺僧施仁王経験事

丹後国成合事

田舎人女子蒙観音利生事

摩訶陀国鬼食人事

留志長者事

清水寺二千度詣者打入双六事

長谷寺参詣男以虻替大柑子事

清水寺御帳給女事

真福田丸事

伊良縁野世恒給毘沙門下文鬼神田与給物事

和泉国ゝ分寺住持艶寄吉祥天女事

竜樹菩薩先生以隠蓑笠犯后妃事

観音経変化地身輔鷹生事

自賀茂社給御幣滅程用途僧事

観音替信女殖田事

小松僧都事

信濃国沈摩陽観音為人令沐給事

関寺牛間事

（四七　興福寺建立事《こうぶくじこんりふのこと》）

今《いま》は昔《むかし》、[一]山階寺焼《やましなでらや》けぬ。この寺《てら》の仏は、[二]丈六の釈迦《さか》仏《(ほとけ)》におはします。昔《むかし》、[三]鎌足《かまたり》の大臣《おとゞ》の、[四]子孫《しそん》のために造《つく》り給《(たまひ)》て、[五]北山科《きたやましな》に堂《だう》を建《た》てゝ、安置《あむち》し給へり。されば、山階寺《やましなでら》とは、所変《かは》れども言《い》ふ也《(なり)》。[六]天智天皇の、粟津《あはづ》の宮こに、御《(み)》門《かど》おはします間《あひだ》に、造《つく》らるゝ也。その大臣《おとゞ》の御子《こ》に、[七]不比等《ふひと》の大臣《おとゞ》の御時《とき》に、[八]今《いま》の山階《やましな》寺《(でら)》の所に、造《つく》り移《うつ》されたる也。三百余歳《よさい》になりて焼《や》けしなり。それを、[九]当時《たうじ》の御代《よ》に造《つく》らせ給へる也。

かの御寺《てら》の地《ち》は、異所《こと》よりは、地《ち》の体《てい》、亀《かめ》の甲《かう》のやうに高《たか》ければ、井を掘《ほ》れども、水出《みづい》で来《こ》ず。されば、[一〇]春日野《かすがの》より流《なが》るゝ水《みづ》、寺《てら》の内《うち》に掘《ほ》り入《い》れて、よろづの房《ばう》の内《うち》へも流《なが》し入《い》れつゝ、一寺《ひとてら》の人は使《つか》ふなり。それに、この御堂《だう》の廻廊《めぐりらう》、中門《ちうもん》の北《きた》の[一一]講堂《かうだう》、西《にし》の西金堂《さいこんだう》、南《みなみ》の南円堂《なんゑむだう》、東《ひんがし》の東金堂《とうこんだう》、食堂《じきだう》、[一二]細《ほそ》殿、[一三]北室《きたむろ》の上《かむ》の階《しな》の僧房《そうばう》、西室《にしむろ》、東室《ひんがしむろ》、中室《なかむろ》の、大小房《ばう》どもの壁塗《かべぬ》るに、国ゝの夫《(ぶ)》、多《おほ》く集《あつ》まりて、水《みづ》を汲《く》むに、二三町の程《ほど》なれば、汲《く》みもやらねば、え塗《ぬ》りもやらで、[一四]ことの離《さか》る程に、夕立《ゆふだち》の少《すこ》ししけるに、講堂《かうだう》の西《にし》の方《かた》に、庭の少《すこ》し窪《くぼ》みたるに、

一 興福寺。法相宗。奈良登大路町。藤原氏の氏寺として栄ゑ大和一国を支配した大寺。説話目録に「興福寺」とあるが、本文はすべて「山階寺」。扶桑略記・永承元年(一〇四六)十二月二十四日「興福寺火災、金堂、講堂、西金堂、東金堂、南円堂、鐘楼、経蔵、南大門、東西上階僧坊焼亡、但北円堂并正倉院、金堂釈迦、南円堂不空絹索、西金堂仏等取出了」。興福寺流記は西里中小路東辺の住宅に対する夜半の放火が原因と伝う。

二 二中歴・造仏歴「仏出世、人長八尺、是表二仏尊特相一、故一倍謂二之丈六一也」。

三 藤原鎌足。大織冠、内大臣。藤原氏の始祖。

四 造興福寺記所載永承三年三月二日願文には「蓋聞、興福寺者、本是大織冠内大臣、為二社稷一造二仏像一、所二草創一也」とある。なお興福寺濫觴記等は入鹿誅討のための願像と伝える。

五 字類抄に「鎌足住家、山城国宇治郡小野郷山階村、号二陶原宅一」。興福寺伽藍縁起に「伽藍、天智天皇即位八年嫡室鏡女王為二大織冠一御建立、同丈六釈迦像被二安置一、于レ時号二山階寺一」。邸宅内の堂は斉明三年維摩会に始まるとも伝う。

六 近江大津宮は、天智六年(六六七)から天武元年(六七二)飛鳥浄御原宮に移るまでの間の都。

七 藤原鎌足の男。右大臣、正二位。淡海公。

八 興福寺濫觴記に、天武元年山階寺を大和国高市郡厩坂里に移造、和銅三年(七一〇)遷都にともない「于レ時内大臣後胤贈正一位太政大臣淡海公、相二承先考之志一、占二春日郷勝地一、建二高楼閣二階梵宇一、従二厩坂寺一迎二大織冠造立之真像一、移二今此金堂一、改レ額号二興福寺一、興福者抛二朝廷一興二国家福一之謂也」と。それより焼失まで三三六年。

九 造興福寺記によれば、永承二年正月二十二日左仗(陣座)で造興福寺事を定め、二月七日始木造、七月十八日立柱・上棟、同三年三月二日落

溜《た》まり水のたゞ少《すこ》ししたるを、壁塗《かべぬ》りの寄《よ》りて、その水《みづ》を汲《く》みつゝ、壁土《かべつち》に混《ま》ずとて汲《く》むに、尽《つ》きもせず水《みづ》のあれば、あやしがりて、少《すこ》しばかりかひ掘《(い)ほ》りて見《(みる)》に、底《そこ》より[一]水《みづ》湧《わ》き出《い》づ。希有《けう》がりて、方《ほう》二三尺、深《ふか》さ一尺余《さくよ》ばかり掘《ほ》りたれば、まことに出《い》づる水《みづ》なり。それを[二]そこそばくの壁《かべ》の料《れう》に汲《く》むに、水《みづ》尽《ゝ》きもせず。さて、その水《みづ》をもちて、多《おほ》くの壁《かべ》を塗《ぬ》れば、遠《とを》く汲《ゝ》みしよりは、[三]ことたゞなりになりぬれば、[四]「さるべくて出《い》でくる水《みづ》也《(なり)》」と、御寺《てら》の僧どもも《ゝ》、石《いし》畳《だゝみ》をして屋《や》を造《つく》り覆《をゝ(ひ)》いて、今《いま》に井にてあれば、希有《けう》の事《こと》にする、その一《ひと》つ也。又、[五]供養《くやう》の日の寅《とら》の時《とき》に仏渡《わた》り給《(たまふ)》に、空《そら》つゝ闇《やみ》になり曇《くも》りて、星《ほし》も見《み》えねば、「何《なに》を標《しるし》にてか、[六]時《とき》をはからはすべきやうもなし」など言《い》ふ程《ほど》に、風《かぜ》も吹《ふ》かぬに、御堂《だう》の上《うゑ》にあたりて、雲方《くもほう》四五丈ばかり晴《は》れて、[七]七星きら〳〵と見《み》え給《(たまふ)》。それをもちて時をはかる。寅《とら》二《ふた》つになりにけり。喜《よろこ》びながら、仏渡《わた》り給《(たまひ)》ぬ。空《そら》は[八]星《ほし》も見《み》せですなはち、もとのやうに暗《くら》がりぬ。これ希有《けう》の事也。

仏渡《わた》り給《(たまひ)》て、[九]天蓋《がい》を釣《つ》るに、仏師[一〇]定《(ぢやう)》朝《てう》がいはく、「蓋《がい》は大《おほ(い)》なる物なれば、釣金《つりがね》ども打《う》ち付《つ》けん料《れう》に、[一一]組入《くみれ》の上《うゑ》に、横《よこ》さまに尺九寸の木の、長《なが》さ二丈五尺ならん、三筋渡《すぢわた》すべかりけり。思《(おもひ)》忘《わす》れて、兼《か》ねて申さざ《ゝ》りけり。いかゞせんずる」、「たゞ今上《いまあ》げば、[一二]麻柱《あなゝい》結《ゆ》ふべし。また、壁《かべ》ども所〳〵毀《こぼ》つべし」、「さら

慶供養。焼亡・再建立の時の氏長者は関白頼通。

一〇 若草山・春日山西麓一帯の台地。狭義には春日大社と鹿苑あたりの野をいう。

一一 底本「かハたう」。「ハ」は「う」の誤写とみて訂。興福寺は中門から延びる廻廊が、中金堂に取付き、その北に講堂を置き、講堂を囲んで西室・北室・中室の三面僧房が配置されていた。東室は食堂院の東、学侶集会所。「興福寺春日社境内図」(興福寺蔵)がある。

一二 講堂の東にある食堂の南に付設された細長い建物。濫觴記に「細殿、在二食堂前一。於二当殿一維摩会結日取鉢有レ之、勅使当講三綱出仕」。

一三 流記に「三面僧房、東西僧坊二間、小子坊二間、北僧房一間、北僧房一間、小子房、又副二板葺小子房一間一」(割注省略)。北室二棟の大房のうち南側が上階(上級僧)の僧房であり、北は下階の僧房であったらしい。

一四 仕事がはかどらない、工事が遅延する意であろう。七大寺巡礼私記に「仏殿僧房門廊之墟(墻か)壁塗営之間、諸国人夫等為レ和レ土出二寺門一汲レ水、過二一二三町一往還煩、徒費二人力一、其功難レ成、供養期日已及二近々一、悲歎之処、驟雨忽降、即時晴了、講堂之西斯窪地雨水湛湊、人夫争汲二件水一和レ土間、其水無レ尽」。

一 造興福寺記・永承三年閏正月二十日条に「近日口鑿レ穴湛レ水、欲三□用二瓦□□料一之処、聊有二涌水一、従レ底溢□□□□□、誠雖レ令□□、更不レ得レ見二其底一、穴深不レ過二一□一□〈在二講堂乾寺辺之水悉以□□、仍汲二佐保川一、充二種々用一之間、已有二此水一、仏法霊験、甚以炳焉」。

二 「そこばく」を強めた表現。 三 物事が「只成り」の状態で「成る」ことであろう。一途に仕事

ば多《おほ》くの物ども損《そん》じて、今日《けふ》の供養《くやう》にしあはすべきにあらず。如何《いか》にせん」と、罵《のゝし》り合《あ》ひたる程に、[一三]大工吉忠《くよしたゞ》、中《なか》の間造《まつく》る長《をさ》にて、いはく、「中《なか》の間《ま》の梁《うつばり》の上《うへ》に、上《あ》げすぐして、尺九寸の木の三丈なるをこそ、三筋上《すぢあ》げて候《さぶら》へ。「勘当《かんだう》やある」とて、申さゞりつる也。それも天蓋《がいつ》釣らん程《ほど》に当《あた》りてや候《（さぶらふ）》らん」と言《い》へば、「いみじきことかな」と言《い》ひて、仏師を上《うへ》にのぼせて、「いかやうにかその木は置《を》かれたる」と見すれば、仏師のぼりて見《み》て、帰《かへ》りていはく、「[一四]つぶと当《あた》りて候《さぶら》ふ。塵《ちり》ばかりも直《なを》すべからず」と言《い》へば、天蓋《がい》の釣金《つりがね》ども通《とを》してうち釣《つ》るに、つゆ筋《すぢ》かいたる《（ひ）》ことなし。これ又希有《けう》の事《こと》也。

「世《よ》の末《すゑ》になりたれども、[一五]願はことまことなれば、かくあらたに験《しるし》はある物也けり。まいて目《め》に見《み》えぬ御功徳《くどく》、いかばかりならん」と、世《よ》の人も仰《あふ》ぎ拝《をが》み奉《たてまつ》るなりけり。

（四八　貧《まづしき》女《をんな》蒙ニ観音《くわんおん》加護《のかごを》一事《かうむること》）

今《いま》は昔《むかし》、身いと[一六]わろくて過《す》ごす女ありけり。時《とき》〳〵来《く》る男来《おとこき》たりけるに、[一七]雨《あめ》に降《ふ》りこめられてゐたるに、「いかにして物を食《く》はせん」と思《（おもひ）》歎《なげ》けど、すべ

がはかどる。　四 然るべき因縁で湧き出る水。

五 造興福寺記に永承三年三月二日落慶供養の日は「天晴陰、寅二点、安ニ置仏像於金堂一、儀式終了に及んで「□（天か）気将レ晴、雨脚漸止」とあるが、寅二点に雲が切れ七星の見えた記述はない。類似の事象としては同記・三年正月十三日条に仏像を講堂に渡す際に「此間雨脚忽止、天気快霽、集会緇素、莫レ不ニ随喜一」と伝える。

六 「はからは」は「はからむ」の誤写か。今昔「時ヲ量ラン、可為キ方無シ」。　七 北斗七星。密教で除災求福を祈る北斗尊星王法の本尊。妙見菩薩の化現とされ、「給ふ」と敬語を使用。

八 「も」の呼応、「見せで」と打消に解する。

九 天井から下げて仏像等の頭上に翳す荘厳具。

一〇 運慶の五代の祖。法成寺造仏の功で仏師としては最初に僧官に任じられている（左経記）。

一一 組入れ天井の略。木を枡形に組み板を張る。

一二 高い所に登るための足がかり。足場。

一三 七大寺巡礼私記「大工吉忠之長」、造興福寺記「少工多吉忠」、二中歴「木工吉忠」。大工は木工寮に属した木工の長。少工は大工に次ぐ地位。

一四 ぴたりと天蓋を釣る位置に当っています。

一五 「願」は底本「ホ」に作り右に「本」と小書傍書。「願」の草体が崩れたものと解した。あるいは「願ふことまことなれば」か。七大寺巡礼私記には「雖末代之事、至誠之願□如此」とある。

▽今昔十二ノ一 十一と同文的同話。今昔の記述はやや詳細。七大寺巡礼私記は三箇勝事として同話を載せ、「宇治大納言物語同之」と注記する。造興福寺記には三箇条の内、第一、第二の素材と見られる記述が存する。

一六 社会的に恵まれない。貧しい。「あし」より程度が軽い評価という。　一七 殖槻寺型の類話に雨のため三日降りこめられた記述がみえる。

き方《かた》もなし。日《ひ》も暮《く》れ方《がた》になりぬ。[一]いとを《(ほ)》しくいみじくて、「わが頼《たの》み奉《たてまつ》りたる観音《くわんをん》、助《たす》け給へ」と思ふ程《ほど》に、わが親《をや》のありし世《よ》に使《つか》はれし女従者《をんなずさ》[二]、[三]いときよげなる食物《くい》を持《も》て来《き》たり。うれしくて、[四]よろこびに取《と》らすべき物《もの》のなかりければ、小《ちい》さやかなる[五]紅《あか》き小袴《こはかま》を持《も》ちたりけるを、取《と》らせてけり。我も食《く》ひ、人にもよく〳〵食《く》はせて、寝《ね》にけり。

暁《あかつき》に男《おとこ》は出《い》でて往《い》ぬ。つとめて、持仏堂《ぢだう》にて、観音《くわんをん》[六]持《も》ち奉《たてまつ》りたりけるを、見奉《みたてまつ》らんとて、[七]丁立《た》て、据《す》ゑ参《まい》らせたりけるを、[八]帷子《かたびらひ》引きあけて見まい《(ゐ)》らす。この女に取《と》らせし小袴《こはかま》、仏の御肩《かた》にうち掛《か》けておはしますに、いとあさまし。昨日取《と》らせし袴也《はかま(なり)》。あはれにあさましく、[九]おぼえなくて持《も》て来《き》たりし物は、この仏《ほとけ》の御しわざなりけり。

（四九　依二清水利生一落二入谷底一少児令レ生事《きよみづのりしやうによりてたにぞこにおとしいれたるをさなきこをいけしむること》）

今《いま》は昔《むかし》、[一〇]忠明《たゞあきら》といふ[一一]検非違使《けびゐし》ありけり。[一二]若男《わかおとこ》にてありける時《とき》、[一三]清水《きよみづ》の橋殿《はしどの》にて、[一四]京童《わらべ》と諍《いさか》ひをしける。京童《わらべ》、手《て》ごとに刀《かたな》を抜《ぬ》きて、忠明《たゞあきら》を[一五]たて籠《こ》めて、殺《ころ》さんとしければ、忠明《たゞあきら》も、刀《かたな》を抜《ぬ》きて、[一六]御堂《だう》ざまに出《で》たるに、御堂《だう》の[一七]東《ひんがし》の妻《つま》に、

一　不如意なわが身の境遇が哀れで情けなくて。　二　敦賀女型の類話では親の使用人の娘、殖槻寺型では隣の者。　三　大変おいしそうな食物。　四　感謝の気持をあらわすこと。お礼。ほうび。　五　敦賀女型の類話では「紅の生絹の袴」、殖槻寺型では「黒き衣」「垢衣」。小袴は丈の短い袴。公家の八幅に対し地下の六幅の裾短かの括袴。　六　持仏として安置し奉っていたのを。　七　帳。几帳・壁代・帳台の類。　八　几帳などに垂れ下げた布。　九　思いがけずに。心当りもない状況で。

▽同話はない。類話として、観音が召使いの女に化して助ける越前敦賀女型説話、古本説話集・下五十四話（津の国輪田）、今昔十六ノ七、宇治拾遺・下一〇八話（越前敦賀女）、宝物集（越前金ケ崎観音＝金前寺十一面観音）や、隣家の人に化して助ける殖槻寺型説話、霊異記・中三十四話、元亨釈書・拾異志、今昔十六ノ八、金沢文庫本観音利益集四十話等がある。また霊異記・中十四話は吉祥天女が乳母に化して窮女王を助ける話、今昔十六ノ九、三国伝記一ノ十五、粉河寺縁起など、謝礼の品が観音の手に存したという構造上の類似が見られる。

一〇　権記補遺・長徳三年（九九七）五月二十三日二十四日条に、左衛門志錦為信、右衛門少尉永資と共に盗類日ム丸等追捕のために近江国に派遣された忠明がいる。この人物か。　一一　平安時代に設けられた、非法・違法を検察し、京の治安維持に当った令外の官。別当、左右の佐、大・少尉、大・少志があり、衛門府の官人を任じた。　一二　若い男。宇治拾遺「それがわかかりける時」。　一三　京都市東山区清水寺。法相宗。観音霊場。橋殿は、谷・崖・低地などに橋のように架け渡して造った家屋。ここは本堂の前に構築したいわゆる舞台のことであろう。落窪二「中将殿の御

数多立《あまたゝ》ちて向《む》かひければ、そちはえ逃《に》げで、一八 蔀《しとみ》の本《もと》を脇《わき》に挟《はさ》みて、前《まへ》の谷《たにゝ》躍《をど》り落《を》つ。蔀《しとみ》に風《かぜ》一九しぶかれて、谷《たに》の底《そこ》に鳥《とり》の居《ゐ》るやうに、やをら落《お》ち居《ゐ》ければ、それより逃《に》げて往《い》にけり。京童《わらべ》、谷《たに》を見下《おろ》して、あさましがりて、立《た》ち並《な》みてなん見下《おろ》しける二〇。

又、いつごろのことにかありけん、女《をんな》の、児《ちご》を抱《いだ》きて、御堂《だう》の前《まへ》の谷《たに》をのぞきて立《た》てる程に、いかにしたるにかありけん、児《ちご》を取《と》り外《はづ》して谷《たにゝ》落《おと》し入《い》れつ。惑《まど》すべきやうもなくて、仏《ほとけ》の御前《まへ》に向《む》きて、「観音《くわんをん》、助《たす》け給へ」と手《て》をすりて惑《まど》ふに、つゆ疵《きず》なくて、谷《たに》の底《そこ》の木の葉の多《おほ》くたまりたる上《うへ》になん、落《お》ちかゝりて臥《ふ》せりければ、人〳〵見《み》て抱《いだ》き上《あ》げて、あさましがり、貴《たうと》がりけり。

（五〇　依ニ関寺牛事一和泉式部詠ニ和歌一事《せきでらのうしのことによりていづみしきぶがわかをよむこと》）

今《いま》は昔《むかし》、逢坂《あふさか》のあなたに、二一 関寺《せきでら》といふ所に、二二 牛《うし》仏現《あらは》れ給《たまひ》て、よろづの人参《ひとまい》りて見奉《みたてまつ》りけり。大《おほ》きなる堂《だう》を建《た》てゝ、二三 弥勒《みろく》を造《つく》り据《す》ゑ奉《たてまつ》りける。二四 榑《くれ》、えもいはぬ大木ども、たゞこの牛《うし》一《ひとつ》して運《はこ》ぶわざをなんしける。繋《つな》がねども行《い》き去《さ》ることもせず、二五 さゝやかに、みめもおかし（を）げにて、例《れい》の牛《うし》の心《こゝろ》ざまにも似《に》ざ

車どもははしどのに引き立てて」。
一四 血の気の多い口さがない無頼の若者たち。
一五 まわりをとり囲んで中に閉じ込めて。
一六 本堂の方に出たところが。一七 東の端、際。下の音羽の滝の方に下りる道すじ。
一八 格子の片面に板を張った戸。上下二枚からなり、上一枚を釣って押し上げ開ける。「本」は通常固定している下の戸。ここは立蔀（台をつけて立てた衝立の如きもの）であろうという。
一九 渋く。とどこおり進まないこと。谷から吹き上げる風を受けて蔀がゆっくり落ちたこと。宇治拾遺「しとみ風にしぶかれて」。
二〇 今昔はこの後に忠明が観音助け給へと祈ったことを述べて清水観音の霊験を強調する。
▽前半は今昔十九ノ四十および宇治拾遺・上九十五話と、後半は今昔十九ノ四十一と、ほぼ同文の同話。説話題目の「少児」は「ちご」と読むとも出来よう。名義抄「児　コ・チゴ」。
二一 世喜寺中興縁起に「世喜寺…在ニ于会坂山東麓近松寺南一、背ニ山林一、東接ニ閭里一、総門在レ東、左右柴垣、与ニ北近松寺総門一相並立、本堂、二重高楼、東向、左右廻廊、本尊純金五丈弥勒如来也、本堂西南山脚有ニ牛塔一、是迦葉仏応化霊廟也」。園城寺境内古図・三別所に関寺の図あり。
二二 牛に化身した仏。「大津住人等、夢見ニ迦葉仏化身之由一、此夢披ニ露洛下一」（左経記）。
二三 弥勒菩薩。兜率天に住し、釈迦入滅後、寿四千歳（五十六億七千万年）で仏となり、人界に降下して衆生を救う未来仏。
二四 あまり加工されていない木材で内造りなどに使われるもの（田村悦子）。延喜式「榲榑五十村、各長一丈二尺、広六寸、厚四寸」。石山寺縁起絵巻に榑を引く牛の図がある。
二五 顔が小がらで可愛らしい。

りけり。[一]入道殿をはじめまいら《(ゐ)》せて、世中《(よのなか)》におはしある人《ひと》、参《まい》らぬはなかりけり。[二]御門《かど》、東宮ぞえおはしまさざりける。

この牛《うし》、[三]悩《なや》ましげにおはしければ、失《う》せ給《(たまひ)》ぬべきかとて、いよ〳〵参《まい》りこむ。[四]聖《ひじり》は御影像《みえいざう》を描《か》ゝせんと急《いそ》ぎけり。[五]西《にし》の京に、いと貴《たうと》く行《をこな》ふ聖《ひじり》の夢《ゆめ》に見《み》えける。「[六]迦葉《かせう》仏道入涅槃《にねはん》のそむ也。智者当得結縁《ちさたうとくけちえん》せよ」とぞ見《み》えたりける。いとゞ人参《まい》りけり。歌詠《よ》む人《ひと》もありけり。[七]和泉式部《いづみしきぶ》、

[八]聞《(きき)》しより牛《うし》に心《こゝろ》をかけながらまだこそ越《こ》えね逢坂《あふさか》の関《せき》

（五一　西三条殿若君遇㆓百鬼夜行㆒事《さいさんでうどののわかぎみひやくきやぎやうにあふこと》）

今《いま》は昔《むかし》、[九]西三《さい》条殿《どのゝ》の若君、いみじき[一〇]色好《ごの》みにておはしましけり。昔《むかし》の人《ひと》は、大人《おとな》び給《(たまふ)》まで、[一一]御元服《げんぶく》などもし給《たま》はざりけるにこそ。その若君《わかぎみ》、[一二]東《ひんがし》の京に思《(おもふ)》女持《も》ちて、時《とき》〴〵おはしけるを、[一三]殿、上《うへ》、「夜歩《よるあり》きし給《たま》ふ」とて、いみじく申《(まうし)》給《(たまひ)》ければ、人にも知《し》られで、[一四]侍《さぶらひ》の馬《むま》を召《め》して、[一五]小舎人童《ことねりわらは》一人許《ばか》り具《ぐ》して、殿[一六]は西の大宮よりは東《ひんがし》、三条より北《きた》なり、二条へ出《い》でて東《ひむがし》ざまへおはしけるに、[一七]美福門《びふくもん》の前《まへ》の程《ほど》に、東《ひんがし》の大宮の方《かた》より、人《ひと》二三百人許《ばか》り、火点《とも》して、のゝしり

一 藤原道長。万寿二年五月十六日参詣（左経記）。
二 後一条帝と敦良親王（後朱雀）。
三 「聖人云、日者有㆓悩気㆒、而去晦日漸興立、廻㆓御堂㆒…於㆓中路㆒臥、不㆑堪㆓起興㆒」（左経記）。
四 関寺聖延鏡。「同二日特招㆓画工㆒令㆑図㆓其像㆒、舟（丹か）青畢之後、…遂以入滅」（関寺縁起）。小右記逸文・万寿二年（一〇二五）六月四日条に「或云、関寺牛即掘埋、又画㆓其像㆒懸㆓堂中㆒」。礼拝の対象としたもの。絵解きも行なわれたか。
五 「西の京」は右京。縁起には「凡閭里之間普有㆓其夢㆒」、「日者諺云、斯牛及㆓十六日㆒必可㆓遷化㆒」とあるが、西京の聖のことは見えない。
六 「道」は底本に補入。「当」の誤りとみたい。「迦葉仏当㆑入㆓涅槃㆒、智者当㆑得㆓結縁㆒」の一種の文選読みで、「そむ」は小世継に「うく」とあり、「こく（刻）」或は「とき（時）」などの誤りか。迦葉仏は過去七仏の第六仏。牛仏はまさに涅槃に入ろうとしている。智者はすみやかに結縁せよ。
七 大江雅致女。歌人。上東門院女房。
八 牛仏が現れたと聞いた時から参詣しようと心に懸けながら、未だに参詣のために逢坂の関を越えないでいることだ。
▽栄花・みねの月にほぼ同文の記述。小世継三十七話も同文説話。歌は和泉式部続集に載る。牛入下七十話は関連説話。諸記録類をはじめ、牛入滅直後に記された菅原師長の縁起等に直接の見聞を踏まえた記述がある。説話題目は底本目録では「事」で分けて二話の如くに記しているが一題目として読み下した。
九 右大臣藤原良相。冬嗣五男。その若君は常行。承和三年生、二十九歳で参議になり、右大将、大納言に至る。　一〇 今昔に「心ニ色ヲ好テ、愛念スル事並無カリケリ。然レバ、夜ニ成レバ、家ヲ出テ東西ニ行クヲ以テ業トス」。

て来《く》。「いかゞせんずる。いづくにか隠《かく》れんずる」と若《わか》君の給へば、童《わらは》の中《(まうす)》や、「昼《ひる》見候《(さぶらひ)》つれば、[一八]神泉《しせん》の北《きた》の方《かた》の御門開《かどあ》きて候《(さぶらひ)》つ。それに入《い》りて立《た》ゝせを《(お)》はしませ」と言《い》へば、馳《は》せ向《む》かひて、北《きた》の方《かた》の門《かど》に入《い》り給《(たまひ)》、柱《はしら》の下《もと》に屈《かゞ》まりゐぬ。

火点《ひとも》して過《す》ぐる物どもを見《み》給へば、[一九]手《て》三《み》つ付《ゝ》きて、足《あし》一《ひと》つ付《ゝ》きたる物あり、目《め》一《(ひとつ)つ》付きたる者《もの》あり。「早《はや》く鬼《おに》なりけり」と思ふに、物もおぼえずなりぬ。うつぶしてあるに、この鬼《おに》ども、「こゝに人《ひと》けはひこそすれ。搦《から》め候はん」と言《い》へば、もの一人、走《はし》りかゝりて来《く》なり。今《いま》は[二〇]若君《わかぎみ》、「限《かぎ》りぞ」と思《おも》ふに、近《ちか》くも寄《よ》らで走《はし》り返《かへ》りぬ。「など搦《から》めぬぞ」と言《い》ふなれば、「え搦《から》め候はぬ也《(なり)》」と言《い》ふ。「など搦《から》めざるべきぞ。たしかに搦《から》めよ」とて、又異鬼《ことおに》をおこ《ゝ》す。同《おな》じ[二一]事、近《ちか》くも寄《よ》らず、走《はし》り返《かへ》りて往《い》ぬ。「いかにぞ、搦《から》めたりや」、「え搦《から》め候はず」と言《い》へば、「いと怪《あや》しき事申《(まうす)》。いで己《をの》れ搦《から》めん」と言《い》ひて、かく[二二]掟《をき》つる物走《はし》り来《き》て、先《さき》〴〵よりは近《ちか》く来《き》て、[二三]むげに手《て》かけつべく来《き》ぬ。「今《いま》は限《かぎ》り」と思《おも》ひてあるあひだに、又走《またはし》り返《(かへり)》て往《い》ぬ。「いかにぞ」と問《ゝ》へば、「まことにえ搦《から》め候《(さぶらふ)》まじきなりけり」と言《い》ふ。「いかなれば」と[二四]人だちたる者言《ものい》ふ也。「[二五]尊勝《そむせう》陀羅尼《だらに》のおはします也」と言《い》ふ声《こゑ》を聞《き》き《ゝ》て、多《おほ》く点《とも》したる火、一度《ひとたび》にうち消《け》つ。

一一 男子の成人式。幼童の総角《(あげまき)》の髪型を改めて冠をかぶり、童服の闕腋《(けってき)》の袍から大人の縫腋《(ほうえき)》の袍に変える。十一歳より十五歳くらいまでが多い。今昔に「未ダ童ニテ勢長ノ時マデ冠ヲモ不着ズシテゾ御ケル」。
一二 朱雀大路より東側の地。左京。
一三 父上や母君。父良相と北の方。
一四 「侍所」の略。侍所は侍臣・従者の詰め所。その家の事務を管理する。 一五 雑用に使う少年。
一六 西三条殿邸。拾芥抄に「西三条　三条北朱雀西、良相大臣家」。右京職の南一町とも、壬生の東二町ともいい、西大宮の東ではない。
一七 大内裏南面、朱雀門の東にある門。
一八 神泉苑は「二条南、大宮西八町、〈三条北壬生東〉」(拾芥抄)。
一九 打聞集は「手三付テ(足)一付物有、面ニ目一ツ付物有目三付物モ有」と鬼の描写に更に異形を加えている。元亨釈書は「或隻眼一手三目二頭奇形異類甚可レ怖也」と。
二〇 「若君」を宛てたが、底本は「わかき」で改行。行末の「き」は改行時の衍字であろう。「今はわがみ限りぞと思ふに」となる。今昔等は「我身」。
二一 「事」は「如」に宛てたものであろう。今昔、真言伝、打聞集、元亨釈書等「如」とする。
二二 指図する。 二三 情け容赦もなく。むやみに。
二四 「人」は「主人」の「主」を誤脱したものであろう。打聞集「主人ダチタル人云ナリ」。先の「掟つる物」とは別人。名義抄に「主人　アルシ」。
二五 仏頂尊勝陀羅尼。尊勝仏頂尊の陀羅尼呪。釈迦の仏頂から出現した五仏頂尊中の最勝尊の神呪で、これを誦すれば一切の悪道を浄め、一切の生死の苦脳を除くという除災の呪文。ダラニは梵語の一字一字に無限の意味と功徳があるとして、梵語の経文を原語のままとなえるもの。

東西《とうざい》に走《はし》り散《ち》る音《をと》して失《う》せぬ。中〳〵その後、[一]頭《かしら》の毛《け》太《ふと》りて、恐《おそ》ろしきこと限《かぎ》りなし。

さ言《い》ひてあるべき事ならねば、我《あれ》にもあらで、馬《むま》に乗《の》りて親《おや》の御許《もと》へ帰《かへ》り給《(たまひ)》て、心地《ち》のいみじく悪《あ》しかりければ、やをら臥《ふ》しぬ。御身《み》もいと熱《あつ》くなりぬ。乳母《めのと》、「いづくにおはしましたりつるぞ。殿、上《うへ》の、「[二]かばかり夜歩《よるあり》きせさせ給《(たまふ)》」とて申させ給《(たまふ)》に、「かくを《(お)》はします」と聞《き》かせ給はば《ゝ》、いかに申させ給はん」と言《い》ひて、近《ちか》く寄《よ》りて見《み》るに、いと苦《くる》しげなれば、「などかくはおはしますぞ」とて、身《み》もかい捜《さぐ》れば、いみじく熱《あつ》げなれば、「あな、いみじ。にはかに」とて、乳母惑《めのとまど》ふ。その折《をり》にありつる様《やう》を語《かた》る。乳母《めのと》、「希有《けふ》に候《(さぶらひ)》けることかな。[三]兄人《せうと》の阿闍梨《あざり》に書《か》か《ゝ》せて、[四]御頸《くび》に入《い》れ候《(さぶらひ)》しが、いみじく尊《たうと》く候《(さぶらひ)》けることかな。あな、あさまし。さなからましかば、いかならん」と言《い》ひて、[五]額《ひたひ》に手《て》を当《あ》てて《ゝ》泣《な》くこと限《かぎ》りなし。二三日許《ばか》り[六]温《ぬる》み給《(たまひ)》たりければ、御祈《いの》りどもはじめ、殿、上《うへ》、騒《さは》ぎ給《(たまひ)》けり。暦《こよみ》を見給《たま》ひければ、[七]夜行《やぎやう》にてその夜《よ》ありけり。「なを《(ほ)》、[八]守《まぼ》りは身に具《ぐ》すべきなりけり」と人言《い》ひて、守《まぼ》りを人懸《ひとか》け奉《たてまつ》る。今《いま》もなを《(ほ)》具《ぐ》し奉《たてまつ》るべき也《(なり)》。

一 (かえって鬼がいなくなった後で)ぞっとして髪の毛が太くなって。極度の恐怖をいう慣用句。
二 こんなに毎夜のように夜歩きなさるのは良くないといって制止なさるのに。今昔「此ク許令中メ給フニ、夜深ク行カセ給フト聞カセ給ハヾ何ニ申サセ給ハム」。
三 乳母の兄の阿闍梨。今昔「去年己レガ兄弟ノ阿闍梨ニ云テ」。阿闍梨は師匠。真言の秘法を身につけ人の師となることの出来る高僧。
四 今昔「御衣ノ頸ニ入レシガ」。和名抄「釈名云、衿　音領　古呂毛乃久比　頸也、所以擁頸也」。
五 祈念の姿態。「額に手をあてて念じ入りてをり」(源氏・玉鬘)。今昔は「若君ノ額ニ手ヲ当テ、」とする。
六 病気で体温が高くなる。発熱する。
七 百鬼夜行の日。陰陽道ではその日人々の夜行を禁じた。拾芥抄・下、簠簋内伝二等に「不可夜行日」として正二月子、三四月午、五六月巳、七八月戌、九十月未、十一月十二月辰をあげる。暦林問答集・下に「暦図云、忌ㇾ夜行ㇾ日者名ㇾ百鬼夜行日ㇾ、但忌ㇾ時不ㇾ忌ㇾ日…」とも。
八 錦の筒形小袋に護符を納め、紐で胸前にさげる懸守などを、身に帯びることをいう。
▽今昔十四ノ四十二、打聞集二十三話、真言伝四に同文的同話。元亨釈書も同話を載せ、宝物集にも簡略に記載。百鬼夜行と尊勝陀羅尼の類話は師輔伝(大鏡、真言伝、宝物集)や小野篁・藤原高藤譚(江談抄)にも見られる。
九 太政大臣基経。良房の養嗣子(長良の男)。諡昭宣公、号堀河殿。拾芥抄「堀川院　二条南堀川東、南北二町、昭宣公家、忠義公伝領」。
一〇 世の中に広くはやる病気。流行性の熱病。

（五二　極楽寺僧施ニ仁王経験一事《ごくらくじのそうにんわうぎやうのげんをほどこすこと》）

今《いま》は昔《むかし》、[九]堀河《ほりかは》の太政大臣と申《(まうす)》人《ひと》、[一〇]世心地《よこゝち》大事に煩《わづら》ひ給《(たまひ)》ければ、御祈《いの》りどもさま〴〵にせらる。[一一]世《よ》にある僧ども、参《まい》らぬはなし。参りて御祈《いの》りどもす。殿中騒《さは》ぐこと限《かぎ》りなし。

[一二]極楽寺《ごくらくじ》は、この殿《とのゝ》の造《つく》り給へるところ也《(なり)》。その寺《てら》に住《す》みける僧ども、「御祈《いの》りせよ」といふ仰《(おほせ)》もなかりければ、[一三]御しんにも召《め》さず。この時《とき》に、[一四]僧どもの御寺にやすく住《す》むことは、殿の御徳《とく》にてこそあれ。殿失《とのう》せ給《(たまひ)》なば、世《よ》にあるべきやうもなくおぼえければ、年来《としごろ》持ち奉《たてまつ》りたりける[一五]仁王経を具《ぐ》して殿に参《まい》りて、人騒《さは》がしかりけれども、[一六]中門《ちうもん》の北《きた》の廊《らう》の隅《すみ》に屈《かゞ》まりゐて、つゆ目《め》も見かくる人《ひと》もなきに、[一七]二時許《ときばか》りありて、殿《とのゝ》の仰《おほ》せらるゝやう、「極楽寺《ごくらくじ》になにがし[一八]大徳《だいとこ》やある」と仰《おほ》せられければ、「中門《ちうもん》の脇《わき》の廊《らう》になん候《(さぶらふ)》」と申《(まうし)》ければ、「それ、こなたへ呼《よ》べ」と仰《おほ》せらるゝに、人《ひと》ゞ「怪《あや》し」と思ひて、「そこばくの僧を召《め》[一九]すことなし。参《まい》りてゐたるをよしなし」と見《み》ゐたる程《ほど》に、かく仰《おほ》せられて召《め》しあれば、心《こゝろ》も得《え》ねども、召《め》すよしを言《い》へば、参《まい》る。

[二〇]僧どもの着《つ》き並《なら》びたる後《うしろ》の[二一]縁《えん》に屈《かゞ》まりゐたり。さて、「ある」と問ひ給《(たまひ)》けれ

「世の中心地」ともいう。

一一 世間に知られた僧たち。今昔「霊験有テ貴キ思エ有ル僧共」。

一二 伏見区深草にあった真言律宗の定額官寺。大鏡五に仁明帝芹川行幸の折に殿上童だった基経が発願したことを伝える。「亡考昭宣公…有ㇾ意ㇾ欲ㇾ建ニ立極楽寺一、本尊且現、堂構未ㇾ成」（菅家文草九）。子息時平によって完成。

一三 身辺で加持祈禱するという役にも召さなかった。「御しん」は護身で護身法の略。

一四 「僧どもの」以下心中の思惟を述べて末尾を「世にあるべきやうもなく」と間接話法に転じている。宇治拾遺は「僧どもの」の箇所、「ある僧の思ひけるは」とする。

一五 仁王（護国）般若波羅蜜（多）経の略称。鎮護国家・除災招福の経典。法華経、金光明経と共に護国三部経の一つとして尊重された。

一六 寝殿造りの建物で、東西の対の屋から南にのびて池殿や釣殿に到る廊下の中程にある門。寝殿南庭に通じる門で、邸内に引き入れた車はここで下車し、通常はここから屋内に入る。北の廊は対の屋寄りの廊で来客の出入口にあたる。

一七 宇治拾遺には「二時許り」の前に「仁王経を他念なくよみたてまつる」の一文がある。

一八 高徳な人の意。仏・菩薩・僧に対する敬称から、一般的な僧の称となる。

一九 「召すことなし」は「召すにもめすことなし」の「にもめす」を脱したか。あるいは「めすにもなし」の誤写か。真言伝「メスニ、メシモナキニ」、今昔「召スニモ無キニ」。なお「参りて居たるを」は心中語の末尾を間接話法化している。

二〇 一列に並んで座る。居並ぶ。「いかでか女官などのやうに着き並みてはあらん」（枕草子）。

二一 次行の「簀子」と同じ。「縁」「簀子」を共用。

ば、南《みなみ》の簀子《すのこ》に候《(さぶらふ)》よし申せば、「呼《よ》び入《い》れよ」とて、御殿籠《とのごも》りたるところへ召《め》し入《い》る。むげに物も仰《おほ》せられず、重《をも》くおはします御心地《ち》に、この僧召《め》す程《ほど》の御気色《けしき》の、こよなくよろしくおぼえさせ給《(たまふ)》[一]めり。入《い》れて、御枕《まくら》の几帳《きちやう》の[二]程《ほど》に候《(さぶらふ)》に、仰《おほ》せらるゝやう、「眠《ねぶ》りたりつる夢《ゆめ》に、わが辺《あた》りに恐《おそ》ろしげなる鬼《おに》どもの、我身をとりぐ\に打《う》ち[三]捩《れう》じつる程《ほど》に、[四]びんづら結《ゆ(ひ)》いたる童《わらは》の、[五]楚持《すわへも》ちたるが、中門《ちうもん》の方《かた》より入《い》り来《き》て、楚《すわへ》してこの鬼《おに》どもを片端《かたはし》より打《う》ち払《はら》ひつれば、「何物《なに》のかくはするぞ」と問ひつれば、「極楽寺《ごくらくじ》に候《(さぶらふ)》某《それがし》が、煩《わづら》はせ給《(たまふ)》こといみじく歎《なげ》き申《(まうし)》て、年来《としごろ》読《よ》み奉《たてまつ》る仁王経を、かならずぐ\験《げん》あらせ給へと念《ねん》じて、中門《ちうもん》の脇《わき》の内《うち》につとめてより候《(さぶらひ)》て、仁王経読《よ》み奉《たてまつ》るあひだ、[六]一文字《ひともじ》も異《こと》事を思《おも》はず、ひとへに念《ねん》じ読《よ》み奉《たてまつ》る験《げん》の現《あらは》れて、その[七]護法《ごをう》の[八]つけんに候はん悪《あ》しき物ども払《はら》はんと、[九]般若《はんにや》の仰給《(おほせたまひ)》つれば、追《を》い《(ひ)》給候《(たまひさぶらふ)》也」と答《こた》ふるを、貴《たうと》しと思ひ、[一〇]おどろきたるに、かい拭《のご》ふやうに[一一]さはやみたれば、「まことに参《まゐ》りて経読《よ》むか」と[一二]問はせ給《(たまひ)》つるに、「今朝《けさ》よりあり」と聞《き》けば、悦《よろこ》び[一三]言《い》はんとて」。手を摺《す》りて拝《をが》ませ給《(たまふ)》。

[一四]御衣架《いか》に懸《か》かりたる御衣《ぞ》を召《め》して、[一五]被《かづ》けさせ給《(たまひ)》て、「すみやかに寺《てら》に帰《かへ》りて、御祈《いの》りよくぐ\せよ」と仰《おほ》せらるれば、悦《よろこ》びてまかり出《い》づる程《ほど》に、僧俗《ぞく》の見合《みあ》

一「めり」は「めし」の誤写で、「給。めしいれて」となるか。
二「ほど」は「ほか(外)」の誤写か。
三 痛めつける。打ちたたき責めさいなむ。
四「みづら」の転。元服以前の髪型。髪を頭の中央から左右に分けて両耳の辺りで束ねる。
五 古い仮名遣は「すはゑ」、清音。楉とも書く。木の枝や幹などからまっすぐに伸びた若枝。呪術の意味を持つ。
六 仁王経の一文一句、たった一文字にも余念をはさまず、心をこめて読誦する。
七 護法童子。密教の僧や修験者などに使役される童形の鬼神。乙護法とも。底本「こをら」だが、「ら」は「う」と読めなくもない字形。下六十五話でも「護法」を「こをう」と表記する。
八「つけん」は「御へん」とあるべきもの。字形類似による誤写であろう。
九 般若波羅蜜。真実の智恵。ここは仁王般若波羅蜜経をさす。仁王経の命令(霊験・呪力)で護法童子が悪鬼を追い払うこと。
一〇 眼をさます。夢からさめる。
一一「さはやぎたれば」とあるべきもの。「さはやぐ」は病気が快方に向う意に用いることが多く、気分がさっぱりすること。病が止む、爽かになる意に引かれた訛語か。
一二 今昔、真言伝は「トハセツルニ」(セは使役)で「給」なし。宇治拾遺はこの部分に当る叙述を欠く。古本説話は「せ給」(尊敬)と、長文の会話文末尾を間接話法に転化させている。全書は筆者が地の文と混乱したと指摘。
一三「言はんとて」の後に宇治拾遺、真言伝「よびつる(真言伝タル)也とて」の一文あり。今昔もほぼ同文。「とて」で改行する際に目移りで古本説話が誤脱したとみるべきか。全書はここも筆

ひたる程《ほど》いみじくやむごとなし。中門《ちうもん》の脇《わき》に[一六]終日《ひめもす》に眠《ねぶ》りい《(ゐ)》たりつるおぼえなさに思ひ比《くら》ぶるに、いみじく貴《たうと》し。寺に帰《かへ》りたるに、[一七]僧思ひたる気色《けしき》ことのほか也《(なり)》。

人《ひと》の祈《いの》りは、貴《たうと》きもきたなきも、たゞよく心《こゝろ》に入《い》りたるが験《げん》あるなり。されば、[一八]「母《はゝ》の尼《あま》して祈《いの》りはすべし」と、昔《むかし》より言《い》ひ置《を》きたること也。

(五三　丹後国成合事《たんごのくにのなりあひのこと》)

今《いま》は昔《むかし》、[一九]丹後《たんご》の国《くに》は北国《ぐにゝ》にて、雪深《ゆきふか》く、風《かぜ》けわ《(は)》しく侍《(はべる)》[二〇]山寺《やまでら》に、観音験《げん》[二一]じ給《(たまふ)》。そこに貧《まづ》しき修行者籠《こも》りにけり。冬《ふゆ》のことにて、高《たか》き山《やま》なれば、雪《ゆき》いと深《ふか》し。これにより、[二二]おぼろけならずは人通《かよ》ふべからず。この法師、糧絶《かてた》へ《(え)》て日《ひ》来経《ごろふ》るまゝに、食《く》ふべき物なし。雪消《ゆきゝ》えたらばこそ出《い》でて[二三]乞食《こじき》をもせめ、人を知《し》りたらばこそ「訪《とぶら》へ」とも言《い》はめ、雪《ゆき》の中なれば、木草《くさ》の葉《は》[二四]だに食《く》ふべき物もなし。五六日[二五]請《こ》ひ念《ねん》ずれば、十日ばかりになりにければ、力《ちから》もなく、起《お》き上《あ》がるべき心地《ち》もせず。寺《てら》の辰巳《たつみ》の隅《すみ》に破《や》れたる蓑《みの》うち敷《し》きて、木もえ拾《ひろ》はねば、火もえ焚《た》かず、寺《てら》は荒《あば》れたれば、風もたまらず、雪《ゆき》も障《さは》らず、[二六]いとわりなきに、

者の混乱による地の文への転化であろうとみる。
一四 衣類をかけておく具。衣桁。和名抄「衣架　美曾加介」。宇治拾遺「棹にかかりたる御衣」。衣架と棹の異同は注目される。
一五 禄としてお与えになって。「被く」は禄や引出物として衣服などを肩に担ぐ意。受ける場合の礼法。
一六 ひねもす。一日中。黒川本字類抄「終日　ヒメモス　ヒメモスニ」。「眠る」は目をつむること。ここは一心に祈念する様をいう。
一七 今昔、真言伝「寺ノ僧共ノ思ヒタル気色」。
一八 譬喩尽に「母の尼にて祈りをすべし」と(全書)。尼となった母親がこめる祈願が最も神仏の感応あるところ、真心がこめられてこそ効験があるものだの意。当時の諺であろう。
▽宇治拾遺・下一九一話と同文。今昔十四ノ三十五、真言伝二もほぼ同文の説話。説話後半に宇治拾遺と異同があり、その部分は今昔、真言伝に近い。
一九 京都府北部、日本海沿岸の旧国名。
二〇 総索引に、地の文の「侍り」はここと本説話の最後の「成合と申し侍るなり」のみ、語り口かと指摘する。
二一 霊験を示され給う。霊験をあらわし下さる。
二二 よほどのことでなければ。
二三 「こつじき」の転。托鉢。仏の教えに従い、出家者が門立ちをして食を求めること。出家者の生活規律、十二頭陀の一つ。
二四 底本「かたに」の「か」の右に「ハ」と傍書。誤写訂正と見て「葉」と解す。
二五 仏に祈念する。観智院本名義抄「祈　コフ」「禱　イノル、コフ」。
二六 非常につらく苦しくどうしようもないので。なすすべもないので。困惑しきった様。

つく〴〵と臥《ふ》せり。物のみ欲《ほ》しくて、経も読《よ》まれず、念仏だにせられず。[一]たゞ今《いま》を念《ねむ》じて、「今《いま》しばしありて、物《もの》は出《い》で来《き》なん、人は訪《と》ひてん」と思はばこそあらめ、心細《こゝろぼそ》き事限《かぎ》りなし。今《いま》は死《し》ぬるを限《かぎ》りにて、心細《ぼそ》きまゝに、「この寺《てら》の観音《くわんをん》、頼《たの》みてこそは、かゝる雪《ゆき》の下《した》、山の中にも臥《ふ》せれ、[二]たゞひとたに声《こゑ》を高《たか》くして「[三]南無《なも》観音」と申すに、もろ〳〵の願《ねが》ひみな満《み》ちぬることなり。年来仏《ごろほとけ》を頼《たの》み奉《たてまつ》りて、この身《み》いと悲《かな》し。日来観音《ごろくわんをん》に心ざしを一《ひと》つにして頼《たの》み奉《たてまつ》るしるしに、今《いま》は死《し》に侍《(はべり)》なんず。同《おな》じき死《し》にを、仏を頼《たの》み奉《たてまつ》りたらむばかりには、終《をは》りをもたしかに乱《みだ》れずとりもやするとて、この世《よ》には、今《いま》さらにはか〴〵しき事あらじとは思《(おもひ)》ながら、かくし歩《あり》き侍《(はべり)》。などか助《たす》け給《(たまは)》ざらん。高《たか》き位《くらゐ》を求《もと》め、重《おも》き宝《たから》を求《もと》めばこそあらめ、たゞ今日《けふ》食《た》べて、命《いのち》生《い》くばかりの物を求《もと》べて賜《た》べ」と申《(まうす)》程《ほど》に、[四]戌亥《いぬゐ》の隅《すみ》の荒《あば》れたるに、狼《おほかみ》に追《を》はれたる[五]鹿《しゝ》入り来《き》て、倒《たう》れて死《し》ぬ。

こゝにこの法師、「観音《くわんをん》の賜《た》びたるなむめり」と、「[六]食《く》ひやせまし」と思《おも》へども、「年来仏《としごろほとけ》を頼《たの》みて行《をこな》ふこと、やう〳〵年積《としつも》りにたり。いかでかこれをにわ《(は)》かに食《く》わ《(は)》ん。聞《き》けば、生《い》き物みな[七]前《さき》の世《よ》の父母《ちゝはゝ》也《(なり)》。我物欲《ものほ》しといひながら、親《おや》の肉《しゝ》を[八]屠《ほふ》りて食《くら》はん。物の肉《しゝ》を食《く》ふ人は、[九]仏の種《たね》を絶《た》ちて、地獄《ぢごく》に入《い》る道《みち》也。

一 いまの一時を我慢して、まもなく食物は手に入ろう、人は訪ねて来ようと思うならば耐えることも出来ようが。「念ず」は耐え忍ぶ意。古本説話ではこの一例だけで、他の「念ず」は祈る意。
二 「たゞひとたび声を」とあるべきもの。字形類似による誤写であろう。全書、総索引は「たび」脱で「只一度だに」かともみうるとする。
三 「南謨」とも。帰依する意。旧大系今昔二補注の説により「ナモ」と読む。黒川本字類抄「南無ワレヲタスケタマヘ 仏法部ナムモ」。法華経・方便品「一称ニ南無仏一、皆已成ニ仏道一」、同・普門品「聞ニ是観世音菩薩一、一心称レ名、観世音菩薩即時観ニ其音声一、皆得ニ解脱一」。
四 北西。忌むべき神聖な方角。民俗的には小高く土を築き氏神をまつり、あるいは神樹を植えたり、土蔵を建てたりする方角。祖霊の往来する方角であり、神変霊異の現れる方角と考えられていたらしい。なおこの場合北西は修行者の臥している寺の辰巳(東南)から見て真正面に当る。「授ニ織部司正六位上、辰巳隅神、戌亥隅神、並従五位下一」(三代実録・貞観五年十二月三日)。「東三条戌亥ノ角ニ御スル神ノ木村ノ筋向ニ見エ渡リケレバ」(今昔十九ノ三十二)。
五 底本「しし」。今昔、三国伝記、宝物集は「猪」とするが、諸寺略記「有ニ一山麋(おおしか)一来死」、伊呂波字類抄「鹿来臥ニ砌下一」、世谷山成相寺古縁起(糸井文庫蔵)や成相寺版略縁起等も「鹿」、類話の法華験記も「鹿」とする。ちなみに西国三十三所霊場記図会の挿絵も鹿を描く。
六 疑問の語をともなう「まし」で、思い迷い躊躇する気持。食べようかしらどうしよう。
七 輪廻思想に基づく考え方。梵網菩薩戒経・下に「一切男子是我父、一切女人是我母、我生生無レ不ニ従レ之受一レ生、故六道衆生皆是我父母、而

よろづの鳥《とり》けだ物も、見《み》ては逃《に》げ走《はし》り、怖《を》ぢ騒《さは》ぐ。[一〇]菩《ぼ》薩《さつ》も遠《とを》ざかり給《(たまふ)》べし」と思《(おもへ)》ども、この世《よ》の人《ひと》の悲《かな》しきことは、後の罪《つみ》もおぼえず、[一一]たゞ今《いま》生きたる程《ほど》の堪《た》へがたさに堪《た》へかねて、刀《かたな》を抜《ぬ》きて、左右《さう》の股《もゝ》の肉《しゝ》を切《き》り取《と》りて、鍋《なべ》に入《い》れて煮《に》食《く》ひつ。その味《あぢ》はひの甘《むま》きこと限《かぎ》りなし。

さて、物の欲《ほ》しさも失《う》せぬ。力《ちから》も付《つ》きて人心地《ひとごゝち》おぼゆ。「あさましきわざをもしつるかな」と思《(おもひ)》て、泣《な》く〳〵ゐたる程《ほど》に、人《ひと》〴〵あまた来《く》る音《をと》す。聞《き》けば、「この寺《てら》に籠《こも》りたりし聖《ひじり》はいかになり給《(たまひ)》にけん。人通《かよ》ひたる跡《あと》もなし。[一二]参《まい》り物もあらじ。人気《ひとけ》なきは、もし死《し》に給《(たまひ)》にけるか」と、口《くち》〴〵に言《い》ふ音《をと》す。「この肉《しゝ》を食《く》ひたる跡《あと》をいかでひき隠《かく》さん」など思へど、すべき方《かた》なし。「[一三]又《(まだ)》食《く》ひ残《のこ》して鍋《なべ》にあるも見苦《みぐる》し」など思《(おもふ)》程《ほど》に、人〳〵入《い》り来《き》ぬ。

「いかにしてか日来《ひごろ》おはしつる」など、廻《めぐ》りを見《み》れば、鍋《なべ》に[一四]檜《ひのき》の切《き》れを入《い》れて煮《に》食《く》ひたり。「これは、食《く》ひ物《もの》なしといひながら、木《き》をいかなる人か食《く》ふ」と言《い》ひて、いみじくあはれがるに、人《ひと》〴〵仏《ほとけ》を見《み》奉《たてまつ》れば、左右《(さう)》の股《もゝ》を[一五]新《あたら》しく彫《ゑ》り取《と》りたり。「これは、この聖《ひじり》の食《く》ひたるなり」とて、[一六]「いとあさましきわざし給《たま》へる聖《ひじり》かな。同《おな》じ木《き》を切《き》り食《く》ふ物《(もの)》ならば、[一七]柱《はしら》をも割《わ》り食《く》ひてん物を。など仏《ほとけ》を損《そこな》ひ給《(たまひ)》けん」と言《い》ふ。驚《おどろ》きて、この聖見《ひじりみ》奉《たてまつ》れば、人〳〵言《い》ふがごとし。

殺而食者、即殺㆓我父母㆒亦殺㆓我故身㆒」。

八 切りさく。和名抄「屠　保布流」。色葉字類抄「屠　ト　ホノル　切肉鳥也」。観智院本名義抄「屠　ホブル」。なおこの所も「いかでか親の肉を屠りて食はん」とありたい所。今昔は欠文。

九 仏性の種子。成仏する原因。仏となる可能性・本質を植物の種子にたとえたもの。梵網菩薩戒経・下に「若仏子、故食㆑肉一切肉不㆑得㆑食、(夫食肉者)断㆓大慈悲(仏)性種子㆒、一切衆生見而捨去、是故一切菩薩不㆑得㆑食㆓一切衆生肉㆒、食肉得㆓無量罪㆒、若故食者、犯㆓軽垢罪㆒」。

一〇 今昔に「仏菩薩モ」とある。縁なき衆生として見棄てなさるであろう。

一一 今昔「今日ノ飢ヘノ苦シビニ不堪ズシテ」。

一二 食べ物。僧への敬意。

一三 底本の「又」は「まだ」と解し読む。今昔「未ダ食ヒ残シタルモ鍋ニ有リ」。下五十話の和泉式部の歌「まだこそ越えね」を小世継は「又こそこえね」と書写する事例もある。

一四 当時の仏像の材質の多くは檜。この成相寺の観音像も檜造りであったことが知られる。

一五 あざやかになまなましくえぐってある。色葉字類抄「彫　ヱル」。今昔「仏ノ左右ノ御腂ヲ新切リ取リタリ」。

一六 なんと驚き呆れたことをなさる聖でしょう。

一七 柱でも割りさいて食べたらよいのに。

一 えぐり取られた部分が盛り上ってもとのようになった。三国伝記「食残セル檜木ヲ御ン股ニ押相セ、懺悔発願スルニ、諸人見ル所ニテ、忽ニ尊像如㆑本ノ成相給ヒケリ」。「成合ふ」はものごとが完成する、ひとつになりくっつくこと。

「さは、ありつる鹿《しゝ》は仏《ほとけ》の験《げん》じ給へるにこそ有《(あり)》けれ」と思ひて、ありつるやうを人〳〵に語《かた》れば、あはれがり悲《かな》しみあひたりける程《ほど》に、法師《ほうし》、泣《な》く〳〵仏《ほとけ》の御前《まへ》に参《まい》りて申《(まうす)》。「もし仏《ほとけ》のし給へることならば、もとの様にならせ給《(たまひ)》ね」と返《(かへす)》ゝ申《(まうし)》ければ、人〳〵見《み》る前《まへ》に、もとの様になり満《み》ち[一]にけり。

されば、[二]この寺をば成合《なりあひ》と申侍《(まうしはべる)》なり。[三]観音の御しるし、これのみにおはしまさず。

（五四　田舎人女子蒙ニ観音利生一事《ゐなかびとのむすめくわんおんのりしやうをかうむること》）

今《いま》は昔《むかし》、ゐ中人の徳《とく》[四]ありけるが一人女《ひとりむすめ》、いみじく愛《かな》しくしける父母《ちゝはゝ》亡《な》くなりて、頼《たよ》りなく、術《ずち》[五]なくなりて、多《おほ》かりし使《つか》ひ人もみな行《い》き散《ち》りて、心細《ぼそ》くわびしくて過《す》ぐる程《ほど》に、[六]廿《(はたち)》にも余《あま》りて、やう〳〵盛《さか》り過《す》ぎ、[七]懸想《けさう》する人もあまたあれど、「かゝる賤《あや》しの物は、たゞうち見《み》[八]て捨《す》てんをば、いかゞせん」など思ひて過《す》ぐるまゝに、親《をや》の作《つく》りまいら《(ゐ)》せたる観音のを《(お)》はします御前《まへ》に参《まい》りて、「助《たす》けさせ給へ」と申《(まうし)》つゝ、それぱかりを恃《たの》むことにはしける。

[九]津《つ》の国《くに》の輪田《わた》といふ所《ところ》に住《す》みけるに、たゞ一人、食《く》ひ物もなくて、[一〇]あさまし

二 成相山（世野山）成相寺。丹後国与謝郡橋立。真言宗。寺伝に慶雲元年（七〇四）真応上人開基。本尊聖観音。天の橋立の観音とも呼ばれる。天の橋立を俯瞰する山腹に立地しており、橋立の観音とも呼ばれる。旧寺地は現在地より七キロメートルほど北の山中にあったともいう。伊呂波字類抄に「成相寺　ナリアヒ…草創不レ弁ニ何歳一、檀那不レ識ニ誰人一、…故老相伝曰、本是方丈草庵、唯有ニ一搩手半観音木像一」。一搩手(ちやくしゆ)半は仏像の像高を示す語、釈迦の中指と親指を張った長さといい、約一尺二寸。

三 この観音の霊験はこのことだけではない。類話の法華験記の末尾は「後々の神変は述べ尽すべからず」とある。

▽今昔十六ノ四と同文的な同話。他に同話として伊呂波字類抄、諸寺略記、宝物集、三国伝記その他があり、類話に法華験記・中七十五斉遠がある。またお伽草子・梵天国は成相観音の本地譚。

四 裕福。経済的に豊かなこと。

五 処世の方法・すべがなくなって。

六 結婚の適齢期が過ぎることを意味する。色葉字類抄「廿　ハタチ」。

七 思いをかける。結婚を申し出る。

八 「見る」は結婚する、男女の交りを結ぶ意。私のようなまずしい女はただちょっと通って来るだけで、すぐに見棄てられるだろうが、それをどうすることも出来まい。

九 摂津の国輪田の泊。大和田、務古水門、兵庫津などと呼ばれ、古代以来の京畿の要港。現神戸港（兵庫港）。輪田には後に一遍入寂の地となり、一遍上人絵詞にも画かれる観音堂（現在の真光寺の地）が存した。今昔、宇治拾遺は越前国敦賀での話とする。

一〇 あきれるほど貧しい状態ですごしていたが。

くてゐたるに、泣《な》く〳〵観音の御前《まへ》に参《まい》りて、[一一]身《み》の事《こと》を申《(まうし)》て寝《ね》たる夢《ゆめ》に、「まことにいとを《(ほ)》しくおぼしめす。[一二]頼《たよ》りになるべき物は召《め》しに遣《つか》はしつ」と見《み》て、頼《たの》もしく思ひてい《(ゐ)》たる程《ほど》に、人来《き》て宿借《やどか》る。[一三]「疾《と》く居《ゐ》よ」とて貸《か》しつ。

見《み》れば、三十余《よ》ばかりなる[一四]五位の、いみじく徳《とく》ありげなり。[一五]人多《ひとおほ》く具《ぐ》して宿《やど》りぬ。我は奥《おく》に入《い》りて隠《かく》れ居《ゐ》たるに、物食《く》ひなどして、家主《いゑあるじ》がりもを《(お)》こせ訪《おとな》ふに、[一六]人ありげもなかりければ、「頼《たよ》りなげなる人にこそ」といとお《(ほ)》しく思ひて、やをらのぞきければ、[一七]みめよき女房の、たゞ一人居《ひとりゐ》たりければ、「語《かた》らひてん」と思ひて、「[一八]さのみこそは候へ、少《すこ》し近《ちか》く寄《よ》らせ給へ。何《なに》事も頼《たの》みまい《(ゐ)》らせん」など言《い》ひ寄《よ》りて、その夜婚《よあ》ひにけり。

さて、まことしういとを《(ほ)》しくおぼえにければ、「[一九]妻《め》にして、具《ぐ》して居《ゐ》たる所へ来《こ》」など言《い》ひて、明《あ》けぬれば、[二〇]物どもしたゝめて、その日は居《ゐ》て、この女房に物言《い》ひ語《かた》らひ、[二一]あるべきことども言《い》ひ教《をし》へなどして、暁《あかつき》に[二二]奥《おく》の郡《こほり》に沙汰《さた》すべきことありて過《す》ぎぬ。[二三]ちくぜんの国《くに》より来《き》たる人なりけり。「四五日はあらんず」と言《い》ひ置《を》きて、「その程《ほど》、心変《かは》らで待《ま》ち給へ」など、ねんごろに語《かた》らひて出《い》づれば、女《(をんな)》、「言《い》ふことまことならば、[二四]さてこそはあらめ。夢《ゆめ》にも[二五]見《み》えしかば」、それを頼《たの》もしく思ひて、[二六]待《ま》つ程《ほど》もはかなし。

一一 我身の困窮を観音に哀訴して寝た夢に。
一二 夫になるべき男を迎えにやった。今昔、宇治拾遺は、夢に堂の後から老僧が現れて、男が明日到着するであろうから、その男に随うがよいと告げる。
一三 女主人の言葉。どうぞお使い下さい。
一四 「五位以上謂二之通貴一」(令義解)といわれ、大国・上国の国司が従五位、地方豪族としては最有力な官位を持っていることになり、一種の理想像。この所今昔、宇治拾遺は美濃の国の「勢徳有ケル」「猛将」の一人子とする。
一五 郎等・従者を多く伴って。今昔や宇治拾遺は郎等・下﨟(下種)など七八十人許りとする。
一六 使用人のいる様子もなかったので。
一七 美しい女性。今昔、宇治拾遺は死んだ妻と生き写しだったとする。
一八 奥まった所に只一人で閉じ籠っていないで。
一九 私の妻となって一緒に私の所領に来なさい。
二〇 「物」は食物。食事をして。御飯を食べて。
二一 今後の必要な処置など言い教えなどして。
二二 京から見て更に遠方の郡。奥の郡に始末しなければならない用事があって出かけて行った。今昔、宇治拾遺は「若狭」とする。
二三 底本「ちくせん」の「く」の右に「ゑち歟」と傍書。後に「ゑちせん」「越前」とあり、ここも「ゑちせん」とあるべきもの。越前は今の福井県。本話では、男は「越前―輪田―奥郡」の旅程。今昔、宇治拾遺は「美濃―越前敦賀―若狭」の旅程。
二四 言うとおりにして待っていよう。
二五 「見えしかば」の後に「と」とありたいところ。総索引は誤脱というよりは心中の文が地の文へ融合したものであろうとする。
二六 男が帰って来るのを待つ間も頼りなく心細い思いであった。

さて、「来《き》たらむに、馬《むま》の草《くさ》などだになからんこそ心憂《う》けれ。あまりかく[一]不《ふ》合《がう》なるこそ、[二]心にくゝは思《おも》ふまじけれど、[三]を《(お)》のづからつゆのこともなき主《しう》こそあらめ、供《とも》の人などの思はんことよ」と思《おも》へど、叶《かな》ふまじければ、[四]栈《さ》敷《じき》のあるよりさし出《い》でゝ、心ゆかしと見《み》れば、年来《としごろ》使《つか》ひし女《をんな》ばらの、今《いま》は侮《あなづ》りて寄《よ》りつかぬが、[五]大路井《おほちゐ》を汲《く》みて立《た》てるをや。「[六]を《(お)》のれ、有《(あり)》けるは。など見《み》えぬぞ。来《こ》かし」と言《い》はれて、「まことに[七]を《(お)》ろかにも思《(おもひ)》まい《(ゐ)》らせねど、え参《まい》らず。急《いそ》ぎ候《(さぶらひ)》て」と言《い》ひながら来《き》たり。「頼《たよ》りなくてかくてゐたるに、[八]あはぬことなれど、今《いま》二三日の程《ほど》、馬《むま》の草《くさ》の少《すこ》し欲《ほ》しき。くれてんや」と言《い》へば、「やすく候《(さぶらふ)》事。まい《(ゐ)》らせてん。[九]頼《たよ》り取《と》らせ給《(たまひ)》て候《(さぶらふ)》か。さらば、それならぬこともしてまい《(ゐ)》らせてん。いかでか」なんど言《い》ひて、草《くさ》、[一〇]期《ご》もなく持《も》て来《き》、食《く》ひ物《もの》などさま〴〵持《も》て来《き》て置《を》きたり。嬉《うれ》しく思ひて、「[一一]やがて人来《き》たらんに、を《(お)》のれもゐて見《み》えよ。たゞ一人あるに」など言《い》へば、「やすく候《(さぶらふ)》事。宮仕《みやづか》ひし候《(さぶらひ)》なん」とて、[一二]あはれにし歩《あり》く程《ほど》に、男《をとこ》帰《かへ》り来《き》たり。[一三]人もなく、術《ずち》なげなりしに、物《もの》もあり、[一四]女もゐたれば、従者《ずさ》どもゝ「よし」と見《み》けり。

さて、三日ばかりありて、出《い》で立《た》ちて具《ぐ》して行《い》く。この女《をんな》、さま〴〵物ども多《おほ》く持《も》て来《く》れば、「[一五]いかにかくあまりはするぞ。かたはらいたく」と言《い》はれて、

一 豊かでないこと。貧乏。不如意な暮し向き。
二 男は気にかけたりはしないだろうが。
三 少しの事も出来ない主人がいるだろうか。
四 通常は物見のために一段高く構えた床をいうが、ここは大路に沿って垣の一部を取り壊して造ってある栈敷屋であろう。母屋に対する附属屋であるが、行事の時以外にも日常的に使用されていたらしい。年中行事絵巻別本(やすらい花)に間口三間の図がみえる。
五 大路井の水を汲んで立っているではないか。「大路井」は大通りに設けられた共同井戸。信貴山縁起絵巻・尼公巻の木津あたりの風物に描かれた井戸などがこれであろう。名義抄「路 オホチ」、日葡辞書「ヲウチ」。室町ごろまで清音。
六 お前、居たのですね、どうして今まで顔を見せないのですか。
七 疎略に思っているわけではありませんが、参れませんでした。急ぎごとがありまして。全書は「急ぎて参らむ」に解す。今昔、宇治拾遺に栈敷以下の記述なく、女は不意に来訪。
八 今の生活には相応しくないことだけれども。
九 お聟さんをお迎えになったのですか。
一〇 時間をおかずにすぐに。「期(ご)」は呉音。
一一 おっつけあの人が帰って来るでしょうから。
一二 あれこれ用意をしているうちに。
一三 男が出かける前は使用人もおらず。
一四 召使いの女もいたので。
一五 どうしてそんなに必要以上にいろいろと世話してくれるのか。「あまり」は過分なこと。
一六 何か月も伺えなかったことさえ申訳なく思ってます、どうしてお世話しないでいられましょう。
一七 夜明け方までかかって種々旅立ちの準備をして出発させる意に解されるが、今昔は「此ノ

「[一六]月来《ごろ》参《まい》らぬことだに候《(さぶらふ)》。いかでか」とて、[一七]暁《あかつき》まで出《い》だし立《た》つ。男も供《とも》の物どもゝ、「[一八]むげに叶《かな》はぬ人にはあらざりけり」と見《み》けり。「この女、[一九]かくあはれにあたるに、むげにすることのなき、いとを《(ほ)》し」と思ひて、色《いろ》[二〇]けうらに、よき袴《はかま》の新《あたら》しき、残《のこ》して持《も》たりけるを、「形見《かたみ》にもせよ。又越前《ゑちぜん》へは、[二一]もともうちつけには行《い》くまじけれど、かくてもすべき方《かた》なければ、心も知《し》らぬ人に具《ぐ》して往《い》ぬる」など言《い》ひて取《と》らするを、取《と》らず。「[二二]旅《たび》にては見苦《みぐる》しくおはしまさむず。[二三]たてまつりてこそおはしまさめ。あるまじきこと」とゝて、さらに取《と》らぬを、「口惜《くちを》しく、形見《かたみ》にも見《み》よかし、[二四]同《おな》じ心にはなき」と言《い》はれて取《と》りつ。

[二五]よにあはれに言《い》ひ契《ちぎ》りて、出《い》づとて、「まこと、仏の御前《まへ》に参《まい》りて、暇《いとま》申さん」とて、[二六]つとめて参《まい》りたれば、昨夜《よべ》女に取《と》らせし袴《はかま》を御前《まへ》に置《を》かせ給《(たまひ)》て、少《すこ》し[二七]御膝《ひざ》の上《うへ》に引《ひ》きかけてこそ見《み》えさせ給《(たまひ)》たりけれ。女に変《へん》じて日来《ごろ》歩《あり》かせ給《(たまひ)》、物ども賜《た》びなどせさせ給《(たまひ)》ける、よにあさましく悲《かな》しく、臥《ふ》し転《まろ》び泣《な》きても、あまりぞ有《(あり)》ける。遠《とを》く離《はな》れまい《(ゐ)》らせて往《い》なん悲《かな》しさを思へども、するかたなし。[二八]あふ《(う)》なくおぼゆる方《かた》も、頼《たの》もしくなりぬれど、遠《とを》くなりまい《(ゐ)》らするぞ悲《かな》しかりける。

されば、親《おや》の作《つく》りまい《(ゐ)》らせたりける験《しるし》に、かゝる[二九]御徳《とく》を見て、めでたく越前

来レル女ハ、暁ニ立ムズル儲ナムド営ムデ有ルニ」とあり、翌朝の出発の用意をする意で出発前夜の行為(宇治拾遺も同じ)。あるいは暁まで留まっていて女主人を旅立たせる意か。
一八 貧しくて全くどうにもならない人ではなかったのだ。
一九 この様に親切にしてくれるのに。「あたる」は人を待遇する、取り扱う。
二〇 「きよら」の転。「清ら」を音便で「キョウラ」と発音し、中世以後の写本には「けうら」と表記される。この所、今昔、宇治拾遺は紅の生絹の袴一つ持っていたのをとし、宝物集も同様。
二一 もともと急に行くことにすべきことではないけれども。「うちつけ」は突然なこと、軽々しいこと。
二二 底本「たひ」と「ては」の間の右に「に」と傍書。「たひては」の本文では「賜びては」と解せようが、「に」を本文訂正と見て「旅にては」と解した。
二三 お召しになって。
二四 私と同じ気持ではないのか。私の気持がわからないのか。「形見にも見よかし」ははさみ込んだ文(総索引)。
二五 この上もなくしみじみと心をこめて互に別れの言葉を言い交わして。
二六 翌朝はやく観音のお前に参ると。
二七 今昔は「御肩ニ赤キ物係タリ…此ノ女ニ取セツル袴也ケリ」。宇治拾遺も同じ。膝の上に引き懸けて居るのは座像のイメージであろう。
二八 深く思慮することもなく軽率な振舞いに思われる結婚のことも、信頼しても大丈夫になったが。「あうなし」の「あう」を細流抄により「奥」の字音とみるが、古写本の仮名表記は一致して「あふなし」であり問題が残る。
二九 観音の御利益を受けて。

へ行《ゆ》きて、楽《たの》[一]しく、子《こ》など産《う》み続《つゞ》けて、[二]もとの家をば堂《だう》になして、観音にゑ《(え)》もいはず仕《つか》うまつり、[三]又作《つく》りまい《(ゐ)》らせなどして、いよ〳〵栄《さか(え)》へ、めでたく有《(あり)》けり。「いづれの仏《ほとけ》かはおろかにおはします」と申《(まうす)》なかにも、観音の御有様《さま》、すぐれてめでたし。[四]たゞ信《しん》を起《お》こして仕《つか》うまつるべし。

（五五　摩《ま》訶《か》陀国鬼食レ人事《だこくのおにひとをくふこと》）

今《いま》は昔《むかし》、釈迦《さか》仏《ほとけ》、道《みち》をおはしけるに、黄金《こがね》を多《おほ》く埋《うづ》みたるを御覧《らん》じて、「その蛇《じや》の上《うへ》な踏《ふ》みそ」と仰《おほ》せられければ、[五]御弟子《でし》、「人《ひと》の財《たから》にし候《(さぶらふ)》金《かね》こそ候へ。いかに蛇《じや》とは仰《おほ》せ候《(さぶらふ)》ぞ」と申《(まうし)》給へば、「いさ、我は、その金《かね》埋《うづ》み持《も》ちては[六]蛇《じや》になるめれば、蛇《じや》と知《し》りたるぞ」と仰《おほ》せられければ、「げに」とこそ誰《たれ》も思《おぼ》しけれ。

[七]摩《ま》訶《か》陀《だ》国《こく》に鬼《おに》の現《あらは》れ出《い》で来《き》て、人を食《く》ひければ、仏《ほとけ》、摩《ま》訶《か》陀《だ》国におはしたれば、逃《に》げて、[八]毘《び》舎《さ》離《り》城《ざう》に行《ゆ》きて、人を食《く》う《(ふ)》。又毘《び》舎離城《しやりじやう》におはしましければ、摩《ま》訶《か》陀《だ》国に行《ゆ》きて、同《おな》じやうに人《ひと》を食《く》ふ。まことにこそ、その折《をり》に仰《おほ》せられた[九]りければ、「我行《をこな》ひしことは、一切衆生の苦《く》を抜《ぬ》かんと思ひてこそ、[一〇]芥子《けし》ばか

一 物質的に豊かなこと。裕福なこと。
二 輪田の親の家を観音堂にして本尊の観音によくよくお仕えし。今昔「(家の後の)堂ヲ閉納メテ、男ニ具シテ美乃ヘ越ニケレ…常ニ敦賀ニモ通テ懃ニ観音ニ仕ケリ」。宇治拾遺も同じ。
三 また別に観音像を新造申し上げなどして。
四 全書はこの末尾に説経唱導の口吻を指摘。
▽同話は存在しないが、類話は多い。下四十八話と本話は構造的に近似する。下四十八話は霊異記・中ノ三十四、今昔十六ノ八、元亨釈書・拾異志等の殖槻寺観音の説話により近く、本話は同様に今昔十六ノ七、宇治拾遺・下一〇八話、宝物集等の越前敦賀女(金ヶ崎観音)説話に近いが、本説話の舞台は津の国の輪田であり、叙述も今昔、宇治拾遺が詳細。兵庫の津、輪田の観音堂にちなむものであろうか。ただし輪田の観音像は仁明天皇の時、恵尊が唐から将来したとも、大化元年(六四五)法道の開創とも伝える。
五 大荘厳論経によれば阿難のこと。仏が阿難と曠野を行き、田畔に埋められた黄金を見て大毒蛇と言った。阿難も悪毒蛇と答えた。農夫が聞いて黄金を得たが、咎められて獄舎に繋がれ、毒蛇であることを覚ったとする。宝物集、十訓抄の類話は経典の説話に近い構造。本話のみ釈迦の言葉に対し弟子が反問する話になっている。
六 黄金は執着心を生み、死後蛇身を受ける因となること。律師無空は万銭を伏蔵し蛇身を受く(往生極楽記)、京東の女は千両に執着し蛇身を受く(今昔十四ノ四)などをはじめとし、物事に執着して蛇身を受ける説話(法華験記・上ノ三十七、今昔十三ノ四十三等)は多く伝えられる。
七 古代中印度の国。仏在世の頃、阿闍世王が王舎城に居り栄えた。王舎城の東北には釈迦が法華経を説いたとされる霊鷲山がある。

り身《み》を捨《す》てぬ所なくは行《をこな》ひしか。かばかりの鬼《おに》一人をだに従《したが》へぬは、あさましき事也」と説かせ給《(たまひ)》けれぱ、鬼《おに》、跡形《あとかた》なく失《う》せ惑《まど》ひて、永《なが》く止《と》まりにけり。

[一一]なにも、仏《ほとけ》に少《すこ》しも会《あ》ひ参《まい》らすべき。永《なが》くおはします仏に、え仕《つか》うまつらぬ、心憂《う》し。

（五六　留《る》志長者事《しちやうざのこと》）

今《いま》は昔《むかし》、[一二]留志長者とて、世《よ》に楽《たの》しき長者ありけり。大方《おほかた》、倉《くら》もいくらともなく持《も》ち、[一三]楽《たの》しなどは、この世《よ》ならずめでたきが、心の口惜《くちお》しくて、妻《め》にも子《こ》にも、まして使《つか》ふ物などには、いかにも物食《く》はせ、着《き》することなし。己《をの》れ、物の欲《ほ》しければ、たゞ人にも見《み》せず、[一四]盗《ぬす》まはれて食《く》ふ程《ほど》に、物の飽《あ》かず多《おほ》く欲《ほ》しかりければ、妻《め》に言《い》ふ。「果物《くだもの》、[一五]御物《をもの》、酒《さけ》、[一六]合《あ》はせどもなど、おほらかにしてくれよ。我《われ》に憑《つ》きたる物惜《を》しま[一七]すする[一八]慳貪《けんどん》の神《かみ》、祀《まつ》らん」と言《い》へば、「[一九]物惜《お》しむ心失《うしな》はん」と思ひてし立《た》つ。まことに、「人《ひと》も見《み》候《さぶら》はざらん所に行《い》きて、よく食はん」と思ひて、虚言《そらごと》をするなりけり。

さて、取《と》り集《あつ》めて、[二〇]行器《ほかゐ》に入《い》れ、[二一]瓶子《へいじ》に酒入《さけい》れなどして、荷《にな(ひ)》いて出《い》でぬ。

八 古代中印度の国。離車族の地で、城郭を三たび美しく拡大したので毘舎離(広厳)城と呼ぶという。維摩居士はこの国に住し、仏は在世当時しばしばこの地を訪れている。第二結集の地。

九「ければ」は「けるは」の誤写か。「けるは」とあるべきか(全書)。「まことにこそ…けれ」と結ぶべきを次へ続けたものか(総索引)。

一〇 法華経・提婆達多品「我見ニ釈迦如来一、於ニ無量劫一、難行苦行、積レ功累レ徳、求ニ菩薩道一、未ニ曾止息一、観ニ三千大千世界一、乃至無レ有下如ニ芥子一許、非中是菩薩、捨ニ身命一処上、為ニ衆生一故」。「芥子」は極めて小さいもののたとえ。

一一「何にも(いかにも)」を誤読、仮名書きしたものであろう。なんとしてでも。

▽前半は大荘厳論経六ノ三十四が原拠であろう。これは諸経要集十五、法苑珠林七十七にも引かれ、宝物集、十訓抄に載る類話もこの型。しかし古本説話は話の展開が異なり、直接の典拠は未詳。後半も類話・同話は見出せない。

一二 宇治拾遺「留志」、今昔「盧至」。日葡辞書に「チャウジャ(長者)　ブンゲンシャ(分限者)に同じ。富者、裕福な人で、その資力や所有している物の豊富な点において、その土地の頭(かしら)で長のような人」。

一三 裕福なことはこの世のものでないほどだが、心がけちくさくて。法苑珠林所引盧至長者経に「昔仏在世時、舎衛城中有ニ一長者一、名曰ニ盧至一、其家巨富財産無量、如ニ毘沙門一、由ニ於往昔施ニ勝福田一故獲ニ斯報一、然其施時不レ能レ至レ心、故今雖レ富意長下劣、所レ着衣裳垢弊不浄、食則糠菜、以充ニ其飢一、渇唯飲レ水、行乗ニ朽車一、勤営ニ家業一、猶如ニ奴僕一、常為ニ世人之所ニ蚩笑一」。

一四 人目を忍んでひそかに食う。すきを見て食う。　一五 主食。飯の丁寧語。ごはん。

「この木のもとに烏《からす》あり。あしこに雀《すゞめ》あり。食《く》はれじ」と択《え》りて、人離《ひとはな》れたる山中《やまなか》の木《き》の下《した》に、鳥《とり》、けだ物もなく、食《くら》ふ《(う)》一つべき物もなきに、食《く》ひい《(ゐ)》たる、楽《たの》しく心地《ち》よくて、誦《ず》ずる事、二「今日曠野中《(こんにちくわうやちゆう)》、飲酒大安楽《おんじゆだいあんらく》、猶過毘沙門《いうくわびしやもん》、亦勝天《やくしようてん》帝釈《たいしやく)》」。この心《こゝろ》は、今日《けふ》、人なき所《ところ》に一人ゐて、よき物を多《おほ》く食《い》ふこそ、三毘沙《びさ》門《もむ》にも四天帝釈《てんたいしやく》にも勝《まさ》りたれ、と申《(まうす)》を、帝釈、きと御覧《らん》じてけり。

　憎《にく》しと思《おぼ》し召《め》しけるにや、留志長者が形《かたち》に変《へん》ぜさせ給《(たまひ)》て、「我《わ》が、山《やま》にて物惜《を》しむ神《かみ》を祀《まつ》りたる故《け》に、その神離《はな》れて、物の惜《を》しからねば、するぞ」とて、五倉《くら》どもをこそと開《あ》けさせ給《(たまひ)》て、妻子《めこ》どん六、親《をや》、従者《ずさ》どもをはじめとして、知《し》る知《し》らぬなく、財《たから》物どもを取《と》り出《い》だして配《くば》らせ給《(たまふ)》時に、喜《よろこ》び合《あ》ひて給はる程《ほど》にぞ、まことの長者《ちやうざ》は帰《かへ》りたる。

　倉《くら》もみな開《あ》けて、かく人の取《と》り合《あ》ひたるに、あさましく悲《かな》しく、我とたゞ同《おな》じ形《かたち》にせさせ給《(たまふ)》に、「これはあらず。我ぞそれ」と言《い》へど、聞《き》き入《い》るゝ人もなし。御門《かど》に愁《うれ》へ七申せば、「母《はわ》八に問《と》へ」と仰《おほ》せらる。母《はゝ》に問《と》へば、「物《もの》人に賜《た》ぶこそは子《こ》にて候《(さぶらふ)》らめ」と申せば、する方《かた》なし。「腰《こし》のもとに黒子《はわくそ》九と物の跡《あと》こそ候《(さぶらひ)》し、それを御覧《らん》ぜよ」と申《(まうし)》たれば、開《あ》けて見《み》るに、帝釈《たいしやく》、一〇落《おと》させ給はんやは。二人《ふたり》ながら物の跡《あと》もあれば、術《ずち》一一なくて、仏《ほとけ》の御許《もと》に二人ながら参《まい》りたれば、

一六 飯に合わせて食べる物。おかず。「合はせ物」とも。盧至長者経は「即疾帰レ家自開ニ庫蔵一、取ニ得五銭一、…於レ是即用ニ両銭一買レ麨、両銭酤レ酒、一銭買レ葱、従ニ内家中一、取ニ塩一把一、…至ニ空静処一、酒中著レ塩和レ麨飲レ之、時復噛レ葱」。
一七 「す」一字は衍字。
一八 物を惜しみ欲の深いこと、その神。
一九 妻は、長者が物惜しみする心をなくすだろうと思って用意する。「まことに」は「まことには」とありたいところ。
二〇 食物を入れて運ぶ丸い器で、蓋と三本の脚が付く。下学集「外居、ホカヰ、或作ニ行器一」。
二一 酒器、酒徳利。日葡辞書「ヘイジ(瓶子)」。

一 「くらひつべき物」の音便。「う」を「ふ」と表記。長者の食物を欲しがる物のいない所で。
二 宇治拾遺は「今曠野中、食飯飲酒大安楽、猶過毘沙門天、勝天帝釈」。盧至長者経、今昔は「我今節慶会(際・今昔)　縦酒大歓楽　逾(踰・今昔)過毘沙門　亦勝天帝釈」。
三 四天王の一つ。多聞天。施財天。仏法を守護し、福徳を授ける神。北方の守護神で多くの夜叉・羅刹をひきいる。
四 梵天とともに仏法を守護する神。忉利天(三十三天)の主。須弥山の頂の喜見城に居て他の三十三天を支配する。
五 「こそと」は「ことごとく」の誤写か。全書は「ごっそりと」のような擬態副詞「ごそと」かとも。総索引は「蔵どもをこそ戸開けさせ」と読む。
六 「ん」は「も」の古形の仮名。下五十八話にも「とん(供)に」の用例がある。二か所にすぎないが古様の仮名の使用は注目される。
七 愁訴する。うったえる。
八 「はわ」は「はは」の転呼音。平安中期から江戸

帝釈《たいしやく》、元《もと》の形《かたち》になりて、[一二]御所におはしませば、論《ろん》じ参《まい》らすべき方《かた》なし。「悲《かな》し」と思《おも》へれど、[一三]須陀洹果《すだをんくわ》とて、人《ひと》の永《なが》く悪《あ》しき所を離《はな》るゝはじめたる果[一四]、証《せう》しつれば、物惜《を》しむ心も失《う》せぬ。

かやうに帝釈《たいしやく》は、人導《みちび》かせ給《(たまふ)》ことは[一五]はかりなし。[一六]すゞろに、あれが物失《うしな》はんとは、なじか思《おぼ》し召《め》さん。慳貪《けんどむ》にて、地獄《ちごく》に落《お》つべきを、落《おと》さじと構《かま》へさせ給へれば、めでたくなりぬる、めでたし。

(五七　清水寺《きよみづでら》二千度《にせんど》詣《まうで》したる者《もの》打二入双六《すぐろくにうちいるる》一事《こと》)

今《いま》は昔《むかし》、[一七]この四五年ばかりの程《ほど》のことなるべし、人《ひと》の許《もと》に宮仕《みやづか》へしてある[一八]生《なま》侍《さぶらひ》ありけり。することのなきまゝに、[一九]清水《きよみづ》に人真似《ひとまね》して、[二〇]千度詣《まう》で二度《(ふた)たび》ぞしたりける。其《(その)》後いくばくもなくて、主《しう》の許《もと》にありける同《をな》じやうなる侍《さぶらひ》と、[二一]双六《すぐろく》を打《う》ち合《あ》ひにけり。おほく負《ま》けて、渡《わた》すべき物なかりけるを、[二二]いたく責《せ》めければ、思ひわびて、「わが持《も》たる物なし。たゞ今貯《いまたくは》へたる物とては、清水《きよみづ》に二千度参《どまい》りたることのみなんある。それを渡《わた》さん」と言《い》ひければ、傍《かたはら》にて聞《き》く人〳〵は、「[二三]うち謀《はか》るなり」と、[二四]烏滸《おこ》に思ひて笑《わら》ひけるを、この[二五]打《う》ち敵《かたき》の侍《さぶらひ》、

期にかけて見られる。
九 ほくろ。色葉字類抄「黒子　コクシ、ハ、クソ」、名義抄「黶　ヱクホ、ハ、クソ」、百座法談・三月二十七日「ムネニ七星ノハ、クソアリキ、右ノアシノシタニ黒子アリキ」。「はわくそと」の次に「いふ」脱か。宇治拾遺「ははくひといふ」。盧至長者経は「王復問レ母、…母答レ王言、児左脇下有ニ小瘡瘢一、猶ニ小豆許一」。
一〇 付け落しなさるわけがあろうか。
一一 なすすべもなく困り果てる。「じゆつ」の直音的表記。文章語の「すべなし」に対して枕草子あたりから見える口語的な表現。
一二 「御前(おまへ)」の誤写であろう。字形の類似による。「御所」では文意が落着かない。宇治拾遺は「御前」と漢字表記。盧至長者経は「帝釈即滅ニ盧至身一相還復ニ本形一、種種光明、合掌向レ仏」。
一三 声聞の修行の目標(向)とその到達点(果)として、預流・一来・不還・阿羅漢の四つの階梯(四向四果)があり、その第一階梯の到達地点(初果)を須陀洹果という。三界の見惑を断って初めて聖者としての覚りの流れに乗った人の意。
一四 「果」はさとること。真理を身につけたので。
一五 はかりしれない。　一六 むやみに。
▽法苑珠林七十七所引盧至長者経が原拠であろうが、内容にけ隔たりがある。宇治拾遺・上八十五話とほぼ同文の同話。今昔三ノ二十二は簡略な同話。敦煌本諸経雑縁喩因由記・王舎城一長者盧至事は妻と共に蘆中に喫食する異伝(川口久雄)。
一七 「この四五年…ことなるべし」は説明としてはさみ込まれた文。末尾の「このある人のこと也」と照応して近年の出来事であることを強調。今昔、宇治拾遺にはこの首尾の文はない。
一八 身分の低い若く未熟な侍。侍は貴人の侍者。

「いとよきこと也《(なり)》。渡《わた》さば得《え》ん」と言《い》ひければ、この負《ま》け侍《さぶらひ》、「さは、渡《わた》す」と、微笑《ほゝゑ》みて言《い》ひければ、「いな、かくては受《う》け取《と》らじ。三日して、[一]このよし申《(まうし)》て、を《(お)》のれに渡《わた》すよしの文書《ふみか》きて渡《わた》さばこそ、受《う》け取《と》らめ」と言《い》ひければ、「よきことなり」と契《ちぎ》りて、その日より精進《さうじ》[二]して、三日といひける日、「さは、いざ清水《きよみづ》へ」と言《い》ひければ、この負《ま》け侍《さぶらひ》、「烏滸《おこ》の痴《し》れ者《もの》に会《あ》ひたり」と思ひて、よろこびて参《まい》りにけり。言《い》ひけるまゝに文書《ふみか》きて、[三]御前《まへ》にて、師《し》の僧呼《よ》びて、[四]事《こと》の由《よし》申させて、「二千度《ど》参《まい》りつること、[五]それがしに双六《すぐろく》に打《う》[六]ち入《い》れつ」と書《か》きて、取《と》らせたりければ、受《う》け取《と》り、よろこびて、伏《ふ》し拝《をが》みて、まかり出《い》でにけり。

其《そ》の後《のち》、いく程《ほど》もなくして、この打《う》[七]ち入《い》れたる侍《さぶらひ》、思ひかけぬことにて捕《とら》へられて、獄《ひとや》にゐにけり。打《う》[八]ち取《と》りたる侍《さぶらひ》は、思《(おもひ)》かけぬ[九]たよりある妻《め》まうけて、いとよく徳《とく》[一〇]つきて、司《つかさ》などなりて、楽《たの》しくてぞ有《(あり)》ける。「目《め》に見《み》えぬものなれども、まことの心をいたして受《う》け取《と》りたりければ、仏《ほとけ》、あはれとおぼしめしたりけるなめり」とぞ人言《い》ふなる。このある人《ひと》のこと也《(なり)》。

一九 京都東山区の清水寺。本尊十一面観音。
二〇 寺社に千度参詣して祈願をこめること。
二一 二つの采(さい)を竹の筒から振り出して、十二に割った陣二列の盤上の白・黒各十五の駒(こま)を采目に従って進め、早く敵方の陣に総て入るのを勝とする盤遊戯。采目の出方に特別な呼称と約束があった。博奕として古い物に属し、持統三年(六八九)にすでに禁制の対象となる。
二二 ひどく催促したので。
二三 だますのだ。
二四 ばかばかしいことと思って。
二五 勝負相手の侍。宇治拾遺「此勝たる侍」。

一 このいきさつを観音に申しあげて。
二 肉食を断ち菜食し、身を潔め心を慎むこと。
三 観音の御前で男が頼っている導師の僧を呼んで。寺詣・参籠に際して祈禱をはじめとする世話を頼み、種々の便宜をはかってもらう寺僧を、檀越の側から師の僧と呼び、制度化していた。
四 事の経緯を観音に申しあげさせて。今昔に「金打テ、事ノ由ヲ申サセテ」とあり、直前にも「御前ニシテ事ノ由ヲ申テ…金打テ渡セ(サ)バ」とある。金打(きんちやう)は神仏に誓い約束すること。
五 だれそれに。具体的人名の代りに用いる。
六 「入れる」は納めること。博打などの賭に金銭や品物などをつぎ込む。
七 双六の賭を償った侍。宇治拾遺「まけ侍」。
八 賭物に二千度詣を受け取った侍。
九 経済的にめぐまれた金持ちな妻。清水寺の観音は古くから妻観音と呼ばれ、よい妻にめぐまれる観音と信じられていた(大島建彦)。
一〇 たいへん裕福になり、官位なども得て。
▽宇治拾遺・上八十六話と同文の説話。説話配列も前話と一連に配置されているが、本文の一致度は当話の方が高く、前話には記述の異同が

ある。今昔十六ノ三十七もほぼ同文的な同話。

（五八　長谷寺参詣男以レ虻替ニ大柑子ニ事《はつせでらさんけいのをとこあぶをもちてだいかうじにかふること》）

今《いま》は昔《むかし》、父《ちゝ》も母《はゝ》も、主《しう》も、妻《め》も子《こ》もなくて、たゞ[一一]一人《ひとり》ある青侍《あをさぶらひ》有《(あり)》けり。すべき方《はう》もなかりけるまゝに、「観音、助《たす》けさせ給へ」とて、[一二]長谷《はつせ》に参《まい》りて、御前《おまへ》にうつぶし臥して申《(まうし)》けるやう、「この世《よ》に[一三]かくてあるべくは、やがてこの御前《まへ》にて[一四]干死《ひじ》に死《し》なん。又を《(お)》[一五]のづからなる便《たよ》りもあるべくは、そのよしの夢《ゆめ》見《み》ざらん限《かぎ》りはまかり出《い》づまじ」とて、うつぶし臥したりけるを、寺の僧見《み》て、「こはいかなる物の、かくては候《(さぶらふ)》ぞ。物食《く》ふ所見《み》えず、かくてうつぶし臥したれば、寺のため[一六]穢《けが》らひ出《い》で来《き》て、大事なりなん。誰《たれ》を[一七]師にはしたるぞ。何処《いづこ》にてか物は食《く》ふ」など問《と》ひければ、「[一八]かく便《たよ》りなき人は、師取《しど》りもいかにしてかし侍らん。物食《た》ぶる所もなく、あはれと申《(まうす)》人もなければ、仏の給はん物を食《た》べて、仏《ほとけ》を師《し》と頼《たの》みたてまつりて候也《(さぶらふなり)》」と答《こた》へければ、寺の僧ども集《あつま》りて、「この事、いと[一九]不便《ふび》のこと也《(なり)》、寺のために大事なり。[二〇]観音をかこち申《(まうす)》人にこそあめれ。[二一]これ集《あつま》りて養《やしな》ひて候《さぶら》はせん」とて、かはる〲物を食《く》はせければ、持《も》て来《き》たる物を食《く》ひつゝ、御前《まへ》に立《た》ち去《さ》らず候《(さぶらひ)》ける程《ほど》に、[二二]三七日になりにけり。

一一　天涯孤独な身分の低い若侍。青侍は元来は貴族の家に仕える六位の青色の袍を着た侍。奉公先で雑役等に従事する身分の低い男のこと。
一二　豊山長谷寺。奈良県桜井市初瀬。真言宗豊山派の総本山。本尊十一面観音。三輪山の奥、隠りくの泊瀬と呼ばれる古くからの霊地に建立された観音霊場で、朝野貴賤の別なく尊崇され、王朝文学にも初瀬詣でとしてしばしば登場する。霊験譚を集めたものに長谷寺験記がある。
一三　この様に貧乏でなければならぬ運命ならば。
一四　飢え死に。餓死してしまおう。
一五　もしなにかのきっかけに自然に金品の便宜が得られるはずならば。
一六　死の穢れが出て来て大変なことだろう。今昔には「若絶入ナバ」の語がある。死を不浄な忌むべき穢れとしてとらえている。「大事なりなん」は宇治拾遺に「大事に成なん」とある。
一七　参詣の際の導師の僧。
一八　私のようによるべなく貧しい人間は導師の僧を取ることもどうして出来ましょう。
一九　撥音無表記。後の四七八頁二行には「ふびむ」とある。大層困ったことだ。
二〇　観音のせいにして恨み不平をいい批難する人。
二一　皆で力を合せてこの男を養ってやろう。
二二　二十一日。仏事など七日ごとの区切りで行う。三七日は参籠の一つの区切りの日数。下六十八話にも「同じくは七日参らんとて参り給程に三七日に延べて」。法華経・方便品に「於ニ三七日中一、思ニ惟如レ是事ニ」。

三七日の果《は》てて明《あ》けんずる夜《よ》の夢《ゆめ》に、一御帳《(み)ちやう》より人の出《い》で来《き》て、「この男《をのこ》二の、三己《をの》れが前《さき》の世《よ》の罪《つみ》の報《むく》いをば知《し》らで、観音かこち申《(まうし)》て、かくて候《(さぶらふ)》こと、いと四あやしきこと也《(なり)》。さはあれども、五申《(まうす)》ことのいとを《(ほ)》しければ、いさゝかなること計《はか》らひ給《(たまひ)》をはりぬ。まづ速《すみ》やかにまかり出《い》でね。まかり出《い》でんに、何《なに》にまれ、彼《か》にまれ、手《て》に当《あ》たらん物を取《と》りて、捨《す》てで持《も》たれ。それぞ、六きうぢが給はりたる物。疾《と》く〳〵まかり出《い》でよ」、七追《お》はると見《み》て、起《お》きて、八「あれ」と言《い》ひける僧のもとに寄《よ》りて、物うち食《く》ひて、九かく蓑《みの》かけて、まかり出《い》でける程《ほど》に、一〇大門につまづきて、うつぶしに倒《たう》れにけり。

起《お》き上《あ》がりたるに、手《て》に一一あれにもあらず握《にぎ》られたる物を見《み》れば、一二藁《わら》の筋《すぢ》といふ物の、たゞ一筋《ひとすぢ》が握《にぎ》られたるを、「賜《た》ぶ物にてありけるにやあらん」と、いと物はかなく思へども、一三「仏の謀《たばか》らせ給《(たまふ)》やうあらん」、これを一四手《て》まさぐりにしつゝ行《い》く程《ほど》に、虻《あぶ》の一《ひと》つ一五ぶめきて、顔《かほ》のめぐりにあるを、うるさければ、木《き》の枝《えだを》折りて払《はら》ひ捨《す》つれども、なを《(ほ)》たゞ同《をな》じ様にうるさくぶめきければ、手《て》に捕《とら》へて、腰《こし》をこの藁《わら》の筋《すぢ》してひき括《くゝ》りて持《も》たりければ、腰《こし》を括《くゝ》られて、ほかへはえ行《い》かで、ぶめき一六飛《と》みけるを、長谷《はつせ》に参《まい》りける一七女車《ぐるま》の、前《まへ》の簾《すだれ》を一八うち被《かつ》きてゐたる児《ちご》この、いとうつくしげなるが、「あの男《おとこ》の持《も》ちたる物は何《なに》ぞ。かれ乞《こ》ひて、

一 安置してある仏の前に隔てとして垂れ下げてある絹。とばりの敬称。「人」は観音の使い。今昔には「御帳ノ内ヨリ僧出デ、」とある。
二 「をとこ」と異り、召使われる者、身分の低い男を指すことが多い。当話では、この夢告の箇所、観音の使者の言葉だけが「をのこ」で、他の箇所は「をとこ」を使用している。
三 自分が貧しいのは前生で犯した罪の報いであるのを覚らないで。
四 不当なこと。けしからぬこと。
五 申すことが大変気の毒なので、観音様は少しばかりのことをお取り計らい下さった。
六 おまえ。「きむち」「きんぢ」とも。親しみの気持を込めながら、対等あるいは下位の者に対して用いられる。十世紀後半の和文文献の会話文中に集中して認められるという。
七 「と追はる」の「と」省略か。宇治拾遺にはあり。
八 「あれ」は「ここにあれ」(吾がもとにあれ)の意とも解せるが、おそらくは「あはれ」の誤写であろう。宇治拾遺は「やくそくの僧のがりゆきて」であるが、今昔には「哀ビケル僧ノ房ニ寄テ」とある。前にも「あはれと申人もなければ」と記している。
九 「かく」は「かさ」の誤写であろう。笠蓑を背に懸けて。今昔、宇治拾遺にこの記述はない。
一〇 「大門に」はこのままでも解せるが、「大門にて」を誤ったとも考えられる。この所誤写かと見られる箇所が多く続く。
一一 無意識に。その気もなく。何気なく。
一二 稲の穂の芯、稲わらの芯。わらしべ。
一三 仏が何かお考え下さっていることがあるのだろうと。「やうあらん」の後、「と」省略か。
一四 手でもてあそびながら。
一五 日葡辞書「ブメキ、ク、イタ、蚊、黄金虫な

我に得《え》させよ」と、馬《むま》に乗《の》りて供《とん》一九にある侍《さぶらひ》に言《い》ひければ、その侍《さぶらひ》、「かの男《おとこ》、その得《え》たる物、若君《わかぎみ》の召《め》すに、参《まい》らせよ」と言《い》ひければ、「仏の賜《た》びたる物に候へど、かく仰《おほ》せ言《ごと》候へば、参《まい》らせ候はん」とて、取《と》らせたりければ、「この男《おとこ》、二〇いとあはれなる男《おとこ》也。若君《わかぎみ》の召《め》す物を、心やすく参《まい》らせたること」と言《い》ひて、二一大柑子《だいかうじ》を、「これ、喉渇《のどかは》くらん、食《た》べよ」とて、三《み》つ、二二いと香《かう》ばしき陸奥《みちの》国紙《くにがみ》に包《つゝ》みて、取《と》らせたりければ、取《と》り伝《つた》へて、虻取《あぶと》りける侍《さぶらひ》、取《と》らせたりければ、「藁一筋《わらひとすぢ》が大柑子《かうじ》三《み》つになりぬること」と思ひて、二三木の枝《えだ》に結《ゆ》い付《(ひ)つ》けて、肩《かた》にうち懸《か》けて行《ゆ》く程《ほど》に、「二四故《ゆえ》ある人《ひと》の、忍《しの》びて参《まい》るよ」と見《み》えて、侍《さぶらひ》などあまた具《ぐ》して、二五徒歩《かち》より参《まい》る女房の、歩《あゆ》み困《こう》じて、たゞ二六垂《た》りに垂《た》りゐたるが、「喉《のど》の渇《かは》けば、水飲《みづの》ませよ」と、二七ゆき入《い》りなんずる様《(やう)》にすれば、供《とも》の人〳〵手《て》惑《まど》ひをして、「近《ちか》く水《みづ》やある」と走《はし》り騒《さは》ぎ、求《もと》むれども、水《みづ》もなし。「こはいかゞせんずる。二八御旅籠馬《はたごむま》や入《い》りにたる」と問へど、遥《はる》かに後《をく》れたりとて見《み》えず。二九ほと〳〵しき様《やう》に見《み》ゆれば、まことに騒《さは》ぎ惑《まど》ひて、三〇為扱《しあつか(ふ)》うを見《み》て、「喉渇《のどかは》きて騒《さは》ぐ人よ」と見《み》えてければ、やをら歩《あゆ》み寄《よ》りたるに、「こゝなる男《おとこ》こそ、水《みづ》のあり所は知《し》りたるらめ。この辺近《へんちか》く、水《みづ》の清《きよ》き所やある」と問ひければ、「この四五町《ちやう》が内《うち》には、清《きよ》き水《みづ》候はじ。いかなることの候《(さぶらふ)》にか」と問ひければ、

どがぶんぶんと音を立てる」。
一六「飛びける」に同じ。バ行・マ行相通。
一七 女房車とも。女房が外出の際などに乗る牛車。簾の内に下簾と呼ぶ二はばの絹を下げ、裾を外に垂らす。車内の人の姿をかくすためのもので、女の乗る車には必ず懸けた。「御車に下簾かけ、女房車のやうにて」(寝覚・上)。
一八 簾を被るようにして外を見ていた可愛らしい児が。「ちとこ」は「こ」一字衍字であろう。
一九「ん」は「も」の古体の仮名。
二〇 たいへん感心な男だ。殊勝な男だ。
二一 柑子の大きいもの。小柑子(柑子蜜柑)が普通の蜜柑より小さいのに比べて、温州蜜柑ほどの大きさかという。日葡辞書「ダイカウジ 甘い蜜柑の一種で、久年母のようなもの」。
二二 香の焚き染めてある上等な陸奥紙(檀紙)に大柑子を無造作に包んで与えたということは、若君が高い身分の家柄であることを物語る。
二三 当時の風習として褒美の品は枝に結い付けるのが作法の一つ(大島建彦)。
二四 由緒のある人。然るべき身分の人。
二五 徒歩での参詣は一種の苦行ともいえ、功徳の高いものとされていた。京と初瀬は牛車を用いて通常二泊三日程の行程。源氏・玉鬘「(初瀬詣に)ことさらに徒歩よりと定めたり。ならはぬこゝちに、いとわびしく苦しけれど、人の言ふまゝに、ものも覚えで歩みたまふ。…椿市といふ所に四日といふ巳の時ばかりに、生けるこゝちもせで行き着きたまへり」。
二六 疲れる。くたびれる。つかれて手足の力が抜ける。名義抄に「羸(イス)」に「タル、ツカル、ミタル、サハク、ワツラフ」等の訓を付す。
二七 息も絶えだえな様をいうのであろうが、「ゆき入る」の用例、他に見えない。或は「きえ入

「歩《あゆ》み困《こう》ぜさせ給《（たまひ）》て、御喉《のど》の渇《かは》かせ給《（たまひ）》て、「水召《みづめ》さん」と仰《おほ》せらるゝに、水《みづ》のなきが大事なれば、[一]尋《たづ》ぬるぞ」と言《い》ひければ、「[二]不便《ふびむ》に候《さぶら》ふことかな。水《みづ》候《（さぶらふ）》所は遠《とを》き也《（なり）》。汲《く》みて帰《かへ》り参《まい》らば、程経《ほどへ》候《（さぶらひ）》なん。これはいかゞ」とて、包《つゝ》みたる柑子《かうじ》を三《み》つながら取《と》らせたれば、喜《よろこ》び騒《さは》ぎて食《く》はせたれば、それを食《く》ひて、やう／＼目《め》を見開《みあ》けて、「こはいかなりつることぞ」と言《い》ふ。「御喉渇《のどかは》かせ給《（たまひ）》ければ、「水飲《みづの》ませよ」と仰《おほ》せられつるまゝに、[三]御殿籠《（おん）とのごも》り入《い》らせ給《（たまひ）》つれば、水求《みづもと》め候《さぶら》ひつれども、清《きよ》き水《みづ》も候《さぶら》はざりつるに、こゝに候《（さぶらふ）》男《おとこ》の、思ひかけぬに、[四]その心を得《え》て候《（さぶらひ）》けるにや、この柑子《かうじ》を三《み》つ奉《たてまつ》りたりつれば、[五]参《まい》らせたりつる也」といふに、この女房、「我は、さは、喉渇《のどかは》きて絶《た》え入《い》りたりけるにこそ有《（あり）》けれ。「水飲《みづの》ませよ」と言《い》ひつるばかりはを《（お）》のづから覚《おぼ》ゆれど、その後《のち》の事は、いかにも[六]つゆ覚《おぼ》えず。[七]この柑子《かうじ》得《え》させざらましかば、この野中にて消《き》え入《い》りなまし。嬉《うれ》しかりける男《おとこ》かな。この男《をとこ》は[八]まだあるか」と問へば、「かしこにまだ候《（さぶらふ）》」と言《い》へば、「その男《おとこ》しばしあれと言《い》へ。[九]いみじからんことありとも、絶《た》え入《い》り果《は》てなましかば、かひなくてこそ止《や》みなましか。この男《をとこ》の嬉《うれ》しと思ふばかりの事は、かゝる旅《たび》にては[一〇]いかゞせんずる」とて、「食物《くひ（もの）》などは持《も》て来《き》たるか。物など食《く》はせてやれ」と言《い》へば、「かの男《をとこ》、[一一]しばし候《さぶら》へ。御旅籠馬《はたごむま》など参《まい》

る」の誤か。後には「喉渇きて絶え入りたりける」「野中にて消え入りなまし」ともある。今昔は「挿入トス」、宇治拾遺は「きえ入やうに」。総索引は「逝き」の字をあて、絶え入ると同意であろうとし、旧大系今昔は「挿」は「拙」の誤で「絶え入る」かと、また全書今昔は「挿入」を「スキイル」と読み、のどがかわき絶えはてる意とみる。

二八 旅の食糧や手廻り品などを運ぶ馬。「旅籠馬」の後に「に」脱。改行の際の誤脱であろう。宇治拾遺「御はたご馬にやもしある」。

二九 殆し。ほとんどそうなりそうだの意から、死にそうである、まさに息絶えそうであるの意。

三〇 いろいろと手をかけること。転じてもてあます意。始末に困っているのを見て。

一 水をさがしているのだ。

二 お気の毒なことですね。

三 「御殿籠る」は「寝る」の敬語。気を失ったことの敬語表現となっている。

四 その事情をわかってくれたのでしょうか。

五 「まいる」は飲む、食うの敬語。差し上げたのです。

六 少しも覚えていない。

七 男がこの柑子を私に得させなかったならば。

八 宇治拾遺は「この男いまだあるか」。古本説話集では「いまだ」は三例に対し、「まだ」は十四例（「又」表記二例、「まだに」一例を含む）あり、「まだ」が支配的である。

九 この先観音の御利益でどんなに良い運命が待ちうけていても。

一〇 この男が嬉しいと思うほどの充分なことは、このような旅先ではどうしたらよかろう。どうしようもあるまいの気持。今昔「何ガ可為キ」。

一一 しばしここにおいでなさい。

りたらんに、物など食《た》べて[一二]まかれ」と言《い》へば、「うけ給はりぬ」とて居《い》たる程《ほど》に、旅籠馬《はたごむま》や[一三]皮籠馬《かはごむま》など来着《きつ》きたり。「などかく遥《はる》かに後《をく》れて、遅《をそ》くは参《まい》るぞ。御旅籠馬《はたごむま》などは、常《つね》に先《さき》に立《た》ち候《さぶら》ふこそよけれ。[一四]頓《とみ》の事《こと》などもあるに、かく[一五]後《をく》るゝはよきことか」など言《い》ひて、やがてそこに[一六]屛幔《へいまん》引《ひ》き、[一七]畳《たゝみ》どもなど敷《し》きて、「水《みづ》ぞ遠《とほ》かなれど、困《こう》ぜさせ給《(たまひ)》にたれば、[一八]人の召《め》し物はこゝにて召《め》すべきなり」とて、とまりぬ。

[一九]夫《(ぶ)》ども遣《や》りなどして水汲《みづく》ませ、食《くひ》物し出《い》だしたれば、その男《おとこ》に、いと[二〇]清《きよ》げに物して食《く》はせたり。物を食《く》ふ〱、ありつる[二一]柑子《かうじ》を、「何《なに》にならんずらむ。観《くわん》音導《をんみちび》かせ給《(たまふ)》ことなれば、よも空《むな》しくてはやまじ」と思ひたる程《ほど》に、白《しろ》くよき[二二]布《ぬの》を三《み》疋《むら》取《と》り出《い》でて、「これ、あの男《おとこ》に取《と》らせよ。この柑子《かうじ》の喜《よろこ》びは、言《い》ひ尽《つ》くすべき方《かた》もなけれども、かゝる旅《たび》にては、嬉《うれ》しと思ふばかりの事はいかゞ[二三]はせむずる。これはたゞ心ざしの初《はじ》めを見《み》する也。[二四]京のおはしまし所はそこ〱になんを《(お)》はします。かならず参《まい》れ。この柑子《かうじ》の代《かは》りの物は賜《た》ばんずるぞ」と言《い》ひて、布《ぬの》三疋《むら》を取《と》らせたれば、喜《よろこ》びて、布《ぬの》を取《と》りて、「藁筋《わらすぢ》一《ひと》つが布三《ぬのみ》疋《むら》になりぬること」と思ひて、[二五]脇《わき》に挟《はさ》みてまかる程《ほど》に、その日は暮《く》れにけり。

道面《みちつら》なる人の家《いゑ》に泊《とま》りて、明《あ》けぬれば、鶏《とり》とともに起《お》きて行《ゆ》く程《ほど》に、日さし

一二 「まかる」は貴人のそばから退くこと。

一三 皮籠を運ぶ馬。参籠に際しての供物・施物を始め所用に宛てるための品物を運ぶ馬。布施に絹・布・紙などが多く用いられた。

一四 いそぎのこと。

一五 底本「をくる」で改行、次行に「るゝ」と書写している。「る」一字は改行の際の衍字。

一六 まわりを囲う幔幕。

一七 敷物。芯の厚いたたみでなく、薄べりに近いもの。

一八 ご主人様のお食事はここでお取りになるのが良い。「人の」は物語などの表現では、具体的に誰と指摘できる人物を意味することが多い。ここも「徒歩より参る女房」即ち女主人を意識している語とみる。今昔「昼ノ食物此ニテ奉ラムズ」、宇治拾遺「めし物はここにて参らすべき也」。

一九 人夫。労役にたずさわる者。

二〇 美味しそうに食物を用意して。

二一 底本「からし」。「ら」は「う」の誤写として訂。

二二 「ぬの」は植物繊維の織物。「むら」は巻いた布帛を数える単位。

二三 どうしようか、どうしようもない。「いかがは」は反語。今昔「何ニカハセムト為ル」。

二四 会話文の前半「これ、あの男に…初めを見する也」は女主人の言葉を直接伝える口調であるが、「京の…」以下には、「おはします」「賜ぶ」と女主人に対する敬意が示され、従者の立場からの言葉使いに変っている。

二五 巻いた布帛などの被け物を受取った場合のあつかい方。当時の風習、作法。脇差、腰挿などとも呼ばれる。「(巻絹を)一つ取りに取りて拝みつつ、腰に挿して、みなまかでぬ」(枕草子・職の御曹司に)。

上《あ》がりて、辰《たつ》一の時になる程《ほど》に、えもいはず良《よ》き馬《むま》に乗《の》りたる人、この馬《むま》二を愛《あひ》しつゝ、道《みち》をも行《ゆ》きやらず振《ふ》る舞《ま》はする男会《おとこあ》ひたり。「まことにえもいはぬ馬《むま》かな。これを千段三がけなどはいふにやあらん」と見《み》る程に、この馬《むま》のにはかに倒《たふ》れて、たゞ死《し》にに《ゝ》死《し》ぬれば、主《ぬし》、我《われ》四かにもあらぬ気色《けしき》にて、下《を》りて立《た》ちたり。惑《まど》ひて鞍下《くらを》ろしつ。「いかゞせんずる」と言《い》へども、かひなく死《し》に果《は》てぬれば、五手《て》を打《う》ち、あさましがり、泣《な》きぬばかりに思ひたれど、すべき方《かた》なくて、あや六しの馬《むま》のあるに鞍置《くらを》き換《か》へて、「かくてこゝにありとも、すべきやうもなし。我等《ら》は往《い》なん。これ、七ともかくもして、引《ひ》き隠《かく》せ」とて、下《げ》衆男一人《すおとこひとり》八を留《とゞ》めて往《い》ぬれば、この男《おとこ》見九ゝて、「この馬《むま》は、我《われ》が馬《むま》にならむとて死《し》ぬるにこそあめれ。藁筋《わらすぢ》一筋《すぢ》が、柑子《かうじ》三《み》つになりたりつ。柑子《かうじ》三《み》つが、布三《ぬのみ》疋《むら》になりたり。この布《ぬの》の《ゝ》、この馬《むま》になるべきなめり」と思《おも》ひて、歩《あゆ》み寄《よ》りて、この男《おとこ》に言《い》ふやう、「こはいかなりつる馬《むま》ぞ」と問《ゝ》ひければ、「陸奥国《みちのくに》より、この馬《むま》をたゞ一〇据《す》え《(ゑ)》て上《のぼ》らせ給《(たまひ)》つる馬《むま》を、よろづの人の欲《ほ》しがりて、価《あたひ》も限《かぎ》らず買《か》はんと申《(まうし)》つるをも、放《はな》ち給はざりつる程《ほど》に、今日かく死《し》ぬれば、その価《あたひ》一一一疋《びき》をだに取《と》らせ給はずなりぬ。己《をの》れも「皮《かは》をだに剝《は》がばや」と思《おも》へど、「旅《たび》にてはいかゞはせむずる」と思ひて、目守《まも》り立《た》ちて侍《(はべる)》なり」と言《い》ひければ、「そのこと也《(なり)》。いみじき馬《むま》か

一 午前八時ごろ。
二 馬をいたわって、道を進みかねるようにゆったりと歩ませる。
三 布千段に相当する高価な馬、布千段に値する名馬の意であろう。後に「価も限らず買はんと申つるをも…その価一疋をだに」と馬の値を布帛で計っている。宇治拾遺は「これぞ千貫がけ(銭千貫に値する馬)などは」とする。
四 我か人かにもあらぬ気色。茫然自失のさま。蜻蛉日記・天禄三年(九七二)二月の記事に「我か人か(異文「り」「る」を訂す)にもあらぬにて向ひゐれば、心ちもそらなり」の用例がある。今昔、宇治拾遺は「我レニモ非ヌ気色」。
五 手を打つのは心に強い衝撃を受けたときなどに思わずに行う動作。ここは突然な死を「あさまし」と驚き嘆く気持の表出。源氏・玉鬘「この女手を打ちて、あが御許にこそおはしましけれ、あなうれしともうれし、…といとおどろおどろしく泣く」。
六 その場にありあわせた粗末な馬。
七 どうにでもして人目に付かぬよう始末せよ。
八 身分の低い男。下男。今昔に「従者」。
九 「見ゝて」の「ゝ」は「え」とも「ら」とも読める字形であるが、孰れにしても文意不通。宇治拾遺には「見て」とある。「見て」の誤写であろう。
一〇 ただ一途に身近かに置いて大切にする。今昔は「此レヲ財ニテ上リ給ヘルニ」、宇治拾遺は単に「得させ給へる馬なり」とのみ。
一一 底本「あひた」。「あたひ」の誤写とみて訂。
一二 「かはゝきても」の誤写。「ゝき」を「らに」と誤る。字形の類似による。
一三 「干しえ」の「え」は底本「江」の草体。「え…えず」の語法。「え…ず」(不可能)に同じ。
一四 これも「かはゝきて」の誤写。前例もここも

なと見《み》侍《(はべり)》つる程《ほど》に、はかなくかく死《し》ぬることの、命《いのち》ある物はあさましきなり。[一二]かはらにても、忽《たちま》ちに、え[一三]干《ほ》しえ給はじ。己《をの》れはこの辺に侍れば、[一四]かはらにて使《つか》ひ侍らん。得《え》させてをは《(お)》しね」とて、この布《ぬの》を一疋《ひとむら》取《と》らせたれば、男《おとこ》、「思《おも》はずなる所得《せうとく》したり」と思《おも》ひて、「[一五]思ひもぞ返《かへ》す」とや[一六]思《おも》ひらん、布《ぬの》を取《と》るまゝに、[一七]見《み》だにも返《かへ》らず、走《はし》りて往《い》ぬ。

男《をとこ》、よく[一八]遣《や》り果《は》てて後《のち》に、手《て》かき洗《あら》ひて、長谷《はせ》の御方《かた》に向《む》かひて、「この馬《むま》生《い》けて給はらん」と念《ねん》じ入《い》りたる程《ほど》に、この馬《むま》、目《め》を見開《みあ》くるまゝに、首《くび》をもたげて起《を》きむとしければ、[一九]やをら手《て》をかけて起《をこ》し立《た》てつ。嬉《うれ》しき事限《かぎ》りなし。「後《をく》れたる人もぞ来《く》る。ありつる男《おとこ》もぞ帰《かへ》り来《く》る」など、危《あや》ふく覚《おぼ》えければ、[二〇]やう〳〵隠《かく》れの方《かた》へ引《ひ》き入《い》れて、時変《ときかは》るまで休《やす》めて、もとのやうに心地《ち》もなりにければ、人のもとに引《ひ》きもて行《ゆ》きて、その布一疋《ぬのひとむら》して、轡《くつは》やあやしの鞍《くら》に替《か》へて、馬《むま》に置《を》きて、京ざまに上《のぼ》る程《ほど》に、[二一]宇治《うぢ》辺《わた》りにて日暮《く》れにければ、その夜《よ》人《ひと》の許《もと》に泊《とま》りて、いま一疋《ひとむら》の布《ぬの》して、馬《むま》の草《くさ》やわが食物《くひ》などに替《か》へて、その夜は泊《とま》りぬ。

翌朝《つとめて》、いと疾く京ざまに上《のぼ》りければ、[二二]九条辺《わた》りなる人の家《いゑ》に、[二三]物へ行《い》かむずるやうにて、立《た》ち騒《さは》ぐ所《ところ》あり。「この馬《むま》、[二四]京に率《い》て行《ゆ》きたらんに、見知《みし》り人あ

同一字形に書写している。当写本での誤謬か。

一五 思い返すかも知れない、思い返したら困る。「もぞ」は危惧・懸念する気持。五行後の「人もぞ来る」「男もぞ帰り来る」の「もぞ」も同じ。

一六 「おもふらん」の誤り。底本「おもひけむ」と書き、「けむ」の右に「らん」と傍書する。誤写の訂正とみて、「らん」の本文をとる。「ひ」は訂正の仕残し、「けん」も同じくミセケチ記号の付け落しと見える。補入・ミセケチ等の記号の付け落しとみられる事例はまま存する。

一七 後を見返りもせず急いで立ち去った。

一八 急いで立ち去る下衆男を、よくよく遠くへ行かせてから、男はおもむろに手を洗い身を浄めて観音に祈る。

一九 静かにそっと手をそえて。

二〇 そろそろと物かげの方に引き入れて時が移るまでゆっくりと休養させて。

二一 京都府宇治市付近。京と奈良を結ぶ街道筋で、宇治川の渡しのある交通の要衝。

二二 八条大路以南九条通り付近。平安京の南端に当るが、五条以南は早くから荒蕪の地となり、七条辺もすでに朱雀野と呼ばれるような田野であったらしい。

二三 何処かへ出かける様子で旅立ちの準備に立ちさわぐ家があった。

二四 平安京域の南端の九条辺は既に京外の意識。

りて、「盗《ぬす》みたるか」など言《い》はれんもよしなし。[一]やをらこれを売《う》りてばや」と思ひて、「かやうの所に馬《むま》など[二]要《よう》ずる物ぞかし」とて、[三]下《を》り走《はし》りて、寄《よ》りて、「もし馬《むま》などや買《か》はせ給ふ」と問《ゝ》ひければ、「[四]馬《むま》をがな」と願《ねが》ひ惑《まど》ひける程《ほど》に、この馬《むま》を見て、「[五]いかにせん」と騒《さは》ぎて、「たゞ今絹《いまきぬ》などなむなきを、この[六]鳥羽《とば》の田《た》や米《よね》などには替《か》へてんや」と言《い》ひければ、「中〳〵絹《きぬ》よりは[七]だいちの事《こと》也《(なり)》」と思ひて、「絹布《きぬゝの》こそ要《よう》には侍れ。己《をの》れは旅《たび》なれば、田《た》などは何《なにゝ》かはせんずると思ひ給《たま》[八]ふれども、馬《むま》の御要《よう》あるべくは、たゞ仰《おほ》せにこそは従《したが》はめ」と言《い》へば、この馬《むま》に[九]乗《の》り心み、馳《は》せなどして、「[一〇]たゞ思ひつるさまなり」と言《い》ひて、この[一一]鳥羽《とば》の近《ちか》き田三丁、[一二]稲少《いねすこ》し、米《よね》など取《ゝ》らせて、やがてこの家《いゑ》を預《あづ》けて、「己《をの》れ、もし命《いのち》ありて、帰《かへ》り上《のぼ》りたらば、その時《とき》に返《かへ》し得《え》させ給へ。上《のぼ》らざらむ限《かぎ》りは、[一三]かくて居給《ゐ(たまひ)》つれ。もし又命絶《いのちた》えて亡《な》くもなりなば、やがて我《わ》が家《いゑ》にし給へ。子《こ》も侍らねば、とかく言《い》ふ人もよも侍らじ」と言《い》ひて、預《あづ》けて、やがて往《い》にければ、[一四]その家《いゑ》は得《え》たりける。米《よね》、稲《いね》など取《と》り置《を》きて、替《かは》り居《ゐ》にけり。たゞ一人《ひとり》なりけれど、食《くひ》物ありければ、[一五]傍《かたは》らなりける下衆《げす》など出《い》で来《き》て、使《つか》はれなどして、たゞ[一六]ありつきにありつきにけり。

[一七]二月許《ばか》りの事なりければ、その得《え》たりける田《た》を、半《なか》らは人に作《つく》らせ、いま半《なか》

一 人目に付かないうちにこっそり売ってしまいたい。「やをら」は静かに物事を行うさま。
二 「えうず」。必要とする。
三 馬から下りて急いで近寄って。
四 馬がほしいと強く希望していたところなので。「惑ふ」は「一途に…する」意。
五 何とか都合して手に入れたいものだと。
六 京都市南区から伏見区にまたがる地。九条の南、鴨川と桂川の合流点付近。低湿な地で、水田が広がっていた。「鳥羽田」「鳥羽田の里」は歌枕にもなった。今昔は「此ノ南ノ田居ニ有ル田」。
七 「第一《(だいいち)》」の意であろう。底本では「い」が行頭に来ており、改行の際の誤脱の可能性が強い。宇治拾遺は「第一の事也」。総索引は縮約形或は誤脱かとする。続く青侍の言葉にはずるがしこく駆け引きする庶民の姿が浮き彫りされる。
八 「給ふれ」は謙譲。
九 馬に試し乗りして見、走らせなどして。
一〇 全く思った通り良い馬だ。
一一 鳥羽の地域でも九条の住居に近い田の意であろう。場所が近く耕作に利便な田である。今昔には「九条田居の田一町」とある。
一二 種用になる稲少しと食用の米などの意であろう。後にも「米、稲など取り置きて」とする。今昔は「稲」のことにはふれず、また男は京の知人の家に宿り、田は人に預けて耕作させ、豊かになって家など建てて何不自由なく暮したと話の展開に小異がある。
一三 そのまま確かに住んでいらっしゃい。確述の「つ」。諸注「給へれ」と読むが、底本での「侍つれ」などの連綿から判断して「給つれ」と読む。
一四 「家は」は「家に」の誤りか。「その家に、得たりける米稲など取り置きて、替り居にけり」となる。宇治拾遺は「その家に入居て、み（流布本

らは我[一八]が料《れう》に作《つく》らせたりけるが、人《ひと》の方《かた》にとて作《つく》りたりける、良《よ》けれども、例《れい》のまゝにて、己《をの》れが料《れう》と名付《なづ》けたりける、ことのほかに多《おほ》く出《い》で来《き》たりければ、多《おほ》く刈《か》り置《を》きて、それうち始《はじ》め、風《かぜ》の吹《ふ》きつくるやうに徳《とく》つきて、いみじき人にてぞありける。その家主《いゑあるじ》も[一九]音《おと》せずなりにければ、その家もわが物にて、ことのほかに徳《とく》ある物にてぞありける。

(五九　清水寺御帳給女事《きよみづでらのみちやうをたまはるをんなのこと》)

今《いま》は昔《むかし》、便《たよ》[二〇]りなかりける女の、清《きよ》[二一]水にあながちに参《まい》るありけり。参《まい》りたる年《とし》月積《つきつ》もりたりけれど、つゆばかりその験《しるし》とおぼゆることなくなり[二二]、いとゞ便《たよ》りなくなりまさりて、果《は》ては年来《としごろ》[二三]ありける所《ところ》をも、そのこととなくあくがれて、[二四]寄《よ》りつく所もなかりけるまゝには、泣《な》く〳〵観音を恨《うら》み奉《たてまつ》りて、「[二五]いみじき前《さき》の世《よ》の報《むく(い)》ひなりといふとも、たゞ少《すこ》[二六]しの便《たよ》り給はり候はん」と、[二七]いりもみ申《(まうし)》て、御前《まへ》にうつぶしたりける夜《よ》の夢《ゆめ》に、「御[二八]前より」とて、「[二九]かくあながちに申《(まうす)》はいとを《(ほ)》しく思《おぼ》し召《め》せど、少《すこ》しにても[三〇]あるべき便《たよ》りのなければ、その事を思《おぼ》し召《め》し歎《なげ》くなり。これを給はれ」とて、御[三一]帳《ちやう》の帷《かたびら》を、いとよくうち畳《たゝ》みて、前《まへ》にう

え)たりける氷稲など取をきて」。
一五 近辺の下衆などもやって来て。
一六 住みつく。安住する。
一七 二月頃のことであるから。旧暦二月は田の神が田に降りる月、種井ばらい、種淅(か)しなど稲作が始る季節。「種かしは二月の節の二五のうち…」(百姓伝記)。虹・喉の乾き・馬の急死など盛夏を思わせる記述をしている事から、季節が合わないとして、二月を米消費の二か月間の意とする解もあるが、二か月では稲は実らず、稲作の途中から三町の田を受け継ぎ、そのうちの半分を小作させることになり、記述内容が落ち着かない。物々交換の展開が稲田に及んだので、稲作準備の始る春二月に季節を変えてしまったものと解したい。説話者の手法であろう。
一八 「料」は使用分。自分の消費用にするために。
一九 何の音沙汰もなくなってしまったので。
▽宇治拾遺・上九十六話と同文説話。今昔十六ノ二十八も記述はやや簡略な同文的な同話。雑談集五にも人物場面を若干変えて更に簡略な話が載る。また昔話として各地に広く分布。馬の蘇生譚は捜神記、世喜寺供養記にも見える。底本は説話末尾を四行空白にし、次話を次葉表一行から書写している。
二〇 寄る辺なく貧乏な女。
二一 清水寺に一途に参詣する者がいた。
二二 「おぼゆることなくなり」の「なり」は衍字。底本は「いとゝたよりなくなり」を補入とし、「まさりて」の前に補入記号を付ける。「なく」の目移りによる誤写の訂正であるが補入位置を二字ずらしたために衍字を生じたもの。
二三 年来住んでいた所も、何ということもなくさまよい出て。今昔は「年来仕ケル所ヲモ其ノ事トナク浮カレテ」と、仕えていた所とする。

ち置《を》かると見《み》て、夢覚《ゆめさ》めて、燈明《みあかし》の光《ひかり》に見《み》れば、夢《ゆめ》に給はると見《み》つる御帳《ちやう》の帷《かたびら》、[一]たゞ見《み》つるさまに畳《たゝ》まれてあるを見《み》るに、「さは、これよりほかに賜《た》ぶべき物なきにこそあんなれ」と思ふに、[二]身の程思《ほどおも》ひ知《し》られて、悲《かな》しくて申《(まうす)》やう、「これ、さらに給はらじ。少《すこ》しの便《たよ》りも候《さぶら》はば、錦《にしき》をも、[三]御帳《ちやう》の帷《かたびら》には縫《ぬ》ひて参《まい》らせんとこそ思《おも》ひ候《さぶら》ふに、この御帳《ちやう》ばかりを給はりて、まかり出《い》づべきやう候はず。返《かへ》し参《まい》らせ候《(さぶらひ)》なん」と口説《くど》き申《(まうし)》て、[四]犬防《いぬふせ》ぎの内《うち》にさし入《い》れて置《を》きつ。さて、またまどろみ入《い》りたるに、又夢《ゆめ》に、[五]「などさかしうはあるぞ。たゞ給はん物をば給はらで、かく返《かへ》し[六]参《まい》らするは、[七]怪《あや》しきこと也《(なり)》」とて、又給はると見《み》る。さて覚《さ》めたるに、又同《おな》じやうになを《(ほ)》前《まへ》にあれば、泣《な》く〳〵又返《かへ》し参《まい》らせつ。かやうにしつゝ、三度返《みたびかへ》し奉《たてまつ》るに、三度《みたび》ながら返《かへ》し賜《た》びて、果《は》ての度《たび》は、この度返《たびかへ》し奉《たてまつ》らば、無礼《むらひ》なるべきよしを戒《いまし》められければ、[八]「かゝりとも知《し》らざらん僧は、御帳《ちやう》の帷《かたびら》を[九]放《はな》ちたるとや疑《うたが》はんずらん」と思ふも苦《くる》しければ、まだ夜深《ふか》く、懐《ふところ》にさし入《い》れてまかり出《い》でにけり。

「これをばいかにすべきならん」と思ひて、引《ひ》き広《ひろ》げて見《み》て、「着《き》るべき衣《ゝぬ》もなし。さは、これを衣《きぬ》にして着《き》む」と思《おも》ふ心つきぬ。それを衣《きぬ》や袴《はかま》にして着《き》てける後、[一〇]見《み》と見る男《おとこ》にまれ、女にまれ、あはれにいとを《(ほ)》しき物に思はれて、

二四 身を寄せる所。　二五 （この上なく貧乏なのは）前世の大変ひどい宿業によるのだとしても。
二六 わずかばかりの生活の資。生きていくための便宜、手段。
二七 焦り揉む。身をもんでむりやりお願いする。いらだってしつこく嘆願する。
二八 「御前」は貴人を敬意をこめて直接でなく指す言い方。観音様からの下賜の品だ。今昔は「御前ヨリ人来テ」とする。
二九 むりやりに。　三〇 ほんのわずかでも、お前が暮していける便宜がないので。
三一 御帳は帳（とばり）の敬称。帳は室内に張り垂らして区切りや隔てとするもの。帷は裏のない一枚だけの絹布。

一 そのまま夢で見たとおりに。
二 我が身の不仕合せの程が。
三 底本「御ちやう」と「には」の間に「のかたひら」と傍書。今昔は「錦ヲモ御帳ノ帷ニ縫テ」であるが、宇治拾遺は「のかたひら」の五字がなく、「にしきをも御帳にはぬひて」とする。
四 仏堂内の内陣と外陣とを仕切る丈の低い格子の衝立。　五 どうしてそのように小賢しくあるのか。小賢しいことをするのか。
六 底本「まいらすそは」と書き、「そ」の右傍に「る」と記す。ミセケチにしていないが訂正と見て傍書本文を採る。　七 よくないことだ。けしからぬことだ。道理や礼儀にはずれる行為。
八 この様な事情だとも知らない寺の僧は。
九 取り付けてあるのをはずして取ること。
一〇 会う人には男であれ女であれ、誰からも。
一一 何のかかわりもない人。思いがけない人。
一二 訴え。愁訴。訴訟。今昔は「人ニ物ヲ云ハムトテモ」とあり、人と交渉する意。

[一一]すゞろなる人の手《て》より物を多《おほ》く得《え》てけり。大事なる人の愁《うれ》[一二]へをも、その衣《きぬ》を着《き》て、知《し》[一三]らぬやむごとなき所にも参《まい》りて申[一四]させければ、かならず成《な》りけり。かやうにしつゝ、人の手《て》より物を得《え》、よき男《おとこ》にも思はれて、楽《たの》[一五]しくてぞありける。されば、その衣《きぬ》をば納《おさ》めて、[一六]かならずせむと思ふ事の折《おり》にぞ、取《と》り出《い》でて着《き》[一七]てける。かならず叶《かな》ひけり。

（六〇　真《ま》福田丸事《ふくたまろのこと》）

今《いま》は昔《むかし》、大和《やまと》の国に長者ありけり。家には山《やま》を築《つ》き、池《いけ》を掘《ほ》りて、いみじきことどもを尽《つ》くせり。[一八]門守《かどまぼ》りの女の子《こ》なりける童《わらは》の、[一九]真福田丸《まふくたまろ》といふありけり。春《はる》、池《いけ》のほとりに至《いた》りて、[二〇]芹《せり》を摘《つ》みけるあひだに、この長者の[二一]いつき姫《ひめ》君、出《い》でて遊《あそ》びけるを見《み》るに、顔貌《かほかたち》えもいはず。これを見《み》てより後《のち》、この童《わらは》、[二二]おほけなき心つきて、歎《なげ》きわたれど、かくとだにほのめかすべき便《たよ》りもなかりければ、つゐ《(ひ)》に病《やまひ》になりて、[二三]その事となく臥《ふ》したりければ、母怪《はゝあや》しみて、その故《ゆへ》をあな[二四]がちに問《と》ふに、童《わらは》、ありのまゝに語《かた》る。[二五]すべてあるべきことならねば、わが子の死《し》なんずる事を歎《なげ》く程《ほど》に、[二六]母《はゝ》も又病《やまひ》になりぬ。

一三　見も知らぬ高貴な人の所にも。
一四　申しあげさせたところ必ず成就した。
一五　富裕な暮しを述べる慣用句。
一六　このままでも、「かならずしとげようと思うことの折」で文意は通るが、やや落着かない。宇治拾遺には「必ず先途と思ふ事の折」とある。「先途」は成否の決まる大事な場合。「せんどと」の「と」脱とみるべきか。
一七　底本「きてる」と書き「る」の右傍に「け」と小書。補入記号はないが誤写訂正と見る。
▽宇治拾遺・下一三一話と同文の説話。今昔十六ノ三十もほぼ同文の同話である。
一八　門番の女。奥義抄「門まもりの嫗」。
一九　福田とはよく供養すれば人に福徳を与えるものを田にたとえた仏教語。それにちなんだ名。
二〇　「芹を摘む」という行為は、「芹摘みしむかしの人も我がごとや心に物のかなはざりけむ」の古歌に関係するもので、当話の重要な要素。芹摘み説話として伝承され、歌語「芹摘みし」、諺「芹を摘む」などを成立させている。枕草子、更級日記、狭衣物語、讃岐典侍日記、唐物語、成尋阿闍梨母集、主殿集、散木奇歌集、千載集、六百番歌合、降房集などにみられる。奥義抄はまた、当話は「書きたること」ではなく、文殊供養の時に導師の仁海僧正が語ったことと伝える。
二一　「傅く」。大切に養育している秘蔵の姫君。
二二　身の程をわきまえない恋心をおこして。「おほけなし」は身分不相応なこと、恐れ多いこと。
二三　どこが悪いという理由もなく病に臥したので。　二四　無理やりに問いただしたところ。
二五　お屋敷の姫君に恋をするなどということは全くあってはならないことなので。
二六　心痛のために母親も子とともに不食の病にかかってしまった。

その時《とき》、[一]この家《いゑ》の女房ども、[二]この女の宿《やど》りに遊《あそ》ぶとて、入《い》りて見《み》るに、二人《ふたり》の物病《や》み臥《ふ》せり。怪《あや》しみて問《と》ふに、女の言《い》ふやう、「[三]させる病《やまひ》にはあらず。しかしかのことの侍《(はべる)》を、思ひ歎《なげ》くによりて、[四]親子《をやこ》死《し》なんとするなり」と言《い》ふ。女房笑《わら》ひて、このよしを姫《ひめ》君に語《かた》れば、あはれがりて、「[五]やすき事也《(なり)》。早《はや》く病《やまひ》をやめよ」と言《い》ひければ、童《わらは》も親《おや》も[六]かしこまりて、喜《よろこ》びて、起《を》き上《あ》がりて、物食《く》ひなどして、元《もと》のやうになりぬ。

姫《ひめ》君言《い》ふやう、「忍《しの》びて文など通《かよ》はさむに、[七]手書《てか》ゝざらん、口惜《くちを》し。手習《てなら》ふべし」。童喜《わらはよろこ》びて、一二日に習《なら》ひ取《と》りつ。またいはく、「わが父《ちゝ》[八]たゝ死《し》なむこと近《ちか》し。[九]その後《のち》、何《なに》事をも[一〇]沙汰《さた》せさすべきに、[一一]文字《もんじ》習《なら》はざらん、わろし。学問《がくもん》すべし」。童《わらは》、又学問《がくもん》して、[一二]物見明《みあ》かす程《ほど》になりぬ。又いはく、「忍《しの》びて通《かよ》はんに、[一三]童《わらは》、見苦《みぐる》し。法師《ほうし》になるべし」。すなはちなりぬ。又いはく、「[一四]その事となき法師の近《ちか》づかん、怪《あや》し。[一五]心経、[一六]大般若など誦《よ》むべし。祈《いの》りせさするやうにもてなさん」と[一七]言《い》ふに、言《い》ふに従《したが》ひて誦《よ》みつ。又言《い》はく、「なを《(ほ)》、いさゝか修行《す(ぎやう)》せよ。[一八]御しんするやうにて近《ちか》づくべし」と言《い》へば、又修行に出《い》で立《た》つ。姫《ひめ》君あはれみて、[一九]藤袴《ふぢばかま》を調《てう》じて取《と》らす。[二〇]片袴《かたばかま》をば、姫《ひめ》君身づから縫《ぬ》い《(ひ)》つ。これを着《き》て修行し歩《あり》く程《ほど》に、この姫《ひめ》君、はかなく煩《わづら》ひて失《う》せにけり。かくし廻《めぐ》りて、[二一]いつしかと

一 長者の家に仕えている女たち。
二 この女の居宅で遊ぼうと思って。
三 これというほどの病ではありません。
四 親子とも死にかかっているのです。
五 そんなことは易しいことです、はやく元気になりなさいといったので。
六 恐れ多く有難いことに思って。
七 「手」は筆跡。文字が書けなくては不本意だ。
八 「たゝ」は「はゝ」とあるべきもの。字形類似による誤写。奥義抄「我父母死なむことちかし」。
九 奥義抄には「その後は何事も」とある。「は」脱と見るべきか。 一〇 指図させる。処置させる。
一一 奥義抄「文字知らざらん」。
一二 物の道理をはっきり見極めるほどになった。
一三 童姿は見苦しい。
一四 これということもない法師。とるに足らない法師。奥義抄は「そのこととなきに」(これといった理由もないのに)とある。
一五 摩訶般若波羅蜜多心経の略。「空」を説いた般若経典の精髄を最も簡潔に要約した経典で、神仏を区別せずあらゆる所で読誦される。
一六 大般若波羅蜜多経。六百巻。般若部の経典を集大成した一大叢書で、唐の玄奘によってはじめて漢訳された。鎮護国家、除災招福のための経典として重んじられ転読される。
一七 「言ふに」は重複書写の消し忘れとも見うる。
一八 護身。夜居の僧が夜間人に付き添って加持祈禱するようにみせかけて私に近付きなさい。
一九 奥義抄、和歌色葉に「姫君あはれみてふぢのはかまを調じてとらす」と、「藤の袴」に作る。今昔は「水干の袴」。また奥義抄、今昔等は別に「ふぢばかま」とも呼んでいる。「藤ばかま」「藤のはかま」は藤や葛などのツル性植物の繊維で織った布で仕立てた粗末な袴の意で、喪服や僧

帰《かへ》りたるに、「姫《ひめ》君失《う》せにけり」と聞《き》くに、悲《かな》しきこと限《かぎ》りなし。それより道心深《ふか》く発《おこ》りければ、ところ〴〵行《おこな》ひ歩《あり》きて、貴《たうと》き上人にてぞをはし(お)ける。名をば[二二]智光とぞ申(まうし)ける。つゐ(ひ)に往生してけり。

あとに弟子《でし》ども、後《のち》の業《わざ》に、[二三]行《ぎ》基菩薩を導師《だうし》に請《しやう》じ奉《たてまつ》りけるに、礼盤《らいばむ》に上《のぼ》りて、「[二四]真《ま》福《ふく》田《た》丸《まろ》が藤袴《ふぢばかま》、我ぞ縫《ぬ》い(ひ)し片袴《かたばかま》」と言《い》ひて、異事《ことごと》も言《い》はで下《を》り給(たまひ)にけり。弟子《でし》ども怪《あや》しみて、問《と》ひ奉《たてまつ》りければ、「亡《まう》者智光、かならず往生すべかりし人也。はからざるに惑《まど》ひに入《い》りにしかば、我、方便《はうべん》にて、かくは誘《こしら》[二五]へたる也」とこそのたまひけれ。

行基菩薩《ぎぼさつ》、この智光を導《みちび》かんがために、仮《かり》に長者の娘《むすめ》と生《むま》れ給へる也(なり)けり。行基菩薩《ぎぼさつ》は文殊《もんず》[二六]なり。真福田《まふくた》丸は智光が童名《わらはなゝ》なり。されば、かく、仏《ほとけ》、菩薩《ぼさつ》も、男女となりてこそ道びき給(たまひ)けれ。

（六一　伊《い》良《ら》縁《え》野《の》世《よ》恒《つね》給二毘沙門下文一鬼神成田与二給物一事《びさもんのくだしぶみをたまはりきしんなりたまひものをあたふること》）

今《いま》は昔《むかし》、越前《ゑちぜん》の国に伊曾[二七]へ野世恒《よつね》といふ物ありけり。もとはいと不合《ふがう》にて、あやしき者《もの》にてぞ有(あり)ける。とりわきて仕《つか》うまつりける毘沙門《びさもん》[二八]に、物も[二九]食《く》はで、

二〇 衣の粗末な衣をあらわす「藤衣」と同意に用いているか。上三十二話では喪服の意の「藤衣」を「ふぢばかま」と記している。
二〇 袴の両脚の片方の意（満佐須計装束抄一）であろう。なお僧や山伏のはく短い袴をもいう。
二一 早く逢いたいと心急ぎながら帰ったところ。
二二 河内国の人。俗姓鋤田連。智恵第一と称された元興寺の学侶。元興寺極楽房の智光マンダラは夢に訪れた仏掌中の小浄土を写すという。
二三 和泉国の人、俗姓高志氏。薬師寺の僧。大僧正。広く民衆を教化し、行基菩薩と称された。東大寺大仏造立に尽す。天平二十一年（七四九）没。
二四 奥義抄「まぶくた丸がふぢばかまわれぞぬひしかそのかたばかま」。袖中抄「俊成卿語云、行基菩薩詞は歌なり。まぶくだが修行に出しふぢばかま我こそぬひしかそのかたばかま」。
二五 「こしらふ」は愚迷の者をなだめすかして導く意に用いることが多い。名義抄「誘コシラフ」。
二六 行基文殊化身説話は三宝絵・中三、往生極楽記、法華験記、今昔十一ノ七、東大寺要録に見え、天平八年（七三六）摂津に到った婆羅門僧正と、行基の贈答歌を中心に広く流布している。
▽奥義抄と同文の説話。奥義抄には後半の文の簡略化がある。真福田丸の同話は古来風体抄、和歌色葉、袖中抄、聖誉抄、私聚百因縁集に見え、今昔十一ノ二は行基智光論義譚の前半として収載。芹つみ説話としては、俊頼髄脳、奥義抄、和歌色葉（以上庭男と后）、綺語抄・中、和歌童蒙抄、袖中抄（以上庭男と姫君）等に見える。
二七 「そへ」は「らえ」の誤写。目録に「伊良縁野世恒」。今昔は「生江ノ世経」に作る。「いらえ」は「いくえ」の字形類似による本文転化であろう。天平神護二年足羽郡大領生江東人は墾田百町を東大寺に施入（東南院文書）して道守庄をたてる

物の欲《ほ》しかりける日《ひ》、「頼《たの》みたてまつりたる毘沙門《びさもん》、助《たす》け給へ」と言《い》ひける程《ほど》に、「門《かど》に、いとお(を)かしげなる女房の、「家主《いゑあるじ》に物言《い》はむ」との[一]給へあり」と言《い》ひければ、「誰《たれ》にかあらん」とて、出《い》でて会《あ》ひたりければ、[二]盛《も》りたる物を一盛《ひともり》、「これ食《く》ひ給へ。「物欲《ほ》し」とありつるに」。[三]取《と》らせたれば、よろこびて、取《と》りて持《も》ちて入《い》りたれば、たゞ少《すこ》しを食《く》ひたるが、飽《あ》き満《み》ちたる心地《ち》して、二三日と物も欲《ほ》しからざりければ、これを[四]置《お》きて、物欲《ほ》しき折《をり》ごとに、少《すこ》しづゝ食《く》ひてありける程《ほど》に、月来過《ごろす》ぎて、この御物《をもの》も失《う》せにけり。「いかゞせんずる」とて、又念《ねん》じたてまつりければ、又ありしやうに、人《ひと》の告《つ》げければ、初《はじ》めにならひて、惑《まど》ひ出《い》でて見《み》れば、このありし女房のの給《(たまふ)》やう、「[五]いかにかは、しあ(へ)えんとする」とて、[六]下《くだ》し文を取《と》らす。見《み》れば、米《よね》二斗《と》が下《くだ》し文《ぶみ》也。「これは、いづくにまかりて受《う》け取《と》らんずるぞ」と申せば、「これより[七]谷《たに》、峰《みね》百丁を越《こ》えて、中《なか》に[八]高《たか》き峰《みね》あり。その峰《みね》の上《うへ》に立ちて、「[九]なりた」と呼ばば、物出《い》で来《き》なむ。会《あ》ひて受《う》けよ」と言《い》ひければ、そのまゝに行《ゆ》きて見《み》ければ、まことに高《たか》き峰《みね》あり。

その峰《みね》の上《うへ》にて、「なりた」と呼《よ》びければ、高《たか》く恐《おそ》ろしげに答《いら》へて、出《い》で来《き》たる物あり。見《み》れば、額《ひたひ》に角生《つのお》ひて、目《め》一《ひと》つ付《つ》きたる物の、赤《あか》き[一〇]犢鼻褌《たうさぎ》したる

など、生江氏は越前を中心にした古代の大族。世恒は今昔に「加賀ノ掾」。三宝絵所載「妙達蘇生注記」には道心深き人としての別伝が載る。

二六 四天王の一。福徳を授ける神。今昔、元亨釈書は「吉祥天女」とする。吉祥天女も福徳を授ける女神で毘沙門の妃(妹とも)とされる。

二七 「物」は食物、ご飯。「御物」ともいう。

一 「へ」は「ふ」の誤りか。「女房の」を受ける連体形。ただし底本で「ふ」を送る表記は下五十八話に一例のみ。「門の所にたいへん美しい女人で、「この家の主人にお話したいことがあります」と言っている人がおります」と人が告げたので。

二 食器に盛った食物(ご飯)を一盛り。

三 「とらせ」は「とゝらせ」の「ゝ」脱とみるべきか。

四 しまっておいて。とっておいて。

五 お前は暮しをどう立てようとしているのか、どうにもなるまい。「為敢ふ」は成しとげる。

六 官庁・寺社などで上位の役所から下位の部署や人などに下す公文書。ここは毘沙門天から従者「ナリタ」に宛てた命令書。

七 今昔「北ニ峰ヲ超テ行カムニ」、宇治拾遺「北の谷峰百町を越て」と「北」の語がある。北は毘沙門天の止住の方角。一町(丁)は六十間、約百九メートル。多くの谷峰を越えての意の類型表現。

八 三峰山(鯖江市)の如きを背後に置く表現か。古く山頂に観音堂と毘沙門信仰の存在したことが知られる(東郷村誌)。越前国名蹟考も、「生江は今立郡にあり来れる姓氏にて…」と言う。

九 毘沙門天の従者、鬼神の名。宇治拾遺も「なりた」、今昔は「修陀」。「なりた」は「戌陀、戌達」などの「戌」を「成」とし、更に稲米に因んで「成田」と転化したと解した。釈氏要覧に「四者首陀、或云成達羅、謂田農之種」の事例がある。

物の、出《い》で来《き》て、ひざまづきてゐたり。「これ御下《くだ》し文《ぶみ》也。この米得《よねえ》させよ」と言《い》へば、[一一]「さること候《さぶらふ》らん」とて、下《くだ》し文を見《み》て、「これは二斗と候へども、「一斗《と》奉《たてまつ》れ」となん候《さぶらひ》つる」とて、一斗《と》をぞ取《と》らせたりける。

そのまゝに受《う》け取《と》りて、帰《かへ》りて後《のち》より、その入《い》れたる袋《ふくろ》の米《よね》一斗《と》、尽《つ》きせざりけり。千万石《せんまむごくと》取れども、たゞ同《おな》じやうに、一斗は失《う》せざりければ、国《くに》の守聞《かみき》きて、[一二]このよねを召《め》して、「その袋《ふくろ》、我《われ》にくれへ[一三]」と言《い》ひければ、国《くに》の内《うち》にある物なれば、え否《いな》び聞《き》こえで、米《よね》百石《こく》ぞ取《と》らせたりける。守《かみ》の許《もと》にも、いと[一四]取《と》りつれば、また出《い》で来《き》ければ、「いみじき物まうけたり」とて、持《も》たりける程に、百石取《と》り果《は》てつれば、一斗の米《よね》も失《う》せにけり。本意《ほい》なくて、返《かへ》し取《と》らせたりければ、世恒《よつね》が許《もと》にては、又出《い》で来《き》にけり。かくて、えもいはぬ長者にてぞありける。

（六二　和泉国ゝ分寺住持艶二寄吉祥天女一事《いづみのくにのこくぶでらのぢゆうぢきちじやうてんにょにえもいはずたはぶるること》）

今《いま》は昔《むかし》、和泉《いづみ》[一五]の国国分寺《くにこくぶでら》[一六]に、鐘撞《かねつ》き法師ありけり。鐘撞《かねつ》き歩《あり》[一七]きけるに、吉《きち》[一八]祥天《じやうてん》のおはしましけるを見《み》[一九]たてまつるだに、思ひかけたてまつりて、掻《か》き抱《だ》

一〇　ふんどしの類。伊呂波字類抄「犢鼻褌　タフサキ」。宇治拾遺・上三話に鬼の姿を描く。
一一　そういうことがありましょう、そのことは承知しております。　一二「よね」は「よつね」の「つ」脱。宇治拾遺「この世恒をめして」。
一三　総索引は「くれよ」の誤りとみておくとする。
一四「いと」は「いつと（一斗）」の促音無表記とみる。今昔、宇治拾遺は「一斗」。
▽宇治拾遺・下一九二話と同文の説話であるが、「米二斗が下文也」の前後に異同がある。今昔十七ノ四十七はほぼ同文的同話。元亨釈書は簡略化した異伝で、吉祥天女を信仰し、道に米二斗を得るとする。類話に、今昔十七ノ四十四は貧僧が毘沙門の使者の女と契り金を生ませる話、三国伝記十一ノ九は貧僧が山王権現に祈念して手紙を授かり深山を尋ねて富を得る話。底本目録の「鬼神田」を「鬼神ナリ田」の「ナリ」脱と見て補い、仮に「成」を宛てた。また「与給物」は「給田」「給地」などと同様に「給物《きふもつ》」を与ふ」とも読めようが訓読しておいた。
一五　畿内五か国の一つ。霊亀二年（七一六）和泉・日根・大鳥三郡を河内国から割いて和泉監。天平宝字元年（七五七）和泉国となる。
一六　国分寺は聖武天皇天平十三年（七四一）に国家安穏の祈願のために国ごとに建てられた寺であるが、和泉国分寺は承和六年（八三九）に既存の寺が指定されたもの（続日本後記）。旧称安楽寺。本尊薬師如来。光明皇后田植女伝説を持ち、美しい女性に所縁《ゆかり》のある寺である。
一七「ありく」は時間的には「ずっと…して日を過す」。鐘をついて月日を過ごす意。
一八　摩訶室利とも功徳天ともいう。福徳を司る女神として崇敬され、最勝王経・大吉祥天女増長財物品の所説に基づく吉祥悔過会には主尊と

きたてまつり、引《ひ》[一]き抓《つ》みたてまつり、口吸《くちす》[二]ふ真似《(ふ)まね》などして、月ごろ経《ふ》る程に、[三]夢《ゆめ》に見《み》るやう、鐘撞《かねつ》きに上《のぼ》りたるに、例《れい》の事なれば、吉祥天《きちじやうてむ》をまさぐりたてま[四]つるに、うちはたらきての給《(たまふ)》やう、「[五]わ法師の、月来《ごろ》我を思ひかけてかくする、いとあはれ也《(なり)》。我《われ》、汝《なんぢ》が妻《め》にならむ。その月《つき》のその日、播磨《はりま》の印南野《[六]いなみの》にかならず来会《きあ(へ)》え。そこにてぞ会《あ》[七]はむずる」と見て、覚《さ》めて、嬉《うれ》しきこと限《かぎ》りなし。物仰《おほ》せられつる御顔《かほ》の、現《[八]うつゝ》のやうに面影《おもかげ》に立《た》ちて見《み》えさせ給へば、「いつしかその月日になれかし」とおぼゆ。

明《あ》け暮《く》るゝも静心《[九]しづ》なき程《ほど》に、からうじて待《ま》ちつけて、まづかしこにきをゝき[一〇]て、印南野《いなみの》に、その日になりて、いつしか〳〵[一一]とし歩《あり》くに、えもいはぬ[一二]女房の、色《いろ》[一三]〳〵の衣着《きぬき》て、裾取《すそと》り、出《い》で来《き》たり。見《み》つけて、「これか」と思へど、わななかれて、ふとえ寄《よ》り付《つ》かず。女房、「いとあはれに来会《きあ》ひたり」とて、「今《いま》はまづ入《い》るべき家一《(ひとつ)》造《つく》れ」。「あはれ、いかにしてか造《つく》り候《(さぶらふ)》べき」と申《まう》せば、「ことにもあらず。とく始《はじ》めよ」とある程《ほど》に、男《をのこ》の、ある一人出《ひとりい》で来《き》て、「かく野中には、いかなる人のおはしますぞ」と言《い》へば、「この辺《(へん)》に住《す》まむと思ひて来《き》たるに、家もなし。便《たよ》[一四]りもなければ、いかゞせまし」と言《い》へば、「さてはまづおはし[一五]事《こと》にも候はず。己《をの》れが候へば、何事《なにごと》に候《(さぶらふ)》と仕《つかまつ》らん」と言《い》へば、「まづおはし

して祀られる。菅家本諸寺縁起集・大安寺条の「木像吉祥天女…殊勝也」などは美女だったことを示す。薬師寺の絵像をはじめ諸寺の宝冠を戴く姿はまことに豊麗である。

一九 見奉るだけで思いを懸け奉るようになり。涅槃経・高貴徳王菩薩品「譬如下有レ人見ニ画女像一亦復生レ貪、以レ生レ貪故得中種種罪上」。

一 つねる。指先でつまむ。新撰字鏡「抓　豆女乎毛天加久、又豆牟」。

二 色葉字類抄「吸　クチスフ〈両口相交也〉」。

三 最勝王経には吉祥天女の誓願として「従レ是以後当レ令下彼人於ニ睡夢中一、得レ見ニ於我一、随ニ所求事一、以レ実告知上」とある。

四 弄る。手の先でいじる。もてあそぶ。

五 「わ」は親愛感を示す接頭語。

六 兵庫県の明石川と加古川の間、海岸沿い東西約二十キロメートルの台地状の平野。山陽道の要地として早くから開かれ、野口に加古の宿駅が置かれていたが、後々まで丘陵の間に池沼の散在する広大な原野を止めていた。

七 「あふ」は結婚する、妻になること。

八 現実の事の様に幻となって出現なさるので。

九 はやくその日にならないかと毎日が心落ち着かずにいるうちに。

一〇 「きをゝきて」は意味不明。「気を置きて」で気にかける意か。

一一 早く逢いたいと捜しながら歩き廻ると。

一二 この上もなく美しい女房が。色葉字類抄「艶詞《エモイハヌ》」。いと・いみじくよりも強い表現。

一三 種々の色の衣を重ね着て。「色々」はさまざまな色。荒野には伝承的に、人間以外のものと交渉を持つ非日常的空間のイメージがある。

一四 「便り」は頼みとする所。縁故。つて。

一五 お住いになる所。敬語を使用。便宜を計る

まし所造《どころつく》り候はん」とて、「人召《め》して参《まい》らむ」とて往《い》ぬ。その辺《へん》の宗《むね》[一六]とある物の、[一七]党多《たうをほ》かるななりけり。告《つ》げまはしたりければ、集《あつま》りて、[一八]桁一《けたひと》つを《(お)》の〳〵持《も》て続《つゞ》きて来《き》たり。[一九]何《なに》も彼《か》も降《ふ》り湧《わ》くやうに出《い》で来《く》れば、[二〇]このかく物する物とても、かつは、を《(お)》のが物ども取《と》り持《も》て来《く》。又物取《と》[二一]らせなどして、程《ほど》なく家めでたく造《つく》り、[二二]えもいはずしつらひて、据《す》ゑたてまつりつ。近《ちか》く参《まい》り寄《よ》りて臥《ふ》したる心地《ち》、置《お》[二三]き所《どころ》なし。仰《おほ》せらるゝ様《(やう)》、「我、今《いま》は汝《なむち》が妻《め》になりにたり。我を思《ゝも》はば、[二四]異妻《ことめ》なせそ。たゞ我一人《われひとり》のみをせよ」と仰《おほ》せらるゝ。これは、[二五]たゞあらん女の、少《すこ》し思《おも》はしからんが言《い》はんだに、従《したが》はざるべきにあらず。まして、これは言《い》ふ限《かぎ》りなし。「いかにも、たゞ仰《おほ》せに従《したが》ひてこそ候はめ」と申せば、「いとよく言《い》ひたり」とて、[二六]あはれとおぼしたり。

かくて田を作《つく》れば、この一段《たん》は異人《ことひと》の十町《ちやう》に向《むか》[二七]はりぬ。よろづに乏《とぼ》しき物つゆなし。その郡《こほり》の人《ひと》、叶《かな》[二八]はぬなし。隣《となり》の郡《こほり》の人も、聞《き》きつゝ、物乞《こ》ふに従《したが》[二九]ひつ取《と》らす。又持《も》て居《い》る馬《むま》、牛多《うしおほ》かり。かくしつゝ、[三〇]一国《ひとくに》に満《み》ちにたれば、国《くに》の守《かみ》も、やむごとなき物にして、言《い》ひと言《い》ふ事の聞《き》かぬなし。

かく楽《たの》しくて年来《としごろ》ある程《ほど》に、事《こと》の沙汰《さた》しに上《かみ》[三一]の郡《こをり》に行《い》きて、日来《ごろ》ある程《ほど》に、追従《ついせう》する物、「[三二]あはうの郡《こほり》の、なにがしと申《(まうす)》物の女《むすめ》のいとよきをこそ召《め》して、

べく、天女の力によって出現した男であろう。
一六 おもだった者。中軸となるべき者で。
一七 「党」は仲間。「なゝりけり」の「ゝ」は衍字。
一八 橋や家の外側の柱の上に渡す横木。
一九 建築の用材も人手も、何も彼も必要なものが天から降り地から湧くように出て来るので。
二〇 この様に集って来る者たちも、物が降り湧くように出て来る一方では、各人の物など持って集って来る。「物とても」の「て」は「も」の古体の仮名「ん」の誤写で「物ともも」か、或は衍字か。
二一 又それらの者に天女の方からも代りの物を与えなどして。
二二 「しつらふ」は室内に調度類を配し飾りつけること。家を立派に造り、この上もなく美しく室内を整えて天女をお住まわせした。
二三 我が身の置き処もないほどの思いであった。
二四 他の女性と交ってはいけない、私一人を妻としなさい。　二五 普通の女で少しばかり好ましく思われるようなのが言うのでさえ。
二六 感心なことといとおしくお思いである。
二七 「向はる」はぴったり対応する。相当する。
二八 「叶ふ」は願いが叶う意であろう。この男を頼り所とすれば願いが成就しないことはない。そのため評判は隣郡にまで広まり、人々が頼り所と集って来たというのである。「叶ふ」を匹敵する、対抗出来る意にとれば「叶うなし」の誤写ということになろう。
二九 「つ」は完了の助動詞の接続助詞化したもの。
三〇 その勢力が国中に及んだので。
三一 加古川下流の印南野加古駅辺から見て上流の加古川中流域を指すものであろう。
三二 加古川中流域、小野市西部の、東大寺領粟生庄（東南院文書・川合郷粟生村）のあったあたりの広域地名であろう。

御[一]足《あし》など打《う》たせさせ給はめ」と言《い》ひければ、「好《す》き心《ごころは》[二]湧きたりとも、犯《をか》さばこそはあらめ」と思ひて、「よかんなり」と言《い》ひければ、心[三]うく装束《さうぞ》かせて、出《い》で来《き》にけり。近《ちか》く呼《よ》び寄《よ》せて、足《あし》[四]もたせなどしける程に、いかゞありにけむ、親《した》しくなりにけり。思[五]ふとならねど、日来《ごろ》有《(あり)》ける程置《お》きたりけり。

事《こと》の沙汰《さた》果《は》てゝ帰《かへ》りたりけるに、御気色《けしき》いと悪《あ》しげにて、「いかで、さばかり契《ちぎ》りしことをば破《やぶ》るぞ」とて、むつからせ給《(たまひ)》て、「今《いま》は我帰《かへ》りなむ。こゝにえあらじ」と仰《おほ》せられければ、ことは《(わ)》り[六]申《(まうし)》、なを《(ほ)》慕《した》ひ申《(まうし)》けれど、「これ、年来《としごろ》[七]の物なり」とて、大《おほ》きなりける桶《をけ》に、白《しろ》き物を二桶《ふたをけ》[八]かき出《い》だして賜《た》びて、いづちともなくて失《う》せ給《(たまひ)》にければ、悔《く》ひ泣《(い)な》きしけれども甲斐《かひ》なし。この桶《をけ》なりける物は、この法師《ほうし》の年来《としごろ》の淫欲《いんよく》[九]といふ物を、溜《た》め置《を》かせ給へりけるなりけり。さて後《のち》は、いとゞを[一〇]のやうにもこそなければ、いと貧《まづ》しからぬ物にて、いとよくて、聖《ひじり》[一一]にて止《や》みにけると、人の語《かた》りし也《(なり)》。

(六二　竜樹菩薩《りゆうずぼさつ》先生《さきのよに》以二隠蓑笠《かくれみのかさをもちて》一犯二后妃《きさきををかす》一事《こと》)

今《いま》は昔《むかし》、竜樹《りうず》[一二]菩薩、たゞの人におはしける時《とき》、俗《ぞく》[一三]三人を語《かた》らひ合《あ》はせて、隠《かく》[一四]

一 足を按摩して凝りをなおすこと。栄花・みはてぬ夢「これを召して御足など打たせさせ給ける程に、むつまじうならせ給て」。
二 底本の「は」は「わ」の誤り。好き心がきざしたとしても犯しさえしなければ良いだろう。
三 「心にくゝ」などの誤写か。
四 前文によれば「もたせ」は「うたせ」の誤となる。或は「持たせ」で足を揉ませる意か。
五 特に女を愛しく思うというわけではないが。
六 言いわけをし。
七 夫婦になって以来のものですと言って。
八 二桶は朸(おうご)などで担う量のイメージ。
九 色葉字類抄「婬欲　イムヨク」。淫水。精液。
一〇 「を」は「本」の草体あるいは「もと」の連綿を誤写したものであろう。天女と共にいた頃のような勢力ではないけれども、それほど貧しくない者で、人の覚えも良くて。
一一 「聖」は大寺に属さず、山林に草庵を結ぶ私度の僧。平安初期に興福寺の僧教信は加古川下流の野口で草庵を結び、妻子を持って農業を手伝い、或は旅人の荷をになって念仏者としての生涯を送ったと伝える。この様な出家者を下敷にして生長した説話か。
▽類話に霊異記・中ノ十三、今昔十七ノ四十五がある。吉祥天女像を恋して夢に交る話であり、古本説話は更に話を発展させている。説話題目は目録の「艶寄」を、仮に「えもいはずたはぶる」と読んでみた。「艶」は色葉字類抄、今昔等の「エモイハズ」の訓により、「寄」も類聚名義抄の「モテアソフ、タハフル」の訓に従った。底本は「かくたのしくて」(四九一頁一五行)でオモテの末行を終り、ウラ第一行を空白にして第二行から「としころあるほとに」と書写している。
一二 南印度の人。大乗仏教の理論的大成者。顕

れ蓑《みの》の薬《くすり》を作《つく》る。その薬《くすり》を作《つく》る様《やう》は、宿木《やどり》を三寸に切《き》りて、蔭《かげ》に三百日干《ほ》して、それをもちて作《つく》る。その法《ほう》を習《なら》ひて作《つく》りける也《(なり)》。その木を髻《もとゞり》[一五]にたもちてすれば、隠《かく》れ蓑《みの》のやうに、形《かたち》を隠《かく》すなり。

さて、この三人[一六]の俗《ぞく》、心を合《あ》はせて、このかたち[一七]を頭《かうべ》にして、王宮に入《い》りぬ。もろ〳〵の后《きさきをか》[一八]犯す。后《きさき》たちは、目《め》に見《み》えぬ物の、忍《しの》びて寄《よ》り来《く》るよしを、御門《みかど》に申《(まうす)》。

時に御門《かど》、賢《かしこ》く《(お)》をはしける御門《かど》にて、「この物は、形《かたち》を隠《かく》してある薬《くすり》を作《つく》りてある物ども也。すべきやうは、灰《はい》[一九]を隙《ひま》なく宮の内《うち》に撒《ま》きてん。さらば、身は隠《かく》す物なりとも、足形《あしかた》[二〇]つきて、行《ゆ》かん所はしるく現《あらは》れなむ」と構《かま》へられて、灰《はひ》を召《め》して、隙《ひま》なく撒《ま》かれて、この三人の物どもの、宮《みや》の内《うち》にある折《をり》に、この灰《はひ》を撒《ま》きこめつれば、足形《あしかた》の現《あらは》るゝに従《したが》ひて、太刀《たち》抜《ぬ》きたる物どもを入《い》れて、足《あし》形《かた》つく所を、推《ゝ》し量《はか》りに切《き》りければ、二人は切《き》り伏《ふ》せつ。いま一人は、后《きさき》[二一]の御裳《も》の裾《すそ》をひき被《かづ》きて伏《ふ》し給《(たまひ)》て、多《おほ》くの願《(ぐわん)》[二二]を立《た》て給ふ。その験《しるし》にやあらん、二人を切《き》り伏《ふ》せてければ、「一人こそありけれ」とて去《さ》りぬ。

その後《ゝち》、人間《ま》をはかりて、この竜樹菩薩《りうずぼさつ》は、賢《かしこ》く宮の内《うち》を逃《に》げ給《(たまひ)》て、法師《ほうし》になり給《(たまひ)》て、かく竜樹菩薩《りうずぼさつ》とは崇《あが》められ給《(たまふ)》なりけり。されば、もとは俗《ぞく》にてぞ。

密八宗の祖。竜猛とも。「たゞの人」は在俗の人。

一三 「俗三人を」は後文に合わない。「俗三人語らひ合はせて」とありたいところ。ただし打聞集も「三人ヲ」とする。今昔は「俗三人有テ語ヒ合セテ」で竜樹を含む三人の意。原典の竜樹伝は「契友三人亦是一時之傑」と竜樹と友人三人とある。

一四 竜樹伝「隠身法」、今昔「隠形ノ薬」。「隠れ蓑の薬」は、隠れ蓑のように形を隠すことの出来る薬の意。「隠身の薬」を誤ったと見られなくもないが、このままで解せる。

一五 「もとどり」は「本取り」の意、髪を頭上に集めて束ねたところ。「たもちてすれば」は「たもちつれば」(保持すると)の誤りであろう。

一六 竜樹を含む三人。竜樹伝は竜樹を含めて四人が術師を尋ねて「青薬」を得ると話を展開。

一七 「かたちを」不審。「隠形の薬」(形を隠してある薬)を誤ったか。「頭にして」も「頭にさして」の「さ」誤脱とみるか。今昔「此ノ隠形ノ薬ト頭ニ差テ」、打聞集「カノ陰形ノ薬ヲ首ニ指テ」。

一八 「きさきをゝかす」とありたい。改行の際に「を」を脱したものであろう。

一九 「灰」は竜樹伝に「細土」、今昔、打聞集に「粉」とする。 二〇 足跡。日葡辞書「アシカタ 足跡または形跡」。

二一 竜樹伝は「唯有ニ竜樹一斂レ身屏レ気、依ニ王頭側一、王頭側七尺刀所レ不レ至」とする。

二二 竜樹伝「即自誓曰、我若得レ脱、当下詣ニ沙門一受中出家法上」。

▽今昔四ノ二十四、打聞集十三と同文的な同話。類話に竜樹菩薩伝、付法蔵因縁伝第五、天台九祖伝、法苑珠林五十三、仏祖統記、真言伝、三国伝記がある。類話は「寄生木の薬」に対し「青薬」とするもので、この系統の説話が原拠。

（六四　観音経変ニ化蛇身一輔ニ鷹生一事《くわんおんぎやうじやしんにへんぐゑしてたかじやうをたすけたまふこと》）

今《いま》は昔《むかし》、[一]鷹《たか》を役《やく》にて過《す》ぐる物ありけり。[二]鷹《たか》の放《はな》れたるを取《と》らんとて、鷹《たか》の飛《と》ぶに従《したが》ひて行《ゆ》きける程に、遥《はる》かに往《い》にけり。鷹《たか》を取《と》らんとて見《み》れば、遥《はる》かなる奥《おく》山の、[三]谷《たに》の片岸《かたぎし》に、高《たか》き木に、鷹《たか》の巣《す》食《く》ひたるを見置《みを》きて、「[四]いみじきこと見置《みを》きたる」と思ひて、「今《いま》は[五]よき程《ほど》になりぬらん」と思ふ程《ほど》に、この鷹《たか》の子《こ》下《おろ》しに往《い》にけり。

えもいはぬ奥《おく》山の、[六]深《ふか》き谷《たに》、底ゐ《そこ(ひ)》も知《し》らぬに、谷《たに》の上《うへ》に、いみじく高《たか》き[七]榎《え》の木の、枝は谷《たにゝ》にさし[八]おほをりたるが上《かみ》に巣《す》を食《く》ひて、子《こ》を生《う》みたり。この[九]子《こ》を生《う》みたるが、この巣《す》のめぐりにし歩《あり》く。見《み》るに、えもいはずめでたき鷹《たか》にてあれば、「子《こ》もよかるらん」と思ひて、[一〇]よろづも知《し》らず登《のぼ》る。やう〳〵かき登《のぼ》りて、今《いま》、巣《す》のもとに登《のぼ》らんとする程《ほど》に、踏《ふ》まへたる木の枝折《えだを》れて、谷《たにゝ》に落《を》ち入《い》りぬ。[一一]谷《たに》の底《そこ》に、高《たか》き木のありける枝《えだ》に落《を》ちかゝりて、その木《き》の枝《えだ》をとらへてありければ、生《い》きたる心地《ち》もせず。我にもあらず、すべき方《かた》もなし。見下《みおろ》せば、底ゐ《そこ(ひ)》も知《し》らず深《ふか》き谷《たに》なり。見上《みあ》ぐれば、遥《はる》かに[一二]高《たか》き木也《(なり)》。かき登《のぼ》るべき方《かた》もな

一 役は仕事、職業。鷹の子を巣から取り降ろして鷹狩用に飼育するのを職とする者。今昔「年来鷹ノ子ヲ下シテ、要ニスル人ニ与ヘテ、其ノ直ヲ得テ世ヲ渡リケリ」。法華験記、今昔、観音利益集等は「陸奥国」の男の話とする。
二 鷹の逃げたのを捕ろうとして。今昔は親鷹が例年の所に営巣しなかったので山中をさがし求めて見付けたとする。
三 谷の片側が崖になっている所の、高い木に。
四 すばらしいことを見付けて置いたものだと。
五 育てやすい大きさの鶵になったろうと思うころに。「取レ鷹七月上旬為ニ上時一、内地者多、塞外者少、八月上旬為ニ次時一、下旬為ニ下時一、塞外之鷹畢至矣」（鷹鶻方）。「離レ巣自求レ食時捕来者曰ニ網掛〈阿加計〉一、取レ巣育ニ人家一者曰ニ巣鷹〈須太加〉一、当時鷹匠人臂レ之、閑ニ居于灯下一、毎夜自レ酉至レ子、如レ此二十日許而徐馴矣」（和漢三才図会）。
六 宇治拾遺「深き谷の」。「そこゐ」は「そこひ」、極まる所、奥底。今昔、宇治拾遺も「そこゐ」と表記。　七 ニレ科の落葉高木。山野に自生し、高さ二十メートル、太さ一メートルほどになる。
八 総索引は、「覆おほひ」の誤りとも見えるが、観智院本名義抄の「蒙…カウフル　オホヽ（フ）ル」により珍らしい語と確認出来ようと指摘。
九 子を生んだ親鷹が。
一〇 何もかも忘れて夢中になって。
一一 谷のはるか下の、底の方に生えている高い木の枝に。宇治拾遺は「谷の片岸にさしいでたる木の枝に」とする。
一二 「たかき木」の「木」は「きし」（岸）の誤りであろう。前の「たかきゝ」（高き木）にひかれたもの。宇治拾遺は「高き岸」
一三 法華験記、今昔は従者ではなく、隣の男を

し。

供《とも》にある従者《ずさ》[一三]どもは、谷《たにゝ》に落《を》ち入《い》りぬれば、「疑《うたが》ひなく死《し》ぬる」と思ふ。「さ[一四]るにても、いかゞあると見む」と思ひて、岸《きし》のもとに寄《よ》りて、わりなく[一五]爪立《つまだ》てゝ、恐《おそ》ろしければ、わづかに見入《みい》るれど、底ゐ《そこ(ひ)》も知《し》らぬ谷《たに》の底《そこ》に、木[一六]の葉繁《しげ》き下枝《したえだ》にあれば、さらに見《み》ゆべきやうもなし。目《め》[一七]くるめく心地《ち》すれば、しばしもえ見《み》ず、すべき方《かた》なければ、さりとてあるべきならねば、家に行《ゆ》きて、から〳〵と言《い》へば、妻子《めこ》ども泣《な》き惑《まど》へども、かひもなし。会《あ》はぬまでも、見《み》に行《い》かまほしけれど、「さらに道《みち》もおぼえず。又を《(お)》はしたりと[一八]、底ゐ《そこ(ひ)》も知《し》らぬ谷底《たにそこ》にて、さ[一九]ばかりのぞき、よろづは見《み》しかども、見《み》え給はざりき」と言《い》へば、「まことにさぞあらん」と人《ひと》〴〵も言《い》へば、え[二〇]行《い》かず。

あの谷《たにゝ》には、すべき方《かた》もなくて、石《いし》[二一]の稜《そば》の、折敷《をしき》[二二]の広《ひろ》さにてさし出《い》でたる片《かた》稜《そば》に、尻《しり》を掛《か》けて、木の枝《えだ》を捉《とら》へて、少《すこ》しもみじろぐべき方《かた》もなし。いさゝか[二三]もはたらかば、谷《たにゝ》に落《を》ち入《い》りぬべし。いかにも〳〵すべき方《かた》なし。かくてぞ、鷹《たかゝ》飼ふを役《やく》にて世《よ》を過《す》ごせど、幼《おさな》くより観[二四]音経を読《よ》みたてまつり、たもちたてまつりたりければ、「助《たす》け給へ」と思ひ入《い》りて、ひとへに頼《たの》みたてまつりて、この経を夜昼《よるひる》[二五]いくらともなく読《よ》みたてまつる。「弘誓深如海《ぐぜいしんかい》[二六]」と申《(まうす)》わたりを読《よ》

登場させ、鷹取りは崖の途中の巣を取るため籠に乗って下りるが置き去りにされるとする。なお、本話に取材した謡曲・鷹飼では「か様に候者は、鷹飼の何某の御内に、平太と申者にて候、扠も頼み奉りし人は、去比はるか成深山にて、鷹の巣を見付給ひ、世になき事と喜び給ひ…」とある。

一四 それにしてもどうなっているか見よう。

一五 無理に爪先を立てて(見下した)。

一六 男は木の葉が繁っている下枝に居るので。

一七 目がまわる。目まいがする。和名抄「眩 女久流女久夜末比、懸也、目所レ視動乱如レ懸レ物、揺々然不レ定也」。

一八 「と」は「とも」に同じ。逆接の仮定条件。たとえおいでになっても(底もわからない深い谷の底で無駄でしょう)。宇治拾遺は「とも」。

一九 「さばかり」は程度のはなはだしいこと。あんなにまでして一生懸命に覗き込み、いろいろ手をつくして谷底を見て捜しましたが。

二〇 行かないでしまったの気持。宇治拾遺「え行かずなりぬ」。

二一 石のとがって突き出たかど。

二二 杉や檜などの薄い板で作った角盆。食物などを載せ、また神々に物を供えるのに用いる。

二三 少しでも動けば谷の底に落ち込んでしまうにちがいない。

二四 法華経・観世音菩薩普門品のこと。本来独立した経典であり、単独の経典としても扱われる。

二五 何度となく。

二六 無尽意菩薩の問に答えた世尊の偈の一部「汝聴三観音行　善応二諸方所一　弘誓深如レ海　歴レ劫不二思議一　侍二多千億仏一　発二大清浄願一」。弘誓とは四弘誓願(あらゆる生物を救う、一切の煩悩を断つ、仏の教えをすべて学びとる、この上ないさとりに至る)の如きをいう。

む程《ほど》に、谷《たに》[一]の奥《おく》の方《かた》より、物の[二]そよ〳〵とくる心地《ち》のすれば、「何《なに》にかあらん」と思ひて、やをら見《み》れば、えもいはず大《おほ》きなる蛇《じゃ》なりけり。長《なが》さ二丈許《ばか》りなるが、[三]臥《ふ》し丈《たけ》三尺許《ばか》りなる[四]かおかたさきへ、さしにさして来《く》れば、「我はこの蛇《じゃ》に食《く》はれなむずるなめり。悲《かな》しきわざかな。観音助《たす》け給へとこそ思ひつれ。こはいかにしつることにか」と思ひて、念《ねん》じ入《い》りてある程《ほど》に、たゞ来《き》に来《き》て、わが膝《ひざ》のもとより過《す》ぐれど、[五]我を飲《の》まむとさらにせず。たゞ谷《たに》の上《うへ》さまへ登《のぼ》らんとするけしきなれば、「いかゞはせん。たゞこれに取《と》り付《つ》きたらばしも、登《のぼ》りなむかし」と思《おも》ひて、腰《こし》に差《さ》したる[六]刀《かたな》をやをら抜《ぬ》きて、この蛇《じゃ》の背中《せなか》に突《つ》き立《た》てて、それを捉《とら》へて、背《せ》中に[七]すがれて、蛇《じゃ》の行《い》くまゝに引《ひ》かれて行《い》けば、谷《たに》より岸《きし》の上《うへ》さまに[八]こそろと登《のぼ》りぬ。その折《をり》に、この男離《をとこはな》れて退《の》く。この刀《かたな》を取《と》らんとすれど、強《つよ》く立《た》ちにければ、え抜《ぬ》かぬ程《ほど》に、引《ひ》きはづして、背《せ》中に刀差《かたなさ》しながら、蛇《じゃ》はこそろと渡《わた》りて、向《む》かひの谷《たに》に渡《わた》りぬ。この男《おとこ》、「嬉《うれ》し」と思ひて、出《い》でて急《いそ》ぎて行《い》かんとすれど、この二三日に、[九]しろきはたらきもせず、[一〇]あからさまにうち臥《ふ》す事もせず、[一一]物食《く》ふ事《こと》はまして知《し》らず過ぐしたれば、[一二]かつ〴〵と[一三]影《かげ》のやうにて、やう〳〵家に行《い》き着《つ》きぬれば、妻子《めこ》ども従者《ずさ》どもなど、見《み》てあさましがり、泣《な》き騒《さは》ぐ。

一 宇治拾遺「谷の底のかたより」。
二 物が軽く触れ合ってかすかな音を立てるさま。
三 うずくまった時の動物の占める場所の長さ、とぐろを巻いた形での蛇の占める幅などをいう。今昔「同長サ許ナル蛇ノ臥長一把許ナル」、平家八「臥長は五六尺ばかりにて跡枕辺は十四五丈もあるらむと覚ゆる大蛇にて」、曾我物語七「その中に臥長一丈あまりなる虎の」。
四 全書は「なるが」と読み、以下「おのが肩先」の誤か、とする。或は「臥し丈三尺許りなる、かお(顔)かたさき(肩先)へ」と読むか。顔は「かほ」と表記しているが、上十九話「かを」、上二十八話「かを」を「かほ」とミセケチ訂正の例あり。
五 法華験記は「(大きなる毒蛇ありて)海の中より出でて、岩に向ひて登り来りて呑まむと欲す。鷹取、刀を抜きて、蛇の頭に突き立てつ。蛇驚きて走り登るに、鷹取蛇に乗りて、自然に岸の上に至りぬ」とする。今昔も同じ内容。
六 腰差しの短い刀。
七 「れ」は「り」の誤写で「すがりて」か。宇治拾遺は「すがりて」。総索引は「奉れ給ふ」など、ある種の四段動詞連用形に見られる現象かとも。
八 そろりそろりと。静かに動くさま。
九 「しろし」(著し)はいちじるしい、はっきりしている。「はたらき」は活動。宇治拾遺は「いささか身をもはたらかさず、物も食はず過ごしたれば」とする。 一〇 ほんのちょっとでも。かりそめにも。下に打消を伴う。
一一 まして食物をとることは出来ずに日を過したので。「知る」は打消を伴い「出来ない」意。
一二 やっと。かろうじて。
一三 瘦せ衰えた様の形容。浜松中納言物語五「影のやうにあさましくやせほそり」。
一四 一方、家では男が谷に落ちて帰らず、その

[一四]かくて三四日になりにければ、「さのみいひてあるべきことかは」とて、経[一五]仏の事《こと》などして、仏師[一六]に物取《と》らせんなどする程《ほど》になりにけり。

かう〳〵と事《こと》の様《さま》を語《かた》りて、「観音の御徳《とく》[一七]に、かく生《い》きたるとぞ思《おも》ふ」とて、[一八]あさましかりつることも泣《な》く〳〵語《かた》りて、物など食《く》ひて、その夜は休《やす》みて、翌《つと》朝《めて》疾《と》く起きて、手洗《てあら》ひて、読《よ》みたてまつりし経のを《(お)》はするを、読《よ》みたてまつらんとて、引《ひ》き開《あ》けたれば、あの谷《たに》にて、蛇《じや》の背《せ》中に我《(わが)》突《つ》き立《た》てし刀《かたな》、この経《きやう》に、「弘誓深如海《ぐぜいしむかい》」といふ所に立《た》ちたり。見《み》るに、いとあさましなどはおろか[一九]なり。「さは、この経の、蛇《じや》になりて、我を助《たす》けにおはしましたりけり」と思《おも》ふに、あはれに貴《たうと》く、[二〇]かなしういみじ、とおぼゆること限《かぎ》りなし。そのわたりの人は、これを聞《き》き継《つ》ぎて、見《み》あさみ[二一]けり。

今始《いまはじ》めて申《(まうす)》べきことならねど、観音頼《たの》みたてまつらんに、その験《しるし》なしといふことは、あるまじきなりけり。

（六五　信濃国聖事《しなののくにのひじりのこと》）

今《いま》は昔《むかし》、信濃《しなの》の国に法師[二二]ありけり。さるゐ中にて法師《ほうし》になりにければ、まだ

まま三、四日が過ぎたので の意で、以下二行は既述部分と並行する出来事。この所、叙述不備。
一五 亡き後を弔う仏事のために読経や仏師に仏像を依頼したものであろう。
一六 「仏師」は仏像・仏画を制作する人。平安時代中期になり、職業仏師の組織が進み、仏像を制作する人を木仏師、仏画を制作する人を絵仏師と区別するようになる。
一七 観音の御めぐみ。おかげ。
一八 驚きあきれるような意外なこと。
一九 言うもおろかなりの略。「おろか」はおろそか、不充分。非常に驚きあきれたなどという言葉ぐらいではとても言いつくせない。
二〇 「かなし」は強く心を動かされ感動すること。「いみじ」は程度が甚しく並々でないこと。観音の霊験に深く心うたれ賛嘆する気持。
二一 「あさむ」は意外さに驚くこと。観音の霊験に驚嘆した。霊験を現実に見て感嘆した。
▽観音救難説話。「或在二須弥峯一　為レ人所二推堕一　念二彼観音力一　如レ日虚空住」（普門品）によるか。宇治拾遺・上八十七話と同文の説話。法華験記一一二、今昔十六ノ六も同話といえるが、「隣の男」を登場させる異伝。観音利益集は「隣人」型を簡略にする。底本の目録は「虵」を「地」に誤る。また本文は観音経に敬語を使用し、宇治拾遺の目録も「輔レ人給事」と「給」があるので、題目では訂正し、かつ「給ふ」を補読した。
三 第三段に「まうれん」（命蓮）の名がみえる。

一 仏弟子として守らねばならない戒律を受けること。一定の厳格な儀式のもとに比丘・比丘尼は具足戒を受ける。信貴山資財宝物帳の命蓮の置文では「住侶沙弥」と称しており、実際は若年時に沙弥戒を受けただけか。

[一]受《ず》戒《かい》もせで、「いかで京に上《のぼ》りて、[二]東大寺といふ所《ところ》に参《まゐ》りて受《ず》戒《かい》せん」と思《おも》ひて、構《かま》へて上《のぼ》りて、受《ず》戒《かい》してけり。

さて、「元《もと》の国《くに》へ帰《かへ》らむ」と思ひけれど、「よしなし。さる[三]無仏世界のやうなる所に行《い》かじ。此処《こゝ》に居《い》なむ」と思《おも》ふ心《こゝろ》つきて、東大寺の仏の御前に候《(さぶらひ)》て、「何処《いづく》にか行《をこな》ひして、のどやかに[四]住《す》みぬべき所」と、よろづの所《ところ》を見廻《みまは》しければ、未申《ひつじさる》の方《かた》に[五]山《やま》かすかに見《み》ゆ。「其処《そこ》に行《おこな》ひて住《す》まむ」と思ひて、行《ゆ》きて、山の中にえもいはず行《おこな》ひて過《す》ごす程に、すゞろに小《ちゐ》さやかなる[六]厨《づ》子仏《しぼとけ》を行《ゝこな》ひ出《い》でたりければ、其処《そこ》に[七]小《ちい》さき堂《だう》を建《た》てゝ、据《す》ゑ奉《たてまつ》りて、えもいはず行《おこな》ひて、年《とし》月《つき》を経《ふ》る程《ほど》に、[八]山里《ざと》に下衆《げす》[九]に人とて、いみじき徳人《とくにむ》ありけり。

其処《そこ》に、僧《そふ》の[一〇]鉢《はち》は常《つね》に[一一]飛《と》び行《ゆ》きつゝ、物は入《い》りて来《き》けり。大《おほ》きなる校倉《あぜくら》のあるを開《あ》けて、物取《と》り出《い》でさする程《ほど》に、この鉢《はち》飛びて、例《れい》の物乞《こ》ひに来《き》たりけるを、「例《れい》の鉢来《はちき》にたり。[一二]ゆゝしくふくつけき鉢《はち》よ」とて、取《と》りて、倉《くら》の隅《すみ》に投《な》げ置《を》きて、頓《とみ》に物も入《い》れざりければ、鉢《はち》は待《ま》ちゐたりける程《ほど》に、物ども[一三]したゝめ果《は》てゝ、この鉢《はち》を忘《わす》れて、物も入《い》れず、取《と》りも出《い》でゝ、倉《くら》の戸《と》を鎖《さ》して、主《ぬし》帰《かへ》りぬる程《ほど》に、[一四]とばかりて、この倉《くら》、[一五]すゞろにゆさ〳〵と揺《ゆ》るぐ。「いかに〳〵」と見騒《みさは》ぐ程《ほど》に、揺《ゆ》るぎ揺《ゆ》るぎして、土《つち》より一尺許《ばか》り揺《ゆ》るぎ上《あ》がる時《とき》に、

二 華厳宗の総本山。八宗兼学の道場。聖武天皇の勅願により全国の総国分寺として天平勝宝元年(七四九)建立。本尊毘盧舎那仏。　三 仏の教えの届かない片田舎。「無仏世界云者必シモ仏ノ所御坐時ヲノミ不レ申断惑証果ノ聖人座禅入定輩ラ持戒持律ノ類ヒ広学多聞人ナンドノ有時ヲバ尚可レ名二仏在世ト一」(言泉集・比叡山帖)。
四 宇治拾遺は「すみぬべき所ある」に作る。
五 第二段に「河内に信貴と申所」と。大仏殿西廻廊のあたりからは生駒に続く山なみを望見出来るが、信貴山は手前の矢田丘陵に妨げられて実際は見えないであろう。
六 厨子に納まるくらいの小さな仏像を、修行の間に自然に出現させた。宇治拾遺には「毘沙門にてぞおはしましける」の一文がある。
七 信貴山朝護孫子寺。資財宝物帳の命蓮置文には「右命蓮以二寛平年中一、未レ弁二菽麦一幼稚之程、参二登此山一、但所二有方丈円堂一宇一、安二置毘沙門一軀一。爰愚私造二閣室一、限二十二年一山蟄勤修之間、更無二人音一、仏神有レ感、彼此同法出来、専位(住か)二於此山一、更無二他行一、自然臻二于六十有余一、其間奉レ造二本堂四面庇一、自余宝殿尊像又宝物房舎等所二造儲一也…承平七年六月十七日住治(侶か)沙弥在判」。説話とは若干異る内容。
八 宇治拾遺は「此山のふもとに」。諸寺略記等は距離的に隔る山城国の山崎の地名をあげる。
九「に人」は「にん」(または「人」)の誤写。「とて」は「とても」(といっても、であっても)の意。身分が低いといっても大変裕福な人がいた。
一〇 僧が托鉢に持って歩く鉢。「僧」は宇治拾遺に「聖」とあり、以後本話も「聖」を用いる。朝護孫子寺に、高さ五寸余、口径約二尺八寸、「聖徳君奉施入金御鉢一口施主前上総講師寛運　延長七年〈歳次己丑〉」の刻文のある金銅鉢を蔵し、

「こはいかなることぞ」と怪《あや》しがり騒《さは》ぐ。「まことく[一六]、ありつる鉢《はち》を忘《わす》れて、取《と》り出《い》でずなりぬれ、それが故《け》[一七]にや」など言《い》ふ程《ほど》に、この鉢《はち》、倉《くら》より漏《も》り出《い》でゝ、この鉢《はち》に倉乗《くらの》りて、たゞ上《のぼ》り[一八]に空《そら》さまに一二尺[一九]許《ばか》り上《のぼ》る。さて、飛《と》び上《のぼ》る程に、人く見《み》のゝしり、あさみ[二〇]、騒《さは》ぎあひたり。倉主《くらぬし》も、さらにすべきやうもなければ、「この倉《くら》の行《い》かむ所を見《み》む」とて、後《しり》に立《た》ちて行《い》く。その辺《わた》りの人《ひと》く皆行《みない》きけり。さて見《み》れば、やうく飛《と》びて、河内《かうち》[二一]の国《くに》に、この聖《ひじり》の行《おこな》ふ傍《かたわ》らにどうと落《を》ちぬ。「いとくあさまし」と思ひて、さりとてあるべきならねば、聖《ひじり》のもとに、この倉主《くらぬしよ》寄りて申《まうす》やう、「かゝるあさましき事《こと》なむ候《さぶらふ》。この鉢《はち》の常《つね》に詣《ま》[二二]で来《く》れば、物入《い》れつゝ参《まい》らするを、今日《けふ》、紛《まぎ》[二三]らはしく候《さぶらひ》つる程《ほど》に、倉《くら》に置《を》きて、忘《わす》れて、取《と》りも出《い》でで、錠《じやう》を鎖《さ》して候《さぶらひ》ければ、倉《くら》、たゞ揺《ゆ》[二四]るぎに揺《ゆ》るぎて、此処《こゝ》になむ飛《と》びて詣《まう》で来《き》て、落《を》ち立《た》ちて候《さぶらふ》。この倉返《くらかへ》し給《たまはり》候はん」と申《まうす》時に、「まことに怪《あや》しきことなれど、さ飛《と》[二五]びて来《き》にければ、倉《くら》はえ返《かへ》し取《と》らせじ。此処《こゝ》にもかやうの物《もの》もなきに、自《をの》づからさやう[二六]の物も置《を》かん。よしく、中《うち》ならむ物《もの》はさながら取《と》れ」との給へば、主《ぬし》の言《い》ふやう、「いかにしてか、忽《たちま》ちには運《はこ》び取《と》り候《さぶらふ》べからむ。物千石《せんごくつ》[二七]積みて候《さぶらひ》つる也《なり》」と言《い》へば、「それはいとやすき事也。たしかに我運《はこ》びて取《と》らせむ」とて、この鉢《はち》

寺では命蓮の托鉢と伝える。
一一 飛鉢譚は仕生伝、神仙伝等に何人かの僧の事跡が伝えられているが、山崎にも「釈慈信、有㆓神異㆒、常飛㆑鉢乞㆑食、故世号㆓空鉢上人㆒」(元亨釈書)と見え注目される。
一二 いまいましい欲張りな鉢だな。
一三 処置しおわって。仕事をしおわって。
一四 「とばかり」は短い時間をさす。少しの間。或は「あり」脱か、宇治拾遺に「とばかりありて」。
一五 理由もなく。思いがけず。
一六 忘れていたことなどを途中で急に思い出した時に発する語。そうそう、そうでしたよ。
一七 「け(故)」は理由を示す語。それのせいではないか。推量の形をとることが多い。
一八 いちずに昇る様子。「ただのぼり」という状態で上ること。
一九 「尺」は「丈」の誤りであろう。宇治拾遺『一二丈ばかり』。
二〇 意外さにあきれること。
二一 信貴山の所在は大和であるが、河内とするのは恩智・南畑の河内側からの参詣道が意識されてのことであろう。宇治拾遺、拾芥抄、扶桑略記等河内国とする。
二二 「まで」は「まうで」の「う」無表記。後には「まうできて」と表記。
二三 「紛らはしく」は「紛らはして」と書写し、「て」の右に「く」と傍書。傍書本文をとる。いそがしさにとりまぎれること。
二四 三行目の「たゞ上りに」などと同様、「ただゆるぎ」(一途に揺れる)という状態で揺れることとも解される。
二五 そのように飛んで来たので。宇治拾遺は「飛て」。
二六 「さやうの物もをかん、よしく」を宇治拾遺は「物をもをかんによし」に作る。資財宝物帳に「倉壱宇 在㆓板敷戸等㆒」。
二七 米千石。物は食糧、米。一石は十斗。

に米一俵《こめひとたわら》を入《い》れて飛《と》ばすれば、[一]雁《かり》などの続《つゞ》きたるやうに、残《のこ》りの米《こめ》ども続《つゞ》きたり。[二]群雀《むらすゞめ》などのやうに、飛《と》び続《つゞ》きたるを見《み》るに、いと／＼あさましく貴《たうと》ければ、主《ぬし》の言《い》ふやう、「しばし、皆《みな》な遣《つか》はしそ。米《こめ》二三百は留《とゞ》めて使《つか》はせ給へ」と言《い》へば、聖《ひじり》、「あるまじき事也《こと(なり)》。それ此処《こゝ》に置《お》きては何《なに》にかせん」と言《い》へば、「さは、たゞ使《つか》はせ給《(たまふ)》ばかり、十廿をも」と言《い》へど、「さまでも、いるべき事あらばこそ留《とゞ》めめ」とて、主《ぬし》の家にたしかに[三]皆落《みなを》ちゐにけり。

かやうに貴《たうと》く行《おこな》ひて過《す》ぐす程《ほど》に、その頃《ころ》、[四]延喜《えんぎ》の御門《(み)かど》、重《おも》く煩《わづら》はせ給《(たまひ)》て、さま／＼の御祈《いの》りども、[五]御修法《ずをう》、御読《ど》経など、よろづにせらるれど、さらにえ怠《をこた》らせ給はず。ある人《ひと》の申《(まうす)》やう、「河内《かうち》に信貴《しんぎ》と申《(まうす)》所《ところ》に、この年比《としごろ》行《をこな》ひて、[六]里《さと》へ出《い》づる事もせぬ聖《ひじり》候也《(さぶらふなり)》。それこそ、いみじく貴《たうと》く、験《しるし》ありて、鉢《はち》を飛《と》ばし、さて居《ゐ》ながら、よろづの有難《ありがた》き事《こと》をし候《(さぶらふ)》なれ。それを召《め》して祈《いの》らせさせ給はば、怠《をこた》らせ給《(たまひ)》なむかし」と申せば、「さは」とて、[七]蔵人《くら(うど)》を使《つかひ》にて、召《め》しに遣《つか》はす。

行《い》きて見《み》るに、聖《ひじり》のさま、ことに貴《たうと》くめでたし。「かうかう[八]宣旨《せんじ》にて召《め》すなり」とて、参《まい》るべき由言《よしい》へば、聖《ひじり》、「何《なに》しに召《め》すぞ」とて、さらに動《うご》きげもなければ、「かう／＼候《(さぶらふ)》。[九]御悩《(ご)なう》の大事におはします。祈《いの》り参《まい》らせ[一〇]給はむに」と言《い》

一 空高く列をなして飛んで行く米俵を雁に譬える。本朝神仙伝・比良山僧「以二米一俵一、投二置鉢上一、此鉢飛去、在二船中一俵、皆悉相随。如三秋雁之点二雲霄一」、元亨釈書十五・泰澄「船中斛米如レ雁相連」、同十八・法道「於レ是乎舡中群米、随レ鉢飛連、猶如三雁陣入二山中一」。

二 足もとの米俵がパッパッと飛び立つ状態の形容。遠い雁から近い群雀へ視点を移動。梁塵秘抄「立つものは海に立つ波群雀」。雀は秋から冬にかけては山野に群棲。　三 物事が落ち着くこと。以上、絵巻の「飛倉の巻＝山崎長者の巻」の内容。以下は絵巻の「延喜加持の巻」に当る。

四 第六十代醍醐天皇。「延喜」は同天皇の年号。

五 加持祈禱を行うこと。

六 修行に専念して山坊に籠り続ける聖というのが霊験あらたかな僧を表現するパターン。「聖候也」の「也」は伝聞の「なり」。

七 天皇に近習する職。令外の官。

八 天皇の仰せを述べ伝えること、またその公文書。詔勅に対してうちわのもの。

九 天皇などの貴人の病気の敬称。吏部王記・延長八年七月の条に「十五日、自(マ)主上(醍醐天皇)御悩」(東寺長者補任所引)とある。

一〇 「給はむに」の後に「怠らせ給ひなむ」など略。

一一 絵巻に「もしいのりやめまいらせたらば」とあり、「病む」ではなく「止む」と解される。私の祈りで病が良くなるならば。

一二 護法童子。→四六二頁注七。

一三 「さとへ」は「さとは」の誤写。そうだとは。

一四 底本「こう」を誤脱とみて訂。扶桑略記・醍醐天皇延長八年六月二十六日条に「(清涼殿に落雷)主上惶怖、玉体不悆、遷二幸常寧殿一、座主尊意依レ勅候二於禁中一毎夜献二于加持一、皇帝夢云、不動明王火焰赫奕、威猛厲声、加二持聖体一、夢

へば、「それは、たゞ今《いま》参《い》らずとも、こゝながら祈《いの》り参《まい》らせ候はん」と言《い》へば、「さては、もし怠《をこた》らせおはしましたりとも、いかで聖《ひじり》の験《しるし》とは知《し》るべき」と言《い》へば、「それは、誰《た》が験《しるし》といふこと知《し》らせ給はずとも、たゞ御心地《(こゝ)ち》だに怠《おこた》らせ給《(たまひ)》なば、よく候《(さぶらひ)》なん」と言《い》へば、御使の蔵人、「さるにても、いかでか、あまたの御祈《いの》りの中にも、その験《しるし》と見《み》えんこそよからめ」と言《い》へば、「さらば、祈《いの》り参《まい》らせん。止《や》[一一]ませ給へらば、剣《けん》の護《ご》法《をう》と申《(まうす)》[一二]護《ご》法《をう》を参《まい》らせむ。自《おの》づから御夢《ゆめ》にも幻《まぼろし》にも御覧《(ご)らん》ぜば、[一三]さとへ知《し》らせ給へ。剣《けん》を編《あ》みつゝ衣《きぬ》に着《き》たる護《ご》法《をう》[一四]也。さらに京[一五]へはえ出《い》でじ」と言《い》へば、勅使《ちよくし》[一六]の使《つかひ》、帰《かへ》り参《まい》りて、かう〳〵と申《(まうす)》程に、三日といふ昼《ひる》つ方《かた》、[一七]きとまどろませ給《(たまふ)》ともなきに、きら〳〵とある物見《み》えさせ給へば、「いかなる人にか」とて御覧《らん》ずれば、「あの聖《ひじり》の言《い》ひけむ護《ご》法《をう》なり」とおぼしめすより、御心地《ち》さは〳〵となりて、いさゝか心苦《ぐる》しきこともなくて、例様《れいざま》にならせ給《(たまひ)》にければ、人〳〵喜《よろこ》び、聖《ひじり》[一八]をも貴《たうと》がり賞《め》であひたり。

御門《かど》、御心地《ち》にもめでたく貴《たうと》くおぼしめせば、人遣《ひとつか》はす。「[一九]僧都、僧正にやなるべき。又その寺《てら》に御庄《(みさう)》[二〇]などをや寄《よ》すべき」と仰《おほ》せ遣《つか》はす。聖《ひじり》、承《うけたまは》りて、「僧都、僧正、[二一]さらに候《(さぶらふ)》まじきこと。また、かゝる所《ところ》に庄《さう》などあまた寄《よ》りぬれば、別当[二二]、なにくれなど出《い》で来《き》て、中〳〵[二三]罪得《つみえ》[二四]がましきこと出《い》

内尊重、覚後聞二陀羅尼声一、此則天台座主尊意也、勅二左大臣一曰、朕夢如レ斯、台山座主此不二凡人一」とあり、命蓮の召される二か月前のこと、剣の護法と考え合せて注目される。

一五 扶桑略記二十四裡書・延長八年(九三〇)八月十九日条に「依二修験之聞一、召二河内国信貴山寺住沙弥命蓮一、令レ候二左兵衛陣一、為二加持一候二御前一」とあり、史実では下山して禁中に伺候している。天皇は同年九月二十九日に崩御。天皇不予に命蓮を召したことは山槐記・長寛三年六月二十八日条にも「□(醍醐か)天皇獲麟(臨終)之時、召二信貴山命蓮聖人一、令□(祈か)」と先例として記されている。

一六 「勅使」を「使い」と再読した一種の文選読み。

一七 ほんのちょっと、うとうととなさったと言う程でもない夢うつつのうちに。

一八 扶桑略記・延喜十五年(九一五)「同年秋月、天下疱瘡、都鄙老少無二一免者一、夭亡之輩盈二満朝野一、主上聖体不予、請二座主法眼和尚位増命一、令レ護二玉扆一、勅曰、頭痛身熱、不レ可二堪忍一、和尚合眼祈禱、香炉続レ烟、念誦連レ声、熱悩忽散、聖体安慰、帝皇尊重、授二少僧都位一、帰レ山而上二辞表一」。この事実が命蓮説話のモデルという(藤田経世)。

一九 僧尼を統率する官職、僧綱の二階位と一階位。 二〇 荘園などを寄進しようか。

二一 一向に不必要なことです。 二二 荘園の事務を司る役。別当やなにやかといった役が出現して。 二三 かえってわずらわしく。

二四 (地位や財宝にかかわるなど)仏罰を受けそうなことがおこります。世俗の名誉や財力に無欲な姿を描く。資財宝物帳の命蓮置文には「但件山寺雖レ有二十方施主施入田地一、其数乏少、所以難レ動(勤か)二常灯修理一、伏願…」とある。

で来《く》。たゞかくて候はん」とて止《や》みにけり。

[一]かゝる程《ほど》に、この聖《ひじり》の姉《あね》ぞ一人ありける。この聖《ひじり》、受戒《ずかい》せむとて上《のぼ》り[二]けるまゝに、かくて年比《としごろみ》見えねば、「あはれ、この[三]小院《こゐむ》、東大寺《とうだいじ》にて受戒《ずかい》せむとて上《のぼ》りしまゝに見《み》えぬ。からまで年比《としごろみ》見えぬ、いかなるならむ」とおぼつかなきに、「尋《たづ》ねて来《こ》ん」とて、上《のぼ》りて、山階寺《やましなでら》、東大寺《とうだいじ》の辺《わた》りを尋《たづ》ねけれど、「いさ知《し》らず」とのみ言《い》ふなる。人《ひと》ごとに、「[四]命蓮小院《まうれんこゐん》といふ人やある」と問へど、[五]知《し》りたりといふ人なければ、尋《たづ》ね侘《わ》びて、「いかにせむ。これが有様《ありさま》聞きてこそ帰《かへ》らめ」と思ひて、その夜、東大寺の大仏の御前に候《(さぶらひ)》て、夜一夜《よひとよ》、「この命蓮《まうれん》が有所《(あり)どころ》 教《をし》[六]へさせおはしませ」と申《(まうし)》けり。夜一夜《よひとよ》申《(まうし)》て、うちまどろみたる夢《ゆめ》に、この仏仰《ほとけおほ》せらるゝやう、「尋《たづ》ぬる僧の有《あ》る所《ところ》は、これより西《にし》の方《かた》に、南《みなみ》に寄《よ》りて、未申《ひつじさる》の方《かた》に[七]山あり。其《(その)》山に雲[八]たなびきたる所を行《(ゆき)》て尋《(たづね)》よ」と仰《(おほせ)》らるゝと見《み》て覚《さ》めたれば、暁《(あかつきがた)》方に成《(なり)》にけり。「[九]いつしか、疾《と》く夜の明《(あけ)》よかし」と思《(おもひ)》て見ゐたれば、ほの〴〵と明《(あけ)がた》方になりぬ。未申《ひつじさる》の方《かた》を見《み》やりたれば、山かすかに見《み》ゆるに、[一〇]紫の雲たなびきたり。嬉《うれ》しくて、そなたを指《さ》して行《(ゆき)》たれば、まことに堂などあり。人ありと見《み》ゆる所へ寄《よ》りて、「命蓮小院《まうれんこいん》やいまする」と言《い》へば、「誰《た》そ」とて出《(いで)》て見《み》れば、信濃なりしわが姉也《(なり)》。「こは、い

一　以下、絵巻の「尼公の巻」に当る。

二「上りけるまゝに…受戒せむとて」の四十一字、宇治拾遺になし。「受戒せむとて上りける(し)まゝに」の目移りによる宇治拾遺の誤脱であろう。絵巻はこの辺り「この聖、受戒せむとて上りけるまゝに」「からまで年比見えぬ」の二箇所を省略し、簡略に本文を作る。

三「小」は接頭語。年若いもの、年少の意を表す。「院」は寺の建物から転じて僧侶の意。

四「まうれん」は、資財宝物帳の置文で「命蓮」を使用。今昔に「明練」、元亨釈書等に「明蓮」とも。姉の尼君が命蓮を小院と呼ぶのは、若年時に別れたため、幼少時の命蓮の記憶で親しんで呼んでいるもの。

五　この箇所を、絵巻は「さすがに廿よ年になりにければそのかみのことをしりたる人はなくてしらずとのみいへば」と詳述する。

六　絵巻、宇治拾遺は「をしへさせたまへ」。

七　底本「山あり…」以下「…おほくの年比此」まで一丁分脱文。「ひつじさるのかたに」で改丁し、次丁第一行を「ふくたいをのみ」で始めている。底本が料紙一葉を失ったもの。この部分「　」内に宇治拾遺の本文を補った。

八　宇治拾遺の「雲」は絵巻に「紫雲」。後の本文には宇治拾遺、絵巻ともに「紫の雲たなびきたり」とある。「雲」は宇治拾遺が「紫」を脱したか。

九　はやくはやくと待つ気持。

一〇「紫雲」は瑞雲であり、また仏や覚者の居る所に立つ雲、仏の乗る雲でもある。諸寺略記は「信貴山者…本尊毘沙門、吉祥天女、禅膩子童子也、延喜御宇、聖人明蓮、夢告尋二紫雲気一、攀二躋此峰一、峰上有二一堂一、堂中有二三像一」と毘沙門三像により紫雲が立ちこめていたと語る。鞍馬寺も毘沙門天により「遥望二北山青天一日光

かにして尋《(たづね)》いましたるぞ。思《(おもひ)》かけず」と言《い》へば、ありつる有様《(あり)さま》を語《かた》る。「さて、いかに寒《さむ》くておはしつらん。これを着《き》せたてまつらんとて、持《も》たりつる物也」とて、引出《(ひきいで)》たるを見《み》れば、二ふくたいといふ物を、なべてにも似ず、太《ふと》き糸《いと》して、厚《あつ》〳〵と細《こま》かに強《つよ》げにしたるを持《も》て来《き》たり。悦《(よろこび)》て、取《と》りて着《き》たり。もとは三紙衣《ぎぬ》一重をぞ着《き》たりける。さて、いと寒《さむ》かりけるに、これを下《した》に着《き》たりければ、暖《あたゝ》かにてよかりけり。さて、多《おほ》くの年比行《おこな》ひけり。さて、この姉の尼君《ぎみ》も、元《もと》の国へ帰《(かへら)》ず、止《と》まりゐて、其処《そこ》に行《おこな》ひてぞありける。

さて、多《おほ》くの年比、此《(この)》ふくたいをのみ着《き》て行《おこな》ひければ、果《は》てには一三破《や》れ〳〵となしてありけり。鉢《はち》に乗《の》りて来《き》たりし倉《くら》をば、一四飛倉《とびくら》とぞいひける。その倉《くら》にぞ、ふくたいの破《や》れなどは納《をさ》め、一五まだにあんなる。その破《や》れの端《はし》を、つゆばかりなど、自《をの》づから縁《えん》にふれて得《え》たる人《ひと》は、守《まぼ》りにしける。その倉《くら》も、一六朽《く》ち破《やぶ》れで、いまだあなり。その木《き》の端《はし》をつゆばかり得《え》たる人は、守《まぼ》りにし、一七毘沙門《びさもん》を作《つく》り奉《たてまつ》りて、持《ち》し奉《たてまつ》る人《ひと》は、かならず徳《とく》つかぬはなかりけり。されば、人も構《かま》へて、その縁《えん》を尋《たづ》ねて、その倉《くら》の一八折《を》れの木《き》の端《はし》をば買《か》ひ取《と》りける。

さて、信貴《しんぎ》とて、一九えもいはず験《げん》じ給所《ところ》にて、今《いま》に人〳〵明《あ》け暮《く》れ参《まい》る。この毘沙門《びさもん》は、命蓮聖《まうれんひじり》の行《をこな》ひ出《い》で奉《たてまつ》りたりけるとか。

朗紫雲靉靆隠映之気莫レ不レ驚レ眼」(縁起)と伝う。
二 古本説話、宇治拾遺は共に「ふくたい」と呼んでいるが絵巻は「たい」とする。「たい」は「衲」。衲衣・衲袈裟は異った布を継ぎ合せた刺子の袈裟。和名抄「玄奘三蔵表云、袈裟一領、衲音奴答反、字亦作納、俗云能不、一云太比」。「ふくたい」は字類抄に「腹帯フクタイ」、和訓栞に「服体」、その他諸説があるがはっきりしない。種々の布切れを継ぎ合せて作った刺子の胴着の如きものであろうか。
三 紙で作った衣。当時は主に僧侶が用い、粗末な身なりの描写が多い。主殿集に「あるひじりのもとより、かみきぬゝはせん(とて)、(いと)こひたりしかば、かくなん」。 一三 絵巻、宇治拾遺「やれやれときなして」。「き」脱か。
一四 諸寺略記「随レ鉢倉飛、家主驚里人騒見、…遂留二当山一、其時士女号二之飛倉一、奇異之至、翰墨難レ書矣」。↓四七八頁注八。 一五 いまだに。今なおあるという。「なる」は伝聞。
一六 「破れて」とする解もあるが、朽ち破れた倉に貴重な「ふくたい」を収めていまだに有るのはいかがか。絵巻は「そのくらもいまにくちやぶれで」と副詞「いまに」を冠す。
一七 命蓮の厨子仏にちなんで毘沙門を造像し奉持すれば必ず裕福になった。
一八 折れた端、切れ端。絵巻に「そのくらのきのおれたるはし」、宇治拾遺は「其倉の木のはし」。
一九 この上もなく霊験を示し下さる所で。
▽宇治拾遺・上一〇一話、信貴山縁起絵巻(三巻)と同文の説話。絵巻は上巻(飛倉の巻)の本文を欠く。諸寺略記は飛鉢、飛倉のことを簡略に記載。今昔十一ノ三十六に信貴山開基を語り、飛鉢に言及するが別伝。なお、底本の目録に当話の題目を欠くが、宇治拾遺の目録で補った。

（六六　自㆓賀茂社㆒給㆓御幣紙米等減程用途㆒僧事《かものやしろよりごへいがみこめなどをへすほどようどにたまはるそうのこと》）

今《いま》は昔《むかし》、[一]比叡《ひえ》の山《やま》に僧ありけり。いと[二]便《たよ》りなかりけるが、「[三]鞍馬《くらま》に七日許《ばか》り参《まい》らん」とて参《まい》りけり。[四]夢《ゆめ》などや見《み》ゆるとて参《まい》りけれど、見えざりければ、いま七日とて参《まい》りけれど、なを《(ほ)》見えざりければ、又七日延《の》べて参《まい》りけれど、なを《(ほ)》見《み》えねば、七日を延《の》べ〱して、百日参《まい》りけり。その百日といふ夜《よ》の夢《ゆめ》に見《み》るやう、「我はえ知《し》らず。[五]清水《きよみづ》へ参《まい》れ」と仰《おほ》せられければ、明《あ》くるより京に下《を》りて、清水《きよみづ》へ参《まい》り歩《あり》く。百日参《まい》りて後《のち》に、「えこそ己《をの》れに便《たよ》り付《つ》くまじけれ。[六]賀《か》茂《も》に参《まい》りて申せ」と仰《おほ》せられければ、又賀茂《かも》に参《まい》りて、七日許《ばか》りと思《(おもへ)》ど、例《れい》の夢見《ゆめみ》ん〱と参《まい》り歩《あり》きける程《ほど》に、百日といふ夜《よ》の夢《ゆめ》に、「わ僧《そう》がかく参《まい》るが[七]いとを《(ほ)》しくて。[八]歩《あり》きてたゞにあらん、いとを《(ほ)》し。[九]御幣紙《ごへいがみ》、[一〇]打撒《うちま》きの米程《こめほど》の物、たしかに取《と》らせむ」と見《み》て、[一一]うち驚《をどろ》きたる心地《ち》、いと〱心憂《う》く、あはれに悲《かな》し。「[一二]所〱《ところどころ》、かくのみ仰《おほ》せらるゝ、打撒《うちま》きの米《こめ》の代《かは》りばかり給《(たまひ)》て、何《なにゝ》にかせん。我、[一三]京へ帰《かへ》らで、山《やま》へ登《のぼ》らんも、人目《め》はづかし。[一四]賀《か》茂《も》川《がは》にや落《を》ち入《い》りなまし」と思《おも》へど、又さすがに、「いかやうにせさせ給《(たまふ)》べきにか」と、ゆかしくおぼえ

一 比叡山延暦寺。天台宗の総本山。最澄の創建。本尊薬師如来。
二 頼みとする所がないこと。貧しいこと。
三 平安京の北方にある松尾山鞍馬寺。本尊毘沙門天。藤原伊勢人が貴船明神の夢告により建立。縁起に「夢有㆓一童子㆒…即告云、観音則是毘沙門天」と伝える。
四 福徳についての夢告が得られるかと思って。
五 東山の清水寺。本尊十一面観音。渓嵐拾葉集に「鞍馬寺本尊為㆓正観音㆒事　金剛王院相伝云、鞍馬寺毘沙門者、榎ニテ造正観音也、鑒真和尚弟子某所造也…又云、鞍馬寺へ参詣ル人ハ、必清水寺へ参詣ル此義也、可㆓思合㆒也」とある。
六 王城の東北にある賀茂別雷神社(上賀茂)と賀茂御祖神社(下鴨)の総称。朝廷の尊崇をうけ、王城鎮護の神社として伊勢斎王と同じく未婚の皇女斎院が奉斎。貴船明神は平安以来賀茂社の末社。また上社の本地は観音(類聚既験抄)とされ、神宮寺は十一面観音を安置した(菟芸泥赴五)らしい。観音信仰に関係する寺社の一つ。
七 気の毒。対象に対して心痛むのが原義。
八 お前がこの様に百日間も参詣し続けながら、何の霊験も得られないのは気の毒だ。
九 神に祈るとき捧げる供物用の紙。幣帛用の紙。
一〇 祓のために撒く米。神供として撒く米。
一一 はっと夢から醒めること。
一二 どこに参詣してもお前に授けるものはないとばかり仰せられる。
一三 「我京へ帰らであらん、山へ帰り登らであらん、人目はづかし」の筆がそれであろう。或は「山へ…はづかし」は挿入句で、京へ帰らないで身を投げてしまおうかしらと解するか。宇治拾遺は「我山へかへりのぼらんも人目はづかし」とする。
一四 王城の東を北から南に流れる大

けり。

[一五]さりとてあるべきならねば、[一六]もとの所に帰《かへ》りてゐたる程《ほど》に、我《(わが)》知《し》りたる所より、「物中《(まうし)》候はん」と言《い》ふ人《ひと》あり。「誰《た》そ」とて見《み》れば、[一七]白《しろ》き長櫃《ながびつ》を荷《にな》はせて、縁《えん》に置《を》きて帰《かへ》りぬ。「いとあやし」と思ひて、使尋《つかひたづ》ぬれど、おほかたなし。これを開《あ》けて見《み》れば、白《しろ》き米《こめ》とよき紙《かみ》とを、一長櫃《ひとながびつ》入れたり。「これは見《み》し夢《ゆめ》のまゝなりけり。[一八]さりと、を《(お)》のづから異便《ことたよ》りもやとこそ思ひつれ、たゞこればかりを、まことに返《かへ》し賜《た》びたる」と、いと心憂《う》く思へど、「いかゞはせん」とて、この米《こめ》をよろづに使《つか》ふに、たゞ同《おな》じ多《おほ》さにて、失《う》すること、[一九]夢《ゆめ》になし。されば、紙《かみ》も米《こめ》も[二〇]をほしきに取《と》り使《つか》へど、失《う》することなく、同《おな》じ多《おほ》さなれば、別《べち》にいときら〳〵しからねど、いと楽《たの》しき法師《ほうし》にてぞ有《(あり)》ける。なを《(ほ)》物詣《まう》ではすべきなり。

(六七　観音替ニ信女一殖レ田事《くわんおんのしんによにかはりてたをうゑたまふこと》)

今《いま》は昔《むかし》、河内国に、いみじう[二一]不合《ふがう》なる女の、知《し》れる人もなく、たゞ一人《ひとり》ありけり。すべき方《かた》もなかりければ、「[二二]たをと買《か》はん」といふ物を呼《よ》びて、[二三]筵《むしろ》も、

河で、上賀茂社は上流の東岸に、下鴨社は高野川との合流点の糺の森に鎮座する。
一五 そうかといっていつまでもこのまま居るわけにいかないので。　一六 もと居た比叡山の坊。
一七 白木造りの長櫃。長櫃は、長方形の箱で通常六本の短い脚が付き二人で担ぎ運ぶ。多くは食物を入れたらしい。ここは神具の長櫃に入れて来たもの。祭儀用は白木のままが多い。
一八 「さりとも」と同意。底本「さりと」で改丁、再度「さりと」と書写、ミセケチにする。宇治拾遺は「さりとも」。　一九 全くない。決してない。
二〇 底本に「かみもこめをほしきに」と書写、「を」の右下に「も」と傍書、これを塗抹して「め」の右下に「も」を移している。傍書「も」の移動は親本に「をほ〳〵きに」とあったことを推測させる。「おぼ(思)しきに」で思い通りに使う意であろう。宇治拾遺は「紙もおなじごとつかへど」。
▽宇治拾遺・上八十八話と同文の説話であるが、宇治拾遺は本文を簡略化する傾向が強い。夢告に従って寺社を廻ること、法華験記・中八十に沙門明蓮が、稲荷・長谷寺・金峰山・熊野・住吉・伯耆大山を廻り、己れの宿因を知る話がある。
説話題目は底本目録の「幣滅」の箇所を、宇治拾遺を参考に「幣紙米等滅」の誤写とみて訂し、「御幣紙米等を滅す程用途に給はる僧」と読んでみた。或は「滅」は誤写とせず「キユル」と読むか。名義抄「滅キユ、ケス」、「滅ヘツ、ヘス」。色葉字類抄「用途ヨウト」。
二一 貧乏、不如意。貧窮。
二二 「たをと」は「たひと」「たうと」の転。田人を買おう。田植は一時に行なわれるので、あらかじめ田植女を契約しておくのである。
二三 素材により藁筵、菅筵などと呼ぶ。本来敷物、田植時に雨具をも兼ねた。糸経《(いとだて)》。

笠《かさ》、[一]尻切《しりけれ》なども、取《と》りて過《す》ぐる程《ほど》に、その日《ひ》といふこともなければ、又も言《い》ふを呼《よ》びつゝ、よろづの人《ひと》の物を[二]取《と》りつゝ使《つか》ひける程に、「二十人に言承《ことう》[三]けをしてけり」と思ふに、いと〳〵あさましく、「さは、おのづから同《おな》じ日《ひ》も来《き》て呼《よ》ばゞ、いかゞせむずらん。一日《ひとひ》に五所《いつところ》も呼ばゞ、いかゞせんずらん」と思《おも》ひ歎《なげ》きつゝ過《す》ぐす程《ほど》に、[四]夕《ゆふ》さりは叩《たゝ》きて呼《よ》ぶ人《ひと》あり。「誰《た》そ」と言《い》へば、「明日《あす》、田《た》植《う》へ《(ゑ)》んずる也《(なり)》。[五]つとめてはまた疾《と》く〳〵おはせ、そこ〳〵也。[六]これよりいとなし」とて往《い》ぬ。「先《ま》づかく言《い》ふ所へこそは行《い》かめ」と思《おも》ふ程《ほど》に、又[七]うたて、同《おな》じやうに言《い》ふ。「あなわびし。いかゞせん。又かく来《き》てや言《い》はむ」と思《おも》ひて、「[八]隠《かく》れもせばや」と思へど、隠《かく》るべき方《かた》もなし。「いかゞはせむ」とて、たゞ「[九]あ」と言承《ことう》けをしゐたり。「[一〇]さりとも、同《おな》じ日はさのみやは言《い》はむ」と思ひてある程に、廿人ながら、「明日《あす》」「明日《あす》」とたゞ同《おな》じやうに言《い》ふに、いといとあさまし。「さりとも、[一一]かく同《おな》じ日《ひ》しもやはとこそ思ひつれ。いとあさましきわざをもしつるかな」と、「[一二]一所《ひとゝころ》は往《い》なむず。[一三]残《のこ》りのつとめ、いかに言《い》はむずらん」と[一四]思《(おもひ)》やるかたなきまゝに、年来《としごろ》一尺ばかりなる[一五]観音を作《つく》りたてまつりて、[一六]厨子《づし》に据《す》ゑまい《(ゐ)》らせて、食《く》ふ物の[一七]最花《はつをゝ》を参《まい》らせつゝ、「[一八]大悲《ひ》観音、助《たす》け給へ」と言《い》ふよりほかにまた申《(まうす)》こともなかりければ、厨子《づし》の前《まへ》にうつぶし臥《ふ》して、よ

一 「しりきれ」の転。かかとのない草履。総索引に「神はつきがみ衣はかり衣しりけれも」(梁塵秘抄)の用例をあげる。筵、笠、尻切は田植のための身仕度の品。それらの品物を受け取って日を過しているうちに。
二 食物・米など。田植賃を前借した。
三 口約束をすること。
四 夕方には女の家の戸を叩いて呼ぶ人がいる。
五 明朝は特に朝早く来て下さい、田植えの場所はどこどこの田です。
六 「いとなし」は暇無し。これからは忙しい。
七 いやなことに。こまったことに。
八 逃げかくれしてしまいたいと思うけれども。
九 「あ」は呼びかけに対して答える女言葉。はい、承知しました、とだけ返事をしていた。
一〇 それにしても全部が同じ日ばかりをいっては来ないだろうと。
一一 このように全部が同じ日になることはあるまいと思ったのに、ずいぶんひどい約束をしてしまったものだ。
一二 一箇所は行こう。
一三 他の所の仕事はどう言い分けしよう。
一四 心配ごとを解決する。憂いを晴らす。
一五 観世音菩薩。河内国の何れかの観音を背後に置く説話であろう。或は葛井寺千手観音などか。国衙の周辺には他に道明寺十一面観音など著名な霊場がある。→後出「ゑんかふくち」。
一六 両開きの戸の付いた物入れ。仏像・経巻などを安置する。
一七 本来はその年に収穫した最初の稲を神仏にささげること。ここは田植時であり、その日の最初の食物を神仏に供えること。
一八 観音の総称。また千手観音のこと。「悲」は衆生の苦悩を除くこと。観音は三十三身に変じ

ろづわびしきまゝに、「かゝる言承《ことう》けし候《(さぶらひ)》て、いま十九人の人《ひと》に言《い》ひ責《せた》[一九]められんがわびしきまゝに、[二〇]いづちも〳〵まかりやしなましと思ひ候へども、年来頼《としごろたの》みまい《(ゐ)》らせたる仏《ほとけ》を捨《す》てまい《(ゐ)》らせては、いかゞはまからん。又人の物を取《と》り使《つか》ひては、[二一]いかでかたゞにては止《や》まむ。[二二]やう〳〵づゝもこそはし候はめと思ひ候《(さぶらふ)》を、いかゞ候《(さぶらふ)》べき」と泣《な》き臥《ふ》したる程《ほど》に、夜明《よあ》けぬれば、「[二三]さりとてあらんやは」とて、初《はじ》め呼《よ》びし所《ところ》へ往《い》ぬ。「疾《と》く来《き》たり」とて喜《よろこ》び、[二四]饗応《きやうよう》せらるれども、心《こゝろ》には、「残《のこ》りの人〳〵もいかに言《い》ふらん。呼《よ》びにや来《く》らん」と思ふに、静《しづ》心なし。

[二五]日暮《ひぐ》らし植《う》へ《(ゑ)》困《こう》じて、夕方《いふがた》帰《かへ》りて、仏《ほとけ》うち拝《おが》みまいらせて、[二六]倚《よ》り臥《ふ》したれば、戸《と》をうち叩《たゝ》きて、「これ開《あ》け給へ」と言《い》ふ人あり。「[二七]残《のこ》りの所《ところ》より、来《こ》ずとて、人の言《い》ひに来《き》たるにや」と思ふ程《ほど》に、「今日《けふ》、年老《としを》ひ《(い)》給へる程よりは、[二八]五六人がところを、あさましくまめに、疾《と》く植《う》へ《(ゑ)》給つれば、[二九]同《おな》じことなれど、嬉《うれ》しくなむある。困《こう》ぜられぬらん。[三〇]これ参《まい》れとあるなり」とて、[三一]御膳《をもの》を一前《(いちぜん)》[三二]いときよげにして、桶《おけ》にさし入《い》れて、持《も》て来《き》たり。

[三三]心やすくなりてあるに、又同《おな》じやうに戸《と》をうち叩《たゝ》きて、[三四]ありつるやうに言《い》ひて、物を持《も》て来《き》たり。[三五]その度《たび》は心得《え》ず思ふに、又同《おな》じやうに叩《たゝ》けば、「いかに

て衆生を救済するので大悲者・大悲菩薩とも呼ばれる。天台六観音の一つの名称でもあり、密部の変化観音の内の千手観音を本体とする。「観世音誓願弘深、発二大悲心一、以済二度群生一」(御製大悲総持経呪序)。「大悲観世音破二地獄道三障一」(摩訶止観二二)。「小野仁海僧正勘文云、大慈観音者正観音変也。…大悲観音者千手変也」(阿娑縛抄九十六)。

一九 せめさいなむ。彦火々出見尊絵巻詞書摸本「いのちほろぼしてむといひてせたむれば」。名語記八「問　人ヲセタム如何　答　…セメトカメルノ反」。

二〇 どこへでも行ってしまおうかしらと。「まし」は疑問の語を伴って思い迷う気持を表す。

二一 どうしてそのままですまされようか。

二二 少しずつでも仕事をして償いたいと思っておりますが、どうしたらよいでしょう。

二三 そうかといってこのままではいられないと。

二四 食べ物の用意をしてもてなすこと。字類抄「饗応　キヤウヲウ」。

二五 一日中、田を植え疲れて。

二六 物に寄りかかり臥して休んでいると。

二七 手伝いに行かなかった残りの所から人が苦情を言って来たのではないかと。

二八 五、六人手間の田をあきれるくらいまじめに速くお植え下さったので。

二九 植え終れば遅速もない同じことですが、やはり嬉しいことです。

三〇 これを食べて下さいということです。使いの者が主人の言葉を伝える。

三一 「おもの」は食物・飯。「前」は折敷など食物を乗せる台を数える単位。打聞集紙背文書「来月四日法事送物事　上品饗一前次饗一前」。

三二 たいへん美味そうに用意して。

〳〵」と思《おも》ふに、たゞ同《おな》じ事を言《い》ひて、門《かど》[一]をもえ立《た》てもあへぬ程《ほど》に持《も》て集《つど》ひたるを見《み》れば、二十人になりたり。心得《こゝろえ》ず思へど、[二]「いかゞはせん」とて、よき魚《いを》どもなどあれば、[三]物よく食ひて、「観音のせさせ給へることなめり」と嬉《うれ》しくて、寝《ね》たる夜《よ》の夢《ゆめ》に見《み》るやう、「己《をの》れがいたくわび歎《なげ》きしがいとを《(ほ)》しかりしかば、いま十九人が所《ところ》には、我たしかに植《う》へ《(ゑ)》て、[四]清《きよ》く真心《まごゝろ》に歩《あり》きつる程に、我も困《こう》じにたり」とて、苦《くる》しげにて立《た》ゝせ給へりと見て、覚《さ》めぬ。あはれに悲《かな》しく貴《たうと》くて、仏《ほとけ》の御前に[五]額《ひたひ》に手《て》を当《あ》てゝ、うつぶし臥したり。

とばかりありて、見上《みあ》げたれば、夜《よ》も明《あ》けにけり。「明《あか》くなりにけり」とて、厨子《づし》の戸《と》を押し開《あ》けたれば、仏を見《み》たてまつれば、腰《こし》より下《しも》は[六]泥《でい》に浸《ひた》りて、御足《あし》も真黒《まくろ》にて、左右《ひだりみぎ》の御手《て》に苗《なへ》をつかみて、苦《くる》しげにて立《た》ゝせ給へるに、悲《かな》しといふもおろか也《(なり)》。[七]「わが身《み》のあやしさに、かく苦しめまい《(ゐ)》らせたる事。又かく[八]歩《あり》かせまい《(ゐ)》らせ、あはれに悲《かな》しく、貴《たうと》さ」など思ふに、涙《なみだ》せきとゞむべきかたもなくてある[九]にをりける。

その観音の植《う》へ《(ゑ)》させ給《(たまひ)》ける田《た》は、異所《ことどころ》より疾《と》[一〇]く出《い》で来《き》、めでたく、[一一]日照《ひて》れども焼《や》けず、[一二]雨降《あめふ》れども流《なが》れず、疾《と》く出《い》で来《き》つゝ、[一三]「むかへのはやわせ」とて、[一四]「ゑんが福地《ふくち》」など言《い》ひて、今《いま》によき所にてあなり。

三三 心配していたことでなかったのでほっと一安心していると。
三四 先ほどと同じように口上をいって。
三五 今回は二度めなので変だなと思っていると。

一 戸口を締める暇もないほど続々と。
二 どうしようか、どうしようもないと思って。
三 食物をしっかりと食べて。
四 「清し」は心ににごり、けがれのない様。まじめに誠実に植えまわったので。
五 観音に祈る姿。→四六〇頁注五。
六 「泥」はどろ土。水を含んでどろどろになった土。観音の姿は立像のイメージである。
七 わが身の賤しさに。不甲斐なさに。
八 あちらこちらと田を植えまわらせ申しあげて、しみじみ悲しいことだと、観音の有難さなどを思うに。末尾は直接話法がくずれている。
九 文意不明。誤写があろう。「るにを」は「めとふ」の誤りで、「あめとふりける」か。「たえず涙の雨とのみ降る」(古今集・忠岑)、「いとせき難き涙の雨のみ降りまされば」(源氏・幻)。
一〇 早く稔って、すばらしい収穫で。
一一 旱でも葉が焼けて枯れることもなく。
一二 石川と大和川合流沿いの地であれば、古くは再分流した水害をうけやすい土地柄である。
一三 「むろのはやわせ」とあるべきもの。「ろ」を字形類似から「か へ」と二字に誤読。「室の早稲田」は温室で育てて収穫を早めた稲。「むろのはやわせはやかりてけり」(行尊集)、「急げや早苗むろのはやわせ」(栄花・根合)。
一四 「会賀福地(あがふくち)」であろう。地名は「福地御牧・会賀御圧」(範国記・長元九年)、「下会賀福地両御牧政所」(醍醐寺雑事記)など並記されて見える。会賀は書紀にも見える地名。大和川の南、

（六八　小松僧都事《こまつのそうづのこと》）

今《いま》は昔《むかし》、[一五]小松《こまつ》の僧都と申《(まうす)》人おはしけり。まだ[一六]小《こ》法師にての折《をり》、[一七]山より鞍馬《くらま》へ参《まい》り給《(たまひ)》けり。「二三日許《ばか》り参《まい》らん」とて、「同《おな》じくは七日参《まい》らん」とて、参《まい》り給《(たまふ)》程《ほど》に、[一八]三七日に延《の》べて、「同《をな》じくは夢《ゆめ》など見《み》るまで」とて、百日参《まい》り給《(たまふ)》程に、夢見《ゆめみ》ねば、二三百日参《まい》りて、同《をな》じくは千日参《まい》るに、夢見《ゆめみ》ねば、「さりとては、[一九]いかでかさるやうはあらん」とて、二千日参《まい》る程《ほど》に、なを夢見《(ほ)ゆめみ》ねば、三千日参《まい》り歩《あり》くに、夢見《ゆめみ》えず。[二〇]はか〴〵しくなるとおぼゆることもなし。「[二一]縁《えん》こそはおはしまさゞるらめ。この御寺見《てらみ》むこと、たゞ今宵許《こよひばか》り也。たゞ三千日、ことなく参《まい》り果《は》てたるを[二二]にてあらん」とて、行《おこな》ひもせず、額《ぬか》もつかで、苦《くる》しければ、倚《よ》り臥《ふ》して、よく寝入《ねい》りにけるに、夢《ゆめ》に見《み》るやう、[二三]御帳《ちやう》の帷《かたびら》を引《ひ》き開《あ》けて、「まことに、かく年来参《としごろまい》り歩《あり》きつるに、いとを《(ほ)》し。これ得《え》よ」とて、物を賜《た》べば、左右《ひだりみぎ》の手《て》を広《ひろ》げて給はれば、白《しろ》き米《こめ》を[二四]ひと物入《い》れさせ給へりと見《み》て、[二五]驚《をどろ》きて、手《て》を見《み》れば、まことに左右《ひだりみぎ》の手《て》に、ひと物入《い》りたり。「あないみじ」と思ひて、「夢見《ゆめみ》ては、[二六]疾《と》くこそ出《い》づなれ」とて、やがて出《い》づるに、[二七]後《うしろ》にそよ

石川の西のあたり。福地は寺に関係する福徳の地の謂で、本来は会賀の一部を指す地名であろう。

▽古本説話集にだけ見える説話で、同話は見出されていない。

一五　西塔の具房僧都実因のこととされる。橘敏貞の男。慈念僧正、弘延阿闍梨の弟子。晩年小松寺に住した。長保二年(一〇〇〇)没、五十六歳。末尾では「小松僧正」とする。

一六　修行中の年少の僧。実因は天徳三年(九五九)得度受戒、年十五(僧綱補任)。

一七　「山」は比叡山。「鞍馬」→五〇四頁注三。

一八　二十一日間。

一九　どうして全く夢告が無いなどということがあろうか、そのうち必ず夢告があるはずだ。

二〇　別にこれといって期待したように物事が良くなるという様子もない。

二一　鞍馬寺の御本尊様とはついに済度下さる仏縁が無かったのだろう。

二二　底本「まいりはてゝたるを本にてあらん」と書写し、「ゝ」「本」をミセケチにし、「に」の右傍に「本」と小書。「本」は訂正本文ではなく「本ノママ」の意。親本に存した傍書「本」を本文に取り入れた誤りに気付き訂正したもの。親本に既に存した誤謬であるが、文脈は「三千日参詣し得たことをせめてもの本願としよう」といった気持の表出であろう。

二三　仏前に垂れ下げてある布。

二四　器物などに一ぱい。ここは手のひら一ぱい。

二五　夢から醒めて。目をさまして。

二六　早く退出するものだそうだ。「なり」は伝聞。

二七　後でさわさわと音がして人の気配がする。

と鳴《な》りて、人の気色《けしき》、足音《あしをと》す。「あやし」と思ひて、見返《みかへ》りたれば、毘沙門《びさもむ》の、[二]ふくを持《も》ちて送《をく》り給《(たまふ)》なりけり。御顔《かほ》をば外様《ほかざま》に向《む》けて、矛《ほこ》して、疾《と》く行《い》けとおぼしくて、突《つ》かせ給《(たまふ)》と見《み》て、急《いそ》ぎて出《い》でにけり。

さてより後《のち》、たゞすゞろに、[三]をのづから、「物を食《く》はばや」と思へば、めでたくし据《す》ゑて、きとは得《え》ぬ。[四]「手《て》もあらばや」と思《おも》へば、すゞろに出《い》で来《く》。衣《きぬ》も何も着《き》むと思へば、たゞ思《おも》ふに従《したが》ひて、さまぐ\に出《い》で来《き》ければ、せん方《かた》もなく、楽《たの》しき人にてをはしけり。

さて、夢《ゆめ》に見《み》えさせ給《(たまひ)》しまゝに、そがまゝにて、[六]参《まい》り給へりたりなるあり。白《しろ》き米《こめ》は、まだ納《おさ》めてありとぞ、言《い》ひ伝《つた》[七]へる。さても、[八]ゑにかく僧正までになりて、小松僧正とて、楽《たの》しき人にておはしけるなり。

（六九　信濃国筑摩湯観音為レ人令レ沐給事《しなののくにつくまのゆにくわんおんのひととなりてゆあみせしめたまふこと》）

今《いま》は昔《むかし》、信濃《しなの》の国に、筑摩《つくま》[九]の湯《ゆ》といふ所《ところ》に、よろづの人の薬湯《くすりゆ》あり。そのわたりなる人、夢《ゆめ》に見《み》るやう、「明日《あす》の午《むま》の時に、観音湯浴《ゆあ》み給《(たまふ)》べし。かならず人、[一〇]結縁《けちえん》し奉《たてまつ》るべし」と言《い》ふ。「いかやうにてか、おはしまさんずる」と言《い》ふ。

一　鞍馬寺の本尊。創建時の本尊の兜跋毘沙門天像や秘仏の現本尊とは別に、十一世紀頃の本尊であったと見られる国宝の毘沙門天像は、右手に三叉鉾を持ち、左手を額にかざして遠くを見渡すめずらしい姿をしている。この像のごときが表現の下敷になっているか。

二　「ふく」は「ほこ」（不く→本こ）の誤写か。後には「ほこ（矛）」とある。「服」「福」「武具」などを宛てる解もある。

三　なんということなく。いつのまにか。

四　さっと即座に手に入れた。

五　人手が欲しいと思えば自然と手助けが現れる。

六　文意不通。誤写・脱文があろう。底本は「みえさせ給しまゝに」で改行、次行行頭に補入記号○を付して「てまいり給へりたりなるあり」と書写、「てまい」の右に「そかまゝに」と傍書補入する。さらに「そか」の右傍に「本ママ」と注記。

七　「伝へたる」とありたい所。総索引は下二段に完了の「り」のついたもの、院政期前後に見ることがあるとし、今昔一ノ三「人仕へり」（旧大系今昔補注参照）をあげる。

八　「絵に描く僧正までになりて」（全書）か。或は「縁に斯く僧正までになりて」か。河内の小松寺（交野市星田）では「六体観音菩薩奉レ安二置当山一故、毎月十八日観音講之次六観音絵説云々」（縁起）と絵解きが行なわれていた。実因ゆかりの寺であれば、僧都は話題性に富む人物でもあり、毘沙門に関係して絵解きされることも考えられよう。

▽前話と同じく河内に関係する説話のようであるが、これも古本説話集にだけ見える説話で、同話は見出されていない。なお、鞍馬蓋寺縁起は、鞍馬の毘沙門天が小松寺の吉祥天女を夜毎訪れたことを記す。

答《いら》ふるやう、「年《とし》三十許《ばか》りの男《をのこ》の、髭黒《ひげくろ》きが、[一一]綾藺笠《あやゐがさ》着たるが、[一二]節黒《ふしぐろ》なる胡簶《やなぐひ》、革巻《かはま》きたる弓《ゆみ》持《も》ちて、紺《こん》の[一三]襖《あをき》着たるが、夏毛《なつげ》の[一四]行縢《むかばき》、白足袋《しらたび》履《は》きて、[一五]葦毛《あしげ》の馬《むま》のに乗《の》りてなん来《く》[一六]つき。それを観音《くわんをん》と知《し》り奉《たてまつ》るべし」と言《い》ふあひだに、夢覚《ゆめさ》めぬ。驚《おどろ》きて人〳〵に告《つ》げ廻《まは》し語《かた》る。人々《ひとびと》聞《き》き《ゝ》継《つ》ぎて、その湯《ゆ》に集《あつま》ること限《かぎ》りなし。湯《ゆ》をかへ、めぐりを[一七]掃除《さうぢ》注縄《しめ》を引《ひ》き、花香《かう》を奉《たてまつ》りて、居並《ゐな》みて待《ま》ち奉《たてまつ》る。

やう〳〵未《ひつじ》になる程《ほど》に、たゞこの夢《ゆめ》に言《い》ひつるにつゆ違《たが》はず見《み》ゆる男《をとこ》来《き》ぬ。顔《かほ》よりはじめて、夢《ゆめ》に言《い》ひつるに違《たが》はず。よろづの人、にはかに立《た》ちて額《ぬか》をつく。この男《おとこ》、大《おほ》きに驚《おどろ》きて、心《こゝろ》も得《え》ざりければ、よろづの人に問《と》へども、[一八]たか拝《をが》みに拝《をが》みて、そのことと《ゝ》言《い》ふ人なし。まめなる僧の、手《て》をすりて、額《ひたひ》に当《あ》てて《ゝ》、拝《をが》み居《ゐ》たるが許《もと》に寄《よ》りて、「こはいかなることぞ。己《おの》れを見《み》て、[一九]よく拝《をが》み給《(たまふ)》は」と、[二〇]横訛《よこなま》りたる声《こゑ》して言《い》ふ。この僧、人の夢《ゆめ》に見《み》えけるやうを語《かた》る。この男言《おとこい》ふやう、「己《をの》れは、[二一]先《さい》つ頃狩《ころかり》をして、馬《むま》より落《お》ちて、右《みぎ》の腕《かひな》をうち折《を》りたれば、それ[二二]茹《ゆ》でむとて、詣《まう》で来《き》たる也」と言《い》ひて、と行《い》きかく行《い》きすれば、人〳〵、後《しり》に立《た》ちて、拝《をが》みのゝしる。

男《おとこ》しわびて、「わが身は、さは、観音にこそありけれ。[二三]ことは、法師になりなん」と思ひて、弓《ゆみ》、胡簶《やなぐひ》、太刀《たち》、刀《かたな》を《ゝ》折りて、法師《ほうし》になりぬ。かくなるを見《み》

九 松本市郊外、浅間・山辺温泉郷の浅間温泉や山辺村湯の原温泉などが想定されている。
一〇 未来に救われる因縁を仏と結ぶこと。
一一 藺を綾に編んで作り、表に絹を張った笠で、紐をつけてあごで結ぶ。日ざしをさけ、また素材がやわらかく弓を引くさまたげにならないので、武士の遠出、狩、流鏑馬などに用いられた。
一二 節黒の羽の征箭(そや)を盛った胡簶。「節黒」は矢柄の節の下を黒漆で塗ったもの(武家名目抄・弓箭部)。「箙(えびら)」は容器のみの称で「胡簶」はこれに矢を加えたものの称(本朝軍器考)。
一三 狩襖。狩衣。源氏絵巻・関屋「いろ〳〵のあを」。今昔は「紺ノ水旱ヲ着テ」に作る。
一四 鹿・熊・虎の毛皮などで作り、腰につけて前面に垂らし、腿から下の部分、脚や袴を被うもの。騎馬、狩猟の時など、防護用として用いられた。「夏毛」は鹿の夏毛。黄褐色になり斑文が白くはっきりと現れるので若者の料ともいう。
一五 白い毛に黒色や濃褐色などの毛が混じっているもの。字類抄「騘ソウ　馬アシケムマ葦毛馬也」。「馬の」の「の」は衍字。
一六 「くつき」は「くへき」の誤。底本「へ」とは読めない字形。
一七 底本「さうちしめをひき」は「さうちしゝめをひき」の「ゝ」を誤脱したものであろう。
一八 「たか」は「たゝ」の誤写。「たゞ拝みに」。
一九 「よく」は「かく」の誤写。「かく拝み給は」。
二〇 変になまりのある声。「よこなばる」とも。神武即位前紀・訓注「訛、此云ニ与許奈磨盧ニ」。
二一 さきごろ。先日。今昔「此ノ一両日ガ前ニ」。
二二 患部をお湯につけて治療する。温泉につかってあたためて治す。湯治。栄花・月の宴「御風などいひて、御湯茹などし」。
二三 同じことなら。いっそのこと。総索引は古色がある言葉と指摘。

て、よろづの人、泣《な》きあはれがる。不意《ふい》に、見知《みし》りたる人出《い》で来《き》て言《い》ふやう、「あはれ、彼《かれ》は、[一]上野《かむつけ》にいまする[二]わとう主《ぬし》にこそいましけれ」と言《い》ふを聞《きゝ》て、これが名《な》をば、[三]わとう観音《くわんをん》とぞ言《い》ひける。

法師になりて後《のち》、横川《よかは》に登《のぼ》りて、[四]かてう僧都の弟子になりて、横川《よかは》に住む。その後《のち》は、[五]土左《とさ》の国《くにゝ》に往《い》にけり。

（七〇　関寺牛建立間事《せきでらのうしのこんりふのあひだのこと》）

今《いま》は昔《むかし》、[六]左衛門《さゑもん》の大夫《(たいふ)》平《(たひら)》の義清《のりきよ》が父《ちゝ》、[七]越後《ゑちご》の守《かみ》、その国《くに》より[八]白《しろ》き牛《うし》を得《え》たり。年来乗《としごろの》りて歩《あり》く程《ほど》に、[九]清《きよ》水なる僧に取《と》らせて、又関寺の聖《ひじり》の、関寺造《つく》るに、[一〇]空車《むなぐるま》を持《も》ちて、牛《うし》のなかりければ、この牛《うし》を聖《ひじり》に取《と》らせつ。

聖《ひじり》、[一一]このよしをいひて、寺の木を引《ひ》かす。木《き》のある限《かぎ》り引《ひ》き果《は》てて後《のち》に、[一二]三井寺の前《(さきの)》大僧正、夢《ゆめ》に関寺《せきでら》に参《まい》り給《(たまひ)》けるに、御堂《(み)だう》の前に、白《しろ》き牛繋《うしつな》ぎてあり。僧正、「こは何《なん》ぞの牛《うし》ぞ」と問《と》ひ給へば、牛《うし》の言《い》ふやう、「己《をの》れは[一三]迦葉《かせう》仏也《(なり)》。しかるを、この寺《てら》の仏助《ほとけたす》けむとて、牛になりたるなり」と見《み》て、夢覚《ゆめさ》めぬ。「心得《え》ぬ夢《ゆめ》かな」とおぼして、僧一人をもちて、関寺《せきでら》に、「寺の木引《ひ》く牛《うし》やある」

一　字類抄「上野カムツケ」。今の群馬県。
二　今昔「王藤大主」。宇治拾遺「はとうぬし」。
三　今昔「王藤観音」。宇治拾遺「馬頭観音」。「馬頭」は字形類似による転化本文に漢字を与えたもので、六観音の馬頭観音は関係ないであろう。
四　今昔に「覚朝僧都」。諸注は「覚超」のことかとする。覚超は巨勢氏。和泉国の人。源信の弟子。叡山の兜率院・楞厳院に住した。長元七年(一〇三四)一月没、七十五歳。
五　高知県。今昔に「五年許横川ニ有テ、其ノ後ハ土左ノ国ニゾ行ニケル」。四国は海辺を廻る辺地修行の地であり、特に土佐は観音浄土に近い南の最果ての地として、金剛福寺のある蹉跎岬(足摺岬)、金剛頂寺・最御崎寺のある室戸岬といった補陀落渡海の霊場がある。
▽宇治拾遺・上八十九話と同文の説話。今昔十九ノ十一も同話。底本の目録は「筑摩湯」を「沈摩陽」と誤写。
六　左衛門府の官人で五位の者。「義清」は鎮守府将軍平貞盛四代の孫。検非違使、従五位下。
七　父の平中方は検非違使、従五位下、越前守。
八　万寿二年(一〇二五)六月菅原師長の記した関寺縁起に「其毛是黒、其力太強」。栄花、今昔も「黒牛」とする。本話は三か所とも「しろきうし」に作る。「白牛(びゃくご)」は最もすぐれたものの象徴でもある(法華経・譬喩品)。　九　縁起に「清水寺内有二相善僧一、名曰二仁胤一」。関寺の聖は延鏡。
一〇　車箱や屋形のない車台だけの車。荷車。
一一　「このうしをえて」の誤写であろう。
一二　今昔に「三井寺ノ明尊前ノ大僧正ノ僧都ニテ」。明尊は小野道風の孫。智弁権僧正の弟子。志賀僧正と号す。康平六年(一〇六三)没。
一三　迦葉仏は過去七仏の第六仏。縁起をはじめ諸記録は、人々に迦葉仏化牛の夢告があったこ

と、問《と》ひにやり給《(たまふ)》。使《つかひ》の僧帰《かへ》りて、「白《しろ》き大《おほ》きなる牛《うし》、角少《つのすこ》し平《ひら》みたるなむ、聖《ひじり》の傍《かたは》らに立《た》てて飼《か》ふ。「こは何《なむ》ぞの牛ぞ」と問へば、「この寺《てら》の木《き》引《ひ》く料《れう》にまうけたる也」と言《い》ふ」。

その由《よし》を申せば、驚《をどろ》き貴《たうと》び給《(たまひ)》て、三井寺より多《おほ》くの僧ども引《ひ》き具《ぐ》して、関《せき》寺《でら》へ参《まい》り給《(たまふ)》。牛を尋《たづ》ね給《(たまふ)》に、見《み》えず。問《と》ひ給へば、「[一四]飼《か》ひに山《やま》の方《かた》へ遣《つか》はしつ。取《と》りに遣《つか》はさむ」と言《い》ひて、童《わらわ》を遣《や》りつ。牛《うし》、[一五]童《わらは》に違《ちが》ひて、御堂《だう》の後《うしろ》の方《かた》に来《き》たり。「[一六]取《と》りて率《ゐ》て来《こ》」との給へば、取《と》られず。僧正のかたじけながりて、「な取《と》りそ。離《はな》れて歩《あり》かむを拝《が》むべし」とて、拝《をが》み[一七]給《(たまふ)》と、僧どもも拝《をが》む。その時に、牛、御堂《だう》を[一八]三廻《めぐ》りめぐりて、仏《ほとけ》の方《かた》に向《むか》ひて倚《よ》り臥《ふ》しぬ。「希有《けふ》の事なり」と言《い》ひて、[一九]聖《ひじり》はじめて、泣《な》くこと限《かぎ》りなし。

それより後《のち》、世《よ》にひろごりて、京中の人《ひと》[二〇]こぞりて詣《まう》でずといふ事なし。[二一]入道殿よりはじめたてまつりて、殿ばら、上達部《かむだちめ》、参《まい》らぬなきに、[二二]小野宮右の大臣《をとゞ》のみぞ参《まい》り給はざりける。[二三]閑院《かん》のおほき大殿《(おとど)》参《まい》り給《(たまひ)》て、下衆《げす》の、やらん方《かた》なく多《おほ》かりければ、車《くるま》より下《を》りて歩《あゆ》まむ、[二四]軽《きやう》〳〵におぼしければ、この寺《てら》に車《くるま》に乗《の》りながら入《い》り給《(たまふ)》を、[二五]罪得《つみえ》がましくやおぼしけむ、[二六]縄《なわ》を引《ひ》き切りて、山《やま》ざまへ逃《に》げて往《い》ぬ。大殿下《を》りゐて、「乗《の》りながらありつるを、「無礼《むらい》なり」とおぼして、

とを、「凡閭里之間普有二其夢一」と伝えるが、明尊が夢告を得たことを記さない。当話では縁起文等に比して三井寺の役割が重くなっている。

一四 草を食べさせに。

一五 童と行き違いに牛は独りで帰って来た。

一六 今昔に「僧都取リテ将来レト宣フ程ニ」とする。全書は聖の言葉と解しているが、「給ふ」の使用を重視すれば僧正の言葉ととれよう。

一七 「給ふと」は「給ふに」の誤写であろう。

一八 右繞三帀（さんせう）。本尊を右まわりに三回まわるのは、至尊を礼拝する儀式。無量寿経・上「稽二首仏足一、右繞三帀、長跪合掌」。明尊参詣時に牛の三帀があったこと記録にはない。

一九 聖を始めとして。今昔は「僧都ヨリ始メテ」。

二〇 左経記・万寿二年五月十六日「関寺有レ牛…而近曾大津住人等、夢見二迦葉仏化身之由一、此夢披二露洛下一、仍奉レ始二大相国禅閤関白左大臣一、至二于下民一、挙レ首参結二縁牛一云々」。

二一 道長。五月十六日に化牛入滅すべしとの予告があり、当日道長、倫子、息頼通、教通をはじめ諸卿、殿上人こぞって供をして参詣したこと、縁起はじめ諸記録にみえる。「禅閤并関白被レ参二関寺一事」（小右記目録・万寿二年五月）。

二二 藤原実資。小右記逸文・万寿二年五月廿三日「□（参か）二関寺一修二諷誦一、次向レ牛、不レ繋閑五（立か）、気色柔奕、心底祈念退帰」。紀略・万寿二年五月廿三日「右大臣（実資）向二関寺一給」。道長に同道していないが、実際は七日後に参詣。

二三 藤原公季。師輔九男。号閑院。寛仁五年（一〇二一）七月任太政大臣。長元二年（一〇二九）十月薨。

二四 軽率な振舞とお考えになったので。

二五 仏に対し無礼をはたらく、いかにも罪を得ることのように牛が思ったのであろうか。

二六 今昔は「ウシノハナギ」（木製の鼻輪）とする。

この牛《うし》は逃《に》げぬるなめり」と、悔《く（い）》悲《かな》しみ給《（たまふ）》こと、限《かぎ》りなし。その時に、かく懺悔《ざんぐゑ》し給《（たまふ）》を、あはれとやおぼしけむ、やをら山から下《を》り来《き》て、牛屋《うしや》の内《うち》に倚《よ》り臥《ふ》しぬ。その折《をり》に、大殿《おとゞ》、[一]草《くさ》を取《と》りて牛に食《く（は）》わせ給《（たまふ）》。牛《うし》、異草《ことくさ》は食《く》はぬ心に、この草《くさ》をくゝめば、大殿、[二]直衣《なをし》の袖を顔《かほ》にふたぎて、泣《な》き給《（たまふ）》。見《み》る人《ひと》も貴《たうと》がりて泣《な》く。[三]鷹司殿《たかつかさどの》の上《うへ》、[四]大殿の上《うへ》も、皆参《みなまい》り給へり。

かくのごとく、四五日が程《ほど》、こぞりて参《まい》り集《つど（ふ）》うほどに、[五]聖《ひじり》の夢《ゆめ》に、この牛言《い》ふやう、「今《いま》は、この寺《てら》の事《こと》し果《は》てつ。明後日《あさて》の夕方帰《ゆふかたかへ》りなんず」と言《い》ふ。夢《ゆめ》覚《さ》めて、泣《な》き悲《かな》しみて、僧正候《（さぶらふ）》房に参《まい》りて申《（まうす）》に、「この寺《てら》にも、かゝる夢見《ゆめみ》て語《かた》る人ありつ。あはれなることかな」と言《い》ひて、いみじう[六]貴《たうと》がり給《（たまふ）》。その時に、よろづの人聞《ひときゝ》き継《つ》ぎて、いよ〳〵参《まい》ること、[七]道《みち》のひまさりあふることなし。

その日になりて、山、三井寺、奈良《なら》の僧、参《まい》り集《あつ》まりて、[八]阿弥陀《あみだ》経を読《よ》むこと、山ひゞくばかり也《（なり）》。やう〳〵夕暮《ゆふぐれ》になる程《ほど》に、牛、[九]つゆなづむことなし。「かくて、死《し》なでやみなんずるなめり」と言《い》ひ笑《わら》ふ[一〇]さはふ物どもあり。やう〳〵暮方《くれがた》になる程《ほど》に、臥《ふ》したる牛《うし》、立《た》ち走《はし》りて、御堂《だう》ざまに参《まい》りて、[一一]三廻《みめぐ》り舞《ま》ふ。苦《くる》しがりて、臥《ふ》しては起《を》き〳〵《（ふしてはをき）》しつゝ、汗《あせ》になりて、たしかに三廻《みめぐ》りして、牛屋《うしや》に帰《かへ》りて、[一二]北枕《きたまくら》に臥《ふ》して、四《よ》つの足《あし》をさし延《の》べて、寝入《ねい》るがごとくし

一 縁起には「殿下先進二牛傍一、殊致レ信敬、口陳二懇念一、心発二弘願一、手自采レ草、試寄二其口一、牛即銜レ草、快以受用、動レ身而相敬、挙レ首而涕泣」とある。栄花・みねの月に「草を誰も〳〵とりて参りける中に、参らぬ人などぞありければ、それは罪深きにやなどぞ定めける」とも。

二 公卿の平常服で直《だた》の衣の意。中納言以上、特例として三位参議まで勅許を得れば参内出来たので、高官の通常出仕に常用。

三 道長室倫子。　四 公季室。今昔は「女房ハ鷹司殿、関白殿ノ北ノ方(頼通室)」とする。

五 縁起は延鏡への夢告は記さない。

六 底本「たうがり給」。誤脱とみて訂。

七 「道の隙なし」「道避り敢へず」が合した「道の隙避り敢ふことなし」を更に誤写したものか。「ひま」は物のすきま、「さりあふ」は避けうること。参詣人が跡を絶たず、よけることも出来ないほど路が込み合っている意であろう。

八 阿弥陀仏の西方極楽浄土と浄土への念仏による往生を説いた経典。

九 少しも苦しみ煩うことがない。

一〇 底本「さハふ」は「さけの」(邪見の)の誤写で、「と言ひ笑ふ邪見の物どもあり」であろう。

一一 小右記逸文・万寿二年六月一日「関寺牛其病太重、入滅期可レ近歟、出レ自二彼在所一、漸歩□(登か)二御堂前一、廻二御堂二匝、道俗涕泣、其後臥二仏前一、僧等念仏、又更相二扶牛一又一匝帰二本所一、誠可レ申二化身一、入滅若今夜歟云々」。左経記・同二日「早旦参二向関寺一、及二未剋一到レ寺、先見レ牛、聖人云、日者有二悩気一、而去晦日漸興立、廻二御堂一、三匝了帰二本所一之間、於中路臥、不レ堪二起興一、仍人々合力興立、持二来本所一臥之後、已不二興起一、欲二斃去一也者、余聞二此事一、成レ感祈念、即両三度挙レ頭見レ余、頗涕泣、及二

て死《し》ぬ。その時《とき》に、参《まい》り集《あつ》まりたる[一三]そこそばくの道俗男女《だうぞくなむ(によ)》、声《こゑ》も惜《を》しまず泣《な》き合《あ》ひたり。阿弥陀《あみだ》経読《よ》むこと、念仏《ねぶつ》申《(まうす)》こと限《かぎ》りなし。

その後《のち》、七日《なぬか》〳〵の経仏、卌九日、[一四]又の年《とし》の果《は》てに至《いた》るまで、よろづの人《ひと》、とり〴〵に行《をこな》ふ。牛《うし》をば牛屋《うしや》の上《かみ》の方《かた》に少《すこ》しのぼりて、土葬《どさう》したてまつりつ。

その後《のち》、[一五]卒塔婆《そとば》を立《た》てて、[一六]釘貫《くぎぬき》して、上《うゑ》に堂《だう》を造《つく》る。
[一七]この三井寺の仏《ほとけ》は弥勒《みろく》におはす。居丈《ゐたけ》は[一八]三尺なり。昔《むかし》の仏《ほとけ》は、堂《だう》もこぼれ、仏《ほとけ》も朽《く》ち失《う》せて、「昔の関寺の跡《あと》」など言《い》ひて、[一九]御めしばかりを見《み》て、昔《むかし》の関《せき》寺《でら》の跡《あと》、知《し》りたる人《ひと》もあり、知《し》らぬ人もあり。横川《よかは》の[二〇]源信《げんしむ》僧都、「もとのやうに造《つく》り建《た》てむ。跡形《あとかた》もなくてかくおはする、悲《かな》しきことなり。関《せき》の[二一]出《い》で果《は》てにおはすれば、よろづの国《くに》の人、拝《をが》まであるべきやうもなし。仏《ほとけ》に向《む》かひたてまつりて、少《すこ》し頭《かうべ》を傾《かたむ》けたる人、かならず仏《ほとけ》になる。いかにいはむや、左右《(さう)》のたな心を合《あ》はせて、額《ひたひ》に当《あ》てて、[二二]一《いち》せんの心を発《をこ》して拝《をが》む人は、[二三]当来《たうらい》の弥勒《みろく》の世にかならず生《むま》るべし。釈迦仏《(ほとけ)》かへす〴〵説《と》き給《(たまふ)》ことなれば、仏の御法《みのり》を信《しん》ぜん人は、疑《うたが》ふべきにもあらず。[二四]要須《えうす》の寺也《てら(なり)》」とおぼして、横川《よかは》に、[二五]えきうといひて、[二六]たうある僧《そう》に言《い》ひつけて、[二七]知識《ちしき》引《ひ》かせて、やう〳〵仏の御形《みかた》に刻《きざ》みたてまつるあひだ、僧都失《う》せ給《(たまひ)》て、このえきう聖《ひじり》、「故《こ》僧都の仰《おほ》せ給《(たまひ)》しことな

西剋二頭北面西一帰レ空、即埋二堂後山一帰洛」。同三日「或人云々、関寺迦葉仏化牛已入滅、即穿二埋堂後山一云々、三井僧都率寺僧等念仏之」。
一二 左経記や縁起に「頭北面西」、釈迦涅槃と同じ姿勢で入滅したと記す。
一三 たくさんの。「そこばく」を強めた表現。
一四 一周忌。「はて」は喪の終りやその法要。
一五 追善供養の塔形。通常は木材に仏塔の形の切り込みを付け墓側に立てる。世喜寺中興縁起に「牛塔、或記曰、牛堂石塔胴五尺、方円、竺口径八尺云々」。また「本堂西南山脚有二牛塔一、是迦葉仏応化霊廟也」と。鎌倉末の園城寺境内古図には牛堂と呼ぶ建造物を描く。関寺跡と伝える長安寺の現牛塔は鎌倉初期のものという。
一六 柱を立て並べて横に貫(ぬき)を通した柵。
一七 「この三井寺」は「この寺」または「この関寺」などとあるべき所。「このミ寺」を誤ったか。
一八 「三尺」は「三丈」の誤りであろう。下六十五話にも「丈→尺」の誤りあり。縁起にもと迦葉仏在世時に純金五丈の像であったが、今度「遂建二二重高閣一、追二彼旧製一、奉レ造二五丈之慈尊一」とある。座像なので居丈三丈ということであろう。
一九 「つめし」(礎)の誤写であろう。柱の下の基礎の石。和名抄「礎　ツミイシ、ツメイシ、イシスヘ」。推古紀に「礎　ツミシ」の訓がある。今昔に「礎(つみいし)許ヲ見テ」。旧大系今昔にツメシの誤写かの指摘あり。
二〇 大和国当麻の人。慈恵大師良源の弟子。横川に隠棲。往生要集を撰述。寛仁元年(一〇一七)没。
二一 京から大津側に関を出はずれた所に。
二二 「せん」は「ねん(念)」の誤りであろう。一筋に仏を念ずること。
二三 将来当然やって来る弥勒仏の世に。
二四 無くてはならない寺。色葉字類抄「要須　カ

り」と言《い》ひて、一仏師から上《(じやう)》にもねんごろに語《かた》らひて、造《つく》らせ給へる。
　僧都の仰《おほ》せられしまゝに、二階《かい》に造《つく》りて、上《かみ》の層《こし》から、二御顔《かほ》は見《み》え給へば、よろづの人、拝《をが》みたてまつる。やう〳〵造《つく》るに、材《ざい》木なども、はか〴〵しくも出《い》で来《こ》ず、仏の御箔《はく》も、押《を》し果《は》てられ給はぬに、この牛仏《うしぼとけ》、拝《をが》みたてまつると、三よろづの物を具《ぐ》しつゝ、この御寺《てら》に奉《たてまつ》る物を取《と》り集《あつ》めて、堂並《だうなら》びに大門《もん》、又余《あま》りたる物をば、僧房を造《つく》りて、その後《ゝち》にも、又物の余《あま》りたりければ、供養《くやう》を設《まう》けて、四大会《(だいゑ)》を行《をこな》ひつ。それより後《のち》、五にしきを引《ひ》きつゝ、六す経を加《くわ(ふ)》う。
　おほよそ、その寺の仏《ほとけ》を拝《をが》みたてまつらぬ人なし。一度《ど》も心《こゝろ》をかけて拝《をが》む人は、かならず弥勒《みろく》の世《よ》に生《む》まるべき業《(ごふ)》を、つくりかためつとなむ。

ナラスエウス」。　三五 延鏡のこと。万寿の縁起を略記する類従本縁起に「頃有㆓僧都源信者㆒、一見歎㆓聖跡之永亡㆒、教僧延鏡為㆓興復之計㆒」。
三六 底本「た」で改行。次行頭の「うう」の右に「本」と傍書。後の「う」は「し」の誤写で、「たうしある」(道心ある)であろう。前項の「えきう」(延鏡)と同じく撥音無表記とみる。
三七 勧進して寄進を仰ぐ。慣用句。

一 木仏師康尚。長徳四年(九九八)土佐講師、寛仁二年(一〇一八)頃近江講師、同四年法成寺無量寿院の九体仏を定朝と造る。仏師系図では定朝の子とするが、弟子であるらしい。縁起に「故当国講師康尚、素巧㆓於告(造か)仏㆒、…延鏡相談、先企㆓仏像㆒、康尚随喜、殊加㆓信心㆒、寛仁二年閏四月廿五日丙子、始採㆓新材㆒、同年五月廿一日壬午更定㆓片(斤か)新㆒、治安元年七月九日壬年(午か)忩創㆓造堂㆒、同二年八月十九日丙辰纔以結構、宜哉斯地、誠可㆓賞歎㆒」とある。
二 更級日記に寛仁四年上洛の折に、板塀越しに荒造りの御顔が拝されたことを記す。
三 「と」は「ひと」の誤りであろう。拝み奉る人。
四 大規模な法会。扶桑略記等によれば延鏡は万寿四年(一〇二七)三月一日に関寺の供養を行っている。　五 「に」は「ち」の誤り。「知識を引きつつ」。
六 「す経」も「す理」(修理)の誤り。「理」との草体の類似による。
▽今昔十二ノ二十四とほぼ同文の同話。下五十話は関連説話。同話付記参照。なお霊牛出現のこと、東大寺造立供養記にも「平大臣宗盛之牛自然出来也、形体殊好、勢力無双也、…」と見ゆ。説話題目は底本の目録「関寺牛間事」の「牛」の後に「建立」の語を補った。「智証大師入唐間事」(打聞集目録)等と同じ構文と解した。

付録

宇治拾遺物語 類話一覧

一 本書の各説話に関連あると思われる文献を示す。

二 同話(1)の欄には、同文性の強く見られる文献を、同話(2)の欄には、同文性は見られないが、同話的傾向の濃い文献を掲げた。最下段には各説話の類話、また、内容・題材等における関連話(記事)を掲げた。なお、括弧内には、当該書に記す典拠を掲げた。

三 各文献の抽出範囲についてはできる限りの統一をはかったが、その取捨の選択は担当者の判断により必ずしも一様ではない部分もある。

四 各文献の底本は、なるべく入手しやすい善本に拠ることを旨とし、巻数等については、検索可能な範囲にとどめることとする。なお、巻数は漢数字で示し、その下位分類、もしくは通し番号は算用数字で示す。

五 文献により、諸本、異本等、系統を異にする多くの種類の存在するものがあるが、必要に応じ、代表的な一、もしくは数本を掲げるにとどめたものがある。

六 近世以降の文献は、一部を除き省略した。また、近・現代の文献は、例外的に「日本昔話大成」等を掲げた。

七 各説話は、

今村みゑ子(7 9 16 17 19〜21 24 37 44 45 55 59 61 65 67〜70 73 78 79 82 83 87 89 101 103 105 117 133 134 136 139〜145 148 151 154〜161 163 166 168〜170 172 173 176〜181 183〜194)

櫻井陽子(2〜6 8 11 12 14 15 18 22 23 25 26 29〜33 36 38 39 47 48 52〜54 56〜58 60 62〜64 66 80 90〜92 107 114〜116 126 127 137 138 152 153 164 165 167 171 174 175 195〜197)

田渕句美子(1 10 13 27 28 34 35 40〜43 46 49〜51 71 72 74〜77 81 84〜86 88 93〜100 102 104 106 108〜113 118〜125 128〜132 135 146 147 149 150 162 182)

の三名が担当した。

説話番号	板本巻序	標題(一部省略)	同話(1)	同話(2)	類話・関連話(記事)
1	一ノ一	道命阿闍梨於和泉…	古事談三231 古事談抜書83 雑談集七 東斎随筆・好色類		宝物集九(九冊本) 古今著聞集八318 沙石集五末 後花園天皇宸翰本琴腹絵巻 御伽草子・和泉式部 謡曲・道命法師
2	一ノ二	丹波国篠村平茸生…			
3	一ノ三	鬼ニ癭被取事		五常内義抄14	産語・上皐賓六 醍醐笑一 六 嬉遊笑覧・或問附録(笑林評) 狂言・宝瘤取 日本昔話大成一九四瘤取爺他
4	一ノ四	伴大納言事	古事談二149 江談抄三		大鏡三師輔 延慶本平家物語二中38 源平闘諍録一上12 源平盛衰記一八 曾我物語二 舞曲・夢あはせ
5	一ノ五	随求ダラニ籠額…			
6	一ノ六	中納言師時法師ノ…			
7	一ノ七	竜門聖鹿ニ欲替事	古事談三295 醍醐笑三		三宝絵・上13 今昔一4 過去現在因果経二 方広大荘厳経六 法苑珠林一〇出家篇一一
8	一ノ八	易ノ占シテ金取出事		捜神記三 晋書九五列伝六五芸術 芸文類聚八三(録異伝) 太平御覧七二八(録異伝)	
9	一ノ九	宇治殿倒レサセ給…	富家語136 古事談三252 真言伝六	本朝高僧伝四九	宝物集九(九冊本)
10	一ノ一〇	秦兼久向通俊卿許…		袋草紙・上 六百番陳状・春中 今物語41 撰集抄八20	拾遺集一六1015 公任集1 今昔二四34 古本説話集・上2 讃岐典侍日記・下 金葉集九524 宝物集一
11	一ノ一一	源大納言雅俊一生…			
12	一ノ一二	児ノカイ餅スルニ…			
13	一ノ一三	田舎児桜ノ散ヲ見…			

14	一ノ一四	小藤太聟ニオドサ…			
15	一ノ一五	大童子鮭ヌスミ…			
16	一ノ一六	尼地蔵奉見事		延命地蔵菩薩経直談鈔一二 56	今昔一七 1 2 地蔵菩薩霊験記一3 九12 地蔵菩薩霊験絵詞・上6 中2 4
17	一ノ一七	修行者逢百鬼夜行事			江談抄三 大鏡三師輔 今昔一四42 古本説話集・下51 打聞集23 宝物集四(九冊本) 元亨釈書二九 真言伝四
18	一ノ一八	利仁暑預粥事	今昔二六 17		
19	二ノ一	清徳聖奇特事			大鏡三師輔 真言伝四
20	二ノ二	静観僧正祈雨法験…	打聞集 4	三井往生伝・上2 日本高僧伝要文抄一	扶桑略記・永観二年八月二七日 古今著聞集一 43
21	二ノ三	同僧正大嶽ノ岩…		日本往生極楽記6 扶桑略記・寛平三年夏月 三井往生伝・上2 私聚百因縁集九3 明匠略伝・日本下 日吉山王利生記二 元亨釈書一〇 真言伝四 園城寺伝記五6 東国高僧伝四 本朝高僧伝四七	
22	二ノ四	金峯山薄打事			
23	二ノ五	用経荒巻事	今昔二八 30		
24	二ノ六	厚行死人ヲ家ヨリ…	今昔二〇 44		
25	二ノ七	鼻長僧事	今昔二八 20		
26	二ノ八	晴明封蔵人少将事	延命地蔵菩薩経直談鈔一〇 13		
27	二ノ九	季通欲逢事々	今昔二三 16		
28	二ノ一〇	袴垂合保昌事	今昔二五 7		今昔二九19 保元物語・上 十訓抄三11 尊卑分脈・藤原保昌
29	二ノ一一	明衡欲逢殃事	今昔二六 4		
30	二ノ一二	唐卒都婆ニ血付事	今昔一〇 36		述異記・上 捜神記一三 独異志・上

説話番号	板本巻序	標題（一部省略）	同　話（1）	同　話（2）	類話・関連話（記事）
31	二ノ一三	ナリムラ強力ノ…	今昔二三　21		淮南鴻烈解二　太平広記一六三（独異記）　広浦伝説
32	二ノ一四	柿木ニ仏現ズル事	今昔二〇　3		帝王編年記・昌泰三年正月二五日　皇年代略記・醍醐　皇代略記・醍醐
33	三ノ一	大太郎盗人事			
34	三ノ二	藤大納言忠家物言…			千載集一六　964 965
35	三ノ三	小式部内侍定頼卿…		古事談二　177	四条中納言定頼集　10　金葉集九　550 俊頼髄脳　袋草紙・上　十訓抄三　1 古今著聞集五　183　雑和集・上　12
36	三ノ四	山伏舟祈返事			太平記二　謡曲・壇風
37	三ノ五	鳥羽僧正与国俊戯事			古事談三　269　古今著聞集一一　395 396
38	三ノ六	絵仏師良秀家ノ焼…	十訓抄六　37		
39	三ノ七	虎ノ鰐取タル事	今昔二九　31		
40	三ノ八	樵夫歌事	古本説話集・上　18 醍醐笑五		
41	三ノ九	伯母事	古本説話集・上　20	後拾遺集一九　1133 1134　康資王母集　149	康資王母集　96-106　経信集　233 234 四条宮下野集　192 193　後拾遺集九　525 小右記・寛仁四年閏一二月八、一三日 左経記・寛仁四年閏一二月二六日
42	三ノ一〇	同人仏事事	古本説話集・上　21		袋草紙・上　愚秘抄・鵜末　お茶の水図書館本古今集注　百人一首一夕話
43	三ノ一一	藤六事	古本説話集・上　25		拾遺集七　藤六集　袋草紙・上
44	三ノ一二	多田新発郎等事	今昔一七　24　地蔵菩薩霊験記九　1	地蔵菩薩感応伝・下	
45	三ノ一三	因幡国別当地蔵…	今昔一七　25　地蔵菩薩霊験記一　4		

46	三ノ一四	伏見修理大夫俊綱事	諸社一覧四	今鏡四　宝物集六	雍州府志二
47	三ノ一五	長門前司女葬送時…			
48	三ノ一六	雀報恩事	御伽草子・雀の夕顔　燕石雑志四		捜神記二〇　続斉諧記　蒙求和歌三　蒙求註261　金言類聚抄二二　日本昔話大成一九一舌切雀　一九二腰折雀他
49	三ノ一七	小野篁広才事	世継物語	江談抄三　十訓抄七6　東斎随筆・人事類　毘沙門堂本古今集註　弘安一〇年古今集歌注　内閣文庫本古今集注　きのふはけふの物語・上	
50	三ノ一八	平貞文本院侍従等事		今昔三〇1　世継物語　十訓抄一29　雑々集・上9	平中物語2　伊勢集19　20
51	三ノ一九	一条摂政歌事		一条摂政御集6　7　後撰集一一731　732	
52	三ノ二〇	狐家ニ火付事			
53	四ノ一	狐人ニ付テシトギ…			
54	四ノ二	佐渡国ニ有金事	今昔二六15		
55	四ノ三	薬師寺別当事	今昔一五4	日本往生極楽記9　扶桑略記・延喜一七年　元亨釈書一〇　東国高僧伝六　本朝高僧伝四七	
56	四ノ四	妹背嶋事	今昔二六10		沖ノ島口碑伝説
57	四ノ五	石橋下蛇事			注好選・下一五
58	四ノ六	東北院菩提講聖事	今昔一五22		中右記・承徳二年五月一日
59	四ノ七	三川入道遁世之間事	今昔一九2	続本朝往生伝33　今鏡九　発心集二4　元亨釈書一六　三国伝記一一24　本朝高僧伝六七	古事談二193
60	四ノ八	進命婦清水詣事	古事談二191		俊頼髄脳　和歌童蒙抄二
61	四ノ九	業遠朝臣蘇生事	古事談三253　真言伝五	本朝高僧伝四九	今鏡九　古事談一27　古今著聞集七295　元亨釈書四
62	四ノ一〇	篤昌忠恒等事			
63	四ノ一一	後朱雀院丈六仏…	古事談五380		

説話番号	板本巻序	標題（一部省略）	同話（1）	同話（2）	類話・関連話（記事）
64	四ノ三	式部大夫実重賀茂…	古事談五349　諸社一覧三		
65	四ノ一三	智海法印癩人法談事	古事談三277		発心集四 3
66	四ノ一四	白川院御寝時物ニ…	古事談四324		平家物語四鵼　源平盛衰記一六
67	四ノ一五	永超僧都魚食事	古事談三259　古事談抜書68　雑談集三　三国伝記四27		十訓抄七 11
68	四ノ一六	了延房ニ実因…	古事談三262　古事談抜書69		三井往生伝・上8　元亨釈書四　真言伝五　法華経直談鈔七末32
69	四ノ一七	慈恵僧正戒壇築…	古事談三215　古事談抜書70		今昔二〇2　三一24　今鏡九　古事談三22　撰集抄二6　十訓抄四7
70	五ノ一	四宮河原地蔵事	醒睡笑四		日本霊異記・中26　39　今昔一二11　12　源註拾遺二
71	五ノ二	伏見修理大夫許へ…			中右記・寛治七年一二月二四日　雍州府志一〇　今鏡四
72	五ノ三	以長物忌事			
73	五ノ四	範久阿闍梨西方ヲ…	続本朝往生伝20		往生要集・大文五2　円光大師行状画図翼賛二七
74	五ノ五	陪従家綱兄弟互ニ…	十訓抄七18		百錬抄・寛治二年一〇月一七日
75	五ノ六	陪従清仲事			
76	五ノ七	仮名暦誂タル事			
77	五ノ八	実子ニ非ザル人…			
78−一	五ノ九	御室戸僧正事			寺門高僧記四
78−二	五ノ九	一乗寺僧正事			古今著聞集八323
79	五ノ一〇	或僧人ノ許ニテ…			
80	五ノ一一	仲胤僧都地主権現…			
81	五ノ一二	大二条殿ニ小式部…		後拾遺集一七1001　袋草紙・上　詞花集	宝物集一（九冊本）　無名草子29

				注280	今物語20　古今著聞集八331　なよたけ物語　書陵部本古今集抄　時代不同歌合172　女房三十六人歌合
82	五ノ一三	山横川賀能地蔵事		元亨釈書二九　地蔵菩薩感応伝・下　延命地蔵菩薩経直談鈔一27　六5　28　一二54	
83	六ノ一	広貴依妻訴炎魔宮…		日本霊異記・下9　地蔵菩薩霊験記　六20　地蔵菩薩霊験絵詞・上3	
84	六ノ二	世尊寺ニ死人ヲ…		富家語105	打聞集25　今昔二七3　大鏡三伊尹　栄花物語一
85	六ノ三	留志長者事	今昔三22　古本説話集・下56	盧至長者因縁経　法苑珠林七七十悪篇八四5　御伽草子・るし長者	ジャータカ535　旧雑譬喩経19　敦煌本仏説諸経雑縁喩因由記　諸経要集六　私聚百因縁集二5
86	六ノ四	清水寺ニ二千度…	今昔一六37　古本説話集・下57　醒睡笑四		
87	六ノ五	観音経化蛇輔人給事	古本説話集・下64	本朝法華験記・下113　今昔一六6　金沢文庫本観音利益集35	謡曲・鷹飼
88	六ノ六	自賀茂社御幣紙米…	古本説話集・下66　醒睡笑七	賀茂注進雑記	
89	六ノ七	信濃国筑摩湯ニ…	今昔一九11　古本説話集・下69		地蔵菩薩霊験記一5
90	六ノ八	帽子叟与孔子問答事	今昔一〇10	荘子・雑篇漁夫三一	淮南鴻烈解九　列子・天瑞一　説苑一七雑言　慎子・外篇　孔子家語六本　太平御覧三八三　五〇九　明文抄四　和漢朗詠集注・下484　蒙求和歌一
91	六ノ九	僧伽多行羅刹国事	今昔五1	大唐西域記一一　法苑珠林三一妖怪篇二四　仏本行集経四九　経律異相四三3	増壱阿含経四一馬王品四五　中阿含経三四136　ジャータカ196　大乗荘厳宝王経三　六度集経六59　護国尊者所問大

説話番号	板本巻序	標題(一部省略)	同話(1)	同話(2)	類話・関連話(記事)
					乗経二 法華経直談鈔一〇本16 17 20 法華経鷲林拾葉抄二三普門品二五 法華経直談私類聚抄八普門品 宇津保物語一俊蔭 私聚百因縁集七7 平家打聞七
92	七ノ一	五色鹿事	今昔五18	仏説九色鹿経 法苑珠林五〇背恩篇五二 経律異相一一11 六度集経六58 諸経要集八背恩縁三 金言類聚抄二三 御伽草子・るし長者	菩薩本縁経・下鹿品七 根本説一切有部毘奈耶破僧事一五 摩訶僧祇律一 ジャータカ482 莫高窟壁画 日本昔話大成二三四報恩動物・恩知らずの人
93	七ノ二	播磨守為家侍佐多事	今昔二四56		
94	七ノ三	三条中納言水飯事	今昔二八23	古今著聞集一八644	古事談六398 十訓抄一〇61 続古事談二
95	七ノ四	検非違使忠明事	今昔一九40 古本説話集・下49		古本説話集・下49 思斉漫録
96	七ノ五	長谷寺参籠男…	今昔一六28 古本説話集・下58	雑談集五 御伽草子・大悦物語	捜神記三 芸文類聚九三(捜神記) 日本昔話大成二二一藁しべ長者 一二七 蜂の援助他
97	七ノ六	小野宮大饗事	今昔二四3	古事談二174	九条殿記・天暦七年正月五日 大鏡二 時平 栄花物語一
98	七ノ七	式成・満・則員等…		椿説弓張月・上	
99	八ノ一	大膳大夫以長前駈…			
100	八ノ二	下野武正大風雨日…			
101	八ノ三	信濃国聖事	古本説話集・下65 信貴山縁起絵巻	今昔一一36 諸寺略記 聖誉抄・下	三宝絵・中2 続本朝神仙伝5 35 古事談三197 214 発心集四2 金沢文庫本泰澄和尚伝 金沢文庫本観音利益集19 元亨釈書一四 一五 一八 真言伝四

102	八ノ四	敏行朝臣事	今昔一四29	十訓抄六30 百人一首一夕話 尊卑分脈・藤原敏行	古今集一六833 伊勢物語惟清抄 伊勢物語闕疑抄
103	八ノ五	東大寺花厳会事	建久御巡礼記 古事談三198 古事談抜書80	今昔一二7 東大寺要録二 本朝新修往生伝39 南都七大寺巡礼記	
104	八ノ六	猟師仏ヲ射事	今昔二〇13		本朝二十不孝四
105	八ノ七	千手院僧正仙人ニ…	今昔一三3 真言伝四	園城寺伝記三4	本朝法華験記・中44 本朝神仙伝18 今昔一三38 古事談三178 十訓抄一〇18
106	九ノ一	滝口道則習術事	今昔二〇10		今昔一9 二〇9 梁高僧伝一〇 神僧伝四 仏祖統記三七 仏祖歴代通載九
107	九ノ二	宝志和尚影事	打聞集10 醍醐笑三	高山寺蔵本宝志和尚伝	
108	九ノ三	越前敦賀女観音助…	今昔一六7	古本説話集・下54 宝物集四(九冊本)	日本霊異記・中14 34 今昔一六8 9 古本説話集・下48 沙石集二4 観音利益集40 元亨釈書二九 三国伝記一15
109	九ノ四	クウスケガ仏供養事			
110	九ノ五	ツネマサガ郎等…			
111	九ノ六	歌読テ被免罪事	今昔二四55 古本説話集・上44	拾遺集九564 拾遺抄一〇544 俊頼髄脳 奥儀抄・序 十訓抄一〇41 古今序注	本朝文粋一二
112	九ノ七	大安寺別当女ニ…	今昔一九20		
113	九ノ八	博打子聟入事			狂言・眉目吉 日本昔話大成一二五博徒聟入 一二六鳩提灯
114	一〇ノ一	伴大納言焼応天門事	伴大納言絵詞		三代実録・貞観八年八-九月 大鏡一裏書 愚管抄三 宝物集二(九冊本) 十訓抄六19
115	一〇ノ二	放鷹楽明暹ニ是季…	古事談六401 東斎随筆・音楽類	教訓抄四放鷹楽	十訓抄一〇62

説話番号	板本巻序	標題（一部省略）	同話（1）	同話（2）	類話・関連話（記事）
116	一〇ノ三	堀川院明暹ニ笛吹…	古事談六401　東斎随筆・音楽類	続教訓抄一一下　体源抄五	
117	一〇ノ四	浄蔵ガ八坂坊ニ…	扶桑略記・天暦八年　古事談三213	拾遺往生伝中1　大法師浄蔵伝　元亨釈書一〇　真言伝五　本朝高僧伝四八	
118	一〇ノ五	播磨守子サダユフ…	今昔二七26		捜神記二
119	一〇ノ六	吾嬬人止生贄事	今昔二六7		今昔二六8　私聚百因縁集一5　20　二8　三4　捜神記一九　中山神社資料　日本昔話大成二五六猿神退治　白猿伝
120	一〇ノ七	豊前王事	今昔三一25		三代実録・貞観七年二月
121	一〇ノ八	蔵人頓死事	今昔三一29	十訓抄六35　寝覚記・下10	小右記・寛仁二年五月一二日　中右記・永久二年二月一五日　扶桑略記・天元四年九月一〇日　日本紀略・天元四年九月四日　百錬抄・同　尊卑分脈・藤原貞孝
122	一〇ノ九	小槻当平事	今昔二四18		
123	一〇ノ一〇	海賊発心出家事			
124	一一ノ一	青常事	今昔二八21		本朝皇胤紹運録　尊卑分脈・源邦正
125	一一ノ二	保輔盗人タル事			小右記・寛和元年　永延二年　日本紀略・同　百錬抄・永延二年　江談抄三　続古事談五
126	一一ノ三	晴明ヲ心見僧事	今昔二四16		
127	一一ノ三	晴明殺蛙事	今昔二四16		
128	一一ノ四	河内守頼信平忠恒…	今昔二五9		小右記・長元元年八月‐五年二月　左経記・長元元年六月‐四年七月　扶桑略記・長元元年八月‐四年六月　日本紀略・

129	一二ノ五	白川法皇北面受領…	十訓抄七35		長元元年六月-四年六月　百錬抄・同　古事談五358　玉葉・文治三年七月二日　他
130	一二ノ六	蔵人得業猿沢池竜事			興福寺流記　元要記一四　二九　七大寺巡礼私記　謡曲・春日竜神
131	一二ノ七	清水寺御帳給ル女事	今昔一六30　古本説話集・下59		
132	一二ノ八	則光盗人ヲ切事	今昔二三15		権記・長徳四年一一月八日　江談抄三
133	一二ノ九	空入水シタル僧事			発心集三　8　沙石集四　8　醒睡笑一
134	一二ノ一〇	日蔵上人吉野山ニ…			本朝神仙伝29　扶桑略記・天慶四年（道賢上人冥土記）　宝物集二　十訓抄五16　沙石集八22　元亨釈書九　真言伝五
135	一二ノ一一	丹後守保昌下向…	古事談四319　十訓抄三11		
136	一二ノ一二	出家功徳事	今昔一九12		
137	一三ノ一	達磨見天竺僧行事	今昔四9　醒睡笑三	宝物集八（九冊本）	賢愚経一三優波毱提品　法苑珠林三四摂念篇二八
138	一三ノ二	提婆菩薩参竜樹…	今昔四25		大唐西域記一〇憍羅刹国
139	一三ノ三	慈恵僧正延引受戒…	醒睡笑六	慈恵大僧正伝　慈恵大師伝　打聞集17	
140	一三ノ四	内記上人破法師…	今昔一九3		今鏡九　発心集二　3　撰集抄五　3
141	一三ノ五	持経者叡実効験事	今昔一二35　異本紫明抄・若紫（宇治大納言物語）		本朝法華験記・中66　続本朝往生伝14　発心集四　4
142	一三ノ六	空也上人臂観音院…	打聞集26　園城寺伝記五　6（宇治大納言物語）	雑談鈔25　発心集六　1　三井往生伝・上　6　撰集抄八29　元亨釈書一一　真言伝五　寺門伝記補録一三　三国伝記九　6　壒嚢鈔一〇40　塵添壒嚢鈔	

説話番号	板本巻序	標題（一部省略）	同話（1）	同話（2）	類話・関連話（記事）
143	一三ノ七	僧賀上人参三条宮…	今昔一九 18	一五 40　東国高僧伝六　本朝高僧伝四八　本朝法華験記・下 82　続本朝往生伝 12　多武峯略記・上　発心集一 5　私聚百因縁集八 3　元亨釈書一〇　和州多武峯寺増賀上人行業記　扶桑隠逸伝・中　本朝高僧伝九	
144	一三ノ八	聖宝僧正渡一条…	壒嚢鈔一四 9　塵添壒嚢鈔一九 9	古事談三 284	続本朝往生伝 12　今昔二八 35　発心集一 5　続古事談四
145	一三ノ九	穀断聖不実露顕事	今昔二八 24	文徳実録・斉衡元年七月二二日　日本紀略・斉衡元年七月二二日	菅家文草三 236　本朝神仙伝 36　古今著聞集一二 424
146	一三ノ一〇	季直少将歌事	大和物語 101　古本説話集・上 11　世継物語	新古今集八 854	貫之集 902　袋草紙・上
147	一三ノ一一	樵夫小童隠題歌読事	古本説話集・上 38　醒睡笑五		藤六集 31
148	一三ノ一二	高忠侍歌読事	今昔一九 13　古本説話集・上 40　醒睡笑五		
149	一三ノ一三	貫之歌事	今昔二四 43　古本説話集・上 41	土佐日記・承平四年一二月二七日	
150	一三ノ一四	東人歌事	古本説話集・上 22　醒睡笑八		
151	一三ノ一五	河原院ニ融公霊住事	今昔二七 2　古本説話集・上 27　醒睡笑四	本朝文粋一四　扶桑略記・延長四年七月四日　江談抄三　古事談一 7　続古事談四　十訓抄五 1　紫明抄一夕顔　河海抄二夕顔　岷江入楚四	古今集一六 852　伊勢物語 81　大和物語 61　本朝文粋一　八　一三　和漢朗詠集・下 532 538　今昔二四 46　二七 17　古今和歌集鈔　顕註密勘　毘沙門堂本

152	一二ノ一六	八歳童孔子問答事	醒睡笑八		古今集註一六 和歌知顕集 冷泉流伊勢物語抄 伊勢物語愚見抄 和漢朗詠集和談鈔532 和漢朗詠集注・下532 謡曲・融 今昔一〇9 列子・湯問篇五7 法苑珠林四日月篇三 太平御覧三八五 博物志五 世俗諺文・下 語園・上1 晋書六明帝紀 独異志・中 世説新語・夙慧一二 芸文類聚一六儲宮(世説) 琱玉集一二12(晋抄) 白氏六帖三七太子四 唐鏡五 語園・上2
153	一二ノ一七	鄭太尉事	醒睡笑五		後漢書三三列伝二三鄭弘伝注孔霊符会稽記 和漢朗詠集注・下679 海道記
154	一二ノ一八	貧俗観仏性富事			
155	一二ノ一九	宗行郎等射虎事			
156	一二ノ二〇	遣唐使子被食虎事		日本書紀・欽明天皇六年一一月	
157	一二ノ二一	或上達部中将之時…			
158	一二ノ二二	陽成院妖物事			今昔二七5 尊卑分脈・源時中 捜神記一二(胥子)
159	一二ノ二三	水無瀬殿鼯事			古今著聞集一七603
160	一二ノ二四	一条桟敷屋鬼事			
161	一三ノ一	上緒主得金事	今昔二六13		江談抄三 乾饌子・竇乂 雑譬喩経・下28 法苑珠林五六貧賤篇六四
162	一三ノ二	元輔落馬事	今昔二八6		源註拾遺六
163	一三ノ三	俊宣合迷神事	今昔二七42		
164	一三ノ四	亀ヲ買テ放事	今昔九13 打聞集21		冥報記・上 独異志・中 法苑珠林一八敬法篇 法華伝記八(冥報記) 太平広記一一八(独異記) 弘賛法華伝一〇
165	一三ノ五	夢買人事			曾我物語二 三国遺事・紀異一 太宗春

説話番号	板本巻序	標題(一部省略)	同話(1)	同話(2)	類話・関連話(記事)
165					秋公 日本昔話大成一五八夢買長者
166	一三ノ六	大井光遠妹強力事	今昔二三24		日本霊異記・中4 27 今昔二三17 18 古今著聞集一〇377 381 日本昔話大成・ 補遺九女の大力
167	一三ノ七	或唐人女ノ羊ニ…	今昔九18	冥報記・下 法苑珠林七四十悪篇八四 2 太平広記一三四(法苑珠林)	
168	一三ノ八	上出雲寺別当父ノ…	今昔二〇34		沙石集七10 片仮名本因果物語・中12
169	一三ノ九	念仏僧魔往生事	今昔二〇12	十訓抄七2 真言伝七	三国伝記六6 御伽物語一5
170	一三ノ一〇	慈覚大師入纐纈城…	今昔一一11 打聞集18	私聚百因縁集七7	入唐求法巡礼行記三 四 今昔五1 三一14 太平広記四八一 本朝二十不 孝二
171	一三ノ一一	渡天僧入穴事	打聞集20		今昔五31 大唐大慈恩寺三蔵法師伝 四 西陽雑俎一八729 法苑珠林五六道 篇四
172	一三ノ一二	寂昭上人飛鉢事	今昔一九2	続本朝往生伝33 東斎随筆・仏法類	法苑珠林四二愛請篇三九 今鏡九 発 心集二4 撰集抄九2
173	一三ノ一三	清滝川聖事	今昔二〇39		本朝神仙伝28 古事談三214 発心集 四2
174	一三ノ一四	優婆崛多弟子事		今昔四6	阿育王伝六 付法蔵因縁伝四 止観輔 行伝弘決五4 優婆崛多弟子因縁・下・ 江因縁 阿育王経一〇 一一巻正法眼 蔵一〇四禅比丘
175	一四ノ一	海雲比丘弟子童事		古清涼伝・下・高守節 法華伝記五22 弘賛法華伝七	宋高僧伝二七 書陵部本和歌知顕集二 1
176	一四ノ二	寛朝僧正勇力事	今昔二三20 真言伝 五		
177	一四ノ三	経頼蛇ニ逢事	今昔二三22		今昔二三21 23 25 古今著聞集一〇372

178	一四ノ四	魚養事	醒睡笑一	本朝能書伝 南都七大寺巡礼記	373 374 入木抄
179	一四ノ五	新羅国后金榻事	今昔一六19	長谷寺霊験記・上12	
180	一四ノ六	珠ノ価無量事	今昔二六16		日本昔話大成・補遺二八魚石 増訂長安の春
181	一四ノ七	北面女雑使六事			
182	一四ノ八	仲胤僧都連歌事			続詞花集二〇997 998 今鏡五 古今著聞集一八628
183	一四ノ九	大将慎事	今昔二〇43		貞信公記・天慶二年一二月一五日 栄花物語二四 二五 二九 三八 大鏡三兼通 宝物集二 愚管抄四 七 十訓抄九4 政治要略七〇
184	一四ノ一〇	御堂関白御犬晴明…	古事談六450 古事談抜書21 十訓抄七24 東斎随筆・鳥獣類	右記 峯相記 月刈藻集・中	
185	一四ノ一一	高階俊平ガ弟入道…	今昔二四22	北条九代記二	
186	一五ノ一	清見原天皇与大友…		扶桑略記・天武元年壬申五月 新撰六帖題和歌三966 上宮太子拾遺記七(扶桑蒙求注) 謡曲・国栖 四条流庖丁書	日本書紀二七 二八 古活字本平治物語・下 曾我物語五 太平記四
187	一五ノ二	頼時ガ胡人見タル事	今昔三一11	塵袋一胡国	日本書紀・斉明天皇四-六年 御伽草子・御曹子島渡り
188	一五ノ三	賀茂祭帰サ武正…	古事談六457		長秋記・天承元年四月一九日
189	一五ノ四	門部府生海賊射返…			
190	一五ノ五	土佐判官代通清…	十訓抄一43		
191	一五ノ六	極楽寺僧施仁王経…	今昔一四35 古本説話集・下52 真言伝二		菅家文草九608 大鏡五 宝物集一(九冊本)
192	一五ノ七	伊良縁野世恒…	今昔一七47 古本説話集・下61	元亨釈書二九	
193	一五ノ八	相応和尚上都卒天事		天台南山無動寺建立和尚伝 本朝法華験記・上5 拾遺往生伝・下1 明匠	扶桑略記・元慶二年九月二五日(善家秘記) 今昔二〇7 宝物集二 古事談

説話番号	板本巻序	標題（一部省略）	同話（1）	同話（2）	類話・関連話（記事）
194	一五ノ九	仁戒上人往生事		略伝・日本上　元亨釈書一〇　真言伝四　本朝高僧伝四七　法華経直談鈔六末6	三211　日吉山王利生記一　真言伝四（善家秘記）　帝王編年記・貞観五年　毘沙門堂本古今集註一三　河海抄二〇　手習（松月上人記・善相公の記）　東国高僧伝四　続本朝往生伝13　古事談三285　発心集一11
195	一五ノ一〇	秦始皇自天竺来僧…	打聞集2　今昔六1　醒睡笑二	法苑珠林一二千仏篇五5　歴代三宝記一　仏祖統記三四（朱上行経録）　破邪論・下	仏祖歴代通載四　唐鏡二
196	一五ノ一一	後之千金事	今昔一〇11	荘子・雑篇外物二六　説苑一一	
197	一五ノ一二	盗跖与孔子問答事	今昔一〇15	荘子・雑篇盗跖二九　世俗諺文・下（荘子）	岷江入楚二四

解説

宇治拾遺物語の内と外

――古本説話集にも及ぶ――

三木紀人

一

いささか唐突な引用から始めたい。中央大学における作家山本周五郎の講演の一節である。

文学の場合は、慶長五年の何月何日に、大阪城で、どういうことがあったか、ということではなくて、そのときに、道修町の、ある商家の丁稚が、どういう悲しい思いをしたか、であって、その悲しい思いの中から、彼がどういうことを、しようとしたかということを探究するのが文学の仕事だと思います。（「歴史と文学」『中央評論』昭和三十六年六月）

慶長五年とは、関ヶ原の戦のあった年である。その年の某日、政治的、軍事的枢要の場であった大阪（坂）城のある出来事は、以後の歴史を方向付けたかもしれない。しかし、そのことに目を向けるのは自分たちの仕事ではなく、文学者の使命は、歴史の陰に固有の生を持った無名人の思いをとらえることにある。周五郎はそんなことを言っているようである。なお、彼が文学（創作）と対比しているのは、人文科学（特に歴史学）である。

講演を得意とせず、余り試みなかった彼らしく、理路整然といえない論じ方であり、またみずから偏軒と号した人の言だけあって、一方的な意見といわれても仕方あるまい。これに対して反論するのは容易かと思われるが、その反論に、周五郎の作品を多少とも知る誰かが立ち会って接するなら、彼はむなしさをのみ感じることであろう。周五郎の作品は、予想される論理を寄せつけないだけの堅牢さを持っているからである。われわれは、彼の意見の中に、論としての正当性よりも、珠玉の名篇のいわれをなす文学的信念の強さをたしかめればよいのではあるまいか。

周五郎の言は、一面で、当面の宇治拾遺物語(以下略称を用いる)作者を代弁するもののように読めないこともない。彼は自著がいかなる思いの所産かを述べなかったが、周五郎と似た信念をひそかに持っていたようにも感じられるのである。作者は例えば「悲しい丁稚」の代りに、悲しい稚児を、一人ならず二人とりあげて、日常的情景の中の風貌と心情を語る。第十二、十三の両話である。

前者の稚児は育ちのよさのせいか、年齢不相応にも思える自意識を持ち、それに束縛されてひもじい思いをする。後者の稚児は風に散る花の下で泣きじゃくっている。二人がかかえた悲しみは、本人にとってはそれなりに深刻なものであるが、周囲の僧たちとのかかわりによって、第三者に笑いのたねを提供することになる。かかわった人々は、せわしない生活の中でまもなくそのことを忘れるであろうが、当の稚児はながくこの記憶をひきずっていきそうである。そのことをはるかに思い描くとき、二人の悲しみはひとごとでなくなってくるであろう。かいもちいへの期待を見抜かれると、自分が他人の目にいかにはしたなく映るかを案ずる稚児(彼の描き方の中に「む」が多用され、仮想が次の仮想を生んで自縄自縛におちいっていくさまが活写されている)。眼の前の桜花から麦の花を連想し、収穫に一喜一憂する父の姿が思い出されてくる稚児。人間、ことに、それなりの聡明さや想像力を持つ者は、その美点に制約され、明るく自由に生きるのはむずかしい。そう要約できるようなことが、二人の稚児の中に、原型的なかたちで示されているのである。

だれかれの人生の中でたえずくりかえされ、世の中に無数におこっているであろうこのような出来事に、語るに足りる何かをおぼえた人が、これ以前にいたかどうか、おぼつかない。宇治拾遺作者は、第十二話では、もっぱら、空寝をする稚児の内部に視点を設定し、耳を通して感知される場面の進行と、それに関心を払う稚児の心理と生理を語る。そして、次話ではその場にいあわせた架空の者の視点に立ち、稚児と僧のちぐはぐなやりとりを語る。主人公の共通性にもかかわらず、二話はたがいに異質な方法によっているのである。これらはしばしば、入門教材などに採用され、説話文学の魅力や特性を示す例ともされるが、実は、説話として典型的なものではない。むしろ、劇性が希薄という点で珍しい部類に属するであろう。

こんな内容のものを、説話集に通有の話題の中にさりげなく組み入れ、異色ある試みをしたのはどんな人か。彼は定家のいわゆる「紅旗征戎、非吾事」(明月記・治承四年九月条。ただし、後年の補筆かとされる)の思いを心に秘め、定家とは又別の「吾事」をなした人と評することができるが、どんな環境の中にあった人か、気になるところである。

二

その問題は、各説話の内部から帰納されねばならないであろうが、さまざまな手掛りを与えてくれそうな文章として、序が存在する。

説話集の多くには序文が付されているが、内容は執筆の意図・方針、成立の経緯・年時、編者としての述懐などで、それらを文飾ゆたかに、ことさらな卑下をまじえて記すものが多い。一方、序跋の類を持たないものもかなりあり、今昔物語集、打聞集、古本説話集、古事談など、宇治拾遺と直接間接にかかわるらしい諸書はその中に含まれる。未定稿の域を出ないためか、作者が必要と認めなかったためか、事情は別々であろうが、結果としてそのようになっている。宇治拾遺は序文を持つので前者に分類されようが、この文章の異色な内容からすると、単純にそのように言えない。第一、これの筆者は、みずから成立に関与していない後代の人のように記されており、書かれていることも、序より跋、あるいは奥書の類にある方がふさわしいとさえ思えるものである。全体については直接本文によっていただき、次にその要旨にふれておく。

記事はまず、宇治大納言物語を紹介、序文の大半をこれとその編者についての説明についやしている。この文章によると、宇治大納言とは源隆国のことで、その通称は、老後に避暑のために平等院の南泉房に籠るのをならわしにしていたことにちなむという。隆国の祖父西宮殿(高明)、父俊賢を明記しているのは知識人貴族の常識によるかもしれないが、籠居の時期を「五月より八月までは」と具体的に示したり、場所について「一切経蔵の南の山ぎはに、南泉房といふ所」と、必要以上と思われるほどに詳しく正確である(史実と矛盾しないらしいことは諸家によってたしかめられている)のが目に付く。これは、序文筆者が相当な消息通であること、彼の予期する享受者が、このような情報によって興味をそそられる(もちろん、平等院が宇治にあることなどは説明ぬきで理解できる)だけの教養人であることを示しており、同時に、そのような人にも宇治大納言物語の存在および成立事情、内容などは、自明のものでなかったことも示しているのである。

宇治大納言物語は、知られるように散逸説話集である。中外抄、七大寺巡礼私記、園城寺伝記、雑談集、真言伝、扶桑蒙求私注、異本紫明抄、本朝語園などに逸文が見え、また、宇治物語、大納言物語、宇治記などの異称も知られている。しかし、これらがすべて散逸宇治大納言物語に帰する事実であるかどうか不明で、逸文が今昔物語集、古本説話集、世継物語(小世継、小世継物語とも)、それに宇治拾遺物語のどれかにも見えるものであり、これら四書も時に宇治大納言物語と呼ばれていた実例ないし形跡が少なからず見付かっており(八で後述)、この散逸説話集の正体および存否については不明な点が多い。慎重な研究家からはなかば幻影視されたり、諸論が分立したりするゆえんであるが、その辺の複雑な事情については後掲各論文に譲っておき、なお序の本文に戻る。

第二段落によると、隆国はくつろいだ姿で往来の人々を呼び集め、その語るところを、簾の内に臥したまままみずから記しとどめたという。その記述の中に隆国の奇矯さが浮び上る。髻をことさらにゆがめて結い、大きな団扇であおがせ、大きな双紙を用いたとあるが、「大きなる」の反復も、髻の件もわけありげである。

宇治拾遺作者が依拠した古事談には、隆国の奇行がいくつか語られているが、その一つ巻一第五十四話に髻のことが出てくる。彼が蔵人頭となって天皇の装束のことを奉仕した時、彼はまず天皇の玉茎を探り奉ったので、天皇は隆国の冠を打ち落した。これに対して隆国はあえて気にせず、髻をばらばらにして伺候したが、これは「毎度の事」であったという話である。この天皇は後一条院であるが、隆国の兄の顕基は院に寵愛され、崩御後に世をはかなんで隠遁、そのいさぎよい純情は長く語りつがれた。同じ天皇に対する兄弟のあまりに対照的な振舞であるが、隆国にとって髻は何やら象徴性を帯びているようである。序文叙述を少し敷衍すると、天皇とのかかわりでとかく噂されたあの髻を、宇治拾遺でも何を思ってか露出させ、しかも、ゆがめて結って、聞書のための彼流の儀式の一端としたということになるだろうか。情報化時代に生きるわれわれは、その髻にアンテナをなぞらえたくなるところである。

まさか、アンテナに似た髻の機能によるわけでもあるまいが、多数の珍しい話題が隆国のもとに集まって来たようである。次段落の

　天竺の事もあり。大唐の事もあり。日本の事もあり。それがうちに、たうとき事もあり。おかしき事もあり。おそろしき事もあり。あはれなる事もあり。きたなき事もあり。少ゝは空物語もあり。利口なる事もあり。さま〴〵様〳〵なり。

は、宇治大納言物語のみならず、今昔、宇治拾遺その他、説話集一般の多岐多彩さについての文章のように読める一節だが、筆者はあたかもそれを予期して軌道を修正するかのように、宇治大納言物語の伝来に移り、十四帖仕立てであったこと、侍従俊貞なる人が原本を所持していたが、加筆増補が施されたことを紹介、宇治大納言物語についてはそれで区切りを付ける。本来の序のあり方からすると、ここまではいわば導入部にすぎず、ついで、これに倍する余白を用いて、宇治拾遺そのものについてしばらく記事がつづくはずであるが、現実には

　さる程に、今の世に、又、物語書き入れたる、出来れり。大納言の物語に、もれたるを拾ひあつめ、又、厥后の事など、書きあつめたるなるべし。名を宇治拾遺の物語と云。宇治にのこれるを拾ふとつけたるにや。又、侍従を拾遺といへば、侍従大納言侍るをまなびて、□といふ事、知《し》りがたし。□にやおぼつかなし。

とあるにすぎない。しかも末尾は欠字部分が多く、□以下は多分に恣意的に整備した本文とおぼしき板本の辞句によって、

　宇治拾遺物語といへるにや。差別しりがたし。おぼつかなし。

と、何とか文章らしき体裁で読まれているのであるが、この欠字は虫損などによるものでなく、古色を出して本文の素性の正しさを印象付けようとした筆者のしわざかと疑われる。それは、詐術をかけようという悪意にもとづく行為ではなく、遊び心を共有できる少数読者に何かを発信するための仕掛けであろう。その発信内容は、この文章、特に末尾の記事がなかば冗談であって、題名の由来を事実として伝えるものでないことにあるのではなかろうか。ここにもっともらしく並記される二つの考え方のうち、前者によるなら、「拾遺往生伝」のごとく、「拾遺宇治(大納言)物語」か「宇治(大納言)物語拾遺」となりそうな感じもする。また、侍従俊貞は宇治大納言物語正本の所持者であっても、宇治拾遺の成立そのものに関係がない(少なくも、あるように記されていない)のであるから、彼の職の唐名が題名のいわれとなるはずはない。いずれも、冷静に読めばたちどころにあやしげに映るものであろう。筆者はあたかも一種の陽動作戦を採るかのように、読者にことさらな説を二つ掲げて注意をそらし、その虚誕に気付く人に対して、題のいわれへの関心と理解をうながしているのであろうか。とすると、作品と照応する題名のいわれが別の観点からあらためて問われねばならないであろうが、その問題を考える上で、小峯和明「宇治拾遺物語の〈宇治〉の時空——序文再考——」(『日本文学』昭和六十三年六月)はすこぶる示唆的である。

小峯(以下敬称略)は本朝文粋三の「弁二散楽一」、村上天皇の策問の

随二月次一而変レ体、拾遺之説、為レ真為レ偽。馮二円座一而放レ光、亜将之談、非レ毀非レ誉。

に注目する。月次云々、円座云々はともにはっきりしないが、散楽の作法か何かに関することかと思われる。それについての「拾遺」「亜将」の意見の信頼性を帝が問うているのであるが、これに対する秦氏安の対策の中に、

含レ咲解レ頤之論、豈是酎台之本業。

とある。二者の意見は、笑いを取るための論であって、まともにとりあうものではないという趣旨である。小峯はさらに雲州往来上の

昨日藤亜将、源拾遺、忽以㆓光儀㆒談云、今日稲荷祭也。密々欲㆓見物㆒如何。

を引き、「拾遺」に「話芸に通ずる言葉巧みや猿楽との関連性が濃厚である」とした上で、奇行談でうかがえる隆国の「拾遺」性に即して序を読み直そうとしているようである。

たしかに、右の引用文の「拾遺」は特定個人を示すものではなく、ことさらに滑稽・烏滸な物言いをする人物をさす語として用いられていよう。が、そうすると、一方の「亜将」も気になってくる。ちなみに、「拾遺」が侍従の唐名であるように、「亜将」は中将の唐名である。これの「談」があるニュアンスを持っているのは、元来は具体的な誰かの振舞にもとづくことであろうが、はっきりしない。いずれにせよ、二語が一対視されたとすれば、ことによれば、「宇治拾遺」は、その対として「宇治亜将」をかたわらに想定して解するべきではないかとも思われる。というのは、古今著聞集の序に、宇治大納言物語を称して(と解されている)「宇県の亜相が巧語」と記す例があるからである。

ことわるまでもなく、これは「亜相」(大納言の唐名)であって「亜将」ではない。しかし、たまたま同音であるため二語はまぎらわしく、しかも、滑稽にかかわる記号として原義と離れて用いられたために、混同されやすかったかもしれない。それに、中将と大納言をともども経験する人もいて、ますます混同は進んだのではなかろうか。源隆国自身もそうした人のひとりである(長野甞一「宇治大納言をめぐる」所載年譜、『日本文学の諸相』昭和十七年八月)。彼は万寿二年(一〇二五)二十二歳のおりに右近権中将となり、同じ職にあった兄の顕基と並んだ。そのことを父俊賢の横暴による

ものとする批判が小右記に見えるが、筆者藤原実資の背景には同じ思いの人々があり、隆国の中将任官の印象は上流の人々の間に強かったかと思われる。古今著聞集三ノ九十二には、「宇治の大納言隆国卿、中将になりたりける年」で始まる説話がある。彼は賀茂の臨時祭の陪従をおおせつかったが、役不足と思ってであろう直廬でふて寝をし、頼通に馬を与えられて気をとりなおしたというものである。業平、実方、道信など、中将という職にあった人にはなぜか話題性が豊かである。もともと逸話が多かったこともあって中将隆国の存在感は鮮かで、大納言隆国のそれに劣らぬものがあったとすれば、彼をめぐる亜将と亜相の混同はひとしおで、序文筆者も錯覚を犯して、宇治亜将(＝相)物語(宇治大納言物語)と対になるものを作るというふれこみで、宇治拾遺物語と命名、そのいわれを表面からはひそめたのかもしれない。

以上、題名のいわれを中心として序文の趣旨について少々考えてみた。この文章について、自序説、他序説の二つの立場があり、内容の杜撰さなどから後人のものとする吉田幸一「『宇治拾遺物語』序文偽撰考」(『宇治大納言物語〈伊達本〉』昭和六十年、古典文庫)など周到な説もあるが、私は島津忠夫「宇治拾遺物語の序文」(『中世文学』二十八、昭和五十八年)などとともに、自序説にたつ。島津は、内容のうさんくさい所をむしろ積極的に認め、それを作者の擬作という手法によるとするが、私の観点もそれに近く、この文章の中に知的戯れを見るものである。その前提となる素朴な感想によると、後人が書いたのであれば、もう少しまことしやかな内容になるはずである。

中世説話集の中で、例えば発心集の序はその末尾で自著にふれて

道のほとりのあだことの中に、我が一念の発心を楽しむばかりにや、と云へり。

と書いてある。自分が当事者であるにもかかわらず、執筆意図について「にや」と推測の形で述べ、しかもそれを

「と云へり」と伝聞のごとくによそおっている。含羞をまじえた屈折した意識が感じられるが、これにつづく閑居友の著者も跋文で、

藻塩草、かきあぐべきよし、かねて聞えさせければ、海人のぬれぎぬ思ひみで、また、筆のとれるなるべし。

と書いている。彼は先行する発心集をつよく意識して自作をものしたことがさまざまな点でたしかめられる。ここもその現れの一つであろうが、宇治拾遺の作者も、このような文飾に着想を誘われて、より徹底的に距離をおいた自己を仮構して書いてみたのではなかろうか、事実性、論理的整合性、事物と言葉の一対一的な対応関係などでわりきろうとするとき、この序文独自のものは見失われていくであろう。

三

そのように思うとき、小峯の提唱する「拾遺」の両義性があらためてうなずかれるが、なおそれを進めて、より多義的なものと見なす余地がないかどうか、たしかめてみたい。

作者みずからが「拾遺」の両義性を示した例として、藤原定家の拾遺愚草の例がある。彼は建保四年(一二一六)三月十八日、この自撰家集の奥書に

先に二百首の愚歌を撰び、聊か結番の事有り。仍《よ》りて其の拾遺と謂ひつべし。又養和元年百首の初学を企て、建保四年三巻の家集を書く。彼是の間、幷びに拾遺の官に居る。故に此の草の名と為す。(原漢文)

と記している。ここにいう「二百首」とは、同じ年の二月に制作した百番の自歌合のことである。彼はこれによって

「短かからぬ自身の歌人生活を顧み、これにひとつの区切りをつけようと考えたのであろう」（久保田淳『藤原定家』昭和五十九年、集英社）と目されるが、つづいて自作を包括・集成する家集を編んだ。自歌合に対する拾遺としての意味（ただし自歌合の作はおおむね拾遺愚草にも入る）と、自分がたまたま出発期と現在においてともに侍従であることを記念して命名したのであった。

定家はこの時、奥書の自署にあるように、参議治部卿に侍従を兼ねていた。参議昇進は二年前の二月十日のことで、そのおりの喜びは明月記に見える。これを記念し、貴族としての達成感を示すためなら、又別の名が求められたであろうが、彼は、五年前、建暦元年（一二一一）再任された（併せて従三位に叙せられる）侍従職をもって、家集の名のもう一つの（というより、第一の）いわれとした。彼が侍従となった最初は安元元年（一一七五）十四歳の時のことであったが、以後実に四十一年の間、その職にあって、なかなか昇進のおりがなかった。文治三年（一一八七）の冬の閑居百首（題の下に「越中侍従とこれを詠ず」とある。越中侍従は藤原家隆のこと）の中に、当時の彼の鬱情をしのばせる述懐五首が見えるが、その第二首に

越す浪ののこりをひろふ（「拾遺」をやわらげた句）浜の石の十とて後も三とせすぐしつ

とある。侍従としての十三年への自嘲を詠じたものである（在任期間が定家より一年短い家隆の述懐五首も定家に劣らず暗い詠である）。侍従職のみにありつづけた過去と、顕職を兼任する現在。その二つを対比して、定家は侍従としての自己に複雑な感慨をいだいたことであろう。たまたまその時期は宇治拾遺の成立したと思われる頃とほぼ同時代に当たる。偶然にしては出来すぎた暗合といえばいえる。

宇治拾遺の作者が誰であるか、後にふれるようにいくつかの説はあるものの、はっきりしない。しかし、世代的に

は新古今時代の担い手たちと雁行する関係にあろう。その彼が和歌の黄金期とどうかかわったか、かかわらなかったとすれば、それをどう見たか。あまり関心が払われたことはなさそうな問題であるが、かつて私は第十三話(歌材として当時多用された風が、笑話の前提となる状況設定に出る)にふれながら、

歌人たちに特別の意味合いをもって感情移入されて多くの名作を生んだ風が、みもふたもない散文的な小事件を生むこの笑話から、和歌の黄金期を横目で冷やかに(あるいは、そこはかとない疎外感を味わいつつ)通りすぎたであろう作者の、抒情派への皮肉な目のようなものも感じ取るべきかもしれない。(『日本文学全史三　中世』第四章二、昭和五十三年、学燈社)

と述べたことがある。そんな思いを持って各説話をあらためて読みなおすと、和歌説話以外のものの中に、歌壇への皮肉な何かが随所にあらわれてくるようでもある。巻頭第一話に不浄説法の人として出る道命は、説話にはその気配がまったくないが、歌人としてしたわれた人である。嵯峨法輪寺を舞台とする彼の交友の輪へのなつかしみ、西行的なものの源流ともいえそうな生き方、歌境、用語への歌人たちの敬意が存在した。その彼と、同じく歌人として名声の高い和泉式部をいかがわしい話の中でとり上げたのが注意される。また、第二十五話をはじめとして、本書に異様な鼻の持主が何度も出るが、同じような人であったらしい慈円(肖像画などにその特徴が、露骨にならない程度に示されている)を思い出させる。そして第三十四話、恋人の放屁に衝撃を受けて遁世を決意し、とりやめる忠家は、定家の曾祖父に当る。歌壇に時めく歌の家が、この屁ひとつで、すんでのところで芽をつまれる所であったというこの話は、もしも歌壇にかかわりある場ではじめて紹介されたものであったら、大いにその座をわかしたことであろう。古事談の源顕兼は、歌壇に参加しそこなった挫折者だったために和歌説話に冷淡であったという(田渕句美子「源顕兼について

の一考察——歌人的側面から——」『中世文学』三十四、平成元年）。宇治拾遺の作者も、その流れをくみながら、顕兼よりは寛容だったようでもあり、その一方で、歌壇の中に属しながら笑いの種子をそこに見付け、座興を添えるべく周囲にそれをとりつぐ柔軟かつ自由な知識人だったようでもあり、なかなか決着がつきにくい。私一個としてはかつて前者の考え方に立ち、先の文章を書いたのであるが、近年はどちらかというと後者に傾いている。その立場による想定を後に述べることとしてひとまず話題を転じておく。

四

あらためて言うまでもなく、作品の成立事情を考える上で、作者への追究と成立時期へのそれとは相互に依拠しあい、また、制約しあう関係にある。宇治拾遺の場合もその例に洩れない。内容からはある知識人像が浮んでくるが、それを具体的にしぼる前提として、説話集としてのこの作品が、いつ成立したか、それが個人（または数人）によるか、説話の増減をともないながら段階的に行われたか、などを検討しておかなければならない。それらの問題は、形式（冒頭語など）、内容（話題の傾向）の両面から検討され、種々の説が出されており、増補説もあるが、後にふれる本書独自の構成の妙などからすると、後人による局部的な手入れはあるかもしれないにせよ、特定の誰かが一続きの仕事としてこれを制作・完成させたものであることは疑いがたいであろう。

その時代を推定させる内部徴証として注意されてきたのは、①治承四年（一一八〇）十二月の南都焼打を示す「此たび平家の炎上に焼けをはりぬ」（一〇三話）、②一一六話末尾の注、「件笛、幸清進㆓上当今㆒、建保三年也」、③「後鳥羽院の御時、水無瀬殿に、……」(一五九話)などである。

①にいう「平家の炎上」とは治承四年(一一八〇)十二月の南都焼打をさすが、その時を「三十四年がさき」とする年は建保二年(これに最初にふれた佐藤誠実が計算違いによって四年とし、以後その誤りが踏襲されたが、古典集成により訂正)となる。しかし、この記事は出典建久御巡礼記にもあって、宇治拾遺作者の記したものではないことが後藤丹治によって指摘されたが、宇治拾遺は該書成立の建久三年(一一九二)以後のものであることがこの事からたしかめられた。なお、本書底本など、問題箇所を「三四十年」とする本、これを欠く本などもある。

②は古事談にもあるもので、後藤丹治はこれを直接の引用とする。異説もあるが、古事談が出典であることは他の説話群からも明らかであり(益田勝実「古事談と宇治拾遺物語――徹底的究明の為に――」『日本文学史研究』昭和二十五年七月)、古事談成立とおぼしき建暦二年(一二一二)から建保三年(一二一五)を成立の上限とする結論が導かれてくる。①による建久三年以後はその中に吸収されて意味を失うであろう。

③は、これを適用するなら時期が一挙に下ってしまうものである。後鳥羽院という諡号が、それまでの顕徳院と代えて制定されたのは仁治三年(一二四二)七月八日のことである(百錬抄、一代要記その他)。これについて佐藤誠実は「本院」と原文にあったものを改めたものかとし、話そのものを増補とする説もあって、時代を下げることに、大方は消極的のようである。私も同様の立場を採る。

推論の整合に支障があることを改変・増補とするのはやや安易な感もあるが、同じ後鳥羽院に関する事例として、愚管抄が挙げられよう。この中に再三にわたって後鳥羽院の称が出るが、成立は、仁治はおろか、承久の乱に先立つものである。愚管抄旧大系本の注はそのことにかんがみてであろう、該当箇所について「「後鳥羽院」は後人の加筆、当初は「院」、のちに「隠岐院」のはず」としている。宇治拾遺にもこの種のことが行われた可能性は十分にあろう。さらに付言すれば、仁治以前の成立としても、宇治拾遺の当初の本文に「後鳥羽院」とあった可能性もなくはない。増鏡・藤衣に後鳥羽院改号について、

おはしましし世の御あらましなりけるとて

とあるからである。この名が本人の遺志によるものであればなおさらのこと、院に近い立場の者(本話の中で、あまり有名な人と思われない「かげかた」が説明ぬきで出るのも、この話が院の近習の間で語られたものであることを示すか)の間で、公式の諡号とは別に後鳥羽院と呼ぶならわしがあり、本文はそれによる記述とも考えられるのである。ただし、院の時代を「後鳥羽院の御時」と、すでに終結したものと扱っているから、後藤の言うように、成立は承久三年(一二二一)の乱の後であろう。時代をかなり下げねばならない根拠が見付からない現在、乱後まもなくとしておくのが穏当であろう。

説話集の編纂は、例外なく男性の仕事であり、知られる限りでは晩年の所産であることが多い。そのことから類推すれば、作者は、保元の乱前後に出生した世代ということになるだろう。「これも今は昔」で始まる独自の説話(滑稽譚が多く)にかかわったとおぼしき人々として、法性寺殿忠通の周辺の下級官僚ことに随身たち、比叡山の仲胤僧都のごとき説法家、村上源氏に属する人々などが春田宣、谷口耕一、山岡敬和その他諸家によって指摘されており、また、序文に出る侍従俊貞の二説(隆国の玄孫の右少弁俊定の誤りか、とする説、常陸介、従五位下藤原俊貞とする説)も、成立・作者論とからめて吟味が行われている。彼らが活躍したのは作者の幼少年期のことであろうから、直接の関係があったとは思われないが、彼ら自身が取り上げられたり、とりついだりした話を吸収でき、かたがた、宇治大納言物語に代

表されるような説話集その他の書物を活用する立場にあって、しかも、貴族社会における語りや交談の味わいを知りえた現場体験者等々、作者の輪郭は近年徐々に鮮明になりつつあるようであるが、それが具体的人名となかなか結び付かないままになっている。今後またさまざまな名がとりざたされ、試行錯誤がくりかえされることであろうが、その中に慈円(ないし、その周辺の者)を加えたい誘惑を感じている。周知のように彼は四度にわたる天台座主等、僧として要職をつとめたが、現存歌人としては新古今集にもっとも多くの作品が選ばれ、愚管抄などの著述がある。忠通の子で叡山を活躍の場とするなど、先にふれた作者圏の輪郭と重なる点が多い。徒然草第二二六段に伝わるように、彼の周辺には各地各階層の人材が集まり、従って情報の集散地でもあったはずである。彼を作者と仮に想定すると、験徳、名声とうらはらの隠遁願望、座主辞任などで自分と共通する静観(増命)を三度とりあげ(二十、二十一、一〇五話)、自分の修行の場であった無動寺の開山相応を独特の語り方でなつかしく素描したこと(一九三話)のいわれがうなずけてくるであろう。稚児の日常を語ったのは自分の体験によるものかもしれず、夢の説話の多いことと慈円の夢への深い関心(夢の記なるものが残される)は内面的に結び付くし、また、当代の政治・軍事にふれないのは愚管抄との重複を避けたかなどと、思い付くことは多い(先にふれた鼻の異形と慈円との縁は、もし作者が慈円であるとすると、彼のやや自虐性をまじえた瓢逸な一面をうかがわせるかもしれない)。さらには、三十七話に出る鳥羽僧正の奇怪な健康法、一一〇話の「き」叙述の中に出る「やまがの荘」など、九条家にゆかりあるもの(それぞれ脚注参照)なども思いあわされる。しかし、長く作者不明とされた愚管抄については、一部の人に慈円著であることが知られていた(椿葉記、樵談治要)のに対し、これにはそのような説や伝承が知られず(仏教説話集の閑居友には慈円作者説が古くからあったが、近年は慶政説が定着した)、いわば、いくつかの状況証拠かと疑われるものによる、臆説の域を、今は出ないであろう。しかし、仮に彼が作者ではないにしても、慈円の周辺は、父法性寺殿のそれに劣らず検討に値しそうな世界といえよう。

作者名はなおしばらく不明のままかもしれないが、作者の背景とする世界については、彼の個性ともども追求が進みつつある。そのきっかけとなったのは、益田勝実「中世的諷刺家のおもかげ——『宇治拾遺物語』の作者——」(『文学』昭和四十一年十二月)である。

この論文は、従来ある程度は気付かれていた宇治拾遺各説話問の連想性を指摘し、個々の説話を支える価値観にとらわれぬ作者が、話を自由に読みかえ、また、細部の有意性を発展させてその上で別の話をとり出すさまを示す。話をつなぐものを「連想の糸」とし、それの結び方から現われる作者について、各章のタイトルに、「権威を知らぬ男」「ヒューメンな側面」「流動する精神」などという評価を示した。益田が直接検証したのは冒頭の八話までであるが、これをうけつぐものに、三木「背後の貴種たち——宇治拾遺物語第一〇話とその前後——」(『成蹊国文』七、昭和四十九年二月)、小出素子「『宇治拾遺物語』の説話配列について——全巻にわたる連関表示の試み——」(『平安文学研究』六十七、昭和五十七年六月)などがある。前者は一見して見付けがたい糸がテキストの深層に複雑に存在することを、後者は全体にわたって糸の存在をさぐり、連想の諸相を整理しようとしたもので、着眼・方法は対照的であるが、ともに益田の見通しの正しさを裏付けている。以後、連想の糸の問題は、宇治拾遺の方法を考える上でたえず念頭におかれることになったが、近年、この面での新しい潮流が認められる。その代表、荒木浩の「異国へ渡る人々——宇治拾遺物語論序説——」(『国語国文』昭和六十一年一月)などは連想関係を隣りあう話に固定せず、あい離れたもの同士にも存在するものとし、その表現性について論ずる。佐藤晃「『宇治拾遺物語』の表現機構」(『中世文学』三十二、昭和六十二年五月)などとともに、本書の部分と全体がどうわたりあうかの問題への切り口を探る試論として興味深い。

宇治拾遺の中の説話は、その一つを読んでもそれなりの魅力を相当に持っているが、他とのかかわりにおいて味わいがひとしおのものになることは、これらの諸論によって明らかであるが、このような特性はどのような条件によって形成されたものか。もちろん、主として作者の精神や才質によるものであろうが、それを触発したものとして、当時の人々の交談の場が注目される。そのことは、益田が前記論文、さらにそれに先立つ「貴族社会の説話と説話文学」(『解釈と鑑賞』昭和四十年二月)などにおいて指摘したことで、益田は「古代貴族社会の男性による世間話の伝承の場」のさまざまにふれ、特に宇治拾遺と直接しそうな形態として、「巡り物語」なるものに注目する。つれづれを慰めるために、尊貴者の御前や仲間うちの気のおけない場面で行われたもののようである。具体的な事例として益田が挙げたのは古事談五ノ三四五の次の文章である。

鳥羽法皇御灸治の時、あつさなぐさめさせ御坐《おはしま》さむとて、御前に祗候したる人に、「巡り物語仕るべし」と、、少々利口物語など申さしむるあひだ、……

これについて益田は、

〈巡り物語〉がこのような話柄の統制(霊験譚に限定されたことをさす)を受けなかった場合は、好奇心をそそるような世間話を、前の語り手の話からの連想によって、次々と繰り出して行ったであろう。

とし、宇治拾遺出現の前提となるものを想定した。その後の研究者たちはこれを継承していく。その一人、小峯は前記論文で、いくつかの類例も列挙し、それらが必ずしも中世という時代につながらないことを指摘しつつ、森正人「場の物語としての宇治拾遺物語」(『日本文学』昭和六十二年二月)をうけて、本書の序の中に「巡り物語」の場が宣言されていることを重視すべきであると論じた。しかし、諸論が暗黙の内に前提としている「巡り物語」と連想性との有機的関係は、はたして自明なものかという疑問も浮かぶ。「巡り」は直接には語り手の交替を意味する語で、単なる類話が持ち出される(類纂説話集をみちびき出すような)だけのこともありそうであるが、その不安を打ち消すに足る文例を知らない。

ひるがえって、中古・中世に、対話・座談の形式を採用した例は多い。古くは空海の三教指帰、源氏物語・帚木、大鏡など鏡物の系列、宇治にわずかに先行する無名草子、宝物集、真俗交談記等々、たちどころにいくつも名が並ぶが、これらの背景にも、益田らが注意をうながした場が存在しよう。宇治拾遺はこの種のものと違って、序を除けば語りの場への叙述がなく、説話相互は独立した形で配置され、「これも今は昔」の「これも」などの例はあるが、ほとんどつなぎの部分がない。末尾は、仏・道・儒の順で、いわゆる三教それぞれについての説話が並ぶから、関連しあっていそうであるが、そのことについて何も述べられず、唐突な印象の中で作品が終結する。背景として機能したはずの場に対する寡黙が気になるところであるが、それは、心ある(仕掛けへの理解可能な)読者のみを請じ入れたいという意志の現れでもあろうか。

六

さて、作者の意図を汲むと汲まないとにかかわらず、宇治拾遺を読む人は、ひとしく独特な魅力をたたえた世界に接するであろう。その世界の作者について、旧大系の解説(西尾光一)は

「宇治拾遺」の説話は、事件中心というよりは人間中心であり、編者の眼光は常に作中人物の上におだやかにそ

そがれている観がある。

と要約している。適切なとらえ方と言うべきであろう。本書には、古代・中世(また異国)の都鄙の老若男女が鮮やかに描出されていて、それぞれの個性や、年齢・階層などにふさわしい気質が簡潔に映しとられている。そのさまにわれわれは、いつに変らぬ人間のおかしさ、あわれさを感じて、遠い時代の群像の中に、実に身近な自他の姿を見ることになる。冒頭にふれた稚児をはじめ、作者の視野に入った人々は、約二百話の中に多彩な姿で登場する。性格・才能などの差によって対照的に運命が分れる二人の老人(三話)、悪事があらわれて居直り、きわどく恐れ多い性的冗談をいう男(十五話)、奇怪な癖の持主の高僧(三十七話)、自分のなきがらの移動を許さず、死後その意志を示す女性(四十七話)、開眼供養を施されず、外出もままならぬ地蔵菩薩(七十話)など、はじめの方から本書に固有の形象のいくつかを拾ってみたが、これら任意の数例の中に特徴はすでに顕著に認められる。深刻な問題をかかえている人であったり、さげすむべき、また、あおぐべき存在であったりするさまざまな相手に向けられる作者の視線はたしかにおだやかであり、語る口元はほころびがちである。価値が流動し、体制が不安定であった中世初期、多少とも自覚的な人々は、万事を検討・再検討の対象としなければならず、その反映として、説話集にも解説・批評の部分が多い。しかし、宇治拾遺の作者は、いかほど論ずる余地の大きそうな者に対しても、また、賞讃すべき者に対しても、それを評する言葉は少なく、往々にして絶無である。その人の存在感や事件の衝撃の前に若干の言葉をそえても、それが何であろう、とでも思っているかのようである。

同じようなことが、乱世を語らない彼について言えるかもしれない。彼は、転換期の情況を見つづけたはずなのに、その点についてもほとんど論じない。これをあきたりないこととして、宇治拾遺の評価に消極的になるむきもあるほどであるが、作者は別の事にふれつつ間接的に現代への関心を示しているのではないかともされる。久保田淳「『宇治拾遺物語』の都」(『説話文学研究』十二、昭和五十二年六月)は、その例として、一八六話を挙げる。これは、わが国の歴史の中で作者が扱ったものとしてもっとも古い、壬申の乱を語るもので、「その語り口は極めてお伽噺風、童話的である」とする。目前の戦乱をさしおいて何という現実逃避とも思われかねないが、久保田は源平の動乱のおりに壬申の乱が想起されたことの現われという見方を提出する。現今の事件を理解するのに過去の例に学ぶならわしは、確かに軍記その他に多く認められ、当時の貴族知識人の発想ともなっていたようである。一八六話にはそのような前提がたしかにあるかもしれない。付言するなら、文中に出る地名の田原が保元の乱の信西の自殺した所であり、墨俣の渡りが、源平の動乱、承久の乱にかかわる要衝であったことも、古今を重ねる意識につながるものであろう。

そういえば、宇治拾遺には、始めの方の平茸(二話)、かいもちい(十二話)、鮭(十五話)、芋粥(十八話)以下、食物ないし食欲をめぐる話が異常に多いが、作者が養和の飢饉などを生きぬいたいわば飢餓世代に属することと関係がありそうである。また、平安京というもののはかなさを強烈な表現で記しとどめた方丈記のかたわらに置くと、一九三話の「京は人を賤うする所なり」はまた別の重さでせまってくるし、説話の舞台として大路や名所がしばしば出るのも、実質を失いつつあった都への作者なりの思いよせと結びつけたくなる。ともあれ、時代の暗部から遊離しているようなこの作品の中にも、作者が生を享けた時と場所の影は、意外と多方面に落ちていよう。

宇治拾遺の独自性は一見してわかりにくいが、読みの深さに応じて何かが見えてくる。それは、当然のことながら、文体や言葉の用い方などからも明らかに見てとれる。出典の本文を尊重しながら、漢文(また、変体漢文、和漢混交文など)を和文に移す操作に見える表現上の工夫、ありきたりの言葉(「おほかた」、「見れば」、「ひしめく」などのキーワードが諸家によって指摘されている)を多用することによって、ある基調音を聞かせようとする配慮など、近年の研究によってこの面の特性が徐々にはっきりしてきたようである。

七

一方、本巻に宇治拾遺と合わせられた古本説話集はいかなる位置を占めるか。孤本として残り、昭和十七年にようやく発見されたこの作品は、作者、成立年時ともに不明で、書名も伝わらない。仮称は昭和十八年、文部省の重要美術品等の認定会議に際して付されたもので、命名者は当時国宝調査室勤務であった藤田経世、田山信郎(方南)らという(藤田「『古本説話集』とのめぐりあひ」『日本古典全書』月報、昭和四十二年、朝日新聞社)。旧蔵者名によって梅沢本古本説話集とも呼ばれる。上下二巻から成り(形態は冊子一帖)、上巻四十六話は和歌関係を中心とする王朝説話、下巻二十四話は霊験譚など仏教説話を収める。類纂性からすると宇治拾遺と対照的な構成で、その面では今昔物語集と近いが、文体は宇治拾遺と似ており、二書との同話・類話を多く収める。その数は、今昔とは四十、宇治拾遺とは二十三に及び、三書間で共通するもの十六がその中に含まれる。その他、世継物語(十三話)、刊本宇治大納言物語(十七話)などを含めて、重複部分や伝承関係のうかがえる説話集が多く、これらの背景には、散佚宇治大納言物語を源流または主流とする院政鎌倉期の説話集盛行のうねりが想像される。

古本説話集の出現はそのことをより具体的に示すものである。宇治拾遺に関心を払う者は、今昔との同話・類話によって、今昔との書承関係を思ったり、異同のあり方から宇治拾遺固有のものを求めたりしがちであったが、古本説話集の存在はその方法を相対化することになる。多くの三書間の共通説話があるにもかかわらず、大方の研究者は、これらの直接関係に否定的であり、特に今昔は切り離して把えるべしとする。古本説話・宇治拾遺の間についても慎重で、今昔その他をも含めて、これらの背景にあったであろう世界をそれぞれ想定しつつ、諸家は説を分立させて今日に至っているのである。しかし、二書間の共通説話は全編に散在しているのではなく、それぞれに数話ずつが小群をなしていて、排列にも対応性が認められる(くわしくは巻末付表参照)。その点で似る古事談との共通説話が直接の書承によるとたしかめられていることからすると、古本説話集との直接関係を信じたくもなるが、細部にそれを裏切る(語句が古本説話集とは異なるが、今昔と一致するなどの)徴証もあり、即断はむずかしい。

このように、宇治拾遺の側から古本説話集を考えるとき、二書(および今昔などの)の共有部分に注意が向かいがちで、この作品固有のものが見失われかねないが、言うまでもなく、古本説話集はそれなりに独自の魅力をたたえた世界である。第一話以来、大斎院の人柄をくりかえし語り、その周辺に名流男女の逸話を配置して古きよき時代をなつかしむ上巻は、あわれ深く、王朝物語と通う風情がある。その傾向において宇治拾遺よりも本書に近く、影響を与えているらしい無名草子の中で、作品中の若い女性(老女から話を引出す役をわりふられている)が、

さるにても、誰々か侍らむ。昔今ともなく、おのづから心にくく聞えむほどの人々思ひ出でて、その中に、少しもよからむ人の真似をし侍らばや。

と言っているが、古本説話集も、このような期待にこたえるためのもののようである。みやびな生活に必要とされるたしなみの数々、特に和歌の徳。人々の死による悲しみ、それへの心用意。そして、下巻に至っては、具体的な事例によって信仰へのすすめを説く。今昔・宇治拾遺と比較して大きく異なるのは、上巻における民間また地方への関心

の稀薄さ、下巻における天台系宗門への軽視(南都仏教への傾斜)などで、すぐ目に付くこととしてつとに指摘されているが、もう一つ、下巻で地蔵菩薩が出てこないのも特徴に挙げられよう。地蔵霊験譚について、今昔は巻十七の五十話のうち、始めから第三十二話までをこれに当てている。また、宇治拾遺にも地蔵は六話にわたって多様な形で登場する。これに対して古本説話集は、今昔巻十七との関係でいうなら、その第四十四話(毘沙門天説話)、四十五話(吉祥天女説話)、四十七話(同)と重なる話を採用しながら(第六十六、六十二、六十一話)、地蔵説話を欠いている。平安後期の地蔵をめぐる動向は、庶民の世界を中心に活発に展開する反面で、貴族社会では不振かつ低調であった(速水侑『地蔵信仰』塙新書、昭和五十年)。平安中期と目される実叡『地蔵菩薩霊験記』の成立、これをうける今昔などの地蔵説話の基盤はその前者にあったことであろうが、古本説話集は、今昔などが生まれる成立圏に属しながら、その一方では、貴族社会の保守性によかれあしかれ制約されてもいたのであろう。地蔵の欠落はその端的な現れであり、作者、成立時代をも暗示しているかと思われる。

残念ながら、作者については、今のところ宇治拾遺以上にあいまいなままである。栄花物語や無名草子などとの関連からすると、ことによると女性かと思われるふしもあるが、下巻第六十二話の性にかかわるあたりの語り口からすると、やはり男性であろうか。大斎院の道心のことがくりかえされたり、仏教説話が半分を占めたりすることは、出家遁世した某貴婦人を中心とするサロン的な場にかかわる人で、南都仏教に縁のある知識人を思い描かせる。最終話で、関寺の奇蹟的風景に人々がこぞって参集したことを語って

小野宮右の大臣のみぞ参り給はざりける。

と、ことさらに史実を少々まげているのを重視するなら、藤原実資に好意的立場の人ではないことになる。彼に嫉視、

批判された道長与党の流れをくむ人であろう。成立時は、平安後期から鎌倉初期までが考えられているが、登場する人物の内でもっとも新しい世代と確認できるのは、永縁(一〇四八―一一二五)、隆源(生没年未詳。堀河・鳥羽帝頃の人)らで、川口久雄は彼らが活躍した天永(一一一〇―一三)、大治(一一二六―三一)頃をあまり下らない時期かとしている。その説を否定する徴証が見付からないので穏当な見方であろう。

八

ふたたび宇治拾遺にもどる。この物語の伝本は古本系、小世継混入本系、刊本系などに大きく分類されるが、その中で最も原態の姿に近いと推測されているのが、古本系諸本で、本書の底本にえらんだ陽明文庫蔵の写本もその一つである。古本系諸本の中で、これは書写年代も古く、上下二冊の古態を保っており、誤写、誤脱も他本と較べて少ない善本と思われる。宇治拾遺の成立はおおよそ鎌倉時代前期と推定されているわけだが、伝本として現在に伝えられているのは、いずれも近世初期、せいぜい遡っても室町時代最末期に写されたかと思われるものがある程度で、良質で、年代の古い伝本は今のところ報告されていない。

文献の上で、宇治拾遺の名が初めて見えるのは本朝書籍目録で、「宇治拾遺物語　二十巻　源隆国作」と記されている。本朝書籍目録は、建治三年(一二七七)以後、永仁二年(一二九四)以前の成立とする説に対して、室町時代の成立とする一説もあって、年代は正確には決定しがたいのだが、その記事の意味するところは大きい。もしもこの「宇治拾遺物語」が現行の宇治拾遺をさすのであれば、現在、古態といわれる古本系は二巻編成であるので食い違ってくる。しかし、この記事は今昔物語集のことをさしている、また、散佚宇治大納言物語のことをさす、あるいはその誤りとも考えられるわけで、問題が多く残る。

室町時代になると、宇治拾遺の名が散見される。後崇光院の日記、看聞御記の永享十年(一四三八)に、

宇治大納言物語、内裏被レ召之間、七帖進レ之。(十一月二十三日)

宇治拾遺物語九帖、内裏申ニ出之一。(十二月十日)

後崇光院は内裏(後花園天皇)からの要望で、十一月二十三日に七帖の「宇治大納言物語」を、十二月十日には九帖の「宇治拾遺物語」を進覧したらしい。似たような記事が三条西実隆の実隆公記の文明七年(一四七五)十一月にも見られる。

今日令ニ参内一給、入レ夜於ニ御前一、宇治大納言物語第一第□読ニ申之一。(十一日)

於ニ寝殿一、晩頭、宇治拾遺物語第四読申、入レ夜又読レ之。(十二日)

今日虫払、物語読申儀等、如ニ昨日一。(十三日)

子刻許有レ召、参ニ御前一(御学問所)、庚申可ニ令レ守給一、宇治拾遺物語可レ読ニ申之一由也、源大納言、大蔵卿顕長等祇候。(十四日)

入レ夜於ニ御前一、宇治亜相物語読ニ申之一。(十九日)

これによると、三条西実隆は後土御門天皇の御前で、十一月十一日から十四日までの連続四夜、そして数日おいて、十九日の夜、「宇治大納言物語」「宇治拾遺物語」「宇治亜相物語」を読んで聞かせたらしい。時に実隆二十一歳、後土御門天皇は三十四歳、室町時代の宮廷での説話集享受のさまが知られて面白いところだが、この三つの書名が何をさすかとなると、いろいろ問題がある。「宇治亜相物語」というのは「宇治大納言物語」の別称と考えてよいと思わ

れるが、「宇治大納言物語」「宇治拾遺物語」の書名は同一書をさして、宇治大納言物語のこと、あるいは宇治拾遺のことと一本化することができるであろうか。たしかに宇治大納言物語と宇治拾遺物語という二つの名称は融通性を持って使われ、古本系の宇治拾遺の写本である、伊達本、宮内庁書陵部本、龍門文庫本の外題には「宇治大納言物語」とあり、書陵部本の題簽の「うちの大納言の物語」は見せ消ちで「うち拾遺物語」と訂されている。さらには古本説話集、世継物語のような説話集も宇治大納言物語と呼ばれていた可能性もあって、宇治大納言物語という書名の内実を確定することはかなり難しいことなのである。

宮内庁書陵部蔵の看聞日記紙背物語諸目録は、その奥書に「応永廿七年十一月十三日取目録早」とあるゆえ、応永二十七年(一四二〇)の時点での書名目録ということになるが、その中に、

宇治大納言物語四帖 第一第二 第三又一帖

と記されている。この「宇治大納言物語」も何をさすか不明なのであるが、もしもこれが散佚宇治大納言物語、あるいはその系譜を引く説話集であったとすれば、その巻冊を示す「第一第二第三又一帖」はどのようなことを意味しているのだろうか。宇治大納言物語という書名でくくられる書冊が四帖あって、第一帖、第二帖、第三帖と三帖あって、そして、また別の一帖があったということであろう。あきらかに初めの三帖と最後の一帖が性格が違うからこそ、このような記述になったのであろう。最後の一帖が前の三帖と中味は全く同じながら、三冊本、一冊本といった書巻の形態上の違いから、かく書き分けたか、それとも中味が違うためにこのように記載したかは不明である。もしも後者であった場合、「又一帖」と記されねばならなかったのは、宇治大納言物語とは称されるものの、前三帖とは完全には同一視できない中味を持っていたからではないかと推測されるのである。それは前三帖に対して、続篇、拾遺、抄

出、略本等々、さまざまな状況が考えられるであろうが、それが宇治拾遺のようなものであったのか、あるいは古本説話集、世継物語のようなものだったのか（現実に宇治拾遺の伝本の中には小世継物語が付載されているものもある）、現段階ではこれ以上は不明としかいいようがない。言えることは後崇光院が「宇治大納言物語」という四帖の書巻の内容に対して、ある種の区別をしようとする意識を持っていたということであろう。

こうしたことを参考にしてみると、看聞御記や実隆公記に記載される「宇治大納言物語」「宇治拾遺物語」ははたして同一書なのであろうか。書名がかく書き分けられ、かつ連日、あるいは近日中の記事であることを思うと、字面通り、別書である可能性も高いのではないか。両日記とも、宇治大納言物語、そして宇治拾遺という順序で出てくるところも意味ありげで、書名通り、最初に宇治大納言物語が読まれ、そして次に続篇、拾遺の宇治拾遺が読まれたと考えることもできそうである。看聞御記では「宇治拾遺物語」は「九帖」、実隆公記では「宇治拾遺物語第四」と記されているわけで、これとてもすぐさま現在の宇治拾遺と直結するかは疑問である。現存の古本系諸本の第一冊の内題には「宇治拾遺物語第一　抄出之次第不同也」とあって、第二冊にはないことから、現存の宇治拾遺を残欠本と考える説も存在する。宇治拾遺の伝来、伝本に関する研究はまだまだ不明な点が多い。

最後に現存伝本の中で、主要な諸本を以下に概説する。

一　古本系

1　陽明文庫本。陽明文庫蔵。二巻二冊。近世初期写。複製、陽明叢書。本書の底本。
2　伊達本。吉田幸一蔵。二巻二冊、室町最末期から近世初期の写か。伊達家旧蔵本。複製、古典文庫。
3　書陵部本。宮内庁書陵部蔵。二巻二冊。近世初期写。複製、笠間影印叢刊。新潮日本古典集成の底本。

4　龍門文庫本。龍門文庫蔵。二巻二冊。寛永頃写。複製、龍門文庫善本叢刊。
5　河野記念館蔵竹中重門旧蔵本。四冊。近世初期写。
6　上越市立高田図書館蔵本。四冊。近世中期写。
7　桃園文庫本。東海大学図書館蔵。五冊。近世初期写。恵空所持本。池田亀鑑旧蔵本。

二　小世継混入本系

1　蓬左文庫本。蓬左文庫蔵。五冊。近世初期写。第四冊が小世継物語。
2　河野記念館蔵三井家聴氷閣監蔵本。五冊。近世初期写。第三冊が小世継物語。
3　九大本。九州大学国文学研究室蔵。五冊。近世初期写。第五冊が小世継物語。
4　岩崎美隆旧蔵本。吉田幸一蔵。五冊。近世初期写。第五冊が小世継物語。

三　刊本系

1　古活字本。八冊。複製、三弥井書店より刊行中。岩波文庫、日本古典文学大系、日本古典文学全集、完訳日本の古典などの底本。
2　板本。万治二年林和泉掾板行。十五巻十五冊。絵入。新訂増補国史大系などの底本。

なおそれぞれの書誌について、詳しくは小内一明「『宇治拾遺物語』伝本の系統分類――付、冒頭語と同文的説話の関係――」（説話と文学研究会編『宇治拾遺物語』（『説話文学の世界』第二集）笠間書院、昭和五十四年）などによられたい。

九

以上、いささかではあるが古本説話集にも及びつつ、宇治拾遺をめぐる諸問題にふれてみたが、はっきりしない面が多いことに、あらためて気付かされる。作者、成立事情、初期の享受情況等々、すべてその例外ではない。そういったおぼつかなさは、遠い時代の作品に多かれ少なかれつきまとうものであるが、本書の場合は、歳月の進行、資料の散逸などに伴う現象などとはまた別の事情も手伝っているようである。それは、主として作者の執筆意図、自己表現に関する屈折した心情にもとづくものであろう。前記島津忠夫、小峯和明らの論をはじめ、その辺のことへの試行錯誤が近年ようやく始まりつつあり、期待が持たれる。その考察には、各説話それぞれへの、また、文章の細部への、きめこまかな吟味が当然必要になるが、本大系本が多少とも寄与できればと願っている。（本解説の八は浅見和彦執筆による）

参考文献

宇治拾遺物語

宇治拾遺物語註釈　三木五百枝・三輪杉根　誠之堂　明治三十七年

宇治拾遺物語私註　小島之茂　国文註釈全書第十五巻　国学院大学出版部　明治四十三年

今昔物語集の新研究　坂井衡平　誠之堂　大正十二年（名著刊行会　昭和四十年）

宇治拾遺物語新釈　中島悦次　大同館書店　昭和三年

宇治拾遺物語私記　矢野玄道　未刊国文古註釈大系第十四冊　帝国教育会出版部　昭和九年

近古時代説話文学論　野村八良　明治書院　昭和十年

今昔物語集の研究上　片寄正義　三省堂　昭和十八年（下とともに芸林舎　昭和四十九年）

今昔物語集論　片寄正義　三省堂　昭和十九年（芸林舎　昭和四十九年）

宇治拾遺物語上・下　野村八良　日本古典全書　朝日新聞社　昭和二十四・二十五年

宇治拾遺物語上・下　渡辺綱也　岩波文庫　昭和二十六・二十七年

今昔物語・宇治拾遺物語　佐藤謙三　日本古典鑑賞講座第八巻　角川書店　昭和三十三年

宇治拾遺物語の探求　中島悦次　有朋堂　昭和三十四年

宇治拾遺物語　中島悦次　角川文庫　昭和三十五年

宇治拾遺物語　渡辺綱也・西尾光一　日本古典文学大系二十七　岩波書店　昭和三十五年

説話文学と絵巻　益田勝実　三一書房　昭和三十五年

今昔物語集成立考　国東文麿　早稲田大学出版部　昭和三十七年（増補版　昭和五十三年）

中世説話文学論　西尾光一　塙書房　昭和三十八年

説話文学辞典　長野甞一編　東京堂　昭和四十四年

宇治拾遺物語・打聞集全註解　中島悦次　有精堂　昭和四十五年

今昔物語集　高橋貢編　日本文学研究資料叢書　有精堂　昭和四十五年

説話文学　中野猛他編　日本文学研究資料叢書　有精堂　昭和四十七年

御所本うち拾遺物語上・下　市古貞次編　笠間影印叢刊　笠間書院　昭和四十八年
宇治拾遺物語　小林智昭　日本古典文学全集二十八　小学館　昭和四十八年
中古説話文学研究序説　高橋貢　桜楓社　昭和四十九年
中世説話文学研究序説　志村有弘　桜楓社　昭和四十九年
日本説話文学索引(増補改訂)　境田四郎・和田克司編　清文堂　昭和四十九年
日本の説話四中世Ⅱ　市古貞次・大島建彦編　東京美術　昭和四十九年
宇治拾遺物語　大島建彦・山本節編　三弥井書店　昭和五十年
宇治拾遺物語上・下　長野甞一　校注古典叢書　明治書院　昭和五十・五十五年
宇治拾遺物語総索引　境田四郎監修　清文堂　昭和五十年
中世説話文学論序説　春田宣　桜楓社　昭和五十年
宇治拾遺物語　三木紀人・小林保治・原田行造編　桜楓社　昭和五十一年
今昔物語集・宇治拾遺物語　佐藤謙三　鑑賞日本古典文学十三　角川書店　昭和五十一年
宇治拾遺物語評釈　小林智昭・増古和子　武蔵野書院　昭和五十一年
宇治拾遺物語　陽明叢書国書篇第十三輯　陽明文庫編　思文閣出版　昭和五十二年
宇治拾遺物語　説話と文学研究会編　説話文学の世界二　笠間書院　昭和五十四年
説話文学論考　長野甞一著作集二　笠間叢書一四六　昭和五十五年
説話文学の構想と伝承　志村有弘　明治書院　昭和五十七年
中世説話文学の研究下　原田行造　桜楓社　昭和五十七年
日本短編物語集事典(説話文学必携　新装改訂版)　小林保治・高橋貢・檜谷昭彦編　東京美術　昭和五十九年
説話文学　大曾根章介他編　研究資料日本古典文学三　明治書院　昭和五十九年
宇治拾遺物語㈠㈡　小林智昭・小林保治・増古和子　完訳日本の古典第四十巻　昭和五十九・六十年
宇治大納言物語〈伊達本〉上・下　吉田幸一　私家版「古典聚英」三　古典文庫　昭和六十年
宇治拾遺物語　大島建彦　新潮日本古典集成　新潮社　昭和六十年
説話文学小考　西尾光一　教育出版　昭和六十年
今昔物語集作者考　国東文麿　武蔵野書院　昭和六十年
今昔物語集の形成と構造　小峯和明　笠間書院　昭和六十年
今昔物語集の生成　森正人　和泉書院　昭和六十年
今昔物語集と宇治拾遺物語　小峯和明編　日本文学研究資料新集

六　有精堂　昭和六十一年
方丈記　宇治拾遺物語　浅見和彦・小島孝之　日本の文学・古典編二十六　ほるぷ出版　昭和六十二年
説話文学の世界　池上洵一・藤本徳明編　世界思想社　昭和六十二年
中世説話とその周辺　国東文麿編　明治書院　昭和六十二年
今昔物語集宇治拾遺物語必携　三木紀人編　別冊国文学　学燈社　昭和六十三年

古本説話集

梅沢本古本説話集　解説田山方南　貴重古典籍刊行会　昭和三十年
古本説話集　校訂・解題川口久雄　岩波文庫　昭和三十年
古本説話集　川口久雄　日本古典全書　朝日新聞社　昭和四十二年
古本説話集総索引　山内洋一郎編　風間書房　昭和四十四年
（広島大学文学部国語学研究室編「古本説話集総索引一・二」〈昭和三十三・三十四年刊〉に本文・注記を加え整えたもの）
梅沢本古本説話集　古典資料類従六　解説川口久雄　勉誠社　昭和五十二年　（勉誠社文庫　昭和六十年）
古本説話集全註解　高橋貢　有精堂　昭和六十年

新日本古典文学大系 42　宇治拾遺物語 古本説話集

1990 年 11 月 20 日　第 1 刷発行
2012 年 4 月 24 日　第 10 刷発行
2016 年 6 月 10 日　オンデマンド版発行

校注者　三木紀人《みきすみと》　浅見和彦《あさみかずひこ》
中村義雄《なかむらよしお》　小内一明《こうちかずあき》

発行者　岡本 厚

発行所　株式会社 岩波書店
〒 101-8002 東京都千代田区一ツ橋 2-5-5
電話案内 03-5210-4000
http://www.iwanami.co.jp/

印刷／製本・法令印刷

ISBN 978-4-00-730436-1　Printed in Japan

固有名詞一覧

固有名詞一覧

1) この一覧は『宇治拾遺物語』と『古本説話集』の人名・地名等の固有名詞についてそれぞれの該当する説話番号を示したものである.
2) 人名の表示は，原則として名によって出し，本文が姓名による表記あるいは官職名による表記の場合（ ）で姓または姓名を注記し，かつ必要に応じて参照項目を立てた.
3) 国名を伴った地名は「国」を除いた形で立項した.
4) 漢字の読み方は，本文の振り仮名により，その五十音順に配列した．なお，語中の「の」は適宜削除した.
5) 関連するものはなるべく一括するようにし，必要に応じて → で参照項目を指示した.
6) 作品名は次の略称で示した．宇 宇治拾遺物語　　古 古本説話集

す

せ

そ

た

や

ゆ

よ

ら

り

る

ろ

わ